32

叶圣陶研究资料（上）

YESHENGTAO YANJIUZILIAO

刘增人　冯光廉　编

中国社会科学院
文学研究所　总纂

中国文学史资料全编

现代卷

知识产权出版社

内容提要：

叶圣陶，原名绍钧，原字秉臣，后改字为圣陶，即以字行，现代著名作家、教育家、出版家。本书分生平资料，创作自述和文学主张，研究论文选编，著译年表、著作目录和研究资料目录索引等四个部分，全面收集了关于叶圣陶的研究资料。

责任编辑：马　岳　　**执行编辑：**殷亚敏　　**装帧设计：**段维东

图书在版编目（CIP）数据

叶圣陶研究资料/刘增人，冯光廉编. —北京：知识产权出版社，2010.1
（中国文学史资料全编·现代卷）
ISBN 978-7-80247-762-9
Ⅰ. ①叶…　Ⅱ. ①刘…　②冯…　Ⅲ. ① 叶圣陶（1894～1988）—人物研究 ② 叶圣陶（1894～1988）—文学研究　Ⅳ. ①K825.6　②I206.7

中国版本图书馆 CIP 数据核字（2009）第 202103 号

中国文学史资料全编·现代卷
叶圣陶研究资料（上）
刘增人　冯光廉　编

出版发行：知识产权出版社

社　址：北京市海淀区马甸南村 1 号	邮　编：100088
网　址：http://www.ipph.cn	邮　箱：bjb@cnipr.com
发行电话：010-82000860 转 8101/8102	传　真：010-82005070/82000893
责编电话：010-82000860 转 8171	责编邮箱：mayue@cnipr.com
印　刷：北京市兴怀印刷厂	经　销：新华书店及相关销售网点
开　本：720mm × 960mm　1/16	印　张：55
版　次：2010 年 1 月第一版	印　次：2010 年 1 月第一次印刷
字　数：810 千字	定　价：110.00 元（上、下）

ISBN 978-7-80247-762-9/K · 059（2610）

汇纂工作小组

名单

（按姓氏笔画排列）

王润贵　刘跃进　刘福春　严　平

张大明　杨　义　欧　剑　段红梅

编 辑 说 明

中国社会科学院文学研究所向来重视文学史料的系统整理与深入研究，建所50多年来，组织编纂了很多资料丛书，包括《古本戏曲丛刊》、《古本小说丛刊》、《中国现代文学史资料汇编》、《近代文学史料汇编》、《当代文学史料汇编》以及《文艺理论译丛》、《现代文艺理论译丛》、《古典文艺理论译丛》等。其中，介绍国外文艺理论的3套丛书，已经汇编为《文学研究所学术汇刊》9种30册，交由知识产权出版社出版。该书出版后，国内一些重要媒体刊发评介文章，给予充分肯定。为满足学术研究的需要，2007年初，中国社会科学院文学研究所与知识产权出版社商定继续合作，编辑出版《中国文学史资料全编》，将以往出版的史料著作汇为一编，统一装帧，集中出版。

这里推出的《中国文学史资料全编·现代卷》就是其中的一种。本卷主要以《中国现代文学史资料汇编》为基础而又有所扩展。《中国现代文学史资料汇编》的编纂工作启动于1979年，稍后列入国家第六个五年计划社科重点项目。该编分为《中国现代文学运动、论争、社团资料丛书》、《中国现代作家作品研究资料丛书》、《中国现代文学书刊资料丛书》即甲乙丙3种，总主编陈荒煤，副主编许觉民、马良春，编委有丁景唐、马良春、王景山、王瑶、方铭、许觉民、刘增杰、孙中田、孙玉石、沈承宽、芮和师、张大明、张晓翠、杨占陞、陈荒煤、唐弢、贾植芳、徐迺翔、常君实、鄂基瑞、薛绥之、魏绍昌，具体组织主要由徐迺翔、张大明负责。此项目计划出书约200种。至 20世纪末，前后20多年间，这套书由数家出版社陆陆续续出版了80余种，还有数十种虽然已经编就，由于种种原因，迄今尚未出版。“现代卷”包括上述已经出版的图书和若干种当时已经编好而尚未出版的图书。

这项工作得到了中国社会科学院文学研究所和知识产权出版社的高度重视，为此成立了汇纂工作小组。杨义、刘跃进、严平、张大明、刘福春等具体负责学术协调工作，于2007年11月，向著作权人发出《征求〈中国文学史资料全编·现代卷〉版权的一封信》，很快得到了绝大多数编者的授权，使这项工作得以如期顺利开展。为此，我们向原书的编者表示由衷的谢意。为尽快将这套书推向社会，满足学界和社会的急需，除原版少量排印错误外，此次重印一律不作任何修改，保留原书原貌，待全部出齐，视市场情况出版修订本。为此，我们也诚挚地希望广大读者能给予充分谅解。

《中国文学史资料全编·现代卷》出版后，我们将尽快启动“古代卷”、“近代卷”和“当代卷”的编纂工作，希望能继续得到专家学者的大力支持和热心参与。

现代卷汇纂工作组

目 录

叶圣陶研究资料（上）

生平资料

创作自述和文学主张

研究论文选编

叶圣陶研究资料（下）

著译年表和著作目录

研究资料目录索引

生平资料

叶圣陶传略

叶圣陶，名绍钧，原字秉臣，1911 年改字为圣陶，笔名有叶匋、郢、郢生、秉丞、翰先等。1894 年 10 月 28 日诞生于江苏苏州悬桥巷一个城市贫民家庭，父叶仁伯，为人管账；母朱氏，理家。

1900 年人私塾附读，1906 年入苏州公立小学，次年考入苏州公立中学，1911 年冬毕业。中学期间，接触到一些英文文学作品，读了不少中国旧小说，对文学发生了浓厚兴趣。喜欢写诗，曾与顾颉刚、王伯祥等发起成立诗社，取名“放社”，被推为“盟主”。辛亥革命前夕，受到《民立报》等报刊宣传的民主革命思想的影响，后曾热情地参加欢庆辛亥革命胜利的活动。

1912 年春，因家贫无力升学，就任小学教师，到 1921 年止。在教学生涯中，他体会到“小学教员是值得当的”，“职业的兴趣是越到后来越好”。他热爱教育工作，关心儿童成长，在外国教育理论和教学方法的启发下，不断地进行新的教学方法的改革尝试。这一段经历，使他熟悉了教育界的情形，熟悉了青少年的生活和性格特点，熟悉了乡镇小资产阶级和劳动群众的境遇及心理状态，为日后的小说、童话创作和教育工作研究，奠定了坚实的基础。1914 年起，在《礼拜六》、《小说海》等杂志上发表文言短篇小说，描写了平凡的人生悲剧，触及到现实的某些黑暗现象，与他后来的作品有某些近似之处。

1919 年起，在五四新文化运动的影响和推动下，先后在《新潮》、《时事新报·学灯》、《晨报》第七版（后改称《晨报副刊》）等报刊上发表了许多小说、新诗和关于妇女解放、教育改革的短论。1921 年，应在北京的郑振铎函约，列名为文学研究会发起人之一。从此，他的创作开始进入旺盛期。他遵循文学研究会“为人生”的写实主义文学主张，以主要精力从事短篇小说的创作，同时兼及新诗、散文、童话、戏剧等文学样式。这些作品对于初期新文学的发展和成长起了积极作用。本时期的短篇小说，大都收入下列集子中：《隔膜》（收1919—1921年间小说20篇，1922年出版）、《火灾》（收1921—1923年间小说20篇，1923年出版）、《线下》（收1923—1924年间小说11篇，1925年出版）、《城中》（收1923—1926年间小说9篇，1926年出版）。这些短篇小说以朴实自然的写实手法，暴露了旧社会的黑暗现象，描写了小市民和知识分子的灰色生活，刻画了各种类型的知识分子的生活面貌和性格特点，表达了变革不合理现实的要求和对美好生活的向往。在中国现代文学史上，叶圣陶的短篇小说以对知识分子、特别是小学教师生活的真实反映著称，作者的爱憎往往隐藏在人物故事背后，而且许多篇章都是对不合理的社会现象采取讽喻的笔法，他的期望则寓于被讽的事物的对面，这就构成了客观、冷静地描写这一类人物及其生活、心理状态的创作特色。叶圣陶是我国现代童话的创始人。他本时期写的童话大都收在《稻草人》（收1922—1923年间童话23篇，1923年出版）中。他以孩子们能懂爱看的形式，描写了社会的黑暗和人生的痛苦，抒发了对劳动人民的同情和关怀及对剥削者的憎恶和轻蔑，赞美了劳动人民的聪明才智及创造精神。在艺术上，富于优美的幻想和诗意的想象，成功地运用了夸张、拟人、讽喻等手法，增强了童话的魅力。本时期的新诗作品，收入文学研究会八位诗人的合集《雪朝》（1922年出版，其第六集为叶绍钧诗作，共15首）；散文则结集为《剑鞘》（与俞平伯合集，收叶圣陶1922—1924年间的散文12篇，1924年出版）。这些散文和新诗，笔触清新细腻，朴素雅淡，在当时的文坛上，是显示着独特艺术个性的作品。

1921年6月，开始在中国公学教中学国文，11月又到杭州第一师范任教。此后，又在北大预科、福建协和大学等校工作，后还曾在5个中学3个大学担任国文教学工作。1922年1月，与刘延陵、朱自清、俞平伯创办《诗》月刊。这是我国新文坛上第一个诗刊，也是叶圣陶编辑生涯的正式开始。1923年起，出任上海商务印书馆编辑，教书则成为“兼职”，直到1930年。

20年代中期以后，中国社会的变动日益剧烈。“五卅”运动，北伐，上海工人武装起义，蒋介石叛变革命，这一时期的重大历史事件，极大地影响着叶圣陶的思想和创作。1925年“五卅”事件发生后，他一面和郑振铎等发起编印《公理日报》，真实地报导上海各界对惨案的反应，尖锐地抨击帝国主义的罪行和反动派的卖国行径；一面以前所未有的热情和义愤，写下了《五月卅一日急雨中》、《致死伤的同胞》等文章，愤怒地控诉了帝国主义屠戮中国人民的暴行，呼唤人民群众奋起抗争。1926年，他又受中国共产党的委托，主编中国济难会的机关刊物《光明》半月刊。这一时期还参与编辑文学研究会的主要刊物《小说月报》、上海《文学旬刊》（后改名《文学》、《文学周报》）等。1927年“四·一二”政变以后，他迅速地写下了《夜》、《某镇纪事》、《皇帝的新衣》等作品，从特定的侧面对历史的逆转作了及时的反映，对于鼓舞革命人民坚持斗争，揭露国民党新军阀制造的白色恐怖起了积极的作用。这些小说和童话，分别辑入《未厌集》（收1926—1928年间小说10篇，1928年出版），《四三集》（收1928—1936年间小说20篇，1936年出版）及《古代英雄的石像》（收1929—1931年间童话9篇，1931年出版）中。本时期散文的产量也很多，主要辑入《脚步集》（收1925—1931年间的散文10篇，1931年出版）、《未厌居习作》（收1923—1935年间的散文36篇，1935年出版，其中有一部分曾收入过《剑鞘》和《脚步集》）中。这些散文内容比较丰富，形式也不拘一格。其中既有对重大政治斗争题材的记述和感受，旗帜鲜明，爱憎强烈；也有对生活中一些具体的人物、事件的描摹，态度亲切自然，体情入微，状物真切；既有富于哲理性的议论，也有轻柔畅达的抒情；既有激愤的鞭笞和诅咒，也有细微的描写和亲切的赞颂。1928年，他应朋友邀请陆续在《教育杂志》“教育文艺”栏内连载长篇小说《倪焕之》，1929 年单行本出版。这部小说真实地反映了部分小资产阶级知识分子由埋头教育改革到参加群众革命运动，由自由主义到集体主义的曲折道路，被誉为“扛鼎”之作，是我国新文学史上较早出现的成功的长篇小说之一。

1930年3月，中国左翼作家联盟成立。叶圣陶虽未加入“左联”，但曾积极支持“左联”的工作，为其刊物撰稿，奔走营救被捕的“左联”作家，与“左联”的领导人鲁迅、茅盾等保持密切的交往。在“左联”影响下，叶圣陶政治态度日益鲜明。九一八事变后，叶圣陶屡作诗文，声讨国民党政府的“不抵抗”政策，抗议“国联”和日本狼狈为奸、侵略中国的罪行，表现了高度的爱国热情。1931 年 12 月，与夏丏尊、周建人等发起组织上海文艺界反帝抗日联盟。1932 年 2 月又同鲁迅、茅盾等共同签署《上海文化界告全世界书》、《为抗议日军进攻上海屠杀民众宣言》，并被推举为中国作家抗日会经济委员会委员。12 月，又与柳亚子、鲁迅、茅盾等共同签署《中国著作家为中苏复交致苏联电》。1935 年，列名于《我们对于文化运动的意见》宣言书，抗议国民党的法西斯统治，要求民主自由。次年 10 月，还在《文艺界同人为团结御侮与言论自由宣言》上签名，竭诚拥护党的抗日民族统一战线政策。

1930 年底起，辞去商务印书馆的工作，改任开明书店编辑，此后即以主要精力从事文艺、教育书籍刊物的编辑出版工作。这一时期，主要参与编务的刊物有《中学生》、《中学生文艺季刊》、《文学》、《太白》、《新少年》等。在编辑工作中，他热情、认真、细致，力求使刊物的内容切合读者的需要，并且善于处理编者同作者的关系，争取更多作者的支持。对于兄弟刊物，从不抱门户之见，注意同它们合作相处。

从 20 年代起，叶圣陶就十分重视语文教学的研究工作。他长期从事小、中、大学教学的经历，对教育工作的熟悉和热爱，对教学方法不断的、认真的探讨，以及长期在开明书店这样面向中学生的出版机构工作，使他有更多的兴趣、时间和精力来研究大、中、小学的语文教学问题。从 20 年代到 40 年代，他编辑或参与编辑了从幼儿园到大学的多种国文教科书，影响很大。这些教科书贯彻了叶圣陶进步的教育主张，注意从各类学生的实际出发，循序渐进，由浅入深，养成良好的学习习惯，培养切实的阅读和写作的能力。他还把自己多年从事语文教育工作的经验加以总结，写成《作文论》（1924 年出版），《文心》（1933 年出版，与夏丏尊合著），《文章例话》（1937 年出版）等，对当时及以后的中学生、中学语文教师，都有切实的帮助。

1937 年抗日战争爆发后，叶圣陶由苏州到武汉，次年初抵重庆，应邀到巴蜀学校、国立戏校教课。10月到乐山武汉大学任教。1940年夏离武汉大学到成都，在四川省教育厅教育科学馆国文科任职。1942年夏，回成都主持开明编辑事务。1945年，日本投降以后，举家迁重庆。12月底离开重庆，乘木船经武汉到上海。

八年抗战期间，叶圣陶同广大的爱国文化工作者一样，经受了战争的考验。他在乐山的居处，曾被日寇的飞机夷为平地。在极为艰苦的条件下，他积极认真地从事编辑出版工作，并且参加了全国“文协”及“文协”成都分会的许多活动。工余不断从事写作，努力进行抗日的爱国宣传。这一时期的小说和散文，辑为《西川集》（收1941—1944年间的作品25篇，1945年出版）；语文教育论著主要有《文章讲话》（1938年出版），《阅读与写作》（与夏丏尊合著，1938年出版），《精读指导举隅》（来朱自清合著，1942年出版），《略读指导举隅》（与朱自清合著，1943年出版），《国文教学》（与朱自清合著，1945年出版）等。在这些论著中，叶圣陶对语文教学（其中包括写作、课堂讲授、课外阅读、教材分析等）提出了许多精辟的见解。他重视语文基础知识的传授，重视语文基本技能的训练，重视发挥学生的主动精神，重视教师在教学中的启发、示范和诱导作用，重视面向实际，学以致用。他的分析欣赏作品的文章，仔细精到，注意把握作品的特点，不但显示自己分析作品的方法，而且注意传授分析作品的一般规律。这些论著，为我国语文教育体系的建立，奠定了重要的基石，一直受到广大语文教育工作者重视。他的爱国思想，朴实正直的品格，勤勉细致的工作作风，受到广大文艺工作者、教育工作者及青年学生的爱戴。1943年11月，“文协”成都分会暨成都文艺界曾发起叶圣陶五十寿辰的纪念活动。本时期，他参与《少年先锋》、《笔阵》、《国文月刊》、《国文杂志》、《中学生战时半月刊》等的编辑工作，使这些始终保持着健康向上、有益有用的刊物，成为广大读者在艰苦环境中的重要精神食粮。

解放战争期间，叶圣陶除主要致力于开明书店工作，参与《中学生》、《开明少年》、《中国作家》、《进步青年》等刊物的编辑外，还积极参加“文协”的活动和文艺界反对蒋介石独裁统治、争取民主自由的斗争。1946年6月，抗议特务殴打人民和平代表马叙伦的暴行。7月，爱国民主人士李公朴、闻一多被国民党特务杀害，叶圣陶挺身而出，撰写文章，参加集会，表示强烈的抗议，并主持“文协”追悼二位烈士的活动，参与《闻一多全集》的编辑工作。10月，出席“文协”纪念鲁迅逝世十周年盛大会议并作报告，号召文艺家团结战斗，迎接新中国的诞生。1947年5月，反动军警在南京、天津殴伤、逮捕学生，叶圣陶撰文慰问伤者。1949年1月初，应党的召请，离开上海乘轮船去香港；2月底，偕同在港的一些进步文化人士，搭苏联货船到烟台，经潍坊、济南、德州、天津，于3月18日到北平。此行本为到解放区参加新政协会议，恰当第一次文代大会召开，于是参加文代会，并被选为全国文联委员和文协理事。

中华人民共和国成立后，叶圣陶长期从事出版界和教育界的领导工作，先后出任出版总署副署长、教育部副部长、人民教育出版社社长等职，并当选为历届全国政协常委和人大代表，现任教育部顾问，并被推选为五届人大常委和五届政协常委，全国文联委员和全国作协顾问，中学语文教学研究会名誉会长，中国民主促进会副主席等。在繁忙的工作之余，还写了不少诗歌、散文和指导文字改革、语文教学的文章及书信。建国后出版了《叶圣陶选集》（1951年开明书店）、《叶圣陶文集》一至三卷（人民文学出版社），1958年还出版了散文集《小记十篇》（百花文艺出版社），诗集《箧存集》（1960年出版）。1964年起，参加中华函授学校的工作，写了不少专谈文章评改的文章，除收入该校的讲义外，还出版了《评改两篇作文》（1964 年）、《评改两篇报道》（1965年），字斟句酌，褒贬适宜，增删切当，表现出深湛的语文修养和运用语言的巨大功力。从建国之初，叶圣陶就十分关心祖国语言的规范化问题和文字改革、推广普通话的工作，几十年如一日，利用各种机会发表文章和讲话，向各方面呼吁，做出了积极的贡献。叶圣陶虽已年迈体弱，但仍以巨大的热忱，关注着文学和教育事业的发展。教育科学出版社出版了《叶圣陶语文教育论集》（1980年），上海文艺出版社出版了《叶圣陶论文艺》（1982年），《叶圣陶散文集（甲、乙两种）》也即将出版。

叶圣陶生平年表

1894 年　1 岁

10 月 28 日，生于江苏省苏州市悬桥（县桥的讹读）巷一个城市贫民家庭。父，叶仁伯，为人管账，家况很清苦，为人忠厚笃实，很为叶圣陶所佩服。母，朱氏，理家。

叶圣陶，名绍钧，字秉臣，圣陶是辛亥革命后改用的字。笔名有叶匋、叶陶、允倩、叶允倩、王钧、谌陶、郢、郢生、圣匋、秉丞、华秉丞、丙丞、孟言、斯提、桂山、翰先、朱逊等。

1897 年　3 岁

开始认字，到 6 岁前，已识字 3000 左右。

1900 年　6 岁

春，始到富人家塾附读，启蒙先生姓黄。先读《三字经》、《千字文》，然后读《四书》、《诗经》、《易经》，每日要背诵新书，还要温习背过的内容。成绩很好，从未受过责罚。

1901 年　7 岁

本年起，改在张元仲设立的私塾读书，与顾颉刚同学。课余常随父亲去听说书，到 13 岁进了学校才间断。所听之书，有《珍珠塔》、《描金凤》、《三笑》、《文武香球》等“小书”，也有《三国志》、《金台传》、《水浒》、《英烈》等“大书”。

1902 年　8 岁

本年，仍在私塾读书。叶圣陶初次写文章，时称“开笔”，教师出的题目是《登高自卑说》。叶圣陶在教师提示下，写了 80 多字，末句得到双圈的鼓励。

1904 年　10 岁

受到社会革新思潮的影响，常与同学好友王伯祥、顾颉刚等议论时政，慷慨激昂。

1905 年　11 岁

夏，奉父命参加科举考试，未中秀才。后根据这一段经历写成短篇小说《马铃瓜》。

1906 年　12 岁

春，苏州第一所公立小学在城内夏侯桥创立，教师中有思想进步的日本留学生章伯寅、朱遂颖、龚赓禹等。校内开设历史、地理、博物等新鲜的课程，并且注重体育，组织学生春天远足旅游。

叶圣陶与章元善、顾颉刚考入该校后，即请章伯寅先生给取个立志于爱国强国的字。章先生于是从绍钧的名字和“秉国之钧”的诗句，取字秉臣。此后，常从章伯寅等听讲爱国必先爱乡土，懂得乡土的山川史地、名人伟业的道理。每逢星期天，则常与元善、颉刚等同学一起谈论苏州的人物地理及“天下兴亡，匹夫有责”的道理，心目中的英雄人物便是讲气节的爱国思想家顾亭林。

同时，又因为偶见《唐诗三百首》和《白香词谱》，对其中的乐府和绝句、小令和中调等新鲜有味的作品深感兴趣，开始萌生出对文艺的爱好。

1907 年　13 岁

春，苏州公立第一中学堂（即草桥中学）创办，叶圣陶以成绩优良跳级考入。同学有王伯祥、吴宾若等。校内英文课采用华盛顿欧文的《见闻杂记》和古德斯密的《威克斐牧师传》作教本，其中那富于诗趣描写和看似平淡而实有深味的叙述，使叶圣陶极感兴趣。过去读过的书，如《水浒》、《三国演义》、《红楼梦》等，多是以故事引起阅读的兴趣；这次引动叶圣陶的却是文趣，即文字的风格。由此开始注意从读书中学习写作的技巧和方法。

秋，随学校组织到城外天平山旅行。旅行队伍按军队编制，不但荷枪实弹，还自带口粮水瓶，行止眠起，完全听军号指挥。这段生活后来写入散文《掮枪的生活》中。

中学时代，叶圣陶除文学活动外，还喜欢远足，踢足球，骑马，兵操等，生活内容丰富多彩，若干年后，还记忆犹新。

1908 年　　14 岁

本年，在草桥中学读二年级，与同学王伯祥、顾颉刚、吴宾若等组织“放社”，吟诗属对，填词联句，抒写抱负。顾颉刚说：“社初无名，后题之曰‘放’，谓尚在蝇鸣蛙唱之下，自谦也。”因为长于写诗，意想深细，被推为“放社”的盟主。又喜欢刻图章，写篆字，很为同学们羡慕推重。篆刻一事，后来竟成为终身的爱好。因为喜欢饮酒，自号“泥醉”，这是自取的第一个别名。

在写诗的同时，还试着翻译英文教本上的故事，并且注意搜集报纸上发表的小说，特别喜欢苏曼殊在《太平洋报》上发表的《断鸿零雁记》等。

1909 年　　15 岁

本年，在草桥中学读三年级，喜欢于右任在上海创办的《民吁日报》。

秋，到常州旅行，去上海参观江苏学校成绩展览会。

秋，与顾颉刚、王伯祥等组织国学研究会，创办油印的《学艺日刊》，辑印《艺兰要诀》等。

1910 年　　16 岁

本年，在草桥中学读四年级，喜欢阅读于右任、谈善吾主办的《民吁日报》和于右任、宋教仁等主办的《民立报》。

秋，参加学校组织的参观团，到南京参观南洋劝业会。队伍遇雨不乱，受到当时报纸赞扬。这给叶圣陶留下深刻印象，后来写入散文《掮枪的生活》中。

1911年　　17岁

本年，在草桥中学读五年级。

春，随学校组织的远足活动到杭州，游西湖，谒岳墓，有六七天。

春，喜欢诵读、抄录《民立报》上刊载的柳亚子、马君武等人宣传革命的诗文，赞赏该报的斗争精神，并且向该报投稿，与总编辑宋教仁通信。

主持五年级同学的油印报《课余》，自编自印。叶圣陶经常写一些短论或杂稿，或以中国古诗体译英文课本中的诗词。

7月，在《妇女时报》发表第一篇论文《儿童之观念》。

10月11日，武昌首义成功。消息传来，极为兴奋，与同学轮流每天去车站买上海报纸，热切盼望革命胜利进展。这心情不但后来写进散文《辛亥革命》中，还作了《倪焕之》的素材。

10月15日，苏州光复。剪辫子，参加全城庆祝会，还与同学组织“学团”，每夜荷枪实弹巡行。

10月16日，请老师改名。认为清廷已倒，不能再作“臣”了。先生于是从绍钧的名字和“圣人陶钧万物”的诗句中取“圣陶”为字。

11月，草桥中学校长袁应洛作为江苏省代表应约去武昌议商组织中央政府及选举大总统事宜，叶圣陶等为之送行。

11月11日，苏州《大汉报》创刊，作《大汉天声·祝辞》致祝，这是叶圣陶公开发表的第一首诗，也是保存下来的第一首诗。

冬，中学毕业，因家贫无力升学。“放社”亦解体。

本年，先是受到辛亥革命胜利的鼓舞，欢欣喜悦，但很快看到事实并不如自己想象的光明，又感到莫名其妙的忧虑，遂写成《革心》一文，在苏州小报上刊出。

1912年　　18岁

春，为维持家计，在苏州城里干将坊言子庙初等小学二年级任教员。酷爱文艺，曾节衣缩食筹措旅费去上海看戏。

冬，邀请王伯祥、顾颉刚一起加入中国社会党苏州支部，后因和其中人物气味不投，很快离开。

本年，曾想把自己的环境和心情写成一部自传，又曾应某报馆邀，动手撰写一部描写近乎社会主义的理想世界的白话小说《世界》，因教务繁忙，报纸停办等故未成。

1913 年　　19 岁

本年，仍在初等小学任教，看到教育界的腐败，苦闷益增，羡慕鞋匠自食其力的自由生活。又常去茶馆、园林，观察世态，揣摩人情，积累了创作的素材。

开始记日记，并养成习惯。

暑假，顾颉刚从北京回来，同游拙政园，叶圣陶写《游拙政园》一诗记游，这是保存下来的第二首旧体诗。

1914 年　　20 岁

本年初，仍在初等小学任教，秋，被排挤失业，卖文为生；父亲又因年高失业，家累日重，生活困难。

6 月，在《小说丛报》发表文言小说《玻璃窗内之画像》，署名圣陶；7 月，在《礼拜六》发表文言小说《穷愁》，署名叶匋，这是正式在报刊上发表文艺作品的开始。因厌恶言情体小说的千篇一律，陈陈相因，曾在给顾颉刚的信中痛切指责这种文坛弊病（见《隔膜·序》）。

1915 年　　21 岁

秋，由郭绍虞介绍，到上海商务印书馆附设的尚公学校（小学）教国文，并为商务印书馆编小学国文课本。

9 月，陈独秀主办的《青年》杂志（自二卷一号起改名为《新青年》）创刊于上海，叶圣陶是热心的读者。

1916 年　　22 岁

1 月至 4 月，以文言小说投稿《小说海》，署名叶允倩。

夏，经王伯祥介绍，与胡墨林结婚。胡墨林，浙江杭州人，北京女子师范学校毕业。婚后，送胡墨林去南通女子师范任教，自己仍回尚公学校教书。

1917 年　　23 岁

春，应同学吴宾若邀，与王伯祥同至角直吴县县立第五高等小学任教。在校中，他和吴宾若、王伯祥等有进步倾向的同事一起，热心改革教育，自编课本，创办农场、书店、博览室，兴建礼堂、戏台、音乐室、篆刻室，召开同乐会、恳亲会，还组织学生编演《两渔父》、《最后一课》等话剧，远足旅行。业余与同事清谈夜话，沽酒共酌，奏刀治印。假日常外出游览，欣赏评弹、昆曲及草台社戏，培养了广泛的爱好和健康的艺术情趣。这一段愉快的生活，在叶圣陶的创作中留下了深深的烙印，长篇小说《倪焕之》与剧本《恳亲会》中，都不难发现角直生活的影子。

1918 年　　24 岁

2 月至 3 月，小说《春宴琐谈》在《妇女杂志》第四卷第二、三号发表。这是叶圣陶第一篇白话短篇小说，表现了进步的妇女观。

4 月，长子叶至善生。

夏，叶圣陶与王伯祥邀请顾颉刚到角直，共赏保圣寺古代雕塑。他们发现了赵子昂所书大殿抱对，由此推知殿上罗汉为唐代杨惠之的塑作，于是呼吁聚金修缮。1923 年，得到蔡元培、马叙伦等的支持，成立了保存角直唐塑委员会，使这一古代艺术珍品得以留存。

本年，由于和在北京大学读书的顾颉刚、俞平伯等书信往还，进一步受到新文化运动的影响。年底，与王伯祥撰写《对于小学作文教授之意见》，次年 1 月 1 日在《新潮》创刊号发表。主张以“顺自然之趋势，而适应学生之地位”，为小学作文教学的主旨。

本年，曾帮助顾颉刚搜集、整理民歌。

1919 年　　25 岁

本年，仍在角直第五高等小学任教。

2 月，应顾颉刚、傅斯年、罗家伦等邀请，在《新潮》发表新诗《春雨》和短篇小说《这也是一个人》(收入《隔膜》时改题为《一生》)等，标志着叶圣陶正式以“为人生”的文艺创作加入了“五四”新文化运动和文学革命运动。同时，又发表论文，宣传妇女必须争取人格独立，充分发展能力，大胆地唾弃伪道德。而要真正地彻底地解决女子人格问题，就“要把社会上的经济制度，从根本上改革一番”。

3 月，由顾颉刚介绍加入新潮社。鲁迅指出新潮社作家群的作品，“都是‘有所为’而发，是在用改革社会的器械——虽然也没有终极的目的”，其中，叶绍钧是“有更远大的发展”(《中国新文学大系·小说二集序》)的一个。10 月 19 日，“新潮社”召开全体社员大会，公布 34 人的社员名单。其中叶绍钧是非北大同学而参加该社的第一人。

5 月 4 日，北京爆发五四运动。消息传到甪直，叶圣陶和同事们激奋异常，决定在学校门前开会庆祝，群众闻讯赶来的很多。

暑假，胡墨林调任甪直五高女子部级任教员，于是迁家甪直，赁屋镇东。

7 月，开始在上海《时事新报·学灯》发表有关人生、教育的杂文。

8 月，在《国民公报》发表杂文。

11 月，在《新潮》发表《小学教育的改造》，提出要使“儿童在学校里，知和行合一，修养和生活合一”，从而“养成更健全的个人”的主张。

年底，参与创办《直声》文艺周刊，仅出数期。

1920 年　　26 岁

本年，仍在五高任教。

4 月 1 日，在《新潮》二卷三期发表论文，认为“资本制度之下，决不容有真的谋共同生活的职业。唯有将他打破，人类方才有合理的生活，社会方才有真实的进化”。

5 月，加入苏州妇女问题讨论会，并任该会所刊《妇女杂志》驻甪直代派处之职。

6月，去苏州听杜威讲演。在《妇女评论》发表论文《评女子参政运动》，认为女子参政运动，不应以只取得选举权为最终目的，而应该从政治的广义方面着手，取得在社会各种组织中的合法地位。

10月，郑振铎因《小说月报》改组即成，来信约稿，叶圣陶以短篇小说《母》寄之，次年1月刊于改革后的《小说月报》一二卷一号，得到编者沈雁冰的赞赏。

冬，郑振铎、沈雁冰等筹备组织文学研究会。郑函邀叶圣陶列名为发起人，叶欣然同意。

1921年　　27岁

1月4日，文学研究会成立，为12个发起人之一，入会号数为第六号，编入该会读书会诗歌组。

3月，到上海鸿兴坊沈雁冰寓访沈，沈的精密和广博给他很深的印象。恰值郑振铎、沈泽民亦在沪，于是四人共游半淞园，摄影留念。

3月5日起，在《晨报副刊》“文艺谈”栏内陆续发表一组谈文艺见解、创作体会的文章，共40则，6月25日止。这是叶圣陶较为集中系统地阐明自己文艺观点的重要文章，也是认识“文学研究会”作家群“为人生”的文艺主张的重要资料。

6月7日，写论文《创作的要素》，在《小说月报》一二卷七号发表，提出“要取精当的材料”，“要表现一切的内在的实际”，“要使质和形都是和谐的自由的”三项主张。

6月20日，针对鸳鸯蝴蝶派刊物广告中的“宁可不娶小老嬷，不可不看《礼拜六》”，在《文学旬刊》第5期发表《侮辱人们的人》，严正指出：“这实在是一种侮辱，普遍的侮辱，他们侮辱自己，侮辱文学，更侮辱他人！……无论什么游戏的事总不至卑鄙到这样，游戏也要高尚和真诚的呵！”

6月，应上海吴淞中国公学代理校长张东荪和中学部主任舒新城之邀，到该校中学部教国文，初识刘延陵、吴有训、周予同等，并与陈望道交往。秋，朱自清亦应邀到中国公学任教，叶、朱始相见并交往。

7月10日，在《小说月报》一二卷七号发表第一个独幕剧《恳亲会》。洪深说：“我最近复读了一遍，仍然能使得我感动；也许我们都受过封建的顽固的成见底冷落与打击罢——在现代的中国，我们常常得和人家打着架，去贡献给他们一点好东西的！这个剧本中几个教员，写得太热诚了，太真实了！”（《中国新文学大系·戏剧集导言》）。

7月18日，与沈雁冰、郑振铎、李石岑等商务编译所同人会见胡适，谈改良商务的计划。

9月30日，第二部剧作《艺术的生活》在《戏剧》一卷五号发表。

秋，中国公学旧派教员煽动学生酿成风潮，攻击张东荪、舒新城及叶圣陶、朱自清、刘延陵、吴有训等八位教师。叶圣陶等同旧派进行了针锋相对的斗争，对于风潮中的妥协论者，则表示了罕见的愤怒和蔑视。10月21日，叶圣陶与朱自清、刘延陵等共8位教师在《时事新报》发表文章，严正申明中国公学风潮的原因及始末。风潮后，叶、朱离吴淞炮台湾暂住上海。

10月，杭州第一师范委托朱自清邀叶圣陶前往任教，11月初就任，与朱自清联床共灯，畅谈古今，吟诗抒怀，又曾泛舟西湖，寄情山水，相处得亲密无间，直到50多年后，两人还深情地驰函互诉衷怀，忆念这段难忘的岁月。

下半年，杭州一师的学生潘漠华、汪静之、魏金枝、冯雪峰、赵平复（柔石）等组织晨光文学社，叶圣陶与朱自清应邀作顾问。

1922年　　28岁

1月7日，郑振铎主编的《儿童世界》创刊，叶圣陶积极支持。自1921年11月15日起，写《小白船》投寄。本年，共写《燕子》、《一粒种子》等9篇，均在《儿童世界》刊出。这是叶圣陶童话创作的开始，也是中国新文学史上童话创作的一个良好的开端。

1月，与刘延陵、朱自清、俞平伯创办《诗》月刊，这是我国新文坛上的第一个诗刊。《诗》原用“中国新诗社”名义，由中华书局印行；一卷四号起改为文学研究会刊物，出至二卷二号停刊，共出7期。

2月，应北京大学校长蔡元培和中文系主任马裕藻的聘请，赴京任北大预科讲师，主讲作文课，与郑振铎、周作人、孙伏园及俄国盲诗人爱罗先珂等相识。在京月余，因胡夫人重身当产，辞京中教职回苏州。4月24日，生女儿至美。

3月，叶圣陶第一部短篇小说集《隔膜》，由商务印书馆出版，文学研究会丛书之一，收《一生》等20篇。这些小说，描写了弥漫于人与人之间的隔膜与不幸，并企图用人道主义的“爱”和“美”来解决这些矛盾。

4月，发表论文《诗的泉源》，认为“惟有充实的生活”才是诗的“汪汪无尽的泉源”。“生活空虚的人，也可以写诗，但只是诗的形罢了”。

5月，文学研究会诗人徐玉诺到甪直访叶圣陶，晤谈欢洽，并为徐玉诺的诗集《将来之花园》（本年8月商务印书馆出版）写跋文《玉诺的诗》，刊本年6月1日《文学旬刊》第三九期。叶圣陶的小说《火灾》中的言信君，即以徐玉诺为模特儿。

6月，文学研究会编新诗八人（朱自清、俞平伯、周作人、徐玉诺、郭绍虞、叶绍钧、刘延陵、郑振铎）合集《雪朝》，由上海商务印书馆出版，为文学研究会丛书之一。收入叶绍钧的新诗15首，编为第六集。

秋，迁居苏州城里大太平巷。

1923年　　29岁

1月19日，著文批评《小说世界》中以小说为游戏的诸作者，强调作小说要有自得的哲学，要进入人心的深处，要察知世间的真相，因而，是十分严肃的工作。这一批评，是和鲁迅《关于〈小说世界〉》的批评恰相呼应的。

春，应邀任上海商务印书馆国文部编辑。与顾颉刚合编新学制初中《国语》教科书共6册，胡适、王云五、朱经农校订。该书于各篇作者均附传略，以帮助读者了解时代、环境和文学的关系。这一套教科书，销行既久且广，1932年和1942年，均曾再版发行。

初识早期共产党人、马克思主义教育家杨贤江。杨贤江当时主编《学生杂志》，同在商务印书馆编译所工作。1931年杨病逝后，叶圣陶多次撰文、讲演纪念他，号召向他学习。

3月，举家迁上海闸北永兴路八十八号。

3月，与郑振铎等发起组织朴社。叶绍钧、郑振铎、王伯祥、俞平伯、顾颉刚等7人，每月每人出钱10元，作为出版基金，以推动文化事业。叶绍钧、俞平伯合著的《剑鞘》，即由朴社发行。

应复旦大学教授、神州女学教务长谢六逸的邀请，到这两所学校兼任新文学和国文课的教师。

5月10日，在《小说月报》著文（《诗与对仗》）反对抹煞“诗感”专讲对仗的诗风，认为不论何体，只要注目在形式之末，便易有琐碎之嫌，只有摘句，难成佳篇。

5月12日，《文学旬刊》（自第八一期改名《文学》周刊，一七二期改名《文学周报》）自第七三期起，改由王钟麟（伯祥）、余伯祥、沈雁冰（玄珠）、周予同、俞平伯、胡哲谋（子贻）、胡愈之（化鲁）、叶绍钧（圣陶）、郑振铎（西谛）、谢六逸（路易）、严既澄、顾颉刚等12人轮流主编。

5月，在《诗》第二卷第一号及第二号著文，介绍《小说月报》、《创造季刊》、《虹纹季刊》、《文学旬刊》、《草堂》、《弥洒》等不同风格流派的文学期刊。

7月27日，写《如果我是个作者》，从作者的角度对评论家提出要求，反对一味的赞扬和一味的斥责，提倡“体贴的疏解”和“直抒所感”的批评方法。

8月2日，写《读者的话》，从读者的角度对作者提出要求，要求作者的创作有鲜明的个性，能够拨动读者的心弦。

8月起，陆续写作，发表散文《没有秋虫的地方》、《藕与莼菜》、《将离》、《客语》等，自称“那些散文的情调是承袭诗词的传统的”（《杂谈我的写作》）。郁达夫称赞其“风格谨严，思想每把握住现实又脚踏实地、造作不苟”的特有风致，是高中学生写作散文的模范（《中国新文学大系·散文二集导言》）。

秋，应郭绍虞邀，到福州协和大学任教授，讲新文学。约半年，因水土不服，老母在沪，仍回上海，任商务印书馆编辑。

11月，第二部短篇小说集《火灾》由上海商务印书馆初版印行，为文学研究会丛书，收小说20篇，书前有顾颉刚序。

本月，第一本童话集《稻草人》由上海商务印书馆初版印行，为文学研究会丛书，收童话23篇。郑振铎认为在描写上，“全集中几乎没有一篇不是成功之作”（《稻草人·序》）。鲁迅则称赞：“叶绍钧先生的《稻草人》是给中国的童话开创了一条自己创作的路的”（《〈表〉译者的话》）。

12月初，经杨贤江介绍，到上海大学任教，并识瞿秋白；读瞿秋白著《饿乡纪程》与《赤都心史》。

24日，郑振铎在《文学》（周刊）第一〇二期声明：“我因事务太忙，已将《文学》一部分的事，移交给叶绍钧君经理，以后关于《文学》的一切来信，均请改寄‘上海宝山路宝通路顺泰里一弄一号’为盼”。这时，叶寓迁至顺泰里，与王伯祥、傅东华共居，寓门挂“文学研究会”的牌子，负责处理文学研究会的日常事务和信件往来。

1924年　　30岁

1月10日，针对当时文坛弊病，在《小说月报》著文（《诚实的自己的话》），主张作文要写出诚实的自己的话，从原料讲，要是真实的，深厚的，不说那些浮游无着不可证验的话；从态度讲，要是诚恳的，严肃的，不取那些油滑轻薄十分卑鄙的样子。

3月7日，为奚若译述的《天方夜谭》（中学语文科补充课本）写序，并校注。

3月，第一本关于写作的论文集《作文论》，由上海商务印书馆初版印行，编入“万有文库”。

4月9日，为《文学》（周刊）百期纪念，撰写散文《回过头来》。

4月19日，为《我们的七月》撰写散文。《我们的七月》，朱自清主编，是叶圣陶、朱自清、俞平伯、潘训等诗与散文的合集。本年7月由上海亚东图书馆初版发行。

4月，印度诗人泰戈尔访华经过上海，并作演说，叶圣陶前往听讲。

7月，迁居闸北香山路仁余里二十八号。

9月4日，写杂感《两串的人》，抗议反动军阀将人民当作牛羊一串串绑起。号召人们用战争来“铲锄恶势力恶组织”。

10月，军阀齐燮元、卢永祥混战后，与王伯祥、周予同访问浏河战区，归来写长诗《浏河战场》，记事抒感。

11月20日，为郑振铎高君箴夫妇译述的童话集《天鹅》作序，该集次年由商务印书馆初版印行，文学研究会丛书之一。

27日，作小说《潘先生在难中》。茅盾认为，这篇小说“把城市小资产阶级的没有社会意识，卑谦的利己主义，Precaution，琐屑，临虚惊而失色，暂苟安而又喜，等等心理，描写得很透彻”(《王鲁彦论》)。

11月，与俞平伯合著散文集《剑鞘》，作为“霜枫之四”，由上海霜枫社初版印行。俞平伯在《序》中解释书名的含义说：“鞘以韬锋，徒具其形，不有其利；故遂以‘剑鞘’署此书，非另有其他深意。”该集第一部分为叶绍钧作，收散文12篇。阿英称赞其中“每一篇，都可以说是非常精妙的佳构”。

12月24日，《文学》(周刊）自一〇二期起，改由叶圣陶主编。

1925年　　31岁

春，立达中学成立。5月，改称立达学会，一时许多知名人士辗转加入，计有茅盾、陈望道、叶圣陶、郑振铎、胡愈之、朱自清、夏丏尊、许杰、周予同等。

4月18日，为集体创作集《我们的六月》写散文《暮》，抒写暝色之中的愁思。该集于本年6月由上海业东图书馆出版。

5月30日，震惊中外的“五卅”惨案发生。次日，叶圣陶写散文《五月卅一日急雨中》，在《文学周报》第一七九期及《小说月报》第一六卷第七号刊出，描述在惨案发生的第二天作家在南京路上的观感。阿英认为，这标志着叶圣陶的散文写作已“从反封建的重心移到反帝国主义的重心，从激昂的反抗到相对的肉搏，从对现状的不满到愤怒的抨击，从个人主义的观点，到反个人主义的立场”(《现代十六家小品》)。

6月1日，因为上海各报对“五卅”事件不能据实报道，叶圣陶、胡愈之、应修人、楼适夷等上海学术团体对外联合会（由中华学艺社、太平洋杂志社、孤军杂志社、学术研究会、醒狮周报社、少年中国学会、上海世界语学会、上海通信图书馆、文学研究会、妇女问题研究会、中国科学社上海社友会、中华农学会组成）负责人，在郑振铎寓中集会。会上，郑振铎、胡愈之、叶圣陶等人倡议创办新报，得到与会者一致赞同。

6月2日，郑振锋、胡愈之、叶圣陶在闸北宝兴里郑寓撰稿编排。

3日，署上海学术团体对外联合会主办的《公理日报》在郑寓创刊问世。该报尖锐揭露和抨击英日帝国主义暴行，申斥总商会的奴颜媚骨，受到上海各界人民欢迎。有人在《时事新报》著文评论："五卅"发生后，"有许多爱国的学者，组织了几种报纸，其中要推'公理'的议论尤其中理而宏达，……"（火雪明:《一年中的上海报潮》）。

6月7日，发表诗作《太平之歌》，控诉帝国主义屠戮中国人民的罪行。

6月14日，发表诗作《五月三十日》，热情呼吁要牢牢记着血债，团结一心，"要扑灭那恶鬼的猖狂，要洗濯出公理人道固有的辉光"。

6月24日，《公理日报》停刊，共出22期。叶圣陶除积极参与编辑发行工作外，还亲撰社论、评论多篇。

6月，加入侯绍裘、沈雁冰、杨贤江等发起的上海教职员救国同志会。"这个会主要是上海大学、景贤女中、立达中学等学校的教职员组成，其成员许多是共产党员，也有无党派即当时赞成反帝的知名人士，如叶圣陶、周越然等"（茅盾:《五卅运动与商务印书馆罢工》）。

7月5日，在《文学周报》著文《认清敌人》，要求分清敌我营垒，"向敌人开战"。

9月，以散文《与佩弦》为挚友朱自清写照，着重描写其"慌忙"的神态和"认真"的精神，刊《文学周报》第一九二期。

秋，立达学园在上海江湾的校舍落成。叶圣陶应邀讲学，结识夏丏尊、章锡琛等，后识白采、陶元庆等。

10月，第三部小说集《线下》由商务印书馆初版印行，编入文学研究会丛书，收小说11篇。其取名《线下》，因为自认为其中的作品思想与艺术均在水平线以下。

11月1日，作小说《城中》，刊《民铎》第七卷第一号，开始在小说中歌颂不怕牺牲、意志坚定的先进青年的形象。

11月29日，作小说《在民间》，刊《新妇女》创刊号，描写热诚向工人宣传、学习的女革命者的形象。

11月，选注《荀子》由商务印书馆出版，编入学生国学丛书。此为叶圣陶研究、整理中国古代典籍的第一个成果。

12月6日下午，叶圣陶偕胡墨林赴闸北青云路广场参加市民大会。会间反动军队冲入会场，向群众开枪。归来当夜作杂文《"同胞"的枪弹》，以抒愤慨之情。

1926 年　　32 岁

1月25日，《人权保障宣言》在《展报副刊》第一四三〇号发表，署名者有王伯祥、汪静之、沈雁冰、周建人、胡愈之、夏丏尊、郭沫若、叶圣陶、蒋光赤、郑振铎、应修人等42人。

本月，丰子恺的画集《子恺漫画》出版，叶圣陶参与编辑，匠心经营，对用纸的质地颜色、版式的自然别致，都刻意考究，力求画集的装帧形式和内容和谐统一。

立达学园《园讯》一三期报导：叶圣陶、周建人、郑振铎、王伯祥等确认为会员。一五期报导：在5月27日召开的第三次导师会上，讨论添设文学专门部问题，并推定郑振铎、王伯祥、胡愈之、李石岑、周予同、章锡琛、周建人、高觉夫、李未农、刘叔琴、方光焘、丰子恺、沈亦珍、刘熏宇、夏丏尊、叶圣陶为筹备员。

5月，中国济难会成立。这是中国共产党在上海领导成立的进步群众团体，主要任务是营救被反动派逮捕的革命者，筹款救济他们的家属。1929年12月改称中国革命互济会，在各重要省市设有分会。共产党人邓中夏、黄励等先后任总会主任。叶圣陶受杨贤江委托，创办并主编中国济难会的机关刊物《光明》半月刊。

5月29日，参加上海各界为“五卅”烈士墓举行的奠基礼。会上杨杏佛的演说最为沉痛，打动了全场群众的心，大家以为他的话就是各自要说的话。其中尤其重要的一句是“我们忏悔来的！”于是归来写诗《我们忏悔来的！》，刊《光明》第二期。

6月5日，主编的《光明》半月刊问世。创刊后，即被反动当局指为“赤化”，“有特殊作用”，出至6期停刊。

7月，选注《礼记》由商务印书馆初版发行，编入学生国学丛书，是叶圣陶研究、整理我国古代文化典籍的第二项成果。

本月，第四部短篇小说集《城中》由上海开明书店初版发行，收小说九篇。叶圣陶说本集所收之作，“论质料大概是仍旧应题作‘线下’的。可是写作时不愿马虎，在现有能力之下，未曾偷懒一分，是作者可以自信的”（广告：《城中》）。

本月，三子叶至诚生。

8月6日，创造社被淞沪警厅查封，柯仲平等4人被捕。叶圣陶因辑《涂炭日志》记之，刊《光明》第六期。

8月，章锡琛、章锡珊在上海宝山路宝山里六十号创办“开明书店”，叶圣陶大力支持。此后叶圣陶的著作，多在开明出版。他并长期任开明编辑，主持开明的多种刊物的编辑工作。

8月29日，鲁迅抵沪。30日，郑振铎宴请鲁迅。叶圣陶在席间初识鲁迅，同座有刘大白、夏丏尊、陈望道、沈雁冰、胡愈之、朱自清、王伯祥、周予同、章雪村等（见鲁迅当天日记）。

9月5日，立达学会同人刊物《一般》创刊于上海。叶圣陶为该刊责任编辑之一，并为创刊号写剧评一篇。

10月5日，撰文纪念立达同人白采。

11月7日，撰文纪念角直旧友、教育家吴宾若，赞扬其对教育事业的诚恳认真、执着热情。

12月6日，作著名短篇《抗争》，刊《教育杂志》第一九卷第一号。

本年，曾经杨贤江介绍到松江景贤女子中学上海分校任教。

1927年　　33岁

1月，为从白马湖接眷赴北平路经上海的朱自清饯行，酌酒快谈，相见甚欢。

本月，点注的《传习录》由上海商务印书馆初版印行，编入学生国学丛书，是叶圣陶研究、整理我国古代文化典籍的第三本著作。

2月16日，叶圣陶、郑振铎、胡愈之、周予同、李石岑、丰子恺等人组织的“上海著作人公会”正式成立，叶圣陶为之起草《上海著作人公会缘起》。

3月，在周恩来等共产党人领导下，上海工人第三次武装起义胜利，由市民代表会议选举了上海市民政府。著作人公会是市民代表会议的积极参加者。起义成功后，其代表又被选为市政府委员。叶圣陶在起义前积极参加市民代表会议的活动；起义后，则受上海市教育局长丁晓先的委派，偕王伯祥、计硕民一起去苏州接管学校。

4月12日，蒋介石发动反革命政变，白色恐怖极为严重。叶圣陶由苏州返回上海。

5月，仁余里旧居为反动派所威胁，先迁天祥里，又迁横滨路景云里，直至1932年“一·二八”事变发生。住景云里期间，曾与周建人、沈雁冰、冯雪峰、鲁迅等为邻。

5月21日，郑振铎赴欧游学，委托胡愈之、徐调孚主持文学研究会丛书编务，《小说月报》则由叶圣陶主编。赵景深说：叶圣陶“代编《小说月报》，主编《妇女杂志》和《中学生》，几乎没有一次不是用全力对付的，一切琐碎的事，甚至校对，都由他自己动手。投稿人有信给他，如果是需要答复的，他也亲自写回信去。他的字迹圆润丰满，正显出他那谦和而又诚实的心”（《文人剪影》）。主编《小说月报》期间，重视发表新人新作，丁玲、施蛰存、巴金等的小说处女作，都是经他的手发表的。又特重视文艺评论，开创了作家论这一新的评论文体。

7月10日，在《小说月报》第一八卷第七号著文，评论青年作家王鲁彦的小说《柚子》，赞扬其“感受性非常锐敏”，“轻松的笔调”中蕴含着“深潜的悲哀”和不加雕饰的朴素的文字。

8月，被“通缉”中的沈雁冰将《幻灭》的前半部原稿交叶圣陶，第二天叶圣陶就决定刊用发稿，在《小说月报》第一八卷第九号登前半，待完稿后再在一〇号续完。为了不引起敌人注意，还建议将原署名“矛盾”改为“茅盾”。沈雁冰欣然同意，这是“茅盾”这一笔名的初次使用。

9月，选注的《苏辛词》由上海商务印书馆初版印行，编入学生国学丛书，选注苏轼词49题60首，辛弃疾词45题79首。这是叶圣陶研究、整理我国古代文化典籍的第四项成果。

10月初，与周予同、李石岑、夏丏尊、丰子恺及内山完造在功德林设素宴欢迎弘一法师（李叔同）。宴后，拜访印光法师。10月8日，写为两位法师剪影的散文《两法师》，着重介绍两人的特点，“一个是水样的秀美，飘逸，而一个是山样的浑朴，凝重”。

10月14日，知鲁迅到沪，即与黎锦明往访。10月18日，章雪村在共乐春宴请鲁迅，叶圣陶与江绍原夫妇、樊仲云、赵景深、胡愈之、周建人、许广平在座。《鲁迅日记》载，12月4日、16日、18日、24

日、27日，均与鲁迅有书信往来。

10月10日，反映“四·一二”政变后的恐怖局面，歌颂革命者不屈不挠的斗志的著名短篇《夜》，在《小说月报》第一八卷第一〇号发表，这是反映“四·一二”事变的最早的短篇小说。

本月，建议茅盾写《鲁迅论》。茅盾考虑到：“全面评论一个作家，我也是初次，对王鲁彦的作品，评论界的意见比较一致，不难写；而对鲁迅的作品，评论界往往有截然相反的意见，必须深思熟虑，使自己的论点站得住。”所以先写了《王鲁彦论》。但叶圣陶认为：“还是用鲁迅来打头炮比较好，而且那时鲁迅刚从香港来到上海，也有欢迎他的意思”（《创作生涯的开始》）。所以，《小说月报》第一八卷第一一号，首先登出《鲁迅论》。这是中国现代文学史上第一篇有见地的作家论。

11月9日，作小说《赤着的脚》，借赞颂孙中山和农民运动，斥责背叛革命的国民党新军阀。

1928年　　34岁

1月10日，在《小说月报》撰文向读者推荐《贡献》旬刊和《太阳》月刊。

1月10日，在《小说月报》发表茅盾所写第二篇作家论《王鲁彦论》。茅盾说明本篇写作中曾由“郢先生收集材料”。

同时，在《小说月报》编发茅盾的第二部小说《动摇》。

20日起，应《教育杂志》编者李石岑、周予同之约，在该刊第二〇卷第一号“教育文艺”栏内连载长篇小说《倪焕之》。

2月10日，以《小说月报》头条位置编发青年作者丁玲的第二篇小说《莎菲女士的日记》。此前以头条位置发表过丁玲的处女作《梦珂》，此后又以头条位置发表丁玲的《在黑暗中》、《阿毛姑娘》。四篇作品发表后，叶圣陶马上致书丁玲，建议编集出版，并帮助与开明书店交涉，出版了丁玲第一个短篇集《在黑暗中》。1979年丁玲拜访叶圣陶时，回首往事说：“要不是您发表我的小说，我也许就不走这路。”（叶至善《〈六幺令〉读后》）叶圣陶也在会见丁玲后写的《六幺令》中说：“回思时越半纪，一语弥深切。那日文字因缘，决定今生辙。”

4月，与夏丏尊合著《文章讲话》由开明书店出版，书前有陈望道、夏丏尊序。这是叶圣陶关于写作的第二本论文集。

5月，署名叶圣陶、何明斋编纂的儿童歌剧《风浪》，由商务印书馆初版发行。

6月，在《小说月报》编发茅盾的第三部小说《追求》，使文艺评论家的沈雁冰又以小说家茅盾的身份出现于文坛。

7月，送茅盾赴日，并受嘱代为照料家事。

本月，作小说《某城纪事》，刊《小说月报》第一九卷第九号，揭露国民党反动派投机革命又叛变革命的丑恶面目。

8月，从来稿中发现戴望舒的诗作《雨巷》，马上致函作者，称许他替新诗的音节开了一个新纪元。叶圣陶的有力荐举使戴望舒得到"雨巷诗人"的称号。《雨巷》编发在《小说月报》第一九卷第八号。

秋，与王伯祥、徐调孚、丁玲、胡也频等到海宁，共赏钱塘江潮。1979年，在书赠丁玲的《六幺令》中写道："更忆钱塘午夜，共赏潮头雪。"

10月26日，为《未厌集》写《题记》，说："有人说我是厌世家，自我检察，似乎未必是。不想去自杀，这个世怎么厌？自家是这样想的。几篇小说集拢来付刊，就用'未厌'两字题之"。1982年2月，又作《"这个世如何能厌？"》，重申这一人生观点。

11月15日，《倪焕之》作毕。

12月3日，作小说《冥世别》，初次采用浪漫主义手法，歌颂革命烈士死而弥坚、决不屈服的斗争精神。

本月，第五本短篇小说集《未厌集》由上海商务印书馆初版印行，编为文学研究会丛书，收小说10篇，书前有作者《题记》，解释题名的用意。

1929年　　35岁

1月10日，在《小说月报》第二〇卷一至四号编发巴金的处女作《灭亡》，年仅24岁的巴金，于是在叶圣陶支持帮助下开始走上文坛。

4月，在《文学周报》发表翻译小说《马利亚》，并介绍原著者涅维洛夫的简单生平。这是仅见的叶圣陶的翻译小说。

春，郑振铎返沪。《小说月报》自第二〇卷第六号起交郑振铎编辑。

7月，选注的《周姜词》由商务印书馆初版印行，编为“万有文库第一集八二七种学生国学丛书”，收入周邦彦、姜夔词共75首。这是叶圣陶研究、整理我国古代文化典籍的重要成果之五。

8月，长篇小说《倪焕之》由上海开明书店初版发行，共30章。书前有夏丏尊《关于〈倪焕之〉》、茅盾《读〈倪焕之〉》，书后有《作者自记》。夏丏尊说这是国内文坛上“划一时代的东西”，茅盾誉为完成了‘扛鼎’的工作”。解放前，《倪焕之》共印13版。

8月22日，以新版《倪焕之》送赠鲁迅和许广平，鲁迅记入当日日记。

8月26日，在《一般》第九卷第二号撰文纪念玄达同人画家陶元庆。

9月5日，作童话《古代英雄的石像》，开始了童话创作的第二个高潮。

秋，率家属编《十三经索引》。叶圣陶说：“十八年秋，小儿至诚既三周岁，余妻墨林免于哺乳提抱之役，谋有所事，借遣长昼，余遂定意作此《十三经索引》。以工余自任断句，墨林与余母剪贴编排，而铮子内姑及吴天然女士王濬华女士亦时来相助；历一年半而书成。寒夜一灯，指僵若失，夏炎罢扇，汗湿衣衫，顾皆为之弗倦。友人戏谓家庭手工业也。”(《十三经索引·自序》)

1930年　　36岁

1月20日，著名童话《皇帝的新衣》在《教育杂志》1月号上发表。

本月，开明书店主要刊物之一《中学生》创刊，叶圣陶为作《写作杂话》在创刊号发表，后在第二至三号续刊。

20日，《中学生》创刊号发布《中学生劝学奖金章程》，并公布夏丏尊、章锡琛、刘大白、叶绍钧、周予同、林语堂、舒新城、丰子恺、顾均正等9人为“中学生劝学奖金委员会”委员。

3月2日，在党的领导下，中国左翼作家联盟在上海成立。左联成立前冯雪峰找到叶圣陶，认为叶圣陶、陈望道、郑振铎等还是保持表面中立态度为好，这样于工作有利。因此，叶圣陶没有加入左联，但却为左联做了许多工作。左联解散时，茅盾曾征求过叶圣陶的意见。

4月4日，茅盾从日本归国，叶圣陶到码头迎接。

5日，陪茅盾夫妇往访鲁迅，鲁迅记入当天日记。

夏，《妇女杂志》主编杜就田辞职，叶圣陶受商务印书馆委派接任主编，自第一六卷七月号起革新，编至第一七卷三月号，辞交杨润余主编。叶圣陶接任后，一面向旧友驰函约稿，要求文章只须平常谈话那样轻松随便，笔下常带感情，尤宜于妇女读者，一面发起各种征文，活跃版面，加强读者、作者、编者之间的联系。

9月17日，柔石、冯雪峰、冯乃超等发起集会纪念鲁迅五十寿辰，地点请史沫特莱女士定在荷兰西菜馆。当时左翼各文化团体代表和叶圣陶、傅东华、茅盾、田汉都参加，并每人集资3元，为鲁迅设宴祝寿。鲁迅在当天日记中写道："友人为我在荷兰西菜室作五十岁纪念，晚与广平携海婴同往，席中共二十二人，夜归"。

10月29日，作散文《过去随谈》，刊《中学生》一一号，回忆少年生活。

年底，应章锡琛邀请，辞去商务印书馆职务，改任开明书店编辑。当时开明书店编译所主任是夏丏尊，实际主持编辑工作的有叶圣陶、王伯祥等。叶圣陶说："因为开明里老朋友多，共同作事，兴趣好些。"(《略叙》) 他是文学家，也是出色的编辑，他一丝不苟的工作作风，给开明同人做出了好的榜样。在开明书店，叶圣陶先后参加《中学生》、《新少年》、《中学生文艺》等的编辑工作。

1931年　　37岁

1月17日，共产党员、青年作家柔石、殷夫、胡也频、冯铿等被捕。叶圣陶闻讯后立即参与营救，先在开明书店筹款，又和夏丏尊联名写信请国民党元老邵力子帮助。

3月，任《中学生》、《中学生文艺》编辑。在叶圣陶编辑期间，《中学生》特辟"青年论坛"、"青年文艺"等栏目，鼓励和支持青年投稿。同时又注意从来稿中发现和培养青年作家，如徐盈和彭子冈夫妇、胡绳和吴金衡夫妇，都是在给《中学生》投稿时被叶圣陶发现加意培养而成为知名作者的。

6月，第二本童话集《古代英雄的石像》由开明书店初版印行，为开明少年丛书之一。收童话9篇，丰子恺插图，书后附丰子恺的《读后感》。

本月，编选《开明语体文选类编》，由上海开明书店出版。

7月，编选《开明古文选类编》，由上海开明书店出版。

8月，与王统照在上海江湾会晤，王谈及他创作两个长篇的打算。叶圣陶极表赞同，并希望早日完成。翌年年底，长篇小说《山雨》完稿，交开明书店出版，叶圣陶亲自代为校对。

9月，丁玲主编左联机关刊物《北斗》月刊于20日创刊，叶圣陶寄散文《速写》、《牵牛花》给予支持。

本月，散文小说集《脚步集》由上海新中国书局初版印行，编入新中国文艺丛书，收小说2篇，散文10篇，书前有《作者自记》。

"九·一八"事变发生，叶圣陶对蒋介石集团奉行不抵抗主义，葬送东北三省，单会乞求国联的卖国罪行，极为愤慨。他与夏丏尊联名撰文，其中说："我们翻开地图来看，辽宁、吉林明明是我国的土地，那里住着百千万我们的同胞。但是，此刻在那里杀人放火的是日本的军队，此刻在那里奔跑示威的是日本的战马和炮车，而此刻在那里呼号啼哭受尽痛苦的是我们的同胞！想到这里，心中的愤恨象火一般燃烧起来了。日本帝国主义是我们的仇敌，我们要有结实的拳头来对付他！但是，我国政府却去告诉国际联盟，要国际联盟出来说话。国际联盟原来是帝国主义的团体，流氓与流氓是一伙儿，对我们难道会有好处么？"（《知与情意》）

11—12月，屡与鲁迅书信往还（见《鲁迅日记》11月16日，12月3日、17日、19日）。12月19日，鲁迅以所译《毁灭》赠叶圣陶，并附信，其中有曰："聊印数书，以贻同气，所谓'相濡以沫'，殊可哀也。"后叶圣陶据以写成回忆文章《"相濡以沫"》，收入上海文艺出版社《鲁迅回忆录》第一集。

12月19日，上海文艺界夏丏尊、周建人、胡愈之、傅东华、叶绍钧、郁达夫、丁玲等20余人在四川路青年会食堂集会，发起组织上海文艺界反帝抗日联盟。大会通过七项纲领，决定联盟的任务是团结全国文艺界，作反帝抗日之文化运动及联络国际反帝组织。

28 日，上海文化界反帝抗日联盟第一届执行委员会首次集会，决议出版机关杂志《文化通讯》，推举楼适夷、郁达夫、丁玲、夏丏尊、叶绍钧 5 人筹备。

本月，为《中学生各科学习法》撰序，该书系夏丏尊、林语堂等著，12 月由开明书店出版。

1932 年　　38 岁

1 月 20 日，应编者丁玲邀约为《北斗》月刊撰文，谈论创作不振的原因及其出路。

28 日，“一·二八”战争爆发，旧居陷于火线，先后避难于松筠别墅、多福里；停战后迁至人安里。28 日夜 3 时，初闻枪声，知中国军队开始对日作战，非常激动，旋闻总退却，极为难过。他说：“二十一年‘一·二八’之后，余家老幼自闸北寓所仓皇出走，衣物一无所携，数十日间，饱听敌人飞机重炮之声，感愤填膺，而无计可施”（《十三经索引·自序》）。

2 月 1 日，在《中学生》第二二号始辟“文章病院”栏，手订规约，将《中国国民党第四届第一次中央执行委员会全体会议宣言》、《江苏省立中等学校校长劝告全省中等学校学生复课书》等作为“患者”批评解剖。

2 月 3 日，与鲁迅、茅盾、郁达夫、丁玲、胡愈之、陈望道、沈起予、何丹仁、周起应、华汉、田汉、夏衍等共 43 人共同签署《上海文化界告全世界书》，抗议日本帝国主义侵略中国、制造“一·二八”事变的暴行。

7 日，鲁迅、茅盾等联合 129 名爱国人士发表《为抗议日军进攻上海屠杀民众宣言》，叶圣陶具名。

8 日，上海著作家愤于日寇暴行，集合讨论组织中国作家抗日会，决定各项工作原则。并设立经济委员会，由戈公振、潘光旦、李石岑、叶绍钧、陈晶清、乐嗣炳任委员；编辑委员有胡秋原、何丹仁、严灵峰、胡愈之、王亚南、郁达夫、区克宜、叶绍钧等 11 人。

6 月起，叶绍钧编纂、丰子恺绘画的初级小学用《开明国语课本》（共 8 册），由开明书店初版印行，解放前共印行 40 多版次。

本月，《开明文学辞典》由开明书店初版发行，编辑主干章克标，编辑者沈叔之、宋云彬、林语堂、徐调孚、夏丏尊、章锡琛、张梓生、黄幼雄、叶作舟、叶圣陶、顾均正、丰子恺。

7月10日，为《文学月报》写散文《战时琐记》，回忆“一·二八”事变中的遭遇和心情。

12月1日起，原为“鸳鸯蝴蝶派”阵地的《申报·自由谈》改由黎烈文主编，成为鲁迅、茅盾等左翼作家和进步作家的阵地。本月3日、23日，叶圣陶以散文、杂文投寄《申报·自由谈》，给予支持。

本月12日，中苏邦交恢复。柳亚子、鲁迅、茅盾、叶圣陶、夏丏尊、胡愈之、郁达夫等55人共同签署《中国著作家为中苏复交致苏联电》。

1933年　　39岁

1月1日，应《东方杂志》编者约为该刊“新年的梦想”投寄杂感。

3月1日起，在《中学生》连载与夏丏尊合作的《文心》，至1934年8月1日第四六号止。叶圣陶说：“《中学生》这个杂志的一个特点是注意语文研究，我就与亲家夏丏翁合作《文心》，按期刊载。这部书用小说体裁叙述学习国文的知识和技能，算是很新鲜的，至今还被许多中学采用，作为学生的课外读物”（《杂谈我的写作》）。朱自清说：“书中将读法与做法打成一片，而又能就近取譬，切实易行。……再则本书是一篇故事，故事的穿插，一些不缺少；自然比那些论文式纲举目张的著作容易教人记住——换句话说，收效自然大些。至少在这一件上，这是一部空前的书。”（《文心·序》

4月6日，鲁迅、郁达夫、郑振铎、茅盾、叶圣陶、陈望道、胡愈之、洪深、夏衍、傅东华、谢六逸、徐调孚、周建人、黄源等在会宾楼晚宴，郑振铎发起。席间讨论并决定创办大型文学月刊《文学》。

13日，与郁达夫、茅盾、陈望道、洪深、杜衡、鲁迅、田汉、丁玲等联名发表为2月20日横死之日本左翼作家小林多喜二的遗族募捐启事，刊《中国论坛》第二卷第四期。

5月，撰文谈自己的创作经验，题为《随便谈谈我的写小说》。

5月14日晚，左翼作家丁玲、潘梓年被捕，23日，叶圣陶与蔡元培、胡愈之、洪深、邹韬奋、郁达夫、陈望道、柳亚子、夏丏尊等39人致电南京政府行政院长和司法行政部长，请释放丁、潘。为营救他们，叶圣陶积极参加筹款、发表抗议声明等活动。

29日，参加立达同人匡互生追悼会。

7月1日，《文学》创刊，编辑委员会初由鲁迅、茅盾、陈望道、郁达夫、郑振铎、叶绍钧，夏丏尊等组成。

著名短篇《多收了三五斗》在《文学》创刊号发表。

9月15日，在《申报月刊》发表散文《中年人》，主张人到中年仍不应丧失朝气，而应跟随时代前进。

10月1日，在《中学生》撰文回忆辛亥革命在苏州的情形。

本月，与何明斋合编儿童歌剧《蜜蜂》由商务印书馆初版发行，编为“小学生文库第一集”。

11月1日，针对国民党反动派“读书救国”的论调，写了《读书》，尖锐地指出其目的是为造成“干练的帮手”、“驯良的顺民”。

本年，与夏丏尊发起创办开明书店函授学校，成立函授学校出版社，聘请各方面专家编辑函授教材。《开明国文讲义》由叶圣陶、夏丏尊、宋云彬、陈望道合编。一年后，因批改作业的负担过重而停办。

1934年　　　　40岁

1月1日，在《中学生》第四一号撰文谈姜夔的元旦词，呼吁“现在我们不欢喜描写身边琐事的文字，而要求触着时代的作品”。

2月，叶圣陶的长子叶至善与夏丏尊的小女夏满子订婚。为写散文《儿子的订婚》，刊《中学生》第四三号。

3月，《多收了三五斗》由鲁迅和茅盾编入中国现代作家短篇小说集《草鞋脚》。该书由伊罗生译成英文，1974年在美国麻省理工学院出版社出版。

夏，叶圣陶与陈望道、陈子展、徐懋庸、乐嗣炳、夏丏尊、曹聚仁等在上海福州路咖喱饭店集会，针对汪懋祖等的“读经运动”与许梦因等的“复兴文言”，决定在《申报·自由谈》上发表文章，倡导大众语运动。6月25日，叶圣陶所作《杂谈读书作文与大众语文字》在

《申报·自由谈》刊出，文章说“必须根源于现实生活，文章才真能写通，写出来才真有意义”；“大众语文字须由大众的努力，才得建立起来，教育家、语言学家、文学家等等尤其要特别努力”。

6月，《文心》由开明书店初版发行，书前有陈望道《序》和朱自清《序》。1948年5月开明书店出20版。

本月，叶绍钧编纂、丰子恺绘画的高级小学用《开明国语课本》，由开明书店初版印行。

8月，《十三经索引》由开明书店初版印行。1957年11月中华书局重印，删去《自序》和《十三经经文》。这是叶圣陶研究、整理我国古代文化典籍的成果之六。

9月20日，陈望道主编《太白》半月刊在上海创刊。该刊以杂文、散文为主，上海生活书店发行，发行人徐伯昕，叶绍钧为11位编辑委员之一。

叶圣陶的《写不出什么》在《太白》创刊号发表，指出：“在这年头，小品文是时髦不过的”，那是“闲适生活”的产物，对“论语派”寓讽刺之意。

秋，为朱自清《欧游杂记》设计并题字、校对，朱自清致书感谢。

10月1日，回忆中学时代生活，作《掮枪的生活》，刊《中学生》48号。

5日、20日，回忆童年生活，作散文《“说书”》、《昆曲》，在《太白》第二、三期发表。

11月，与夏丏尊、宋云彬、陈望道合编《开明国文讲义》由开明函授学校出版，开明书店印行，共3册。

12月15日，为陈友琴编选《清人绝句选》撰序，该书于次年1月由开明书店线装问世。

1935年　　41岁

3月，小朋友社等15团体，叶圣陶等200人联合发起手头字（即简化汉字）运动，《推行手头字缘起》分别在《中学生》、《太白》等报刊发表。他们推行的第一批300个手头字是我国最早的一批简化汉字。

3月1日，针对文学青年不重基础训练而好高骛远的倾向，作《木炭习作跟短小文字》，刊于《中学生》五三号。

3月14日，为《中国新文学大系》的出版发表感想，载上海《大公报》。

6月，针对封建复古的逆流，上海"文学社"等17团体、叶圣陶等149人联名发表《我们对于文化运动的意见》，载生活书店版《读书与出版》第二号。

本月，夏丏尊、叶圣陶合编《国文百八课》由开明书店初版发行。

与尤墨君、傅东华合著《写作的健康与疾病》由开明书店出版，署中学生杂志社编。收入叶圣陶作《作自己要作的题目》、《"通"与"不通"》、《"好"与"不好"》3篇。

6月底，鲁迅、郑振铎、茅盾、胡愈之、叶圣陶等酝酿收集出版瞿秋白遗稿，叶圣陶与郑振铎、胡愈之、章锡琛、王伯祥等参与集资排印《海上述林》。

7月，为郑振铎、傅东华编《文学百题》而写的论文《所谓文艺的"永久性"是什么》，收入该书由生活书店出版。

8月，上海良友图书印刷公司印行《中国新文学大系》，茅盾编选的小说一集选叶圣陶小说5篇；郁达夫编选的散文二集，选叶圣陶散文5篇；朱自清编选的诗集，选叶圣陶诗歌2首。

本月，中国文学珍本丛书第一辑50种由上海杂志公司发行，施蛰存主编，叶圣陶为21位编选委员之一。

9月，应王伯祥请，允上海亚细亚书局以"叶绍钧著"的名义印行《作文概说》一书。

12月，散文集《未厌居习作》由上海开明书店出版，收入《自序》及散文36篇，编为开明文学丛刊，是叶圣陶自编自选个人创作的第一部散文集。

本年到次年，叶圣陶与夏丏尊应邀担任中等教育播音演讲。叶圣陶先后向全国中等学校学生作过六次关于国文学习的讲话，后辑入《阅读与写作》。

1936年　　42岁

1月，开明书店为纪念创业十周年，创刊《新少年》半月刊，夏丏尊任社长，叶圣陶、顾均正、丰子恺、宋易编辑，章锡琛发行。

10日，《新少年》创刊，特辟“文章展览”栏，由叶圣陶撰作。每期选录范文一篇，加上讲解。自1月10日创刊号到12月25日第二卷第一二期共讲解了朱自清、夏丏尊、茅盾、巴金、鲁迅、徐志摩、周作人、丰子恺、胡适、夏衍、郭沫若、沈从文、老舍、蔡元培、胡愈之、邹韬奋等24位著名现代作家的作品，后集成《文章例话》一书。

3月，《圣陶短篇小说集》由上海商务印书馆初版印行，编为文学研究会丛书，收入小说28篇。这是叶圣陶第一种自选小说集。

4月15日，著名小说《一篇宣言》在《大公报》发表，自言那是“写国民党反动派之畏惧民意，辄思压制，而手段又卑劣而愚蠢。教师方面则爱国有心，而团结无力”（《书简》，1962年6月19日）。

23日，偕王统照游苏州，看了可园、沧浪亭、文庙、植园以及顾家的怡园，又去吴苑吃了茶。25日，离开苏州到太湖中的洞庭山游览。归来写成散文《记游洞庭西山》，刊《越风》第一三期。

6月7日，茅盾、傅东华、叶圣陶、夏丏尊等40人发起的“中国文艺家协会”成立，并发表《中国文艺家协会组织缘起》、《中国文艺家协会宣言》和《中国文艺家协会简章》。

本月，以来访亲戚的见闻及报章杂志的材料为素材，编排糅合为小说《寒假的一天》，刊《文季月刊》第一卷第二号，热情支持青年学生的爱国抗日行动。

8月，短篇小说及童话集《四三集》，由上海良友图书印刷公司初版印行，编为良友文学丛书第二九种，收入短篇小说18篇，童话两篇。叶圣陶说，“这本集子是四十三岁的一年出版的，就叫《四三集》吧”（《自序》）。

10月1日，巴金、王统照、包天笑、沈起予、林语堂、洪深、周瘦鹃、茅盾、陈望道、郭沫若、夏丏尊、张天翼、傅东华、叶绍钧、郑振铎、郑伯奇、赵家璧、黎烈文、鲁迅、谢冰心、丰子恺等21位代表不同流派的作家联名发表《文艺界同人为团结御侮与言论自由宣言》，标志着文艺界抗日统一战线的初步形成。

同日，在《文学》第七卷第四号著文批判国民党官僚群的“推销主义”作风。

15日，在《作家》第二卷第一号著文，假托来自沦陷区某商人的话，反映沦陷区人民的痛苦生活，揭露日伪的罪行。

19日，鲁迅病逝于大陆新村寓所。22日下午2时至5时举行葬仪，叶圣陶与郑振铎、沙汀等率领执绋队伍6000余人为鲁迅先生送葬。并写了《鲁迅先生的精神》、《挽鲁迅先生》等诗文深致哀悼。

12月2日，为《文章例话》撰序。

本年，《大公报·文艺》设立文艺奖金，邀请杨振声、朱自清、朱光潜、叶圣陶、巴金、靳以、李健吾、林徽音、沈从文、凌叔华任裁判委员。

1937年　　43岁

1月1日，在《大公报·文艺》著文评论曹禺的《日出》，认为它虽是剧作，其实也是诗。

1月10日至3月10日，在《新少年》等刊物发表一组四篇关于文艺作品鉴赏的论文，强调要认真阅读并在阅读中研究、考查，善于驱遣想象，以接受美感的经验，得到人生的受用，注意训练语感和倾听别人的意见，即在阅读作品的同时参考一些批评文章等。

1月15日，大型综合文摘刊物《月报》创刊，夏丏尊任社长，胡愈之、孙怀仁、胡仲持、邵宗汉、叶圣陶编辑，并分别主持“政治”、“经济”、“学术”、“社会”、“文艺”各栏，章锡琛发行，开明书店印刷。出至第7期因“八·一三”战事停刊。

2月，文艺评论集《文章例话》由开明书店初版印行，至1949年3月共印11版。

5月，《大公报》文艺奖金评选活动开始，由杨今甫、沈从文、巴金、章靳以、叶圣陶、李健吾、朱孟实、朱佩弦、凌叔华、林徽因等组成审查委员会。15日公布第一届当选的作家作品为曹禺的《日出》，芦楚的《谷》，何其芳的《画梦录》。

6月，夏丏尊、叶绍钧合编《初中国文教本》（共6册）开始由开明书店初版发行。

7月7日，卢沟桥事变发生。迟迟不见国民党有出兵抗日的实际行动，作《鹧鸪天》借抒惆怅心情和同仇敌忾投身战事的决心。

8月13日，日寇进攻上海。16日，排印中的《中学生》第七七号及开明书店的所有机构并承印书刊的美成印刷厂，悉为日寇炮火所毁，《中学生》与《新少年》停刊。

9月3日夜，吴大琨往访，述前方及伤员情形。叶圣陶颇为感动，写《卜算子》两首。

21日，苏州危急。叶圣陶偕老母、妹妹、胡墨林及至善、至美、至诚、夏满子离开苏州新居，由杭州避居白马湖和绍兴。

下旬，叶圣陶与开明书店经理章锡琛、范洗人在杭州会齐，取道吴兴、长兴、宣城、芜湖抵达汉口，准备在汉口恢复书店。日寇在金山卫登陆后，叶圣陶即函嘱胡墨林率家人到南昌转武汉。11月18日，叶圣陶自汉口登轮经九江到南昌接家眷未遇，22日回汉口。12月初，与辗转抵汉的家眷聚首。

11月10日，叶圣陶与章雪村倡和的词作在《文学》最末一期刊出，编者加以《感奋词钞》的标题并加附记："于调孚偶见雪村圣陶唱酬之作，乱离忧愤，情见乎辞，而慷慨激昂，应不让稼轩独步。"

12月，从上海运往汉口的开明书店书籍纸张印刷机械在中途遭劫。12日，南京被围，国民党军准备弃守，武汉人心浮动，原拟在武汉重建开明的计划只得撤销。叶圣陶决定西行入川，在致王伯祥、夏丏尊信中说："近日所希，乃在赴渝。渝非善地，故自知之。然为我都，国命所托，于焉饿死，差可慰心。幸得苟全，尚可奋勤，择一途径，贡其微力。"

26日，率家眷登"民族轮"，行四日达宜昌。在宜昌过年。

1938年　　　　44岁

1月4日，自宜昌乘"民主轮"西行，9日抵重庆，暂居复兴观巷二号甥刘仰之家，后住重庆市西三街九号。途中作江行杂诗、宜昌杂诗数首，表达了"故乡且付梦魂间，不扫妖氛誓不还"的决心和信心。

15日，支持谢冰莹创办的重庆《新民报》副刊《血潮》创刊，并陆续投寄《江行杂诗》、《向着简练方面努力》等诗文。

本月，为与夏丏尊合著的《阅读与写作》写序。

2 月，宋云彬在汉口创办大路书店，叶圣陶为发起人之一。2 月 20 日，茅盾、叶圣陶、楼适夷、宋云彬主编的《少年先锋》半月刊创刊，大路书店发行。叶圣陶为该刊创刊号写了《少年们的责任》。

本月，应邀到重庆巴蜀学校教初中国文，每周二时。

3 月，应重庆国立中央戏剧学校教务长曹禺的邀请，到该校任教，每周两节国文。

应陈子展、伍蠡甫邀到北碚复旦大学教国文，每二周教课六节。

27 日，中华全国文艺界抗敌协会在武汉成立，由楼适夷等提议，叶圣陶为大会主席团成员。

3 至 4 月，受中苏文化协会聘请，任该会研究部副主任。

4 月，连续为儿童节撰文，论述抗战时期少年们的任务。后与茅盾等将有关文章辑为《给战时少年》一书。

16 日，茅盾主编《文艺阵地》半月刊创刊，叶圣陶投以《从疏忽转到谨严》一文支持。

本月，夏丏尊、叶圣陶合著文艺论文集《文章讲话》，由开明书店出版，编为开明青年丛书，全书共 10 章。这是两人合作的第二项成果。

夏丏尊、叶绍钧合作的第三项成果《阅读与写作》由开明书店出版。本书收入 1935 至 1936 年夏，二人担任中等教育播音演讲时所作的讲话及其他有关文章，共 10 篇，编入开明青年丛书。

5 月，写诗《题伯祥书巢》、《会见》、《策杖》、《自北碚夜发至公园》等诗，在"战场血肉已模糊"的现实中，仍存"会见贼势逐退潮"的信心。

与茅盾等合著《给战时少年》，由汉口大路书店出版，收入叶圣陶短文《少年们的责任》等 4 篇。

4 日，中华全国文艺界抗敌协会会刊《抗战文艺》在汉口创刊，叶圣陶为编委会成员之一。

7 月 9 日，为《抗战文艺》"保卫大武汉专号（下）"撰文，对国民党当局消极抗战深表不满。

9 月 3 日，被黄炎培等聘为《国讯》旬刊编辑委员。10 月 13 日，在该刊第一八五期撰文谈识字与受教育。

10 月 9 日，与顾颉刚等小学同学聚会，向高风亮节不与敌伪同流合污的小学老师章伯寅表示敬意。

本月，应陈通伯邀到乐山武汉大学任教，担任一年级国文与二年级作文，每周八节。10 月 22 日午后率全家登江轮，19 日抵嘉定，定居乐山较场坝。作《鹧鸪天——初至乐山》，其中有“忽讶生涯类隐沦，青衣江畔著吟身”的感慨。

1939 年　　45 岁

1 月，《国文百八课》被成都国民党当局扣压审查。

14 日，中华全国文艺界抗敌协会成都分会成立。2 月 16 日，该会会刊《笔阵》半月刊创刊，编委有李劼人、邓均吾、罗念生、王一波、曹葆华、叶菲洛、任钧、周文；常务编委有陈翔鹤、顾绶昌、萧军。该刊自新二期起，改由叶圣陶、牧野主编。

2 月，为乐山县立女中学生讲演，叶至美记录。记录稿刊于 2 月 17 日《华西日报》。

3 月 28 日，章雪山宴客于桂林美丽川菜馆。席间，傅彬然被推戴为《中学生》杂志社主编，叶圣陶任社长。

4 月 9 日下午，“文协”召开第一届年会，叶圣陶等 45 人当选为理事。

5 月 5 日，《中学生》杂志改为《中学生战时半月刊》在桂林复刊，叶圣陶遥任社长，编委有王鲁彦、张梓生、宋云彬、傅彬然、胡愈之、覃祖璋、唐锡光、丰子恺。中学生杂志社出版，开明书店发行，每月 5 日、20 日出版。

6 月 4 日，长子叶至善与夏丏尊女满子在乐山结婚，得夏丏尊贺诗四绝，叶圣陶依韵和之。

7 月 10 日，作诗祝老友王伯祥五十初度，既忧愤于“夷夏辨未严，奸佞方高骞。团结聊复云，同根犹相煎”，又期冀着“佳气向中原，重逢喜欲颠”。

8 月 4 日，日机轰炸桂林，《中学生战时半月刊》印刷所被震毁。

本月，应四川省教育厅邀请，赴成都中学教师暑假讲习所授课。其间，曾游灌县，观都江堰，经索桥，入青城山。吟成《自成都之灌县口占》、《游青城口占》等诗。

8 月 12 日，日机狂炸乐山，举家老幼破后门逃出，至贺昌群家暂避。

虽无一伤之，但所有衣物器用书籍，悉付一炬。炸后租赁城外野屋，生活艰苦，作诗文记当时情境感受，仍盼“行见下江汉，神京扫妖雾”。

10月，武汉大学中文系主任以柳宗元《佩韦赋》译为恒言作题目，测验一年级新生，遭到叶圣陶、朱东润等联合反对，拒绝阅卷，一时称为“恒言之役”。

1940年　　46岁

4月，散文《乐山被炸》在《中学生战时半月刊》第二〇期发表，记述1939年8月乐山被炸惨状甚详。

6月16日，浦江清主编（后改余冠英）《国文月刊》创刊，后叶圣陶等编辑。

7月，应四川省教育厅厅长郭有守邀请，任该厅教育科学馆专门委员，从事教育研究，撰写论文多篇。秋，迁居成都新西门外。

9月，应中国青年写作协会邀演讲多次。

11月，会见朱自清，时朱自清任教西南联大，家属居成都东门外。

1941年　　47岁

3月15日，“文协”用通信选举办法改选第四届理事，于本日开票，叶圣陶被选为理事。

4月30日，四川省教育厅创办《文史教学》问世，厅长郭有守自任社长，编辑委员有顾颉刚、钱穆、叶绍钧、朱自清、章柳泉、郭秀敏、张之波等。

5月23日，吟诗答朱自清，有句曰：“攘夷大愿终当偿，无间地老与天荒。人生决非梦一场，耿耿此心永弗忘”，与老友共勉共励。

8月30日，在《教育通讯》“教师节专号”撰文《如果我当教师》，谈教师应有的修养。

9月21日，吟诗送朱自清去昆明，友情深挚。

11月，为中学生撰文讲解学习写作的方法，提醒一要注意用词的准确，二要注意不可用说明来代替表现（指叙述、描写等），并且强调要养成习惯。文刊《中学生战时半月刊》第五〇期。

1942 年　　48 岁

1 月，成都《国文杂志》创刊，普益图书公司出版，署胡墨林编辑，实为叶圣陶编，共出六期。

本月，《中学精读文选》由桂林文化供应社出版，署叶圣陶、胡翰先合编。

3 月，叶绍钧朱自清合著《精读指导举隅》由商务印书馆初版印行，编入四川教育科学馆国文教学丛刊新中学文库。这是专供中学国文教师参考用的教学指导书，蕴含着作者多年积累的读书经验和写作体会。

4 月，傅彬然至成都访叶圣陶，商谈《中学生战时半月刊》由桂林迁成都编辑出版事宜。

16 日，应高琦中学校长杨立之约，参加该校教师团契会，并讲话，题作《教育所以养成好习惯》。

18 日，上午至华西坝齐鲁大学上课两小时。下午应金陵大学文学系史学系约，作题为《东方在其中矣》的讲演，阐述树立人生理想之重要。听者百余人。

本月，“文协”成都分会会刊《笔阵》复刊，署中华全国文艺界抗战协会成都分会出版部叶圣陶、牧野主编，莽原出版社出版，自新五期起改由东方书社发行，出至第一六期停刊。

5 月 2 日，应傅彬然邀，拟去桂林旅行，一则商定开明书店事务，一则为看望老友，游览桂林山水。当日八时乘汽车离蓉，次日抵渝。寓开明书店重庆办事处。此间，会见了许多朋友，并讲演多次。14 日自渝登车起程，车中得一律，拟寄丰子恺。15 日，到贵阳，宿开明书店贵州办事处。23 日与友人游花溪，应邀为清华中学师生讲演，题为《国文之学习》。返贵阳途中，于马车上成一词《木兰花》。27 日，读曹禺剧本《蜕变》，认为取义与对话均佳，而结构嫌松散。此间不断闻浙东金华战事危急，滇亦告紧，殊为忧虑。31 日，续行，6 月 2 日至金城江。次日改乘火车，4 日抵桂林。会见宋云彬、吴朗西、沈雁冰、金仲华等。自蓉至桂走了一月又三天，沿路阻难重重，艰辛备尝。

6 月 9 日，至茅盾寓所，听茅盾夫妇讲在新疆一年间之所历及香港脱险经过。10 日应文化供应社中同人结集的文学组之招，作一谈话。日来赣、粤、滇战事甚紧，浙省几已全陷，深忧时局艰危。11日，晤欧阳予倩，向其请教桂剧大略。13日，议定在成都设“开明编译所成都办事处”，由叶圣陶主持，仲华、彬然、云彬为编译委员。15日撰《作一个文艺作者》，为《中学生》之卷头言。19日，应邀至桂林中学讲演，即以此文为材料。此日看完丁西林所作剧本《妙峰山》，认为结构台词均好。24日，续议开明事，决定加请子恺、祖璋为编译所委员。25日，应邀为桂林师范毕业班三班讲训练教学与文艺写作问题。

10月11日，乘机自桂抵渝。次日，改乘汽车，于13日抵蓉。为期两个多月的蓉桂之旅，至此结束。

1943年　　49岁

1月，与朱自清合著《略读指导举隅》，由商务印书馆出版，为四川省教育科学馆国文教学丛书之一。本书旨在把一向被忽视的“略读”也列入正式课程，由教师给学生以切实的指导，以扩大知识领域，提高独立地阅读成本、成套书的能力。

2月，往观“张蘅兰先生父子遗作展览”，作诗赞扬其艺术成就和“诚中形外”的品质。

28日，“文协”成都分会假青年会举行年会，叶圣陶、陶雄、碧野、陈翔鹤、李劼人等9人被选为五届理事。

3月，著文评介冰心《关于女人》中的《我的同班》，指出冰心已经舍弃了她的柔细清丽的作风，转向苍劲朴茂。

4月，“文协”成都分会编选《笔阵》丛书及译书丛书，叶圣陶、李劼人、陈翔鹤、碧野、陶雄、谢文炳、罗念生等7人组成丛书编委会。

4日，作小说《皮包》，讽刺国民党官场风气。

5月6日，成都文艺界发起为万迪鹤遗属募集赡养费及为贫病作家张天翼募集医药费活动，王冰洋、王余杞、李劼人、牧野、陶雄、陈翔鹤、叶圣陶、碧野、谢文炳、罗念生、苏子涵发起。

31日，入川居乐山后与上海诸友通信已满百封，作诗纪念，表达以诸友为骨肉的深挚友情。

本月，为马君玠诗集《北望集》题写书名并制跋语。

7月12日，为中华剧艺社将上演夏衍剧作《第七号风球》(又名《法西斯细菌》)题诗，赞“夏衍文风朴且清”。

15日，在《国文月刊》著文介绍闻一多新著《楚辞校补》。

8月，在《国文杂志》和《中学生战时月刊》著文，推荐朱自清新著《经典常谈》，说这是为青年学生读古书而写的“切实而浅明的白话文导言”。

9月，《杂谈我的写作》、《略叙》和《著作一览》，收入《文艺写作经验谈》，由重庆天地出版社出版。其中回忆了自己的生活和写作的经历，是研究叶圣陶生平思想的重要资料。

本月，夏丏尊结婚四十年（欧洲称为“羊毛婚”)，章雪村等开明同人纷纷写诗致祝，叶圣陶依韵和诗，刊于上海《万象》。

11月15日，“文协”成都分会暨成都文艺界50余人，上午10点在成都竞成园礼堂为叶圣陶补祝五十大寿，到场人员有陈白尘、陈翔鹤、叶丁易、刘海粟、应云卫、李劼人、瞿白音、陶雄、刘开渠、谢冰莹、杨村彬、耿震等，成都各大书店经理人和中华剧艺社演职员等均自动到会。陶雄主席，洪钟唱贺诗，陈白尘宣读中华全国文艺界抗敌协会总会贺电，王冰洋报告叶圣陶致力于文艺活动的生平史实，张逸生朗诵《倪焕之》中的一节，叶圣陶致答词。宴后合影留念。《华西日报》、《华西晚报》、《新蜀报》等发表了祝贺文章和有关的消息报导。

12月，为感谢朋友们祝寿爱戴的厚意作《答复朋友们》，刊《华西日报》。文章说：“朋友厚爱我，宽容我，使我感激；又夸张地赞许我，使我羞愧，虽然羞愧，想到这无非要我好，也还是感激。……在这样温暖的人情中，我更没有理由不打算加紧补习。”

本月，作《以画为喻》，认为创作首先要做到“真切见到”，“必须要把整个的心跟事物相对，又把整个的心深入事物之中，不仅认识其表面，并且透达其精蕴，才能够真切的见到些什么。”

本年，在成都参观全国木刻展览，并为汪刃锋的木刻集《刃锋木刻》作跋。

1944年　　50岁

1月5日，在《华西晚报》著文(《能读的作品》)，强调“在文艺，能读是个重要条件”，读“要达出语言的节奏跟情趣”，而“这样的读”，“必须文字本身是活生生的语言才行”。

28日，为画家张大千临摹敦煌壁画展览题诗。

2月，在《中学生》著文评论1941年12月30日东北沦陷区内一千多青年学生，被敌伪逮捕遭严刑的“一二·三〇事件”。

本月，在《中学生》著文评介波兰瓦希列夫斯卡著、曹靖华译长篇小说《虹》。

2月21日至3月20日，在《华西晚报》、《华西日报》发表四篇文章，总题为《致教师书》，对于如何训育学生，如何办好学校，如何看待和处理学生看小说等问题提出系统的意见。

4月15日下午，“文协”成都分会在青年会举行年会，到会四十余人，改选理事。叶圣陶、李劼人、陈翔鹤、谢文炳、罗念生、陶雄、杨云慧、刘开渠、陈白尘等当选为理事，郭有守、牧野、王冰洋、洪钟等候补。叶圣陶与陈白尘负责理事会出版部工作。会上议决援助贫病作家为本年工作中心。

5月15日，发表小说《邻舍吴老先生》，赞扬象吴老先生这样性情倔强狷介、决不同流合污的爱国者。

6月，在《中学生》著文抗议敌伪逮捕夏丏尊、章锡琛。

在《中学生》著文推荐吕叔湘新著《文言虚字》，认为这是引导读者对普通文言的语法成分作语法研究的重要著作。

20日，在《文学修养》著文（《关于谈文学修养》）谈生活与文学的关系，强调文学是生活的源头上流出来的江河溪沟。生活在先，文学在后。生活充实的人不一定要弄文学，不弄文学的人却也一定要求生活充实。

7月7日，作《“七七”七周年随笔》，谴责国民党的抗战只有“朝一席谈话夜一席谈话”，“横一篇文字竖一篇文字”而没有行动，对“新机不见”、“旧染更深”的现状深表忧虑。

本月，《中学生战时月刊》随开明书店由桂林撤迁重庆。叶圣陶赴渝与章锡琛、傅彬然等安排有关事宜，9月初返成都。在渝会晤何其芳、胡绳等。

8月6日，再次著文呼吁援助贫病作家，同时以本文稿费捐入援助贫病作家基金。

13日，作《“八一三”随笔》，针对蒋介石的“以不变应万变”，尖锐地指出：“以不变应万变虽是最高原则，实践起来却不能不见事行事。仗一定要打到胜利为止，建国大业非完成不可，那是不变。至于封建习性，糊涂头脑，官僚政治，独占经济，还有其他种种，如果也是个不变，那就完了。那些个不变就是不革命，不革命，即使幸而打胜了日本，又有什么好处？变吧，革命吧，该死的赶快死去吧，新生的赶快长成吧。”

10月19日，参加成都各大学学生秘密举行的鲁迅逝世八周年纪念会并发言。

11月11日，为集成图书馆开幕作《集成图书馆记》。

1945年　　51岁

1月1日，在《华西晚报》发表文章，表示要说真实的话，为真理而与不好的环境斗争，被囚被杀也不改变。

本月，读毛泽东同志《在延安文艺座谈会上的讲话》，为黄药眠赠。

针对国民党当局不准暴露他们的黑暗的倒行逆施作《暴露》，指出“暴露的文字和言语可以遏止，可是事实既经成立，就不容抹掉，也就无法教人不知道。事实本身的存在就是一种最有力的暴露”。

本月，散文小说集《西川集》，由重庆文艺书局出版，编为文艺丛书之四，同年10月在上海再版。这是八年抗战期间出版的唯一的一本创作集，收入19题25篇，有散文，有评论，有小说，有的论及政治、时局，有的论及教育、文艺。

2月，“文协”成都分会召开会员联谊大会，座谈当前文艺运动，叶圣陶、黄药眠、洪钟等发言。“文协”聘请叶圣陶、李劼人、陈翔鹤等13人组成文化人协济委员会作为“文协”附属组织，主管捐款、赈济等事宜。

24日，为丁聪所画《现象图》题《踏莎行》一阕，先叹：“现象如斯，人间何世”，再指出“无耻荒淫，有为惕厉，并存此土殊根蒂。愿君更画半边儿，笔端佳气如初霁”。

4月，叶圣陶编辑之《国文杂志》在渝复刊。

在《中学生》撰文悼念罗斯福总统。

18日，《华西晚报》创刊四周年，写诗《言论自由》致祝。

本月，与朱自清合著《国文教学》由开明书店出版，其中收集叶圣陶关于语文教材教法的研究论文8篇作为上辑，下辑为朱自清的论文。

5月4日，参加“文协”年会，当选为理事。参加文艺节大会，当选为主席。参加成都各大中学校一百零三团体联合举办的纪念五四大会，大会遭特务捣乱。晚，赴华大体育场参加成都各大学学生团体纪念五四营火晚会，应邀讲话。面对企图冲击会场的反动军警、特务，勉励青年发扬五四精神，朗诵了《言论自由》一诗。会后参加火炬游行。

29日离成都，30日抵重庆，6月15日返成都。此行主要为商谈有关开明书店事务。

6月23日，为庆祝沈雁冰五十初度而写的《略谈雁冰兄的文学工作》，在《华西晚报》发表，稍后又刊《文哨》。

24日，沈雁冰五十寿辰。郭沫若、老舍、叶圣陶、洪深、陈白尘、巴金等24人发起，在白象街十五号附一号西南实业大厅举行庆祝茶会。叶圣陶返回成都后还与文艺界同人发起举办庆祝会。会上叶圣陶情绪激昂，站在凳上高声呼喊：“我们要和茅盾一样提着灯笼在黑暗里行走，现在成都、重庆、昆明各地到处有人点着灯笼，光明越聚越多，黑暗终将冲破。”

30日，晤见自昆明返成都的朱自清。

本月，郭沫若应邀赴苏，叶圣陶赋诗送别。

7月11日，章元善发起成立“手工艺集谈会”。叶圣陶为会员，14日在该会演讲，谈手工艺对心理建设的贡献。

16日，《开明少年》月刊在重庆创刊，叶圣陶等主编，开明书店出版，第一三期后迁上海，共出64期。创刊号上，发表叶圣陶所撰文字5篇。

7月中旬，成都为大中学生及社会青年举办文艺讲座，由“文协”成都分会筹办，李劼人、叶圣陶为正副主任，其他委员有郭有守、周太玄、陈帆、黄药眠、陈翔鹤、陈白尘等。叶圣陶于18日讲鲁迅的《风波》。主讲者还有姚雪垠、吴作人、朱自清、陈白尘、刘开渠等。这次文艺讲座，被国民党内部通报为“异党活动”。

8月3日，潘公展约见，以《中学生战时月刊》谈政治过多诫之。

5日，文艺讲座结束，叶圣陶致闭幕词。

本月，日寇投降，举国欢腾。叶圣陶在成都《新民报晚刊》、重庆《新华日报》、上海《建国日报》以及《中学生》等报刊相继撰文，一面庆祝胜利，一面呼吁自由。

9月1日，为成都《新民报晚刊》撰文呼吁保障发表的自由。

8日，重庆《东方杂志》、《新中华》、《中学生》等8种杂志抗议国民党的图书审查制度，决定不再送稿审查。成都新闻出版界闻讯响应。叶圣陶代表成都17文化团体起草《成都十七文化团体致重庆杂志界的一封公开信》。次日，又为成都言论界起草宣言《我们永不要图书审查制度》，刊于《中华论坛》、《中学生》、《文化》、《民主世界》、《民宪半月刊》、《东方杂志》、《国讯》、《新中华》、《宪政月刊》联合增刊及《周报》等。宣言说：“我国向来行专制政治，处于牛羊地位的公众无所谓发表的自由。现在专制政治要结束了，发表的自由成为公众生活的要素，大家必须努力争取、享有他，同时必须努力学习，使发表的自由收到充分的效益。一面争取，一面学习，从今开始不算迟，可是非开始不可。”

26日，迁居重庆。

10月16日，应周恩来同志邀至曾家岩中共办事处晚宴，初识周恩来同志，叶以群、吴组缃、老舍、靳以、胡风、何其芳、王若飞、徐冰同席。

本月，周恩来、宋庆龄、郭沫若、茅盾、叶圣陶、柳亚子、冯雪峰、许寿裳等发起筹备鲁迅逝世九周年纪念会。会上，周恩来、老舍、胡风、叶圣陶、郭沫若、柳亚子、冯玉祥、许寿裳发言。

10月21日，全国“文协”在重庆张家花园举办会员联欢晚会，老舍主持，郭沫若、叶圣陶、巴金、冯雪峰等56人参加。周恩来应邀出席并讲话，题为《延安的文艺活动》。

11月，代表《中学生》杂志社与重庆26家杂志社联名发表《“不要内战”——重庆二十七种杂志的呼吁》。

10日，在《民主》撰文（《也算呼吁》）反对内战：“打内战，就人民的立场说，是无论如何不能容许的。”“万不要以为‘人民’两字只是个抽象的概念，……他们不容许打内战，就将用他们的力量制止打内战。在人民的力量之下，即使是最愚笨的人，也会知道胜负之数属于谁的。”

25日，作诗祝沈雁冰五十初度，以托尔斯泰、易卜生赞许。

11月起，昆明特务屡次袭击联大、云大等校。12月7日，叶圣陶与郭沫若、茅盾、巴金、冯雪峰、胡风、曹靖华、阳翰笙等18人致函昆明各校师生，对死者致悼，对伤者慰问，祝生者继续努力，以期达到制止内战、实现民主和平之目的。

12月，与郭沫若、茅盾、老舍、阳翰笙、冯乃超等17人联名致函美国援华会作者委员会赛珍珠及全美作家，吁请美国朋友阻止美国士兵卷入中国内战。

25日下午，别重庆登木船拟经三峡顺江东下赴沪。1980年叶圣陶回忆说：“那次乘木船出川完全是不得已。飞机、轮船、汽车都没有我们的份，心头又急于东归，只得放大胆子冒一冒翻船和遭劫的危险。木船是开明书店雇的，大小两艘载了五十多人，有开明的同事，有搭载的亲友，有全家老小，有单身一个”（《东归江行日记·序》）。28日11时启行，29日至洛碛，登岸至国立女子师范，谒章伯寅。31晚歇于南沱，买肉饮酒，与舟人共度除夕，并亲自守夜。此系入川第八个年头。

本年，赵家璧代表良友图书印刷公司约请叶圣陶续编《中国新文学大系》第三期抗战八年中的“散文集”，已签约稿合同，后因良友内部的分歧，未能如愿。

1946年　　52岁

1月1日，船过“铁门槛”酆都。3日抵万县，《开明少年》二月号稿编竣，即自万县经重庆航寄上海付排。4日游万县。6日，另一木船遇险，众人惶惶，叶圣陶主张以好船载两船之人，坏船运物，两船并行，众人稍安。7日，至奉节，遥望白帝城，见煮盐灶。8日，见滟滪堆，因风急，舟泊夔门壁下。9日，入巫峡，见巫山十二峰，自云“我辈得以卧游巫峡，此卧游系真正之卧游，亦足自豪”。另一舟触礁，书籍水湿。守夜卧读谷崎润一郎之《春琴抄》，“篷上淅沥有雨点，风声水声相为应和。身在巫峡之中，独醒听之，意趣不可状”。11日，舟出川境，夕泊巴东。12、13日，遇风，过险滩，过西陵峡。14日，抵宜昌，访新生书店。20日，由飞岛轮拖带离宜昌，“晴光一江，水声汤汤，较诸划船之时，意兴迥异。”21日，泊沙市。24日，歇城陵矶，登岸观日寇俘虏留置处。27日14时，抵汉口，阅报知协商会议已将闭幕，评曰：“有原则之决定，少切实之办法，殆与其他会议无殊。”31日，见邵荃麟，知协商会议详情。访张静庐，接洽汽船。

2月1日，邵荃麟偕《大刚报》社长王怀冰来访。2日，乘“风茂”轮离汉口。9日抵上海，居霞飞路霞飞坊三十五号妹叶绍铭家，见夏丏尊夫妇、王伯祥夫妇、顾均正夫妇，东归江行之旅，至此告终。当日日记有言：“余此次东归，最可慰者，即侍母还沪，得与我妹见面，且一路无恙。有此可慰，一切辛劳足以抵偿矣。”夏丏尊肺病转剧，心绪烦恼，“见余与满子等归来，自觉意慰”。

10日，重庆各界人民在较场口集会庆祝政治协商会议成功，国民党派特务捣毁会场，殴伤郭沫若、李公朴、施复亮、章乃器等60余人，史称“较场口事件”。次日，叶圣陶与郑振铎、周建人等联名电慰受伤人士；又与郑振铎、周建人、赵朴初、沙千里等联名致电国民党政府，抗议暴徒行径，要求惩办凶手；叶圣陶还与周谷城、陈子展、傅彬然联名写信慰问郭沫若，信上严正地抗议：“象这样破坏纲纪的举动，断不容再行发生”，并代表“中学生杂志社”发表严正声明，抗议陪都凶案。

17日，参加上海30余团体欢迎沈钧儒大会，并致欢迎词。会上通过致蒋介石书，要求惩办较场口事件肇事者，实施四项诺言，撤消戒严令，停止推行保甲制度。

年初，因开明事繁，抽身不得，派叶至诚随宋之的、赵慧琛、罗稷南、叶以群等到苏北解放区参观，回来后详细听取汇报。

18日下午，“文协”上海分会举行盛大集会，欢送老舍、曹禺赴美讲学，欢迎从重庆、厦门等地来沪的文化界人士。叶圣陶与会讲话并为大会题词留念：“文协上海分会欢送舒舍予、万家宝两先生赴美讲学，宣扬我国新文化。到会者咸签名于此纸，永为留念，时为三十五年二月十八日下午四时，会场为金联食堂。叶圣陶书端。”

19 日，迁居祥经里。

28 日，主持“文协”在辣斐大戏院举办的文艺欣赏会，并致开会词。

2 月，开明书店刊物在沪复刊：《中学生》由叶圣陶、顾均正、傅彬然、徐调孚主编；《开明少年》由叶圣陶、贾祖璋、唐锡光、叶至善主编。

3 月 1 日，在《中学生》撰文声援上海人民发起的“助学运动”，谴责国民党政府的种种非难和压制。

本月起，任“文协”总务部部长，主持中华全国文艺界协会的日常工作。

4 月 1 日，在《中学生》撰文慰问在艰难困苦的环境下坚守岗位的广大教师，自言从他们的团结、斗争的精神中看到了光明的希望。

7 日，在《消息半周刊》第 1 期发表《我坐了木船》，谈东归江行的情况和感受。

23 日下午 9 时，夏丏尊病逝，叶圣陶深感悲愤，即把夏先生的临终愤语“胜利，到底啥人胜利——无从说起！”公告于天下。此后屡作诗文，深致追悼之情。

28 日，作《答丏翁》。发表《从此不再听见他的声音——悼念夏丏尊先生》。

30 日，参加追悼王若飞、秦邦宪、叶挺等“四八”烈士大会，并为筹备会成员之一，与宋庆龄、左舜生、黄炎培、柳亚子等联名发表《祭文》及《上海各界追悼王秦叶黄诸先生大会筹备会启事》。

5 月 4 日，叶圣陶在辣斐大戏院主持“文协”上海分会庆祝胜利后第一届文艺节大会及文艺欣赏会，并致辞说：“文艺工作者，要有所爱，有所恨，有所为，有所不为；和广大的人民，为同一个目标而斗争。”

6 日，为上海《世界晨报》题词：“从五四开始的反帝反封建精神，几经锻炼，直到现在，已经成为一股大力量了，最后的胜利是我们的。”

7日，郭沫若、茅盾、田汉、郑振铎、许广平、周建人、马叙伦、叶圣陶、曹靖华、胡风、沙汀、赵景深等 35 人联名发表公开信，表示“大后方收复区的人民始终与解放区的人民一样的要求和平团结与民主”，深信“人民大众的愿望一定会实现的”。

23 日，与顾均正、夏衍等为募集夏丏尊先生纪念金，资助中学国文教师发表启事。

6月2日，到浴佛寺主持夏丏尊先生追悼会，致悼词。

上旬，上海文化界164人上书蒋介石、马歇尔、民主同盟及社会贤达、青年党、中共代表团，呼吁和平，叶圣陶具名。

15日，针对蒋介石"停战十五天"的"和平"烟幕，和傅彬然、顾均正、徐调孚、王伯祥、周予同、郭绍虞等联名发表《十五天后能和平吗？》，文章提出严正警告："站在人民的立场，我们对于好战分子要大声警告：你们不要再做武力统一的迷梦了。"

23日，参加欢迎上海各界争取和平代表马叙伦等赴南京请愿的群众会。马叙伦等在南京下关遭特务殴打。24日，叶圣陶致书《大公报》，抗议特务暴行。26日，又针对国民党诬蔑马叙伦不是"人民代表"的谬论，挺身而出在《文汇报》上宣称："我就是推选他们的一个。"

7月11日，民主战士李公朴被国民党特务暗杀于昆明。15日，叶圣陶代新书业同人联谊会撰文，将李案公告上海。

13日，茅盾、郭沫若、叶圣陶、郑振铎、洪深等共为"大同文学丛书"编委，茅盾主编。

15日，闻一多又在昆明被国民党特务暗杀。

16日，与茅盾、夏衍、许广平、巴金等上海文化界人士共260人，联名发表反内战争自由宣言。

17日，"文协"发表《中华文艺协会总会为李闻惨案宣言》、《中华文协总会告世界学者和文艺作家书》，《文协总会致于邵二先生电》、《中华全国文艺协会总会唁电》。

18日，《文汇报》因发表两封致上海市警察的信被罚令停刊一周。19日夜，叶圣陶致书《文汇报》"读者的话"主编柯灵，建议停刊期满时专辟特刊，揭载各界读者支持该报的文字。25日，《文汇报》据此建议以《读者的话》发表各界读者的慰问信，又辟整一版以《真理在哪一面？》为总题目，转载上海和外地中外报刊的评论。事后，柯灵说："在'五四'及其稍后一辈的老作家中，颇有些这样的典型：待人接物，谦和平易，质朴无华，看来很有些温柔敦厚气；但外柔内刚，方正耿直，眼睛里容不得沙子，遇到需要行动的时候，绝不落在任何人后面。对这种前辈风仪，我怀有衷心的景仰。叶圣老就是其中的一

位。”（《叶圣陶同志的一封信》）

19日，与郭沫若、茅盾、周建人、许广平、田汉等23人，致电联合国人权委员会，控诉国民党唆使特务暗杀李公朴、闻一多，以及排列黑名单，疯狂迫害革命人民和民主人士的罪行，请立即派调查团来华。

20日，在《民主》撰文，题为《多谈没有用，只说几句》，一针见血地指出了李、闻血案的罪魁祸首，同时表示：“‘人生自古谁无死’，今天，为争取民主与和平而呼号的人士，也没有一个怕死的。”

在《文艺学习》撰文（《谈学习文艺》）谈文艺与生活经验的关系。

21日，主持召开“文协”会员大会，向李、闻二先生致哀，讨论对李、闻事件的对策。叶圣陶与郭沫若、朱自清、吴晗等编辑《闻一多全集》。

23日，应郭沫若邀，听周恩来同志讲当前形势。

25日，著名教育家陶行知先生逝世，叶圣陶为追悼大会筹备委员会成员之一。次日作诗挽陶行知先生，诗末说：“汇为巨力致民主，庶几精诚报导师”。

26日，与茅盾、郭沫若、冯乃超等出席“文协”总会追悼闻一多、李公朴大会，通过“文协”总会为李、闻惨案告世界学者和文艺作家书。

7月，与周予同、郭绍虞、覃必陶合编《开明新编国文读本（甲种）》由开明书店出版。甲种六册，专选白话，实践叶圣陶白话、文言分科的主张。

8月1日，出席《文汇报》举办的“两大难题——升学与就业”座谈会并发言，指出有志青年不必去攀“学府的门墙”。

在《中学生》发表《开明书店二十周年》，总结了20年来开明书店的主要经验，又从现实的困难说到必须争取和平与民主的前景。

8月上旬，为中华全国木刻协会编《抗战八年木刻选集》制序毕。该序由张沛霖译成英文，吕叔湘校订。序中赞扬木刻家们在作品中表露了“对于敌人的憎恨，对于受苦难者的同感（不是同情），对于大众生活的体验，对于自由中国的希望”。自7月11日起，代表开明书店接受陈烟桥、李桦委托承担该选集的编印任务，9月15日印装全部完工，从稿齐到出书，历时仅51天。

15 日，茅盾、叶圣陶等上海文化界人士 50 余人联合致函慰问“劳协”。

18 日，出席《文汇报》召开的“挽救在学青年”座谈会，指出“文字并不可靠，教本少用为妙”。

24 日，《周报》被迫停刊。叶圣陶在休刊号“我的控诉”栏内著文抗议，指出“侵犯人民的自由，比较个人侵犯他人的自由，案情更见严重”。

31 日，“文协”上海分会在红棉酒家盛会欢迎到沪会员邵荃麟等，茅盾、郭沫若、叶圣陶等参加。

9 月 18—30 日，“抗战八年木刻展览”在上海大新公司二楼展出，叶圣陶往观甚喜。

21 日，应周恩来同志邀到马思南路周公馆听讲国共谈判经过。

26 日，上海十余团体联合举行“美军退出中国周”，招待教育文化界人士，叶圣陶为招待会主席。

10 月 4 日，上海各界 5000 多人在天蟾舞台举行追悼李公朴、闻一多大会，周恩来写悼词委托邓颖超代读。叶圣陶参加追悼会。6 日，代表“文协”参加各界公祭李、闻二先生，作《公祭李闻祭文》。

10 日，开明书店召开成立二十周年纪念会，茅盾到会致贺，赞扬叶圣陶和开明书店进步人士的斗争精神和斗争方式。

为《开明书店二十周年纪念文集》撰序。

19 日，“文协”总会等 12 团体在辣斐大戏院举行鲁迅逝世十周年纪念大会，主席邵力子，主席团由邵力子、郭沫若、茅盾、沈钧儒、马叙伦、叶圣陶、翦伯赞组成，周恩来同志到会讲话，到会 4000 余人。叶圣陶在会上说：鲁迅最喜欢引用庄子“相濡以沫”这句话，可以代表鲁迅先生的精神。鲁迅所期望的中国，直到今天还未实现，我们大家要发扬鲁迅先生这种团结的精神，汇成如海如潮的力量来促成新中国的实现。

20 日，上海文化界组织群众性祭扫鲁迅先生墓的活动，叶圣陶向参加活动的青年讲述鲁迅的斗争史绩。

本月，“文协”借锦江酒家欢送“出国研究水利”的冯玉祥，叶圣陶主持欢送会并致辞。

31 日，《民主》被迫停刊。叶圣陶在休刊号上撰文抗议："自然，多刺一刀，教我们痛得更利害。可是，多刺一刀，也教我们恨得更深切。……我们决不肯说'予欲无言'，我们要呼喊'记住这个恨'！"

11 月 3 日，复旦大学教授陈望道、靳以、萧乾等宴邀茅盾、李健吾、叶圣陶、郑振铎、巴金等，餐毕开座谈会，叶圣陶讲《语言与文字》。

7 日，在《新文化》撰文阐扬鲁迅"相濡以沫"的精神。

16 日，出席《文汇报》召开的中等教育改革座谈会并发言，认为忽略社会经济因素，变革改良都是空论。

20 日，叶圣陶在《中学生》杂志社主持召开"中学生与政治"专题座谈会，徐调孚、傅彬然、周予同、孙起孟等教育界知名人士应邀出席。

23 日，出席中苏文协为沈雁冰访苏饯行宴会。24 日，出席"文协"总会、中国木刻协会、中国漫画协会、创作者联谊会、诗歌工作者联谊会、杂志联谊会、新书出版业联谊会、新音乐社等十团体的欢送会。25 日，出席苏联总领事的饯行宴会，席间赋诗。

29 日，夜间醒来作诗《寿朱德将军六十》："止戈为武古之训，乃役于人耶墨心。六十生涯粪革命，愿缘义公祝长春"。次日午时，至马思南路中共办事处为朱德同志祝寿，酣饮大醉。

12 月 1 日，叶圣陶在《中学生》撰文（《名与实》）呼吁"发为言论，表于行动，打消这一分不平等条约"，反对蒋介石政府与美国在南京签订《中美友好通商航海条约》。

12 月 1 日，上海文艺团体在清华同学会欢送茅盾，叶圣陶主持欢送会并致辞。5 日，茅盾乘斯摩尔尼号离沪，郭沫若、叶圣陶等送至码头。

本月，与郑振铎、郭绍虞、郭沫若、马叙伦、陈望道等发起组织"中国语文学会"。

与郭沫若、柳亚子、许广平、周建人、马叙伦等，赞助纪念昆明"一二·一"烈士于再的活动。

1947 年　　53 岁

1 月初，就"沈崇事件"与郭沫若、叶以群、洪深等联合抗议驻华美军侮辱与虐杀我国人民的暴行。

8 日，为李健吾讽刺剧《和平颂》上演赋诗，指出“谁识健吾酸楚意，《和平颂》里悼苍生”。

本月，与洪深、郭沫若、郑振铎、茅盾共为大地书屋出版“大地文学丛书”编委，该丛书包括洪深、茅盾、萧红、西谛、吴祖光、适夷、李广田等的著述和李青崖、戴望舒、何家槐等的译著。

2 月 1 日，在《中学生》撰文（《谈利用》），痛斥反动派散布的“莫要被人利用”的谬论，支持上海人民的抗暴行动。

9 日，国民党特务捣坏上海第三区百货业工会职工发起的爱用国货抵制美货运动筹备大会，打伤多人，梁仁达受伤致死，于是，各界纷纷组织“二九惨案后援会”。3 月 1 日，叶圣陶在《中学生》撰文（《重新做人》）痛斥惨案的主使者是禽兽都不如的东西。

3 月 1 日，在《中学生》“精读举隅”栏内，讲解朱自清的散文《飞》，引致批评。叶圣陶撰文答辩，说明自己关于文言和白话的辩证主张：“我与先生一样，反对教后代写文言，期望他们能写纯粹的白话文。反对写文言的理由不为别的，只为在现今的时代，再用文言来写作，就不适当了，效果就不好了。可是我以为后一代还得理解文言，因为他们要看好些文言的书，在日常生活中也常常要与文言接触。”

2 日，中国语文学会假开明书店四楼衎福楼召开会议，选举叶绍钧等为第一届监事。

13 日，参加田汉五十寿辰并创作三十周年纪念会，以二绝句致祝，赞其“众体兼收时出新，贯之以一为人民”。

14 日，曹禺赴美讲学归来，为之接风。

15 日，在《文艺春秋》发表论文（《一篇象样的作品》），指出“语言文字的追求并非无聊的行径，说得深一点，那就是生命的追求：有怎样的生活经验，才说得出怎样的话，写得出怎样的文字”。

本月，《开明书店二十周年纪念文集》由开明书店出版，叶圣陶编并写《序》，收吕叔湘、郭绍虞、浦江清、郭沫若、钱钟书、王了一、游国恩、翦伯赞等文章十篇。

4 月 6 日，郑振铎五十初度，作《鹧鸪天》致祝，赞其“精修笃学长无懈，伟绩他时讵易量”。

4月21日，作诗纪念夏丏尊逝世一周年，以“未改襟怀守益坚”告慰亡友。

25日下午，沈雁冰访苏归来，叶圣陶到江汉关码头迎接。

28日，与诸友在郭沫若寓为沈接风，席间致辞。

5月3日，“文协”召开会员大会，叶圣陶蝉联理事、常务理事。

本月，全国学生起而反对国民党当局关于会考的决定，受到蒋介石集团的恫吓压制。叶圣陶与柳亚子、傅彬然、杨卫玉、贾祖璋等发表文章，驳斥国民党诬蔑“这次学潮有背景，受了什么势力的策动”，提出解决学潮的办法。

20日，反动军警同时在南京和天津殴伤、逮捕学生百余人，酿成“五·二〇血案”。次日，叶圣陶写成《南京事件》，向受伤的同学致诚恳的慰问，向游行的学生致深挚的敬意。6月份《中学生》已排校完毕，因骨鲠在喉，此文必发，于是补入此篇。同时《中学生》还刊出《理应怎样与实际怎样》，强调人民至上，不承认有什么特权人物。

6月初，叶圣陶与上海文艺界人士100余人发表紧急呼吁，支持学生争取民主自由的行动，反对国民党反动派镇压学生封禁报纸的罪行。

7月，叶圣陶撰《少年国语读本》（共4册）由开明书店初版印行。其内容切近少年生活，文字精当流畅，富于文艺情趣，少年需用的文体大体齐备，可供写作的范本。

8月，《开明新编国文读本（乙种）》（共3册），由开明书店出版，叶圣陶、徐调孚、郭绍虞、覃必陶合编。这一种专选文言短篇，各篇的内容都是现代青年所能了解，所能接受的。

9月1日，以鲁迅的《风波》为例向中学生讲怎样描写人物的行动。

10月1日，全国“文协”会刊《中国作家》创刊，舒舍予发行，叶圣陶主编，开明书店印刷，共出3期。

2日，与朱自清联名在《华北日报》发表论文，认为理想的白话文应以上口不上口做标准。

15日，在《文讯月刊》著文（《工余随笔》），严格剖析自己过去对生活“所入不深”的思想原因，表示愿站在自己的地位，从践履方面努力，以求稍稍深入一些。至于作不作文，作得好不好，倒在其次。

30日，在《今文学丛刊》发表论文，辨析中国文学的“言志”与“载道”两大流派，以为二者含义相同，并不对立；同时强调“时代有古今，地域有南北东西，人有阶级、教育、习染种种的不同，这些因素相乘，就来了各式各样的‘志’和‘道’。表现在文学方面，就来了各式各样的文学。”

11月19日，为上海春明书店版《叶圣陶文集》制序毕。

12月1日，看苏联1946年体育节运动大会记录片有感作《青春的旋律》，希望在不久的将来，我们的青年也有他们的春天。

1948年 54岁

1月1日，在《中学生》发表《新年致辞》，指出“谁忠实于生活，热爱着人类，谁就会抱着这个希望，而且努力实现这个希望”。

本月，叶圣陶编选的《叶圣陶文集》由上海春风书店出版，为中华全国文艺协会刊行的“现代作家文丛”第五集。共为3辑，收入小说11篇，散文8篇，童话7篇。

5月26日，与景宋、郑振铎等一起在《大公报》撰文推荐曹禺新作《艳阳天》。

6月1日，《中学生》出满200期，叶圣陶组织纪念活动，将该期《中学生》辟为“本志第二百期纪念特辑”，除自己写了《本志的宗旨与态度》外，还约请顾均正、傅彬然、徐调孚等撰文，总结经验，鼓舞作者和读者。

7月，应上海交通大学之邀讲演，题为《青年·生活·学习》。

8月起，《开明新编高级国文读本》（共6册）由开明书店出版，第一册朱自清、吕叔湘、叶圣陶合编，第二册起朱自清、吕叔湘、叶圣陶、李广田合编。《开明文言读本》（共3册）由开明书店出版，朱自清、吕叔湘、叶圣陶合编。这三册与《开明新编高级国文读本》配套，专收文言。

8月，叶圣陶撰《儿童国语读本》由开明书店出版，共4册。

13日午后，闻朱自清死讯后即撰文痛悼，刊《文艺春秋》。18日又在《文讯月刊》评论朱自清的诗。

30日下午，叶圣陶与许景宋、胡风、李健吾、杨晦、陈望道等出席“文协”与清华同学会联合举行的朱自清先生追悼会，并致悼词。

本月，朱自清先生病逝后，叶圣陶等11人组成“《朱自清全集》编辑委员会”，负责整理朱自清遗稿，拟定《全集》目录计26种，加上日记、书札和年谱，约计190万字。

9月1日、10日，分别在《中学生》、《国文月刊》撰文纪念朱自清。

26日下午3时，为撰述《一千五百种现代中国小说和戏剧》而由平至沪的法国神父善普仁，在上海南京西路康乐酒楼别墅厅，邀请文艺界人士茶聚并留影，叶圣陶与赵景深、徐调孚、唐弢、臧克家等出席并致辞。

10月13日，弘一法师（李叔同）圆寂五周年，丰子恺、叶圣陶、施蛰存、杨同芳、傅彬然等发起纪念。

11月，接中共地下党通知，为防国民党特务毒手，去辣斐德路叶绍铭家暂避约半月。时接党的通知经香港去解放区参加新政协，接头的同志为李正文。

11月2日，杜守素来访。12月20日，觉农来访。均代表党组织前来邀叶圣陶夫妇往解放区。

1949年　　　　55岁

1月7日，与胡墨林等离沪，乘永生轮11日抵香港，暂居九龙德邻公寓。12日夏衍来访，言昨日接北方来电，“询余到后，一切尚待商谈，缓数日再决”。午后访金仲华，金“谓余出来为佳，留沪不妥。余于此终未能深信。若不为有事可做，仅为避扰，决不欲有此一行也。”13日，遇高祖文、李正文。十日前李正文曾“访余于四马路，转达促行之意”。15日，读“报载毛泽东之文告”。柳亚子夫妇等来访。16日，宋云彬导游渡海访邵荃麟，复至冯乃超寓聚餐，同席有周而复、夏衍等。17日，迁入九龙饭店。摄影为旅港纪念。18日，应新中国书局约，与宋云彬、傅彬然、陈原等商谈编辑工农用小字典事。22日，夏衍来谈北上事。23日夜应徐伯昕、邵荃麟、陈原招宴，谈出版编辑事务。24日，观苏联影片《西伯利亚史诗》，臧克家夫妇及钟敬文等来访。25日，楼适夷、刘湖深、叶以群等来访。27日，赠刘湖深一绝句，有“世运方如春渐近”句。28日，除夕，叶以群导往郭沫若寓参加晚会。

29日，以绝句赠张骏祥白杨赞其艺技。30日，宋云彬导游荔枝角，访楼适夷、杨慧修、臧克家等。31日，应《华商报》主持人邓文钊招宴，同席有陈叔通、马寅初、潘汉年等。

本月，叶圣陶撰《幼童国语课本》共4册，由开明书店出版。

2月2日，种牛痘及打预防针，以取得登陆资格。访阳翰笙、史东山。3日，出席香港"文协"举办的盛大同乐会并致辞，到会200余人。4日，为《大公报》作《谈抽象词语》毕。7日，应方志勇招宴，谈其书局所编南洋教科书事。楼适夷、周而复来约稿。8日，萧乾来谈《大公报》事。9日，作《读了〈煤〉想到的》。至侯外庐寓出席学术工作者协会香港分会宴会。10日，与杨东莼谈青年教育问题，以为应注重培养优良品质。11日，至邵荃麟寓观北方出版物。12日，元宵，出游夜市。金仲华来谈，论及中共优点在过而能改，能深察客观情势，且不惮批评，深然之。15日，应以群嘱为书介绍苏联电影《西伯利亚史诗》的横幅；应钟敬文托为写《谈谈写口语》。17日，观苏联影片《以血还血》，仅映开头一部分即被香港英国当局禁止，叶圣陶愤愤不已。18日，为傅彬然《思想与生活》作序毕。19日，至太古码头迎郑振铎，相见甚欢。22日，周钢鸣导至达德学院民主会堂开座谈会。演说，凡两点：一，文艺勿为社会科学之例证与文艺理论之演绎；二，文艺创作必注重语言文字。郑振铎、萧乾、曹禺、叶以群、楼适夷、马思聪、史东山、张瑞芳等与会。25日，迁大中华旅馆，应徐铸成及王芸生、萧乾招饮。26日，为保持秘密，又迁大同旅馆，与曹禺为邻。27日，化装乘苏联货船，叶圣陶被派为"管舱员"。同船有王芸生、徐铸成、宋云彬、傅彬然、郑振铎、曹禺、陈叔通、马寅初、柳亚子等，大多数都年过半百，可兴奋的心情却还像青年。因为大家看得很清楚，中国即将出现一个崭新的局面，并且认为，这一回航海绝非寻常的旅行，而是去参与一项极其伟大的工作。28日11时，船离香港北上。

3月1日，参加船上第一次晚会，自制谜语，夜吟成七律《自香港北上呈同舟诸公》，有"翻身民众开新史，立国规模俟共谋"句。2日晚会叶圣陶与宋云彬合唱"天淡云间"，自称此为"破天荒"之举。3日，参加"文化及一般社会如何推行新民主主义之实现"座谈会并发言。4日，开第二次座谈会。5日，抵烟台，得市长徐中元等迎接安排宿沐。徐等无官僚风，态度自然，初入解放区，即觉印象甚佳。7日，乘吉普离烟。8日，参加农村“三八”妇女大会，致辞。夜出席田间欢迎会，观《兄妹开荒》，“以为如此之戏，与实生活打成一片，有教育价值而不乏娱乐价值，实为别开途径之佳绩。”9日，宿潍坊。10日下午乘车至益都，“听吴仲超君谈收藏保管文物之情形，头头是道，至为心折。诬共党者往往谓不要旧文化，安知其胜于笃旧文人多多耶。”11日，至华东区党政军机关驻地孟家村，出席茶会、酒会及欢迎会、游艺会，在欢迎会上致词谓“来解放区后，始见具有伟大力量之人民，始见尽职奉公之军人与官吏。其所以致此，则由此次解放战争实为最大规模之教育功课，所有之人皆从其中改变气质，翻过身来，获得新的人生观也。”12日，参加托儿所及军官教导团与王耀武等十余蒋军投降军官座谈。13日，与杜聿明谈。14日晨，抵济南，下午离济。15日，至德州，正副市长设宴款待。16日，宿沧州火车站。“解放军以刻苦为一大特点，而招待我们如此隆重，款以彼此所从不享用之物品与设备，有心人反感其不安。”17日，晤杨之华、邓颖超。18日，抵北平，叶剑英市长等到车站迎接，住六国饭店。19日，与沈雁冰长叙。晤周扬，谈组织全国文艺界协会及派代表出席世界和平大会事。出席叶剑英、罗迈、齐燕铭、连贯等的洗尘宴会，听叶剑英演说。20日，出席“文协”理监事会，准备与华北“文协”开联席会，筹备全国文艺界协会。21日，访清华，到朱自清夫人家。与浦江清谈朱自清遗集出版事。22日，出席“文协”理监事与华北文协理事联席会，决定筹备中华全国文学艺术工作者代表大会，郭沫若、马叙伦、柳亚子、茅盾、田汉、郑振铎、曹禺、叶圣陶、周建人、洪深、许广平等出席，推出郭沫若、茅盾、周扬、叶圣陶、郑振铎、田汉、曹靖华等42位为筹备委员，郭沫若任主任，茅盾、周扬任副主任，沙可夫任秘书长。23日，出席学术工作者协会理事会。24日，出席文代筹备会，推定常委七人，叶圣陶在内。25日，中共中央迁北平，至西郊机场欢迎毛泽东、周恩来同志。

4月6日，中华全国文学艺术工作者代表大会筹备委员会，在北京饭店举行第二次筹备委员会，叶圣陶、俞平伯、胡风、周扬等出席，决定成立评选小说、演出、展览、起草章程及重要文件四个委员会。

8日，应周扬、陆定一招宴，为教科书编审委员会之事。

5月4日，《进步青年》月刊在北京创刊，开明书店发行，叶圣陶与茅盾、周建人、胡愈之、宋云彬、孙起孟、袁翰青、傅彬然等编辑。叶圣陶在创刊号上发表《敬告在校青年》、《加紧学习，迎接"五四"》等文章。

29日，吴玉章邀请黎锦熙、罗常培、胡愈之、叶圣陶等在北京师范大学座谈文字改革问题。会上决定邀请在京的语文专家举行大型座谈会，商讨文字改革问题。

6月15日，叶圣陶作为文化界民主人士七代表之一参加新政协筹备会。

20日，参加起草新政协会议组织条例。

7月1日，在《华北文艺》著文（《依靠口耳》）讨论语言的沿革。

2日，中华全国第一次文学艺术工作者代表大会在北平开幕，筹备会选出叶圣陶等99人为主席团。大会通过向中共中央及毛主席的致敬电。叶圣陶为大会小说组委员兼召集人、大会章程及重要文件起草委员会委员。

19日，文代大会闭幕，一致同意郭沫若、周扬等的报告及向毛泽东、朱德的致敬电。叶圣陶当选为全国文联委员和"文协"（后改名"作协"）委员。

8月9日，著文纪念杨贤江。

本月，拟中学语文科课程标准草稿。

9月1日，为《进步青年》与《中学生》合并著文说明并致祝。

21日，人民政协开幕。叶圣陶作为中华全国教育工作者代表会议筹备委员会的代表出席。30日，政协胜利闭幕，当选为政协常委。

10月1日，参加开国大典，写杂感《中国人站起来了》。

3日，中国保卫世界和平大会成立。叶圣陶为全国委员会委员。

4日，全国新华书店出版工作会议在京召开。叶圣陶出席并致词。

10日，中国文字改革协会在北京协和礼堂举行成立大会，吴玉章致开幕词并报告中国文字改革协会筹备经过、成立意义及目前主要的工作。会上通过了中国文字改革协会章程。叶圣陶被选为常务理事。

12月4日，中国文字改革协会在华北大学召开第一届常务理事会，选举叶圣陶为该会编辑出版委员会主任。

本年，任华北人民政府教科书编审委员会主任、国家出版总署副署长兼编审局局长。

1950 年　　56 岁

1 月 4 日起，陆续在《人民日报》发表一组短文，针对报刊文章中不合语法的现象，提出纠正的意见和措施，主要有《语文随笔》、《类乎“喝饭”的说法》、《拆开来说》、《多说和少说》、《谈搀用文言成分》等篇。后多收入教育科学出版社编《叶圣陶语文教育论集》。

4 月，为新华书店出版的《大学国文（文言之部）》写序。

5 月 1 日，《人民教育》月刊在北京创刊，人民教育社编辑，叶圣陶任编辑委员会副主任委员兼编辑委员。

6 月 25 日，美帝国主义发动侵朝战争，文艺界人士纷纷著文，抗议美帝侵略台湾、朝鲜。叶圣陶的抗议文章载《文艺报》第二卷第九期。

7 月，为中国作家协会写自叙传。

10 月 1 日，在《人民教育》著文解答东北军区饶瑞思关于教学文法的问题。

11 月 6 日，茅盾、丁玲、叶圣陶等 145 人发表《在京文学工作者宣言》，强烈谴责美帝侵略朝鲜。

1951 年　　57 岁

1 月 10 日，在《新观察》著文（《写话》）强调话怎么说，文章就应该怎么写，要使写成的文章句句上口，在纸面上是一篇文章，照着念出来就是一番话。

2 月 1 日，为开明书店版“新文学选集”之一《叶圣陶选集》作序，其中说道：“我不善于分析，说不出凭我这一点浅薄的教养，肤浅的经验，狭窄的交游，为什么小说会偏于‘为人生’的一路。当时仿佛觉得对于不满意不顺眼的现象总得‘讽’它一下。讽了这一面，我所期望的是在那一面，就可以不言而喻。”

本年，有感于当时报刊上文理不通的现象比较严重，和胡乔木同志一起，建议《人民日报》连载吕叔湘、朱德熙的《语法修辞讲话》。6月6日,《人民日报》接受这一建议，发表社论《正确地使用祖国的语言，为语言的纯洁和健康而斗争》，同时开始连载《语法修辞讲话》。

7月14日，在《中国青年》发表《拿起笔来之前》，向青年同志讲写作之前应该养成精密观察跟仔细认识的习惯，养成推理下判断都有条有理的习惯，养成正确的语言习惯，同时从词汇和语法两个方面介绍了语言的基本规律。

本月，开明书店初版《叶圣陶选集》发行，书前有作者序，收入《一生》等28篇小说,《一粒种子》等9篇童话和附录2篇。

1952年　　58岁

6月11日，中国文字改革委员会、中国科学院语言研究所合办的《中国语文》杂志社成立，叶圣陶系编辑委员。

10月2日，亚洲及太平洋区域和平会议在北京开幕，37个国家的367位代表参加了会议，通过了“关于文化交流”等11项重要决议。叶圣陶作诗致祝，先后发表于10月6日、17日《人民日报》。

1953年　　59岁

3月5日，斯大林病逝。叶圣陶在《文艺报》著文悼念，题为《太阳跟空气》。

9月23日，中国文学艺术工作者第二次代表大会在北京怀仁堂开幕，出席大会的正式代表581人，列席代表189人。郭沫若致开幕词，周恩来、周扬作报告，邵荃麟作总结发言。叶圣陶在会上作专题发言。全国文联定名为中华全国文学艺术界联合会，主席郭沫若，副主席茅盾、周扬，叶圣陶当选为文联委员。全国文协改组为中国作家协会，主席茅盾，副主席周扬、丁玲、巴金、柯仲平、老舍、冯雪峰、邵荃麟，叶圣陶当选为作协理事。

12月，短篇小说《寒假的一天》作为“文学初步读物”之一，由人民文学出版社出版。

本年，曾以全国政协委员的名义到西北地区视察，从西安到兰州，游临潼，登雁塔，乘羊皮筏渡黄河，写下一组反映祖国建设新貌、抒写作者情怀的优美散文，后辑为《小记十篇》，由百花出版社出版。

1954 年　　60 岁

4 月 12 日，作小说《友谊》。

27 日，中国作协编辑的文艺普及刊物《文艺学习》月刊创刊。在该刊第 4 期叶圣陶撰文（《文艺写作必须依靠语言》），强调语言对文艺写作的重要性。

7 月 8 日，在《人民日报》发表《应当写入世界史的伟大事件》，拥护中华人民共和国宪法草案。

9 月 15 日，第一届全国人民代表大会第一次会议开幕，叶圣陶作为全国人大江苏省代表出席。叶圣陶当选为全国人大代表后撰文（《唯有努力》），表示将把不辜负这个崇高的信任认作今后主要的责任。

10 月 5 日至 7 日，参加文联全国委员会，讨论文艺领导工作中存在的问题。

11 月 1 日，国务院发布命令任命叶圣陶为教育部副部长。

12 月，叶圣陶自选修订的《叶圣陶短篇小说集》，由人民文学出版社出版，收入《一生》等 23 篇小说。

本年，曾到江浙等地视察。

1955 年　　61 岁

1 月，《语法修辞讲话》在《人民日报》连载毕。15 日，叶圣陶著文分析了这篇《讲话》，并首次建议在充分协商的基础上拟定统一的汉语教学语法系统。

5 月 5 日，中国人民保卫世界和平委员会、中国人民对外文化协会、中国文联、中国作协、中国戏协、中国政治法律学会联合主办世界文化名人席勒、密茨凯维奇、孟德斯鸠、安徒生纪念大会在首都召开，楚图南主持，茅盾报告，郑振铎、叶圣陶等出席。

9 日，作儿歌《小小的船》，流行甚广。

13 日，《人民日报》公布胡风的材料，15 日，叶圣陶作读后感载《文艺报》。

本月，短篇小说《一个练习生》由人民文学出版社出版。

7月1日，《广播爱好者》月刊创刊，叶圣陶的《广播工作跟语言规范化》在创刊号发表。文章恳切地提出：一，希望广播工作者进一步注意语言规范化以适应社会主义建设的需要；二，希望各地广播电台普遍增添语言教学的节目，以促进语言规范化的进行。

30日，在《文艺报》著文提出开展文字改革和语言规范化的主张。

本月，出席全国人民代表大会第一届第二次会议。

8月9日，在《人民教育》、《语文学习》同时发表文章，提出中学语文课中语言、文学分科的主张，受到广大语文教师拥护。从1956年起，语言文学分科的措施在全国各地陆续推广实行。

10月15—23日，全国文字改革会议在北京召开，成立文字改革委员会，叶圣陶任文字改革委员会委员。

24日，在《读书月报》著文，呼吁大家拿起笔来，为少年儿童创作更多更好的作品。11月18日，中国作家协会根据作协十四次理事会主席团扩大会议的精神，发布了关于发展少年儿童文学的指示。

28日，在《人民日报》发表文章提出和阐明关于汉语规范化的主张。

本年，曾到安徽视察，后至苏州。

1956年　　62岁

2月27日至3月6日，中国作协第二次理事会（扩大）在京举行，茅盾致开幕词并作报告，周扬作报告。会议通过了《中国作家协会一九五六——九五七年工作纲要》的决议，并决定成立书记处，叶圣陶出席。

3月，先后在《文艺月报》、《人民文学》发表关于语言问题的长篇论文，强调文艺工作者应该做汉语规范化的模范和带头人。

15—30日，作协和青年团中央联合召开全国青年文学创作会议。来自25个省、市、自治区的480多位青年作者出席，叶圣陶参加会议并讲话。

4月10日，为中国少年儿童出版社《叶圣陶童话选》写后记。5月，《叶圣陶童话选》出版，收入《一粒种子》等10篇，书后附作者《后记》。

5月，为人民教育出版社的《汉语》、《中国历史》课本审稿，对优点缺点两面俱详加分析和指导，同时参加议订小学语文教学大纲。

6月，教育部召开全国语文教学会议。叶圣陶在会上作了题为《改进语文教学，提高语文教学的质量》的报告，针对语文教学“目的不明”、“缺乏计划”、“不讲究教法”等缺点，提出了按知识、能力的系统分别编制文学、汉语和作文三套课本的建议。

10月19日，首都隆重集会纪念鲁迅逝世二十周年，郭沫若致开幕词，陆定一讲话，茅盾作报告，18个国家的代表在会上发言。叶圣陶为纪念大会主席团成员。

11月2日晚，撰文抗议英法侵略埃及强占苏伊士运河，指出这是对全世界人民的挑战，全世界人民一定要回答这个挑战。

本月末，为少年儿童写散文《一个少年的笔记》，刊《旅行家》月刊。

12月23—28日，亚洲作家会议在印度新德里召开，由茅盾、周扬、老舍率领的中国作家代表团出席了会议，参加会议的共17个亚洲国家的作家。叶圣陶出席会议，在新德里写了散文《以文会友》，后在《人民日报》发表。

1957年　　63岁

3月2日，胡墨林病逝。叶圣陶哀痛不已，先后作《檃括墨病时语》、《墨亡》、《扬州慢》、《鹧鸪天》、《水调歌头》等诗词，并为立墓碑，借抒悼亡的深情。

本月，叶圣陶为新闻工作者讲语法修辞的报告记录稿在《新闻与出版》发表。他说：语言是新闻工作者的工具，也可以说是武器；新闻工作者同时又是语言教育工作者。语法修辞的基本要求是用词要恰当，造句要自然，要改进文风，做到简洁明快、明晰畅达。要提高自己的语言修养，首先要思想上重视，其次要在日常工作中多揣摩，多研究，多修改。

4月，到广东从化、浙江金华、雁荡等地游览。7日，作《水调歌头》咏从化温泉，自言“排遣哀愁无计，姑作南州旅游，愁尚损春眠”。

29日，为《东海》月刊撰文（《临摹和写生》），以临摹和写生为喻，说明深入生活是写好文章的真正根源，把在生活中见得真、闻得切、感得深、想得透的东西毫不走样地表达出来，是最有益的写作练习。

5月1日，《人民日报》刊登党中央《关于整风运动的指示》，号召普遍地、深入地开展反官僚主义，反宗派主义，反主观主义的整风运动。叶圣陶响应号召，参加作家协会召开的整风座谈会并发言，题为《“领导”这个词儿·个人自己的哲学》，发言中谈到如果从文学事业的特殊性出发，充分发挥文学家个人劳动的社会主义积极性，就可以保证党对文学事业领导得更好。同时强调作者个人自己的哲学在创作过程中的重要作用。

6月4日，为北方昆曲剧院成立写《踏莎行》。

本月，出席第一届全国人民代表大会第四次会议并作书面发言。题为《公文写得含糊草率的现象应当改变》。

8月8日，叶圣陶在《人民文学》撰文，题为《右派分子与人民为敌》。

9月，在《读书月报》撰文介绍乔万尼奥里的长篇小说《斯巴达克思》，同时说明自己对历史小说的看法。他认为历史小说必须顾到历史，可以在不违背历史的条件下有所创造，否则就只是历史而不是文学。创造又不宜使历史人物变为古装的今人，否则就是借题发挥，算不得有意义有价值的历史小说。

16日，在《新观察》发表《解放前后的出版自由》，表达对新社会的由衷热爱。

10月1日，为人民文学出版社《叶圣陶文集》第一卷写《前记》。

4日，作诗祝贺苏联十月社会主义革命四十周年。

24日，作诗赞苏联人造卫星。

11月23日，为人民文学出版社《叶圣陶文集》第二卷作《前记》。

12月4日，和郭绍虞诗，赞整风运动，有句曰：“举国于斯换胎骨，欣看革命益臻纯”。

王统照11月29日病逝于济南。12月5日、7日，连续撰文写诗，深致哀悼。诗末说：“我既伤逝者，犹将善自鞭，庶几有生日，心力不唐捐”。

1958年　　64岁

1月16日，为成都“杜甫草堂”题诗。

1—2月，作诗赠下乡劳动、回乡生产、下放基层的同志们，鼓励他们“勉哉为人民”。

2月，出席一届人大五次会议，发言号召大家都来作文字改革的促进派。

15日，为《教师报》作诗贺新春，祝广大教师“开春谋早定，笃志育新民，培植劳动者，贯彻新方针，身教最为贵，知行不可分”。

同日，《文艺报》编辑部召开“文风座谈会”，与老舍、臧克家、赵树理、谢冰心等一起出席。叶圣陶在发言中提出写文章要讲究勤俭，勤就是多多动笔，繁荣创作，俭就是下笔节约，求得其当。他希望写作的人在动笔之前和完篇之后尽可能做好构思和修改的工作，希望《人民日报》作改进文风的模范。

3月，《人民日报》辟专栏“文风随笔”讨论文风问题，叶圣陶为写《不仅此也》、《可写可不写，不写》、《谈谈翻译》等论文。他强调改进文风不能光注意语言方面，尤其要注意认识、理解、考虑等等方面，那是根本。他肯定翻译工作的重要作用，同时也指出用中国字写外国语的译法是要不得的。

15日，作诗表达“把心交给党”的赤诚感情。

本月，应《新闻战线》月刊函约写短文，强调从语言教育角度看，改进文风是切要的，因为文风给社会的影响实在太大。

4月，《教师报》副刊特辟“和教师谈写作”专栏，叶圣陶连续写了《先想清楚然后写》等八篇文章，他主张要先想清楚然后写；写好后要认真修改。

本月，参观茶淀青年农场，写纪事诗数首，歌颂新时代青年人崭新的思想面貌。

《语文学习》月刊组织“文风笔谈”，叶圣陶应约撰文，说明要改进文风，首先要查明文风问题在哪儿，然后才能根据不同病源开出不同的药方。

在《中国语文》撰文谈改进文风的问题，希望语言学家们就一些不妥当的语言现象说出它所以不妥当的理由来，然后找个规律，该怎样才妥当。

短篇小说集《抗争》由人民文学出版社出版，收入《一生》、《抗争》等8篇。

《叶圣陶文集》第一卷由人民文学出版社出版，书前有作者《前记》。对所收各篇均作了文字的加工修改。

作《蚂蚁》、《夹竹桃》等儿歌。

5 月 12 日，在《读书》著文（《培养青少年的创造精神》），推荐程伟民作《我的机器蚕》。

16 日，在《中国青年》著文向青年们谈为什么要学习语法。

21 日，作诗赞十三陵水库。

22 日，为人民文学出版社《叶圣陶文集》第三卷作《前记》。

24 日，撰文向该子们祝贺儿童节。

本月，《叶圣陶文集》第二卷由人民文学出版社初版，书前有作者《前记》，收入各篇均经作者作了文字加工。

26 日，自花园乡抵官厅，畅游官厅水库。27 日，作诗赠花园乡。

本月底，访涿鹿，见劈山大渠，作诗赞美。

6 月初，访张家口，2 日为该市《大跃进民歌选》第二辑题诗。4 日，为黑石坝大渠题诗。5 日，访海流图水库工地，作诗赞颂。登赐儿山，赞景色空前。

8 月，出席全国普通话教学成绩观摩会，兴奋之余，作诗赞颂。

本月，天津百花文艺出版社出版散文集《小记十篇》，收入游记 10 篇。其中《记金华的两个岩洞》广泛流传，屡被选入中学语文课本。

9 月 7 日，作《水调歌头》，拥护周恩来同志关于台湾海峡地区的声明。

9 日，作诗斥艾森豪威尔。

12 日，著文评介浩然的小说集《喜鹊登枝》，赞扬其写出了新农村的新面貌。

本月，访河北徐水，作诗赞颂棉花丰收、民兵劳武结合及妇女劳力得到解放。

23 日，为国庆作《沁园春》。

10 月，《叶圣陶文集》第三卷由人民文学出版社出版，书前有作者《前记》，所收各篇均作了文字加工。

17 日，郑振铎率文化代表团出国访问，因飞机失事以身殉职。叶圣陶闻讯作诗悼念。30 日，首都各界召开追悼郑振铎大会，夏衍、巴金、叶圣陶、赵朴初、周而复、何其芳、胡愈之、俞平伯等撰文哀悼。

11月8日，在《人民文学》推荐王愿坚的新作《普通劳动者》，赞扬其写出了社会主义时代的美。

本月，志愿军文工团归国，作《鹧鸪天》欢迎。

《叶圣陶选集》由人民文学出版社出版。收入《人生》等小说37篇，《登雁塔》等散文7篇，《登赐儿山》等诗3首。

本年，为了传达贯彻周恩来同志《当前文字改革的任务》的报告，政协全国委员会派出六个工作组，分别在北京、天津、沈阳等几个大城市举行报告会和座谈会。叶圣陶与胡愈之、罗常培、韦悫等是工作组的负责人。

1959年　　65岁

1月8日，在《人民文学》著文评论乌兰巴干作长篇小说《草原烽火》，既肯定其成就，又指出其有的章节缺少生动的描述等缺点。

13日，作《踏莎行》，赞扬苏联发射宇宙火箭的成就。又作《踏莎行》，支持刚果和古巴人民的斗争；31日，又为《世界文学》撰文，坚信最后的彻底的胜利属于古巴和刚果的人民。

27日，在《读书》撰文推荐李英儒作长篇小说《野火春风斗古城》，赞之为一部激动人心的优秀作品。

2月，参观全国农业展览馆，作《菩萨蛮》。

参观第二届全国摄影艺术展览，作《菩萨蛮》。

3月1日，在《解放军文艺》发表文章评论短篇小说《伍嫂子》，赞扬其对话简短，指出有的情节交代不清楚，还有修改的余地。

5日，在《文艺月报》发表文章，以胡万春的《步高师傅所想到的……》、陆俊超的《“劳动号”油轮》为例，指出其中涉及工程技术的部分写得不够清楚，建议作者进一步修改。

3至4月，视察南京、扬州、南通等地，赠诗留念。

4月18日，出席第二届全国人民代表大会第一次会议，听周恩来同志作《政府工作报告》。20日，作诗记感。

25日，在《文学评论》发表论文，叙五四以来第一个新文学社团文学研究会的诞生和发展。

6月29日，作诗赞颂党的生日。

8月12日至9月17日，作《建国十年咏》组诗，共10首。

8月26日，作诗《语文教学二十韵》，总结长期从事语文教学的经验。

29日，中国文联主席团扩大会议，座谈中共八届八中全会公报和决议，郭沫若、周扬、老舍、田汉、叶圣陶、邵荃麟、谢冰心等100多人出席大会。

9月25日，作《水龙吟》祝建国十周年，赞扬党群同心同德，十年间改变了中华旧貌。

10月1日，登天安门参加国庆十周年观礼，作《浣溪沙》4首，抒写欢欣心情。

15日，作诗悼郑振铎。

本月，为徐怀中长篇小说《我们播种爱情》作序。

本年，曾去南京、上海等地视察、游览。

1960年　　66岁

1月11日，在《文艺报》著文评论新县志《红色的南江》。

19日，在《语文学习》撰文，以鲁迅的《孔乙己》为例，说明必须反复揣摩，善于提出问题并且求得答案，才能理解得深透。

3月15日，在《文字改革》发表文章，强调一切执笔的人，都应该以“上口”和“入耳”为标准，使文章充分起到交流思想的作用。

4月，出席全国人大二届二次会议，并发言。

6月1日，全国文教“群英会”在北京举行，文化、教育、卫生、体育等先进单位的代表和先进工作者6000余人出席。周恩来、陆定一、沈雁冰作了报告，叶圣陶写诗祝贺。

2日，在《人民日报》发表文章，表达中日两国人民心心相通的感情。

7月22日至8月13日，第三次全国文学艺术界代表大会在北京召开，出席代表2444人。郭沫若、陆定一、周恩来、陈毅、李富春、周扬、阳翰笙等先后作报告，致词，毛泽东、刘少奇、宋庆龄、周恩来、朱德、邓小平等接见代表。大会通过了第三次文代会决议，选出了文联和各协会的领导机构。叶圣陶出席大会，为主席团成员，会上被选为全国文联委员。

8月，诗集《箧存集》由作家出版社出版，收入1914—1959年间所作新旧体诗词143题。

10月8日，在《人民文学》撰稿，就王汶石的小说《严重的时刻》，谈文艺创作应该怎样从生活中集中、概括和提高的问题。

本月，在《文艺报》发表《教育革命的源泉》，热情推荐报告文学《毛主席关怀警卫战士学文化》，认为其取材得要，用笔生动，能引起读者驰骋自己的想象，得到深广的体会。

本年，成立了中小学教科书编审领导小组，叶圣陶负责小组的领导工作。

1961年　　67岁

3月17日，应《大公报·群众文艺》编者邀，著文评论湜冰的三篇小说，肯定作者特别注意某一类人，深入调查，悉心体会，然后在胸中逐步酝酿，直到动笔起草，修改完篇的做法，同时又逐篇指出补叙太长，发展不大等缺点，具体地提出修改的方案。

春末，丰子恺在功德林宴请日中友好协会会长内山完造，叶圣陶在座。

6月，游览成都，看青羊宫花会，登望江楼忆旧，视察中小学教育和生产劳动，并观川剧演出，皆作诗记感。

17日，在《光明日报》著文呼吁广大教育工作者和青少年学生，都要为改变写字潦草的现象、为改变字风而努力。

26日，在《文艺报》撰稿（《樱花精神》），称赞巴金、刘白羽、冰心、叶君健参加亚非作家会议常设委员会东京紧急会议时所写的散文，不但称赞他们的文笔和构思，尤其称道文章中闪露的"樱花精神"——中日两国人民的友情。

7月，游重庆，出三峡，登庐山，观武昌东湖，赏云锦杜鹃，一一作诗吟咏。

7月末至9月末，参加中央组织的旨在促进各民族间文化交流的"文化参观访问团"，视察、访问、游览内蒙古自治区，与老舍、梁思成、吴组缃、曹禺、端木蕻良等同行，还有画家、摄影家、作曲家、歌唱家、舞蹈家等。

7月29日7点离家，与老舍同车厢。30日，过哈尔滨，乘游艇游览松花江，登太阳岛。31日，经大兴安岭至海拉尔。

8月1日，听农业大学李连捷讲土壤，参观呼盟展览馆。2日，访陈巴尔虎旗白音哈达牧业公社夏季牧场。观牧民套马、赛马、摔跤。3日，与老舍、曹禺等出席呼市文艺工作者座谈会并讲话。作诗二绝，记昨日之游。4日，参观奶品厂，下午离海拉尔，晚抵满洲里。5日，往游呼伦池，在中苏蒙边界。7日，至牙克石林区，听市委书记萨义儿（达斡儿族）介绍林区概况，详记之。8日，往甘河林区。9日，至甘河林业局，访鄂伦春青年泉博胜，观林业工人锯木。得二绝句，记林区游。10日，返甘河，得二绝句，记林区见闻。11日，参观烤胶厂、细木厂、酒精厂、奶品厂。12日，至札兰屯。得诗一绝，记陈旗之游踪。13日，徐平羽因事返京，叶圣陶任访问团团长。14日，夜抵齐齐哈尔。15日，与齐市市委书记章君谈。与老舍修改端木蕻良作《大兴安岭歌》。车中完成一绝，补记陈旗牧区之游。16日，抵通辽。作《采桑子》记札兰屯之游，未就。听市委书记介绍哲里木盟概况。17日，参观茂林公社及莫力庙水库，见集宁寺、隆佑寺等喇嘛庙。18日，与通辽市文艺工作者座谈，叶圣陶与老舍、吴组缃俱发言。观蒙族舞蹈安代舞。19日，访大林公社保安屯大队。20日，观展览馆，题诗留念。作《玉楼春》叙呼伦池之游。21日，与通辽各级学校负责人及盟与市的教育行政人员共十四人座谈。复成《玉楼春》一首。以七绝八首、词四首寄《光明日报·东风》编者。22日，与吴组缃参观师专与师范学校、一中及二中。23日，作诗咏莫力庙沙坝水库。下午与市委领导同志座谈。24日，听老舍谈京戏流派。25日，抵赤峰。26日，参观五三公社及其农业中学、养蜂场、农业研究所、畜牧兽医研究所。晚观京剧团学员班表演，与之合影。27日，作《浣溪沙》咏安代舞，参观红山水库。28日，作咏安代舞之《浣溪沙》第二首，咏保安屯住宅区五律一首。下午与吴组缃出席教育座谈会，就师专文艺理论与文学史课程、中学语文教学与教材两方面的问题作答。29日，参观平庄矿务局之露天矿、机车修配厂，晚回赤峰。车中吟成四绝句，咏红山水库。31 日，观文物馆，应罗进盟长嘱作记事诗一首。

9 月 1 日，晨离昭盟，夜抵锦州。2 日，抵京返家。5 日，复乘车往内蒙。6 日，到呼和浩特，作诗《鲁迅先生二十五周年祭》。7 日，乘车观市区，游舍利图召（喇嘛庙），听呼市佛教会秘书长讲庙史。8 日，为教育厅安排的座谈会作讲演。9 日，哈丰阿副主席为介绍内蒙概况，记其要。与老舍推敲其记游诗。10 日，登大青山。11 日，参观农牧学院及内蒙古大学，访内蒙教育出版社，与编辑人员座谈并合影。12 日，访昭君墓，录清代石刻之诗。13 日，与梁思成等往观王塔寺之王塔，见该塔造像工致，图案精美，建议加意保护。 7 时余抵包头。14 日，观国营糖厂、黄河及龙泉寺，建议辟该寺为公园。15 日，往观王当召，庙为藏式，颇为壮观，壁画绝佳。晨作《菩萨蛮》一阕，题为《赤峰毛织厂观工人织地毯》。16 日，参观包钢，午后成《忆秦娥》一阕，以《包头》为题。晚观电影及联欢会，与老舍诵新作诗。17 日，与吴组缃同教育界人士八十人座谈。18 日，作完《三姝媚》一阕，题为《访包钢》。9 点，全体同人座谈，准备作此次参观访问之总结。19 日，观包头展览馆。20 日，抵大同。21 日，往观云岗。下午往观城内下华严寺、上华严寺、善化寺及九龙壁。22 日，至大会堂与大同干部、文艺界、教育界、工人文艺爱好者一千余人见面，作讲演《内蒙观感》。午后与大同文艺界座谈，叶圣陶与老舍、吴组缃、端木蕻良发言。晚离大同。23 日，到北京。

1962 年　　68 岁

1 月 1 日，在《解放军文艺》著文评论散文《塔里木行》。

3 月，兼任人民教育出版社社长。

4 月 10 日，在《文汇报》发表文章，强调阅读是写作的基础。

5 月 23 日，毛泽东同志《在延安文艺座谈会上的讲话》发表二十周年。叶圣陶写诗《艺苑炳日星》致祝。

6 月 19 日，在致友人书信中说明自己的小说《一篇宣言》的写作动机。

7 月 12 日，作书致友人，认为中学教材中古文篇目可不选词。

本月，与张志公在《人民教育》著文，作批改作文的示范。

9月1日，作书答友人问，以为通过写作关，须在思想认识和语言方面多下工夫。文艺创作不是人人必须办到的，但写作关却是人人必须通过的。

11日，在《文艺报》评论童话《小布头奇遇记》。

本年，北京中华函授学校举办“语文学习讲座”，叶圣陶讲第一讲，题为《认真学习语文》，刊于该校《语文学习讲座》第一辑，本年十月出版。叶圣陶在讲话中强调学习语文要练基本功，认真不认真是学得好不好的关键。

本年，为中央人民广播电台“阅读与欣赏”节目撰文，评介田汉作话剧《关汉卿》插曲《蝶双飞》，热情赞扬剧本写出了比事实更真实的真实。

1963年　　69岁

1月3日，在致友人信中说明：我谓教师宜勤于动笔，不专指与学生同作一题。出题为学生设想，自属必要，每次与学生同作，似可不必。

15日，复友人书，自言小说《夜》另有所据，据实事而益之以想象。

2月，在《语文学习讲座》第4辑评改《当我在工作中碰到困难的时候》。

3月29日，在复友人信中批评新作歌词缺乏诗味，作曲与词在情声两面俱不相合的弊病。

6月，为中华函授学校《语文学习讲座》第8辑评改《最近半年工作情况汇报》。

本年，游福建，作诗《闽南秋兴》等。

1964年　　70岁

1月，在《文字改革》著文呼吁应继续促进文字改革工作。

本月，应嘉兴南湖革命纪念馆邀，题七绝一首。

3月10日，听北京某小学语文课。次日，以长信具体阐明该课的长处和应注意之点。

20日，复友人信，不赞成编辑《作文辞典》的计划，说：“我不敢谓其不切于用，亦未能信其至切于用。”

6月5日至7月13日，全国京剧现代戏观摩演出大会在北京举行，19个省、市、自治区的28个剧团参加，演出《芦荡火种》等37个剧目。周恩来同志在会上发表重要讲话，毛泽东同志看了部分剧目，接见全体人员。叶圣陶连夕观看演出，喜赋《水龙吟》祝贺演出成功。

9月，参观大庆油田，作诗记感。

10月，为《语文学习讲座》第二〇辑撰文评《读和写》，兼论读和写的关系。

11月，为《语文学习讲座》第二一辑评改《雷锋式的战士》。

12月22日，全国人大三届首次会议在北京开幕，叶圣陶被选入大会主席团。

年内，加入中国民主促进会，后被选为副主席。

1965年　　71岁

1月，为中华函授学校编辑的《文章评改》撰序。

3月，游贵州，参观遵义会议纪念馆，作《菩萨蛮》纪感。

9月23日，致书《鲁迅手稿管窥》一书作者朱正，赞成其比较法，建议删去不甚重要处。

1966年　　72岁

6月1日，《人民日报》发表社论《横扫一切牛鬼蛇神》，“文化大革命”全面开始。为了保护党的老朋友，周恩来同志决定由陶铸同志到教育部宣布：叶圣陶、林励儒两人年老，免去副部长职务，工作另作安排。

8月25日，拟找老舍谈心，倾诉苦闷，刚出家门即得老舍死讯，哀痛不已。

8月至9月，心肌梗阻病发，得周总理关怀，住进首都医院，经抢救转危为安。

1967—1970年　　73—76岁

“靠边”在家。

1971 年　77 岁

本年，“靠边”在家。有时抄书以消愁解闷。

作《蝶恋花》，自称是“无限时空”中的一成员，是三十亿人中间的一个。

6 月 2 日，与叶三午等游香山，作诗记之。

1972 年　78 岁

本年，作《浣溪沙》、《西江月》等，忆念苏州园林，追思抗战生涯。

1973 年　79 岁

8 月 20 日，复友人信，肯定“评点”的做法于读者有益，同时又指出应用于教学，则应着重于启发学生自己寻求答案。

本年，王伯祥以手钞顾铁卿《清嘉录》相赠，叶圣陶为题《百字令》一首。词末说：“逝者如斯，新来大好，消息家乡熟。清嘉依旧，而非是录之续”。

游江都水利枢纽站工程，作诗记感。

1974 年　80 岁

1 月 6 日，复友人信，指出教师所务，惟在启发导引，俾学生逐步增益其知能，展卷而自能通解，执笔而自能合度。

年初，得贾祖璋自闽南平和寄赠水仙，喜作《减字木兰花》，抒写“伫候花开，素靥明妆结队来”的情怀。

本年，姚雪垠数次写信给叶圣陶，报告自己写作《李自成》的情况及准备写《天国春秋》的计划。叶因寄近照赠姚，得还赠及诗后，叶圣陶写下《高阳台》抒怀，赞扬姚雪垠“选题材惟欲攻坚，功力能胜”，并盼望“把晤良朋”，“叙昔谈今，意兴云蒸”。

王伯祥将叶圣陶 18 岁时所作《艺兰要诀跋》钞赠，并作长跋，同时以《遣兴丛钞》让叶携归赏阅。叶圣陶因作《踏莎行》题于《遣兴丛钞》。

时得陈从周赠手绘画幅，为作《洞仙歌》，忆昔游稔熟的苏州园林，期望能旧地重游。

1975 年　　81 岁

10 月，得知老友丰子恺长期受到迫害于 9 月逝世的噩耗，不胜悲痛，写诗《追念子恺老友》。

12 月 11 日，得姚雪垠信知即将来京，14 日复信，“至盼随时惠临，倾谈种种”。下旬，姚雪垠来访，共饮灯前，作《水调歌头》，赞扬其“立场正，观点确，守之坚”。

1976 年　　82 岁

1 月 8 日，周恩来同志病逝。叶圣陶悲痛异常，作挽诗：“无役不身先，向辰磐石坚，般般当代史，烨烨六旬年。悲溢神州限，功重天地间，鞠躬诸葛语，千古几人然!”

3 月 20 日，出席《人民文学》编辑部召开的“学习毛主席《词二首》座谈会”并发言。

本月，王伯祥家属以叶圣陶为王镌刻的印章拓为《叶圣陶印存》相赠，叶作《自题〈印存〉》记之。

10 月，打倒“四人帮”，全国欢腾。24 日，首都各界人民在天安门举行大会庆祝，叶圣陶作《满江红》抒写兴奋心情，“电掣雷轰，阴霾扫，碧空澄澈。……秋气爽，红旗拂。百万众，天安阙。算年来欢畅，无如斯刻”。

12 月，访得朱自清《犹贤博弈斋诗抄》，作诗抒怀念之情。

1977 年　　83 岁

3 月 20 日，在《文汇报》发表七绝，以“金猴诛白骨”为题，赞打倒“四人帮”的伟大胜利。

5 月 16 日，再访苏州甪直，感慨地说：“我真正的教书生涯是从甪直开始的”。10 月，为甪直小学题辞，祝愿全体同学认真学习，三育并进。祝愿全体老师以身作则，善教善导，促进同学们的全面发展。同时，作《江南行》诗三首，咏邓尉四古柏及吴县保圣寺文物陈列馆等。

8 月，应《人民教育》编辑部约写诗《自力二十二韵》，刊 10 月 9 日《人民教育》复刊第一期。

12 日至 18 日，中国共产党第十一次全国代表大会在北京隆重举行。作颂诗刊《文汇报》。

9月，作《满庭芳》纪念毛泽东逝世一周年。

11月，为即将创刊的山西师范学院《语文教学通讯》写《对办好语文教学刊物的一点意见》并题写刊头。

12月，为即将创刊的武汉师范学院中文系《中学语文》题词，并致函该刊编辑部。

1978年　　84岁

1月15日，复徐州九中语文教师袁宝玉函，并为其所编中学生作文选《新芽》题字。

2月4日，在《人民日报》著文批判“四人帮”摧残出版界编辑队伍的罪行。

3月，出席中国社会科学院语言研究所召开的北京地区语言学科规划座谈会，在发言中呼吁大力研究语文教学，尽快改进语文教学。

4月20日，为新华社举办的国内新闻记者业务训练班作《端正文风》的报告，后来在《人民日报》、《群众》月刊、《中学语文教学》等多种报刊刊登或选载。

5月，在连续一个半月收听于敏的长篇小说《第一个回合》后，写书评《我听了〈第一个回合〉》。文章强调：作品写人物，写人物的思想，靠抽象的概括是不行的，必须随着情节的发展，写人物的语言、行动、神态和表情。

9日，人民文学出版社召开儿童文学创作座谈会，叶圣陶与茅盾、张天翼、管桦等出席。

6月1日，为庆祝国际儿童节在《人民日报》著文，呼吁小学教师、老一辈革命家、科技工作者、美术工作者以及报刊的编辑一齐努力，繁荣儿童文学创作，并且把儿童读物的插图装帧搞得尽可能优美些。

3日，首都文艺界为老舍举行骨灰安放仪式，因全国政协在5月底组织叶圣陶等去四川参观，临行前，特地致函老舍夫人胡絜青，表示悼念和歉意。

18日，在《人民戏剧》著文称赞《丹心谱》的台词好。

初夏，从成都参观归来，患胆道梗阻，住院后取出胆结石，10月上旬返寓。但身体衰弱，精力亦大不如前。

11月11—21日，全国儿童读物出版工作座谈会在庐山召开。叶圣陶因故未与会，作书面发言《一定要慎重其事地出好孩子们的书》。

年内，任教育部顾问。被推选为全国人大常委会委员、全国政协常委会委员。

1979年　85岁

1月，审阅《颐和园图象》的《前言》，直率地指出该文套语笼统语比较多，语言似文似白，非文非白，和风景名胜太不相称。

2月，作诗追怀语言学家黎锦熙先生。

3月，为香港中国语文学会编《语文杂志》题写刊头。

16日，著文评论1978年的高考语文试题，赞扬打破了命题作文这一千百年来不良的老传统，是思想上的大突破，大解放。

29日，在致友人信中说，教师必须引以自励的有二事，一是自己善读善作，心知其所以然，二是真知语文教学为何事，即为什么要教学生阅读，为什么要教学生作文。至于教学之方式方法，似可不求一律。

4月5日，得华蓓蓓关于《多收了三五斗》的分段问题询问信，第二天即作出答复，同意华蓓蓓关于分段的意见，并肯定教师要有独立的思考和见解，不专靠教学参考书，才能使学生得到实在的益处。

春，三次致信《文汇报》，批评该报广告中两次把有关产品的化学符号登错的失误。

5月15日，著文批评一时在报刊上流行的关于“耳朵听字”的报道。

27日，丁玲来访，作《六幺令》述怀，兼叙同丁玲的交往。

8月，《叶圣陶童话选》修订本由中国少年儿童出版社出版，改名《〈稻草人〉和其他童话》，增补《鸟言兽语》等7篇。

9月，第四届全运会开幕，作诗致祝。

月末，作《临江仙》、《齐天乐》等祝建国三十周年。

10月5日，《兰陵王》及小序在《雨花》发表。1974年末，得俞平伯信，述及朱自清在杭州第一师范时所作的白话新诗。叶圣陶念及朱自清逝世已20余年，“连宵损眠”，勉成《兰陵王》一阕，复与俞平伯反复商讨，始获定稿。

中旬，接见《人民文学》编辑，谈短篇小说创作问题。强调短篇小说要“简练些，紧凑些”。

本月，《教育研究》开辟“热烈庆祝建国三十周年笔谈会”，应邀作文谈当前教育中的几个问题。

28 日，江苏省文联等单位举行方之追悼会，叶圣陶寄词悼念。

10 月 30 日至 11 月 16 日，第四次全国文代大会在北京召开，叶圣陶出席会议，为主席团成员，作《踏莎行》致祝。一天写两封信给《光明日报》编辑部，对两首词作具体说明，表示兴奋喜悦之情。会上被选为全国文联委员。

12 月起，陆续在《文汇报》发表一组短文，总题为《晴窗随笔》。因年事日高，视力减退，靠眼镜和放大镜帮助，也只能在晴窗之下勉强阅读写作，因以命名为《晴窗随笔》。

25～31 日，全国中学语文教学研究会在上海召开成立大会和第一次年会，叶圣陶寄去书面发言，敬祝该会成立。大会议决聘请叶圣陶为中学语文教学研究会的名誉会长。

1980 年　　86 岁

1 月 1 日，为《解放日报》所作元旦题辞刊出，曰“得失塞翁马，襟怀孺子牛。书此工语以迎新岁，叶圣陶”（原无标点）。

1 月 21 日，《中学生》复刊，叶圣陶撰文祝贺，预祝它“越编越好，今后永远不再停刊”。

本月《挽诗》刊于《花城》，缅怀周恩来同志逝世四周年，赞扬他“功垂天地间”，“千古几人然!”

3 月 16 日，发表《晴窗随笔》之九《读〈关于党内政治生活的若干准则〉》，诚恳地表示坚持接受党的领导，同心同德把四化建设搞好的决心。

4 月 9 日，为三联书店重印的朱自清《经典常谈》撰序，充分肯定该书的长处，同时表达对作者的忆念之情，又提出修正的主张，例如经典训练不必列入中等教育的必修课程。

本月，为王以铸、孙玄常、宋谋场、陈次园、陈迩冬、荒芜、聂绀弩、舒芜、吕剑等九人诗词合集《倾盖集》书《满庭芳》词致祝。

6月18日，出席北京市语言学会成立会议并讲话，被聘请为该会顾问。

本月，《教育研究》编辑部召开语文教学座谈会，叶圣陶再次呼吁大力开展语文教学研究。

秋，为新凤霞新作所感动，写《菩萨蛮》“藉致倾慕之意”。

8月，《叶圣陶语文教育论集》由教育科学出版社出版，蒋仲仁、杜草甬编，全书6辑，共收入有关论文、评论、杂文112篇，书信36封。

9月，得知大连宾馆招待处和所属两个饭店的工作人员轻慢、虐待在大连参加全国小学语文教学研究会成立大会的老师们的消息，感到十分痛心。2日，与苏步青、吕叔湘等8位人大代表联名投书《人民日报》，批评这种错误的思想和行为，呼吁全社会都要尊重不为名、不为利，辛勤劳动，为人民做出重大贡献的小学教师。

本月，为北京出版社《丰子恺漫画选》撰序。

10月，《文艺报》发起“怎样把文艺工作搞活”的讨论，叶圣陶著文指出，首先要改革的是文艺评论，在评论中必须杜绝先由“上边”作结论，然后实行“一边倒”的批判的做法，而应该切实提倡平等的讨论。

本月，应约为《人物》杂志创刊号题词：“洗尽铅华随心勾勒谱今古风流人物”。题词手迹与叶圣陶近影一帧刊《人物》第一期封三。

秋，为天津科技出版社《长寿》杂志题词：“多活几年，多做些事”。

11月，《中国青年报》召开礼貌语言座谈会，叶圣陶发言的题目为《诚于中而形于外》。

12月1日，因为首都儿童剧场停演，与谢冰心、高士其、张天翼、严文井、金近、柯岩、袁鹰等联名在《人民日报》发表文章，呼吁应尽快解决少年儿童看戏的问题。

本月，作《东归江行日记》序言，说明了日记写作时的背景和心情。该日记于翌年连载于《人民日报》增刊《大地》第一至三期。

24—27日，中国写作研究会成立大会暨第一次年会在武汉召开，全国25个省、市、自治区的96所院校130多位代表出席。大会选举吴伯箫为会长，聘请叶圣陶、朱东润为名誉会长。叶圣陶为大会的题词是："为文吐语其揆一，诚立辞修而已矣"。

1981年 87岁

3月，应吴祖光邀为《新凤霞回忆录》二集写《我钦新凤霞》。该书由香港三联书店出版。

27日，沈雁冰病逝于北京。31日，赋四绝挽之，记述几十年交往经过和"两家亲若一家人"的深厚情谊，特别提到沈雁冰访苏时写成《苏联见闻录》，自己为之校阅出版时"最喜获尝先睹快"的心情。

4月，为《礼貌和礼貌语言手册》的编写问题致函北京市语言学会，支持他们的编写工作，并指出"所谓礼貌语言决非虚文俗套，人与人相处，盖本当如此，所谓礼诚于中而形于外，果能认真待人接物，出言吐语自当力求其适当，使对方闻而愉悦，舒服"。

21日，鲁迅诞辰一百周年纪念委员会在北京成立，宋庆龄任主任委员，叶圣陶等任副主任委员。

5月31日，为《北上日记》作序，说明北上的背景和心情。该项日记7月在《人民文学》第7期发表。

本月，为《叶圣陶论创作》一书作序。

6月，为山东书法篆刻研究会理事、青岛国棉五厂退休工人修德的书法作品题词："俨然古榻"。

9日，为《西谛书话》作序，回忆郑振铎爱书惜书之情，赞扬他在"孤岛"时期为保存祖国文化遗产而做出的努力。

13日，著文追怀老友徐调孚，赞扬他勤奋好学，忠于编务，许多新人新作是经过他的发现才得以崭露头角的。

本月，为《内蒙日记》作序，述内蒙古之行的经过和体会。该项日记11月在《收获》发表。

7月，据《山西青年》报导，全国有40多万人报名参加山西刊授大学，叶圣陶、陈荒煤、吕叔湘等被聘为刊大顾问。

25日，中国文史馆开会，馆长叶圣陶出席并讲话。

8月7—14日，中国写作研究会常务理事会第二次（扩大）会议在北京召开，名誉会长叶圣陶出席并讲话，指出写作不等于文艺创作，并推荐鲁迅的《作文秘诀》，认为"有真意"是写作的根本。

教育部、团中央联合举行“纪念坚定的共产主义战士、杰出的青年运动领导人、马克思主义教育理论家杨贤江同志逝世五十周年纪念大会”，叶圣陶出席并讲话；9月，记录稿在《教育研究》发表。

9月12日，致函王献唐哲嗣王国华，祝王献唐藏抄本《国文尚书》由山东齐鲁书社影印出版。信中指出：普及与专研并重，不惟注意于销数利润之多寡。于是专业佳著，均得行世。

21日下午，民进中央委员会暨民进北京市委员会举行纪念鲁迅诞生一百周年报告会，民进副主席叶圣陶出席报告会。

25日上午，首都各界6000多人在人民大会堂隆重集会纪念鲁迅诞生一百周年，邓颖超同志主持会议，胡耀邦、周扬等作报告，叶圣陶出席大会。

10月5日，双周刊《语文报》创刊，叶圣陶为之题词：面向全国中学生及其他青少年。

9日，首都各界人士一万多人在人民大会堂隆重举行大会，纪念辛亥革命七十周年。纪念委员会筹委会委员叶圣陶出席。

11月13日，《文艺报》为繁荣和发展散文创作召开“散文创作座谈会”，叶圣陶送去书面发言，强调应有了真切的感受才写。

11月29日，五届人大四次会议主席团在人民大会堂举行第一次会议，叶圣陶等270人出席。

本月末，见《中国青年报》披露的片面追求升学率对少年儿童身心发展造成严重恶果的材料，向《人民日报》投书呼吁。赵紫阳同志在《政府工作报告》中充分肯定了叶圣陶的意见：他的呼吁“词意恳切，表达了学生、教师、家长和广大人民群众的心声。希望有关方面认真注意这个问题，切实加以改正”。

12月18—22日，中国作家协会第三届理事会第二次会议在北京召开。22日，中国作协副主席张光年代表主席团宣布，聘请叶圣陶、萧三、曹靖华、谢冰心、夏衍、胡风、臧克家、张天翼、曹禺等九位文学经验丰富的老作家为中国作家协会顾问。

本月底，新华社宣布：22日，国务院古籍整理出版规划小组恢复，该组由叶圣陶等53人组成，另聘郭绍虞等兰14人为顾问。

1982年　　88岁

1月1日，在《光明日报》作诗向老师们祝贺新年：“找到根源古有云，愤悱启发最精纯，揠苗刻版都抛却，乐育全新一代人”。

本月，《叶圣陶论创作》作为中国现代作家论创作丛书由上海文艺出版社出版，丁玲作序，欧阳文彬编选并作跋。全书2辑，收入有关文章98题。

《日记三抄》作为花城文库之一由花城出版社出版，收入《东归江行日记》、《北上日记》、《内蒙日记》3组，各有前言。

2月，作文重申自己热爱生活的心情，题为《“这个世如何能厌？”》。

3月，《东方少年》发刊，为写发刊词。

18日，为浙江人民出版社《夏丏尊文集》作序，回忆夏丏尊临终前的心情，赞扬夏是非常真诚的人，心里怎么想笔下就怎么写，剖析自己尤其深刻，从不隐讳自己的弱点，所以读他的作品就象听一位密友倾吐肺腑之言。

4月，《文汇报》以《七年辛苦不寻常，新校注本〈红楼梦〉出版》为题，报导了中国艺术研究院红楼梦研究所以庚辰本为底本校注的新版本，即由人民文学出版社出版的消息，特别说明88岁的须眉皆白的叶圣陶曾为该本标点，并修改了不少地方，倾注了很多心血。

9日，应约为田汉遗作《母亲的话》撰序。

本月，山西《语文教学通讯》举办首届中学生评书活动。叶圣陶在发言中指出，要引导学生学会读书，不要光捧着两本课本，死读书，读死书，最后就要读书死，那样是培养不出人才的。

5月13日，应约为《吴伯箫散文选》作序，赞扬吴为文诚恳朴实，表里如一，并回忆了在人民教育出版社共同工作的情景。

19日，为上海文艺出版社成立三十周年纪念撰文。

6月，出席在山东烟台召开的科学童话学术讨论会，在发言中指出科学童话虽然以传播知识为目的，但绝不是不要管思想品德教育，这方面的教育应当与整个作品融为一体。他说《稻草人》中就有不合乎科学的细节。稻草人是一个富有同情心，却又没有力量、没有办法可以改变环境、帮助别人的人，是旧中国有良心的知识分子的典型。他是不自觉地写出了旧社会知识分子的苦恼。这是到达烟台以后才突然想到的。

本月，接见王统照的长子王济诚、三子王立诚，见到山东人民出版社《王统照文集》第一至三卷，应约为该文集写跋语编入第六卷。11月29日，跋文《常惜深谈易歇》在《人民日报》发表，追叙与王统照的交谊。

9月，傅洁在亚洲地区中学生“外空探索”作文比赛中荣获冠军。14日，发奖大会在北京举行，叶圣陶出席并讲话祝贺。

本年，日本文部省在中小学历史课本中蓄意将侵略中国的史实篡改为进驻中国，引起中国人民普遍的义愤。恰值电影《一盘没有下完的棋》公映，《文艺报》组织座谈会。8月7日，叶圣陶作《及时佳作——中日共鉴》投寄，借赞扬电影，表达严正的立场与态度。

过去随谈

叶绍钧

一

在中学校毕业是辛亥那一年。并不曾作升学的想头；理由很简单，因为家里没有供我升学的钱。那时的中学毕业生当然也有“出路问题”；不过象现在的社会评论家杂志编辑者那时还不多，所以没有现在这样闹嚷嚷地。偶然的机缘，我就当了初等小学的教员，与二年级的小学生作伴。钻营请托的况味没有尝过；依通常说，这是幸运。在以后的朋友中间有这么一个，因在学校毕了业将与所谓社会者对面，路途太多，何去何从，引起了甚深的怅惘；有一回偶游园林，看见澄清如镜的池塘，忽然心酸起来，强烈地萌生着就此跳下去完事的欲望。这样伤感的青年心情我却没有，小学教员是值得当的，我何妨当当；依实际说，这又是幸运。

小学教员一连当了十年，换过两次学校，在后面的两个学校里，都当高等班的级任；但也兼过半年幼稚班的课——幼稚班者，还够不上初等一年级，而又不象幼稚园儿童那样地被训练着，是学校里一个马马虎虎的班次。职业的兴趣是越到后来越好；这因为后来的几年中听到一些外来的教育理论同方法，自家也零星悟到一点，就拿来施行，而同事又是几个熟朋友的缘故。当时对于一般不知振作的同业颇有点看不起，以为他们德性上有着污点；倘若大家能去掉污点，教育界一定会大放光彩的。

民国十年暑假后开始教中学生。那被邀请的理由是很滑稽的。我曾写一些短篇小说刊载在杂志上。人家以为能作小说就是善于作文，善于作文当然也能教文，于是，我仿佛是颇适宜的国文教师了。这情形到现在仍旧不衰，作过一些小说之类的往往被聘为国文教师，两者之间的距离似乎还不曾经人切实注意过。至于我舍小学而就中学的缘故，那是不言而喻的。

直到今年，曾在五处中学三处大学作教员，教的都是国文；这大半是兼务，正业是书局编辑，连续七年有余了。大学教员我是不敢当的；我知道自己怎样没有学问，我知道大学教员应该怎样教他的科目，两相比并，不敢是真情。人家却说了："现在的大学，名而已！你何必拘拘？"我想这固然不错；但从"尽其在我"的意义着想，不能因大学不象大学，我就不妨去当不象大学教员的大学教员。所惜守志不严，牵于友情，竟尔破戒。今年在某大学教《历代文选》，劳动节的那天，接到用红铅笔署名L的警告信，大约说我教那些古旧的文篇，徒然助长反动势力，于学者全无益处，请即自动辞职，免讨没趣云云。我看了颇愤愤：若说我没有学问，我承认；却说我助长反动势力，我恨反动势力恐怕比这位L先生更真切些呢；或者以为教古旧的文篇便是助长反动势力的实证，更不用问对于文篇的态度如何，那末他该叫学校当局变更课程，不该怪到我。后来知道这是学校波澜的一个弧痕，同系的教员都接到L先生的警告信，措辞比给我的信更严重，我才象看到丑角的丑脸那样笑了。从此辞去不教；愿以后谨守所志，"直到永远"。

自知就所有的一些常识以及好嬉肯动的少年心情，当当小学或初中的教员大概还适宜的。这自然是不往根柢里想去的说法；如往根柢里想去，教育对于社会的真实意义（不是世俗所认为的那些意义）是什么，与教育相关的基本科学内容是怎样，从事教育技术上的训练该有那些项目，关于这些，我就同大多数的教员一样，知道得太微少了。

二

作小说的兴趣可说由中学时代读华盛顿·欧文的《见闻录》引起

的。那种诗味的描写，谐趣的风格，似乎不曾在读过的一些中国文学里接触过；因此这样想，作文要如此才佳妙呢。开头作小说记得是民国三年；投寄给小说周刊《礼拜六》，被登载了，便继续作了好多篇。到后来，礼拜六派是文学界中一个卑污的名称，无异海派黑幕派鸳鸯蝴蝶派等等。我当时的小说多写平凡的人生故事，同后来的相仿佛，浅薄诚有之，如何恶劣却未必，虽然所用的工具是文言，也不免贪懒用一些成语古典。作了一年多便停笔了，直到民国九年才又动手。是颉刚君提示的，他说在北京的朋友将办一种杂志，作一篇小说付去吧。从此每年写成几篇，一直不曾间断；只今年是例外，眼前是十月将尽了，还不曾写过一篇呢。

预先布局，成后修饰，这一类ABC里所诏示的项目，总算尽可能的努力做的，可是不行；作小说的基本要项在乎有一双透入的观世的眼，而我的眼够不上；所以人家问我哪一篇最惬心时，我简直不能回答。为要作小说而训练自己的眼固可不必；但眼的训练实在是生活的补剂，因此我愿意对这上边致力。如果致力而有进益，由这进益而能写出些比较可观的文字，自是我的欢喜。

为什么近来渐渐少作，到今年连一篇也没有作呢？有一个浅近的比喻，想来倒很确切的。一个人新买一具照相器，不离手的对光，扳机，卷干片，一会儿一打干片完了，便装进一打，重又对光，扳机，卷干片。那时候什么对象都是很好的摄影题材；小妹妹靠在窗沿憨笑，这有天真之趣，摄他一张；老母亲捧着水烟袋抽吸，这有古朴之致，摄他一张；出外游览，遇到高树，流水，农夫，牧童，颇浓的感兴立刻涌起，当然不肯放过，也就逐一摄他一张。洗出来时果能成一张象样的照相与否似乎不很关紧要，最热心的是“嗒”的一扳；面前是一个对象，对着他“嗒”的扳了，这就很满足了。但是，到后来却有相度了一会终于收起镜箱来的时候。爱惜干片么？也可以说是，然而不是。只因希求于照相的条件比以前多了，意味要深长，构图要适宜，明暗要美妙，更有其他等等，相度下来如果不能应合这些条件，宁可收起镜箱了事；这时候，徒然一扳是被视为无意义的了。我从前多写只是热心于一扳，现在却到了动辄收起镜箱的境界，是自然的历程。

三

《中学生》主干会曾嘱我说一些自己修习的经历，如如何读书之类。我很惭愧，自计到今为止，没有象模象样读过书，只因机缘与嗜好，随时取一些书来看罢了。读书既没有系统，自家又并无分析的综合的识力，不能从书的方面多得到什么是显然的。外国文字呢？日文曾读过葛祖兰氏的《自修读本》两册，但是象劣等的学生一样，现在都还给教师了。至于英文，中学时代不算读得浅，读本是文学名著，文法读到纳司非尔的第四册呢；然而结果是半通不通，到今看电影字幕还未能完全明白（我觉得读英文而结果如此的实在太多了。多少的精神时间，终于不能完全看明白电影字幕！正在教英文读英文的可以反省一下了）。不去彻底修习，弄一个全通真通，当然是自家的不是；可是学校对于学生修习的各项科目都应定一个毕业最低限度，一味胡教而不问学生果否达到了最低限度，这不能不怪到学校了。外国文字这项工具既不能使用，要接触一些外国的东西只好看看译品，这就与专待喂饲的婴孩同样的可怜，人家不翻译，你就没法想。讲到译品，等类颇多。有些是译者实力不充而硬欲翻译的，弄来满盘都错，使人怀疑何以外国人的思想话语会这样的奇怪不依规矩。有些据说为欲忠实，不肯稍事变更原文文法上的排列，就成为中国文字写的外国文。这类译品若请专读线装书的先生们去看，一定回答“字是个个识得的，但不懂得这些字凑合在一记讲些什么”。我总算能够硬看下去，而且大概有点懂，这不能不归功到读过两种读如未读的外国文。

说起读书，十年来颇看到一些人，开口闭口总是读书，“我只想好好儿念一点书”，“某地方一个图书馆都没有，我简直过不下去”，“什么事都不管，只要有书读，我就满足了”，这一类话时时送到我的耳边；我起初肃然生敬，既而却未免生厌。那种为读书而读书的虚娇，那种认别的什么都不屑一做的傲慢，简直自封为人间的特殊阶级，同时给与旁人一种压迫，仿佛惟有他们是人间的智慧的葆爱者。读书只是至平常的事而已，犹如吃饭睡觉，何必作为一种口号，惟恐不遑地到处宣传。况且所以要读书，从全凭概念的哲学以至真凭实据的动植矿，就广义说，无非要改进人间的生活。单只是“读”决非终极的目的。而那些“读书”“读书”的先生们，似乎以为单只是“读”很了不起的，生活云云不在范围以内：这也引起我的反感。我颇想标榜“读书非究竟义谛主义”——当然只是想想罢了，宣言之类是不曾做的。或者有懂得心理分析的人能够说明我之所以有这种反感，由于自家的头脑太俭了，对于书太疏阔了，因此引起了嫉妒，而怎样怎样的理由是非意识地文饰那嫉妒的丑脸的。如果被判定如此，我也不想辩解，总之，我确然曾有了这样的反感。至于那些将读书作口号的先生们果否真个读书，我不得而知；只有一层，从其中若干人的现况上看，我的直觉的评判成为客观的真实了。他们果然相信自己是人间智慧的宝库，无所不知，无所不能，得便时抛开了为读书而读书的招牌，就不妨包办一切；他们俨然承认自己是人间的特殊阶级，虽在极微细的一谈笑之顷，总要表示外国人提出来的“高等华人”的态度。

四

我与妻结婚是由人家作媒的，结婚以前没有会过面，也不曾通过信。结婚以后两情颇投合，那时大家当教员，分开在两地，一来一往的信在半途中碰头，写信等信成为盘踞心窝的两件大事。到现在十四年了，依然很爱好。对方怎样的好是彼此都说不出的，只觉很适合，更适合的情形不能想象，如是而已。

这样打彩票式的结婚当然很危险的，我与妻能够爱好也只是偶然；迷信一点说，全凭西湖白云庵那位月下老人。但是我得到一种便宜，不曾为求偶而眠思梦想，神魂颠倒；不曾沉溺于恋爱里头，备尝甜酸苦辣各种味道。图得这种便宜而去冒打彩票式的结婚的险，值得不值得固难断言；至少，青年期的许多心力和时间是挪移了过来，可以去应付别的事情了。

现在一般人不愿冒打彩票式的结婚的险是显然的，先恋爱后结婚成为普通的信念。我不菲薄这一种信念，它的流行也有所谓“必然”。我只想说那些恋爱至上主义者，他们得意时谈心，写信，作诗，看电影，游名胜，失意时伤心，流泪，作诗（充满了惊叹号），说人间至不幸的只有他们，甚至想投黄浦江：象这样把整个生命交给恋爱，未免可悲。这种恋爱只配资本家的公子“名门”的小姐去玩的。他们享用的是他们的父亲祖先剥削得来的钱，他们在社会上的地位在未入母腹时早就排定，他们看看世界非常太平，一点没有问题；闲暇到这样子却也有点难受，他们于是去做恋爱的题目，弄出一些悲欢哀乐来，总算在他们空白的生活录上写了几行。如果是并不闲暇到这样子的青年，而也想学步，那惟有障碍自己的进路，减损自己的力量而已。

人类不灭，恋爱也永存。但恋爱有各色各样。象公子小姐们玩的恋爱，让它“没落”吧！

1930年10月29日作

《中学生杂志》以《出了中学校以后》一题征文，因作此篇。

1931年6月17日记。

（选自《脚步集》，1931年9月新中国书局）

略　叙

叶圣陶

清光绪二十年（公元 1894 年），我生在苏州城里。六岁入私塾读书。十三岁进小学，读了一年，便荐进中学。满五年毕业，正是辛亥年的冬季。民国元年，当初等小学教师，教二年级。三年或四年，到上海尚公小学任教，尚公是商务印书馆办的，六年，改为甪直吴县县立小学，因为我的一个同学在那里任校长，定要招我去。甪直在苏州东南三十六里，是水乡，我开始领略水乡的情趣。十年秋季，到吴淞中国公学中学部教国文。不久，校中闹风潮；我不高兴混在中间闹，便离开了。承朱佩弦兄面招，到杭州第一师范。十一年，北京大学聘为讲师，教作文；我就到北京去。但因家在南方，教了半年便辞了职，改任上海神州女学的教师。十二年，入商务印书馆任编辑，把家搬到上海去住。这年秋季，因郭绍虞兄坚邀，又到福州协和大学任教授。教了半年，仍回商务，并在景贤女学，立达学园，复旦大学等校兼课。十九年，辞商务，改任开明书店的编辑；因为开明里老朋友多，共同作事，兴趣好些。廿六年秋，全家避难西行，不能再顾开明的事情。廿七年初到重庆，在巴蜀学校、戏剧学校、复旦大学教课。这年秋季，应武汉大学聘，迁居乐山。去年秋季，改任四川省立教育科学馆专门委员，直到如今，家便搬到成都来，住在新西门外；杜甫诗“舍南舍北皆春水，惟见群鸥日日来”，就是指的这一带地方。

三十年九月七日写

（选自《文艺写作经验谈》，1943 年天地出版社）

答复朋友们

叶圣陶

五十岁，一个并不算大的年纪。就是大到七十八十，又有什么意思？七十八十的老人，男的女的，咱们哪儿都可以见着。若说“知非”啊，“知天命”啊，能够办到，自然不错；可惜蘧伯玉跟孔子的那种人生境界，我一丝儿都没有达到。生日到了，跟四十九四十八那时候一样，依从旧例，买几斤切面，煮了全家吃，此外就没有想着什么。有几位朋友说我乡居避寿，其实不确切；我本来乡居，因为乡间房价比较低，又省得“跑警报”；至于寿不寿，的确没有想起。

承蒙朋友们的好意，把我作为题目，写了些文字，我倒清楚的意识起五十岁来了。大概不会活一百年吧，如今五十岁，道路已经走了大半截。走过的是走过了，“已然”的没法教他“不然”；倒是余下的小半截路，得打算好好的走。

朋友们的文字里，都说起我的文字跟为人；这两点，我自己知道得清楚，都平庸。为人是根基，平庸的人当然写不出不平庸的文字。我说我为人平庸，并不是指我缺少种种常识，不能成为专家；也不是指我没有干什么事业，不当教员就当编辑员；却是指我在我所遭遇的生活之内，没有深入它的底里，只在浮面的部分立脚。这样的平庸，好比一个皮球泄了气，瘪瘪的；假如人生该象个滚圆的皮球的话，这平庸自然要不得。

象个滚圆的皮球的人生，其人必然是诗人，广义的诗人。写不写诗没有关系，生活本身就是诗。如果写，其诗必然是好诗，不用诗的形式也还是好诗。屈原，陶潜，杜甫，苏轼，托尔斯泰，易卜生，他们假如没有什么作品，照样是诗人，说他们的作品可爱，诚然不错，但是，不如说他们那诗人的本质可爱，尤其推究到根柢。

为要写些什么，故意往生活里钻，这是本末倒置的办法，我知道没有道理。可是，一个人本当深入生活的底里，懂得好恶，辨得是非，坚持着有所为有所不为，实践着如何尽职如何尽伦，不然就是白活一场；对于这一层，我现在似乎认得更明白，愿意在往后的小半截路上，加紧补习。补习有没有成效，看我的努力如何。如有成效，应该可以再写些，或者说，应该可以开头写。不过写不写没有大关系，重要的是加紧补习。

朋友厚爱我，宽容我，使我感激；又夸张的奖许我，使我羞愧，虽然羞愧，想到这无非要我好，也还是感激。最近在报上看见沈尹默先生的诗，有一句道："久客人情真足惜"，吟诵了好几遍。沈先生说的"久客"是久客川中，我把他解作人生在世，象我这么一个平庸的人，居然也能得到朋友们的厚爱，宽容跟奖许，"人情真足惜"啊！在这样温暖的人情中，我更没有理由不打算加紧补习。

这不是寻常致谢的话，想朋友们一定能够鉴谅。

（选自《西川集》，1945 年 1 月重庆文光书店）

《隔膜》序

顾颉刚

圣陶集了几年来做的小说二十篇，付文学会刊入丛书，教我做一篇序。我与圣陶是最早的同学，他的思想与艺术，十分之七八，我都看见晓得。我虽则没做过文艺的研究，不能说明他的小说在文艺界上的地位，可是要做一篇序来说明他的思想的本质，与他所以做小说的背景，自以为我是最适宜了。

圣陶小时候，与我住在同巷。二十世纪的第一年，我九岁，他八岁，我们就在一处私塾读书。那时的情形，我现在已想不大起；只记得圣陶欢喜做些玩物，背着先生戏弄。他同我说的话，还记得一句：他说，"我会把象牙做朝版，你要我做吗？"象牙朝版他当然没有做过；但他看见了道士手里握的一块，便兴起了自己创作的念头，这是可信的。

他比我早进一年中学。我进中学时，他正是刻图章、写篆字最有兴味的当儿。记得那时看见他手里拿的一把大摺扇，扇上写满了许多小小的篆字，我看了，的确匀净工整，觉得很是羡慕。后来他极欢喜做诗。当时同学里差不多没有一个会做诗的，他屡屡的教导我们，于是中学校里就结合了一个诗会，叫做放社。但别人的想象和表述，总不能象他那般的深细，做出来的东西总是直率得很，所以我们甘心推他做盟主。

他毕业后写给我的信，屡次把诗词来替代，开缄时往往只见一首长诗，或四五首的律诗。他的诗并不雕琢字面，也不堆砌典故，也不模仿哪一家，只是活泼泼的表情写景。现在就掇拾的方便，录出一首：

游拙政园

纤雨值休辰，园游恣幽赏。回沼抱南轩，几窗爱净朗。小坐神顿清，喻之言难想。环顾卉树森，浓绿弥众象。稀处现楼台，微风动帘幌。一声鹧鸪啼，忽焉聆繁响：乃如蟹爬沙，急雨敲林莽。此境益静寂，空山或可仿。颉公燕都归，听雨谭抵掌：直北是长安，冠盖属朋党。白日妖霾现，杀人弃沟壤。鸡鸣上客尊，狗苟公道枉。豪游金买笑，乞怜血殷颡。嗟哉行路难，触处是肮脏。何当谢世虑，摄心息俯仰？寄情孰所乐，高歌慨以慷！帝力鼓大化，谁省我所往？辞终各无言，看水倚轩幌：初荷碧玉盘，水珠滚三两（二，七，二。）

圣陶对于文艺，没有一种不欢喜。他常要学雕刻，可怜这件事在中国是没有一点机会的，至今只落得一个想望。又常想看戏做戏，但苏州既没有机会，上海又没有力量去。元年九月，我到上海，看了戏告他；他答我道："此事余无阅历，而自信有理想上之境界。"

君于戏剧，与我同一为少有经验；然观君之评剧，……即我未聆此未聆此剧之人之意，与君亦有同意。可知剧固无所谓佳不佳，惟近情者乃佳耳！余尝听人谈剧，而知剧中固多不近情者。彼演剧者亦同是人，何以乃作不近情之剧也？余与君之所见，余常以为近情；苟献身舞台，或亦不失为名伶也。（一，九，七。）

后来他到了甪直，提议在学校里造了一个戏台，自编了剧本，每逢星期三演作一次，这事的伏脉就在那时了。

他家境很清贫，使他不能专向文艺方面走。他中学毕业后，就在苏州城里充做初等小学的教师。他的性情，原是和小学生聚得来的，无奈学生以外的人逼着他失掉了职业上的兴趣，所以他觉得很苦。他写信给我道：

做教师之无味，不在学生之不好，乃在同事之讲不落言话，调查视学之‘象煞有介事’。坐是二者，我乃一肚皮的不高兴！（一，十二，廿二。）

又道，

昨倚阑于观鞋匠之工作，一刹那间，感想潮涌：以为以正当之腕力，做正当之事业，及其成功，当有无限快乐。所谓正当，系指实际而言；世间之伦理思想之所云，则非我所指也。如彼鞋匠，我力能以为鞋，则别无他之假借，他之思虑，抽其麻丝，持其皮刀为之不已；一鞋告成，此时之乐为何如哉！与我相较，则我必始托人引荐；得业矣，又必规规于课程；修身也，必有崇拜；同事也，必作寒暄；省县视学来，又必受牵制：百不自由。“因”既非正当，何得有正当之“果”！视彼制鞋人，羡之不已，效之无才，复自叹耳！……（二，一，十一。）

那时侯，圣陶精神上苦痛极了：他自己文艺上的才具既不能发展，教育上的意见又不能见诸实行；称他的心，实要丢掉了教师，投身做工匠去。果然到后来，为了和同事视学不能沆瀣一气，于民国三年的秋间，给他们排挤去了！

圣陶想象的丰富，描写的精细，自中学时期以至民国三年，都可在他的诗里寻出。他欢喜逢人就侦察他们的心理，代他们设想，这在给我的信上也可见到几条。那时他虽未做小说，然而做小说的动机与兴味即在于此了。他说：

日坐茶寮，同学辈剌剌谈政党内阁不休。……一入政党便富于感情；某某党三字之于人，何其有如许神通也！然于广座之中，默聆各人之言论，即可以侦知其隶何党籍。小试侦探术，亦一消遣法已。（二，五，十。）

看上海各报，……虽明知其为肚里新闻，自撰专电，荒唐论说，而我辈看他如何想法撰法，则亦未始非趣事。（二，五，廿三。）

独至鹤园，茗于携鹤草堂，乃得少舒其意志。修发少年，傍镜自窥其首；盛妆佳丽，逢人故正其眸；热客谈时，涎珠飞越；老翁说古，意态横生：我从旁静观，皆具妙相。（二，八，廿八。）

假使他早做了几年的小说，这种“政党热”和“园游兴致”——民国元二年间苏州特盛的娱乐，——必然充做了他笔下的材料了。

圣陶与小说最早的因缘，大约是中学校里把伊尔文《见闻杂记》做英文课本。那时，他读了几篇《妻》和《大梦》，便去练习翻译。到后来，又读了些旧小说，报纸上的小说也很留意。当时作者以苏曼殊的笔致为最干净，所以他的《断鸿零雁记》等，圣陶每从《太平洋报》上抄录下来。他刚任小学教员时，酷想把自己的环境和心神做一部很长的自传，前后写了二万字；但教课太忙，不曾做完。元年暑假里，有一家报馆向他要稿子，他想用白话体做一种理想小说，名唤《世界》，所说乃无国界无金钱以后之世界；拟逐日写千余字，一百天左右登完。但那家报馆筹办了长久，转瞬开学，他也不能做了。直到三年秋间受挤去职之后，他方始有了闲暇，努力发展。所苦的，他受经济的逼迫更厉害了，他只得做了许多短篇小说投寄《礼拜六》及《新闻报》等。他曾写信给我道：

如今为金钱计，日节一二小时为出卖之文，凡可以得酬的皆寄之。……然为文而至此，亦无赖之尤者矣！（三，九，二十。）

吾今弄些零用，还必勉强写几句。然吾却亦自定宗旨：不作言情体，不打诳语；虽不免装点附会，而要有其本事，庶合于街谈巷议之论。……总之，吾有一语誓之君前曰，吾决非愿为文丐者也！（三，十一，十三。）

读此可见圣陶极不愿拿文艺来敷衍生计。他不肯打诳语，必要有其本事，便可知道他的宗旨在写实，不在虚构，和那时盛行的艳情滑稽各派是合不拢来的。

圣陶因为自己所抱的宗旨与时流不合，所以对于当时的小说界很抱悲观。他在三年冬间，曾作了一篇《正小说》，把流行文字批评一下。这篇文字，他做好了就寄到一家杂志里去，我没有看见。现在抄出他来信的数则做个代表：

近来小说……皆一丘之貉。出场总有一段写景文字：月如何也，云如何也。云月之情万殊，诗人兴咏，灵心独运；而今之小说中所描写之云月乃无弗同！其语句：如谓女才则曰诵《唐诗》琅琅上口，此某家不栉进士。《聊斋志异》中，此等语虽非常见，然统观全书，亦且厌其老调；今乃无篇不然矣！公园春游，男女邂逅，三语未终，便是求婚。其后非阻于父母，即梗于离乱；中间约略点缀几句伤离怨别之套语，便自诩极文字之波澜，尽言情之能事矣！今世风行，言情独盛；言情之作，尤多老调：夫岂作者读者均弗怪为老调耶？抑亦人心淫佚，乐闻郑卫之音，温馨心上，以为"慰情聊胜无"之意耳！弹词家所唱盲词，人有两句以括之曰，"私定终身后花园，落难公子中状元"：今之小说，亦此类已！（三，十一，廿一。）

今之小说，可谓皆自抄袭得来。苟指出某篇出于某书，具不胜其繁。或则窃取旧小说之一毛一发，便足命题成篇。至其语句之同，更不可数。只得谓彼辈熟读小说，故成语如流而赴也！（同）

那时，他所做的小说有《博徒之儿》、《姑恶》、《飞絮沾泥录》、《终南捷径》等篇，都是摹写黑暗社会的作品。

到民国五年，旧同学吴宾若君在苏州东南角直乡做高等小学校长，招圣陶担任教科。这时候，他在城里的许多痛苦受不到了，旧教育讨厌的地方也可商量改革了。回忆他做城里教师时，有一信给我道：

惟念于教师职务得少尽精力，使醇醇诸棒展发神辉，亦此生一乐。虽今日所呈现象每不满昨日之所怀，所幸心存希望，即是一缕动机；此机勃发，或有美满光明之时也！（二，十，十二。）

此种希望，在城里固因种种牵制不能达到，但到了乡下却很可自由措施了。

他在这几年里，胸中充满着希望，常常很快乐的告诉我他们学校的改革情形。他们学校里，立农场，开商店，造戏台，设备博览馆，有几课不用书本，用语体文教授……几年内一步步的做去，到如今都告成功了。这固是圣陶的一堂同事都有革新的倾向，所以进步如此其快，但圣陶是想象最锐敏的，他常常拿新的意见来提倡讨论，使全校感受到他的影响，这是无可疑的。

自五年到现在，六年之间，他没有离开过角直。八年，又把全家搬了过去，从此他做了用角人了，他每天所到的地方，只有家庭及学校，而这两处都充满了爱的精神，把他浸润在爱的空气里。于是，他把民国四年以前的悲观都丢掉了，从不再说短气的话。社会的黑暗，他住在乡间，看见的也较少了。于是他做的小说，渐渐把描写黑暗的移到描写光明上去了。

民国七年间，《新青年》杂志提倡国语文学极有力量。但那时新体小说只有译文，没有创作。圣陶禁不住了，当《新潮》杂志出版时，他就草了《一生》一篇寄去，随后又陆续做了好几篇。可喜《新潮》里从事创作的，还有汪缉斋、俞平伯诸君，一期总有二三篇，和圣陶的文字，竟造成了创作的风气。去年，他的短篇小说愈做愈多了。今年，更加入《晨报》及《小说月报》，很奋勉的做去；所发表的文字，都是读者逐次看见的。

这几年来，他常有信给我，论小说界的现状，及他著作小说的感情和兴味。可惜许多信札都不在手头，他在《晨报》上发表的文艺谈，我处也没有，不能把这些摘录出来。他最近有信给我，道：

> 我有一种空想，人与人的隔膜不是自然的，不可破的。我没有什么理由，只是一种信念罢了。这一层膜是有所为而遮盖着的；待到不必需要的时候，大家自然会赤裸裸地相见。到时，各人相见以心不是相见以貌。我没有别的能力，单想从小说里略微将此人与人以暗示……（十，五，三十。）

这是圣陶近来做小说的宗旨。他所以表现这种微妙的爱，并不是求在象征主义中占得一席地，只是要把残酷的社会徐徐的转变！

圣陶做的小说，决不是敷衍文字，必定自己有了事实的感情，著作的兴味，方始动笔；既动笔则便直写，也不甚改窜。换句话说，他的小说完全出于情之所不容已，丝毫假借不得的。要说明这件事，且得举一例。原来不会做小说的人，逢到一件奇事，或者自己有了什么悲观，就以为是很好的小说材料，去请求会做小说的人和他代做。我之对于圣陶，就有这样的几回；但他从没有依过我；或者说，“等我酝酿成熟了再讲罢！”我几次的愿望虽没有成遂，但我并不恨他的没情面，反而深敬他的不苟且。这几年的信，不幸不在手头，不能征引。我且把他对于诗上的话引了，也可以作一个推证。

我于民国二年间，在海道中作了几首诗，因为自己有不惬意的地方，请他改窜，又请他合作。他答我的信说道：

> 诗不可改，前人已屡言之。盖诗在偶拾，改则遂同斧凿，生趣且立尽。我诗于成时即不改窜。有功夫改，何不另作乎？君如欲改，还请自改！（二，五，一。）
>
> 至于合作则尤所不可。我未渡海，何以能说得出什么！苟强为之，不将如前代之赋秦宫汉殿耶？是以竟不和已！（二，五，二。）

这番话说得何等的决绝！这便是圣陶一切创作都能使精神饱满的缘故。

这回文学会集刊丛书，便把圣陶三年来的小说刻了一集。这本集子，是汇刊个人的新体小说的第一部，是很可纪念的。圣陶往年极羡慕的鞋匠生涯，于今成就了：这二十篇文字，便是二十双鞋子。想他鞋子告成时的乐趣，已经经过了二十回了！我祝颂圣陶，从今以后，永永在工作的时候，即是永永在快乐的时候。到他老年时，看着这最先的二十双鞋子，就是毕生事业的起点，当更觉得发生珍重的心思了。

圣陶因为里边有一篇唤做《隔膜》，也就把他做了全集的名字。但我以为这个名目不大好。因为集里固然有几篇——如《一生》、《一个朋友》、《隔膜》——是从骨子里看出人与人之冥漠无情的，但《母》、

《伊和他》、《小病》、《低能儿》诸篇，把人类心情的相通相感之境写得美满极了；况且圣陶做小说的趋势，又向不隔膜方面进行；怎能把小部分去赅括全体呢？要是圣陶永远过民国四年前的生活，所做的小说只向社会的黑暗方面描写，那么，这一集唤做《隔膜》，是确之又确的。现在他的学校与家庭都成了爱的世界，别种无情的社会他也没有加入，他的生活是再不隔膜没有了。所以我劝他改为《微笑》，来表达这交互萦感的心神。

我所以为圣陶做这篇序，有两种缘故。一，圣陶所交的师友，没有一个是拿了文艺来诱掖他进入这范围的；但他不以没有诱掖之故，便衰颓了志气，终是独行孤往，求之不懈；到底，别人也多受他的同化了。至于他遭值的时候，在其创作初期，社会上只把文艺当消遣品看，小说更是所谓"倡优同畜"的东西，而他那时独能从"描写物情宣达社会隐潜"为宗旨；到了现在，他的艺术手腕更高超了。从此两事，都可见圣陶具有文艺的天才；他便是不生今世，不做小说，他的事业也必向文艺方面发展，造成美满的成绩。我做这序的第一义，就是要说明他是一个文艺的天才。二，历来的学问家文艺家，别人替他作传，多在暮年或身后，所采集的材料，多半是享了盛名以后的；至于早年的思想行事，早已佚去，无从寻补。然而一生的基础，就在早年，我们若是要深知一个人的性情学业，这早年的事实必不应轻轻略过。圣陶要是能奋勉的修养和工作下去的，将来的事实自为人所易见，必有为他做详传的人，我们不必豫虑；单是现在以前的事，若不由我介绍，势将无人晓得。我做这序的第二义，便是搜集他早年的思想行事，来备将来的文献。

但是我极抱歉，他的信札，我粘贴在册上的，只有民国元年至三年，而三年的上半年又觅不到。其余的信札，都捆置在京寓，不便取览。所以记他的事实，只有二年半间是他亲笔告我的话。我将来如能把他的信札都聚合拢来，等这书再版时，或他出第二集时，加上一篇续序，这最早是我的愿望。

十，七，十，上午一时

（选自《隔膜》，1922 年 3 月商务印书馆）

我所见的叶圣陶

朱自清

我第一次与圣陶见面是在民国十年的秋天。那时刘延陵兄介绍我到吴淞炮台湾中国公学教书。到了那边，他就和我说："叶圣陶也在这儿。"我们都念过圣陶的小说，所以他这样告我。我好奇地问道："怎样一个人？"出乎我的意外，他回答我："一位老先生哩。"但是延陵和我去访问圣陶的时候，我觉得他的年纪并不老，只那朴实的服色和沉默的风度与我们平日所想象的苏州少年文人叶圣陶不甚符合罢了。

记得见面的那一天是一个阴天。我见了生人照例说不出话；圣陶似乎也如此。我们只谈了几句关于作品的泛泛的意见，便告辞了。延陵告诉我每星期六圣陶总回角直去；他很爱他的家。他在校时常邀延陵出去散步；我因与他不熟，只独自坐在屋里。不久，中国公学忽然起了风潮。我向延陵说起一个强硬的办法，——实在是一个笨而无聊的办法！——我说只怕叶圣陶未必赞成。但是出乎我的意外，他居然赞成了！后来细想他许是有意优容我们吧；这真是老大哥的态度呢。我们的办法天然是失败了，风潮延宕下去；于是大家都住到上海来。我和圣陶差不多天天见面；同时又认识了西谛予同诸兄。这样经过了一个月；这一个月实在是我的很好的日子。

我看出圣陶始终是个寡言的人。大家聚谈的时候，他总是坐在那里听着。他却并不是喜欢孤独，他似乎老是那么有味地听着。至于与人独对的时候，自然多少要说些话；但辩论是不来的。他觉得辩论要开始了，往往微笑着说："这个弄不大清楚了，"这样就过去了。他又是个极和易的人，轻易看不见他的怒色。他辛辛苦苦保存着的《晨报》副张，上面有他自己的文字的，特地从家里捎来给我看；让我随便放在一个书架上，给散失了。当他和我同时发见这件事时，他只略露惋惜的颜色，随即说："由他去末哉，由他去末哉！"我是至今惭愧着，因为我知道他作文是不留稿的。他的和易出于天性，并非阅历世故，矫揉造作而成。他对于世间妥协的精神是极厌恨的。在这一月中，我看见他发过一次怒；——始终我只看见过他发过这一次怒——那便是对于风潮的妥协论者的蔑视。

风潮结束了，我到杭州教书。那边学校当局要我约圣陶去。圣陶来说："我们要痛痛快快游西湖，不管这是冬天。"他来了，教我上车站去接。我知道他到了车站这一类地方，是会觉得寂寞的。他的家实在太好了，他的衣着，一向都是家里管。我常想，他好象一个小孩子；象小孩子的天真，也象小孩子的离不开家里人。必须离开家里人时，他也得找些熟朋友伴着；孤独在他简直是有些可怕的。所以他到校时本来是独住一屋的，却愿意将那间屋做我们两人的卧室，而将我那间做书室。这样可以常常相伴；我自然也乐意。我们不时到西湖边去；有时下湖，有时只喝喝酒。在校时各据一桌，我只预备功课，他却老是写小说和童话。初到时，学校当局来看过他。第二天，我问他，"要不要去看看他们？"他皱眉道，"一定要去么？等一天罢。"后来始终没有去。他是最反对形式主义的。

那时他小说的材料是旧日的储积；童话的材料有时却是片刻的感兴。如《稻草人》中《大喉咙》一篇便是。那天早上，我们都醒在床上，听见工厂的汽笛，他便说："今天又有一篇了，我已经想好了，来的真快呵。"那篇的艺术很巧，谁想他只是片刻的构思呢！他写文字时，往往拈笔伸纸，便手不停挥地写下去；开始及中间，停笔踌躇时绝少。他的稿子极清楚，每页至多只有三五个涂改的字。他说他从来是这样的。每篇写毕，我自然先睹为快；他往往称述结尾的适宜，他说对于结尾是有些把握的。看完，他立即封寄《小说月报》；照例用平信寄。我总劝他挂号，但他说："我老是这样的。"他在杭州不过两个月，写的真不少，教人羡慕不已。《火灾》从《饭》起到《风潮》这七篇，还有《稻草人》中一部分，都是那时我亲眼看他写的。

在杭州呆了两个月，放寒假前，他便匆匆地回去了；他实在离不开家，临去时让我告诉学校当局，无论如何不回来了。但他却到北平住了半年，也是朋友拉去的。我前些日子偶翻十一年的《晨报副刊》，看见他那时途中思家的小诗，重念了两遍，觉得怪有意思。北平回去不久，便入了商务印书馆编译部，家也搬到上海。从此在上海呆下去，直到现在——中间又被朋友拉到福州一次，有一篇《将离》抒写那回的别恨，是缠绵悱恻的文字。这些日子，我在浙江乱跑，有时到上海小住，他常请了假和我各处玩儿或喝酒。有一回，我便住在他家，但我到上海，总爱出门，因此他老说没有能畅谈；他写信给我，老说这回来要畅谈几天才行。

十六年一月，我接眷北来，路过上海，许多熟朋友和我饯行，圣陶也在。那晚我们痛快地喝酒，发议论；他是照例地默着。酒喝完了，又去乱走，他也跟着。到了一处，朋友们和他开了个小玩笑，他脸上略露窘意，但仍微笑地沉默着。圣陶不是个浪漫的人；在一种意义上，他正是延陵所说的“老先生”。但他能了解别人，能谅解别人，他自己也能“作达”，所以仍然——也许格外——是可亲的。那晚快夜半了，走过爱多亚路，他向我诵周美成的词，“酒已都醒，如何消夜永！”我没有说什么；那时的心情，大约也不能说什么的。我们到一品香又消磨了半夜。这一回特别对不起圣陶；他是不能少睡觉的人。他家虽住在上海，而起居还依着乡居的日子；早七点起，晚九点睡。有一回我9点10分去，他家已熄了灯，关好门了。这种自然的、有秩序的生活是对的。那晚上伯祥说：“圣兄明天要不舒服了”，想起来真是不知要怎样感谢才好。

第二天我便上船走了，一眨眼三年半，没有上南方去。信也很少，却全是我的懒。我只能从圣陶的小说里看出他心境的迁变；这个我要留在另一文中说。圣陶这几年里似乎到十字街头走过一趟，但现在怎么样呢？我却不甚了然。他从前晚饭时总喝点酒，“以半醺为度”；近来不大能喝酒了，却学了吹笛——前些日子说已会一出《八阳》，现在该又会了别的了吧。他本来喜欢看看电影，现在又喜欢听听昆曲了。但这些都不是“厌世”，或如人所说的；圣陶是不会厌世的，我知道。

又，他虽会喝酒，加上吹笛，却不会抽什么“上等的纸烟”，也不曾住过什么“小小别墅”，或如人所想的，这个我也知道。

十九年七月，北平清华园。

（选自《你我》，1936 年 3 月商务印书馆）

祝圣陶五十寿

茅　盾

某某兄……四日及另一信均到，圣陶兄五十寿，本想早写一文，赶于本月十五日前寄上，不幸伤风不已，未能及时写成，昨始写了起来，则已过时，因思成都之十五日亦为补祝，则我补之又补，亦何伤乎？因此还是寄上了，请斟酌发表罢。

去年夏天在桂林，会见了阔别五年的圣陶。

我是三月间到了桂林的。到后不久，就听得开明书店的朋友说，彬然已在重庆，将赴成都，这次一定要拉圣陶来桂林了。

那时从香港出来，到了桂林的几个熟人，除我不算，至少也有两三位是圣陶的老友，而且都是“八一三”上海战役分手以后一直不曾聚在一处的，“八一三”后，圣陶先到他故乡苏州，后来从苏州出来，他就一直朝西走，廿七年春我到武汉，他已经去重庆了，廿八年春我经昆明到兰州，那时圣陶早在成都，此后他就没有走动过，他是不喜动的，——一半也因为他拖着一个家，有老有小，所以他之能够被拉到桂林一游，在朋友们真是喜出望外，而当彬然写信给开明的朋友，说终于“拉出来了”，我们几个五年不曾和他会过的人便天天盼望着，觉得这多事的五年中各人的经历是三日三夜都说不完的。

而且我们相信圣陶也是这样想的，他之毅然作此远游，大概这也是动机之一吧！

后来圣陶到了，在丽君路相见的刹那间，我颇惊讶于他的苍老。的确，五年不见，他老得多了；想起五年来他一家老小颠沛的生活，我的心也沉重起来了。然而我又立即得到宽慰。圣陶的容貌虽然出我意外地苍老，他的精神，他的一切，还是和从前一样的，他还是那样安详而寡言，但是他内心的热情，——对朋友的诚恳，对国家民族的关心，对青年的爱护，对文化工作的不懈不怠的力行，不但未见减退，我深信是比从前更其旺盛而坚韧。

日子过得很快，桂林一别，又已十八个月，今年圣陶已满五十，白尘来信，谓成都文协的朋友们将于十一月十五日为圣陶祝寿，纪念他在中国新文学史上光辉的业绩。这一个可喜的音讯，又触动了我的想见圣陶的心思，好些时不能定下来。去年岁暮我初到重庆，找房子不得，圣陶曾来信，问我可有往成都之意；我何尝不作此想，然而形势扞格，终于不能成为事实。现在欣逢老友五十之庆，我还是困居山城，只好遥祝了。悬想十五这一天，锦官城外，竟成园中的盛会，只有神往而已。

五四时期，圣陶是最早发表小说的一人。小说集《隔膜》等数种，实为中国新小说坚固的基石。他的深入的观察，谨严的体裁，曾经而且继续在教育着年轻的一代。近年来，圣陶很少写小说了，然而他并没搁下笔；作为《中学生》杂志的主干，他在指导青年习作这一方面所倾注的心血，是朋友们都知道的。而且我又想；正象他在写《倪焕之》以前一样，他此时的少写也许正在准备给我们一次大大的惊喜。我相信我这猜度不会远于事实。

圣陶对于中国新文学的光辉的贡献，海内早有公论，初不因我的赞美而加重；但二十多年的交谊，使我从圣陶的“为人”与其作品看到了最重要的一点，即两者的统一与调和。作品乃人格之表现：这句话于圣陶而益信。凡是认识他的朋友们都不能不感到，和圣陶相对，虽然他无一语，可是令人消释鄙俗之心，读他的作品亦然。你要从他作品之中找寻惊人事，那不一定有；然而即在初无惊人处有他那种净化升华人的品性的力量。才笔焕发，规模阔大，有胜于圣陶的，但圣陶的朴素谨严的作风，及其敦厚诚挚的情感，自有不可及处。我们所以由衷的爱慕圣陶，而圣陶的作品对于青年的教育意义之重大，唯有从这一点才得到了最真切的说明。

人生五十，也还是壮年；文学界二十多年的老战士在这民族解放战争的大时代，动心忍性，其积养之丰之厚，将必回荡而凝结，放射异彩，我们今天为圣陶五十岁的纪念而庆祝，我更预祝不久的将来再为圣陶的光辉的新作而共尽一杯！

中华民族的独立解放万岁！

中国新文学万岁！

叶圣陶万岁！

（选自1943年12月5日成都《华西晚报》，“爱国文艺”第1号）

叶圣陶

余立

在将近十年以前，我曾先后听过两次前辈作家的演讲。第一次是在宁波效实中学，夏丏尊先生讲中学国文的教习问题；第二次是在苏州东吴大学，叶圣陶先生讲文艺修养。

现在我想说的是叶圣陶先生。他虽然离沪已经七年了，对于他认真治学的态度，还是非常令人向往。据他自己说，他作文用句，是一字一字推敲的；可见一个作家的成就，决不是偶然的事情。

记得战前，开明书店所出版的三大杂志《月报》、《中学生》以及《新少年》，他都负责一部分编务。他给于全国各地青年的影响，非常广大。尤以后两种杂志，他教导学生怎样写作，怎样阅读，怎样剔除文章病疵，其于学生国文程度的提高，真是一个有力的帮助。

十年以前，我就读过他的长篇《倪焕之》，短篇结集《城中》。我对他小说结构的严密，非常敬佩。后来又读到他与夏丏尊先生合著的《文心》，和其个人的散文集《未厌居习作》，就觉得叶先生文章的深造，并非一朝一夕之功。你看他多么虚心，象他这样有成就的人，提起散文的结集来，还用习作一词！

因为对《中学生》和《新少年》的爱读，我那时也不免投几篇稿，向叶先生求指教。记得有一次《新少年》悬赏征文，题目是《某某访问记》，叫少年们向那些日常小人物举行一次访问。我那时在宁波，也寄了一篇《两个泥水匠》去。结果，在一千二百三十篇稿件中，竟获得了第一名。后来据人说，这次稿件的评阅，确是由叶先生担任的。可见不但叶先生的作品为我所爱读，认为他是前辈作家中最切实的一个；同时我的作品，也为他认作少年学生群中写得最真实的一篇呢。——（朋友，请你宽恕我的忘形，因为这确实是我生平最得意和最侥幸的一件事！）

看到叶先生的真面目，却是在战前半年，原来叶先生是苏州人，那一年他回乡时，就由东吴大学请他去演讲。我是附中的学生，因是也得以参加听讲。

我看见了他，觉得他是和蔼可亲的。他显然是一个忠厚人；一件很整洁的哔叽长衣，配上他不长也不矮的身体，呈出一副时有微笑但仍带有严肃感的面容，很引起人对他的敬爱。他是不养长发的，然而一点也不俗气。

他当时所讲的题目，已经忘记了。但总是关于文艺修养的。他最不赞成写那些不着边际的，凭空捏造的文章；他竭力鼓励青年写那些最接近的，那些知道得最详细的东西。——要是他知道现在上海一部分青年，正埋头写那些外蒙古或是西藏什么地方的故事，我想他一定不赞成。——他讲的态度很安静，而又很老练。这大约是他熟于教书，所以使他的演讲态度，也跟教书差不多。不过这并不是说他演讲象说教，其实他讲演的用句是非常谦和的。

听了这次演讲后，我就不曾再看见过他。但那时他曾发表一篇《时代教育着我们》，使我很感动。后来又听说他在跟丰子恺先生合作编中学国文读本。可是战事发生，他的计划，想全毁了吧！

廿六年九十月间，他离沪后，我曾在第二年八月上海报上读到过他的《摘鲜饱啖红樱桃》的诗句；可见他的心境，显然很好。因为崇仰他，我当时也很快活。后来又在廿八年十一月，读到他寄给他沪上友人的信，就是发表在文学集林第一辑的那篇《乐山通讯》，知道他仍过得很好。现在，可不知道了，但大概仍旧不错，也许会更坚实一些。因为时代在教育着我们哪。

（选自《作家笔会》，1945 年 10 月四维出版社）

叶 绍 钧

赵景深

我第一次与圣陶（绍钧字）通信，是在他与刘延陵在中华书局刊行《诗》杂志的时候。他的复信字迹工整，措词谦抑，直到现在还是如此。我们看他代编《小说月报》，主编《妇女杂志》和《中学生》，几乎没有一次不是用全力来对付的，一切琐碎的事，甚至校对，都由他自己动手。投稿人有信给他，如果是必须答复的，他也亲自写回信去。他的字迹圆润丰满，正显出他那谦和而又诚实的心。他写小说很慢，每每一个短篇断断续续地每天写，要写上一个多星期，方才写得完。这些都可看出他做事不苟且的态度。

他是以小说著名的，初期作品如《隔膜》、《火灾》等，以写儿童与小学教师者为多，自己有这样的生活体验，所以写得很成功。他的散文也写得不错，较近的《脚步集》，言之有物，在思想上比《剑鞘》迈进了不少。诗是失败的，也许有意境，可是没有音节。

他与你见面时，虽是沉默，却不使你感到局促，因为你可以在他这部位停匀的脸上读出他正准备着用十二分的诚恳来听受你的宏论。

（选自《文人剪影》，1946 年 2 月北新书局）

叶 圣 陶 论

赵景深

《上海文化》的主编者指定我写一篇叶圣陶（绍钧）论，他说："叶先生是开明的编辑，你是北新的编辑。你们俩都是自学出来的，又对于国文教学方面有经验，有影响，有著述。所以，由您来写叶圣陶论最为合适。"我说："我是比不上叶先生的。不过对于您的盛意难却。我没有多少话好说，写的不好，不妨拿奉命执笔来推托。"但他又特地约叶先生和我小叙；为了一篇文章，用这样大的精力去对付，对于主编先生的认真，非常佩服；可惜的是，我的生活忙乱，实在写不好，有负他的盛意。

君子之交淡如水

记得民国十一年，我在天津新民意报编文学副刊。当时常在《小说月报》和《儿童世界》上看见叶先生的小说和童话，非常喜欢，因为我是有孩子心的人。后来又看到徐玉诺的《将来的花园》，这诗集是徐先生到苏州角直去访问叶先生，在他家居住一星期中所写出来的。当时对此颇为向往，很想也与叶先生住在一起，在生活上受到他的熏陶和感染。再后叶先生替中华书局编《诗》杂志，我投了《一片红叶》和《秋意》两首诗，因此开始与他通信。民国十二年我到长沙岳云中学去教书，叶先生正主编时事新报所附刊的文学旬刊，这是文学研究会的机关刊物。我又投去不少稿子，几乎该刊每期都有我的稿子。有时同一期登我的稿子二三篇，几乎成为我个人的专号。

民国十四年我到上海，才与叶先生晤面。一直到二十六年为止。这十二年间，接谈的时间并不多，每每是在开会或聚餐的时候见面的。大家因为事忙，他不曾到我家来看过我，似乎我也只到他家去过一次。以前的想望，为了生活的压榨，颇不容易实现。我们俩很熟，但说到交谊，可真是君子之交淡如水了。

差不多他所有的创作都曾送给我过，而我的著作也大半都送给他。我对于他的创作《四三集》以前的全都看过。他的短篇小说集《火灾》，我曾写过书评。他对于我解释其中一篇小说的梦境，认为能够道出他的本意，其余不曾说什么。其实，最能够了解或批评某一人的，或许还是某一人他自己，别人的见到处终不免有些隔靴搔痒。而我终于要妄谈了。我觉得叶先生是一个

真正的教育家

他在角直的小学里教书，极为认真。他随便做什么事，总是诚恳地去做，决不敷衍苟且，有一份力便尽一份力。他喜欢小孩，因为小孩的心是纯洁的，不曾沾染社会的恶习。因为他从心底里喜欢小孩，因此他能够写出童话集《稻草人》和《古代英雄的石像》，又能写出《一课》、《小蚬的回家》、《地动》那样的小说。我也学着写过童话，总是短短的，写不到他那样的细腻。以前我在长沙第一师范学校用他的初中国语教科书作教本，另选一本联络补充教材给学生，将目录寄给他看，他来信颇为称许，说是象我这样热心教学的不多。他这一句话也说明了他自己也是热心教学的。我们只要看他与夏丏尊合编的几部作文法的书就可以知道。与这热心教学成为一物两面的便是

创作态度的谨慎

他每写一篇小说，必定经过若干时间的构思，然后下笔。从来不曾了草塞责。在商务任编辑的时候，他自己的时间有限，便在公余回家写作。每每一个短篇，断断续续地要写一两个星期方才写完。推而

广之，凡他所做的事，他都负责，从来不肯躲懒。例如，振铎去欧洲，他代理过《小说月报》的编务，仔细的审阅来稿，每一篇都看过，方才决定去取。他对于新诗，谦抑地以为鉴赏力不够，便要我来帮忙，替他选辑。所以他又是一个

理想的编纂者

他编《妇女杂志》，为了想要我写一篇《现代女文学家概述》，曾经写给我两封信，第一信云：“兄于世界文学所知较多，此题当然胜任。止须举其尤者，略言此生平、旨趣、风格、作品大要。知兄甚忙，但弟少求索之门，得老友如兄者，自不肯放过，想来半年止此一遭，必能蒙允许也。”他写的这样恳切，自然我只好答应。他的第二信又来了：“承允撰稿，感何可言。文章只须平常谈话那样轻松随便，笔下常带感情，尤宜于妇志之读者。十月底之约，想不至过期。”他这样再三叮嘱，我当然不会使他失望。对我如此，对别的他所要拉的撰稿人，当亦同然。这就是他办事负责的一证。我曾到他家，亲见他和他的妻子、小孩和亲戚，全家动员编辑《十三经索引》。倘若没有细心和忍耐，这种书是编不出来的。他无论编《小说月报》，《妇女杂志》或《中学生》，没有一次不是用全力来对付的。一切琐碎的事，甚至校对，都由他自己动手。投稿人有信给他，如果是必须答复的，他也亲自写回信去。他的字迹圆润丰满，正显出他那谦和而又诚实的心。他与你见面时，虽是沉默，却不使你感到侷促，因为你可以在他那部位停匀的脸上读出他正准备着用十二分的诚恳来听受你的宏论。

抗战八年间叶先生的生活想来是大家所愿意知道的。他曾简略地告诉我：二十七年初到重庆，十月到乐山武汉大学教书，二十九年夏离开武大到成都去，担任教育科学馆国文科的事情，这教育科学馆是帮助教育厅计划研究教育问题的。他在商务印书馆出版了《精读指导举隅》和《略读指导举隅》，又在开明书店出《国文教学》，都是与朱自清合编的。三十一年夏回到开明，当时开明总店在桂林，为就叶先生的便，编辑部就设在成都。三十四年九月到重庆，十二月离开重庆，坐了一个半月的木船到汉口，直到前两个月才回到上海来。战时他只

出了一本《西川集》，最后四篇是类似小说的散文，都写得很有意思。他颇注重修养，觉得一个人即使不写诗，他的生活便是一首诗，才是值得佩服的人；也就是说，他觉得行比言更重要。他常说：一个人应该

有所为有所不为

他在《答复朋友们》里说："一个人常深入生活的底里，懂得好恶，辨的是非，坚持着有所为有所不为，实践着如何尽职，不然就是白活一场。对于这一层，我现在似乎认得更明白，愿意在往后的小半截路上，加紧补习。"此次他回到上海来，在文艺节文艺欣赏会上，也特别强调"有所为有所不为"这七个字。他希望人的态度和习惯彻底改变，昨死今生，大家革自己的命，国家才有希望。他看透了中国的许多罗亭，能说不能行，头大手小，"喜欢侈言革命，可是只限于挂在口头，实际是懒得革命，尤其懒得革自己的命，懒得见少数的旁人真正革命"。我信得过叶先生的话。他不仅作品使我们爱读，他那坚定的人格，也足以对于青年"在生活上发生影响"。因此我想起不少的侈谈革命的人，经不起时间的磨炼，一个个都在残酷的时代镜子下显露了原形。与叶先生相识了二十多年，见他不仅不曾丝毫软弱下来，反而更见坚强，我仿佛在眼前看见一株直挺挺地立着的柏树，那"是一种超然不群的象征"；不怕霜雪的欺凌，愈是严寒的冬天，愈显出他那青春的郁茂。（叶先生名绍钧字圣陶）

（选自1946年8月1日《上海文化》第7期）

叶圣陶与开明书店

刘岚山

无论是教书或写作，无论是处理个人生活或主持开明书店的编辑事务，叶圣陶先生都在表示出中国读书人所特有的朴实，耿直，坦率，负责的气质与性格。他经年穿着粗布中装，脚上的布鞋是家里做的，剃着光头，老老实实地象个乡下人，不大欢喜谈话。在书店里和同事们一同工作一同休息，这个世界的繁华就好象与他无关一样；但是，他却比任何口头喊着关心别人而实际上只关心自己的人都要关心别人一点，这不要说别的，开明书店之忠实于读者，从不出版一本很坏的书给读者，甚至连一本于读者无益的书也不经售，就是一个很好的证明。

开明书店现在每个月可出四五本书，厚的薄的都有，以富有教育性的为最多，而且，其对象大都是青年读者。如它所出的《开明少年丛书》,《开明青年丛书》,《开明青年音乐丛书》,《开明文史丛刊》,《世界少年文学丛刊》,《开明文学新刊》六种丛书，和《中学生》,《国文月刊》,《开明少年》,《英文月刊》四种月刊，就是以增进青年知识提高人的品质为目的。

抗战开始以后，到胜利以来的今天，由于物质条件降低与人们生活忙碌的结果，差不多没有一个报章杂志上无错字的，但开明书店所出版的杂志，却少到几乎没有，这是读书界一致公认的事实。这原因很简单，就是从上到下的认真态度所致。开明书店同人所以能够这样不外以下两点：一即参加开明书店工作人员，大都以开明书店的事业为个人终身事业，譬如进入开明书店工作一年以上的人员，书店就给他（她）一份股权，使他（她）同书店发生切肤关系；二即在生活上，书店给予所有同人以有保障的生活，譬如他们现在以米布书涨价数乘底薪的薪金制度，就能使所有工作人员不受物价影响，而新建的具有娱乐室，球场，自修室的“开明新村”宿舍，不但能使同事有住的自由，而且也有进修与娱乐的自由。

开明书店目前有十七个分店，兼售外版书志的有七个分店，这是为了便利读者才办的。但代售书志内容必须经过审阅而有益于读者的，其他分店及总店，则概不兼售外版书，因为他们觉得在大城市里，书店很多，不必要有此麻烦。它现在经常出版一种推广性的小刊物《开明》，刊登作者介绍，书志评介，出版消息等，不发售，面索函索均可，这是专门为读者而办的，同一般书目广告大不相同。最能表现开明书店平实作风的，它在广告上从不大事夸张，如四种杂志，决不称四大杂志，这虽是小事，但也可见开明书店精神一般了。

开明书店所出版的书，大都是先经叶先生看过的，有些教科书补充读物，如已出版的《开明少年国文读本》（高小），《开明新编国文》（初中），和即将出版的《开明儿童国语读本》（初小），《开明高级国文读本》（高中），就完全是他亲自选注或写作，因为他是一位教育界前辈，他知道学生们需要所在，懂得少年青年们心理，开明书店所出的教科书及辅助教科书的讲义等能为广大学生所欢迎，其故就在此。

叶先生一生教了极长时期的书，也写过很多儿童方面的著作，如他的童话《稻草人》，《古代英雄的石像》，以及专谈写作的《文章例话》和《倪焕之》、《未厌居习作》等小说散文，都是一般中学青年与小学生所爱读的，他近年因忙于开明书店事情，及文协编印之《中国作家》，很少在其他的刊物报章上发表文章，但偶尔写出一二篇，便传诵遐迩，被普遍地采作学生教材了。如不久前他写的那篇散文《牛》，差不多有十余个报纸与杂志转载，而油印成讲义的，更不知有多少，这是我所见到的，叶先生说他还不知道哩。朱自清先生在十几年前所写的一篇《我所见的叶圣陶》一文中说：“他从前晚饭时总喝点酒，'以半醺为度'；近来不大能喝酒，却学会了吹笛——前些日子说已会一出《八阳》，现在该又会了别的吧。"在严肃朴实忙碌的生活中，经过这些年来，叶先生之所以能够还健壮得如一个青年人，大概就是得力于他这种和易精神的，我想。

（选自 1948 年 6 月 10 日上海《新民报晚刊·夜光杯》）

叶绍钧的作品及其为人（节录）

（台湾）苏雪林

五四运动的第二年，文学研究会宣告成立，会员后来均成新文坛重要作家。其中以谢冰心、叶绍钧（圣陶）二人作品最惹人注目。他们所撰短篇小说均在商务印书馆历史最悠久、五四后又成为最负盛名的新文学刊物《小说月报》上发表。到民国十一年，叶氏第一部短篇小说集《隔膜》已出版了，比冰心的《超人》还早一年。

以后《火灾》、《城中》、《线下》、《未厌》接连问世，及茅盾誉为"扛鼎之作"长篇小说《倪焕之》的出现，叶之声誉更扶摇直上，成为文坛重镇之一。因为那时候写三四十万字长篇小说者除叶氏外，尚无第二人。他的散文集有《脚步集》、《西川集》和俞平伯合著的《剑鞘》；童话有《稻草人》、《古代英雄的石像》、《牧羊儿》；戏剧有《恳亲会》；文学理论有和朱自清合编的《国文教学》，与夏丏尊合著的《文心》及他独力所写的《文章讲话》、《作文论》等。作品若此之多，创作力盛旺可想。

他是和刘半农先生一样，从前曾用文言的体裁在《礼拜六》上发表过若干篇小说。题材多属悲剧，于鸳蝶文学间另显一种气氛。不过现在不计算在作品之内了。

文学创作不能没有思想，叶氏的思想照我以前所论可分为两期。"五四"至"五卅"为第一期，"五卅"至大陆陷×为第二期。前者为整个五四时代思想的反映，后者则一半是受新文坛潮流的鼓荡，一半是由于他朋友茅盾的感染，而有左倾色彩。

五四运动前，周作人在新青年提倡《人的文学》，又翻译波兰、捷克、北欧、南非弱小民族的作品，于俄国文学尤多介绍。据他说俄国文学有一种悲天悯人的博大同情及一种四海同胞的主义。十九世纪与托尔斯泰、柴霍甫共称旧俄三大文豪的杜思退益夫斯基（F.M.Dostoevsky）作品对于不幸者同情，尤使心地纯洁的青年感动。杜氏所介绍者都是世间所认为最下等、最污秽、最无耻的人物，如醉汉、窃贼、杀人凶手、娼妓、靠娼妓吃饭者，但他们虽堕落在烂泥里打滚，他们灵魂所闪射的光辉与你我却无不同。他们也爱好道德，也憎恶罪恶，他们所做的一切都不是他们所情愿的，不过是受着意外的灾难的打击，或不平等经济制度的压迫而已。我们若给他们机会，他们亦未见得不改过迁善，转变为一个好人的。杜氏常把这类人比喻作"抹布"，抹布虽极龌龊，那湿漉漉的折叠痕中却隐藏着灵妙的情感哪！

这种小说或理论介绍到中国来，感受性较强的人，自然会受到他的影响，一时模仿此类作风者，新文坛比比皆是。但叶绍钧则可算中国第一个成功的杜氏私淑者。他初期所写的小说都是学校里认为顽劣不可感化的学生、无法教诲的低能儿童、婆婆认为可气恼的童养媳、寂寞生活着的贫家寡妇、脑筋简单的农人和女佣……他们的容貌都长得很丑陋，一点都不讨人喜爱，他们的灵性又低，愚蠢得几与白痴相似。他们长年受着长辈的打骂，社会的轻视、耻笑、作践；但他们腔子里都有着一棵善良的心脾，他们对人往往表现着深挚的情感，和温厚的慈爱，胜过了有教养的上等人。尤其难得的，他们的境遇虽甚困厄，内心却包含着无穷的生趣和快乐。作者曾借一个弱女子阿凤的行为，发挥他这种哲学思想，说道，"世界的精魂：是爱、生趣、愉快"。这时候叶氏的思想很乐观。冰心鼓吹"母爱"，他则鼓吹旧俄文人的"人道主义"，他觉得世界和人类前途都充满着光明，他抱着凭着一支笔来改造人生的美丽幻想。

不过叶氏究竟以年龄关系，思想比"五四"同时代作家为成熟，他的观察力又天生异常深刻，社会丑恶和黑暗，他比别人了解得为深。他觉得这种丑恶和黑暗是制度造成的。制度种类甚繁，而以经济的力量为最大。假使我们不从改变制度下手，那些不幸者始终不幸，他们即有善良的灵性，抹布始终还是污秽不堪，见之欲呕的抹布。这样，则我们对他们所施予的廉价的怜悯，转而变成刻毒的讽嘲了。……要想根本解决问题，只有从事革命，彻底粉碎原来不平等的社会秩序和经济制度，然后地狱才可变成天堂，众生才可得救。

于是叶氏思想渐渐转变了，这转变在他短篇小说集《城中》、《火灾》已有萌芽。象《晓行》、《悲哀的重载》、《母》、《苦菜》、《寒晓的琴歌》、《饭》、《火灾》等篇写被压迫者的生活，笔墨间含着无数血痕泪点，读之令人惨然不欢，不由得要对那最后解决问题，加以“思索”。及他的长篇小说《倪焕之》出版，则叶氏的左倾思想已趋于确定。那小说主角倪焕之是一个师范学校毕业，吃了十几年粉笔灰的小学教师。也是一个饱受“五四”思想熏染的人物，抱着满腔乐观精神，尽心竭力的培植民族幼苗。但那些幼苗长大后或则被社会恶势力所腐化，或则碌碌无所表现。民国肇始后，二十年军阀的战乱，更使焕之对现有的制度灰心。“五卅”后，遇见了正在作着革命工作的旧同学王乐山，一席话转移了他的心境，辞去固有职务，赴沪参加实际工作。后来革命计划失败，王乐山被军阀政府捕去乱刀刺死，他的学生密司殷被拘辱，焕之悲愤万分，跑到一小酒店狂饮大醉，悲歌痛哭，终于得肠窒扶病而死。这不是说作者对革命没有信心，不过是当时这类故事必然的收局。好象抗战时代和现在，我们写陷区志士最后总是上山参加游击队的公式一般。

现在介绍叶氏的为人。

民国二十七年，武大迁至四川乐山县，文学院长陈通伯先生，立意要把全校基本国文课程好好整顿一下。素知叶氏对国文教学极有研究，知他此时也到了大后方的重庆，一时尚未找到适当的职业，遂卑辞厚礼，聘请他来武大任教。请他选择教材，订定方针，领导全校基本国文教师工作。那时国文系主任是刘博平（赜）先生，叶氏则俨然成了一个没有名义的国文主任，不过他的权限止于基本国文罢了。

叶氏诞生于民国纪元前十九年，那时他大概有四十六七岁了。中等身材，脸色微黑，一口吴侬软语，人是沉潜笃实一路，是一个十足的忠厚长者。那时太夫人尚在堂，太太贤惠能理家，大儿已进中学，家庭幸福美满。叶氏做事非常负责，也非常细心，到校以后，果然不负陈院长的委托，把他多年国文教学经验一概贡献出来。特别在批改学生作文课方面所定条例最多，所定符号有正有负，竟有十几种花式。

笔者那时在武大担任基本国文两班，因素来钦佩叶氏国文教学方法，颇能虚心听从他的领导。一天，听叶氏说学生国文程度实在欠佳，一篇文章光论错字便有百来个，改起来真教人吃力。笔者闻而讶然，我教国文，从中学教到大学，也算教了十来年，学生一篇作文竟有如许多的错字，倒是我所未经见的。因请叶氏指示，始知叶于字体一以“正楷”为主，这种正楷大概是根据康熙字典。“讹体”、“别字”当然是算大错，“俗体”、“破体”、“简体”及偏傍假借，点画缺略者，均须一一厘正。如“羁”之不可为“羈”，“耻”必从“心”不可从“止”，“赖”必从“负”不可从“页”……我自幼从写字帖的临模、钞本小说及影印古书的阅读，甚至中学时代教师黑板的抄写，这类字早就分不清了。至于“简笔字”则大儒如顾亭林先生者尚说可省时间一半，“五四”以后，学者亦颇提倡，我们教书匠写黑板，用简体当然比正楷快，不过我们还不致象当时学生一样把历史的“歷”字写成“厂”，中国的“国”字写成“口”而已。自从向叶请教以后，才知道自己竟当了十余年的“别字先生”，误人子弟实在太多，殊自惶愧，自此留心正楷，把过去随笔乱写的字体矫正了不少。

批改作文的方法我也想从叶氏学习。不过他那正负的款式太繁杂，闹得人眼花撩乱，邯郸之步自揣无法追随，只有依然我行我素。

抗战前，我在武大教新文学，曾编有讲义一种，于当代作家颇有所论列。到四川后此课已不再继续。圣陶将我的讲义借去，数日后交还。我问有何意见，他说议论颇公允，惟对于他自己的批评则颇嫌溢美，愧不敢当。这当然是他的谦虚之处。

有一次为了鲁迅，我同他竟闹了小小意见。本来新文坛之发狂捧鲁迅，并不为鲁迅有什么值得捧，不过是一种政治作用，以圣陶之明，岂有不知？但他一日拟国文常识考题竟有鲁迅文坛地位如何？他的著作以何者为最有名等等？我忍不住发言了，我说鲁迅不过是左派有心塑造出来的偶像，国立大学提到他的名字似乎不宜。叶坚持不肯改，我不觉愤然情见乎辞，叶亦怫然情见乎色，从此我们二人竟多日不交一言。我从此才明白男人们的政治偏见之可怕。鲁迅一辈子恶骂“西滢教授”，西滢即陈通伯氏，圣陶受陈礼聘前来，宾主相得，可见他也知道鲁迅骂他的话太不公平……圣陶是个很正派的文人，应该明于是非善恶之辨，为什么一提到鲁迅，他心里的天平便失去平衡呢？这当然是为了他思想左倾之故。人们说共产主义也是一种宗教（魔鬼的宗教），信徒对于教主敢评判吗？

二十八年八月十九日敌机轰炸乐山，叶氏寓居于临近大渡河之某街，是日全街被焚，叶家人口幸及时逃出。闻他一生所写日记及读书札记之属均付一炬，殊为可惜。二十九年夏，叶辞武大教职赴成都，供职于教育科学馆国文科，编有国文教案数种，尚陆续邮寄给我。后来听说他又恢复书店编辑生涯。胜利后，为上海开明书店编《中学生》和《国文月刊》，仍从事他的老行。

三十六、七年间，各校学潮垒起，左倾人士各为学生张目，叶氏亦在报纸上写有此类文章。学潮曲直之所在，是很明显的，袒护学生当然又是政治偏见，但左派人士说话本来没有自由，我们也不必以此责备叶氏了。

…………

（选自《文坛话旧》，1967年3月25日台北文星书店）

忆“五四”访叶老

吴泰昌

忘记是谁说过，有的人的经历，本身就是一页真实可贵的历史资料。也许正是受这种说法的影响，“五四”运动六十周年前夕，我特意两次走访大病初愈的叶老，文艺界尊敬的叶圣陶同志。

叶老已是八十五岁高龄的人了。他比郭老小两岁，比茅公大两岁，是健在的我国现代有成就的作家中最年长的一位。他有六十五年的创作历史。“五四”新文学运动时期，他是有影响的新潮社和文学研究会的重要成员。二十年代，他先后出版了短篇小说集《隔膜》（1919—1921年）、《火灾》（1921—1923年）、《线下》（1923—1924年）、《城中》（1923—1926年）、《未厌集》（1926—1928年），长篇小说《倪焕之》（1928年）等。他在小说创作上的突出成就，是“五四”文学革命运动最初收获的一部分。

是一个暖得要人脱下棉衣的北京的春日。虽然已是下午四点多了，当踏进叶老住宅的大门时，我还是迟疑了一下。一个多月前，在我江南之行的前一天，也是这个时辰，我去看望过他。叶老身体、精神一向很好，自去年7月因病住院手术后，虽然疗养得不错，也很难与从前相比了。他告诉我，精神还好，只是视力愈来愈差了。那天一位老朋友来看他刚走，他有点疲倦。我只匆匆将来意说明，不忍心再打扰他。约定返京后来谈。今天，虽然已事先约好，我比预定的时间还是晚到了，我想让他多休息一会，使他更有精神来回忆一些有意义的往事。我进门时，叶老已端庄地坐在沙发上。他急切地问我这次在沪、宁、杭一带看见的那些他的老朋友，他们的近况怎样。当谈起郭绍虞时，他笑着说，“五四”那年，我同他都不在北京，……我们的谈话，就这样开始了。

叶老说，“五四”运动发生的时候，他在苏州甪直镇任吴县第五高等小学教员。甪直是水乡，在苏州东南，距离三十六里，只有水路可通，遇到逆风，船要划一天。上海的报纸，要第二天晚上才能看到。教师们从报纸上看到了北京和各地集会游行和罢课罢市的情形，当然很激奋，大家说应该唤起民众，于是在学校门前开了一个会。这样的事在甪直还是第一次，镇上的人来的不少。后来下了一场雨，大家就散了。这一段经过，他写在《倪焕之》第十九节里，不过不是记实。说到这里，叶老强调说，写小说不是写日记，不是写新闻报道，如果说小说中的某人就是谁，小说中的细节都跟当时的情景一模一样，那就不对了。叶老这几句话是有所感而发的。《倪焕之》是我国现代文学史上一部名著。1928年在《教育杂志》上连载，1930年出单行本。不及一年，就印了三版，可见当时影响之大。最近人民文学出版社又重印了这本书。有的研究者认为这是一部自传体小说，叶老不同意这种意见。我不止一次听他说过，《倪焕之》描写的内容是有生活依据的，但决不是他个人生活经历的实录，是艺术创作，而不是日记。叶老接着说，当时大家没有作宣传工作的经验，虽然讲得激昂慷慨，可是在甪直这样一个镇上，群众的反映不会怎么大是可想而知的。

关于“五四”运动的影响，叶老说，“五四”提出了外御强权、内除国贼的口号，提出了要民主、要科学的口号，对当时的知识青年来说，影响是很大的，他肯定也受到影响，但是说不清具体是什么样的影响，那影响有多大。他说，关于这一类问题，有的人能自觉，有的人却不自觉，他是属于不自觉的这一类，这只好让研究的人从他的言行和文章中去考察了。

叶老对“五四”前后的文艺期刊是很熟悉的。他说，民国初年的期刊，消遣性质的多于政治性质的，所以小说期刊居多，出版几乎集中在上海。“五四”前夕，全国各地出版期刊成为风气，大多讨论政治问题、思想问题、社会问题。“五四”以后，各地的期刊就更多了。在1958年和1959年，中共中央马恩列斯著作编译局研究室，出版过《五四时期期刊介绍》三厚册，真可谓洋洋大观。这些期刊大多是青年学生主办的，还有比较进步的教员。这表示中国的青年觉醒了，开始登上思想政治舞台了，这跟第一次世界大战有关，跟十月社会主义革命的胜利有关。

谈到新潮社，叶老说，新潮社成立在“五四”前夕，是北京大学的学生组织，1919年1月开始出版《新潮》月刊。他的幼年同学顾颉刚当时在北大上学，是新潮社的社员，写信到甪直约他给《新潮》写些小说，还邀他参加新潮社。叶老先后寄去了几篇小说，第一篇刊登在《新潮》第1卷第3期上，篇名是《这也是一个人！》，后来编入集子，改为《一生》。在《新潮》上，叶老还发表过几篇关于小学教育和语文教学的论文。叶老说：“大概是在《新潮》上刊登了文章的缘故，就有不相识的人写信到甪直来了，振铎就是其中的一位。这种寻求朋友的风气，在当时是很盛行的。后来振铎和朋友们在北京筹备文学研究会，写信邀我列名为发起人。”

叶老说，文学研究会的宣言刊登在《小说月报》第12卷第1期上，其时是1921年年初。发起人一共十二个，只有郭绍虞同志是他小时候的朋友，其他八位是后来才见面的，还有蒋百里和朱希祖，根本没见过。叶老说：“文学研究会标榜‘为人生’的文学，似乎很不错。但是‘为人生’三个字是个抽象的概念，大家只是笼统地想着，彼此又极少共同讨论，因而写东西，发议论，大家各想各的，不可能一致。”

《小说月报》始刊于1910年7月，是民国初年和“五四”运动以后影响很大的文学刊物。叶老说，“五四”之后，原来的《小说月报》受到新文化运动的冲击，不大受欢迎了。商务印书馆要跟上潮流，从1921年的第12卷开始，改由沈雁冰同志主编。叶老回忆说：“也是振铎来信，说《小说月报》将要改弦更张，约我写稿。我在1920年10月写了一篇《母》寄去。这篇小说署名是叶绍钧，发出来的时候，雁冰加上了简短的赞美的话，怎么说的，现在记不清了。”

叶老在“五四”之前就写小说了。据他自己回忆，大约始于1914年，其时他二十岁。上海有一种周刊叫《礼拜六》，他先后投稿有十篇光景，第一篇是《穷愁》，后来收在《叶圣陶文集》第三卷里。《礼拜六》的编者是王钝根，他并不相识，稿子寄去总登出来，彼此也不写什么信。《礼拜六》的封面往往画一个时装美人，作者是画家丁聪同志的父亲丁悚。

叶老说，当时的各种小说期刊，多数篇用文言，少数篇用白话。他记得给《礼拜六》的小说除了用文言写的，也有一两篇用白话写的。最近有人查到上海出版的《小说丛报》上有叶老在1914年写的两篇小说，也是文言写的，篇名是《玻璃窗内之画像》和《贫女泪》。叶老完全忘了这两篇了。他只记得《小说丛报》的主编是徐枕霞。徐枕霞是后来被称为鸳鸯蝴蝶派的主要角色。

叶老记得上海出版的《小说海》也刊登过他的两篇小说，可是忘了篇名。最近有人查到了，是《倚窗之思》和《旅窗心影》。叶老说，《旅窗心影》原来投给《小说月报》的，当时主编《小说月报》的是恽铁樵。恽铁樵喜欢古文，有鉴赏眼光，他认为这一篇有可取之处，可是刊登在《小说月报》还不够资格，就收在也是他主编的《小说海》里。他还写了一封长信给叶老，谈论这篇小说的道德内容。叶老说，鲁迅先生的文言小说《怀旧》就是发表在《小说月报》上的，署名周逴。恽铁樵对这篇小说极为欣赏，加上了好些评语，指出他所见到的妙处。如果现在能找到这一期《小说月报》来看看，叶老认为是满有意思的。叶老跟恽铁樵通过信，没见过面。恽铁樵后来离开商务印书馆去行医了，很有点名气，诊费相当高。

谈谈不觉已近七时，叶老的谈兴不减。叶老的长子叶至善同志暗示我，谈话该结束了。今天，我随着叶老从他熟悉的通道漫游了“五四”前后中国文坛的一角，很长见识。叶老在我国现代文学园地里辛勤扎实地耕耘了半个多世纪，他的丰富的记忆，是十分值得记录下来的。这将是研究现代文学的一件很有意义的工作。

（选自1979年5月《文艺报》第5期）

笔耕逾半个世纪的叶圣陶

（香港）彦　火

卧病仍关心教育

中国现代文学有许多成就辉煌的作家，叶圣陶就是其中的一位。他比郭沫若小两岁，比茅盾大两岁，以八十五岁的高龄，成为我国年纪最长的一位文坛健将。

说是文坛健将，因叶圣陶进行了逾半个世纪的笔耕，并且长期关心着教育问题和对青少年的培训，晚年仍坚持不懈，1978 年他还发表两篇引人注目的文章，提出不少关于教育问题的建设性意见：其一为《大力研究语文教学，尽快改进语文教学》，对中国所存在的语文教育弊病，提出了改进办法；其二是《谈谈文风问题》，就新闻人材的培训，提出不少深刻的见解。在这篇文章里，叶圣陶针对国内新闻从业人员水平的低落，指出："咱们干动笔写东西的工作，总要尽可能有丰富的知识。"他又指出："我说，咱们要争取做个杂家，唯其杂，才能在各方面运用咱们的知识，做好报导，写好文章。"这是叶老对文化工作者的一番饶有深意的教导和期待。

叶圣陶于 1978 年 7 月上旬曾经动过手术，割除胆石，直到 10 月上旬才出院。他开刀后不久，听说大学统一入学考试的语文试题中没有命题作文，他非常兴奋，认为是一大改革，对家人说了好几遍，还托人把他的意见转告教育部负责人；9 月初，少年儿童读物出版工作座谈会在庐山召开，他躺在病床上嘱其长子叶至善笔录他的祝词送去，希望大家郑重其事地为孩子们出版读物。1979 年末到 1980 年初，又为上海《文汇报》撰写《晴窗随笔》，主要谈对教育工作的意见。自施手术后，叶圣陶一直在休病中，听须用助听器，看书则用二镜，眼镜与放大镜。虽是大病初愈，平日仍孜孜不倦阅读海内外书报，甚至对海外个别杂志上的谬误，也能一一指出，并通过朋友辗转告知有关杂志，以期得到明白更正，这种对待文化事业的热诚和严肃认真的治学态度，是感人至深的。

当代的教育家

生活在本世纪的人，相信没有读过叶圣陶作品、接受过叶圣陶教育的人很少，不说抗战前开明版小学国语教科书，是他亲自撰写的，就是在今天，很多海内外的中小学教科书，都收有叶圣陶的文章。

叶圣陶六十多年的文化活动，很大一部分是与教育界有深切关系的，我们从他的简历也可以见其大概：

叶圣陶，又名叶绍钧，江苏吴县人。1894 年生，1911 年中学毕业后，当过十年小学教师，1921 年起先后在中学和大学任教。1921 年 1 月，文学研究会成立他是该会十二个发起人之一。1923 年起，主要担任编辑工作：在商务印书馆任编辑八年，1931 年改任开明书店编辑（这期间曾代郑振铎编《小说月报》）。编过商务的《妇女杂志》，与夏丏尊合编开明书店的《中学生》、《新少年》、《开明少年》。此外，还编辑《光明》、《苏州评论》、《中国作家》等（关于后面几本杂志，由于期数无多，知者甚少。这是叶圣陶在 1979 年 5 月答复笔者询问时透露的），这种编辑工作一直延续到 1948 年。抗战中曾一度去大学任教。解放后，任中央人民政府出版总署副署长，教育部副部长兼人民教育出版社社长；近年叶圣陶除了担任“教育部顾问”，还被推选为“全国人大常委”、“全国政协常委”、“中国民主促进会副主席”、“中国作家协会理事”。

从上面资料可知，叶圣陶自 1930 年以来，便把主要精力献给语文教育工作，他主办的《中学生》，在青少年中间影响很大，下面援引的女记者和作家彭子冈一段话，可以作为注脚：

为什么我要称叶老为老师呢？因为在三十年代，我们向《中学生》等杂志投稿，叶老在繁忙的编辑工作之余，还亲笔和投稿人通信，在苏州、上海，后在重庆，颇多往还，他热心和我们谈文章得失，就象他在《文章病院》中分析某些文章的毛病一样。解放以来他时常为各单位作讲演，或先印发文章，然后剖析，听众多为工农兵及干部。有时他读到某些作家作品，时常自愿提意见，虽读几十万字一部也不怕吃力。

叶圣陶过去对年轻作家的扶掖和支持，是不遗余力的。当代驰名的女作家丁玲，也是在他的鼓励下，然后走上文学创作道路的。丁玲的第一篇小说《梦珂》，当时就是投给叶老主编的《小说月报》而被录用的。1979 年 5 月 20 日，丁玲在探望叶圣陶的时候，对叶老说："叶老，我常常告诉年轻的编辑同志，你当时怎样给我提意见，指点我怎样修改自己的小说。……"

叶圣陶在中国的教育史上是功不可没的，所以我们称之为教育家，是十分贴当的。

新发现的小说

叶圣陶在中国现代文化园地上，进行了长期而辛勤的耕耘，影响是深且巨的。

过去，一直以为叶圣陶第一篇小说，是发表在 1919 年傅斯年、罗家伦等主办的《新潮》杂志上的《这也是一个人！》。直至最近，根据叶圣陶的透露，才知道他的开始写小说，比这还要早，那是 1914 年，当时二十岁的他，向上海一份叫《礼拜六》的周刊，投寄第一篇小说《穷愁》，并获刊载。而最近有人新发现叶圣陶另两篇写于 1914 年的小说，篇名为《玻璃窗内之画像》和《贫女泪》，均是以文言文写的，发表在徐枕霞主编的《小说丛报》上；此外，又有人查出当时上海《小说海》，也刊登过叶圣陶的两篇小说，分别是《倚窗之思》和《旅窗心影》。

叶圣陶的创作期，以 1926 年为分水岭，大抵分为两个时期。前一期的作品包括《隔膜》、《火灾》、《线下》、《城中》；后一期的作品，有：《未厌集》、《四三集》、《倪焕之》；此外，还有散文集《脚步集》、《未厌居习作》、《西川集》、《小记十篇》；童话集《稻草人》和《古代英雄的石像》等。

其中长篇小说《倪焕之》被茅盾誉为“扛鼎”之作，可视为叶圣陶的代表作。这部小说的小学教员倪焕之和校长蒋冰如两人同在乡村中试验新的教育，写出了自“五四”起，迄1927年止的中国知识分子生活变化的面貌，真实地反映了时代的侧面，歌颂了进步力量。叶圣陶在《倪焕之》重版《后记》中指出：“……当时的青年要寻找真理多么难呵！倪焕之是个小资产阶级知识分子，免不了软弱和动摇。他有良好的心愿，有不切实际的理想，找不到该走的道路。在那大变动的年代里，他的努力失败了，希望破灭了，只好承认自己不中用，朦胧地意识到：将来取得成功的‘自有与我们全然两样的人’。”

至于叶圣陶前一期的作品，茅盾已有精当而概括的评析了，他在《中国新文学大系·小说一集导言》中指出：“冷静地谛视人生，客观的、写实的描写着灰色卑琐人生的，是叶绍钧。他的初期作品（小说集《隔膜》）大多有点‘问题小说’的倾向，如《一个朋友》、《苦菜》和《隔膜》。可是当他的技巧更加圆熟时，他那客观的写实的色彩便更加浓厚。”

创作上的重大改变

叶圣陶于1921年元旦，与茅盾、郑振铎等人发起组织了文学研究会，提出文学“为人生”的主张。自此以后，他在自己的创作道路上，严格、认真地执行了这个信条，这就是“一面生活，一面吟味生活”，并且追求“自由”和“爱”，这在前一期的作品中可以得到明证。他在这里成功地塑造了一群在灰色的社会中过着醉生梦死的灰色生活的人。他被称为文学研究会作家里面成绩最大的一个。

叶圣陶创作上的重大改变，是在经历了“五卅”运动以后。随着运动的发展，他的作品也不再局限于暴露和讽刺，对未来光明有了热切的追求。他在一篇抒写“五卅惨案”后踯躅街头时的激动心情的散文，很明确地指出："不要紧，我想。血总是曾经淌在这地方的，总有渗入这块土的吧。那就行了。这块土是血的土，血是我们伙伴的血，还不够是一课严重的功课么？血灌溉着，血温润着，行见血的花开在这里，血的果结在这里。"

"血灌溉着，血温润着，行见血的花开在这里，血的果结在这里。"这是对正义事业必胜的预见。作者因为对祖国有深沉的爱，所以在"五卅"的血案中，更激起了对敌人强烈的憎恨，使他迫切地要为同伴报仇，并号召人们起来战斗。而作为长篇小说的《倪焕之》就标志作者思想上的这一飞跃，在这本书中，主人翁已经直接参加到"五卅运动"。

丁玲所推崇的童话

叶圣陶的另一个重要成就是童话的创作，他是中国新文学史上第一个创作童话的作家，成就丰硕。其实他的童话集寓意深刻，每每包涵着丰富的人生哲理，正如丁玲所说："这种作品，的确会使人看过要去思索一些问题，而不仅当作故事，看得热闹或兴奋而已。"《稻草人》和《古代英雄的石像》，就是这方面的翘楚。

《稻草人》是三十年代处于水深火热之中的劳动妇女的写照，稻草人在一个夜晚看到了三个妇女的悲惨命运：一个是遭遇虫灾面临饥馑的农家老妇人：一个是为了一家活命，抛下重病孩子于不顾，夤夜在小河里捕鱼谋生的渔妇；一个是为了不愿被丈夫卖掉而悲愤地投河自尽的妇女。这三个妇女都有其代表性，她们的遭遇，无疑是对欺压中国广大妇女的"三座大山"的强烈控诉！

《古代英雄的石像》描绘的是代表古代英雄的石像，因为他感到自己的高贵和荣耀，便鄙视本来是同一块大石头凿出来的、垫在它脚下的石块，它自以为地位至高无上，无视自己的同类，从而感到一种孤绝的"空虚感"。后来有一天晚上，石像忽然坍圮了，和台基的石块一样，碎成小块了，而所有这些石块，又都被用作铺设道路。它们终于达到真正平等和"毫无空虚"的境界。这个童话对一些身居要职的大人物，具有发聩震聋的作用！

叶圣陶还有一篇精采的童话：《皇帝的新衣》，长期以来一直为人们所忽视，其实就艺术技巧和思想内涵而论，决不在《稻草人》和《古代英雄的石像》之下，而且今天看来，仍然有着极大的讽喻性和启发性。

安徒生也有一个《皇帝的新衣》，而且早已脍炙人口，叶圣陶这一篇《皇帝的新衣》，就是安徒生那篇的延续，并且发挥得淋漓尽致，使人想得更深更广，与安徒生的一篇堪称搭配佳妙，天衣无缝。

安徒生写到皇帝穿着“新衣”出巡，被孩子点破真相，皇帝至此知道自己上当。写到这里，安徒生便戛然而止，没有再写下去。叶圣陶就按着这个故事的情节发展下去，说是皇帝为了维护自己的尊严，明知被愚弄，还一意孤行，颁下法律，不准人们说他没穿衣服，他不但宣布要永远穿这一套“新衣”，而且勒令“谁故意说坏话就是坏蛋，反叛，立刻逮来，杀！”并且说这是“最新的法律”。后来事情发展下去，皇帝不但滥杀无辜，就是连他宠爱的妃子、大臣也不放过，只是为了所谓说“错话”，便要“正法”，弄到人心惶惶，人人自危。后来“老成的人”，觉得皇帝太过份了，大伙儿便联合向皇帝请愿，衷诚地提出如下的要求：

> 我们请求皇帝，给我们言论自由，给我们嬉笑自由，那些胆敢说皇帝、笑皇帝的，确是罪大恶极，该死，杀了一点儿也不冤枉。可是我们决不那样，我们只要言论自由，只要嬉笑自由。……”

你看这个皇帝怎样回答：“自由是你们的东西吗？你们要自由，就不要做我的人民；做我的人民，就得遵守我的法律。……”多么蛮横无理！所谓官逼民反，当这位暴君走得太远，尽失民心的时候，人民在走投无路之下，终于发出“撕掉你的玄虚的衣裳”的怒吼，涌向皇帝，这时连他的兵士和大臣也跟着群众笑和喊，皇帝最后众叛亲离，失去所有依恃，威风扫地。正如这篇文章结尾所指出：“你猜皇帝怎么样？他看见兵士和大臣们也倒向人民那一边，不再怕他，就象从天上掉下一块大石头砸在头顶上，身体一软就瘫在地上。”

“中国的莫泊桑”

叶圣陶这篇文章写于1930年，但就算在七十年代，象他笔下这样专制、无知、荒唐、残酷的当政者，也尚未绝迹。最近上海出版的《童话选》收入它，无疑也在说明该文深刻的现实意义。

叶圣陶文笔练达，文章结构严谨完整，语言均经精工提炼，他自称后期“斟酌字句的癖习越来越深”，不愧为语言大师。

过去曾有人说他是“中国的莫泊桑”，大概是就文笔而言吧。若从写作手法来看，他似乎更接近巴尔扎克。最近笔者曾探询他：在外国作家中，最喜爱和最受影响有那几个。他回答说：“……翻译之作看得不少，林译与周氏兄弟所译皆所喜，傅雷所译巴尔札克之作几乎全看，好之尤深。……”所以也可以这样说，叶圣陶的写实手法，也曾从巴尔札克的作品得到启发。

叶圣陶在文艺界地位是很高的，但是他对人真诚、谦逊，尤其是对青年一代，态度总是热情亲切的，受到广大读者拥戴。就是“文革”期间，群众也没有给予大冲击，照他所说的是：只是“偶有几张大字报而已”。记得还曾询问过他：对过去著作，他最喜欢和最感满意是那一部？所获的答复是：“自以为皆平平，恕不能举‘最喜欢者’。”这种虚怀若谷的精神，是很令人钦服的。

叶圣陶是有高风亮节的长者，他过去恒守着“一个人应该有所为有所不为”的信条，他在《答复朋友们》一文中指出：“一个人当深入生活的底里，懂得好恶，辨得是非，坚持着有所为有所不为，实践着如何尽职，不然就是白活一场。对于这一层，我现在似乎认得更明白，愿意在往后的小半截路上，加紧补习。”对此，叶圣陶是身体力行的，他的这种行动，经受了历史和时间的考验。赵景深早年对叶老的这些高尚的品质，曾给予高度的评价，他将叶老喻为“一株直挺挺地立着的柏树”，“那是一种超然不群的象征；不怕霜雪的欺凌，愈是严寒的冬天，愈显出它那青春的郁茂”。

这并不是谬赞，叶老的劲节不拔、风骨嶙峋，是令人钦敬和值得学习的！

1979年6月20日脱稿

1979年12月22日修订

（选自《当代中国作家风貌》，1980年5月香港昭明出版社有限公司）

在叶圣陶家里

吕 剑

这真是一个好天气。虽然已经数九，却意外地没有侵人的寒风，前几天的一场初雪，现在也已消融得毫无踪迹。我穿过一段长长的僻静的胡同，又来到了叶老家里。

“好久不见了!”他从里间出来，迎着我。

象往常一样，我们挨坐在一张沙发上。面前的茶几上清茶两杯，香气氤氲。

“这次我要向您当面致谢!”我说。

“谢什么？”他侧过脸来，一双长长的寿眉底下，有神的眼睛浅笑着，但是稍带疑惑地问道。……

早在三十年代初期，当我还在读中学的时候，叶圣陶——当时署名叶绍钧——这位作家的名字，就已经很熟悉了。我从图书馆里借到了他前期作品、出版于二十年代上半期的短篇小说集《隔膜》、《火灾》、《线下》，以及他的童话集《稻草人》。那时他在上海，还和夏丏尊主编了一份《中学生》月刊，我也是这份杂志的一个忠实读者。

通过他的小说和他编的杂志，我曾经想象，这位作家大概是一位很有人情味的人，是一位“诲人不倦”的长者。我曾有过一个幼稚的念头，如果我能见到他，该是多么幸运。当然，这在当时是难于办到的，因为我是一个山东的乡下孩子，没有能力到那个远方的大都市上海去。

但是有一天，我们终于高兴地相见了。但不是在上海，而是在解放之后的北平。这距最初知道他的名字，差不多已经过去了二十年了。1949 年 3 月，应党中央之邀，经周恩来同志安排，他从上海绕道香港来到了北平，准备参加建国之前的一次政治协商会议。7 月，举行第一次全国文艺工作者代表大会，我就在这次大会上见到了他。我发现，他的风采，竟和我的想象完全一致，慈祥、谦和、热诚。

这年 10 月，人民共和国成立。他被任命为出版总署副署长，后又任教育部副部长，他没有余裕再写小说了。但他并不服老，还是经常出去访问、旅行，写了不少的诗和散文，并且一直关怀和指导着中年一代和青年作者的创作活动。“文化大革命”的十年间，即使象他这样一位淳朴谦逊的老人，也未能幸免于难。他的著作也不能出版了。

现在他的书又能出了。不久前，他将重印的精装本长篇小说《倪焕之》题款相贻。因此这次来，我就当面向他表示祝贺和感谢。他这才告诉我，“我的童话集和解放后写的一本散文集，也再版了。……”于是我又于无意中得到了两份赠品。

我说，“作家不能出书，那是不能想象的。现在好得多了。……”

很自然地，我谈到了他的著名长篇小说《倪焕之》。它是中国现代文学的重大收获之一。当年此书刚一出版，就被誉为“扛鼎之作”。我青年时代读它时，就曾经激动过。

我很想了解，这部长篇是如何诞生的。

“那时上海有一位朋友在编《教育杂志》，叶老说。“他希望我写一部以教育为题材的长篇，在他的杂志上连载。这样我就一面进行构思，一面动笔写下去。我按月交稿，他们就按月连载。全书三十章，于 1928 年 11 月完成。算起来，现在已经过去五十年了。”

这部长篇小说的主人翁倪焕之，是一个热切憧憬、追求新的理想的青年。他把救国的“一切的希望悬于教育”，希望以自己的“理想教育”，涤荡旧社会的黑暗和污垢。同时，他爱慕并追求与自己志趣相投的金佩璋，祈望在共同事业中建立起新的幸福的婚姻生活。但事与愿违，现实生活使他这一切美好的幻想归于破灭。“五四”运动一来，倪焕之在革命者王乐山的影响下，放宽视野去“看社会大众”，投身于改造社会的实际活动。1925 年“五卅”反帝运动和第一次大革命更把他卷入了革命浪潮，从农村来到了上海。但是，蒋介石“四·一二”反革命政变，带来了白色恐怖，全国重陷于黑暗之中。这时，倪焕之几经挫跌，感到了悲观失望，终于怀着“什么时候见到光明和希望”的疑问患伤寒死去。但金佩璋倒是因为他的死而更加醒悟和勇敢起来。

《倪焕之》从一个重大侧面，反映了从1911年，特别是从1919年到1927年第一次大革命失败这一特定期间内，一部分知识分子的生活历程和精神面貌。主人翁由一个改良主义者转向社会革命，但由于他的某种软弱性，没有也不可能坚持斗争下去。这个真实的形象在当时一部分进步青年中很具有代表性。作品的重要意义之一，正在于此。

叶老说：“我是用严正的态度写那样一个人物的，我丝毫不敢存着不恭的心理。他的命运也只能如此。但也应该说，这部作品，前半部要比较丰满一些，而后半部则比较薄弱。我自己也并不完全满意。”

这时我想起了他为这次重印写的《后记》。其中有一段是这样写的：“二十年代曾经有过倪焕之这样的人。当时的青年要寻找真理多么难啊！……在那大变动的年代里，他的努力失败了，希望破灭了，朦胧地意识到：将来取得成功的‘自有与我全然两样的人’。……祝愿（今天的）青年们万分珍惜自己的幸福，抛弃一切因袭，在解放全人类的大道上勇猛精进！”叶老以有力的笔触批判了他的人物，但也对他怀有深沉的同情。作者并不悲观，他充满信心地寄希望于未来的一代，而他的希望并没有落空。

叶圣陶在出版《倪焕之》前后，还出版了短篇小说《城中》、《未厌集》、《四三集》，散文《脚步集》、《未厌居习作》、《西川集》，以及童话集《古代英雄的石像》。

“我想了解，您是怎样写起小说来的。”

“我写小说，并没有什么师承。十几岁的时候就在摸索了。但是如果没有接触到外国文学作品，我是不会写起小说来的。中学时代，华盛顿·欧文的《见闻录》，使我非常喜欢。1914年，我就用文言文写了一篇贫苦的母子二人相依为命的故事，题名《穷愁》，投寄给小说周刊《礼拜六》，竟被登载了，于是我便继续作了好几篇，这样作了一年。”

但叶老的小说，显然和这个杂志上发表的其他作品不同。他在给友人的信中曾说，“吾亦自定宗旨：不作言情体，不打诳语，虽不免装点附会，而要有其本事，庶合于街谈巷议之伦。”这是说，他旨在写实。

这就自然和当时一般流行的小说大异其趣。因此他又说：

“我当时的小说多写平凡的人生的故事，同后来写的相仿佛。……”

但一个作家从什么基点出发，又怎样沿着他自己所选定的道路前进，决不会是偶然的事，其间必有其轨辙可寻。

叶老于1894年10月28日生于江苏苏州。二十世纪的第一年，八岁，在私塾读书。家境清贫。中学毕业后，父亲无力再供他继续上学，1911年，只得在苏州城里当初等小学教师。1917年到苏州甪直镇当高等小学教员，在那里一直干了六七年。这时他颇热衷于教育工作，因此曾和同事们把学校大为革新。1923年移居上海，主要当商务、开明书店的编辑，有时也在中学和大学兼课，这样一直到1937年抗日战争爆发。内迁四川八年，胜利后再回到上海。他的家庭境况和长期教育界、知识界的经历，使他亲自体察到底层社会及教育界、知识界的生活，这就是他的创作的坚实的基础。

就在他开始创作生涯的初期，发生了两件对他关系至为密切的事情。

一件是，叶老以白话写小说而正式迈上了文学道路。这在当时并不是一件小事情，并不单单具有“文学形式”上的意义。

“文言小说作了一年多便停笔了，”叶老继续回忆说。“直到1920年才又动笔。这正是‘五四’运动的第二年。当时在北京上大学的顾颉刚告诉我，那里的朋友们要办《新潮》杂志，希望我作一篇寄给他们。这就是那篇《一生》。从此，我就改用白话体写。那时在这个杂志上发表作品的还有俞平伯等。我也给北京的《晨报》和上海的《小说月报》写一点。就这样正式开始新小说的创作。”

而另一件是，“文学研究会”的成立。

这时中国新文化运动，已开始发展起来。1918年5月，鲁迅的第一篇新小说《狂人日记》在《新青年》杂志上发表。这是中国新文学真正意义上的“开山斧”。随着文学运动的进一步发展，新兴的文学社团、文学刊物，也纷纷出现。1921年1月1日，第一个文学团体“文学研究会”成立了。

“那是郑振铎从北京写信给沈雁冰和我商量发起的，是在北京成立的，”叶老说。“我那时还在苏州，沈雁冰则在上海。鲁迅没有参加，但他一直和这个团体保持着很好的友谊。”

文学研究会标举“为人生而艺术”，当时影响很大。我就以此请教于叶老。他告诉我，“研究会的参加者对这一点的看法都比较接近。沈雁冰可能记得比我更清楚。他现在写的回忆录里已经提到一些。他和郑振铎当时都写过一些文章，阐述过这些观点”。

文学研究会主张“为人生而艺术”，正如它的《缘起》中所说，“将文艺当作高兴时的游戏或失意时的消遣的时候，现在已经过去了。我们相信文学是一种工作，而且又是于人生很切要的一种工作。”当时著名评论家沈雁冰也曾说过，“文学是镜子”，“文学应该反映社会的现象，表现并且讨论一些有关人生一般的问题”。“作家应该观察和描写社会的黑暗、人们生活的‘痛苦’以及新旧两代思想上的冲突。”……这正是当时启蒙运动、人文主义思潮的反映。如果拿叶老的作品来考察，可以看出这也正是他的基本的创作态度。

叶老住在北京东城的一个四合院里，门户很小，但庭院里却显得宽敞、幽静。

北房廊厦间，夏天摆满几十盆球类和掌类的植物，嫁接出各种的花，玲珑多姿。一到冬天，就把它们移到屋子里，依然生气盎然。

我还是想和他谈谈他的小说。

“在我生活中看到了什么，感到了什么，我就写什么。空想的东西我是写不来的，”叶老说。“具体地说，我在城市里住，我在乡镇里住，看见一些事情，我就写那些。我当教师，接触一些教育界的情形，我就写那些。中国革命逐渐发展，我见到了一些，理解了一些，我就写那些。小说里的人物多是知识分子和小市民，我对他们比较熟悉，我就给他们写照”。

接着，叶老又补充说：

“那时写东西总感到很容易，没有什么条条框框。我不相信‘小说做法’，或所谓指导思想一类的东西。一个作家，绝不会是先有了理论而后才有小说，而是作家在生活中观察、体验，发现了其中的这种意义，那种意义，逼使他非动笔不可。那时候，有些人物，有些故事，来到了我的脑子里，大体上一结构，我就一两天可以写出一篇小说。甚至一天就可以写出一篇童话，方便得很。当然，我一生中写的短篇也最多。”

是的，他的主要成就，也还是在短篇方面，从他于1922年出版的《隔膜》起，到1936年出版的《四三集》止，使叶老成为现代文学界最重要的短篇小说家之一。这些短篇取材广泛，开掘较深，从各个侧面、各个角度反映了半封建半殖民地以及官僚资本压迫下农村和乡镇的面貌，底层工人和农民的悲惨命运，知识分子的追求和幻灭，努力和失败，综而观之，是当时社会的一大部画卷。而叶老处理他的题材时并不是纯客观的，看来他也是想提出问题，指出病痛，引起人们救治的注意。我问他，是否同意我的这一理解。

叶老说，“可以这样理解吧。我总觉得对于不满意不顺眼的现象总得‘讽’它一下。讽了这一面，我所期望的是在那一面，也就可以不言而喻了。所以我的期望常常寄托在不著文字的地方，包含在没有说出来的那一部分里”。

我们又谈到了他的《一生》。叶老几乎完全以白描的手法，真切地写出了一个农村妇女不幸的命运。她一辈子连名字也没有，任人摆布，象一头牲口。叶老在这里，素描式地勾勒出的这个无告的妇女形象，当时很有典型性。

叶老告诉我，“‘五四’前后，反帝反封建的思想正在广为传播，人们提出了很多问题，其中也包括妇女解放的问题。《一生》也可以说是在这种思想影响之下写成的。由于神权、君权、父权、夫权长期的统治，她们甚至很愚昧。我了解她们，我不能不同情他们。”

应当说，《一生》是叶圣陶真正意义上的处女作，是这位作家创作生活的真正开端。

在这之后，叶老又写了过着童养媳生活而仍未被扼杀了童心的《阿凤》。本来是种田的人却由于命运乖蹇而终于厌弃种田的《苦菜》，通过一个小学教员和农民的对话及其所闻所见而反映出残酷的地租剥削、农民与地主之间的对立的《晓行》。而《晓行》一篇对社会问题的揭示，则更清晰了。尽管行文比较冷静，但在表面冷静之下，我们尽可以意会到隐存于文字深处的那颗作者的心。这些作品，明显地透示出了作者当时的民主主义的精神。

对于叶圣陶这一时期的作品。茅盾曾经如此评价过：“冷静地谛视人生，客观的、写实的描写着灰色卑琐人生的，是叶绍钧。他的初期作品大多有点‘问题小说’的倾向，如《一个朋友》、《苦菜》和《隔膜》。”这里所谓“客观”、“写实”，实指“现实主义”而言。

“我决不相信一个正直的作家，”我说，“会对于他周围的一切无动于衷，除非他不想当一个诚实的作家。”

“是的，”叶老回答我。“我可以再补充一下。我对于社会生活，各种人物，常常‘冷眼旁观’。但‘冷眼旁观’是为了一个目的，那就是真实地反映出客观世界，并通过这个‘反映’过程，道出作者的‘心’”。

事实正是如此。叶圣陶“冷眼旁观”的结果，是把很多人们习以为常的陈腐可笑的社会现象，小市民、小知识分子的灰色生活，通过他平实、冷俏的笔墨写了出来。

在这方面，叶老有一篇代表作，这就是《潘先生在难中》。小说中的那位灵魂卑鄙自私、善于随遇而安的潘先生，为了逃避战争的灾难和失业的危险，想方设法适应多变的环境。他始终在庸俗苟安中讨生活。作者的笔力深入到这个人物的精神世界，从而展示出了这一形象的典型特征。

随着中国革命形势的发展，随着生活阅历的加深，叶圣陶的视野也就更加扩大，在思想上和艺术上也就更为提高和成熟。出现在初版于 1926 年的《城中》一集的某些作品，特别是初版于 1928 年的《未厌集》和初版于 1936 年的《四三集》两书表明，作者更为关注现实斗争，并且力图写出新的人物了。《抗争》中写小学教员郭先生，他所鼓动的联合索薪之举虽然归于失败，但他却已经初步具有了集体斗争的意识，并从劳动者身上照见了新的希望。《一篇宣言》中的教员，由于执笔起草了救国宣言，被迫解除了职务，但他并没有气馁，也决没有认为“救国有罪”。《某城纪事》写了群众对第一次大革命北伐军的欢迎、幻想以及土豪劣绅卷土重来篡夺胜利果实的悲剧。《多收了三五斗》这一著名的短篇，描写农村今年收成好，每亩比往年多打了三五斗。但由于洋米洋货的倾销，米商杀价收购，以致造成了“丰收成灾”。小说在结尾中暗示，农民在绝望中继续挣扎，在议论抢米风潮，在思索：应该怎样生存下去。这篇小说，可以看作当时中国广大农村的一个真实缩影。

“我过去长期住在我的故乡太湖地区，”作者告诉我：“这就是那篇小说的背景。我想写的是那些‘戴旧毡帽的农民’的群像，是河埠头小镇的那种特殊景色。当时的农民曾经陷入了那样的绝境。”

叶老特别提到了写于1927年的《夜》。

“1927年大革命失败，白色恐怖弥漫全国，一个真实的事件引起了我这篇小说的构思。一对革命的青年夫妇被捕了，据传案子很严重。我怎么能无动于衷！我不能抑制自己的感情，一口气把它写了出来。”如果没有记错的话，我以为，它应当是当时文学上反映蒋介石大屠杀的第一篇小说。

叶老的激动感染了我，使我仿佛一下子睹见了那个年代的一个镜头。一个恐怖之夜，一位老妇人哄着他的外孙大男入睡。她的弟弟偷偷跑来述说他的女儿女婿惨遭枪杀并为之寻找尸体的情景。他还带来了革命者刑前写在字条上的“留言”，作者描写道：忿恨的火差不多燃烧她全身，语声转成哀厉而响亮，再不存丝毫顾忌。她拍着孩子，说：“我只恨没有本领处置那辈该死的东西，给年轻的女儿女婿报仇！”她决定勇敢地再承担一次“母亲”的责任，显示了普通人民的新的觉醒。

叶老的《一包东西》可以看作是《夜》的姊妹篇，它真实地刻画出了一个同情革命而又胆小怕事者的心理状态，并从背面透示出了革命者的地下活动。这些后期的短篇，不难使我们发现，这位作者的脉搏和历史前进的动向竟如此合拍，表现出了作者当时在政治上和艺术上的勇气。

作者的短篇，从《一生》到《夜》，从《晓行》、《苦菜》到《多收了三五斗》，从《潘先生在难中》到《抗争》、《一篇宣言》，我们可以看到，小说中主人翁精神面貌的变化，反映出了中国历史的重大变迁，也看到了作者在创作道路上跋涉的踪迹。可以这么说，从1920年开始，整个二十年代、三十年代，甚至到四十年代，是叶老创作道路的重要阶段，也是他创作生活的旺盛时期。

应当说，我是这位长者的常客。尽管我们两人的年龄差不多相距三旬，但由于他蔼然可亲，而我又问学心切，也就很能谈得来。我们可以说无话不谈。虽然我经常听到他夸奖哪一位作家又写了一部好作品，哪一位诗人又写了一首好诗，他却很少谈到他自己。他是一位非常质朴、谦虚的人。要不是受我之请，这一次他也还不会如此地和我谈得这么多。

在他客厅右边，有一间小小的书房兼卧室。我们有时也来到这里坐一坐。冬天的阳光射到桌面上。不少信件和稿件分别叠放在台灯旁边，我看到一份旧杂志，不禁使我想到了另一件事。

几十年间，他又从事教育，又当编辑，为中小学生编辑杂志和教本，为许多作家和青年作者提供阵地，他严肃热情地从事这一事业方面所付出的心血，并不亚于他当一个作家。

我问他关于编辑《小说月报》的情况。

“是啊，”他说。“先是沈雁冰接编过来，作为文学研究会的阵地。后来商务印书馆改请郑振铎接编。但郑振铎要去欧洲，1927 年下半年吧，就由我代他编了一年。”

“听说就在那一年里，你发表了好几位后来成了大作家的作品，”我说。

叶老谈兴很浓。“大革命失败，武汉的汪精卫和南京的蒋介石合流。这时，沈雁冰由于参加革命活动，不得不离开武汉，兜了一个圈子，回到上海。鲁迅、沈雁冰和我，正好都住在景云里。但沈不便出门，而生活又发生了问题，就动手写起小说来。他的《幻灭》、《动摇》、《追求》三部曲，真实地反映了当时知识分子在革命浪潮中的风貌。我看了原稿，觉得很好，主张在《小说月报》上发表。他在原稿上署名‘矛盾’，‘矛盾’是一个哲学辞汇，不象个人名，我就擅自代他在‘矛’字上加了个草头，改为‘茅盾’。从这以后，他就长期用‘茅盾’二字作为笔名了。至于他的那部小说，也真是轰动一时。”

“听说巴金最初的作品也是在这一时期由你发表出来的。”“是吧，”叶老高兴地说。“那时他在法国。他写了一部长篇《灭亡》，大概是寄到国内，通过他的朋友转到我手里的。”我们知道，正是这部有名的小说，奠定了巴金在文坛上的地位。

接着我又询问关于发表丁玲作品的情况。叶老莞尔而笑。他似乎在回忆当年的情景，说：“那时，我们编刊物，每篇投稿都看，认真地从投稿中选取。有一次，我从投稿中发现了一篇题作《梦珂》的稿子，署名丁玲，觉得写得很好，很新鲜。我大概还提出过一点意见，请她修改过；后来发表出来了。那也是一篇非常引人注意的作品。她那时大概也就是二十多岁吧。现在却也已经白发苍苍了。”

“我记得你在《中学生》上也提拔了不少青年作家!”

“是吗？”叶老想起来了。“那时经常写稿的记得有徐盈和子冈，他们后来成了夫妇作家和名记者。大概还有几位，一时记不起来了。”

“好象还有肖红，”我补充。“她有个笔名叫悄吟”。

但对于以上这些往事，叶老却总是表示，他只是做了一点应做的普通的工作。

坐在对面和我倾心而谈的，正是我们新文学运动中最老的前辈之一。叶老已届八十六岁高龄，他在文学长途中不辞辛劳地走过了六十余年，为我国新文学做出了卓越的贡献。

但这一次仍然没有来得及和他交谈一下他的童话创作。他是中国现代最早写作童话并且最有成就的作家之一。但时已近午，我只好相约下次再来。他就取出一张近照送给我，作为这次谈话的纪念。

1979 年 12 月

（选自 1981 年 2 月 22 日《新文学史料》第 1 期）

《叶圣陶评传》(第七章)八年动荡

陈　辽

一

七七事变发生，揭开了伟大的抗日战争的序幕，中国人民开始了八年抗战。

事变发生后，一二十天间，国民党政府虽有表示抗日的言论，但还没有实际的行动。“但闻楼梯响，不见人下来”。叶圣陶怅惘得很，填了一首《鹧鸪天》，抨击了国民党政府，也表示了自己“同仇敌忾非身外”的心意：

> 不定阴晴落叶飞。小红花自媚疏篱。颇惊宿鸟依枝久，亦讶行云出岫迟。吟止洒，写新词，寻消问息费然疑。同仇敌忾非身外，莫道书生无所施。

叶圣陶自注：“‘宿鸟’指飞机，集款购机，近几年来是一件大事，北方已经打得这么利害，而飞机还不出动，不得不惊骇那些‘鸟’‘宿’在枝上睡得那么沉酣。‘行云’指对付敌寇的具体计划，从报纸上看来，今天这样说，明天又那样说，今天硬一点，明天又软一点，为什么那‘行云’还不出‘岫’呢？”(《抗战周年随笔》，载《抗战文艺》第12期)。他还写了一首《木兰花》词，前半阕道，“落红已看成泥泞，陌上依然风力劲。一天飞絮意如痴，终日驰车何所骋。”（《“七七”七周年随笔》，《西川集》）也是讽刺国民党政府的。

1937年9月3日夜间，吴大琨来看望叶圣陶。吴大琨在上海做救护难民的工作，这次来苏州就为护送难民回籍。他告诉了叶圣陶一些前方伤员英勇作战的故事。叶圣陶听后十分激动，又写了两首《卜算子》，赞扬了受伤战士“心急回前线”的抗战精神。

在八·一三战争中，开明书店总厂被毁，“资产损失达全部资产的百分之八十以上”（宋云彬：《开明旧事》）。总厂中了炮弹，经理室、编译所、印刷所以及栈房里的几百万册存书，全部烧毁。“总店与分店间，因交通阻梗亦形成首尾不能相顾之势”（范洗人：《“八一三”以来的开明书店》，《中学生》战时半月刊65号）。也就在这时，章锡琛、叶圣陶、范洗人等毅然挑起了把开明书店内迁到汉口的担子。“在这时候，我们如果为避免困难，脱卸责任，顶直截了当的办法，没有比任其停闭再好的了，然而我们为了要继续对文化事业尽点微力，为了对得住各方面爱护我们的朋友，我们决不忍令这惨淡经营了十多年的事业就此‘拉倒’，一息尚存，此志不容稍懈，我们非竭力挣扎下去不可的”。“我们一起三个人，——章经理锡琛，我，还有叶圣陶先生就先后到杭州会齐，取道吴兴、长兴、宣城而达芜湖，然后趁轮船到汉口”（《“八一三”以来的开明书店》）。

叶圣陶举家内迁，是下了一番决心的。那时候，叶圣陶一家老老小小八口人：老母、妹妹、妻子、至善、夏满子、至美、至诚。老的老，小的小，一家人搬迁，谈何容易！何况“苏州住的是新造的四间小屋，讲究虽然说不上，但是还清爽，屋前种着十几棵树木，四时不断地有花叶可玩”（《抗战周年随笔》），新居颇有留恋之处。但是，为了抗日，为了保留开明这份文化事业，这个新居也顾不得了。“那天走出了家屋，几时再回来是未可预料的，或者回来时屋已被炸被烧了也说不定，可是当时我省察自己的心中，并没有什么依恋爱惜之感。我以为抗战要本钱，本钱就是各个人的牺牲，牺牲具有积极意义的，就是所谓‘有钱者出钱’，‘有力者出力’，其仅有消极意义的就是不惜放弃所有，甘愿与全国同胞共同忍受当前的艰苦”（《抗战周年随笔》）。9月21日，叶圣陶带着一家人，从苏州辗转来到杭州。大儿、小儿、女儿随满子回白马湖亲家夏丏尊家里（至善和夏丏尊的女儿满子姑娘已在抗战前订婚），妻子胡墨林陪老母、妹妹则去了绍兴，到了她姑母的结拜姐妹家暂住。叶圣陶自己和章锡琛、范洗人一起先行到了武汉。日寇在金山卫登陆后，叶圣陶立即写信到白马湖，叫家人到武汉去。于是，胡墨林带着一家人找了一条小船，沿着富春江到了龙游。从龙游上火车，经南昌到了九江。再坐轮船从九江到了武汉。叶圣陶按照预定的时间来到南昌接家里人，可是左等右等不见家里来人，以为他们在旅途中出了什么事，又焦急又不安。但是在武汉还有不少公事，不能在南昌老是等下去。他只好心神不定地回到武汉。直到一家人从九江赶来武汉后，他才放下心。

1937 年 12 月国民党政府军弃守南京前，武汉人心浮动，许多工商业者都开始作撤退的准备。开明书店内迁的书籍、纸张、机器则在途中被毁。在这种形势下，章锡琛、叶圣陶、范洗人也只好把在汉口建立开明书店基础的计划打消了。三人进行了商量，认为在上海方面自国民党政府军西撤以后，租界虽然成了孤岛，却暂时获得了苟安，而那边究竟还有一点物资和人力可以利用，于是决定由章锡琛暂时回上海去，范洗人"则自告奋勇，溯长江往西跑，到达了重庆，接着叶圣陶也带着家眷入川了。"(《"八一三"以来的开明书店》) 叶圣陶在携带家眷入川的江行途中，写了这样一首诗，表达了他当时"不扫妖氛誓不还"的决心：

> 故乡且付梦魂间，不扫妖氛誓不还。偶与同舟作豪语，全家来看蜀中山。(《江行杂诗之三》,《箧中集》)

叶圣陶到重庆后，一方面因为开明书店还在复建过程中（后来在桂林设开明总办事处），另一方面又因为生计所迫，只好于 1938 年初暂时离开开明，在巴蜀学校、戏剧学校、复旦大学教了半年书。1939 年 5 月,《中学生战时半月刊》在桂林首先恢复出版，叶圣陶遥任社长。此后，直到 1949 年初叶圣陶从上海经香港北上到华北解放区，他始终是《中学生》编辑工作的领导人。

1938 年秋，武汉大学邀请叶圣陶任教授，于是他又携家眷搬到四川乐山。“这年秋季，应武汉大学聘，迁居乐山”（《略叙》）。初到乐山，叶圣陶的心情很复杂：“忽讶生涯类隐沦，青衣江畔著吟身。更锣灯芯如中古，翠巘丹崖为近邻。”但他对自己当前类似屈子的遭遇是不甘心的：“搔短发，顿长颦，雁声一度一酸辛。会看雪冱冰坚后，烂漫花开有好春。”（《鹧鸪天·初至乐山》）只有在大儿至善和满子结婚的时日，他才变得高兴起来：“善满姻缘殊一喜，遥酬杯杓旨徐徐？”“儿贤女好家之富，不数豪华全满簋。”（《至善满子结婚于乐山得丏翁寄诗四绝依韵和之》，《箧中集》）但是，这种“类隐沦”的生活也没有过很久。1939 年 8 月 19 日日寇对乐山进行大轰炸，叶圣陶一家人幸免于难，但他们租住在较场坝的寓所被炸毁了。“从书籍衣服到筷子碗，都烧成了灰”（《乐山被炸》，《中学生战时半月刊》第 20 期）。

据叶圣陶在《乐山被炸》一文中的记述，日本飞机轰炸乐山的那一天，他不在乐山，在成都。他家里人在二十七架日本飞机狂轰滥炸时，慌忙逃难，“从已经烧着了的屋子里，从静寂不见一个人只见倒地的死尸的小巷子里，从日本飞机的机枪扫射之下，赶到了岷江边，渡了江，沿着岸滩向北跑，一直跑了六七里路，又渡过江来到昌群兄家里，这才坐定下来喘一口气。”他自己是在第二天才坐汽车赶回乐山的。当汽车开进了嘉乐门，他“心头深切地体验到‘近乡情更怯，不敢问来人’的况味”；而当他得知“一家人都好”的消息后，他又“深切地体验到‘疑是梦里’并不是一种夸饰的辞格”。“见着母亲以下六口”后，发现他们没有一个人流了一滴血，擦破了一点皮，他觉得“那是我们的万幸”；家里人告诉他寓中一切都烧了，他以为“那是早在意料之中的事情”，并不感到激动；他们告诉他逃难时候那种慌急狼狈的情形，他又“懊悔到了成都去，没有同他们共尝这一份惶恐和辛苦”；他们又告诉他从火场中检出来的死尸将近上千，他感到比听到一个朋友或是亲戚寻常病死的消息“难受得多”；只是在他们告诉他武汉大学和技专的同学在日本飞机还没有飞走的时候就抢救受伤的人，拆卸正在燃烧的房子的事迹后，他才“激动得流泪了”，以为“那是青年有为的凭证，把这一种舍己为群的精神推广开来，什么事情做不来呢”？

乐山被炸以后的两个月中间，叶圣陶家忙着置备器物，租定新的寓所。新居在城外一座小山下，全家很快搬了过去。“粗陶碗，毛竹筷子，一样可以吃饭；土布衣衫穿在身上，也没有什么不舒服；三间对田野的矮屋，反而比以前多了一点阳光和清新空气。”在这些记述里，真实地反映了叶圣陶在乐山被炸后的乐观主义精神。

乐山被炸之后不久，武汉大学内又发生了所谓“恒言之役”；“这年（1939年）秋天开学之后，大约经过一个多月，对一年级新生进行一次语文测验”。“这次测验由（系）主任亲自命题，题目非常特别，是任何人不能想象的”。原来是要求新生把柳宗元《佩韦赋》中的一部分译成所谓“恒言”。正如朱东润先生说的：“抗战已经进入第三年度，东北、华北、华东、华南已经沦陷了，敌人的刺刀搁在我们颈子上，不要说一年级新生不可能理解这篇高论，即使理解，那么‘韦之申申，佩于躬矣；本正生和，探厥中矣’，我们要他们做什么？是不是要他们去追求和平，为侵略者开辟一条招降的道路？”而且，什么是“恒言”，是白话还是浅近文言，谁也弄不清。那次测验，叶圣陶、朱东润、高晋生三人被指定为监考。考过后三天，教务处又通知叶圣陶等三人阅卷。叶圣陶的脾气，一向是很好的，但这次怫然了：“什么恒言！我们都不理解，那看什么卷子呢？”拒绝阅卷。朱东润和高晋生也都表示同意。于是由叶圣陶领衔，其次是高晋生，最后是朱东润，写了一封信给教务处，大意是“恒言二字，不解所谓，未便参加阅卷。”草稿写定，“由叶大嫂誊清”发出，终于拒绝了阅卷任务（东润：《恒言之役》，载《新文学史料》1978年第1期）。

“恒言之役”后，学校当局对叶圣陶自然不无芥蒂。1940年秋季，叶圣陶离开了武汉大学，改任四川省立教育科学馆专门委员，“家便搬到成都来，住在新西门外；杜甫诗“‘舍南舍北皆春水，惟见群鸥日日来’，就是指的这一带地方”（《略叙》）。在这里，叶圣陶和朱自清过从最密，除一起合写了《精读指导举隅》、《略读指导举隅》和《国文教学》这三本书外，还经常与朱自清唱和，不时偕朱自清出游，那时朱自清住成都东郊宋公桥，叶圣陶住西郊，朱自清来访，两人必共赏薛涛井，共登望江楼。

在四川省立教育科学馆工作期间，叶圣陶对青年作者做了很多辅导工作。除应中国青年记者协会的邀请，作过多次讲演外，还为中国青年记者协会写了《杂谈我的写作》、《略叙》（载《文艺写作经验谈》，中国青年记者协会编），全面地、系统地总结了他几十年来的写作经验，对青年作者进行了具体指导。《略叙》一文，更是叶圣陶唯一公开发表的自传，简明扼要地叙述了他的生活经历，为读者留存下一份极其珍贵的史料。

1942年，开明书店在重庆重建编辑机构，叶圣陶就辞去教育科学馆职，仍回开明书店。“开明编译所在重庆，由叶圣陶主持”（《开明旧事》）。于是，叶圣陶就常常来往于成都和重庆之间（1945年4月，全家迁到重庆）。抗战以来，叶圣陶的家由苏州而杭州，由杭州而武汉，由武汉而重庆，由重庆而乐山，由乐山城内而乐山城郊，由乐山城郊而成都城郊，由成都城郊而城内，再由成都而重庆，八易寓所。叶圣陶一家人在抗战中的生活就是如此地动荡不定！

就在这动荡不定的生活中，文艺界、教育界，庆祝了叶圣陶的五十寿辰（1943 年，虚岁）。庆祝会是由文艺界抗敌协会成都分会出面在竞春园举行的。到会有陈白尘、陈翔鹤、叶丁易、刘海粟、应云卫、李劼人、杨村彬、瞿白音、耿震，中华剧艺社演职人员等五六十人。陈白尘在会上讲了话。这个会气氛很热烈。就象当年给郭老庆祝五十寿辰一样，带有向国民党示威的意味。庆祝会后，由陈白尘主编的《华西晚报》、《华西日报》副刊还发表了多篇祝贺文章。五十寿辰后，叶老写了《答复朋友们》（《西川集》），表示了他后半生的态度：“朋友厚爱我，宽容我，使我感激；又夸张的奖许我，使我羞愧，虽然羞愧，想到这无非要我好，也还是感激。……宽容跟奖许，‘人情真足惜’啊！在这样温暖的人情中，我更没有理由不打算加紧补习。”叶老就是这样抱着生活到老，学习到老的精神，进入了他的后半生。

叶老知道这次庆祝会名义上由文协成都分会召开，实际上体现了党组织对他的关怀。五十寿辰后，叶老和党的关系更加密切了。凡是他信得过的党员做的事，他都全力支持。有一次，成都二十几个团体联合发表宣言，抗议国民党的独裁行径。文协成都分会是列名的团体之一。按照一般程序，应该是文协成都分会五个常务理事：叶老、李劼人、陈白尘、陈翔鹤、叶丁易五人开个会议，同意文协成都分会列名参加后方可参加联合发表宣言。但是，这件事来得很急促，陈白尘、陈翔鹤、叶丁易三个年纪比较轻一些的常务理事商量一下后，认为他们三人已构成常务理事的多数，可以通过决定参加列名发表宣言，准备事后再向叶老和劼老汇报。当时四川省的教育厅长郭有守钻了这个空子，向中央社记者发表谈话说，成都文协列名于宣言是假的，因为理事会并未讨论通过这一宣言。陈白尘、陈翔鹤、叶丁易三人知道后，就来找李劼老和叶老，一面向他们解释、检讨，一面请教他们如何对郭有守反击。李劼老听了却“哈哈大笑，骂我们都是书呆子：‘常务理事会干啥子的哟？不能倒填年月，补一份会议记录，堵住他的臭嘴？’”（陈白尘：《哭翔老》，《新文学史料》1980 年第 4 期）。叶老也同意这个办法，即席发了言。于是，陈白尘他们“发表谈话，以常务理事会会议记录为根据，把那党棍子臭骂一通，大获全胜”（同上）。以后，有关反美、反蒋的宣言，都是陈白尘同志找叶老。叶老一面签名一面苦笑着说：“这种签名有什么用？国民党是顽固派，他们不会因为我们发个宣言而有所改正的。不过，你们要我签名，这个名我还是要签的。”因为他知道请他签名是党的意见，他就照办了。

对叶老来说，抗战八年，是生活动荡的八年，也是思想动荡的八年。他的生活在动荡中过去，他的思想在动荡中前进。

二

抗战初起到武汉失守，在这段时间内，国民党政府尚能表现出某种程度的积极性，也曾采取过某些民主措施，因此叶老在抗战初期对当时的国民党政府曾经抱有一定的希望，以为经过抗战的洗礼，国民党或许有所转变。武汉失守，抗日战争进入相持阶段。这时，国民党消极抗战，积极反共，利用国难，大发横财，继续推行法西斯专政。对于国民党政府在这方面的劣迹和反动性，叶老是看得清楚的，不时著文加以揭露和批评。但是，对于国民党政府在抗日战争中搞“曲线救国”，暗中与敌寇勾结，策划新的“慕尼黑”，叶老当时还是不知道的。加之国民党政府常搞欺骗宣传，左一个大捷，右一个大捷，无中生有地吹嘘，叶老出于爱国热情也一度相信过，因此，他对国民党政府领导抗战还存在某些幻想。但是，事实教育了叶老。1944 年夏的湘桂大撤退，完全暴露了国民党政府的反动本质和内战内行、外战外行的真面目，于是叶老对国民党政府尚有的一点幻想也抛到太平洋里去了。此后，叶老便把争取抗日战争胜利的希望，全都寄托在中国共产党身上。这一思想动荡的历程，在他的一些政论文章和诗词中表现得十分清楚。

1937年“八一三”的下午，叶老在苏州买到地方报纸的号外，“说上海我军已经和寇军开战了，第二天又听到我空军初次出动，大获胜利的消息，我的怅惘才完全消散”（《抗战周年随笔》）。这是叶老的真实思想，他对当时的国民党政府领导抗战是抱有希望的。在他那首《卜算子》词中也说“民质从今变”。这里的“民”指的是人民，但也不是完全把国民党政府开除在外，也包含着希望国民党政府“从今变”的意思在内。“战讯忽传收杭富，悲欣交并愿他真”（《宜昌杂诗》，《箧中集》）。他希望国民党政府能实行真正的抗战。

但是，随着武汉的失守，国民党政府的倒行逆施又故伎重演了。对一些热心抗日的学生“勒令转学”便是突出的事例。叶老为此写了《勒令转学》加以抨击：“现在一般被勒令转学的学生，从常识的眼光看去，并非真的不行，他们不过多一点血气。怀着一股忧愤，行动上参加了所谓救国运动，如是而已。”叶老明确指出，当局者的“昏庸卑劣就从这办法上显露得非常明白”，“依他们的意思，最好是学生什么都不闻不问，姑且关在学校里读死书，学校以外呢，一切人也装得若无其事，讨饭的讨他的饭，跳舞的跳他的舞，直到这么一年的这么一天，准保胜利的一切预备工夫都做得很好了，然后轰轰轰放起三声民族解放的信炮来，然后大家放下手头的任务，一齐来完成民族解放的大业。这样的境界想想固然有趣，可惜只能想想而已，其难以实现正同一个虚幻的思想”（《中流》1卷2期）。从批评“勒令转学”开始，叶老对国民党政府的反动措施不断地进行批判。在《伯祥五十初度》（《箧中集》）一诗中，他指责国民党当局“夷夏辨未严，奸佞方高骞。团结聊复云，同根犹相煎”。在《水龙吟》（《箧中集》）中他揭露在国民党政府统治下，“战士无衣，哀鸿遍地，西风寒厉。听连番烽警，惊传飞寇，又几处教摧毁！”对于国民党的倒行逆施，叶老的揭露和抨击是不遗余力的。

在抗战局面如此糟糕的情况下，叶老在思想上一度很苦闷：“几日云阴郁不开，远山愁黛锁江限，乡关漫动庾郎哀。”(《浣溪沙》,《箧中集》)“天心人意愈难问，我欲言愁。我欲言愁，怀抱徒伤还是休。”(《采桑子》,《箧中集》)“郁伊莫与诉，积怀成重负，负重罔获释，焉不摧蒲柳？”(《二友》,《箧中集》)即使如此，叶老并没有失去对抗战胜利的信心。“攘夷大愿终当偿，无间地老与天荒。人生决非梦一场，耿耿此心永弗忘。”(《次韵答佩弦见赠之作》,《箧中集》)而当国民党胡吹“湘北大捷”后，叶老更以为胜利在望，回乡有日：“近传湘北捷，穷寇断归路，歼旃逾三万，夺获亦无数（叶老自注：后知此全是国民党反动派欺民众之虚伪宣传）。彼老我方壮，胜负岂无故？行见下江汉，神京扫妖雾，卷书喜欲狂，细味老杜句。”(《乐山寓庐被炸移居城外野屋》,《箧中集》)当时叶老的心情和安史之乱中的杜甫竟是如此相同！

在抗战进入第七年的时刻，叶老断定当时形势，“有利于咱们同盟国方面，纳粹法西斯必然扑灭，侵略主义必然打倒，胜利必然属于咱们同盟国，现在已可确说，这不仅是个信念，而且绝对办得到。咱们应当为此高兴。”(《抗战第七年》,《中学生战时半月刊》65 期）这是对的。但叶老那时却受了《中国之命运》中的某些词句的迷惑，以为“蒋委员长的《中国之命运》，其第五章列举《今后建国工作》，都是继承国父的遗训”（同上）。因此，他借用《中国之命运》中的一些话立论：“决心源于认识，能力来自修炼”；“《中国之命运》中说：‘国家民族之存亡兴废与团体个人之成败祸福的命运，仍在我们自觉与自择，而决不可听天由命，自误其事业的前途，甚至自忘其人生的意义。……’蒋委员长这一段话，说明他所觉解的深微的哲理，虽然深微，可是并不玄奥，同样为咱们所能觉解。咱们如果具有这样的觉解，那末，立刻立下决心，自然不成问题。”“《中国之命运》结论里说，处今日之事势，‘我们中国国民正确的反应，是义务感的激发与责任心的加强。国家的责任与国民的任务，从此更加重大。建国工作的完成，建国理想的实现，皆有待于我们的奋斗和牺牲’。愿大家领受这个话，发而为自强不息的苦干的力量。”（同上）叶老一再引述《中国之命运》，带有以子之矛攻子之盾的意思，其本意是在要求：“真应当每一个人革面洗心，振起精神，拿出力量，埋头苦干，才能集众力而为大力，合小成而为大成”（同上），争取抗战的早日胜利，新中国的早日到来；但另一方面也确实表明，那时叶老对蒋介石领导抗战也还存有幻想。一个人的思想不是直线前进的。在当时蒋介石还掮着抗日招牌的情况下，叶老一方面痛恨国民党反动派的倒行逆施，另一方面对蒋介石又有某些幻想，也是完全可以理解的。

仅仅过了一年，由于“中原大块地方新近沦陷”，叶老就不再对蒋介石和国民党政府有什么幻想了。他在《我们的话》(《抗战文艺》10卷1期，1944年3月出版）中直接面对国民党政府说：“人家讨厌一些真实的话，因为揭露了他们的本相，妨碍了他们的利益，我们可不管，只要见得真实，想说就说。……我们别无顾虑，单顾虑认识不够，实践不够，因而所说的话不够真实。为了这一层，我们要随时学习，随时磨炼，直到老死。”他表示，要向过去那些为真理而斗争的科学家学习：“从前有些科学家，用他们所发见的真理与不好的环境斗争，有被囚的，有被杀的。然而他们胜利了，他们所发见的真理到底化作了一般人的常识。弄文艺的虽不敢妄自夸大，也不必妄自菲薄，那些科学家的那种勇气，我们可能有，那些科学家的那种胜利，我们也可能有。”这就表明，叶老这时已完全站在“正统”的国民党政府的对立面，下决心和国民党反动政府和周围的“不好的环境”进行斗争。不久，他在《“七七”七周年随笔》中更尖锐地揭露了国民党政府：“如今明明有个共同的总目标，达到这个目标不在朝一席谈话夜一席谈话，不在横一篇文字竖一篇文字，必须人的态度和习惯底改变，昨死今生，大家革自己的命，才有可能；而多数人的态度和习惯，似乎越来越不对了，不但新机不见，而且旧染更深，岂不大大的可虑？”(《西川集》）矛头所向是很清楚的。针对蒋介石“以不变应万变”的说法，叶老更尖锐地给以批判：“以不变应万变虽是最高原则，实践起来却不能不见事行事。仗一定要打到胜利为止，建国大业非完成不可，那是不变。至于封建习性，胡涂头脑，官僚政治，独占经济，还有其他种种，如果也是个不变，那就完了。那些个不变就是不革命，不革命，即使幸而打胜了日本，又有什么好处？变吧，革命吧，该死的赶快死去吧，新生的赶快长成吧”(《八一三随笔》,《西川集》)。从一再引用《中国之命运》，到直接批判蒋介石的“以不变应万变”，叶老在抗日战争后期思想上发生了多么大的变化！

湘桂大撤退后，国民党号召十万青年从军，企图为他们日后反共准备资本。当时不少青年上当受骗，参加了国民党的青年军。叶老的小儿子叶至诚，年纪轻，不明真相，一心想抗日，提出要去参军。从不向子女发脾气的叶老，这次把至诚骂了一顿，说："你知道什么？你要出去，到延安去！"这使至诚明白了一些东西，以后他便和茅盾联系，企图通过他去延安。但是，后来由于一些客观原因，没有去成。不久，至诚终于懂得了父亲的意思：他老人家的心已经向着延安了，对国民党政府已不抱有任何希望了。

思想上有了这样的进步以后，叶老以后写的文章，写的诗词，对国民党反动政府的揭露和批判就更尖锐了，更深刻了。国民党反动政府不准人们暴露他们的阴暗面，叶老就专门写了《暴露》(《西川集》)，指出"暴露的文学和言语可以遏止，可是事实既经成立，就不容抹掉，也就无法教人不知道。事实本身的存在就是一种最有力的暴露"。"粗浅的打个比喻，暴露犹如镜子的现形：是美是丑，在乎事物本身，不关乎镜子"。"暴露，我不知道为什么要不得"。国民党反动政府胡说在抗战期间不能实行民主，叶老在《纪念辛亥革命》(《中学生战时半月刊》80 期）一文中便专门讲民主："辛亥革命的日的是民主。但是经历了三十多年，咱们没有得到民主。""民主的含义，细说起来可以写一本厚厚的书；可是简单扼要的说，也不过要真正做到'人当人待，事当事做'。这是小孩子都能了解的。然而也是如今还没有做到，咱们从生活中体验到的，非赶紧起来争取不可的，争取的原因并不在乎民主的名目怎样好听；却在乎'人当人待，事当事做'之后，咱们的生活才算得上'生活'，咱们的社会才走上进步的道路。惟其如此，咱们今后的争取不能不死生以之；凡是顺应这两句话的，咱们都要推动，卫护，凡是违反这两句话的，咱们都要阻遏，反抗；直到完全实现了这两句话才歇。"1945 年 2 月 24 日，叶老又写了《踏莎行·题丁君所绘"现象图"》(《箧中集》) 对国民党反动派进行了声讨："现象如斯，人间何世！两峰'鬼趣'从新制。莫言嬉笑入丹青，须知中有伤心涕。无耻荒淫，有为惕厉，并存此土殊根蒂。愿君更画半边儿，笔端佳气如初霁。"

叶老的思想在抗日战争的动荡中前进，很有代表性。从小受着封建教育的叶老，虽然经过五四运动，五卅运动，大革命，封建思想不断受到清除；他对国民党反动派的本质也有相当的认识，对中国共产党的立场和主张更是十分同情和支持，但民族战争一来，国共又重新合作了，他的正统思想还是露了头，以为能够领导全国军民抗战的，大概还是占正统地位的国民党政府，所以一时也就把领导抗战胜利的希望寄托在国民党政府身上。难能可贵的是，即使在这种情况下，叶老也没有放松对国民党政府反动措施的批评，而当他从事实的教训中，认识到能够领导抗战取得胜利的只有中国共产党以后，他就毫不犹豫地抛弃了对国民党政府仅有的一点幻想，立即把全部希望寄托在中国共产党身上。象这样的思想转变过程，在抗日战争中不少进步知识分子都曾经历过。带着对延安的向往，带着对国民党反动派的痛恨，叶老终于渡过了生活动荡的八年，思想动荡的八年，迎来了日本鬼子的投降，迎来了抗日战争的胜利！

三

叶老自到开明书店工作，他的写作精力就主要放在有关语文教学方面，而在抗日战争时期，差不多全放在语文教学方面了。他和朱自清合作，写了《精读指导举隅》、《略读指导举隅》和《国文教学》三本书，还在《国文月刊》、《国文教学》等刊物上发表了不少有关语文教学的文章。叶老和朱自清合写的这三本书，对语文教学所提出的一些意见，至今仍不失其指导意义。

《精读指导举隅》，是专供各中学语文教师用的。书中选了六篇文章作例子，对中学教师怎样指导学生精读提出了宝贵建议。他们提出，在指导学生前，先得令学生预习，通读全文，认识生字生语，解答教师所提示的问题，写成笔记，以便上课讨论的时候有所依据，往后更可以复按、查考。上阅读指导课时也不是先生讲，学生听，而是让学生讨论，由教师作主席、评判人和订正人。为了在课堂上讨论得好，一要学生在预习的时候准备得充分，二要学生在平时养成讨论问题、发表意见的习惯。教师则听取学生的话，评判学生的话，用不多不少的话表白自己的意见，用平心静气的态度比勘自己的与学生的意见，学生有错误给与纠正，有疏漏给与补充，有疑难给予阐明。课内指导之后，教师还得把学生应做的练习工作分头说明，一要认真吟诵，求其合于规律，求其通体纯熟，二要参读与精读课文相关的文字，三要应对教师的考问。如此对学生进行精读指导，才能获得精读的效果。在每篇精读文章后面，他们还写了《指导大概》，既对教材进行具体分析，指明文章的思想和艺术精华所在，又从这篇文章出发，连带谈到这类文章的写作方法。如此指导学生精读，确能起到举一反三的作用。《略读指导举隅》，着重指导怎样略读。书中举了七部书作例子，认为要做到“指导”二字，必须做好版本指导，序目指导，参考书籍指导，阅读方法指导，问题指导五项工作。版本指导宜运用校勘学、目录学的知识，而以国文教学的观点来范围它。学生受了这样的熏陶，将来读书不但知道求好书，并且能够选择好本子。在进行序目指导时，教师不但教学生先看序文就此完事，更须审察序文的重要程度，予以相当的提示，使他们知道注意之点与需要注意力的多少。目录表示一部书的骨干，也具有提要的性质，所以如序文一样，也须养成学生看它的习惯。教师指导的时候，务须相机提示，使学生能够充分利用目录。对参考书籍的指导，则须顾到学生的能力，顾到图书室的设备，如果那书籍的编制方法是学生所不熟习的，或者分量很多，学生不容易找到所需参考的部分的，教师都得给他们说明或提示。在对学生进行阅读方法指导时，要训练学生养成阅读的优良习惯，决不能让学生胡乱读过一遍就算。无论阅读何种书籍，都宜抱着研究语文的态度。他们还对如何指导学生阅读知识类书籍、小说、剧本、诗集、古书提出了具体意见。在对学生进行问题指导时，他们提出宜取学生能力所及的问题和题目，分量多少也得顾到他们的自修时间。根据这些原则，他们对如何略读好七部书又作了具体的指导。这两本书，对教师和学生以及一般读者如何进行精读和略读，如何指导别人精读和略读，无异是登堂入室的指南。《国文教学》这本书，收辑了叶老和朱自清先生谈如何搞好语文教学的文章，偏重语文教学的“技术方面”，着重发展“一般学生了解文字和运用文字的能力”（《国文教学》自序）。正如《中学生战时半月刊》85 期所介绍的，这本书“各篇中有谈原则的，有谈方法的，都根据他们的经验，不作漫无实用的浮辞。他们所谓国文，不象有些人那样单称文言为国文。他们谈教学，双方兼顾，教的该怎样教，学的该怎样学，都有论及，不象有些人那样单就教师方面说话。教师或学生都可以从这本书得到不少的帮助”。叶老、朱自清在这几本谈语文教学的著作中提出的意见，在国民党统治下，教师食不果腹，生活困难，课程繁重，无暇钻研，是比较难于做到的。但在全国解放后，这些意见却变得切实可行了。事实上，解放后的语文教师，备课，制订教案，对学生进行阅读指导，很多方面都是按照叶老和朱自清先生在这些著作中提出的意见办的。

在《如果我当教师》和《致教师书》（《西川集》）中，叶老以他自己多年来从事教育工作的经验为基础，认真提出了如何当好教师的意见。首先，他认为，要当好一个教师，必须热爱学生。“我如果当小学教师，决不将投到学校里来的儿童认作讨厌的小家伙，惹得人心烦的小魔王；无论聪明的，愚蠢的，干净的，肮脏的，我都要称他们为‘小朋友’”。在这一态度下，“我将特别注意，养成小朋友的好习惯”；“我当然要教小朋友识字读书，可是我不把教识字教读书认为终极的目的。我要从这方面养成小朋友语言的好习惯”；“我还要作小朋友的家属的朋友，对他们的亲切与忠诚，和对小朋友一般无二”。而要当好中学教师，叶老则认为，最重要的是“帮助学生得到做人做事的经验”，而不是单纯的“教书”。“我认自己是与学生同样的人，我所过的是与学生同样的生活；凡希望学生去实践的，我自己一定实践；凡劝戒学生不要做的，我自己一定不做”，也就是身教第一。知识是要传授的，但“我不忘记各种功课有个总目标，那就是‘教育’——造成健全的公民。每种功课犹如车轮上的一根‘辐’，许多的辐必须集中在‘教育’的‘轴’上，才成为推进国家民族的整个轮子。”而且在传授知识中要教学生“处于主动的地位”。“我并不逐句逐句的讲书，我只是给他们纠正，给他们补充，替他们分析或综合”。在说到他“如果当大学教师”时，他说大学教师的主要任务是“帮助学生为学”。“我不想效学那种拳教师，决不藏过我的一手。我的探讨走的什么途径，我的研究用的什么方法，我将把途径和方法在学生面前尽量公开”。而“无论当小学中学或大学的教师，我要时时记着，在我面前的学生都是准备参加建国事业的人”，“因此，当一班学生毕业的时候，我要逐个逐个的审量一下：甲够格吗？

乙够格吗？丙够格吗？……如果答案全是肯定的，我才对自己感到满意；因为我帮助学生总算没有错儿，我对于建国事业也贡献了我的心力”。这篇文章，其实就是一份教师守则。叶老过去当小学教师、中学教师、大学教师也就是本着这一守则而身体力行的。在《致教师书》中，对如何训育学生，如何办学校，如何正确看待和处理学生看小说等问题，叶老也提出了十分精辟的意见。总之，叶老在抗战时期写的有关教育、教学问题的文章和著作，既是他多年从事教育、教学工作经验的总结，又是他过去教育思想的发展。在新中国成立后，它们都已成了我国教育界的宝贵财富。

四

叶老在抗战时期，虽然生活动荡，工作繁忙，但他仍抓住点滴空隙时间从事文学活动。一是初步总结自己的创作经验；二是撰写文学评论；三是写作短篇小说。

在《杂谈我的写作》中，叶老应中国青年写作协会之约，比较全面、系统地讲述了他的写作经过，从中总结了一些创作经验。他说："写白话要是纯粹的白话"，而"纯粹不纯粹的标准，我以为该是'上口不上口'"。他讲他在写作时，"琢磨常常在意思周密不周密和情趣合式不合式上，为了一个词儿和一种句式的选定往往停笔好久"；"我把修删工夫移到写作的当时去，写了一句就看这一句有什么要修删，写了一节又看这一节有什么要修删，写作与修删同时进行，到完篇时，便看不出再有什么地方要修删了。修删当然运用心思，可是我还用口舌，把文句一遍又一遍的默念。直到意思和情趣差不多了，默念起来也顺口了，我才让那些文句'通过'"。这里说的是他个人的写作方法问题，其实是创作态度问题。叶老在创作时是全神贯注的，几乎到了外物皆忘的程度。叶至诚同志回忆和记述了当年他父亲创作时琢磨字句和修删文稿的情景："父亲坐在书桌前面，手里拿着一支橙红色杆儿里镶边的大号自来水笔；……明亮的光线从窗户、门缝里射进来，书桌上摊着带格子的稿纸……我推门进去，只见父亲侧着头，眼睛正好对着我推开的那一扇门；准定是看到我了，他会怎么想呢？我想。可是，过了好一会儿，他还是侧着头，眼睛朝前，望着我推开的那扇门，一动也不动；倒好象并没有看到我，更好象根本什么也没有看到，……”这段记述生动地反映了叶老在创作时的严肃认真和在琢磨、修删时的专注情景。叶老对叶至诚说，写文章“不是只有一种写法，而是想出好几种不同的写法，拿来反复掂量比较，选出最好的，写到稿纸上去。他以为，如果想要把文章写得比较好一点，用这个办法，很有收效”（《跟父亲学写》，《少年文艺》1980年第5期）。其次，叶老还总结了如何构思作品的经验：“我每有了朦胧的意思，不动手就写，把它放在心头，时时刻刻想起它，使它渐渐的显出轮廓来。……想到一些细节目，都记在心上。想到之后，顺便把它安排（如这一节对于人物的描写该放在某处地方，这几句对话该让篇中人物在什么时候说出来）；……轮廓和细节目都想停当了，我才动手写。”由于叶老在构思上花费了大量脑力劳动，所以等到他动手写作时，有时竟能做到在一两个晚上就可以写成一篇优秀作品。朱自清在《叶圣陶的短篇小说》（《朱自清文集》[二]）中，曾经记叙了叶老的几篇童话构思时间颇长而写作时间较短的实际情况。叶老在《杂谈我的写作》一文里还讲了他对自己已经写成了的作品的态度：“我乐意听熟悉的几个朋友的意见，我的会心处，他们能够点头称赞，我的缺漏处，他们能够斟情酌理的加以指摘，无论称赞或指摘，我都欢喜承受，作为今后努力的路标。”叶老总结的这些经验，讲得很实在，很具体，对青年作者是很富有教益意义的。

在《以画为喻》（《西川集》）中，叶老又以画为喻，总结了他的创作经验。他认为，要搞好创作，首先要做到“真切见到”：“第一，见到须是真切的见到。……见到而不真切，实际就是无所见；……必须要把整个的心跟事物相对，又把整个的心深入事物之中，不仅见识其表面，并且透达其精蕴，才能够真切的见到些什么。有了这种真切的见到，咱们的图才有了根本，才真个值得动起手来。”统观叶老自早年写作文言小说至抗战时期的全部创作，几乎无一不是“真切见到”以后才写出的作品。《苦菜》里的农民福堂，“从小就种田，米麦菜豆都种过，都会”，但他受雇于别人后种出来的菜，“叶瓣是薄薄的”，“煮熟了尝新，味道是苦的”。叶老写了这么一个平常的故事，但他却从这个故事里“真切见到”了其中的“精蕴”：虽然他是个种田人，但却受够了种田的苦，“苦到说不出”，于是他厌恶种田，“不期然而然怠业”，种出来的也就只能是“苦菜”了。作家的这一“真切见到”。就使这个平常的故事闪耀着思想的光辉。在旧中国，人们从事什么便常常厌恶什么，但“X决无可以厌恶的地方，可厌恶的乃是纠缠着X的附生物。去掉这附生物，才是治病除根的法子”！叶老写《隔膜》，也只是因为他在生活里“真切见到”，“人与人的隔膜不是自然的，不可破的。……这一层膜，是有所为而遮盖着的；待到不必需的时候，大家自然会赤裸裸地相见。到时，各人相见以心不是相见以貌。我没有别的能力，单想从小说里略微将此义与人以暗示。……”（《给顾颉刚的信》，1921年5月30日，转引自顾颉刚为《隔膜》写的《序》）。虽然叶老“真切见到”的东西，在我们今天看来未必完全正确，但在当时他却是见人所未见，而且道出了生活中的某些“精蕴”，这正是他的作品所以在社会上产生很大反响的一个重要原因。其次，叶老认为，在创作中“要表出咱们所见到的一点东西，就得以此为中心，对材料加一番选择取舍的工夫；这种工夫如果做得不到家，那么，虽然确有见到，他还不成一幅好图”。这更是深得创作三味，叶老自己就是这样作的。在《一生》、《一个朋友》、《我们的骄傲》等作品中，作家都写了作品中的主人公的一生，不是横切面，而是纵断面。一般地说，这种写法是难以把人物写好，把画面描活的。但由于作家在“真切见到”的基础上，对材料下过一番选择取舍的工夫，精心描写了人物在几个关键时期的思想、行动和生活画面，因此还是把作家“真切见到”的东西很好地表现了出来。又次，叶老还提出，搞好创作，“得练成熟习的手腕。所见在心，表出在手腕，手腕不熟习，根本就画不成图，更不用说好图。……手腕要怎样才算熟？要让手跟心相应，自由驱遣语言文字，想写个什么，笔下就写得出个什么，这才算是熟。”文学是语言的艺术，所以叶老对文学创作提出了要能“自由驱遣语言文字”的严格要求。以后，叶老对此说得更清楚：“小说跟其他文艺作品都一样，写在纸面是文字。文学的底子是什么？是语言。语言是文艺作者唯一的武器。解除了这一宗武器，搞不成什么文艺。使不好这一宗武器，文艺也就似是而非。……文艺作者如果能够惬当的把握语言，也就是惬当的把握了感性认识跟理性认识”（开明版《叶圣陶选集·自序》）。这些经验谈，都是叶老多年从事创作所得来的深切体会，带有很大的普遍意义。此外，叶老在《能读的作品》(《西川集》)、《文艺杂谈》(《青年文艺》1卷2期，1 942年11月15日出版)、《关于谈文学修养》(《西川集》)等文章中，强调“在文艺，能读是个重要条件”，读“要达出语言的节奏跟情趣”，而“这样的读，必须文字本身是活生生的语言才行”。叶老指出，“在作品，能将方言用各地的语法写出来，即是活的国语，是能使作品生色不少的要素”。他肯定“生活在先，文学在后”，“文学是生活的源头上流出来的江河溪沟”，因此，搞创作要紧的是“一个人生活充实”。叶老在总结这些创作经验时，采取的是和青年作者谈心的方式，说得很亲切，很平易，因此很容易为读者所理解和接受。

叶老在抗战期间，曾写过许多篇文学评论。这些评论，不只指出作品的思想意义，而且深入细致地分析了作品的艺术技巧，因此对文学作者和普通读者都有很大的帮助和教益。如在《读〈虹〉》(《西川集》)中，叶老指出这是一部“以沦陷区人民跟侵略者紧张斗争为题材”的作品，“尤其可以鼓舞人心”。但它“本身是艺术品而不是宣传品”，因此叶老又着重在艺术上进行评价，肯定作者“确是结构故事的能手”，“方面很广，而头绪并不枝蔓”；分析作者如何“用由人推及己的笔法”，“写林中人受德军的虐待”；指出作者“把真实生活中种种材料加以提炼，取其精英，这是鉴识的功夫”，“又把这精英构成意境，塑造人物，这是表现的功夫”；赞美作者写人物“大多写得恰如其分”，并“随处流盈着诗趣”。在《读〈石榴树〉》(《西川集》）中，叶老通过对作品的具体分析，“说明作者描绘人物只在捉住一二要点；捉得对劲，语言多些或少些看情形而定，描出来的真是个立体的人物”；“用画来比，他的东西犹如简笔画，一条多余的线条都没有，不用说无关紧要的一搭一块了。画在上面的几笔可真不马虎，看起来好象也只是随随便便的，骨子里却钩勒得极有分寸；因而笔笔传神”。这样的文学评论，既是对作品的精美赏鉴，又是对青年作者的绝妙指导。

叶老在抗战中写了《皮包》（载《新中华》复刊第1卷第5期）和《西川集》中的几篇小说，数量不多，但都是一些精品。

叶老在抗战时期写的几篇小说，着力塑造了几个具有强烈民族意识的、富有正义感的、各具个性的人物。《我们的骄傲》(《西川集》)中的黄先生，在抗战前是一个忠于职守，热心教学，循循善诱，对人对己都严格要求的教师。抗战后，他办理收容难民的事情。家乡沦陷后，有人劝他搞维持会，他拒绝了；伪县政府成立了，请他当常务委员，伪省政府成立了，请他当教育厅科长，他坚决不干。为避免麻烦起见，他就在上海一个女校里担任两班国文。但是，上海的什么政府又送来了一份聘书，请他当教育方面的委员，月薪两百元。看来，躲避这些汉奸们的纠缠是躲不开的，于是他决定出走。他“宁愿挤在公路车里跑长路，几乎把肠子都震断”；他“宁愿伏在树林里避空袭，差不多把性命和日本飞机打赌”；他“宁愿两手空空，跑到这儿来，做一个无业难民”；因为他“不能象他们一样胡胡涂涂的，没有一点儿操守”。在这一大义凛然，持节严正的老人形象中，叶老倾注了他的喜悦和爱戴。“我们有黄先生这样一位先生，是我们的骄傲!”这是作品中戈君的话，其实也是叶老的话。《邻舍吴老先生》(《西川集》)中的吴老先生，则是另一种类型的个性狷介的爱国者。只因为从沦陷区来的表侄讲了家乡“秩序还不错，地方上跟日本人处得很好，日本人常常说，你们这儿的人才是最出色的中国人”这么一句话，他就气得不想说话了，“决意做迁川第一世祖”，再也不愿回乡，和“最出色的中国人，日本人口里评定的”“一伙儿住”了。原先他见着太阳总不忘晒他的手提皮箱，只怕动身日子一到，为此耽搁，此后“太阳虽好，再没见他晒他的手提皮箱”了；原先他种着两盆石斛，说“回去的时候一定要带着走”，“现在也不再说了”。他真的下决心在四川长住下来了，买了两棵橘树种在院子里，不管橘树要过七八年才能开花，十来年才能结果，因为他痛恨家乡“其俗柔靡，人轻节义……”。吴老先生和黄先生一样的爱国，但他却是另一种性格，嫉恶如仇，狷介高洁。这两个老人，黄先生似竹，吴老先生似橘，写得都使人可敬可爱。《辞职》(《西川集》)中的刘博生则是一个小公务员，在一个财政机关里当会计。他“年纪轻轻，不声不响，每天八个钟头的办公时间内，不写私信，不看小说，总是弄那些阿拉伯数字，拨他的算盘珠儿”，是个循规蹈矩的会计员。他那所里新调来一个主任，发现所里有八十几万的积余，提议分二十万给刘博生，其余归他占有，“只要帐目做得仔细”，“神不知鬼不觉的”。刘博生尽管生活很困难，还是拒绝了这个提议。他“也不是怕坏了声名，也不是怕吃官司，只觉得做了就如落在一个深坑里，一辈子也爬不起来”。后来主任催他，“言语之间带着威胁的意味”，他也没有答应。最后他决定辞职。他也知道他这么做并不彻底，“不过我总算对他表示了抗议”；“同时，我也代表了许多的人警告了他。他不要以为有麻雀子的地方尽是些与他一路的货色，要知道比较正派的人到底还有，譬如我。”刘博生的社会地位不如黄先生和吴老先生，他也没有象他们那样表现强烈的民族意识，但在抗日战争中，他在国民党统治区贪污横行的恶劣环境下，却能守正不阿，做一个正派的人，也还是不容易的，值得歌颂的。《春联儿》(《西川集》) 写了一个车夫老俞。他的小儿子“胸口害了外症”死了，“把两口猪卖了买棺材”。“那两口猪本来打算腊月间卖，有了这本钱，他就可以做些小买卖，不再推鸡公车，如今可不成了。”他的大儿子在前方打仗，他写信告诉儿子弟弟死了，但是“打国仗的事情要紧，不能教你回来，将来把东洋鬼子赶了出去，你赶紧回来吧”。他说“第一要紧是把国仗打胜，旁的都在其次”。这是一个生活在最底层的劳动者，但却深明大义，把抗战放在第一位。作品中的“我”给他送了一副春联儿：“有子荷戈庶无愧为人推毂亦复佳”，经别人讲解后，他高兴地说：“好，确实好，切，切得很，就是我要说的话。有个儿子在前方打国仗，总算对得起国家。推鸡公车，气力换饭吃，比哪一行正经事业都不差。”无论是黄先生、吴老先生，还是刘博生、老俞，他们都是中华民族在抗日战争中的脊梁。因此，叶老在抗战期间仅有的几篇小说中，全心全意地、满腔热诚地歌颂了这些民族的脊梁，为他们一个个塑像。后来，叶老在《无名英雄铜像》(《开明少年》创刊号，1945 年 7 月）中写道：“这样的铜像纪念什么人？想来谁都会立刻想到是纪念抗战的大众。直接与敌人对垒的固然是士兵，士兵而外，贡献出所有的心思和力量的人，他们同样的志在消灭敌人，争取胜利，他们和士兵是一体，他们也是士兵。”黄先生，吴老先生，刘博生，老俞，也就是抗日战争中的无名英雄。在歌颂抗日战争中光明面的同时，叶老也深刻揭露了国民党统治区里的黑暗面。《皮包》中的那个国民党机关，工作人员无所事事，玩忽职守，但是当科长丢失了一个皮包后，整个机关都忙得手忙脚乱，闹得天翻地覆，后来皮包找到了，里面装的尽是污七八糟的东西。叶老写《辞职》，既称颂了刘博生这样的正直、守职的小公务员，也对国民党统治区流行的贪污现象提出了抗议。

这几篇小说，篇幅都不长。叶老在塑造这些人物时，主要采取用人物的语言、行动来展示人物性格的手法。《我们的骄傲》中的黄先生，在讲到家乡搞维持会的那些人时，愤慨地说："这些人都是你们熟悉的，都是诗礼之家的人物，在临到试验的时候，他们的骨头却酥融了。我现在想，越是诗礼之家的人物，仿佛应着重庆人的一句话，越是'要不得'！"这段话语，充分表现了黄先生的民族意识，正义性格。《邻居吴老先生》写吴老先生决定做迁川第一世祖后，"改变了不出门的习惯，正月初七游草堂，春二三月青羊宫赶花会，四月初八望江楼看放生，有什么应景的名目他都要去看看。回来时就气呼呼地躺在廊下那张竹榻上，见着我或是他的儿子，往往说，'成都却也不错，成都确也不错……'"这些行动，这些语言，画龙点睛地写出了他和家乡那些被日本人称为"最出色的中国人"的决绝，表现了他立意做迁川第一世祖的决心。从这些描写中看出，当年朱自清先生指出叶老不擅长写人物对话的缺点至此已经克服。而且在写人物对话时显得非常得心应手了。

这几篇小说中"我"的形象值得注意。作品中的"我"本来并非作者自己，但在这几篇作品中的"我"却常常表现了作家对人物的评价。《邻居吴老先生》更称作品中的"我"为"叶先生"，因此我们不妨把这几篇作品中的"我"看作叶老。这几篇作品中的"我"，是一个正义、耿直、热情、和蔼、助人为乐、嫉恶如仇的人。他和作品中的人物一起爱，一起憎，一起痛苦，一起欢乐，且对作品中出现的人物作出肯定或否定的评价。这些作品中的"我"的形象，使我们对抗战中的叶老有了更加深切的理解。

（选自《叶圣陶评传》，1981年10月百花文艺出版社）

《抗战八年木刻选集》的诞生

叶至善

7月11日

午刻，木刻家陈烟桥、李桦来，他们全国木刻协会将于本年“九·一八”开一展览会，表示木刻历年来之进程，并从展品中选择百幅，印成一册以资流通，此册拟交我店出版。我答以大致可以接受，详细办法待商酌。

7月13日

陈烟桥来，谈出版木刻选集事大体说定。俟渠将选稿送来，即可制版。

7月19日

汪刃锋来，谈木刻选集事。

7月23日

饭后李桦送木刻稿五十一幅来，与讨论木刻选集之印刷装订等项。

7月26日

李桦来，续交木刻五十幅。

7月29日

下午李桦来，与订木刻选集之契约。

8月10日

为木刻协会改木刻选集之序文。

8月12日

改木刻协会之序文竟。

8月15日

为木刻选集之作者小传润色。

8月19日

竟日排比木刻作者小传，致肝阳上升，颇不舒服。

9月15日

至钱业公会，观抗战八年木刻展之预展。我店所印《抗战八年木刻选集》今日始装成，即送至会中。此集余为改稿，托人译为英文，锡光主持交排交印，用心用力至一个月以上。今日一编入手，尚称可观，为之欣慰。

这一份《抗战八年木刻选集》出版工作进程表，是我从父亲1946年的日记中摘出来的。这一本硬面精印的大型画册，从开始接洽到装订成书，只花了两个月多一点儿，如果从稿齐算起，只有五十一天，进度之快，效率之高，现在简直难以想象。当时开明没有一个专搞美术的编辑，更不用说什么“美编室”“设计科”了，竟能够接受中华全国木刻协会的委托，不但没有失约，按期完成了从编辑到印制的全部工作，而且在印制方面作出的努力达到了当时的最高水准，这种力求上进的事业心，现在看来还值得称道。所以说起这本木刻选集，我不免有点儿夸耀的口吻。

那年7月11日，陈烟桥、李桦二位到福州路开明书店来找我父亲。我父亲当时主管编辑部的工作，听他们把情形说了，就回答“大致可以接受”。“接受”是他的意愿，加上“大致可以”，表明还得跟店里的同人商量一下才可以作肯定的答复。这些意思没有记在日记上，从他给这本木刻选集写的序言中可以看出他是愿意接受的。他在序言中说：“由于所处的国度和所值的时代，木刻作家与文艺作家一样，一贯表现着反帝反封建的精神。从正面说，一贯表现着争自由的精神。”他赞扬了木刻作家在抗战八年中的努力，说他们的作品表露了“对于敌人的憎恨，对于受苦难者的同感（不是同情），对于大众生活的体验，对于自由中国的希望”。1946年7月，这是反内战、要民主运动正处于高潮的时刻，需要的正是这样的作品，应该尽快地让这样的作品扩大“流通”。另一方面，我父亲也估计到出版这样一本画册，开明是办得到的，店内店外有足够的力量可以调动。

工作得抓紧做，木刻选集一定要赶在9月18——展览会开幕之前出版。所以第三天——7月13日——我父亲就跟陈烟桥把出版这本选集的有关事务“大体说定”了。这样爽快地作出回答不靠我父亲一个人，是开明书店许多同人的共性的表现。当时开明的编辑部只有一大间屋子，十来个人眼睛鼻子挤在一起，有什么动静彼此都知道。那天陈、李二位一走，不待我父亲说什么，大家就议论开了，都说这本木刻选集非接受不可。因为大家早就听说，这次木刻展览将要展出从边区来的大量作品，上海的群众由于对“自由中国的希望”，都在拭目以待。出版这样一本木刻选集，让没有机会到会参观的人也能看到边区的有代表性的一部作品，不正是我们这些出版工作者应尽的义务吗？议论立刻从四楼编辑部传到二楼出版部。开明自己没有工厂，制版、印刷、装钉一向由几家厂家承包。主管出版工作的唐锡光先生估计了各个厂家的能力和效率，认为困难虽然很多，还是可以克服的。在这样的气氛中，经理部门也没有异议，虽然知道成本不小，还得担点儿风险。连一个“碰头会”也没有开，事情就决定了，这样顺当，现在看来也是难以想象的。

又过了十天，7月13日，李桦再来看我父亲，这本木刻选集的内容和形式就基本上定下来了。这里用了一个我不爱用的“基本上”是有缘故的。因为印制方面有许多细节当时没有想周全，后来在工作的进程中曾经作了不少的修改和补充。那一天我父亲跟李桦谈定的大致有下面几项：木刻选集出精装和平装两种本子；图用锌版直接印刷，使效果尽可能接近于木版拓印；纸用重磅米色道林，只印一面，怕两面印背面的油墨会透过来；为了便于“流通”到国外，所有汉文——从封面上的书名到最后的《作者简叙》——都要有英文的译文，如此等等，不一一细说了。

8月10日，我父亲就投入了木刻选集的编辑工作。从前面的日程表看，修改木刻协会的序文——《中国新兴木刻的发生和成长》——就花了三天功夫。其实不然，在这三天里我父亲还做了许多别的事，日记上记着不少，我没抄下来。原来的工作照常进行，并没有因此而打断。改完了木刻协会的序，我父亲还自己写了一篇序，在日记上漏记了。英文书刊的编辑把两篇序文译成英文，由我父亲把译稿连同原稿寄给吕叔湘先生，请他审阅。吕先生审阅既精细又迅速，很快就寄回来了。时间紧迫，得赶，可是赶不等于容许马虎。木刻选集将会产生什么影响，大家心中都有数，如果出得马虎，岂不辱没了开明认真踏实的一贯作风。

工作的另一个重头在出版部，那儿早就忙起来了。因为没有“美编室”和“设计科”，开明的出版部不光安排生产，检查成品，小至标定图版的尺寸，大至设计封面装帧，也都是出版部的工作。对于画册来说，最主要的工作也就是这些。唐先生有他自己的工作方法，以装帧设计为例，他先把要求和设想告诉装钉科，请他们说应当怎样做才好，商量停当之后就请他们装一本样品来看看。样本送来了，他请大家提意见，然后跟装钉科说明还得在哪些地方作怎样的改动，请他们再装一本来看看。这样做符合实践的规律，并没多花多少功夫，而收效比较显著。再说精装本的封面，中文书名原先用红色油墨压印，看着有反光，大家不满意，才改用红粉压印；中间那幅图片先用黑色油墨压印，看着图往下凹，显得欠精神，才改用一般的方法来印。类似这样的小改小动，记不清有多少处。

还有个创举不得不提一下。任何画册，每一幅画下边都印着画题和作者的姓名，这本木刻选集却不这样办，因为找不到一种字体跟一百幅木刻画的刀法都相配称，最后决定索性不印。不标明画题和作者，读者每看一页得翻一下前面的目录，不是太不方便了吗？为了解决这个问题，给选集加了一张书签，书签上也印上目录。读者看到哪一页，书签夹在哪一页，就跟画题和作者的姓名印在画幅下面一个样。

大家忙了一个多月，这本木刻选集终于在展览会开幕前四天出版了。我父亲在 9 月 15 的日记上记着：“今日一编入手，尚称可观，为之欣慰。”可观的当然不仅是形式，主要还在于内容。在抗日战争那八个年头里，中国分成了三个天下：一个是敌占区，一个是国统区，一个是中国共产党领导下的各个边区，包括各个敌后根据地。在这本木刻选集中，三个天下成了鲜明的对比。敌占区一片凄惨景象，敌人烧杀掳掠，人民颠沛流离，在画幅中都着重地反映出来了。国统区是什么样子呢？贫穷，饥荒，劳役，抓丁，大家虽然已经熟悉，看了画幅还是触目惊心，这种情形无论如何决不能容它继续下去了。共产党领导的边区完全是另一个样子，生产，学习，练兵，歼敌，一片振奋人心的兴旺景象。尤其是政府和人民之间、军队和人民之间的和谐一致的气氛，在当时的国统区真是做梦也没想到过。“对于自由中国的期望”，不就在那个地区吗？想到这本木刻选集将会在读者中起什么影响，我们参与出版工作的人都感到欣慰，因为所用的心，所用的力，都会得到如愿的报偿。

1982 年 5 月 12 日

（选自 1982 年 8 月 22 日《新文学史料》第 3 期）

叶圣陶语文教育活动七十年

顾黄初

八十八岁高龄的叶圣陶先生，从事语文教育工作已经整整七十年。

叶圣陶，作为我国现代文学史上著名的作家、“文学研究会”的重要成员，他的创作思想、创作道路以及在艺术上所取得的成就，早就为新文学史家们所注意。有关这方面的研究，尽管还有待于进一步深入和开拓，但毕竟起步早，著述多，成绩也显著。而作为我国现代文化史上杰出的教育家、出版家，毕生从事语文教育的实际工作和理论研究的学界巨擘，他所进行的苦心探索，却至今还很少有人去作比较系统的研究。其实，这后一项工作，对于全面认识圣陶先生一生的事业和成就是十分重要的。尤其是在语文教育方面，圣陶先生的实践经验和理论观点，对我们后学者来说，更是一份极其珍贵的财富。收集、整理和科学地总结七十年来积累起来的这份财富，应是我们的责任。

一

叶圣陶一生在语文教育方面的贡献，可以分三个历史阶段来考察，即：早期的教学实践阶段、中期的编辑著述阶段和后期的组织指导阶段。这三个阶段延续至今整整七十年；而其中早期的教学实践活动，乃是后两个阶段全部活动的基础。

1911 年夏天，圣陶先生毕业于苏州公立中学校（原名草桥中学），后因家庭经济困难而未能升学。第二年，即 1912 年，偶然得一机会，到苏州干将坊言子庙初等小学校任二年级国文教员，从此开始了他的“粉笔生涯”，直到1931年进上海开明书店专任编辑为止，前后将近二十年。这就是他的早期教学实践阶段。

在这将近二十年的岁月中，前十年在苏州和上海一些初等和高等小学工作。其中工作时间最长、对他影响也最深的，是1917年春任教的角直高小（即吴县县立第五高等小学校）。后十年，从1921年起，在中学和大学里担任国文课的教学。尽管其间因文名而曾被邀去商务印书馆编辑《小说月报》和《妇女杂志》等达八年之久，但教书的“兼务”始终未丢。先在上海吴淞中国公学，后应朱自清之约，同去杭州，在浙江一师工作。不久，又应谢六逸、郭绍虞、蔡元培、杨贤江等友人的邀约，先后在北京大学、上海复旦大学、神州女学、福州协和大学、上海大学、立达学园等大、中学校任教。后来他在回顾这段生活时曾说，从1921年开始到进开明书店，他先后“在五处中学、三处大学作教员，教的都是国文”。这就是他早期教学实践阶段后十年的实际情形。

圣陶先生在这个阶段中的教学实践活动之所以重要，是因为：

第一，在这将近二十年的教学实践中，从幼稚班、初小、高小、普中、师范以至大学预科、大学本科，自低到高各个学段的国文课程，他都教过，因而熟悉了一般人从孩提时代起学习和掌握语文工具的某些规律，领会了各个学段语文教学在内容和方法上的区别和联系，对语文教学的全过程获得了比较全面也比较深刻的体验和认识。

其次，在这一阶段中，他因实践的需要，广泛地接触和吸取了当时从国外传入的一些先进的教育思想和教育方法。正如他自己所说：“职业的兴趣是越到后来越好，这因为后来的几年中听到一些外来的教育理论与方法，自家也零星悟到一点，就拿来施行”（《过去随谈》）。当时，传播新的教育理论的杂志，先有“商务”朱元善主编的《教育杂志》。这个杂志，“办得相当有生气，因为它及时介绍欧美新的教育学说，教育改革情况”，而“读者以中学或师范学校的老师为多”（茅盾《商务印书馆编译所生活之二——回忆录［二］》，《新文学史料》第二辑）。此外，还有革新后的《新青年》和由北大学生编辑出版的《新潮》等，以资产阶级民主主义的教育思想为武器，批判和抨击了统治中国几千年的封建旧教育。而在“五四”以后不久，西方一些资产阶级的哲学家、教育家，如罗素、杜威、孟禄等人，相继来华，宣传他们的哲学观点和教育理论。杜威夫妇还到苏州作过多次讲演，圣陶先生特地从吴县赶到城里听讲。所有这些，对于年轻而敏感的圣陶先生来说，犹如在憋闷的屋子里吹进了一股沁人心脾的风，不但使他增添了职业上的兴味，而且在“施行”这些新的教育理论和方法的过程中，获得了探幽览胜般的快慰和满足，从而逐步形成他自己的教育思想体系。

再者，在这个阶段中，他还结识了一批才华出众、志趣相投的青年学者，其中许多人成了他后来从事编撰工作的热心赞助者和合作者。如丐直五高时期的王伯祥，上海中国公学时期的朱自清、周予同、刘延陵，浙江一师时期的夏丏尊、陈望道、丰子恺，以及顾颉刚、郭绍虞等等。他们之间，不仅在当时彼此过从甚密，而且由于性情和志趣的投合，后来一直在语文教育的研究和编著工作中相互切磋，共同合作，为“五四”以后直到新中国建立这整整三十年中的文化教育事业作出了重要贡献。

此外，也许应该说是最重要的，就是通过这一阶段的“粉笔生涯”，圣陶先生对于旧中国少年儿童身心不得健康发展而广大教员特别是中小学教员社会地位卑微、物质生活低下的严酷现实及其社会根源，有了越来越深切的感受和理解。他在借文学手段以反映这黑暗现实的冷酷、自私和不平的同时，更加增进了对儿童、对青少年一代的深情厚爱，更加关切着教师们的遭遇和命运。因此，孩子们的需要和教师们的渴求，就成了他决定自己生活目标、考虑自己工作内容的两个最基本的出发点；而这，恰恰构成了他作为一个杰出教育家的最重要的本质特色。

二

1931年初，圣陶先生应好友章锡琛之请，离“商务”进“开明”，在那里同夏丏尊、王伯祥等人主持编务，其间几经战乱，流离颠沛，备受艰辛，但始终没有离开自己的岗位，直到1949年新中国成立，历时也近二十年。在这一阶段中，他尽管也曾在后方一些大中学校兼过课，但其主要精力几乎都集中在编撰工作上面，所以概言之，这是他中期的编辑著述阶段。

为中小学提供一套既能体现时代精神又能符合青少年的心理特征和学习规律的理想的语文课本，这一直是“五四”以后有志于革新语文教学的有识之士的迫切愿望，圣陶先生当然也不例外。但课本的优劣决定于选文，而要真正从浩如烟海的文章之林中选出符合要求的范文来，又难乎其难；最理想的办法是编辑者们自己确定标准、自己动笔来撰写。然而这是一项十分浩繁的工作，功力不足者无法写，文坛高手又往往不屑写，所以理想始终不过是理想。圣陶先生进了开明书店、同许多志同道合的挚友携手共事之后，决心撒开手来为理想种子的萌发而辛勤耕耘。他的第一个目标就是亲自动手撰写一部小学国语课本。从 1931 年起到第二年夏，他每天的生活内容，除了看稿、校排样以外，就是撰写这套课本中的文章。后来他回忆说：“在 1932 年，我花了整整一年时间，编写了一部《开明小学国语课本》，初小八册，高小四册，一共十二册，四百来篇课文。这四百来篇课文，形式和内容都很庞杂，大约有一半可以说是创作，另外一半是有所依据的再创作，总之没有一篇是现成的，是抄来的”（转引自商金林《叶圣陶年谱[初稿]上辑》）。对于这四百来篇创作和再创作，他不但十分珍视，而且高度负责。在课本出版的当年，他就满怀深情地说：“我最近一年写了一部《初级小学国语课本》，销行起来，数量一定比小说集子多；这倒是担责任的事，如果有什么荒谬的东西包含在里边，贻害儿童实非浅鲜。”（《随便谈谈我的写小说》）这套课本出版以后，深受师生欢迎，十余年内竟印了四十多版次。作为当时一个名噪文坛的作家，亲自握管为少年儿童撰写成套的语文课本，在中国现代文化教育史上，除了圣陶先生，恐怕是并世无二人的了。

在中学语文课本的编制工作上，历来存在着文言、语体的主次分合之争。圣陶先生根据他的教学经验和凭借他在教改道路上的探索精神，曾经同他的合作者们作过多方面的试验。

1935 年“开明”出版的《国文百八课》，是叶圣陶和夏丏尊依据他们“往日教学的经验和个人的信念”（该书“编辑大意”）编成的一套富有特色的初中语文课本。全套共六册，每册十八课，合计“百八课”。主要特色是：一、文言、语体混合编制，而以语体文为主。在语体文中，除了选编五四以来新文学创作中的佳品外，还收录了一些国外名著的优秀译作。二、打破了历来课本选文各不相关、毫无系统可寻的传统编辑模式，而创制了一种尽可能体现语文教学科学顺序的编辑体例。编者把初中阶段的教学内容归纳成一百〇八“课”（即单元），每“课”有明确的教学目的；根据这个教学目的写一段“文话”，选编两篇课文作示例；选文后面安排“文法或修辞”，从选文中取例，同时保持着知识本身的系统性；最后有“习问”，就本“课”涉及到的知识提出值得思考或应该复习的问题。“文话”、“选文”、“文法或修辞”、“习问”这四项，都服从于本“课”的教学目的。如此循序渐进，跨过一百〇八步台阶（即“百八课”）而到达一个预定目标，形成一个编者认为具有一定科学性的、完整的初中语文教学体系。

四十年代中、后期，圣陶先生在中学语文课本的编制上更加明确地倾向于文言、语体各成体系。1946 年出版的初中用书《开明新编国文读本》（甲种——语体，乙种——文言），以及 1948 年出版的高中用书《开明新编高级国文读本》和《开明文言读本》，就是他们试行文、白分别编制的、具有代表性的两种。

《开明新编国文读本》甲种本共六册，每册选语体文二十篇，合计一百二十篇。从这套课本可以看出，圣陶先生对语文教学目的任务的理解，这时又有了新的发展。首先，更加重视了课文的内容的进步性和知识的广泛性，使课本能真正发挥锻炼思想、陶冶性情和扩大视野的积极作用。其次，坚持了课文在形式和技术上的示范性和多样性，使学生能从多方面去学习和掌握语文工具，以适应实际生活的需要。此外，对选文中某些文字上有缺陷、内容上有疏漏的作品，选收时或“加上了修润的工夫”，或在选文后面的思考题中直接指出其疵病所在，以引起学生的注意和深思，务使选文能更好地发挥示范作用。这在教科书的编辑史上是个创举。

《开明文言读本》拟编六册，实际上只编出三册。由于成书较晚，因此，较为完整地体现出了编者们在中学文言文教学方面历来的观点和主张。一、在第一册卷首编写了一篇“导言”，把文言的性质和古汉语的基础知识（包括近二百个常用文言虚词的例释）作了比较扼要的概述，供学生自学、翻检。二、选文按古字古义的多少，即文字的深浅程度编排。只要文字深浅程度相近，先秦的韩非和现代的鲁迅可以编排在一起。三、选文不局限纯文学作品，以议论、记叙、说明、描写、抒情等各种表达方式为基础，尽可能选收各类实用性文章。四、在各册的编制上，坚持先具体解说后概括提示的原则，使学生得以逐步丢掉“拐棍”而提高独立阅读的能力。五、努力编好“讨论与练习”，把文章的立意、布局、技法和语言运用等方面的特色同作者一贯的文风、时代的特征、地方的习俗、典章制度的演变等融合在一起，进行扼要的评述和启发式提示。这里，既体现了编者精深的学力，又凝聚着编者可贵的心血。

圣陶先生参与编撰的这些课本，在“正统派”的眼里无疑是左道旁门；然而正是这些课本，无论在内容上、在编制体例上代表着我国语文教学改革的方向，因此，一旦出版，就不胫而走，受到进步教育界的广泛重视。当时有人曾这样称赞说：凡是读过“开明”出版的这些国文读本的人，“回想起自己学语文的经历，象走了许多弯弯曲曲的冤枉路猛回头来发现一条直路一样”（王石泉《介绍开明国文教本》，《国文月刊》第七十八期），会感到豁然开朗。

在这个阶段，圣陶先生还撰写过大量有关语文教育的专著。其中除了《国文教学》一书收集的全是他和朱自清先生关于语文教材教法的研究论文外，其余大多是结合读写实践向青年学生（包括一部分教师）讲授语文基础知识和读写技能的文章。这些著作，特别是其中的《作文论》、《文心》和两部阅读指导《举隅》，分别在二十年代、三十年代和四十年代的青年读者中产生过相当深广的影响。

《作文论》出版于 1924 年，是“五四”以后较早的一部专门论述作文规律的学术著作，在现代文论史上具有重要的地位。全书共十章，对作文的本质、作文与生活、作文的基本章法以及诸种表达方式等等，作了言简意明的阐述，打破了过去封建士大夫一贯宣扬的作文神秘论，给初学者指明了一条学习写作的正确道路。圣陶先生当时已是文坛名手，所以《作文论》中渗透着他从丰富的创作实践和教学实践中获得的体验和感受，持论坚实，举例精当，读来使人感到既亲切平易又恰中肯綮；后来的同类著作少有不受到它的影响的。

《文心》是一部用小说的体裁来讲述语文知识的课外辅导读物，写成于1933年，系与夏丏尊先生合著的杰作。叶、夏二老在语文教育方面，志趣和观点相近，又同在“开明”合编《中学生》杂志，深感有必要把读写基础知识用一种引人入胜的方式向青年学子作综合性的讲授；又因为要适应《中学生》杂志按期连载的需要，不能不采用一章一个中心的结构方法，于是便形成了《文心》的独特的写法和格局，即：“用故事的体裁来写关于国文的全体知识。每种知识大约占了一个题目。每个题目都找出一个最便于衬托的场面来，将个人和社会的大小时事穿插进去，关联地写出来。通体都把关于国文的抽象的知识和青年日常可以遇到的具体的事情溶成了一片。写得又生动，又周到，又都深入浅出”（陈望道《文心·序》），成为语文辅导读物中“一部空前的书”（朱自清《文心·序》）。它自1933年初版至1949年，前后十六年，竟出了二十二版，这在我国现代出版史上也属罕见。以后，曹聚仁写《粉笔屑》、蒋伯潜写《字与词》和《章与句》，均仿《文心》笔法，但都由于琐碎而缺少新意，不再为学界所注意。

《精读指导举隅》和《略读指导举隅》是两部“专供各中学国文教师参考用”（该书“例言”）的教学指导书。在“精读”之外，把“略读”也列入正式课程，由教师给学生以切实的指导，以扩大学生的知识领域，提高学生独立阅读成本、成套的书的能力，这是圣陶先生一贯的主张。为了让“精读”和“略读”的教学能真正提高效率，在战乱频仍的四十年代初期，他同朱自清先生合作编写了上述两部著作，把自己多年积累起来的读书经验和写作体会，毫无保留地贡献给了教育界同仁。当时就有人称赞说，叶、朱二氏的这两部著作，决不是普通的教学指导书，而是具有较高学术价值的专著、专书的研究论文集。这话决非过誉，因为在这两部著作中确实倾注了这二位治学严谨的著名学者对青年学子的满腔热忱和他们研究有素的独到见解。

在这个阶段中，圣陶先生还主持或参与编辑了十余种杂志。其中关于教育方面的，主要有两类：一类是面向青少年，旨在增进其品德修养、扩大其知识领域的，如《中学生》、《开明少年》等；一类是探讨语文教育问题，并给在学青年指点语文学习门径的，如《国文月刊》、《国文杂志》等。这些由圣陶先生心血浇灌的杂志，分别在社会教育和学校教育两方面发挥过积极的推进作用。

《中学生》创刊于1930年1月。1931年2月起，由圣陶先生主持编务。自那时起直至抗日战争期间，这个杂志几乎成了国内广大中学生“不可一日不见君”的良师益友。当时的青少年之所以欢迎这个刊物，是因为它确实具有鲜明的特点：一是综合性。对于中学生来说，它仿佛是一部分期出版的小型百科全书。各科知识，凡属应有，几乎尽有。二是知识性。杂志配合中等学校各科教学以及时代需要，设置各种专栏，向青少年介绍多方面的知识。三是趣味性。杂志力求图文并茂，注意排版、装帧的活泼精美，更讲究文字的生动有趣，引人入胜。四是栽培性。这一点特别值得重视。圣陶先生主编这一本杂志，归根到底是为了培养和教育青年一代健康成长，因此在指导思想上力求把它办成青少年自己的园地，使编者、作者和广大青少年读者之间建立起一种牢固的精神联系。每期开首的“卷头言”，就是一项创造，编者通过它直接同年轻读者亲切谈心，每期三至六题，由于评述的问题中肯而及时，针对性强，态度又恳切坦率，在读者中起着极好的教育、鼓舞和指导的作用。

在抗日战争的艰苦年代，大后方出现过两种以探讨语文教育问题为主要任务的杂志，一种是《国文月刊》，1940 年出版，抗战胜利后移至上海发行，直到1949年8月才停刊，延续近十年，影响较大。圣陶先生是该刊主编。这个刊物的宗旨在于“促进国文教学以及补充青年学子自修国文的材料”，“抱有提高青年学子的国文程度的宏愿”（该刊创刊号“卷首语”），而从实际发稿的内容来看，则偏重于大学、中学国文教学问题的研讨和一些学者的学术研究成果的交流。另一种就是圣陶先生自己在桂林创办的《国文杂志》，出版于抗战后期。抗战结束，该刊停办，前后断断续续共出了十六期，可见这是在十分艰苦的道路上挣扎着的一本刊物。该刊的宗旨是“提倡国文教学的改革，同时给青年们一些学习方法的实例”（《发刊辞》）。发稿的实际情况是符合编者的初衷的。一些专题论文，不独传授知识，而且指点方法，如朱自清的《怎样学习国文》、朱光潜的《研究诗歌的方法》就属此类；从学习者的需要出发来探讨语文教学的内容和方法，少有脱离实际、陈义过高的文章，如朱自清的《论朗读》、叶圣陶的《谈语文教本》、叶苍岑的《对中学生谈学习国文》等等，就是密切结合教学实际、针对中学生需要立论的好文章。此外，圣陶先生还通过“编者按”的方式，与读者直接交换意见，使读者在十分亲切的氛围里得到多方面的启示和教益。

西方谚语说，辛勤耕耘者，终将获得累累硕果。圣陶先生在旧中国阶级矛盾、民族危机空前严重的年代，尽管饱经颠沛流离的战乱之苦和民不聊生的劫后之难，可始终不肯放下手中的这支笔，为培育年轻一代勤奋工作。他所编著的大量刊物、课本和其他语文辅导读物，就是这位劳苦的耕耘者给国家和民族献出的累累硕果；这些果实超越了学校教育的时空条件的限制，在全社会发挥了作用，以致目前知识界五十岁上下的人中，很少有人没受过圣陶先生直接、间接的教益，很少有人没读过圣陶先生编著的那些读物。被誉为一代宗师，圣陶先生确实当之无愧。

三

从1949年新中国成立前夕起，直到粉碎“四人帮”以后的今天，是圣陶先生在一个全新的社会政治环境中对祖国的语文教育工作进行组织、推动和理论指导的阶段。

1949年春天，圣陶先生怀着对党的无限敬仰和对发展祖国文化教育事业的无限热忱，响应周恩来总理的召唤，从上海转道香港到达北京，担任华北人民政府教育部教科书编审委员会主任委员。新中国成立以后，由于党和人民的信赖，他又出任中央教育部副部长和中央出版总署副署长，为发展新中国的教育、出版事业肩负起更加重大的责任。

在新中国成立之后的三十多年间，圣陶先生虽然没有直接在大、中学校任过课，也没有亲自主编过教科书和语文杂志，但是由于党托付的重任和社会主义制度提供的优越条件，他在语文教育领域里的贡献，无论在广度上或是在深度上，都远远超过解放以前的几十年。

先从广度上说。把广大干部、群众的语文程度迅速而普遍地提高一步，是建设社会主义物质文明和精神文明的必不可少的条件，党在新中国诞生的最初年月，就对此予以高度的重视。在旧时代，圣陶先生也曾深望自己的国家能人人有文化，个个讲文明；但在那时，这只能是个虚无飘渺的梦。现在，优越的社会主义制度为实现这个梦想提供了可能性，其内心的欣喜为何如，不难想见。1950 年，党中央向全党全民提出了“正确地使用祖国的语言，为语言的纯洁和健康而斗争”的号召，身负领导责任的圣陶先生为实现这一战略任务而奔走呼号，不遗余力。作为推动这项活动的积极措施之一，是他动员和支持吕叔湘、朱德熙合编一套《语法修辞讲话》，从 1951 年 6 月起在《人民日报》上连载，这对普及语言基础知识产生了深远的影响。接着，他又为汉字改革和汉语规范化，做了大量的组织、宣传和推动工作；并在此基础上，进行了普遍的社会调查，提出了“努力改进文风”的要求，呼吁社会各界，特别是语言学专家们“共同讨论怎样改进文风”的问题，务使人们说话、写文章都能有正确的立场观点和良好的语言习惯。圣陶先生在党的直接关怀和支持下所进行的这一系列工作，对于提高我们全民族的语文程度具有重要意义。

再从深度上说。“系统地进行革命思想教育，使国文教学完全合于人民的要求”，这也曾经是圣陶先生梦寐以求的愿望；新中国的诞生为圣陶先生实现这一愿望提供了充分的条件，使他有可能把自己几十年来从事语文教育研究工作所积累起来的丰富经验贡献给人民，促进语文教学改革的深入展开。

早在新中国成立前夕，为了编制全国范围内使用的教材，当时华北人民政府教育部责成教科书编审委员会，对中小学各科教学问题进行讨论。圣陶先生是该会的主任委员。他首先建议把“国文”或“国语”的学科名称一律改为“语文”，“语”是口头语，“文”是书面语，明确肯定“语文”科就是要对学生进行口头和书面的语言训练。之后，又亲自起草了《中学语文科课程标准》，具体规定了中学语文科的教学目标和初中、高中两个学段的教学要求。由于圣陶先生的积极努力，使当时参加教科书编审工作的同志都对语文教学改革的方向有了比较一致的看法，为日后在全国范围内展开语文教学的研究工作奠定了必要的思想基础。

为了探求语文教学的客观规律，使教学工作逐步建立在科学的基础之上，圣陶先生在中宣部的直接领导下曾经对语文教材的编写做过多次的试验。1955 年开始在全国普遍试用的那套汉语、文学分科编写的教科书，是新中国成立以后第一套全国统编语文课本，在这套课本的编写过程中灌注了圣陶先生的大量心血。他不但亲自主持制定大纲草案，还亲自参加为编好这套教材而召开的各种分科专业讨论会。1955 年暑假，又专门向北京市的语文教师作了汉语、文学分科教学的专题报告，报告内容后来整理成《关于语言文学分科问题》一文公开发表，具体详尽地论述了语文科试行分科教学的意义，要求人们对这项改革取积极态度。1956 年 6 月，教育部召开全国语文教学会议，圣陶先生又在会上作了题为《改进语文教学，提高语文教学的质量》的报告，针对语文学科长期存在的“目的不明”、“缺少计划”和“不讲究教法”等缺点，提出了要按知识和能力的系统分别编制文学、汉语和作文等三套课本的建议。不久，由于“左”的错误倾向的干扰，上述这些试验和建议都被一一否定；然而，圣陶先生和当时语文学界许多同志所坚持的方向和所阐释的观点，却已在广大语文教育工作者心中留下深痕，不易磨灭。1959 年，北京、天津、上海等地热烈展开关于语文教学目的任务的专题讨论，就是广大语文教育工作者对于当时盛行的那种“左”的错误倾向的否定。1960 年，根据中宣部的指示，成立了中小学教科书编审领导小组，圣陶先生负责小组的领导工作，经过几年的努力，又重新制定出了一个中学语文教学大纲，即 1963 年的大纲草案。这个大纲草案，以及据此编制的十二年制语文课本，由于比较符合语文教学的特点和规律，所以受到广大教师的欢迎。可惜，这套课本只使用了四册，“文化大革命”风暴一来，就把它打进了“封、资、修的垃圾堆”。然而，圣陶先生始终坚信宇宙万物都该有自身的规律，一切违背客观规律的都不可能是真理。他沉默着，但是他的信念却始终没有动摇。粉碎“四人帮”以后，年逾八旬的圣陶先生青春焕发、斗志弥坚，在庆幸祖国新生的同时，又精神振奋地带领语文学界的老、中、青三代人向着恢复和发展祖国语文教育事业的目标迈步前进。1979 年全国语文教学研究会成立，他专门为此写了一篇贺词，其中又提出了一个新的研究课题：为建立语文学科的科学的教学体系，广大语文教育工作者要深入开展调查研究，而当前“特别需要调查和研究的是语文训练的项目和步骤”。他要求各地热心教学改革的同志在设计语文训练的项目和步骤上下些功夫，以便在此基础上编制出可以作为训练“凭借”的有系统的语文课本来。同时，他还一再强调，所谓语文训练应当包括听、说、读、写四个方面，若有偏废，便是缺陷。可以预见，圣陶先生的这些观点，必将在实现语文教学科学化的新的道路上发挥重要的烛照作用。

圣陶先生在语文教育领域呕心沥血七十年，他的心始终是同广大语文教师相通的。即使是身负教育部的重要领导职务，他也一刻没有与第一线的教师同志疏远。他晚年定居北京，常有教师登门请教，他也经常深入学校，与教师促膝谈心，了解语文教育的现状和老师们的愿望。在此期间他还给语文教育工作者们写了大量的书信，对语文教学的有关问题发表了许多精辟的见解。近年来，他尽管年事已高，但仍然十分关切语文学界的工作，除了经常出席有关专业会议外，还在指导一些语文工作者编写《实用语言学》，希望在汉语研究方面开拓出新路来。

圣陶先生曾给好治盆景的苏州工艺美术学校叶寄深教授题赠过一首“浣溪沙”，词云：

为访虬株与老根，深山不惮踏烟云，
荷锄戴笠累晨昏。珍重携归如得宝，
栽培裁翦尽辛勤，好之五十有余春。

圣陶先生一生在语文教育领域为采株寻根而不惮烟云，不计晨昏，七十年来未尝稍息，其栽培裁翦的辛劳勤奋，将永为后学的楷模。

（选自 1982 年 10 月《扬州师院学报》第 3—4 期合刊）

创作自述和文学主张

《未厌集》题记

厌，厌足也。作小说虽不定是甚胜甚盛的事，也总得象个样儿。自家一篇一篇地作，作罢重复看过，往往不象个样儿。因此未能厌足。愿意以后多多修炼，万一有教自家尝味到厌足的喜悦的时候吧。又厌，厌憎也。有人说我是厌世家，自家检察过后，似乎尚未。不欲去自杀，这个世如何能厌？自家是作如是想的。几篇小说集拢来付刊，就用“未厌”两字题之。

1928年10月26日，作者识

（选自《未厌集》，1928年12月商务印书馆）

《倪焕之》作者自记

作者对于自己的作品说什么话，我想是多余的事。要说的，说得清白的，应该在作品里都说了。要是怕作品里有些没有说，有些没有说清白，故而想另外说几句：这种求工好胜的心固然可邀谅解，但是，同样的一枝笔，在另外的地方就会高明得多吗？我不能相信。所以我每次刊行作集，都不曾加上什么话。

现在我还是这样想。这里单记着写作与出版的经过，以备遗忘。这篇文字，去年 1 月动手，11 月 15 日作毕。中间分十二回，每回执笔接连七八天，写成一部分便投“教育杂志社”。下笔不能轻快，成绩虽依然平常，而斟酌字句的癖习越来越深，所以每回的七八天，所有工余的暇闲差不多都给写作占去了。《教育杂志》把这登完以后，我没决定出单行本。是丏尊先生的意思，说送去付排吧。我仍不决定，请他看了再说。他看过后，为指示应行修改的处所，结末说不妨出版。我于是依他的意思修改，再送往开明书店发排。我不大欢喜校刊疏忽的书本，这回校自己的书，颇用了点心思。全书排成后又曾请调孚先生精细校阅。如再有失校的处所，这本书苟有再版的机会，还是要把它改正的。

《文学周报》第三百七十期载着茅盾先生的文字，论及我这一篇。因为他陈说的范围很广，差不多就是国内文坛概观，留心文事的人自会去取《文学周报》看，故而这里单把直接论及我这一篇的转录了。丏尊先生的德行艺能，我向来心折，得他说几句话，并非欲夸耀于人，却自有说不来的欢喜。他果如我的愿，为写了一文。他们两位的文字里，都极精当地指摘我许多疵病。我承认这些疵病由于作者的力量不充实，我相信这些疵病超出修改的可能范围之外。现在既不将这一篇毁了重来，在机构上，这些指摘竟是必不可少的部分。对于他们两位，我何敢泛泛言谢，心感而已。他们也有些奖赞的话，我看了真实惭愧。

应得说明，这篇里第二十二章的上半，是采用了一位敬爱的朋友的文字。他身历这大事件，我没有；他记载这大事件生动而有力，我就采来插入需用的处所。因此，在笔调上，这一处与其他部分有点不同。应是又一端的疵病。

曾有一位朋友问我，写这篇文字对于其中的谁最抱同感。我不能回答。每一个人物，我都用严正的态度如实地写，不敢存着玩弄的心思，我自以为这样的。因此就无所谓对谁最抱同感。然而，这就有人带讥含讽地用写实派的名字加给你了。我能说什么呢？

十八年八月十六夜书。

（选自《倪焕之》，1929 年 8 月开明书店初版）

《脚步集》作者自记

随笔书感的文字，数年来所作也不算少。在写作的当时，总觉得确乎有一些话要说，而说来也还有点意思。但日后重读，往往只感惶愧，仿佛醒时听人家传述自己的醉话，那里来的这许多没意思的话！一直不想把这些文字编集刊行，即为此故。

近承新中国书局征稿，情不可却，勉从这些文字中选出十篇，更把未入集的小说两篇合在一起，以便刊一小册。其中几篇讲到读书为学，颇菲薄“读书”“读书”尽嚷的人。我知道弗洛伊德派必将说，自己少读书，便菲薄读书，来掩饰自己的贫乏。对于这个，我不想辩护。另外三篇，每篇记叙一二人物，虽他们感动我者或深或浅，总之值得永远纪念。所以我自己比较爱惜这三篇。

因中间有《双双的脚步》一篇，即题此册为《脚步集》，取便称谓而已，别无深微的意义。

1931 年 6 月 17 日

（选自《脚步集》，1931 年 9 月新中国书局）

《未厌居习作》自序

我的散文曾经在十年前和俞平伯先生的散文合在一起，取名《剑鞘》，由朴社出版。以后写的，经过一番选剔，取名《脚步集》，由新中国书局出版。集子出版之后，自己看看，总觉得象个样子的文篇不多，淘汰还不见得干净，引起深切的惭愧。最近两三年来又写了一些散文。朋友劝说，不妨再来一本。我就把这些新作也选剔一番，再把《剑鞘》和《脚步集》里比较可观的几篇加进去，又补入当时搜寻不到的几篇，成为这一本集子。

我常常想，有志绘画的人无论爱好什么派头，或者预备开创甚么派头，他总得从木炭习作入手。有志文艺的人也一样，自由自在写他的经验和意想就是他的木炭习作。无奈我们从前的国文教师不很留心这一层，所出题目往往教我们向自己的经验和意想以外去寻话说，这使我们在技术修炼上吃了不小的亏。吃了亏只有想法补救，有甚么经验就写，有甚么意想就写，一方面可以给人家看看，一方面就好比学画的描画一个石膏人头。即使没有大的野心，不预备写什么传世的大作，这样修炼也是有益的。能把自己的经验和意想畅畅快快地写出来，在日常生活上就有不少的便利。我是存着这种想头写这些散文的，所以给这一本集子取了个“习作”的名字。

1935年12月

（选自《未厌居习作》，1935年12月开明书店）

随便谈谈我的写小说

我做过将近十年的小学教员，对于小学教育界的情形比较知道得清楚点。我不懂什么教育学，因为我不是师范出身；我只能直觉地评判我所知道的。评判当然要有尺度，我的尺度也只是杜撰的。不幸得很，用了我的尺度去看小学教育界，满意的事情实在太少了。我又没有什么力量把那些不满意的事情改过来，我也不能苦口婆心地向人家劝说——因为我完全没有口才。于是自然而然走到用文字来讽他一下的路上去。我有几篇小说，讲到学校、教员和学生的，就是这样产生的。

其实不只讲到学校、教员和学生的小说，我的其他小说的产生差不多都如此。某一事如我觉得他不对，就提起笔来讽他一下。我的叙述当然不能超越我的认识与理解的范围；认识与理解不充分，因而使叙述出来的成为歪曲变态的形象，这样的事情是不能免的。但是我常常留意，把自己表示主张的部分减到最少的限度。我也不是要想取得“写实主义”、“写实派”等的封号；我以为自己表示主张的部分如果占了很多的篇幅，就超出了讽他一下的范围了。

若问创作的经验，我实在回答不来。我只觉得有了一个材料而不曾把他写下来的当儿，心里头好象负了债似的，时时刻刻会想到他，做别的工作也没有心路。于是只好提起笔来写。在我，写小说是一件苦事情。下笔向来是慢的；写了一节要重复诵读三四遍，多到十几遍，其实也不过增减几个字或者一两句而已；一天一篇的记录似乎从来不曾有过，已动笔而未完篇的一段时间中的紧张心情，夸张一点说，有点象呻吟在产褥上的产妇的。直到完篇，长长地透一口气，这时非常的快乐。然而这不是成功的快乐；我从来不曾成功过。有人问我对于自己的小说那一篇最满意，我真个说不出来，只好老实说没有满意的。也有人指出那一篇还可以，那一篇的那些地方有点儿意思，我自己去复阅，才觉得果然还可以，有点儿意思。不懂得批评之学，这样不自知也是应该的，无足深愧。

我一直不把写小说当作甚胜甚盛的事，虽然在写的时候，我也不愿马马虎虎。所谓讽他一下也只是聊以自适而已；与社会会有什么影响，我是不甚相信的。出一本集子，看的也是作小说的人以及预备作小说的人，说得宽一点，总之是广大群众中间最少最少的一群。谁没落了，谁升起了，都是这最少最少的一群中间的事，圈子以外全然不知道。这与书家写字，画家作画有什么两样？所以要讲功利，写小说不如说书，唱戏，演电影，写通俗唱本，画连环图画。我最近一年间写了一部《初级小学国语课本》，销行起来，数量一定比小说集子多；这倒是担责任的事，如果有什么荒谬的东西包含在里边，贻害儿童实非浅鲜。小说要对于社会发生影响，至少在能够代替旧小说《三国演义》、《红楼梦》的时候；如果大多数的同胞都识了字，都欢喜读新小说，那时候自然影响更大了。

在一篇回忆“一二八”的《战时琐记》里，我曾经说过这样的话：“你说作宣传文字么，士兵本身的行为的宣传力量比文字强千万倍呢。你说制作什么文艺品，表现抗斗精神么，中国却是一种书卖到一万本就算销数很了不得的国家。在这一点上，我以为执笔的人应该没落。”我是真切地这样感到才这样说的。谁知就有人称我为文学无用论者，说我这说法是一种烟幕弹。我并不在这里应战，用了烟幕弹预备袭击谁呢？说的人没有说明白，我至今也还想不透。

我以后大概还要写小说，当职业的工作清闲一点，而材料在我心头形成一个凝合体的时候。

（选自《未厌居习作》，1935 年 12 月开明书店）

《圣陶短篇小说集》付印题记

从八年到去年，每年都作小说，多少不等。虽然已曾汇刊了五本集子（此外没有收集的只有少数的几篇），有时又想把十五年间的小说淘汰一下，选集比较可观的多少篇印在一起，作为这期间我的习作成绩的总帐。因为忙着杂务，想起了转身就忘，始终没有动手。现在经郑振铎先生的督促，才动手编选，结果取了二十八篇。即使对于自己的文字，好恶也难得公平：这一点当然知道。可是你要编选，就不由你不硬着头皮。我只希望没有把太无聊的东西留在这里罢了。

三四年前，朱佩弦先生选过我的小说，定下一个目录。朱先生人好心善，对于经过他眼前的各篇，大多从宽发落，所以入选的比这里多。现在我没有采用他那个目录，辜负了他的好意，很觉得抱歉。

二十三年十二月二十七日。

（选自《圣陶短篇小说集》，1936年3月商务印书馆）

《四三集》自序

印在这本集子里的几篇东西，同以前的东西一样，都是由杂志编者逼出来的。信来了不止一封，看过之后，记在心上，好比一笔债务，总得还清了才安心。于是提起笔来写作，虽说不愿意十分撤烂污，然而“半生不熟”“草率将事”的毛病总不能免。很想望有这么一个境界：不受别人的催逼，待一篇小说自自然然地结胎，发育，成形，然后从从容容地把它写出来。这样写成的小说，别人看来怎样且不要说，大概会教自己满意一点吧。可是，既已生在一个非催逼不可的时代，这种境界就只能想望，无从实现。应该修炼的是虽然受着催逼，却仍然能够自自然然地，从从容容地，写出至少教自己满意的东西来。这一套工夫完全不成，以后拟加以修炼。

这本集子的编排，破例地废除了以前习用的“编年”的办法。新办法是“以类相从”，把大略有着关联的几篇排在一起，以增加读者的观感。——真是“大略”而已，要严格地寻求所谓“类”是很难的，小说集子不比“分类活叶文选”。其中多数是近一年来的习作。然而也有八九年前的旧稿，就是那篇《冥世别》。以前编集的当儿，那篇东西漏了网，未免有一点“敝帚自珍”的心情，觉得可惜。直到去年，才从一个纸包裹检到了原稿，现在就把它收在这里。有少数的几篇是童话，在《新少年》登载过。童话本是儿童的小说，“文学概论”的编者固然要严定区别，但是实际上未尝不可和小说“并家”。这样想着，也就把它们收在这里。

编一本集子，必须定个名字，以便称谓。定名字很不容易，于是想到取巧的办法：这本集子是四十三岁这一年出版的，就叫它《四三集》吧。四十三是“中国算法”，扣实足算，四十二还不到一点。然而“户口调查表”上是照“中国算法”填的，其他需要填具年龄的地方也一向这么填，因此，现在不再更改，以免不符。

末了，对于“催逼”我出版这本集子的赵家璧先生谨致感谢。

1936年8月

（选自《四三集》，1936年8月良友复兴图书印刷公司）

杂谈我的写作

我虽然常常写一点东西，可是自问没有什么可以谈的写作经验。现在承中国青年写作协会函约，要我写这篇东西，我实在不知道该怎么写才合式。会中附寄来一份表，标题叫做《我怎样写作》，是教作答的人逐项填写的。我就根据表中所开各项，顺次写下去，有可以说的多写一点，没有什么可以说的略去不写；把那份表作为我这篇文字的间架，这是一个取巧的办法。

那份表的甲项是“兴趣如何发生？”我对于文艺发生兴趣，现在回想起来，应该追溯到十二三岁的时候，在家里发见了一部《唐诗三百首》和一部《白香词谱》。拿到手里，就自己翻看；对于《三百首》中的乐府和绝句，《词谱》中的小令和中调，特别觉得新鲜有味。因为不是先生逼着读的，也就不做强记死背的工夫；只在翻开的时候朗诵一番，再翻的时候又朗诵一番而已。经籍史籍子籍中也有好文艺，如《诗经》、《史记》和《庄子》，我都不能领会，只觉得这些书籍是压在肩背上的沉重的负担。那时候中学里读英文，用的本子是华盛顿欧文的《见闻杂记》（这本书和古德斯密的《威克斐牧师传》，在当时几乎是学英文的必读书，但从此读通英文的实在没有多少人；现在中学里，好象不读这些书了，但学生的英文程度还是不见高明），一行中间至少有三四个生字；自已翻查字典，实在应付不来，只好在先生讲解的时候把字义用红铅笔记在书本子上。为要记字义，不得不留心听先生的讲解；那富于诗趣的描写，那看似平淡而实有深味的叙述，当时以为都不是读过的一些书中所有的，爱赏不已，尤其是《妻》、《睡谷》、《李迫大梦》以及叙述圣诞节和威斯明司德奇的几篇。虽然记了字义，对于那些生僻的字到底没有记住；文章的文法关系更谈不到了，先生解说的当时就没有弄明白；但是华盛顿欧文的文趣（现在想来就是“风格”了）很打动了我。我曾经这样想过，若用这种文趣写文字，那多么好呢！这以前，我也看过好些旧小说，如《水浒》、《三国演义》、《红楼梦》，都曾看过好几遍；但只是对于故事发生兴趣而已，并不觉得写作方面有什么好处。

现在就乙项“写作如何开始”的第一目“开始写作的年龄”来说。我从书塾中“开笔”，一直到进了中学，都按期作文。这种作文是强迫的练习，不是自动的抒写，不能算写作。自动的抒写的开始是作诗。记得第一首诗是咏月的绝句，开头道：“纤云拥出一轮寒”，以下三句记不起了。那时我在中学里，大概是二年生或三年生。升到五年级（前清中学五年毕业）的时候，和几个同学发起一种《课余丽泽》，自己作稿，自已写钢版，自己印发，每期两张或三张，犹如现在的壁报；我常常写一些短论或杂稿，这算是发表文字的开始。民国元年，我当了小学教师，其时“社会主义”这个名词刚才输入，上海和各地都有“社会党”的组织，我看了他们的书报，就动手作一部小说，描写近乎社会主义的理想世界。大约作了四五章，就停笔了，因为预备投稿的那一种地方报纸停办了。这份稿子早已不知去向，不记得详细节目怎样，只记得是用白话写的。三年或四年，我的小学教师的位置被人挤掉，在家里闲了半年。其时上海有一种小说杂志叫做《礼拜六》，销行很广，我就作了小说去投稿，共有十几篇，每篇都被刊用。第一篇叫做《穷愁》，描写一个穷苦的卖饼孩子，有意摹仿华盛顿欧文的笔趣；以后几篇也如此。这十几篇多数用文言，好象只有一两篇用白话。这是我卖稿的开始。

过了四五年，五四运动起来了，顾颉刚兄与他的同学傅孟真罗志希诸位在北京创办《新潮》杂志，来信说杂志中需要小说，何不作几篇寄与。我就陆续寄了三四篇去；从此为始，我的小说都用白话了。接着沈雁冰兄继任《小说月报》的编辑，他要把杂志革新，来信索稿；我就作了《小说月报》的常期投稿人。此后郑振铎兄创办《儿童世界》，要我作童话，我才作童话，集拢来就是题名为《稻草人》的那一本。

李石岑兄周予同兄主持《教育杂志》，他们要在杂志中刊载一种长篇的教育小说，我才作《倪焕之》。若不是这几位朋友给我鼓励与督促，我或许在投稿《礼拜六》后不再作小说了。

新体诗我也作过，独幕剧也作过三四篇，现在看看都不成样子，比小说更差。《新文学大系》中曾选载了几篇，我翻看时很感惭愧。至于写散文，大概开始于十二三年间，就是现在中学国文教本中常见的《藕与莼菜》、《没有秋虫的地方》那几篇。那些散文的情调是承袭诗词的传统的，字句又大多是文言的，当时虽自觉欢喜，实在不是什么好文字。以后，我主编《中学生》杂志，这种杂志的一个特点是注重语文研究，我就与亲家夏丏翁合作一部《文心》，按期刊载。这部书用小说体裁叙述学习国文的知识和技能，算是很新鲜的；至今还被许多中学采用，作为学生的课外读物。《文心》完成之后，我的写作几乎完全趋向国文教学方面，小说和散文都很少作了。直到最近，因为职务的关系，和朱佩弦兄合作了一部《精读指导举隅》，一部《略读指导举隅》，还是属于这方面的。这两部是中学国文教师的参考书。现在中学教国文，阅读方面有“精读”、“略读”两个项目，都应由教师加以指导，然后学生自己去修习，修习之后，再由教师加以纠正或补充（实际上这么办的并不多）；我们这两部书算是指导的具体例子，希望我们的“同行”看了，能够采纳我们的意见，并且能够“反三”。

乙项的第二目是“开始写作的倾向”，下列四个子目，其中两个是“爱用白话”和“爱用文言”。这在前面已经说过了，不必再提。可是我另外有要说的。我是江苏人，从小不离乡井，自幼诵习的又都是些文言书籍，所以初期的白话文和“五四”时候一班作者一样，文言的字眼和文言的语调杂凑在中间，可以说是“四不象”的东西。以后自己越写越多，人家的东西越看越多，觉得这种“四不象”的文体应该改良。仅仅把“之”字换了“的”字，“矣”字换了“了”字，“此人”换了“这个人”，“不之信”换了“不相信他”，就算是白话文吗？于是我渐渐自己留意，写白话要是纯粹的白话。直到如今，还不能完全做到，但是我希望有一天能够完全做到。关于纯粹不纯粹的标准，我以为该是“上口不上口”；在《精读指导举隅》，曾经谈到这一层，现在摘录一部分在这里：

白话文里用入文言的字眼，与文言用入白话的字眼一样，没有什么可以不可以的问题，只有适当不适当，或是说，效果好不好的问题。要讨论这个问题，可以从理想的白话文该是怎样的想起。

白话文依据着白话，是谁都知道的。既说依据着白话，是不是口头用什么字眼，口头怎样说法就怎样写法呢？那可不一定。如果一个人说话一向是非常精密的，自然不妨完全依据着他的说话写他的白话文。但一般人的说话往往是不很精密的，有时字眼用得不切当，有时语句没有说完全，有时翻来复去，说了再说，无非这一点意思。这样的说话，在口头说着的时候，因为有发言的声调、面目与身体的表情等帮助，仍可以使听话的对方理会，收到说话的效果。可是，照样写到纸面上去，发言的声调、面目与身体的表情等帮助就没有了，所凭借的只是纸面上的文字，那时候能不能也使阅读文字的对方理会，收到作文的效果，是不能断定的。所以在写白话文的时候，对于说话不得不作一番洗炼的工夫。洗是洗濯的洗，就是把说话里的一些渣滓洗去；炼是炼铜炼钢的炼，就是把说话炼得比平常说话精粹。渣滓洗去了，炼得比平常说话精粹了，然而还是说话（这就是说，一些字眼还是口头的字眼，一些语调还是口头的语调，不然，写下来就不成其为白话文了）；依据这种说话写下来的，才是理想的白话文。

文字写在纸面，原是教人看的，看是视觉方面的事情。然而一个人接触一篇文字，实在不只是视觉方面的事情，他还要出声或不出声的念下去，同时听自己出声或不出声的念。所以“阅”“读”两个字是连在一起拆不开的。现在就阅读白话文说，读者念与听所依据的标准是白话，必须文字中所用的字眼与语调都是白话的，他才觉得顺适，调和，起一种快感。不然，好象看见一个人穿了不称他的年龄、体态、身份的服装一样，虽未必就见得这个人不足取，但对于他那身服装至少要起不快之感。而不快之感是会减少读者和作品的亲和力的，也就是说，会减少作品的效果的。

把以上两节话综合起来，就是：白话文虽得把白话洗炼，可是经过了洗炼的必须仍是白话，这样，就体例说是纯粹，就效果说，可以引起读者念与听的时候的快感。反过来说，如果白话文里有了非白话的（就是口头没有这样说法的）成分，这就体例说是不纯粹，就效果说，将引起读者念与听的时候的不快之感。到这里，可以解答前面所提出的问题了。白话文里用入文言的字眼，实在是不很适当的足以减少效果的办法。

或者有人要问：现在国文课里，文言也要读，这就有了文言的教养；既然有了文言的教养，写起白话文来，自然而然会有文言成分从笔头溜出来；怎样才可以检出并排除那些文言成分，使白话文纯粹呢？这是有办法的，只要把握住一个标准，就是“上口不上口”。一些字眼与语调，凡是上口的，说话中间有这样说法的，都可以写进白话文，都不至于破坏白话文的纯粹。如果是不上口的，说话中间没有这样说法的（这里并不指杜撰的字眼与不合语文法的语句而言），那便是文言成分，不宜用入纯粹的白话文。譬如约朋友出去散步，决不会说“我们一同去闲步一回”。走到一处地方，头上是新鲜的树荫，脚下是可爱的草地，也决不会说“这里头上有清荫，脚下有美草”。可见“闲步”，“清荫”，“美草”是不上口的。又如“你只能循着那锦带似的林木想象那一流清浅”（徐志摩《我所知道的康桥》中的文句）一语，在口头说起来，大概是“你只能沿着那锦带似的林木想象那清浅的河流”，可见“想象那一流清浅”是不上口的。只要把握住“上口不上口”这个标准，即使偶尔有文言成分从笔头溜出来，也不难检出了。

到这里，还可以进一步说。譬如董仲舒有句话：“正其谊不谋其利，明其道不计其功。”这明明是文言的语调。可是，“从前董仲舒有句话道：‘正其谊不谋其利，明其道不计其功。’”这样的说法却是口头常有的，口头常有就是上口，上口就不妨照样写入白话文。如“知其不可而为之”一语出于《论语》，语调也明明是文言的。可是，“某人作某事是知其不可而为之”。这样的说法，却是口头常有的，口头常有就是上口，上口就不妨照样写入白话文。前一例里的“正其谊不谋其利，明其道不计其功”所以上口，因为说话说到这里，不得不引用原文。后一例里的“知其不可而为之”所以上口，因为说话本来有这么一个法则，有时可以引用成语。在“引用”这一个条件之下，口头说话既不排斥文言成分，纯粹的白话文当然可以容纳文言成份了。这与前一节话并不违背，前一节话原是这样说的：凡是上口的，说话中间有这样说法的，都可以写进白话文，都不至于破坏白话文的纯粹。

现在再就字眼说。如《易经》里的“否”与“泰”两个字，表示两个观念，平常说话是决不用的，当然是文言字眼。可是经学或哲学教师解释这两个概念的时候，口头不能不说“这样就是否”与“这样就是泰”的话，他也许还要说“经过了否的阶段，就来到泰的阶段”。在这些语句里，“否”与“泰”两个字上口了，就把这些语句写入白话文，那白话文还是纯粹的。试看这两个字怎样会上口的呢？原来与前面所说一样，也是由于“引用”。

同时我以为写文言也得纯粹，写“梁启超式”的文言就不该搀入古文格调，写唐宋古文就不该搀入骈体文句，否则都好象“一个人穿了不称他的年龄、体格、身份的服装一样”。偶尔写文言，我就认定这个标准，不敢含糊。现在有些人写信，往往文白夹杂，取其信笔写来，不费思索，又便利，又迅速；我也常常这样。可是要知道，这种体裁要写得好，很不容易。在语文素养较深的人，文言中搀几句白话，或者白话中搀几句文言，虽在作者写的当时并不曾逐句推敲，但解析起来，一定是足以增进文字的效果的。素养较差的人如果学它，增进效果的好处既得不到，反而使文字成为七拼八凑的一件东西；还是不要学它的好。

丙项“写作生活的叙述”的第一目是“写作时间的选择”。这很简单，我从小就不惯熬夜，所以不曾有过深夜作文的事情；所有我的文字，当教师的时候便在课余写，当编辑的时候便在放工以后写，夜间当然要利用，可是写到九点十点钟，非睡觉不可了。第二目是“写作场合的选择”。我的文字大多在家里写，下笔的时候，最好家里人不说话，不在我眼前有什么动作，因为这些都要引起我的注意，使我的思想不能集中。邻家的孩子哭闹，汽车电车在门外往来，对于我就没有关系，我好象没有听见什么声音似的。在旅馆里开了房间作稿，我也干过两三回，可是成绩并不好。在旅馆里虽与一切隔离，桌子椅子也比家里舒服，然而那个环境不是平时熟习的，要定下心来写东西自然比在家里难了。第三目是“写作二三小事”，下列三个子目，其中一个是“写作速率与持久力”。我的写作速率以前比较高，三四千字的一篇文字一天工夫便完成了。以后越来越低，到近几年，一天至多写一千五百字，写七八百字也是常有的事。这大概由于以前不大琢磨，后来知道琢磨了。我的琢磨常常在意思周密不周密和情趣合式不合式上，为了一个词儿和一种句式的选定，往往停笔好久，那当然快不来了。《倪焕之》的写成是很机械的，全部规定刊载在一年《教育杂志》的十二期里，我就每个月作两章，每两章总是连续写一个星期，有空就写，不管旁的事儿。这部书在笔调方面，前后不很一致，这该是许多原因中的一个。第三目三个子目中，又有一个是“作品的修删”。我在完篇之后，大概不很修删。但并非信笔挥洒，落纸就算。我把修删工夫移到写作的当时去，写了一句就看这一句有什么要修删，写了一节又看这一节有什么要修删，写作与修删同时进行，到完篇时，便看不出再有什么地方要修删了。修删当然运用心思，可是我还用口舌，把文句一遍又一遍的默念。直到意思和情趣差不多了，默念起来也顺口了，我才让那些文句“通过”。这个办法，我自己知道有弊病；因为一边写作一边修删，就不免断断续续，失掉了从前文章家所说的“文气”。然而我的习惯已经养成，要改变却不容易了。

丁项是“写作上的困难”。我每有了朦胧的意思，不动手就写；把它放在心头，时时刻刻想起它，使它渐渐的显出轮廓来。有的过了好久好久，还只是个朦胧的意思，那时就不免感到烦闷。我没有写笔记的习惯，想到一些细节目，都记在心上。想到之后，顺便把它安排（如这一节对于人物的描写该放在某处地方，这几句对话该让篇中人物在什么时候说出来）；落笔的时候自不能绝不改动，但改动的究竟是少数。轮廓和细节目都想停当了，我才动手写。写的时候，工夫大多花在逐句逐节的琢磨上，前面已经说过了。因为一切有了眉目，我并不感到茫然无所措手足；可是把想停当了的东西化为文字，犹如走一段很长的路程，一步不到，一步不了，因此总有一种压迫之感。直到写下末了一节的末了一个字，我才舒畅的透一口气，把那种压迫之感解除了。丁项列有五目，其中有一目是“作品的结局”。这有一点可以说的。我很留意作品的结局，结局得当，把全篇的精神振起，给读者一个玩味不尽的印象，是很有效果的。我的结局也预先想定，不但想定大意，往往连文句也先造成了，然后逐步逐步的写下去，归结到那预定的文句。我有一篇短篇小说叫做《遗腹子》，叙述一对夫妇只生女孩不生男孩，在丈夫绝望而纳了妾之后，大太太却破例的生了个男孩，可是不久那男孩就病死了。丈夫伤心得很，一晚上喝醉了酒，跌在河里淹死。大太太发了神经病，只说自己肚皮里又怀了孕，然而遗腹子总是不见生出来。到这里，故事已经完毕，结局说："这时候，颇有些人来为大小姐二小姐说亲了。"这句话表示后一代又将踏上前一代所走的道路，生男育女，盼男嫌女，重演那一套把戏，这样传递下去，不知何年何代才得休歇。又有一篇叫做《风潮》，叙述一群中学生因为对于一个教师起反感，做了点越轨行动，就有一个学生被除了名。于是大家的义愤和好奇心不可遏制，起来捣毁校具，联名退学，个个都自以为了不起的英雄。到这里，我的结笔是"路上遇见相识的人，问他们做什么时，他们用夸耀的神气问答道：'我们起风潮了'"这个结笔把全篇终止在最热闹的情态上，"我们起风潮了"这句话，含蓄着一群学生极度兴奋的种种心情。以上两个例子，似乎是比较要得的结局。

戊项"写作的完成"的第一目是"作品完成后的感觉"。作品完成之后，我从不曾感到特别满意，往往以为不过如此，不如想象中的那个轮廓那些材料那么好。可是我也并不懊恼，我的能力既只能写到如此，懊恼又有什么用处。第四目是"批评对作品的影响"。我不很留心登在报纸杂志上的那些批评文字；那些文字不是有意挑剔，就是胡乱称赞，好象谈的是另外一回事儿，和我的文字全没关系。我乐意听熟悉的几个朋友的意见，我的会心处，他们能够点头称赏，我的缺漏处，他们能够斟情酌理的加以指摘，无论称赏或指摘，我都欢喜承受，作为以后努力的路标。

写到这里，一份表算是填完了。复看一遍，其中并没有什么经验足以贡献给青年作者的，很觉惭愧。

（选自《文艺写作经验谈》，1943年重庆天地出版社）

《西川集》自序

收集在这儿的文字大部分是今年写的。取名《西川集》，所以记写作的地点。

文字全都是被逼写成的。承日报和期刊的编辑先生嘱托，他们的意思极诚恳，不能辜负，只得勉力写一些。识见有限，不敢放笔乱写，就把范围大致限制在文字和教育上。对于文字和教育，也不敢说有什么真知灼见，只因平时想的无非是这些，如果放开这些不写，将没有什么可写了。

反映现实，喊出人民大众的要求，是文学的时代的使命，这个纲领我极端相信。教育不是孤立的事项，在如今的现实情况之下，教育不良不能全怪教育者，这个说法我极端同意。可是我的文字没有提及这些。只因我的文字不过触着些小题目，小题目上不一定要戴一顶大帽子。

末后几篇小说是我的试作。规模不大，文字无多，适于我的才力和时间。以后还想继续写些。

三十三年十一月

（选自《西川集》，1945 年 1 月重庆文光书店）

《叶圣陶文集》序

以往出过一些集子，都按时间编排，一段时间内写了若干东西，就汇聚拢来，印成一集。编选的东西只有一册，就是商务印书馆出版的《圣陶短篇小说集》，出版期还在抗战以前。此外就是人家替我选编的了，事前并不接头，偶然走过书摊，看见自己的名号印在书封面上，下面加上杰作选什么集之类的字样，翻开来看，果然是自己的东西。这种本子有几册，我不知道。我不想责备那些人侵害我的版权，我们被人家侵害的权益太多了，版权是其小焉者，何足计较？不过见他们编选得那么草率，校印得那么马虎，对不起我不要紧，他们还对不起读者，不免发生恶感。很想自己也来编一册，印出来供读者比较，可是迁延又迁延，一直不曾动手。这回应春明书店的请求，才真个动了手，有了这第二册自己选编的东西。

选在这里的东西，最早的写在二十五年以前，最近的是三四年前写的，先后相去二十多年。入选的并不是什么了不起的东西，不过就我所写的东西说，这几篇比较可观而已。当然还是我自己以为，人家批评起来未必如此。我的能力只有这么些，超过了我的能力，写出非常可观的东西来给人家看，这是没法办到的。近几年来，象这一类的东西写得很少，竟可以一年里没有写一篇。思想的路子称为思路，走惯了一条常常走，改换了一条又走惯了，对于以前的那条就感觉生疏了。我近来少写与集子里的东西同类的东西，依我自己想，就因为思路改换，先前走惯的那条不大走了的缘故。如果再经改换，又回到先前的路子，我想还是要写这一类东西的。

三十六年十一月十九日

（原载《叶圣陶文集》，1948 年 1 月上海春明书店）

《叶圣陶选集》自序

我写小说，并没有师承，十几岁的时候就喜欢自己瞎摸。如果不读英文，不接触那些用英文写的文学作品，我决不会写什么小说。读了些英文的文学作品，英文没有读通，连浅近的文法都没有搞清楚，可是文学的兴趣引起来了。这是意外的收获。当然，看些翻译作品也有关系。翻译作品，在我青年时代看起来，简直在经史百家以外另外有一种境界。我羡慕那种境界，常常想，如果表现得出那种境界，多么好。现在想起来，短篇小说这一类东西，我国绝对没有固然不能说，但是，严格的说，确是我国向来没有的，因而叫我感觉新鲜。感觉新鲜，愿意试一试，那是青年们通常的心情。南方的青年冬天跑到北京，看见许多青年人都在北海溜冰，不是急于要搞一双溜冰鞋也去试一试吗？

我不善于分析，说不出凭我这一点浅薄的教养，肤泛的经验，狭窄的交游，为什么写小说会偏于“为人生”的一路。当时仿佛觉得对于不满意不顺眼的现象总得“讽”它一下。讽了这一面，我期望的是在那一面，就可以不言而喻。所以我的期望常常包含在没有说出来的部分里。我不大懂得什么叫做写实主义。假如写实主义是采取纯客观态度的，我敢说我的小说并不怎么纯客观，我很有些主观见解，可是寄托在不著文字的处所。曾经有人批评我厌世，我不同意，可没写什么文章，只把一本小说集题作《未厌集》，又给并无其处的斋名题作“未厌居”。我是这么样想的：假如我果真厌世，尽可以把一切事情看得马虎，看得稀松平常，还来讽它干吗？何况我的小说不尽是“讽它一下”的东西，明白写出主观见解的也有。

现在回头想一下，我似乎没有写什么自己不怎么清楚的事情。换句话说，空想的东西我写不来，倒不是硬要戒绝空想。我在城市里住，我在乡镇里住，看见一些事情，我就写那些。我当教师，接触一些教育界的情形，我就写那些。中国革命逐渐发展，我粗浅的见到一些，我就写那些。小说里的人物差不多全是知识分子跟小市民，因为我不了解工农大众，也不了解富商巨贾跟官僚，只有知识分子跟小市民比较熟悉。当然，就是比较清楚的事情，比较熟悉的人物，也没有写好。人家问我对于自己的小说哪一篇最满意，我说没有一篇满意的。人家总以为我说客气话，其实决不是客气话。虽说我不善于分析，不会作批评，自己的成就怎么样总还有个数，这是起码的一点自知之明。我的小说，如果还有人要看看的话，我希望读者预先存这样一种想法：这是中国社会二三十年来一鳞一爪的写照，是浮面的写照，同时掺杂些作者的粗浅的主观见解，把它当文艺作品看，还不如把它当资料看适当些。

对于小说，推广开来说，对于其他体裁的文艺作品，我有这么样的想法。我想用毛主席《实践论》里的语汇来表达。文艺必须以感性认识为基础，没有感性认识，那是个空架子，根本说不上什么文艺。但是单凭感性认识还不够，必须把感性认识提高到理性认识，那才更接近实践，更富于真理性。还有一层，在提高到理性认识的时候，仍旧要凭感性认识表现出来，不能够光拿个理性认识给人家。以上说的很抽象，可是文艺跟理论文的区别以及跟普通文章（非文艺）的区别就在这上头。要具体的举例的说当然也可以，请容许我贪图省事，不说吧。

为什么要说前面一段话呢？因为我要说明我的小说为什么写不好。我因种种的修养不够，对于事情跟人物只能达到感性认识的阶段，而且只是肤浅的感性认识。有没有偶尔触及理性认识，我不知道，我总承认我的感性认识并没有提高到理性认识，因而没有写出什么属于本质的东西。当然，前后说的理性认识仍旧要凭感性认识表现出来，那更说不上了。

现在要我写过去写的那类小说，我还是能写，而且不至于太差，古来“才尽”的说法未必一定靠得住。但是，前面说的自己检讨得来的结论梗在心头十五年以上了，还是写些肤浅的感性认识，还是老的一套，不说读者厌腻，我自己也提不起这股劲儿。你问为什么不自己要求提高呢，问得对。老实说，我跟一切心有余而力不足的人一样，要求提高是一回事，实际上提不高又是一回事，归根结柢，还是生活方面的问题，实践方面的问题。加上心思偏在旁的事情上的时候多，道路挑熟的走，从前走熟的小说那条路反而生疏了。于是我不再写小说。这也没有什么可惜。好的有意思的小说是人民精神方面的财富，固然越多越好。普普通通不痛不痒的小说可不然，有也罢，没有也罢，总之跟全局无关。我不是故意低估自己的东西，实情是这样。有朝一日，自己认为可以写出比较长进的东西了，哪怕那长进不过一分半分，我是乐于重新执笔的。

小说跟其他文艺作品都一样，写在纸面是文字。文字的底子是什么？是语言。语言是文艺作者唯一的武器。解除了这一宗武器，搞不成什么文艺。使不好这一宗武器，文艺也就似是而非。因为世间没有一种空无依傍的，不落语言的，叫做文艺的东西，文艺就是组织得很惬当的一连串语言，离开了语言无所谓文艺。咱们决不能作二元论的想法，一方面内容，一方面形式。咱们只能够作一元论的想法，内容寄托在形式里头，形式怎么样也就是内容怎么样。就文艺作品说，所谓形式就是语言。因此文艺作者必须惬当的把握语言，如同必须惬当的把握感性认识跟理性认识一样。这还说得不够精密，应该说，文艺作者如果能够惬当的把握语言，也就是惬当的把握了感性认识跟理性认识。另外一方面，他如果能够惬当的把握感性认识跟理性认识，没有问题他就能够惬当的把握了语言。总起来说，想得好就说得好，说得好就想得好。一了百了，同时解决。

前面一段话是我自己摸索中得来的理解，到现在为止，还以为没有多大错误。因此，听人家说文字不过是小节，重要的在乎内容，我不能够表示同意，虽然我没有写过什么文章表示反对。我并不是不同意内容的重要，认为内容不重要。可是，说文字是小节，不是等于说语言是小节吗？说语言是小节，不是等于说语言无妨马虎吗？马虎的语言倒能够装纳讲究的内容，这个道理我无论如何想不通。按我的笨想法，讲究的内容惟有装纳在讲究的语言里头，才见得讲究，这儿所谓语言，少到一词一句，多到几千言几万言几十万言，一起包括在内。换句话说，讲究的语言就是讲究的内容的具体表现。脱离了语言的内容是什么，我不知道，总之不是文艺了。

根据前面说的理解，我一直留意语言——就是写在纸面的文字。虽然留意，可没有好成绩，不说旁人，我自己也很能够指出这儿不对，那儿不合。这不是我的语言不好，文字不好，实在是我的认识不够。前面不是说过，语言文字跟认识同时解决吗？把语言文字跟认识分开，只在语言文字方面追求，哪儿会有好成绩？我的没有好成绩，正可以证明我在前面说的理解没有多大错误。

这一回编辑《新文学选集》，朋友们说其中该有我的一本，我感觉惭愧。选集已经编过几回，编来编去，总是那几篇自己也不能满意的东西，再来编一本，耗费读者的财力跟脑力，有什么意义？同一的事情，做了又做，同一的道理，说了又说，江浙人叫做“炒冷饭”。饭，当然现煮的好吃，已经是冷饭了，一炒再炒，岂不成了饭渣？还有什么吃头？老实说，我不敢再炒了。幸而得到可敬的朋友金灿然先生的允诺，他代我炒。他把我的东西逐篇看过，认为还可以的，记下篇名来。现在的目录完全依据他的记载，一篇不加，一篇不减。跟以前出过的几本选集比较，取舍很有些出入。他是象我在前面说的，把我的东西当资料看的。除了感谢他的劳力以外，我总之感觉惭愧——冷饭又炒了一回。

1951 年 2 月 1 日

（选自《叶圣陶选集》，1951 年 7 月开明书店）

《叶圣陶童话选》后记

我写童话还是二三十年前的事。写的全是短篇，大约有四十篇，大多数收在两本童话集里——一本叫《稻草人》，一本叫《古代英雄的石像》。

前年，出版社跟我商量，要我把旧作童话选一下，出个新本子，供现在的少年们阅读。我同意了。

出版社和我怎么想的呢?

这些童话还可以给现在的少年们阅读。阅读这些童话可以认识一些过去时代的生活，而认识过去时代的生活，是跟更深切地认识当前的生活有关联的。这是一。先前出的两本童话集已经绝版，旧书摊上去找也不一定找得着，要让现在的少年们得到阅读的便利，就得出新版。这是二。

于是我选了十篇，每篇都给修改，在语言方面加工。自己不敢相信，又请朋友看过。我希望这几篇东西念起来上口，听起来顺耳。

请黄永玉同志给这个本子作木刻图，承他一口答应，今年一月间刻成了。我的旧作这就有了新装。

关于选在这个本子里的几篇东西，我想特别说一说《古代英雄的石像》。这篇东西曾经选在语文课本里，很有些老师和同学为了这篇东西写信来。他们依据各自的看法，问我是不是这样，是不是那样。我写回信老是这么说，我只能把写作当时的想法写一些。我当时认为，主要的意思放在这篇东西的末了儿。无论大石块小石块，彼此集合在一块儿，铺成实实在在的路，让人们在上边走，这是石块的最有意义的生活。在铺路以前，大石块被雕成英雄像，小石块垫在石像底下做台基，都没有多大意义。至于大石块被雕成英雄像就骄傲起来，自以为与众不同，瞧不起人：我这么写，只是揣摩大石块当时的"心理"而已。这原是一种不太容易抵抗的毛病，过去时代犯这种毛病的挺多，当前时代也得好好地锻炼才能不犯。我写小石块看见大石块骄傲以后怎么想，也无非按照它们当时的"心理"。

1956年4月10日

（选自《叶圣陶童话选》，1956年5月中国少年儿童出版社）

《叶圣陶文集》第一卷前记

这个第一卷包括从前出版的三本短篇小说集——《隔膜》,《火灾》,《线下》。《隔膜》原来有二十篇，现在删去《春游》,《不快之感》两篇。《火灾》原来也是二十篇，现在删去《先驱者》,《脆弱的心》,《火灾》三篇。《线下》原来十一篇，现在没有删。照我现在的眼光看，并不是说保存在这里的很有意思，只能说删去的几篇太没意思了。

这回编这个第一卷，我把各篇都改了一遍。我用的是朱笔，有几篇改动很多，看上去满页朱红，好象程度极差的学生的课卷。改动不在内容方面，只在语言方面。内容如果改动很大，那就是新作而不是旧作了。即使改动不大，也多少要变更写作当时的思想感情。因此，内容悉仍其旧。至于旧作所用的语言，一点是文言成分太多，又一点是有许多话说得别扭，不上口，不顺耳。在应该积极推广普通话的今天，如果照原样重印，我觉得很不对。因此，我利用业余的时间，逐篇改了一遍。改了之后不见得就是规范的普通话，我还是抱歉。

我常常用炒冷饭的比喻说明旧作不必重印。承蒙人民文学出版社编辑部屡次劝说，说总还有人要看我的旧作，而且已经把我的文集列在出版社的选题计划里了，我遵从他们的意思，才答应重印。我真的不懂文学批评，不能具体地批评这些旧作，但是我不满这些旧作是始终如一的。愿可敬的读者鉴谅我这个意思。

1957年国庆节

（选自《叶圣陶文集》第一卷，1958年4月人民文学出版社）

《叶圣陶文集》第二卷前记

这第二卷收原先的三个集子：《城中》，《未厌集》，《四三集》。《城中》共九篇，现在没有删。《未厌集》共十篇，现在删去一篇《夏夜》。《四三集》共二十篇，现在把《火车头的经历》、《鸟言兽语》两篇抽出，准备归到童话里去。

这第二卷跟第一卷一样，逐篇看过，把字句改过。前两个集子还是改动很多，满到处是朱笔的涂抹和改字。《四三集》念下去大致还顺口，因而改动就少些。

校改三个集子也花了将近两个月的业余时间。

作者记

1957 年 11 月 23 日

（选自《叶圣陶文集》第二卷，1958 年 5 月人民文学出版社）

《叶圣陶文集》第三卷前记

这个第三卷，共收短篇小说十一篇，还有《倪焕之》。

这十一篇短篇小说，大多数曾经印在以前出版的一些选集里。《穷愁》是早期的习作，用文言写的，现在查到了，就收在这里，请读者们看看。

《倪焕之》原有三十章。1953 年人民文学出版社准备把它重印，有几位朋友向我建议，原来的第二十章和第二十四章到末了儿的七章不妨删去。我接受了他们的建议，因此，1953 年的版本只有二十二章。现在编文集，又有好几位朋友向我劝告，说还是保存原来面目的好，人家要看的是你那时候写的东西什么样儿。我想这也有道理，就把删去的八章补上了。

象前两卷一样，各篇都作了文字上的修改，《倪焕之》改动最多。虽然如此，自己还觉得很不满意。

业余得空，就校改一些，这样一卷东西，经过了七八个月才编成，在这里记一笔，备他年查考。

1958 年 5 月 22 日

（选自《叶圣陶文集》第三卷，1985 年 10 月人民文学出版社）

《倪焕之》新版后记

粉碎了“四人帮”之后，人民文学出版社要重印一批二十年代三十年代的小说，把我的《倪焕之》也列入了选题，来征求我的意见。

我先是不同意重印。我想，自从毛主席发表了《在延安文艺座谈会上的讲话》，好小说出现了不少；解放以来，小说的成绩更不能低估。《倪焕之》跟那些好小说比起来，思想、技巧以及语言都差得很远。要重印，应该先印那些好小说，轮不到《倪焕之》。

可是后来我同意重印了。我想，“四人帮”对文艺采取专制主义，扼杀“百花齐放”的方针，这是必须揭露，必须批判的。揭露批判可以开会，可以写文章；而重印二十年代三十年代的作品，让大家看看“四人帮”竭力诋毁的那些作品到底怎么样，同样是揭露批判。因此我支持人民文学出版社的做法。

我又想，二十年代曾经有过一本《倪焕之》，曾经有过倪焕之这样的人，让青年们看看也没有什么害处。当时的青年要寻找真理多么难啊！倪焕之是小资产阶级知识分子，免不了软弱和动摇。他有良好的心愿，有不切实际的理想，找不到该走的道路。在那大变动的年代里，他的努力失败了，希望破灭了，只好承认自己不中用，朦胧地意识到：将来取得成功的“自有与我们全然两样的人”。中国革命得到毛主席的领导，终于成功了。现代的青年看倪焕之，一定觉得很陌生，觉得他是个“与我们全然两样的人”。现代的青年绝不会重复倪焕之那样的遭遇和苦恼。祝愿青年们万分珍惜自己的幸福，抛弃一切因袭，在解放全人类的大道上勇猛精进。

1978年4月

（选自《倪焕之》，1978年12月人民文学出版社）

我的说明

上海文艺出版社计划编一套“作家论创作”丛书，托一位朋友来跟我商量，要我把这一类文章也编一本集子，列入这套丛书。

听朋友说了，我没有答应。关于写作和阅读，我写过不少文章，这是由职业决定的。我多年当教员，又多年当编辑，这两种职业都得跟文章打交道。交道打得久了，有时候不免有所感触，想发些议论；有时候自以为心有所得，想谈些感受：我这些谈写作谈阅读的文章就是这么来的。说老实话，我对文艺创作从来没有下功夫研究过，我写的这些文章只是就事论事，远远够不上称为理论，当然没有资格列入这套丛书。

那位朋友不肯罢休，说我未免谦虚得过了分。我说我绝不谦虚，实情就是如此。朋友说：“我不妨承认你说的确是实情。可是我相信，这些谈写作和阅读的文章，让青年少年看看还是有好处的。我年轻的时候就从你的文章里受到不少启发。”

朋友这样一说，我似乎不好再坚持了。过去我写的许多文章，包括这些谈写作和谈阅读的，大多是以青年少年为对象的；写的时候也确乎希望能使他们得到些好处。所谓好处，无非促使他们注意，开个窍，从此自己去研究该怎样写作怎样阅读罢了。不过我这些文章大多数是三四十年以前写的，时过境迁，对现在的青年少年还能起作用吗？因而我仍旧犹豫，但是只好答应下来了。

后来又商量这本集子的目录，打算收进去的文章有一百多篇。其中最早的几篇还是二十年代初写的，我早忘了，是一位青年从旧报上找到的。半个世纪之前写这些文章的时候，我也是个青年，有一般青年的优点，敢于发表自己的见解；同时也有一般青年的缺点，所谓的见解还没有想清楚，还相当朦胧，就急于写下来发表。所以在我早期写的文章里，不正确不周密的话比后来写的更多。其中有的自己觉察了，或者经别人指出了，以后再谈这些问题的时候作了修正；有的可能没有觉察到，或者觉察了又忘掉了。还有糟糕的事是那时候我初学写白话文，用词造句摆脱不了文言的影响。我当时的见解既然相当朦胧，再加上语言不文不白，别别扭扭，就会使别人看了不知道究竟说了些什么。我主张把早期写的这些篇抽出来。

可是那位朋友说，把这些篇留着有好处，可以让现在的青年少年知道“五四”以后的那些年，在文艺方面讨论过哪些问题，发生过哪些争论。朋友的意思是说，我的这些东西可以当作文艺史的资料来保存，那么我就不好再反对了。我又想，留着这些东西，还可以让大家看看，我早期写的白话文就是这么个样子。冲决文言的网罗可不是一件容易的事儿，我切望大家千万不要走回头路。

1981年5月作

（选自《叶圣陶论创作》，1982年1月上海文艺出版社）

文艺谈·二

文艺作品无论如何总含有主观的性质，所以同一个境地，同一件事物，因各个文艺家的观察不同，所得印象不同，思想情绪之精微的方面也不同，就可以写成不同的几种作品，一样可以动人，一样确有价值。因此，文艺的世界最是自由，变动，新鲜，无穷。我们的祖先已生息于陶醉于这个世界，我们的子孙且将永远生息于陶醉于这个世界。我欲作赞颂文艺之歌！

近时我们的文艺创作的冲动渐渐有得表显了。报纸和杂志上总有几篇小说、诗和剧本供我们领略。但是从这里有一种现象觉得是不大好的：近人作品取材的范围很狭，差不多世间只有一部分的事物情感可以做文艺的材料。就我所见，似乎表现劳工和妇女的痛苦的为最多。这等固然是文艺的很好的材料，但是群趋于此，意境又大略相似，就可知其中不尽含有深切的印象和精微的灵感，而半由于趋时了。惟其如此，所以下笔很容易，凡是这个题材里应有的描写和意思都如量纳入。篇幅固然完成了，然而这等作品没有生命了。多了这一篇不能使文艺的世界扩大而更新，文艺的世界里哪有它的位置？

一个题材里应有的描写和意思都如量纳入，似已合乎有价值的作品的条件。其实不然。这个并没有别的原因，单在“不真”。譬诸作画：名家从真实的景物获得印象，感受于心的很深，才成他的创作。劣手却不然，他专将名家的画作范本，他的作品虽有一样的此景此物，然而因无所感受于真实，没有精妙动人的风采。文艺方面也是这等情形。

所以，别人所感受的只能成别人的作品，我对于它只许欣赏，不容借用。借用只能算复制别人的作品，不能算我的创作。

我想有志于文艺的人应当赶紧从走错的路上回转来，卓然独立，一空依傍，凡是有型式性质的东西一概不与接近。文艺的本质是思想情绪，我们就当修养我们的思想情绪。一切事物是我们情思所托的材料，我们就当真切地观察一切事物。有什么感受就写录出什么来，没有就十年不写录也不妨，一任我们创作的冲动指挥着。

（选自1921年3月6日《晨报》）

文艺谈·三

我常常听见人说，“这件事情真有趣，奇怪，可为小说材料”。说这句话的人看得小说太容易太浅薄了。小说的材料固然取之于人世间的事情，但人世间的事情不一定就可以为小说。

有许多文艺家也本着这句话的意思，专事探取人海里种种事情，如实记录，成就他的著作。当意的事情没有这么多，就逞其幻想，凭空结构，接济他材料的缺乏。

这一类文艺作品可以供人消遣，资为谈助，满足好奇心。但效果仅此而止，不能更有所增益。所以可以叫做玩物的作品。

现在的人差不多都承认“文学是人生的表现和批评”这句话。人生的表现和批评，文艺家视为生命一般地努力从事的，岂仅仅供人消遣，资为谈助，满足好奇心？乃所谓玩物的作品，其效果只有这少许，不能算为真的文艺品是一定无疑了。

所以真有志于文艺的人不应当把小说看得太容易太浅薄，专事探取人间庶事，辄为记录。我们当知玩物的作品是人间不必需的东西，即多所撰作也不足为奇，因为不能算为文艺海里的一滴水，不能增加文艺海的容量。我们所应当努力的乃在真的文艺品。

真的文艺品有一种特质，就是“浓厚的感情”。我们若说这是文艺之魂，似乎也无不可。这个感情蓄于事事物物和人们心中，文艺家深深地感受了，他内心的感情共鸣似地兴起，不可遏止，就如实写录出来。无论是一件每天可以遇到的事，一个平凡的人，一秒钟的沉思，永劫的遐想，只须含有这浓厚的感情，都可以为小说的材料。这个并不取其有趣和奇怪，乃因其能够表现人生。我所以说，人世间的事情，文艺家若能感受它的感情的质素的方面，就无不可为小说。

同情于弱者有人道主义倾向的固是一种浓厚的感情，表现黑暗方面的又何尝不是？因为有强烈的希求光明的感情潜伏着。甚至厌弃现世，流入颓丧一派，那种邑郁凄恻，也正是一种浓厚的感情。所以无论哪一派里都有很好的真的文艺品。文艺家不必管什么家派，仿效什么家派，只须能够特别过人地感受和兴起浓厚的感情，就可以有很好的真的文艺品创作出来。真的文艺品不是供人消遣的，然而人对于它的爱好和陶醉一定远胜于玩物的作品，因为它不仅是告诉人一件有趣的故事，不是要满足人的好奇心，而在唤起人的同情；它不仅是给人看一篇文字，这篇文字里含有活力，能够吸引读者于不自觉。人只觉一种浓厚的感情渗透自己的心灵，从这里可以增进自己的了解、安慰或悦怿。这才是人间所必需和期求的东西，也就是文艺家应当从事的东西。

（选自1921年3月10日《晨报》）

文艺谈·四

我常觉得“诚”这个字是无论什么事业的必具条件。我们心情倾注于某事某物，便将我们的全生命浸渍在里面，视为我们的信仰和宗教，这就能“诚”了。

文艺作品所表现的总不外人生的事物情思，然而论其品类却万有不齐。这就因为作者态度不同的缘故。作者态度自然也各殊其致，但大略可以一线界为两部：线以上为“诚的”，以下为“不诚的”。

作者持真诚的态度的，他必深信文艺的效用在唤起人们的同情，增进人们的了解、安慰和喜悦；又必对于他的时代、他的境地有种种很浓厚的感情，他下笔撰作，初无或恐违此、勉为留意的必要，而自然成为含有普遍性的真文艺。无论用的是写实的方法，或者带有浪漫的气息，或者从积极方面发挥，或者从消极方面描绘，一样地可以为文艺界增一新色彩。他虽只是和别人一样的一个人，然而他所表现的，因为他一本真诚，绝无故意的造作，确是此时此境里人们的情思，怎不教人低回感动呢？

作者态度不真诚的，他对于文艺本没有什么了解，他的下笔撰作，只本着一种戏弄和滑稽的心思——或者还有别的不相干的原因。他既不真诚，情感先淡薄了。他对于人生或则所感甚浅，或竟全无所感，这已丧失了文艺的灵魂。这等无灵魂的文艺品里，无非是浮浅的外皮的情思，——或竟是堕落的兽性的表白。他虽然也可以袭取他人已成之作，改易面目，充为自己的材料，但可以袭取的是文字言说，不能袭取的是他人的心。文艺作品虽然只是文字言说，然而里面在在含有文艺家的心灵。你但取其可以袭取的形而下的文字言说,有什么用呢?此类作品，前者为“反乎人生”，后者为“没有个性”。借成语以为评，正可说“玩物丧志”。

所以我们要创作我们所希望的真文艺品，没有范本可临，没有捷径可走，唯一的方法乃在自己修养，磨炼到一个“诚”字。我们应以全生命浸渍在文艺里，我们应以浓厚的感情倾注于文艺所欲表现的人生。

但是，我们自有知觉，曾经过几回真诚的感动和浓情的温存？两个人见了面，一颔首，目光都不肯互注，各自东西，此后便永不相见，也无所谓忆念。一封信送来，居然有两张八行笺，但写在上面的都是尺牍上的话。一个老妇足力不济跌了一交，接着便是一阵拍手和哄笑。间壁人家遭了盗劫，还伤了人，我就私幸我家没有轮到。……也说不尽许多，总之，我们的一大群里充满了虚伪，诽笑，自私，冷淡，隔膜……

这个对于文艺界多少总有些妨碍。然而这个不是文艺上的问题了。我不过是喜欢文艺、希望文艺慢慢地长大的一个人。我本着这一点微诚，愿我的伴侣的人生观有所改换。

（选自1921年3月11日《晨报》）

文艺谈·五

文艺的目的在表现人生，所以凡是对于人生有所触着而且深切地触着的，都可以为创作文艺品的材料。触着不触着不在知识的高下，而在情感的浓淡。情感则半出先天，半由熏陶。情感浓厚的人，虽然他的知识因无从传习，程度极低，他一样地能够感山水林木之美，兴与造物游的遐想，一样地能够感堕落沉沦之苦，发欲为援手的悲悯。这等心灵的颤动是绝妙的画稿，是最好的诗料，总之，是艺术的泉源。

往往有许多美妙的思想言语出于愚夫愚妇或孺子之口。但彼辈自己不能写录，不能撰作，事过情迁，那些思想言语便化为乌有，了无留痕（我想古今来美妙的思想言语曾经涌现于人们脑蒂里但没有留痕的一定不知凡几，幸而留痕的一定比不曾留痕的少得多多）。正如天空的云自在飘浮，幻成极美丽的文章，后来经风力吹荡，这美丽的文章变了，散了，不复能有同样的第二回了。这岂不是大可惜么？

文艺家有一种不可推诿的责任，便是保留这等美妙的思想言语。发出这等思想言语的人初无著为文艺品的欲求。然而文艺家听见了，以为这是人心的花，精神界的开拓，倘若不将它保留下来，便是精神界的损失，心灵的浪费。正如云幻成美丽的文章，在云何尝有什么意思，然而我们人看见了，赞美欣赏而外，还要用速写法抽一个影象下来，否则是永远的可惜。

但是所谓保留，不是照样记录，象照相法保留物象的意思。我们但想所以保留之故，怎样保留就容易明白了。那些美妙的思想言语，因为它是人生的表现，可以增进人们的同情和慰悦，所以文艺家要保留它。这当然要取一个完善的方式保留下来，才可以一毫不减损它的效力。而所谓愚夫愚妇，他们所感的是情，是浑然不可分析的。情动于中，自然倾吐。他们对于如何为最完善的达情方式，是没有研究的（他们随意应用的也许便是最完善的方式，但决不尽然），所以照样保留，未必便能有充分的效力。这里文艺家可以显出他的功能了。他应将所得的材料加以剪裁、增损、修饰种种工夫，所谓艺术的制练，使那些里面含有自己的灵魂，一面却仍不失原来的精神。那些材料经这么一来，已固定在一个最完善的方式里，加入了普遍和永久的性质，在文艺界里就有了位置了。人常说文艺品是文艺家创作出来的，就因为他那艺术的制练是一种创作的工夫。

从这里更可见文艺家应有精细的观察。无论是什么人物，什么思想言语，他都有留心的必要，因为那些或者有助于他。很平常的劳人的叹息，小孩子不思虑的话，村妇的谈天，……或者都是可以创作文艺品的材料。文艺家如能随时观察，即不立著于篇，而蓄积既富，需用时自有俯拾即是之乐。若常是关在书室里，执笔构思欲有所作，即使精思深情可供抒写，而文艺的泉源已壅塞了一部分，终有范围较狭之嫌了。

（选自1921年3月15日《晨报》）

文艺谈·十一

艺术究竟是为人生的抑为艺术的，治艺术者各有所持，几成两大流。以我浅见，必具二者方得为艺术。唯其如此，此等讨论无须深究。艺术苟有反人生的倾向，无论何人必不能对之起慰悦陶醉的感觉，复何得为艺术？复次，艺术的内容固切合人生（此言人生乃属广义，盖兼包过去与未来、现实与理想、物质与精神而言。世固有认切合人生唯表现过去的、现实的、物质的足以当之，此视人生无异陈物，非艺术家的态度）。则其自身已含有艺术的性质，虽欲强避亦不可得。

即以文艺论，许多创作家明明有各持一义以为创作的主义的。然而看他们的作品，何尝能仅仅表现他们所取而排斥所不取，常常二者相兼，莫能判离。我们想起王尔德与托尔斯泰，就想起他们对于艺术上主义的不同，而且可谓相反。然而王尔德的作品何尝反于人生？托尔斯泰的作品何尝不有浓厚的艺术意味？于此可见真的文艺必兼包人生的与艺术的。如或偏废，非玩物的作品，即干枯无味的记录，不可谓之真文艺。

从文艺家创作方面言，对于这等讨究唯当持无所容心的态度。因为创作的时候，那唯一的动机便是一种浓厚的情感。文艺家从事观察，入于事事物物的内心，体认他们生命的力，不知不觉间自有不得不表现而出之之势。由于何种欲望，何种原因，是自己所不知道的，也是无暇推求的。这所谓冲动是单纯的，一瞬间的。这时候最要紧的就是顺着心情之自然，教那枝笔将他的张弛强弱很迅速地写出来。写出来的虽然是墨的痕迹，是很物质很机械的，然而因为这样排列着，唯有这样排列着，所以是这种浓厚的情感的全体表现，而不是连缀文辞的微末技巧。若其时兼有一点顾虑，“我这所作必须是人生的”，或“我这所作必须是艺术的”，则这单纯的一瞬间的情感必且由强烈而转为薄弱，由浑凝而化为碎屑。便是更为反省，欲重现先此所感已不可得，强为抒写，必不能成很好的作品。以其出于重构，违于心情之自然，所以不能探究人生；又以其不能将情感全体表现，即无所谓艺术，纵有之，亦至低。此何以故？因其有所顾虑，有所容心于人生的与艺术的之间故。顾虑把创作的唯一的动机赶走了，还能创作些什么？所以文艺家应当无所容心，什么主义，什么派别，对之都一无所知。惟其如此，所成作品却常兼人生的与艺术的二者。

一首诗，一篇小说，一本戏曲，所表现的或是一个境地，或是一桩事实，或是一秒间的感想，或是很普通的经历，文艺家对之决不认为片断的凑合，而必视为有机的全体，所以能起极深浓的情感。譬诸画家睹山水林木之美而欣赏，他决不会说美在此树此木，而必以浑然的全景为感情所属寄。这等材料所以能引起文艺家的情感，实因通过了文艺家的心情，已是人生化的了。否则物自物，我自我，物我之间隔膜一层，物既不能引起我的情感，我又何必从事于表现？可见文艺品的内容，无论如何必然是人生的。文艺家既将所感完全表现出来，绝不是复制和模仿，而恰是情感的本体，这是何等伟大高超的艺术。所以我们诵读很好的文艺，于述说痛苦流离的，不仅哀其困顿，起满腔的悲悯，于描写佳山佳水的，不仅叹其绝胜，作往游的想望，和听讲故事一样的心情，我们常常超于悲悯与想望以上，起一种不可描写的美感。这是隔离一切，无关利害，而其美即在痛苦流离和佳山佳水的本身。倘若文艺不是一种艺术品，何以能有此奇异的伟力呢？更从旁面说，诗和小说于描写景物表现性格之处，便是绘画。于顺着心情之自然，依着它的张弛强弱写出来时，那种自然的谐律，便是音乐。至于戏剧，则以有动作的表现，更兼造型艺术的意味了。此可证文艺又必当是艺术的了。

（选自1921年3月20日《晨报》）

文艺谈·十二

文艺作品，无论是小诗、长诗、短篇小说、长篇小说、单幕剧、多幕剧，必须是浑然的一个有机体，而不是支离杂凑的集合体，这是文艺家所当知的。文艺家的情绪想象或触动于外境，或自生于内心，都不会是支离破碎的。无论其内容或丰或啬，以物体相喻，总当是一个融和致密有生机的球体。而作品连缀文字而成，可喻以直线。以直线描绘球体，既不失其原形，又无碍其生机，这就是文艺家最高的手腕。

以上所说嫌其意晦，请更申说。我们观赏好花，谓其有风姿，有天趣，决不以花为多数花瓣花蕊花萼的集合体，而惟有浑然的花的印象呈于脑蒂，而且认为这花是超于物质的，有它的生命的。我们若将它作为画题，当然以浑然的有生机的花尽我们的能力表现出来。虽不能不一花瓣一花蕊一花萼地画成，但并不为零碎的经心和努力。

文艺家以黑墨的痕迹涂于白纸，画家以彩色的痕迹涂于画幅，一样是极形而下的事；而不然者，就因为那些痕迹一经文艺家和画家的手，已蜕化而为情绪想象了。试于名家诗篇中改窜一两句，读者立辨其伪托。名画上加一墨点，虽童子亦将认为玷污。一两句和一墨点即足以破坏名作家表现浑然的有机的情绪想象的作品而有余，则在文艺家自身，既然起了创作的动机，就当用其艺术手腕不使其作品有破坏之点，是不必说了。

然而文艺家自己破坏其作品的却是常有的事。请将我国旧诗来说。我国旧诗自然有很好的。但到近几代，自名的诗翁产生得愈多，集子也刊印得愈多，好诗反而寥若晨星。他们的诗所以不能好，当然有种种原因，如实际生活和精神生活的不足以培养成伟大的诗人，而作者自己破坏其作品总该是原因之一。

诗人观物兴感，冥想有得，不假研索，诗思自然流露于心底，写出来就是诗句。这等诗句往往是很好的，但决不能在此而外更有所增益。而以前的诗人总不肯将这等自然流露的诗意极自然地没增损地写出来，他们必须渗些传统主义的思想，用些古典的借喻，更于仅得的诗意而外加上些随后凑合的意思。我从各家诗话里看出他们的作诗法确是如此。这么一来，浑然而含生机的诗意早已肢僵体解，送入坟墓了。最可惜的就是他们所谓零句。其实偶然吟得一两句，而且仅仅一两句，已足以表现当时整个的情绪和想象。然而他们说，零句不能算诗，必须足成之。于是拈着吟须，为零句而寻整篇之诗。待整篇成，很好的零句就同珠玉杂于粪土了。我以前也喜欢做旧诗，时常因零句而作整篇。但友人看了，哪句是最先有的，一猜便中。我看友人的诗也是如此。常以互猜为戏。

观以上所说，可知以前诗人不易有好诗的原因在乎种种的束缚，若传统的思想，若古典的文辞，若固定的格律，将他们的情绪想象一变再变，分离破碎，至于全易面目。这就是所谓自己破坏。

我思及此，极为以后的诗坛庆幸。现在所见的新诗虽然不见都好，但因思想的解放，体格的自由，文辞的直录所思，有一种普遍的现象，就是浑然一体，少有牵强琐屑之病。

（选自1921年3月31日《晨报》）

文艺谈·二十

读别国的文艺品，最重要的在领略他们的思想和感染他们的情绪。但是获得了这等思想情绪，不就是情绪终止点，也不是从事创作的发轫点。什么事情固然贵乎自觉，其与外铄，有深浅精粗的不同。但严闭的心幕往往因无所触发，竟没有觉悟的机会。而一语之启示，却能引起深切的醒悟。启示之来袭我心，如响斯应，深深印合，虽云外来，实亦内感。此与纯由自觉者似异而实同。外国文艺品之可以帮助我们者就在这一点。我们固然有自己独特的思想和情绪，但一与别国的融合，或将更为高超而深挚。文艺的发展本是多方的，而其总共的归途则一。我们读了别国的文艺品，或且更易接近于总共的归途。

这说的是读别国文艺品的要旨。其实读别人的作品统是这样。除此而外，我们再也不能从他人的作品里取得什么。如当创作之时，于他人作品的实质方面或形式方面一有取携，便同写字的临摹，图书的翻版，只是徒劳精力，不能为文艺界增益些什么。

宇宙之大，事物之众，哪一件不是文艺的实质，哪一种结构不是文艺的方式？许多爱好艺术的人说，宇宙就是一首伟大的诗篇，岂是虚语？所以有独创的精神的人，其创作决不会与人从同，他也不肯与人从同。假设两个有独创的精神的人就同一事物而各以文艺表现出来，他们还是各有各的精神，各有各的形式。本来文艺之事不同机械，是穷极变化而各臻其妙的，哪有从同之理呢？

许多文艺品到我们的眼里，哪一篇是作者感受极深，不能自已而后创作的，哪一篇是作者好为弄笔，模楷他人而强作的，往往很容易辨出，仿佛他们自己标注在篇末似的。这个办法也极简易。凡是取材不拘于一隅，形式又极其变化的，大都属于前者。其属于后者的，往往可以归纳为一个公式，那些作品只是从一个公式里编列出来而数目不同的几个算式罢了。不但我国笔记式的小说有公式，便是近今所见的言爱、言侦探、言妇女和劳动界的痛苦的小说，其大部分不也可约之以一个公式么？

凡是配合公式的作品，作者不一定有精密的观察，不一定有浓深的感兴，只须随意找些人物和境地就可以成篇。这个法子固然很容易，要每天有作品产出都可以。但是有独特的精神而于文艺抱真诚的人必不肯如此做法。何以故？就因为辱没了自己。

大家摆脱这等公式，注意于自己的修养和宇宙的观察，自然可以成很好的作品。愿从事文艺的同志们都上这一条路。

（选自 1921 年 4 月 19 日《晨报》）

文艺谈·二十五

我们从事创作，须牢记着这“创作”二字。天地间本来没有这一篇东西，由我们的劳力创造出这一篇东西来，要不愧为“创”才行。单单连缀无数单字，运用许多现成的语句，凑合成篇，固然不可谓“创”；即人家已经说了的话，我用文字把它再现出来，也不可谓“创”。必须是人家不曾有过而为我所独具的想象情思，我以真诚的态度用最适切的文字语句表现出来，这个独特的想象情思经这么一番功夫，就凝定起来，可以永久存留，文艺界里就多了一件新品。这才不愧为“创”呢。

如此说来，创作不是很难了么？人们的想象情思往往相去不远，哪能有这许多人家不曾有过而为我所独具的呢？我以为这一层忧虑殊可不必。同是人类，心情一切固然相去不远，但相去不远的是粗浅的浮面，决不相同的是精微的内心。文艺之事本来导源于心灵，果真我们的心灵明澈而机警，则不求其与人立异，而自然不与人同。譬如我们见一个十五六岁的女子抱养婴儿在那里哺乳，若陡观外面不为深察，则止见一个幼稚的母亲哺伊的婴儿罢了。感念一动，涉想便人各不同：我同情于母亲，怜其无知而已负重任；或注意于婴儿，悯其天禀之必殊脆弱；或味深意于天真之爱；或致惋叹于民识之稚。大略言之已如是。更加以时空之背景，互异之观点，其精微不同之处或竟达于千万。不比几十个小学生同算一个加减法的算题，得数会完全相同。还忧虑什么呢？

所以我们欲有创作，决不要逞空想而从事猜度，也不要抄捷径而思得倚傍。文艺以情感为要素，情感不是可以悬拟或假借的。猜度即病不真，倚傍即病无我，都不会成就很好的创作。我们要以心接物，极真诚地和一切抱合，极亲爱地和一切留连，细至一花一草，大至社会群众，我们都要认识他们的本真。因为这等本真通过了我们的情思，而我们与这等本真所附丽的一切又是混凝为一的，所以也可以说是我们的本真。将这些写出来，是世界一切的真象，同时是作者所独具的想象情思的自己表现，是作者的生命的痕迹，里面含有个性。好的文艺无不是这样，而以心接物的作者又极容易做到这样，并不是很难的事。我们尽可奋勇努力，舍去曲径纡道，无所恋恋。我们的前面全是康庄。

写出来须以最适切的文字语句，其实也非很难的事。言语的根本是情意。情意是独具的，所以语文也有特别的风格，彼此各殊，不会混同。我们尽可大胆地率真地写我们的文字。传习的语法，典故的借用，都足以使文字与情意远离。我们一概不去理会它们，自由挥写，方可以完成很好的创作。

（选自1921年5月11日《晨报》）

文艺谈·二十九

现在从事文艺创作的人，从发布的作品观察，似乎大部分是住在都会里的。这是当然的现象：都会地方是潮流激荡的大海，住在里面的人们自然受其沾润。学校里的教授，书报的鼓吹，师友的讲习，都是以引起对于文艺的兴趣，进而努力于创作。社会现象的黑暗，传播消息的便捷，又极易激刺富有创作力的人的心灵，使他起种种情绪，不能自已，必欲表现之于文字而后快。

但是，创作家集中于都会，也不是文艺界的幸福。我们原不要划清什么此国与彼国，要伸己之长以抑人之长；然而我们既有这同地同时同趋向同期求的一大群伴侣，其间有什么忧思、疾苦、快乐、希求、特性、专长等，就一概不容埋没，应该全数表现出来，使伴侣大家知道，更使一切人都知道。这所谓忧思、疾苦、快乐、希求、特性、专长等要是全群的，普遍的，不是部分的，偏举的，须得从全群的人们的心的深处去听，单单用举一反三的简单方法是不尽可靠的。居于都会的创作家即能听到都会里的人的心的最深处，也只观察了全群的小部分，都会以外的人正不知要加上多少倍，然而他不会听到，不曾观察。因此他的作品感人的力就不能普遍。入于人心的文艺原来从人心里抉取出来的，制为文艺，还以供诸大群，这才是具有普遍性的文艺。这等文艺的产出，要创作家不一定居于都会而后有望。

一位友人曾对我说，“现在有许多治文学的，治文学而喜欢创作的，颇欲作欧美之游，以为这个于己必有极大的进益。其实文学不比别的，在己则自己修养无待于所居之必为欧美；在外则凡所接触俱是借我抒写之材料；况且欲建立中国的新兴文学，尤须从中国全群人的心中去抉取材料，从中国全群人的前途着想而点起引路的灯来。然则欧美侨居，转与群众隔膜。所以今日的创作家应当多多旅行中国各处，都会不必说了，便是穷乡僻壤，山村水集，也须印有创作家的足迹，各种社会，各种生活，都该镂入创作家的脑海。创作家果真有这等热力和兴会，我想中国的有世界价值的文艺的产出，决不是渺茫的事情。”这位朋友的话正与我意相合，我愿同时的创作家时常作中国内地的旅行。

不仅是旅行，文艺家还当居于乡僻之区，贫民之窟。愚昧和贫苦一样是不幸的事，我们的伴侣陷于其中，当然最先要帮助他们一跃而起，离去这不幸的魔窟。试到小村落里或是都会中的贫民区里去，你就可以听到一种鄙俗、惨苦，直同于叫喊哭泣的歌声。他们虽然不幸，但也具有人类极高美的根荄——爱好唱歌。这就是他们的一种表示：他们非常需要文艺家。文艺家领受了他们的期求，和他们一起居住，自己的心与他们的心同其呼吸，顺应他们的需求，指导他们的路径，创作很好的歌给他们唱，使他们的叫喊化为乐律，哭泣转成笑声。这是何等有意义的事业。

创作家呀，你们不一定要住在都会里。

（选自1921年5月15日《晨报》）

文艺谈·三十七

最近上海报纸上载一个使我伤心的广告，我想一定有许多人与我同感。这个广告几乎使我不自信其目，然而确确实实的很大很清楚的字。它的语句是："宁可不娶小老嬷，不可不看《礼拜六》。"以下便是《礼拜六》周刊的目录了。他们每一期的广告总有几句使人伤感而又非常可怜的开场白，这一次所见的不过是尤甚的罢了。不知以后更有尤甚的话想出来否。

这实在是一种侮辱，普遍的侮辱。他们侮辱自己，侮辱文学，更侮辱他人。我从来不肯诅咒他们，但我不得不诅咒他们这样的举动。无论什么游戏的事总不至卑鄙到这样。游戏也要高尚和真诚的啊。如今既有写出这两句的人，社会上又很有容受的人，使类似的语句每星期见于报纸，这不仅是文学前途的渺茫和忧虑，竟是中国民族超升的渺茫和忧虑了。

然而我们有这么一个信念：人们最高精神的链锁，从无量数的弱小的心团结而为大心，是文学所独具的能力。他能揭破黑暗，迎接光明，使人们弃去卑鄙和浅薄，趋向高尚和精深。我们怎能任它的前途真剩渺茫和忧虑呢？

中国与文艺接触的人实在很少，我们的希望自然要求其逐渐增多。便是这少数的接触文艺的人，他们又缺乏辨别的能力，不能明白他们所嗜好的东西的性质。我们的希望自然要求其具有辨别力，明白了解文艺的性质。但是现在的新文学运动能否影响到本不曾接触过文艺的人，又能否使迷途的人辨别他们正当的趋向，这实在不能不假思索地答一个“能”字。不曾接触过文艺的且不要说，一部分入了迷途的，他们既曾接触而成嗜好，当然要继续地接触。好的正当的既是非常稀少，而且力量非常薄弱，坏的荒谬的自然乘机而起，以供需求了。好的正当的真是太少了，除了几种杂志和丛书而外，还有什么呢？

看了上述的这等广告，我们不要徒然伤感，应得格外地努力。自然，我们先得着眼于曾和文艺接触的人：他们嗜好失当，曾不自觉认非为是，成为习惯，和我们所谓真的文艺往往不欲亲近。这一层阻障当先打破。于是我们宜窥测他们的可乘之点，猜知如何则他们自愿亲近，而后从事撰作。这并非迎合和揣摩，乃所谓因势利导，实与他们以猛烈的讽刺和正确的改正。他们接触了新的，既不觉其不习惯，便屡次接触，因而潜移默化，入于新的途径。这一层是我们现在亟须注意的。而从事文学的人也要尽量增多，才能扩大文艺界的范围，供给一般人的汲取。

我信上述的这等广告总有绝迹的一天。绝迹的早晚，要看我们努力的程度如何了。

（选自 1921 年 6 月 12 日《晨报》）

文艺谈·三十九

我们最当注意的还要数到儿童。现在的成人与文学疏远，实在是一种莫大的损失。倘若叫儿童依着老路，只是追踪前人，那就是全民族的永远的损失了。所以他们须得改换新路，立定在新的基础上。

新路新基础怎样呢？看了旧的就可以从反面推求出新的了。自我们的祖先以至我们，才一入世，便堕落在陈腐束缚的境遇里。我们原有可以发出深浓的情绪的本能，而外境拘牵，或竟阻遏，使我们不得发抒。我们原有可以磨练强固的意志的本能，而外境制止，或且戕害，使我们因循颓废。我想自我们而前的人都应抱有一种冤抑：试想孩提之时受父母的养护，虽然父母是非常爱我们的，而因不明白什么原理，一定也与我们以许多不自认知的损害。长而涉世，则社会的黑暗，生计的压迫等等，又使我们生活简单，情思干燥。因此种种，我们爱好文学的泉源怎得不枯涸呢？民族的不爱好文学是境遇造成的。休说伟大的创作家须有先天的禀受和后天的素养才能产出，便是酷嗜文学的人也要自幼成习，才能终身以之。先天既无所禀受，后天又多方摧抑，务使与文学立于两岸，创作家和酷嗜文学的哪得不少？若说我国的集部书实在不少，读书吟诗的也是很多，则我要问：他们做的是不是真的文学？其中很好的是不是止有数得清的几部？而读书吟诗的又都因为真诚的非盲目的爱好而读和吟么？

我们为着以后的儿童的福利，须要给他们以与我们当初所遇的不同的境遇。这并不是文学上的问题，而是要他们爱好文学非这么从根本入手不可。我先要请求为父母的，儿童的一切本能都让他们自由发展，更帮助他们发展。那些是文学的泉源啊。我不曾见备受遏抑的人而为伟大的创作家，或者为真能爱好文学者。我相信中国伟大的创作家还在摇篮里，所以我这么请求。我又要请求为教师的，不要将学校成为枯庙，将课本象和尚念梵咒那样给儿童死读。你们可以化学校为花园，为农圃，为剧院，为工场，……他们在里面有丰富有趣的生活，一面用你们的眼光选择很好的文学给他们读，不仅是读，且使他们于此感动，于此陶醉。我们固然不希望个个儿童为创作家，这是不可能的事，但不可不希望个个儿童能欣赏文学，接近文学。

希望今后的创作家多多为儿童创作些新的适合于儿童的文学。现在提起儿童用书问题便觉得非常恐慌。学校为儿童布置一个图书馆，把不很惬意的书统收了进去，依旧有书籍寥寥之感。至于儿童读的杂志竟是没有。无论是天才或常资，要有所成就有所酷嗜，总得先有所感染。有没有文学熏陶的儿童，当然有不爱好文学的民族了。我们幼小的时候，往往背着师长看些《水浒》、《三国演义》、《红楼梦》以及诗词传奇，引起了文学的兴趣。我想以后的儿童决不可待他们偷看，偷看则已有许多好机会错过了。当初我们看的固然是很好的东西，但里面的思想情调不合于现代的一定很多，倘若叫他们也看那些，难免与他们以潜隐的损害，或者我们已深深地感受了。那些东西不妨待他们到研究文学史的时候再看，而现在最急需的却是新鲜的滋养的食料。创作家怎得不多量地供给，安慰他们的渴望呢？这也是伟大的事业啊。

（选自1921年6月24日《晨报》）

诗的泉源

当“诗人”这两个音给我听到、“诗人”这两个字给我看见的时候，我总感觉不大自然，或者说于耳于目不大顺适。这或者是出于我的偏见。我以为“诗人”指的是一种特异的人，并且有把这种特异的人与一般大众区别开来的意思。人家或者说，“我们发出这两个音，写出这两个字，本意就是这样”。但是我感到不自然，不顺适。

人家又常说“作诗”或是“写诗”，一样地足以立刻引起我的那种感觉。有些人刻刻在那里搜寻和期待，他们的经心比猎人猎取野兽的还要加胜，这也使我代他们感到彷徨不安。他们看这个“作”或“写”好象也是生活中不可或缺的一件事，正如吃饭和做工。在一定的时间内没有新的诗篇产出，就觉得异样地不安宁，正如饥饿和闲散无聊的时候所感受的。

我的意思浅薄而固执，我认为“诗人”这个名字和“农人”“工人”不一样，不配成立而用来指一种特异的人。世间没有除了“作诗”“写诗”以外就无所事事的。仅仅名为一个“诗人”的人。“作诗”或“写诗”也和“吃饭”“做工”不同，不是生活中不可或缺的事，不做就有感到缺少了什么的想念。换一句说，这算不得一回事。

我并非看轻“诗人”，鄙薄到不愿意用这个名字来称呼谁；也不是厌恶“作诗”或“写诗”，说无论如何我们不该这么做。我只不愿意我们做一个被特异称呼的“诗人”，不愿意我们比猎人猎取野兽更经心地“作诗”或“写诗”。

诗是什么的问题，很惭愧不能明确地解答出来。但是也可以作护短的说辞：即解答出来了，于诗的世界又有什么益处？

还是回过来探索诗的泉源吧。假若没有所谓人类，没有人类这么生活着，就没有诗这种东西。这是一句幼稚可笑的话，聪明的人或者要冷笑着说："何止是诗？哪一件人事不是这个样子？"固然，一切人事都是这个样子，都因为人类这么生活着所以才有。生活是一切的泉源，也就是诗的泉源。所以说到诗就要说到生活——并不为要达到作诗的目的才说到生活。我们生而为人，怎能不说到生活呢？

两个不同的形容词加到生活上去，表示出生活的相反的两端的，通用的是"空虚"和"充实"。判定生活的属于哪一端，由于各人的内观，而旁人为客观的观察，往往难得其真。我们常常欢喜代人家设想，说这个人的生活何等空虚，那个人的生活何等不充实。其实所谓这个人和那个人未必感到这等的缺憾，所以不一定同我们一样设想。现在欲避免这一层错误，只得就我们内观所得的来说。

听说佛教有所谓"禅定"的一个法门，不声不见，不虑不思，用来注释空虚的生活或者是最适切的了。我们虽不讲什么禅定，却有时也入于相类的境界。不事工作，也不涉烦闷，不欣外物，也不动内情，一切止是淡漠和疏远，统可加上一个消极的"不"字。好的生活和坏的生活都是积极的，惟有这"一切不"的生活是异样地空虚。但是我们确有时过这一种生活，或者延绵下去，至于终身。

反过来说，别一种生活就是"不一切不"的。有工作则不绝地工作，倦于工作则深切地烦闷，强烈地颓废；对美善则热跃地欣赏赞美，对丑恶则悲悯地咒诅怜念；情感有所倾注，思虑有所系属；总之，一切都深浓和亲密。无论这是好的生活，足以欣喜恋慕的，或是坏的生活，足以悲伤厌弃的，但本身内观的当儿总觉得这生活的丰富和繁茂。明白地说，就是觉得里面包含着许多东西，好象一个饱满的袋子。这就是所谓充实的生活。

现在说到诗。空虚的生活是个干涸的泉源，也可说不成泉源，哪里会流出诗的泉来？因为它虽名为生活，而顺着它的消极的倾向，几乎退入于不生活了。惟有充实的生活是汩汩无尽的泉源。有了源，就有泉水了。所以充实的生活就是诗。这不只是写在纸面上的有字迹可见的诗啊。当然，写在纸面就是有字迹可见的诗。写出与不写出原没有什么紧要的关系，总之生活充实就是诗了。我常这么妄想：一个耕田的农妇或是一个悲苦的矿工的生活比一个绅士先生的或者充实得多，因而诗的泉源也比较的丰富。我又想，这或者不是妄想吧。

我们将以“诗人”两字加到哪一类人的身上去呢？若说凡是生活充实的人便是诗人，似乎有点奇怪；或者专以称呼曾经写出些诗来的人，又觉得不妥。固然，有些人从充实的生活的泉源里疏引些泉水，写出些诗篇来。这不过是他们高兴这样做，有写作的冲动，别的人只是没有这种冲动罢了。只将“诗人”称呼他们，对于同他们一样地具有充实的生活的人又将怎样呢？

由高兴和冲动所引出的事似乎与生活中不可或缺的事有点区别。我们由于高兴而去游山，或者由于冲动而长啸一声，不能说游山和长啸就是不可或缺的事。我们若是具有充实的生活，可以不用经心，问什么要不要从那里疏引些泉水出来。忽然高兴，忽然冲动，就写出些字迹，成为纸面的诗篇。一辈子不高兴，不冲动，就一辈子不写，但我们的诗篇依然存在。特地当它一回事，象猎人那样搜寻和期待，这算什么呢？

这是从高兴写、有写的冲动的一方面说。因为生活充实，除非不写，写出来没有不真实不恳切的，决没有虚伪浮浅的弊病。丰盈澄澈的泉源自然流出清泉。所以描写工作，就表出厚实的力量；发抒烦闷，就成为切至的悲声；赞美则满含春意；咒诅则力显深痛；情感是深浓热烈的；思虑是周博正确的。这等的总称，便是“好诗”。好诗的成立不在乎写出的人被称为“诗人”，也不在乎写出的人有了这写出的努力，而在乎他有充实的生活的泉源啊。

生活空虚的人也可以写诗，但只是诗的形罢了。写了出来的好诗既然视而可见，诵而可听，自然凝固为一个形。形往往成为被摹拟的。西子含颦，尚且有人仿效呢。所以到我们眼睛里的诗有满篇感慨，实际却浑无属寄的，有连呼爱美，实际却未尝直觉的；情感呢，没有，思虑呢，没有，仅仅具有诗的形而已。汲无源的泉水，未免徒劳；效西子的含颦，益显丑陋。人若不是愚笨，总不愿意这样做吧。

（选自1922年4月15日《诗》月刊第1卷第4号）

我如果是一个作者

我如果是一个作者，我如果写了一本书，希望写书评的人第一要摸着我心情活动的路径。在这条路径里，你考察，你观赏，发见了美好的境界，我安慰地笑了，因为你了解我的甘苦；或者发见了残败的处所，我便不胜感激，因为你检举了我的缺失。

书评是写给作者看的，假如没有摸着作者心情活动的路径，任你说得天花乱坠，与作者和作者的书全不相干。同时书评是写给读者看的，读者读的是这一本书，你就不能不啃住这一本书。假如没有摸着作者心情活动的路径，无论你搬出社会影响的大道理或是文学理论的许多原则来，与这一本书全不相干。

我不欢喜听一味的赞扬，也不欢喜听一味的斥责。一味的赞扬适用于书局的广告，书局的广告常常使读者感到肉麻，尤其使作者看了难过。你，写书评的人，何苦使我难过呢？一味的斥责，父亲对于儿子，教师对于学生，尚且要竭力避免，为的是希望他悔改。你，写书评的人，对于我来这么一味的斥责，是不是说我在写作方面的成功，真是“他生未卜此生休”了吗？我承认这一回的过失，但是我愿意悔改。你为什么不给我开一条悔改的路径呢？

我欢喜听体贴的疏解。假定我有些微的好处，你给我疏解为什么会有这些好处，我就可以在这方面更加努力。假如我有许多的缺失，你给我疏解为什么会有这许多缺失，我就可以在种种方面再来修炼。你同情于我，你看得起我的书，肯提起笔来写书评，这种体贴的美意是不会缺少的。也许你的笔稍稍放纵了一点，写成的批评只是把我的书标榜或是示众，但是，依据你这种美意反省一下，就会觉察这只是阿好者或是仇人的行为，不特无益于我，而且违反你对于我的美意，于是你不由得要“改弦更张”了。

疏解以外，直抒所感也是一种批评的方法。直抒所感往往须利用比喻，如说“仿佛走进了一座庄严的殿堂”，“宛如看见了一个状貌态度服装器用各不相称的人物”，这种批评对于读者比较有意思。读者看过作品，再来看这种批评，好比游历回来听同游者谈说所得的印象，谈来和自己的印象相合，固然有得所印证的乐趣，如果和自己的印象大有径庭，也可以把过去游踪重行回味一下。这种批评对于作者，用处似乎较少。无论说作品仿佛一座庄严的殿堂，或者宛如一个状貌态度服装器用各不相称的人物，总之不过描摹了作品的一种光景罢了，而作者所要从批评者那里听到的不止是自己作品的一种光景。

批评者不能不有一副固定的眼光。这里所谓眼光并不单指眼睛看事物而言，包括着通常说的人生观和世界观。眼光来自生活，一个人的一生眼光即使有转变，可是在某一段时间以内总是固定的。教他用一副眼光去看这件事物，更用另外一副眼光去看那件事物，事实上很难办到。所以我不希望批评者随时转变他的眼光，只希望批评者不要完全抹杀他人的眼光。万一我的眼光与他的不同，且慢说“要不得”“不可为训”那些话儿，不妨站在我的地位设想，看看我这种眼光怎么来的，然后说依他的眼光看来，结果完全两样。也许我给他说服了，我的眼光就会来一下转变。这是他的胜利，而我对于他也将感激不尽。

有一些批评者似乎有一种偏嗜，好比吃东西，他们偏嗜着甜的或是辣的，就觉得甜的或是辣的以外都不中吃。不幸我的东西偏偏不是甜的或是辣的，不中吃是当然的事情。但是我也不觉得惭愧，因为本性既已注定，无法为了迁就他人的口味，硬要变做甜的或是辣的。

（选自1937年5月9日《大公报·文艺》第333期；
原题为《如其我是个作者》，初载1923年7月30日
上海《时事新报·文学周刊》第81期）

读者的话

尊贵的作家！我是个读者，我要诚挚而爽直地向你们说几句话。

如果你们并不愿意我认识你们的心灵，你们的心灵的动荡如云气的自由卷舒，如波澜的随意生灭，不为什么，当然更不是为我，那么请你们把这些卷舒生灭之迹深深地藏在心里，不用写出来，更不用给我看见。

如果你们兴会忽来，想把这些痕迹留在纸面上，如小孩子画一个从颔颊下生出手足来的人在墙上，学生写无数不连属的单字在课本的封面一样，这也是你们的自由。但是你们自始至终不曾想到我，就没有给我看见的必要，还是请你们把这些痕迹关在你们的抽屉里罢。

如果你们曾经想起我，想起要把你们的工作给我看见，那么你们与我便发生了关系，我就有这权利对你们陈述我的要求：

我要求你们的工作完全表现你们自己，不仅是一种意见一个主张要是你们自己的，便是细到象游丝的一缕情怀，低到象落叶的一声叹息，也要让我认得出是你们的而不是旁的人的。这样，我与你们认识了，我认识你们的心了；我欣喜我的进入你们的世界，你们也欣喜你们的世界中多了一个我。在我呢，当然是感激着你们的丰美的赠遗；而你们自己尝得到这种欣喜的美味，也正是超于寻常的骄傲。我不希望你们说人家说烂了的应酬话，我不希望你们说不曾弄清楚的勉强话，我更不希望你们全不由己、纯受暗示而说这样那样的话。如果如此，我所领受的只是话语的公式，是离散的语言文字，是别人家的话语，而不是你们的心的独特的体相。于是乎我大失望了，象忽然一交，跌入一个无穷大的虚空里去一样。

我又要求你们的工作能使我的心动一动，就是细微，象秋雨的滴入倦客的怀里也就好了；能使我尝到一点滋味，就是淡薄，象水洒的沾上渴者的舌端也就好了；能使我受到一点感觉，就是轻浅，象小而薄的指爪在背上搔着也就好了。这样，我就满足了所以要读你们的东西的愿望。我觉得我的生活是充实，是有味，是不枯寂——虽然充实着的是喜乐还是悲忧，滋味是甘甜还是酸苦，感觉是痛快还是难受，尚都不能说定，而我总觉得这是比较的好的生活了。你们赏与我的这样地优厚，我当然感激你们，至于心里酸酸的，眼眶里的泪儿欲偷跑出来。我不希望你们的工作使我漠然无动，象对着一座白墙；我不希望你们的工作使我毫不觉得有什么味道，象喝着一盏白水；我更不希望你们的工作全不触着我，象正当奇痒，而终于不曾伸出手指来。如果如此，至少在这一个当儿，我要觉得我的生活是空虚，是乏味，是枯寂，一切都不是我所有的了。于是乎我大失望了，又象忽然一交，跌入一个无穷大的虚空里去一样。

尊贵的作家！我要向你们要求的还有许多，只是太零碎了，就只说了上面的两端罢。其实这两端还只是一物，哪有出于你们的心灵的东西而不能使我感动的？哪有足以感动我的东西而是表现不出你们自己的？你们应当怎样努力，从我这微薄的意思里也就可以得一点消息了。

（选自1923年8月6日上海《时事新报·文学周刊》第82期）

第一口的蜜

欣赏力的必须养成，实已是不用说明的了。湖山的晨光与暮蔼，舟子同樵夫未必都能够领略它们的佳趣。名家的绘画与乐曲，一般人或许只看见一簇不同的色彩，只听见一阵繁喧的音响。一定要有个机会，得将整个的心对着湖山绘画乐曲等等，而且深入它们的底里，象蜂嘴的深入花心一样。于是第一口的蜜就尝到了。一次的尝到往往引起难舍的密恋，因而更益去寻觅，更益去吸取。譬诸蜂儿，好花遍野，蜜亦无穷，就永远以蜜为生了。

所以这个机会最重要。它若来时，随后的反复修炼渐进高深，实与水流云行一样是自然的事。最坏的是始终没有这个机会。譬如无根之草，又怎能加什么培养之功呢？任你怎样好的艺术陈列在面前，总仿佛隔着一幅无形的黑幕，只有彼此全不相干罢了。

可是这个机会并不是纯任因缘的，我们自己能够做得七八分儿的主；只要我们拿出整个的心来对着湖山等等，同时我们就得到机会了。什么事情权柄在自己手里时，总不用忧虑。现在就文艺一端说，我们且不要斥责著作家的太不顾人家，且不要怨恨批评家的不给人引路；我们还是使用固有的权柄来养成自己的欣赏力罢。

如果我们存着玩戏的心来对一切的文艺，我们就劫夺了自己的幸福了。玩戏的心止是一种残余的如灰的微力，只能飘浮在空际，附着于表面，独不能深入一切的底里。更就实际生活去看，只有庄严地诚挚地做一件事情才做得好。假若是玩戏的态度，便不能够写好一张字，画好一幅画，踢好一场球，种好一簇花，甚至不能够讲好一个笑话。

对于文艺，当然终于不会欣赏了，我们应以教士跪在祭台前面的虔意，情人伏在所欢的怀里的热诚，来对所读的文艺。这时候不知有别的东西，只有我们的心与所读的文艺正通着电流。更进一步，我们不复知有心与文艺，只觉即心即文艺，浑和不分了。于是我们可以听到作者低细的叹息，可以感到作者微妙的愉悦；就是这听到这感到，我们便仿佛有了全世界。于是我们尝到第一口的蜜了。

如果我们存着求得的心来对一切的文艺，我们就杜绝了精美的体味了。求得的心总要联带着伸出一只无形的手来，仿佛说：给我一点什么。心在手上，便不能再在对象上；即使在对象上还留着一点儿，总不能整个的注在上边。如是，我们要求的是甲，而文艺并不给我们甲，我们要求的是乙，而文艺又并不给我们乙；我们只觉得文艺是个吝啬不过的东西，不得不与它疏远了。其实我们先不该向文艺求得什么东西。我们不要希望从它那里得到一点知识，学会一些智慧，我们又不一定要从它那里晓得什么伟大的事情，但也不一定要晓得什么微细的生活。我们应当绝无要求，读文艺就只是读文艺。这时候我们的心如明镜一般，而且比明镜还要澄澈，不仅仅照得见一片的表面。而我们固有的知识智慧感情经验与文艺里边的情事境界发生感应，就使我们陶然如醉，恍然如悟，入于一种难以言说的快适的心态。于是我们尝到第一口的蜜了。

我们是读者，不要被玩戏的心求得的心使着魔法，把我们第一口的蜜藏过了。

（选自1923年8月20日上海《时事新报·文学周刊》第84期）

诚实的自己的话

我们试问自己，最爱说的是哪一类的话？这可以立刻回答，我们爱说必要说的与欢喜说的话。我们有时受人家的托付，传述一句话，或者为事势所牵，不得不同人家勉强敷衍几句，固然也一样地能够说，然而兴趣差得远了。语言本是为着要在大群中表白自我，或者要鸣出内心的感兴。顺着这两个倾向的，自然会不容自遏地高兴地说。至于传述与敷衍，既不是表白，又无关感兴，本来不必鼓动唇舌的。本来不必而出以勉强，兴趣当然不同了。

作文与说话本是同一目的，只是所用的工具不同而已。所以在这关于说话的经验里可以得到关于作文的启示。倘若没有什么想要表白，没有什么发生感兴，就不感到必要与欢喜，就不用写什么文字。一定要有所写才动手去写。若不是为着必要与欢喜而勉强去写，这就是一种无聊又无益的事。

勉强写作的事确然是有的。这或由于作者的不自觉，或由于别有利用的心思，并不根据所以要写作的心理的基本。作者受别人的影响，多读了几篇别人的文字，似乎觉得颇欲有所写了，但是写下来却与别人的文字没有两样。至于存着利用的心思的，他一定要写作一些文字才得达某种目的。可是自己没有什么可写，不得不去采取人家的资料。象这样无意的与有意的勉强写作，所犯的弊病是相同的，就是模仿。我这样说，无意模仿的人固然要出来申辩，说这所写的确然出于必要与欢喜；而有意模仿的人或许也要不承认自己的模仿。但是有一种尺度在这里，用着它，模仿与否将不辩而自明，就是这文字里的表白与感兴是否确实作者自己的。从这衡量就可见二者都只是复制了人家现成的东西，作者自己并不曾拿出什么来。不曾拿出什么来，模仿的讥评当然不能免了。至此，无意模仿的人就会爽然自失，感到这必要并非真的必要，欢喜其实无可欢喜，又何必定要写作呢？而有意模仿的人想到写作的本意，为葆爱这种工具起见，也将遏抑利用的心思。直到他们确实有自己的表白与感兴才动手去写作。

象那些著述的文字，作者潜心研修，竭尽毕生的精力，获得一种见解，创成一种艺术，然后写下来的，自然是写出自己的东西。但是人间的思想情感往往不甚相悬，现在定要写出自己的东西，似乎他人既已说过的就得避去不说，而要去找人家没有说过的来说。这样，在一般人岂不是可说的话很少了么？其实写出自己的东西并不是这样讲的；按诸实际，又决不能象这个样子。我们说话作文，无非使用那些通用的言词；至于质料，也免不了古人与今人这样那样运用过了的，虽然不能说决没有创新，而也不会全部是创新。但是要注意，我们所以要说这席话，写这篇文，自有我们的内面的根源，并不是完全被动地受了别人的影响，也不是想利用着达到某种不好的目的。这内面的根源就与著述家所获得的见解和创成的艺术有同等的价值。它是独立的，即使表达出来恰巧与别人的雷同，或者有意地采用了别人的东西，都不受模仿的讥评，因为它自有独立性。这正如两人面貌相同性情相同，无碍彼此的独立，或如生物吸收了种种东西营养自己，却无碍自己的独立。所以我们只须自问有没有话要说，不用问这话人家曾否说过。果真确有要说的话，用以作文，就是写出自己的东西了。

更进一步说，人的思想情感诚然不甚相悬，但也决不会全然一致。先天的遗传，后天的教育，师友的熏染，时代的影响，都是酿成大同中的小异的原因。原因这么繁复，又是参伍错综地来的，就成各人小异的思想情感。那么，所写的东西如果是自己的，只要是自己的，实在很难遇到与人家雷同的情形。试看许多文家一样地吟咏风月，描绘山水，会有不相雷同而各极其妙的文字，就是很显明的例了。原来他们不去依傍别的，只把自己的心去对着风月山水；他们又绝对不肯勉强，必须有所写才写；主观的情思与客观的景物糅和，组织的方式千变万殊，自然每有所作都成独创了。虽然他们所用的大部分也只是通用的言词，也只是古人与今人这样那样运用过了的，而这些文字的生命是由作者给与的，终究是唯一的独创的东西。

讨究到这里，可以知道写出自己的东西是什么意义了。既然要写出自己的东西，就会联带地要求所写的必须是美好的。假若有所表白，这当是有关于人间事情的，则必须合于事理的真际，切乎生活的实况；假若有所感兴，这当是不倾吐不舒快的，则必须本于内心的郁积，发乎情性的自然。这种要求可以称为“求诚”。试想假如只知写出自己的东西而不知求诚，将会有什么事情发生？那时候，臆断的表白与浮浅的感兴，因为无由检验，也将杂出于我们笔下而不自觉知。如果终于不觉，徒然多了这番写作，得不到一点效果，已是很可怜悯的。如果随后觉知了，更将引起深深的悔恨，以为背于事理的见解，怎能够表白于人间，贻人以谬误；浮荡无着的偶感，怎值得表现为定形，耗己之劳思呢？人不愿陷于可怜的境地，也不愿事后有什么悔恨，所以总希望自己所写的文字确是美好的。

虚伪浮夸玩戏都是与诚字正相反对的。有些人的文字里却犯着虚伪、浮夸、玩戏的弊病。这同前面所说的一样，有无意的，也有有意的。譬如论事，为才力所限，自以为竭尽智能，还是得不到真际，就此写下来，便成为虚伪或浮夸了。又譬如抒情，为素养所拘，自以为很有价值，但其实近于恶趣，就此写下来，便成为玩戏了。这所谓无意的，都因有所蒙蔽，遂犯了弊病。至于有意的，当然也是怀着利用的心思，借以达某种目的。如故意颠倒是非，希望淆惑人家的视听，便趋于虚伪；谀墓献寿，必须彰善颂美，便涉于浮夸；作书牟利，迎合人们的弱点，便流于玩戏。无论无意或有意犯着这些弊病，都是学行上的缺失，生活上的污点。如果他们能想一想是谁作文，作文应当是怎样的，便将汗流满面，无地自容，不愿再担负这种缺失与污点了。

我们从正面与反面看，便可知作文的求诚实含着以下的意思：从原料讲，要是真实的，深厚的，不说那些浮游无着不可证验的话；从态度讲，要是诚恳的，严肃的，不取那些油滑轻薄十分卑鄙的样子。

我们作文，要写出诚实的自己的话。

（选自1924年1月10日《小说月报》第15卷第1号）

怎样写作

《读书生活》的同人在《创刊辞》里说："我们的理想是，将来的《读书生活》完全要变作读者的园地，里面全部要登载他们的文学写作，生活实录，科学研究，时事意见等等，稿子要从各社会层的角落里飞来，撰稿人都是不见经传的生活奋斗的大众。"但在目前，他们知道这一种特性还不能充分地发挥，所以当前的《读者生活》的实践是特别注意：

一、首先做到对于不大读书的人提出一个读书生活的正确观念，纠正和说服过去所受的一些不良的影响；

二、供给正确而又通俗的科学知识，使读者从此片断的知识，渐渐进入较专门的研究；

三、为彻底了解各社会层及职业团体生活的特殊与实况，特别设生活记录；

四、鼓励大众写作；

五、设读书问答，解除读书过程中的疑难。

这五条中间，第三、四两条是《读书生活》达到它的"理想"——完全变作读者园地——的预备工作。我很赞成《读书生活》将来的理想以及它目前所担负的五种任务。特别是第三、四两条。《读书生活》的理想能否实现，先要看最近的将来有多少生活记录和青年文艺的稿子从各社会层的角落里飞来。

《读书生活》的读者自然并不缺乏生活记录和文艺作品的材料。然而他们一提起了笔，也许会觉得头绪纷繁，不知从哪里说起好，也许会觉得笔尖不听指挥，活泼泼的生活记录会写成死板板的零用帐。他们写出来了，也许自己看看不满意就丢在抽屉里了，也许寄到了编辑先生手里，编辑先生也给它发表出来了，但读者得不到生动的印象。这样的情形，未必是我的想象。有许多青年常常提出“怎样写作”的问题来，就可见有了材料而感到表现困难的大概并不少吧？

我们也见过有许多书籍或论文回答“怎样写作”了。那都是长套的大议论，介绍了前人写作经验的心得。这些回答也许是有用处的，也许曾有人得了启示，但读了什么什么“作法”之类的书籍而愈弄愈糊涂的青年却也很多。他们本来倒还会写写，读多了“作法”，反弄成不敢下笔了。或者写了出来却更加死板板了，于是积极指导写作的什么什么“作法”之类变成了一团冷粽子，停积在青年胸口消化不来了。

有材料而觉得表现困难的青年是应当学习一点什么写作法的。不过那些专书却不能给他们什么。他们倒是丢开了种种规则自由独立的写去，恐怕要好得多。他们倒是多读名家的著作，不要先把什么写作法横梗在心中，只是欣赏地去读着，恐怕倒能够不知不觉间读会了一些写作法。他们假使要写一篇生活记录，那就好象是跟朋友或家人谈话似的写下去吧，千万不要存着我在作文的意思。一有了这存心，就会写成了死板板的讲义体或零用帐了。假使要写一篇小说，也请千万不要把写小说的架子先在自家心里搭起来；倒是先把自家所要写的对象精密地整理过了，就不拘什么“形式”写下来罢。什么什么写作法，请你暂且不要放在心上。你写多了，读多了，你自然会自己产出方法来。

（选自1934年12月25日《读书生活》第1卷第4期）

木炭习作跟短小文字

美术学生喜欢作整幅的画，尤其喜欢给涂上彩色，红一大块，绿一大块，对于油彩毫不吝惜。待涂满了自己看看，觉得跟名画集里的画幅有点儿相近，那就十分满意；遇到展览会，当然非送去陈列不可。因此，你如果去看什么美术学校的展览会，红红绿绿的画幅简直叫你眼花；你也许会疑心你看见了一个新的宗派——红红绿绿派。

整幅的彩色画所以被美术学生喜欢，并不是没有理由的。从效用上说，这可以表示作者从人生、社会窥见的一种意义，譬如灵肉冲突哩，意志难得自由哩，都会的罪恶哩，黄包车夫的痛苦哩，都是常见的题材。从技巧上说，这可以表示作者对于光跟色彩的研究工夫，人的脸上一搭青一搭黄，花瓶里的一朵大花单只是一团红，都是研究的结果。人谁不乐意把自己见到的、研究出来的告诉人家。美术学生会的是画画，当然用画来代替言语，于是拿起画笔来，一幅又一幅地涂他们的彩色画。

但是，从参观展览会的人一方面说，这红红绿绿派往往象一大批谜，骤然看去，不知道画的什么，仔细看了一会，才约略猜得透大概是什么，不放心，再对准了号数检查手里的出品目录，也有猜中的，也有猜不中的。明明是一幅一幅挂在墙上的画，除了瞎子谁都看得清，为什么看了还得猜？这因为画得不很象的缘故。画人不很象人，也许是远远的一簇树木，画花不很象花，也许是桌子上堆着几个绒线球，怎叫人不要猜？

象，在美术学生看来真是不值得齿数的一个条件。他们会说，你要象，去看照相好了，不用来看画，画画的终极的目标就不在乎象。话是不错，然而照相也有两种：一种是普通的，另一种是艺术照相。普通照相就只是个象；艺术照相却还有旁的什么，可是也决不离开了象。把画画得跟普通照相一样，那就近乎“匠”了，自然不好；但是跟艺术照相一样，除了旁的什么以外，还有一个条件叫做象，不是并没有辱没了绘画艺术吗？并且，丢开了象，还画什么画呢？画画的终极的目标固然不在象，而画画的基础的条件不能不是这个象。

照相靠着机械的帮助，无论普通的、艺术的，你要它不象也办不到。画画全由于心思跟手腕的运用，你没有练习到象的地步，画出来就简直不象。不象，好比造房子没有打下基础，你却要造起高堂大厦来，怎得不一塌糊涂，完全失败？基础先打下了，然后高堂大厦凭你造。这必需的工夫就是木炭习作。

但是，听说美术学生最不感兴味的就是木炭习作。一个石膏人头，一朵假花，要一回又一回地描画，谁耐烦。马马虎虎敷衍一下，总算学过了这一门就是了；回头就嚷着弄彩色，画整幅。这是好胜的心肠，巴望自己创造出几幅有价值的画来，不能说不应该，然而未免把画画的基础看得太轻忽了。并且，木炭习作不只使你落笔画得象，更能够叫你渐渐地明白，画一件东西，哪一些繁琐的线条可以省掉，哪一些主要的线条一丝一毫随便不得。不但叫你明白，又叫你的手腕渐渐熟练起来，可以省掉的简直不画，随便不得的决不随便。这对于你极有益处，将来你能画出不同于照相可是也象的画来，基础就在乎此。

情形正相同，一个文学青年也得下一番跟木炭习作同类的工夫，那目标也在乎象而不仅在乎象。

文学的木炭习作就是短小文字，有种种的名称，小品，随笔，感想文，速写，特写，杂文，此外大概还有。照编撰文学概论的说起来，这些门类各有各的定义跟范围，不能混同：但是不多噜苏，少有枝叶，有什么说什么，说完了就搁笔，差不多是这些门类的共通点，所以不妨并为一谈。若说应付实际生活的需要，惟有这些门类才真个当得起“应用文”三个字；章程、契券、公文之类只是“公式文”而已，实在不配称为“应用文”。同时，这些门类质地单纯，写作起来比较便于照顾，借此训练手腕，最容易达到熟能生巧的境界。

目标也在乎象，这个话怎么说呢？原来简单得很：你眼前有什么，心中有什么，把它写下来，没有走样；拿给人家看，能使人家明白你眼前的、心中的是什么，这就行了。若把画画的工夫来比拟，不就是做到了一个象字吗？这可不能够三脚两步就达到，连篇累牍写了许多，结果自觉并没有把眼前的、心中的写下来，人家也不大清楚作者到底写的什么：这样的事情往往有之。所以，虽说是类乎木炭习作的短小文字，写作的时候也非郑重从事不可。譬如写一间房间，你得注意各种陈设的位置，辨认外来光线的方向，更得捉住你从那房间得到的印象；譬如写一个人物，你得认清他的状貌，观察他的举动，更得发见他的由种种因缘而熔铸成功的性情；又譬如写一点感想，你得把握那感想的中心，让所有的语言都环拱着它，为着它而存在。能够这样当一回事做，写下来的成绩总之离象不远；渐渐进步到纯熟，那就无有不象——就是说，你要写什么，写下来的一定是什么了。

到了纯熟的时候，跟画画一样，你能放弃那些繁琐的线条，你能用简单的几笔画出生动的形象来，你能通体没有一笔败笔。你即使不去作什么长篇大品，这短小文字也就是文学作品了。文学作品跟普通文字本没有划然的界限，至多象整幅彩色画，跟木炭习作一样而已。

画画不象，写作写不出所要写的，那就根本不成，别再提艺术哩文学哩那些好听的字眼。但是，在那基础上下了工夫，逐渐发展开去，却就成了艺术跟文学。舍此以外，几乎没有什么捷径。谁自问是个忠实的美术学生或者文学青年的话，先对于基础作一番刻苦的工夫吧。

（选自1935年3月1日《中学生》第53号）

关于小品文

小品文不单指篇幅短小的文字而言，篇幅短小，不一定就是小品文。有时候，我们看到篇幅相当多的文字，却直觉地辨认出来这是小品文。一般地说，小品文大多是篇幅短小的文字。除此以外，小品文实在指某一种文体。怎样的一种文体呢？要象下定义一般叙述出来是不容易的，我们不妨就相反的方面来说。

跟小品文相反的是讲义体，也可以说教科书体。讲义，我们都领教过：全部分为几章，每章又分为几节，每节也许又有好几个子目；章有章的题目，节有节的题目，子目又有子目的名称；讲到内容，无非人生经验的公式化跟化石化；把人的感情赶到露不得嘴脸的角落里去，只是板起一副似乎理智的面孔，告诉人家一些好象同人家全不相干的事。在学校的课室里，桌子上摊着的是讲义，学生的手里却另外有一本小说；或者没有小说，那就低着头假装在那里看讲义，实际却在那里打瞌睡，不然就是在那里休养精神，恢复刚才一场足球的劳倦。这是读者对于讲义的反应。

教科书跟讲义是同样的东西；照我国的情形说，由书店发行用铅字排印的叫做教科书，由书记员缮写用钢笔版真笔版印发的就叫做讲义。动物教科书讲到昆虫，就说什么虫几足几翼，头部怎样，胸部怎样，腹部怎样，它是益虫或者害虫；地理教科书讲到地方志，就说某省位于某省的哪一方，面积多少方里，山脉有什么山，河流有什么河，人口多少，物产有什么什么。对于这样的教科书，学生如果不作反省，只认定记诵这些东西是学生命中注定的职务，倒也罢了。万一反省一下，自己记诵这些东西到底为的什么？那末，就是最低能的学生也要爽然若失了；每天对着一些不相干的名称、数字跟原理，这生活并不比囚犯快适了多少呀！

就说讲到昆虫的书，法布尔不是有一部巨著叫做《昆虫记》吗？在我国，全译本虽然还没有，零星的翻译却已见过不少。他讲昆虫跟教科书完全不一样。他把昆虫的全部生活描写出来；它们怎样斗争，怎样恋爱，怎样处理它们的子女，怎样消遣它们的闲暇，都给精细地记载在纸面，好比摄了一套活动影片。我们看了他的书，就同踏进了昆虫的世界一样，只觉得这个世界并不比我们的世界简单无聊，而且处处跟我们的世界有着关连，参览得越周到，也就对于我们的世界知道得越多。再说地理书，我们可以举出插图本的游记来，因为很早就有了译本。这部书也跟教科书完全不一样，不单是干干净净的名称跟数字，更注重的是把各地的风俗、人情、山河、景物描摹出来，好比领导了读者去游历，把所见的一一指点给读者看一般。读者在游历一番之后，自会悟出地理跟我们的生活非但相干，而且相干得很密切哩。

讲义跟教科书的那种体裁给与人的影响，第一是引起厌倦；第二，无论讲的什么，总使人有一种毫不亲切的感觉，仿佛是生活以外的事情。一个学生如果单只接触讲义跟教科书，即使记诵得烂熟，他可以在考试的时候得到一百分，他可以在学校里做一个成绩优良的得奖者，可是他未必能应付一件日常的事情，用了他从各科的学习所得到的知识。在关心世运的人看来，这正大可忧虑。然而一班教育者还是把讲义跟教科书看做唯一的宝贝，好象除了讲义跟教科书的传授以外就无所谓教育。这岂不叫人焦心？

在报纸跟杂志上，我们也常常看到讲义体的文字。无论什么题目，譬如说，就是白银问题吧，作者总给你个“一二三四”，一是白银问题的什么，二是白银问题的什么，到末了来一个“结论”。说得好听点，这叫做有条有理，脉络分明；说得不好听一点，这好比在马路上看见的出殡或者娶亲的仪仗，一组军乐队，一组细乐队，到末了是一口棺材或者一乘花轿，谁都知道无非这么一回事。再去翻看另外的报纸跟杂志，上面也有同类的文字，也就是这么一套，正象凡是出殡或者娶亲的仪仗大致相同一样。对于这些，我们只好翻过不看。既然离开了学校，谁还有这耐性去读这些枯燥的毫不亲切的讲义？

跟讲义体相反的文体是什么样子的呢？那是决不搭足空架子的：作者见到什么想到什么就说什么，见不到想不到就不硬要来说。那是不只是提供一些概念的：作者怎么得到这一些概念的过程，也精密地叙述出来，有时还用了画家的画笔似地描出一些生动的印象。那是抱着一种亲切的态度的：读者读了，总觉得自己跟作者同在这个世界里，所谈论的也正是这个世界里的事；即使读者被骂了被讥讽了，也会发生反省或者愤怒，但决不会看得漠然，认为同自己绝不相干。

可以说的当然还有，但就是上面的几项也就够了。象这样的文体，我们叫它做小品文。不用小品文的名称，那就叫它做文学的散文也可以。小不小到底不是顶要紧的条件；一部巨大的传记，一部很长的旅行记事，切开来看，固然是许多篇的小品文，合起来看，称为文学的散文也满适当。

文学跟非文学并没有划然的界限。好比每一种颜色有深有淡，等级很多，在无数等级的中段，是深是淡，只有在对比之下才辨得清。然而最深跟最淡的两个等级，那就不必对比，谁都能一望而知。精粹的小品文是一个极端，好比最深色；讲义体中间的尤其坏的是另一个极端，好比最淡色。在这两极端之间的就只有程度的差异，越接近小品文的越是文学，越远于小品文的越不是文学，如此而已。

自从新文学运动开头到如今，十几年里头，就创作者的努力范围看，更就一般论者的注目范围看，似乎文学这个名词只包含着小说、戏剧跟诗歌三件东西。把散文这东西也看做文学，大家分一部分心力来对着它，还是较近的事情。而成为文学的散文，正就是我们现在所说的小品文。试取从前文家的文集来看，其中最好的几篇，就是“最文学的”的几篇，譬如杨子幼的《报孙会宗书》、陶渊明的《桃花源记》、柳子厚的《山水游记》、龚定庵的《重过扬州记》，也都是我们现在所说的小品文。这就可以知道小品文跟文学的散文是“二而一”，如果从文学史上看，并不是什么新花样。

（选自《小品文与漫画》，1935年3月生活书店版）

所谓文学的“永久性”是什么？

据一些编辑文学概论讲说文学批评的人说，文学有一种特质叫做“永久性”。他们说，文学跟科学不同。科学的真理谁都可以用口舌来讲说，用笔墨来记录，只要理解得正确，一百个人说来写来总是一个样子。即使没有人说没有人写，那真理依旧为真理而存在着。所以科学书籍之类好比一种容器，被记录在书上的真理好比盛在容器里的内容物，内容物跟容器是拆得开的。文学却不然。文学，有的是记叙一些事情，有的是发抒一种情感，在记叙或者发抒的时候，作者选定了一种由意想经营成功的形象。这形象就是写在纸面上的整篇东西。如果另外选定了一种形象，即使所叙述的是同样的事情，所抒写的是同类的情感，但总之是另外一篇东西了。所以文学的内容和形象是拆不开的，也可以说内容就寄托在形象里头。要读某一篇文学必得去读它的本身，如果看一点简略的梗概转述的提要之类，那只是知道它大约讲到些什么，决不能就算接触了某一篇文学。但是，要知道物理学方面的某一个原理，却并不限定去看某一本物理学书籍，随便看哪一本都可以，甚而至于不看书籍也可以，向人家请教或者自己去发现也就会知道了那个原理。文学的永久性就从这一点上显示出来。离开了作家所选定的形象就无所谓文学。好比一幅画或者一件雕刻品，如果把它撕得粉碎，捣成细屑，也就无所谓画跟雕刻品。文学不象记录物理学原理的物理学书籍一般只是暂时的容器，所以它有永久性。

编辑文学概论讲说文学批评的人又说，象物理学原理那样的知识除非弄不明白，一经把它弄明白，就成为个人的知识的一部分，那物理学书籍当然再没有翻看的必要。文学却不然。文学具有诉于情绪的力，情绪不能持续下去，象知识的永为个人所保有一样，但可以重行激起，譬如重读那作品或者想起那作品的时候，仍旧会有一种情绪涌上心头，虽然它的强弱深浅的程度未必跟以前相同。一篇文学对于某一个人，往往被读到许多回，又有人终身爱读某一种文学，就由于这个缘故。在这一点上，也就显示了文学的永久性。文学不是读过了就可以丢掉的东西，它使人愿意屡次去读它，使人每一回读它得到一点新的收获。

就上面的传述，可以知道文学是在本质上具有永久性的。但我们不可把这永久二字看得太严重，以为跟“万古不磨”“与天地同寿”那些话语的意义相同。如果这样想的话，那就不免误会了。所谓永久性，简单说来，无非指明文学的形跟质不可分，所以二者必须同存罢了；无非指明文学诉于情绪，所以人往往不厌两回三回地去亲近它罢了。

万古不磨的文学大概是难得有的。一种文学必须能感动任何时代的人，使任何时代的人都对它有极度的兴味，那才说得上万古不磨。这是可能的吗？文学不能不被作者的生活跟观念所范围，时代改变了，读者的生活跟观念离开作者的生活跟观念渐远，对于作者的作品的兴味也就渐淡，直到彼此完全不相同的时候，虽然是从前的名作，也不高兴去读它了。即使去读它，必将抱一种“看看古典哩”的态度，不会象读他种接近于自己的文学的时候那样，把整个的心情浸渍在对象里，同时感觉得亲切而有味。

（选自《文学百题》，1935 年 7 月生活书店版）

开头和结尾

写一篇文章，预备给人家看，这和当众演说很相象，和信口漫谈却不同。当众演说，无论是发一番议论或者讲一个故事，总得认定中心，凡是和中心有关系的才容纳进去，没有关系的，即使是好意思、好想象、好描摹、好比喻，也得丢掉。一场演说必须是一件独立的东西。信口漫谈可就不同。几个人的漫谈，说话象藤蔓一样爬开来，一忽儿谈这个，一忽儿谈那个，全体没有中心，每段都不能独立。这种漫谈本来没有什么目的，话说过了也就完事了。若是抱有目的，要把自己的情意告诉人家，用口演说也好，用笔写文章也好，总得对准中心用功夫，总得说成或者写成一件独立的东西。不然，人家就会弄不清楚你在说什么写什么，因而你的目的就难达到。

中心认定了，一件独立的东西在意想中形成了，怎样开头怎样结尾原是很自然的事，不用费什么矫揉造作的功夫了。开头和结尾也是和中心有关系的材料，也是那独立的东西的一部分，并不是另外加添上去的。然而有许多人往往因为习惯不良或者少加思考，就在开头和结尾的地方出了毛病。在会场里，我们时常听见演说者这么说："兄弟今天不曾预备，实在没有什么可以说的。"演说完了，又说："兄弟这一番话只是随便说说的，实在没有什么意思，要请诸位原谅。"谁也明白，这些都是谦虚的话。可是，在说出来之前，演说者未免少了一点思考。你说不曾预备，没有什么可以说的，那么为什么要踏上演说台呢？随后说出来的，无论是三言两语或者长篇大论，又算不算"可以说的"呢？你说随便说说，没有什么意思，那么刚才的一本正经，是不是逢场作戏呢？自己都相信不过的话，却要说给人家听，又算是一种什么态度呢？如果这样询问，演说者一定会爽然自失，回答不出来。其实他受的习惯的累，他听见人家演说这么说，自己也就这么说，说成了习惯，不知道这样的头尾对于演说是并没有帮助反而有损害的。不要这种无谓的谦虚，删去这种有害的头尾，岂不干净而有效得多？还有，演说者每每说："兄弟能在这里说几句话，十分荣幸。"这是通常的含有礼貌的开头，不能说有什么毛病。然而听众听到，总不免想："又是那老套来了。"听众这么一想，自然而然把注意力放松，于是演说者的演说效果就跟着打了折扣。什么事都如此，一回两回见得新鲜，成为老套就嫌乏味。所以老套以能够避免为妙。演说的开头要有礼貌，应该找一些新鲜而又适宜的话来说，原不必按照着公式，说什么"兄弟能在这里说几句话，十分荣兴"。

各种体裁的文章里头，书信的开头和结尾差不多是规定的。书信的构造通常分做三部分；除第二部分叙述事务，为书信的主要部分外，第一部分叫做"前文"，就是开头，内容是寻常的招呼和寒暄，第三部分叫做"后文"，就是结尾，内容也是招呼和寒暄。这样构造原本于人情，终于成为格式。从前的书信往往有前文后文非常繁复，竟至超过了叙述事务的主要部分的。近来流行简单的了，大概还保存着前文后文的痕迹。有一些书信完全略去前文后文，使人读了感到一种隽妙的趣味。不过这样的书信宜于寄给亲密的朋友。如果寄给尊长或者客气一点的朋友，还是依从格式，具备前文后文，才见得合乎礼仪。

记述文记述一件事物，必得先提出该事物，然后把各部分分项写下去。如果一开头就写各部分，人家就不明白你在说什么了。我曾经记述一位朋友赠我的一张华山风景片。开头说："贺昌群先生游罢华山，寄给我一张十二寸的放大片。"又如魏学洢的《核舟记》，开头说："明有奇巧人曰王叔远，能以径寸之木为宫室、器皿、人物以至鸟、兽、木、石，罔不因势象形，各具情态。尝贻余核舟一，盖大苏泛赤壁云。"不先提出"寄给我一张十二寸的放大片"以及"尝贻余核舟一"，以下的文字事实上没法写的。各部分记述过了，自然要来个结尾。象《核舟记》统计了核舟所有人物器具的数目，接着说"而计其长曾不盈寸，盖简桃核修狭者为之"。这已非常完整，把核舟的精巧表达得很明显的了。可是作者还要加上另外一个结尾，说：

> 魏子详瞩既毕，诧曰：嘻，技亦灵怪矣哉！《庄》《列》所载称惊犹鬼神者良多，然谁有游削于不寸之质而须麋了然者？假有人焉，举我言以复于我，亦必疑其诳，乃今亲睹之。由斯以观，棘刺之端未必不可为母猴也。嘻，技亦灵怪矣哉！

这实在是画蛇添足的勾当。从前人往往欢喜这么做，以为有了这一发挥，虽然记述小东西，也可以即小见大。不知道这么一个结尾以后的结尾，无非说明那个桃核极小而雕刻极精，至可惊异罢了。而这是不必特别说明的，因为全篇的记述都在暗示着这层意思。作者偏要格外讨好，反而教人起一种不统一的感觉。我那篇记述华山风景片的文字，没有写这种“结尾以后的结尾”，在写过了照片的各部分之后，结尾说：“这里叫做长空栈，是华山有名的险峻处所”。用点明来收场，不离乎全篇的中心。

叙述文叙述一件事情，事情的经过必然占着一段时间，依照时间的顺序来写，大致不会发生错误。这就是说，把事情的开端作为文章的开头，把事情的收梢作为文章的结尾。多数的叙述文都用这种方式，也不必举什么例子。又有为要叙明开端所写的事情的来历和原因，不得不回上去写以前时间所发生的事情。这样把时间倒错了来叙述，也是常见的。如丰子恺的《从孩子得到的启示》，开头写晚上和孩子随意谈话，问他最欢喜什么事，孩子回答说是逃难。在继续了一回问答之后，才悟出孩子所以欢喜逃难的缘故。如果就此为止，作者固然明白了，但是读者还没有明白。作者要使读者也明白孩子为什么欢喜逃难，就不得不用倒错的叙述方式，回上去写一个月以前的逃难情形了。在近代小说里，倒错叙述的例子很多，往往有开头写今天的事情，而接下去却写几天前几月前几年前的经过的。这不是故意弄什么花巧，大概由于今天这事情来得重要，占着主位，而从前的经过处于旁位，只供点明脉络之用的缘故。

说明文大体也有一定的方式。开头往往把所要说明的事物下一个诠释，立一个定义。例如说明“自由”，就先从“什么叫做自由”入手。

这正同小学生作“房屋”的题目用“房屋是用砖头木材建筑起来的”来开头一样。平凡固然平凡，然而是文章的常轨，不能说这有什么毛病。从下诠释、立定义开了头，接下去把诠释和定义里的语义和内容推阐明白，然后来一个结尾，这样就是一篇有条有理的说明文。蔡元培的《我的新生活观》可以说是适当的例子。那篇文章开头说：

> 什么叫做旧生活？是枯燥的，是退化的。什么叫做新生活？是丰富的，是进步的。

这就是下诠释、立定义。接着说旧生活的人不作工又不求学，所以他们的生活是枯燥的、退化的，新生活的人既要作工又要求学，所以他们的生活是丰富的、进步的。结尾说如果一个人能够天天作工求学，就是新生活的人，一个团体里的人能够天天作工求学，就是新生活的团体，全世界的人能够天天作工求学，就是新生活的世界。这见得作工求学的可贵，新生活的不可不追求。而写作这一篇的本旨也就在这里表达出来了。

再讲到议论文。议论文虽有各种，总之是提出自己的一种主张。现在略去那些细节目不说，单说怎样把主张提出来，这大概只有两种开头方式。如果所论的题目是大家周知的，开头就把自己的主张提出来，这是一种方式。譬如今年长江、黄河流域都闹水灾，报纸上每天用很多的篇幅记载各处的灾况，这可以说是大家周知的了。在这时候要主张怎样救灾、怎样治水，尽不妨开头就提出来，更不用累累赘赘先叙述那灾况怎样地严重。如果所论的题目在一般人意想中还不很熟悉，那就先把它述说明白，让大家有一个考量的范围，不至于茫然无知，全不接头，然后把自己的主张提出来，使大家心悦诚服地接受，这是又一种方式。胡适的《不朽》是这种方式的适当的例子。“不朽”含有怎样的意义，一般人未必十分了然，所以那篇文章的开头说：

> 不朽有种种说法，但是总括看来，只有两种说法是真有区别的。一种是把“不朽”解作灵魂不灭的意思，一种就是《春秋左传》上说的“三不朽”。

这就是指明从来对于不朽的认识。以下分头揭出这两种不朽论的缺点，认为对于一般的人生行为上没有什么重大的影响。到这里，读者一定盼望知道不朽论应该怎样才算得完善。于是作者提出他的主张所谓“社会的不朽论”来。在列举了一些例证，又和以前的不朽论比较了一番之后，他用下面的一段文字作结尾：

> 我这个现在的“小我”，对于那永远不朽的“大我”的无穷过去，须负重大的责任；对于那永远不朽的“大我”的无穷未来，也须负重大的责任。我须要时时想着，我应该如何努力利用现在的“小我”，方才可以不辜负了那“大我”的无穷过去，方才可以不贻害那“大我”的无穷未来？

这是作者的“社会的不朽论”的扼要说明，放在末了，有引人注意、促人深省的效果。所以，就构造说，这实在是一篇完整的议论文。

普通文的开头和结尾大略说过了，再来说感想文、描写文、抒情文、纪游文以及小说等所谓文学的文章。这类文章的开头，大别有冒头法和破题法两种。冒头法是不就触到本题，开头先来一个发端的方式。如茅盾的《都市文学》，把“中国第一大都市，‘东方的巴黎’——上海，一天比一天‘发展’了”作为冒头，然后叙述上海的现况，渐渐引到都市文学上去。破题法开头不用什么发端，马上就触到本题。如朱自清的《背影》，开头说“我与父亲不相见已二年余了，我最不能忘记的是他的背影”，就是一个适当的例子。

曾经有人说过，一篇文章的开头极难，好比画家对着一幅白纸，总得费许多的踌躇，去考量应该在什么地方下第一笔。这个话其实也不尽然。有修养的画家并不是画了第一笔再斟酌第二笔的，在一笔也不曾下之前，对着白纸已经考量停当，心目中早就有了全幅的布置了。布置既定，什么地方该下第一笔原是摆好在那里的事。作文也是一样。作者在一个字也不曾写之前，整篇文章已经活现在胸中了。这时候，该用什么方法开头，开头该用怎样的话，也都派定注就，再不必特地用什么搜寻的功夫。不过这是指有修养的人而言。如果是不能预先统筹全局的人，开头的确是一件难事。而且，岂止开头而已，他一句句一段段写下去将无处不难。他简直是盲人骑瞎马，哪里会知道一路前去撞着些什么。

文章的开头犹如一幕戏剧刚开幕的一刹那的情景，选择得适当，足以奠定全幕的情调，笼罩全幕的空气，使人家立刻把纷乱的杂念放下，专心一志看那下文的发展。如鲁迅的《秋夜》，描写秋夜对景的一些奇幻峭拔的心情，用如下的文句来开头：

> 在我的后园，可以看见墙外有两株树。一株是枣树，还有一株也是枣树。

“还有一株也是枣树”是并不寻常的说法，拗强而特异，足以引起人家的注意，而以下文章的情调差不多都和这一句一致。又如茅盾的《雾》，用“雾遮没了正对着后窗的一带山峰”来开头，全篇的空气就给这一句凝聚起来了。以上两例都属于显出力量的一类。另有一种开头，淡淡着笔，并不觉得有什么力量，可是同样可以传出全篇的情调，范围全篇的空气。如龚自珍的《记王隐君》，开头说：

> 于外王父段先生废簏中见一诗，不能忘。于西湖僧经箱中见书《心经》，蠹且半，如遇簏中诗也，益不能忘。

这个开头只觉得轻松随便，然而平淡而有韵味，一来可以暗示下文所记王隐君的生活，二来先行提出书法，可以作为下文访知王隐君的关键，仔细吟味，真有说不尽的妙趣。

现在再来说结尾。在略知文章甘苦的人一定有这么一种经验：找到适当的结尾好象行路的人遇到了一处适合的休息场所，在这里他可以安心歇脚，舒舒服服地停止他的进程。若是找不到适当的结尾而勉强作结，就象行路的人歇脚在日晒风吹的路旁，总觉得不是个妥当的地方。至于这所谓“找”，当然要在计划全篇的时候做，结尾和开头和中部都得在动笔之前有了成竹。如果待临时再找，也不免有盲人骑瞎马的危险。

结尾是文章完了的地方，但结尾最忌的却是真个完了。要文字虽完了而意义还没有尽，使读者好象嚼橄榄，已经咽了下去而嘴里还有余味，又好象听音乐，已经到了末拍而耳朵里还有余音，那才是好的结尾。归有光的《项脊轩志》的跋尾既已叙述了他的妻子与项脊轩的因缘，又说了修葺该轩的事，末了说：

庭有枇杷树，吾妻死之年所手植也，今已亭亭如盖矣。

这个结尾很好。骤然看去，也只是记叙庭中的那株枇杷树罢了，但是仔细吟味起来，这里头有物在人亡的感慨，有死者渺远的惆怅。虽则不过一句话，可是含蓄的意义很多，所谓“余味”“余音”就指这样的情形而言。我曾经作一篇题名《遗腹子》的小说，叙述一对夫妇只生女孩不生男孩，在绝望而纳妾之后，大太太居然生了一个男孩；但不久那个男孩就病死了；于是丈夫伤心得很，一晚上喝醉了酒，跌在河里淹死了；大太太发了神经病，只说自已肚皮里又怀了孕，然而遗腹子总是不见产生。到这里，故事已经完毕，结句说：

这时候，颇有些人来为大小姐二小姐说亲了。

这句话有点冷隽，见得后一代又将踏上前一代的道路，生男育女，盼男嫌女，重演那一套把戏，这样传递下去，正不知何年何代才休歇呢。我又有一篇小说叫做《风潮》，叙述中学学生因为对一个教师的反感，做了点越规行动，就有一个学生被除了名；大家的义愤和好奇心就此不可遏制，捣毁校具，联名退学，个个人都自视为英雄。到这里，我的结尾是：

路上遇见相识的人，问他们做什么时，他们用夸耀的声气回答道，“我们起风潮了！”

这样结尾把全篇停止在最热闹的情态上，很有点儿力量，“我们起风潮了”这句话如闻其声，这里头含蓄着一群学生在极度兴奋时种种的心情。以上是我所写的比较满意的两篇小说的结尾，现在附带提起，作为带有“余味”“余音”的例子。

结尾有回顾开头的一式，往往使读者起一种快感：好象登山涉水之后，重又回到原来的出发点，坐定下来，得以转过头去温习一番刚才经历的山水一般。极端的例子是开头用的什么话结尾也用同样的话。如林嗣环的《口技》，开头说：

> 京中有善口技者。会宾客大宴，于厅事之东北隅施八尺屏幛，口技人坐屏幛中，一桌、一椅、一扇、一抚尺而已。

结尾说：

> 忽然抚尺一下，众响毕绝。撤屏视之，一人、一桌、一椅、一扇、一抚尺而已。

前后同用“一桌、一椅、一扇、一抚尺而已”，把设备的简单冷落反衬表演口技的繁杂热闹，使人读罢了还得凝神去想。如果只写到“忽然抚尺一下，众响毕绝”，虽没有什么不通，然而总觉得这样还不是了局呢。

（选自 1935 年 10 月 1 日《中学生》第 58 号）

写 作 漫 谈

预备写作的青年常常欢喜打听人家的写作经验。“你写作的动机是什么？你所要表达的中心意旨是什么？你怎样采集你的材料？你怎样处理你的材料？你在文章的技术上怎样用工夫？”

一些作家为着回答这种恳切的请教，就根据自己的经验，写成或长或短或详或略的文章。另外一些作家并不曾被请教，可是回想自己在写作上所尝到的甘苦，觉得很有可以谈谈的，也就写下写作经验之类的文章。

这种文章，对于了解作品和作家，很有点用处。我们所接触到的是作品，作品是从作家的心情的泉源里流出来的，所以了解作家越多，了解作品越深。写作经验之类把作家从心情活动起直到写成固定型式（作品）为止的一段过程告诉我们，自然可以使我们得到更多更深的了解。

但是，看了这种文章，对于着手写作未必有多大的帮助：第一，许多作家说来的经验很不一致，依从了谁说的好呢？第二，即使在很不一致的说法中间“择善而从”，可是“从”还只是呆板的效学，能不能渐渐熟练起来，把人家的经验化作自己的经验，也是问题。第三，经验是实践的结果，人家实践了，得到独有的经验，我们来实践，也可以得到独有的经验。与其被动地接受人家的经验，不如自动地从实践中收得经验。接受得来的经验也许会“食而不化”，从实践中收得的经验却没有不能供自己受用的。

我不是说写作经验之类绝对看不得。我只是说对于这种东西，希望不要太深切，一味想依靠这种东西，尤其不行。古往今来成功的作家中间，哪几个是看了写作经验之类而成功的，似乎很难指说出来。

预备写作的青年又常常欢喜懂得一点文章的理法。剪裁和布局有什么关系？叙述和描写有什么不同？同样一句话语有几个说法，哪一个说法效果最大？同样一个情境有几个写法，哪一个写法力量最强？诸如此类的问题都是他们所关心的。

关心这些问题决不是坏事情，所以解答这些问题也决不是无聊的勾当。关于这方面，现在已经有了许多的文篇和书本，甚至连文艺描写辞典之类也编出来了。

这种文篇和书本，对于训练阅读的能力，很有点用处。所谓阅读，除了随便看看的以外，原来应该咀嚼作品的内容，领会作品的技术。现在有了这些东西，把许多作品的技术归纳起来，作为我们的参考，自然可以使我们触类旁通，左右逢源，增进阅读的能力。

但是，在着手写作的时候，最好把这些东西忘掉。写作时候应该信奉“文无定法”这句老话，同时自己来规定当前这篇作品所需要的理法。一个作家在斟酌一篇作品的布局，推敲一段文章的辞句，他决不这样想：“依照文章作法应该怎样？”他只是这样想：“要把当前这篇作品写得最妥帖应该怎样？”一壁写东西，一壁顾虑着文章作法中所说的各种项目，务必和它合拍：这不是写东西，简直是填表格了。填表格似地写成功的作品很难象个样儿，是可想而知的。何况你要这样做，必然感到缚手缚脚，大半连不大象个样儿的作品也难以写成功。

所以，对于文章作法之类和对于写作经验之类一样，希望太深切必然失望，一味想依靠结果是靠不住。

预备写作，大概要训练一副明澈的眼光。种种的事物在我们周围排列着、发生着，对它们怎样看法，要眼光，怎样把它们支配运用，要眼光。说得学术气一点，眼光就是所谓人生观和世界观。一个人尽可以不理会人生观和世界观那些名词，但是决不能没有一副应付事物的眼光，如果没有，他就生活不下去。眼光又须求其明澈。假定看法是错误的，支配运用是失当的，这就由于眼光不明澈的缘故，这样的生活就是糊涂无聊的生活。根据了这个着手写作，写成的就是糊涂无聊的作品，从认真的严肃的态度着想，这种作品很可以不用写。

进一步说，训练一副明澈的眼光是人人应该做的事情，一个工人、一个农夫、一个政府委员、一个商店伙计，如果不愿意过糊涂无聊的生活，都得随时在这上边努力。现在说预备写作需要训练眼光，好象这只是作家应该做的事情，实在有点儿本末倒置，认识欠广，这种指摘是应该接受的。我们不妨修正地说：一个作家本来应该训练一副明澈的眼光，因为他是一个人，必须好好地生活，同时为着写作，尤其应该训练一副明澈的眼光，因为惟有这样，写成功的东西才不至于糊涂无聊。

试看一些对于不好的作品的批评，如含义空虚，认识错误，取材不精当，描写不真切，这种种毛病，推求到根源，无非作者眼光上的缺点。眼光没有训练好，写作时候不会忽然变好。平时把眼光训练好，写作时候还是这一副眼光，当然错不到哪里去。而训练眼光是整个生活里的事情，不是写作时候的事情，更不是看看人家的写作经验之类所能了事的事情。

预备写作，又要训练一副熟练的手腕。什么事情都一样，要求熟练，惟有常常去做，规规矩矩去做。要把写作的手腕训练到熟练，必须常常去写，规规矩矩去写。练习绘画先画木炭画，练习雕像先雕一手一足，称为基本练习，基本弄好了，推广开去才有把握。写作也应该来一个基本练习。写信、写日记、写随笔，此外凡遇见可以写作的材料都不放过，随时把它写下来，这些都是基本练习。“出门不认货”的态度是要不得的，必须尽可能的力量，制造一件货色让它象一件货色。莫说全段、全篇都得斟酌，就是一句句子、一个字眼，也要经过推敲。写成功的虽然不一定是杰作，可是写作时候要象大作家制作他的杰作那样认真。这种习惯养成了是终身受用的，这样训练过来的手腕才是最能干、最坚强的手腕。

练习和成功，实际上是划不清界限的。某年某月以前是练习的时期，某年某月以后是成功的时期，在任何作家的生活史里都难这样地指说。不断地写作就是不断地练习，其间写作得到了家的一篇或是几篇就是成功的作品。所以在写作的当儿，成功与否尽可以不问，所要问的是，是否尽了可能的力量，是否运用了最能干、最坚强的手腕。

总之，写作是“行”的事情，不是“知”的事情。要动脚，才会走；要举手，才会取；要执笔，才会写作；看看文章作法之类只是“知”的事情，虽然不一定有什么害处。但是无益于写作的“行”是显然的。

（选自1937年4月17日《自修大学》第1卷第1辑第7号）

作一个文艺作者

社中收到读者惠书，其中往往提出这么一个问题：作一个文艺作者该怎样着手？读些什么书？现在就这个问题来谈谈。

第一要知道，文艺作者不是一种特殊的人，他要认真过活，他要努力作事，都和其他的人一般无二。在认真过活和努力作事当中，才心有所会，意有所见，就用语言文字传达给别人；他的传达方法又偏于具体化和形象化，不但使别人知道，并且使别人感动：这就是他创作了文艺，他成了文艺作者。人不一定要作文艺作者，犹如人不一定要作医生或工程师一样。作医生或工程师都有专门学术可以修习；作文艺作者却没有专门学术可以修习，他的功课是广泛的人生。语言文字似乎是专门学术，但是文艺作者运用语言文字和语文学者研究语言文字，情形并不相同；他能够选用一个最适当的词儿，安排一个最完美的形式，还是由于把人生体验得深切，并非由于支离破碎的玩弄语文的技巧。人生的境界，品类颇有不同：要从某一境界中有所会，有所见，又属不可多得之感。那么，作文艺作者实在是“可遇而不可求”的。这个话好象有点扫兴，可是事实如此。医生或工程师也许会成为文艺作者，当他们的人生境界象个清净而丰盈的泉源的时候；存心作文艺作者的人却未必定成为文艺作者，如果他们的人生境界是空虚的，平凡的，或者他们不能从某一境界中有所会，有所见。这就是所谓“可遇而不可求”。

把作一个文艺作者悬作自己的标的，虽然近乎“求”，但只要求得自然，那就求如不求。用文字写成的书固然要读，不用文字写成的书尤其要多读熟读，这是个求得最自然的办法。万象森列是一部书，古往今来是一部书，立身处世是一部书，物理人情是一部书，也说不尽许多：这些书集合拢来，戴一个共同的标题，就是“人生”。用文字写成的书原也记载着这些项目，但通过了文字去理会，究竟隔膜一层；不如直接和“人生”对面，来得深至透切。到了深至透切的地步，作一个文艺作者就有了真实的本钱了。

至于用文字写成的书，作别项事业的人不妨限定了范围读，不在范围以内的就可以不读；而希望作一个文艺作者的人却很难限定范围，换句话说，他的活动涉及全部人生，所以他的阅读范围越广越好。一本关于解剖学的书，或是一本关于考古学的书，粗略的想来，似乎和文艺写作无关，但是仔细的想来，解剖学或考古学的知识对于文艺写作也大有用处，这类的书正不应该摈斥到阅读以外。他如关于社会科学的书，关于文艺理论的书，关于语文研究的书，都是一般人所认为文艺作者必须涉及的。必须涉及诚然不错，不过要明白，涉及这几类的书正如涉及解剖学的书或考古学的书一样，其作用无非在增长识力，养成习惯，以便深至透切的处理人生。读了这些东西必须把它们消化，化为自身的血肉，融入自身的生活，到有所会有所见而执笔写作的时候，连自己曾经读过这些东西也几乎忘记了，才有用处。否则书自书，我自我，书和我之间划着一道界限，临到执笔写作的时候，只想在界限以外求些帮助，找些触发：那必然支离破碎，写不成好的文艺。

还有古今的文艺作品，那当然要读。用社会科学的观点去读，用文艺理论的观点去读，用语文研究的观点去读：这些是所谓分析的读法。同时更须用综合的读法去读。文艺作品里头含蕴着作者的人生和作者所见的人生，读的时候务求与作者的人生精神相通，如对于一个朋友一样，务求与作者所见的人生声息相关，如对于展开在自身面前的人生一样：这就是所谓综合的读法。分析的读法可以得到理解，是“知”的方面的事；综合的读法可以引起感应，是“情”和“意”的方面的事。文艺作品的阅读，固然不可忽略前者，可是更需要着重后者。至于自己执笔写作的时候，最好把曾经读过的文艺作品全忘记了，而直接从自己的“所会”“所见”出发。

（选自1942年8月5日《中学生战时月刊》第57期）

以画为喻

咱们画图，有时候为的实用。编撰关于动物植物的书籍，要让读者明白动物植物外面的形态跟内部的构造，就得画种种动物植物的图。修建一所房屋或者布置一个花园，要让住在别地的朋友知道房屋花园是怎么个光景，就得画关于这所房屋这个花园的图。这类的图，绘画动机都在实用。读者看了，明白了，住在别地的朋友看了，知道了，就完成了他的功能。

这类的图决不能随便乱画。首先要把画的东西看得明白，认得确切。譬如画猫罢，它的耳朵怎么样，它的眼睛怎么样。你如果没有看得明白，认得确切，怎么能下手？随便画上猪的耳朵，马的眼睛，那是个怪东西，决不是猫；人家看了那怪东西的图，决不能明白猫是怎样的动物。所以，要画猫就得先认清猫。其次，画图得先练成熟习的手腕，心里想画猫，手上就得画成一只猫。象猫这种动物，咱们中间谁还没有认清，可是咱们不能人人都画得成一只猫；画不成的原因，就在于熟习的手腕没有练成。明知道猫的耳朵是怎样的，眼睛是怎样的，可是手不应心，画出来的跟知道的不相一致，这就成猪的耳朵马的眼睛，或者什么也不象了。所以，要画猫又得练成从心所欲的手段。

咱们画图，有时候并不为实用。看见一个老头儿，觉得他的躯干，他的面部的器官，他的蓬松的头发跟胡子，线条都非常之美，配合起来，是一个美的和谐，咱们要把那美的和谐表现出来，就动手画那个老头儿的像。走到一处地方，看见三棵老柏树，那高高向上的气派，那倔强矫健的姿态，那苍然蔼然的颜色，都仿佛是超然不群的人格的象征，咱们要把这一点感兴表现出来，就动手画那三棵老柏树的图。这类的图，绘画的动机不为实用，可以说无所为。但也可以说有所为，为的是表出咱们所见到的一点东西，从老头儿跟三棵老柏树所见到的一点东西——“美的和谐”、“仿佛是超然不群的人格的象征”。

这类的图也不能随便乱画。第一，见到须是真切的见到。人家说那个老头儿很美，你自己不加辨认，也就跟着说那个老头儿很美，这就不是真切的见到。人家都画柏树，以为柏树的挺拔之概值得画，你就跟着画柏树，以为柏树的挺拔之概值得画，这就不是真切的见到。见到不真切，实际就是无所见；无所见可是还要画，结果只画了个老头儿，画不出那“美的和谐”来；只画了三棵老柏树，画不出那“仿佛是超然不群的人格的象征”来。必须要把整个的心跟事物相对，又把整个的心深入事物之中，不仅认识它的表面，并且透达它的精蕴，才能够真切地见到些什么。有了这种真切的见到，咱们的图才有了根本，才真个值得动起手来。第二，咱们的图既以咱们所见到的一点东西为根本，就跟前一类的图有了不同之处；前一类的图只须见什么画什么，画得准确就算尽了能事；这一类的图要表现出咱们所见到的一点东西，就得以此为中心，对材料加一番选择取舍的工夫；这种工夫如果做得不到家，那么虽然确有见到，也还不成一幅好图。那老头儿一把胡子，工细地画来，不如粗粗的几笔来得好；那三棵老柏树交结着的丫枝，照样的画来，不如删去了来得好；这样的考虑就是所谓选择取舍的工夫。做这种工夫有个标准，标准就是咱们所见到的一点东西。跟这一点东西没有关系的，完全不要；足以表出这一点东西的，不容放弃；有时为了要增加表出的效果，还得以意创造，而这种工夫的到家不到家，关系于所见的真切不真切；所见愈真切，选择取舍愈有把握；有时几乎可以到不须思索的境界。第三，跟前边说的一样，得练成熟习的手腕。所见在心，表出在手腕，手腕不熟习，根本就画不成图，更不用说好图。这个很明白，无须多说。

以上两类图，次序有先后，程度有浅深。如果画一件东西不会画得象，画得准确，怎么能在一幅画中表出咱们所见到的一点东西？必须能画前一类图，才可以画后一类图。这就是次序有先后。前一类图只凭外界的事物，认得清楚，手腕又熟，就成。后一类图也凭外界的事物，根本却是咱们内心之所见；凭这一点，它才成为艺术。这就是程度有浅深。这两类图咱们都要画，看动机如何而定。咱们要记载物象，就画前一类图；咱们要表出感兴，就画后一类图。

我的题目“以画为喻”，就是借图画的情形，来比喻文字。前一类图好比普通文字，后一类图好比文艺。普通文字跟文艺，咱们都要写，看动机如何而定。为应付实际需要，咱们得写普通文字；如果咱们有感兴，有真切的见到，就得写文艺。普通文字跟文艺次序有先后，程度有浅深。写不来普通文字的人决写不成文艺；文艺跟普通文字原来是同类的东西，不过多了咱们内心之所见。至于熟习的手腕，两方面同样重要；手腕不熟，普通文字跟文艺都写不好。手腕要怎样才算熟？要让手跟心相应，自由驱遣语言文字，想写个什么，笔下就写得出个什么，这才算是熟。我的话即此为止。

（选自《遣愁集》，1943年12月创作文艺社）

写作漫谈

用文字连缀成的文章，大致可以分成两类：一类是普通文字，一类是文艺。普通文字的写作目的，一是传授知识，如说“三角形的三内角之和等于两个直角”是。二是报告事实，如报纸上的报道文字是。这种文字的顶要紧的要求就是正确，清楚。

文艺则还有目的。什么是文艺，意见很多，现在且不去讨论它。我只简略地说，它除了传授和报告之外，还有一个目的，而且是主要的目的，那就是表示出己之所见（当然，这个“己之所见”的范围是有种种不同的）。它用一种综合的烘托的手法，象画家用色彩一般，根据自己的情绪、意识、印象等等，把己之所见表示出来。可是并不讲得完全，说得净尽，只到足以唤起读者的意象为止，让读者自己去欣赏，咀嚼，体会，思考。

假如读者在体会思考之后，恍然地“啊”的一声，说：“原来他说的是这么一个意思啊。”这就与作者的己之所见接触了。

这种己之所见的来源是非常复杂的。也许他在年纪很小的时候就已经在萌发，组织，逐渐成长，也许更受到他的家长、师友、环境等的影响。一个人的作品常常是这些的总反映。屈原的《涉江》里说：

> 山峻高以蔽日兮，下幽晦以多雨。
> 霰雪纷其无垠兮，云霏霏而承宇。

这向来认为名句。我们读它，不可忽略他的生平和他所处的时代。他是非常忠于他的祖国——楚国的。因遭受谗言中伤，不为楚怀王所喜，只得郁居于沅湘之间。由他看来，现实世界是闭塞的，幽晦的，荒寒的。这几句诗固然是写景，同时也传出了他对于现实世界的认识。

上面是一个古代作品的例子。再来举一个新的：

《阿Q正传》（Q字读音如桂或贵）这篇小说，想各位读过了。作者鲁迅先生生于光绪七年，经历了辛亥革命，兴奋地看到革命势力把清廷推翻。可是，他看到革命的不彻底和军阀的内哄，又失望了。他用医学者的素养剖析我国的国民性，发现了种种弱点。根据这些，创造了阿Q这个人物。那具备了夸大、永远感到满意、永远感到胜利的性格，为了时髦和贪点小利才来参加革命的行动——岂只是阿Q一人如此，我们留心观察，便觉得这样的人随处可见。这便是鲁迅创造的成功。

这种成功决不是临时或一朝一夕所能得到的，主要决定于作者的识力和观察力。有的作者能观察出别人所观察不出的，这就是所谓“深刻”。有的作者只观察到别人同样能够观察得出的，这就是所谓“平常”。也决定于作者驾驭文字的能力。这包括规定组织，运用最适当的字和最适切的表现方式。这种能力的养成，还是要由于平时的锻炼。所谓“平时”，并不是说把一个人的写作生活分为两个时期，一个是平时的准备时期，一个是正式的写作时期，而是说“随时随地”，就是随时学习，随时发挥；一面吸收，一面成长。各位大概都有这样的经验，就是写完一篇文章，自己很满意，这时候的自己满意，未必能断定那篇文章真个是好，因为其时两个“我”还没有分开来，一个是写作文章的“我”，一个是批评文章的“我”。等到过了几天，两个“我”分开来了，再来读自己的东西，满意的成分便不免减少了一些。等到给别人看过，而接受到中肯的批评，你也许会发生重作的念头呢。

自己写的东西，自己看了会感到不甚满意，那就是你准备得不够。你还得深思，还得作更多的练习。等到你能够写一篇东西，今天看了满意，明天或两个星期后看还相当满意，自己看了满意，别人看了也还满意，那时候就是你进步了。

上面谈的是一般的文艺。现在谈谈新文艺。

在民国八九年的时候，发生了白话文运动，或叫做新文学运动。于是在一般人的观念里，以为白话文就是文学，而且是新的文学。其实“白话文”和“新文学”之间是不能画个等号的。至于一般中学生，更认为那分行写的、发点感慨的诗，那发发牢骚、颂扬颂扬洋车夫的小说，就是新文学。他们都热烈地爱好这种新文学，阅读人家的，自己也来写作。这情形和我过去在中学里读旧诗相仿。那时中学里的国文教材不超出《古文辞类纂》（清姚鼐选）和《文选》（梁萧统选）两部书。前者是桐城派的法宝，多载道之文，不甚有兴味，后者又太重于词藻，并且有很多生僻的字和典故，都不为中学生所喜。于是投其所好的，便只有二者之外的写景言情的诗了。

实在说，文学的好坏并不在它是文言还是白话，也并不在其新旧，却在作者有所见没有。

有一个参加了两年战争、新从山西跑回来的青年，他说要写一篇三个逃兵的故事：一个怕苦，一个思乡，一个是不满于所属的部队，想改投友军。我说很好，这是大可一写的题材。他写成了，可是光在对话之中把他们逃走的原因表明了就完了。表明既不深切，发展也似有实无，不成一篇及格的小说。这不能说他无所见，但他所见还是朦胧的，不精密的。用种植来比喻，其时胸中还没有成熟的果实，仅仅有细嫩的萌芽。要待那萌芽发荣滋长，开花结实，并且成熟，那才是动笔挥洒的时候到了。他才有一点萌芽就写，不能成功是当然的。从此可知，不但要有所见，还要见得深切精密。朦胧的一些认识，肤浅的一些感想，是并不足以写成文艺的。

驾驭文字这一方面，下面再来谈谈。

最近我看到一篇小说，开头是：“是一个零星点点的晨曦。”作者把早晨的阳光——晨曦——当作早晨了。接下去是：“在某某司令部的会议室中，集合了一群雄赳赳气昂昂的男女好汉——都是不怕牺牲精忠报国的青年。”一篇小说可以描写男女好汉，可以描写好汉的精忠报国；但“好汉”与“精忠报国”都是品评语，该让读者读了之后说出来；而要读者自己说出这些品评语，非于小说中表现得恰如其分不可。现在小说刚才开头，先把该是读者说的话“点”出来了，好汉，而且是精忠报国的青年，这未免失掉文艺的意味了。文艺决不会这么老实。象这样写文艺，那不如写论文、传单或者标语更为了当些。这是对于文字不能够胜任愉快地驾驭的例子。

我的意思当然不是请大家不要轻易动笔，也不是说不妨借口“留下一部分让读者自己去体味”而写些不明不白的东西。我只是请各位更切实地、更深入地去思索，去观察。思索与观察切实深入了，就不怕没有可写的了。至于文字语言的训练，我以为最要紧的是训练语感，就是对于语文的锐敏的感觉。我们读杜甫的《春望》，诗中有“国破山河在，城春草木深”两句。如果不肯深思，而仅凭直觉来理解，不过是“国破了，可是山河还在；到了春天，城中的草木长得非常茂盛”这些意思罢了。而在富有语感的人，读到上一句，就会想到国破了，一切人事——政局和人民的生活——都跟着破坏了，改变了，不破坏不改变的只有自然界的山河而已。读到下一句，就会想到年年逢春天，而此刻特别感到草木深，意思是年年人与草木同处城中，故不觉草木之深，此刻人民流离，城中留者稀少，所以特别感到草木深了。语感越富的人，对于文艺的了解越深。

怎样训练我们的语感呢？我想，唯一的办法就是多读别人的作品。多读，多体会，多了解，语感自然有进步。别人的作品，包括从前的和现在的。至于我，倒觉得从前的作品比起现代的来，好的更为多些。我并非劝各位少读甚至不读现代的东西，而是请各位用一种批判的眼光去读，学习那好的，摈弃那坏的。

我说现代的好作品不多，并不是有意夸张，而是事实。现在通行“拉稿”。试想，拉来的稿子都会是精心结撰的吗？有许多作家常常说，他们写成了文字，是连第二遍都不看，也不高兴看的。其实，这并不足以表示出他们高深的修养和卓越的天才，倒说明了他们对于艺术的不很忠实。还有一些作家说他们一小时可以写两三千字，这，以我的经验来说，是不可能的。能够这样的若非卓越的天才，一定是在粗制滥造。在这种情形之下，好作品当然不会多的。

现在的读者对象和从前不同了。从前的作者写东西，或者想藏之名山，传之于人，或者给同道的文人看看。现在是要给更广大的群众看了。为顾到读者起见，就得写纯粹的语体。而且就文字本身说，语体必须是纯粹的才美。怎样才纯粹呢？要运用现在语言的词汇和调子来写，尽力避免文言的成分，避免初期的白话文的影响，避免翻译的调子。初期的白话文就是那仅仅把虚字改换的假白话文。至于象那“以什么什么为根据”之类的文言调子，象那“我一定要这样做，假如什么什么”之类的翻译的调子，因为我们口头已经说惯了，便是现在语言的成分了，是可以采用的。

最后，请让我把以上的话结束一下。多思索，多观察，必将有所见；多读作品，多训练语感，必将渐能驾驭文字。二者会合起来，写出的东西纵不定是名作，也决不会一无足观了。

（选自 1944 年 3 月《国文月刊》第 26 期）

关于谈文学修养

我读了些谈文学修养的文字，如说该确立人生观与世界观，该多方面观察多方面体验，该广泛地阅读各种书籍，该从各地方各等人的语言中去学习去提炼，训练自己，使自己能够说出并写出富于艺术性的语言，这些都有道理。不在这种种方面着力，陡然执笔写作，必然写不出什么象样的东西。不过有一点意思似乎应当补充，就是这种种努力本是为人之当然，我们为人，就该留意这些项目，即使不弄文学，也不能荒疏。为什么要补充这一点意思？因为惟有认清这一点，才能明白文学与生活的关系。文学是生活的源头上流出来的江河溪沟，不是与生活离立的象人工凿成的池子似的东西。一个人生活充实，表现出来有种种方式，道德、学问、事功都是，而文学是其中之一。生活在先，文学在后。生活充实的人不一定要弄文学，不弄文学的人却也一定要求生活充实，如果单说文学修养该怎么怎么，就等于说为文学而求生活充实，这显然有些本末倒置。从反面推想，或许还会想到不弄文学就可以不管人生观什么的，也就是不弄文学就无须乎求生活充实，那更是坏影响了。

再说，文学是个浑然的整体，勉强打比方，好似一股活水，时时流动，时时进展，却分不开这一部分与那一部分。虽说我们人具有智慧，能够自省，对于生活会有所觉解，但并不取那种机械的分析的方式。我们说一句话，笑一笑，这中间正蕴蓄着我们的人生观与世界观，可是我们不想到什么人生观与世界观。人生观与世界观的确立就在一言一笑一思一感之间。若是特别提醒自己，现在我们要确立人生观与世界观了，恐怕只有茫然无所措手足。我们对着山水默想，临着事物沉思，这就是观察或体验，可是我们不想到自己在观察或体验。观察或体验总之是以心接物，进一步是心与物融和，合而为一。若是事物当前的时候，我们有意的嘱咐自己，现在观察吧，现在体验吧，这就把心思分到旁的方面去，即使能有所得，恐怕也不会多量，不会深至。

这样想来，所谓该怎么怎么，大致只是我们研究文学家，看他们何以成功，归结出来的若干项目。而文学家自己虽然确曾这样那样做过来，却未必条分缕析的意识着，他们只是在生活的大路上迈步前进，不断地求其充实。在研究别人的时候，条分缕析诚然是一种方便，可是在自己实践的时候，条分缕析不免会把生活弄得支离破碎，不成个浑然的整体。并且，该确立人生观与世界观，该多方面观察多方面体验等等，都一说就明白，并非难懂，但也并非究竟，究竟在于真能确立，真能观察，真能体验，这些都传授不来，都不是“外铄”的事情，都得从各人整个的生活出发。生活到某种地步，自然有某种的人生观与世界观，自然能作某种程度的观察与体验。且不说文学修养吧，就说生活修养，听人家说了一大套，该怎么怎么，对于我们的生活到底有多少益处？与生活充实的人交接，读生活充实的人的传记，比听“生活修养谈”是好得多了，因为这不是知识的授受，而是实践的感染。但是也只限于感染而止，我们的生活能不能也充实起来，还得靠我们自己。我们虽然生在大群中间，对于各自的生活却只有冥心孤往，独力潜修。人家的充实不就是我的充实，我要充实，人家帮不了忙。

这岂不是文学修养几乎无可谈了吗？照我的浅见，实在有些无可谈。就是探到根源，不谈文学修养，而谈生活修养，也还是无可谈。可谈的只是些迹象，只是些节目，而精神与总纲在于各人自求得之。自求得之也未必谈得来，因为生活就是生活，本来不是谈的事儿。

（选自1944年6月20日《文学修养》第2卷第4期）

谈 叙 事

照理说，凭着可见可知的事物说话作文，只要你认得清楚，辨得明白，说来写来该不会有错。

所谓可见可知的事物是已经存在的，或是已经发生的。好比一件东西摆在你面前，不用你自己创造出什么东西，可说可写的全在它自己身上。

虽说事物摆在面前，但是不一定就说得成写得成。事物两字是总称，分开来成两项，一项是经历一段时间的“事”，一项是占据一块空间的“物”。要把“事”与“物”化为语言文字说出来写出来，使人家闻而可知，见而可晓，说话作文的人先得下“化”的工夫。如果“化”不来或者“化”不好，虽然事物摆在面前，现成不过，还是说不成写不成。

把经历一段时间的“事”化为语言文字，通常叫做叙事，这工夫并不艰难。语言文字从头一句到末了一句也经历一段时间，经历一段时间就有个先后次序，这个先后次序如果按照着“事”的先后次序，这就“化”过来了。

叙事的语言文字怎样才算好，起码的条件是使人家明白那“事”的先后次序。在先的先说先写，在后的后说后写，固然可以使人家明白；尤其要紧的，对于表明时间的语句一毫不可马虎。如果漏说漏写了，或者说得含胡，写得游移，就教听的人看的人迷糊了。这儿不举例，请读者自己找几篇叙事文字来看，看那几篇文字怎样点明先后次序，怎样运用表明时间的语句。

按照“事”的先后次序叙事，那是常规。为着需要，有时候常规不能适用。譬如，叙事叙到某一个阶段，必须追叙从前的事方始明白。又如，一件事头绪纷繁，两方面三方面同时在那里进展，必须把几方面一一叙明。遇到这种情形，就不能死守着按照先后次序了。试举个例子（从茅盾所译的《人民是不朽的》录出）。

> 马利亚·铁木菲也芙娜·乞列特尼成科，师委员的母亲，七十岁的黑脸的女人，准备离开她的故乡。邻人们邀她在白天和他们同走，但是马利亚·铁木菲也芙娜正在烘烤那路上用的面包，要到晚上才能烤好。集体农场的主席却是预定次日一早走的，马利亚就决定和他同走。

若照次序先后叙下去，以下就该叙马利亚当夜怎样准备，次日怎样动身。但是读者还不知道马利亚带谁同走，她的以往经历怎么样，她舍不得离开故乡的心情怎么样。这些都有叙明的需要，于是非追叙不可了。

> 她的十一岁的孙子辽尼亚本来在基辅读书，战争爆发前三星期学校放假，辽尼亚从基辅来看望祖母，现在还没回去。开战以后，马利亚就得不到儿子的消息，现在决定带了孙子到喀山去，投奔她的儿媳妇的一个亲戚，儿媳妇是早三年就故世了。

辽尼亚回来看望马利亚，马利亚得不到儿子的消息，儿媳妇已经故世，都是马利亚准备离开故乡以前的事。请注意“现在还没回去”，“现在决定带了孙子到喀山去”，“儿媳妇是早三年就故世了”这些语句。如果不用这些语句表明时间，非但次序先后搞不清楚，连事情的本身也弄不明白。以下叙马利亚到基辅去的情形。

> 从前，她的儿子常常请她到基辅和他同住在那大的公寓里……

叙她怎样在基辅各处游览，怎样因为儿子受到人们的尊敬。请注意“从前”两字，明明标明那是追叙。随后是：

一九四〇那一年，马利亚·铁木菲也芙娜生了一场病，不曾到儿子那里去。但在七月，儿子随军演习，顺路到母亲这里住了两天。这一次，儿子又请母亲搬到基辅去住……

于是在父亲的坟园里，母亲对儿子说了如下的话：

“你想想，我能够离开这里吗？我打算老死在这里了。你原谅我吧，我的儿。”

这里见出她是万万舍不得离开故乡的。请注意“一九四〇那一年”和“这一次”，也明明标明那是追叙。接下去是：

而现在，她准备离开她这故乡了。动身的前夕，她去拜访她所熟识的一位老太太。辽尼亚和她一同去……

直到这里，在时间先后上才接上那头一节。其间追叙的部分计有七百字光景。那“而现在”三字仿佛一个符号，表示追叙的那部分已经完毕，直接头一节的叙写从此开始。现在再举个例子（从《水浒》武松打虎那一回录出）。

……跳出一只吊睛白额大虫来。武松见了，叫声“啊呀！”从青石上翻将下来，便拿那条哨棒在手里，闪在青石边。那大虫又饥又渴，把两只爪在地下略按一按，和身望上一扑，从半空里撺将下来。武松被那一惊，酒都做冷汗出了。说时迟，那时快，武松见大虫扑来，只一闪，闪在大虫背后。那大虫背后看人最难，便把前爪搭在地下，把腰胯一掀，掀将起来。武松只一闪，闪在一边。大虫见掀他不着，吼一声，却似半天里起个霹雳，震得那山冈也动，把这铁棒也似虎尾倒竖起来，只一剪。武松却又闪在一边。

这里大虫的一扑和武松的第一个一闪同时，大虫的一掀和武松的第二个一闪同时，大虫的一剪和武松的第三个一闪同时。同时发生的事情不能同时说出写出，自然只得叙了大虫又叙武松。单就大虫方面顺次叙，或是单就武松方面顺次叙，都无法叙明。叙述头绪更繁的事情，也只该如此。

以上说的不是什么人为的作文方法，实在是说话想心思的自然规律。世间如果有所谓作文方法，也不过顺着说话想心思的自然规律加以说明而已。

（选自1946年7月1日《中学生》7月号）

谈学习文艺

学习文艺，分开来说有两件事情，一是学习阅读文艺，一是学习写作文艺。两件事情一样的需要生活经验作底子。生活经验越充实，阅读文艺的时候越能领会得多，写作文艺的时候越能象个样儿。没有生活经验作底子，当然也可以阅读，也可以写作。但是阅读起来只能得到些粗浅的东西，譬如看小说，只能知道小说里讲的什么故事，譬如读诗歌，只能知道诗歌里说的什么话语，以外就很少知道了。写作起来也一样，以为某些事情某些意思值得一写，其实却是极粗浅的，写了出来给人家看，人家毫无所得。

为了要学习文艺，才企图充实自己的生活经验，这是不很说得通的。为什么？因为这样说来，学习文艺是目的，充实生活经验只是个手段。推衍开来，处世为人，认真生活，也只是个手段了。这怎么说得通？其次，照这样说，显然含有如下的意思：要学习文艺的才要充实生活经验，不要学习文艺的就不必充实生活经验。的确，文艺并非人人都要学习的，只要想得清楚，干得切实，即使与文艺绝缘，也不愧为堂堂的人。但是，生活经验也可以说并非人人都要求其充实的吗？

话应该这么说。充实生活经验原是人的本分，与学习文艺无关。不问学习不学习文艺，谁都该求生活经验的充实，否则对群对己都对不起。至于学习文艺的人，或是阅读，或是写作，就凭他当时所有的生活经验来理解，来创造。理解与创造的方法固然有百般，可以写成论文，写成专书，但大多是些枝节。理解与创造的根源却只有一个，那就是生活经验。生活经验充实，理解与创造起来决不会粗浅，即使不讲什么方法。生活经验欠充实，理解与创造起来决不会精深，即使讲尽了种种的方法。

好的作品人人可读，但是不能人人得到受用。那些得不到受用的人就吃亏在自己的生活经验太差，不够与好作品的作者作朋友，听听他的心声，从而使自己的生活经验更充实。

提起笔来人人可以写作品，但是不能人人写来象个样儿。那些写不象样儿的人就吃亏在自己的生活经验太差，好比一棵缺乏养料的草木，机能不旺，无论如何开不出茂美的花，结不出丰满的果来。

这样说来，学习文艺决非随便玩玩的事情。随便玩玩当然不犯什么法，没有人来阻止，坏处就在玩不出什么道理来，倒不如索性丢开，认认真真去干旁的事情。

惟有生活经验充实的人，惟有认认真真生活的人，才能学习文艺而有所得。

（选自1946年7月20日《文艺学习》第3期）

回问一句

常常有读者来信，问及怎样才可以把文字写好。爱慕文艺的就问怎样才可以写成象样的文艺。

在“怎样”两个字里头，包含着不同的意义。发问的人也许认为写东西是有什么“窍”的，或者叫“秘诀”；写不好就只为不懂得那个“窍”，只要今天懂得那个“窍”，今天就写得好了；说“怎样”等于说“怎样学会那个‘窍’”？另外一派也许认为写东西须有准备的功夫；自己不知道怎样准备，所以写不好，只要摸着了那准备的门径，自然就有写得好的希望：说“怎样”等于说“怎样作那准备的功夫”。

就“窍”或者“秘诀”说，在写作方面似乎是没有的，不然就是我们太浅陋了，没有知道。我们知道技工方面常常用着“诀窍”的字眼，徒弟拜师父就在学会那个“诀窍”。但是所谓“诀窍”也得用心领会，动手实习，积年累月才能学会，决不是一听就会，一会就熟，当天立见功效的。

就作准备的功夫说，那自然想得不错。作什么事情都得有个准备，写作也是一件事情，没有准备怎么成？要打听该怎样准备，目前谈写作方法的书籍有的是。撇开那些写得坏的不说，那些写得象样的无非谈到动笔之前该怎样准备动笔，完篇之后该怎样准备修改，对于学习写作的人多少有些帮助。还有什么写作经验谈之类，也可以归在同一类里。写经验谈的人谈他自己的准备情形，不是正可以供他人作参考吗？

在这儿，我们倒要向来信的诸君回问一句：你们有兴写作，希望写得好，写得象样，到底为的什么？

如果回说“无所为”，那不成其为回答。作一件事情，追究到根源没有“无所为”的，虽然有人把“无所为而为”那句话捧得很高，认为人生的一种超妙境界。

如果回说人家都在那里写作，人家能够写得很好，所以你也要写作，希望也写得很好：那不很妥当。人家做的事情你能样样照做吗？人家的好处你能样样追随吗？这是万万办不到的，也没有办到的必要。假如没有更切要的需求，你大可以不必费心费力的学习什么写作。

如果回说你希望把自己的文字印在报纸杂志上，希望自己的名字与写作者文艺家联结起来，所以要写作：那也不很妥当。把文字印在报纸杂志上，被称为写作者或文艺家，那只是个“果”。人家还可以问你，你那个“因”是什么呢？——你为什么要把文字印在报纸杂志上，要成为写作者或文艺家呢？

对于我们在这儿提出的一句问话，希望诸君仔仔细细的想一想，从自己切要的需求上去想，把自己为什么要写作的原因想个明白。想明白了的时候，关于所问的“怎样”至少解决了一半儿，距离写得好写得象样也就不会太远了。

（选自1947年8月1日《中学生》8月号）

工余随笔

朱佩弦先生新近出了一本《诗言志辨》，研究我国四条诗论的史的发展。哪四条呢？就是“诗言志”，“比兴”，“诗教”，“正变”。这四个批评的意念以“言志”为中心。他说“言志”的本义原跟“载道”差不多，彼此并不冲突，现今却变得和“载道”对立起来了。“言志”和“载道”对立的说法，大概还只有二十年左右的寿命。是这样来的，有人说这两项标明中国文学的主流，两个主流的起伏造成了中国文学史。

我不能作史的考察，只觉得“言志”和“载道”不但本义差不多，就常识想想也差不多。依古来的解释，志是心之所之。心想到了什么，至于要把它发表出来，使人家共知共感，其中必然有些东西在。那东西自然可以叫做“志”，可是也无妨叫做“道”。我国历来正统派文学专讲发扬圣贤之道，现代文学在观点上在方法上有各种主义与纲领，那显然是“载道”了，然而又何尝不可以说那些作者“志”在圣贤之道，“志”在某种主义与纲领。前些时有所谓未来派，凑合一些不相连贯的词语，他们硬说是诗，把颜色乱涂一阵，他们硬说是画。这当然没有什么“道”可说了，他们有这种奇怪的癖好是他们的“志”，可是也不妨说这种奇怪的癖好正是他们的“道”——他们认为诗该这样作，画该这样画。

就一方面说，任何作品的材料都是心之所之，所以创作都是“言志”。就另一方面说，任何作品都含有某些东西，都要人家接受那某些东西，所以创作都是“载道”。

强调“言志”的人把“言志”认为自由发抒，称心而言，把“载道”认为奉命执笔，多方迁就，于是觉得此善于彼。却忘了他自己自由发抒的也正是他的“道”，而奉命执笔究竟不是尽人皆然，确然信“道”甚笃的也颇有其人。强调“载道”的人把“载道”看得过分庄严，以为惟此是了不得的大事，把“言志”看得过分低微，以为那只是说些个人感兴，乃至所谓身边琐事，于是觉得两者在价值上无从比旁，一边是高高在天，一边是沦落入地。却忘了他所认为“道”的，就他个人说起来也就是“志”，而个人感兴乃至身边琐事所以会被当作材料，客观上也表现了某一种“道”。其实什么也不须强调，但看注重点在哪里，就用什么说法。你注重在自由发抒，就说“言志”了，你注重在表出些东西来，就说“载道”了。两者原是不相矛盾的。

既然如此，说“言志”和“载道”标明中国文学的主流，似乎未必的当了。以此诋彼，以彼攻此，自然也是多余的事，因为这两个意念本不对立。要紧的还在究问“言”的是什么样的“志”，“载”的是什么样的“道”。无论创作或批评，都应该究问。

人各有“志”，不能强同。“天不变，‘道’亦不变”的话也只是古人的武断。“志”和“道”是各式各样的。时代有古今，地域有南北东西，人有阶级、教育、习染种种的不同，这些因素相乘，就来了各式各样的“志”和“道”。表现在文学方面，就来了各式各样的文学。文学要人家接受，说得郑重一点，要象庄子所说的“以其道易天下”，可是并不含什么强制性质，接受须待人家心甘情愿的接受，“易天下”也不是“打天下”，须待天下自然而然的“易”过来。那就只有在本身的“志”和“道”方面下工夫。那“志”和“道”须要与人家的“志”和“道”相应，有深入人家的心的力量，才可以被接受，才可以收“易天下”的效果。又不能走迎合迁就的路子，须要自然而然与人家同其呼吸，合其脉搏，才可以达到真正的相应。有志有为有魄力的创作者在这方面下工夫，成功了，他的作品就是划时代的巨制，文学史上的纪程碑。次等的创作者未尝不想努力，可是工夫差一些，与人家不能深切相应，没有深入人心的力量，他的作品就象沙滩上的零花残草一般，时代的浪潮一冲过，就不知道到哪儿去了。至于批评者，批评的着眼点固然很多，可是究问作者与人家相应的程度如何该是个主要的着眼点。因为文学到底是人间的东西。

（选自《跨着东海》，1947年10月30日《今文学丛刊》第1本）

从梦说起

有时作梦，梦见熟识的人处理一些事务，倾吐一些说话。醒转来想想，实际上他们并没有作过那些事务，说过那些说话。可是一切都适合他们的性情习惯，连一个小动作，一句话的辞气语调，都非属于他们各个人不可。梦中虚构了一个境界，却虚构得那么真切，自己也莫明其妙。

曾经问过好几个人可有同样的经验。回答说有的。有人还说，在梦中，我们几乎成了创作家了。创作家的基本的本领不是把人物描写得非常真切吗？我们在梦中就有这种本领，能把熟识的一些人认识个透切，不但见到他们的外表，并且深入他们的内心。由于深入他们的内心，所以虚构出来的他们的行动和语言都与他们适合，好象从他们本身发出来的。奇怪的是清醒的时候这种本领就消失了，至少也要消失一大部分，我们如果要虚构他们的行动和语言，只觉得很少有把握似的。话要说回来，我们在清醒的时候也能象梦中一样，虚构得那么真切，我们不是真个做了创作家吗？创作家到底不是人人当得来的。创作家不但对于熟识的人，连不熟识的人也能描写得恰如其分，神情毕露。其难能可贵就在于此。

对于这种梦中的经验，想来心理学者一定能够解释。我不懂得心理学，只能就常识来推想。我们清醒的时候接物观人，都是外表与内心兼顾并注的。可是外表易见，内心难知，所以按分量说，外表方面的收获多，内心方面的收获少。外表方面的收获虽多，大多浮光掠影，事过境迁，也就忘了。内心方面的收获虽少，却印入得深，并不勉强记住，而自然忘不了，有一些好象忘了，其实在我们的心底里生了根。待作梦的时候，那些忘不了的在心底里生了根的活动起来，编织成片段的或是整体的故事，故事里的人物的一言一动当然适合他们的内心了。就一方面说，梦境诚然是虚构的，但是就另一方面说，这一类的梦境是最真实的，比事实还要真实，因为他剥落了浮面的种种牵缠，表现了人物的真际。

一些比较差的小说戏剧，所写人物往往不见真切，其故大概在乎没有剥落浮面的种种牵缠。无关紧要的动作与拖泥带水的说话愈多，人物的真切性愈少。佳篇名作里的人物却是活的，世间明明不曾有过那些人物，但是那些人物活在读者们的心里。其故大概由于作者已经达到我们作梦时候的那种境界，人物的真际怎么样，早在他的心底里生了根。他从生了的根出发，描写人物的动作，组织人物的语言。描写与组织虽是作者的劳绩，但是被描写被组织的全是人物自己的，所以笔笔具效果，处处见真切。

说到生了根，这就不是临时可以办到的事情。必须象我们那样，清醒时候在不知不觉之中识透了熟识的人的性情习惯，才可以作恰合他们的真际的梦。因此，临时的观察和考查恐怕未必十分有用处，最重要还在深入生活，把接物观人包容在生活项目里，不把接物观人仅仅认作创作以前的准备。

（选自1947年12月13日成都《西方日报》）

研究论文选编

《火灾》序

顾颉刚

圣陶将一年半以来所做的小说继续编成一集，就取第十七篇的名字——《火灾》——做这一集的名字，并且嘱我做上一篇序。我在《隔膜》的序上原说过：他寄给我的信有许多可以说明他的环境和思想的，但放在北京，不便取览。若得把他的信札聚合拢来，等《隔膜》再版或编成第二集时加上一篇续序，最是我的愿望。现在圣陶要我履行这个约言，但我的身子给环境束缚住了，没法到北京去，这个愿望是白白的许下了。我自己很知道没有文学的才性，又没有文学的修养，所以做《隔膜·序》时，只把圣陶的历史叙述了一遍，而不敢批评他的文艺作品。我所能为圣陶作序的话，除了不在手头的信札以外，可以说是已经说尽了。已经说尽了能说的话，而圣陶又是敦促我做第二集的序，这使我不得不僭越而批评他的文艺作品。但这是我做文艺批评的第一回，我很没有自信的胆量，所以专注目在他的思想，而不及他的艺术，使得范围可以缩小一点。

《隔膜》这一集，最使我感动的，是下一半。这一半写的情感，几乎没有一篇不是极深刻的。圣陶在《阿凤》一篇里说：

> "世界的精魂，是爱，生趣，愉快。"

他理想中有一个很美满的世界的精魂；他秉着这个宗旨，努力的把它描写出来，可说是成功了。试看这几篇里，写学校中认为顽皮的学生和低能的儿童，婆婆认为生气的儿媳妇，在平常人的眼光之下，真是不足挂齿的人物，但这辈不足挂齿的人物内心里，正包含着无穷的生趣和愉快。至于没人理会的蠢妇人，脑筋简单的农人和老妈子，他们也都有极深挚的慈爱在他们的心底里。他们虽是住在光线微弱的小屋里，过很枯燥的生活，虽是受着长辈的打骂，旁人的轻视，得不到精神的安慰，但是“爱，生趣，愉快”是不会给这些环境灭绝掉的。不但不会灭绝，并且一旦逢到了伸展的机会，就立刻会得生长发达。这时候，从前的痛苦一切都忘了，他们就感受到人生的真实意义了。

平伯说：“读《绿衣》到方老太读信的一段，不禁泪下”。这是圣陶描写真切的效果，我最爱的是《潜隐的爱》，对于陈家二奶奶正与平伯对于《绿衣》有同样的感觉。二奶奶的境遇可悲极了：没有人爱她，没有人理她，她又是一个蠢笨的妇人，她的生死和世界没有一点关系；但她的内心里蓄着极丰富的慈爱，而这极丰富的慈爱只能够偷偷摸摸的发泄在邻家的孩子身上。她的心灵是何等的伟大，她已把全世界的垢污洗刷去了。我读了这一篇，使我觉得她真是一个爱之神，世界上没有她，真不知要变成何等的枯燥和寂寞。我恨不得到她的身旁，拭去了她的泪，安慰着她的心，帮着她照顾她的心爱的孩子，虽是明知当着她的面，仍不过是一个蠢笨的乡下妇人。

我们生存在这种冷酷的社会里，受着一切的逼迫，不由得不把人的本性一天一天的消失了。我们感到用了真性情处世的容易受挫折，于是各人把自己的心深深的掩埋着，专用蓄音片说话。我们感到爱人的徒然自苦，自私的可以得到实惠，于是用了全力去做自私的事，凡是能够达到自私的效果的，一切都可做得，不管矫饰和欺骗。我们的生命固然保存了，但生命的源泉——爱，生趣，愉快——是丧失了。读了圣陶的小说，只使得我们对于非人的行为起了极端的憎恶，而对于人的本性起了亲切的回省和眷恋，希望把已经失去的宝物重新寻了回来。世上象二奶奶这般的人正不知有多少，他们是弱者，他们的爱在不自然的境界中，从血和泪里洗刷出来，愈觉得光明澄澈。他们有种种不同的悲哀与欢乐的心境，可以帮助人们在搜寻已经失掉的宝物，但那得借了圣陶的一只笔，把他们都写了出来呢！

在第二集里，写出这种倾向的，有《地动》，《小蚬的回家》，《醉后》，《义儿》等篇。《地动》里的明儿，因为他的父亲的故事讲话里说一个小孩子流落到远方，不能看见母亲，就引起了他的最初的悲哀，哭得至于呜咽了。《小蚬的回家》里的孩子，因为对于杀了一只有母亲的虾的忏悔，把一个别人送与他的小蚬投到河中，让它去看它的母亲。《醉后》里的季亮，因了一个初见面的娼妓对他讲了几句真情的话，使他在醉中感受到潜隐的悲哀的无奈，引起了永久的怅惘。这都不是为了自己的利益而去施爱，也不是为了历久的情愫而生眷恋，只是他们正在伸展他们的本性；他们已经用了他们的爱，把全世界融成一个不可分解的实体，没有什么唤做“我”，唤做“人”的界限了。

《义儿》一篇，很可与第一集的《一课》合看。明明是很有生趣，很能自己寻出愉快的小孩，但社会上一定要把他们的生趣和愉快夺去了。甚至于最爱他的母亲，也受了社会上的暗示，看着他的生趣和愉快，反而惹起了她的恼怒和悲感。义儿的叔父自诩他处置义儿的秘诀，就是永远不将好颜脸对他。读了这篇，不由得不使人感到冷酷的社会所需要的分子乃是没有生趣的人；越是冥漠无情，越容易在社会上占到稳固的地位；而其所排斥的，乃是天才和没有失掉本性的人。社会上如此的冷酷，也并不是有意，实在他们的宝物失去了多时了，没有人发出寻觅的呼声，他们就想不到宝物的可爱，——任生活上了错误的道路，——而一般人方以为正应如此！

要享受人生的愉快，是社会上所不容；但要往下堕落时，社会上却是很乐意的招接。圣陶的小说中，以描写教育界的情形为多。试看《乐园》中，小学教师为了吃不饱饭，使得他们的身体虽在教室，他们的心却在“机会之流”的旁边切迫的期待。等不到机会的，只得时常到小茶馆里，承揽乡下人的香疏书写，得到一点青菜，鸡子。以致到了上课的钟点，学生在学校里闹得翻了，教师还是在小茶馆里捧着茶壶。这难道是小学教师的自愿堕落么？《饭》这一篇，写得更显著，教师为了没了钱，只得自己上街买菜，以致误了上课的时刻；学务委员为了要从教师身上刮下钱来，所以板了面孔责备他，罚去他的薪俸。这种在经济势力的高压之下，一层层生出的堕落，也是他们自己愿意的么？所以《脆弱的心》里，莫先生听了许博士的演说，当时很能够领受他的意义，知道小学教师有无穷的趣味，并且有运转社会的可能，然而到他想起自己正为小学教师的时候，他的兴奋又退了。究竟这脆弱的心是他的本质呢，还是社会上逼成的呢？圣陶在《苦菜》里有几句话道：

凡从事X的，厌恶X，便致怠业。

“X决无可以厌恶的地方，可厌恶的乃是纠缠着X的附生物。去掉这附生物，才是治病除根的法子。”

他酷望着一切的生活都成了艺术的生活，但实际上一切的生活都给它们的附生物纠缠住了，以致只有堕落而无愉快。这是何等烦闷的事！

把上面的许多话归纳起来，就是圣陶做小说的一贯的宗旨：

人心本是充满着爱的，但给附生物遮住了，以致成了隔膜的社会。人心本是充满着生趣和愉快的，但给附生物纠缠住了，以致成了枯燥的社会。然而隔膜和枯燥，只能在人事的外表糊得密不通风，却不能截断内心之流；只能逼迫成年人和服务于社会的人就它的范围，却不能损害到小孩子和乡僻的人。这一点仅存的“爱，生趣，愉快”，是世界的精魂，是世界所以能够维系着的缘故。

唤起世界的精魂，鼓吹全人类对于人的本性都有眷恋的感情，寻觅的愿望，这是圣陶的责任。“如何可以使得人的本性不受现实生活的损害？”这是我们读了圣陶的小说以后应当激起的烦闷，应当要求解决的问题。

1923.3.25

（选自《火灾》，1923年11月商务印书馆）

《稻草人》序

郑振铎

圣陶集他最近二年来所作的童话编成一集，把末后一篇的篇名《稻草人》作为全集的名称。他要我作一首序文。我是很喜欢读圣陶的童话的，而且对于他的童话久已想说几句话，现在就乘这机会在此写几个字；不能算是《稻草人》的介绍，不过略述自己的感想而已。

丹麦的童话作家安徒生（Hans Andersen）曾说，“人生是最美丽的童话”（“Life is the most beautiful fairy tales.”）。这句话，在将来“地国”的乐园实现时，也许是确实的。但在现代的人间，这句话至少有两重错误：第一，现代的人生是最足使人伤感的悲剧，而不是最美丽的童话；第二，最美丽的人生即在童话里也不容易找到。

现代的人受到种种的压迫与苦闷，强者呼号着反抗，弱者只能绝望地微喟。有许多不自觉的人，象绿草一样，春而遍野，秋而枯死，没有思想，也不去思想；还有许多人住在白石的宫里，夏天到海滨去看荡漾的碧波，冬天坐在窗前看飞舞的白雪，或则在夕阳最后的淡光中，徘徊于丛树深密流泉激溅的幽境里，或则当暮春与清秋的佳时，弄棹于远山四围塔影映水的绿湖上；他们都可算是幸福的人。他们正如一幅最美丽的画图，谁会见了这幅画图而不留意呢？然而这不过是一幅画图而已。在真实的人生里，虽也时时现出这些景象，但只是一瞬间的幻觉；而它的背景，不是一片荒凉的沙漠，便是灰暗的波涛汹涌的海洋。所以一切不自觉者与快乐者实际上与一切悲哀者一样，都不过是沙漠中只身旅行海洋中随波逐浪的小动物而已。如果拿了一具大显微镜，把人生仔细观察一下，便立刻现出卜莱·克拉卜莱（Cribbly Crabbly）老人在一滴沟水里所见的可怕现象：

所有几千个在这水里的小鬼都跳来跳去，互相吞食，或则彼此互相撕裂，成为片片。……这景象如一个城市，人民狂暴地跑着，打着，竞争着，撕裂着，吞食着。在底下的想往上面爬，乘着机会爬在上面的却又被压下了。有一个鬼看见别个鬼的一条腿比他长，便把它折下来，还有一个鬼生一个小瘤在耳边。他们便想把它取下来，四面拉着他，就此把他吃掉了。只有一个小女儿沉静地坐着，她所求的不过是和平与安宁。但别的鬼不愿意，推着她向前，打她，撕她，也把她吃掉了。

正如那向着这显微镜看着的无名的魔术家所说的，“这实在是一个大都市的情况”。或者更可以加一句，“这便是人生”。

如果更深邃地向人生的各方面看去，则几乎无处不现出悲惨的现象。如圣陶在《克宜的经历》里所说的：在商店里，在医院里，在戏馆里，所有的人都是皮包着骨，脸上没有血色，他们的又细又小的腿脚正象鸡的腿脚；或如他在《画眉鸟》里所说的：有腿的却要别人拉着，拉的人额上渗出汗来，象蒸笼的盖，几个周身蒙了油腻的人终日在沸油的镬子旁为了客人的吩咐而做工。唱歌的女孩子面孔涨得红了，在迸出高声的时候，眉头皱了好几回，颧骨上面的筋也涨粗了，她也是为了他人唱的。虽然圣陶曾赞颂田野的美丽与多趣，然而他的田野是“将来的田野”。现在的田野却如《稻草人》里所写的一样，也是无处不现出可悲的事实。

所谓“美丽的童话的人生”在哪里可以找到呢？现代的人世间，哪里可以实现“美丽的童话的人生”呢？

恐怕那种美丽的幸福的生活只在最少数的童话里才能有罢。而那种最少数的美丽的生活，在童话里所表现的，也并不存在于人世间，却存在于虫的世界，花的世界里。至于一切童话里所表现的“人”的生活，仍多冷酷而悲惨的。

我们试读金斯莱（Charles Kingsley）的《水孩》（Water Babies），

扫烟囱的孩子汤姆（Tom）在人的社会里所受的是何等冷酷的待遇。再试读王尔特（O. Wilde）的《安乐王子》，燕子飞在空中所见的又是何等悲惨的景象。少年皇帝在梦中所见的又是何等的景象。没有，没有，童话中的人生也是没有快乐的。正如安徒生在他的《一个母亲的故事》里所述的，母亲的孩子给死神抱去了，她竭尽力量想把他抱回，但当她在井口看见孩子的将来的运命时，她便叫道，“还是带他去好！”现代的人生就是这样。

圣陶最初动手作童话在我编辑《儿童世界》的时候。那时，他还梦想一个美丽的童话的人生，一个儿童的天真的国土。我们读他的《小白船》，《傻子》，《燕子》，《芳儿的梦》，《新的表》及《梧桐子》诸篇，显然可以看出他努力想把自己沉浸在孩提的梦境里，又想把这种美丽的梦境表现在纸面。然而，渐渐地，他的著作情调不自觉地改变了方向。他在去年 1 月 14 日写给我的信上曾说，“今又呈一童话，不知嫌其太不近于‘童’否？”在成人的灰色云雾里，想重现儿童的天真，写儿童的超越一切的心理，几乎是个不可能的企图。圣陶的发生疑惑，也是自然的结果。我们试看他后来的作品，虽然他依旧想用同样的笔调写近于儿童的文字，而同时却不自禁地融化了许多“成人的悲哀”在里面。固然，在文字方面，儿童是不会看不懂的，而那透过纸背的深情，儿童未必便能体会。大概他隐藏在他的童话里的“悲哀”分子，也与柴霍甫（A. tchekhov）在他短篇小说和戏曲里所隐藏的一样，渐渐地，一天一天地浓厚而且增加重量。他的《一粒种子》，《地球》，《大喉咙》，《旅行家》，《鲤鱼的遇险》，《眼泪》等篇，所述还不很深切，他还想把“童心”来完成人世间所永不能完成的美满的结局。然而不久，他便无意地自己抛弃了这种幼稚的幻想的美满的“大团圆”。如《画眉鸟》，如《玫瑰和金鱼》，如《花园之外》，如《瞎子和聋子》，如《克宜的经历》等篇，色彩已显出十分灰暗。及至他写到快乐的人的薄幕的破裂，他的悲哀已造极顶，即他所信的田野的乐园此时也已摧毁。最后，他对于人世间的希望便随了稻草人而俱倒。“哀者不能使之欢乐”，我们看圣陶童话里的人生的历程，即可知现代的人生怎样地凄凉悲惨；梦想者即欲使它在理想的国里美化这么一瞬，仅仅一瞬，而事实上竟不能办到。

人生的美丽的生活在哪里可以找到呢？如果“地国”的乐园不曾实现，人类的这个寻求恐怕永没有终止的时候。

写到这里，我想，我们最好暂且放下这个无答案的冷酷的人生问题，转一个方向，谈谈圣陶的艺术上的成就。

圣陶自己很喜欢这童话集；他曾对我说，“我之喜欢《稻草人》，较《隔膜》为甚，所以我希望《稻草人》的出版也较《隔膜》为切。”在《稻草人》里，我喜欢阅读的文字，似乎也较《隔膜》为多。虽然《稻草人》里有几篇文字，如《地球》，《旅行家》等，结构上似稍幼稚，而在描写一方面，全集中几乎没一篇不是成功之作。我们一翻开这集子，就读到：

> 一条小溪是各种可爱东西的家。小红花站在那里，只是微笑，有时做很好看的舞蹈。绿草上滴了露珠，好象仙人的衣服，耀人眼睛。溪面铺着萍叶，矗起些桂黄的萍花，仿佛热带地方的睡莲——可以说是小人国里的睡莲。小鱼儿成群来往，针一般地微细，独有两颗眼珠大而发光。
>
> 《小白船》

这是何等宜人的美妙的叙述呀；当我们阅读时，我们的心似乎立刻被带到一条小溪之旁，站在那里赏玩这种美景。然而还不止此，如果我们继续读下面的几段：

> 许多梧桐子，他们真快活呢。他们穿了碧绿的新衣，一齐站在窗沿上游戏。四面张着绿绸的幕；风来时，绿绸的幕飘飘地吹动，象个仙人的住宅。从幕的缝里，他们可以看见深蓝的天，天空的飞鸟，仙人的衣服似的白云；晚上可以看见永久笑嘻嘻的月亮，美眼流转的星，玉桥一般的银河，提灯游行的萤虫。他们看得高兴，就提起小喉咙唱歌。那时候隔壁的柿子也唱了，下面的秋海棠也唱了，阶下的蟋蟀也唱了。
>
> 《梧桐子》

温柔而清净的河是鲤鱼们的家乡。日里头太阳光象金子一般，照在河面上；又细又软的波纹仿佛印度的细纱。到晚上，银色的月光，宝石似的星光，盖着河面的一切；一切都稳稳睡去了，连梦也十分甜蜜。大的小的鲤鱼们自然也被盖在细纱和月光星光底下，生活十分安逸，梦儿十分甜蜜。

《鲤鱼的遇险》

春风来了，细细的柳丝上不知从什么地方送来些嫩黄色，定睛看去，又说不定是嫩黄色，却有些绿的意思。他们的腰好软呀。轻风将他们的下梢一顺地托起，姿势整齐而好看。默默之间，又一齐垂下了，仿佛小女郎梳齐的头发。

两行柳树中间，横着一道溪水。不知由谁斟满了的，碧清的水面几与岸道相平。细的匀的绉纹好美丽呀。仿佛固定了的，看不出波波推移的痕迹。柳树的倒影清清楚楚可以看见。岸滩纷纷披着绿草，正是小鱼们小虾们绝好的住宅。水和泥土的气息发散开来，使人一嗅到便想起这是春天特有的气息。温和的阳光笼罩溪上，更使每一块石子每一粒泥砂都有生活的欢乐。

《花园之外》

我们便不知不觉地惊奇起来，而且要带着敬意赞颂他的完美而细腻的描写。实在的，象这种描写，不仅非一般粗浅而夸大的作家所能想望，即在《隔膜》里也难寻到同样的文字。

在描写儿童的口吻与人物的个性方面，《稻草人》也是很成功的。

在艺术上，我们实可以公认圣陶是现在中国二三个最成功者当中的一个。

同时《稻草人》的文字又很浅明，没有什么不易明了的地方。如果把这集子给读过四五年书的儿童看，我想他们一定很欢迎的。

有许多人或许要疑惑，象《瞎子和聋子》及《稻草人》、《画眉鸟》等篇，带着极深挚的成人的悲哀与极惨切的失望的呼号，给儿童看是否会引起什么障碍；幼稚的和平纯洁的心里应否即投入人世间的扰乱与丑恶的石子。这个问题，以前也曾有许多人讨论过。我想，这个疑惑似未免过于重视儿童了。把成人的悲哀显示给儿童，可以说是应该的。他们需要知道人间社会的现状，正如需要知道地理和博物的知识一样，我们不必也不能有意地加以防阻。

这童话集里附有不少美丽的插图。这些图都是许敦谷先生画的。我们应该在此向他致谢。有这种好图画附印在书本里，在中国，可以说此书是第一本。

1923.9.5

（选自《稻草人》，1923年11月商务印书馆）

关于《倪焕之》

夏丏尊

圣陶以从《教育杂志》上拆订的《倪焕之》见示，叫我为之校读并写些甚么在上面。

圣陶的小说，我所读过的原不甚多，但至少三分之一是过目了的。记得大部分是短篇，题材最多的是关于儿童及家庭的琐事。这次却居然以如此的广大的事象为题材写如此的长篇了。在作者的文艺生活上，《倪焕之》实是划时代的东西。

题材的琐屑与广大，在纯粹的艺术的见地看来，原是不成问题的事，艺术的生命不在题材的大小而在表现的确度上。文艺彻头彻尾是表现的事。最要紧的是时代与空气的表现。经过“五四”、“五卅”一直到这次的革命，这十数年是中国历史上空前的大时代，我们游泳于这大时代的空气之中，甜酸苦辣，虽因人因时不同，而且也许和实际的甜酸苦辣的味觉一样是说不明白的东西，一种特别的情味，是受到了的，谁也无法避免这命定地时代空气的情味。照理在文艺作品上随处都能尝得出这情味来，文艺作品至少也要如此才觉得亲切有味。可是合乎这资格的文艺创作，却不多见。所见到的只是千篇一律的恋爱谈，或宣传品式的纯概念的革命论而已。在这样的国内文艺界里，突然见了全力描写时代的《倪焕之》，真是使人眼光为之一新。故《倪焕之》不但在作者的文艺生活上是划一时代的东西，在国内的文坛上也可说是划一时代的东西。

《倪焕之》中所描写的，是“五四”前后到最近革命十余年间中流社会知识阶级思想行动变迁的道路，其中重要的有革命的倪焕之王乐山，有土豪劣绅的蒋士镳，有不管闲事的金树值，有怯弱的空想家蒋冰如，女性则有小姐太太式的金佩璋与崭新的密司殷。作者叫这许多人来在舞台上扮演十余年来的世态人情，复于其旁放射各时期特有的彩光，于其背后悬上各时期特有的背景，于是十余年来中国的教育界的状况，乡村都会的情形，家庭的风波，革命前后的动摇，遂如实在纸上现出，一切都逼真，一切都活跃有生气。使我们读了觉得其中的人物，都是旧识者或竟是自己，其中的行动言语，都是曾闻到见到过的或竟是自己的行动言语。

评价一篇小说，不该因了题材来定区别。因《倪焕之》中写着教育的事，说它是教育小说，原不妥当，因《倪焕之》中写着革命的事，就说它是革命小说，也同样地不妥当。至于因主人公倪焕之的革命见解不彻底，就说这小说无价值，更不妥当。作家所描写的是事实，责任但在表现的确否。事实如此，有甚么话可说呢？作者似深知道了这些，在《倪焕之》中，通常的所谓事实的有价值与无价值，不曾歧视；至少在笔端是不分高下的。试看，他描写乡村间的灯会的情况，用力不亚于描写南京路上的惨案，和革命当时的盛况。《倪焕之》虽取着革命的题材，而不流于浅薄的宣传的作品者，其故在此。

只要与作者相识的，谁都知道他是一个中心热烈而表面冷静默然寡言笑的人吧。中心热烈，表面冷静，这貌似矛盾的二性格是文艺创作上重要素地，因为要热烈才会有创作的动因，要冷静才能看得清一切。《倪焕之》的成功，大半是作者这性格使然，就是这性格的流露，“文如其人”，这句旧话原是对的。

关于《倪焕之》，茅盾君曾写过长篇的评论，我的话也原可就此告结束了。不过，作者曾要求我指出作中的疵病，而且要求得很诚切，我为作者的虚心所动，于第一次阅读时，在文字上也曾不客气地贡献过一二小意见，作者皆欣然承诺，在改排时修改过了。此外，茅盾君所指摘的各节也是我所同感的。这回就重排的清样重读，觉得尚有可商量的地方，索性提了出来，供作者和读者的参考。

如前所说，文艺彻头彻尾是表现的事。所谓表现者，意思就是要具体地描写，一切抽象的叙述和疏说，是不但无益于表现而反足使表现的全体受害的。作者在作品中，随处有可令人佩服的描写，很收着表现的效果。随举数例来看：

> 焕之抢着铺叠被褥，被褥新浆洗，带着太阳光的甘味，嗅到时立刻想起为这些事辛劳的母亲，当晚一定要写封信给她。（第 56 页）
>
> 在初明的昏黄的电灯光下，他们两个各自把着一个酒壶，谈了一阵，便端起酒杯呷一口。话题当然脱不了近局；攻战的情势，民众的向背，在叙述中间夹杂着议论地谈说着。随后焕之讲到了在这地方努力的人，感情渐趋兴奋；虽然声音并不高，却个个字挟着活跃的力，像平静的小溪涧中，喷溢着一股滚烫的沸泉。（第 342 页）

前者写游子初到任地的光景，后者写革命军快到时党人与其旧友在酒楼上谈话的情形，都很具体地有生气。诸如此类的例，一拾即是。读者可以随处自己发见这类有效果的描写。无论在作者的作品之中，无论在当代文坛上作品之中，《倪焕之》恐怕要推为描写力最旺盛的一篇了吧。

但如果许我吹毛求疵的话，则有数处却仍流于空泛的疏说的。例如：第 401 页中，写倪焕之感到幻灭了，每日跑酒肆的时候：

> 这就皈依到酒的座下来。酒，欢快的人因了它更增欢快，寻常的人因了它得到消遣；而烦闷的人也可以因了它接近安慰与奋兴的道路。

这种文字，我以为是等于蛇足的东西，不十分会有表现的效果的。最甚的是第二十章。这章述“五四”后思想界的大势，几乎全体是抽象的疏说，觉得子全体甚不调和。不知作者以为何如？

我的指摘，只是我个人的僻见，即使作者和读者都承认，也只是表现的技巧上的小问题。至于《倪焕之》是决不会因此减损其价值的。《倪焕之》实不愧茅盾君所称的“扛鼎”的工作。

十八年八月丏尊书于沪寓

（选自《倪焕之》，1929 年 8 月开明书店）

读《倪焕之》(节录)

茅　盾

……

《倪焕之》曾以"教育文艺"的名目在《教育杂志》上发表；就全书的故事而言，这个"教育文艺"的称呼，却也名副其实。到第十九章止，差不多占了全书的大半，主人公倪焕之的事业是小学教员。他和同志的小学校长蒋冰如很艰辛地在死水似的乡村里试验新的教育。他们得不到社会的同情，也得不到同事的谅解和热心赞助；但是倪焕之很有兴趣地干着。这时候，教育是他的终身事业；他又把教育的力量看得很大，"一切的希望悬于教育"。但是"五四"来了，乡村中的倪焕之也被这怒潮冲动，思想上渐渐起了变化；同时他又感到了几重幻灭，在他所从事的教育方面，在新家庭的憧憬方面，在结婚的理想方面。他感到寂寞了。他要找求新的生活意义，新的奋斗方式，从乡村到了都市的上海。接着便是"五卅"来了。"五卅"的怒潮把倪焕之冲得更远些；虽然他还是在做什么女子中学的教员，但一面也参加了实际运动；1927年的革命高潮时，他也是社会的活力中的一滴。然后，在局面陡然转变了时，他的心碎了，他幻灭，他悲哀，他愤慨；肠窒扶斯来结束了他的生活的旅程，在弥留的谵呓中，他这样说："三十五不到的年纪，一点事业没成功，这就可以死么？唉，死吧！死吧！脆弱的能力，浮动的感情，不中用，完全不中用！……成功，不是我们配得的奖品；将来自有与我们全然两样的人，让他们得去吧！"

在近十年中，象“倪焕之”那样的人，大概很不少罢。也许有人要说倪焕之这个人物不是个大勇的革命者；那当然不错。只看他目击大变之后，只是借酒浇愁，痛哭流涕，便可明白在临死的时候，他也知道自己的能力脆弱，感情浮动，完全不中用了。但是他的求善的热望，也该是值得同情的。

叶绍钧以前有过《隔膜》，《火灾》，《线下》，《城中》，《未厌集》等五个短篇集；《倪焕之》是他的第一个长篇，也是第一次描写了广阔的世间。把一篇小说的时代安放在近十年的历史过程中的，不能不说这是第一部；而有意地要表示一个人——一个富有革命性的小资产阶级知识分子，怎样地受十年来时代的壮潮所激荡，怎样地从乡村到都市，从埋头教育到群众运动，从自由主义到集团主义，这《倪焕之》也不能不说是第一部。在这两点上，《倪焕之》是值得赞美的。上文我所说“五四”时代虽则已经草草地过去，而叙述这个时代对于人心的影响的回忆气氛的小说却也是需要，这一说，从《倪焕之》便有个实例了。上文我又说起“五四”以后的文坛上充满了信手拈来的“即兴小说”，许多作者视小说为天才的火花的爆发时的一闪，只可于刹那间偶然得之，而无须乎修炼——锐利的观察，冷静的分析，缜密的构思。他们只在抓掇片断的印象，只在空荡荡的脑子里搜求所谓“灵感”；很少人是有意地要表现一种时代现象，社会生活。这种风气，似乎到现在还没改变过来。所以我更觉得象《倪焕之》那样“有意为之”的小说在今日又是很值得赞美的。

……

话再回到《倪焕之》罢。

因为也是描写小资产阶级知识分子的，所以我觉得《倪焕之》中间没有一个叫人鼓舞的革命者，是不足怪的。再显明地说，主人公的倪焕之虽然“不中用”，然而正可以表示转换期中的革命的知识分子的“意识形态”。这样有目的，有计划的小说在现今这混沌的文坛上出现，无论如何，不能不说是有意义的事。这样“扛鼎”似的工作，如果有意识地继续做下去，将来我们大概可以说一声：“五卅”以后的文坛倒不至于象“五四”时代那样没有代表时代的作品了。

当代的批评多半是盲目的，作家要有自信的精神，要毫不摇惑地冷静地埋着头干！

1929年5月4日

（选自《倪焕之》，1929年8月开明书店）

叶绍钧的创作的考察

钱杏邨

序引——创作中人物的思想——他的教育小说——教育小说的三方面——教育小说的研究——城市小资产阶级与村镇里的人物——宗法社会思想的表现——小资产阶级的心理——乡村的女性——《稻草人》——创作中人物的生命力——关于童话的问题——散文与诗——他究竟代表着什么？

一

在我的另一篇作家论里，曾经这样的说过，初期的文化运动，引起了青年的对于一切的怀疑，怀疑社会，怀疑家庭，怀疑社会上的一切旧势力，旧制度；现在要研究的叶绍钧的创作里，就深深的涂满了这种怀疑的色调，尤其是最先的《隔膜》一集。所以，这里有重行提起这话的必要。实在的，因着初期文化运动的冲激，很多很多的青年都有了“生之觉醒”和“生之怀疑”，于是，“生命究竟是什么？”的一个问题，便形成了青年的唯一的苦闷，作为青年思想的唯一的对象了。这也不完全是为时代思潮冲激而有的现象，用心理学的立场去看，也是必然而不可避免的结果。人生到了青年期，无论在心理或生理方面，都已得到了充量的发展，自我的意识早已昂起了头来。他们已经从家庭走到社会，一切的现实逐渐的打破他们过去的理想的梦，他们对于一切的事件必然的感到许多的不满，而勾起许多的怀疑，而拼命的追寻，去探讨生命的真实。在现代中国的文坛上，有代表向上的青年的作家郭沫若，有颓败挣扎终于向下的青年的代表作家郁达夫，叶绍钧的创作所代表的却是一种深味到人间的险森与隔膜，对生命引起了怀疑与烦闷，想努力追求一种解决的怀疑派的青年。

所以，他虽然具着对现实社会的种种悲哀，终究还潜藏着一种向上的光明的期待的心。这里，我们就有引用顾颉刚的话的必要了。他说，"圣陶做小说的一贯宗旨是：人心本是充满着爱的，但给附生物遮住了，以致成了隔膜的社会。人心本是充满着生趣和愉快的，但给附生物纠缠住了，以致成了枯燥的社会。然而隔膜和枯燥，只能把人事的外表糊得密不通风，却不能截断内心之流，只能逼迫成年人和服务于社会的人就它的范围，却不能损害到小孩子和乡僻的人，这一点仅存的爱，生趣，愉快，是世界的精魂，是世界所以能够维系着的原故。"这种归纳的结论，实足以概括尽《隔膜》一集里的作者所表现的人物的思想。叶绍钧所表现的人物是这样的看着人间。现实的人间未免太悲惨了。这种思想，到如今当然不是彻底的思想，因为他们没有追寻到人间所以然造成这样的状态的根本原因。生趣和愉快是谁个摧毁了的，爱是怎样丧失了的，社会所以变成这样的枯燥，隔膜的背景，应该怎样的除去他所谓的"附生物"，在《隔膜》里没有明确的解答，所表现的思想，只是怀疑与诅咒，只是客观的开了脉案。这也就是这一类的青年始终只能伤感与失望，而找不到出路的基本原因。《火灾》以后是微微的逐渐的有了向上的"生"的力量，而隐约的看到了这种社会救治的方法。可是，终究不能不感到，虽说有了"生"的力量，依然的还没有极端活跃的"生"的跳动，生命的活力的一方面还是缺欠一点充实。

但是，叶绍钧所描写的，终究是属于黑暗暴露的多，没有充实的生命的力的人物多，这就是因为他所表现的人物大都是属于小资产阶级的人物的原故。大资产阶级有自己阶级的意识，无产阶级也有自己阶级的意识，惟有小资产阶级是没有自己的确定的阶级的意识的，他的阶级的形态，必然的是如此。我们可以引用茅盾的话来说明，"连带的又想起叶绍钧对于城市小资产阶级的描写来，城市小资产阶级，或Civilian，他们的思想方式和生活方式，自然又是一个；在我们这社会内，自然又是一层。在叶绍钧的作品，我最欢喜的也就是描写城市小资产阶级的几篇；现在还深深的刻在记忆上的，是可爱的《潘先生在难中》，这把城市小资产阶级的没有社会意识，卑谦的利己主义，Precaution，琐屑，临虚惊而失色，暂苟安而又喜，等等心理，描写得很透彻。这一阶级的人物，在现文坛上是最少被写到的，可是幸而也还有代表。”（《小说月报》19 卷 1 号）这完全是实际的人物的实际的行动，是阶级的一般形态，所以，这阶级必得被领导着。在叶绍钧的创作中表现这阶级的人物的特多，并非“几篇”，至于说到作品的可爱的一点，他表现城市小资产阶级和表现村镇社会里的人物是一样的值得注意的，一样的可爱的。这是说明叶绍钧笔下的人物所以然成为这种定型的原因。

生活上不感到特殊的困难的小资产阶级者，没有坚决的追求光明的意志，性格大都是优柔寡断的。他们一面对现实感到不满，一面又没有牺牲个人解放大众的决心，这样，形成了现实的苦闷，这苦闷便支配了他们生活的全体。所以，当这个阶级的人物展开眼来以后，看到许多被压迫者的不幸的一生（如《一生》），看到人生的机械的定型（如《隔膜》），看到人生的孤独（如《孤独》，《归宿》），看到人类职业的烦闷（如《病夫》），看到为经济所支配着的生活（如《小病》）等等，或者自己经历了这等等的生活，于是，便感到了不满，而生出怀疑，扩大到对于一切的怀疑，这是很普遍的事实。这是小资产阶级者的思考的过程的定型。叶绍钧是这样的表现着。这一种人物也想从怀疑点出发去把握得一种结论，可是结果何如呢？他们所得的是，“哲学的知识不就是治那生命的病菌的对症药的本身，所以那病症还是潜伏着，时时显出他狠毒的势力。”（《隔膜》）哲学不能解决他们的病症。他们依然的不能解决什么是生命，什么是生活（《隔膜》），看到每天生活的方式的定型，只是增加他们的烦恼。他们怀疑着。不知道生命是否真实，所谓人生的步调，只有不自然的动态，如《寒晓的琴歌》里叙述的一类的事件，如《云翳》里所表现的，彼此互相欺骗而已。他们是对一切引起怀疑，怀疑点是慢慢的展开，终于寻不到一个解决。于此，我们可以看到，所以然不得解决的原因的另一重要点，是这种人物的思想太忽于物质原因的探讨了，假使我推测的不错，这种人物的思想的根本错误，是唯心的，而不是唯物的。

“他的感觉里没有世界——小方天井是没有，天是没有。自己也不很真实，只觉一个虚幻的自己包围在广大的虚幻里”（《隔膜》），这种人物对于生命的终结，有时得到的是如此的答案。就大部分的表现去看，结论却不是如此。是如顾颉刚所说，“世界的精魂是爱，生趣，愉快”（《隔膜》）。同时，生命的本质是“活动，真实，恋爱”（《隔膜》），只是被“附生物”遮住了。《阿凤》就是证明此说，当压迫她的人走开之后，她比即活泼起来了。无论怎样，生活不完全是绝望的（《潜隐的爱》）。生命也终竟是活跃的，有回转到活跃的希望与可能（《小蚬的回家》）。他们于是自己对自己批判起来，“身体是生命的表现，自我发展的工具。”（《隔膜》）虚空的疑虑和真实的惶惧，一样可以使人彷徨无据，意兴索然（《隔膜》）。他们觉得人类必得有信仰。“信仰是我们的一个光明，它在无尽的路的前头照着。”（《火灾》）在《城中》，便说明应该加新的血液了。人生并不会永久的如“苦菜”。刹那主义不过是一种现象而已。这样探讨的最后，潜藏的生命的力乃微微的活跃了，这样《火灾》的主人才不安于单调的生活，《桥上》的青年才拿着手枪去消灭敌人（这青年的行动太浪漫），本来无可奈何的《校长》，也就成了《搭班子》里的比较坚强的人物了。

综合以上所说，叶绍钧创作里所表现的人生是有一致的倾向的，完全是代表了现代的怀疑派的青年，或者说是代表了现代的勇于怀疑的青年的思想。这种人物对于生命的怀疑的过程，是首先感到有“附生物”的隔阂，之后才进一步的认定要除去这“附生物”只有自己站将起来。“爱”和“生趣”和“愉快”的世界的创造，是要自己先去奠定基础。不过，仅只到微微的翻转，还不会怎样的跃动。这样的青年很不少，叶绍钧的创作确确实实的能够代表他们。我们将怎样的打破人生的机械，与人类的隔膜？这依然的是留着给我们探讨的问题。……

二

依据创作的取材的一方面说，叶绍钧写的教育小说最多，截至 1927

年止，他写了六十八篇，取材于教育的有二十几篇，他可以说是现代中国文坛上的教育小说作家。现在他还在因着他的丰富的教育经验，在写着十二万字的长篇教育小说《倪焕之》(1928教育杂志)。他的教育小说的成就，在他的创作中是最好的。他洞察到教育的各方面，精察的解剖着教育界人物的心理，同时还注意到学生的生理状态及其环境。他是完全的站在教育家的立场上去表现教育的实际及其各方面。他是完全的很冷静的在开他自己所体验到的教育病症的脉案。他是在写着自己厕身教育界时所观察的事件的回忆录。他所描写的范围有三方面好说，一是教育界黑暗的暴露，二是教师的生活，三是学生一方面的事件。

教育实在是不可靠，事实已经变成骗人的东西，资本主义社会里的教育是免不掉其为“拜金主义”与“资本奴隶”的。歌德（Goethe）有过对于教育的咒诅，阿志巴绥夫（Artsybashev）也对教育抨击过，叶绍钧所得到的结论，也只是教育是损害的。教育是摧毁了儿童的动的生命，教育是笨伯(《一课》)。教育无论怎样，是不得不令人怀疑的(《火灾》)，是没有好的学校的。他自己对于教育，从他所表现的看去，他是这样的不信任。何以造成这样的结果呢？这就不能不进一步去看他所暴露的教育界的黑暗了。他解剖的这其间的原因是很复杂的，有经济的关系，有教师的关系，深入的讲起来，却都是经济的原因。读《饭》的一篇，不仅看到学务委员因着经济的骗取不得不卑劣，也可以看到吴先生是怎样的因着经济的缺乏而颤抖，而不能安于教读。更可以得到一个结论，谁也不曾为着教育努力，只是为着生活经济的骗取。这样，教育当然收不到良好的效果。一切的事业，既已变成了生活的机械，学校的建立的结果，只不过是多安插些“吃饭的人”而已。读到《校长》和《搭班子》两篇，便可以看事实是怎样的可怕，主持教育的固然把教育看做生活机关，就是教师，也没有谁个潜心教育，只是搭班子，只是谋差事，只是混饭。在这里，还可以看到一种现象，即使纵有少数人想打破这种恶习惯，为着事实与环境，封建的思想，宗法社会的力量，终于被环境征服了，“校长”就是这样的人，虽然《搭班子》里的校长想坚持到底。辞退教员，在旧的社会里有种种的危机；创新的基础罢，旧的力量也不肯容许存在，除非有百折不挠的精神。

旧的势力是要从各方面来破坏的。《城中》里所表现的就是这种现象。旧的力量要从各方面，政治方面，社会方面，学生家属方面，来不断的加以破坏与袭击，现代的教育仍旧被根深蒂固的旧的力量在支配着。这是从办教育的人的一方面表现着教育的病症。

在教师方面，把教育当做吃饭的地方，《饭》和《校长》和《搭班子》里已经说得很详细。其实，未尝没有好的，但是这些好的教师为着经济的影响，也往往的不能安于教育，我们可以看《乐园》，《母》，《前途》三篇。《乐园》里说明了教师的清苦，《母》的一篇说明了教师因着经济的关系怎样的不能安定，《前途》的一篇，则是写教师的收入，不能供给一家，不得不另寻副业的苦衷。总之，教师也有良善的，但他们的经济不能稳定，他们是无法能安心于教育。在《脆弱的心》里，就可以看到教师的生活的苦闷。他们置身教育，而又感到苦闷，当然要寻求出路，稳定生活。然而事实上又是不可能，《抗争》就是好例。这还是为着索薪。总之，纯知识分子的团结是有些靠不住的。阶级的痼疾，在这一篇里显露了。所以，当失败以后，提议人被辞退以后，他愤然的骂道：“他们没有识见，没有胆量，只晓得饭碗！饭碗！饭碗就是他们的终身唯一的目的！饭碗也得弄得牢固一点，稳妥一点呀，但他们不想！饭碗以外还得好好的做事业呀，但他们更不想。说什么教育，教育，一切的希望都系于教育！把教育托给这些东西，比建筑在沙滩上还要靠不住”。教育不是没有好处的，《低能儿》就是证明，但是要把教育当做教育干呀！可是，事实恰恰相反，教育的神圣，和谋差混饭的意义相等，教育的前途，实在等于“比筑在沙滩上还要靠不住”。这是叶绍钧在《城中》一集以后的创作，在这里，他是借着书中的人物，在宣布现代中国教育的破产了。教师的大部分也和办学的人的一样的无望。根本原因还是由于经济，经济毁坏了教育的生命。我们看到这里，从学校的环境方面，办学人的本身方面，以及教师方面，可以寻出一个教育病症的结论。叶绍钧用事实在告诉我们。使我们悟到经济制度存在的今日，教育的改善是没有希望的，因为生活与经济的原因，在现代，教育机关的设立，也不过是要安插几个吃饭的人罢了。对于儿童本身是毫无利益的。

叶绍钧的教育小说，是不限于内部的暴露的。描写的最成熟的教育小说，不是上面所列举的，而是表现儿童的《义儿》,《小铜匠》与《马铃瓜》这三篇，在技巧上是比较的最成熟的。《义儿》是死了父亲，为母亲所娇养的儿童，性格很倔强，同别的孩子一样，欢喜奔跑，欢喜无意识的叫喊，欢喜看不经见的东西，欢喜附和着人家胡闹，但是他不欢喜学校里的功课(《火灾》)，甚至和英文先生冲突起来。学校没有办法，以为他离开家庭的环境也许会好，把他搬到学校里住。但这结果是和往日一样，而且更是高兴。叶绍钧表现这一种题材有一点最值得我们注意的，是他站在教育家的立场上，追寻这样"浮动的心情"的义儿的性格与习惯的起源，就是说注意于义儿的环境的考察，也就是写实主义作家注意于环境的描写的精神。他寻出他父亲的死亡给予他的影响，他寻出义儿母亲明知失望而不得不娇养的原因，他寻出义儿三叔处置义儿的秘诀，"处置义儿唯一的方法，就是永远不要将好颜脸对他"(《火灾》)的不能收效，家庭教育的不当，致使学校教师全都束手无策。写义儿的个性及其生活，层层说明解剖，态度非常的严整，内容非常的充实。《小铜匠》一篇也是写教育对于一部分儿童失其效力。一个低能儿陆根元，当他在学校里的时候，教师们"用尽了方法，总不能凿开他的浑沌的窍"(《火灾》)后来，他废了学去学铜匠，却能把工作做得好好的。于是教师们对于方法怀疑了，但结果是不曾有正确的解答。不过级任先生的话是不错的，教师实在没有认清这些蠢然无知的孩子：

> 用尽了方法么？这还不能说。象根元这一类的孩子，我们不能使他们受一点影响，不如说因为我们不曾知道关于他们的一切。我们与他们，差不多站在两个国度里。中间阻隔着一座高且厚的墙。彼此绝不相通。叫我们怎能够教得他们好呢！(《火灾》)

我们觉着这种说教，不仅是说教师们对陆根元所以失败的原因，是没有把握到正当的方法，打破"隔着的一道墙"，就是叶绍钧写小说所以能写得深入，原因也是在此，他打破了人物与自己间的墙，他在表现之先，先考察人物的环境及其他。写陆根元，他就能顾及他的家境，他母亲的死亡，他的幼稚的不可言说的悲哀。使人读完时感到无限的黯然。调子是静穆而悲哀，性格和义儿一样的蠢然无知。在叶绍钧所作的教育小说中，是没有再比这两篇值得我们注意的了。除此而外，《马铃瓜》写科举时代的“童生”的生活非常的亲切有味，活泼可喜，不过，这是不属于这个时代的了，我们毋须多说。用快乐的情调所写的教育小说如《马铃瓜》，也还有《风潮》一篇，《地动》虽有教育的意义，调子却不能使人轩昂，《风潮》一篇表现学生在罢课时的心理真是有趣至极。叶绍钧的小说，往往在收束的地方，使人有悠然不尽之感，《风潮》就是如此，“路上遇见相识的人，问他们做什么时，他们以夸耀的声气回答道，‘我们起风潮了’”。《火灾》把学生的心理，真是刻画无余，有《报刘一丈书》的风趣。也有结束处失败的，《小病》就是一例。然而，这样的东西，是不足以代表他的。

在教育小说之中，暴露内里的创作是不如他描写儿童的创作的成熟的。他并不反对知识，他只感到教师的不当，与环境的恶劣（记得绍钧好象有一篇戏剧，叫做《恳亲会》的，就是说明教育的恶劣的环境之一）。他对现代教育根本生了怀疑，他是在咒诅着。其他还有几篇关于教育的，如写女教师的同性恋等等，那些都没有多少的关系，这里不再叙及了。我们研究叶绍钧的教育小说，我们得把握住他的教育小说成熟的根源，他站在写实主义的立场上写，他站在教育家的立场上考察的写。同时应得根本观察到这一切的教育上的纠纷与起源，完全是经济制度底下的社会里必然的现象。要改造教育，得先推翻现代经济制度。

三

这一节转到叶绍钧的城市小资产阶级与村镇的社会人物的描写。在城市小资产阶级的一面，在开始已经略有说明，是有他们特有的阶级形态的。这一类的人物，是具着宗法社会思想的，假意的谦虚，优柔而寡断，没有果敢的意志，往往畏难而退的人物。其间，最令人厌恶的就是彼此间的隔膜，一切行动的机械化，这在《隔膜》里表现的最彻底，最健全。“我只是不明白”……实在的，为什么人类相互间不能开诚，必然的要蒙上一面假罩面相见呢？为什么人生变成这样的枯燥，这般的无聊呢？“生”的意趣在这种环境之下是怎样的无意义呵！一切都只是不自然的动作，如《寒晓的琴歌》里所说。只有打破这种隔膜，生命才会有意趣。人间现在是彼此隔膜着，《云翳》就是一例。只有颠覆这旧封建制度的社会，打倒封建时代余留下的封建思想，可以打破这种云翳。从叶绍钧所表现的城市小资产阶级的心理看去，他就是一个封建势力的抨击者。譬如“不孝有三，无后为大”的子嗣观念，在过去直接间接的造成许许多多的罪恶，在他的小说中就可以看到这种思想与所演的惨剧，《一个朋友》,《遗腹子》,《苦辛》都是属于这一类。《一个朋友》对于他儿子娶亲的结论，和《遗腹子》里的话，正可以对比的去看：

> 我有什么福分？不过干了今天这一桩事（替儿娶亲），我对小儿总算尽了责任了。将来把这份微薄的家产交付给他，教他好好的守着，我便无愧祖先。
>
> 《隔膜》
>
> 惭愧得很，那里说得上积德。不过蒙天照顾，有了个孩子，总算交待得过了。哈，哈，哈！
>
> 《遗腹子》

这两说遥遥相对，正是宗法社会里中年人同具的心理，和他们毕肖的口吻，“已届中年，后顾尚虚，还有什么意味！——人生路上一枝照例的刻毒的冷箭射中他的心窝了”（《遗腹子》），这是无子嗣的中年人的一般的悲哀。“生儿子呢？是多么重大的事。”（《遗腹子》）但是，儿子终于不来，又将怎么办呢？这只有纳妾的一途了。小资产阶级的中年人对于子嗣的观念是从来如此。我们从《一个朋友》篇里可以看到有了成年的儿子的欢喜，在《遗腹子》里是完全的可以看到没有孩子的悲哀，甚至不恤牺牲生命，宗法社会思想中人之深于此也可想见一斑了。在这两篇之中，表现得极灰暗，沉痛，悲哀的，要算《遗腹子》，在全创作里也少这样的阴暗的调子的。技巧较之以前有了突进，写七回产生女孩的经过，是用七样的方法，自然而不感到重复，把这一类迂腐的中年人心理与性格可说是露骨的表现了。从女性一方面说，《苦辛》里的女主人公是可以代表的。人世间尽多着这样的人。《苦辛》的内容是和《遗腹子》不同的。《遗腹子》是说一个男子连得了七个女儿，没有生一个儿子，他不得已而纳妾，可是纳妾以后，妻却生了儿子。不幸孩子没有长大就死了，这男子乃愤而投河自杀。《苦辛》也是写一个妇人的残废的儿子死了，媳妇也死了，她怕香火断绝，去抱了一个孩子，抚养成人，娶亲生子。这妇人耗费了几十年的苦辛，她自己以为是很得计的，其实，"这样的苦辛的报酬在哪里呢？还不是只有个静寂的家庭包围着她那忧伤孤独的生命罢了"（《苦辛》）。这是可以说，女性，小资产阶级的女性，对于子嗣的看法是和男性所看的一样的重大。这一篇，在叶绍钧的创作中，是独具风格的，抒情的成分很重，为其他每一篇所不曾有过的。写女性对于子息的一生看护真是小资产阶级的特有的现象，这是他所表现的宗法社会观念的一种。但，据此以及其他各篇去看，他对于宗法社会观念是反对的，他深切的感到这是很重要的"人间病"。

除表现小资产阶级的宗法社会观念而外，他是很冷静的在体验着小资产阶级的性格。《微波》说一个妻子不甘于他丈夫的虐待，决计离婚，但回家以后，看见了她自己的儿童，她的勇气没有了，主张"缓谈"了，这不是很明白的告诉我们，小资产阶级的迟疑和不彻底么？记得《遗腹子》的女主人公要求她的丈夫再候一胎然后再娶妾时，"文卿先生看伤心的泪点滴在婴儿的小颊上，便想起八九年来盼不到儿子，有些时候两个人互相慰安，互相期望的情事，觉得她也非常可怜。她的容貌比自己衰老得更要厉害，额角已有深深的皱纹，头发落剩个鸭蛋大的髻了，因而颓然说，'那么，依你的话，再等你一回罢'"。这一种浅薄的同情，和为着儿子要娶妾的心理揉杂于一人之身，真个把小资产阶级人物的丑态，形容得纤维毕露。小资产阶级者眼中的女子究竟是什么呢？排泄，添儿子，做家务，如是而已。还有更甚的，就是把女子用来做自己的奴隶，这种心理在《小病》里表现得最透彻。我们可以借此看到小资产阶级者是如何的耽爱，享乐：

就讲吃罢。我不欢喜葱蒜，一爱吃一点绝嫩的韭苗，这味道是一种难以形容的香。鱼类差不多完全爱，独不欢喜那满街都是的黄鱼；淡而无味的粗疏的肉，则教人沾染了满口的鱼腥。诸如此类，她都记得清楚。咸淡的口味，文烈的火候，经她的手便刚好恰当，最合适于我。到外边来吃筵席，品色任你名贵，总觉得是另外的一种味道。……每天晚上，一壶上好的绍酒，烫得刚刚好，不太热也不太凉。弄这么几个碟子，不定是什么顶好的东西，然而总是干净，总是可口。……讲到穿，说来可笑，我简直是个小孩子，棉的该换夹的了，袜子穿了两天要洗了，都不是我自己作主，谁耐烦当心这些呢？“你的脚好几天不洗了”，经这样的提示，我才洗脚。一到家里，长褂脱下来，她便接去摺好了，或者整理得好好的挂在衣钩上。说换衫裤，方方地摺叠着的便送到了面前。这也怪，不过是家里老妈子洗的，只由她手里拿来，便觉得格外干净，穿上身格外的舒服。……这不是我逼着她这样做，实在她喜欢这样做。她觉得这样做是她最合适的生活方法，必得这样做才快活，才有味。假若劝止她，非换过一种生活法不可，她一定很痛苦。在我，自然咯，这样做是十二分二十四分的舒服。各适其适，岂不很好呢？

在这里，我们可以看到小资产阶级眼光中的两性关系究竟是怎样的一种可笑的关系，这完全是宗法社会思想底下婚制所演成的普遍事实，是小资产阶级两性方面都很惬意的一种生活方式。丑态，多么有趣的丑态，是完完全全的很具体的被捉住了。他在《醉后》，是很显然的说明了小资产阶级的矛盾心理，这一阶级的生活本就无时不在矛盾之中。《欢迎》写这一阶级的虚荣与错误。《城中》写这一阶级的知识分子的黔驴的技能。《一个青年》象征这一阶级的态度不率直。《双影》写这一阶级人物的意志不果决，是一种具着所谓“婆心”的不彻底的解放的女性。都是从各方面考察所得到的结论，所表现的小资产阶级最普遍的性格。再进一步讲，就是已经觉醒的小资产阶级，因为生活的背景的规定，仍然是很多的摆脱不掉自己阶级的习性。《一包东西》就可以证明这种人物的胆怯。《在民间》就足以证明不是健全的工人运动者，不过是想向上罢了，但，想向上的程度不过如此。《病夫》一篇所显示的，也正是这阶级觉悟分子的特色，充其量也只有回避罪恶，没有抵抗。《小病》不过是智识分子对于自己的际遇自艾自怨的写实。还有，就是那《潘先生在难中》了，前面已引过茅盾所说，把城市的小资产阶级的没有社会意识，卑谦的利己思想，Precaution，琐屑，临虚惊而失色，暂苟安而又喜等等心理，发挥得非常透辟，滑稽至极。其他不一一列举了，总之，叶绍钧之善于表现小资产阶级人物，于此可见。我们要认识小资产阶级的真面目，我们最好是到他的创作中去寻。他是长于表现城市小资产阶级的作者。

讲到村镇的社会的人物，叶绍钧表现得也很深刻，但他所写的太少。只得约略的说明一回。他对于村镇的生活似乎很充实，我们只要看他的《悲哀的重载》、《旅途的伴侣》、《外国旗》、《晨》和表现农民的《晓行》就可知道。他写村镇上的人物，尤其是村镇的女性很是生动，我们看小舱中的人物，是全部的活跃在我们的面前，不过这些女性比之契诃夫（Chekov）的“长舌妇”总算稍逊一筹。村镇人物的一部分的蠢然无知，容易受骗，更是显然的事实。向都市去，如《悲哀的重载》，如《晨》，也是目前村镇里惯常的事件。叶绍钧表现的结果，他是认为农村有破灭的危机。讲到农民的痛苦，《晓行》是简单的说出了，《一生》也正写出了乡村妇女一生的悲苦。然而，最令人心折的，还是小舱中那从上海回去的村妇，叶绍钧把她们真是形容得活现了。在《晨》里更可以看到村镇的人物的复杂，冷酷，与趣味。综合所采取的题材，也是一般的繁复，在纵的方面，表现了人之一生，在横的方面，从城市写到了村镇。绍钧写的是这样得当，这样的复杂，一种极冷静，极忠实的态度，是值得我们注意的。

四

《稻草人》是一部童话集，是从1921年11月到1922年6月内所写成，收他的童话23篇。本来，我们在他的小说里，就看到了他对于儿童是怎样的把握着，对儿童是怎样的钟爱（如《伊和他》，《萌芽》，《潜隐的爱》，《平常的故事》）。他原是从事于小学教育的，对于儿童真如“读者的话”（《剑鞘》）里所说，考察到极细微的地步。这一部童话集，当然是一种说教的形式，无论在意义，在技巧方面，对于儿童是很适合的。不过全书所堆积的成人的悲哀太浓重，虽然遣辞是那么美丽。

在这里，我们请顺序的把每篇的意义说明，并略加意见，然后再综合的去讲。《小白船》是颂赞儿童的纯洁。《傻子》是说明儿童要忠实，博爱，并反对战争。《燕子》是告知儿童，“你不要相信世间没有伤害呀”！《一粒种子》写一粒种子不肯为富人开花的经过，较之德国的“劳动儿童故事”里的《玫瑰花》要单弱些。《地球》说明地球的来源，《燕子》一篇是很好的，但这一篇比“燕子”的命意还要深远，内藏着无产阶级最后胜利的暗示。《芳儿的梦》表现母爱。《新的表》说明儿童要守时刻。《梧桐子》似乎没有什么意义。《大喉咙》只是有趣的笑话的材料。《旅行家》是说要什么有什么才好，思想是错误的。《富翁》写富人的末路，有钱也不能变饭，还是寄生于劳动阶级，真正“到了做富翁的日子，你们就有福了”观念的错误。《鲤鱼的遇险》表现同类相残。《眼泪》是写一个人寻找眼泪，但他所要的眼泪，不是爱和恋，幼稚，虚伪的眼泪，要的是同情的眼泪，这种眼泪，在孩子们的中间找着了。《画眉鸟》的内容很悲惨，结论是人只代替了人家的两条腿，一副煮菜机器，一件音乐机器罢了。所以，在终结，画眉鸟不免伤感而悲酸起来。

> 画眉鸟决意不再回去，不愿意再住在宫殿一般的鸟笼里。他因为看见许多不幸的人，觉悟自己以前的生活也是很可悲哀的。没有意义的唱歌，没有趣味的唱歌，本未是不必唱的。为什么要为哥儿而唱要为哥儿的姊妹兄弟们而唱？当初糊糊涂涂，以为这种生活还可以；现在看见了与他同运命的人而觉得悲哀了，对于他自己当然更感深刻的心伤。不幸的东西填满了世界，都市里有，山野里也有，小屋子里有，高堂大厦里也有，画眉看见了，总引起强烈的悲哀。随着就唱一曲哀歌；他为自己而唱，为发抒自己对于一切不幸东西的哀感而唱，他永远不再为某一人或某一等人而唱了。

事实上是如此，叶绍钧创作的生命的力，我们如其在他的创作中去寻是不如在他的童话里去追求的，他的阶级意识，他的思想，在他的童话里是比较显明的。这一篇《画眉鸟》正是他对于全社会的鸟瞰的回忆。目前的人类的生活是悲哀的，因为大家都在为某一阶级里的人做着工，大家应该觉悟，和“画眉鸟”一样，以后不为这个阶级歌唱了。不过，画眉鸟虽说有了醒悟，但他只能“为自己的不幸而唱。为发抒自己对于一切不幸东西的哀感而唱”，终究缺少一个步骤的力，为不幸而自怜，而对人同情是没有用的，他应该为一切不幸东西而反抗，而创造新的东西，新的大地。《画眉鸟》的命意是不差的，但是还缺少这一点充实的力量。《玫瑰和金鱼》的意义是，“世间没有不望报酬的赏赐，也没有单只为爱着而发出的爱”。《花园之外》写一个穷孩子被拒绝入公园，只能站在公园门外远眺着。《祥哥的胡琴》的命意很深，他拉的歌调是自然所教授的，毫没有一点做作，但“这祥哥的胡琴是大理石建筑的音乐院里的听众所不爱听的”，只有母亲，农夫，磨工，铁匠们爱听。这自然也是对于人间的咒诅，说明真艺术的不认识，无产者的艺术与资产阶级的艺术的不能调协。“瞎子和聋子”，虽有调换的过程，但彼此所发现的人间都是可怕的。《克宜的经历》是对都市的咒诅，都市对人类的损害，主张回到自然，这种主张是很危险的，我们不能把世界建筑在自然的农村里。这是没有把握都市所以陷于这般状况的核心的原因。《跛乞丐》写一个邮差为别人的幸福牺牲了自己。《快乐的人》写世间上没有快乐的人，你要以为自己是快乐的，那就不防走出去看看，包你会不快活起来。《小黄猫的恋爱故事》写黄猫与白鹅的恋爱故事，包含着深挚的肉欲恋的悲哀。最后是《稻草人》，“稻草人”一夜的经历，看遍了人间的不幸，到了第二天的早晨，他也就忍不住的倒到田里去了。这是全书的概略。

把以上的话归纳起来，我们可以寻出一种具体的说明。人间是阴暗，悲惨，不幸的；在都市，在乡村，在一切的地方都没有快乐，尤其是在都市，就是人类的生理也不免为其灰尘所摧毁。人间没有快乐。人类只有自艾自怨。所谓都市，所谓人间，是经不起考察的。但是，在目前虽然如此，在不久的将来，世界总归是有希望的，将来的世界属于劳动者。在这个世界上，实如郑振铎在《稻草人》的序里所说，“现代的人世间”哪里现得出来美丽的童话的人生呢？不过，我认为这种说法是有补充的必要的。固然这个世界没有美丽的童话的人生，但是，这个世界不是没有希望的，不是没有潜在的美丽的人生的力的，是应该更进一步的发掘这种力量的。现代的童话作家没有不感到人间的不幸的，感到不幸复又掩藏起来，在事实上为不可能。至于向儿童表现人间的阴惨，也是必要的，如郑序里所说，“把成人的悲哀显示给儿童，可以说是应该的。他们需要知道人间社会的现状，正如需要知道地理和博物的知识一样，我们不必，也不能有意的去阻碍他。”然而，这话是“不尽致”的。我们的意思是，现代的童话作家，只要不是站在资产阶级或帮助资产阶级说话的，他应该把握文艺的目的，认清儿童将来的职任，站在无产者的立场上，把资本主义社会里所产生的一切矛盾和不幸的现象显示给儿童，启发，鼓励，暗示他们以将来的职任，使他们深深的了解人间的悲惨，以激发其对于革命的信心。在这个世界上的童话作家只努力那美丽的人生的表现，不仅是一种错误，也就是根本上不了解儿童对于这个世界所负的使命。于此，我们可以看出，叶绍钧的童话，除去一部分无关重要的外，大多是暴露人间的不幸的。他的精神太倾向于黑暗的暴露，很少顾到儿童革命信心的启发，这是一点缺陷。精神应该同时顾到两方面，使儿童知道现实世界是如何的不好，好的世界要谁个去创造，要那个阶级的人物去创造，以及要怎样的去创造，绍钧没有顾到这一点。

在童话而外，他还写了十二篇散文，收在与俞平伯合著的《剑鞘》里，其间谈文艺的有四篇。从这四篇之中，多少可以看到他创作的态度。《诗的源泉》是说“充实的生活就是诗”，这是很确实的，我们可以看他的创作的内容，材料大都是异常的充实。其次是《我如其是个作者》，这是为批评家说教的，要他们投入作者的世界，要他们仔细的检验，要他们用忠实不欺的态度。《读者的话》是代表读者向作家说的，要求作家完全表现自己，要求作家的工作能使读者心动，完全是站在自然主义的立场上所说的话。最后一篇是《第一口的蜜》，这是说欣赏力应该养成。这几篇虽然都很简单，和他的《作文论》互参的看去是可以看到叶绍钧是怎样的表现事物，观察事件，忠实于艺术的。但是他没有把握住作品里内含的思想的应该在积极方面，创作不仅要开脉案，还有开药方，在这以前，他似乎还不曾注意到文学的Propaganda的意义。其他的八篇散文，我们最爱读的，最能以代表他的是《藕与莼菜》。这一篇是因莼菜与藕引起了故乡的怀念的叙述，文是一如清水。在篇末，他诠解所以然怀念故乡的理由，结论是，“所恋在那里，那里就是我们的故乡了”。这正和他所说的“父亲去世以后；我携家离开故土。我是这样想的，事业在那里，那里就是我的故土了”（《苦辛》）是一样的。文是清淡而隽永。在《客语》里他也曾提到。此外，我欢喜《将离》把别离的心绪写得活跃极了。他的散文的好处就在这些地方。他也曾写过许多诗，记得《雪朝》里就有他的一辑，对于人生的体验是和他的创作一样的。要附带讲的，是给我们印象很深，而上面不曾提到的他的几篇创作。最深刻的，是表现人生的孤独的《归宿》与《孤独》，这两篇把生命写得真是阴暗愁惨，令人怯读，“我本来也要走了，我不能躺在这里”，这一类的道白，真的把孤独的老人的悲哀记尽了。《金耳环》里的薛占魁的性格表现得也是很活泼的。还有，就是《隔膜》里的《恐怖的夜》一篇，可惜后部写松了。前半写得严整阴暗，有俄罗斯的小说的风味，意义上又有些和莫泊桑（Maupassant）的《夜》（night）相似。假使这一篇采用《夜》那样的“I shall die there…I also…die of hunger…of fatigue…and of Cololr”调子收束前部，完全抛弃后半，那是不失为一篇成熟的创作的，可惜后部弱了下来。……我们以绍钧的《隔膜》、《火灾》、《线下》、《城中》、《稻草人》、《剑鞘》，以及还未辑集的1927以前的创作里，所得到的印象只是如此。

在这里再综合起来

我们对于叶绍钧的1927以前的创作研究总算完了，为使所得到的印象更明晰起见，在这里，有再综合说明一回的必要。在他的创作里所表现的人生是异常的险暗的，人们给予他的印象只是阴惨，就是号称为最清高的教育界罢，也是陷于不堪的状态，只有儿童是纯洁的。

人们是彼此的隔膜，欺骗，生活是单调，枯燥。宗法社会思想的毒是迷漫在全社会。他所表现的对象的城市小资产阶级人物差不多没有健全的。农村的人民在地主的压迫下生活着，村镇的人物有移到都市的倾向，农村陷于破灭的危机。就是进步一些的青年，因着现实的环境的袭击，也不免引起种种的怀疑，怀疑到人生的本体。这是他所表现的现实。他不满意于这种现实，他努力的抨击着。同时，他又探讨、研究、追寻人间是不是永久如是，结果，他发现了这一切的现象是为一种“附生物”所隔绝的结果，人心本是充满着生趣和愉快的，人心本是充满着爱的，世界的精魂也是爱，生趣，和愉快。他诅咒这一种“附生物”，他抨击这种“附生物”，但是他有一点缺陷，那就是没有更进一步的表现这种环境该怎样的冲决，在他的笔下遗漏了现代的与旧社会抗斗，冲决的向上的青年的写实。所以，我们批评叶绍钧创作中人物的缺陷，是他只把握得社会黑暗的现象，他忽略了潜在的与黑暗抗斗的力，生命的力；只是消极的黑暗的暴露与咒诅，没有积极的抗斗与冲决。这是叶绍钧创作中内在的生命的力的缺陷。这一点，叶绍钧自己也曾看到，所以在他的后期的著作中，这种生命的力就微微的活跃起来，到最近，他也写到了工人阶级的生活（如《夏夜》），写到白色的恐怖（如《夜》），写到目前政治的黑暗（如《某城记事》）了，然而，终不能使我们满足，他不曾表现到狂风暴雨的今日的具有伟大的力的青年，这只有期之于最近的将来了。这也就是他只能代表“一种深味到人间的阴森与隔膜，对生命引起了怀疑与烦闷，想努力追求一种解决的怀疑派的青年”的原因。叶绍钧的表现的技巧，当然是写实主义的，除去《苦辛》一篇带着抒情的成分而外，大都是很冷静的。他很冷静的观察一切事物，表现得非常忠实，他的态度是诚恳的。不过，他的创作中，有几篇布局太平淡了，材料的配布缺乏一种“波浪涌谲”的精神，使人有如观远山的感觉，而仅只得到一种片断的割裂的印象。描写有时使人感到琐碎。这都是技巧上的小病。所以，我们对于叶绍钧此后的创作，无论在内容抑技巧上，完全希望他走到第三个阶段的写实主义的路上来。他是长于表现城市的小资产阶级的，城市的小资产阶级转换方向，有了根本觉悟的已是不少，希望他今后也能掉换方向去取材；小资产阶级的表现，在革命现阶段，我们认为还是不能完全抛弃的。……在过去的新文艺运动的进展上，绍钧有过很大的推动的力，现在也依然的在努力着，我们诚恳的希望他更进一步的把握得这狂风暴雨时代的精神，在他的创作上重行开辟一个新的局面。……

9·15—18，1928。

（选自《现代中国文学作家》第二卷，1930年3月泰东图书馆）

关于《倪焕之》问题

钱杏邨

关于《倪焕之》一书，我在批评《倪焕之》短文里，已发表了相当的意见。这部书如其说是“十年来的代表时代的扛鼎之作”，我们不如说是结束了因“五四”的冲激而觉醒，而革命的青年，因为对革命的阶段没有明确的认识，看不惯革命的流血，颤栗消沉于恐怖之前，毁灭了他们的生命，终于在1927年毁灭了他们的生命，结束了他们的前途的扛鼎之作；虽然除开最后十多章，把前十九章当作教育小说读，那是一部很有力量的反封建势力的教育小说。

倪焕之这样的人物，和茅盾的创作中的人物是比较接近的，这也就无怪乎茅盾说，这种人物是“值得同情”的了。不过，倪焕之这人物的坦白态度，自己明白自己的态度，知道自己虽不能担起时代的任务，而还有另一部分人能以担得起的态度，却是茅盾创作中的人物做梦都想不到的。茅盾的人物，是明明的没落而否认没落，明明的落伍而还是不断的倔强强辩的人物。我们对于倪焕之这样的人物是可以给予相当的宽容，对于茅盾的创作里的那样人物在事实上是毫无假借的要给予严厉的指摘和批判的。我们一点也不能宽容。

关于《倪焕之》这部小说，在划时代的一点上，确有相当的意义，“倪焕之”本身是结束了旧的时代，同时在他弥留之际，他说明了新的时代已经是在生长着。然而如茅盾所说，“这是代表转换期中的革命的知识分子的意识形态”，却是我们不同意的。转换期中的知识分子固然不能免有这样的消极分子，然而积极的，不逃避的苦斗下去的也所在多是吧？茅盾为什么不能看到这一点呢？难道整个的知识阶级都象茅盾创作中人物的那样的可怜么？

我们为避免重复起见，在《倪焕之》一评里所说的话，这里不再重说了。总之，茅盾对《倪焕之》所以五体投地的原因，详细的说来，其理由不外两点。其一，就是《倪焕之》一书关联着时代，而且表现了“现代中国人生的一角”，正是适应于茅盾的立场的创作；其二，那就是“倪焕之”这样的人物除自已明白自已外，与茅盾的人物是具有不少的同感的，幻灭动摇与消极颓丧本是不可分离的兄弟……

读了茅盾的《读〈倪焕之〉》一文，除去在我们答辩他的《从牯岭到东京》,《写在野蔷薇的前面》(即《文艺与现实》一文)，以及批评叶绍钧的《倪焕之》几篇文里已经涉及的问题而外，我们在这里已经很具体的从他的态度上，他的立场上，给予了以上的简明的说明，把我们的意思展开了一个轮廓了：茅盾的理论是否正确，他对于普罗列塔利亚文艺运动是否真个了解，和他所谓的普罗列塔利亚的革命文学，究竟是个什么东西，我们敢信读者是已经能够把握到的了。不过我们还是最希望读者能够参看上面所举出的几篇批评，加上那几篇里所涉及的一切问题，那才是对他的《读〈倪焕之〉》一文的很详细的答复。

12 月 12 日

（选自《文艺批评集》，1930 年 3 月 15 日神州国光社）

论中国创作小说（节录）

沈从文

在第一期创作上，以最诚实的态度，有所写作，且十年来犹能维持那种沉默努力的精神，始终不变的，还是叶绍钧。写他所见到的一面，写他所感到的一面，永远以一个中等阶级的身分与气度创作他的故事。在文学方面，则明白动人，在组织方面，则毫不夸张，虽处处不忘却自己，却仍然使自己缩小到一角上，一面是以平静的风格，写出所能写到的人物事情，叶绍钧的创作，在当时是较之一切人作品为完全的。《隔膜》代表作者最初的倾向，在作品中充满淡淡的哀戚。作者虽不缺少那种为人生而来的忧郁寂寞，因为早婚的原因，使欲望平静，乃能以作父亲态度，带着童心，写成了一部短篇童话。这童话名为《稻草人》，读《稻草人》，则可明白作者是在寂寞中怎样做梦，也可以说是当时一个健康的心，所有的健康的人生态度，求美，求完全，这美与完全，却在一种天真的想象里，建筑那希望，离去情欲，离去自私，是那么远，那么远！在1922年后创造社浪漫文学势力暴涨，“郁达夫式的悲哀”成为一个时髦的感觉后，叶绍钧那种梦，便成一个嘲笑的意义而存在，被年轻人所忘却了，然而从创作中取法，在平静美丽的文字中，从事练习，正确地观察一切，健全的体会一切，细腻的润色，美丽的抒想，使一个故事在组织篇章中，具各样不可少的完全条件，叶绍钧的作品，是比一切作品还适宜于取法的。他的作品缺少一种眩目的惊人的光芒，却在每一篇作品上，赋予一种温暖的爱，以及一个完全无疵的故事，故给读者的影响，将不是趣味，也不是感动，是认识。认识一个创作应当在何种意义下成立。叶绍钧的作品，在过去，以至于现在，还是比一切其他作品为好。

（选自1931年4月30日《文艺月刊》第2卷第4号）

《古代英雄的石像》读后感

丰子恺

人们常常说，图画比文章容易使人感动。但我总觉得不然。图画只能表示静止的一瞬间的外部的形态，文章则可写出活动的经过及内容的意义。况言语为日常惯用之物，自比形色容易动人。最近我为圣陶兄的童话描写插画，更切实地感到这一点。

圣陶兄来信嘱我为他的童话描些插画。我接信时就感到高兴，因为我对他的童话已有夙缘：去秋我在病床中曾经读过他发表在《教育杂志》上的《皇帝的新衣》。读一遍不足，想再读一遍；但腕力不能支持杂志的分量，我便特把这一篇童话撕了下来，以便反复玩味。后来我这篇文章塞在褥子下面，到现在依然存在。当时我在病床中读了，曾作种种的感想。我叹安徒生原作中的小儿，和圣陶兄所作的王妃，觉得人类之中，小儿最为天真，最保全人的本性，其次要算女子，大人们都已失其本性了。我在回想中观看这世间，觉得有不少的人穿着这种虚空的新衣。且皇帝的新衣被撕以后国内的情形怎样，我当时似乎知道。我知道当“女人们白润的手臂在皇帝的枯黑的胸前上下舞动，老头子们灰白的胡须拂着皇帝露骨的背心，两个孩子爬上皇帝的肩头”的时候，皇帝忽然心生一计，握住了女人们白润的手，挨近她们耳边，低声说了几句话，回头又向老头子们低声说了几句话，女人们和老头子们便把小孩子们几个巴掌打了开去，大家一齐跪倒在皇帝的脚下。于是皇帝重作威福，说他们现已看见新衣，不复是愚笨或不称职的人，便饶恕他们的罪过。兵士群臣看见撕新衣的人都已跪下，各自心中恐慑，也都跪了下来。……皇帝回宫之后，立刻传那些女人入宫，封她们为王妃；又封那些老头子为大官。他们都做了富贵之人而向民众赞美皇帝的新衣，颂扬皇帝的威权。女人们和老头子们本来也是天真的民众，但富贵能使他们练就这套本领。后来……后来怎样，我也记不清楚了。这虽然是病中的无聊的心的妄念，但我对于圣陶兄的童话，确有这样的一番夙缘。所以他嘱我描写插画，我很高兴应命。我有时为自己所不爱读的文章作插画，依样制图，犹如为文章的内容作图解，最感无聊。现在为我所爱读的文章作插画，或者有些兴味。

他陆续寄下九篇童话来，我把每篇仔细诵读，且选择插画的情景。但结果只有读的时候有兴味，描画依然是为文章的内容作图解！非但无补于文章，反把文章中的变化活跃的情景用具象的形状来固定了。譬如皇帝的相貌，古代英雄的石像的姿态，我在读文章的时候看见他们有时可恶，有时可笑，有时可怜，何等变化而活跃！但插画那有表出这种变化的能力？

含羞草原来是代替这不合理的世间而羞愧的。可惜这种草世间并不多，我描画时要找些标本都找不到。它们何不繁殖起来，使不合理的世间可以知所觉悟，使蚕儿不致辍工，使熊夫人幼稚园亦不致停办呢？我读这些文章的时候，对于含羞草的见解觉得可敬。对于蚕儿的态度觉得可佩。对于熊夫人的困难的情形，则有更深的同情。因为我自己做过教师，知道不仅熊夫人的幼稚园中有这种情形，就是我所教过的学生中，也有虎儿，猪儿，鸡儿和猴儿；麒麟尤多而显著。读了这些童话，使我想起这世间的种种不合理而丑恶的状态。我相信我们一定另有一个十全的世界。在那世界中，熊夫人的幼稚园非常发达，蚕儿赞美工作，含羞草不复含羞。但我的插画不能表出这些感想，只能描出几种死的状态。非但无补于文章，反而固定了读者的自由的想像。所以我相信读书比描画有兴味，文章比图画容易使人感动。

插画描完之后，圣陶兄嘱我写些读后感，因此我又得欣然地写出这些感想。

二十年四月廿八日，子恺作。

（选自《古代英雄的石像》，1931 年 6 月开明书店）

叶绍钧的《未厌集》

赵景深

看完这本结集，得到两个作者的意见；不，也许是我悬揣而未必作者就是如此想的两个意见：

一、作者深怜生产的妇人的痛苦。这在《遗腹子》和《小妹妹》两篇里可以看到。作者把文卿先生和三三的父亲热望生儿，厌恶生女，不顾产褥妇的死活，这种残酷的心理，宗法社会的余孽，可谓形容得淋漓尽致。这两篇在艺术上比较起来，《小妹妹》似较佳，《遗腹子》几次重复的叙述倒象是童话里三次夺宝，不大象是小说了。也许《遗腹子》的用意是想写命运弄人，并不想责备文卿，但我总觉得文卿这样的重男轻女，即使不被骂为豺狼，也当被封为笨猪了。一定要生儿子么？没有儿子，女儿不是一样的么？就是没有又有什么要紧。中国人的家族观念，看来比国家大，比世界大，比一切都大。为了没有儿子，甚至去投河，真是其愚不可及。

二、作者觉得一个人活在世上应该脚踏实地的做一番有益于人们的事情。这在《抗争》和《赤着的脚》里可以看到。在《抗争》里作者感到教育于人类没有什么大用处，反不比打铁或者别的劳动，因此想要妻子去织袜；在《赤着的脚》里，作者写一个人研究了三四十年的农民生活，而农民生活却并未改善。总之，自己穿着长褂，拿着书本，而嘴里却说虽过的是小资产阶级的生活，而却有无产阶级的意识，到底是玄之又玄，非常滑稽，使谁也要失笑，谁也要不相信的事。你须深入民众，与他们合为一体，才能谈改革，否则依旧是两截，你管你，他管他。世间所缺少的就是真肯去干的傻子。

以下再拉杂地将随时想到的话写下一点来：

一、作者所用的题目有些是很巧妙的。如，《遗腹子》所写的并无遗腹子，《小病》所写的也并无小病。这犹之欧阳予倩所写的《泼妇》并不是泼妇。在修辞格上所列的反言格（Paradox）和这些题目也许是相似的罢。因为题目取得好，所以上述两篇，恰恰说到扣题，戛然中止，也就如初写黄庭了。

二、《抗争》的第四节使我忆起都德的《最后一课》，《夜》使我忆起泰来夏甫的《决斗》。前者我觉得有些看熟了。

三、作者写小说常能给人单纯的印象，尤其在情调的感染上。例如《小病》给我们寂寞，《夜》给我们阴惨，《苦辛》给我们鬼一般的幽悄，《一包东西》给我们恐慌。所叙只有一件事，没有多余的穿插，没有不必要的闲话。

四、《一包东西》，《夜》，《赤着的脚》，《某城纪事》这四篇都可使我们窥见时代的侧影。不过最后一篇的莲轩似乎还可以更着力的描写一下。

五、《夏夜》的梦景布置得很好。梦是日间缺陷的满足，所以轮船茶房在梦里可以得到卖粥姑娘的爱，在炎热的夏夜又可以淋得满身的冷水。梦中可爱的一蒲包白糖大约就是他日间的仇敌大麻布包了。

全体说来，作者自然不是纯粹的客观，各篇都浸着他的温煦的气度，使人读任何一篇，都觉得作者是和蔼可亲的，同时又是严肃的对着人生的。即使嘲笑，也并不刻毒。在《线下》作者曾一度的变为冷静的自然主义者，但现在作者又带来温暖的太阳了。

1929，8，24

（选自《现代文学杂论》，1932年10月上海光明书店）

《中国新文学大系·小说一集导言》（节录）

茅　盾

冷静地谛视人生，客观地，写实地，描写着灰色的卑琐人生的，是叶绍钧。他的初期的作品（小说集《隔膜》）大都有点“问题小说”的倾向，例如《一个朋友》，《苦菜》，和《隔膜》。可是当他的技巧更加圆熟了时，他那客观的写实的色彩便更加浓厚。短篇集《线下》和《城中》（1923 到 1926 年上半年的作品）是这一方面的代表。

要是有人问道：第一个“十年”中反映着小市民知识分子的灰色生活的，是那一位作家的作品呢？我的回答是叶绍钧！

他的“人物”写得最好的，是小镇里的醉生梦死的灰色人，如《晨》内的赵太爷和黄老太这一伙（短篇集《城中》97 页）；是一些心脏麻木的然而却又张皇敏感的怯弱者，如《潘先生在难中》的潘先生以及他的同事（短篇集《线下》195 页），他们在虚惊来了时最先张皇失措，而在略感得安全的时候他们又是最先哈哈地笑的；是一些没有勇气和环境抗争，揉揉肚子就把他的“理想”折和成为零的妥协者，如《校长》中的小学校长叔雅本想换掉三个坏教员，但结果因为鬼迷似的面允了三个中间的一个仍旧“蝉联”，于是索性把三个一齐都留任下去了（《线下》81 页）。又如《祖父的心》中的西医杜明辉夫妇（短篇集《火灾》131 页），没有勇气违反“祖母”，却也没有勇气完全丢开自己的“理想”，结果只能悲哀地望着自己的“理想”出神；是圆滑到几乎连自己都没有，然而又颇喜欢出风头的所谓“学者”，如《演讲》中的主人公“他”（《城中》41 页），是神经衰弱的很会幻想的，然而在失恋后连哭一场的热情都没有的惫懒人，如《一个青年》中的连山（《线下》121 页）。

然而在最初期（说是《隔膜》的时期罢，民国八年到十年的作品），叶绍钧对于人生是抱着一个“理想”的，——他不是那么“客观”的。他在那时期，虽然也写了“灰色的人生”，例如《一个朋友》（短篇集《隔膜》39 页），可是最多的却是在“灰色”上点缀着一两点“光明”的理想的作品。他以为“美”（自然）和“爱”（心和心相印的了解）是人生的最大的意义，而且是“灰色”的人生转化为“光明”的必要条件。“美”和“爱”就是他的对于生活的理想。这是唯心的地去看人生时必然会达到的结论。

（选自《中国新文学大系·小说一集导言》，
1935 年 3 月 11 日良友图书印刷公司）

叶绍钧小品序

阿　英

我很奇怪，有很多的理论者，他们对于作家存在的决定，不仅注意着“质”的方面，也注意着“量”的方面，把“质”与“量”看得一样的重。这个见解，是很错误的。实际上，对于一个作家价值的估定，应该是从“质”的方面看，即使作者只发表过很少的作品，但这少数的作品，是代表了作者，而在整个文艺运动上，有着重大的意义，那么，这个作家是存在的，甚至可以说是重要的。在小品文方面也是一样，要一定在有专册的小品集，或专门从事小品文活动，才能算是小品作家，则很多的优秀的小品文作者，以及他们作品所给予的影响，是将在不合理的决定之下被忘记。这样的作者，如叶绍钧等等，是应该把他们同样的作为小品文作家看的。

叶绍钧所写作的小品不多，而他自己对于这些成果，也似乎不甚珍惜。除掉和俞平伯合册的《剑鞘》而外，只刊印了不纯粹是小品的集子一种——《脚步集》。他虽然不吝惜这些小文章，不能以刊印小说集同样的热心来对待它们。可是，他的小品文，给予小品文运动的影响是巨大的，而每一篇，都可以说是非常精妙的佳构。他在这两个集子以外，写过《暮》（我们的六月）那样暝想的小品，写过《五月卅一日急雨中》（小说月报）那样表现着愤激之情的小品，写过《诗人》，《水灾》（光明周刊）那样富有教育意义的小品，写过《牵牛花》（北斗），《养蜂》（东方）那样的清淡隽永的小品。他写的小品，在数量上不能说多，可是每一篇差不多都经过了很久的胚胎时期，而后用一种细腻老练的艺术手法写了出来。

他的小品文最主要的特色，要很具体的讲，我很想用“宁静淡泊”四个字来说明。在小品文的内容上，固然表现着“宁静淡泊”的精神，就是在表现的形式上，也是同样的反映着一种“清淡隽永”的风趣。感情是丰富的，但他用一种极其微妙的方法表出之，如事物上蒙上一层轻纱，是那么淡淡的，又是那么深深地袭人。他的文字是轻灵的，而又是那么的细腻，缜密地。如果我们一样的用着一颗宁静的心去研究它，吟咏它，在阅读的过程中，无论什么时候，都会使你感到有这么一个诗人，带着幽闲的心情，哲学家在探索问题似的，在那里“背手闲行吟好诗”。这一位田园诗人就是作者，而他的每一篇小品，真不啻是一首非常成功的、优美的、人生的诗。和他写小说一样，他是以着写实主义者的态度，在从事于小品文的写作。

哲学家探索问题似的，这不是偶然说出的一句话。这也是叶绍钧小品文的一个特征。这个特征，在小品文作家中，象陈衡哲的作品，是和他有共通性的。在他的小品文中，反映的田园诗人的情趣是很浓厚，但他和一般的田园诗人情趣的小品文作家，却是不同。一般的作者，对于自然的现象，是以着一种陶醉的热烈的心情响往；叶绍钧则是以哲学家的头脑，宁静的心，在对一切的自然现象，人生事物，刻苦的探索人生的究竟，在每一篇小品文里，他都很深刻的指示出一个人生上的问题。这特色，是叶绍钧小品文所特具的，这一点也就更强烈的影响了读者。

叶绍钧在《读者的话》（《剑鞘》）里写着，“不仅是一种意见，一种主张要是你们自己的，便是细到象游丝的一缕情怀，低到象落叶的一声叹息，也要让我认得出是你们的而不是旁的人的”。这说法真是等于作者的自白，叶绍钧的小品文是自己的而不是旁人的。有人说，他的一部分小品文和周作人的作风相似，这说法，在匆匆的读过了他们小品文的人，我想是可以这样相信的，但要是你细加研究，从他们思想上的不一致性到作风上的不一致性，那么，是很容易看到这两位小品文作家绝对的不相同之点，在对人生问题的理解上，叶绍钧在小品文里所反映的向上与向前的倾向，是比周作人的思想更清醒一些。

在表现的态度上，周作人是具有严肃态度的哲人风致，而叶绍钧则是飘逸的徘徊月下，自弄清影的诗人。

（选自《现代十六家小品》，1935年8月光明书店）

叶圣陶的短篇小说

朱自清

圣陶谈到他作小说的态度，常喜欢说："我只是如实地写。"这是作者的自白，我们应该相信。但他初期的创作，在"如实地"取材与描写之外，确还有些别的，我们称为理想，这种理想有相当的一致，不能逃过细心的读者的眼目。从来经历渐渐多了，思想渐渐结实了，手法也渐渐老练了，这才有真个"如实地写"的作品。仿佛有人说过，法国的写实主义到俄国就变了味，这就是加进了理想的色彩。假使这句话不错，圣陶初期的作风可以说是近于俄国的，而后期可以说是近于法国的。

圣陶的身世和对于文艺的见解，顾颉刚先生在《隔膜》序里说得极详。我所见他的生活，也已具于另一文。这里只须指出他是生长在一个古风的城市——苏州——中的人，后来又在一个乡镇——甪直——里住了四五年，一径是做着小学教师；最后才到中国工商业中心的上海市，做商务印书馆的编辑，直至现在。这二十年来时代的大变动，自然也给他不少的影响：辛亥革命，他在苏州；五四运动，他在甪直；五卅运动与国民革命，却是他在上海亲见亲闻的。这几行简短的历史，暗示着他思想变迁的轨迹，他小说里所表现的思想变迁的轨迹。

因为是"如实地写"，所以是客观的。他的小说取材于自己及家庭的极少，又不大用第一身，笔锋也不常带情感。但他有他的理想，在人物的对话及作者关于人物或事件的解释里，往往出现，特别在初期的作品中。《不快之感》与《啼声》是两个极端的例子。这是理智的表现。圣陶的静默，是我们朋友里所仅有；他的“爱智”，不是偶然的。

爱与自己的理想是他初期小说的两块基石。这正是新文化运动开始的思潮；但他能用艺术表现，便较一般人为深入。他从母爱性爱一直写到儿童送一个小蚬回家，真算得博大周详。母爱的力量在牺牲自己；顾颉刚先生最爱读的《潜隐的爱》（见顾先生《〈火灾〉序》），是一篇极好的代表。一个孤独的蠢笨的乡下妇人用她全部的心与力，偷偷摸摸去爱一个邻家的孩子。这是透过一层的表现。性爱的理想似乎是夫妇一体，《隔膜》与《未厌集》中两篇《小病》，可以算相当的实例。但这个理想是不容易达到的；有时不免来点儿“说谎的艺术”（看《火灾》中《云翳》篇），有时母爱分了性爱的力量，不免觉得“两样”；夫妇不能一体时，有时更免不了离婚。离婚是近年常有的现象。但圣陶在《双影》里所写的是女的和男的离了婚，另嫁了一个气味相投的人；后来却又舍不得那男的。这是一个怪思想，是对夫妇一体论的嘲笑。圣陶在这问题上，也许终于是个怀疑派罢？至于广泛地爱人爱动物，圣陶以为只有孩子们行；成人是只有隔膜与冷酷罢了。《隔膜》、《游泳》（《线下》中）、《晨》便写的这一类情形。他又写了些没有爱的人的苦闷，如《归宿》里的青年，《春光不是她的了》里被离弃的妇人，《孤独》里的“老先生”都是的。而《被忘却的》（《火灾》中）里田女士与童女士的同性爱，也正是这种苦闷的另一样写法。

自由的一面是解放，还有一面是尊重个性。圣陶特别着眼在妇女与儿童身上。他写出被压迫的妇女，如农妇，童养媳，歌女，妓女等的悲哀；《隔膜》第一篇《一生》便是写一个农妇的。对于中等家庭的主妇的服从与苦辛，他也有哀矜之意。《春游》（《隔膜》中）里已透露出一些反抗的消息；《两封回信》里说得更是明白：女子不是“笼子里的画眉，花盆里的蕙兰”，也不是“超人”；她只是和一切人类平等的一个“人”。他后来在《未厌集》里还有两篇小说（《遗腹子》，《小妹妹》），写重男轻女的传统对于女子压迫的力量。圣陶做过多年小学教师，他最懂得儿童，也最关心儿童。他以为儿童不是供我们游戏和消遣的；也不是给我们防老的，他们应有他们自己的地位。他们有他们的权利与生活，我们不应该嫌恶他们，也不应将他们当作我们的具体而微看。《啼声》(《火灾》中)是用了一个女婴口吻的激烈的抗议;在圣陶的作品中,这是一篇仅见的激昂的文字。但写得好的是《低能儿》,《一课》,《义儿》,《风潮》等篇;前两篇写儿童的爱好自然,后两篇写教师以成人看待儿童,以致有种种的不幸,其中《低能儿》是早经著名的。此外,他还写了些被榨取着的农人,那些都是被田租的重负压得不能喘气的。他憧憬着"艺术的生活",艺术的生活是自由的,发展个性的;而现在我们的生活,却都被揿在些一定的模型或方式里。圣陶极厌恶这些模型或方式;在这些方式之下,他"只觉一个虚幻的自己包围在广大的虚幻里"(见《隔膜》中《不快之感》)。

圣陶小说的另一面是理想与现实的冲突。假如上文所举各例大体上可说是理想的正面或负面的单纯的表现,这种便是复杂的纠纷的表现。如《祖母的心》(《火灾》中)写亲子之爱与礼教的冲突,结果那一对新人物妥协了;这是现代一个极普遍极葛藤的现象。《平常的故事》里理想被现实所蚕食,几至一些无余;这正是理想主义者烦闷的表白。《前途》与此篇调子相类,但写的是另一面。《城中》写腐败社会对于一个理想主义者的疑忌与阴谋;而他是还在准备抗争。《校长》与《搭班子》里两个校长正在高高兴兴地计划他们的新事业,却来了旧势力的侵蚀,一个妥协了,一个却似乎准备抗争一下。但《城中》与《搭班子》只说到"准备"而止,以后怎样呢?是成功?失败?还是终于妥协呢?据作品里的空气推测,成功是不会的;《城中》的主人公大概要失败,《搭班子》里的大概会妥协吧?圣陶在这里只指出这种冲突的存在与自然的进展,并没有暗示解决的方法或者出路。到写《桥上》与《抗争》,他似乎才进一步地追求了。《桥上》还不免是个人的"浪漫"的行动,作者没有告诉我们全部的故事;《抗争》却有"集团"的意义,但结果是失败了,那领导看作了祭坛前的牺牲。圣陶所显示给我们的,至此而止。还有《在民间》是冲突的别一式。

圣陶后期作品(大概可以说从《线下》后半部起)的一个重要的特色,便是写实主义手法的完成。别人论这些作品,总侧重在题材方面;他们称赞他的"对于城市小资产阶级的描写"。这是并不错的。圣陶的生活与时代都在变动着，他的眼从村镇转到城市，从儿童与女人转到战争与革命的侧面的一些事件了。他写城市中失业的知识工人（《城中》里的《病夫》）和教师的苦闷；他写战争时“城市的小资产阶级”与一部分村镇人物的利己主义，提心吊胆，琐屑等（如茅盾先生最爱的《潘先生在难中》及《外国旗》）。他又写战争时兵士的生活（《金耳环》）；又写“白色的恐怖”（如《夜》、《冥世别》——《大江月刊》3期）和“目前政治的黑暗”（如《某城纪事》）。他还有一篇写“工人阶级的生活”的《夏夜》（《未厌集》）（看钱杏邨先生《叶绍钧的创作的考察》，见《现代中国文学作家》第二卷）。他这样“描写了广阔的世间”；茅盾先生说他作《倪焕之》时才“第一次描写了广阔的世间”，似乎是不对的（看《读〈倪焕之〉》，附录在《倪焕之》后面）。他诚然“长于表现城市小资产阶级”（钱语），但他并不是只长于这一种表现；更不是专表现这一种人物，或侧重于表现这一种人物，即使在他后期的作品里。这时期圣陶的一贯的态度，似乎只是“如实地写”一点；他的取材只是选择他所熟悉的，与一般写实主义者一样，并没有显明的“有意的”目的。他的长篇作品《倪焕之》，茅盾先生论为“有意为之的小说”，我也有同感；但他在《作者自记》里还说：“每一个人物，我都用严正的态度如实地写，”这可见他所信守的是什么了。这时期中的作品，大抵都有着充分的客观的冷静（初期作品如《饭》也如此，但不多），文字也越发精炼，写实主义的手法至此才成熟了；《晨》这一篇最可代表，是我所最爱的。——只有《冥世别》是个例外；但正如鲁迅先生写不好《不周山》一样，圣陶是不适于那种表现手法的。日本藏原惟人《到新写实主义之路》（林伯修译）里说写实主义有三种，圣陶的应属于第二种，所谓“小布尔乔亚写实主义”；在这一点上说他是小资产阶级的作家，我可以承认。

我们的短篇小说，“即兴”而成的最多，注意结构的实在没有几个人；鲁迅先生与圣陶便是其中最重要的。他们的作品都很多，但大部分都有谨严而不单调的布局。圣陶的后期作品更胜于初期的。初期里有些别体，《隔膜》自颇紧凑，但《不快之感》及《啼声》，就没有多少精采；又《晓行》，《旅路的伴侣》两篇（《火灾》中），虽穿插颇费苦心，究竟嫌破碎些（《悲哀的重载》却较好）。这些时候，圣陶爱用抽象观念的比喻，如“失望之渊”、“烦闷之渊”等，在现在看来，似乎有些陈旧或浮浅了。他又爱用骈句，有时使文字失去自然的风味。而各篇中作者出面解释的地方，往往太正经，又太多。如《苦菜》（《隔膜》中）固是第一身的叙述，但后面那一个公式与其说明，也太煞风景了。圣陶写对话似又顶擅长。各篇中对话往往嫌平板，有时说教气太重，这便在后期作品中也不免。圣陶写作最快，但决非不经心；他在《倪焕之》的《自记》里说：“斟酌字句的癖习越来越深”，我们可以知道他平日的态度。他最擅长的是结尾，他的作品的结尾，几乎没有一篇不波俏的。他自己曾以此自诩；钱杏邨先生也说他的小说，“往往在收束的地方，使人有悠然不尽之感”。

十九年七月，北平清华园。

（选自《你我》，1936年3月商务印书馆）

叶圣陶短篇小说集

常　风

文学研究会在三月里刊行了十种创作丛书，这本《圣陶短篇小说集》就是其中的一种。作者叶圣陶先生是一位辛勤地在文学里耕耘的人，也是文学研究会的一位重要作家，以前曾汇刊过五本短篇集子和一部长篇《倪焕之》。叶先生自民国八年起即开始写小说，到二十二年不曾停写，虽然每年作品的多少不等。现在的这个集子就是将他"十五年间的小说淘汰一下，选集比较可观的多少篇印在一起，作为这期间我的习作成绩的总帐"（作者的付印题记）。

这集子一共收了二十八篇：第一篇《一生》是写于民国八年的。从这按照写作的时间先后排列着的二十八篇小说中，我们可以看得出作者写作技术和处理题材的能力在这十五年中如何的演进。作者的选材几乎可以说从他开始写小说一直到他写作生涯的第十五年没有什么变动。展示在作者之前的是永恒地表现着灰色的，卑琐的人生的凡庸中等阶级的人们。他从这种人们中的一点细微的情节上表现他们那些善良的懦弱，可悲怜的鄙怯，他们所特有的种种品德。他能冷静地观察人生；他能客观地，写实地描写。这两点可以说是作者唯一的成功。作者的小说有一个特殊的倾向：那便是问题小说的倾向。我们的新文学运动最初并不是一个单纯的文学运动；它不过是一个大的社会改革运动中的一个支流。受着这个运动的主潮的激荡，于是作为它支流的文学运动也当然要被这主潮支配。所以我们勿用惊奇，在新文学运动的初期有许多问题小说，社会问题小说与追求人生的意义的小说。这集子的作者，我们猜想他开始创作时已是一个中年的人，或是他的理智比较地冷静，能够遏制那过于自由的感情泛滥，所以从他写作的开始他就不曾用动人哀怜的感情发泄，吸引人的婉丽的词句。他观察他自己所生活在的圈儿内的各式各样的“现实”，他也根据一点人类所共具的同情心给那些自己的圈儿外一班更苦的人们以怜悯。我们假若说的夸张一点，几乎这集子里的二十八篇中有二十篇可以算作这句话的注脚。

作者对于一篇小说的结构非常注意。我们处处可以看出过分用力的痕迹。作者在他最初的创作中十分注意一篇小说的结尾，喜欢在结尾点明这篇小说的主旨。这种“点明”有时过分显明，令我们觉着它是有意识地安排的，因而会破坏了这作品所应有的效果。比方说第一篇小说《一生》的结尾：“把伊的身价充伊丈夫的殓费，便是伊最后的义务!”（6页）以及第三篇《一个朋友》的结尾（20页）和第五篇《饭》的结尾（42 页）。这种结尾往往含着讽刺，而这讽刺对于作者所欲造成的效果似乎并没有有益的帮助。

从《一生》到《秋》在写作的技巧与处理题材方面，作者逐渐显示出熟练。在取材方面作者也能随着时代展示开在动荡中的时代与在新时代中小市民阶级中人的憧憬，期待，畏惧，忧虑。《某城纪事》，《李太太的头发》，《某镇纪事》这几篇值得特别注意。总括起这廿八篇小说我们来看作者的成就，我们觉得“冷静地观察人生，客观地、写实地描写”是作者唯一的成功。不过，有的时候，因为过分的“冷静”，过分的“客观”与过分地“写实”，所写成的作品缺乏生命，缺乏色泽，仅是一点“情节”的铺叙，如这集子里的许多篇小说。一点“情节”只可以算做小说的骨骼，它须要肌肉与血脉。这是一个细小而重要的分别；它判别“小说”与随便的一段叙述，它判别艺术与非艺术。

作者的文字很质朴，干净。虽然经过锤炼，它还显得出纯朴的本色。但这种文字往往不可避免地给读者带来单调和疲倦。

（选自1936年6月1日《国闻周报》第13卷第121期）

叶绍钧的童话

贺玉波

一

玉波先生：

我在《读书月刊》上读到你《叶绍钧访问记》，当时的心情很觉畅快；因为我是读过他的童话而又非常崇拜他的人。你的这篇文字增加了我对他的虔敬，并且造成了我给你初次通信的动机。虽说我和你无缘相识，但为讨论一个有名作家的缘故，也只好由感情的冲动，和你冒昧地通信了。花费了你的宝贵时间来读我的信来答复我。烦扰之处，请您原谅。

“在中国写童话的就只有叶先生一个人呢。”你这句话，说得的确不错，由我看来并不是您对他的赞语。在中国除了叶先生外，还有谁创作过童话而得到过相当的成就呢？十年来在他写小说和其他作品之外，他是拿了大部分的精神来写童话的；在质上在量上都是很可观的。不消说，他在 1923 年出版的《稻草人》，是我幼年时代所最爱读的文学作品；有几篇如《一粒种子》,《梧桐子》,《花园之外》等，一直到现在止还使我有着不可破灭的好印象。因为我是个乡村的贫农子弟，对于他在那几篇里所表现的尊重农夫穷人的思想，是非常钦佩的。

等到 1931 年我读到他的《古代英雄的石像》的时候，已经是个壮年的小学教师了。当年诵读《稻草人》的心情现在又复现了，我对他的第二本童话集仍是极端地爱好的。这，有个原因，不得不说明。就是作者的思想与作风仍然和从前一样，使人同情而赞美。譬如《绝了种的人》，是和《地球》相仿佛的，无论在内容形式方面。两者都是攻击不劳而获的知识分子的，至于所用的题材也都是自然界的现象，充满自然科学的色彩。

近年来中国出版的欧美童话的译本，是比较前几年多而精了。这不能不算作是好现象。可是，国人创作的童话，除几种儿童刊物上的零星的作品外，想求几本比较成器的单行本，那真是不可能。中国的儿童读欧美的童话，固然不能说是怎样不适宜，但是，他们最好多读本国的，也不能说是没有理由。唉，一提到这一层，那我们只有叹气！实在，我国的童话作家未免太少了。

玉波先生，我知道的少得太可怜了，尤其是在文学这方面，所以，虽然对叶先生的作品有莫大的兴趣，虽然想多说点关于它们的意见，但一顾到了自己的寡学，也不敢开口了。现在，我所恳求于你的，就是问你可否花费点时间，写一篇关于叶绍钧先生和他的作品的文章。或者请你直接答复我，或者把这篇大作发表在杂志上，让我来领教。这是我日夜所希望的。

你从来不相识的芳君。

二

芳君先生：

本来，关于叶绍钧和他的童话这篇文字，是我老早就打算要写的，只为了忙碌的缘故一直到现在尚未动笔。这次因了你的鼓励，我便不能再三拖延下去了。照理，还应该要感谢你的好意呢。

这里，且免去客气，言归正传吧。在你的来信里你对于叶绍钧和他的童话还算有个相当的研究和认识。的确不错，他的作品是为大多数的少年读者所欢迎的；就是连我这个失去童真很久的人也还极端地爱好它们呢。当我读到《稻草人》和《古代英雄的石像》的时候，自己便不知不觉重临童话的世界里，象幼儿一般地快乐而幸福。这种情形是否足以证明他的作品有价值，姑且不论；但它们能够使我恢复已逝的天真，而得沉醉于美丽的幻景里，这不能不说是由于他的艺术的成功。

在未谈到他的两本童话的本身之前，我不妨把他的写作的经历，作品的特点，和风格的转变来说说。郑振铎在《稻草人》的序文里说过这样的话，现在节录在下面以作参考。

> 圣陶最初下手作童话，是在我编辑《儿童世界》的时候。那时，他还梦想着一个美丽的童话的人生，一个儿童的天真的国土。所以我们读他的《小白船》，《傻子》，《燕子》，《芳儿的梦》，《新的表》及《梧桐子》诸篇，可以显然的看出他的在努力的想把自己沉浸在孩提的梦境里，又想把美丽的梦境表现在纸上。然而，渐渐的，他的著作情调却不自觉的改变了方向。
>
> 我们试看他后来的作品，虽然他依然想以同样的笔调来写近于儿童的文字，而同时却不自禁的融凝了许多“成人的悲哀”在里面。虽然在文字方面，儿童是不会看不懂的，而其透入纸背的深情，则是一切儿童所不容易明白的。大概他隐藏在童话里的这个“悲哀”的分子，也与柴霍甫在他短篇小说和戏曲里所隐藏的一样，渐渐的，一天天的浓厚而且增加重要。

的确如郑氏所说，叶绍钧的童话在前期是含着美丽的梦境的，后来便渐渐地渲染一层灰色的成人的悲哀。这，在《稻草人》里便可以看出来，那里面的作品是显然地有两种不同的风格。至于《古代英雄的石像》，则完全笼罩着深深的悲哀；在这本童话里所表现的人生，似乎有点使人诅咒而绝望的样子。同时，他对于社会组织中的种种不合理的现象，分析得更加精密，而对于它们的描写，也更加深刻，并且带着讽刺的情调。这种情形在《绝了种的人》一篇里表现得非常显明。

郑氏只说到他的风格转变一点，而对于其他诸点都略而不论；虽然也曾提到他的技巧——即所谓艺术上的成就——也不过只是笼统地提一提，举一举几节例证罢了，到底还不曾有过详细的考察。这是他疏忽的地方。现在，我便来补他之不足，把叶绍钧的童话的特点说明出来。

（1）具有正确而统一的思想

（2）含有哲学的色彩

（3）对于现社会的组织有精密的分析

（4）充满灰色的成人的悲哀

（5）题材和故事富有趣味

（6）喜用象征的写法

（7）含有自然科学和社会科学的常识

（8）技巧纯熟

上面所陈的八点，是我从他的两本童话研究出来的，都可以找到例证。不过，在这里，我只简单地指示出来，等到以后分开论及他的作品的时候，再来一一地阐明吧。

至于中国的童话作家不多，而想找出几个比较有成就的，除了叶绍钧之外，则不容易找出，这是实在的情形。欧美的童话的译本还不算不多，但我国人所创作的童话未免太少，这当然不是好现象。不过，这种种问题与正题似乎没有多大关系，我想不和你多有所讨论。

以后，打算把《稻草人》和《古代英雄的石像》里的作品多少批评一下，看它们是否与我在上面所陈的八点相合。此外，也许还可以谈论一点与他和他的作品有关系的事情，且待以后再看吧。

芳君先生，我对于你的这个提议，表示十二分的欢迎。要不是有你来鼓励我，真不会即刻动笔来写这篇文字；你的盛意，我很感激！

你的忠实的玉波

三

芳君先生：

现在开始和你写第二封信了。在这封信里，我们那许多客气话都不必说，只一心一意来讨论叶绍钧的作品吧。

《稻草人》出版于1923年，至1930年止，已出六版，销行很广。收有《小白船》，《一粒种子》，《旅行家》，《克宜的经历》，《稻草人》等二十三篇。现在，我就来把它们大概讨论一下。但是讨论的次序是不依照目次的，并且要略去几篇不重要的作品，这是应该预先声明的。

在现代产业发达的大都市里，有成千成万的贫苦人民做出卖劳力的工人；他们为了低微的工银而劳作，于是便不得不离开他们的家庭，父母，妻子，儿女，而在污黑的工厂里做十二小时以上的工作。他们的家庭幸福与快乐，都被这种资本主义社会制度击碎。表现这种情形的，就要算《大喉咙》一篇为最好，所谓大喉咙就是指工厂里的烟囱，它们的喊声夺去了妻子的丈夫，儿女的父母，使他们不能相处在一起。作者有两节描写得动人，现在抄录在下面，以供参考：

人家的婴儿，身体贴着母亲的胸怀，小嘴衔着母亲的乳头，睡在床上。这多么温暖，多么舒服。因为吸了甜蜜的奶，连睡眠的滋味也甜蜜了。呜呜，大喉咙在那里喊了。婴儿嘴里的乳头没有了！这时候四面漆黑，只得伸出小手去摸。那里有乳头呢？而且身体冷起来了。尽管尽管冷了！于是婴儿哭了。哭到太阳来望他的时候，他四面全看到，那里有母亲的影子呢？

更有一个梦仙她同一个少年很要好，睡在一起。她的手抱了他，他的手也抱了她。这何等的不寂寞，何等的有趣味，呜呜呜，大喉咙在那里喊了，梦仙抱着的少年没有了！这时候四面漆黑，只得伸出两手，满床乱摸。那里有少年呢？她就觉得很寂寞，觉得没有趣味；于是呜呜咽咽地哭了。哭到晨兴鸟唱着好听的歌来劝慰她的时候，她全屋子都寻到，田野里山岭上都寻到，那里有少年的一丝一毫呢？

作者对于工人们的家庭幸福被破坏，似乎是很表同情的。他不忍看见孩子们失掉母亲的乳头，妻子们失掉丈夫的慰藉，于是主张工厂关闭；所以对大喉咙这样说道："请你闭着口罢，不要呜呜地大喊。我们不愿意失掉母亲的乳头、少年和丈夫呢。"不过他所见到的却只有一面；并不是工厂强迫工人去做工，而是他们为了贫穷去做工，他们之所以贫穷又是不合理的社会制度所使然。这一面他不曾看到，也许是看到而不愿说出来。所以，儿童们读了这篇东西，只能发生一种对于工厂的憎恶，仅仅是单纯的憎恶罢了。而对于贫苦的工人，仍然不会发现什么根本的救济法。这是他在思想表现上的美中不足的一点。

接着，我来谈谈《旅行家》这篇吧。在思想方面同样是很使人满意的。作者极力地诅咒着地球上的人类，愤恨着这带满黄金臭味的社会。他借一个另一星球的旅行家，而把地球上的不平的阶级表现出来，那些握着经济权的人们怎样来压迫贫苦的人们，以为他们自己是天生成的优秀分子，应该享受幸福的生活，别人却是命定的牺牲者。这是多么不合理的现象啊！

“这个人的衣衫脏到这个样子，还不去换一件新的衫子来，同我一样；不知为了什么缘故？”

“他也是个穷的人，那里来金圆，去换美丽的衫子呢？”

陪伴的人这句话，引起了旅行家刚才还没有弄明白的意思，他就再问：

“我到底还没有弄明白，为什么一定要用钱去换东西？大家爽爽快快地拣要用的拿，不便当些么？”

“没有钱而拿人家的东西，叫做强盗，叫做贼，有官吏在那里，可以关他们起来。关强盗和贼的地方叫做监牢。我们有很好的监牢，里面强盗和贼也不少，隔日可以领你们去参观。”

“我又不明白了。照你所说，要用什么可用钱去换。那么有了钱就是了，要用东西的时候，一切都换得到，何必要把东西藏起来呢？”

“你又想不到我们地球上的人的心思了。现在不用的东西，藏了起来，将来好用，便省了钱，即使自己不用，更可留给子孙用；省出来的钱，子孙可买别的东西了。这就是要把东西藏起来的道理。”

在资本主义社会制度里过惯了的人们也许不以这种现象为怪，因为他们的思想自小就为他们所专有的教育迷惑了的，把它们看成了很自然很合理的缘故，所以，他们也不把它们认为是可惊疑的，以至于表现在他们的言语文字中。即使有一两人敢于和他们作对，而把那种不合理的现象揭露出来，他们必定受到叛逆的罪名，或者被人讥笑以傻子。所以，忠直而诚实的人们便愈来愈少了。而那种不合理的现象便愈演愈多，反以为是合理的了。

作者便是那一两人中的一个，也可以说是个叛逆者，傻子。可是，他这样的叛逆者，傻子，却替许多被压迫的人们伸了伸冤，抱了抱不平；毕竟他还是个拥护真理的好汉。他能把社会的坏现象输于儿童的脑筋里，使他们得辨是非善恶，这是很值得称赞的。

在《旅行家》那篇里，他已经把黄金的罪恶说明了。在《富翁》这篇里，便更进一步说明了它的真价值。某人有多量的黄金，大家都称他为富翁，给他供奉一切物质的需要品。他可以不劳而获，享受幸福的生活。于是人人都想变为富翁，拥有大量的黄金，而不愿意劳作。等到人人都变成了富翁的时候，社会上已经找不出生产者了；于是他们只好捧着那光亮的黄金，而受着饥寒了。很明显地因为黄金既不能当饭吃，也不能当衣穿。他们只有饿死冻死的可能。于是，黄金的真价值便显示出来了。

> 全体的富翁饿得不成样子，他们头枕着藏金子的袋，手里拿着金子的小块，想要送到嘴里吃；可是周身和四肢一动也不能动。低细如蚊的声音，还从他们的喉咙里发出，是念他们长辈的教训：
>
> “到了做富翁的日子，你们就有福了！”

这篇童话的思想是很正确的，因为它极力地反抗现代流行的拜金主义，而把黄金的真价值说明，这是很难得的。在大家都赞美讴歌着黄金的时候，我们能有《富翁》这篇童话读读，算是醒人耳目，替我们换了换新鲜的空气。那些沉醉在黄金美梦里的人们啊，我希望你们读读这篇文字！

在《画眉鸟》一篇里，作者又替为他人而劳作的人们，指示一条正当的道路；即是要他们为他们自己的利益而劳作，譬如黄包车夫的劳作只是代替了乘客的一双腿，厨役只是给吃客做了一副制造食品的机器，歌女只是为了他人的慰藉而歌唱。他所写的几节抄在下面，请注意：

> 他很觉得悲哀，一个人只替代了人家的两条腿！心里不爽快，口里便哀切切地唱起来了。他的歌里可怜那些不幸的人只为着别一个人努力，可怜他们做的事没有一些意义和趣味。

他很觉得悲哀，一个人只替代了一副煮菜机器！心里不爽快，口里便哀切切地唱起来了。他的歌里可怜那些不幸的人只为着别一个人努力，可怜他们做的事没有一些意义和趣味。

画眉于是明白了："原来她为了人家而唱的。至于她自己呢，唱到这等情形，最希望的只在能得歇一歇。可是不能，必须练习纯熟，才能唱给人家听，练习的工夫又岂能短少？那个弹三弦的人呢，也为了人家而逼着她练习，人家听唱歌，要三弦和着，他就弹他的三弦。什么意义，什么趣味，他俩一样的梦想不到！

不幸的东西填满了世界，都市里有，山野里也有，小屋子里有，高堂大厦里也有。画眉看见了，总引起强烈的悲哀。随着就唱一曲哀歌；他为自己而唱，为发抒自己对于一切不幸东西的哀感而唱。他永远不再为某一人或某一等人而唱了。

画眉鸟一旦飞出了竹笼，得到了任意飞翔歌唱的自由后，便瞧见了许多不幸的人间的现象，于是忍不住强烈的悲哀，而为那些替他人劳作的人们歌唱起来了。因而他自己也有了觉悟，永远不再为某一人或某一等人而唱了。这就是作者所指示给他们的一条康庄大道。替他人劳作的人们啊，你们也要效法这只画眉鸟，而对于你们自己地位有所觉悟！要为你们自己的幸福与快乐而劳作，你们的工作里要带着重大的意义和趣味！

现在，且从另一方面来观察观察其他的作品吧。作者是极力地憎恶城市而赞美乡村的。他这种思想在他的小说《城中》里表现得很明显。可是在《稻草人》这集子里，也可以找到一篇含有这种思想的童话，那就是《克宜的经历》。

农家的孩子克宜，受父命走到城市里，想享受享受快乐的生活。可是他所见所闻的事物，并不见得怎样快乐，甚至于赶不上乡村的所有。终竟他不得不离开那可怕的讨厌的城市生活，而回复原来的纯洁而朴实的乡村生活。当他重复回到了自己的田野的时候，他简直是欢喜欲狂了，叫着："将来的田野，美丽而有趣，竟到这个地步么！"他是多么爱好乡村啊！现在，请注意克宜在城市里所见的现象：

他想用那镜子照着他们，看现出什么形像来，倒也有趣。便揭开一位先生的帐子，将镜子放到眼边照着。怕极了！怕极了！只见那位先生瘦得只剩皮包着的骨头；脸上全没血色，灰白到足以惊怕。这不是和死人一样吗？

他耐不住这种凄惨的声音和景象，便又取出蜻蜓赠他的神异的镜子来玩弄，希望移开心思，不去注意那些。电光照得室内惨白，固然很可以照看，但是照看什么东西呢？所有的，只是这八个病人。他只得举起镜子，照看这些病人。奇怪极了！奇怪极了！他们的腿和脚都有点异样，又细，又小，正象鸡的腿脚。放下镜子看时，又和平常人差不多。

疑怪的心使他添了些闷损。后来医生来检查病人了。几个助手也跟了进来。他想他们都是健全的人，照看起来，谅来不至于有什么变化。便私下里取出镜子来照看，太奇怪了！太奇怪了！他们的腿脚又细，又小，正象鸡的腿脚；和八个病人毫无二致。

便取出蜻蜓赠他的镜子，举起来向大众照看。

奇怪的景象在镜里显现了：那些家人个个只剩皮包着的骨头；脸上全没血色，灰白到足以惊怕；和店铺里所见几个人一样，也个个是又细又小的腿脚，正象鸡的腿脚；和医院里所见几个人一样。他们不能行走，不能劳动，得不到一切吃用的东西，只得在那里等死。

所谓都市生活是病态的，污浊的，罪恶的；而陷入这种生活里的人们，无论在心身方面，都是不健全的。他们没有真的快乐与幸福，只有颓废与灭亡，甚至于连一口新鲜的空气也不容易吸到。比较居住在乡村里的人们，那真有天渊之别。可是，他们对于那种恶毒的生活分毫没有觉悟，不仅此也，甚或以他们自己所享受的都市文明自夸，而视乡民为愚夫愚妇，未开化的蛮子。这是非常错误的。作者在《克宜的经历》这篇里便把这种错误的见解纠正了。他极力地赞美乡村：那四季变化无穷的自然佳景，那纯朴而敦厚的农民，那村叟村妪所流传的故事等等，无一不是人们所爱好的，他对于乡村满怀着憧憬，相信将来的田野会比现在的更加美丽而有趣。

然而，这种思想毕竟脱离不了前期的幻梦的气味；虽然对于城市的文明绝望而痛恨，而感着极其浓厚的灰色的悲哀，但是对于乡村的幸福与快乐，还是在极力地希望着。他总以为那美丽而有趣的田野将来便会实现的。可惜这是他的幻想的错误。现在的乡村，实际上已经不是如他所幻想的了，也许比以前还要更加使人们感到痛苦呢。因为国外帝国主义者的经济的侵略，与国内军阀的混战，政治的不明，以及产业的衰落，现在的乡村社会已经开始崩溃了。游民，失业者，土匪，乞丐先是流行于破产的农村，渐渐地便移向都市以谋日食。这种现象离作者所憧憬的实在太远了。不过，读者们可以不用怀疑，他在这篇童话里的思想，原是属于前期的，还带着金色的希望。好在他的美丽的幻梦已经的渐渐醒了。

与《克宜的经历》适相反的，就是《稻草人》。作者在这篇里所描写的田野却不是美丽而有趣的了。这里，有黄白色的小蛾来伤害禾苗，有渔妇的病孩渴得没有一口茶喝，有农家妇女被出卖，处处都显出了破产的农村的现象。比较上篇那样美丽而有趣味的田野，简直完全不同了。现在，且看稻草人所瞧见的景象：

> 这时候稻草人更为伤心了。他可怜那个病孩，在喉干裂的时候没有一口茶喝，在病得很苦的晚上不能同母亲一起睡觉，他又可怜那个渔妇，在这寒冷的深夜里打算明朝的粥，因而硬着头皮不顾她的病孩。他恨不得将自己给孩子煮茶喝；恨不得躺在孩子的身体底下让他取暖；又恨不得夺下黄白色的小蛾的赃物，给渔妇煮粥吃。
>
> 隔了一会，他偶然抬头，看见那渔妇睡着了，一手还执着拉网的绳；这大约因为她过于疲困之故，虽然注意在明朝的粥，也敌不过睡神了。桶里的鲫鱼呢，跳跃的声音不听见了，只有些无力的尾巴拨动的声音。稻草人想今夜的凄怆，是从未经过的了，真是个悲哀的夜呵！看那些黄白色的小强盗，却吃饱了他们的赃物，正飞舞得起劲呢。这些赃物，全出于主人的老筋骨的气力，现在给他们吃掉，世间有比这个更可怜的事么？

> 一种极哀伤的声音从她的口里发出来了，低细而且断续，独有稻草人听得出，因为他听惯了夜间的一切微声。她的声音是以下这些话语："我不是一条牛，也不是一口猪，怎能便听从你卖给人家？倘若此时不出来，明天便被你迫着，卖到人家去了。你得到一点钱，也不过赌这么一两场便输掉了，或者喝几天黄汤便化掉了，那里有什么益处？你为什么一定要迫着我！……只有死，除了死没有路呢！死了，去寻我的死小孩作伴罢！"实在这些也不成话语了，不绝的呜咽将各个声音搅糊，只是啼泣而已。

从上面的几节描写看来，我们便可以断定作者的思想已经有了转变了。他从前只憎恶着城市，而对于乡村还怀满着美丽的憧憬，相信"将来的田野，美丽而有趣"；可是，在《稻草人》里所表现的思想却不同了，他把乡村也描写得非常凄怆可怕，充满着浓厚的灰色的悲哀。他那快乐而幸福的将来田野的幻梦已经醒觉了。这篇童话象他的小说一样，都是带着柴霍甫在他的短篇小说里的悲哀。这是郑振铎在序文里的感想，我们也觉得不错。

其他思想很好的作品也不算少，如《傻子》,《一粒种子》,《地球》,《梧桐子》,《花园之外》和《瞎子和聋子》等篇是。为了节省篇幅起见，我们只好把它们大概地谈论一下。《傻子》表现着唯有傻子是成功的人；他不顾人家的讥笑，而照着自己所认为对的做去。他有着决心，勇气，和毅力，所以能够成功一切事业。这种人物是足以使儿童模仿的。《一粒种子》含有尊重农人的思想，也是很好的作品。

《地球》一篇所表现的思想觉得更其深刻些，对于不劳而获的知识阶级攻击得非常厉害。而且对于社会的组织也还分析得不错。《梧桐子》暗示着人们要独立生活，兄弟姊妹和睦的意思。《花园之外》对于穷苦的孩子表示着同情：他瞧见阔人的孩子欢欢喜喜地到公园里去玩耍，自己却被门警所阻，不能领略园里的风光。作者在这篇里把人类阶级的不平等表现得很好。

至于《瞎子和聋子》呢，是带了一点哲学思想的，比较上面的几篇作品不同。人们总是以为人家是快乐，自己是痛苦的；可是等到他们和人家一样的时候，不仅得不到快乐，而且仍然只有痛苦。这是人们的恒情：作者借瞎子和聋子两人，想互相调换残疾的故事，来表现这种情理。后来他们达到愿望的时候，仍然不觉得快乐。我们且参看下面的几段话语：

风车继续转动，略微快一点。就发出乾脆的说话声，正象一架破旧的留声机，他说，“你们的请求我可以照办。可是，我先得关照你们，还是不要调换的好。不论什么人，总觉得自己是吃苦，人家是快活。待到了人家的境地，又觉得是吃苦了。你们何必也这样做呢？”

他就想，“不料世间有这等难堪的笑容！他们的笑容里，不是表示他们是健全，是幸福，是骄傲，我们是残废，是不幸，是羞耻么？我懊悔看见了这个，尤其是初有眼球就看了这个！”

他就想“不料世间有这等难堪的声口！他们的声口里，不是表示他们是健全，是幸福，是骄傲， 我们是残废，是不幸，是可耻吗？我懊悔听见了这个，尤其是初能听辨时就听见上这个！”

瞎子在未看见事物之前，总以为世间是快乐而幸福的，等到后来有了眼球的时候，却又以为看见人家的难堪的笑容，是很痛苦的。聋子在听到声音之前，总以为世间是快乐而幸福的，等到后来有了听觉的时候，却又以为听到人家的难堪的声口，是很痛苦的。人们总是这样的：人家所有的是快乐的，而自己所有的是痛苦的。这是很普通的情形。作者把这种含有哲学气味的情理，表现在这篇童话里，可算是别致的了。

好吧，我们且把思想问题丢开，而提提技巧方面的意见。在上面的信里，我已经告诉过你，叶绍钧是喜欢利用自然科学的知识，作为童话的题材的。譬如，《一粒种子》，《地球》，《梧桐子》等篇的题材，都是自然界的现象。在这一层说来，他是和吉卜林（Rudyard Kiplin）相同的。吉氏也是喜欢利用自然界的现象，作为童话的题材的。他在《如此如此》一书所描写的，几乎全是日月山海，以及动植矿物等自然科学。他们两人的作风有一部分不期而合，是很奇巧的事。

再者，在结构方面，作者似乎是极力模仿西洋童话的，譬如，《一粒种子》的结构就是个例证。种子先落在国王的手里，随即落在富翁，商人，兵士，和农夫的手里；它依次地由某一人而到另一人，于是故事也依次地由某一人而到另一人展开下去。这种依次展开的结构法，在西洋童话里是很多的。又如，《跛乞丐》的结构也是一样的；《跛乞丐》在年轻当邮差时，依次地给女人，孩子，兔子送信，于是故事也依次地展开下去。

总之，《稻草人》是部完美的童话；无论在思想技巧两方面，都使我们很满意。不仅儿童可以读这本作品，就是我们成人也很可以读。这是作者所满意的第一部童话，也就是我国出版很早的唯一的童话。它是有被我们研究的价值的。

有一个问题是和《稻草人》有关的，那就是可否把成人的灰色的悲哀表现在童话里。我想在这里暂时不说，等到给本文做结论的时候，再去讨论不迟。

芳君先生，我们说得太多了，下次再谈吧。

玉波。

四

芳君先生：

这是我给你的第三封信了。在这封信里，我们便开始考察叶绍钧的第二本童话吧。那就是《古代英雄的石像》，是 1931 年 6 月出版的，可算他的最近的作品。包含《古代英雄的石像》，《书的夜话》，《皇帝的新衣》，《含羞草》，《毛贼》，《蚕儿和蚂蚁》，《绝了种的人》，《熊夫人的幼稚园》，《慈儿》等九篇；这些作品有几篇是在《教育杂志》上发表过的，曾获得一般人的好评。

在未提出我们的意见之前，我们且看看丰子恺的《读后感》的一节。他的话把这本作品的内容差不多完全说明了，我们很可以把它们作为参考。

《含羞草》原来是代替这不合理的世间而羞愧的。可惜这种草世间并不多，我描画时要找些标本都找不到。它们何不繁殖起来，使不合理的世间可以知所觉悟，使蚕儿不致辍工，使熊夫人幼稚园亦不致停办呢？我读这些文章的时候，对于含羞草的见解觉得可敬。对于蚕儿的态度觉得可佩。对于熊夫人的困难的情形，则有更深的同情。因为我自己做过教师，知道不仅熊夫人的幼稚园中有这种情形，就是我所教过的学生中，也有虎儿，猪儿，鸡儿，和猴儿；麒麟尤多而显著。读了这些童话，使我想起这世间的种种不合理而丑恶的状态。我相信我们一定另有一个十全的世界。在那世界中，熊夫人的幼稚园非常发达，蚕儿赞美工作，含羞草不复含羞。

丰子恺是这本童话的插画的作者；他在作画之前，曾经用心读过那些作品的，所以对于它们很了解。他上面的那节感想很不错的。至于我的意见，倒不如进一步说，《古代英雄的石像》这本童话，简直可以比作含羞草，为"世间的种种不合理而丑恶的状态"含羞。如果你不相信我的话，那末我们就分开来讨论那些作品，结果呢，一定会使你无所疑惑。

《古代英雄的石像》所表现的是平等的思想。石像与基台所用的石块是同样的，本来没有什么尊卑之分。但石像对那些小石块却非常骄傲，以为他自己是高出于他们一等。到了以后，基台倒坍的时候，那石像便跌得碎乱了，象那些基台的小石块一样。市民把这许多小石块筑成一条新马路，于是那石像的石块与基台的小石块都平等了。这就是所谓阶级打破的意思。

在石像未倒之前，他是多么自夸，竟这样说道：

> 不错，从前我们是一整块，但是，经雕刻家的手，我们分开了。铁凿一下一下地凿，刀子一刀一刀地刻，你们纷纷掉下了。独有我成为光荣尊贵，受全体市民崇敬的雕像。我处现在这特殊地位正是应当的。你们在我下面垫底作基台，也适合你们的身份。难道你们同我平等么？如果你们同我平等，先得叫地和天平等！

但是，那些小石块却不以他的话为然，竟唱出反对的论调：

现在你其实并没同我们分开。我们还是一整块，不过改了个样式，你看，从你的头顶到我们最下层，不是胶黏在一起么？并且，因为改成现在的样式，你的地位很不安稳。你立足在我们身上，只要我们抛开你，你就不得高高地……

这是很明显的，石像象征政府官吏，基台的小石块则象征民众。原来官吏也是由民众出身的，只因受了高等教育与特殊训练的缘故，使高出于他们一等；但是仍然要受他们的拥戴，否则也不能立足。等到那些虚假而尊严的政府官吏被民众抛弃打倒之后，真真平等的社会便出现了。那时大家也会高呼着：“我们真个平等！”“我们毫不空虚！”

《古代英雄的石像》可以算做一篇很好的童话。在思想方面，作者是表现得十分正确的，并且含有一种德谟克拉西的真精神。在技巧方面，同样显出了他的智慧与天才；以石像与小石块象征社会的组织，是再适当不过的。我们现在所处的社会，正是这样的情形；政府官吏对于民众是极端轻视而压迫的，我们希望，那座骄傲的石像，总有一天会跌得粉碎！

《皇帝的新衣》是根据安徒生（Hans Christian Anderson）的一篇故事而作的。作者自己已经在篇首声明过了。皇帝实在没有穿什么衣服，只是裸体游行，但那些臣民个个都说他所穿的新衣美丽无比；因为他们只知道屈从他的意思，而不知道辨白虚实与真伪。假设有人敢说他没有穿衣服，那是要被处死刑的。所以个个人都认虚为实，认假成真。在君主专制的国家，或贵族得势的社会里，一般臣民都对他们的元首表示一种虚伪的尊敬，而那些被尊敬的人们便因之益形骄矜。这简直成了极普通的现象。

其实，那些君主，首领，或贵族，都是和这篇故事里的皇帝一样，穿着一身虚空的衣裳。而一般臣民对于他们的元首也不过是照例虚表敬意罢了。他们以为是应该爱戴元首的，即使有所不愿，也不敢表示出来。于是，尊敬君主，就变成了真理似的。

如果臣民想把他们元首的虚空的衣裳撕掉，所谓元首也者，也不过是和他们一样的人民，于是，那种虚空的尊敬与气势立即打破了。而阶级观念也会因此而消除，真正平等的社会也许随之而实现。作者在这篇童话里所表现的思想恐怕就是这样的。我们且看看篇末的一节描写：

> 同样的情形，群臣们也哈哈地笑了，仿佛受着兵士们的传染。
>
> 正在笑，大家忽地想起，这不是犯了罪吗？以前是民众笑皇帝，自己对着皇帝处罚民众。现在自己也到民众一边来了。皇帝确然好笑，为什么笑了他就犯罪呢？——兵士们群臣们这样想，索性加入围绕着皇帝的群众里，也和着呼喊道，“撕掉你的空虚的衣裳！撕掉你的空虚的衣裳！”
>
> 你知道皇帝怎样？他看见兵士群臣突然也犯他的法律，好象有一个巨大的铁锥向他头脑猛击一下，他顿时失了知觉。

这篇作品里所表现的思想，是和《古代英雄的石像》相仿佛的。两者都是对统治者加以反抗的，不仅此也，而且告诉了一种反抗的方法。即是：为他们的基石的民众必须脱离，使他们倾倒；同时把他们的空虚的光荣击毁无余。这就是作者所显示给我们的，改造现代这种不合理社会的唯一的政策。

我们之所以特别爱好《古代英雄的石像》与《皇帝的新衣》这两篇童话，是因为它们所包含的思想，恰巧是我们自己的思想，所显示的政策，恰巧也是我们自己的政策。

在《含羞草》里所表现的思想，又算进了一步。作者借一株小草的观察，把世间几种不合理的现象表白出来，就是在技巧上说，也算是很巧妙的。含羞草所见到的是哪几种现象呢？第一，是玫瑰花的虚荣和美的理论。他总希望在莳花会里得到第一名的荣誉，相信一般俗人的审美眼光。他曾经对那株小草表示过这样的意见：“那些批评的人绝不是一知半解的人物。他们有丰富的学问，有审美的标准；花的姿势怎样才是好，花的颜色怎样才是好，他们都有从前传下来的记录作参考，一点也不会错。从他们眼光里判定下来的第一名，是货真价实的第一名，决不该是第二。”这正是一般所谓名媛的女性的心理，她们也象这朵玫瑰花一样，在时装会里或交际场里得到第一名——皇后——的荣誉。作者也许是有意以花朵来比喻她们吧。

但是，《含羞草》的意见与玫瑰花的却正相反。前者这样抗议着："但是，为什么要巴望在莳花会里得第一名呢？你不能离开了莳花会，显出你的优越么？并且，你为什么相信那些批判的人到这样地步吧？同样的批判，我劝你宁愿相信野老村儿嘴里所说的。""什么爱花的老翁，风趣的富人，美丽的女郎，以及有学问有标准的批判者，他们是一夥儿，全都是用习惯来代替辨别的人物。从他们中间得到荣誉，其实没有什么意思。"玫瑰花们怎能听从他的道理呢？为了获得虚荣的缘故，他们宁愿被老园丁剪去。于是，含羞草代替无知的浅陋的玫瑰花苞们羞愧，明明是非常无聊，而他们以为他们所愿望的十分光荣！

第二，就是贫苦的病人没有医生给他诊治。在现在的资本主义制度之下，医生的目的不在乎诊治病人，而在乎诊金，这也是不合理的现象。固然我们不能责备医生的眼里只有诊金，而没有病人，可是，对于一切都商业化了的社会制度，不能不表示厌恶。作者借蜜蜂诊病的故事把那种坏现象指摘出来了。"我再没有什么对他们说了。我拿不出诊金，只好带了受伤的腿回来。朋友，你想，世间有了他们这些医生，却不是给一切疾病者作保障的！"这是蜜蜂与含羞草说的话。于是那株小草又"代替不合理的世间羞愧，疾病者走进医生的门却有被拒绝回来的事情！"

第三，付不起房租的人便没有房住，他自己搭个草棚安身，还要受警察的干涉。当他告苦的时候警察这样说道：谁叫你没有钱呢？你们这些草屋最可恶，容易惹火，一烧就是几百家。地方这样脏，又容易发生瘟疫，传来染去害人。本来非拆毁不可的。况且这里要兴造壮丽的市场了，后天就开工。去，去，去，立刻去，赖在这里没用！等到他还要辩答的时候，"警士们就钻进黑黑的草屋里去。一件东西随即飞出了，掉在地上，嘭！是一个饭锅。饭锅在地上转了几转才停，触着了小草的盆子。"于是，那株小草又"代替不合理的世间羞愧，要兴造壮丽的市场，却有不管人家住在什么地方的事情！"

作者在这篇里除了显示那三种不合理的现象之外，还谈到了平等的问题。请看："我们不能离开了同夥，独个儿住在一处地方。一己舒服了，看到旁边有好些不得舒服的同夥，这时候舒服反变成了烦恼，觉着一己的舒服完全从他们那里夺来的，一己有了，他们就没有；这是多大的罪过！”的确，在现代资本主义的社会里，少数人的享乐乃是畸形的。那怕你是巨厦的富翁，可是当乘着你高车驷马出外的时候，那些困厄在马路旁的，衣服褴褛而不得一饱的穷汉，总要煞风景似地出现在你的眼前。于是，你会自然而然地感到不安和烦恼；因而自省你所得的舒服是从他们那里夺来的，这时，羞愧便充满了你的脑际。这是萧伯纳的社会主义的意见，与作者在上面所表现的一样。

“你自己乘着头等车，看别人猪一样牛一样在四等车厢挤，这样的世界就算向着进化的方向走么？据我所知，凡是有一点公平心的，他一样也巴望世界进化！可是在不能大家有头等车乘的时候，他宁愿乘四等车。四等车虽然不舒服，比起亲自干不公平的事情来，却舒服多了。”这一节话语就是作者的一点公平心的表现，也就是所谓平等的真谛。在这种不公平的人世间，穷人连御寒的布服和充饥的粗茶淡饭都没有，富人呢，却穿着绫罗绸缎，吃着珍馐海味，他们悬殊得多么大啊！这种现象与其说是进化，毋宁说是退化，作者的平等说，我们是很能赞同的。

在技巧上说，《含羞草》这篇作品也是很好的。含羞草本能是经不起轻微震动的植物，何况在看见人世间不合理的现象的时候，怎叫他不“一阵羞愧通过全身，篦笄样的叶子立刻合拢，而且垂下了；正象一个害羞的孩子，低下了头，又垂直了臂膀”呢？作者能借这株为人所不注意的小草，把人世间的几种不合理的现象显示出来，把平等的真谛阐明出来，在取材方面来说，算是煞费了苦心的。

其他几篇，如《蚕儿和蚂蚁》是与《画眉鸟》相当的，《绝了种的人》是与《地球》相当的；前两篇都是表现着同一的思想的，即是：为自己工作是快乐的，为他人工作是痛苦的，换言之，象征着两种社会——将来的社会和现在的社会；后两篇的思想也是同样的，即是：劳力与劳心的两种人的待遇相差太远。它们所不同的只是取材一点罢了。

还有《熊夫人的幼稚园》和《慈儿》两篇，在思想表现方面来说，也是很深刻的。前者说明几种动物的本性，如：“非吃喝别种生物的血肉不可。”“被吃掉的太苦痛了，吃掉人家的太残酷了”，“永远拒绝那为人家的肥胖而吃东西的事”，以及“只须让我安安适适消磨闲岁月就是”等等，恰好象征着人类的几种不同的阶级。后者解释慈善的真意，如："给老乞丐的两块钱是父亲给的，父亲的钱是祖父传下的，祖父的钱是老乞丐一班人代他挣来的。仗人家一条腿，挣来许多的钱，就从这中间取出两块钱来还人家，这算行了慈善么？"作者的思想是很精细的。

总之，《古代英雄的石像》这本童话确实是少有的，比较《稻草人》要强多了，无论在思想技巧两方面。

芳君先生，关于叶绍钧的作品的意见，我未免说得太多了，也许使你看了有点感觉疲倦。这一层要请你原谅！在下次的信里，我和你讨论一个比较有意思的问题吧。

玉波

五

芳君先生：

这是我给你的最末一次的信了，在这里可以不必再三再四地讨论叶绍钧的童话，只提出一个比较有意思的问题便够了。

什么问题呢？那就是童话里可否带有成人的灰色的悲哀这个问题。在前面我们已经说过，叶绍钧的童话可以分作两种，即是前期与后期的两种。前期的作品是充满快乐的情调的，而且富有兴趣与美感，如《小白船》，《傻子》，《燕子》，《芳儿的梦》，《新的表》，及《梧桐子》等篇是。后期的作品则是含有灰暗的色彩与浓烈的悲哀的；在它们里面找不出一般童话所有的快乐而幸福的成分，只找到人世间的苦闷，只听到弱者或被压迫者的呼声。属于这一种的很多，如《画眉鸟》，《玫瑰和金鱼》，《花园之外》，《瞎子和聋子》，《克宜的经历》，以及《古代英雄的石像》全本所包含的作品都是。

在第一次我给你的信里，我已节抄郑振铎对于叶绍钧的童话的意见；现在请你回到前面去重看一遍，这里为了篇幅所限，只好不再抄它了。实在的，如郑氏所说，"实在的，在成人的灰色云雾里，想重现儿童的天真，写儿童的超越一切的心理，似乎是不可能的企图。"并且，他还有节话说得非常恰情："我们试看他后来的作品，虽然他依旧想以同样的笔调来写近于儿童的文字，而同时却不自禁的融凝了许多'成人的悲哀’在里面。虽然在文字方面，儿童是不会看不懂的，而其透入纸背的深情，则是一切儿童所不容易明白的。”现在，我所要申述的便是这个问题。

我们当然明白，儿童并不是小的成人，无论在生理上心理上都是和成人有区别的。在生理上说，他们是未发育完成的，一切身体器官都在竞相繁盛，富有无限的生气与热力。在心理上说他们是富有好奇心与幻想力的；一切事物，在他们看来都是非常奇妙而有趣味的，每每因某种情景而幻想成无数的快乐的情景，在这种丰富的幻想里，他们得到所需要的快乐与安慰。

他们不知道人世间会有什么痛苦，以为一切现象都是象他们的快乐家庭一样地有趣味，一切人都是象他们的父母兄弟姊妹一样地和爱；恐怖，绝望，悲哀不来到他们的心境，即使有，也不过是很单纯的，象他们失丢了可爱的玩物所起的一样。他们更不知道什么是真地可爱的，什么是真地可恨的，其可爱可恨的理由是怎样，也是无从知道的。他们只知道怎样快乐地消磨他们的岁月，怎样快乐地回忆幼小时的故事，怎样快乐地梦想将来的幸福。对于一切丑恶，他们并不爱多加思索，只是随便在脑筋里转转之后即刻把它们丢于九霄云外，忘记得无影无踪。在这样美满而幸福的情景中，他们渐渐变成了成人。

于是，我们可以断定，儿童读物最好是不要带有成人的灰色的悲哀。所叙述的故事与所描写的事物，应该要合乎儿童的本性；即是要不违反他们的生理上心理上的自然现象。明显地说，童话应该富有儿童所有的生气与热力，含有丰富的快乐的幻想，使他们读了遨游于奇妙的幻境中，而获得所需要的安慰。凡是一切丑恶可怕的事物，最好不要在童话里出现，悲哀感伤的成分是应该要避免的，因为那些东西都是有妨害儿童的身心之发育的。所以，在童话里，我们很可以把人世间的一切黑暗与罪恶隐藏，不必使儿童得知而生起不好的印象。在童话里所出现的世界，是非常美丽的，快乐的，幸福的。这种世界，是儿童所沈醉而忘返的世界，是我们这些丢失天真乐趣的成人所追忆而不能再得的世界。

但是，叶绍钧的大部分的童话却不是这样的。它们所描写的世界是不合理的，丑恶的，是不容易使儿童明白的。实在，如郑氏所说，他的童话融凝了许多“成人的悲哀”，而这种灰色的成人的悲哀，是与儿童的本性相违反的。虽然他们能懂得他的作品的文字和故事，但是那透入纸背的深情，是极其难得了解的。

固然，他的大部分作品所含的灰色的悲哀太重，不适合于幼小的儿童阅读，但是给一般将近成年的儿童去看，也未尝不可。因为他们对于人世间的真象已经渐渐明白了；黑暗，丑恶，痛苦与悲哀，他们已经开始领略了。他的作品，他们读起来不至于不懂，也许还能帮助他们解释一切社会现象的疑难。使他们对于现社会的不合理的组织有进一步的了解。

现在，我们可以简要地下个结论吧：叶绍钧的童话，并不是普通一般的童话，它们象这篇小说一样，对于社会现象有个精细的分析；虽然还保存着童话的形式，却具有小说的内容，它们是介于童话和小说之间的一种文学作品，而且带有浓烈的灰色的成人的悲哀。所以，我们与其把它们当作童话读，倒不如把它们当作小说读为好。

芳君先生，我所要说的话完了，再见吧！

玉波

（选自《现代中国作家论》第1卷，1936年7月大光书局）

《西川集》

刘西渭

叶圣陶先生活到五十岁，写了一篇短文分析并且勉励自己，说他的文字和为人全都平庸。他不满意自己，说他不曾深入生活的底里，“好比一个皮球泄了气，瘪瘪的”。这种平庸是要不得的。

我却正和他相反，喜爱他的平庸，因为他从来没有向他的性格和他的读者撒谎，另给自己换一个什么亮晶晶的东西惹人注目，好象一切废料仰仗镀金镀银来抬高身份。他不过分，他不勉强，他不向自己要自己没有的东西，也从来不想向别人要别人没有的东西。他要自己拿出来的是自己有的东西，不在多，当然也不在少。这不容易。问问看，有几个人能够做到这一步，而且做得这样圆满？我们的人的人性里含有大量的虚荣，个人的，社会的；我们的传统带着浮夸的词藻，虚浮的情感，投机的智慧；我们往往在不知不觉之中就歪扭了文学上最可贵的一个成分，那往往为人鄙夷的本色。叶圣陶先生的平庸，如他所谓，是他的血，是他的肉，所以透过文字，很快就和我们的心灵融成一片，成为我们的平庸的一部分，我是说，成为我们的经验，好象一个亲人，不用烦文褥礼，就把温暖亲切的感觉给了我们。

而且，知之为知之，不知为不知，是知也。做人和写文章原来没有什么两样。叶圣陶先生的一知半解才是真知灼见。是经验之谈，是老马识途的记录。

而且，唯其平庸，这才健康。健康可以抵御一切。忧患带给它的是磨砺，它因之而更锐利。

《西川集》是一个有力的说明。

（选自1946年4月1日《文艺复兴》第1卷第3期）

对叶圣陶创作道路的一些理解

吴奔星

一　生活的道路

叶圣陶，本名绍钧，圣陶是他的字。1894年10月28日生于江苏苏州城内悬桥巷。1911年中学毕业，以家境比较清寒，无力升学，就在一所小学堂担任初小二年级教员。他认为小学教员是值得当的。他后来回忆那段生活，觉得自己凭本事吃饭，没有尝过钻营请托的况味，也没有经历过何去何从、自萌短见的烦恼。这样在工作上就一路顺风，不象旧社会某些青年选精择肥，患得患失，浪费许多精力和时间，不能把全部心力对付工作和研究学问。加以，他在婚姻问题上也很如意，使得他感到幸福。虽然是包办婚姻，但自从结婚（1916）后两情颇为投合，使他能把青年期的许多心力和时间挪移过来应付别的事情，不象一般人为婚姻问题把宝贵的精力作无谓的消耗。他回忆婚后的幸福生活时说：

> 那时大家当教员，分开在两地，一来一往的信在半途中碰头，写信等信成为盘踞心窝的两件大事。……对方怎样的好是彼此都说不出的，只觉得很适合，更适合的情形不能想象，如此而已。

可别误会！他并不提倡这种买彩票式的带冒险性的婚姻制度，对于先恋爱，后结婚的规律他是并不非薄的。他只反对恋爱至上主义者：他们得意时谈心，写信，作诗，看电影，游名胜，吃馆子；失意时伤心流泪，书也念不好，饭也吃不下，觉也睡不着，迷迷糊糊，写封信，才起头，又撕掉了；作首诗，充满惊叹号，痛苦呀，厌世呀，没有你我活不下去呀，长吁短叹，甚至想投黄浦江。象这样地把整个生命交给恋爱，未免可惜，“惟有障碍自己的进路，减损自己的力量而已”。[1]

他连续当了十年的小学教师。因接受了一些外来的教育理论，有所感悟，拿来施行，职业的兴趣是越来越好。他当时对于一般不知振作的同业颇有点看不起，以为“他们德性上有着污点，倘若大家能去掉污点，教育界一定会大放光彩的”。

1921年暑假后他开始教中学的国文。他为什么能由小学教师做到中学教员呢？他说：

> 那被邀请的理由是很滑稽的。我曾写一些短篇小说刊载在杂志上，人家以为能作小说就是善于作文，善于作文当然也能教文，于是，我仿佛是颇适宜的国文教师了。这情形到现在仍旧不衰，作过一些小说之类的往往被聘为国文教师，两者之间的距离，似乎还不曾经人切实注意过。至于我舍小学而就中学的缘故，那是不言而喻的。[2]

的确，在旧社会是把国文教员和写小说的人中间的距离拉得很短，甚至混同起来的；原因是他们没有认识到教学与创作是两回事，搞创作的人必须投入生活中去，斗争中去；而国文教员则必须研究教学方法，如何使作家创造出来的作品使学生领会、分析和批判。这两者之间的距离，到了今天，才引起人切实注意，深刻认识，这也正是新社会的所以不同于旧社会的一个方面吧。

他从1921年起，直到1930年，曾在五个中学、三个大学教过国文。但是教书是他的“兼务”，正业是从1923年做起的商务印书馆的

---

[1] 参考《叶圣陶选集》里的《过去随谈》

[2] 参考《叶圣陶选集》里的《过去随谈》

编辑工作。1931年起他改入开明书店，从编辑做到负责人之一。

他为人谦虚，觉得自己没学问，不敢当大学教员，就是当当小学或初中教员大概还适宜，也是不从根柢里想去的说法。

他的政治立场一向是坚定的。"五四"至大革命时代，他通过作品进行反帝反封建的斗争，特别是反对教育界的不正常、不合理的制度和现象。大革命后，又通过作品揭露国民党反动派的白色恐怖（如《夜》）和不准人民爱国的罪行（如《一篇宣言》）。抗战时期，以开明书店为核心，团结许多进步的文化人，出版进步书刊，传播反美反蒋的思想，介绍苏联文学艺术科学读物，为读者大开眼界。新中国成立后，担任出版总署副署长兼人民教育出版社社长，以他数十年为文化教育事业服务的经验继续为人民大众作更广泛更伟大更可宝贵的贡献。

二 创作的道路

叶先生作小说的兴趣，据他自己说，是由于中学时代读华盛顿欧文的见闻录引起的。他当时以为作文章也要有那种诗味的描写、谐趣的风格，才能"佳妙"。

因为外国文对他有所启发和帮助。因此，他主张精通外国文，好接触外国的东西。如果不懂外国文，就与专待喂养的婴孩同样可怜，人家不翻译，你就没法想。不过，对于粗制滥造的译品，他是反对的。他说：有的译得满盘都错，使人怀疑何以外国人的思想话语会这样的奇怪，不依规矩。有的为了忠实，成为中国文字写的外国文，如拿给读惯线装书的先生们看，一定回答："字是个个识得的，但不懂这些字凑合在一起讲些什么。"因此，对于外国文，他主张不学则已，要学便须精通，学到家。

他说他写小说，并没有师承，十几岁的时候就喜欢自己瞎摸，动机的引起、兴趣的培养，与读英文和看翻译作品有很大的关系。他在年轻时看翻译作品，发现在经史百家以外的另外一种境界，感觉新鲜，愿意试一试。

他从1914年起开始写小说，首先投寄《礼拜六》周刊，用的是文言，多半写些平凡的人生故事，同后来的小说差不多。《礼拜六》派后来是文学界中一个卑污的名称，无异海派、黑幕派、鸳鸯蝴蝶派等等，但他自己说他的小说倒并不“恶劣”，只是“不免贪懒，用一些成语古典”罢了。

这样作了一年多便停笔了。直到1920年才因顾颉刚的提示为北京朋友办的一种杂志写小说。从此每年写成几篇，一直到抗战前都不曾间断。抗战后写的就不多了，一方面是由于工作忙或工作性质与小说不相近，一方面也正如他自己所说，对小说的看法、要求提高了，热情减低，产量也就少了。

他写小说，偏于“为人生”的一方面。他很自谦地说他“不善于分析，说不出凭我这一点浅薄的教养，肤浅的经验，狭窄的交游，为什么写小说会偏于‘为人生’的一路”。但他“当时仿佛觉得对于不满意不顺眼的现象总得‘讽’它一下，讽了这一面，我期望的是哪一面，就可以不言而喻。所以我的期望常常包含在没有说出来的部分里”。[1]

他对于反动统治下的社会现象不满意，不顺眼，正说明他的思想意识与政治立场站在另一个方面，这就是他要以讽刺的文笔写偏于“为人生”一路的小说的根本原因。

由于他的小说偏于讽刺现实，就有人批评他厌世悲观；他不同意，曾把一本小说集题作《未厌集》，又给并无其处的斋名题作“未厌居”，说明他并不厌世。如果真厌世，尽可把一切事情看得马虎，看得稀松平常，还来“讽”它一下干吗？讽刺现实，正是希望变革现实，是一种积极的人生观的表现；何况他的小说也不尽是“讽它”一下的东西，并不是“纯客观”的描写，很有些主观见解寄托在字里行间。这主观见解，就是对反动派的不满和愤恨，希望客观现实有所变革。

叶先生是文学研究会的发起人之一。当时文学研究会的作家的创作态度一般是：“文学应该反映社会的现象，表现并且讨论一些有关人生一般的问题。”[2]叶先生自然也不例外，他抱着文学为人生的主张，创作态度始终是现实主义的。他初期的作品，冷静地谛视人生，客观

❶ 《叶圣陶选集·自序》

❷ 茅盾：《中国新文学大系·小说一集导言》，见《中国新文学大系·小说一集》良友图书公司1935年5月初版。

地、真实地描写着灰色的人生，对旧社会作过深刻的批判，大都有点“问题小说”的倾向。他的小说，在早期主要写小市民知识分子的灰色生活。正如茅盾同志所说：

> 在最初期（说是《隔膜》的时期吧，民国八年到十年的作品）叶绍钧对于人生是抱着一个“理想”的，——他不是那么客观的。他在那时期，虽然也写了“灰色的人生”，例如《一个朋友》(《隔膜》三九面)，可是最多的都是在“灰色”上点缀着一两点“光明”的理想的作品。他以为“美”（自然）和“爱”（心和心相印的了解）是人生的最大的意义，而且是“灰色”的人生转化为“光明”的必要条件。“美”和“爱”就是他对于生活的理想，这是唯心的地去看人生时必然会达到的结论。[1]

不过，到了大革命时代，他的小说，却不遗余力地向妨害“美”和“爱”的理想的现实进攻。虽然他并不带太多的主观的色彩，却把一幅真实的“风俗画”摆在读者眼前，发人深省。正如丁玲同志所说的：“这种作品的确会使人对过去思索一些问题，而不仅当做故事看得热闹，或兴奋而已的。”[2]

由于他长期在教育界工作，他的小说“很多题材是写旧中国的腐化的教育”[3]的。他做过将近十年的小学教员，他看小学教育界，满意的事情实在太少了。又因没有什么力量把那些不满意的事情改过来，或苦口婆心地向人家劝说，于是自然而然走到用文字来讽它一下的路上去。他的小说的产生差不多都如此。他觉得不对的事，就提起笔来讽它一下，而且把自己表示主张的部分减到最少的限度。他以为自己表示主张的部分如果占了很多的篇幅，就超出了讽它一下的范围了(如早期的小说《隔膜》，童话《稻草人》等，都是“讽它一下”的作品)。

所谓“讽它一下”，就是有的放矢，说明他的取材很少“空想的东

---

❶ 茅盾：《中国新文学大系·小说一集导言》，见《中国新文学大系·小说一集》良友图书公司 1935 年 5 月初版。

❷❸ 丁玲：《五四杂谈》，见《跨到新的时代来》，人民文学出版社 1951 年 7 月初版。

西”，都是自己熟悉的事情。在城里住，就写城里；在乡下住，就写乡下；当教师，便写教育界；中国革命向前发展，就写革命过程中的一些事情。总之，从生活实际出发，不从主观空想出发。因此出现在他作品中的人物差不多都是具有典型性的知识分子跟小市民。他以为自己对其他的人物既不甚了解，就集中力量反映出旧中国教育界的腐化的生活。他自己说他的小说“是中国社会二三十年来一鳞一爪的写照，是浮面的写照，同时，搀杂些作者的粗浅的主观见解，把它当文艺作品看，还不如把它当资料看适当些”。说“是浮面的写照”，当然是谦辞；能当资料看，却是实在的。因为他的小说反映了一定历史阶段的一部分面影，“一鳞一爪”的总和，便是客观现实的面影，自然有史料的价值存乎其中。这样“写真实吧”[1]的结果，就使得他的小说逐渐增长了社会主义的因素，符合社会主义现实主义的要求。

三　严肃认真的创作态度

为了反映客观真实，叶先生的写作态度严肃而且审慎。他说：

> 写小说是一件苦事情，下笔向来是慢的；写了一节要重复诵读三四遍，多到十几遍，其实也不过增减几个字或者一两句话而已；一天一篇的记录似乎从来不曾有过。已动笔而未完篇的一段时间中的紧张心情，夸张点说，有点象呻吟在产褥上的产妇似的，直到完篇，长长地透一口气，这是非常的快乐。

这种建筑在创造性的劳动上的快乐，才真正是苦尽甘来的快乐。凡是一个成功的作家，都能体会出这样的快乐。创作是不能取巧的，象叶先生这样的甘苦之谈，是每一个文艺学徒的“格言”。

他为了增减几个字或一两句话，就要反复诵读三四遍甚至几十遍，足见他是非常重视语言的。语言的锤炼是他的严肃认真的创作态度的具体表现之一。他说：

---

[1] 斯大林的话

> 文艺就是组织得很惬当的一连串的语言，离开了语言，无所谓文艺。……就文艺作品谈，所谓形式就是语言。因此，文艺工作者必须惬当的把握语言。……想得好就说得好，说得好就想得好。……听人家说，文字不过小节，重要的在乎内容，我不表示同意。……说文字是小节，不是等于说语言是小节吗？……这儿所谓语言，少到一词一句，多到几千言，几万言，几十万言，一起包括在内。换句话说，讲究的语言就是讲究的内容的具体表现。……我一直留意语言——就是写在纸面的文字。

很显然，叶先生并不在语言文字上作片面的追求，他的语言文字之所以惬贴，是由于他对客观事物认识的正确，分析的深刻，批判的尖锐，“讲究的语言，就是讲究的内容的具体表现”，是颠扑不破的原则。在这一原则下进行创作的他，自然对中国新文学中的“文学语言”的创造有了贡献。丁玲同志说的一段话：

> 叶先生的文笔是非常修整朴素的，我们读他的小说，从来没有碰见做作的地方，也没有太洋化的句子，也不用古文，也没有中国半文不白的陈辞滥调。[1]

大抵概括了他在文学语言运用方面的特色。自然，他运用语言不是一开始就定型了的，也经历了一段发展的过程。最初写作，正如他自己所说，为了贪懒，用的是文言；但这是指五四运动以前的一段时期。到了五四运动时候，文学革命要担负起反帝反封建的任务，他就舍弃文言而采用白话了。这种白话，还不是纯净的口语，除对话外，叙述的部分多少夹杂着浅近的文言的成分，不过，这些文言的成分，大都有口语化的可能性，大都是古人语言中有生气的部分。到了大革命以后，他作品中的语言，百分之九十已采用口语，当然大部分还是残留着小市民和知识分子气息的口语，不过，在对话中已开始运用工农大

[1] 丁玲：《五四杂谈》

众的活的语言。到了抗战以后，他运用的语言达到了纯净的阶段，就是说他努力争取使用全民的语言，而且以流传在人民大众口头上的语言为基础。同时，他不仅自己身体力行，而且从实践中提炼出使用口语的理论来影响别人，做到了理论与实际相一致的地步。虽然他从抗战到现在由于工作繁忙已不大从事创作，却未尝忘怀从语言运用的角度经常地指导作家的创作实践。他之重视文学语言，真可以说是数十年如一日！

语言运用的审慎，影响了他的写作的速度；而思想内容的审慎，更延缓了作品的生产。他是从不勉强写作的。他说：

> 只觉得有了一个材料而不曾把他写下来的当儿，心里头好象负了债似的，时时刻刻想到它，做别的工作也没有心路。于是只好提笔来写。

这种不随便写作，必须等到象鱼鲠在喉，不吐不快，或者是到了“呼之欲出”的程度，才提笔写作，也是他严肃认真的创作态度的具体表现之一。长时期的孕育内容，丝毫不苟的锤炼语言，就是他在创作态度上严肃认真的基本内容。

叶先生在五十岁时结集的《西川集》的自序里说：

> 反映现实，喊出人民大众的要求，是文学的时代使命。这个纲领，我极端相信。

这就进一步说明他的创作态度不但是严肃认真，而且是现实主义的。深刻的观察，真实的描写，热情的批判和对于新的未来的不倦的追求，是他创作的主要特色。

他的作品很多，短篇有《隔膜》、《火灾》、《线下》、《城中》、《未厌集》、《四三集》等；长篇有《倪焕之》，童话有《稻草人》、《古代英雄的石像》；散文集最早的有《剑鞘》和《脚步集》。在1935年他把《剑鞘》和《脚步集》里“比较可观的几篇”加上新写的散文，辑为《未厌居习作》。抗战时期结集的有《西川集》。解放后他又把长篇小说《倪焕之》加以改订出版。这种对自己的作品负责到底的态度和精神是值得文艺工作者和语文工作者学习的。

（选自1954年6月东方书店《文学作品研究》第1辑）

谈叶圣陶的短篇小说

胡　冰

叶圣陶先生是“五四”以来优秀的现实主义作家之一，他从1919年开始创作，写过很多短篇小说、散文、童话和著名的长篇小说《倪焕之》，对于中国现代文学的发展有着显著的贡献。

不久以前，叶先生从他历年所写的大量短篇小说中选出了二十三篇，出版了一本新的选集（《叶圣陶短篇小说选》，1954年12月，人民文学出版社版）[1]。这本选集包括了作者长期创作生活中一些具有代表性的作品，从这里面，我们可以看到新民主主义革命时期中国社会某些方面的真实面貌，也可以看到作者的现实主义创作方法的发展历程及其成就。

叶圣陶的创作态度，从一开始就是“为人生”的，他的眼光，一直是关切地注视着下层社会里被污辱、被损害的人们的命运。在早期作品中，他描写了受地主剥削的农民(《晓行》)、受压迫的穷苦妇女(《一生》)，和家境贫困无力读书的儿童（《小铜匠》）的不幸遭遇，在冷静的观察和细致的剖析中，流露着对被压迫者的真挚的同情。另一方面，作者对于旧社会里小市民的灰色的生活，他们的自私、麻木、庸俗、虚伪的劣根性也进行了尖锐的揭露与讽刺。《隔膜》中所写的，就是这样的一些人物。他们把自己的心思隐藏起来，整天说着陈腐的废话，作着无聊的交际；人与人之间的关系，实际是冷淡、疏远、隔膜的。

---

[1] 本文所引的作品篇目和未注明出处的引文，均见《叶圣陶短篇小说选集》。

这些人把自己的身家性命看得高于一切，正象高尔基的《海燕之歌》中所写的潜水鸟和企鹅一样，稍遇危难，马上就张皇失措，想尽方法来逃避，但在略微感到安全时，却又最先忘其所以地高兴起来。《潘先生在难中》的潘先生，就是一个突出的例子。作者对于这些腐朽的社会制度的分泌物的讽刺是非常冷隽有力的。

然而，在早期，作者写得最多也最成功的，应该是那些描写小资产阶级知识分子、主要是中小学教员的作品。叶圣陶先生早年曾经长期从事小学教育工作，在这方面具有丰富的生活经验，因此，中小学教员的生活和当时教育界存在的问题，就自然成了他的创作取材的主要对象。选集中所收1927年以前的十六篇小说，就有三分之二是写教员生活和教育问题的。

在旧社会里，中小学教员，就其家庭出身、生活条件和政治立场来看，大多数是属于小资产阶级。毛主席告诉我们，小资产阶级知识分子，“一般地是受帝国主义、封建主义和大资产阶级的压迫，遭受着失业和失学的威胁。因此他们有很大的革命性。他们或多或少地有了资本主义的科学知识，富于政治感觉，他们在现阶段的中国革命中常常起着先锋的和桥梁的作用。……但是，知识分子在其未和民众的革命斗争打成一片，在其未下决心为民众利益服务并与群众相结合的时候，往往带有主观主义和个人主义的倾向，他们的思想往往是空虚的，他们的行动往往是动摇的。”[1]叶圣陶的早期作品，大部分就是反映那些尚未与群众的革命斗争相结合的小资产阶级知识分子的思想性格特点的。作者一方面表现了他们在帝国主义、封建势力压迫下走投无路的悲惨处境，及其对于社会改革的愿望，另一方面更有力地批判了他们的主观主义、个人主义的倾向，思想的空虚、浮夸和行动的软弱、动摇。作者塑造了具有这种共性而又有其不同个性的小资产阶级知识分子的群像，其中包括《饭》里的吴先生，《前途》里的惠之，《校长》里的叔雅，《搭班子》里的泽如，乃至《抗争》里的郭先生，《城中》里的丁雨生等等。

吴先生与惠之，是这一群当中受旧意识毒害很深的最可怜的“小

[1] 《毛泽东选集》，第1版第2卷612页。

人物”。前一个为了保持小学教师的职位，求得一碗饭吃，不得不低声下气地忍受着学务委员——一个劣绅的申斥和白眼，任凭他无理地克扣了自己的薪金，也不敢有丝毫反抗的表示。后一个由于军阀内战，校款被移作军饷，学校长期欠薪的关系，落在异常困窘的景况中。他把希望寄托在一封不可靠的介绍信上，想在自己也明知道“向来称为龌龊”的警界找一分兼差。在希望还没有影子时，他就做起了改善生活和向上爬的美梦，结果却遭到婉言谢绝，落入了绝望的深渊。

比起吴先生和惠之来，叔雅和泽如——这两个人都是小学校长——要算是较有理想的。但是由于他们也并没有摆脱小资产阶级知识分子的弱点，在旧势力的包围下，他们的所谓理想依然碰了壁。叔雅想辞掉把学校搞得很坏的三个腐化堕落的教员，却总是畏首畏尾，犹豫不决，结果在学期末写继任书时，竟象着了鬼迷似的，面允了其中的一个仍旧“蝉联”，而且索性把其余两个也一起留任，就这样在旧势力面前败退了。泽如在就任之前，怀着一腔美好的希望，想约几个青年同志，搭起一个新的班子，把学校搞好。但计划还没实行，就碰到了障碍：旧教员为了维持饭碗来向他求情，县议员和教育局长来荐举他们的亲戚朋友。求情者是没有后台的，他还敢于决定加以拒绝，但对相继而来两个有靠山的人物，他却显然无能为力了。满盘美妙的打算，也就不能不成为泡影。作者对于这两个人物的动摇软弱的性格的刻画，是很深刻、很生动的。

除了这些灰色的，软弱无力的人物以外，在作者的早期作品中，也出现了少数有着比较坚强的性格，敢于反抗旧势力的知识分子的形象。《抗争》里的小学教员郭先生和《城中》的丁雨生便是这样的人物。郭先生在事实的教训和生活的压迫下，初步具有了自发的反抗意识，他认识到，“生路并不是没有，就在乎不再同他们（指反动教育当局——引用者）商量。是软弱的东西才商量！是没用的东西才商量！商量由你，不采你由他们，还不是吃一辈子亏？现在做梦做醒了，没有什么商量！”“只有教员一起联合起来，去同他们算帐！”在他的发动下，召开了教职员联合会的临时会员大会，决定要求教育局限期发清欠薪，否则实行同盟罢教。但是由于反动当局的拖延阻挠，和教员们只顾个人利益，不能采取一致行动，罢教之举，终未实现，而郭先生却被免职了。

《城中》的丁雨生，是一个受到当时新思潮洗礼的，有理想，有热情，也有勇气的知识分子。他怀着改造社会的志愿，回到自己的故乡创办了一所中学。要给这个古老的城市，“注射新鲜的血液，将那陈旧的挤出来，使它回复壮健的青春。”这当然使得当地的顽固派非常恐慌、愤怒。他们一面散布流言，破坏这所新学校的声誉，一面对丁雨生进行威胁与恫吓，虽然丁雨生并没有在这种威吓下屈服，但他们的学校在流言的影响下却只有八个学生报名。很显然，在旧势力的包围进攻中，丁雨生虽然很坚强却也是很孤立的，如果他不能进一步与群众，与革命力量相结合，他的理想仍然是不能实现的。

从这一系列人物的命运中，我们可以清楚地看到，在旧中国，不仅广大的工农群众遭受着残酷的压迫剥削，就是大多数的小资产阶级知识分子，也经常受到贫困、饥饿的威胁，虽然他们有着改革社会的抱负，但在走上革命的道路以前，他们是无力变革现实的。同时我们也可以认识到：在旧社会里，政权操在反动统治者手中，教育也是为反动统治阶级的利益服务的，如果不推翻反动政权，想要办好教育或只靠教育来改革社会，也是行不通的。

叶圣陶的早期作品的现实主义的力量，也正在于它真实地刻画了新民主主义革命初期尚未走上革命道路的小资产阶级知识分子的精神面貌，揭露、批判了他们思想意识上的严重缺点，这种批判，对于推动小资产阶级知识分子的进步与改造，无疑地是有其积极意义的。

如果说，在叶圣陶先生的早期作品中，由于作者的生活、思想的限制，还只是偏重于暴露小市民和知识分子的灰色生活，还没能更集中、更有力地表现现实生活中最重要的问题，还没有塑造出在革命运动中成长起来的新的人物形象，因而反映了作者的批判的现实主义创作方法的局限性，那末，到了第一次国内革命战争以后，情况就有了很大的不同。这时，由于革命运动的深入发展，由于作家本人与中国共产党所领导的革命主流的靠拢和思想的不断进步，表现在叶圣陶先生创作中的批判的力量和革命的因素，都比前一时期有了显著的发展。他在1927年以后所写的作品，在反映现实的深度和广度上比过去加强了，在题材的选择上，有意识地摄取了当时社会中的主要矛盾与重大的政治事件，对于革命的前途，也开始有了更明确、更坚定的信心。

在1927年冬所写的短篇《夜》里，作者尖锐地揭露了大革命失败后国民党反动派屠杀革命人民的血腥罪行。通过那个女儿女婿都被杀害了的老妇人的感觉和体验，写出了白色恐怖的惨象：

……她仿佛看见隐隐闪闪的好些形象。有时又仿佛看见鲜红的一滩，在这里或是那里——那是血！屋外，汽车奔驰而过，笨重的运货车的车轮有韵律地响着，她就仿佛看见一辆汽车载着被捆绑的两个，他们的手足上是累赘而击触有声的镣铐。门首时时有轻重徐急的脚步声经过，她总觉得害怕，以为或者就是找她同孩子来了。邻家的门环儿一声响，那更使她心头突的一跳。本来已届少眠年龄的她，这样提心吊胆地细尝恐怖的味道，就一刻也不能入梦。睡时，灯是不敢点的，她怕楼上的灯光招惹是非。也希冀眼前干净些，完全一片黑。然而没有用，隐隐闪闪的那些形象还是显现，鲜红的一滩还是落山的太阳一般，似乎尽在那里扩大开来。于是，只得紧紧地抱住梦里时而呜咽的孩子……

然而，作者不仅暴露了反动统治者的凶残，也有力地表现了善良纯朴的人们在血的教训下反抗意识的觉醒。那个老妇人，对于女儿女婿的惨死，最初是又伤心又害怕，等到她从自己的弟弟口中听得他们被害的情形时，她的心里不可遏止地燃起了恼怒和憎恨的烈火，对反动派吐出了无情的诅咒。最后，她从女儿女婿的遗书中得到了深刻的启示，了解了他们牺牲的意义，这时“就仿佛有一股新的生活力周布全身，心中也觉得充实了许多。……她站起来朝楼梯走，嘴唇贴着孩子的头顶，字条按在孩子的胸口，憔悴的眼透出母亲的热光，脚步比先前轻快。她已决定勇敢地再担负一回母亲的责任了。”

此外，如《寒假的一天》和《一篇宣言》等，从不同的角度反映了人民抗日救国运动的高潮并揭露了国民党卖国政权压迫人民、破坏抗日活动的罪行。《多收了三五斗》通过农民粜米事件反映出旧中国农民遭受重重剥削的痛苦，而这里面的主要人物“旧毡帽朋友”们——一群贫苦农民，比起作者早期作品《晓行》中的年长农民来，是更加流露出鲜明的反抗意识了。

特别值得注意的是，这时作者笔下的小资产阶级知识分子，主要的已不再是那些软弱苍白的小人物，或单枪匹马与旧势力对垒的英雄；他们的位置，已经被真正的革命者、热情勇敢的爱国青年，以及富于民族气节的老一代知识分子等正面的人物形象所代替了。

《夜》里面所写的被国民党屠杀的教师夫妇，就是坚贞不屈的革命者的典型。虽然他们并未在作品中登场（小说写的是他们牺牲后的事情），但是作者通过侧面描写，生动地刻画出他们的善良优美的品质，和就义时英勇镇定的精神。在这样的革命者面前，连敌人的刽子手也不能不感到惶悚和畏缩。他们的牺牲，本身就形成一种巨大的力量，正是这种力量，在他们的老母亲的心中激发了生存的意志和反抗的信念。从作品所表现的尖锐的暴露力量和先进人物的形象来看，《夜》在叶圣陶的现实主义创作的发展路程上是具有重要意义的。

《寒假的一天》里的大学生阿良，是抗战前党所领导的人民抗日运动中涌现出来的进步青年的形象。他和他的同学们，牺牲了假期，组织起来，四处奔走，勇敢而机智地冲破了反动当局的阻挠，进行抗日宣传工作，博得了群众的热烈共鸣。虽然他们最终被反动当局押解回校，但我们可以想象到，这些年轻人是不会停止斗争的，在现实的教育下，他们将会更勇敢地走上民族解放、民主革命的道路。

如果说，在《寒假的一天》里我们看到了青年知识分子在政治斗争中的成长，那么，在《我们的骄傲》里，我们看到的则是坚贞、正直的老一代知识分子的面貌。这一篇的主人公黄先生，是一个年近六十的老教育家，他因为不愿意“借了教育的名义，去教人家当顺民当奴隶”，毅然决然地摆脱了敌伪势力的威胁利诱，只身脱出沦陷区，历尽艰辛跋涉到了四川。很显然，在当时的国民党统治区，这位老教育家也是很难找到更好的境遇的；然而这个有节操，有正义感的人物，既已在民族斗争中跨出了坚定的一步，当他一旦认清国民党统治的黑暗腐朽时，是有可能继续前进加入争取民主的战斗队伍的。作者把黄先生称之为“我们的骄傲”，正表示了他对这个人物的尊敬与期望。

这里还应该提到，在处理小资产阶级知识分子的出路问题时，作者的后期作品也和前期有所不同。《前途》里的惠之，在谋事失败后，只感到“前面什么境界也没有了，只是一片黑，黑得象墨，象没星没月亮的夜”，固不必说；就是《抗争》里的郭先生，虽然有了自发的反抗意识，但在发动罢教不成被免职后，也是“只觉异样地怅惘，自己仅有的是个空空的心”，所焦虑的也还只是个人的生活和妻子的苦恼；但《一篇宣言》里的教师王咏沂，当他因为爱国行动同样被反动当局免职时，首先浮现在他的脑海中的，却是东北无家可归的同胞，是黄河流域长江流域饥寒交迫的灾民，是大都市中成群结队的失业大众，“而他自己的脸相就隐隐约约在这些活动图画中出现，这一幅中有，那一幅中也有。”这就表明，他已不只是孤独地忧虑个人的生计，而是开始把自己的不幸遭遇和人民大众的苦难联系在一起来考虑了。这种对人物性格发展的不同的处理方式，反映了作家本人的思想和创作方法的发展。作家对中国社会和革命的前途有了更明确的认识，因而能在作品中正确地暗示出小资产阶级知识分子和被压迫的工农大众的命运的一致性。虽然作品中也还没有明白指出王咏沂的出路，但作者的期望正是包含在没有说出来的部分里，读者也会找到应有的答案的。

最后应该指出，叶圣陶先生的短篇小说在艺术上的优异成就，也很值得我们学习。作者并不刻意追求作品形式的新奇或故事情节的动人（例如《隔膜》、《晓行》、《春联儿》等篇，就其情节、结构来讲，与其说是小说，勿宁说是更近于散文的），却致力于揭示人物的内心世界、精神状态。正因为在这一主要方面得到了成功，尽管所写的多是“平凡的人生故事”，也能给读者留下深刻的印象，启示他们思索一些社会人生的问题。但这绝不是说，叶先生对于他的作品的艺术构成是忽视的，恰恰相反，作者善于根据表现特定的主题思想的要求，来考虑作品的布局，选择人物，发展故事，构成篇幅，使作品的内容与形式达到适当的结合，创造出完整和谐的艺术品。短篇《夜》就是一个很好的例子，它通过少数的人物和简单的故事，在狭小的篇幅中展示出广阔的现实生活的图画，情节单纯而不呆板，结构严密而富于变化，充分说明了作者的艺术造诣。

作者的语言一向以纯净朴素见称。没有华丽的词藻，没有随便使用方言土语，却不缺乏生动、精致而富于表现力的描写；特别是在撷取人物的形象、性格的特征来组织语言这一点上，显示出卓越的匠心。

这里且举《潘先生在难中》的一段为例，写的是潘先生携妻带子由家乡仓皇逃难到上海住进旅馆后的情景：

“用晚饭吧？”茶房放下皮包回头问。

“我要吃火腿汤淘饭，”小的孩子咬着指头说。

潘师母马上对他看个白眼，凛然说：“火腿汤淘饭！是逃难呢，有得吃就好了。还要这样那样点戏！”

大的孩子也不知道看看风色，央着潘先生说：“今天到上海了，你给我吃大菜。”

潘师母竟然发怒了，她回头呵斥道：“你们都是没有心肝的，只配什么也没得吃，活活地饿……”

潘先生有点儿窘，却作没事的样子说：“小孩子懂得什么。”便吩咐茶房道：“我们在路上吃了东西了，现在只消来两客蛋炒饭。”

茶房似答非答地一点头就走，刚出房门，潘先生又把他喊回来道：“带一斤绍兴，一角钱熏鱼来。”

茶房的脚声听不见了，潘先生舒快地对潘师母道：“这一刻该得乐一乐，喝一杯了。你想，从兵祸凶险的地方，来到这绝无其事的境界，第一件可乐。刚才你们忽然离开了我，找了半天找不见，真把我急得要死了；倒是阿二乖觉（他说着把阿二拖在身边，一手轻轻地拍着），他一眼便看见了你，于是我迎上来，这是第二件可乐。乐哉乐哉，陶陶酌一杯。”他做举杯就口的样子，迷迷地笑着。

在这一段描写中，孩子的稚气，潘师母因为孩子不知趣而感到的气恼，茶房的带答不理的神情，都表现得很生动。至于主要人物潘先生的形象性格，作者更是恰当地选择了简炼、朴素而又性格化的语言来着力刻画，使人读来如闻其声，如见其人。

现实主义的手法，谨严凝练与内容相适应的表现形式，纯净明晰的语言，这一切就构成了叶圣陶先生的单纯、朴素而又丰满的作品风格，并使他成为现代中国优秀的语言艺术家。

叶圣陶先生创作的艺术造诣，和他的严肃认真的写作态度有着密切的关系。作者自已曾经说过："在我，写小说是一件苦事情。下笔向来是慢的；写了一节要重复诵读三四遍，多到十几遍，其实也不过增减几个字或一两句而已；一天一篇的记录，似乎从来不曾有过，已动笔而未完篇的一段时间中的紧张心情，夸张一点说，有点象呻吟在产褥上的产妇的。直到完篇，长长地透一口气，这是非常的快乐。"❶这种谨严的写作态度，刻苦的创作劳动，应该是我们年轻的文艺学习者的良好榜样。

（选自 1955 年 9 月《文艺学习》第 9 期）

❶《随便谈谈我的写小说》，见开明版《叶圣陶选集》附录。

重读《一篇宣言》

魏金枝

重读《一篇宣言》，恍惚又置身在“九一八”后“七七”以前的时期里，使人感觉到透不过气来的沉重。我是身历其境的人，作品里所提到的人物和故事，在我，都是非常熟悉的。可以说，在这里有我过去常见的校长、同事和朋友；也许，连我自己在内，也被描写在这篇作品里。唯其因为这样，我就想根据我过去的回忆，来谈一谈对这篇作品的意见。

譬如作品里的美术教员张先生，这是我们过去常见的大学毕业生。这种年轻人，初出茅庐，只有那套脱离实际的书本知识，而毫无应付现实的普通常识，因而习惯于直言直行，不知有什么避忌，总以为人就是一律平等的人，事就是一切放在桌面上的事，用不着因人因事而采取不同的态度。这在基本上说，自然是种好人。然而这种好人，也是最容易为敌人所利用。作品里的校长，就利用张先生的这一点，很顺利地寻到了他所要打听的宣言执笔人。然而张先生并不知道这一点，甚至在已经上当以后，还自以为不错，认为正义还是在他这一面，因而还对校长斤斤作无谓的辩论。然而敌人已经冲破了他这个薄弱的环节，而他自己这一面，也已经受到了损失，特别是他个人，几乎等于出卖了自己的朋友，到了这样的地步，愤愤也是于事无补的了。

国文教员王先生，也是我们过去常见的被生活所压扁的人，只是和张先生是另一类型的。看来，他的资格比张先生老一点，从他那涂满红墨水迹的袖底，拔着胡须根株的沉静，处处都表现出他已有一段困难的经历。也就因为这样，他就成为“妥当不过”的人，在他所批改的作文本里，除开几个镰刀的字眼以外，竟寻不出一个不“妥当”的字眼。这样的人物，你说他是中立派，自然是冤枉的。他还是不安于当时的现实的，不然，他就不会拿起笔来写宣言了。然而他却认为，即使写了宣言，只要写得字斟句酌，也就不会出什么毛病，社会也许会因此而有改进，他自己也就可以因此而心安理得。这种人物，自然也是敌人所最容易捕捉到的俘虏，因为他们象驼鸟一样，虽然他们把头眼掩蔽在草丛里，而身体却仍然暴露在外边。其实，斗争就是刀对刀枪对枪的事情，要么向敌人投降，要么杀死敌人，其间并没有调和的余地。王先生的终于被开除，就证明了这一点。

这两个人物，看他们的资历和性格，好象大有不同，而且是绝然相反的，一个初出茅庐，一个深谙世故；一个鲁莽，一个仔细。决不能相提并论。但仍有一个相同处，那就是天真得很，都具有一种无知的书呆子气。这当然并不是他们自己的过错，这是过去反动统治者用反动思想教育出来的典型人物。他们不是把人们教养成为脱离实际的白痴就是把人们教养成为委屈求全的顺民。就由于这样的结果，便使得人们的思想，永远循环在毫无办法的纠缠中。因此可以进一步说，王先生的仔细，也许就是曾经鲁莽因而碰壁以后所造成的结果；而张先生的鲁莽，也可能就是未经碰壁以前的王先生的写照。这样的推论，自然只有可能性，并没有一定的必然性。假使张先生受了这次教训以后，认识斗争的严重性，认识敌人的真面目，自然也会收敛他的锋芒，应用他的策略，团结他的同事，以和敌人作有效的斗争，这就决不至于蹈王先生的复辙。不然的话，即使他不走王先生的老路，从此更加愤愤不平，不讲战略，不问后果，而和敌人作无谓的斗争，那就必然象王先生一样，非得开除不可，也许后果还要严重一些也说不定。从另一面讲，王先生之所以采取“妥当不过”的处世方法，当然也不一定由于他个人所受的教训，自然也还可由于他父兄师友所传授的经验，也可以由于从书本上得来的经验，因为儒家那种“明哲保身”的教训，就常是这样的。因此，我们仍然可以总结的说，张王两人的处世方法，固然在形式上有所不同，而他们所取的轻敌态度，和错误手段，却仍然有根本上的共同性，也就是或左或右的不切实际的一致性。这不但由于他们出身的阶级相同，也由于他们受了相同性质的教育，无论怎样的变化，也很难改变他们的本质，正如不倒翁一样，尽管摇摆，绝不能脱离主宰他们的重心。

不但这样，就是在作品里出现的反面人物——校长，也可能是“妥当不过”的王先生的恶性发展的结果。固然，在这两人之间，是应该有鲜明的界限的，王先生是不满现实，主张改良现实的；而那个校长则不但满足于现实，而且竭力的维持着现实。在当时，这就是革命和反革命的区别，我们决不能把它混淆起来。然而从实际来说，由于王先生采取了“妥当不过”的态度，这就初步具有了走向革命下坡路的趋势。就以当时的实际情形来说，由于反动势力的压逼，就有不少人以各种方法，逃避现实，有的去考古，有的去经商。假使这只是为了隐蔽自己的身份，以积蓄革命的力量，那是毫无可以非议的地方；就是为事实所限制而不得不然，那也还是情有可原的。然而也就有这样的情况，有些人只是单纯地为了免祸，在精神上先把自己的手脚束缚起来，这也不能做，那也不去做，甚至在宣言上签个名也不敢，那就必然象庄子所说：“自崖而返，从此运矣”。因为反革命的势力是不让人的，假使推你一把，你就滑下一步，这就必将进入到反革命的队伍里去，成为唯反动政府之命是听的校长。就是这个校长，在他的身上，就具有太多的“妥当不过”的事例：他在二十多个教员之中，选中了最“妥当”的利用对象张先生以后，又以最“妥当”的办法，审查了学生作文簿里的岔子，然后又用迅速的行动——“固封”学生的作文簿，等候邮局开门快邮寄出，做到无懈可击的“妥当”程度。这和王先生的“妥当不过”相比，自然有大巫小巫之分，也有反革命和革命之分，然而也应当说，王先生的“妥当不过”的性质是消极的，也就是说，是无益于革命，而有利于反革命的。何以见得，王先生不但自己“妥当不过”，而且还把学生也教得非常之“妥当不过”，因此，在他所教的学生中，在他们的作文簿中，除开七个学生有镰刀的字眼外，连那个最反动的校长，和反动的教育厅，也找不出一点岔子来。这样的“妥当不过”，不就是消极得有利于反革命么？因此我以为，王先生只要再滑下一步，就很可能成为反动的校长；而校长的前身，也很可能和“妥当不过”的王先生一样，在过去也曾经“革命”过一下。再说得远些，也可能象张先生一样，而且是很愤愤过的。

所以在这里，我们还应该指出，作品里所指出的这个学校，在北京、上海的反卖国运动高涨到如火如荼的反衬下，无论在政治上思想上说，这里是一个非常落后的所在。虽然这里也发表了宣言，而且在二十几个教职员中，除了校长和公民教员以外，都签上了名，但当王先生被开除以后，学校内仍是平安无事，不但学生没有表示，王先生自己无所表示，就是共同在宣言上签名同事，也只是空论了一通，空怀着一片自危的心，然而却连送行话别这样的表示也没有。这简直是一盘散沙，一群乌合之众，自然更没有爱国团体，和共产党的领导；这在有火车通过的地方——相当不偏僻的中小城市里，简直是不可想象的落后。不但这样，在作品里，还有校长在教员们中间出现的两个场面，只要校长一出现，教员们就鸦雀无声，一片肃静，以至于连时钟的滴答声，也可以很明白地听见。在这里，作者的意图，自然主要的是在表现出这里的政治压力的重大，因而另一方面，也不免比较过份地夸张了这里人们的思想状况的落后，然而我以为到底是比较过份的夸张了一些了。自然这并不妨碍这篇作品主题的明确性，作者在勾划出革命的高潮——如上海、北京等处的爱国运动以外，同时也着力地重点地描写了革命最低潮的地区，以表示革命的全貌，以表示即使革命最低潮的所在，也已经到了人们不得不张开眼来，考虑许多当前的问题：考虑教师应不应该和学生取对立的态度，考虑教师是士兵还是公民的身份，考虑假使是我起草宣言又将怎样等等的问题。假使他们彻底考虑了这些问题，而有人人自危的感觉，那么，他们也就可能改变他们的鲁莽，改变他们的“妥当不过”，不是采取逃避现实的方法，而是采取另一种积极的有效的革命方法，团结起来，接受统一的领导，以和反动势力作无情的斗争。在事实上，在当时，由于反动势力的紧紧相逼，人们已经到了无可退避的地步，不前进简直没有别的办法，所以作者这样的估计，也还是正确的，后来的事实，也就是这样发展的。然而无论根据作者在作品里所表现的革命情势来看，或是根据我个人当时的记忆，作品里所描写的这个学校，不能不说还是一个落后的学校。说明这点并没有故意降低作品身价的用意，只是使得没有参加过这些运动的人们，认清作者在这里所表现的，乃是革命最低潮的所在地，却并不能代表当时的革命高潮，因此决不能把它作为当时的一般情形来看待。

（选自1958年3月《文艺月报》第3期）

叶圣陶的《抗争》

姚　虹

叶圣陶先生的《抗争》是1926年写的。它所描写的社会现实和所提出的问题，一般年纪大些的读者当是记忆犹新和容易理解的。它所揭露的当时小学教员受反动派压迫以致生活贫困的情况一直延续到1949年旧中国全面崩溃；它所批判的知识分子的个人打算和怯懦的性格则直到今天还是我们要“抗争”的对象。作者在这篇小说里所提出的问题——受压迫的知识分子应该怎么办？在当时是一个具有深刻的社会意义的问题。

这些也就是这篇小说所包含的主要意思。现在就根据这几层意思说一说我的看法。

首先，这篇小说写的是小学教员们为饥寒所迫而不得不起来“抗争”的故事。由于它是从教育工作这个角度来暴露旧社会的黑暗，它对反动统治者抨击的只能是一个侧面。然而尽管这样，作者的揭露的笔锋依然指向反动统治者全体。小学教员们面对着的威胁是，“今年的欠薪说不定发不发；明年不是打对折，就是学校关门！”这个饥寒的形势是由反动统治阶级的贪婪和腐朽造成的。从主人公郭先生的口中可以知道，反动统治者有钱垫付军费，有钱造洋式房子，有钱吃喝酒，总而言之，他们醉心于抢夺地盘的军阀混战，忙于堕落、糜烂的生活，根本无意办教育，当然更不会管教员的死活。那个接见请愿者的教育局长就是反动统治阶级的代表，他打着十足的官腔，说什么“教育不好好儿办，中国还有希望么？”《地方公报》的社评摆出“公正庄严”的面孔说：“苟以区区欠薪问题而相率罢教，置神圣事业于度外，人其谓之何？窃为吾县小学教育界不取也。”这都真实地勾画出反动统治者的伪善面孔，即扮相堂皇，骨子里霉烂透顶。而在小说里虽然没上场，却时刻威胁着教员们的那些失业的“本校毕业生”和师范毕业生，还点明了当时的失业现象是多么普遍，整个社会是怎样的贫困。所有这些揭露，由于小说题旨和情节的制约，虽然不那么深刻，却非常明白。这是当时许多人亲眼看到、亲身接触的，既经作者把它表现出来，自然也就能点起人们心里的愤怒的火。

反动统治者既是这样贪婪、腐败和不顾别人死活，那么我们应该怎么办？就是说，要明白应该怎样开辟生路，特别是要明白不怎样就会吃亏。

小说于是对知识分子的不觉悟和缺乏斗争性展开了批判。

作者对旧知识分子的描摹的确是惟妙惟肖、入木三分的。例如教职员联合会临时会员大会是为讨论眼前切身利益问题而开的，开始却是一片沉默。一个“瘦小的教员勇敢地站起来了”，却是要求别人发言的。要算统治者的帐，却又没有切实的根据。已经讨论到推选请愿代表人数的具体问题，却又反回来研究提案必须有人附议的程序问题。决定以“一致罢教”作为请愿的后盾，却没商量罢教的具体办法。一会儿因为本身的空虚而“一堂爽然”，一会儿“又觉得自己并不空虚，也就无所用其爽然”。在会场上最激烈的人，见了局长却要坐得偏一点，“更偏一点”，还“仿佛嫌自己的身躯太高了”；意见实际上已被否定了，还要点头同意局长的话；想要向局长提出解决问题的期限，说出来的却是“希望在一星期内听到局长成功的消息”这样温和的声音。有些人想问一问全县的教育经费究竟有多少，却感到“不好意思”提出来。想要罢教，却认为不须“象工人罢工一样组织起纠察队来”，因为“纠察的字面何等难听”。明知所谓“教育是神圣事业”是反动统治者骗人的套语，却仍然要顾全“舆论”，甘心受骗。这一群知识分子在决定“抗争”的时候认定“前途挂着很好的希望。有几个人竟至于想自己差不多是‘革命党’了”。真是“激烈”得很。可惜就象鲁迅说过的那样，激烈得快的，消沉得也快，一听到旁人说“你们的最后胜利还在不可知之中”，“不要太乐观了”，就立刻动摇起来，随即打起自己的小算盘，决定“抗争”失败与否随它去，自己要作“聪明人”。果然，罢教失败了，是由于他们的自私观念和自由主义的散漫行为而失败的。即使得到失败的教训，他们的绝大多数人依然不觉悟。“抗争”的倡议人郭先生被免职了，“有不少的心在私下里庆幸，不曾真个做出来，到底占便宜”。实际上“占便宜”的是反动统治者，为“蜗角虚名，蝇头微利”所羁縻的人却得出了相反的结论。这种从别人倒楣、自己庆幸的思想表现出来的个人主义已经达到无以复加的程度了。

凡此种种都尖锐地批判了旧知识分子的空虚、自私、软弱、散漫、怯懦等等思想和习性。就是这些，妨碍着他们为自己的命运进行的斗争，使他们继续遭受反动统治阶级的压迫和剥削。作者写的是一群人，没以一个典型形象来显示旧知识分子的思想习性，但是所揭露的都深中时弊，因此，这一群人的一言一动也就都带有典型性的意义。这是直到现在仍然具有教育作用，会使许多人读了以后面红耳热的。

“抗争”失败的原因写出来了，也就同时显示出应该怎样开辟生路。小说通过一些细节暗示说：应该学习工人。主人公郭先生自提议开会到会上发言，都再三强调“联合起来是我们的法宝”的思想，这和后来的决定罢教，无疑地都是受了当时工人运动的影响。再看茶馆里的一幕，有人向教员建议：“你们须得象工人罢工一样组织起纠察队来，有谁私下里上课的就打，有谁敢接受教育局的新聘任的也打；这才显出你们的力量，最后的胜利一定归你们。”也许这不过是嘲讽，是俏皮话，因为说这些话的“无非是教育委员公正士绅之类”，但就连这些人也都看出了这个道理，而且他们用这句话一语道破“抗争”失败的真正原因，这里作者就表示出向工人学习的意思。又如郭先生看到三个铁匠打铁的场面，引起了对工人的赞美：

> 啊，他们是神圣！要买钉的，要买铲的，自然跑来求他们；而他们绝不求人家。他们只须运用自己的精力，制成有用的东西，就什么问题都解决了。

这想法十分素朴，也过于单纯，但这究竟是一种意识到工人力量的表现。而且接着就在郭先生内心产生了一个对他说来、也是对当时绝大多数知识分子说来是全新的问题：“怎么能跟得上他们呢？”就在这时候，他看到织袜厂招收女工的广告。

他心头一动，不禁想：“她……”

有了让妻子去当工人的念头。这里，鲜明地表现出：郭先生——一个小资产阶级知识分子、靠工资生活的脑力劳动者，在“抗争”失败以后，从思想上到生活上，都将要开拓一条新路；走在这条道路的前列的，是中国的工人阶级。……

能把一群空虚而又可怜的知识分子的思想行动描写得那么绘影绘声，自然表明作者对他们的生活的熟悉，正如作者在《随便谈谈我的写小说》里说的：“我做过将近十年的小学教员，对于小学教育界的情形比较知道得清楚点。”[1]同时写那个教育局长，虽然只让他说了那么几句话，仍然能够活画出一个老官僚的嘴脸。这说明作者在《选集》自序里所说的“不了解……官僚”，不过是自谦之词。在这里还需要注意的，是作者的创作思想的变化。我们可以拿1921年的《饭》和这篇《抗争》比较一下。同样是描写小学教员的作品，但由于作者思想的发展，就使作品的思想内容产生差别，因而也就产生不同的效果。

在《饭》这个短篇里，教私塾的吴先生好不容易地教上了“国民学校”，据说由于不是师范毕业生，月薪只有六元，到取钱的时候，又只拿到三元，但偏偏开了“一张十元的收据”。他有疑问，但是“自馁和满足的心使他不敢开口便问”。后来他鼓足勇气询问了，却被学务委员以“教员不尽职，照例有相当的惩罚”作理由，说要“罚俸三分之一”，只丢下一块钱来给他。这时，他“不但话语说不出，连思路也没有。桌子上雪白光亮的究竟是一块大洋呢。他不期然而然地取在手里”了。

这是一个卑顺的被剥削者。

五年以后写成的《抗争》就不一样了。同样是小学教员，同样是受剥削，同样是家里等着钱吃饭，郭先生却不象吴先生那样卑顺，那样不争气；他知道要“抗争”，而且懂得必须“结成个团体的意识”去“抗争”。由于“团体的意识”终于没形成，抗争失败了，郭先生觉察

---

[1] 《叶圣陶选集》，开明书店版，421页。

到他的同事们的弱点，也检查了自己的弱点；而且在看到工人打铁的场面以后，立刻产生了“怎么能跟得上他们”的问题。这是个敢于斗争的人，而且正在斗争的道路上，积聚着斗争的经验教训。

无疑地，这说明作者对生活的认识更深刻也更广阔了。对应该怎样去生活这个问题，经过探索，也有了比较积极和比较明确的结论。他已经不能满足于创造甘受凌辱的人物而要去写积极的形象，虽然郭先生并不是我们今天心目中的英雄人物。

这种变化是怎样产生的呢？毫无疑问，也是受到时代的推动，受了时代的影响。

在作者写《抗争》的时候，中国人民在共产党领导下，早就展开了坚决斗争，工人运动和农民运动蓬勃地发展，北伐战争也正轰轰烈烈地进行。这些，不能不给予作者深刻的印象。忠实于现实的作家不能不描写发生在眼前的革命运动；哪怕是和斗争联系不是那么紧密的事件，也依然会受到革命斗争的影响，忠实于现实的作家也就不能不写出这种影响。《抗争》的作者，正象他自己所说的：“中国革命逐渐发展，我粗浅的见到一些，我就写那些。”[1]于是他就把中国革命的发展对旧知识分子的影响写在《抗争》里。在小说里，郭先生认为，教员们联合起来去和反动统治者斗争的主意是他自己想出来的，事实当然不是这样。事实是，他已经向工人运动学习了（虽然还不是自觉的），这才会有“结成个团体的意识”这种想法产生出来。作者在小说里写了教员们的“抗争”，写了知识分子的劣根性是斗争道路上的绊脚石，同时也隐约地、十分素朴地写了工人的力量，如果没有中国革命运动和这个运动所给予的影响，那是不可能的。

而当作者一经写出这些，他的创作的现实主义方法也就比过去显得更切实、明朗和有生气了。

这里，附带谈一个问题。有这样一种说法，叶圣陶是用“客观的写实的手法”来写作品的，“他的笔下并不‘常带感情’”，“只是客观的和如实的写”。在“写实”的前边还加上“客观”一词，又说作者的笔并不“常带感情”，这就似乎在说作者是“冷静”到近于旁观的人，

[1] 《叶圣陶选集》自序

这是不见得妥当的。就拿《抗争》来说，作者对他笔下的人和事，是既有肯定，也有否定，又有批判的。请看小说结尾这一段描写：

“铮！铮！”是铁铺里发出来的声音。郭先生不经意地看过去，在黑黑的小作场里，三个铁匠脸上身上耀着鲜红的光；铁锤急速地起落，有力而自然；炉子里的火焰一瓣瓣地掀动，象一朵风翻的大莲花：这幅动人的活的图画，似乎是向来不曾见过的。

这种对劳动、对劳动者的赞美，恰恰是充满了情感的。再如一年以后写的《夜》，写一位老妇人，女儿女婿是革命者，被反动派枪杀了，遗下一个孤儿。老妇人先只是悲哀、恐怖，而当听到女儿女婿牺牲的情形，看到遗书以后，就全身燃烧着忿恨的火。“虽然不识字，她看明白那字条了。岂但看明白，并且渗透了里头的意义，懂得了向来不懂得的女儿女婿的心思。就仿佛有一股新的生活力周布全身，心中也觉得充实了好些。”这就说明，作为一位现实主义作家，叶圣陶先生在看取、反映现实的时候，是有爱憎的，而且也并不隐藏他的情感的。他不是一个“冷静”的、纯粹的“客观”的作家。

大家公认，叶圣陶先生的作品写得凝炼、简洁，而且细致。《抗争》同样具有这种特色。限于篇幅，这里只简略地谈一下。

作品一开始，写郭先生清早起来改了二三十本学生作文簿，“搁下笔抬起眼来，只觉乌鸦似的一团团的东西在前面乱晃”，而屋内又飘来后屋烧火的青烟和烟火气。这就表明小学教师郭先生的生活贫困情况：房屋逼仄，营养不良，饥饿……这些又都是和作品的主题、情节有关联的：唯其贫困，才必须“抗争”。接着，通过郭先生妻子内心的一些想头，就简明地把郭先生的家境全盘托出，作者的笔也就急转直下地进入“抗争”的描述。

再象“抗争”失败后，郭先生走进教室看到学生，“不禁诅咒似地想：‘讨厌的东西！’但是，一缕的内愧立刻直透心头，便垂下眼皮默祷，‘请你们宽恕，这是我待你们不好的仅有的一次！’”这种描写非常符合人物当时的心情，同时也反衬出郭先生其实是一直热爱着学生们的。后来郭先生被免职了，临别的时候，他看着学生们懒懒地散去，

“在一个个的背影上都着力看认，就把逐个的性格，癖好，学力等等重又温理一遍”。从这里可以看出郭先生是一位多么尽职、多么喜爱他的职业的人。这样的人竟被免职了，就加重了读者对反动的“当局”的憎恨。这些地方，看来用笔不多，然而既简练，又联系主题，作者在创作时是用力不小的。

在词句描写方面，也做到了生动贴切，不可改易。象郭先生要“抗争”，妻子不同意，于是“他认为她的絮聒好象一滴污泥，又细微，又讨厌”，的确写出了郭先生当时满腔豪情的心理状态：他志气如虹，不拿妻子的劝告当一回事，然而又委实不耐烦听妻子的劝告，于是她的絮聒就象一滴污泥了。又如教员们讨论推代表去见局长的提案，“历乱地举起手臂，象江上的船桅”。船只大小、式样不一，船桅也就高低不齐，这确是知识分子讨论问题的情况。如果是工人群众在讨论这样紧要的问题，就不会是这种错落零乱的样子。

可见精雕细琢也必须是以现实生活为依据的。

1958.4.16.

（选自1958年5月19日《语文学习》5月号）

试论叶圣陶的童话创作

蒋　风

> 十来年前，叶绍钧先生的《稻草人》是给中国的童话开了一条自己创作的路的。[1]
>
> 鲁迅

一

一提到中国的童话创作，人们就会想到叶圣陶的名字。在我国从事儿童文学创作的作家中，叶圣陶确实是最早出现的一个名字，也是一个光辉的名字。

叶圣陶是以我国现实主义童话的创始人的姿态，走进我们的儿童文学领域里来的。

在我们中国，由于社会历史条件的限制，儿童的地位以及他们对精神食粮的需要，是长期地被人们遗忘了的。因此，在中国旧文学中，专门为儿童创作的文学作品是不存在的。直到五四运动以后，儿童文学才被关心儿童的人们随着儿童问题而提出来。但在当时，作为儿童文学主要形式之一的童话，还仅仅是翻译一些安徒生、格林兄弟、王尔德的童话作品，没有人尝试从事文学童话的创作。而叶圣陶却几乎在他创作第一篇小说的同时，就开始为孩子们创作童话。从 1921 年起，

[1] 《表·译者的话》

到抗日战争爆发为止的十五年间，他为孩子们写下了近四十篇童话。先后汇编成集的，有《稻草人》（1923 年）《古代英雄的石像》（1931 年）。此外《四三集》（1936 年）也收有《鸟言兽语》等两篇童话。1956 年，又从全部童话作品中精选了十篇印行《叶圣陶童话选》。这些优美的童话，具有新的主题，新的形象和新的幻想。在当时来说，无论从内容或形式看，都是新颖而独创的，为中国儿童文学创作开辟了新的天地。

叶圣陶的童话创作，虽然在某些方面也曾受安徒生，王尔德，爱罗先珂的童话作品的影响，但决不是西欧童话的模制或翻版。他的童话的绝大部分，思想内容上是当时中国社会现实生活的反映；艺术风格上具有一定的民族特色；他的童话，是继承了我国民间童话的传统优点，并具有独特风格的一种崭新的艺术创造。

叶圣陶童话创作不仅在我国文学童话方面有着首创意义，成为中国儿童文学具有特色的现象之一。要是联系当时反动的儿童文学理论广泛传播的情况看，且还有它巨大的战斗作用。

“五四”以后，在中国儿童文学领域内出现一股逆流，那就是以胡适和周作人为代表的一伙资产阶级“学者”，他们大事贩卖以资产阶级的伪“儿童学”为基础的反动的儿童文学理论。他们认为儿童文学可以没有内容，可以单纯为了娱乐，可以不管教育的任务。企图借此阉割儿童文学的思想性，否认儿童文学的教育作用。

正当这种反动的论调有着比较广阔的市场，左右了当时的儿童文学的创作和批评之际，叶圣陶却以一个革新者的姿态，写下了如《稻草人》及以后许多篇章具有深刻思想性的现实主义的童话作品，这行动本身就是一个斗争。作者以他的创作实践来和反动的儿童文学理论作斗争，而这又是处于当时和右翼资产阶级文学的斗争几乎是鲁迅先生孤军作战的情况下，就更显出叶圣陶这一创作实践，对于儿童文学领域内两条道路斗争的重大意义。

二

叶圣陶，他第一个拿起笔来为孩子们创作童话，也决不是偶然的。

这当然和当时的时代思潮的激荡分不开。此外还有一个原因，就是他和孩子们有着亲密联系的缘故。由于他的一生，和教育事业结下了不解之缘，早在1911年，他从旧制中学毕业，因家境贫寒，无力升学，就从事小学教师的工作，此后就一直在文教界工作。他非常热爱教育事业，当然，他也热爱儿童，把培养年轻的下一代当作自己神圣的职责，同时他又是一个作家，他怎么能不为孩子们写些作品，特别是受到孩子们热烈欢迎的童话呢？他在生活实践中领会到：当孩子们刚开始走进这五光十色的世界，当他们刚以好奇的眼光观察这个世界，希望认识这个世界的时候，是需要家长、教师和作家的引导和指点，教会他们应该怎样认识生活，理解生活，因此为孩子们写作就成为作家光荣的神圣职责。就这样，教师和作家底双重的责任感，促使他第一个提起笔来为孩子们创作童话。

生活的道路不仅决定了叶圣陶从事童话创作的路，同时，十年清贫的小学教师的生活，又给这位未来的童话作家具备了从事童话创作特别有利的因素。一方面是他长期生活在孩子们中间，使他深透地理解孩子们的心灵，了解孩子们的需要；使他能保持着孩子们对待事物的那种特别的敏感性和异常丰富的想象力。另一方面，由于小学教师比较能自由地接近社会基层的广大人民，使他能扩大视野，扩大生活知识；使他能冷静地观察人生，客观地、真实地认识那个丑恶的社会的现世相，感受到广大人民生活的疾苦。这些因素，使叶圣陶童话成了丰富的诗意的幻想和强烈的社会批判的内容的交织，摆脱了模仿西欧童话的窄道，抵制了反动的儿童文学理论的影响，为“中国的童话开了一条自己创作的路”。

三

叶圣陶开始童话创作的时候，由于他怀着一颗天真纯洁的童心，他热爱儿童，他想以他的优美的童话去陶冶儿童，使他们永远保持着纯洁的灵魂，所以他着力描写大自然的美，让孩子们爱自然的美。他也着力描写孩子们天真的想象，把孩子们引导到理想的世界去。因此，他初期的童话，都是一些天真无邪的孩子的美梦，“那时他还梦想一个美丽的童话的人生，一个儿童的天真国土”。[1]他努力把人生描写成童话一样的理想世界。

例如，他 1921 年写的第一篇童话《小白船》，是描写人与人之间的友爱的。作品写两个小孩乘着一只小白船顺流而下，迷失在河流下游的一个无人的旷野上，幸好来了一个身材高大的人，愿意送他们回去，但是要他们先回答三个问题：

> ……“第一个问题是鸟为什么要歌唱？”
>
> “要唱给爱他们的人听。”她立刻回答出来。
>
> 那人点头说：“算你答得不错。第二个问题是花为什么芳香？”
>
> “芳香就是善，花就是善的符号。”男孩抢着回答。
>
> 那人拍手道：“有意思！第三个问题是为什么小白船是你们所乘的？”
>
> 她举起右手，象在教室里表示能答时姿势说：“因为我们纯洁，惟有小白船合配装载。”
>
> 那人大笑道：“我送你们回去了！”……

这里，我们可以看到叶圣陶笔下的人生，是被描写成充满了“爱”、“善”、“纯洁”的“神仙境界”了。

他竭力避开当时那个丑恶的、血淋淋的现实，梦想着一个永远没有“伤害”的真善美的世界。如在《燕子》中，作者借了小燕子的嘴流露了作者自己对那幻想的梦境的追求：“我真实遇到的都是好意”。

其他如《傻子》、《一粒种子》、《芳儿的梦》、《新的表》及《梧桐子》等篇，或从正面或从侧面都表现了这种思想。作者的视线避开人生阴暗的一面，而把人描画得和童话一样美好。叶圣陶自己也想沉浸在这种梦境里。

可是作者所梦想的，所歌颂的爱、美、善，已经抽去它的具体内容，成为一种虚无飘渺的东西。事实上，这种爱、美、善的世界在当时是不存在的。客观的世界，不是作者所幻想着的美丽的虚渺的仙境，

---

[1] 郑振铎：《稻草人》序

而是一个充满着悲愁的黑暗世界。血淋淋的现实，不容许他再躲在小屋子里幻想他那梦境一样的天地。不是别的，正是现实，使他那和孩子一样无邪的梦想破灭了。

因为，叶圣陶毕竟是一个心地善良的有良心的作家，有着强烈的正义感和责任感。他不能不正视现实，而当时的现实世界是一个帝国主义、封建主义统治下的黑暗世界，人民生活的悲惨图景展现在作者的眼前，一个有良心的作家又怎能再闭着眼睛去做美梦。而况作者又是当时文学研究会的会员和发起人，文学研究会是主张“为人生而艺术”的，他要张开眼睛来看看人生，马上看到了不少“不满意不顺眼”的可憎恶的事实。因此，作者底美丽的梦想幻灭了。

作者很快地就感觉到他想象中的世界和现实的不一样：

>……世界……变了……（《鲤鱼的遇险》）

他认识到过去天真的想法不对头：

>我们起先赞美世界，说他满载着真的快乐。现在懂了，他实在包含着悲哀和痛苦，我们应当咒诅呵！（《鲤鱼的遇险》）

他看到了：

>不幸的东西填满了世界，都市里有，山林里有，小屋子里有，高楼大厦里有……总引起强烈的悲哀。（《画眉鸟》）

他看清了现实以后，作为一个现实主义的作家叶圣陶，他喊出了：

>应当咒诅！
>
>我们还有能力咒诅，我们咒诅罢！……咒诅那些强盗……，更咒诅……有那些强盗的世界。
>
>就决定做这唯一的事，就是咒诅……（《鲤鱼的遇险》）

在这样一种思想感情的支配下，作者不再描绘那些不存在的理想的梦境，而是作者为“发抒自己对一切不幸东西的哀感而歌唱”的了。于是他的童话，就开始叙述世界上悲惨的故事，成了对于现实社会的不平与不幸的反映，他开始以童话来打开孩子们的眼界，使孩子们能看到不平与不幸，企图激起孩子们的同情。作者把孩子们又从理想的世界带回到现实的世界来，要孩子们看清这个丑恶的现实。

这时，作者尽力去发掘那个罪恶的阶级社会，展示它那时时刻刻开展着的整个悲剧。叶圣陶写下了象《稻草人》那样悲痛的真实故事，描画了在那漫漫的黑夜里发生的一些令人目不忍睹，耳不忍闻的悲惨的图景。

让孩子们听到了穷苦的劳动人民在哀号，在咽泣：

> ……只有死，除了死没有路！……（《稻草人》）

当然，仅仅揭露了黑暗的现实是不够的。作者也曾借稻草人的嘴，发出期望光明到来的呼喊：

> 天快亮吧！工作的农夫快起来吧；鸟儿快去报信吧！……

这当中流露了作者期待光明快快到来的热望。

同时，他也告诉孩子们在现实世界里应走的道路：

> 要生活的，就该拿出勇气来！……（《聪明的野牛》）

从以上的探索，我们可以看出作者前期童话创作思想发展的前进轨迹。

叶圣陶的童话创作，从描画美妙的梦境转向到揭露血淋淋的现实世界，这当然是和他“为人生而艺术”的文学主张有关，但更主要的是由于他也和当时一般革命的小资产阶级作家一样，一方面身受封建黑暗统治的压迫；另一方面也受到中国共产党领导的革命的影响，他有革命的要求，他想以文学作为武器，暴露当时那个社会的丑恶和黑暗。

可是，叶圣陶到底是个小资产阶级的作家，由于出身阶级的限制，对当时中国共产党和无产阶级的力量，缺乏应有的认识。因此，看不清革命的前途，也看不清个人的前途，从而感到有些苦闷。这种思想感情也就反映到他的创作中，在他前期童话创作的不少篇章中，往往在暴露黑暗面的同时，流露了一种淡淡的伤感和哀悒。作者虽然对现实生活作了现实主义的正确的描写，但没有描画出人民追求光明，追求美好的明天的那种健康乐观的色彩。虽然，他对被统治被压迫人民的遭遇和命运，寄予极大的关切和同情，在哀悒的感情中，表达了一种深厚的人道主义精神。对于那些剥削人、压迫人的统治者，表示了他极度的憎恨，予以无情的揭露并讽刺。但在暴露与讽刺的后面，没有反抗。正如《画眉鸟》中的画眉一样，它虽然醒悟了，但它只能“为自己的不幸而唱，为发抒自己对于一切不幸的东西的哀悒而唱”，这终究是消极的。他没有想到为一切不平、不幸的事件而反抗，创造一个新的天地。因此总感到他的作品缺少那种积极、向上的革命乐观主义情调。作者思想上的阴暗因素使作品带有低悒、哀沉的气氛，这就难免不将成人的悲哀传给幼小的一代。

即使作者在《稻草人》中已经发出了“天快亮吧”的热望光明到来的呼喊，在《聪明的野牛》中已经指出“要生活的就该拿出勇气来”的道路，可是期望光明到来的愿望应该如何争取实现，作者思想上是朦胧的，读者读后也是朦胧的。甚至连在《聪明的野牛》中，作者指出的生活道路也是朦胧的。这是他童话创作思想上的局限。

“五卅”运动以后，无产阶级的力量空前壮大，而且充分地显示出来；革命的前途也日益明显，并且不断地在发展。作者开始认清了革命的前途，也明确了自己应该走的路。反映到作者的创作实践中，开始对中国社会的黑暗作更深刻的揭露，如 1927 年写的短篇小说——《夜》，就可以看出这种鲜明的倾向。这时候，他的童话作品也一样，开始抹去那低沉的哀悒的调子，而以辛辣的嘲笑来代替过去那种感伤的情调，战斗性也因此大大加强了。这在 1927 年以后，他后期的童话创作——包括收集在《古代英雄的石像》中的九篇和收在《四三集》里《鸟言兽语》、《火车头的经历》等篇童话的创作倾向中，明显地表现出来。

思想内容的深刻和富有战斗性，就成了叶圣陶后期童话创作最突出的特点。

在他1927年以后的童话创作中，几乎篇篇有着强烈的时代感和深刻的现实意义。他以独创而能为儿童所接受的形式，赞扬聪明而高尚的普通劳动者，谴责人间的罪恶，嘲笑懒汉和骄傲自大者，更着实地描画了旧社会的黑暗，帝国主义的侵略，反动统治者的专横。作者在这些篇章里写出了人民的斗争和希望。

这时候，作者开始看到造成社会上那些不平不幸的事件，是有着阶级的根源的。他不仅看不惯那种贪图个人享受不顾别人死活的生活态度，借《含羞草》中的含羞草的感情表白了他为那不合理的社会而含羞抱愧，而且是更明确地指出那个人吃人的社会不合理：

> 我想这样的世界太不对，为什么要用这种生物的血肉养活那种生物呢？被吃掉的太痛苦了，吃掉人家的太残酷了。（《熊夫人幼稚园》）

于是，他向往着那个未来的“没有被吃掉，也没有吃掉人家的”没有剥削、没有压迫的社会。

作者在树立起革命理想的同时，也开始看到了革命群众的力量，并且信任革命群众的力量：

> ……男男女女、大大小小就一拥跑出来，他们……一齐扑到皇帝跟前……大声喊：
>
> 撕掉你的空虚的衣裳！撕掉你的空虚的衣裳！
>
> 连过去“帮皇帝处罚人民”的兵士和大臣们，“也站在人民一边了”。他们也随着人民大声的喊：
>
> “撕掉你的空虚的衣裳！撕掉你的空虚的衣裳。”
>
> 高贵、尊严的统治者，在强大的人民力量面前，终于吓得“身体一软就瘫在地上”。（见《皇帝的新衣》）

这时，作者过去那种低沉哀悒的调子，差不多已不留痕迹了。相反的，作者满怀热情地以欢乐的情调，歌唱那“对全群有贡献，给全群增福利”的劳动：

我们赞美工作，
工作就是生命。
……
工作！工作！
我们永远的歌声。(《蚕和蚂蚁》)

正因为作者看清了革命的前途，也看清了个人的前途，明确了革命的意义，明确了个人与群众的关系，以欢悦的嗓音唱出了“工作！工作！”“永远的歌声”。所以作者过去那种因找不到正确的道路而产生的苦闷、空虚的感觉也基本上一扫而空，开始感到：

我们一点儿也不空虚！(《古代英雄的石像》)

而是象《火车头的经历》中描写的火车头和那群革命青年一样，坚强有力的、热情澎湃的、所向无敌的“带着他们热烈的无畏的心，前进，前进……。”

这里，我们已经可以看到叶圣陶在1927年以后的童话创作是跨进了一个新的阶段。

在他后期的童话作品中，那种哀悒的感情，低沉的调子虽有了很大的改变，但在有些篇章中还是残留着它的影子，例如《毛贼》。而且，还往往渗入不少的成人的体会，成人的见解，恐也不是小孩子所能理解的。这也可说作者思想局限性的另一种表现形态。

如上所述，叶圣陶的童话创作也和他的小说创作一样，可以划分为两个阶段。要是说他写《稻草人》以前的童话作品是把人生描画得和童话一样美好，想把孩子引导进一个理想的世界去的话，那末《稻草人》以后写的作品，他又把孩子们从理想的世界带回到现实世界来，他告诉孩子们这世界是不能满意的，使孩子们想到改造这个世界。因此，《稻草人》可以说是叶圣陶童话创作思想发展道路上的里程碑。

四

叶圣陶为孩子们创作的近四十篇童话，全是在那反动统治年代里写成的。但是，作品的艺术价值并没有因时光的流逝而减色。今天读起来，仍然有它深刻的认识意义和教育作用；仍然有它的艺术魅力，不仅吸引着小读者的心，也同样得到成人的赞赏，正如诗人臧克家所说："插眼进去，就有点入迷。"[1]这就说明叶圣陶童话作品的艺术感染力的强烈了。

这种吸引人的艺术魅力，就是他的童话作品所具有的一种独特的艺术——诗意的幻想，优美的感情，含泪的幽默，带刺的讽喻，描写的确切以及特别有声有色且富诗意的语言。这一切，组成了他童话创作独特的艺术风格。

童话是文学部门中一种比较特殊的艺术形式。而丰富的诗意的幻想，是童话所具有的一个最明显的艺术特征。虽然小说或其他文学形式也同样需要想象或幻想，但童话里的幻想，应该更富诗意，更具有不平凡的奇异的色彩。叶圣陶就在自己的童话作品中，借助幻想的力量，让孩子们在习以为常的平凡生活中，看到周围世界不平凡的奇异的实质。

例如，在《一粒种子》中作者描写一颗披着"绿色的外衣非常可爱"的奇异的种子，依次地落在高贵的国王、阔绰的富翁、贪心的商人、庸俗的兵士的手中，尽管他们费尽心机的培育它，都没有抽芽开花。最后却让它落在田间年轻的农夫身边，"发芽，拔干，抽枝"，长成"一颗活象碧玉雕成的小树"，开出了奇花，"一种新奇的浓厚的香味放出来"，沾在年轻的农夫身上，"永远不散"。

这里，作者对国王、富翁、商人、士兵，那些高高骑在人民头上的压迫、剥削者的卑视，对勤劳、善良的普通劳动者的歌颂，就通过作者诗意的幻想，作了尽致的描画。

叶圣陶懂得孩子的心，理解孩子的思想感情，所以能以儿童的眼

---

[1] 《读〈叶圣陶童话选〉》，1958年《人民文学》6月号。

光来观察世界，用儿童的语言来表达富有儿童情趣的幻想，从而发抒作者自己优美的感情。这在他前期童话作品中表现得更明显。如青儿给受伤的小燕子在报上登找寻妈妈的广告，后来小燕子的妈妈果真赶来看望它自己的孩子（《燕子》）；芳儿飘飘地升上天，摘取星星编成星环，送给妈妈当作诞辰的礼物（《芳儿的梦》）；一颗喜爱游玩的梧桐子，离开了妈妈，飞到远处，与家人失去联系，后来在外地长大了，很想念它的家人，经燕子传递书信互通了消息（《梧桐子》）；等等。这些幻想是多么富有儿童情趣，多么富于诗意呵！我们谈到叶圣陶童话的艺术，首先应指出他擅于以儿童的眼光，儿童的口吻，儿童的幻想，富有诗意地描绘事物的特色。

童话特有的这种富诗意的幻想，往往是通过拟人化的手法表现出来。叶圣陶纯熟地运用这种艺术手法来表现他丰富的想象。在他的作品中，种子、画眉、野牛、石像、含羞草、蚕、蚂蚁、松鼠、稻草人以至火车头等等，都成为生动的想象人物。

例如《稻草人》这篇童话，他描画了稻草人这个形象：他善良、正直、敢于正视现实，当他看到那些终年胼手胝足辛勤劳动的人们的遭遇，是那么悲惨，他“叹气”、“伤心”，甚至禁不住痛心地哭。他要把他亲眼看到的不平与不幸，告诉世间的人；他对这罪恶的黑暗社会，提出了人道主义的控诉；他发出了“天快亮吧”的痛苦的号叫，热望着光明的快些到来。可是面对着这个残酷的现实又显得非常软弱，没有行动起来的勇气和决心。除了“自恨”，承认自己是个“软弱无能的人”以外，就不可能有更实际的行动了。

这种思想感情，正是当时未能与工农相结合的知识分子的思想感情。他热望光明的到来，但缺乏行动的勇气，尽管他也想为革命做些事，但又不敢投入到火热的斗争中去，结果还是一事无成。

这形象是刻画得很深刻的。作者同情稻草人那份好心，但又以含泪的幽默笔触，对他懦弱的性格，作了犀利的讽喻。这种复杂的感情，却用单纯的童话手法表现它。作者以朴素的拟人化手法概括了当时大部分知识分子的性格。提到叶圣陶童话创作的艺术成就，不能不指出这一点：他在人物形象的刻画上，不但圆熟地运用了拟人化手法，而且是具有高度的概括力。

例如他成功地塑造了稻草人这个形象，这是因为他对自己所熟悉的阶层——小资产阶级知识分子，经过深入地观察与分析的基础上，加以艺术的概括，才把这个典型刻画得如此真实，神似。

作者以他天真的童心，赋予稻草人以人的思想感情，但是没有因为这是童话——童话是允许幻想的——就作任意的夸张，加以过份的渲染。在叶圣陶笔下的稻草人，虽然是“拟人化”了，给了他人的思想感情，但是并没有把他神化，或者写成一个真实的人。

如稻草人看到小飞蛾在稻叶上留下蛾子，他为他“可怜的主人”担心，他要想告诉她，“使她及早看到这个”，可是“他不会叫喊”，除了摇动挂着的扇子，让它“常常碰在身上，放出拍拍的声音”之外，没有其他更好的办法了。因为“这是唯一警告主人的法子了”。

这使我们看到：稻草人虽有人的思想感情，但稻草人还是一个稻草人。要是把它写成会叫会喊，或者用手把主人拉住，甚至跑去报告主人，那就多少会损害真实感的。

因此，作者的描写是恰如其分的。照顾到事物原有的特点，确切地刻画人物的活动和人物的背景，就成了叶圣陶童话创作的另一个特色。

最后，还应该提到他童活创作语言上的特色。应该说：这是叶圣陶童话艺术具有独特风格的基础。叶圣陶对语言的运用，一向相当留意，不但正确，优美，而且简洁，朴素，接近口语，很少欧化的成分，每篇童话都可以朗朗上口。虽然他是用散文来写作童话，但是他的童话，不仅意境如诗，语言也和诗一样优美，往往绘声绘色富有听觉和视觉形象的美。

如《画眉鸟》中描写画眉飞出笼门看到的一派景色，就是美丽得如一幅富有诗意的画：

> 深蓝的天空，飘着小白帆似的云。葱绿的柳梢摇摇摆摆，不知谁家的院里，杏花开得象一团火。往远处看，山腰围着淡淡的烟，好象一个刚醒的人，还在睡眼蒙眬。……
>
> 它的心飘起来了，忘了鸟笼，也忘了以前的生活，一兴奋，就飞起来，开始它不知道是往那里的远方飞。它飞过绿的草原，

飞过满盖黄沙的旷野，飞过波浪拍天的长江，飞过浊流滚滚的黄河，……

这段诗意的描写，有着多种鲜明的色彩的交织，而这种色调是和我国具有民族风格的绘画相一致的，既富有诗意，然而又是健康的。

这位我国文学童话首创者的语言，不仅具有色彩的美，且富有音韵的美。在他的作品中，往往出现排比、押韵的章句，例如：

瓣是火红的，数不清有多少层；蕊是金黄的，数不清有多少根。(《一粒种子》)

他还常常采用叠声词，如白花花、绿油油、油光光、水汪汪、直挺挺、沉甸甸、热气腾腾、浊流滚滚、滴滴答答、悠悠荡荡等等。

这些都使文句的音节更美，更和谐、更富有音韵的美。

叶圣陶童话语言的优美，还不能用富有色彩和音韵的美来说完它。叶圣陶从人民的口语中汲取营养，选取词句，因此特别有声有色，富有韵味，成为生动、简洁、最具表达力的语言。有些句子精炼到和谚语、格言一样，例如："人是最容易骄傲的，除非圣人或傻子"。"骄傲的架子要在伙伴面前摆，也是世间的老规矩"。"骄傲象隔年的草根，冬天刚过去，就钻出一丝丝的嫩芽"，等等。在他的童话作品中，有不少象这样具有幽默感的，值得玩味的、机智的语言。

总之，叶圣陶童话的表现艺术是很出色的。他以优美的语言，诗意的幻想，真实地反映了人民的生活，并创造了一个艺术的天地，吸引我们进入这个天地，从中受到感染，得到教育。他的作品具有巨大的吸引人的艺术魅力，不仅小读者爱看，大读者也喜欢看，三十多年来一直拥有广大的读者群。这一事实，已经雄辩地证明了他童话创作上出色的艺术成就。

（选自1959年《杭州大学学报》中国语文专号〔一〕）

32

叶圣陶研究资料（下）

YESHENGTAO YANJIUZILIAO

刘增人 冯光廉 编

中国社会科学院
文学研究所 总纂

中国文学史资料全编

现代卷

知识产权出版社

内容提要：

叶圣陶，原名绍钧，原字秉臣，后改字为圣陶，即以字行，现代著名作家、教育家、出版家。本书分生平资料，创作自述和文学主张，研究论文选编，著译年表、著作目录和研究资料目录索引等四个部分，全面收集了关于叶圣陶的研究资料。

责任编辑：马　岳　　**执行编辑：**殷亚敏　　**装帧设计：**段维东

图书在版编目（CIP）数据

叶圣陶研究资料 / 刘增人，冯光廉编. —北京：知识产权出版社，2010.1
（中国文学史资料全编·现代卷）
ISBN 978-7-80247-762-9
Ⅰ. ①叶…　Ⅱ. ①刘…　②冯…　Ⅲ. ① 叶圣陶（1894～1988）—人物研究
② 叶圣陶（1894～1988）—文学研究　Ⅳ. ①K825.6　②I206.7
中国版本图书馆 CIP 数据核字（2009）第 202103 号

中国文学史资料全编·现代卷

叶圣陶研究资料（下）

刘增人　冯光廉　编

出版发行：知识产权出版社

社　址：	北京市海淀区马甸南村 1 号	邮　编：	100088
网　址：	http://www.ipph.cn	邮　箱：	bjb@cnipr.com
发行电话：	010-82000860 转 8101/8102	传　真：	010-82005070/82000893
责编电话：	010-82000860 转 8171	责编邮箱：	mayue@cnipr.com
印　刷：	北京市兴怀印刷厂	经　销：	新华书店及相关销售网点
开　本：	720mm × 960mm　1/16	印　张：	55
版　次：	2010 年 1 月第一版	印　次：	2010 年 1 月第一次印刷
字　数：	810 千字	定　价：	110.00 元（上、下）

ISBN 978-7-80247-762-9 /K · 059（2610）

研究论文选编

从中国现代教育史的角度看《倪焕之》

潘懋元

一、《倪焕之》是一部现实而生动的中国现代教育史资料

“我的小说，如果还有人要看的话，我希望读者预先存这么样一种想法：这是中国社会二三十年来一鳞一爪的写照，是浮面的写照，同时搀杂些作者的粗浅的主观见解，把它当文艺作品看，还不如把它当资料看适当些。”[1]这是叶圣陶在其《叶圣陶选集》的“自序”中一段谦虚而朴素的自白。如果说这段自序对于他的短篇小说是有道理的，那么对于他这部成功的长篇小说《倪焕之》就具有更实在的意义。当然，《倪焕之》和作者的许多短篇小说，首先还是应当作为文艺作品看待；其次，也可以当作有价值的现代史料看待，尤其是作为现代教育史料看待。

《倪焕之》的内容，是通过小说中主人公倪焕之一生的生活历程和思想变化，反映了从“五四”前后到大革命前后这个历史时期的时代变化和某些知识分子的精神面貌。这部小说以学校生活为主要背景，以当时教育界的实际情况和教育思想为主要题材，生动而深刻地反映了这个历史时期中国教育上的矛盾斗争。茅盾说：“也许有人因此误会此书专谈教育的。”[2]我完全同意这个看法：《倪焕之》虽然是以教育为

---

[1] 《叶圣陶选集·自序》

[2] 《读〈倪焕之〉》

其主要题材，写的是教师倪焕之的思想和生活，而其意义远超于“专谈教育”之上。但是，它毕竟是以教育为其主要题材，通过教育界的实际情况和教育思想的发展变化来反映这个历史时期的时代变化和某些知识分子所走的道路，则从中国现代教育史的角度来分析研究它，仍然是有它的意义——只要不把它的全部意义局限于教育上。

《倪焕之》的时代意义和艺术价值，已有许多阐述与评定的文章——那些阐述与评定，我多半是同意的，虽然个别地方也有若干不同看法，那是无关紧要的，因而犯不着多费笔墨——；但是，把它作为现代中国教育史的一页来阐述与评价，从而引起研究或学习教育史者的重视，却还是有意义的事。因为，从五四运动前后到大革命前后这个历史时期，中国教育界在革命意识的激荡下，新旧变化、矛盾斗争是激烈的，对于其后的教育发展影响也极大。这部小说恰恰反映了这个时期的教育；并且，这部小说出版后，又以它的自身参加到教育思想斗争的行列中，起了积极的作用。

从“五四”运动前到大革命前后，中国教育界的情况是这样的：辛亥革命没有完成资产阶级民主革命的任务，一度出现的脆弱的资产阶级民主政治，经不起强大的封建主义和帝国主义的压力而失败。反映在教育领域上，便是具有资产阶级民主思想的教育体系和教育制度昙花一现而凋谢。在中国广大的内地，封建文化教育实际上原封未动，若干地区已经有所改革的“新教育”也为封建复古的逆流所淹没。如民国元年所颁布的具有资产阶级民主思想的教育宗旨为袁世凯所重新颁布的“法孔孟、戒食争、戒躁进”等七项反动的教育宗旨所代替；具有资产阶级教育思想特点的《壬癸丑学制》也为崇奉圣贤、抑制民主的《整理教育方案》、《特定教育纲要》所破坏。中小学恢复读经、女子教育标示“育成贤妻良母”、祀天祭地尊孔等等典礼一一保存下来；甚至各地纷纷成立孔教会，尊孔子为“通天教主”，教育领域上笼罩着一片封建复辟的乌云。直到五四运动，掀起了“打倒孔家店”的反封建文化教育浪潮，反动复古的文化教育才遭到严重的打击。在“拥护民主”、“拥护科学”的口号下，资产阶级民主教育的思潮从西欧和日本涌进中国来，对于打击封建文化教育来说，起了一定的积极作用；但是，一方面封建主义的文化教育并未因此被彻底摧毁，读经、尊孔、保存国粹、遵守礼教仍垂死挣扎。几番反复，尤其是广大的农村中的文化教育，实际上仍为封建主义所支配，迷信落后、简陋窳败；另一方面，在引进资产阶级民主教育思想和教育方法的同时，帝国主义的奴化教育思想也混了进来。尤其是作为美帝的文化侵略工具之一的实用主义教育理论，以其“民本主义”（或“平民主义”）的外衣，奴化教育的实质，混进中国之后，严重地毒化了中国的教育，阻挠中国的革命。稍后，又有吹嘘“教育救国”的反动国家主义派的教育主张，也起着毒化中国教育，破坏中国革命的作用。而资产阶级和小资产阶级的教育家，他们既传播改良主义教育思想，又不能辨认帝国主义奴化教育的危害，对于这些反动教育，随声附和。这样，帝国主义的奴化教育和资产阶级的改良主义教育合流，就和封建复古的教育，错综复杂地构成了半封建半殖民地化的教育图案。

“五四”时期，马克思列宁主义开始在中国传播，无产阶级教育思想也开始出现。这种思想，一经出现，便展开了两条战线的斗争：既猛烈地抨击封建复古的教育，又尖锐地揭露实用主义、国家主义等反动教育思想的实质和批判资产阶级改良主义教育思想的错误。从五四运动到大革命这个时期，许多杰出的无产阶级革命战士如李大钊、恽代英、肖楚女、杨贤江等等，他们在这方面进行了重要的工作，打击了或批判了上述种种封建的、帝国主义的、资产阶级的教育思想，启发了广大的知识青年和教育工作者的觉悟，指出了教育必须与革命相结合的唯一正确的道路。

作者叶圣陶，从辛亥革命那一年开始，就当了小学教师，到大革命失败后著作这部小说时，已经从事了十几年的教育工作，有了长期的学校生活经验，对当时教育界的各个方面和各种内部情形，特别是对小学教育，相当熟悉；对于流行于当时的“外来的教育理论同方法”，不但从书本上学习过，而且曾“拿来施行”，企图影响那些“不知振作的同业”。其后，他接触过一些进步的朋友和革命的理论，对于马克思主义教育理论有了一般的认识，从而对原来所学习的教育理论同方法起了怀疑，有所批判。所以，在1928年写这部小说时，能够从他所熟悉的学校教育的角度，来反映当时半封建半殖民地错综复杂的教育情况及其矛盾斗争。在一定程度上，对封建主义教育和资产阶级改良主义教育思想进行了有力的抨击与批判；并且一般地陈述了教育与革命的正确关系，隐约地指出革命的知识青年应当走的道路；从而在反对封建主义、帝国主义以及资产阶级教育思想上起了积极作用。由于作者当时认识和实践的局限性，使这部作品在揭露和批判错误的教育思想的实质方面，还不够深刻；在阐述教育如何与革命相结合，如何动员与组织教育领域中的群众力量来从事革命工作，还不够具体明确。但是，这部小说的基本教育思想还是正确的，应当肯定的。

不仅如此，如所周知，叶圣陶的写作态度是严肃的，创作方法是现实主义的。如他自己所说："我似乎没有写什么自己不怎么清楚的事情。换句话说，空想的东西我写不来，倒不是硬要戒绝空想。我在城市里住，我在乡镇里住，看见一些事情，我就写那些。我当教师，接触一些教育界的情形，我就写那些。中国革命逐渐发展，我粗浅的见到一些，我就写那些"[1]。其实，作者在《倪焕之》中，不但把所看见的一些事情写进去，甚至在某些方面把自己也写进去。根据某些有关材料看，倪焕之这个人物的思想以至某些活动，在相当程度上是作者自己某个时期的内心思想和一些活动。至于蒋冰如似有其人，某乡镇的高级小学似有其校，则近于不很必要的考据了[2]。

由于作者的生活经验和创作方法，加上严谨深谌的艺术构思，细致入微的表现技巧，简洁朴素、生动灵活的文字修辞，就使得《倪焕之》这部作品，不但具有其"时代性"而且具有其"社会性"；不但具有教育史所具有的叙述这一历史时期的教育情况和教育思想的一般特点，而且具有形象地揭露半封建半殖民地的教育动态和反映新旧教育思想斗争的艺术特点；不但使读者获得"理性认识"，而且给读者形成"感性认识"；从文艺观点上评价它，是一部"扛鼎"之作；从教育观点上评价之，也可以作为一部有价值的教育史资料看待。这样一部教育史资料，因为它本身是文学作品，当然不能代替"正史"；但正因为它是文学作品，所以能够补"正史"之不足。

---

❶《叶圣陶选集·自序》

❷ 顾颉刚：《〈隔膜〉刘作集序》

二、《倪焕之》所反映的当时教育情况

《倪焕之》全部共三十章[1]，其所反映的时代与社会是很广泛的。从教育史的角度看，除了第一章是“楔子”或“序幕”之外，可以分为三部分：第一部分包括第一、第二两章，用倒叙法反映辛亥革命后的教育情况，地点在上海南京附近的中等城市；第二部分从第四章至第二十一章，反映五四运动前后的教育情况，地点是城市附近的乡镇[2]，这是全书的主要部分；第三部分场景移至大革命的中心上海（第二十六章除外），其所反映的不只是教育情况，而是更广阔的革命天地了。

让我们先看看第一部分所描绘的教育情况的轮廓：

辛亥革命之前，中国已经开办了新学堂，但在广大地区的城乡，仍然是以私塾为主要教育场所，以科举为主要教育目的。所以倪焕之的父亲“把焕之交给一个笔下很好，颇有声望的塾师去启蒙”，企望他应科举，“由寒素而不多时便飞黄腾达”。私塾里所教的，仍然是“开笔作文”，“作经义作策论”。这种情形在当时是很普遍的。作者在《马铃瓜》中叙述自己便有这样的亲身经历。但是不久科举废止了，清朝仍以科举功名来奖励学堂学生，所以倪焕之的父亲“闻说（学堂）与科举异途而同归，便教焕之去考中学堂”。这时的学堂，虽有体操、唱歌、动植物、英文、西洋史等课程，却仍然以古文诗篇为主要教材，所以焕之喜欢吟诗、刻图章、访旧书摊。

辛亥革命爆发，革命的浪潮震荡着平静的学校生活，留学日本的校长宣传革命的道理，学生中流传着秘密的书报，“种族的仇恨、平民的思想”，燃烧着青年的心。青年学生倪焕之，“仿佛有一种新鲜强烈的力量袭进了身体，周布到四肢百骸，……眼见立刻要跨进希望的境界”。但是，辛亥革命的失败，也立刻反映到学校生活中来。“这个城，也挂了白旗，光复了。他的发辫，也同校长一样剪掉了。此外就不见有什么与以前不同的”。所变的，就只有校长当了都督府代表，参加了

[1] 根据开明书店 1934 年版

[2] 可假定为苏州附近的甪乡

南京临时大总统的选举。学校仍然老样子，学生仍然是苦闷无出路。辛亥革命的失败，学校教育的死寂如故，通过这个城市中一所中学和倪焕之心情的变化，作者用淡淡的几笔就形象地勾勒出来。在小学中，情况就更糟糕，私塾改成学校，招牌改变了，课程也改些新名称，而教材内容仍是旧东西；教学方法，学生管理，也仍是旧的一套："他们教课是拉起喉咙直喊的，……喊的大半是问句，……问以外，大部分的功夫就是唱，一课国文讲罢了，一种算术歌诀教过了，教师开始独唱，继而学生跟着教师合唱，继而各个学生独唱，继而全体学生合唱。……这是一校的'校粹'，它自有它的命脉；新加入教师同学生一开口唱就落在它的范围里，都没有力量左右它"。对于学生的管理，不是放任他们打架吵闹，就是把教鞭扬起来乱抽一顿。在这种学校中的教师，不是学店老板式的人物，就是幽灵一般的肺病患者；这就是当时的小学教育。象这样私塾式、学店式的小学，不但"五四"前有，"五四"后也有。在叶圣陶所写的小说中，比比皆是，象《饭》里的所谓"乡立第二国民学校"，就比《倪焕之》中所描述的更为阴森悲惨。正如作者所说，"不幸得很，用我的尺度去看小学教育界，满意的事情实在太少了"❶。其实，不是作者的"尺度"特殊，只要不是封建保守者，其"尺度"便不能不如此。下面是五四运动时北京大学平民教育讲演团团员李荟棠所写的《丰台讲演报告》：

> 七里庄……有国民学校一所，教室就是厨房，书案就是菜床，气味龌龊，鼠洞一般的黑暗。每个学生都有一本《千字文》、《三字经》、上下《论语》……。
>
> 大井村，……南苑第十二日新学校设在此地，这是个国民小学，门外墙上贴了一篇黄纸，大书特书的是"新旧兼授，加讲经论策论"。里边教书先生有三长：辫子长、烟袋长、戒尺长。……这位先生也说道："我们私塾改良过来呀，不过学堂不叫我们学那些花草，所以我们就仍旧复了原了"。……
>
> 丰台为铁路交汇的地方，……有慕贞女学一处，约五十余人。

❶《随便谈谈我的写小说》

私塾五处，共约六十余人。丰台公立小学一处，约三十几个人，内藏孔圣人牌一座，戒尺一大根。……

难怪报告者感叹说：“不料丰台一个大镇，离北京城才几十里路，教育一途就糟糕到这步田地，其他的地方就可想而知了”[1]。

但是，五四运动前后，资本主义的“新教育”，毕竟进一步涌入了中国，激动了青年的热情，为他们描绘出美妙的理想。在冲击封建主义教育上，也起了一定的作用。然而在半封建半殖民地的中国，它又是那样虚幻与软弱的。这就是《倪焕之》第二部分所着重描述的教育。

在第二部分里，作者选择了一个不太偏僻但也不太繁华的乡镇作为背景。在这里，一方面封建势力仍很顽强；另一方面受资本主义文化教育的影响也较快。这是一个新旧思想斗争激烈的地方。倪焕之和他的朋友蒋冰如在这里开展了他们的理想教育活动。

首先，作者在这个乡镇的高等小学内外，安排了代表各个阶级和阶层，对教育抱有不同观点的人物。这里有抱着理想与热情的小资产阶级知识青年倪焕之，他满怀改革教育的理想，对于历史与社会却一无所知；有开明士绅蒋冰如，怀着空想的“教育救国论”，拾摭了实用主义的教育方法，跃跃欲试；这是一方面。另一方面，学校里则有把知识当商品、守旧落后的国文教师徐佑甫，自私自利、头脑简单的体育教师陆三复，师范出身而把教育工作弃如敝屣的理科教师李毅公，老于世故、搬弄是非的英语教师刘慰亭。这些人，对于教育既无热情，更乏理想，只是为了吃饭而当“教书匠”，对于教育改革，自然毫无兴趣，冷眼旁观，冷嘲热讽，客观上成为改革工作的阻碍者。在乡镇上、茶馆里，则是迷信落后的习惯势力，或则兴波作浪，或则随声附和，形成一道无形的战线，紧紧包围着孤军作战而软弱无力的所谓“教育改革”，胜负之势已经判然。所以，当作为封建势力集中的代表者、土豪恶霸蒋士镳挥棒一击，“教育改革”便垮败下来。这样，作者明白地宣告，依靠资产阶级的教育理想，依靠教育的自身，要在强大的封建压力面前来改革教育是行不通的。

---

[1] 《近代史资料》1955年第5期

《倪焕之》中这些人物，这类斗争，在当时是有典型性的。所以，在叶圣陶一些短篇小说中，也经常出现：蒋冰如正如《校长》中的叔雅，《搭班子》中的泽如；倪焕之是《城中》的丁雨生，《英文教授》中的董无垢；而蒋士镳则是《城中》的方紫老、陆仲芳、高菊翁、王壎伯一群人物；徐佑甫、刘慰亭，不过是《搭班子》中的钱松如，《校长》中的佟、陈、华三先生。他们之间的斗争，也往往以改革者对封建力量的妥协为结局。诸如《校长》中的叔雅校长，接任某高等小学，颇想把学校办得好一点，却连辞退三个坏教员都下不了决心；《搭班子》中的校长泽如，很想搭一个理想的班子，但是在县参议员、教育局长这些“一丘之貉”的包围下，班子竟无法搭成；斗争比较激烈的是《城中》，一批倪焕之式的青年，想在古城中办一所新式的学校，却遭受到遗老、官僚联合起来的破坏，从造谣、警告、欺骗，到警察荷枪实弹如临大敌的镇压，凶恶卑鄙。这些斗争情形，是这一历史时期封建教育与资产阶级教育斗争的写照；而其结局，也是符合半封建半殖民地社会的实际情况的。

在《倪焕之》中，作为资产阶级教育改革的中心事件是蒋冰如和倪焕之所开展的，而为金佩璋所拥护的办农场、工厂、演剧等一套实用主义的教育方法。“五四”运动前后，由于杜威、胡适等在中国宣传反动的实用主义哲学和教育学，资产阶级教育家又随声附和，影响颇大。许多城市甚至乡镇小学，教学内容和方法起了变化。根据杜威的“教育即生活、学校即社会”的理想，为了在学校中帮助儿童学会适应现成的社会生活和资本主义的社会秩序，学校中布置起模拟社会生活方式的环境，如开办商店、消费合作社、银行、农场、医院、慈善团体、报社……等等，甚至组织“市政府”（或“乡政府”）、“警察局”、“法庭”等等阶级统治工具。凡是社会上所有的组织，都具体而微地搬到学校中来，形形色色，应有尽有；学生自任市长、警察、法官、店员、记者……，这样，学生也就自小习惯于阶级统治、阶级压迫的那一套秩序了。多数学校只在课外搞搞，有些学校则进一步根据杜威的“从做中学”的原则和这一派的设计教学法的主张，打破科目界限，取消课程逻辑体系，改变教学方法，实行所谓“单元”教学。根据儿童心理及其所模拟的社会生活，制订各种“单元”，由学生自己学习，自己活动，教师只居于指导或辅导地位。这些，就是《倪焕之》中蒋冰如和倪焕之所提倡的那一套“学校社会化”的方案。不过，从《倪焕之》所反映的情况看来，他们还仅仅在课外搞“社会化”活动，还没有搞设计教学法；同时，他们所搞的那一套，也不是陶行知的“生活教育”。蒋、倪的方案没有打破科目界限和课程体系；也不是打开学校大门到生活中受教育或到社会中办学校。这是因为设计教学法改变课外活动，而且改变教学内容和方法，比之一般的“学校社会化”复杂得多，当时除城市若干学校试行之外，实际上流行范围并不如前者之广；而“生活教育”之提倡又稍迟。所以，忠实于时代现实的《倪焕之》，没有把这些内容包容进去。有人认为《倪焕之》所反映的是“生活教育”，那是不正确的。——虽然，当时叶圣陶写《倪焕之》时，“生活教育”已经出现了。

中国的教育历史证明：实用主义教育学说及其那一套做法，是行不通的。曾经盛极一时的“学校社会化”和“设计教学法”等等，不久即纷纷失败，只保留在师范学校的教科书中骗骗师范学生而已。《倪焕之》的历史价值，正是成功地反映了实用主义教育学说及其方法在中国推行的命运，从而在一定程度上揭露其错误的实质。

从表面上看，《倪焕之》中的“学校社会化”这套“改革”，阻力是来自封建保守势力的。首先是社会上的非议：

> 为要实现他这些理论，学校里将陆续增添种种设备：图书馆，疗病院，商店，报社，工厂，农场，乐院，舞台。照他这样做，学校简直是一个世界的雏型，有趣倒怪有趣的。不过我不懂得，这些事情里，有的连有学问的大人也不一定弄得好的，他叫一班高小的学生怎么弄得来！而且功课里边有理科，有手工，有音乐，还不够么？要什么工厂，农场，乐院，舞台！难道要同做手艺的种田的唱戏的争夺饭碗么！
>
> 家长把子弟送进学校，所为何事？无非要他们读书上进，得一点学问，将来可以占好些的地位。假若单想种种田做做工的，老实说，他们就用不到进什么学校。……那末，把孩子送进你们的学校，犹如供给你们玩弄玩弄一样，老实说是吃亏。凑巧我的小儿就在你

们学校里；“理想教育”果真实行起来，吃亏就有我的份。这倒不能马马虎虎的。……简直叫小孩子胡闹着玩，一句话，就只不要念书。

这些社会上的非议，虽然对“改革”有所阻碍，但还不是不可宣传解释的，所以蒋、倪的“改革”方案仍能继续进行。只是到了封建势力的代表者蒋士镳，对于学校所办农场，给予致命一击，才使得蒋冰如不得不在封建压力之前犹豫妥协，倪焕之不得不在现实之前“含羞忍辱”。如果故事仅仅是到此为止，那么，还只能说明资产阶级教育与封建主义的斗争及其失败妥协的结局。还不能揭露与批判资产阶级教育思想的阶级实质及其“教育改革”的根本错误，也不能更深一步阐明封建思想与资产阶级思想的矛盾与妥协的关系。《倪焕之》的成功之处，还在于全面地指出：资产阶级的“教育改革”和封建主义教育，虽有矛盾冲突的一面，却还有相互妥协的另一面。对于资产阶级教育改革来说，在一定程度上，封建势力是能够容忍它的，因为归根到底，对于封建势力，尚无大害。所以当蒋冰如以妥协的方式向蒋士镳低头“疏通”，蒋士镳达到了打下蒋冰如的威风的目的之后，还是“慷慨地”点头答应。“镇上一般的反对声浪渐渐平息下来，学校里的农场总算弄成功了。”但是，更本质的问题还在于这种资产阶级“教育改革”本身就是错误的。因此，农场开垦不久，“在他的成功喜悦里，近来浮上了一片黑影；虽然只是淡淡的，又不曾遮掩了喜悦的全部，但黑影终于是‘黑的’影啊！现在他颓丧地面对着这一片黑影了。黑影是什么呢？倪焕之苦苦地探索，暂只能得出“倦怠与玩忽”，或“期望超过了可能的限度”等等心理原因。还“相信原则上没有错”，想以“无条件地愉快”、“简单地惟知乐观”来“努力振作自己”。这种主观的努力虽曾为他“增加不少兴奋和信念”，但失败终是不可避免。这是因为还有比“倦怠与玩忽”更根本的时代与社会的原因。当倪焕之一旦明白了这个更根本的原因时，“理想教育”的美梦才完全破灭了。

《倪焕之》还反映了当时教材改革的问题。

上面已经指出：《倪焕之》的“教育改革”，在课程教材方面，还不是设计教学法那一套。它所反映的教材改革，是五四新文化运动民主、科学的要求，和为达到民主，科学要求而提倡的新文化和白话文。

辛亥革命前后，“新学校”中，虽然已经设置了历史、地理、博物、理化以及图画、手工、音乐、体操等等科目，但主要的仍是读古文、经义；仍是以王法纲常、封建伦理为思想内容，以陈腐、迂晦、雕琢、阿谀的文章为教材。1914 年北洋军阀政府的教育部就曾颁布“中小学修身及国文教科书采取经训，务以孔子之言为旨归”的饬令，而博物、理化等科，也只是点缀热闹、脱离实际的东西。从蒋冰如对于理科教材的意见和倪焕之、金佩璋商量自编国文教材中，反映了对于旧教材的不满和对于新教材的要求。蒋冰如认为教理科“张开眼来就是材料，真所谓‘俯拾即是’。用得到文字的地方，至多是研究观察的记录同报告”。倪焕之不满于“雪景的文章要教南方的学生研摩，乡村的教室里却大讲其电话、电车”；不满意于“隐遁鸣高与生存竞争、封建观念与民治思想等等混和在同一的书里”；不满意于把“苏东坡赤壁赋的‘逝者如斯，而未尝往也；盈虚者如彼，而卒莫消长也’”，捧为千古妙文。他们更反对把教科书当作牟利的商品。

那么，他们所主张的教材改革包括哪些内容呢？

（1）必须去掉颓唐的、出世的思想。如《桃花源记》、《赤壁赋》就是这种不健康的东西。因为“教育同出世精神根本不相容”。

（2）必须切合实用。如倪焕之反对乡村教材大讲电话电车，蒋冰如认为理科教材，俯拾即是，文字只是作为研究观察的记录同报告而已。

（3）必须适合学生的接受能力。如倪焕之反对用“孤高”、“奇肆”的东西为教材，金佩璋主张去掉“近于哲理”、“不可捉摸”、象孟子里论心性的文章。因为“不是高小学生所相宜的东西”。

（4）必须改良文学和改用白话。因为“自来所谓大家的文章，除掉卫道的门面话，抄摹拟相而来的虚浮话，还剩些什么东西？无论诗词散文，好久好久已堕入虚矫做作浅薄无聊的陷阱”。而“我们嘴里说的是白话，脑子里想的凝成固定的形式时也近于白话，为什么写下来却要翻译成文言呢？写白话，达意来得真切，传神来得肖妙。真切肖妙是文学所需求的；不该用白话来作文学的工具么？”再从教学法的效果说，“教国文，最是事倍功半的事；一课一课地教下去，……无非注释讲解的工夫。如果改用白话，一切功课就减少了文字上的障碍”。

从资产阶级教育思想出发，所提出的这些改革教材的要求，基本上是合理的，符合于五四新文化运动的进步要求。但其中也夹杂着某些实用主义的思想影响，诸如过分强调感性的、实用的东西，认为学生没有接触到的东西就没有意义。这些改革者的思想看法，也正符合于当时的实际。

《倪焕之》还通过金佩璋和上海的女子中学密司殷等所受的教育，反映当时女子教育的变化发展。

女子教育，从辛亥革命之前，就已受西欧教育的影响，列入学校制度之中。当时只有女子小学和女子初级师范，而且对于女教"防患"甚严。辛亥革命后，在资产阶级教育思想影响下，女子教育，有所发展，城市中还增设了女子中学，女子职业学校。但封建复古者也多方阻挠它的发展。诸如袁世凯的教育总长范源濂，竟提出许多女子教育的禁令，有不准剪发，不准自由结婚，学生不得过十四岁等等。尽管如此，对于女子教育的发展还是限制不了，象《倪焕之》中那样的乡镇，就有一所女子高小，城市里还有女子师范。金佩璋就在城市里的女子师范受教育。这是完全资产阶级式的，以培养"贤妻良母"为目的的女子教育。作者通过金佩璋所受的教育，生动而细致地描述这种"贤妻良母"教育对于一个女子的性格与理想起着如何深刻的影响：

> 金小姐是初次接触儿童，因为她成绩好，被派去试教最难教的低年级。一些术语，一些方法，一些原理，时刻在她脑子里打转；这并不使她烦乱，却使她象深具素养的艺术家一样，用欣赏的体会的态度来对待儿童。附属小学的收费比普通小学贵一点；这无异是一种甄别，结果是衣衫过分褴褛冠履甚至不周全的孩子就很少了。金小姐看着白里泛红的那些小面孔，说话说不清楚的那种娇憨模样，只觉所有赞颂儿童的话全不是说谎；儿童真是人类的鲜花！她教他们唱歌，编造简单而有趣的故事讲给他们听；……正课以外，她总是牵着几个尤其心爱的儿童在校园里运动场里游散；坐下来时，儿童便爬上她的肩头，弄着她的头发。她的同学见这样，玩戏地向她说，"我们的金姊姊天生是一位好母亲"，她的回答当然是羞涩地轻轻地一声啐，但心里不免浮起一层骄傲；"但愿永远做这样一位好母亲，教这班可爱的孩子！"……

这种教育的结果，就只能培养出金佩璋式的女子，归根到底，还是“学的是师范，做的是妻子”。

但是，到了“五卅”运动前后，倪焕之所任教的女子中学，在革命浪潮激荡之下，就有了显然的变化。首先是“课程中间有特异的‘社会问题’一目”，女学生已经“剥除了那些女性的可厌娇柔”。她们关心国家，参加运动，也同男生一样参加了罢课、示威、街头演讲，以至于“担任了守卫的任务”，已经冲破了“贤妻良母”的牢笼。作者是这样歌颂一个完全新型的女子的形象：

她站在马路中间，截短的头发湿得尽是滴水，青衫黑裙亮亮地反射着水光，高举两臂，仰首向天，象一个勇武的女神。

在这里，作者所批判的“贤妻良母”女子教育与其所歌颂的革命的女子教育就生动地活跃在纸上。

三、《倪焕之》所批判的资产阶级改良主义教育思想

《倪焕之》这部小说在现代教育史上深刻的意义，还在于它借助于生动而现实的艺术形象，有力地批判资产阶级改良主义教育思想的错误，从而教育了千千万万的青年和教育工作者，直到今天，也仍然有它的教育意义。

从“五四”前后到大革命时期，中国的教育界，出现了种种曲解教育的错误论调。如杨贤江在其《新教育大纲》中所分析：关于教育性质方面，有教育神圣说、教育清高说、教育中正说、教育独立说；关于教育作用方面，有教育万能论、教育救国以及先教育后革命论。这些论调的唱和者来自两方面：一是资产阶级改良主义的教育家如蔡元培之流，一是帝国主义及其帮凶者如胡适、国家主义派等。这两类人的主观动机有所不同，但在这些论调的唱和上却是一致的。《倪焕之》所批判的对象主要是前一种人的教育思想。这些人所以高唱上述论调，其错误的关键是在于对教育与社会、教育与革命的关系的错误认识。他们把教育认为离开社会的、超阶级超政治的东西，从而认为不是社

会制约教育，而是教育改革社会。既然教育能改革社会，把它的作用引伸出来，则是只要提倡教育，不要革命，就可以拯救中国。换言之，他们从教育万能论引伸出教育救国论来。《倪焕之》这部小说，正是抓住教育与社会，教育与革命的关系这个关键问题，给予理论上和事实上的分析，从而从根本上批驳了教育万能论、教育救国论以及其他种种论调。

倪焕之是一位具有爱国热情和改造社会宏图的青年（蒋冰如在一定程度上也如此），辛亥革命失败后，当他在苦闷挣扎的时候，遇到了一位“值得感服的同事”，这位教师对于儿童教育所用的是泛爱主义的观点和启发感化的方法；换言之，是用资产阶级的教育观点和教育方法。这对于封建主义教育来说，是新鲜的东西。作者在这里安排了这位“值得感服的同事”的出现，是有双重意义的：他既是倪焕之对于教育认识的第一次转变点，也是标志着旧中国教育从封建主义教育到资产阶级教育的转变的象征。此后，倪焕之抓住了教育这根“救命草”，通过和蒋冰如的合作，就认定“教育总是一个民族最切要的东西”、把“一切的希望悬于教育”。并且着手绘制他们的“仙山楼阁图”[1]。作者这样用温和的讽刺笔调描写倪焕之的幻想：

> 焕之依着冰如所指的方向凝望，仿佛已经看见无忧又无邪的男女，往来于绿荫之下；池荡里亭亭地立着荷叶，彩色的水鸟在叶底嬉游；草地上奔逐打滚的，都是自己的学生，……心头默诵着“一切的希望悬于教育”，脚步又提得高高地，象走在康庄大路上。

这幅“仙山楼阁图”，主要内容是：

（1）非阶级的教育：倪焕之认为理想的教育，应该是充满着“爱”和“美”，“在学校里，犹如在那些思想家所描摹的极乐国土大同世界里一样，应该无所谓贵贱贫富的差别的”。相处之间，每个人应当是“自己尊重”与“尊重人家”，应当以“帮助人家，给人家服务”，作为“最

[1] “仙山楼阁图”是徐佑甫讽刺蒋、倪《教育改革方案》的譬喻。

愉快的事情，最高尚的品行”。“只消看看受你帮助的人的满足的脸色，就有什么都比不上的高兴了”。

（2）儿童本位的教育：倪焕之认为“我们不能把什么东西给与儿童；只能替儿童布置一种适宜的境界，让他们自己去寻求，去长养，我们至多从旁给他们一点儿帮助……儿童是到学校里来生活的……”“理想的教育应该是‘开源的’；源头开通了，流往东，流往西，自然无所不宜。现在的教育却不是这样，只是‘传授的’；教师说过应该怎么做，学生照样学会了怎么做；完了，没有事了！但是天下的事物何等多，一个人须应付的情势变化而不穷；教师能一一给学生预先教会了么？不能，当然不能。那末何不从根本上培养他们处理事物应付情势的一种能力呢？这种能力培养好了，便入繁复变化的境界，也能独往独来，不逢挫失，这是开源的教育的效果”。

（3）学校社会化的教育。上面已经引述了。

倪焕之以及蒋冰如这些教育理论，在个别的教育方式或教学方法上，有其合理的东西。如教育儿童帮助别人，如开源启发的方法等等。但是，从其整个教育思想来说，却是杜威的实用主义。因此，作者最后轻轻地点出：这些主张和杜威的主张“英雄所见略同”。当然，蒋冰如、倪焕之的动机不同于杜威、胡适，然而，他们的“仙山楼阁图”还只能说是改良主义的。

作者对于这种改良主义的教育理想，首先从事实上把它粉碎了：倪焕之认为学校应该无所谓贵贱贫富的差别，事实上却是就在“学生之间存在着一种门第的观念”，“富绅人家的子弟常常处于领袖的地位，不论游戏，上课，仿佛全是他们专有的权利，惟有他们可以发号令，出主张。其他的学生，一部分是袖手缄默，表示怕与有权威的同学们竞争。又一部分则显出顺从的态度，以求分享有权威的同学们的便宜与快乐；这种顺从态度几乎可说是先天的……”。倪焕之面对着这种事实，主观地想把它当作一种可由教育方法医治的“疵病”。不幸这种“疵病”正是社会的反映，正是“先天的”，不是“后天的”方法所能医治的。当他应用那位“值得感服的同事”和某些教育书籍所指示的教育方法，来医治这种疵病时，表面上来看，那个凭借父亲势力、欺压贫苦儿童，桀骜不驯，敢于反抗教师的蒋华，被他“柔和的声气”和婉地劝说得俯首认错了。在这里，作者却根据他丰富的教育经验，给予恰到好处的讽刺："蒋华见天色几乎黑了，心里颇有点慌乱；听听这学校里是从未经历过地寂静，仿佛陷落在荒山里一样；就不问怎样照办了"。当主张严厉处理的陆三复满腹气愤与妒嫉，而倪焕之正在满意其成功时，作者又借助着冷眼旁观的徐佑甫，无情地道出了这种"感化派"的教育效果："大半是他受了那孩子的骗，那孩子未必便受他的感化"。陆三复的严厉处理，徐佑甫的用椎（锤）子炼成铁块的办法，当然都是错误的；但是，他的讽刺，却道中了主张人道主义的"爱"的教育者的悲哀！

儿童本位教育论者，认为教育的本身就是生活，不是生活的准备；主张对儿童教育只能开源启发，甚至否定一切传授的必要。这与徐佑甫等所主张的死读书，硬用锤子炼铁，是两种极端的错误。正确的道路是从实际出发来达到预定的社会目的；考虑当前生活而准备未来的需要；既启发又传授。因此，由倪焕之从头教起，很少袭用旧教法的那一班学生，"最近毕业了，平心精思估量他们，与以前的或其他学校的毕业生并没有显著的差异"。至于学校社会化的那一套做法，更笼罩着一片阴影："热烈的兴致衰退了，切至的期望松懈了"，农场成为虚应故事，演剧终归平平淡淡，一切流于"怠倦与玩忽"。

总之，改良主义的"仙山楼阁图"在现实的面前悲哀地幻灭了。作者通过倪焕之的苦闷烦恼，在读者面前提出了这样一个问题："理想中以为效果应当十分圆满的，为什么实际却含着缺陷的因子？"

然后，作者通过倪焕之和王乐山的讨论，进行理论上的分析；"要知道社会是一个有组织的东西，而你们教给学生的只是比较好看的枝节；拿了这少些，就要希望他们有所表见，不能说不是一种奢望"。"……要转移社会，要改造社会，非得有组织地干去不可"！寥寥数语，对于小说来说，未免抽象了些。但是，应当承认，作者基本上已抓住了问题的关键：教育与社会的关系。教育，是能够改造人的；但是改造人的教育，却必须建立在变革了的社会基础上。如果不是有组织地变革社会，仅仅依靠教育来改造社会，本末倒置，那么，不是学校同化了社会，而是社会同化了学校；所谓改造也者，就只能作为"隐逸生活中一种新鲜的把戏"了。

接着，作者进一步探索下去："教育该有更深的根据吧？单单培养学生处理事物应付情势的一种能力，未必便是根据。那末，根据到底是什么呢？""为教育而教育，只是毫无意义的玄语；目前的教育应该从革命出发。教育者如不知革命，一切努力全是徒劳……"至此，作者对于改良主义教育思想的批判，基本上抓住了问题的核心：教育与社会的关系，在半封建半殖民地的社会中也就是教育与革命的关系。

这样，层层内剥，作者对于改良主义教育思想的批判，可以整理为如下的线索：（1）改良主义的教育思想，在实践的考验中完全失败了；（2）失败的原因在于单靠教育的力量，不可能与有组织的社会对抗；（3）从而指出要发挥教育的作用，必须变革社会；要变革社会，必须有组织地进行革命。最后，得出这样的结论："要求得到一点实在的成绩，从今起做一个革命的教育者吧！"

作为一部小说来说，下半部的理论分析，不够形象有力；而且由于当时环境的限制，也不能畅所欲言。但是，作者的基本论点是明确的，对于当时彷徨苦闷的青年和教育工作者的教育意义也是大的。

只是，从当时的教育思想分析批判来说，还是有缺点的。当时唱和各种错误的教育论调的，如上所述，来自两方面。对于资产阶级的改良主义教育思想，作者进行了比较具体深入的批判；而对于帝国主义及其帮凶者险恶的居心，其所提倡的实用主义教育、国家主义教育等等的反动实质，并没有批判、抨击。甚至对于杜威的教育理论的错误，只是当倪焕之指出他们的做法和杜威的意思暗合时，轻描淡写地说："你们的方法太琐碎了，这也要学，那也要学，到底要教学生成为怎样的东西呢"！从教育史的要求来说，未免美中不足。

四、《倪焕之》所分析的三种类型的知识青年及其所走的历史道路

人们对于《倪焕之》的评论，往往只注意分析主人公倪焕之这一类型的小资产阶级知识青年的精神面貌及其所走的道路，这是不够的——虽然无疑地倪焕之这一类型是这部小说所描述的主要典型。在《倪焕之》中，作者分析了受"五四"运动所影响的、要求进步、追求理想的三种类型的知识青年及其所走的道路，并且从他们的相互对照中反

映了在这个历史时期知识青年精神面貌的复杂性及其所走的道路的多样性。正因这样，才更显示这部作品的时代性和教育意义。

五四运动以前的倪焕之，如上所述，是一个爱国、热情、抱有改革教育、改造社会的宏图，而对于历史、社会又一无所知的小资产阶级知识青年。"五四"运动，对于千千万万青年是一个启蒙运动，也是对追求理想、追求进步的倪焕之的教育思想上的启蒙运动。在运动中，"焕之发见了新道路似地那样兴奋"。他开始看到社会，看到群众，看到学校和社会的关系：

> 真正是有志的人，就应该把眼光放宽大来。单看见一个学校，几许学生，不济事，还得睁着眼睛看社会大众。怎样把社会大众发动起来，与怎样把学校办好，学生教育完善，同样是重要的任务。社会大众是已经担负了社会的责任的，学生是预备将来去担任。如果放弃了前一边，你就把学生教到无论怎样好，将来总会被拖累，一同陷在泥淖里完结。我现在相信，实际情况是这样子。

因此，他发出了新的宏愿："从今以后，我们要把社会看得同学校一样重，我们不但教学生，并且要教社会！"

尽管倪焕之所理解的社会、群众还是抽象的，他那"并且要教社会"的宏愿也是空洞的。但是，这是一个可喜的开端，一个与蒋冰如、金佩璋这类的知识青年分途的开端。正是由于这个开端，《倪焕之》这部小说的第三部分，五四运动之后，就逻辑地从学校教育的场景转入社会的教育、革命的斗争场景。如果说围绕着倪焕之的思想转变，这部小说的第一，第二部分是反映学校的教育，则第三部分就是反映社会的教育和学生运动了。

"五四"运动后，倪焕之从家庭和学校跨进了社会，从为教育而教育到渐渐注意政治问题。在进步青年王乐山的启发下，他对资产阶级改良主义的教育理论产生了怀疑：

> 王乐山的"组织说"时时在他的心头闪现。望着农场里的花木蔬果，对着戏台上的童话表演，他总想到隐士生涯梦幻境界等

等案语。就靠这一些，要去同有组织的社会抵抗，与单枪匹马却想冲入严整的敌阵，有什么两样?

接着，他探索了革命、政党种种问题，最后得出“教育应该从革命出发”这一正确的结论，并立下“从今起做一个革命的教育者”的志愿。对于一个追求进步的青年，在认识上是跨进了一个新的领域。作者对于倪焕之这种认识，一方面予以肯完，另一方面进一步指出他的欠缺。作者通过王乐山给倪焕之的回信：“所述革命与教育的关系，也颇有理由。用到‘也’字，就同上峰的批语用‘尚’字相仿，有未见十分完善的意思”。究竟“也”字背后蕴藏着什么意思？虽然作者并未直接说明，但从王乐山劝倪焕之“到外面转转”，显然是指倪焕之所欠缺的是实际斗争的锻炼。对于一个小资产阶级出身的追求进步的青年来说，从对革命事业有所认识到立志愿走革命的道路，甚至开始走上革命的道路，固然是可贵的。但是，还不是太大的困难。如果要成为一个坚强的革命者，对于小资产阶级知识分子来说，还要经过长期的、艰苦的实际斗争的锻炼。倪焕之的悲剧性的收场，其不幸的原因也正是由于有抽象的认识，有充沛的热情，却欠缺实际斗争的锻炼，经不起波折。这是作者对于倪焕之这种类型的小资产阶级知识青年所揭露的第一个特点。

作者所揭露的第二个特点是这样的：一个追求进步的知识青年，当他接受了进步思想，参加了一定的革命活动之后，对于革命与群众的关系，工农群众是革命的主要力量等等，在理论上是会有所认识的，在感情上也会有所感受的。有些评论者简单地认为倪焕之的悲剧是个人主义、没有认识到群众的力量等等，这种评论未必确切。倪焕之在五四运动时，就认识到“究竟同样是国民，国民的义愤大家都有”，对于以往认为“这个镇上的人未必能注重国家大事”做了自我批评。在五卅运动中，他更狂热地沉醉于群众的浪涛中，热切地“讲到群众的力量”，真挚地歌颂“青布的短衫露着胸，苍黯的肤色标记”的出卖劳力者。感到他“眼睛里放射出英雄的光芒”，虔敬地默祷着：“露胸的朋友，你伟大，你刚强！……你是具有解放的优先权的”！当他要去参加一个群众集会时，他兴奋地“意想着正要去会见的青布短服的朋友，以及散在各处田野间的农人，只觉得他们非常地伟大”。他感到“得向他们学习”，认为“由他们的眼界看世界”，“可以证明方向没有错，更增前进的勇气”。“他设想自己是一尾鱼，沉没在‘他们’的海水中间，彻尾地沾着‘他们’的气氛”；这种感觉使他“只觉一种变动已经发生在身体的微妙的部分，虽然身体依旧是从前的身体”。于是，当他到达工人集合的地方，就如“一个久客的游子望见了自家的屋标”。由此可见，如果简单地认为倪焕之没有认识到群众的力量，既不符合《倪焕之》这部小说所描述的事实，也不符合倪焕之这种类型的知识青年思想发展的逻辑。

问题在于倪焕之对于群众的力量的认识是抽象的，对于知识分子如何和群众结合的认识也是模糊的。叶圣陶在另一篇小说《在民间》中，对于这个问题进行了深刻的剖析。这篇小说写两个青年学生，怀着近乎虔敬的心情去会见罢工的工人，她们把一切想象得那么美妙：“新鲜的世界，理想的生活，马上要展开于眼前了”。她们还把自己和工人群众想象为“我们是一伙儿”。然而，她们对于工人的认识是那样少，几乎一无所知。她们和工人之间的生活、思想、感情的距离是那样大，结果“完全不是这么一回事”。人是到了工人群众之中，但却“象个独游的骚客”。倪焕之的悲剧，也正在此。他参加革命，并不真正和群众在一起，革命遭受挫折，他也就只有独个儿消极苦闷，而不能从群众中吸取真正的力量来支持自己的革命的意志，也看不见革命的前途。象倪焕之这种对于革命，对于群众，只有理论上的认识和冲动热情，缺乏实际斗争的经验和彻底的改造，正是革命高潮中相当大量的小资产阶级知识青年的反映。因而，倪焕之的形象及其所走的道路，不但忠实地反映着历史，而且对于我们今天同样有其深刻意义：理论必须和实践结合，知识分子必须和工农群众结合，思想改造有待于实际斗争的锻炼与考验。

当然，在这个历史时期，并不是所有要求进步的知识青年都走着倪焕之这样的道路。在《倪焕之》中，塑造了三种类型的知识青年：倪焕之、蒋冰如和王乐山。他们都有知识、有热情，甚至可以说，在生活的起点有某种程度的相似。但是，他们所走的道路是多么不同！

蒋冰如，当了高等小学校长之后，对于教育事业也颇想有一番作为，对于教育改革是那样热心，几乎有点近于狂热，和倪焕之简直是一对。但是，他改革教育的动机，正如金树伯所点破的："他没有事做，……田，有帐房管着；店，有当手管着；外面去跑，嫌得跋涉；闷坐在家里，等着成胃病；倒不如当个校长，把小孩子弄着玩。"而且"还有一点儿私心……他有两个儿子，他要把他们教得非常之好。别人办的学校不中他的意；自己当了校长，一切可以如意排布，两个儿子就便宜了"。建立在这样动机上的教育改革，自然是碰到一点困难，也就意兴阑珊了。在五四运动之后，比较激烈的斗争摆在面前时，他在思想上行动上就和倪焕之分道扬镳，最后竟以"方便于转移社会"为借口而出任乡董。当他和倪焕之在上海重逢时，已经是两个时代的人物了。他不但已经是时代的落伍者，而且成为下一代的绊脚石，急于把他的两个儿子接回家乡去，不让他们参加运动。象蒋冰如这种知识青年也是有代表性的；他们曾经有过热情，却没有正确的认识，更谈不到革命的意志，于是在斗争中落伍了，象一粒尘埃那样被遗弃在路旁，随风飘荡，"未老先衰"。其甚者，背叛人民，投靠敌人，甘当统治阶级的爪牙。

和蒋冰如可以说基本上同一类型的还有女知识青年金佩璋。她为了个人前途，害怕"女子嫁人就是依靠人，依靠人只有苦趣，难得快乐"，也表示"要做一番事业"，"要靠事业独立"。因此敢于从乡间到城市读书。这也代表了"五四"时期在新思想影响下某些知识女子的思想与性格。在女子师范中，她接受了资产阶级的教育思想，也如蒋冰如、倪焕之那样向往于所谓"新教育，新生活"。但是她的教育，没有超出"贤妻良母"的范围；何况在她身上还遗留着封建统治对女子长期毒害的遗毒，如既不敢坦率地对倪焕之表白自己的爱情，又固执于结婚时的仪式；一旦结了婚，怀孕生子，就完全改变了她所曾经虚拟的理想。在《倪焕之》中作者特地对她做了一个精辟的分析：

这样，佩璋已变得非常之厉害，在焕之看来几乎同以前是两个人。但若从她整个的生命看，却还是一贯的。她富有女性的传统的性格；环境的刺激与观感，引起了她自立的意志，服务的兴味，这当然是十分绚烂，但究竟非由内发，坚牢的程度是很差的；

所以仅止生理的变化，就使她放了手，显现本来的面目。假如没有学习师范的一个段落，那末她有这些话语同态度，就不觉得她是变更了。

蒋冰如，金佩璋，虽然一男一女；一个办了教育，一个还只读书；一个混进“社会”，一个缩回家庭；他们的处境性格都很不同。但是，有如下的同点：（1）他们都受过资产阶级的教育，具有资产阶级的教育思想。蒋要办一番事业，金要独立生活，他们的行动，在一定程度上，都有反对封建的作用；（2）他们都是个人主义者，他们办的事业、谋独立的动机都“非由内发”；（3）因此，他们都在封建势力、传统习惯的面前低头了，妥协了。《倪焕之》第二十四章，作者特意安排了这样一个场面：金佩璋来信规劝倪焕之“非能计其必赢，万勿轻于投资”；而蒋冰如赶到上海把孩子接回乡间去。

还有另一类型的知识青年，作者以王乐山为代表。王乐山虽然“家里开着酱园，还有一些田，很过得去”。在中学读书，好运动，好捣乱，“喜欢看一些子书，以及排满复汉的秘密刊物”。但是，他参加了学生运动，参加了进步青年所组织的勤工俭学学习。在党的教育下，在实际斗争的锻炼中成长，走了完全正确的道路，成为坚强勇敢的革命者。虽然由于作者认识的局限性和生活体验不够，对革命青年王乐山的形象塑造比较模糊肤浅。但是，他那坚定的革命意志和沉着的革命头脑，仍然为我们标示着一个崇高的形象。

从倪焕之、蒋冰如、王乐山这三种类型的知识青年身上，我们看到在革命斗争中知识青年的分化，深刻地教育我们：革命是熔炉，是试金石。只有口头的理论，只有抽象的认识是不够的。必须在党的领导下，在实际斗争中去接受锻炼与考验。因此，《倪焕之》中所分析的这三类青年及其所走的道路，对于今天的青年仍有深刻的教育意义。

《倪焕之》，从中国现代教育史的角度来看，它不但现实地反映了从五四运动前后到大革命时期的教育情况，而且生动地描绘了当时的教育活动和形象地刻画了当时的教育思想斗争。所以，这部作品应当在中国现代教育史上有它一页的地位。在今天，让青年学生在学习中国现代教育史的时候，阅读这部作品，不但有助于他们具体地掌握这个历史时期的教育，还有现实的思想教育意义。所以，这部作品应当作为中国现代教育史这门课程的一部有价值的参考书。

1956年10月初稿

1963年1月修改稿

（选自1963年《厦门大学学报》第1期）

读《潘先生在难中》

周绍曾

《潘先生在难中》是叶圣陶先生短篇小说的代表作之一，优秀的现代文学作品之一。这篇小说写于 1924 年，写的是当时军阀混战中一个知识分子逃难的故事。主人公潘先生是距上海不远的让里地方的小学校长。在当地风声很紧的时候，他一家四口逃到了上海。但第二天，看到报上消息说当地教育局长主张照常开学的时候，他又匆匆地只身回到让里。结果，学是没有开成，而战争也并没有打到他的头上来。潘先生虚惊一场。这在当时是一个极普通的故事。但善于在平凡中发现意义的作者，却根据着生活中的这段平凡插曲，发挥了他的才能和想象，出色地、成功地创造了潘先生这样一个典型人物，至今对广大读者还保持着它的艺术魅力和教育意义。

潘先生是一个苟且偷安、逆来顺受的小市民型的知识分子。他是一个没有任何锐气、性格的棱角早被磨圆了的人，习惯于在现实面前低头，多方适应着环境。他没有什么思想，谈不上什么政治的、人生的见解，在他，这一切都消溶在旧社会的为人处世的原则之中了。他非常容易满足，平时只要能养家活口，就万事大吉；而在兵荒马乱、风云变幻的时候，最要紧的就是救出自己、保全自己。让里一旦紧急，他就逃之夭夭，携家眷同奔上海。但饭碗的重要也不亚于性命，“鱼”和“熊掌”也须兼顾；因此，风闻教育局长的主张，他又急于回家开学，以求两全。对他来说，帝国主义并不是军阀混战的支持者、幕后牵线人，倒是可以荫庇他和他家的性命的人。请看，他是如何带着特别的感情向儿子“介绍”上海租界的巡捕的：“不要害怕，那就是印度巡捕，你看他的红包头。我们因为本地没有他，所以要逃到这里来；他背着枪保护我们。他的胡子很好玩的，你可以看一看，同罗汉的胡子一个样子”。多么可爱的“罗汉胡子”呵，多么美妙的口吻！当他回到让里，他也决没有忘记乞求当地“慈善机关”红十字会的保护。他摇身一变而为红十字会的会员。红十字的旗子和徽章，对他来说，不啻是“救命的神符”，是“闪耀着慈善庄严的光”的至宝。为了充分享受定心丸的妙味，他甚至不顾办事员的嘲笑，多要了一面旗和几枚徽章。在上司面前，他更是卑小的。教育局长“平日那副庄严的神态”，使他一看见就受惊非浅，以为是“眼睛生了翳，因而引起错觉”。而局长平日那种“一点不肯马虎”的脾气，在报上发表的“地方上又没有战事，学自然照常要开”的谈话，更使潘先生不敢在上海久留。只有在“潘先生觉得今晚上局长特别可亲”的时候，他才敢于“忘形地直跨进去”，和他们“三位先生”一起在红十字会的厢房里避难一夜。为了使局长赞一声“先得我心”，他不惜违背本性地拟写了词意恳切的发给学生家长的开学通告。说什么：要以非常的精神在战火中坚持上课，诸如此类，显然他是“忘记”了刚才他还在逃难而怕得要死的处境了。这些都不奇怪。原来，租界、红十字会、上司，就是潘先生曾经自夸的“保全自己的法子”和门路。看起来，这一切是明白而且简单，他似乎必须在反动统治的缝隙里苟延残喘，在帝国主义的胯下谋求生存！而全部可恨可悲之处更在于：他非常地乐意于这种卑微的生存（如果允许他生存的话）；他压根儿没有设想过别样的生存。不是吗？当地方上战事平复，他就“当仁不让”地题写起“功高岳牧，威镇东南”的牌坊匾额，欢迎杜“统帅”的凯旋。他没有拒绝最恶劣的歌功颂德，倒是觉得“很有点意味”，对那暂时保全了他的性命和饭碗的人相当感激。虽然有一两次他也隐隐感到那些使他妻离子散的人可恨，在他题写什么“德隆恩溥”的时候，也“仿佛看见许多影片，拉夫、开炮、烧房屋、奸妇人，菜色的男女，腐烂的死尸”，但这些只是“在眼前一闪”而已。既然潘先生自己连同他的夫人孩子都活了下来，而且是托那些“统帅”、“局长”、“巡捕”的“福”才活了下来的，那么他，潘先生，还有什么必要去过问此外的事呢？在他，也不会想到此外的事。

苟且偷安委屈求全不是他唯一的思虑，“有奶便是娘”岂不正是他的哲学么？至于这是什么样的“安”、“全”，出于谁，为什么，而又是谁使他受难（不就是他眼前的“恩”人么？），潘先生是不可能而且是不愿意多知道的。

在我们面前展开的是一幅轮廓逼肖、色彩鲜明的讽刺画。我们的主人公潘先生——这位名副其实的、不但在地位上不高特别是在精神上显得十分卑琐的小人物，这个歪歪斜斜地大写的“我”字，这个讽刺形象，占据着喜剧的中心地位。他一出场就吸引了我们，而作者首先是让我们从视觉上去接触和把握他的。请看，在火车到达目的地之前，“他领头，右手提着个黑漆皮包，左手牵着个7岁的孩子；7岁的孩子牵着他的哥哥（今年9岁）；哥哥又牵着他的母亲”，“大家握得紧紧”的，“首尾一气，犹如一条蛇”。火车将停时，他一面“用黑漆皮包做前锋，胸腹部用力向前抵”，在车厢中开路；一面照顾他的挤散了的队伍，头又回不过来，于是只得对着前面的人的后脑叫喊“你们跟着我！你们跟着我！”这位惊惶失措争先恐后的小市民的神态已经活现纸上。但作者并不停留于潘先生的外表的肖象的描写。他继续把我们带进了人物的内心世界。

作者着重地刻画了潘先生的丰富的情绪变化和易于满足的精神特征。潘先生的确是个感觉“敏锐”、情绪“丰富”的人，一支灵敏的政治气温的寒暑表。象一个灰色的小动物，他本能地保护着自己（灰色本身就是一种保护色），迅速地反应着外界的一切变化。有一点风吹草动，他就浑身不安；而譬如到上海后有了歇脚之地，他又是第一个打哈哈“陶陶酌一杯”的。妻子在车站暂时挤散，他可以顿兴“家破人亡之感”，“禁不住渗出两滴眼泪来”；而一脚跨出收票口的铁栅栏，踏上租界，便乐从天降，连喊黄包车都“入调”得很了。他不断地惊惧、庆幸、恼怒、焦躁，不断地计较得失，因为自己心思的敏捷周到而洋洋得意，因为“冤枉的逃难费”和“几十天的孤单”又自恨缺乏先见之明。你说他虚伪、做作吗？不，这一切在他都自然得很。我们的主人公总是陷在他自己的情绪的网里，而他在里面陷入得愈深，就愈是暴露了他自身的价值，就愈是令人哑然失笑。他的眼光何其短浅，他的感情何其琐碎，而他的一切的喜悦、痛苦、烦恼、忧愁又是多么渺小！从他所强烈注意的和他所漠不关心的（例如他从未关心王妈的安全和他的其他一切“身外物”），我们应该说，虽然笼统提法的“麻木”“糊涂”对他决不适用，但他正是在最深刻意义下的“麻木”。整个情节，特别是潘先生的那些不愉快的情绪，向我们揭示了他的胆小如鼠、害怕变动的一面；这是他性格的重要一面。但尤其吸引我们注意的是他的愉快，他的得意，他的不寻常的甜蜜蜜的笑。我们看，他一拿到红十字的旗子和徽章，内心便升起“一种神秘的快慰”，获得一股“新的勇气”。一听到教育局职员的话，就自鸣得意，自我欣赏，觉得自己没有违拗局长的主张。尤其是进了上海的旅馆以后，虽然房间里空气象“烟雾一般”，有“刺鼻的油腥味，中间又混着阵阵的尿臭”，但已经足够使潘先生手舞足蹈，对妻子唱“乐哉乐哉”的快活歌了。他是多么善于自得其乐，又是多么容易心满意足呵！完全可以设想：即使是在最恶劣的环境中，他也是一个颇能愉快地、满足地、毫无遗憾地度过一生的人。虽然在我们看来，他总是得意得太早，笑得不是时候，使人感到异样；但在潘先生，这正是他性格中更根本更潜在的东西，他本来没有更深沉的东西。这里，潘先生的灵魂被透视得愈深，他就愈显得庸俗、浅薄。而这种庸俗浅薄，这种易于满足随遇而安以及由此产生的一切侥幸心理，正是反动统治所欢迎的。正是潘先生的这种性格，把他和当时环境粘在一起，协调契合，融洽无间。

（选自1956年7月5日《文艺月报》第7期）

略谈《多收了三五斗》的思想和艺术

薛　伟

一

《多收了三五斗》是我国现代著名作家叶圣陶创作的优秀短篇小说之一。它取材于三十年代初期我国江南农民的困苦生活。当时，资本主义世界经济总危机日益严重，各帝国主义列强，一方面加紧了对中国的争夺，造成了中国各反动统治集团之间的剧烈矛盾，爆发了军阀混战，对农村经济造成了严重的破坏；另一方面帝国主义向中国大量倾销所谓过剩商品，尤其是剩余农产品，即小说中提到的洋米、洋面，更加沉重地打击了我国的小农经济，加速了它的破产。而中国的反动政府、地主阶级、投机商人以及高利贷者更趁机加强了对农民的压榨和盘剥。农民债务丛集，如牛负重，在走投无路的情况下，便铤而走险。那时江南一带经常发生农民组织"抢米团"去"吃大户"的事件，反映了农村阶级矛盾的极端尖锐化。对这种形势，毛主席在《星星之火，可以燎原》一文中作了十分形象而精辟的概括："中国是全国都布满了干柴，很快就会燃成烈火。"《多收了三五斗》正是以这样的社会现实为背景，通过一个江南农村丰收粜米的故事，巧妙而深刻地反映了当时中国贫苦农民在帝国主义、反动政府、地主阶级、投机商人和高利贷者的重重压迫之下濒临绝境的生活，以及他们不断增长的愤懑情绪和反抗意识。虽然小说仅仅描写了生活的一个侧面，并未触及党所领导的土地革命斗争，但是，它显然能够帮助读者认识当时农村那种“星火燎原”的形势，因而有着积极的社会意义。

二

《多收了三五斗》的深刻的思想内容，作者是通过三个典型场面来表现的。

首先，小说真切地描绘了旧毡帽朋友卖米的场面，有力地揭露了国民党反动派、封建地主和投机米商对农民的残酷剥削。

小说一开始，便展现了一幅旧毡帽朋友到镇上粜丰收谷米的图景。粜米的农民不少，所以万盛米行的河埠头，“横七竖八停泊着乡村里出来的敞口船”。由于“今年天照应，雨水调匀，小虫子也不来作梗，一亩田多收了三五斗”，因此，敞口船满载新米，“把船身压得很低”。旧毡帽朋友大清早摇船出来时，又特别卖力，犹如“赛龙船似的”。这些描写突出地表现了农民的兴奋和希望。但是生活的经验又使他们有几分担心，所以一到了河埠头，连“气也不透一口，便来到柜台前占卜他们的命运”。小说用极省俭的笔墨，传神地表达出旧毡帽朋友丰收后既欣喜又担惊的矛盾复杂的心情。“占卜”一词，十分精当。表现了这种复杂的心情，写到这里，小说展开一段旧毡帽朋友同米店老板的简短的对话：

> “糙米五块，谷三块”米行里的先生有气没力地回答他们。
>
> “什么！”旧毡帽朋友几乎不相信自己的耳朵。美满的希望突然一沉，一会儿大家都呆了。
>
> “在六月里，你们不是卖十三块么？”
>
> “十五块也卖过，不要说十三块。”
>
> “哪有跌得这样厉害的！”
>
> “现在是什么时候，你们不知道么？各处的米象潮水一样涌来，过几天还要跌呢！”

这一段描写，虽然没有刀光剑影，却也使人屏声敛气。现实是如此冷酷无情，旧毡帽朋友做梦也没想到，在柜台前占卜他们的命运，“却得到比往年更坏的课兆!”这就点明了“丰收成灾”的主题。米价的狂跌，使旧毡帽朋友又吃惊，又激愤。既然米价太低，不粜行吗?不行。“田主方面的租是要缴的，为着雇帮工，买肥料，吃饱肚皮，借下的债是要还的。”而且各处城镇，又充斥着帝国主义向中国倾销的洋米、洋面，粜与不粜，都奈何米商不得的。那么，把船摇到另一个镇子范墓去粜，是否就有更好的命运等待他们呢?也没有。“不要说范墓，就是摇到城里去也一样。”投机米商“同行公议”，操纵着市场，压死了粮价，哪里还有什么好价钱?而且途中还要经过国民党反动政权设下的两个“局子”，他们会乘机派捐加税那更吃不消。旧毡帽朋友真是面临着走投无路的处境。帝国主义的侵略，国民党反动政权的压迫，封建势力和投机商人的剥削，织成了一张压迫剥削农民的罗网，旧毡帽朋友无论走到哪里，也逃不出这张罗网。在严酷的现实逼迫之下，他们由充满希望变为满腔激愤，最后只好转而向米商苦苦哀求，把一线希望寄托在米商提高一点米价上。但得到的只是冷笑、挖苦和无情的拒绝。他们的希望，象肥皂泡一样被残酷的现实击碎了。作品描写旧毡帽朋友由充满希望到极度失望，前后对比鲜明。同时，小说还描写了几批旧毡帽朋友同样迸裂了希望的肥皂泡。这些描写，令人信服地说明农民的不幸遭遇，决不是个别的，偶然的，也不是一时一地的情况，而是黑暗的旧中国的普遍的社会现象，这就增强了小说揭露的力量。

小说还描写了旧毡帽朋友粜米后同米商进行一场关于是付现洋钱和中国银行钞票，还是付中央银行钞票的争执，进一步揭露了国民党反动派压榨人民的本质。现洋钱是民国初年铸造的银元，中国银行是北洋军阀时代创办的银行。现洋和中国银行的钞票比中央银行钞票信用要高。所谓中央银行实际是四大家族一手控制的银行，是蒋介石反动政权垄断金融、搜刮民脂民膏的工具。四大家族为了自肥，滥发纸币，这种钞票经常贬值，信用极低。旧毡帽朋友要求米商付给现洋钱或中国银行钞票，就是为了避免再打个折扣。但没想到又受到米商的厉声喝斥：“这是中央银行的，你们不要，可是要想吃官司”?值得注意的是，小说中的投机米商如此颐指气使，盛气凌人，时而哄抬米价，时而压低米价，恣意盘剥农民，显然是跟蒋介石反动当局上下狼狈为奸的缘故。

其次，作者描写了旧毡帽朋友粜米后到店铺采买日用品的场面，反映出旧中国农民生活的极度贫困和痛苦心情，使作品的主题进一步深化。

小说先不写他们购买货物，而是宕开一笔，插叙他们到镇上粜米时心中的“计划”。本来，他们打算粜米之后，要买点肥皂、洋火、洋油，剪几尺布，买面镜子，买条毛巾，给小孩买顶帽子，所有这些，都是农村的日常生活必需品，并不是什么奢望。尽管他们知道粜米所得，要“缴租、还债、解会钱”，但是那一船船雪白的米所卖得的钱，总能对付过去吧。然而卖米以后，旧毡帽朋友却是另一种心境，“离开万盛米行的时候，犹如走出一个一向于己不利的赌场——这回又输了！袋里的一迭钞票没有半张或一角是自己的了。还要添上不知在哪里的多少张钞票给人家。”而日用必需品，又总得要买的，此时此地，唯有“在输帐上加上一笔”了。这段夹叙夹议的描写，把旧毡帽朋友走上街市时矛盾、痛苦的心情，写得相当具体和鲜明，加重了作品的悲剧色彩。

旧毡帽朋友买日用品时的情景，是小说描写中的很出色的地方。作者有意渲染市镇的热闹场面，但这表面的热闹，更反衬出旧中国市镇的萧条、冷落和衰败。作品描写店伙们越是起劲叫卖，叫着“乡亲”，紧紧地牵住“乡亲”的布袄，招揽生意，就更显示出农民购买力的低下。如果他们手头稍为松动一点，又何需店伙们大喊大叫，牵衣拉袖呢？粜米的农民饱受层层剥削，到手的钞票少得可怜，原来购买最低限度的日用必需品的打算，竟成了非分之想，只得将计划大大紧缩，把准备稍微放松的手又捏得紧紧的。洋火、洋肥皂，不能不买，只好“少买一点”；“早已眼红了许久”的衣料，价钱八分半一尺，足尺加三，但还是买不起，“预备剪两件的就剪了一件，预备娘儿俩一同剪的就单剪了儿子的”；镜子拿到手上虽然喜欢，只好恋恋不舍地放回橱窗去；帽子套在孩子头上试戴，刚好合适，也只能忍心摘下来，交还店伙，想买热水瓶的简直不敢问一声价。这些精心选择的细节描写，同前面旧毡帽朋友的购买计划，形成强烈的对照，非常成功的把旧毡帽朋友丰收后最低限度的生活必需品也买不起的贫穷痛苦的状况，淋漓尽致地表现出来了。看到这些场面，不能不使读者心酸，不能不激发起读者对帝国主义、国民党反动派、封建势力和投机商等压迫者、剥削者的愤慨和仇恨。

有压迫就有反抗。最后小说描写了旧毡帽朋友在船上喝酒、交谈的场面，反映了中国贫苦农民对当时黑暗现实的不满情绪和反抗意识，加强了小说对读者的启发和教育作用，这是小说中极其重要的一部分，也是小说思想火花最集中的地方。

旧毡帽朋友彼此间虽“有相识的，不相识的”，但都有着“同一的命运”。他们怨愤深蓄，满腹不平。当他们“在同一的河面上喝酒”时，这种愤懑和不平，便象开了闸的河水，从胸中奔涌而出。他们“你端起酒碗来说几句，我放下筷子来接几声，中听的，喊声‘对’，不中听，骂一顿”，从这骂声里，爆发出他们对黑暗社会的强烈不满，燃烧着反抗的愤怒之火。它鲜明地表现了旧毡帽朋友在现实惨痛教训中的逐步觉醒。“收成好，还是亏本”，而且今年比去年还亏得厉害。眼看又得把自己吃的米都粜出去，“种田人吃不到自己种出来的米”，不合理的现实使他们感到“田真个种不得了！”在这种黑暗社会里再也不能忍受下去了。现实严峻地向旧毡帽朋友提出了今后怎么办的问题。要抗租，但抗租要吃官司；借债缴租，明年则背更重的债；逃荒去吧，可旧社会到处张开压迫剥削的罗网，而且老老小小，携男带女，到哪里去？到上海做工吧，由于帝国主义武装侵略上海，工厂倒闭，工人失业，到那里去也找不到工作，只能流落于街头当“叫化子”。在他们面前，“道路断绝”！是谁逼他们走上了绝路？当他们明白是地主，投机商等吸血鬼剥削他们，使他们一年辛苦所得落了个空时，他们愤怒地质问道：“为什么我们替他们白当差！为什么要替田主白当差”。他们的反抗意识越来越强烈，终于发出了去抢米的呼声：“真个没得吃的时候，什么地方有米，拿点来吃是不犯王法的！”并且敢冒反动派镇压，敢于冒“吃枪”的危险，“今天在这里的，说不定也会吃枪，谁知道！”小说用含蓄的笔法，告诉人们，严酷的现实将把抢米的呼声逼成实际的反抗行动的。作品就是这样一步步把矛盾斗争推上了高潮。这是小说的主题思想最深刻感人的地方。

应该说，在作品中，旧毡帽朋友的反抗意识，还停留在自发的阶段，但细心的读者，从小说的描写中，不难看出这群贫苦农民身上蕴蓄的这股反抗怒火，只要在中国共产党领导下，就能燃烧起来，成为熊熊烈火，烧毁整个黑暗的旧世界！这篇小说的意义，不仅在于提供了一幅黑暗旧中国的真实的画图，更为重要的，是它精确地描写出旧中国农民在黑暗势力压迫剥削下逐步觉醒以及他们最终走向反抗斗争的历史必然性，说明了在被压迫被剥削的贫苦农民身上，蕴蓄着十分强大的革命力量，这在当时说来是十分难能可贵的。

三

《多收了三五斗》在艺术上很有特色。作品篇幅不长，但刻画人物细致深入，描绘景物简洁形象，语言朴素生动，结构严谨，颇能代表叶圣陶的短篇小说创作的特点和风格。

根据“丰收成灾”的特定题材，这篇小说不是描写某一个主人公，而是刻画一群贫苦农民，侧重于群象描写，其目的在于概括旧中国贫苦农民的共同命运。群象描写也是艺术典型化的习见方法之一。作品把描写的贫苦农民，称为“旧毡帽朋友”，别具特色。在旧中国的江南农村，贫苦农民普遍都是戴毡帽的，作者借“旧毡帽”指代贫苦农民，很贴切。称之为“朋友”，反映了作者深切同情农民的态度。

小说不是静止地去描写人物的心理活动，而是继承运用我国小说传统的艺术手法，在人物的行动、表情、语言的变化中，揭示人物复杂微妙的心理特征。如大清早旧毡帽朋友摇船出来时，劲头很大，“摇船犹如赛龙船似的”，反映他们丰收后出来粜米时心中的快乐和充满希望。船一靠埠头，他们“气也不透一口”，便来米行打听米价。则又反映出心中无穷的担心和忧虑。他们听到米商有气无力的回答后，说了声“什么!”短短一句话，表现出刹那间希望受到打击后内心的惊愕。当他们从惊愕中醒过来，知道“糙米五块，谷三块”已是事实，知道过几天米价还要跌时，刚才出力摇船的劲儿，立即“在每个人身体里松懈下来”。这里又反映出他们内心由充满希望到大失所望的微妙变化。旧毡帽朋友到街上买东西时，小说通过几个典型细节，有力地表现出处在贫穷困苦境况下农民的复杂心理。他们很想买面洋镜，但拿到了手又放回去。绒线帽戴在头上正合适，旋即又脱了下来。是镜子不合适还是帽子不好看？绝对不是。原因是他们买不起。这些细微动作，把旧毡帽朋友矛盾复杂的心理和难言的苦衷，表现得惟妙惟肖。

作品描写自然景物，笔墨不多，但对表现主题，衬托人物，渲染气氛，作用很大。如小说开头一段描写：

> 万盛米行的河埠头，横七竖八停泊着乡村里出来的敞口船。船里装载的是新米，把船身压得很低。齐船舷的菜叶和垃圾被白腻的泡沫包围着，一漾一漾地，填没了这船和那船之间的空隙。

只寥寥几笔，便把河埠头的景象描绘出来。河埠头的拥挤，说明各地的米象潮水一般涌来。同后面的情节发展相一致。浮在水面的烂菜叶、垃圾齐着船舷，使人感到船上满载的新米很多、很重。但更重要的，是映衬出旧中国城乡的肮脏、贫穷、落后的面貌。景物描写渲染这种暗淡的色彩，同作品表现贫苦农民的不幸遭遇和困苦生活，揭露旧社会的丑恶，是很和谐的。小说在后面再一次描写河埠头“冷清清地荡漾着暗绿色的脏水”，同样起到这种作用。作者对自然景物的观察是很细致的，虽然着墨不多，但具体、形象，有强烈的真实感。

小说的语言十分朴素、精练、传神。这是作品又一艺术特色。作者不追求语言的华丽纤巧，而是深入观察，把握事物特征，用简练朴素的语言进行描写。如把旧毡帽朋友的希望比喻为“肥皂泡”，以肥皂泡的迸裂说明希望的破灭，既通俗又形象，富于表现力。又如“三四顶旧毡帽从石级下升上来”，生动、逼真地表现出农民离开河埠头，沿着石阶走向米行的情景，不但写出了江浙一带贫苦农民的特征，而且有立体感。这个“升”字，也暗示着农民们是兴致勃勃、满怀希望而来的。作品写米行老板的语言、神态、动作，也十分生动传神，稍一勾勒，这个奸诈、冷酷、可憎可鄙的投机米商的丑恶形象，便栩栩如生，跃然纸上。至于写市镇店伙的叫卖声，更是绘声绘色：

> “小弟弟，好玩呢，洋铜鼓，洋喇叭，买一个去。”故意作一种引诱的声调。接着是——冬、冬、冬、——叭、叭、叭。
>
> 当，当，当，——“洋瓷面盆刮刮叫，四角一只真公道，乡

亲，带一只去吧。”

“喂，乡亲，这里有各色花洋布，特别大减价，八分五一尺，足尺加三，要不要剪些回去？”

这些艺术语言，句式变化多样，有节奏感，有音响美，使人如闻其声，如见其人。作品的语言如此准确、生动、传神，一方面是对事物特征的准确把握，另一方面也同作者对语言的反复锤炼分不开。作者曾说：“写了一节要重复诵读三四遍，多到十几遍，其实也不过增减几个字或者一两句而已。”这种精心提炼语言的严肃态度，是值得我们认真学习的。

（选自1978年11月30日山西师范学院《语文教学通讯》第6期）

“五四”前后小资产阶级知识分子思想历程的真实写照

——读叶圣陶的长篇小说《倪焕之》

金　梅

叶圣陶是我国新文学史上的一位重要作家。他在小说、散文、童话创作等方面，都取得了优异的成绩。长篇小说《倪焕之》是他对我国新文学运动的重要贡献之一。

《倪焕之》的主要成就在两个方面。一是通过主要人物倪焕之和他的“同志”、小学校长蒋冰如，在乡镇试验所谓新教育的过程——他们的幻想、奋斗和最终失败，形象地宣告了盛行于“五四”前后的所谓“教育万能论”等改良主义思想的破产，从反面印证了只有变革社会制度，中国才能有真正出路的真理。二是通过倪焕之这个小资产阶级知识分子典型人物的生活道路和思想演变，描绘了从“五四”运动到1927年大革命失败这十年间的历史面貌，和活动于这一历史过程中的一部分小资产阶级知识分子的思想面貌和精神状态。从倪焕之的由时代潮流所激发的极度亢奋，到悲观绝望，直至酗酒病故这一过程，形象地向广大知识分子提出了如何才能真正有所作为的问题。小说表现的这两个方面，即：中国的出路在哪里，知识分子的出路在哪里的问题。虽然由于作者当时的思想和生活的局限，还不能明确地予以回答，但从倪焕之的由奋斗到失败以至绝望的过程中，形象地提出这样的问题（在一定程度上也作了回答），是很有现实意义的。

《倪焕之》一发表，茅盾先生就给予高度的赞扬。他在《读〈倪焕之〉》一文中说："《倪焕之》是他的第一部长篇，也是第一次描写了广阔的世间。把一篇小说的时代安放在近十年的历史过程中的，不能不说这是第一部。而有意识地要表示一个人——一个富有革命性的小资产阶级知识分子，怎样地受十年来时代的浪潮所激荡，怎样地从乡村到都市，从埋头教育到群众运动，从自由主义到集团主义，这《倪焕之》不能不说是第一部。在这两点上，《倪焕之》是值的赞美的。"茅盾先生的这些赞扬，应该说是允当的，切合作品的实际的。

一

《倪焕之》故事情节的起始，从时间上来说，是 1916 年冬天。这时，虽然新文化运动已经有了端倪，但是距离这个运动的正式形成并发展到高潮，还有两年多的时间。伟大的十月社会主义革命，也还没有发生；一般的中国人，都还不知道有马克思列宁主义。中国的民族工业，虽然由于乘帝国主义忙于第一次世界大战的空隙，获得了迅速的发展，中国工人阶级的队伍也有了巨大的增长；但工人阶级毕竟还没有登上政治舞台，也还缺乏斗争的思想武器。生活在这种历史条件下的一部分要求进取的资产阶级和小资产阶级知识分子，在努力探求改变中国现状的出路时，只能采用现成的思想资料，即"实业救国"、"科学救国"和"教育救国"等一类从鸦片战争后传入中国的资产阶级改良主义思想。就是在"五四"运动以后的较长的时间中，这种思想也还在泛滥着。作为教员的倪焕之和蒋冰如，从 1916 年冬天开始行动时，把改良主义作为他们的指导思想，这是社会思潮的一种必然的反映。长篇小说《倪焕之》从这个角度去描写主人公们的思想起点，是很有代表性的。它较典型地反映了"五四"运动前后中国的社会思想状况。

已经从事了四五年小学教育的倪焕之，对于政治早就冷淡了。在辛亥革命那年，他曾经做过美满的梦，以为增进人幸福的政治立刻就能实现了。谁知开了个新局面，只把清朝皇帝的权威分给了一班武人！这个倒了，那个起来了；你占了这里，他据了那里；听听这班武人的名字就讨厌。倪焕之连报纸也不大看了。但他还是相信中国总有好起来的一天；就是全世界，也总有一天彼此不用枪炮相见，而以谅解与同情来代替。怎样才能争取到这一天呢？倪焕之以为：“自然在多数人懂得了怎样做个正当的人以后。”而“养成正当的人，除了教育还有谁能担当？一切都希望于教育”。所以他不管别的，只愿对教育尽力。环顾四周，教育界却浸沉在那种“无非只为吃饭，看教职同厘卡司员的位置一个样子”的混浊状态中。这在倪焕之，是很为之苦恼和悲哀的。因此当他被请去与“不可多得的”、“对于教育特别感兴趣欢喜研究的校长”蒋冰如共事时，犹如“全身沐浴在明耀可爱的光里”似地“舒爽”和兴奋了。而蒋冰如呢，他以为，中国的“教育兴了也有好多年，结果民国里会串出帝制的丑戏；这可知以前的教育完全没有效力。办教育的若不赶快觉悟，往新的道路走去，谁说得定不再有第二第三回的帝制把戏呢？”于是，他要改革教育了，要“把学校弄成了理想的学校”。在倪焕之到来之前，他也“感觉孤立”、“失望”。乡下的一帮教员，“象大磨盘旁疲劳了的老牛”，“没有一点精健活动的力”。为了“理想”，他热切地起了纠合新“同志”的欲望。倪焕之这个“生力军似的新同事”的到来，对蒋冰如来说，正如同“春回大地”，“希望涎着脸儿在前头笑了”。“一切希望都悬于教育”，通过教育去“转移社会”，这就是倪焕之和蒋冰如的结合，和他们行动的思想基础。就在这个思想基础上，按照蒋冰如的教育意见书中制定的方案，他们开始了新教育的试验。

从马克思主义观点看来，教育是上层建筑的一部分。在阶级社会里，它带有强烈的阶级性。一定的社会制度，决定着一定的教育制度。社会制度不改变，采用新的教育形态云云，只能是一种幻想，而要改变由地主资产阶级占统治地位的社会制度，首先要依靠革命的暴力手段。不采取暴力手段去推翻地主资产阶级的统治，而去采用所谓教育改革一类办法，只能点滴地影响这种社会制度，而不能从根本上改变这种社会制度。倪焕之、蒋冰如这两个“聪明的傻瓜”，一厢情愿地把“一切希望悬于教育”，幻想通过所谓新教育的试验，去“转移社会”。这是十足的历史唯心主义。叶圣陶从朴素的唯物史观和切身感受出发，用一系列严峻的事实，形象而深刻地揭示了倪焕之、蒋冰如的新教育试验失败的必然性，宣告了“教育救国”、“教育万能论”一类改良主义思想的破产。

倪焕之、蒋冰如所谓新教育试验的方案，包括两个要点。第一，是所谓“要认识儿童”。为此，“就得研究到根上去”。就是说，不能单个地、表面地研究儿童，而要“懂得潜伏在他们里面的心灵”，即要“考查明白”儿童先天的“性”和“习”。这样，才能着着实实地去发展他们的“性”、培养他们的“习”，启发他们在各种条件下永远保持人类的本性。第二，是“不能把什么东西都给予儿童，只能替儿童布置一种适宜的境界，让他们自己去寻求，去培养”，“至多从旁给他们一点儿帮助”。小说围绕着倪焕之、蒋冰如试行这两个要点的过程，把社会上的种种阻力尽情地揭露出来，一步一步地显示着倪焕之、蒋冰如的理想教育的破灭。

所谓“性”和“习”，从来就是客观实践的产物。正如毛泽东同志所指出的：“只有具体的人性，没有抽象的人性。在阶级社会里，就是只有带着阶级性的人性，而没有什么超阶级的人性”。爱什么，憎什么，“人们的思想无不打上阶级的烙印”。对立阶级之间，无相互爱怜和互为尊重可言。而倪焕之、蒋冰如却在那里空谈什么“诚意感化”、发展儿童的“性”哩，培养儿童的“习”哩，幻想在人剥削人的阶级社会中，建立起一种抽象的、超阶级的相互尊重、相互怜爱的“人类之爱”，其可悲的结局，是预料中的事。小说通过一些细节，描写了这种可悲亦复可怜的结局。倪焕之苦口婆心地开导蒋华，是他试验新教育的第一个行动。地主的儿子蒋华，为霸占皮球，欺压侮辱木匠家的儿子方裕。体操教师陆三复无法管教，把蒋华推给了级任倪焕之。倪焕之用柔和的声气和细细的功夫，对蒋华讲了一套大道理：什么要做一个用自己的心思气力，去“使人家和自己受到好处的”“可敬可尊的人”，木匠、农人就是这种最“光荣伟大的人物”啦；什么“一个人能帮助人家，给人家服务，是最愉快的事情，最高尚的品行”啦；什么“看彼此同学的情份”，应该去给方裕赔礼道歉，永远做很好的朋友啦，等等。开始，蒋华摆出一副“吃官司”的老资格的态度，歪头梗脖，耸起两肩，不耐烦地听着倪焕之的说教。可是听着听着，紧张的心情与肢体不由得都松弛了：“他似乎受着平淡匀整的催眠术，一种倦意，一种无聊，慢慢地滋涨起来；眼看天色已黑，便“不问怎样照办了”。关于倪焕之处理蒋华侮辱同学的事件，小说写到这里没有再继续下去。表面看来，倪焕之的感化教育，似乎是成功了。然而，正如小说中的国文教员徐佑甫所说：可怜却正在倪焕之“他这一边了”，“因为这样的结局，大半是他受了那孩子的骗，那孩子未必便受他的感化”。徐佑甫的话，虽带有嘲讽作弄和玩世不恭的意味，但却是实情。学生们一旦摸准了倪焕之他们的意愿，便故意用几滴眼泪，表示悔改。这样，一不至于粘住在那里，耽误了游戏的工夫；二又可以听到几句虽然不值钱，可也有点滋味的奖赞，错误会成了光荣。一举两得的事情，何乐而不为呢！那些老吃官司的狡猾学生，更是深得其中的窍门。走出教师的屋门口，眼眶里还留着泪痕，便嘻嘻哈哈笑着逗引别人的注意，好象在宣告说：“那个傻子又被我玩弄一次了！”

所谓给学生们“布置一种适宜的境界”，从中培养他们“处理事物，应付情势”的一种能力，是倪焕之、蒋冰如实行新教育试验的重点。描写这个试验过程中遇到的种种障碍，和试验的破产，是长篇小说《倪焕之》的主要情节。

倪焕之、蒋冰如所遇到的阻力，不仅存在于教育界内部，更来自外界社会。他们身边的那帮子教员，如徐佑甫、陆三复等，视学校为商店，学生是顾客，教员是店员，学生与教员的关系，不过是一宗商品买卖而已。在他们看来，只要做到买卖公平，也就可以心安理得，无所抱愧了。除此之外，还要高谈什么理想教育之类，实在无异于画师的点染“仙山楼阁图”。当多数教员还墨守着旧教育轨道时，仅仅两个人就想搞什么理想教育（且不说这种理想教育是多么不切合实际），怎么可能会成功呢？！

导致倪焕之、蒋冰如失败的更直接的社会原因，是旧制度的维护者——蒋老虎（蒋士镳）的极力阻挠，和人们头脑中的旧意识形态的作祟。这两方面，一起构成了反对倪焕之、蒋冰如进行新教育试验的风潮。在开辟农场过程中，流言四起，人心浮动：什么迁移棺木会惊动了鬼魂，要不太平啦；什么学生到学校里种田，还不如去给人家看看牛倒省了家里的饭啦，等等。这些，当然也是骇怪可虑的，它显示着社会舆论的不同情；但经过解释，这些误会，还是可以消除的。而来自蒋老虎的压力，却真正把倪焕之、蒋冰如的锐气大减了。倪焕之、蒋冰如幻想通过试验新教育，把学校所在的乡镇，改造成为一个新型的乡镇。这在一向要独霸本镇大权的劣绅蒋老虎看来，是不能容忍的事。于是，他从中作梗，硬说正在开辟的学校农场，占了他家的地皮，扬言要动用法律争回地权。学校要转移社会，而不能迁就社会，这本是倪焕之、蒋冰如进行新教育试验的前提。事实却是，这两个“几乎不相信世间会有那样无中生有寻事胡闹的人”的“傻瓜”，在蒋老虎兴起的风潮中，不得不“含羞忍辱”似地作了让步和妥协。就是说，他们不得不迁就了社会，才算把农场勉强开办了起来。而试验的结果又是：开始，学生们倒还兴趣甚浓，很快却就意兴阑珊了。一班由倪焕之用新法教成的毕业生，也看不出他们与以前的或其它学校的毕业生有什么显著的差异。——倪焕之、蒋冰如期望中的“正当的人”，终于没有养成！

小说通过倪焕之、蒋冰如兴办农场的过程及其结果的描写，深刻地揭示了这样一个真理：在倪焕之、蒋冰如那个时代，不去致力于变革社会制度，而搞什么“理想教育”等等，无疑是一种奢望；要通过这种所谓“理想教育”，去影响和改变社会制度，更属异想天开，画饼充饥！正如小说中人物王乐山对倪焕之尖锐地指出的：“社会是一个有组织的东西，而你们教给学生的只是比较好看的枝节；拿了这少些，就要希望他们有所表现，不能不说是一种奢望”；“要转移社会，改造社会，非得有组织地干去不可！”通过倪焕之、蒋冰如新教育试验的失败结局，形象地宣告了改良主义的破产，并提出了“有组织地”去改造社会的问题。这是长篇小说《倪焕之》在主题思想上取得的一个重大成就。

如上所述，“教育救国”之类的改良主义，在理论上，是十足的历史唯心主义。而在二十世纪处于半封建半殖民地状态中的中国，妄图通过这种唯心主义思想去寻找什么出路，这在实践上，更是与方兴未艾的革命斗争相对立的。《倪焕之》较细致地揭露了和在一定程度上批判了改良主义思想，并宣告了“有组织地”改造社会的主张，这在改良主义思想还很有市场的“五四”之后，是具有一定的现实性和战斗性的。尽管小说还只是停留在批判和否定上面。

二

曾经有人问作者，写《倪焕之》这部作品时，对于其中的谁最抱同感？叶圣陶在《〈倪焕之〉作者自记》中说："我不能回答。每一个人物，我都用严正的态度如实地写，不敢存着玩弄的心意，我自以为这样的。"

倪焕之是小说中最主要的人物。作者通过这个人物的活动，"如实地写"出了由"五四"前夕到1927年大革命失败这期间，一般小资产阶级知识分子的生活道路和思想历程。这有助于读者了解那一时期的社会状况和知识界的思想面貌。但是，小说"如实地写"了这些内容，决不是作家的主要目的；更不是说，作家在作品中没有自己的一定的思想倾向，只是在纯客观地照相。在展现倪焕之的生活道路和思想历程时，就小说的整体而言，叶圣陶"如实地写"了他的屡遭失败，直至绝望而死。作家的政治态度和思想倾向，正是渗透在这样的描写之中。它形象地启示人们特别是知识分子：倪焕之所走的道路，是一条死胡同；主观上要求革命的知识分子，如果还想沿着倪焕之的道路走下去，其结局，也只能是悲观绝望，碰壁而死。叶圣陶描写的这个人物及其生活道路的思想意义就在这里。

倪焕之在临终前沉痛地自责说："脆弱的能力，浮动的感情，不中用，完全不中用！一个个希望抓到手里，一个个失掉了，……成功，是不配我们受领的奖品"。作家通过倪焕之的这段自我批判，准确地概括了他的性格特征，深刻地揭示了造成他悲剧结局的一个原因。正是这种脆弱浮躁、患得患失的性格和情绪，使倪焕之经常处于一种回环往复的精神圈子中：时而热情盈怀、踌躇满志，认为"理想的境界就在我们的前途，犹如旅行者的目的地那样确有"；时而由于"在理想中以为有效果应当十分圆满的"，"实际上却含着缺陷的成分"，于是悲从中来，无精打彩，因而不能一以贯之地在时代潮流中冲波击浪，勇往直前。这种性格和情绪上的弱点，几乎支配了倪焕之的一生。

通过小说的回叙部分，我们可以看到，在辛亥革命兴起的时候，倪焕之由于受到当时报刊上宣传的民主思潮的影响，和听了校长讲演朝鲜、印度兴亡的历史教训，“种族的仇恨”，“平民的思想”，燃烧着他年轻的心，改革社会，争取民族自强的理想，鼓起了他的热情。“上海光复”的消息传来，倪焕之欣喜若狂：“这天，焕之放学回家，觉得与往日不同，仿佛有一种新鲜强烈的力量袭进了身体，周布到四肢百骸，急于要发散出来——要做一点事。一面旗帜罢，一颗炸弹罢，一支枪罢，不论什么，只要拿到，他都愿意接到手就往前冲”。他对辛亥革命后的社会前景，和个人的职业前途，也作了神种不切实际的幻想。而当他不得已做了小学教员，目睹了校长象个“老练的侦探”，学生象些小流氓，喊唱教学法比癞叫花子的求乞喊唱都不如等教育界的黑暗状况，幻想立即破灭，觉得自已做教员，“好象美丽贞洁的处女违心地嫁给轻薄儿一般”。于是，独自个借酒解闷，背着父母亲暗底里哭泣。加上家道渐衰，生活窘迫，两三年前气概蓬勃的倪焕之，此时辗转于悲观失望的情绪之中。不久，由于受了一个同事耐心感化学生的事迹的影响，和研读了一些教育理论，倪焕之又“由忧郁转为光荣”，对教育充满了“深浓的趣味”。其兴致的旺盛，“有如多年的夫妇，起初是不相投合，后来真情触发，恋爱到白热的程度，比自始就相好的又自不同了”。于是，他抱着“一切希望悬于教育”的理想，与蒋冰如一起，津津有味地搞起了所谓“学习与实践合一”的新教育试验来。但在试验中，当遇到了旧势力的阻挠，和所谓的新教育并无实际效果时，倪焕之对自己的理想开始怀疑动摇起来。经过“五四”运动的冲击，又激起了他的热情。他朦胧地意识到以往只看到学校、学生，没有看到社会、大众，眼界太狭窄了。于是又产生了一种另择新路的愿望。然而，在王乐山启发他不要玩弄新鲜把戏以后，他却仍然下不了决心去改弦易辙，继续在旧道路上寂寞地摸索着、玩味着。无情的事实，才教育、促使他终于离开了偏僻的乡镇，来到了新的环境——大都会上海。当他投足新路，在“五卅”运动和大革命中目睹了群众的革命热情和巨大威力时，他几次感动得流下了眼泪，产生了要向工人学习的热望。然而，一遇到血的恐怖，他又即刻悲观失望，在满腔悔恨中再也无力奋起了。有着这样一种忽热忽冷、脆弱浮动的性格和感情状态的倪焕之，是不可能随着时代潮流坚定不移地前进的。

与这种忽热忽冷、脆弱浮动的性格和感情相联系着的，是倪焕之极容易为表面的些小成功所陶醉，又常常被一时的挫折所吓倒。他认识不到革命的曲折性、艰巨性和长期性。这是造成倪焕之经常惆怅疑虑、动摇失望，直至幻灭身亡的又一个原因。他根本看不到旧势力的顽固性，以为一朝一夕就可以把一切污秽扫荡殆尽。大革命的序幕刚刚拉开，他就让“多量的乐观”占据了心胸，以为胜利在即了；他“相信光明境界的立刻涌现无异于相信十足兑现的钞票”。他对革命“须要有担保品，担保品就是头颅”这一点，不作充分的精神准备。因而当蒋介石一旦叛变了革命，在上海实行大屠杀；当王乐山被反动派装在麻袋里用乱刀刺死后又丢在河里，密司脱殷除了受刑罚外，还遭到兽性对于她的残酷的玩弄，……倪焕之对时局的这种剧烈变幻，和对反动派的比兽类更其兽类的无耻表演，感到太出乎意料了，“太不可思议了”。在“残暴，愚妄，卑鄙，妥协”，这些“世间真正的主宰”面前，倪焕之惊呆了，茫然了，绝望了，终于发出了“成功，不是我们配受领的奖品”的悲愤之声。叶圣陶笔下的倪焕之，就是这样一个带有深刻教训意味的人物。

倪焕之，虽然是一个有理想，有热情，愿为争取国家民族的美好未来作一点贡献的青年，但由于他脱离实际，他的理想显得恍惚；又由于他性格感情上的脆弱浮躁，他的热情不能持久。倪焕之性格感情上的这些特征，在“五四”运动至大革命失败前后的一部分没有经过实际锻炼的小资产阶级知识分子中，带有普遍性。正是这种性格感情上的两重色彩，决定了他们政治态度上的两重性：当革命潮流高涨时，他们为实现自己的理想，可以奋力以赴；而当革命遭到挫折时，由于理想碰了壁，他们就又悲观失望起来。叶圣陶塑造的倪焕之的形象，生动地表明了小资产阶级知识分子思想性格和政治态度上的这种两重性。

但是，我们认为，叶圣陶塑造的倪焕之这个典型形象，还包含着这样一层更深刻的意义，即：有理想，有热情的小资产阶级知识分子，只有克服了倪焕之似的性格感情上的那些弱点，才能避免倪焕之所遭到的悲剧结局。而克服那些弱点的道路，就在于实行和工农群众相结合。在这方面，小说尽管揭示得还不够深刻，但通过倪焕之和王乐山的对比，是写出了这一层意思的。

倪焕之性格情感上的那些弱点，固然是造成其悲剧结局的一种原因，但这毕竟还只是表面上的原因。更深刻的原因，从作家的描写中可以看出，是作为倪焕之思想核心的历史唯心主义；正是这个历史唯心主义，最终导致了他的幻灭和绝望。

倪焕之头脑中的历史唯心主义，虽然不断地有些克服，但基本上没有更改过。这主要表现在：他始终没有看到变革社会的动力在哪里，和谁是创造历史的真正主人。倪焕之把自己和象他那样的知识分子，看作是启发人民群众觉悟的“先知先觉”，是推动历史车轮前进的主宰。在他身上，有着浓厚的个人英雄主义色彩。因此，他不可能自觉地去和人民群众——特别是工农群众结合在一起。他总是企图仗持个人的热情去实现其理想境界。大家知道，“五四”运动的伟大意义之一，是开创了知识分子与工农民众相结合的道路。“五四”特别是“六三”运动以后，中国工人阶级登上了政治舞台，开始显示出它主宰中国历史命运的巨大作用。这对一向以为自己是创造历史的英雄的知识分子，应该说，是一种震聋发聩式的警钟。一部分知识分子之所以能有所作为，在以后推动历史车轮的前进中起了出色的作用，原因就在于：他们在检查了过去所走的一无成效的生活道路以后，开始找到了新的途径，逐步实行了与工农民众相结合。正如毛泽东同志后来在《五四运动》一文所总结的：“知识分子如果不和工农民众相结合，则将一事无成。革命的或不革命的或反革命的知识分子的最后的分界，看其是否愿意并且实行和工农民众相结合”。但在“五四”运动以后，真正愿意并且实行了和工农民众相结合的知识分子，也还是少数；多数知识分子，则和倪焕之一样，正在摸索中。从小说中可以看到，倪焕之不仅在“五四”运动时期，就是在此以后的很长一段时间（有五六年之久），他还一直把自己视为当然的“先觉者”，以为“开导旁人”、“提携大众”的“责任”，只能由他这一类知识分子来担负。在到了上海以后的两年中，他虽然目睹并在一定程度上参加了“五卅”运动和大革命的风暴，思想上有些触动，甚至有了要向工人群众学习的念头；但这种念头，只是一种“当机触发”式的一时的感性冲动（倪焕之的热情，往往停留在这样一种状态），而不是理性的深刻的认识，所以是不自觉的和不持久的。倪焕之在临终前的自责中，尽管也承认了象他那样的人，是不配受领成功的奖品的，“将来自有与我们全然两样的人，让他们受领去吧”！但是从其一系列谵语的脉胳来看，他的所谓“全然两样的人”，也还不是指和工农民众相结合了的真正革命的知识分子，更不是工农大众本身，只不过是他的妻子和儿子而已。我们以为，倪焕之悲剧结局的最终的原因就在这里。小说《倪焕之》相当真实地写出了从“五四”运动到大革命失败这期间，正在转变过程中、而没能最终找到真正出路的一部分小资产阶级知识分子的生活道路及其历史教训。从这个意义上说，倪焕之这个典型形象，具有着较为丰富的历史内容。

小说中的王乐山这个人物，是一个革命知识分子的形象。他既热情，又沉着。对社会现实，有较清醒的和深刻的认识。他在险恶的社会环境中，在个人身患重病的情况下，忘我地坚持斗争，直至光荣牺牲。他之所以能够这样，其主要原因，从小说所写的他的一些行踪和议论来看，是由于他开始实行了与工农民众的结合。作家对王乐山是热情歌颂的，对他的清醒的认识是赞赏的。在小说故事情节的发展中，作家常常把王乐山和倪焕之对比着来写，让王乐山无情地去戳穿倪焕之的种种幻想。就是在这赞扬（对王乐山）和批判（对倪焕之）中间，表现了作家对不同类型的知识分子的臧否态度，表现了他对知识分子应走什么样的生活道路这个重大问题的理解。而这在以知识分子为主要描写对象之一的作家叶圣陶的整个创作发展中，也是有着重要的意义的。这说明了叶圣陶不仅在批判着旧世界，还在（从一个方面）探索着创造新世界的道路。感到不足的是，作家对王乐山这个人物的生活道路和斗争历程，特别是他投身于群众运动的情况，描写得还不够具体清晰，有些地方比较概念化。这对小说主题思想的挖掘，和小说对读者（特别是知识分子读者）的指导作用，是有一定损害的。

倪焕之是终于没有找到正确的生活道路而脆弱地死去了。曾经是倪焕之的“同志”的蒋冰如和金佩璋又如何呢？蒋冰如是一个更加典型的资产阶级改良主义者。他作为一个带点儿民主思想的开明的地主阶级知识分子，不仅距离革命的潮流更远，甚至自觉不自觉地在对抗着革命的潮流。在大革命失败后，为了排遣那可怕的寂寞，他决定在南村起造房子，中间要有一所会场，一个大茅亭。房子要朴素而不陋，风雅宜人。除了自己住家以外，还可以分给投合的亲友。每隔几天，他要在那里开一回讲。别的都不讲，单讲“卫生的道理”、“治家的道理”。他以为，“世界无论变到怎样，身体总得保住，家事总得治理”。而且这样做，大概不会有人来禁止他的。在剧烈变化的年代，比起倪焕之来，蒋冰如的思想更要落后甚至反动了。他那一套打算，也并不是他个人的独创，是由汉奸文人周作人从日本贩来的、武者小路实笃的所谓“新村主义”的具体化。这种资产阶级改良主义思潮，在“五四”前后盛行于中国。随着马克思主义在中国的传播，和真正能够变革旧制度的革命武装斗争的日益发展，“新村主义”之类的资产阶级改良主义思潮，越发暴露了它抗拒变革、维护旧制度的反动性。小说通过蒋冰如这个一贯坚持改良主义思想的典型人物，真实地写出了资产阶级改良主义的顽固性。这对于读者了解那一时期的社会思想状况是有帮助的。但作家对蒋冰如的批判，比起对倪焕之来，显得不够锋利有力。

关于金佩璋，她是一个在性格感情上比倪焕之更要脆弱的地主阶级出身的知识分子。她的所谓“独立自存”的理想，一碰上真实的生活，即刻无影无踪了；对家庭琐事的挑剔，对孩子的关注，代替了她曾经钟爱过的新教育试验的热情。从作家所描绘的金佩璋这个人物的变化中，我们看到了“五四”前后一部分地主资产阶级女知识青年的影子。作家对这个人物的思想性格所作的嘲讽，有助于金佩璋式的青年读者，去探索如何才能正确地处理恋爱、婚姻、家庭和革命理想的关系。这在今天，仍不失其启示的作用。在小说的结尾，金佩璋经过了倪焕之悲剧结局的刺激，显出了一种奋然前行的姿态。这固然寄托着作者的期望，但关于她的转变，毕竟写得太突兀了，缺乏说服力。——象金佩璋这样出身于地主阶级的知识分子，要真正走上革命的道路，其历程要比倪焕之更艰难些。

《倪焕之》中所写的倪焕之、蒋冰如、金佩璋，他们的生活道路和思想历程各不相同，共同的结局却是：都没有能够随着时代的步伐不断地前进（金佩璋的最后奋然前行是突兀的，因而不能说她是跟上了时代的）。其根源在于：都没有实行与工农民众相结合，——这一条能够促使他们不断进取的唯一正确的道路。小说《倪焕之》主题思想的重大成就，也就在于它形象地说明了这个问题。用艺术形象提出并在一定程度上回答了知识分子应走什么样的生活道路这样重大问题的，在中国新文学史上,《倪焕之》是第一部较有份量的长篇小说。

最近,《倪焕之》已由人民文学出版社重版。叶圣陶先生在《后记》中说，二十年代青年要寻找真理多么难啊!“倪焕之是个小资产阶级知识分子，免不了软弱和动摇。他有良好的心愿，有不切合实际的理想，找不出该走的道路。……他的努力失败了，希望破灭了。”只有在党和毛主席的领导下，中国青年才能找到真正的出路，中国革命才能获得成功。“现代的青年决不会重复倪焕之那样的遭遇和苦恼”。但这部小说仍有其特殊的历史价值和深刻的现实意义,青年们读一下这部小说,可以从倪焕之的悲惨结局中，进一步认识坚持党的领导，高举马列主义、毛泽东思想的重要性，从而坚定自已前进的方向。

(选自1979年《文史哲》第3期)

叶圣陶小说的艺术特色（节录）

曹惠民

一

……

借助“平凡的人生故事”蕴藉深刻的主题。从取材的角度来说，叶圣陶总是习惯于以平凡的人和事来反映人生，以一个横截面和小镜头表现大千世界。他笔下的人和事，是众所习见的，好象都是从生活中直接撷取来而并没有经过艺术的概括和集中似的。然而，他的观察又是精深细微的，在生活本身所显示的逻辑中，蕴含着巨大的精神力量。唯其如此，尽管他的小说客观的、写实的色彩很浓（特别是“五卅”后的作品），而同时却又富有艺术的感染力。或许，这正是并无曲折情节的叶圣陶小说曾经那样深深打动了“五四”时期青年一代的“秘诀”所在吧。

他善于在人所习见处，发人所未发。教员晨间散步时和两位农人的一席对话，看似平常，却揭出了农村中残酷的地租剥削的真相（《晓行》），女校长李太太的头发问题，还是新旧思想冲突的出发点（《李太太的头发》）……正是在这些生活的横截面和小镜头中，叶圣陶竭力发掘“平凡的人生故事”的严肃的含义和内在的真理，并且由此形成自己选材和构思的特色。

二

……

为了如实地、深入地写出各种人物，叶圣陶常常运用这样两种手法：

一、在环境的变化（甚至是剧变）中，以人物自己的前后对比显露人物的性格。

深知艺术底蕴的叶圣陶，不仅务求如实地写出真实的、典型的环境，而且善于在变动的环境描写中有层次地展示人物的活动，表现人物的性格。《潘先生在难中》突出地显示了他这一艺术风格。

中学教员的潘先生是一个很会替自己（最多再加上他的妻儿）打算的人物。为了躲避战祸，他携妻带子，东奔西藏。你看他，一家四口在人流中，你拉着我，我拽着他，"犹如一条蛇"……当别人对此不以为然的时候，他心想："妙用岂有人人都能够了解的，"这时，他是颇为自得其乐的，可是，待到因为这"妙法"而丢失了一妻一子的时候，"家破人亡之感立时袭进了他的心，禁不住渗出两滴眼泪来，望出去电灯人形都有点模糊了"。妻儿一经找到，他就舒畅地吐了一口气，什么兵火焚掠之惊都无影无踪了，惊魂刚定的潘先生又在用"很入调"的声音呼叫黄包车了。到了旅馆，正当他说要"乐哉乐哉，陶陶酌一杯"的时候，又看到了"旅客须知"上的房价，以至惊讶得喊了出来，"眼珠瞪视着潘师母，一段舌头从嘴里伸了出来"。当他赶回母校准备开学，发现情况并不紧急，又立即追悔不该惊惶地东跑西颠白吃了许多辛苦，可是忽然又传来前方吃紧的风声，他又赶快到红十字会硬要了几枚徽章，并且藏匿起来。时隔不久，驻军"凯旋而归"，他又煞有介事地写起歌功颂德的对联来了……就这样，他在瞬息多变的境遇中不断地打着滚，他总是高兴得太早，又总是笑得不是时候。作品自然很有力地展示了军阀混战的乱世景象，同时也把一个失意时惶惶然、得意时飘飘然、卑琐苟且的灰色的灵魂活脱脱地呈现在读者面前。在文学作品里的小资产阶级知识分子形象中，潘先生无疑是一个有着广泛代表性的典型形象。

其他如《校长》中的叔雅、《搭班子》中的泽如、《倪焕之》中的倪焕之、蒋冰如、金佩璋诸人的思想脉络和性格特征也都是在变动着的环境中通过前后对比的方法表现出来的。

二、以细腻的心理刻画和内心世界的描写丰富人物形象。

动人心弦、给人启迪的优秀小说总是能透过人物的外形，深入他们心灵的堂奥，赋予他们艺术的生命。单纯描摹外相，无论如何细致精密，终不能成其为有生命的东西。叶圣陶认为："性格的表现于画幅，在于将最能传神的部分充分挥写，而不重要的部分竟可弃去不写，这并非疏略，正以见创造的艺术手腕。"（《创作的要素》）人物的内心世界正是作家们施展他们的文学才华的广大空间。

叶圣陶的小说不常描画人物的外貌、服饰，于人物的对话似乎也不顶擅长（当然他的作品中也不乏精采的对话），而心理活动的表现则有着显著的位置。《阿菊》（原名《低能儿》）把一个孤陋寡闻的一年级小学生初进学校、看到各种新奇事物时的心理写得栩栩如生，读着作品，人们仿佛跨进了主人公敞开的心扉之门。《赤着的脚》通篇都是借助于孙中山先生看到参加农民大会的农人们那一双双赤着的脚所激起的心理波澜，来表现这位伟人的崇高精神风貌的。《一包东西》写一个中学教员在途中接受了一个他目为革命者的同事的一包东西，总以为是革命传单之类的"危险品"，一路上提心吊胆，忐忑不安，回家一看，却是一纸讣告。作品对人物内心世界的揭露十分清晰地表现了这一类人的性格本质。

《倪焕之》中写金佩璋接到第一封情书时的心理，是一段十分精采的文字："一种近乎朦胧的心绪透过她的心，仿佛是'现在他的信在我手里了，也有一个男子给我写信了！'的意思，不过没有那么显明。这好象不能喝酒的人喝了一两口酒，觉得浑身酥软异样，而这酥软异样正是平时难得的快感。她伏着不动，也不看信，让自己完全浸渍在那种快慰的享受里。"少女初恋时那种极难言传的内心感觉被作者用文字表达得这么准确、传神，真有雕波刻纹之妙！人物形象正由此更显得血肉丰满、形神兼备。

我们认定，文学就是"人学"，只有那些写出了人的真实思想感情和性格的文学作品，才配称得上是"杰作"和"珍品"。叶圣陶的不少小说就正是这样。

三

短篇小说，由于他体制短小而又必须包容比较深刻的社会内容，特别要求作者有一番剪裁、布局的工夫。而在二十年代的文坛上，一般的短篇小说作家认真讲究布局、结构的并不多，鲁迅先生和叶圣陶先生是其中的佼佼者。

在当时风靡一时的“鸳鸯蝴蝶派”的作品中，结构的千篇一律可谓通病。叶圣陶的小说却与之迥异其趣。他最恨“私订终身后花园，落难公子中状元”一类刻板的文章，所以，他总是以可贵的创新的热忱，颇费匠心地构思他的作品。他曾以这样的诗句向当年的作家们号召：“岁岁开花，没有同样的两朵。年年结果，没有同样的两颗。文艺的园无尽量，正等着我们开新花、结新果呢，好好栽培自己罢!”（《卷头语》,《小说月报》第14卷第2号）他自己首先就身体力行地实践了这种文学主张。当时就有人评论，他的小说“一篇有一篇的布局，从不落别人窠臼”（陈炜谟:《读〈小说汇刊〉》），细检他的小说，确知这个评价并非溢美之辞。

有的作品，如《“感同身受”》写一个大学教授为三个学生四出谋事而不得的情形，用了三个各自独立的场面来展开情节；

有的作品，如《金耳环》以“戒指”为全文的线索，写一个士兵当掉棉被换得一个金耳环，充作代用戒指，不久却惨死疆场的悲剧；

有的作品，如《邻居》以两个邻人不同态度（一个日本小孩的友好、一个日本高级职员的蛮横）的对比，鲜明地表现了当时的社会现实或一侧面；

也有的作品，如《多收了三五斗》描绘比较广阔的生活画面，全文却无一中心人物，颇有散文风；

还有的作品甚至通篇都是对话，如《小妹妹》；

很多作品用第三人称，但也有一些作品用第一人称，如《一个练习生》、《寒假的一天》等；

……

以上所举各例，其实远不足以说明叶圣陶小说结构变化之多。有些题材相同或相近的小说，他也能别辟蹊径，使各呈其貌，绝无雷同之弊。《校长》和《搭班子》同是表现“校长”这类人物的空有理想而不堪现实压力的软弱、动摇，前者侧重在对旧有人员的处置，后者侧重在对新人员的物色。《多收了三五斗》与茅盾的《春蚕》同是反映三十年代初“丰收成灾”的畸形现实，二者在构思、布局上却各有千秋。茅盾写浙西的蚕农，以老通宝一家的遭遇为主线，重在表现劳动中、收获前的情景；叶圣陶写苏南的稻农，没有贯穿全篇的中心人物，重在表现收获后、出卖时的场面。主题是同样深刻，风格却各不相同。

叶圣陶小说的结构，从外部看，固然是千姿百态；从内部看，则更见机杼，结尾尤见功力。

人说，下笔开头难，殊不知，收笔更难。以至于短篇小说的圣手契诃夫都说过这样的话：“谁……发明了新的结局，谁就开辟了新纪元。”（《写给阿·谢·苏沃陵》）随意而止自然也有个结尾，但绝不是一个艺术的结尾。叶圣陶谨严的写作态度使他对创作的每一个环节都不掉以轻心。

且看这几篇小说的结尾，就无不独具匠心：

《抗争》中的主人公郭先生在发起“联合索薪”之举失利后，被解雇回家，途中无意地看到正在打铁的工人，不由得决意“要跟上他们”，接着又偶然地发现了新开织袜厂招收女工的告白，“他心头一动，不禁凝想：‘她……’”，这个结尾不仅与开头首尾呼应，也把主人公引进了一个新的天地，主题也更积极了。

《潘先生在难中》最后的一个镜头是挥笔大书对联的潘先生在写了“功高岳牧”“威镇东南”以后，又写了“德隆恩溥”四个大字，这时，旁边看写字的一个人赞叹说：“这一句更见恳切。字也越来越好了。”“看他对上一句什么”又一个说。——作者到此搁笔，读者却因此执卷留恋，遐思不已。

《多收了三五斗》的结尾用杂文的笔法逐一概述了地主、金融界、工业界、社会科学家各方面对“谷贱伤农”的反响，既开拓了境界，又深化了主题。

《前途》写一个失业教员惠之对前途的瞻望，文中有两处写他“望见前面一片黑，黑得象墨，象没星没月亮的夜”，篇末又用同样的文句作结，反复呼应，点明本旨，给读者留下了深刻的印象。

《搭班子》中的泽如本有一番罗致新人、改革学校的打算，但是参议员、教育局长接踵找他安排私人，小说最后写道，他心里想，你们都是“一丘之貉”。这个结尾实在是点睛之笔。

总之，从以上各例，我们可以看到，叶圣陶小说多变而工巧的结尾并不是游离于作品的题材和主题之外的，它总是从某个特定的题材出发，并总是为深化主题服务的。《多收了三五斗》的结尾分述社会各界的动向，与小说本身鸟瞰式的角度是十分和谐的；《抗争》的主要篇幅落墨于知识分子之群，结尾却异峰突起，则是深化主题的必然要求。

情节单纯而结构多变，尤以工巧的结尾见长，或许这是叶圣陶小说在艺术表现上最值得人玩味的地方。它使我们想起了作者故乡——苏州的园林。那一个个小巧玲珑的园林，格局不大却变幻无穷。读叶圣陶的小说，就象走进了苏州园林，满眼收不尽种种造型之精、布局之妙；小说的结尾则如走出园林，还令人有回味再三的余韵。自然，苏州园林展示的是明丽的自然景物，使人赏心悦目；而叶圣陶的小说描画的却是灰暗的社会现实，使人黯然神伤，两者就内容来说，是不能相提并论的。

四

凡是读过叶圣陶小说的人都说，他的作品确有他自己的语言和韵味。这种特色和韵味首先是表现在语言上。

朴素、严谨、整饬的文字。他“一直留意语言”（《叶圣陶选集·自序》），“下笔向来是慢的，写了一节要重复诵读三四遍多到十几遍，”为的是“增减几个字或一两句”（叶圣陶：《随便谈谈我的写小说》），并且“斟酌字句的癖习越来越深”（叶圣陶：《作者自记》），因此，即使从最严格的语法学的角度来审视其作品，都是经得起推敲、耐得起咀嚼的。他从不摆出一副“灵感一动振笔直书”的才子样，而宁愿下一番别人常常不屑为之的“水磨功夫”，这实在是一种难得的、值得敬佩的负责态度。正因为如此，他的作品“都令人有脚踏实地、造次不苟的感触”（郁达夫：《中国新文学大系·散文二集导言》）。他的文字，一直是这样的平实、朴素、严谨、整饬，一如他的为人，一如他的秉性。也许这是因为他有着长期作教员、当编辑而形成的职业癖性吧？也许他在有意为创造一种典范的白话文学语言而努力吧？叶圣陶的文学语言是当得起作现代中国青年学习的楷模的，郁达夫早就推崇过他了："我以为一般的高中学生，要取作散文的模范，当以叶绍钧氏的作品最为适当。"（同上）

冷隽、含蓄、讽刺的笔调。叶圣陶小说的语言风格有着鲜明的时代的印记。目睹黑暗、丑恶的旧中国的社会现实，叶圣陶的心头郁结着深深的愤懑。"当时仿佛觉得对于不满意、不顺眼的现象总得讽它一下，讽了这一面，我期望的是那一面就可以不言而喻，所以我的期望常常包含在没有说出来的部分里"（《叶圣陶选集·自序》）。又说："假如写实主义是采取纯客观态度的，我敢说我的小说并不怎么纯客观，我很有些主观见解，可是寄托在不著文字的处所。"（同上）他的笔触是那样淡淡地、轻轻地、隐隐地描画着生活中的一切，就连他作品中的人物也多象作者本人那样内向。正因为如此，我们在读他的小说时，常常会有这样的感觉：作者似乎在说一种什么意思，但他并不直接明说，而是要我们思索一下、咀嚼一番才体会得出的。"意"见于言外，"情"不露文中，藏而不露、冷隽含蓄，这正是叶圣陶文笔特有的风致。不必和"创造社"的作家们相比，就是在"文学研究会"的作家中，叶圣陶都是以"冷静、客观"著称的，甚至有人认为，他"笔下并不常带感情"。我想，叶圣陶文笔的这种冷隽色调，是因了他深沉的观察、潜伏的感情所致的，这不是超然物外，更不是冷漠无情。同时，在他的不少作品中（特别是那些描写小市民知识分子的篇章里）又时时抹上一层讽刺的色彩，当然，就是他的讽刺，也是含蓄的。如果把他的笔调和一些同时代的作家比较一下，是更能认识他的特殊之处的。他的文笔有鲁迅的隽永，却不象鲁迅那样劲健、峻厉，倘若把鲁迅的作品比作木刻，那么，他的就如素描；他有冰心的通畅，却不象冰心那样哀婉、清丽，倘若把冰心的作品比作抒情诗，那么，他的就如叙事散文；他有郭沫若一样的锐敏，却不象郭沫若那样狂放、雄浑，倘若把郭沫若的作品比作交响乐，那么，他的就如无标题音乐——需要人们更多地思索……而在平实中见深刻，在严谨中见含蓄，却是他自己的、叶圣陶的。

准确、大量、多样的修辞。朴素、冷隽的语言并不排斥运用丰富多样的修辞手法。叶圣陶小说中，大量的比喻、排比、对偶、反复、拟人……运用得恰到好处、妥帖自然。有时，他也把几种方法在一段文字中加以综合运用，加强了表现力。《搭班子》中有一个热心教育的教员带领儿童郊游时那舒畅的感觉是这样的富有感染力："说起活泼泼的春水，柔和而干净，教人仿佛觉着堕入软美的梦里。说起新绿丝丝的垂柳，那绿色非画家的颜料所能配合，非诗人的字句所能摹拟，乃是天地间特有的新鲜艳丽的一种颜色。说起那柳色堆在四围、映入水里，几乎满望都绿，教人把什么都忘了，只怀着同样鲜绿的生意同希望。说起一条没篷的船载着学童们，在柳丝下春水上徐徐前进，没有一个孩子不眉飞色舞，没有一个孩子不和悦善良。说起孩子们情不自禁唱起歌来了，个个都唱，比平时格外地协调、格外地清亮。末了，说起自己这当儿的感动……"这一连六个"说起"的排比中夹着比喻、对偶、反复、重迭……多种辞格，语言流畅，色彩鲜明，表情达意，细致深透。

叶圣陶似乎十分喜好写骈句，这类例子是不胜枚举的。比如"他们的面目是严肃的，但严肃中间透露出希望的光辉，他们的心情是沉着的，但沉着中间激荡着强烈的脉搏"（《倪焕之》），"你端起酒碗来说几句，我放下筷子来骂几声，中听的，喊声对，不中听，骂一顿"（《多收了三五斗》），"性爱""题目虽老，却有提摄精神的魔力。一提到它，醉酒的，酒醒了，缄默的，开口了，拘牵小节的，手舞足蹈了。彼此的意见因它而顺利地交流，彼此的心性因它而亲切的了解，彼此的情谊因它而缔结得更为牢固……"（《小病》）等等。这些文字富有节奏感，也从一个方面造成了叶圣陶语言整饬的特色。

法国评论家布封认为："只有意思能构成风格的内容，辞语的和谐只是风格的附件。"（《论风格》）我理解，这里的所谓"附件"，绝不象附着在机器某一部分的部件，它其实是附着在作品的各个部分并且不能加以割离的附件。对于卓有成就的文学家来说，语言风格是不能忽略的。

文艺复兴时期意大利三杰之一米开朗琪罗说过这样一句耐人寻味

的话："只有能从高山上滚下来丝毫不受损坏的作品，才是好作品。"(《罗丹艺术论》)叶圣陶的小说就是在时间的高山面前放射出它经久不灭的光彩的。拂去岁月的风尘，我们看到，叶圣陶的小说经历了半个多世纪的考验，至今仍不失其艺术的生命力。这个事实告诉了我们什么呢？它告诉我们：

赋予作品生命的，就是（也只能是）真实：描写的真实，感情的真实；

鉴别作品优劣的，就是（也只能是）实践的检验：生活的检验，时间的检验。

（选自1980年6月25日《上海师大学报》第3期）

叶圣陶（节录）

张大明

叶圣陶的散文，也是不以量多取胜的，成集的只有《剑鞘》（与俞平伯合集）、《脚步集》、《未厌居习作》和《西川集》四本，还有一些篇什散见于报章杂志，未结集，总字数不超过二十万。作为一个有成就有影响的“五四”散文家，这是不算多的。

叶圣陶写得不多，可贵的是他有自己的风格。

对于一个现象、一个事物，当我们还只能用一个词来表现的时候，那还停留在概念阶段；当我们能用一个句子来表述时，就已经进入判断阶段了。

例如，说叶圣陶的风格是冷隽，这固然已经是认识的浓缩，但它还欠明确，还需要展开，需要分析，需要用一个句子来表述。如果把冷隽这个概念叙述为：冷静地观察社会和人生，经过深思熟虑，用现实主义的手法，自然朴素、简洁明朗地把观察所得表现出来，这就是恰当的判断了。

没有写重大题材，而时代气息仍然依稀可辨。

散文取材的天地相当广阔。广义地说，文学作品可以写社会生活的各个方面，什么都能写；但真正创作起来，又有不同。枝头一点嫩绿，少女脸上一抹红晕，不一定能敷衍成一篇小说，甚至写一首抒情小诗都不够，但却可以写一篇韵味无穷、清新隽永的优美散文。关键是生活要丰富，积累要多。一个高明的厨师，他胸中装着千百种菜谱，拿起一块肉、一棵菜，他能因原则、因食客、因时间、因环境的不同，巧制成美味佳肴；卓越的雕刻家，他能根据一块宝石的天然纹理，构思出一件出于自然、又特别精美的艺术品。其次，立意要高。生活是零散的，材料是平淡的。用一根霉烂的稻草绳串上珍珠，串是串上了，然而不美不牢。相反，即使是普通的萝卜、白菜，到了名厨师的手里，也能烹饪出色香味形俱美的名菜。再者，串得要自然，配搭得要恰当。韭菜和芹菜一起炒，白薯与萝卜合锅炖，无论如何是不能称其为美味佳肴的。

叶圣陶说，他的小说“多写平凡的人生故事”(《未厌居习作·过去随谈》)，他的散文也是因为限于“才力和时间”，“不过触着些小题目，小题目上不一定要戴一顶大帽子”(《〈西川集〉自序》)。他因为生活经历比较单纯，不过是做学生、当教师、任编辑，因而他的散文取材的范围就不能不受到限制。风云雷雨、惊天动地的场面没有，空谷幽兰、月影婆娑的景物没有，哲学、历史、外文，自然也都不涉及。

叶圣陶的一百多篇散文，细分起来，可以归纳为六大类，即：一、写景、状物、抒情；二、写人物；三、政论、杂感；四、谈文艺；五、论教育；六、说自己。其中一、二、六项多为叙事、抒情，三、四、五以议论为主，兼有叙事。概括地说，前期偏于叙述和描写，后期重在发议论，前期视野比较窄狭，后期比较多地着眼于政治。即便是小品《牵牛花》，由那嫩绿的叶、新生的条、含苞待放的花、生机勃勃的力，和早期的《没有秋虫的地方》比较起来，也说明格调挺拔了，色彩明朗了，意境悠远了，寂寞换成了喧闹，生之力也代替了哀叹。

总的说来，他的散文的时代色彩不大明显，但又篇篇透露着时代的气息。“五四”运动，北洋军阀混战，“五卅”惨案，轰轰烈烈的大革命，蒋介石新军阀的反革命军事和文化“围剿”，全民抗日，三年内战，他几乎都没有直接写（《五月三十一日急雨中》是少有的例外），也没有剑拔弩张地反帝反封建。比方说，“八·一三”之后，一大批作家撤离上海，向西南地区疏散、逃难。日本飞机的轰炸，旅途的艰辛，民众抗日情绪的高潮，国民党反动政治的腐败，我们随手就可以举出不少作家在散文里写了这些事件，记录了这样的生活。叶圣陶也有妻离子散的痛苦，也有跑警报、遭轰炸的经历，不过他却没有多写。他不象“五四”时代的鲁迅，高声呐喊，宣布要掀掉几千年来的吃人的筵宴，要结束瞒和骗的时代；也不象三十年代的茅盾，把畸形发展的都市生活和贫困破产的农村面貌描绘得淋漓尽致；抗日战争时期的李广田和柯灵，从不同的方面，展示了侵略、抗日、卖国的图景；三年内战时期的聂绀弩，对于发动内战的独裁者有较多的揭露。叶圣陶和他们都不一样。但叶圣陶的散文却同样饱和着对祖国、对民族、对人民的爱，深藏着对侵略、对压迫、对黑暗、对邪恶、对不人道的恨。无论从每一个单篇说，还是从整体说，都有一个正直的人、一个勤劳的人、一个朴实的人在！

这样一个人的笔下，所写的自然是平平常常的人物，普普通通的事情，简简单单的道理，但它却包含着一个不平常、不普通、不简单的心灵，对祖国命运的关怀，对民族前途的忧虑，对民众疾苦的思索，对本职工作的专一，无不渗透在他的散文的字里行间。

“五四”狂飙不露于笔端，但“五四”的民主与科学的精神却是行文的主脑。《做了父亲》和《儿子的订婚》打破“父父子子”的传统观念，在家庭生活、父子关系方面培养新型的道德人伦风尚。对“读书”和“整理国故”，他没有随声附和，也不是简单反对，而是进行科学分析，把自己的态度建立在辩证法的观点上。其它多篇写身边琐事、日常生活的文章，也多少代表了一部分知识分子在“五四”高潮之后的思想和生活状况。那些和文学有关的篇什，无疑是对文学革命的推进。

《水灾》充满强烈的爱憎，《文明利器》和《“怎么能……”》对社会弊端和污浊的思想表示了不可遏制的憎恶。《战时琐记》、《没有日记》表明平静的叙述按捺不住胸中抗议的波涛。《牵牛花》和《天井里的种植》对生之力的赞美和对“生意跟韵致”的追求，不是在杀人如草不闻声的黑夜里对光明的呼唤、对压迫的曲折抗议吗？他说：“春天的到来是可以预计的，……你有来春看新绿的希望。”朴素的话语，传达出内心深处燃烧的热情。

抗日时期的《西川集》中的散文有着更多的政治，它跳动着一个正直诚恳的中国人的心。《邻舍吴老先生》和《春联儿》所以如此动人，就是由这种感情浸润出来的。党和人民所进行的伟大的革命斗争与民族解放运动，教育了作者，使他的思想得以升华。在这种思想境界支配下所写出的作品，就更加增添了某种光辉。哪怕是其中的几篇书评，也透露缕缕亮光。我们中华民族是由这种人组成的，因此才伟大，才能骄傲地立于世界民族文化之林。我们凭什么骄傲？凭有千千万万这样的黄帝的子孙！

还有些散文写看月、赏花，敬神、乘船，写求师访友，记学生生活，没有直接反映或干预时政。但是通过那种种的人和事，我们看到或体验到在特定历史条件下一种人的生活和思想，它有助于人们全面地认识社会，把握时代精神。叶圣陶的散文表明，对于推动时代前进他没有旋乾转坤的伟力，但他至少没有站在时代的反面，没有阻碍过时代。

自然，以上是对叶圣陶一个人的散文创作来说的。就个人而言，他体现了自己的风格，作出了一份贡献，这是应该肯定的。不过，要是把他放在现代文学历史发展的总体中来看，把他跟其他人进行比较，又觉得他视野不够广阔，反映的生活不丰富，作品的时代气息不浓厚，缺乏思想深度。

一个正直的中国人的灵魂充分地表现在一个正直的作家的每一篇散文之中。

文如其人，每篇文章都有作家自己思想在内。最伟大的作家是这样，再蹩足的作者亦莫不如此。有的人明白无误地表露自己，什么都不隐讳，有的人遮遮掩掩、吞吞吐吐，欲语还羞，依然有个自己。叶圣陶的散文篇篇都表现自己，毫不隐瞒自己的观点。

这表现出来的，是一个正直的人，一颗善良的心。他行为正直，对人诚恳，情操高尚，品格优秀。他处处想到国家、民族和大众，时时不忘自己对社会应尽的义务。

叶圣陶散文的文字都是这样浸润出来的。因而篇篇如此，所以要举出哪一篇来做例子反而有困难。比方说，《假如我有一个弟弟》，他是就升学和就业问题来谈中学生的出路。文章所强调的是劳动，是自食其力，不但不能剥削他人，而且还要为社会出力：“无论如何天花乱坠的文明文化，维持生活的基本要件总是劳力的结果。大家需要享用，大家就该劳力；这是简单不过可是颠扑不破的道理。”他批判劳心者治人的思想，讲求一个人应该心目中有个社会，于社会有用。社会是黑暗的，政治空气是污浊的，国民党的制度是腐败的，但作为社会成员的每一个人，则应该通过自己的立身行事去匡正社会，而不应该随波逐流，更不应该去倾倒污秽。《薪工》也阐明了同样的主题：

> 一个人工作着工作着，广义地说起来，便是把自己的一份心力贡献给大众。你可以主张自己的权利，你可以反抗不当的剥削，可是你不应该吝惜自己的一份心力，让大众间接受到不利影响。
>
> 在收受薪水的时候，固不妨考量是不是收受得太少；而在从事工作的时候，却应该自问是不是贡献得欠多。我想，这可以作为薪工阶级的座右铭。我这么说，并不是替不劳而获的那些人保障利益。从薪工阶级的立场说起来，不劳而获的那些人是该彻底地被消灭的。他们消灭之后，大家还是薪工阶级，而贡献心力也还是务期尽量的。

有谁不惊服这里的辩证法思想呢？一方面承认脑力劳动者在受剥削，有抗争的权力，另一方面，尤其强调个人对社会亦即对大众的贡献。

这里的辩证法思想是朴素的，但朴素的真理也有其强大的生命力。以上两文写于四五十年前，是根据当时当地的具体情况而说的。如今五十年左右的时间过去了，社会也起了天翻地覆的变化。但他所讲述的道理仍然有现实意义。叶圣陶的这两篇散文闪烁着一个正直的人的思想光辉，他所要求的是一个普通人为人的基本道德，也是任何一个普通公民所应该做而且能够做到的。一个人在平常的岗位上，在平凡的工作中，做好应该做的事情，尽到本份，既是容易的，也是艰难的。

要正人，先律己。谈“大家”应该怎样怎样，不可缺了“你或是我”；“大家之中如果缺少了你或是我，这就不成其为完整的大家，这就减弱了若干分之一的力量”（《西川集·双十节随笔》）。说“大家”，首先要把自己包括进去，而且先从自己做起。个人如果力量微薄，别人管不了，可以管自己；如果过去做得不好，可以从现在改过；如果大事做不了，可以从小事做起。他说：“旁的人我管不着，我管我自己。……我要革自己的命。”“我若管公家的钱，决不捡一个钱藏在腰包里，我若管公家的事，决不等因奉此，摘由归档，就此了事”（《西川集·“八一三”随笔》）。一个人要尽自己在社会上的本分：不能只是消耗，而不贡献；不能只是希求，而不实干；不能只是责备、发牢骚，而不动作；不能只要求旁人这样那样，而自己却偏偏那样这样。

建立了做人的这些基本准则之后，作者写什么都含有意义。看建筑师搬家（《剑鞘·回过头来》），他产生“安得广厦千万间，大庇天下寒士俱欢颜”的思想。心地善良，希望世界美一些。要增加美，必须减少丑。他尽可能发掘美，找出人们善良、同情的一面，就是写恶言，写丑行，也是为了对于美的憧憬。

他写吃喝，写玩乐，写祭神，写花草，不但不会使人丧志，反而教人乐观、健康。

他敞开思想谈自己，又处处有着针对性。他也有一部分散文揭露时弊，批评社会，赞扬廉洁奉公，有气节、有贞操的人。一个人为人正直，遇事真诚，他的散文就是不谈国家、民族，而国家、民族的利益也寓于平凡的材料之中。

在叶圣陶五十寿辰的时候，朋友们曾赋诗属文，向他祝贺，他写了《答复朋友们》的短文，说：“文字跟为人”比，“为人是根基”。有一种人，他的“生活本身就是诗”，写不写诗倒没有关系。自然，“如果写，其诗必然是好诗，不用诗的形式也还是好诗”，因为“诗人的本质可爱”。叶圣陶就是这样的诗人，他的生活就是一首好诗。他以己之心换取他人之心。他的灵魂里储蓄着真，他的笔端流露着善，他的文字凝聚着美。他的文章没有旋乾转坤的力量，但却在潜移默化之中，把人们的良心唤醒，把世界上的真理、正义之火点燃。

他写过几篇以记述人物为主的散文，早期的如《与佩弦》、《“心是分别不开的”》、《两法师》，抗战期间的如《我们的骄傲》、《邻舍吴老先生》、《辞职》、《春联儿》等，都充分表现了这种思想。这些人中，有作家和教授，小学校长和出家人，有职员和车夫，他们的出身、经历、职业、地位、性格、思想各不相同，但有一点是共同的，那就是认真、求实的态度，诚恳、正直的精神。作者人品如此，他所肯定的也是这种人、这种品格。写朱自清，落笔在学者的精神、书生的行动上，突出他做事认真、待人以诚的品德，着重渲染真挚的感情，深厚的友谊，有了这个基础，人与人之间即能披肝沥胆，心心相印。《辞职》写会计员刘博生不愿意私分公款，以辞职表示反抗；虽然没有多少力量，也没有实际效果（因为在国难期间，公款会有另外的会计员去作弊私分），但总算保存了自己的清白和正直——阻挡不了别人做坏事，至少自己不要去做坏事。而且这种反抗至少还表明：使贪官污吏“不要以为有麻雀子的地方尽是些与他一路的货色，要知道比较正派的人到处还有”。《春联儿》写一个在成都街头推鸡公车送人的老俞，小儿子死了，固然伤心，但为大儿子能打国仗而骄傲。他写信对儿子说：“打国仗的事情要紧”，因为“国仗打不胜，谁也没有好日子过，第一要紧是把国仗打胜。”他对于作者为他拟的一副春联——“有子荷戈庶无愧，为人推毂亦复佳”——十分满意。跟赞扬教书的黄先生和邻舍的吴先生的民族气节一样，这《春联儿》也是肯定了一种可贵的精神。人是需要一种精神的。人不仅要在物质世界里满足官能的享受，还要在精神世界里纵情遨游。两者结合，构成生活。正确处理了人与物、人与人的关系者，生活就快乐。有了高尚的情操，有了精神的寄托，喝杯白开水，也会感到清凉。

平易近人的人，产生平易近人的文。

平易近人，处处同读者交心，时时把自己交给大众，这是叶圣陶散文最突出的特点。有些作家的散文也做到了平易近人，但并不一定跟读者交心；反之，有人也处处解剖自己，把自己的心思展示给读者看，但作风不一定平易。二者兼而有之，并且做到天衣无缝，和谐统一的，叶圣陶虽不算独一无二，却是很突出的。

读他的散文，总感到他这个人城府不深，甚至可以说是“浅”。这“浅”，是鲁迅在《忆刘半农君》一文中所说的那种“浅”：“他的浅，却如一条清溪，澄澈见底，纵有多少沉渣和腐草，也不掩其大体的清。”（《鲁迅全集》卷六第56页）城府不深，清澈明亮，一眼望得见底，人们就不会怕他，不会提防他，乐意跟他交朋友，他虽然没有为朋友拔刀相助的伟力，但也决不会从背后射来暗箭，不会在暗夜里掐人脖子，在悬崖上把人推入万丈深渊。他是信得过的朋友，可以交心的导师。作为朋友，他一定待人以诚；作导师，他一定授人以正当的知识，导人入光明坦荡的路途。

写自己的文章，他尽可能把自己的思想、观点展示出来，跟读者交流，如促膝谈心一样，十分自然；写人物，他尽可能发掘对象的美点，写出可爱的一面。

他表示自己的看法和主张，从不居高临下，发号施令，也不七嘴八舌，指东道西。他是那样地轻言细语，口吻亲切。他从不以指导者、权威的身份说“应该”如何、“需要”怎样，而是设譬引喻，以身示范，或以跟家人谈心的方式，阐述严肃的观点。他论证作家、读者、批评家之间的关系，没有摆过作家的架子，而以《如其我是个作者》、《读者的话》、《第一口的蜜》为题，把自己摆进去；他就教师的教学态度、教育方法发表重要见解，没有以教育家的权威自居，反而说“如果我当教师”的话，我会怎么做，这就避免了板起面孔教训人的口吻，容易收到文章的效果；升学与就业、青年的出路，那么严肃、重大的社会课题，他却以“假如我有一个弟弟”，“我”打算对弟弟怎么说的方式，把道理说得极为透彻，而又亲切感人，毫不含有教训的成分。

他从未正言厉色，张口训人。对反动派，叶圣陶正面写得不多；即使写，也是摆事实、讲道理，晓之以理，以理服人。

若用阳刚阴柔的标准衡量，叶圣陶的散文属于阴柔一类。它们不象奔腾咆哮的黄河，不象一泄千里的长江，不象烟波浩渺的洞庭湖，而只是一条条其声潺潺、温顺柔和的小溪。流水欢歌，它推心置腹地诉说着自己的情意。稚子牧童可以在溪中嬉戏，它不会发怒，不会使他们的父母担心；村姑少妇可以挽袖在溪边捣衣，它不会以恶沙浊流来故意恶作剧，也不会在偷听了他们的内心隐语后就到严婆厉夫面前去告密。

有这样的人，才能写出这样的文；由这样的文，又可推知这样的人。

不饰雕琢，朴实自然。

这是平易近人的内在风格在文字上的外在表现。

叶圣陶在《宇宙风》上发表过一篇小品，题目叫《假山》。他觉得公园里人工堆砌的假山支离破碎，矫揉造作，难看得很。他写散文，不雕琢，去粉饰，不卖弄，去浮滑，自自然然，朴朴实实。他不象缪崇群和丽尼那样，见一片落叶，听一声路语，都能做成一篇美文；也不象何其芳那样，刻意求工，写梦一样的意境；更不象某些无聊文人那样，无病呻吟，廉价出售思想，纯粹卖弄技巧。

叶圣陶采用白描的手法，轻言细语地叙述。他笔下没有华丽的词藻，哪怕是抒情状物的小品。出水芙蓉，亭亭玉立，端庄素雅，自然含蓄；天生丽质，不用涂脂抹粉，不要插花披红，以本色惊人，脱却了珠光宝器的俗气。他笔下也没有滔滔不绝的高谈阔论，哪怕是政治杂感。平和的语气，从容不迫的态度，比之于挥臂握拳，唾沫横飞，要有力得多。

抒情小品可以拿《没有秋虫的地方》来剖析，议论文字宜于用《如果我当教师》为例子。

《没有秋虫的地方》不象《我所知道的康桥》、《荷塘月色》、《白杨礼赞》那么有名，但也算得上是名篇。它写于1923年秋天。其时作者应友人邀请，到福州教书，客居异乡。语言相隔，水土不服，看不见至爱亲朋。因此，淡淡的哀愁，隐隐的寂寞，微微的悲凉，洒泄在字里行间。游子的哀思，旅居的茕独，主题是旧的，但叶圣陶却写得诗意葱茏。好的散文应该是诗，诗的结构，诗的语言，诗的意境。它不分行，但仍有美的画面；它不讲究格律句读，但照样音调铿锵，读起来有音乐感。试读开头两段：

> 阶前看不见一茎绿草，窗外望不见一只蝴蝶，……秋天来了，记忆就轻轻提示道："凄凄切切的秋虫又要响起来了。"可是一点影响也没有，邻舍儿啼人闹弦歌杂作的深夜，街上轮震石响邪许并起的清晨，无论你靠着枕儿听，凭着窗沿听，甚至贴着墙角听，总听不到一丝的秋虫的声息。……
>
> 若是在鄙野的乡间，这时会满耳是虫声了。白天与夜间一样地安闲；一切人物或动或静，都有自得之趣；嫩暖的阳光或者轻淡的云影覆盖在场上，到夜晚，明耀的星月或者徐缓的凉风看守着整夜，在这境界这时间唯一的足以感动心情的就是虫儿们的合奏。它们高，低，宏，细，疾，徐，作，歇，仿佛曾经过乐师的精心的组织，所以这样地无可批评，踌躇满志。其实它们每一个都是神妙的乐师；众妙毕集，各抒灵趣，那有不成两间绝响的呢。

没有秋虫鸣叫的淡漠无味，有唧唧虫声的隽永，无不在作者的笔下得到充分的表现。《没有秋虫的地方》、《藕与莼菜》、《牵牛花》等，是叶圣陶散文中出类拔萃的状物、抒情小品。它显示了作者深厚的古典文学修养，高超的文字技巧，字斟句酌，极为考究。然而，它又显得朴素，来得自然。既要优美，又要朴素，既要讲究，又要自然。这里有什么奥秘呢？一是思想的朴素，毫无搔首弄姿，炫耀表现之心，断绝华而不实、取媚轻薄徒之意；二是要将所欲表达的思想真正融会贯通，烂熟于心，且有左右逢源的表现力，斫轮运斤之绝技。看梅兰芳的表演，一招一式，那么随便，却又周身都弥漫着艺术细胞；盖叫天以六十高龄，扮演搏虎的武松，居然轻快自如，毫不费力。究其原因，是他们夏练三伏，冬练三九，掌握了艺术表演的三昧，进入了自由王国。只有思想与技巧二者天衣无缝地相结合，朴素与自然方能显现出来。矫情做作，就是素打扮，也有卖弄风骚之嫌；落落大方，即或穿红着绿，也是灵秀所锺，没有村味。朴素，保存了天然美；自然，增添着身外的韵味。这就是为什么《我所知道的康桥》，熔叙事、写景、抒情于一炉，写得很美，却缺乏天然之趣，离明白如话尚远的缘故。

《如果我当教师》是 1941 年发表的。他讲的是，作为一个教师，应该热爱学生，忠于职守，更要讲究教学方法，采用启发式，反对强迫硬灌，尤其反对封建的野蛮的体罚、打骂，以学生为敌。这都是一些大道理，也是根本道理。可以拉开架势，写成一本书；可以洋洋洒洒，写出万字论文。叶圣陶当教师多年，大中小学都教过。他来写这种文章，有权威性。他说理论，讲应该怎样怎样，必须如何如何，都有资格。但他没有这样写。他只写了八千字。他没有以老资格、老权威自居，从理论上咄咄逼人地讲当教师的品质和学识，以及教学态度和方法；也没有自命不凡，说自己是如何教的，有何种宝贵经验。他只是说，“如果我”当小学教师、中学教师或大学教师的时候，“我”需要抱定的态度、施用的方法、达到的目标。中心是要坚守教师的职责，把学生当朋友，循循善诱，理论和实践相结合，启迪学生的智慧。重要的是，教师自己要以身示范，首先在为人上作一个正直、标准的人。上课堂，不是江湖卖唱，而是要教人。在分别讲了从小学到大学的教法以后，他总结道：

> 无论当小学中学或大学的教师，我要时时记着，在我面前的学生都是准备参加建国事业的人。建国事业有大有小，但样样都是必需的；在必需这个条件上，大事业小事业彼此平等。而要建国成功，必须参加各种事业的人个个够格，真个能够干他的事业。因此，当一班学生毕业的时候，我要逐个逐个的审量一下：甲够格吗？乙够格吗？丙够格吗？……如果答案全是肯定的，我才对自己感到满意；因为我帮助学生总算没有错儿，我对于建国事业也贡献了我的心力。

这是教育的宗旨。教的结果是要出人材，而且要看这个学校、这个老师手里出来的人材于国家有没有用。这是起码的标准，又是最高的理想境界。

叶圣陶把深奥的道理，重大的课题，写得十分朴素，特别自然，亲切感人，饶有趣味。深奥的道理，用浅显的语言说出；庄严的课题，寓于质朴的文字之中。

《西川集》的文字主要是关于教育和文艺的。它们大都如同《如果我当教师》一样，深入浅出，朴素自然。

朴素也是一种美。叶圣陶追求的是“无味的味”（《藕与莼菜》）。无味的味，是高级的味，是淳美的味。日常家用的味精（谷酸氨钠），能说它是酸甜苦辣咸麻的哪一种味吗？都不是！但它却是各种味之综合、调和、精一。用一勺糖，只能得到甜味，撒几粒味精，却使菜肴鲜美，似乎把各种味道的美都调动起来了，使之和谐地运动，刺激人的味觉，给人甘美异常的感觉。“无味的味”是很高的艺术境界。羚羊挂角，无迹可求；不着一字，尽得风流。看不出作者的手段，不露人工的痕迹，各种妙处却尽在其中。而有时这种妙处还是只可意会，不能言传的，即“境界又岂是说得出的”（《两法师》）。种牵牛花，希冀的是“生之力”（《牵牛花》）；栽杨树，欣赏的是“生意跟韵致”（《天井里的种植》）；只要有“清旷的襟怀和高远的想象力”，不看月亮（风景）也可以（《看月》）。这些地方，都透露作者的美学趣味。招蜂引蝶的花，鲜嫩欲滴的叶，妩媚多姿的态，固然引人入胜，但还有更重要的，那就是这背后的、看不见的生意、力量和韵致。要的是“无味的味”，无美的美。前一种味和美是外在的，表面的，暂时的，浅薄的，后一种味和美才是内在的，本质的，永久的。没有前者，引不出后者；有了后者，前者的生命力才有依据。

修辞、气韵上的古典文学修养，字、词、句、读的现代化规范化。

作者长期从事教学和编辑工作，职业的需要，使他特别注意旁的职业文学家有时不大注意的地方；再加上他古文修养比较好，又为人严谨，做事认真，因而在散文创作的谋篇布局和语言文字上就形成个人的独特风格。

当教师要改学生的作文。他教书几十年，少说也过手万把本次作文。学生的作文，从审题立意、谋篇布局到语言文字、标点符号的使用，再到作文本的行款格式、卷面书写，老师都得认真批改，而且他是把学生叫到面前，商商量量，先讲道理，再行改正。当编辑，对稿件从审稿、定稿、发稿到看校样，一篇稿子，要反复经手若干次，这更是一词一语、一字一句、一点一画都马虎不得。职业的训练，性格和作风的渗透，化为文字，就在篇章结构、文字使用上，显出特别的功力。叶圣陶为纯洁祖国的语言，作出了自己的贡献。解放初，人民政府的某些文件，党报的社论，在颁布和发表之前，往往都要送给他，请他在语言文字方面把把关；当然，也送给吕叔湘等专家，请求在语法修辞方面把关。党和政府如此重视和信赖叶圣陶，说明他在这方面确实具有权威性。

叶圣陶自幼熟读古文，并曾选注、出版先秦诸子与唐宋词。《礼记》的简约，《荀子》的严密，苏辛的豪放，这多种风格都影响着他。风格的熏染是潜移默化的，看不见的，但文字表现却是有迹可寻的。不过，他的表现，一不在旁征博引，二不在用事用典，三不在堆砌词藻，他是溶古词古语古意于新文字中，使之变成自己血液的一部分，从笔端自然流出。因此，读他的散文，你只能感到他有古文根底，却不易说出什么地方具体受的是什么影响，有哪朝哪代、哪家哪派的风味。

在叶圣陶的散文中，对偶句的应用几乎篇篇都有，俯拾即是。在本文一开头的引文和其后的几段引文中都不乏其例。再比如，《诗的泉源》：作者的观点是“充实的生活就是诗”。先要生活充实，观点正确，感情真挚，作一个有意义的人，然后才说得上从事工作。写诗是工作的一种，“丰盈澄澈的泉源里自然流出清泉的。所以描写工作，就表出工作的内力；发抒烦闷，就成为切至的悲声；赞美则满含春意；诅咒则力显深痛；情感是深浓热烈的；思虑是周博正确的。”（《剑鞘·诗的泉源》）反之，如果不是这样，没有生活，则“汲无源的泉水，未免徒劳；效西子之含颦，益显丑陋。”（同上）没有生活而硬做，没有感情而干喊，即或写出东西来，也干瘪，苍白，没有生命力。又如，他写观看中学生赛球：“他们的四肢百骸又这样地柔软；后弯着身躯会得接球，会得送球；横折着腰肢会得受球，会得发球；要取这球时，跃起来，冲前去，便夺得了；要让这球时，闪过点，蹲下点，便避开了。”（《剑鞘·回过头来》）对仗何其工稳，出语又多么自然！球场上的人生龙活虎，形势千变万化，行文则跌宕起伏，浓淡相宜。写紧张，而不给人逼促的感觉。是对偶，又不呆滞，而显得自然，错落有致。讲究对仗，主要注重句式整齐，音调和谐，色彩统一。他的古文修养到了炉火纯青、融会贯通的地步，用起来如探囊取物，得心应手，游刃有余，没有生涩古奥、诘屈聱牙之弊，也无搔首弄姿、倚门卖俏之嫌。他是水到渠成，用所当用。用了，形式、音律都很美：看起来，匀称，念起来，铿锵。他的美，出之自然，藏于朴素之中，好象具有内秀的人一样。

再就是比喻这种修辞手法的运用。叶圣陶常用对偶句，而很少用比喻手法。但如用必得当，必精采。“五四”以后，胡适提倡整理国故，叶圣陶也就此发表了自己的看法。他认为，对国故的研究要取超然的立场，去虔诚的思想，抱检查的态度，客观地研究。不要所有青年都去研究。而且要不脱离现实，因为现实生活是国故研究的“活的材料，摆在眼前的证据：里边有初民的思想，有蛮性的遗留，有骗人的伦理，有怪诞的教训，有儒家的成分，有道士的气味，……自然，也有永恒的真理，不朽的金箴”。因此，紧接着，他就用上了比喻：“国故这东西太浩大了，有如大波，你如不站定脚跟，它会把你淹没，又太复杂了，有如染坊，你如不抱定态度，它会把你染成五颜六色。”（《脚步集·国故研究者》）前面把道理讲透彻，后面再来这么两个比喻，既强调了问题的复杂性，又指明了学习态度的严肃性，以及工作的艰巨性。增加了论辩的色彩，充实了文章的说服力。

所谓比喻，就是用具体的形象来说明抽象的道理，把枯燥玄妙的道理形象化、具体化。要点是必须贴切，能比才比。拿来作比的事物和被比的事理之间要有某种联系，比喻才是得当的。如心中涌起“一缕愉悦的心情”，“其滋味如初泡的碧螺春”（《脚步集·与佩弦》）。这个比喻就很得体。如果用碧螺春茶水的滋味来比喻离愁别绪，就不伦不类，就叫乱比。愁肠哀恸，另有比喻之法。又如“所谓客绪，正象冬天的浓云一般，风吹不散，只是越凝积越厚，散步的药又有什么用处”（《剑鞘·客语》）。客居他乡，思念故里，就是散步，也驱散不开胸中的愁闷。另一处，人生悲伤中，写身不由己的行动，用的是“两条腿就把我们载出这间病室”（《脚步集·“心是分别不开的”》）。李清照《武陵春》下片写道：“闻说双溪春尚好，也拟泛轻舟；只愁双溪舴艋舟，载不动几多愁。”《西厢记》长亭送别的《收尾》也唱道：“遍人间烦恼填胸臆，量这些大小的车儿如何载得起？”一个“载”字具有何等分量！李清照和王实甫用“载”字，突出的是愁思和烦恼的沉重；叶圣陶用“载”字，强调的是心情忧伤、神不守舍、身不由己的行动。一字千钧。虽说这是古已有之的，但用得好，仍然增强了作品的形象性，把抽象的事理比活了。

叶圣陶写作态度极其严肃。他不轻易写；凡写，必定言之有物，所见所闻，所思所感，有十分才写出一分。一以当十，分量很重。据说，他写东西比较慢。写作时，他写几句，又回过头来修改，满意了，再往下写。他总是字斟句酌，反复推敲，力求工稳。一求精，二求省。单是用字之精当，就叫人惊服。很简单的量词，他都十分讲究。如：“写好一张字，画好一幅画，踢好一场球，种好一簇花，讲好一个笑话”（《剑鞘·第一口的蜜》）。又如：“仓前山差不多［象］一座花园，一条路一丛花一所房屋一个车夫都有诗意。”（《剑鞘·客语》）

中国文学有炼字的传统。刘勰写《文心雕龙》专门有《炼字》篇。心托于声，言寄形于字；句之精英，字不妄也。美文佳句，常从字的确当开始。刘勰叫人注意避诡异、省联边、权重出、调单复，把消极方面应该避免什么和积极方面需要注意什么，都同时讲到了。炼字和炼意是结合的。叶圣陶注重的是语言文字内在的秀美，通篇的音韵和色调。他推崇“能读的作品”。诗歌要能朗诵，戏剧要能禁得起舞台演出的检验，就是一篇小散文，也要求能读。他的散文，无论哪一篇，不管是长是短，是叙述是议论，读起来都琅琅上口，铿锵有声。他的文学语言晓畅，句式的长短，音调的高低，节奏的快慢，都经过推敲，只有大声朗读，才能充分体会出抑扬顿挫的韵味。这显示出作者在语言文字方面的深厚功力。有一种人的作品，文字十分华美，色泽鲜艳，耀眼迷人，但要长声幺幺读起来，就会显露出漏洞，平板，拖沓，冗长，没有韵律（不是指一冬二东）。一般说来，好的文章写成后，应反复读几遍，哪儿多了字，哪儿少了字，哪儿平声字成堆，念起来累人，哪儿仄声字成群，声波振幅过大，就能体味出来。叶圣陶的功夫用到了这些地方，但又不露人工的刀斧痕迹。他不用生僻、古奥、难认难读难解的怪字，并力主用语的大众化。他的笔下没有已死的文言，没有偏僻的方言土语，全是标准化的国语。文字、语言、语法、修辞都标准化、规范化，但文章又字字句句、篇篇本本都有个人的风格，这就显示了作者惊人的本领。

不光求精，还要省。古人总结的经验是："意则期多，字则唯少"（李渔《笠翁一家言》），做到"句中无余字，篇中无长语"（姜夔《白石道人诗话》）。叶圣陶的散文，文字精炼，有话则长，无话则短，见不到拖拖沓沓、罗里罗唆的情况。音节短，句子短，口语化。看起来字面匀称，读起来音调和谐。

叶圣陶对祖国语言的贡献，不表现在词汇的丰富，词章的艳美，而表现在文字的明白、用语的精炼，语法修辞的合乎规范这些方面。这也是文如其人。他严于律己，不好表现，做事踏实，作风严谨，表现在文字上才能以朴素见长，以规范化著称。他为纯洁祖国语言文字而孜孜不倦地努力。

以上这些特点把叶圣陶和其他散文大家区别开来了。就其内涵来说，这些特点别人也可能有，但相同的内涵，却有各自不同的表现方式。这表现方式上的独特性完全是属于个人的。有没有这种独特性，是一个作家在创作上是否成熟的标志。有的人辛苦一辈子，写了数百万言，也许没有个性，找不出他的特殊在哪儿；有的人，第一篇处女作就风格突出，给文坛带进了他个人的因素。叶圣陶不算第一流的大家，写得也不算多，但他有自己的风格。一个作家对文学史的贡献，应当说主要不在于写了多少多少，而在于是否以其独特的风格丰富了文学画廊。就拿二三十年代的散文领域来说，鲁迅、周作人、瞿秋白、冰心、朱自清、许地山、郁达夫、丰子恺、梁遇春、李广田、何其芳、缪崇群、丽尼、陆蠡，都是大家、名家，但他们都不能代替叶圣陶。叶圣陶是散文园地的“这一个”。牡丹花肥，山茶斗雪，桃李争春，兰蕙幽香，各有各的姿色和存在的价值。有特点才能存在，有特点才打扮得出万紫千红。叶圣陶以其自己的个性而确定了他在中国散文发展史上的重要地位。

（选自《踏青归来》，1981年8月天津人民出版社）

论叶圣陶短篇小说的艺术特色

杨 义

文学史上常有这样的事情，杰出作家没有把自己的艺术观写成专著，却把其中最精粹的东西在作品中流露出来。莎士比亚通过《哈姆雷特》中的主人公，说出了他对文艺与生活关系的经典论点；曹雪芹在《红楼梦》第四十二回，则以宝钗论画的形式，表达出自己对艺术熔裁的真知灼见。这种论点象彗星一般，虽然不经常出现在天空，但却以其灿烂夺目在一定程度上照亮了通向艺术殿堂的蹊径。

这也同样适用于叶圣陶的短篇小说。在他1924年所写的短篇《一个青年》中，我们可以找到类似的探讨叶圣陶短篇小说艺术特色的钥匙。这篇小说的人物万女士这样谈论书法艺术：

> 我的意思，书法要达到浑凝匀称，才算神妙。一点一画乃至一字一行一幅，都成个必须这样不可那样的局势，这才是浑凝。点画虽细不嫌轻飘，虽粗不嫌浮肿，结构紧密而仍觉舒畅，稀疏而仍见照应，这才是匀称。要走这样的路向，就得做中正的工夫，不是什么矜奇好异的癖尚办得了的。

短短的几句话，基本上勾出了叶圣陶短篇小说的艺术追求。作为文学研究会的一员健将，叶圣陶自始就主张“为人生的艺术”，他写自己深知的生活，从不弄什么“矜奇好异”的玄虚，作品显示出一种踏实、冷隽的风格。他用细腻精到的笔触去写人物的心理和境遇，结构严谨，但由于运笔自如，“仍觉舒畅”。语言纯洁朴实，不飘不浮，具有雕刻刀一般的准确和力量。在我国新文学运动的早期，叶圣陶的这种艺术风格为现实主义创作潮流赢得了声誉，他是运用现实主义的犁耙在小说园地里进行垦荒的最早的耕夫之一。

一

小说艺术家是否能在文坛上独树一帜，非常重要的条件在于他是否有真切的人生观察，是否有洞察种种社会相的能力。清人刘熙载讲评文章，于识、才、学三端中，极力推崇“识”，是很有道理的。他说：“文以识为主。认题立意，非识之高卓精审，无以中要。”（《艺概》卷一）

叶圣陶是深通本世纪二十年代种种社会相的作家。他自己所悬拟的艺术第一追求，就是“真切见到”。《西川集·以画为喻》中说：“第一，见到须是真切的见到。……见到而不真切，实际就是无所见；……必须要把整个的心跟事物相对，又把整个的心深入事物之中，不仅见识其表面，并且透达其精蕴，才能够真切的见到些什么。有了这种真切的见到，咱们的画才有了根本，才真个值得动起手来。”

正由于叶圣陶对社会生活有着真切的感受，所用的又是严肃、客观的笔致，所以他的小说显示出一种踏实、冷隽的艺术格调。这种艺术格调典型地反映了文学研究会反对“将文艺当作高兴时的游戏或失意时的消遣”的文学主张，为现代小说消除浮泛、庸俗的文风，沿着严肃、健康的方向发展，无疑是有着良好影响的。

《隔膜》写的是作者探亲访友，周旋于礼仪之间，以及闲坐茶馆，置身于熙攘之地所产生的一些断想，对人间那种“看似无事的悲剧”揭示得入木三分：

众人齐入了座。主人举起酒杯，表现出无限恭敬和欢迎的笑容……

才开始喝第一口酒。大家的嘴唇都作收敛的样子，且发出唼喋的声音，可知喝下的量不多。举筷取食物也有一定的步骤，送到嘴里咀嚼时异常轻缓。这是上流人文雅安闲的态度呀。

谈话开始了，……我真佩服他们，他们不尽是素稔的——从彼此互问姓字可以知道，——偶然会合在一起，就有这许多话好讲。教我那里能够？但我得到一种幽默的启示，觉察他们都是预先制好的蓄音片，所以到处可开，没有阻滞。倘若我也豫制些片子，此刻一样可以应用得当行出色，那时候我就要佩服自己了。

我想他们各有各的心，为什么深深地掩藏着，专用蓄音片说话？这个不可解。

中国是个千年封建古国，有道是“礼义之邦”。但是，作者却从这些习以为常的生活琐事中，透达内蕴，发现深刻的哲理。他通过形象的描绘，把那种按照封建宗法制度的旧习俗来交朋接友，与世往来，看作是影戏，把他们的应酬对答比作千篇一律的蓄音片；他从这种彬彬有礼、雍容尔雅之间，看出隔膜、虚伪和无聊来。“舞台小天地，天地大舞台”这个对子，在这里得到又一次形象的印证。

《隔膜》点出“文雅安闲”是虚伪，是隔膜，教人抛弃封建宗法制度那套繁礼缛节。这里表现的真切的生活见解，是以翻却旧案、揭出真谛的形式出现的，它象一把冰冷的艺术解剖刀，剔出了陈腐、卑琐和作伪的世俗，使读者在冷隽的艺术氛围中沉思。真正的文学艺术家在生活真理被掩埋或歪曲的时候，常常要做翻案文章的，这种翻案并非如同罗马论者贺拉斯所批评的那样：“在一个题目上乱翻花样，就象在树林里画上海豚，在海浪上画条野猪。”（见《诗艺》）恰恰相反，这样的翻案是恰如拨开“燃素说”的迷雾，在空气中发现氧；推翻上帝创世的谬论，在古猿的头骨上发现人类的萌芽。这样的艺术家是应该格外受到尊敬的。

写于 1936 年的《多收了三五斗》，也是由于见解的真切深刻、剖析的冷峭而列于现代优秀小说之林的。在这里，深刻的社会观察不是采取上述的“翻案”的手法，而是对事物的本质进行更深一层的透视，把人们对农民命运的理解引向一个新的境界，因此它的讽刺和暴露的艺术锋芒就更显得寒光闪闪。辩证法告诉我们，事物的本质是分层次的，每一更深层次的理解，都是认识过程的一次飞跃。在“五四”以后的小说中，写农民在灾年的痛苦生活，已是屡见不鲜的题材。到了三十年代，文学家较为普遍地注意了丰收成灾的主题。叶圣陶的《多收了三五斗》是其中的优秀之作，为人们进一步认识农民的悲惨命运，提供了更加深刻的形象启示。就叶圣陶的全部短篇小说来看，写于十五年前的《晓行》，也只是提出农民在地主的残酷剥削下，灾年更受些灾害的问题，给人留下一个似乎丰年还能活下去的幻想。丰年又如何呢？《多收了三五斗》这样描写道：

> 今年天照应，雨水调匀，小虫子也不来作梗，一亩田多收这么三五斗，谁都以为该得透一透气了。那里知道临到最后的占卜，却得到比往年更坏的课兆！

在这里，作者通过三个场面：米行里卖米，街道上赶集，船头上对话，揭示了租、债、吃、用，重重枷锁已压得农民喘不过气，更兼米行的“合行公议”，压低粮价，地方的“局子”，中央的银行，外来的洋米洋面，宛如座座大山，压断农民的脊梁。小说直接地提出了“农民为谁种田”、“农民出路何在”这样极端尖锐急迫的问题，向整个社会发出了责问，暴露了半封建半殖民地社会农民悲惨命运的真正根源。十五年前作者写《晓行》，是站在进步知识分子的立场同情农民；现在他已经站在贫苦农民的立场，控诉和批判整个旧社会和内外勾结的压迫者、剥削者阶级了。在这里，小说冷隽的格调已逸出纯粹的客观写实，而是蕴积着炽热的火焰了。文章的尾声，这种火焰甚至直接迸出火花来。面对农民的丰收成灾，地主、金融界、工业界和社会科学界的自私、伪善、隔岸观火和幸灾乐祸，对于社会的痼疾，统治者们不想也无力去解决了。列宁曾经说过，当被压迫者不愿继续照旧生活下去，而统治者也无法继续维持照旧生活下去的时候，革命的危机就开始了。这就是《多收了三五斗》从形象深处所发出的社会问题的问号和感叹号。

深刻的观察和冷隽的格调，不但能够在熟中见新，而且在微中见著。生活细节往往内含着思想的火种，冷隽、细致的笔触往往能把这些火种拨亮，从而把细节点化，把人物变活。叶圣陶的《皮包》颇有这种因微见著的特色，表现作者在摄取生活素材中那种拨灰见火的能力。

《皮包》是不易读懂的一篇小说，但一旦读懂了，又是颇能令人寻味的一篇小说。情节很简单：黄科长的皮包丢了，科员们便觉得他“有些异样”，他的办公桌由于没有了那熟识的装得饱饱的黑皮包，仿佛也不象一张办公桌了。科员、书记忙着去找，费了一番周折，终于找回来了。把皮包放到老位置之后，“屋子里八九双眼睛都朝黄科长看，又朝科长的办公桌看。仿佛觉得这才象个科长，象张办公桌了”。

科长象不象“科长”，不用看他的才干和工作，倒只需要看有没有皮包，到底这皮包有什么神奇的力量呢？虽然黄科长宣称皮包里面有一些重要文件，随时要查的，但是找回来后摊开一看，连一个与本科工作有关的文件也没有。这样看来，这个皮包又是无关紧要的了，何劳大家火急火燎地去找呢？这里，“颇关紧要”和“无关紧要”的悬案，只有靠细致深入的社会观察才能讼裁。

我们不妨引述一段美国人法斯特《身体语言学》（Body Language）中的文字，倒是有助于这个问题的理解的。这本书的第四章谈到，商业中，身份的更迭和斗争永无终止，因此，身份的象征符号，遂成为身份更迭的必要部分。经理和他的皮包，就是最明显的例子。大家都晓得有这样一个笑话：某人在他的皮包里只带着便盒，但他坚持要带着皮包，只是因为他必须给人一种印象，而皮包又是造成这种印象的必要工具。该书的作者认识一位美国的黑人牧师教育家，他经常在各地旅行。他对作者说，如果没有一套整齐的西装和一个皮包，他绝不肯进入任何南方城市，也绝不肯走进市中心或旅馆。这两种东西，给了他相当的尊严，使他与当地的黑人不同。

原来如此。皮包是科长的身份和尊严的标志，就象通灵宝玉必须系在贾公子的颈上，须臾离开不得。一旦丢了皮包，科长便六神无主，一会儿摸下巴，一会儿望屋顶，一会儿发激昂的怨言。在等级森严的社会里，人们的装束举止都打上等级的标志，而这种印志又反过来加深和巩固人们的等级心理。小说里的皮包，起了一种杠杆的作用。形体虽小，助力却大，把旧衙门中那种等级森严的秘密的帷幕掀开了。作者把皮包这种平平常常的物品，放在一定的社会背景中透视，就把旧衙门中庸俗的作风和腐朽的气派通通写出来了，也活活地画出了旧的官吏制度是一种等级森严的依附关系。平常事，平常语，交织在一定的社会环境中进行观察，它便成了这种社会环境的一面反光镜，照出真实的社会相来。真是“一经道出，便成独得”，这是我们阅读生活充实、观察深刻的作家的作品，惯常产生的一种感受。

二

细致准确的心理解剖，是叶圣陶短篇小说的另一特色。

任何一个小说艺术家，如果不满足于当一个粗木工，就应该细致、深入地捕捉和研究人们的心理状况和心理活动，否则，他只能制造出粗拙平庸的东西。心理描写比外表描写更为基本，因为它更细致、更迅速、也更准确地说明人物的精神境界，许多外表描写也只有通过心理解剖才能为读者所把握。从这种意义上说，凡是不会描写人物心理的作家，他也就不会描写人物动作。

叶圣陶是善于把握人物心理发展辩证法的作家。他既善于区分不同人物的心理的细致区别，也善于区分同一人物在不同境遇中的不同心理；既善于从纵的方面摸索思想变化的链条，也善于从横的方面刻画思想波动的网结。他尤其善于写小资产阶级知识分子、女性和儿童的心理，小资产阶级心灵的多面性、灰色与动摇，女性的被压抑的心灵中的爱和美，儿童的被忽视了的生活趣味的追求，如此等等，无不跃然纸上。他的不少小说几乎全是心理解剖。

《潘先生在难中》是叶圣陶短篇小说山系中的泰岳。茅盾早已对这篇小说做了论定：“在叶绍钧的作品，我最欢喜的也就是描写城市小资产阶级的几篇；现在还深深的刻在记忆上的，是那可爱的《潘先生在难中》，这把城市小资产阶级的没有社会意识，卑谦的利己主义，Precaution，琐屑，临虚惊而失色，暂苟安而又喜，等等心理，描写得很透彻。这一阶级的人物，在现文坛上是最少被写到的，可是幸而也还有代表。”（见《小说月报》19 卷 1 号）茅盾在这里赞扬的首先也是这篇小说的极为出色的心理描写。

小说的情节非常单纯，如果写成新闻，恐怕只能填满豆腐块大小的版面。小学校长潘先生一家因为战事，避难上海；但他又耽心教育局长说他临危逃脱，革去饭碗，于是返回乡镇。战事并没有直接危及这个乡镇，二十余天便停止了，潘先生被推举出来为凯旋的军阀写歌功颂德的字幅。故事便在这幅讽刺画中，收束了。然而，单纯并不等于单薄，短篇小说的妙处正在于从单纯中见出堂奥。《潘先生在难中》在单纯的情节中展开曲折的描写，紧扣着变幻莫测的环境，刻画主人公复杂的内心波动，无一议论，而主人公的胆小、疑惧、彷徨、苟安的性格特征，层层剥落在人前。

内心描写富有旋律感，这是《潘先生在难中》的巨大成功。作为小资产阶级知识分子的潘先生，思想中充满动摇和妥协，活象大海里没有根柢的浮标，稍有风浪，就左右晃荡。“墙上芦苇，头重脚轻根柢浅”，就是这一类人的性格写照。作者抓住这样一个根本特点进行描写，穿针引线，细针密缕，展开了细腻的内心刻画。这里所说的“针”，就是人物思想波动的中心点，就潘先生来说就是利己主义，就是“四条性命，一个皮包”。他的整个思想波动的踪迹都可以从这里得到解释。小说一开头，在拥挤杂乱的车站上，就颇具特色地把这个“针头”露出来，“四条性命一个皮包”组成一条蛇，在人群中推移。以后，每当组成这条“蛇”的五大件，有失散，有危险的时候，潘先生便懊悔、着急、落泪；稍得安宁的时候，便又陶陶然庆幸，悠悠然坐卧。即使他只身返回乡镇，也是为了不丢职位，保住装得饱饱的“皮包”；他到红十字会多领了旗子徽章，也是为了保性命皮包。甚至连他很有意味地蘸墨挥笔，为军阀歌功颂德，又何尝不是因为性命皮包暂时保稳了，所产生的兴致呢？作者驱动一枝既怜更讽、亦庄亦谐的笔，曲折而又逼真地写出潘先生的内心波澜，做到张弛有度，起伏成趣。这些波动起伏，就是作者细针密缕所留下的“线”。小说的心理描写，必须有针有线，循针引线，针线结合。有针便有中心，有线便有波澜。有波澜即不板，有中心即不乱。不板不乱，即是描绘内心的秘诀，也即是《潘先生在难中》所给予我们的艺术启示。

刻画心理的艺术，内而观之，要讲究有针有线；外而观之，则要讲究正衬反衬。“山之精神写不出，以烟霞写之；春之精神写不出，以草树写之”，这是正衬法。而小说《孤独》，则主要用的反衬法。小说写一个风烛残年的老人，被光明热闹的世界忘却了，过着老病孤独的凄惨生活。情调阴冷，萧萧然侵人肌肤。小说写他的老病，已使人感到可怕。“最可怕的难关要算早起和临睡了。扣上或是解开一个钮扣，褪下或是伸进一只衣袖，都要引起剧烈的咳喘。等着等着，一阵咳喘平了，才敢再动。但第二阵咳喘早已又在豫料之中了。要完全睡得宁贴，或完全穿好了衣服离床，非一点钟两点钟不可。他每天有这么两回困难的功课。”但是，更为令人震栗的，是社会对老人的冷漠。世界虽大，仿佛处处拒绝他，惟有居室里的卧榻和茶馆里的椅子比较念旧情，还肯容他亲近。于是他离开卧榻便到茶馆。这是何等可悲的社会，卧榻、椅子本是无情之物，而在老人的眼中成为唯一可恋的有情之物，人世的冰冷阴凄便可想而知了。社会环境已把老病者忘却，同时又把他的灵魂扭曲，作者采用反衬的办法进行心理解剖，把这个扭曲了的灵魂写得何等可怜：

> 她（老人的表侄女）觉察喝酒的话恰正引起他的悲感，这是没有预料的，便换个头绪说：“今天一个朋友家里做消寒会，我们吃了午饭便要去。在那里有室内的游戏，有某女士的唱歌，有四组男女的跳舞，到晚大家围着桌子在小锅里煮东西吃。这个会很有趣味，妙在各尽兴致，绝不拘束，而有群居之乐。”她站起来把南面的窗开直，让阳光多进来一些。老先生全身披着阳光了。
>
> 他又觉得她的话有压迫的力量，使他伤悼自己的衰老和孤独。群居欢会的事不是没有经历过，闻歌起舞也不是从未做过的梦，但现在是渺茫了，剩下的，确确实实剩下的，只有孤单而枯寂的自己！这就见得他的话近于嘲笑了。于是愤愤地想：“少年人真多事，聚什么会，闹什么歌舞，无非没意识的玩意儿罢了！”……

受冷漠而反拨，而向隅，是孤独，但可以救之以抚爱；受抚爱而反拨，而向隅，是真正可怕的孤独，因为已经无可救药了。冷酷的社会戕伤了这位老人的心灵到了何等触目惊心的程度，使他已分不清冷漠与爱抚了。作者让一缕阳光照在老人佝偻的躯体，更显出他的萎靡和孤寂了。本来，表侄女谈消寒晚会、群居之乐，是想逗引起他的人生趣味，而泛上他的喉头的却是孤单枯寂的残年腥苦。这种思维惰力，已使他失却一切生活的外求，熄灭对社会生活的一切乐趣的感情火种。——他的心，已经死了。因此，他觉得酒也催呕，茶也无味，被窝也是冰窖，世界也是冰窖，任何酒气财色都不能使他欢悦了。他叹道：这个世界，“全没有我的份了”！作者的这些描写几乎带有残酷的味道，他以一些人的光明热闹反衬出衰老者孤单枯寂的心境，又反过来用衰老者的孤单枯寂反衬出世界的冷漠无情。从这个灵魂的悲剧中，我们看到了社会悲剧的阴森投影。作者突出地写了人物内心和社会环境的尖锐矛盾，在这种矛盾的冲突和克服中，把心理描写引向深化，一直写到了惊心动魄的程度，造成了一种极为强烈的艺术感染力。

叶圣陶的短篇小说还常常摄取饶有趣味的生活细节，来衬托和状写人物的心理。在他的笔下，小生物仿佛也有了人的感情，也能和人们交流感情，因此，他描摹了这些小生物，也就描摹了人物的心理状态。《一课》通过一个小学生观赏盛在烟卷小匣子里的细小而灰白的小蚕，写出了儿童的天真活泼、充满自然乐趣的精神世界。《马铃瓜》通过一个少年赴考时对篮子里翠绿的皮上有可爱的花纹的马铃瓜的想象，透露出他厌恶科举考试、喜欢人生乐趣的纯洁的心理。叶圣陶的全部小说中，出现过三个猫，交织进三种人物的心情。《阿凤》中，猫对童养媳的嬉戏，使她长期挨打受骂，得不到婆婆、丈夫抚爱的心里，爱泉陡然涌溢了。《祖母的心》里，则通过定儿不愿认真读书，而愿与猫儿为友，表现了旧教育对儿童心性的压抑。《搭班子》写猫睡着没醒，正作着和悦的梦，衬托出校长改良教育只是关起门来的幻想；后来猫被惊醒，也正是校长从幻想中跌进烦扰的现实的时候。这些具体事物的设置，丰富了人物的内心描写，有时用得巧妙，还能打开人物心府新的境界。《前途》用一桶鲫鱼引发主人公无边无际的浮想，更是堪称妙笔。

> 惠之心头并不感觉无聊，一缕春温正在萌芽，连步子都比平时出劲得多。忽然注意到路旁鱼摊的一桶鲫鱼，个个是乌背，有八九寸光景长，都侧躺在一薄层水中翕张着嘴。略微站定了一会，重又举步，便转成缓缓的了。在他脑中显现一只精瓷的菜碗，绝清的汤，玉兰片和茶腿盖在汤面，底下是一尾炖熟的鲫鱼。联带

显现的是一把点铜锡的暖酒壶；假如提起来斟着，就有淡玛瑙色的“陈绍”流出来，触着鼻便觉陶然。他不自禁地口津涌溢了，想道，“这些味儿久已疏远了，惭愧！只有豆腐和蔬菜是不离的常伴。……”

在这里，鲫鱼“翕张着嘴”是点睛之笔，有了这一笔，就架起了惠之从走步到思索，从现实到幻想的桥梁。惠之本来是以颜渊自命，不想穷，不愁穷的。但是，一纸托友谋职而尚无着落的书信，就摧毁了他“安贫乐道”的信仰，心头“一缕春温正在萌芽”。鲫鱼翕动嘴，就是从静到动，使他的幻想有了触媒，自然滋生了。作者写幻觉中的鲜鱼美酒，有色有味，正是对比着现实生活中的素菜淡饭，无味无色。而一尾鱼、一壶酒就可以使他陶陶然了，这就更显得生活的拮据，也就更显得理想的可怜。而如此微末的理想，竟然破灭了，人生的暗淡也就可见。难怪惠之后来觉得：“前边什么境界也没有了，只是一片黑，黑得象墨，象没星没月亮的夜。”小说中几乎占半数篇幅的幻觉描写，都是由一封信垫底，由一尾鱼勾发的。鱼嘴翕动这个细节，确如《沧浪诗话》所谓“信手拈来，头头是道”，而精妙之处，在于能把人物心理描写得细致，生发得远阔，熔现实、理想、人物性格于一炉。

小说是语言艺术，不同于美术、雕塑，只能让人们从外表的微妙变化去体会人物的灵魂；它可以放开手来，钻到人物的心中，去描写他的整个心理状态和心理变化。问题是，作家要善于捕捉心理活动的旋律，善于运用社会环境来衬托心理，运用生活细节来传达心理。要如渔夫撒网，放要放得开；又似木匠钻孔，钻要钻得透。而叶圣陶在这方面，表现了杰出的才能，他既是一个语言艺术家，又是一个心理分析家。

三

“匀称”，这是叶圣陶极为重视的一种艺术美，因此，他要求艺术品“结构紧密而仍觉舒畅”，紧密与舒畅相统一，这是叶圣陶短篇小说结构艺术的一个准则。

结构，并非现成的木头框子，把现实生活裁成碎片往里面一装便完事。结构，首先是对生活的认识和对生活的提炼。现实世界本来是一个完整的统一的有机体，正如叶圣陶在《西川集》中反复说到的："生活是浑然的整体"(《关于谈文学修养》)，"在文艺家的心目中，他涉想的对象是整个社会"(《暴露》)。但是，短篇小说又不能不对生活素材进行扬弃，择取，提炼，生发，使之形成一个新的完整的统一体。从素材到作品之间，分合离析，结构也便在其间形成了。艺术结构要求紧密，形成完整的艺术有机体；艺术结构又要求舒畅，使这个有机体生机勃勃。

这种结构艺术的准则，在叶圣陶的名篇《夜》中，得到高度的体现。《夜》和鲁迅的《药》类似，采用了双线结构，把烈士的母亲放在明线的位置，写她的恐惧，写她的悲伤，写她的忿恨，写她的奋起，把她的性格真实地、完整地按照生活的逻辑写出来。烈士的牺牲则放在暗线，作为母亲性格形成的原因和性格发展的动力，写他们在白色恐怖中被捕被害以及他们视死如归的战斗风姿。这两条线自始至终纠结在一起，幼儿的避难，母亲的幻觉，阿弟的讲述，字条的出示，都是这两条线的遇合点，它使这两条线紧密交错，不曾游离：

> 晚上，在她，这几天真不好过。除了孩子的啼哭，黄晕的灯光里，她仿佛看见隐隐闪闪的好些形象。有时又仿佛看见鲜红的一摊，在这里或那里——那是血！里外，汽车奔驰而过，笨重的运货车的铁轮有韵律地响着，她就仿佛看见一辆汽车载着被捆绑的两个，他们手足上是累赘而击触有声的镣铐。门首时时有轻重徐疾的脚步声经过，她总觉得害怕，以为或者就是来找她和孩子的。邻家的门环一响，那更使她心头突地一跳。本来已届少眠年龄的她，这样提心吊胆地细尝恐怖的味道，就一刻也不得入梦。……

这是对国民党反动派屠杀革命人民的血的控诉书。在结构艺术上，它又是双线发展的一个凝聚点。处处写的是母亲的恐怖，又处处写的是革命青年的被捕被杀。黄晕的灯光和鲜血的幻影交织，孩子梦里的呜咽，又勾起对青年被捕情状的联想。汽车声、脚步声、门环响声，声声响在母亲的耳中，又声声连着白色恐怖中牺牲的青年的形象。综观全《夜》，字字有母亲的泪，行行有烈士的血，这种血和泪凝结成一个具有巨大艺术魅力的小说结构。

《夜》与《药》相比，结构上又有其独特之处。全部故事发生在一条不很整洁的里弄，一幢一楼一底的屋内，一盏黄昏的煤油灯下，而且出场人物只有两三个，时间是在一个夜里，前后不过几个钟头。在极为有限的时空环境里，安排了浓度很高的故事，表现手法极为精炼、紧凑。但是，作者却运笔如风，丝毫不觉得拘束，好比杜甫的诗所说："咫尺应须论万里"，这是一种了不起的本领。作者不是平平板板地倒叙故事，而是确确实实地把情节的展开和人物的性格揉合起来。阿弟的性格对结构的舒畅有举足轻重的作用。很难设想，如果没有阿弟的市侩心理，没有他们的姐弟关系，没有欲吐还止间的极为复杂的心理描写，而是直通通地让阿弟把全盘经过一口气讲出，那么整篇文章就不可能有这么多的回旋曲折，就不可能有这么强烈的戏剧性，就不可能有这么浓郁的气氛。从这里可见，结构艺术不仅和小说的情节互为表里，而且和人物的性格也是息息相关的。严谨的结构要依靠行文的波折来达到文气舒畅，也要依靠人物性格来达到这种舒畅。在《夜》中，这一点达到了炉火纯青的地步。

性格的展开不仅能使严谨的结构变得舒畅，而且又能使舒畅的结构回复严谨，这个问题可以从不同性格的多样性和同一性格的统一性中求得解释。《夜》的开头，老妇人不许外孙说姓张，而教他说姓孙，表现了她对国民党反动派斩草除根的恐怖政策的恐惧。但是，当她听阿弟介绍完，知道女儿女婿已经牺牲的时候，怒火烧去了恐惧，拍着孩子的背，说："说什么姓孙，我们大男姓张，姓张！"语声转成哀厉而响亮，再不存丝毫顾忌。前后两段话，一正一反，一呼一应，既交代了老妇人性格的急剧发展，又加强了小说结构的完整。既要完整统一，又要游刃有余，这是一个优秀的小说家必备的笔力。

小说结构还要注意布"眼"。我国传统文论中所谓"眼"，讲的是一种艺术匠心，文学艺术家煞费苦心地安排一些具有特征性的语言、事物或人物的表情动作等，使之有节奏地重复，在回复中不断引深，造成一种前后呼应、首尾贯串的艺术有机性的效果。正如下围棋一样，布足棋眼，全局皆活。叶圣陶熟知传统艺术的妙趣，他的《一个朋友》，四次点“醉”，这个“醉”字便是其中的“眼”。

作为一个讲究文章章法的作家，叶圣陶对他的小说的结尾特别注意。钱杏村曾经指出过：“叶绍钧的小说，往往在收束的地方，使人有悠然不尽之感。”（《现代中国文学作家》第2卷18页）他的小说的结尾，有时在徐徐的铺陈中，一下煞住，作裂帛之声，醒人耳目（《义儿》）；有时在急切的交代后，加上一笔从从容容的景物描写，似空中闲云，发人遐思（《外国旗》）；有时在故事终了，缀上精粹的写景，酿成韵味，给人以诗意的感受（《寒假的一天》）。尤其是《一生》，结尾朴朴实实，没有什么奇异之处，但是不奇而奇，却正是它的高明之处。小说中的女主人公嫁到夫家之后，没有爱情，只有凌辱，结果逃到城里为佣，反而得到了舍不得离开的舒服境地。后来丈夫死了，不能不回去了——

> 伊到了家里，见丈夫直僵僵地躺在床上，心里很有些儿悲伤。但也想，他是骂伊打伊的。伊公婆也不叫伊哭，也不叫伊服孝，却领伊到一家人家，受了二十千钱，把伊卖了。伊的父亲，公公，婆婆，都以为这个办法是应当的，他们心里原有个成例：田不种了，便卖耕牛。伊是一条牛，——一样地不该有自己的主见——如今用不着了，便该卖掉。把伊的身价充伊丈夫的殓费，便是伊最后的义务。

这“最后的义务”是对一个劳动妇女的人生价值的多么准确又多么悲惨的总结。小说题为《一生》，实际只写了她短短的几年生活，从有如半条耕牛一样嫁出，到又如一条耕牛一样卖掉。她象牲口一样被人按照成例买卖，象牲口一样不能对自己的命运措置一词，象牲口一样没有人间亲友，象牲口一样只给主人换回二十千钱。小说的结尾以一个劳动妇女对自己的丈夫履行最后的义务，写尽了她在家庭，在社会的毫无地位。文字平平实实，却照应了全文，总结了她的前半生，又预示了她的余生。锯一断面，便知道松树的年龄；看一结尾就知道人物一生的命运，这样的结尾，包含着一个现实主义作家深刻的生活观察。毫无疑问，叶圣陶短篇小说的结尾之所以“使人有悠然不尽之感”，就是因为它凝结着真切的人生哲理，成为整篇小说严谨的艺术结构的有机部分，而且是闪光的部分。另外，结尾处的文字特别凝炼，也是不可忽视的。

四

叶圣陶小说的艺术语言的特点，突出地表现为凝炼和纯洁，他把普通、朴实的字眼运用得方圆恰切，尺寸精审，富有表现力和暗示力。他在语言的使用上，依然下的是“中正的工夫”，成功了一个优秀的语言艺术家。亚里士多德说过：“风格的美在于明晰而不流于平淡。最明晰的风格是由普通字造成的”（《诗学》第二十二章）。化芜杂为单纯是一种极高的语言功夫。语言单纯是行文清爽的基础，清爽之文，似晨风入林，清泉出涧，别有一番沁人心脾的妙处。

这种凝炼单纯，基本的一条是准确贴切，而确切又是和深入的观察紧密相联的。眼中有尺寸，笔底方有斤两。《抗争》写教职员联合会决定向教育当局斗争，要求改善教员待遇，并推举会长和一个在会上发言最激烈的高高的人去见局长——

“诸位先生的意思，兄弟没有不尊重的，”局长答复两位代表说，照例是又庄严又谦和的脸，眼光时时从眼镜边上溜出来。“从前兄弟也当过教员，教员的况味那有不知道的？再说到教育，教育不好好儿办，中国还有希望么？所以，诸位先生的意思，爽直说，就是兄弟的意思。”

那位高高的代表听说，不由得坐得更偏一点；仿佛嫌自己的身躯太高了，只想叫脊背尽量地弯弯弯。再发表些意见吧？这似乎可以不必了，因为局长的意思就是教职员们的意思，那末“咱们一伙儿”了。会长先生是本来不预备挡头阵的，现在看先锋尚且不开口，落得托着下巴静听。

“不过，”局长轻轻咳一声，意思是重要的话来了，“当局也有当局的难处。能够想法的地方，决不会不去想的。然而从各方面想尽了还是没有办法，这就不能一味责备当局了。是不是呢？是不是呢？”

两位代表不自主地都点头了。

这是由人物的位置、动作、眼神、心理、谈吐交织成的一幅讽刺画。字字贴切，句句入卯。三个人，三副表情，准确而又微妙地传达出整个事情的趋势和结局。局长采取的是以柔克刚的方法，他很得体地表示了对教员们景况的体谅，对教员们意见的尊重，并且表示要想尽办法去解决，但是他丝毫没有应诺下一步实际行动，只用空话搪塞。小说点出，他庄严而又谦和的脸上，眼光时时从眼镜边溜出来。这个“溜”字，用得确切，恰如一把镊子把他的灵魂擒了出来，揭示出他的内心在计谋、在度测。当他看准对方的弱点之后，说话就从软中隐隐地露出硬来，先是“轻轻咳一声”，后是一再反问“是不是呢”，这种轻微的神情语气的变化，说明他已化守为攻，而又“隐剑锋于袖里”，使人不觉得他的进攻。“高高的代表”不曾开口，小说点出他“坐得更偏一点”，“脊背尽量地弯弯弯”。屁股一偏，脊梁三弯，已经表明他自认卑下，是不用竖起白旗而实际投降了。会长是“托着下巴静听”，一托一静，就勾出一副滑稽的雕象，这个老滑头也跑不掉了。这种描写法，所包含的“不言之言”，是很耐人咀嚼的。最后点出，对局长的讲话，“两位代表不自主地都点头了”。说明这幅讽刺画中，主宰者是局长，失败自然也就在教职员一方了。这里没有拍桌顿脚，表面平平静静，但是底里却尽是文章，充满着心理的激荡，这正是观察处处入微，用语处处切中的结果。叶圣陶说，他自己的见解往往“寄托在不著文字的处所”（开明版《叶圣陶选集·自序》）。他的文字确实具有丰富的暗示力。

短篇小说在篇幅上要以小见大，在语言上更讲究以少胜多。凝炼的语言之所以凝炼，因为它包含着充实的生活内容，一个石头打下几只鸟来。《席间》是写几个庸俗、腐化的知识分子生活的，他们中国际情势专家只能回答美国和俄国“大概”接近了一点儿，大学教授不会编讲义，聚在一起就赌博，谈女人，下妓院，过着如醉似梦、昏昏沉沉的生活。小说的开头，借一个苍蝇，写出他们活动的背景：

电风扇嗡嗡嗡，好象在梦里。一个苍蝇敏捷地停在玻璃杯口，想尝尝柠檬汽水什么味道；但是，不等那几个给卷烟熏黄了的指头拂过，它又飞到窗沿上观赏大上海的夜景去了。

七十余字，不从人的角度，而从苍蝇的角度来写场面背景，新鲜别致，富有讽刺的意味。语言经济不说，它还象征性地点出，故事中出场人物都是些蝇蚊之辈。而且，时间、地点、场所都点到了，这是上海夏夜，一个小小的待客席面。在这里，语言的凝炼得力于作者所选择的极为明澈而又极有暗示力的描写角度，使字里行间出现“意象并发”的艺术效果。在《抗争》的开头，语言的经济则是通过择取富有生活内蕴的细节来实现的：

清早起来改了二三十本学生作文簿的郭先生搁下笔抬起眼来，只觉乌鸦似的一团团的东西在前面乱晃。闭了眼，用手指按了按眼皮，一会儿，再张开来，乌鸦似的一团团的东西没有了，便翻开刚才送来的当天的地方报。一阵青烟从后屋浮进来，烟火气刺入鼻际几乎打嚏，同时听得塌塌塌劈木柴的声响。

这一段文字，象醇酒一样有着一种深沉的底劲。一早就改了二三十本作文簿，只这一句，就写出了学校工作负担之重，同时揭示了郭先生的勤奋和忠于职守。抬起头来，头晕眼花，可见学校欠薪，弄得教员们生活穷困，危及健康了；眼花了，却不是去找东西充饥，或找药物疗治，而只是“用手指按了按眼皮”，这就好比肚子饿瘪了用勒紧裤腰带来对付一样，事实很凄惨，写得颇传神。但他不顾这些，还去翻看地方报，关心社会问题。屋后的劈柴声，飘来的烟火气，又点出了住房的拥挤，生活的烦扰，工作条件是很差的。这一开头，在全文中，又犹如精心砌筑的奠基石，揭示了郭先生号召教职员们起来抗争的经济原因，同时由于把他写得勤奋，忠于职守，他的反抗也就更为可贵的了。一百二十字，有这样大的效能，谁能说这不是结结实实的语言？

语言的凝炼，不是一味地追求简短，更重要的是追求精粹，取得一语尽传精神的效果。炼句要往活处炼，不能往死处炼。往死处炼就是一味地追求简古，往活处炼则着重于传神。叶圣陶短篇小说，有些文字精粹之处，确实是一语传神的。《一包东西》写一个校长受人之托，携带一包东西回校，他怀疑这包东西是革命宣传品，又怀疑侦探在跟踪他，心神恍惚，忐忑不安。回到屋里，便让校役出去看风——

“梅生！”他用敛抑的声气叫唤。“外边有没有人问起我？”

梅生的瘦脸显露在房门口了，“刚才门口去看，人是有的……”

“啊！”

“不过都是来往的人，没有问起先生的。”

“哦！”他想发作，不知道为什么又缩住了。……回到床前取出箱子背后的纸包，带着又好奇又害怕的心绪，郑重地放在桌上。

“嘻……这个东西！”他用力抽出一张来看时说。纸面印着一位老太太的半身像，面貌很慈祥，皱纹虽多，却没有干枯憔悴之意。翻过来看是讣告，“降服孙”下面印着老李的名字。

这里“啊”、“哦”、“嘻”三个语气词，何等准确地表现了一个胆小、软弱、动摇的知识分子多么复杂而又瞬息变化的内心活动，状人之声如摄人之魂。如果用铺陈的方法，简直可以写成一大段文章。

叶圣陶自己曾经说过这种炼字和炼句的甘苦：“在我，写小说是一件苦事情。下笔向来是慢的；写了一节要重复诵读三四遍，多到十几遍，其实也不过增减几个字或一两句而已，一天一篇的记录似乎从来不曾有过，已动笔而未完篇的一段时间中的紧张心情，夸张一点说，有点象呻吟在产褥上的产妇。直到完篇，长长地透一口气，这是非常的快乐。”（《随便谈谈我的写小说》，见开明版《叶圣陶选集》附录）正是由于他有这种一丝不苟的写作态度，我们才能读到小说中的那些精粹的语言。看到铁匠炉旁精致的铁制品，我们应该佩服铁匠们结实的胳膊，赞美他们涔涔的汗水。

（选自1980年9月《中国现代文学研究丛刊》第2辑）

叶圣陶童话创作的思想轨迹及其艺术特色

金　梅

一

叶圣陶(原名叶绍钧),是中国现代文学史上成绩突出的作家之一,并且是中国从事童话创作最早的一个作家。可以毫不夸张地说，他是中国童话这一文学体裁的开路先锋。鲁迅先生对他在这方面的成就，给予了高度的评价。说他“给中国的童话开了一条自己创作的路”(《〈表〉译者的话》)。这里，我们试着探索一下他童话创作思想发展的轨迹，就正于现代文学史、特别是儿童文学史的专家们。

叶圣陶的最初动手写作童话，是在郑振铎编辑《儿童世界》的时候。郑振铎在 1921 年 9 月间，创办了《儿童世界》。这是值得在中国儿童文学史上记载一笔的。因为它是我国专为儿童创办的最早的一个杂志,在为实现儿童文学的民主化和开辟现实主义道路而作的斗争中,作过一定的贡献。这个杂志的主旨，在给儿童灌输一种活的社会知识，以补正课——“死知识”、“死教训”的不足。叶圣陶最初创作的一些童话作品，就发表在这个杂志上。

在我们中国，由于长期处在封建主义愚昧的统治下，儿童一向被当作大人的“附属品”，没有独立的人格。儿童的社会地位和他们生活上、精神上的需要，也一向被人遗忘。很少有人对儿童问题作过认真的考虑。在中国旧文学中，儿童文学作为一种独立的体裁是不存在的。一般的只能看看《三字经》、《百家姓》、《千字文》、《神童诗》和《二十四孝》之类充满着封建毒素的读物；稍有条件的，也顶多读读《水浒传》、《西游记》、《镜花缘》等古典小说的某些章节。直到十九世纪末二十世纪初，中国受到西欧进步的社会思潮的冲击，才有一些适合于儿童阅读的外国作品介绍到中国来。1840 年教会出版了《意拾蒙引》（即《伊索寓言》)。这是英汉对照本，当然还不是专门为孩子们出版的。到十九世纪末，林琴南选译了《伊索寓言》，梁启超也译了《十五小豪杰》等。特别应该提到的，是我们新文学的创始者和奠基者鲁迅先生。他在 1903 年翻译了儒勒·凡尔纳的《月界旅行》和《地底旅行》。随着有关儿童教育问题的提出（叶圣陶在开始童话创作以前，也曾在当时的《新潮》杂志上发表过好几篇有关儿童教育的论文)，中国知识界才开始关心儿童读物。尤其是“五四”运动期间和以后，在当时革命思潮的激荡中，儿童问题被作为一个重要的社会问题——反帝反封建的革命任务之一部分——提了出来，而儿童文学也被作为这整个问题的一部分，开始受到了重视。这样，就出现了一些“新”内容的儿童读物，但主要还是翻译和编写。真正作为中国儿童文学草创时期的实绩的，是叶圣陶的童话创作，特别是他的《稻草人》的出版。

二

叶圣陶开始童话创作，并不是偶然的；在动笔写作第一篇之前，有过长期的酝酿和计划。这可以从两方面来看：十年清贫的小学教师的生活，不仅使作者熟悉了儿童的心理、生活习惯、理想，为以后从事童话创作打下了基础，更重要的是，使他看到了下层人民的穷苦生活，较深切地观察了他们的辛酸。这就为他的童话创作积累了丰富的素材，获得了作品的灵魂——思想性的依据。叶圣陶是文学研究会（中国现代文学史上一个十分重要的进步文学团体）的发起人之一，和这一团体初期最有实绩的作家。当时文学研究会的作家的创作思想一般是：“文学应该反映社会的现象，表现并且讨论一些有关人生的一般问题”（茅盾：《中国新文学大系·小说一集导言》)。叶圣陶的创作也是明显地偏于这种“为人生”的一面的。他的作品“有一个一致的普遍的倾向，就是对于黑暗势力的反抗，最多见的是写出家庭的惨剧，和兵乱的灾难，而表示反抗的意思”(叶圣陶:《创作的要素》,见《中国新文学大系·文学论争集》)。作为叶圣陶全部创作的一部分的童话作品，其思想倾向也是如此。这是一方面。另一方面，叶圣陶读过很多外国作品，受到安徒生、王尔德等杰出的童话作家的很大影响。这就使他熟悉了童话这种形式，从而开始了自己的创作实践。《稻草人》的出版，为中国儿童文学史立下了一块坚实的里程碑，也给作家叶圣陶带来了文学上的更多荣誉。

作为现实主义作家的叶圣陶，和他的小说创作有过一个发展历程一样，他的童话创作，在其思想性和创作方法上，同样可以找出一条显著的轨迹来。

以下，我们就他的具体作品作一粗略剖析。

在叶圣陶初期的童话作品中，描写的生活是那样的静谧安然，大自然是那样的令人心旷神怡；作者用这种描写，来表达他对童话般的人生、美丽快乐的天国的向往之情。例如：

一条小溪是各种可爱东西的家。小红花站在那里，只是微笑，有时做得好看的舞蹈。绿草上滴了露珠，好象仙人的衣服，耀人眼睛。溪面铺着萍叶，矗起些桂黄的萍花，仿佛热带地方的睡莲——可以说是小人国里的睡莲。小鱼儿成群来往，针一般地微细，独有两颗眼珠大而发光。……

溪面有极轻的声音——水泡破碎的声音。这是鱼儿做出来的。他们能够用他们的特别方法奏这奇异的音乐。“泼刺……泼刺”，他们觉得好听极了。

——《小白船》

一丛棠棣花，在绿杨树的底下。开得多美丽呀！仿佛天空的繁星，放出闪闪的金光。顽皮的风时时推着摇着，棠棣怕羞，只将身子轻袅。风觉得有趣，推着摇着，再也不肯罢休。棠棣的腰支袅得疲倦了。

——《燕子》

作者醉心地描绘和渲染着大自然的美（我们惊叹于他对大自然的如此细密精到的观察和诗一般抒情的描绘），一往情深地沉浸在这种美里面了。他把故事情节往往安排、组织在我们上面引述的那般美境中，赋予一种田园牧歌式的情调和意境；而故事情节本身，又大多是所谓人与人之间的亲爱关系（自然，这种关系有时是由某种动植物来体现的）。大自然的美和所谓人类的爱，在叶圣陶初期的童话作品中，是和谐地交融在一起的。从这里，我们可以明显地看到英国童话作家王尔德的影响。王尔德的童话创作的主题，主要的是对“美”和“爱”的赞颂。在叶圣陶初期的童话作品里，写得最多的也是美丽的自然和所谓人类之爱。

在《小白船》中，写了这样一个故事：一个小男孩和一个小女孩，两人乘坐了一只小白船，随风飘荡在一个为作者所极力描绘的美境中。后来，他们来到一个陌生的旷野上。这里挂着无数“玛瑙球”似的野柿子。正当他们甜美可口地吃着柿子的时候，忽然从一丛矮树里蹿出一头小白兔。女孩子把它抚爱地抱在了怀里。不一会儿，兔子的主人寻来了，向小女孩要回了它。两个孩子就向他打听归家的路途，但他要求他们回答三个问题作为条件：

> 那人说，“第一个问题是鸟为什么要歌唱？”
>
> “要唱给爱他们的听”，她立刻回答出来。
>
> 那人点头说，“算你答得不错。第二个问题是：花为什么芳香？”
>
> “芳香就是善，花是善的符号”，男孩子抢着回答。
>
> 那人拍手道，“有意思！第三个问题是：为什么小白船是你们所乘的？”
>
> 她举起右手，象在教室里表示能答时的姿势，说，“因为我们纯洁，惟有小白船合配装载。”
>
> 那人大笑道，“我送你们回去了！”

鸟的歌唱，花的芳香，小白船的纯白，人间的爱、善、心灵的纯洁，组成了一幅为作者心向往之的人生图画。

人的纯洁的心灵，尤其是所谓“爱”的本性，是叶圣陶早期童话（以及小说）作品中反复赞颂的东西；他从要爱人和能被爱两个方面，歌颂着这种所谓人的本性，把读者领进爱的王国。——而纯真的心灵，更是作者所崇赞的。例如在《傻子》这篇作品中，赞扬了一个在别人看来是傻子、实际是心灵纯洁、能爱人的孩子。傻子出身很苦，是在育婴堂养大的。六岁上就当了木匠的徒工。但是，他对穷苦人有一种天生的“爱”，而这是为世俗社会所不理解的。晚上，师傅要他和师弟一起锯木板，他可以让师弟安睡，并把自己的破棉絮给师弟盖上，宁愿自己通宵干活。任务是完成了，却受到了师傅的责骂。他在路上拾到了金子，不入私囊。他首先想到了失者的焦急。于是等候在路上，把金子交还了原主。师傅知道了，又是不高兴。主人家上梁时发下的糕饼馒头，他自己不吃，送给了几个饥饿中的乞丐。这又引来了邻居的责难。最后，他所在地的国王，在群众大会上发誓要去进攻他国，以杀人获胜为乐事。傻子却站出来对国王说：“国王，不必等仇敌罢！你要杀一个人平平气，就杀了我罢！”国王被傻子的勇于自我牺牲的精神所折服，下决心不再打仗了。并请傻子建了一个讲究的牌楼，以表示休兵罢战的决心。在这里，作者以傻子为榜样，极力宣传了一种人要爱人的思想。如此等等。我们从叶圣陶早期的一些童话作品中可以看到，作者的赞美和宣传，往往是通过孩子的行为来体现的。这是为了：一，说明人的本性是美的、善的；二，劝说人们要返朴归真到这种本性中去。

傻子似的行为所以值得赞美，是因为在作者叶圣陶看来，人世间太缺乏这种能爱人的人了。就是说，叶圣陶所以这样赞美，正是为了批判不能爱人的世俗观念。但叶圣陶在另外一些作品中，却又表现了这样一种思想：人间的爱是最实在的，而所谓“伤害”之类，倒是虚空的。例如在《燕子》中写了这样一个故事：一只羽毛未丰的小燕子出去试飞，不意中受了伤害。绿杨树、池水、蜜蜂们，十分同情它的遭遇；但都由于自己的柔软、不自由或太单薄而爱莫能助。不过它们都告诫它说：“……你吃亏了。你不要相信世间没有伤害呀！”后来，燕子得到了棠棣花的庇护，又被小青带到了家里。小青和玉儿以仁慈、柔暖的心抚养着它，使它很快恢复了健康。并且通过报纸上的广告，又找到了它的母亲。小燕子的这一切遭遇，使它得到了这样一个信念："我真实遇到的都是好意。伤害之来，我没有知晓，可知他的性质是虚空的。我相信这是末一回了——遇到这虚空的伤害"。

叶圣陶早期的一些童话（以及短篇小说）作品，其主题思想集中在对"美"和"爱"的向往上面。应怎样看待作者的这一创作现象呢？我们以为，这需要进行具体的、历史的和一分为二的分析。它既有积极的一面，这是主要的；但又有消极的一面，这种局限性是由时代所造成的。

茅盾同志在谈到叶圣陶早期的创作时，说过这样一段话：叶圣陶"以为'美'（自然）和'爱'（心和心相印）是人生的最大的意义，而且是'灰色'的人生转化为'光明'的必要条件"（见《中国新文学大系·小说一集导言》）。这很恳切地说明了叶圣陶早期创作中包括童话创作在内的指导思想。叶圣陶是一个对旧中国的灰色人生深恶痛绝的作家，并时刻在寻找着如何改变这种灰色人生的道路。但作为一个革命的小资产阶级知识分子，叶圣陶在二十年代初期中国特定的社会历史条件下，很自然地把抽象的"美"和"爱"之类，当作了变革现实的指导思想。他把这种思想作为一种武器，用来批判冷酷、隔膜和灰色的人生。就是说，叶圣陶之所以要宣传、鼓吹"美"和"爱"之类的思想，是因为在他看来，现实生活中太缺少这种思想及其行为了；他是把这种思想，作为一种对现实生活的反抗的形式的。叶圣陶曾经这样说过，他"对于不满意不顺眼的现象总得'讽'它一下，讽了这一面，我期望的那一面，就可以不言而喻。所以我的期望常常包含在没有说出来的部分里"（见《叶圣陶选集·自序》）。的确，在多数情况下，叶圣陶是把他的期望"常常包含在没有说出来的部分里"的。但综观他的全部创作，上述他的这段话，也可以作这样的相反理解：他说出了自己所期望的这一面，也等于包含了需要"讽"它一下、反抗一下的另一面。他在早期的一些作品特别是童话作品里，之所以要极力宣扬、鼓吹"美"和"爱"之类，正是他不满现实、反抗现实的一种表现；他是想用它去替代冷酷、隔膜和灰色的人生。这是叶圣陶那些专门表现"美"和"爱"的作品的思想意义，它的主要倾向，是应该肯定的。

但也应该指出，叶圣陶这类作品的消极的一面。从马克思主义的观点看来，在阶级社会中，所谓"美"和"爱"等等，从来就不是抽象的、超阶级的。它们是有鲜明的阶级性的。在人类的主要社会实践中，统治阶级和被统治阶级，压迫者和被压迫者之间，不可能有什么共同的“美”和“爱”。这些，在今天看来，当然是十分清楚的了。但在二十年代初期，一般小资产阶级知识分子还不可能有明确的认识。他们看不到十七、十八世纪欧洲资产阶级启蒙思想家所鼓吹的自由、平等、博爱之类（包括所谓“美”和“爱”）的阶级实质，把它看成为一种到处适用的医治社会的药方，从而抹杀了阶级界限。这种情形，对叶圣陶来说，也并不例外。例如，他在《小白船》、《芳儿的梦》中所赞颂的纯洁和优美的心灵——其中最主要的是所谓能爱人，固然很有诗意，但毕竟太空渺、太抽象了，在具体的社会实践中太难于把握了。而在《傻子》这篇作品中，作者尽管赞扬傻子爱的大多是穷人，但他还不能真正从本质上去理解“爱”的观念和行为，所以很不恰当地用它去调和人民群众与国王之间的矛盾，是缺乏阶级分析的。这是叶圣陶早期童话创作局限性之一。其次，他那些专门描写“美”和“爱”的作品，确实富有一种浪漫主义的诗意色彩，表现了他的一定的理想。但这种理想，在当时的社会生活中，是缺乏付诸实现的基础的。在叶圣陶写作上述那些童话作品的具体历史条件下，如果不是首先去彻底揭发、批判和铲除造成冷酷、隔膜、灰色的人生的社会根源和阶级根源，所谓“美”和“爱”，又何由之来！在当时的社会历史条件下，创作上的浪漫主义，只有与彻底揭发批判黑暗生活的现实主义相结合，只有获得了坚实的实践的基础，它才能有真正的鼓舞人心的力量。否则，只能是一种架空的幻想。有时，甚至不能准确地反映生活。如叶圣陶在《燕子》和《梧桐子》中，把“伤害”说成是“虚空”的，这就与他一贯痛恨的当时的现实生活不相符合了。当然，叶圣陶早期童话（也包括某些短篇小说）作品中的这些不足，主要是由时代所造成的，我们不能苛求于他。况且，叶圣陶随着对社会生活，特别是人民群众所受的严重的剥削和压迫的深切体察，也正在逐步地克服着这些不足。

三

严酷的现实生活，促使叶圣陶从“美”和“爱”之类的幻境中和

“孩提的梦境里”走了出来。这也就使他在《稻草人》的另一些作品中，开始接触到了一些严肃的社会问题，隐藏进了一些“悲哀”的分子。

在《一粒种子》中，叶圣陶写出了劳动和美、善的关系：只有淳朴的劳动者，才能得到真正的美，国王、富翁、商人、军士等心地不纯的人，都是与美不相关的。作者歌颂了前者，讽刺了后者。一粒核桃般大的种子来到了世上，若是将它种在泥里，就能够透出碧玉一般的芽来。开的花是说不出地美丽，什么玫瑰花、牡丹花、菊花都比不上；它那浓郁的香气，兰花、梅花、芝兰也都及不上。国王请人精心种植了这粒种子，并焦急地期待着以它的花香和美丽，作为他世上最富有的标志。但是两年过去了，这粒种子仍然状貌如初，毫无发芽抽叶的征候。这就惹怒了国王，终于把它扔掉了。以后转辗几年，这粒种子到过富翁、商人、军士之手，他们都想把它作为炫富发迹的象征，但它对于这些人偏偏不显露任何一点好感。最后，这粒种子到了少年农夫的手中。他把它种在田里，并不存什么额外的期望。他照常耕作，照常割草，照常浇灌后不久，种子终于发芽抽叶，开出了一朵美丽到说不出来的花，放出的浓郁的香气，永远不退。《一粒种子》所写的这些内容表明，叶圣陶是在探索着美的源泉——劳动和劳动者的纯真的心灵，赞扬着美的创造者。在这里，他是把美的理想寄托在劳动者的身上的。比之前面提到的那些抽象地赞颂美的作品，《一粒种子》在思想性上，是提高了一步的。当然，作者的这种对美的体验、感受，依然带有幻想的色彩。或者说，只是旁观者的体味、设想。因为在当时的社会环境中，对于劳动者来说，从劳动中得到的只是汗的苦味。这一点，作者不久也就有了明确的认识，并在作品中表现了出来。在《一粒种子》之后写的《地球》、《大喉咙》、《旅行家》和《富翁》等篇中，比较深刻地写出了劳动在那个时代的社会意义。

从对现实生活的反复观察中，使叶圣陶对劳动的小资产阶级知识分子型的美感幻想不断消退——或者说为现实所打破，而从中逐步地体察到了劳动的苦况。这说明，叶圣陶的思想感情与劳动大众有了进一步的接近；从而也促进了他的童话作品的现实主义的深刻性。在《大喉咙》中，他写出了被迫劳动怎样夺去了人们的种种幸福——仙境中的爱情（梦仙与少年）、老年夫妇的慰藉（瞎子老妇与丈夫）、母亲怀中的温蜜（婴儿与母亲），所有这些，每当“大喉咙”（汽笛）一喊，就立刻复为虚空。作者十分同情主人公们的不幸遭际，让梦仙蜜婴儿和瞎子老妇联合起来，去向“大喉咙”请愿，要求它不要把少年、母亲、老夫从他们身旁无情地拉走。“大喉咙”答应了他们的请求。这篇作品，前半部分写出了被迫劳动的痛苦，是对旧制度的一种有力控诉；但后半部分把幸福的求得寄托在“大喉咙”（实际上是剥削者的代名词）的同情上，是不恰当的。这就说明，叶圣陶尽管逐步地看出了社会的种种不幸现象，却还没有找到正确解决问题的办法。这在《旅行家》中也是如此。有些同志认为，叶圣陶的现实主义的局限性，或者说他的作品没有向社会主义现实主义过渡的原因，是因为没有指出出路。其实不然，他的作品还是在努力指出出路的，只是他所设想的出路是无济于事的。问题的关键，不仅在于指出出路，还在于（而且更重要的）指出的是怎样的出路。

可以说，叶圣陶童话中的“悲哀”的份子，从《大喉咙》开始，是越来越浓密了。《富翁》这篇，比《大喉咙》更进了一步。劳动在那个剥削制度支配一切的社会中，成了厌恶的东西，谁都想摆脱它。但吃的、穿的、住的都从哪儿来？个个都当了不劳而获的富翁，连人类都是要灭绝的。叶圣陶目睹了当时的世俗人情，产生了悲哀的感受，结构成了《富翁》这样的作品。但作者在耽忧悲哀之中，也有他清醒的一面。这就使他的作品，具有了讽刺的力量。他告诫人们，不劳动而想享福，是不行的。

唯其保持着清醒，叶圣陶才看到了一系列悲哀的事实。人与人之间无同情可言，有的是这样的场面：

> 许多拉人力车的人举足奔跑，足反曲时，几乎触着臀部；两手用力揿住车柄，臂膊同鸟翅一般张了开来。灰沙被风吹起，一阵阵送进他们的鼻孔和嘴里；他们吁吁地喘着，声音响而粗，仿佛气筒正在抽揿呢。汗是没有功夫揩了，只会流下来，滴在马路的沙土上。
>
> ……
>
> 这个人曾打过好几回大仗，因为他的规划，杀死了无数的敌

兵。青草的地上，泥土的沟里，仰着、俯着、绝了生气的，都吃的他的枪弹。农屋毁灭了，花园残废了，学校里没有读书声了，工厂里停止了机器声了，都经了他的炮灰。

——《眼泪》

而“他”现在就是最尊贵无上、钱包满满的人了。拉车者和坐车者之间、杀人者与被杀者之间，怎能有同情之泪可流呢？这就怪不得我们的作者要为之一再叹息了！

在上面所论述的这类作品中，我们可以看出，叶圣陶童话创作的现实主义有了进一步的发展，作品的思想份量也有了进一步增加。但也应该指出，往这些作品中，一般都只停留在对悲哀事实的描写上面，揭露批判得还不够强烈、深切。而且，在多数作品中，作者对那些悲哀的现实感到没有办法。他尽管同情“主人公们”的不幸遭遇，但没能为他们指出一条切实可行的出路来。有时还常常自觉不自觉地要返回到早先的那种孩提似的梦境中去，从中移来一些幻想架空的办法和自己的期望。如《大喉咙》中让大喉咙听从了梦仙、婴孩和瞎子老妇的请求，不再夺去他们的幸福。正象要求工厂主答应不再剥削工人的请求一样，这是不可能的。《旅行家》中的设想，也是过于天真的。资本主义国家不是有了很多那样的机器吗？但穷人们是否样样都有了呢？《鲤鱼的遇险》中的鲤鱼，固然暂时跳出了渔夫的牢笼，回到河里“团圆”去了；然而，你能够说，在“渔夫”（应读作剥削者、掠夺者）依然存在的世界里，鲤鱼能够不再遭险、从此太平了吗？鲤鱼们如果不联合起来掀翻渔船，把“渔夫”、鹭鸶葬身河底的话，它们是不可能得到真正的太平日子的。这一点，叶圣陶在写作这类作品时，是理解得不够深刻的。但他毕竟是一个不断求索着前进的作家，对现实生活的理解是在逐步地加深着的。这可从下面一类作品中看到。

四

以《稻草人》为标志的一类作品，说明叶圣陶对旧社会的揭露更加深切、批判更加有力了。

《画眉鸟》中的画眉鸟，既不同于燕子（《燕子》）对世态的粗浅的观察和幼稚的结论，也不苟且于人们为它安排的舒适安乐却极不自由的环境。作者通过飞巡各处的画眉鸟的眼睛，在更广阔的背景上暴露了旧社会的黑暗：有钱人可以寸步不走，由穷人满头大汗地拉着他跑，穷人的价值只在替代人家的两条腿；有钱人可以刀叉耀眼，吃鱼吃肉，穷人却只能在腥污气中皱着眉头，为阔人们做菜端盘；一个十一二岁的女孩子，为了挣几个铜子，不得不抛头露面，任人吆喝讽笑；……“不幸的东西填满了世界，都市里有，山野里也有，小屋子里有，高堂大厦里也有”，——这是多么令人悲哀的世界啊！整个世界，就是这样一座有形无形的牢笼。画眉鸟挣脱了一座小小的牢笼，在目睹了一系列的世态之后，认清了自己以往的遭际的实质，因而十分同情穷人的处境。它多么想帮助穷人，以获得心底的安慰，从此忘记以往遇到的一切，能够去微笑地生活。但是实际上又怎么能够忘记呢？

《瞎子和聋子》具有同样的主题思想和对现实的批判力量。瞎子苦于没法看见自己幻想中的一派光明的世界，聋子设想着人间一定是一曲美妙的音乐，要是能听见多好啊！于是两人决定对换了。但是结果又怎样呢？新聋子（原来的瞎子）看见的是人与人之间的种种奚落的面孔，新瞎子（原来的聋子）听见的是人与人之间的一片嘲笑声；新聋子看见的是屠夫的残忍，新瞎子听见的是被害者的尖锐而哀惨的叫声，——这使他们的美好设想全然轰毁了！以至悲哀到从此不再看、不再听了。自然，这是过于消极的态度。但是应该肯定，在叶圣陶的童话作品中，对现实的揭露和批判，比较地广泛和深刻了。类似《瞎子和聋子》的作品，还有《玫瑰和金鱼》、《克宜的经历》和《快乐的人》。一个农村青年克宜，轻信了父母亲的话，想在城市中过舒适的生活。但是他发现（通过蜻蜓送给他的独特眼镜），城里人的前途是可怕的骷髅，因此又回到了美丽的宁静的农村。在这篇作品中，暴露城市生活的黑暗，当然是无可非议的，但是，把所有的城里人（阔人和穷人）的前途，都归结为骷髅就显得过份笼统，也缺乏阶级分析了。并且，相对地把农村美化了（虽然只是为了在表现手法上起一种对比的作用），这就减弱了对旧中国的揭露和批判的力量。总的说来，在上述一些作品中，叶圣陶较好地完成了这样两个任务：揭露黑暗，批判幻想；而后者又是通过前者来完成的。这些作品，写得有真实感、有说服力，并不是空洞的说教。我们所说的叶圣陶童话创作的现实主义力量的不断增强，正是指这些地方。

童话集《稻草人》中揭露和批判性最强烈的，自然要数《稻草人》了。这是一篇在中国现代文学史上相当出名的作品。通过稻草人在一夜之间的所见所闻，作者用沉痛的笔调，写出了黑暗社会最残酷的一角。虽说这是稻草人在夜间所观察到的，然而哪里又有什么光明的白天呢？老妇人夫死子殇，欠债累累，把一切的希望都寄托在一块稻田上了；而结果，她仍然白欢喜了一场。一夜之间，小飞蛾吸干了稻汁，“未长足的稻穗都无力地倒了下来，稻叶全变成干枯的颜色”。老妇人捶胸顿足，啼哭不止，稻草人也为之哀倒在田旁了。岂止是这个老妇人有如此遭际！在“小飞蛾”满天飞的世界中，悲惨的境况比比皆是。就在同一个夜晚，只是为了明晨的一顿稀粥，渔妇忍痛离开了病孩，冒着夜寒守网待鱼。这样的一段对话和描绘，气氛是凄凉沉痛的：

> 孩子哪里耐得住，又喊道，“妈呀，我的喉咙要裂开来了，给我茶喝！”他说罢，接着一阵咳嗽。
>
> “这里哪有茶！你安静些罢！我的祖宗！”
>
> “我要喝茶呀！”孩子竟放声号哭了，在这空旷的夜的田野里，这哭声更觉悲凄。
>
> 渔妇无可奈何！放下了手中执着的拉网的绳，钻进舱里，取了一个碗，从河里舀了一碗水，回身授给病孩喝了。孩子咽水，仿佛灌注的样子，他实在渴极了。但放下碗时，咳嗽更为厉害；到后来只有喘气，没有咳声了。

在空旷的夜的田野里，在静夜寂寥的河岸旁，这境况，这哭声，真是令人悲痛欲绝了。

这就是稻草人所观察到的世态。这篇作品的现实主义的力量就在于，它通过对一系列悲惨图景的细致描绘，控诉了黑暗社会的种种罪恶。诚然，如有些同志所分析的，作者把世态描绘得太悲惨了，悲惨到令人窒息的地步。但是，社会如此，我们能责备作者吗？我们只能说，由于各种条件的限制，作者没能看到如何驱逐阴暗的光明。虽然作者通过稻草人的嘴，也表示了这样的愿望：“天快亮吧！工作的农人们快起来吧！”不过总显得太抽象了，太空洞无力了。稻草人是多么关心穷人们的不幸遭遇啊！多么想助他们一臂之力啊！可是“不能自由地移动半步”的稻草人，有什么办法呢？它只“是个柔弱无能的人罢了！”而实际上，在整个社会都处于一片黑暗的状况下，稻草人即使能走善跑，作为单个“人”，它又有什么用呢？《跛乞丐》中的跛乞丐，当他年轻力壮、能走善跑的时候，也的确有过美好的理想——只要别人能得到安慰，自己就愿意为之奔走不息，给人家传递幸福的音讯。然而，由于他的行动，被别一类人认为影响了他们的利益，违反了他们的规矩，终于被他们革职，成了乞丐。少数人的善意努力，是起不了多大作用的；只有把受害者联合起来，才有得救的一天。这一点，恐怕叶圣陶在当时也并不是十分明确的。他的童话作品，对黑暗现实的暴露批判是加强了，这种暴露批判当然也是对黑暗现实的反抗，但毕竟还没有写出直接反抗的行动来。这也是他的一些作品的气氛，所以给人以“太阴惨了”之感的原因。

综上所述，关于《稻草人》这个童话集，概括起来可以这样说：叶圣陶是以一个追求着“美”和“爱”的天国的抒情诗人，开始了他的童话创作的；随着他对现实生活的不断观察和理解，他的创作构思也就一步一步地从天上拉到了地上，通过对现实生活的揭露和批判，作品的现实主义力量得到了逐渐加强。叶圣陶自己很喜欢《稻草人》这个童话集。他曾对郑振铎这样说过：“我之喜欢《稻草人》，较《隔膜》为甚，所以我希望《稻草人》的出版，也较《隔膜》为切”。（见郑振铎为《稻草人》写的“序”）作者所以这样说，我们想，正是由于《稻草人》是中国童话创作的第一次尝试，以及艺术上其它原因，也是由于：在《稻草人》中，作者利用童话这一形式的优点，更充分地表达了他对现实的看法；《隔膜》集作为小说，在言论不自由的旧中国，对黑暗社会的揭露和批判，比之童话集《稻草人》，可能要受到更多的限制。从所写的内容来看，在对黑暗社会的揭露和批判的力度上，童话集《稻草人》，也确实要比《隔膜》集中的小说强烈一些。

五

在童话集《稻草人》出版以后的六七年中，叶圣陶可能是由于致力于写作短篇小说和长篇小说（这期间，他写了三个短篇小说集，即《线下》、《城中》、《未厌集》，写了一部长篇小说《倪焕之》），童话创作减少了，只写了一篇《聪明的野牛》。直到 1929 年，从写作《古代英雄的石像》起，两年中又写了九篇，于 1931 年结集为《古代英雄的石像》出版。叶圣陶在这个时期中的童话创作，由于时代的推动，和他自己对现实的观察的进一步深入，现实主义的思想力量，就整个来说，比《稻草人》中的作品，更要强烈一些，也深厚一些。这主要表现在直接描写了反抗的行动。

写于 1924 年的《聪明的野牛》是一篇力作。作者的思想意图是很明显的：歌颂敢于反抗、力争自由的精神。为人们圈养着的家牛，在吃住不用愁的环境中习惯起来了。可悲的是，它们并不意识到自己的命运。人们这样地暂时好待它们，只是为了把它们养得更肥些，以满足口腹之需，并没有什么“交情”在里面。未受人类约束的野牛是聪慧的。它能敏锐地嗅出屠夫的气味。它以实地观察所得的经验，告诉家牛们不要上当。并且启发它们，为了去过自由自在的生活，大家应该联合在一起，共同来猛烈地冲出人类的约束圈，把命运掌握在自己的手里。在野牛的召唤下，家牛终于行动起来，并且取得了胜利。从此，它们“到野牛的树林子里，安适地活下去了”。象《聪明的野牛》这篇作品中所表露的这种鲜明的反抗色彩，在作者以往的童话作品中是不多见的。而这正是作者以后一系列作品的主调。作者通过这篇作品，向被压迫、被束缚者指出了一条道路：只要联合起来，自由是可以争得的；当然，这首先要识破压迫者的虚伪面目，不要受他们的欺骗。

《古代英雄的石像》，是叶圣陶继《稻草人》以后的又一篇在现代文学史上十分有名的作品。它和《稻草人》一样，是叶圣陶童话创作的代表作。

一块石头，还没有经过艺术家雕刻处理以前，只是一块石头而已。而一经雕刻处理，就有了英雄石像和台基小石之别。从它们都是石头而言，这种区别只是分工不同罢了，本无高下贵贱的差异。石像却由于为世俗观念使然，当它高高在上，特别是代表着一位英雄而受到千万人的瞻仰（不管它所代表的是真实还是空虚），就洋洋得意、目空一切了。殊不知，是谁使它站得这样高、立得这样稳的呢？由于它的骄傲、瞧不起人，小石子们不愿作它的台基了！它初则不以为然，继则胆战心惊，要求友情，却又不忘虚荣，最后，终于"粉身碎骨"，和小石子们一起铺成了道路——从空虚到真实，给了人们一点好处。

《古代英雄的石像》发表以后，影响很大。但是评论家们和语文教师们对它的思想意义的解释，却并不全面。不少人只是表面地，把它看作为仅仅是对虚荣者的骄傲的一般讽刺，而不作更深入的挖掘。在我们看来，作品对骄傲者（还有对它的盲目崇拜者）的讽刺、警告，固然是一个方面。但更深的主题思想还在于：与其高高地站在人们的头上，作一个空虚无为的骄傲者，还不如和大众在一起，去做一些切实有效的事。这一点，作者自己在解放以后出版的《叶圣陶童话选》"后记"里，就有过说明：

> 我当时认为主要的意思放在这篇东西的末了儿。无论大石块小石块，彼此集合在一块儿，铺成实实在在的路，让人们在上边走，这是石块的最有意义的生活。在铺路以前，大石块被雕成英雄像，小石块垫在石像底下做台基，都没有多大意义。至于大石块被雕成英雄像就骄傲起来，自以为与众不同，瞧不起人；我这么写，只是揣摩大石块当时的"心理"而已。这原是一种不太容易抵抗的毛病，过去时代犯这种毛病的挺多，当前时代也得好好地锻炼才能不犯。我写小石块看见大石块骄傲以后怎么想，也无非按照它们当时的"心理"。

可见，作品的立意，不仅在于对骄傲者的讽刺，更主要的还在要求大家切实地做一点有益于人民的事，而不要徒具虚名。

《书的夜话》，通过几种不同书籍的亲身遭遇的诉述，写出了旧社会中对待知识的种种态度。爱好虚荣的人，广泛搜集珍贵的书籍，用精致的书柜陈列起来，以显示他在财产上和学识上的富有；实际上，他却片纸未看。一旦破产，也就毫不可惜地卖掉书籍。相反，有的人把读书作为发迹变富的门径。他们东抄西摘编成文章，以此来赚钱。而一旦目的达到，成了富翁，书籍对他也就毫无用处了。书籍的再有一种遭遇是：在“三千岁里头，遇到的主人不下一百五十个。……由第一个主人传给第二个，第二个又传给第三个，一直传授了一百数十回。他们的关系是师生：先生传授，学生承授”；学生“学成了，又去教授学生，吃进去，吐出来，是一代。再吃进去，再吐出来，又是一代。除了吃和吐，他们并不曾做什么”。对某些人来说，一生中间只是为了读书而读书。作为人类劳动结晶之一的书籍，应该有益于人类文明的发展，现在却受到了这样的待遇，自然是可悲的。在这篇作品中，作者描写环境的时候，有意地渲染了月夜的凄凉色彩，特别是开始一段的气氛烘托，与书籍们的可悲遭遇十分吻合。

《古代英雄的石像》和《书的夜话》，虽然已是四十年以前的作品了，现在仍然值得一读，因为它还有不可忽视的现实意义。

《皇帝的新衣》是大家熟悉的作品。它在揭露社会现实的深刻性上，比作者以前的作品有所发展。它是《古代英雄的石像》集中反抗色彩最浓、最强烈的篇章之一。这篇作品，用安徒生的同名作品作为发端，而在揭露现实、表现人民群众的反抗意志等思想力量上，要比安徒生的作品鲜明得多，也强烈得多。

《毛贼》这篇作品，是一篇在当时很有现实意义的作品。很显然，作品的立意不止是在一般地破除迷信上面，揭露批判的锋芒所向在“毛贼”身上。而这里的“毛贼”也不是普通的小偷，是指当时的统治阶级。正是他们，常常利用人民的迷信心理，借机敲诈勒索。迷信，不仅不给群众带来丝毫好处，反而成了统治阶级压迫群众、剥削群众的工具。不少人是意识不到这一点的。而作者对“毛贼”的揭露和批判，是有助于群众提高觉悟的。这篇作品在表现手法上，很能引人入胜。

《蚕儿和蚂蚁》、《绝了种的人》，都是写如何对待劳动的主题的。这类主题，在《稻草人》集子中出现过；但现在所写的，要比先前的更深切一些。这里，不仅写出了旧社会中劳动者的劳而无得，苦难重重，还进一步描绘了他们的反抗。蚕儿开始对自己的工作和生活的价值，发生了怀疑。它看到自己只是在为别人忙碌，于是决定绝食，不再工作了。它的罢工，是一种对不劳而获的剥削者的反抗。这在存在着剥削制度的社会中，不正是一种好兆头么？蚕儿们有了这种觉醒作开头，再进一步联合起来去推翻那个剥削制度，才能真正获得蚂蚁王国中的那般自由和幸福。很显然，作品决不是在责备蚕儿的行为，一味地反对劳动（它赞扬了蚂蚁们的辛勤），意在反对不劳而获的人及其维护的剥削制度。这一点，在《绝了种的人》中，也可以得到佐证。这篇作品的构思立意，与《稻草人》集子中的《地球》和《富翁》等篇相类似，只是更进了一层。脑力劳动与体力劳动，本是社会中都不可缺少的，只是分工不同而已。但剥削者的所谓脑力劳动，是指如何绞尽脑汁，想方设法去剥削体力劳动者。他们假借脑力劳动的名义，对体力劳动者颐指气使，去为他们效劳。叶圣陶在作品中极大地嘲讽了这种剥削阶级的意识。指出：如果谁都想去做这样的脑力劳动者，到最后一个体力劳动者加入了他们的行列，这种人就该灭绝了。在叶圣陶的童话作品中，有好几篇写了劳动的主题。他决不孤立地、抽象地去表现劳动，而是历史地、具体地去描写，把劳动放在一定的社会历史条件下去估量。他通过对劳动的描写，揭示了旧中国的阶级对立，控诉了剥削者对被剥削者的残酷压榨。这就使他的作品，具有了较深厚的社会的和历史的内容。

如果说，在《稻草人》集子中，尤其是后半集中，作者的主要笔触放在对黑暗社会的揭露上，调子略为低沉了一些。那末，在《古代英雄的石像》这个集子中，作者一方面更深切地揭露着旧社会的黑暗；另一方面，又在扎实地、清醒地探索着改变现实的道路，特别是在《皇帝的新衣》、《蚕儿和蚂蚁》等篇中，直接表现了群众的反抗行动，因此，在调子上要高昂多了。这是叶圣陶的创作，由一般的、进步的现实主义，向革命的、社会主义的现实主义转变的明显的标志之一。

在《古代英雄的石像》出版以后，叶圣陶的童话作品写作更少了。只在 1935 年和 1936 年分别写了《鸟言兽语》和《火车头的经历》两篇。此后，他就再没有童话创作了。而这两篇作品，在现实的战斗性上，是叶圣陶以往的任何一篇童话作品所比不上的。

在反动统治者的字典里，凡是被统治阶级的一切正当呼声，都被斥之为“鸟言兽语”；而唯独统治者的言行才是“人言人语”和最“文明”的象征。然而，只要我们跟随麻雀和松鼠们作一番实地观察以后，就会得出相反的结论：真正的人言人语，在统治者及其帮凶看来是“鸟言兽语”。那么，他们的“人言人语”和“文明”行动又是什么呢？请看他们的自白：用快枪、重炮、飞机、坦克去侵略别人，这就是他们的“人言人语”；反抗这“人言人语”的，却成了“鸟言兽语”。在这些演说家的字典里，“人言人语”、“鸟言兽语”，“文明”、“野蛮”等字眼儿的含义，不正跟我们绝然相反吗？这篇作品发表在日本帝国主义者假借“文明”、“正义”等字眼大举入侵中国的时候，作者能加以大胆的揭露，不能不说是难能可贵的。

现在我们所能见到的叶圣陶解放以前的最后一篇童话作品，是《火车头的经历》。这篇作品通过一个火车头的所见所闻，写出了抗日战争全面爆发前国难深重中的爱国青年的正义行动。一方面，对爱国青年的行动，写得气壮义烈，令人感动；另一方面，则揭露了卖国贼的卑鄙手段，使人愤怒。

在日本帝国主义加紧入侵，中华民族处于生死存亡的紧急关头，卖国求荣的蒋介石反动集团，采取了不抵抗政策，并残酷镇压广大人民的爱国行动。压迫愈重，反抗愈烈，这就导致了1935年的“一二·九”运动。在这个运动中，上海的爱国学生组成了开赴南京的请愿团，强烈表示要求抗日的决心。请愿团在开赴南京途中，遭到了反动派的重重阻挠。叶圣陶的童话作品《火车头的经历》和短篇小说《寒假的一天》，就是以此为背景创作的。其中的不少细节，是直接从上述事件中取来的。作者通过那样雄壮的歌声，表现了爱国学生的正义行动和高涨的革命热情。《火车头的经历》中对反动派的揭露，和《鸟言兽语》一样的大胆有力。《鸟言兽语》侧重于揭露帝国主义假借“文明”大肆侵略别国的罪行；而《火车头的经历》，则着力于抨击被侵略民族中一小撮统治者的卖国行径。把这两篇作品结合起来读，从中就可以看到当时急剧变幻着的斗争形势。叶圣陶在国难深重的关头，能写出这样的作品，说明他自觉地把自己的创作，更紧密地与现实斗争结合了起来，表现了他对民族、对国家前途的深切关注，和用创作去推动形势向有利于人民方面发展的高度政治热情。

六

综上所述，我们可以对叶圣陶童话创作的思想轨迹，得到这样一个印象：

在两千多年的中国文学史中，儿童文学作为一种独立的文学形式是不存在的；在资产阶级启蒙思潮的影响下，特别是“五四”新文化运动中，儿童文学随着儿童教育问题的提出和外国儿童文学作品的开始翻译到中国，它才慢慢地引起了中国文学界的重视，而叶圣陶是它的发轫人和开路先锋。作为一个“写人生”的革命的小资产阶级作家的叶圣陶，当他开始童话创作的时候，看到了一些周围的黑暗，但是他更多的向往于抽象的自然美和人性爱，以此与黑暗现实树立一个对立面，表示一种曲折的间接的反抗，并幻想后者返归前者。这就是《稻草人》前半集作品的基调。随着作者不断地接触现实，步步深入地觉察到了在他所处的那个社会中唯有黑暗、残暴是真实的存在。这样，一方面使他通过作品批判了一些幼稚、天真的幻想；另一方面，也感到社会现实实在太令人凄惨了。于是往往显出过于悲哀的色彩。《稻草人》后半集，特别是《稻草人》这篇作品，就属于这样的情形。不过，叶圣陶毕竟是一位对生活进行着扎实的探索的现实主义作家，他总是在寻求着人生如何摆脱羁绊的道路。每寻求到、理解到一点自由的苗头，他就写在作品中。《聪明的野牛》和《皇帝的新衣》，就是这样的篇章。同时，他还批判着在寻求自由途程中的种种愚昧和幼稚的幻想。如《玫瑰和金鱼》、《毛贼》等作品中所作的善意的嘲讽和告诫。可以看出，在这寻求和告诫中，先前在《稻草人》集子中所表露的那种较为低沉的调子，已经在发展、变化成强烈的反抗之声了。而在最后的两篇作品《鸟言兽语》和《火车头的经历》中，已是响亮的召唤了。社会的剧烈变化，不断地推动着叶圣陶的创作的发展。这发展，也促使作家更自觉地用作品来影响社会的前进。这就是叶圣陶童话创作思想发展的基础和在这基础上所起的社会的、时代的作用。

叶圣陶的童话创作在艺术上有些什么独特之点呢？

郑振铎曾认为，“在艺术上，我们实可以公认圣陶是现在中国两三个最成功者当中的一个”。这话说于 1923 年。拿当时中国文艺界的实况相比，而且不仅仅从艺术上着眼的话，我们以为，郑振铎对叶圣陶的评价是并不过份的。因为，当时新文学文坛上真正有实绩的作家，除了鲁迅等一两个作家以外，实在要算是叶圣陶最有成绩了。到这时，叶圣陶在小说创作上也已经异笔突起。他先后出版了《隔膜》、《火灾》两个短篇小说集，获得了文艺界的好评。而更重要的，他是现代中国儿童文学的发轫人和开道者。因此，他的每一个尝试和探索，都是值得珍惜的。这里，我们不准备具体地分析论述叶圣陶每篇童话作品在艺术上的成就，两相总括起来，抽出几个共同的、比较突出的特点来谈一谈。

首先，叶圣陶善于细腻地逼真地描写大自然的美，创造一种令人神往的诗的意境。这种艺术上的彩绘，特别表现在他早期的童话创作里。作者为了创造一个儿童的天真的王国，往往极力渲染环境的幽妙、宁静。一接触叶圣陶的那些作品，就会在作者的引领下，走入他所精心构造的优美的自然景色里。而他的这种自然景色的描绘，是为作品的内容服务的，意和境是融洽地结合在一起的。这在本文第二部分所引述的《小白船》、《燕子》等作品的例子中，可以明显地看出来。那些描写，何等地宜人美妙，令人心旷神怡呵！当我们阅读时，我们的心立刻被带到了那条小溪之旁（《小白船》），不知不觉地进入了天真的幻想的王国（《芳儿的梦》）。作者为小主人公设置这样奇妙的境界，正是为了确切地展现出他们丰富的幻想和好奇的心理。作者的描彩织锦，异常优美和细腻：

> 温柔而清净的河是鲤鱼们的家乡。日里头太阳光象金子一般，照在河面；又细又软的波文仿佛印度的细纱。到晚上，银色的月光，宝石似的星光，盖着河面的一切；一切都稳稳地睡去了，连梦也十分甜蜜。大的小的鲤鱼们自然也被盖在细纱和月光、星光底下，生活十分安逸，梦儿十分甜蜜。
>
> ——《鲤鱼的遇险》
>
> 春风来了，细细的柳丝上不知从什么地方送来些嫩黄色，定睛看去，又说不定是嫩黄色，却有些绿的意思。他们的腰好软呀！

轻风将他们的下梢一顺地托起，姿势整齐而好看。默默之间，又一齐垂下了，仿佛少女郎梳齐的头发。

两行柳树中间，横着一道溪水。不知由谁斟满了的，碧清的水面儿与岸道相平。细的匀的皱纹好美丽呀。仿佛固定了的，看不出波波推移的痕迹，柳树的倒影清清楚楚可以看见。岸滩纷纷披着绿草，正是小鱼们小虾们绝好的住宅。水和泥土的气息发散开来，使人一嗅到便想起这是春天特有的气息。温和的阳光笼罩溪上，更使每一块石子每一粒泥沙都有生活的欢乐。

——《花园之外》

这种描绘之所以读来令人神往，因为它不是形容词的堆砌（象某些人写自然景色时所做的那样），不是靠词藻的华美，而是靠准确逼真的观察，靠细腻而朴素的词汇（儿童们都能懂的）把它确切地写出来的。在这里，叶圣陶的文笔，不是秾丽得发腻、变幻得令人目眩，而是平淡朴实、清新宜人的。美在朴素中，这可以说是叶圣陶描绘自然景色的最大特色。用最朴素的字眼去编绘一幅幅美丽的图画，这比玩积木似的词藻游戏，要更见工力。当然，我们不能孤立地去欣赏上述那些景色描绘。如果就整个作品，就时代背景来说，叶圣陶早期童话中的这些描写，是有消极的、脱离现实的一面的。但从一定意义来说，他的这种描绘景色的手法，不也值得我们效法吗？

其次，在童话创作中运用拟人化手法时，叶圣陶成功地掌握了“是人又不是人”这样的原则。“是人”，因而逼真生动地写出了它们的心理状态；“又不是人”，因而时时、处处受着限制，不能让它们真象人似的自由行动。这一点很重要。因为，如果采用拟人化手法时，不把某种动植物写成人，拘泥于它们本身的特点，不敢畅想虚构，就会干巴无味，不生动，引不起读者的兴趣，“情”和“意”也无从寄托。但如果忘记了它们毕竟不是人，而硬要写得完全象人一样，又会失去真实性和童话艺术的特点。我们以为，在童话创作上，应该力求做到似（人）与不似（人）的辩证统一。叶圣陶是准确地掌握了这种似与不似之间的辩证关系的，因而写得既生动又真实。这特别表现在《稻草人》和《火车头的经历》两篇中。稻草人目睹了一系列惨景以后，多么想去赶走飞蛾，想去安慰老妇人，又多么想去搭救渔妇和投河自尽的青年妇人啊！它这时的心理活动异常激烈，表示了它同情穷人、乐于帮助穷人的“品德”。然而。它毕竟不是真正的人，而只是一个稻草人，无法走动，所以只能用手中的破蒲扇拍拍而已，显得那样地无可奈何！在《火车头的经历》中，作者对火车头的“心理描写”，真是淋漓尽致：写出了它爱憎分明的立场，焦急、愤怒，同情、喜悦，刻刻变化，时时起伏，跟一个热情正义的真人一样，它也要为解除困难贡献一份力量。但是，它又毕竟不是人。它的机关是掌握在真人的手里的。机关不开，它即使有无穷无尽的力量、愿望，也是无法体现出来的。为此，它也处处、时时表现着一种无可奈何的情绪。

从叶圣陶成功地运用拟人化手法中，我们可以悟出这样一个道理：作者对被拟者（动物、植物或其它一切物件）的特性，有了深刻的认识和准确的把握，才能设身处地地去设计出它们的心理和行动，掌握它们的长处和局限。不然，或者会拘泥呆板，或者会失去真实。这样看来，童话创作者，同样需要对生活的熟悉。从一定意义上说，甚至更需要对生活的深入的观察和了解。

第三，复沓的手法。在叶圣陶的很多童话作品中，一个故事，往往是有几个类似的小故事组成的。作者在叙述这些小故事时，所用的细节、语言大致雷同，某些地方甚至完全一样。这种复沓手法，使作品在结构上匀称完整；读起来有一种诗的韵味，很容易为儿童所接受和记忆。这方面的例子，在叶圣陶的童话作品中是很多的，如《一粒种子》、《大喉咙》、《玫瑰和金鱼》、《祥哥的胡琴》、《瞎子和聋子》、《克宜的经历》、《书的夜话》、《含羞草》、《绝了种的人》等等。不过，作者在运用复沓手法时，这篇与那篇也不尽相同。有的如《一粒种子》和《大喉咙》，有几个几乎一样的小故事组成。先一个一个地叙述这些故事，然后再汇合起来，集中在一点上，整个故事也就结束。一粒种子先后到过国王、富翁、军士和商人手里。从作者的叙述和描绘中可以看出，这些人的想法和话语几乎是一样的。这就为后来种子在农人那里的经历、结局造成了气氛。在《大喉咙》中，作者连续写了三个类似的小故事。梦仙、婴孩、老妇对大喉咙的意见是同样的。这不但加深了读者对大喉咙的印象，也为他们三个人以后的联合行动起了铺垫作用。另一类写法，是象《含羞草》这样的作品。其中几个小故事的结构大致相似，但内容又略有不同。作者在叙述时也往往加以变化，使整篇故事呈现出层层推进之势。这种同中有异的写法，既增加了故事情节的生动性，也加重了思想的容量。含羞草三次为人世间的不平而含羞低头，组成了三个复沓的故事。但这三个故事的内容略有不同，一是玫瑰花苞的天真幻想，一是小蜜蜂的遭遇，一是穷人的被赶出破产。从幻想到现实，最后为现实所不容，三个小故事层层推进，作品的内容也步步深化了。

第四，逼真地写出了儿童的心理、想象和口吻。作者总是通过儿童的心理、眼光来观察世界，和用儿童的口吻来表现他们的种种天真的想法的。例如在《燕子》中，青儿要给小燕子在报上登个广告寻找它的妈妈；后来真的登了广告，它的妈妈也果然来了。这些想法，只能存在于儿童的心理中。大人是不会想得如此天真的。又如在前面提到的《小白船》中，两个孩子回答的内容，也完全是孩子们才有的。在长期的教学生活中，正是由于叶圣陶深切地体味了孩子们的思想和心理活动的特点，才写得这样确切和逼真。童话作家们只有返回到孩提世界中去，才能写出真正为儿童所喜闻乐见的儿童文学作品来。而在前几年，由于“四人帮”的破坏和干扰，一些同志在反映儿童生活时，往往用大人的眼光、心理去观察和想象，牵强附会、矫揉造作，引不起小读者的兴趣。为了克服这些不良倾向，我们应该向叶圣陶等前辈作家们学习；让多种多样的、严肃的主题思想，通过为儿童们乐于接受的表现形式，起到潜移默化的作用，而不是去生硬地训诫或填鸭式的灌输。

（选自《现代文学论集》，1980年12月吉林人民出版社）

论叶圣陶小说中知识分子形象的塑造

裘汉康　郑明标

叶圣陶是我国“五四”新文学运动以来著名的小说家和儿童文学作家。在他半个多世纪的文学创作活动中，先后出版了短篇小说集《隔膜》、《火灾》、《线下》、《城中》、《未厌集》、《四三集》，以及长篇小说《倪焕之》。另外，还有一些小说收入散文小说集《脚步集》和《西川集》等书中。他的小说中的人物，大都是知识分子，特别是他最熟悉的教育界的知识分子。在描写对象和艺术风格上，与同时代的其他作家的作品相对照，叶圣陶的小说可说是独具一格的。

一

“五四”以前和“五四”初期，叶圣陶在小说中塑造的形象，大都是挣扎在乡镇教育界的下层知识分子。他们为生计所迫，靠教书糊口低头求人，逆来顺受。如写于1921年的短篇小说《饭》中的小学教员吴先生，他一露面就是这么一副神态：“一手提着方的竹丝篮，篮里盛着雪里蕻豆腐油瓶等东西，一手提着一条长不到八寸的腌鱼，从烂湿的田岸匆匆走来。他瘦削的面孔红到颈际，失神的目光时时瞪视他的前路，呼吸异常急促，竟成喘息。”这个穷愁潦倒的吴先生正为两餐饭菜而奔走市场时，得知学务委员来查学的消息，顿时惊慌失措。作者在较短的篇幅中，对吴先生的穷困、卑顺、软弱，虽身受剥削、欺凌而毫无反抗意识的性格特征，刻画得十分成功。这与当时一些现实主义作家笔下“哀其不幸，怒其不争”的人物相同，其艺术典型的代表性，是有深刻的社会意义的。

在叶圣陶笔下，旧社会一些知识分子自私、动摇、空虚、无聊等缺点，也被逼真地描绘出来。其中有怀着改良教育的理想，但碰到困难就犹豫动摇终于妥协的小学校长叔雅（《校长》）和泽如（《搭班子》）；有在革命运动高潮时期胆怯怕事，误把朋友寄托的一包讣告文纸当成“危险刊物”，而造成一场虚惊的“他”——某校长（《一包东西》）。特别是《潘先生在难中》的小学教员潘先生，他分明被战争吓得六神无主，但又高谈临危不惧、坚决抗战的大道理。当他明白已经转危为安之后，就立即书写迎接军阀头子凯旋归来的大牌。作品一层一层地解剖出潘先生表里不一、虚伪自私、苟且偷安、装模作样、处处钻营等种种丑态，写得栩栩如生，如见其人，如闻其声。作者抓住潘先生这一人物主要的性格特征，并深入开掘下去，极力描绘他面目之可憎和行动之可笑，目的在给予这类人以针砭。在旧社会中，这类挣扎于生活底层并在品质上沾染了不少污垢的下层知识分子形象，也自有一定的典型性。

随着新民主主义革命的发展，叶圣陶逐渐接近人民的革命斗争，了解到知识分子在革命斗争中的变化与进步。因此，他的作品也就出现了一些新的知识分子形象。如分别写于二十年代后期及三四十年代的短篇小说《抗争》、《一篇宣言》、《我们的骄傲》，它们的主人公都是正直、进步或爱国的知识分子。例如《一篇宣言》里的老教师王咏沂，负责起草《爱国宣言》，就表示“要维护领土的完整，要保持主权的独立”。《我们的骄傲》中的黄先生，宁愿“做一个无业难民”，也不愿向日本侵略者卑躬屈膝，“去教人家当顺民当奴隶”。特别是《抗争》中的教师郭先生，他在严酷的现实生活中，逐渐认清了受压迫的穷教员只有联合起来进行抗争才有出路。虽然由于教育当局的欺骗与威胁，加上一些教员自私、软弱和自由散漫，抗争失败了，但当他离校路经一间铁工场，见到铁匠劳动的场面时，深深感到有一种力量在鼓舞自己，因而发出了“怎么能跟得上他们”的自问，提出了“受压迫的知识分子应该怎么办”这个在当时具有深刻意义的社会问题，并作出了“得象工人罢工一样组织起纠察队来”，“联合起来是我们的法宝”的结论。叶圣陶在这篇小说中塑造了这样一个刚直不阿、敢于反抗黑暗势力，虽然失败了，但仍然准备跟上工人的步伐继续抗争的进步知识分子形象，这表明当时的知识分子已经受到工人运动的深刻影响。这个典型形象的出现，是有一定历史意义的。

在作者写《抗争》时，中国共产党领导下的工农运动已经蓬勃发展，并给一切倾向革命和进步的作家以巨大的影响。象叶圣陶这样一个要求进步、忠于现实的作家，也深受影响。这在他的作品中有所反映。试比较《抗争》与《饭》，题材与人物都有相似之处。同样是描写小学教员的穷困生活和可悲境遇，但随着形势的发展，作者观察社会生活能力的增强和对生活认识的加深，已不再着眼于描写甘受凌辱的人物，而是努力塑造具有抗争精神的知识分子形象。这就使《抗争》的思想水平比作者五年前写的《饭》有很大的提高，作品的社会效果也更好。

叶圣陶对知识分子形象的塑造，最成功而且影响最大的，要推1928年底出版的长篇小说《倪焕之》。在这部作品中，作者以他独特的艺术功力创造了“五四”时期的知识分子群象，其中主要人物倪焕之，是我国现代文学史上具有深刻意义的知识分子典型形象之一。

小学教员倪焕之，天真、幼稚、有理想、有热情、爱国家、爱民族、具有求知与嗜新的欲望，但又脱离实际，感情脆弱；倾向革命，而又常患冷热病。他怀着美妙的希望和宏伟的抱负进入社会，但对前途的认识却相当肤浅，理想十分朦胧。辛亥革命时，武昌起义，上海光复，革命军到来，他都曾经非常激动，“仿佛有一股新鲜强烈的力量袭进身体，……一面旗子也好，一颗炸弹也好，一支枪也好，不论什么，只要拿得到，他都愿意接到手就往前冲。”但后来他只看到有些人被剪掉辫子，却不见整个社会有任何改革，于是就悲观失望，甚至萌生了跳塘自杀的念头。当他遇到教育改良论者蒋冰如之后，两人志趣相投，焕之便改变了原来厌恶教育事业的思想，而把整个生命都倾注到教育事业之中。他相信“一切的希望在教育”，把资产阶级教育改良的方案，视为医治中国封建痼疾的灵丹妙药。

特别在“五四”运动的暴风骤雨的影响下，焕之“一方面愤恨执政的懦弱和卑污，列强的贪残和不义，一方面也痛惜同胞的昏顽和乏力”。他和当时很多向往光明的青年一样，要在“新思潮”里沐浴，于是参加群众运动，登台发表热烈的演说，仿佛满腔的热血都沸腾起来。但随着新式家庭和幸福婚姻的梦想的幻灭，随着教育改良的失败，曾经一度狂热的焕之又变得心灰意冷起来。作者笔下的倪焕之就是这样一个具有复杂性格的典型形象。

作者塑造这个典型形象最成功之处，是把人物放在错综复杂的典型环境之中，从各个侧面刻画出人物性格和心理活动的复杂性。倪焕之青少年时期既上过私塾又读过新学堂，“隐遁鸣高与生存竞争，封建观念与民治思想，混和在同一本书里”。他在学校里听老师讲了朝鲜、印度被奴役的历史，深深认识到中国必须自强；但他目睹农家的贫困、田主的剥削、军阀的混战、都市的罪恶等“上百种的灾害”，又不知如何才能使国家自强。在“五四”前后，焕之贪婪地阅读《晨报》和《新青年》等刊物。他热烈地赞赏过俄国革命党人的行动，但有时又流露出对“在辛亥年成过功”的“那个党”的幻想；他虽然极力从事教育与劳动相结合的实践，但有时又觉得杜威的主张竟与自己教育改良的理论“暗合”。当时，马列主义的学说与资产阶级自由、平等、博爱的口号以及各种政治纲领混杂在一起。在复杂的现实生活与五颜六色的社会思潮中，幼稚的焕之无法认清什么是医治中国的良方，走什么样的道路才能使中国得救。现实与理想的矛盾，理论与实际的脱节，使他百思不得其解，经常处于迷惘、惶惑之中。

后来，由于中学的同学、已经成为革命者的王乐山的开导，在轰轰烈烈的“五卅”反帝爱国运动中，焕之的心又燃烧起来了。他冒着棍棒临头、自来水喷射和流弹袭击的危险，参加了集会，狂热地演讲。他在群众火热的斗争中，开始明白了“教育者如果不知革命，一切努力全是徒劳；……从今起做个革命的教育者吧”。他这种思想认识的飞跃和性格的变化，是在汹涌澎湃的群众运动中形成的。作者接着写大革命因蒋介石叛变而失败，大批革命者被屠杀，焕之的导师和战友王乐山也不能幸免。由于革命形势陡然逆转，这时倪焕之又一次陷入彷徨苦闷之中。他“给愤恨呀，仇怨呀，悲伤呀，恐怖呀，各色各样的燃料煎熬着”，感到“前途是一片浓重的云雾”，在极度的悲愤和哀伤中，他连续几天酗酒痛哭，产生了对前途与命运的怀疑，最后在一场大病后死去了。临死前，他在梦幻中看见孩子盘儿象接力赛跑一样接过自己手中的旗子，在无尽的长路上前进、飞跑……。这表明他仍期望下一代能完成自己未能实现的革命事业。

在这部作品中，作者十分善于在矛盾冲突中刻画人物的性格特征，在行动描摹中揭示人物的内心世界，从而成功地表现了倪焕之的思想、性格、风度、气质和素养，生动地塑造出一个富有幻想、感情冲动、热血沸腾、追求进步、响往革命，有时又忧郁、沉闷，甚至悲观、绝望的“五四”时期特定的知识分子的形象。这个人物的性格是在“五四”运动到“四·一二”反革命大屠杀期间，反帝反封建的群众革命风暴中逐步展现出来的。作者对倪焕之这个典型形象的塑造，是符合典型环境中的典型性格的现实主义原则的。

倪焕之这个艺术形象，可说是叶圣陶前期小说中无数要求进步的知识分子形象的概括与完善的结果。倪焕之是“五四”时期很多寻求真理、追求理想而又脱离实际、不够坚定切实的这类青年的典型。这个艺术典型，产生于“五四”前后进步与落后、革命与反动大搏斗的新旧交替的历史转折时期。他是特定阶级社会和阶层的人物典型，又是特定历史时代的典型，正如茅盾同志在当时写的《读〈倪焕之〉》一文中所指出的，“在近十年中，象倪焕之那样的人，大概很不少罢”。所以，这个典型人物在当时是具有普遍意义的。倪焕之勇于探索、勇于追求真理的精神，以及从他的不断失败中向人们提供的深刻教训，也能够启发与激励中国的知识分子寻求正确的革命道路。

《倪焕之》中的金佩璋和密司殷等女青年和短篇小说《在民间》中的两个女学生，是作者笔下女性知识分子的形象，也颇有特点。

《在民间》中，作者描写了姜、庞两个同情工人疾苦，赞同“劳工神圣”观点的女知识青年。她们来到钢铁厂女工中间，想得那么诚挚和天真：“从今以后，我们混和在她们里边了，犹如盐粒溶化在水里。”“劳工，我将全部的同情，整个的生命，都献与你了！你该伸出两条臂膊来，你欢迎我，你把我抱入你的怀里！”但是她们很快就发现，工人们并不同自己所幻想的那么热烈欢迎她们的演说。在工人们看来，她们两人是“不愁吃、不愁穿，正象天上的仙人”，她们的到来就如同“慈善家突着肚子踱到贫民窟里”。当她们发现自己并不真正了解工人，而工人也并不了解她们时，就“颇感凄然”，“怅惘到心头空虚”。这是我国工人运动初兴阶段一些同情工人运动，但却很幼稚无知的知识分子形象的写照。

在《倪焕之》中的密司殷等女性知识分子的形象，“有一种昂首不羁的精神，一种什么困苦都吃得消的活力”，“能出入地狱似的贫民窟，眉头也不皱一皱”，“能参加各种盛大的集会，发表慑住大众心魂的意见”。其中，塑造得较突出的是金佩璋的形象。她要比作品中的其他女性形象写得丰满、深刻得多。这是作者笔下成功的女性知识分子典型形象。

金佩璋是一个穿着素衫、黑裙、白袜、缎鞋，具有美丽的外貌和青春的活力的女青年。她聪明、端庄、多情、神态飘逸，有“爱娇而不狎亵”的风度，和向往自由、独立的愿望，是“五四”时期倾向新思潮而又跳不出封建牢笼这类女性的形象。作者用许多篇幅把她和焕之研讨教育革新、妇女解放、文学改良、劳工运动等问题与恋爱的描写融和在一块儿，显示她已并非封建闺秀。她在“五四”运动浪涛冲击之下，虽然也对新思潮发生了强烈的兴趣，要求女子自立，但却象她自己所表白的那样：“我也知道恬适、自由、高贵、成功一齐在前边等着我，只要我肯迎上去；然而乌鸦的黑翅膀我也难以忘却。”因此，婚后不久，她的革命性象昙花一现很快就消逝，成为典型的家庭少奶奶，暴露出她本来性格上的固有弱点。这时，站在读者面前的金佩璋，又是另一副形象：“皮肤宽松而多脂，脸上敷点儿朱，不及真血色来得活泼，前刘海，挂在后脑的长圆髻；牵着孩子，讲些花鸟虫鱼的故事给他听；还同老太太或者邻舍不要不紧地谈些柴米的价钱……”。金佩璋思想变化的根源，在于她毕竟是有田有地的大家闺秀出身，受到封建思想的桎梏又比焕之严重得多。因此，她的性格发展也是有必然性的。不过，这样的女知识分子在一定的条件下，也不是不能转化的。作者描写在焕之死后“她的心头萌生着长征战士整装待发的勇气”。她追悔婚后躲在家里不问世事的错误，决心要为自己、为社会、为家庭而努力，要出去做点儿事，到社会上飞翔。这也说明作者对这一类脆弱的知识分子寄予一点期望。

同时，作者通过姜、庞两个女学生和金佩璋等女性知识分子形象的塑造也告诉我们：虽然“五四”时期部分知识分子摆脱了“唯有读书高”的传统观念，高呼出“劳工神圣”的口号。这是思想上一个莫大的跃进；但文质彬彬的知识分子要投入艰苦的革命斗争和真正参加工农队伍，还需要一个长期磨炼的过程。

随着人民革命斗争前进的步伐而前进的叶圣陶，到了1927年底，写出了成功的作品《夜》。这篇小说的主人公虽是一个老妇人，但作者却通过巧妙的虚写，描绘出一对相亲相爱、并肩战斗的革命知识分子形象。老妇人的女儿女婿，牺牲前都是教员。他们在“四·一二”大屠杀中被杀害了。“儿等今死，请勿念。”短短的遗言，就可看到这对革命者慷慨就义的英雄气概。不过，《倪焕之》中对革命者王乐山的描写，其意义又远远超过了《夜》中虚写的这两个革命知识分子。

王乐山是我国现代文学作品中最早出现的革命知识分子的形象之一。他在中学毕业后，当了三年小学教员。为了追求新的理想，他到北京进了大学预科，在“五四”运动的浪潮中投身于学生运动，“老练、坚定，过于他的年纪”。到了1925年“五卅”运动前后，他又到上海，参加了火热的工人运动。王乐山虽然与焕之一样是学生出身的下层知识分子，但他没有被改良主义迷住，很早便投身革命斗争。他认为“要转移社会，要改造社会，非得有组织地干不可！”“赤手空拳打天下似的，这终归于徒劳。”这个身材短小、身体结实，但后来因劳累过度患了第二期肺病，精神却象石头一般坚强的革命者，决心为了人类的解放而牺牲自己的一切。“他可以算得艰苦卓绝富有胆力的一个”，面对当时非常严重的局势，他毫无畏惧。“被捕，刑讯，杀头，他都看得淡然”。他虽然置身于狂热的群众运动浪潮里，但头脑却异常清醒，充分估计到斗争的残酷性和革命道路的曲折性。最后，他惨遭敌人杀害，实践了他生前为革命愿抛头颅的诺言。当然，由于当时作者对无产阶级领导的革命斗争还没有亲身的体验，不能更好地把握革命者的性格特征，所以未能把这个人物形象写得血肉丰满，有的地方描写尚嫌简单、抽象。然而作者在当时国民党白色恐怖的阴云笼罩之下，敢于让这样一个人物形象在自己的作品里占有重要位置，并给以热情的讴歌，这是应该大力肯定的。《夜》里对革命者的描写和《倪焕之》中王乐山这个艺术典型的塑造，生动地说明了，旧社会处于被压迫地位的脑力劳动者是富有革命性的，而且他们之中有的还可以成为无产阶级的先锋战士。这也反映了叶圣陶在革命转折时期思想觉悟的迅速提高和现实主义创作艺术已趋于成熟。

在叶圣陶的作品中，除塑造了为数众多的进步与革命的知识分子形象之外，也曾塑造过资产阶级知识分子形象，如《一篇宣言》中秉承反动政府旨意，追查起草宣言者的校长和《倪焕之》中的蒋冰如。

蒋冰如曾留学日本，回国当了高等小学校长。他拥有田产、店铺，经济、社会地位比较优越。他起初也有过反帝反封建的要求，热衷于教育改良，到处兜售“教育意见书”，幻想把家乡改造成为“模范乡镇”。在遭到封建势力的围剿之后，他也曾发表慷慨激昂的言辞，声言要“杀得他们片甲不还”。但最后，他却不得不收起那套被人讥为“仙山楼阁图”的妙论，作了反动势力的俘虏。在北伐军到达上海后，他出乎意料地发现，当地的所谓革命党已被反动头子“蒋老虎”操纵，而自己却差一点成了戴高帽游街的“反动势力的代表”。他终因大革命遭到失败而吓坏了，退隐了。思想上的个人主义，政治上的改良主义，以及经济、社会地位的优越，是导致这一类知识分子在遭到挫折时脱离革命的症结所在。在小说中，蒋冰如显然是一个从曾经要求民主与进步的资产阶级知识分子转化为与封建势力妥协的保守的资产阶级知识分子的典型形象。这个形象在当时也是具有典型意义的。

二

叶圣陶的作品，在文学史上获得较高的艺术评价。他在艺术实践上，提供了准确地塑造知识分子典型的宝贵经验。

首先，叶圣陶作品中的这些艺术典型，都是作者成功地掌握文艺创作规律，从而塑造出来的达到个性与共性统一的艺术形象。

叶圣陶比较准确地把握新民主主义革命时期的知识分子所处的时代特点，以及其社会地位、经济条件、生活环境在思想性格上所形成的许多共同特征，相当真实地描绘出半封建半殖民地社会大多数知识分子受雇佣的经济地位、受歧视的社会地位和穷困的生活状况。他们中的绝大多数是受压迫、受剥削的脑力劳动者。由于他们的经济条件、生活地位与广大工农群众比较接近，同样身受帝国主义、封建主义和官僚资本主义的迫害，因此，具有一定的革命性和正义感，比较同情工农，倾向劳动人民的革命斗争；而又比较脱离实际，容易动摇，思想有时空虚，感情脆弱。叶圣陶笔下的倪焕之、郭先生及叔雅、泽如两个校长等，大抵都是体现出这种共性，体现出一定的时代和阶级、阶层的本质特征的人物形象。他们都为艰窘的生活所迫，要求改善生活条件、经济待遇；他们开始思考社会问题，但多数仍处于初步觉醒的幼稚阶段，政治思想尚较模糊。他们虽然倾向或投身革命，但大都没有真正成为革命者。他们同情和接近工农，但很多没与工农真正结合起来。他们具有反帝反封建的观点，但又被封建末期的许多思想桎梏束缚住手脚，或在各种令人眼花缭乱的新思潮面前无所适从。他们热衷于传播社会主义的哲学和教育等方面的理论，但又分不清社会主义、自由主义、无政府主义的良莠好坏。他们中有的人是最先接受无产阶级革命理论的人物，他们对革命和新生事物很敏感，对一切反动势力持痛恨态度，对美好理想敢于大胆追求，不愧是“五四”时代思想解放运动中一代新人的形象。他们在“五四”时期曾经是冲击封建牢笼的新型知识青年，但由于单身独往地寻求新的出路，最终只能陷入惆怅、迷惘甚至绝望的地步。叶圣陶从不同方面展示了“五四”前后，社会大变动时期的知识分子的思想面貌，如实地反映了中国知识分子处在百孔千疮的半封建半殖民地社会之中，从苦闷、彷徨，引起激动、愤慨，直到探索人生究竟、国家出路和民族前途，找寻疗救社会、民生弊病的道路的思想发展过程。这些知识分子所走的道路，是爱国的、进步的、革命的知识分子从旧民主主义革命到新民主主义革命中所走的道路。从这些人物形象中可以清楚地看到“五四”前后知识分子世界观、人生观的发展演变的鲜明辙印，也可以看到知识分子群中有的激进，有的沉沦，有的落荒的分化过程。而且，由于这些艺术典型是放在广阔的时代背景上来刻画的，所以具有明显的时代和民族特征；这些艺术典型所具有的思想、性格的复杂性，是在特定的时代和社会环境中形成的。

叶圣陶笔下的知识分子形象不仅体现出一定的共性，广泛而深刻地反映了当时社会生活的本质，而且由于生活经历、家庭教养及环境影响的差异，又各具鲜明的个性。例如倪焕之的形象不单具有“五四”青年富有青春活力的普遍性，而且还带有江浙书香子弟文雅、俊秀的风貌和读书人的呆气以及浪漫蒂克气味。金佩璋虽然也象倪焕之一样是学生出身的小学教员，但因在少女时期丧母，养成了多愁善感，偏于神经质的性格。她谈恋爱时虽然内心激动，但外表始终保持文静。她在封建家庭中受过熏陶，凡事注重礼俗，讲究文饰，这些都使她的个性与倪焕之迥异。再看蒋冰如这个人物，他在表面上与倪焕之是“志同道合的伴侣”，但实际上，正象焕之所感觉到的，他们毕竟是两种人。果然，“五四”以后两人逐渐分道扬镳。在大革命中，蒋冰如虽然当众破口大骂封建势力的代表“蒋老虎”，但又不得不屈服于其压力之下。他把自己的田产、店铺的经营暂搁一旁，热衷于教育革新，而实际只关注自己孩子的教养和升学。他在大革命失败后虽然赞同金佩璋到社会上去，“出去做点儿事”，而他自己却想退隐南村，“单讲卫生的道理，治家的道理”，还冠冕其词地说这是“一条新的道路”。作者的朴素自然的描述，显露出他的性格和风貌。

其次，从叶圣陶几十年的小说创作中，我们可以清楚地看到，他是努力实践着文学研究会“为人生而艺术”的创作宗旨的。他塑造那么多知识分子形象，虽然面貌、性格各异，但都是从改革现实生活的需要出发，并坚持从生活中来，富有现实主义的真实性。他为了让艺术能够反映人生、替人生服务，因此十分忠实于写实的原则，正如作者后来总结自己的创作所讲的：“我当教师，接触一些教育界的情形，我就写那些。中国革命逐渐发展，我粗浅的见到一些，我就写那些。小说里的人物差不多全是知识分子跟小市民，因为我不了解工农大众，也不了解富商巨贾跟官僚，只有知识分子跟小市民比较熟悉。”[1]因此，作者笔下的人物形象大多是知识分子。在塑造知识分子形象中，他不写自己不大熟悉的高级知识分子和科技人员，只写他最熟悉的中小学教员、校长和青年学生、练习生。这与作者长期在乡镇任中小学教员以及在书局和刊物做编辑有很大的关系。他有很深的生活根底，对教育界，文化界非常熟悉，对于各种类型知识分子的生活、习性、性格、

[1] 《叶圣陶选集·自序》

癖好、风尚、气度、口吻了如指掌。他对中国教育事业的弊端和所谓教育改良也有深刻的体会和认识。因此，他的作品中人物的一举一动，都是现实人生的再现，人物形象写得非常真实感人。这也是“五四”时期现实主义文学的重要准则与优良传统。当然，叶圣陶偶尔也写过一些自己不够熟悉的革命英雄人物，但写得比较单薄，不够丰满，描写尚欠鲜明有力。这就充分说明，现实主义创作必须建筑在作者对描写对象的真正了解和熟悉的基础之上。唯有置身于广阔的生活之中，才有可能概括提炼出真切感人的人物形象。从叶圣陶创作小说的得与失，也可加深我们对这个现实主义创作基本原则的理解，并有助于我们对现代作家艺术创作规律的认识。

第三，叶圣陶刻画知识分子形象，主要是运用现实主义创作方法，并日趋成熟。他所塑造的各种类型的知识分子典型，无不植根于深厚的现实生活的土壤。尽管这些人物典型程度不同，意义作用有大有小，但就每个人物的自身来说，无论是《倪焕之》中的倪焕之和金佩璋，还是《潘先生在难中》的潘先生，或《在民间》中的两个女学生等，又都是有生命的，引人思索的，显示出现实主义文学的力量。叶圣陶善于按照生活真实安排故事情节，在故事情节的发展中展开错综复杂的矛盾冲突，在复杂的矛盾冲突中塑造人物形象。作者在长篇小说《倪焕之》中运用这种方法，从“五四”前后十多年的社会深刻矛盾中安排主人公的曲折生活道路，刻画由此引起的尖锐的性格冲突，从而揭示人物的心灵，描写人物的思想反复，表现人物性格发展的脉络。在短小的篇幅中，作者也是努力把人物置身于生活的漩涡、矛盾斗争之中来塑造，如《城中》就将年轻人丁雨生回到家乡筹办新式中学、革新教育的计划与行动，放置在各种反动、顽固、保守势力联合包围的环境之中来描写，矛盾非常尖锐。丁雨生不仅遭到污蔑攻击，而且被军阀列入“激烈派”的黑名单。正是在这种种压力与迫害下，丁雨生的斗争精神、青春活力得以充分揭示出来。

叶圣陶深知一个人的性格是多样的统一，不可能只有某种单一的成分或因素，好就是绝对好，坏就是什么都坏。因此他笔下的人物，总是带着生活中一个普通人的全部丰富性，是多种多样因素统一的活生生的人，而不是某种政治概念的图解，也不是按照知识分子的定义，从固定的模式里铸造出来的公式化人物，因而使我们觉得真实可信。如倪焕之既有理想，向往革命，又热心教育改良，还曾一度热恋金佩璋，希望得到幸福的爱情生活，结果未能如愿，以致懊丧、悲观直到绝望。他的思想和生活的内容，是多方面的，错综交叉，互相影响，从而使这个人物成为血肉丰满的艺术典型。其他如《抗争》中的郭先生，既满腔热忱地发动和参加教职员联合会的"罢教"斗争，坚定沉着，又会因为抗争失败、自己被免职而感到凄然。他在被迫离开学生时，泪珠滚了出来，而且还不忘记妻子的辛劳、愁苦、焦心与怨恨之言，这也是个活生生的人物。

作者的现实主义笔触还深入到人物心灵，通过展开心理活动来抒发人物的内心感情，从而更深刻地揭示人物的性格。例如对倪焕之与金佩璋，小说中有大量细腻传神的心理描写，恰到好处地展现了人物的精神面貌。作者写佩璋触在情爱的网里各种微妙的心理状态，充分揭示这个"五四"初期女青年的喜欢遐思，追求自由恋爱而又怕羞含蓄的处女性格。通过作者对他们这一对情人绘声绘影的描述，读者"仿佛看见并头情话的双影，又仿佛看见同调搏动的双心"。这种手法在他的短篇小说中也常有运用。

运用典型的细节描写来突出人物独特的个性，这也是叶圣陶现实主义创作忠实于生活的一个方面。例如，当北平发生"五四"学生运动的消息传到江南之后，焕之在镇上向群众演讲。他冒雨演讲完了，兴冲冲地回到家里，要把刚才的事情告诉爱妻，但佩璋却一再打断焕之的话，后来，还找出一双小孩的虎头鞋给他看。这一细节，正是金佩璋对社会事业不再关心、内心世界空虚无聊的外在显现。寥寥数笔，而神情毕肖。

叶圣陶虽然运用多种多样的艺术手法和技巧塑造了众多的知识分子形象，而他的艺术风格，却有一个共同的显著特点，这就是"冷静的观察"和"客观的描写"。他在反映现实，塑造人物形象的时候，是有爱憎的。他笔下的知识分子，有肯定的，有同情的，也有批判的，但他刻画人物，从不肆意渲染，更不横加评议，而是客观地冷静地按照生活本身的样子去反映生活，在具体的描摹中去表现人物的优劣和心灵的轨迹。他一般不把自己的看法表露出来，而是将自身的感情和见解深藏在客观的叙述之中。作者的观点“常常包含在没有说出来的部分里”[1]。他曾说：“我很有些主观见解，可是寄托在不著文字的处所”[2]。他善于通过作品中人物的行动和情节发展来体现作者本人的思想观点。作者“把自己表示主张的部分减到最少的限度”[3]。例如作者在《倪焕之》第二十四章中，显然是要肯定倪焕之重新振作起来，要批评金佩璋的商人心理，却不直接表示出来，而是通过佩璋信中的语言和焕之读信后的感觉自然地显露出这种思想倾向。作者未加任何评议指责，而是让我们去联想体会。叶圣陶就是这样通过作品中各种类型人物形象的性格特征，使读者自己思考和寻求启发，自己去分清善恶，辨别黑白，从而找出正确的答案。所以，他的作品看似平淡，却有余味；表面冷静，内涵热情。他笔下的知识分子形象显得分外自然、朴实、真切，形象鲜明，性格突出，具有较高的艺术感染力。这种在平淡中见隽永，冷静中蓄深情，形象中显性格，正是叶圣陶小说的独特风格。他的这些作品，对当时“文学研究会”作家的现实主义流派的形成，无疑是起了重大作用的。

叶圣陶的小说创作，在艺术上也是逐步趋于成熟的。他初期的创作对现实的反映还比较肤浅，尚不能很好地塑造人物典型。作者曾经把他这段时期的创作比作一个初学照相的人：“小妹妹靠在窗沿憨笑，这有天真之趣，摄他一张；老母亲捧着水烟袋抽吸，这有古朴之风，摄他一张；……”“那时候什么对象都是很好的摄影题材”[4]。不过，由于叶圣陶坚持深入生活，逐步掌握了现实主义的创作方法，如同会照相的人那样，各方面的要求比起初要高了，“意味要深长，构图要适宜，明暗要美妙，更有其他等等”[5]由此，我们可以看到，作者从“五四”时期到解放前夕几十年中，他塑造艺术典型是如何从肤浅到深化，从幼稚到圆熟，以及创作方法上现实主义逐步成熟的发展过程。

叶圣陶在半个世纪的创作活动中，一直坚持严谨的现实主义创作

---

❶《叶圣陶选集·自序》

❷《叶圣陶选集·自序》

❸ 叶圣陶:《随便谈谈我的写小说》

❹❺ 叶圣陶:《过去随谈》

方法，成功地塑造了多种多样的知识分子形象。这和作者多年来从事教育工作，具有丰富的实践经验和深刻体会密切相关，也是长期以来他对旧社会中下层知识分子的革命性以及他们的缺陷与弱点的深入观察与体验的结果。在这众多的知识分子形象中，我们不难发现，其中所概括的人物思想及性格特征，还糅和着作者人生经历的辛酸泪水，在浑浊的旧社会中耿直的性格风貌和贬恶诛邪的爱憎观念。特别是他前期作品中一些有理想、有事业心而备受压迫的中小学教师的形象，在很大程度上是作者自己的身世、遭遇及献身教育事业的精神与志趣的艺术再现；但并非纯自传性的实际经历的追述，而更重要的是作者内心世界与高洁的情操德性的反照。这在今天，也是启人深思的。

（选自 1980 年《中山大学学报》第 4 期）

《叶圣陶语文教育论集》序

吕叔湘

叶圣陶先生从1912年起从事语文方面的教学、编辑、出版工作，前后六十多年，对于这半个多世纪里我国语文教育工作中的利弊得失知道得深切详明，写下了大量文章，收在这个集子里的就有一百多篇。凡是关心当前语文教育问题的人都应该读一读这本集子。按说这本集子里边的文章大部分是解放以前写的，为什么现在还没有过时呢？这是因为现在有很多问题表面上是新问题，骨子里还是老问题，所以这些文章绝大部分仍然富有现实意义。

这本集子里的文章，涉及的面很宽，性质也多种多样，有商讨语文教育的理论原则的，也有只谈论一篇文章或者评议一两个词语的。通观圣陶先生的语文教育思想，最重要的有两点，其一是关于语文学科的性质：语文是工具，是人生日用不可缺少的工具。其二是关于语文教学的任务：教语文是帮助学生养成使用语文的良好习惯。过去语文教学的成绩不好，主要是由于对这两点认识不清。

语言文字本来只是一种工具，日常生活中少不了它，学习以及交流各科知识也少不了它。这样一个简单的事实，为什么很多教语文的人和学语文的人会认识不清呢？是因为有传统的看法作梗。“学校里的一些科目，都是旧式教育所没有的，惟有国文一科，所做的工作包括阅读和写作两项，正是旧式教育的全部。一般人就以为国文教学只需继承从前的传统好了，无须乎另起炉灶。这种认识极不正确，从此出发，就一切都错。旧式教育是守着古典主义的，读古人的书籍，意在把书中内容装进头脑里去，不问它对于现实生活适合不适合，有用处没有用处；学古人的文章，意在把那一套程式和腔调模仿到家，不问它对于抒发心情相配不相配，有效果没有效果。旧式教育又是守着利禄主义的：读书作文的目标在取得功名，起码要能得‘食廪’，飞黄腾达起来做官做府，当然更好；至于发展个人生活上必要的知能，使个人终身受用不尽，同时使社会间接蒙受有利的影响，这一套，旧式教育根本就不管。因此，旧式教育可以养成记诵很广博的‘活书橱’，可以养成学舌很巧妙的‘人形鹦鹉’，可以养成或大或小的官吏以及靠教读为生的‘儒学生员’；可是不能养成善于运用国文这一种工具来应付生活的普通公民。”（87—88 页）

圣陶先生在这里扼要地指出旧式语文教学的三大弊病，并且在好些处别的地方加以申说。第一是在阅读教学上不适当地强调所读的内容而把语文本身的规律放在次要的地位。“国文是各种学科中的一个学科，各种学科又象轮辐一样辏合于一个教育的轴心，所以国文教学除了技术的训练而外，更需含有教育的意义。说到教育的意义，就牵涉到内容问题了。……笃信固有道德的，爱把圣贤之书教学生诵读，关切我国现状的，爱把抗战文章作为补充教材，都是重视内容也就是重视教育意义的例子。这是应当的，无可非议的。不过重视内容，假如超过了相当的限度，以为国文教学的目标只在灌输固有道德，激发抗战意识，等等，而竟忘了语文教学特有的任务，那就很有可议之处了。道德必须求其能够见诸践履，意识必须求其能够化为行动。要达到这样地步，仅仅读一些书籍与文章是不够的。必须有关各种学科都注重这方面，学科以外的一切训练也注重这方面，然后有实效可言。国文诚然是这方面的有关学科，却不是独当其任的唯一学科。所以，国文教学，选材能够不忽略教育意义，也就足够了，把精神训练的一切责任都担在自己肩膀上，实在是不必的。”（56—57 页）

第二种弊病是在作文教学上要求模仿一套程式。“不幸我国的写作教学继承着科举时代的传统，兴办学校数十年，还摆脱不了八股的精神。”（437 页）所谓八股的精神就是第一，不要说自己的话，要“代圣人立言”，第二，要按照一定的间架和腔调去写。圣陶先生很形象地加以形容说：“你能够揣摩题目的意旨以及出题目的人的意旨，按着腔拍，咿唔一阵，就算你的本领；如果遇到无可奈何的题目，你能够无中生有，瞎三话四，却又叮叮当当的颇有声调，那更见出你的才情。”（40页）他并且用自己小时候的经验做例子，“我八九岁的时候在书房里‘开笔’，教师出的题目是《登高自卑说》；他提示道：‘这应当说到为学方面去’。我依他吩咐，写了八十多字，末了说：‘登高尚尔，而况于学乎？’就在‘尔’字‘乎’字旁边博得了两个双圈。登高自卑本没有什么说的，偏要你说，单说登高自卑不行，一定要说到为学方面去才合式，这就是八股的精神。”（438页）

第三种弊病就是读书作文不是为了增长知识，发表思想，抒发感情，而是为了应付考试。“以前读书人学作文，最主要的目标在考试，总要作得能使考官中意，从而取得功名。现在也有考试，期中考试，期末考试，还有升学考试。但是，我以为现在学生不宜存有为考试而学作文的想头。只要平时学得扎实，作得认真，临到考试总不会差到哪里。推广开来说，人生一辈子总在面临考试，单就作文而言，刚才说的写封信打个报告之类其实也是考试，不过通常叫作‘考验’不叫作‘考试’罢了。学生学作文就是要练成一种熟练技能，一辈子能禁得起这种最广泛的意义的‘考试’即考验，而不是为了一时的学期考试和升学考试。”（154页）

过去的第二点错误认识是把语文课看成知识课，看成跟历史、地理或者物理、化学一样，是传授一门知识的课，因而要以讲为主。在读文言文的时代，自然逐字逐句大有可讲，到了读白话文课本，就“从逐句讲解发展到讲主题思想，讲时代背景，讲段落大意，讲词法句法篇法，等等，大概有三十来年了。可是也可以说有一点没有变，就是离不了教师的‘讲’，而且要求讲‘深’，讲‘透’，那才好。”（149页）“我想，这里头或许有个前提在，就是认为一讲一听之间事情就完成了，象交付一件东西那么便当，我交给你了，你收到了，东西就在你手里了。语文教学乃至其他功课的教学，果真是这么一回事吗？”（151页）

这种以教师讲解为主的教学法，其流弊，第一是学生“很轻松，听不听可以随便。但是，想到那后果，可能是很不好的”。其次，“学生会不会习惯了教师都给讲，变得永远离不开教师了呢？永远不离开教师是办不到的，毕业了，干什么工作去了，决不能带一位教师在身边，看书看报的时候请教师给讲讲，动笔写什么的时候请教师给改改，那时候感到不能独自满足当前的实际需要，岂不是极大的苦恼？”（151—152 页）

这就触及教育学上的根本问题，在教学活动中，教师起什么作用？圣陶先生的看法是，“各种学科的教师都一样，无非教师帮着学生学习的一串过程。”换句话说，教学，教学，就是“教”学生“学”，主要不是把现成的知识交给学生，而是把学习的方法教给学生，学生就可以受用一辈子。在这个问题上，圣陶先生有一句精辟的话，现在已经众口传诵，那就是“教是为了不教”。这句话在这本论文集里多次出现，例如，“‘讲’当然是必要的。问题可能在如何看待‘讲’和怎么‘讲’。说到如何看待‘讲’，我有个朦胧的想头，教师教任何功课（不只是语文），‘讲’都是为了达到用不着‘讲’，换个说法，‘教’都是为了达到用不着‘教’。……语文教材无非是例子，凭这个例子要使学生能够举一而反三，练成阅读和作文的熟练技能；因此，教师就要朝着促使学生‘反三’这个目的精要地‘讲’，务必启发学生的能动性，引导他们尽可能自己去探索。”（152 页）又如：“学生须能读书，须能作文，故特设语文课以训练之。最终目的为：自能读书，不待老师讲；自能作文，不待老师改。老师之训练必作到此两点，乃为教学之成功。”（717 页）“我近来常以一语语人，凡为教，目的在达到不需要教。以其欲达到不需要教，故随时宜注意减轻学生之倚赖性，而多讲则与此相违也。”（720 页）“尝谓教师教各种学科，其最终目的在达到不复需教，而学生能自为研索，自求解决。故教师之为教，不在全盘授与，而在相机诱导。必令学生运其才智，勤其练习，领悟之源广开，纯熟之功弥深，乃为善教者也。”（721 页）“凡为教者必期于达到不须教。教师所务惟在启发导引，俾学生逐步增益其知能，展卷而自能通解，执笔而自能合度。”（741 页）

怎样才能达到这个目的，关键在于使学生的学习由被动变为主动。例如要求学生预习，给以必要的指导；发起对课文的讨论（主要指语文方面，不是内容方面），予以有效的启发；对学生的作文只给些评论和指点，让他自己去考虑如何修改；如此等等。这一切，作者在《精读指导举隅》的《前言》以及别的篇章里都有详细的论述。这样教学，当然比逐句讲解吃力，但是这才是教学的正经道路。正如圣陶先生所

说，“把上课时间花在逐句讲解上，其他应该指导的事情就少有工夫做了；应该做的不做，对不起学生，也对不起自己。”（83页）

前面说过，这本集子里边谈到的问题很多，上面只是就它的主要内容，就是关于语文教育的指导思想作了些简单的介绍。此外，如第三部分关于文章的分析鉴赏，第四部分关于写作当中的某些具体问题的讨论，也都有很多好的见解，值得我们学习。但是最重要的恐怕还是借阅读这本集子的机会来对照检查我们自己的工作。有许多现在还常常有争论的问题，事实上圣陶先生多年前已经遇到，并且提出了他的看法。有的话尽管是对学生说的，实际上也适用于教师。比如“举一反三”这件事，要教给学生这样做，教师就要首先这样做。那末，现在有些教师希望每一篇课文都有人给写出类似教案的文章来发表在刊物上，让他上课的时候照本宣科，那就完全不对了。这个集子里有一篇题为《中学国文教师》的文章，列举七类教师，都是在教学上犯了这样或那样的毛病的，很值得我们拿来作为反面的借鉴。当然，我希望这种种类型的教师都已经或者即将绝迹。

（选自1981年1月20日上海《语文学习》第1期）

叶绍钧论

曾华鹏　范伯群

叶绍钧是我国现代文学史上一位有广泛影响的作家。他的创作活动开始于1914年，经过六十多年悠长的岁月，直到今天他也还在为社会主义祖国歌唱。在我国的作家中，象他这样从旧民主主义革命时期、经新民主主义革命时期到社会主义时期都一直从事于文学创作的人是不多见的。他好比一条游动不息的小溪，带着他的淙淙的歌声，沿着曲折而漫长的道路，终于汇进了波浪滔天的社会主义文学的大海。叶绍钧的文学生涯使我们从一个侧面看到我国现代文学第一代作家成长、发展过程的若干特色。

一

在中学读书的时候，叶绍钧就对文学发生了兴趣。1911年他中学毕业，因为家里没钱供他继续升学，就开始了小学教员的生涯；并且在两三年后携带着他最初的文言小说步上文坛。

辛亥革命以后的中国文坛笼罩着一片香风毒雾。在资产阶级领导的革命已宣告失败，而新民主主义革命的曙光尚未照耀祖国大地的黑暗、沉闷的历史时期，适应封建阶级和买办势力的需要，迎合半殖民地社会小市民的低级趣味，“鸳鸯蝴蝶”派的五光十色的刊物大量出现。充溢在这些刊物上的，是那些揭发他人阴私的黑幕小说，描述才子佳人相悦相恋的爱情故事，以及各种荒诞不经的神怪笔记。《礼拜六》就是这类刊物的代表。它的主编王钝根曾说，他编的这份小说周刊是为了让读者“一编在手，万虑都忘；劳瘁一周，安闲此日，不亦快哉。”[1]因此，“趣味第一”就成为“鸳鸯蝴蝶”派作品的一个共同特色。这是近代文学的一股反动逆流。“鸳鸯蝴蝶”的乱舞狂飞，使文艺园地弥漫着污浊的空气，它腐蚀着广大读者的心灵，同时也严重地阻碍着许多朝气蓬勃的青年的文学才能的发展。

叶绍钧就是在这种窒息人的才能的污浊空气中开始他的文学创作的。对于这段经历，他在 1930 年曾回忆道：“开头作小说记得是民国 3 年；投寄给小说周刊《礼拜六》，被登载了，便继续作了好多篇。到后来，‘礼拜六派’是文学界中一个卑污的名称，无异‘海派’、‘黑幕派’、‘鸳鸯蝴蝶派’等等。我当时的小说多写平凡的人生故事，同后来的相仿佛，浅薄诚有之，如何恶劣却未必，虽然所用的工具是文言，也不免贪懒用一些成语古典。作了一年多便停笔了”。[2]

在 1914 年至 1916 年间，叶绍钧以“叶匋”、“叶允倩”等笔名，在《礼拜六》、《小说丛报》、《小说海》等“鸳鸯蝴蝶”派的刊物上，发表了《玻璃窗内之画像》、《穷愁》、《博徒之儿》、《终南捷径》、《贫女泪》、《倚闾之思》等十多篇文言小说。这些作品从表面上看，同当时刊物上发表的其他“鸳鸯蝴蝶”派的作品并没有多大区别：都是用文言写的，有的还用骈体文；都分别被编者冠以“神怪小说”、“艳情小说”、“滑稽小说”的分类；而且也都具有较浓厚的趣味色彩。但是，只要我们进一步考察就不难发现，叶绍钧的这些文言小说，同当时泛滥的“鸳鸯蝴蝶”派作品又不是完全一样的，其中一部分作品，在五颜六色的趣味主义帷幕后面，也还能曲折地反映一定的社会内容，表现作者的爱憎态度，因而在当时也还具有一定的社会意义。

叶绍钧的部分文言小说，能够在轻松的谈笑中对当时黑暗丑恶的社会现实予以暴露与讽刺。例如《瓮牖新梦》(《礼拜六》第 27 期)，写民国建立以后，在偏僻的黔地有一个姓李的塾师却大做皇帝梦，他“梦龙入我室，恍惚间又觉高居宸殿，临对百僚”，而且还真的自立皇

[1] 王钝根：《礼拜六出版赘言》，见《礼拜六》百期汇订本第一集（上海中华图书馆印行）。
[2] 叶绍钧：《未厌居习作·过去随谈》，开明书店出版。

帝，在他的私塾里举行“开国盛典”，封侯拜相；为了夺取县城作为皇都，他率领几十名不逞之徒进攻县城，并在战斗中丧命。这篇被《礼拜六》编者列为“滑稽小说”的作品，尽管作者不一定是很自觉的，但它在客观上对当时以袁世凯为代表的梦想复辟帝制的反动思潮，是起了讽刺与否定的作用的。又如《终南捷径》(《礼拜六》第 26 期）的主人公某甲原为清室旧吏，民国以后丢官，但他仍恋念宦途，因而就“量十斛明珠纳曲中名花某姝为宠”，并利用她来纳交一个其父居国中高位的某公子，美人计果然成功，不久“某甲忽膺某部命，为驻沪特派委员”。作者无情地揭露了当时某些新官僚的肮脏历史和他们卑鄙无耻的灵魂。因而在这篇近似陈旧庸俗的“艳情小说”里，也仍然透露出叶绍钧对当时丑恶现实的深沉愤懑和憎恶。

叶绍钧在部分文言小说里，对一些命运悲惨的受苦人也表现出深切的同情，并且热情地歌颂他们身上的优美品德。《穷愁》(《礼拜六》第 6 期）的主人公阿松，原是工人，因工厂倒闭而失业，只好依靠卖饼同老母过着冻馁寒苦的生活；一次因到赌场卖饼而被警察当作赌徒抓去，判了苦役与罚款，释出后却又因欠房租而被房东驱逐出屋。老母因极度悲愤而死去，阿松亦从此“不复归”。小说字里行间洋溢着作者对阿松母子的同情。这篇作品所描写的穷苦人之间的友爱也相当动人。潘媪是一个“为人缝衽以自活”的老寡妇，但在阿松失业时，她借钱给他作贩饼资本；阿松入狱，她照顾他的老母；母子被房东逐出，她“让己屋之半居之”。作者写道：“侠情高义，往往于贫贱求之，惟贫民窟乃多和蔼乐善之人。”对受苦人之间的这种深厚情谊予以热烈的赞颂。《贫女泪》(《小说丛报》第 3 期）中的云因家境贫寒，出嫁时没有丰厚嫁妆而受到恶姑歧视与欺凌，走投无路而自杀。作者也是以饱含同情的笔墨来叙写这个悲惨故事的。象这类描写底层人民苦难生活的作品，在当时以消遣、趣味为主的刊物上是不多见的。

那么，为什么叶绍钧在“鸳鸯蝴蝶”派刊物上发表的小说，却不象这类刊物的其他作品那样，纯粹以趣味为主，而是能够反映一定的社会内容呢？我们认为，这是由于叶绍钧本人家庭贫困，很早就挑起生活的重担，感受过人间的辛酸，因而对底层人民的疾苦和旧社会的不合理有着一定的了解；同时，他开始写作时又已经从西方资产阶级思想家的著作和翻译文学作品中受到了资产阶级民主思想的初步熏陶。在谈到翻译作品对他的创作的影响时，他说："翻译作品，在我青年时代看起来，简直在经史百家以外另外有一种境界"。[1]"作小说的兴趣可说由中学校时代读华盛顿·欧文的《见闻录》引起的"。[2]正是这些因素使叶绍钧在"鸳鸯蝴蝶"充斥文坛的时候，能够站在比较进步的立场上写出一些蕴含着一定社会内容的作品。

叶绍钧为"鸳鸯蝴蝶"派刊物写小说的同时，自己在艺术上也得到初步的锻炼。这类刊物的作品比较讲究情节的生动和结构的完整，因而他的不少文言小说也在这方面下了功夫。例如《玻璃窗内之画像》(《小说丛报》第2期)，写医生陶子晋路过一照相馆，看到陈列着一幅少女的肖像，她的美丽引起他长期的思慕，但却不知她在何处；以后在一次出诊中，发现病人正是他日夜想念的少女，然而却已在弥留时刻。这篇作品虽然缺乏深刻的思想内容，但它的巧妙的构思和严谨的结构却值得称道。由于作者受到翻译作品的影响，因而他还比较善于对笔下的人物作细腻的心理刻画。《倚闾之思》(《小说海》第2卷第1期)写一个母亲思念外出读书三年的儿子；《旅窗心影》(《小说海》第2卷第4期)写一个学生偶然发现亡友遗留的一百元纸币所激起的理与欲相互冲击的思想波澜。作品都细致入微地揭示人物的内心活动。此外，叶绍钧在1918年还在《妇女杂志》上发表了一篇《春宴琐谭》，写一群资产阶级妇女的一次宴会，内容并不可取，但却显示了尝试用白话文写作小说的意图。这些方面都为叶绍钧以后的文学创作提供了一定的艺术准备。

但是，如果说叶绍钧在"鸳鸯蝴蝶"派的刊物上发表的小说，和这类刊物的其他作品丝毫没有相同的东西，或者说他虽同这类刊物接触却一点也没有受到不好的影响，那也不符合事实。应该说，他早期的文言小说是明显地存在着和"鸳鸯蝴蝶"派作品相同的一面的，而这正是他的文言小说的严重弱点，同时也反映了"鸳鸯蝴蝶"派的香风毒雾对一个有才能的文学青年的损害。首先，从一部分作品中显露

[1] 《叶圣陶选集·自序》，开明书店1951年出版。

[2] 叶绍钧：《未厌居习作·过去随谈》。

出当时作者还存留着某些封建思想的残余。例如在《博徒之儿》(《礼拜六》第 12 期)里,作者同情主人公王根生的不幸命运,但却又从“孝”的角度来肯定王根生的品质。作者在听完友人介绍王根生的事迹后自语道:“若此儿者，谓之孝子堪以无愧。”并在王根生读书的学校里称赞他是“本校之光……王孝子”。这样就在一篇具有一定社会意义的作品中掺杂入封建道德的说教。又如《飞絮沾泥录》(《礼拜六》第 20 期),写富贵人家的女儿珊爱上佣人福生，受到阻拦，两人相约逃到上海，但后来福生生活放荡，将珊抛弃，珊终于沦为乞丐。作品指出珊“正患在不闻礼教耳”，并在最后写道:“一失足成千古恨，原当慎之于其朔也”。这篇作品对青年男女反抗封建婚姻和封建礼教的行为并不是持肯定态度的。其次，叶绍钧也有少数文言小说没有反映什么社会内容，而纯粹以趣味为主。《孤宵幻遇记》(《礼拜六》第 19 期）写教员张君到某氏家中为其小孩补课而遇鬼的故事，它和《礼拜六》上的其他“神怪小说”并没有多少区别。再次，这些作品都用文言写作，其中有些作品，例如《痴心男子》(《礼拜六》第 46 期）这篇写一少年悼亡妻的小说，语言陈腐庸俗，缺乏新鲜气息。

年轻的叶绍钧就是这样开始他的文学生涯的。他显示了自己的才能，也暴露了自己的弱点。而弥漫在他周围的“鸳鸯蝴蝶”派所掀起的香风毒雾，又严重地威胁着他的文学才能的发展。他的文言小说写作时间不长，数量不多，但这并不值得遗憾。他的文学才能需要有更加肥沃的土壤、充足的雨露和温煦的阳光，才能够开放鲜艳的花朵，收获丰硕的果实。

这时候，在我们苦难的祖国，有多少象叶绍钧这样才华横溢的年轻人，正期待着一个新的伟大的时代来哺育他们啊!

二

五四运动的狂飚掀开了中国历史的新的一页。这个时期所进行的文化革命是中国有史以来第一次伟大的思想解放运动。在伟大时代的哺育下，叶绍钧的思想有了新的觉醒，他彻底摆脱封建道德的羁绊，积极掌握民主与科学的思想武器，以坚实的步伐，开始走上一条崭新的现实主义的创作道路，并且对新文学的发展作出了自己的贡献。

从1919年初开始，叶绍钧就在《新潮》月刊上发表了一系列探讨社会问题的长篇论文，抨击封建道德，宣传民主思想，提倡个性解放，呼吁社会改革。在《女子人格问题》一文里，他指出封建社会强加在广大妇女身上的三从四德、贞操节烈、男尊女卑的精神枷锁，是造成“女子不幸的原因”，他要求“女子自身，应知道自己是个‘人’，所以要把能力充分发展，做凡是‘人’当做的事。……那荒谬的‘名分’、‘伪道德’，便该唾弃他，破坏他。”[1]这里表现了叶绍钧反抗封建主义的极大勇气；这种把个性解放同妇女解放结合起来的主张，说明作者的思想比以前有很大进步。在《职业与生计》中他又写道：“现在的社会里，种种事务只有停顿和弄得一团糟，即使好一些，也不过保存已往罢了，决没有革新和改进的希望”；而有许多人“吃了苦，不想怎样可以免除；受了不平等的待遇，不想怎样可以解放”[2]，文中所表现的要求改革不合理社会的迫切愿望，也是可贵的。尽管这些社会论文还存在着一些缺点，但它所焕发出来的战斗锋芒同“五四”时期的革命精神却是一致的。因此，这也就成为叶绍钧重新开始的文学活动的思想基础。

作为一个文学家，叶绍钧经过“五四”文学革命的战斗洗礼，已初步树立了现实主义的进步文艺观。这位曾经在“鸳鸯蝴蝶”派刊物上发表过一些作品的青年，这时期他明确地同这种反动的文艺流派彻底划清了界限。例如有一次，《礼拜六》周刊在报纸上登了一个很无聊的广告，上面写道：“宁可不娶小老婆，不可不看《礼拜六》”，叶绍钧看后非常反感，就写了一篇题为《侮辱人们的人》的文章，指出“这实在是一种侮辱，普遍的侮辱，他们侮辱自己，侮辱文学，更侮辱他人！”他要求新文学工作者要格外努力，“予他们以猛烈的讽刺和正确的改正”，“使人们弃去其卑鄙和浅薄，趋向于高尚和精深”[3]。这反映了叶绍钧对《礼拜六》的新态度。另一方面，在文艺思想上他也已经

[1] 叶绍钧：《女子人格问题》，1919年2月《新潮》第1卷第2号。

[2] 叶绍钧：《职业与生计》，1920年4月《新潮》第2卷第3号。

[3] 叶绍钧：《侮辱人们的人》，1921年6月20日《文学旬刊》第5号。

初步接受了一些现实主义的文学主张。在文学与生活的关系上，他认为“惟有充实的生活是汪汪无尽的泉源”[1]；然而写作时又不可照搬生活，而应该“将最能传神的部分充分挥写，而不重要的部分竟可弃去不写”[2]。在文学的社会功能上，他重视文学的战斗作用和教育作用，主张“对于黑暗势力的反抗……确是现时非常急需和重要的”；作家应该“写出全民族的普遍的深潜的黑暗，使酣睡不愿醒的大群也会跳将起来”[3]。

进步的思想武装使叶绍钧成为五四时期一个相当活跃的作家。他从1919年初就开始发表白话诗和小说，以后还写过童话、散文和剧本，显示了他多方面的文学才能。此外，他还是五四时期有很大影响的文学研究会的发起人之一。

叶绍钧在五四时期发表了二十多首新诗，除了几首散见于报刊上外，文学研究会编的新诗合集《雪朝》中就收有他的诗歌十五首。这时期他的诗作清新可读，尽管有个别篇章情绪稍嫌低沉，但大部分作品都回荡着“五四”时代精神的旋律。当然，叶绍钧这时期的贡献主要是在小说创作方面。茅盾说过：“要是有人问道：第一个‘十年’中反映着小市民知识分子的灰色生活的，是那一位作家的作品呢？我的回答是叶绍钧！”[4]茅盾的这段话指出了叶绍钧本时期小说题材的主要特色。事实也是如此。从1919年到1923年，他先后发表了四十多篇短篇小说，其中描写知识分子、学校生活和小市民的就占了将近三分之二。

早在二十年代末，钱杏邨在考察叶绍钧的创作时就曾指出，“他可以说是现代中国文坛上的教育小说作家”，“他的教育小说的成就，在他的创作中是最好的”。[5]

五四时期叶绍钧发表的教育小说，主要是暴露旧中国教育的各种腐败黑暗的现象。他说：“我做过将近十年的小学教员，对于小学教育

---

[1] 叶绍钧：《剑鞘 · 诗的泉源》1924年朴社发行。

[2][3] 叶绍钧：《创作的要素》，《小说月报》第12卷第7号。

[4] 茅盾：《中国新文学大系 · 小说一集导言》。

[5] 钱杏邨：《现代中国文学作家 · 叶绍钧的创作的考察》，上海泰东图书局1930年出版。

界的情形比较知道得清楚点。……不幸得很，用了我的尺度，去看小学教育界，满意的事情实在太少了。……于是自然而然走到用文字来讽他一下的路上去。”[1]从这样的创作动机出发，叶绍钧在作品里就无情地从学校、办学人、教员、学生等方面来揭露旧教育存在着的种种问题。《乐园》里的几个学校不是破烂不堪、设备太差，就是教员太不负责任;《饭》里的学务委员虚报学生名额骗取经费，无理克扣教员薪俸；教员不但受到敲榨勒索，还要时时担心失去饭碗；而学生则因遭遇严重水灾而陷入“不可推想的恐怖”中。《校长》里的几个教员置教学工作于不顾，或打牌赌钱，或勾引妇女，把学校闹得乌烟瘴气。叶绍钧认为道德败坏的教员和自私无能的校长都是使学校教育陷于腐败的原因。作者所写的这些情形，勾勒出旧中国学校的一个侧面。

学校是整个社会肌体的一个组成部分。叶绍钧在他的小说里，从各个方面揭露了旧中国学校教育存在着的严重问题，虽然这种揭露还不够有力，但从这个局部却也暴露了旧社会整个肌体的腐败，这在当时是具有进步意义的。

在谈到自己的创作时叶绍钧曾说过：“当时仿佛觉得对于不满意不顺眼的现象总得‘讽’它一下。讽了这一面，我期望的是在那一面，就可以不言而喻。”[2]那么，叶绍钧的小说在暴露旧教育的腐败的同时，他所期望的“那一面”究竟是什么呢？我们从这类小说的字里行间是可以看出一些来的。短篇小说《祖母的心》的主人公明辉说过这样的话：“较好的教育方法，世间或者已有人懂得，但不是我们。我们的教育只是给损害的教育呵！让他自己去发展，自己去搜求，或者好些。”而《校长》里的叔雅所努力经营的“理想学校”，也就是给儿童的自由发展提供具体的条件，这个学校的学生们“自动地组织体育会从事种种的运动，编辑小新闻纸登载学校里的事情以及自己的文章，又结成团体在学校背后的空地上开垦，种着玉蜀黍马铃薯等等东西”。在校长看来，这就是“理想学校的芽儿在那里顺遂地透出来”了。这些被作者正面肯定的方法和措施，就是他所期望的“那一面”。其实它也就是叶绍钧自己当时的教育主张。

---

[1] 叶绍钧：《未厌居习作·随便谈谈我的写小说》。

[2] 《叶圣陶选集·自序》，开明书店 1951 年出版。

他在长篇教育论文《小学教育的改造》里，就认为学校教育的任务决不是只向学生灌输书本知识，而应该是“替儿童布置个极适当的环境”。他主张“今后小学教育所必须设备的，是会场，工厂，农场，运动场，试验室，娱乐所，图书馆，博物院，卫生处等等。一个学校，便是一个社会”，让学生生活于其中，“不知不觉得了做社会一员的经验”❶。叶绍钧在小说和论文中所提出的教育主张：发展学生个性，知行结合的方法，是同禁锢儿童个性发展的封建教育思想以及读死书的僵死的教育方法针锋相对的，在当时无疑具有一定的进步性。

然而叶绍钧的教育小说的思想局限性也是明显的。这主要表现在他没能更自觉地认识学校教育和社会制度的关系。学校是社会的一部分。正如鲁迅所说：“学风如何，我以为是和政治状态及社会情形相关的”（《两地书·二》）。但是叶绍钧在他的作品里对于学校教育的腐败与黑暗，却较少从社会制度方面去探究原因，而是过多地把责任归之于校长和教员。他曾说过“当时对于一般不知振作的同业颇有点看不起，以为他们德性上有着污点，倘若大家能去掉污点，教育界一定会大放光彩的”。❷事实上如果不彻底改变污秽的不合理的社会制度，学校是根本不可能“大放光彩”的。另一方面，在剥削阶级统治的社会里，把学校教育的任务只看作帮助学生适应现有的生活条件和社会中已经建立的秩序，这则是一种改良主义的教育思想。如果不通过社会革命的手段改变穷苦的学生们的经济、政治地位，而只让他们在“理想学校”里自由发展，其结果除了成为“适应环境的机器”（鲁迅语）外，能有什么更好的前途呢？这一切都大大减弱他的教育小说对旧社会制度的揭露、批判和控诉的力量。

五四时期叶绍钧小说写得较多的另一题材是城镇小市民的灰色生活，作者对各种无聊、庸俗的生活现象和小市民习气予以无情的抨击与讽刺。由于叶绍钧对这类生活比较熟悉，观察又比较细致，因而他就有可能从各种角度淋漓尽致地来加以描绘。《一个朋友》里的“朋友”把结婚、生孩子、娶儿媳当作人生的全部内容，在他身上只有传宗接

❶ 叶绍钧：《小学教育的改造》，1919 年 12 月《新潮》第 2 卷第 2 号。

❷ 叶绍钧：《未厌居习作·过去随谈》。

代的生物要求，而无远大崇高的生活理想，作者对这种极端卑琐的生活态度投以辛辣的讽刺。《隔膜》里的"我"，遇到的是言不及义的无聊的寒暄，繁琐而又虚伪的礼节，和那种"无结果就是他们的结果"的空洞议论。作者通过这些生活场景深刻地揭露了掩盖在热热闹闹的生活表面下的小市民式的真正的冷淡。此外如《归宿》里的主人公怀芷则由于得不到爱情而感到异常苦闷与无聊，只能借酒浇愁。《两样》里的一对年轻夫妻，把全部注意力放在孩子身上，对身旁汹涌着的生活浪涛无动于衷，表现出十分庸俗的生活趣味。《祖母的心》的杜明辉虽有自己的理想，但在如何对待儿子的问题上却没有勇气违反老太太封建落后的主张，只能屈服妥协。

在这些作品里，叶绍钧通过对各种平凡、灰色的生活现象的叙写，从各个不同的侧面比较真实地概括和揭示了小市民习气的主要特征。高尔基曾说，小市民习气"阻碍了那必然要从谬误的束缚中解放人们的过程，使这一过程不能正常发展"[1]。因此，在五四时期，在那广大人民群众积极关心国家民族的命运，怀着巨大的革命热情投入反帝反封建斗争的伟大的时代，叶绍钧在他的作品里严肃地讽刺和批判了现实生活中存在着的诸如缺乏崇高的人生理想，对生活极端冷漠，精神空虚无聊，对旧势力屈服妥协等等与时代精神不相适应的小市民习气，其积极的现实意义是异常明显的。

叶绍钧在批判小市民卑琐、庸俗的灰色生活的同时，依然存在着他所期望的"那一面"的。朱自清曾经说过：叶绍钧"初期的创作，在'如实地'取材与描写之外，确还有些别的，我们称为理想"，而"爱与自由的理想是他初期小说的两块基石。"[2]茅盾也说，在创作的初期，"叶绍钧对于人生是抱着一个'理想'的，……他以为'美'（自然）和'爱'（心和心相印的了解）是人生的最大的意义，而且是'灰色'的人生转化为'光明'的必要条件。'美'和'爱'就是他的对于生活的理想。"[3]的确，无论是朱自清所说的"爱与自由"，或者是茅盾所说

---

❶ 高尔基：《文学论文选·谈谈小市民习气》，人民文学出版社。

❷ 朱自清：《叶圣陶的短篇小说》，见《朱自清文集》第2卷，开明书店1953年出版。

❸ 茅盾：《中国新文学大系·小说一集导言》。

的“美和爱”，都是叶绍钧当时所向往与期待的。而他的这种理想又是直接渗透在作品的艺术描写里的。在他的笔下，大自然“娟媚而且庄严”的美会使一个妇女从封建思想的桎梏下觉醒（《春游》）；琴声歌声的艺术美的力量使一个受苦的孩子忘却自己不幸的生活（《低能儿》）；母爱能医治一个人肉体上的痛苦（《伊和他》）；对儿童的爱能抚慰一个命运悲惨的劳动妇女受伤的心灵（《潜隐的爱》）。这些描写，在叶绍钧本时期的作品中，成为同小市民灰色庸俗的生活画面相对比的闪耀着作家理想的亮色的内容。

在当时文学研究会的作家中，象叶绍钧那样在作品里表现出对美和爱的憧憬的，还有不少人。例如王统照，“他的初期的作品比叶绍钧更加强调着‘美’和‘爱’”（茅盾语），冰心在自己作品里反复歌咏的是母亲的爱和大自然的美，而许地山的作品则赋予爱和美以浓厚的宗教色彩。因而这对一部分小资产阶级作家来说，似乎是一种带有普遍性的现象。我们认为，这些作家所以这样热烈地向往和赞颂爱和美，是因为他们对残酷的、丑恶的、黑暗的现实社会的彻底失望。对叶绍钧来说，由于对旧教育的腐败的强烈不满和对小市民的污浊空气的极端厌恶，他就憧憬着一个充满美和爱的世界，这是完全可以理解的。而且，作家企图引导读者去向往一个比现实社会美好的境界，这种用心也是无可非议的。然而，恩格斯在谈及费尔巴哈的道德论时曾这样写道：“在费尔巴哈那里，爱随时随地都是一个创造奇迹的神，可以帮助他克服实际生活中的一切困难，——而且这是在一个分成利益直接对立的阶级的社会里。这样一来，他的哲学中的最后一点革命性也消失了”。[1]同样，在一些小资产阶级作家那里，爱和美的确象是一个能够创造奇迹的神，他翱翔于作品里，帮助作家克服各种困难。但是，面对着丑恶的现实不去与之斗争，却宣扬美和爱是转化为“光明”的必要条件；目睹劳苦大众受压迫的非人遭遇，不去积极鼓励他们起来反抗，而是让他们在“美”和“爱”的气氛中得到安慰，从而麻木身受的苦难，这种“理想”，在革命风暴席卷祖国大地的五四时期，其局限性是很明显的。

---

[1] 恩格斯：《路德维希·费尔巴哈和德国古典哲学的终结》，《马克思恩格斯选集》第4卷第236页。

应该指出，这种不依靠反抗与斗争，而是努力运用美和爱的力量使被压迫者“在心里保持一个舒适的境地”的意图，它本身正如高尔基所指出，也是一种“小市民习气”[1]。人们可能会提出这样的问题：为什么象叶绍钧这样竭力批判小市民习气的作家，在自己的作品的画面上却也被小市民习气的灰尘所玷污呢？我们认为，这是因为他是站在小资产阶级的立场上来批判小资产阶级的，就如马克思所说的，“他们的思想不能越出小资产者的生活所越不出的界限”[2]。因此，他对小市民的批判，也只不过是小资产阶级的清高派对小资产阶级庸俗派的批判，这样的结果，就完全有可能在作品里“转而肯定它曾经否定了的东西”[3]了。

从对叶绍钧本时期小说的考察中，我们可以看到，无论是他的教育小说，还是反映小市民灰色生活的作品，在暴露现实生活中的丑恶现象和存在问题方面，是比较深刻的，它显示了现实主义的批判力量。但是，正如钱杏村所指出的，“只是消极的黑暗的暴露与咒诅，没有积极的抗斗与冲决，这是叶绍钧创作中内在的生命的力的缺陷”，“在他的笔下遗漏了现代的与旧社会抗斗，冲决的向上的青年的写实。”[4]的确，在这时期的全部小说中，叶绍钧没有能够提供敢于向黑暗现实挑战与斗争的反抗者的艺术形象，即使是象《一生》、《苦菜》等少数几篇写到劳动人民的作品，也只是为他们的不幸命运叹息，仍然没有喊出反抗的呼声。由于这样，读者从作品里感受到的是现实的黑暗，却无法看到改变这种丑恶现实的真正道路和前途；虽然作者有时也在作品里展现出一个“美”和“爱”的理想的和谐的天国，但读者知道那只不过是虚无缥缈的海市蜃楼。这一切使有些小说弥漫着一层淡淡忧郁的色调。

叶绍钧本时期小说在艺术上也初步显示了特色，作品里那明白晓畅的语言，完整严谨的结构，强烈的生活气息和浓郁的诗情，在当时就给读者留下鲜明的印象。但作者所选择和描写的题材还比较狭窄，作品还缺乏浓厚的时代气息；在人物描写方面，他还未能娴熟地运用

---

❶ 高尔基：《文学论文选·谈谈小市民习气》。

❷ 马克思：《路易·波拿巴的雾月十八日》，《马克思恩格斯选集》第1卷第632页。

❸ 高尔基：《文学论文选·苏联的文学》。

❹ 钱杏邨：《现代中国文学作家·叶绍钧的创作的考察》。

现实主义的细节描写，未能集中笔力刻画典型性格，因而尚未能塑造出栩栩如生的具有立体感的艺术形象。

1923 年，我国现代文学的第一本童话集《稻草人》出版，收入叶绍钧 1921 年至 1922 年写的二十多篇童话。他曾说过："我之喜欢《稻草人》，较《隔膜》为甚"[1]。这确实是一本具有鲜明特色的童话集。作者运用丰富的想象力，采取象征和夸张的手法，创造了一个色彩绚丽、变幻多姿的童话世界。然而人们可以清楚地看到，这个童话世界实际上是现实社会的一种曲折的反映。在叶绍钧的童话里，从遥远的星球到地球上来的旅行家看到的是贫富悬殊的不合理的生活（《旅行家》）；一个瞎子和一个聋子互相调换他们的生理缺陷，而得以第一次看见和听见，但现实中沉重的劳动和残酷的杀戮使他们反而感到痛苦和失望（《瞎子和聋子》）；一个孩子得到一面可以预先窥见未来的镜子，但他通过这面神奇的镜子看到的所有的人却都是皮包着骨，脸上没有血色的未来（《克宜的经历》）。作品里所描绘的这一切，深刻地反映了作者对充满苦难与血泪的现实生活的痛苦感受。同时在叶绍钧所创造的童话世界里，也出现了一些心地善良、勇于舍己为人、富有同情心的艺术形象。这里有不顾自己、处处为别人着想的傻子（《傻子》），有以自己动人的歌唱来抚慰受苦人寂寞的心灵的画眉鸟（《画眉鸟》），有跋山涉水为人们找到亲友的绿衣人（《跛乞丐》），有为渔妇和农民的不幸而焦急悲叹的稻草人（《稻草人》）。这些形象寄托了作者的美好的希望。此外，叶绍钧的童话创作，构思新颖，感情深沉，描写细腻，语言优美，注意创造诗化的形象和意境，努力表现一种童稚的情趣，因而作品中深蕴着诗意，洋溢着热情；但由于作者面对苦难现实却又无能为力，对未来的前途也尚未看得清楚，他的童话里也就时常荡漾着一种悒郁的情绪。

三

从 1924 年开始的第一次国内革命战争，象震撼大地的风雷，给灾难深重的祖国带来了蓬勃的生气。革命时代沸腾的生活使许多正直的

---

[1] 转引自郑振铎为《稻草人》写的序言。

知识分子更加关心祖国的命运和前途，对于广大民众的疾苦也更为同情。他们虽然尚未能直接投身于革命洪流，但却也能迈出自己的步伐跟着时代前进。

叶绍钧就是这样的知识分子。这时候他在商务印书馆任编辑，同时继续从事文学创作。然而他并没有把自己关在亭子间里，而是密切关注着周围急遽变化的现实，在接触社会的过程中不断丰富自己的生活积累，提高自己的思想觉悟。1924 年 10 月直皖军阀的江浙战争结束不久，叶绍钧就到了浏河地区采访，察看战争残象，访问受害的灾民，及时地写出了一首三百二十行的长诗《浏河战场》，发表在当年 11 月的《小说月报》上。作者在诗篇里报导了这次战争的情况，描绘了浏河战场的悲惨图景，控诉了军阀的罪恶，表达了对灾区人民的深厚同情。《小说月报》主编郑振铎在这一期的《编后话》里称赞说："叶圣陶君的此诗，自然可算是现在很大的诗歌成绩之一了。"1925 年轰动全国的"五卅惨案"对叶绍钧产生了极大的震动。他连续写了许多诗文抒发对这一事件的感受。优秀散文《五月卅一日急雨中》记述了作者在惨案发生第二天的见闻，热情歌颂了那些不顾暴雨袭击坚持爱国宣传的青年和在淋漓鲜血中仍然满怀胜利信心的劳动者。在《五月三十日》[1]一诗里，他又愤怒指出在"五卅"这一天，"公理人道那些美名儿被沾污得黑暗无光!"《认清敌人》[2]一文又指出，在这次事件中，"我们认清我们的敌人了，是那些开枪杀人的奴隶们的主人，他的性格混合着狮子的与豺狼的"。此外尚有发表在《文学周报》上的《太平之歌》、《杂谭》、《幸亏得》等诗文也都是反映这一事件的。1926 年发生在北京的"三一八惨案"也使叶绍钧异常悲愤，他发表了《致死伤的同胞》[3]一文，哀悼赴难的死者，谴责军阀的罪行。1927 年，他在上海以无限欢欣的心情迎接北伐军的到来；在大革命失败半年以后他还写了一首题为《忆》[4]的诗，回忆他最初看到北伐军的动人情景："经

[1] 叶绍钧：《五月三十日》，1925 年 6 月 14 日《文学周报》第 177 期。

[2] 叶绍钧：《认清敌人》，1925 年 7 月 5 日《文学周报》第 180 期。

[3] 叶绍钧：《致死伤的同胞》，1926 年 3 月 28 日《文学周报》第 218 期。

[4] 叶绍钧：《忆》，载《一般》第 3 卷第 3 号。

年的相思头一回见，掩着眼泪儿出神地看。他们满脸的风尘色，可不曾掩没了精悍……”这些诗行洋溢着他对大革命的无限深厚的感情。从以上诗文完全可以说明，这时期叶绍钧始终能够跟随革命主流前进，并在它的教育和推动下坚定地和广大人民大众站在同一的立场。

另一方面，叶绍钧这时候也更加重视艺术技巧的锻炼和提高。他在用“秉丞”的笔名为《小说月报》写的“补白”中认为，一个作家要写出名作佳篇，“这在乎文章的精魂似的意境，在乎由诸般材料酝酿成功的空气，在乎一丝不苟、精密又忠实的技工”❶。在自己的创作实践中，他则是以极其严肃、认真的态度来进行艰苦的艺术劳动的。他后来在谈到自己的创作经验时回忆说：“在我，写小说是一件苦事情。下笔向来是慢的；写了一节要重复诵读三四遍，多到十几遍，其实也不过增减几个字或者一两句而已；一天一篇的记录似乎从来不曾有过，已动笔而未完篇的一段时间中的紧张心情，夸张一点说，有点象呻吟在产褥上的产妇的。”❷

思想上的不断进步，生活积累的日益丰富，艺术技巧的精心锤炼，这一切使叶绍钧的创作进入了一个新的阶段，从1924年开始到二十年代末，是叶绍钧创作的丰收时期，他的作品较之前一时期，显示出异常鲜明的新特色。

叶绍钧在这时期写作的短篇小说，都比较注意社会背景的描绘。其中有一部分作品直接取材于当时发生的重大事件。例如《金耳环》、《潘先生在难中》、《外国旗》等都是反映江浙战争的，或表现军阀士兵的生活，或描写一般民众在这次战争中的遭遇；而《某城纪事》则描述大革命时代投机分子潜入革命阵营，维护豪绅利益，窃取革命成果的惊心动魄的故事；在《夜》这篇作品里，对蒋介石叛变革命后野蛮屠杀革命人民的血腥罪行作了及时的揭露。读着这类作品，人们仿佛可以感到一股强烈的时代气氛扑面而来。另外一些小说虽然并不直接取材于当时发生的重大事件，有的作品甚至也还是象前一时期那样，描写教员的生活和小市民的灰色心理，但是，作者却已经能够注意把

❶ 秉丞：《毫不》，《小说月报》第18卷第7号。

❷ 叶绍钧：《未厌居习作·随笔谈谈我的写小说》。

这类题材放置在色彩鲜明的社会背景上来加以表现。例如《搭班子》中的新任校长泽如所以未能按照自己的愿望搭起一个理想的教员班子，主要是由于军阀政府中的参议员和教育局长的干扰；《前途》中的教员惠之则是因为军阀战争，学校开不了学，才陷入失业的困顿境地的。《李太太的头发》中的女校长剪发前后的复杂心理变化则直接受到大革命时期风云变幻的政治局势的影响。由于注意社会背景的交待，因而这类作品也同样跃动着比较强烈的时代脉搏。

叶绍钧在这时期写作的短篇小说，总是努力地塑造性格鲜明、栩栩如生的人物形象。这时期他所描绘的一些比较成功的人物形象，丰富了我国现代文学的人物画廊，在读者中产生了历久不衰的影响。尤其值得注意的是，这时期叶绍钧除了提供他所擅长描写的那种具有小市民性格的艺术形象外，在他的作品中还出现了一些进步的、正直的、敢于向旧社会抗争的正面人物的生动艺术写照。《城中》的主人公丁雨生怀着改造社会的理想，和几个朋友创办宏毅中学，虽遇到重重困难，依然义无反顾地进行。学校经费短缺，他们就很少支薪；他赴群众大会宣传自己的主张，警察出动准备镇压，他还是毅然前往；由于反动势力捣乱，学校只有八个学生报名，他下决心“就好好地教这八个”；反动势力把他名字列上黑名单，他也决不屈服。虽然他对反动势力的凶残卑劣估计不足，斗争方式也还比较幼稚，但是他那种一往无前的坚韧性格却是刻画得相当动人的。《抗争》中的郭先生比丁雨生就要深沉得多。这个生活穷苦的教员，从自己的经历中看清楚那些“教育神圣，教员清高”的谀词只不过是一个骗局，认识到“只有教员一齐联合起来，去同他们算帐”才有生路。因而他以满腔热情与执着态度向旧势力进行斗争。但由于黑暗力量过于强大和参加斗争的大多数知识分子的软弱动摇，以及他仍然未能完全摆脱个人奋斗的局限，他的斗争终于失败了；然而当他面对着铁匠打铁的场景而发出“他们是神圣”的赞叹时，则又预示着他新的觉醒。丁雨生和郭先生这两个形象虽具有各自不同的鲜明个性，但却都反映了当时一部分富有事业心和正义感的小资产阶级知识分子的某些本质特征。在《夜》这篇优秀的短篇小说里，叶绍钧则以极其简洁的笔墨，揭示了主人公老妇人的性格发展。当这个老母亲在作品中最初出现时，她是沉浸在极度的悲痛与恐怖之中的；然而在她从阿弟的叙述中清楚地知道女儿女婿被杀害的情形以后，她的感情就象沉默的火山突然爆发一般，“一阵忿恨的烈焰在她空虚的心里直冒起来”，不过这个时候老妇人的情绪还较多的表现为一种因愤怒到了极点而产生的不顾一切的感情冲动；到了看到阿弟带来的女儿女婿留下的字条时，她就终于在烈士遗言的启示下，沉着地找到了自己的战斗岗位：勇敢地担负起抚育革命后代的责任。老母亲的从悲哀到愤怒，从怯弱到坚强的性格发展，深刻地概括了大革命失败后广大人民群众从敌人的血腥屠杀中逐步觉醒并积极参加斗争的真实历程。老母亲形象的出现，标志着叶绍钧短篇小说的人物塑造达到了一个新的高度。

叶绍钧在这时期写作的一部分短篇小说里，往往能够正面展开具有社会内容的矛盾冲突。《城中》、《搭班子》、《抗争》等作品中所反映的是军阀政府统治时期教育界的进步力量同反动势力的矛盾；《某城纪事》则表现了革命高潮中投机分子与革命力量的较量；《夜》所揭示的是大革命失败后反革命者的血腥屠杀和人民群众的奋起反抗。可以看出，在这时期的作品中，叶绍钧已经不再象前一个阶段那样，把美和爱看作是黑暗转化为光明的必要条件了，相反的，他通过一些作品的艺术描写指出，要使黑暗的现实改变成为光明的世界，必须向黑暗势力进行斗争。在叶绍钧所谱写的乐曲里，终于出现了反抗的主题，斗争的主题，革命的主题。在阶级斗争异常激烈复杂的时候，叶绍钧以自己的作品，有力地表明他坚决与受难的坚强的人民站在同一的立场。

1928年，叶绍钧完成了长篇小说《倪焕之》的创作。这是中国现代文学最早出现的长篇小说之一，它在《教育杂志》上发表以后就受到广泛的注意。茅盾撰写了著名的论文《读〈倪焕之〉》，肯定叶绍钧是完成了一项“‘扛鼎’的工作”[1]；夏丏尊也热情地称赞：“《倪焕之》不但在作者的文艺生活上是划一时代的东西，在国内的文坛上也可说是可以划一时代的东西。”[2]

叶绍钧在《倪焕之》里为读者展现了广阔而鲜明的历史背景。本

[1] 茅盾：《读〈倪焕之〉》，载1929年《文学周报》第8卷20期。

[2] 夏丏尊：《关于〈倪焕之〉》，见《倪焕之》，开明书店出版。

书情节开始的时间大致是1915年底或1916年初,而作品结束时是1927年春，这样，情节所经历的时间大致是 11 年。而这 11 年也正是国内政治生活剧烈动荡的时期。在叶绍钧所展示的历史画卷里，这期间国内发生的一些重大事件，例如袁世凯称帝、张勋复辟、五四革命风暴、五卅斗争怒涛、北伐军的历史进军、蒋介石的血腥屠杀，都不同程度地得到反映。同时，我们还要指出，作者所描绘的这些历史事件，并没有游离于小说情节之外，相反的，它们密切联系着作品主人公的命运，直接影响人物性格的发展，从而成为环绕着人物并促使他们行动的典型环境的一部分。

在广阔的历史背景中，作者以细腻的笔触描写了主人公倪焕之的性格发展。倪焕之经历了旧民主主义革命和新民主主义革命两个历史时期，但他总是努力跟随着时代的步伐不断前进。在五四运动之前，作者主要是围绕下面两个中心事件来刻画倪焕之的性格：即试行新教育法和他同金佩璋的爱情。在教育事业中，他认为“一切的希望悬于教育”，因而怀着满腔热情和校长蒋冰如一道克服种种阻力坚持进行新教育法的试验。他们运用启发诱导、诚意感化的方法对学生进行教育；采取学用合一的措施，“替儿童布置一种适宜的境界”，以发展学生的个性。这种新教育法比之当时统治着教育界的那种束缚儿童身心发展的僵化腐朽的封建教育，应该说是具有进步意义的。在爱情生活中，倪焕之敢于和金佩璋从自由恋爱直至文明结婚，组织新式家庭，这对封建礼教和封建婚姻制度也是一种大胆的挑战。因此，倪焕之在旧民主主义革命时期就是一个具有初步民主思想的进步青年。另一方面，他却又颠倒了社会改造和教育改造的关系，主张以教育去“转移社会”，过分夸大教育的作用；在社会斗争的大风暴中，他精心设计和经营个人生活的“甜美的窠儿”，这一切又清楚地显示了倪焕之的“理想”的改良主义性质，其局限性在当时也是十分明显的。五四运动以后倪焕之的思想发生了较大的变化。在时代的教育和革命者王乐山的帮助之下，他终于认识到过去所走的是一条改良主义的道路，于是他告别了工作多年的乡间学校，可以认为，这同时也意味着他告别了曾为之付出巨大心血的新教育法。到了上海不久，倪焕之正好遇上波澜壮阔的五卅运动，他勇敢地投身于群众斗争的浪涛，并在斗争中初步认识到个人的渺小和工农的伟大，这种思想认识使他在大革命高潮中能以那样巨大的热情欢迎北伐军。但是倪焕之并没有真正做到同工农相结合，对革命需要付出怎样重大的代价也缺乏思想准备，所以在蒋介石叛变革命、残酷屠杀革命人民的白色恐怖中，他就感到苦闷、失望和前途渺茫；然而作为一个不愿与黑暗势力妥协的正直的知识分子，他在患病弥留时，又渴望着黑暗尽头会有光明降临，相信“将来自有与我们全然两样的人”能够获得成功。他终于在这种深刻的思想矛盾中结束了他的人生追求。倪焕之这个有抱负、有热情、富于幻想、勇于追求的小资产阶级知识分子，在即将找到真正的生活道路之前就含恨死于白色恐怖之中，这是一个深刻的悲剧。作者通过这个悲剧故事的描写，对当时笼罩四周的白色恐怖进行了愤怒的揭露与抗议，对小资产阶级知识分子的不幸命运也寄予深刻的同情。

《倪焕之》是叶绍钧创作道路上的一座巍峨的里程碑，它标志着作家在思想、艺术上的巨大进展。作品对新民主主义革命初期中国人民所进行的一系列伟大斗争，都予以热情的赞美与歌颂，而对蒋介石叛变革命后的血腥罪行则及时予以揭露，说明叶绍钧已经是自觉地站在进步立场上，以自己的创作参加当时的斗争。作品对主人公倪焕之曾经实行的新教育法的批判，也正是叶绍钧对自己过去曾经有过的某些相类似的改良主义教育思想和主张的否定，这也是一个很大的进步。此外，这部作品通过生动的场面、丰富的细节和强烈的性格对比，展示了在广阔的历史背景中各种人物的活动与变化，塑造了倪焕之这一比较丰满、鲜明的艺术形象，因而它标志着叶绍钧文学创作的现实主义已趋于成熟。当然，这部作品的缺点也是明显的：作者对倪焕之在大革命失败后所表现的颓唐与绝望缺乏有力的批判，致使结尾的调子比较低沉；革命者王乐山的形象不够丰满，金佩璋最后的觉醒也过于突然；后半部缺乏中心情节，因而结构比较松散。当然这些缺点并不能掩盖这部优秀长篇小说所焕发的思想艺术光耀。

1928 年初，有一位文艺理论家在评论叶绍钧的创作时说，“他是中华民国的一个最典型的厌世家”。[1]叶绍钧对这种论断不以为然，就

[1] 冯乃超：《艺术与社会生活》，载《文化批判》第 1 号 2。

把自己的一本小说集取名为《未厌集》，并为它写了一篇简短的题记。他说："有人说我是厌世家，自家检察过后，似乎尚未。不欲去自杀，这个世如何能厌？自家是作如是想的。"我们认为，这位批评家的论断是没有根据的。固然，人们从叶绍钧的作品里时常能感受到一种忧郁的情绪，但是这种忧郁情绪和"厌世"是有本质的区别的。列宁说过："绝望是行将灭亡的阶级所特有的"。❶只有代表即将灭亡的阶级的作家才会唱出充满厌世情绪的绝望的曲调。而象叶绍钧这样一个站在进步立场上的小资产阶级作家，他的作品里流露出来的某些忧郁情调，却是因为他企望改变不合理的社会现实而又暂时找不到真正的道路。随着他的不断进步，这种忧郁色调也会逐渐消失。这种情况在当时不少小资产阶级作家的作品中是经常可以看到的。而且从叶绍钧本时期的全部作品里所显示出来的，是他对黑暗势力的罪恶的强烈抗议，对命运不幸的受苦人的深切关怀，对勇于抗争和追求的人们的同情和肯定，以及对光明未来的热烈渴望。这些都表明他是一个敢于面对苦难生活并积极要求改变这种生活的现实主义作家，他的名字是不可能同"厌世"联系在一起的。

四

三十年代初期，由于国民党反动派加紧进行文化"围剿"，白色恐怖笼罩全国。当时鲁迅在《黑暗中国的文艺界的现状》一文中曾指出，进步文艺界所遭受到的是"诬蔑，压迫，囚禁和杀戮"，"于是使书店只好出算学教科书和童话"。

叶绍钧在白色恐怖的腥风血雨中写了九篇童话，并于1931年出版了他的第二本童话集《古代英雄的石像》。但是，叶绍钧这时写作童话决不是逃避现实，相反的，在这些童话里，作者通过他的艺术描写，以一种在《稻草人》集里所没有的直接和鲜明的态度，来表达他对生活的见解，以及他在现实阶级斗争中的政治立场。除了几篇关于劳动、教育的童话外，大多作品都具有极为明确的现实针对性。《古代英雄的

❶ 列宁：《列·尼·托尔斯泰和现代工人运动》

石像》描写一个被崇拜偶像的市民树立起来而又自以为尊贵的英雄石像其实却代表着空虚；作品对小市民的虚荣心和“英雄”的狂妄自大都作了尖锐的批判。《毛贼》中的两个小偷利用老百姓受螟害所苦的机会，把自己装扮成拯救世人的神，并乘人们在虔诚礼拜时把他们偷窃一空。《皇帝的新衣》里的皇帝，野蛮镇压敢于揭露他丑恶原形的人，不给民众言论嘻笑的自由；作者指出，对这种暴君，民众应该联合起来撕碎他那虚伪的外衣。读者只要联系当时蒋介石统治的政治形势，就自然能够领悟这几篇童话批判锋芒之所向。因此，叶绍钧这时期的童话，是他在白色恐怖中巧妙地向反动派斗争的武器；正因为这样，它也就闪耀着强烈的战斗光芒。

1932年上海发生抗击日本帝国主义武装侵略的“一二八”战争，叶绍钧“为着中国兵这才打了有意义的仗”而感到“非常的激动”[1]。在自己苦难的祖国遭受到侵略者蹂躏的时候，作为一个热爱祖国和人民的正直的作家，他怎么能不意识到自己的责任！于是叶绍钧又继续他的小说创作，并努力使自己的作品成为鼓舞人们向民族敌人作斗争的战鼓。

从1932年到1936年，叶绍钧写了二十多篇短篇小说。在这些作品里，他已经不再象以前那样把自己的目光较多地囿限在学校里，而是能够扩大自己的视野，开拓反映现实的领域，从而使题材更为丰富多样。同时，除了一些暴露国统区黑暗现实的作品外，他的大部分作品都是以日本帝国主义的武装侵略引起的民族危机为背景而展开对各种人物的描写的。他以满腔热情把颂歌献给那些对国家民族具有高度责任感的爱国者。《一篇宣言》里的教师王咏沂就是一个正气凛然的爱国知识分子形象。他平时生活清苦，教学认真，不露锋芒；但是当侵略者的屠刀宰割着祖国的土地的时候，他勇敢地挺身而出，代表全校教职员起草了一篇义正辞严的爱国宣言，当反动的教育厅来电追查宣言的起草人时，他理直气壮地承担责任。在因起草宣言而被教育厅解职以后，他带了行李，“头也不回走出校门”。作品赋予这个对祖国无限热爱的知识分子以极其宝贵的硬骨头性格。《寒假的一天》里的何阿

[1] 叶绍钧：《未厌居习作·战时琐记》

良和其他大学生，在寒冷的雪天里，战胜反动统治者对他们爱国行动的种种阻挠，他们撞开紧闭的城门，促使保安队转变立场，轰走前来镇压的公安局长，以他们火焰般热烈的救国演讲温暖着群众的心，鼓舞人们奋起挽救民族危亡。他们深沉的爱国热情和大无畏的坚定品格被描写得十分动人。另一方面，叶绍钧在作品里对镇压爱国运动的统治者和那些在民族危机中仍然过着醉生梦死生活的人，则予以无情的暴露与鞭挞。教育厅无理把王咏沂解职，反动派的宪兵抓走了何阿良和他的同学，作者对这种野蛮的政治迫害发出了深沉的抗议。而《席间》里的几个大学教授，国难当头，却沉溺于喝酒、赌钱、清谈，花天酒地；《丁祭》里的一群封建遗老，在民族危机中却大演祭孔丑剧，恶毒咒骂那些“开口救国，闭口救国”的学生；《招魂》里那个从美国留学回来的胡君，面对着“好几省的土地给人家抢了去，百分之九十九的人闹着饥荒”的局势，他不敢正视，却在那里装神弄鬼，替死人招魂；《英文教授》里那个哈佛大学的哲学硕士董无垢，曾是一个积极有为的进步青年，但大革命失败却使他悲观绝望，成为整天念经拜佛、与世无争的人，甚至反对向侵略者抗争。叶绍钧通过浸透感情色彩的艺术描写，对这些丑恶的人物都给予辛辣的嘲讽。因此，及时地反映民族矛盾上升以后的社会生活的新动向，鲜明地表现自己的爱国立场，就成为叶绍钧这个紧跟时代前进的作家本时期作品的新特色。

叶绍钧这时期的作品已经具有鲜明而独特的艺术风格。他的艺术风格在二十年代中期就开始形成，到了三十年代臻于圆熟。叶绍钧总是冷静地观察人生，从周围的现实生活中撷取平凡的题材；作品里既没有曲折离奇的情节，也没有浓烈艳丽的色调；他时常运用一种质朴无华而又十分纯粹的文学语言，如实地按照生活原来的面貌来描绘他的艺术形象，从而使作品呈现出一种平淡淳朴的色彩。另一方面，他的作品又都有比较精巧的艺术构思，而且十分讲究谋篇布局。例如《多收了三五斗》这篇著名的小说，通过米行粜米、街上购物、船上议论三个场面的描绘，生动地表现了一群旧毡帽朋友（农民）在丰收年成却反而更加贫困的悲剧，以及燃烧在他们心中的反抗的火焰。《一篇宣言》紧紧围绕一篇爱国宣言来开展情节和刻画人物，又以教育厅的三个电报作为纽带来连接情节线索，从而暴露反动当局对爱国运动的镇压，构思异常巧妙。短篇小说《夜》则从老妇人在一个幽寂的夜里和她的弟弟的相会中，步步深入地展现了大革命失败后的社会生活画面，表现了反动派的血腥屠杀只能激起人民更深沉的反抗的思想主题。整本作品的写法简直象是一个结构严谨的独幕剧。尤其应该指出的是，叶绍钧非常善于处理作品的结束。关于作品结束的处理作者是有意特别重视的。朱自清在《我所见的叶圣陶》一文里曾回忆说："他往往称述结尾的适宜，他说对于结尾是有些把握的。"[1]钱杏邨也曾指出，"叶绍钧的小说，往往在收束的地方，使人有悠然不尽之感。"[2]此外，作者表现感情的方式也比较含蓄，他不大喜欢在作品里直接抒情，而是努力将自己的爱憎感情渗透在艺术形象的塑造和场面的描绘上，让读者从作品的具体艺术画面中感受到作者的立场和态度。因此，从平凡的生活里表现出新颖的思想，在表面的冷静中洋溢着深沉的热情，既平淡淳朴又蕴藉深厚，独具匠心，这就成为叶绍钧作品艺术风格的基本特征。

从抗日战争爆发以后，叶绍钧的工作就几乎完全转到教育和编辑方面。抗战期间他在四川发表了不少教育、文艺的随笔，针砭各种时弊，纵谈教育问题，评论文艺作品，指导青年写作，当时在大后方产生了一定的社会影响。其中有些文章收集在《西川集》里，他在这本书的序言里说："反映现实，喊出人民大众的要求，是文学的时代的使命，这个纲领我极端相信。教育不是孤立的事项，在如今的现实情况之下，教育不良不能全怪教育者，这个说法我极端同意。"这段话表明他对文艺和教育的认识比以前又有了新的进展。在抗战期间他还发表了几篇小说，《我们的骄傲》、《邻舍吴老先生》、《春联儿》都是歌颂能以抗战大局为重的普通人的。它为那个全民奋起抗击侵略者的愤怒的年代留下了几个真实的镜头，虽然艺术上的锤炼稍嫌不够，但也是值得珍贵的。抗战胜利以后，他从四川回到上海，虽然国民党反动派的白色恐怖异常浓重，但他依然在报刊上发表了许多杂感和随笔，勇敢地坚持战斗在民主运动的第一线。在民主战士朱自清倒下的时候，叶

[1] 朱自清：《我所见的叶圣陶》，见《朱自清文集》第 2 卷。

[2] 钱杏村：《现代中国文学作家·叶绍钧的创作的考察》。

绍钧在追悼会上说:“我现在不说颓丧伤感的话,只记得一位朋友的来信,可以说给未死者听听:‘倒下去的一个一个倒下去了,没有倒下去的,应该赶紧做一点事。’我愿我们大家保持这种心情做下去。”[1]叶绍钧就是怀着这种悲愤的心情,以自己积极努力的工作和战斗,迎接人民解放的新世纪的到来的。建国以后,叶绍钧以忘我的献身精神,先后担任了出版总署副署长,人民教育出版社社长,教育部副部长等重要职务。在社会主义革命和社会主义建设时期,他把主要力量放在教育工作方面,为我国的文化教育事业作出了重大贡献。但在繁忙的公务之余,他仍然继续写作。他用他那多彩的笔描绘社会主义祖国的新面貌,他写的一些游记,把在祖国各地所看到的那些激动人心的人事、秀丽壮美的景物织成绚烂的文锦,表现出他驾驭散文艺术的老健笔力。他还运用旧体诗的形式,热情地抒唱对伟大的党和人民的深挚感情。他写作的文艺评论总是以一种谦逊的、商讨的口吻同年轻的战友互相勖勉,象一个久经沙场的老兵把自己的战斗经验无私地传授给新入伍的战士。总之,虽然叶绍钧从抗战以后就把主要力量放到教育、出版工作方面,但在文艺领域里,他也仍然作出了自己的贡献。

粉粹“四人帮”三年来,我们看到叶绍钧这位辛勤的园丁,虽年迈体弱,却又青春不老,仍然在社会主义文艺和教育的花圃里荷锄操劳,浇灌栽培;我们听到他又拨动他的琴弦在为新的时代歌唱。他在《六幺令——赠丁玲》里深情地吟诵:“兔毫在握,赓续前书尚心热”。这既是对丁玲同志的勉励,也是表达作家自己的豪情壮志。我们相信,几十年来一直跟随着时代前进的老作家叶绍钧,在他迈着老健的步伐行进在全国人民向四个现代化进军的伟大行列中的同时,一定会以无限的热情,为文艺队伍培养更多新生力量,并继续为新的时代谱写出更多优美动人的诗章。

(选自1981年3月《文学评论丛刊》第8辑)

[1] 这段话见《文潮月刊》第5卷第6期

叶圣陶在“五四”时期的新诗

陈　辽

叶圣陶以小说家知名，但他在“五四”时期，却也创作了不少好诗。从《新潮》第1卷第2号发表了他的白话新诗《春雨》起，他在《新潮》、《晨报副刊》、《妇女评论》、《学灯》、《诗》、《文学周报》、《小说月报》等报刊上接连发表了数十首新诗。1922年1月，他同朱自清、俞平伯、刘延陵等创办了《诗》月刊。这是“五四”以来我国最早的一个诗刊。朱自清在《中国新文学大系·诗集导言》中说：“《诗刊》……是刘延陵、俞平伯、圣陶和我几个人办的；……这个刊物原用‘中国新诗社’名义，时在民国11年，后来改为‘文学研究会刊物之一’，因为我们四人都是文学研究会会员。”同年6月，他又和朱自清、俞平伯、郭绍虞、郑振铎等七人合出过八人诗集《雪朝》。在文学研究会分组名单中，他被分在诗歌组。在一定意义上可以说，叶圣陶最初是以诗人出现在文坛的。

叶圣陶在《诗的泉源》(《诗》1卷4期，1922年）中论述了他对诗的看法。他说：“假若没有所谓‘人类’，没有人类生活着，就没有诗这东西。”他直接了当地说：“惟有充实的生活”才是诗的“汪汪无尽的泉源”。“丰盈澄澈的泉源里自然流出清泉的。所以描写工作，就表出工作的内力；发抒烦闷，就成为切至的悲声；赞美则满含春意；诅咒则力显深痛；情感是深浓热烈的；思虑是周博正确的。这等的总称，便是‘好诗’。”他指出：“生活空虚的人，也可以写诗，但只是诗的形罢了。”以后，他又在《亭居笔记》(《文学旬刊》74期，1923年

5月23出版）中说明了新诗运动“共同的主旨，就是在精神上则脱去旧诗所犯的毛病，在形式上则夺回被占去的支配权，要绝对自由地驱遣成章”。“这所谓绝对自由地驱遣，当然不是说每行的字数每节的句数不许匀称，也不是说句尾不许有韵，乃是说不要为字数韵脚所拘而出于迁就，伤及本质，乃是说就是字数句数不匀称和句尾不压韵也没有什么要紧。”他认为人类生活是诗的泉源；好诗要有内容，有真情实感；新诗要脱去旧诗所犯的毛病；这些意见不要说在当时难能可贵，即使在今天也不失其指导意义。

叶圣陶写作新诗，就是本着这些主张来从事诗歌创作的实践的。他的诗作，抨击、鞭挞军阀、官僚、政客、旧礼教的卫道士和他们的总后台帝国主义。他责备“政客、官僚、军人”“躺在泥潭里，不自知觉”，“反道‘现世是黄金’”；揭露他们“作为的结果”，是人民“衣食不足的哀鸣”，“精神烦闷的悲吟”；要他们“从泥潭里跳将起来”，“抛却你的政策、威权、兵器”，“谋利世的计划，撰利世的文字”，“制造器具，种植禾黍”，让“世界”变为“光明”（《我的伴侣》，载《新潮》第2卷1号）。诗人还假托保护国粹的卫道士的口吻，对这伙人发出了无情的讽刺：“我不欲歌杭纺的柔软，我不欲歌丝棉的轻暖，我不上衣庄，也不找裁缝，你穿得漂亮我也不要看；我有祖宗传下来的蓝布袄，它的历史这么长这么荣耀，你有么？你有么？拖一爿，挂一块，胜过皇帝的龙袍”（《一件烂棉袄》，载《文学周报》172期，1925年5月10日出版）。“五卅惨案”发生后，叶圣陶立即写了《太平之歌》（《文学周报》176期，1925年6月7日出版）、《五月三十日》（《文学周报》177期，1925年6月14日出版）揭露了帝国主义及其走狗向中国人民犯下的滔天罪行：“枪弹钻进穷光棍的身体”，“白边帽子打散了青布大褂”，“黑铁链圈着头颈”；快枪“对准密集着的群众开放，如急雨，如飞蝗：倒的倒了，伤的伤了，鲜红的血淌在‘租界’的大马路上！”（《太平之歌》）诗人以抑制不住的愤慨，向人民呼喊：“是五月三十日，是五月三十日，牢牢记着不要忘！牢牢记着不要忘！”向人民呼吁：“大家拿出一颗心来，大家牵起两只手来，我们不孤单呀，我们气方壮：心心融和为大心，手手坚持成坚障，要扑灭那恶鬼的猖狂，要洗濯出公理人道固有的辉光”（《五月三十日》）。为了暴露军阀混战给人民带来的苦难，诗人还写了《浏河战场》这首长诗（《小说月报》第15卷第11期），对军阀的罪行提出了强烈的抗议。

叶圣陶在这一时期除写了一批政治抒情诗外，还写了较多的反映日常生活抒发自己真情的小诗。在这些小诗里，诗人表现了较高的艺术技巧。咏物言志，托物比兴，是诗人在小诗中常用的手法。在《锁闭的生活》（载诗集《雪朝》）中，诗人写乱草里的蔷薇，因为把自己锁闭了起来，常常无端的"猜疑"和"愤怒"，"不多时，就寂寂地谢了，萎了。"诗人借蔷薇这一艺术形象，启示人们，把自己锁闭起来，是没有前途的。而在《扁豆》（同上）里，则描写了"三支的绿叶披了半墙，嫩枝儿齐爬上檐去"的欣欣向荣的扁豆，抒发了自己"举头看时总可喜"的心意。写景抒情，寓情于景，在叶圣陶的小诗中也运用得十分自然。在《春雨》里，那"霏霏的几天春雨"，那"早披上绿绒衣"的"平田"，展示了"不绝的生机"，"无穷的地利"，情和景完全融合在一起了。《江滨》（同上）这首小诗，只有几句："一天的云彩，不是图画所能描的。暝色下了，云彩没了，但鲜明愉快的情趣，已印入我心的深处。"何处在写景，哪里在抒情，很难区分开，而是情融于景，景中显情，使整首诗都充溢了"鲜明愉快的情趣"。也有些小诗，诗人直抒胸臆，但这种"胸臆"是渗透在诗中的艺术形象里的，因此并不给人以说教的感觉。在《夜》（同上）这首诗里，诗人以一连串的诗的形象来描写夜的王国里的"恒河沙数弱小的心，各各在那里跳动：茫昧的恐惧，生命的厌恶，失望的叹息，如愿的满足，别离的啼泣，狂欢的搂抱，恶意的陷害，标榜的赞扬，沉湎的痛饮，密恋的歌唱，——是跳动的符号"，就在这一连串诗的形象的描写里，诗人抒写了他的胸臆："冲决了你的包裹，毁灭了你的王国，光明的曙色和世界接吻，弱小的心才'得救'呵！"如此抒写胸臆，绝不是标语口号，而是和诗的形象密切结合在一起的。此外，叶圣陶还在一些小诗中，通过一些日常生活镜头的摄取，写出了他对生活中的某些奥秘的发现。叶圣陶曾经称赞徐玉诺的诗有"奇妙的表现力，微美的思想，绘画一般的技术和吸引人的句调"（《玉诺的诗》，《文学周报》第39期）。其实，这些赞语用之于叶圣陶自己的诗，也是十分切合的。如《小鱼》（载《雪朝》）这首诗只有七行：

小鱼的嘴浮出河面，
不住地开合，
一个个波圈越来越大。
钓竿举了，
小鱼去了，
但正在扩散的圈儿，
也许波及无穷的远。

在这七行诗里，生动的画面，耐人寻味的思想，独特的表现手法，抑扬顿挫的句调，使你阅读一遍，就能把这首小诗牢牢地记在心坎里。总之，叶圣陶的这些小诗，在艺术上具有很高的造诣，和他的政治抒情诗一起，是“五四”时期新诗收获的一部分。

（选自1981年《诗探索》第3期）

编父亲的散文集

叶至善

好些出版社要把我父亲（叶圣陶）的散文编成集子出版，我父亲总不同意。他说翻来复去老是这几篇，自己看着都腻了，冷饭越炒越没有味儿。“炒冷饭”是父亲和朋友之间的“行话”，就指把若干篇文章翻来复去地编集子，编了一本又一本。

1976年10月粉碎了“四人帮”，被禁锢达十年之久的“五四”以来的新文学也得到了解放，这当然是值得庆幸的事。许多出版社随即争相出版“五四”以来的作品选集，这种心情是可以理解的。既然选“五四”以来的作品，那就少不了我父亲的。可是在散文方面，无非《记金华两个洞》、《游了三个湖》等几篇游记；稍后出版的可能加上前年写的一篇《拙政诸园寄深眷》，连语文课本也是这样。看来选家们都有爱好游记的倾向，要不，就是我父亲的游记写得特别好了。

在报刊上还常常有分析我父亲的游记的文章，大多是供语文教学作参考的。当然都说写得如何如何好，似乎我父亲这几篇游记是散文的正宗，要写好散文就得向这几篇游记学。看到这种文章，我父亲就要叹息了：“唉！我成了始作俑者。”

父亲担心的是他的这几篇游记使学生们产生这样的印象：散文就是写些闲情逸致的；要写好散文，必须寄情于山水之间。父亲的担心不是没有根据的，只要翻一翻近来非常时行的学生作文选就可以知道。这种担心我也有。我还有另一种担心，到处是这几篇游记，会不会使人产生这样一种印象，我父亲是个散淡闲人，只知道游山玩水。

爷儿俩都担心，相形之下，我的胸怀窄得多了。父亲担心他的游记把学生们引入歧途，我担心的却是光选游记未免歪曲了我父亲：公私判然。但是请不要过于责备我，因为在我的记忆里，父亲写的散文不光是游记。去年看父亲的《语文教育论集》的校样，其中好些篇从内容到形式都不是论文，而是地地道道的散文；今年看父亲的《论创作》的校样，其中散文更多。还看到有人写文章说，在四十年代，我父亲为民主运动写了不少有力量的散文。那时期的情景，我还记得很清楚；往前推，抗日战争、“八·一三”、“七·七”、“一·二八”、“九·一八”；还有“四·一二”、“三·二一”、“三·一八”、“五卅”……光是日期就有这么一大串。虽然越往前我的记忆越模糊，可是还记得，关于那些日子，我父亲都写过不少文章，跟他的游记相比，恐怕未必就差一些。那些散文没有什么闲情逸致，但是我相信，真情实感是并不少的。

于是我跟弟弟至诚商量，由我们来选编父亲的散文集，各个时期的都要选，各个方面的都要选，各种形式的都要选。说是选，当然由于我父亲的散文并非篇篇值得一看，因而我们不主张出全集，可是我们要选得全面。要全面，游记当然要选，好让人们看到游记固然是散文，可是散文不光是游记，写散文不光为陶情遣兴，散文跟游记之间不能划等号，我父亲在游记之外还写了很多别的散文。我们说动了父亲，于是弟兄俩就动起手来。

第一步工作是收集材料。我父亲在解放前自己编过两本散文集：《未厌居习作》和《西川集》，解放后只有一本《小记十篇》，经常被选的游记就在《小记十篇》里。分散在各种报刊上的散文比已经收进集子的多一二十倍。再说从二十年代初到现在，六十年间，发表过我父亲的文章的报刊恐怕不止一百种。我父亲自己已经记不起曾经写过些什么，发表在哪种报刊上。幸亏《新文学史料》丛刊发表了商金林同志编的《叶圣陶年谱》，我们可以按图索骥；真找不到，还可以请商金林同志帮忙。解放前的散文现在已经大体收齐；其中抗战期间的还缺一部分，托人在四川找；还有“五卅”时期的《公理日报》没有找到，上面肯定有我父亲的散文。

收集材料是一件极其困难的事，也是一件极其有味的事，象挖矿似的，挖的时候确实辛苦，挖到之后的高兴也无法形容。常常有这样的事，找到了一篇从没见过的，跟父亲一说，他自己也奇怪怎么会写这样一篇文章，一定要自己看一看。从报刊上复印下来的文章，他怎么看得清楚呢？至诚只好工工整整地用大字抄了给他看。看的时候，他不免作些改动，不是改动原来的意思，是读了早期写的白话文感到有些疙瘩，不顺当，不舒服。渐渐地，这样自己看自己改，又成了我父亲的日常工作之一。他说，现在这样编倒还有点新意；还吩咐我们某几篇可以不要，总之要从严选，宁缺勿滥。我们说，我们要尽可能做到不缺不滥。

滥当然不好，但是我们想尽可能做到不缺。首先是收集的材料越全越好，尽可能少遗漏。第二，在收集材料的过程中我们感觉到，读散文最能看清楚一个作者的世界观和人生观，在主张写真情实感的作者，尤其如此（矫伪的作者在散文中也会显露他的矫伪）。所以作者写到的诸方面，每方面至少要选一篇，这是尽可能反映得全面些的意思。第三，在收集材料的过程中，我们又看了我父亲的朋友们的一些散文，发现有许多共同点：涉及的方面相当广，是其一；写真情实感，是其二；还有，对许多问题的看法大体相同，似乎形成了一种思潮。我们决不敢说我父亲的散文足以代表这种思潮，可是我们想，把这部散文集尽可能编得全面些，也可以让人们窥豹一斑。

解放前的一部分散文，父亲和我们弟兄俩一同加紧干，年底可能完成。已经跟一家工作作风比较最不拖拉的，又愿意花力气帮助我们收集材料的出版社约定，一编成就交给他们出版。年纪越大性子越急，恐怕年轻人是体会不到的。父亲今年八十七，我们弟兄俩加起来也有一百二十了，所以都在加紧干，盼望能早日看到成果。

（选自1981年10月29日《文汇报》）

叶圣陶的文言小说

乐　齐

1979年第5期《文艺报》发表了一篇《忆“五四”，访叶老》，老作家叶圣陶畅谈了五四时期新文学运动以及他本人创作活动的一些情况，特别介绍了自己在辛亥革命以后、五四运动以前从事文言小说创作的一段经历。为我们了解当时文艺界概貌，提供了宝贵的资料。

如果从发表于1914年的第一篇文言小说《穷愁》算起，叶圣陶的文学创作活动至今已六十七个年头了。在漫长的年代里，作家创作了大量小说、童话、散文等作品，奠定了自己在新文学史上的地位。叶圣陶不仅是中国现代文学史上有成就的作家，而且，他创作的文言小说在旧民主主义文学中留下了踪迹，给辛亥革命以后荒芜的文坛增添了一丝生意。他是从近代文学转向现代文学创作的一位有代表性的作家。与五四同时代的一些老作家相比，叶圣陶有着独特的经历：在步入新文学创作之先，已经过一段文学活动的磨练，为以后新文学创作作好准备（这样的作家当然不只叶圣陶一个，刘复也有类似的经历）。因此，翻检半个多世纪以前的一些报刊杂志，整理分析一下作家当时的思想和创作，不仅对研究叶圣陶的创作是必不可少的，即是对了解近代文学（主要是辛亥革命以后这一阶段），也是有意义的。

1894年叶圣陶生于苏州。学生时代就爱好文艺，尤其擅长作诗，曾被推为中学诗社“放社”的“盟主”。[1]中学毕业那年，正赶上辛亥

[1] 顾颉刚:《隔膜·序》

革命，因家境清寒，无力继续升学，于次年在苏州城当了小学教师。两年后，1914 年，因为“和同事、视学不能沆瀣一气，”竟被排挤出学校大门[1]。目睹旧中国的社会黑暗，特别是经历了教育界的腐败，叶圣陶感到了深深的苦闷和失望。在失业的胁迫下，这个才华横溢的青年拿起笔来，开始文学创作生涯的第一步。

“开头作小说记得是在民国 3 年，投寄给小说周刊《礼拜六》，被登载了，便继续作了好多篇。”[2]十五六年以后，在回忆这一段创作生活时，叶圣陶这样写道。从 1914 年到 1919 年间，他先后在上海的一些报刊杂志上，发表了一系列文言小说和旧体诗。目前，我们手头上找到的，就有下列几篇：署名叶匋，1914 年到 1915 年间，连续在小说周刊《礼拜六》上发表文言小说七篇——《穷愁》（第 1 集第 7 期），《博徒之子》（第 2 集第 12 期），《黑梅夫人》（第 2 集第 17 期），《孤宵幻遇记》（第 2 集第 19 期），《飞絮沾泥录》（第 2 集第 20 期），《终南捷径》（第 2 集第 26 期），《瓮牖新梦》（第 3 集第 27 期）；署名圣陶，1914 年在《小说丛报》上发表文言小说两篇——《玻璃窗内之画像》（第 2 期），《贫女泪》（第 3 期）；署名叶允倩，1916 年在《小说海》发表文言小说两篇——《倚闾之思》（2 卷 1 号），《旅窗心影》（2 卷 4 号）。上述这些作品，除《穷愁》收集在解放后出版的《叶圣陶文集》第 3 卷以外，其它各篇一般不为人所知。

这些文言小说的内容，大致上有以下几个方面。

首先，揭露了民国初年黑暗的社会现实，表现了劳动人民所受的沉重压迫和苦难，对他们的不幸遭遇寄托了深切同情。《穷愁》可以说是这方面的代表作。这篇小说描写丝厂失业工人阿松，为了养活老母，卖饼为生，终日挣扎在饥饿线上，终于在反动警察的勒索和房东的威逼下家破人亡。作品的沉痛的笔触，描绘了失业工人的悲惨经历及其对美好生活的向往，歌颂了劳动人民之间朴实诚挚的阶级感情。《博徒之子》描写了在贫穷、愚昧、暴虐的恶劣环境中，少年儿童的身心、个性和聪明才智受到的摧残，反映了儿童的痛苦处境。《贫女泪》则通

[1] 顾颉刚：《隔膜·序》

[2] 叶圣陶：《过去随谈》

过贫苦女子云姑嫁到富贵大家，备受歧视凌辱，被迫含恨自杀的悲剧，控诉了剥削阶级对劳动妇女的蹂躏，表现了贫富之间的阶级对立。描写下层人民不幸的人生，是叶圣陶文言小说创作最重要的主题，作家满怀人道主义精神，对封建统治阶级的暴行，喊出了愤怒的抗议。后来在新文学运动中，这个主题得到进一步深化和发展，更广泛深入地暴露和抨击了旧社会的黑暗。他在五四时期写的短篇小说《一生》、《苦菜》、《晓行》展现了农民悲苦的生活；而写于三十年代初的优秀小说《多收了三五斗》，不但写出了帝国主义、封建主义、官僚资本主义对农民的层层盘剥压榨，还表现了农民新的觉醒和反抗。

其次，揭露了民国初年封建军阀的丑恶和肮脏内幕，用艺术形象批判了辛亥革命的失败。《终南捷经》以简洁含蓄的笔调，嘲讽了前清旧吏某甲的卑劣行径。这个在辛亥革命后故作清高、表面上“挂冠隐退”的遗老，暗地里却在“探讨终南，早窥捷径”，为了在北洋军阀政权内谋得高官厚禄，他不惜以巨金买来朝中某权贵的“公子”私宠的歌女。就用这种“预贮美人”的手段，不久就得到了“俸给殊丰腆”的“驻沪特派员”的肥缺。通过这个“清室旧吏”摇身一变而为“民国要人”的故事，作品告诉人们，辛亥革命虽然推翻了封建帝制，赶跑了皇帝，但换汤不换药，政权依旧为一些老牌官僚政客所把持。这是多么令人心痛的教训。另一篇小说《瓮牖新梦》，描写辛亥革命以后，权欲熏心的私塾教师李某，做着当皇帝的美梦，妄想“崛起而继其绝”，结果遭到可耻的下场。小说辛辣地嘲笑了那些不识历史潮流、妄图复辟倒退的政治投机分子。值得注意的是，这篇小说创作发表之时，正是袁世凯阴谋复辟称帝之日。因此，作品在政治上有一定的针对性，具有较强的现实意义。上述两篇作品，表现了叶圣陶对当时政治生活的关心，密切地注视时局的动向。这一点，我们还可以从他早期写的诗里得到印证。写于 1913 年 7 月的《游拙政园》一诗说：“直北是长安，冠盖属朋党。白日妖霾现，杀人弃沟壤。鸡鸣上客尊，狗苟公道枉。”诗中对于“触处是肮脏”的社会现实发抒了强烈的不满，对祖国和民族的命运表现了深切的忧虑。由于描写了当前现实社会的政治生活，作品洋溢着较强的时代气息。这样的作品在他的文言小说中数量虽然还不算多，但却是一种很好的开端。在后来的新文学创作中，特别是五卅运动以后，叶圣陶作品中的时代精神愈来愈明显。写于1927年的著名短篇小说《夜》，展示了大革命失败的侧影；而长篇小说《倪焕之》则摄取了辛亥革命、五四运动、五卅运动、上海工人第三次武装起义、大革命失败等一系列伟大革命斗争的场景，表现了时代，歌颂了革命。三十年代的作品，如《一篇宣言》、《火车头的经历》等，也都是时代感很强的好作品。

再次，在新文学史上，叶圣陶以表现妇女生活见长。这一特点，早在文言小说的创作中就得到了体现。在十一篇文言小说中，写妇女的就占了四篇。作家怀着深挚的感情，对封建社会中妇女的不幸和痛苦表示了极大的同情和关注。上面提到的《贫女泪》就是一例。云姑被逼致死的悲剧，正是旧中国广大妇女悲惨命运的写照。她的有钱的凶悍的婆婆，体现出封建道德的冷酷和残暴。另一篇《飞絮沾泥录》，小说主人公珊姑从“世代簪缨”的名闺门秀，沦落为沿街讨饭的乞妇，完全是那个腐朽、堕落的社会环境造成的，是人与人之间的欺诈、虚伪造成的。根据外国作品改写的《黑梅夫人》，塑造了极端爱虚荣尚浮华的黑梅夫人的形象，尖锐地批判了资产阶级女性自私、虚伪的心理。而《倚闾之思》，写父母对外出游学逾期未归的儿子望眼欲穿的思念，淋漓尽致地表现了“母爱”这一主题。当然，与作者新文学创作相比，这一时期塑造的女性还只是被侮辱被损害的形象，她们在封建道德的重压下，忍气吞声地活着或死去，作品并没有写出她们的反抗和斗争。几年以后，五四运动前夕，叶圣陶在《新潮》杂志发表了重要论文《女子人格问题》，并陆续写出反映妇女生活的早期白话小说《这也是一个人!《(后改名《一生》)、《春游》、《两封回信》、《伊和他》在该刊登载；以后又写了大量以妇女为题材的小说和论文。作家猛烈地攻击封建伦理道德、纲常名分，要求妇女解放、男女平等、尊重女子人格，反映了在五四精神鼓舞下妇女的觉醒和进步。比起文言小说来，这些作品反封建的精神要广阔深刻的多了。

除了上述三个方面外，《旅窗心影》歌颂了两个青年之间生死不渝的友谊，指出友谊高于金钱，高于一切。这在当时尔虞我诈、人与人之间充满赤裸裸的金钱关系的社会里，这种思想无疑是十分高尚可贵的。其它两篇，《玻璃窗内之画像》写一位青年医生对一位“丽者”的单相思，社会意义不大；而《孤宵幻遇记》则完全是一个神怪故事。

从思想上说，这些小说大多数都有着积极、严肃、健康的内容，表现了叶圣陶早期反封建的民主主义思想。作家站在人道主义立场，同情关怀社会底层劳动人民的生活和命运，揭露了封建统治阶级的罪恶，发出了要求民主、平等、自由的呼声。这种反对封建的民主主义思想倾向，与当时孙中山先生领导的反帝反封建的资产阶级民主革命的要求是相一致的。因此，这些作品具有一定的进步意义。

从创作方法说，是属于批判现实主义的。这些文言小说继承了晚清"谴责小说"的传统，不遗余力地暴露抨击封建军阀统治下腐败丑恶的现实。当时正是反现实主义泛滥成灾的时候，大量的鸳鸯蝴蝶、才子佳人、黑幕凶杀小说充斥着文坛。在这种情况下，叶圣陶这些具有现实主义内容小说的出现，形成了鲜明的对照；它给颓废、没落、污浊的文艺界，透进了一线光亮。叶圣陶对当时的小说，曾作过严正的批评。他在给顾颉刚的信中写道："今世风行，言情独感，言情之作，尤多老调。""今之小说，可谓皆抄袭得来。……或窃取旧小说一毛一发，便足命题成篇"。他把当时流行的小说，斥之为"一丘之貉"，表示"厌其老调"❶。这些批评都是切中要害的。与这些反现实主义的小说相反，叶圣陶不是把文言小说当作消遣，当作文字游戏，而是寄托了强烈的爱憎褒贬。他的创作不是凭空杜撰，而是有着对现实生活的体察和感受。作家写这些文言小说有着"自定的宗旨"，这就是："不作言情体，不打诳语"，"要有其本事，庶合于街谈巷议之论"❷。这就是说，叶圣陶旨在写实，是在摹写黑暗社会，是在反映当时的现实生活。这些都合乎现实主义创作方法的原则。正如作者后来说的那样："我当时的小说，多写平凡的人生故事，同后来的相仿佛。……"❸因此，叶圣陶的文言小说具有着相当的真实性，对了解当时的社会面貌，有着某些认识价值。

从艺术风格上说，叶圣陶的文言小说受清末文言翻译小说，特别

❶ 顾颉刚：《隔膜·序》
❷ 顾颉刚：《隔膜·序》
❸ 叶圣陶：《叶圣陶选集·自序》

是林纾翻译小说的影响很深。“翻译作品，在我年轻时代看起来，简直是在经史百家以外另有一种境界”。[1]“做小说的兴趣可说由中学时代读华盛顿·欧文的《见闻录》引起的。那种诗味的描写，谐趣的风格，似乎不曾在读过的一些中国文学里接触过；因此这样想，作文要如此才佳妙呢”。[2]当时，林纾是文坛上显赫的人物，他的译作数量极多，影响最大；林译小说是叶圣陶爱读的，他在本世纪初译的美国早期浪漫主义作家华盛顿·欧文（Washington Irving，1783—1859）的《拊掌录》(现译《见闻杂记》)，在叶圣陶文言小说的创作中起了启蒙作用。在文言小说的创作中，叶圣陶的文学才华崭露头角，显示出了独特的艺术风格。在叙事方面，朴质自然的白描手法给人留下了难忘的印象；在心理刻画上，细腻入微而又深刻透剔，能够紧紧地扣住人物的身份和地位；讽刺作品充满幽默、诙谐感，情趣横生，加强了对丑恶现象的嘲讽讥刺，特别是结尾，往往收束得巧妙俏皮；在语言上，晓畅流利，朴质凝炼，虽然用的是文言，但也夹杂了一些口语。这些特点，与他后来白话小说的艺术风格是完全一致的。

当然，还必须指出，由于这些小说写于“五四”以前的旧民主主义革命时期，由于时代的限制，也由于作家当时还受着某些封建思想的影响，作品中多少还流露出一些消极的封建道德观念。譬如，在《博徒之子》中，把王根生的不幸过份归咎于赌徒的父亲和暴戾的继母，强调了孩子“受虐弗怼”的“孝”的观念。再如《飞絮沾泥录》，把珊姑的堕落归之于“逸乎礼法”，说女子要“茂其淑德”，不然“才容”就可以成为“自辱”的根源。尽管这些封建道德在整个作品中不占主导地位，但是，不可避免地要削弱作品反封建的深度，损害人物形象的完整性。

（选自 1981 年 11 月 15 日《北京师范大学学报》第 6 期）

[1][2] 叶圣陶：《过去随谈》

试论叶圣陶在五四时期的文学观

庄文中

叶圣陶同志是我国新文学史上杰出的作家和先驱者之一。在五四时期，叶圣陶不仅发表了大量的文学作品，而且也发表了不少的文学论文，提出了自成体系的文学主张。本文一方面试图探讨叶圣陶的思想发展，一方面希望引起新文学史家和研究者对叶圣陶五四时期的文学观的重视。

“托命于文艺”的新文学战士

叶圣陶早在 1914 到 1916 年间就从事文学创作，发表了十多篇文言短篇小说。在这些文言短篇小说中，他反映了人民的痛苦生活和悲惨命运（如《穷愁》、《飞絮沾泥录》），抨击了以袁世凯为代表的官僚集团（如《瓮牖新梦》、《终南捷径》），赞扬人与人之间真诚的爱（如《旅窗心影》、《玻璃窗内之画像》），从而表现了他对苦难人民的热爱和对理想社会的向往。他从事文言小说创作，取材“要有其本事，庶合于街谈巷议之伦”，以达到“描写物情宣化社会隐潜”的目的[1]，透露出现实主义的新鲜气息。但是，当时，新民主主义革命的曙光还没有从地平线上升起，叶圣陶也没有受新思潮的洗礼，用的武器又是气息奄奄的文言文，因而搞了两年创作，就搁笔了，投身于教育事业。

[1] 顾颉刚:《隔膜·序》

1917年，俄国爆发了十月社会主义革命，创立了第一个无产阶级专政的国家。中国的先进分子从十月革命的胜利中看到了民族解放的新希望，开始学习和宣传马克思主义。“这时，也只是在这时，中国人从思想到生活，才出现了一个崭新的时期”（毛泽东语）。叶圣陶从思想到生活，也“出现了一个崭新的时期”。

1919年“五四”运动前夕，叶圣陶热心地用外国的教育理论进行教育改革，同时读了许多关于哲学、教育学、文艺学的书，受了新思潮的革命洗礼。在五四运动的“山雨欲来风满楼”的革命形势下，“圣陶禁不住了”，他参加了得到李大钊、鲁迅支持的激进青年组织“新潮社”，重新拿起笔来，以崭新的战斗姿态投入了革命斗争。他一方面发表评述社会问题的论文，反对封建道德，反对封建教育制度，提倡树立“真实明确的人生观”，追求自由和真理，号召人们“把社会上经济制度，从根本上改革一番”，建设光明、自由、幸福的理想社会。一方面用白话文进行文艺创作，于1919年2月1日发表第一首新诗《春雨》，于3月1日发表了第一篇短篇小说《这也是一个人？》（后改名为《一生》）从此，象鲁迅那样，他也一发而不可收。经历了五四运动，叶圣陶看到了民众的力量，新文化的作用，革命的曙光。他为了实现理想的社会，改造人生，以极大的热情创作了许多小说、新诗、童话、成为五四新文学运动中“托命于文艺”的战士。

反帝反封建的革命斗争迅速展开，新文学运动的蓬勃发展，自己创作实践的切身体验，这一切使得并不想当文学评论家的叶圣陶写了大量的文学评论，与鲁迅、茅盾等一起来鼓吹为人生的文学观。

空想社会主义和历史进化论的社会观

在评述叶圣陶五四时期的文学观之前，我们首先应该考察一下他的社会观。

叶圣陶说：“人之境遇，受支配于经济和政治者至大，而经济又与政治实为合体。”[1]他认为社会经济、政治决定人们的思想，又认为社

[1] 叶圣陶：《文艺谈·二十二》，载1921年5月8日《晨报》副刊。

会历史发展的过程是一个“进化历程”，“我们‘人’，个个是进化历程中一个队员，个个要做到独立健全的地步，个个应当享光明、高洁、自由的幸福”[1]。这些看法，反映了叶圣陶的唯物主义思想倾向。当时，半封建半殖民地的社会是一个黑暗、贫穷、苦难的社会，人们则处于“不自觉”的奴隶地位，“不想改革制度，趋向新的合理的生活”[2]。因此，叶圣陶在论文和文学作品中揭露、批判旧社会，希望能够唤起民众，改革社会制度，以便“大群共上进化的轨道”。叶圣陶还进一步设计理想社会：人与人之间没有压迫和剥削，人与人是兄弟和伴侣，过着共同的互助的幸福生活。人人都劳动，从事着真正的职业。这种职业，“是有益于人类的自己所能胜任的全体为兴趣所必需的实现我们的理想的一种活动”。在这个理想社会里，“个人的功利，便是社会的福祉；社会的进步，也就是个人的享乐”。人们“根据着自己的才知和能力，做那直接有益社会的事。然而这不单为社会，也为自己，社会更进步，自己便是更高尚，更合理，更幸福的人，更因我和他人的欲求、感情、利害都同，彼此相助，力量愈大，收效愈宏，所以要尊重我们的伴侣，赞助我们的伴侣。彼此永永互助，社会永永进步，方始可以得到人类圆满的，普遍的，永久的快乐”[3]。在这个理想社会里，由于人们生计不成问题，所以能够自由从事喜爱的职业，充分发挥自己的才能；人们也自由地从事艺术创作，艺术成为人民“生活上必须的需求品”，因而艺术也得到最完美的发展。

但是，如此美满幸福的理想社会怎样实现呢？

1919年2月，叶圣陶在谈到妇女解放时说，妇女应当知道自己是个“人”，充分发展自己的能力，“又应知道‘人’应当服从真理，那荒谬的‘名分’‘伪道德’，便该唾弃他，破坏他”。同时，“又要把社会上经济制度，从根本上改革一番。这一事虽是历史所未有，然而将来必定要做到——而且为期不远。”[4]

---

❶ 叶圣陶：《女子人格问题》，载1919年2月1日《新潮》第1卷第2号。

❷ 叶圣陶：《职业与生计》，载1920年4月1日《新潮》第2卷第3号。

❸ 叶圣陶：《小学教育的改造》，载1919年12月1日《新潮》第2卷第2号。

❹ 叶圣陶：《女子人格问题》，载1919年2月1日《新潮》第1卷第2号。

1920年4月，叶圣陶进一步说道：

“这生计问题，所以成为唯一重要的问题，就因为有那历史的谬误的结晶体——资本制度。这个制度不打破，各个人从事职业的目的就不得不趋向着他。便是观念改变，实际上还只得趋向着他。我们果真要为共同生活而从事职业，同时就有打破和这目的为敌的资本制度的必要。要知资本制度之下决不容有真的谋求共同生活的职业。惟有将他打破，人类方才有合理的生活，社会方才有真实的进化。同时生计两字也就不成问题。凡是人类，都有享受满足精神上物质上的欲望的材料的权利。这才是根本的彻底的解决。”[1]

要谋取人类合理的生活，必须打破“资本制度”，这在理论上无疑是正确的。但是，在当时半封建半殖民地的旧中国却是行不通的。因为在五四时期，民族资本主义还没有成为中国的主要经济形式，“资本制度”在中国还没有形成；中国革命的任务是反对帝国主义和封建主义，推翻封建军阀政府，还不是打破“资本制度”。既然当时的社会经济和阶级状况没有提供打破“资本制度”的可能性，因而叶圣陶也提不出打破“资本制度”的科学方法。他一方面揭露、批判反动统治者，一方面真心诚意地劝说反动统治者弃恶从善，成为自食其力的人，为民造福。1919年8月23日，叶圣陶在他的白话文新诗《我的伴侣！》中唱道：

“我的伴侣呵！——政客，官僚，军人。
…………
抛却你的政策，威权，兵器，
运用你的智慧，可以谋利世的计划，撰利世的文字。
运用你的体力，可以制造器具，种植禾黍。
到这时，你是学问家，也是工人。

[1] 叶圣陶：《职业与生活》，载1920年4月1日《新潮》第2卷第3号。

再请看世界，是不是更为光明？
你的生活，是不是更为幸运？”❶

作者劝说政客、官僚、军人放弃他们的政策、威权、兵器，运用自己的智慧和体力，来做利世的工作。这就使我们想起，空想社会主义者圣西门写信给法国的拿破仑、英国的女王、俄国的沙皇、美国的总统，劝说他们发善心，来帮助实行社会改革计划。结果只能是竹篮子打水——一场空。

恩格斯说，空想社会主义是无产阶级反对资产阶级斗争初期的“共产主义思想的微光”❷。十九世纪初，圣西门、傅立叶、欧文等无情地批判了资本主义制度，设想未来理想社会，引导人们追求财产公有、人人劳动、人人平等的幸福社会。但是，他们不了解资本主义社会的本质及其发展规律，不了解无产阶级的伟大力量和历史使命，更不了解用暴力革命的手段来推翻资本统治，实现共产主义。1919年五四运动前后，我国一些知识分子介绍日本武者小路实笃所主张的以空想社会主义和改良主义为基础的“新村主义”。武者小路实笃看到，在社会主义潮流的冲击下，处于尖锐对立地位的贫富两个阶级必然引起暴力冲突。为了避免暴力革命，调和阶级矛盾，“新村主义”者提倡实现一种劳动、平等、互助、幸福的人的生活，并且聚集一些人占地成立新村，进行试验。早在1824年，空想社会主义者欧文到美国创办了一个共产主义的新村——“新和谐村”，期望实现他的共产主义理想，结果失败了。一百年后，“新村主义”者在资本主义发展到帝国主义阶段的时代，在剥削阶级残酷统治下的社会中，再来重温“新村”的旧梦，必然重蹈复辙。

从上面的论述中，我们可以认为：在五四时期叶圣陶是一个空想社会主义者，他还受圣西门等人的空想社会主义的影响，近受武者小路实笃的“新村主义”的影响。他批判黑暗的旧社会，设计光明的新社会。他提倡博爱、平等，提倡资产阶级的人道主义，来反对封建伦

❶ 载1919年10月《新潮》第2卷第1号

❷ 恩格斯：《德国农民战争》，《马克思恩格斯全集》第7卷，人民出版社1959年版，第405页。

理道德。他认为必须打破“资本制度”，才能实现空想社会主义的理想社会。他不能用阶级和阶级斗争的观点来解释人类社会的发展，而采用了进化论中发展的观点来解释社会历史的发展，坚信人类社会一定进化，理想社会一定能够实现，“而且为期不远”。但是，他既不认识当时中国社会的性质，也不认识无产阶级伟大的历史作用，而幻想用和平的方式来达到目的，用博爱和互助来解决现实生活中的阶级矛盾，并且规劝统治阶级改恶从善，同人民共同实现新社会的计划。他的空想社会主义的主张，脱离了工人斗争，“而社会主义者的学说不同工人斗争相结合，就只是一种空想”[1]，因而他陷入了历史唯心主义。五四时期叶圣陶是一个小资产阶级革命民主主义者，他的奋斗方向与新民主主义革命方向是一致的。他积极投身于新文化运动的统一战线，用空想社会主义和历史进化论来反对封建文化，提倡新道德、新文学，虽然带有局限性，但是也具有进步作用。

为人生的文学观

叶圣陶提倡为人生的文学观，是有深刻的社会根源的。五四时期，中国无产阶级登上了政治舞台，领导人民大众进行反帝反封建的新民主主义革命。封建统治阶级维护旧制度、旧思想，人民大众反对旧制度、旧思想，提倡新制度、新思想，两个阶级、两种思想的斗争非常激烈。人是一切社会关系的总和。要改造社会，必须同时改造人。要改造人，就必须表现和研究人们的生活、思想、感情，激励人们奋起斗争。这是新民主主义革命总任务给新文化运动提出的重要课题。叶圣陶提出为人生的文学观，正说明他顺应历史潮流，投身到无产阶级领导的反帝反封建的革命洪流中来，促进文学反映人们的生活和斗争，使文学更好地为新民主主义革命服务。

叶圣陶提倡为人生的文学观，也是当时新文学运动发展的必然结果。辛亥革命失败以后，形形色色的封建文学充斥文坛，以黑幕、艳

---

❶ 列宁：《俄国社会民主党中的倒退倾向》，《列宁全集》第 4 卷，人民出版社 1958 年版，第 225 页。

情、武侠、侦探、宫闱为基本题材的黑幕派、鸳鸯蝴蝶派小说和庸俗低级趣味的"文明戏"风行一时。五四期间，以鲁迅、郭沫若为代表的带有革命民主主义思想和朦胧的社会主义倾向的新文学蓬勃兴起。新文学需要新的文艺思想鸣锣开道，抨击封建复古文艺思想，指导新文学健康发展。为此，为人生的文学观应运而生。当时，具有初步共产主义思想的知识分子李大钊、陈独秀等人，提倡"写实主义"（即现实主义），鼓吹文艺为思想启蒙和政治改革服务，为建设新社会服务。叶圣陶与鲁迅、茅盾等人一同提倡表现人生、改良人生的文学观，来反映下层人民的痛苦生活和美好理想，促进新文学为现实斗争服务，激励人民为实现理想社会而斗争。同时，用为人生的文学观来抨击鸳鸯蝴蝶派的游戏消遣文学观，扫清新文学发展道路上的障碍。

叶圣陶提倡为人生的文学观，主要还是由于他具有革命民主主义的政治立场，空想社会主义和历史进化论的社会观，以及唯物主义的思想倾向。他提倡文学为人生的文学观，目的是以文学为武器，积极参加中国人民反帝反封建的斗争，实现理想的人生和社会。他认识到文学的社会作用，认识到现实生活是文学的源泉，因而他"着眼于人生，托命于文艺"。

叶圣陶的为人生的文学观可以从下列五个方面来评述。

第一、客观社会生活是文艺的源泉。

他在谈到自己的创作体会时说："我常常觉得我每篇小说的作成是受了事实的启示，没有事实我就不想做小说"[1]，"惟有充实的生活是汪汪无尽的泉源"[2]。他认为客观社会生活是文艺的源泉，文艺是社会生活的反映。文艺家深入生活，体验人生，"自内自外感受思想情绪之精微方面，觉得这是必须把捉住的一段材料，否则便有无限量的痛惜，这时创作的冲动兴奋到极点了，赶紧写录出来，定是绝妙作品"[3]。这种受现实生活的启示而引起的创作冲动，是文艺家创作的先决条件，因而也可以说"创作的冲动是文艺的生命"[4]。而生活有"充实的生活"

---

❶ 叶圣陶：《文艺谈·二十四》，1921 年 5 月 10 日《晨报》副刊。

❷ 叶圣陶：《诗的泉源》，载叶绍钧、俞平伯合著《剑鞘》，1924 年 11 月上海朴社发行。

❸❹ 叶圣陶：《文艺谈·一》，1921 年 3 月 5 日《晨报》副刊。

和“空虚的生活”两种。文艺家有了充实的生活，“写出来没有不真实，不恳切的”，“事实纵浅易平凡，我们如能精密地透入地观察，就可以发现他的深浓和非常来。这深浓和非常，论其德必然含至高之美，论其用必然深切动人”，就可以创作出伟大的作品。空虚的生活“因为它虽名为生活，而顺着它的消极的倾向，几乎退入于不生活了”，也就创作不出对人生有益的作品来。“一个耕田的农妇或是一个悲苦的矿工的生活，比较一种绅士先生或者充实得多，因而诗的泉也比较的丰盈”。❶文艺家的创作冲动来源于现实生活，而矿工和农妇的生活比绅士阶层更充实，文艺的源泉也“比较的丰盈”。叶圣陶引导作家深入现实生活，深入劳动人民生活，来发现生活中的“深切动人”之处和“至高之美”，创作出为人生的艺术作品来。叶圣陶身体力行，他深深扎根于半封建半殖民地的社会生活，揭露封建地主对农民的残酷剥削（如《苦菜》、《晓行》），控诉封建礼教残害下层人民的罪行，赞美苦难人民的优秀品质。他的小说，象他自己所说的那样，是中国社会的“一鳞一爪的写照”。因此，我们可以认为，在文艺作品是客观社会生活的反映还是作家主观头脑的产物这个根本问题上，叶圣陶表现的是唯物主义的思想。

第二、文学具有可以使“群众兴起，民性显扬”的社会作用。

叶圣陶说：“人譬诸花草，文艺就是雨露。人不仅统有物质上的欲求，才可以向上进取；有时因有精神上的欲求，而物质上随以改进。可以激起和满足我们人精神上的欲求，文艺实为最重要的东西”❷。文艺可以满足人们“精神上的欲求”；人们精神得到了满足，就能使“物质上随以改进”。叶圣陶初步地认识到作为意识形态的文艺对物质具有能动作用，文艺可以推动人们去改造社会。叶圣陶认为，为了实现理想社会，必须改造人和改革制度。对于改造人的思想感情，“制度的改造固然可以收一部分的效验。但内心之事恐非仅仅改革制度就可以奏功。能够担此重任的，只有艺术，因为它的职务在表现一切的内心”❸。只有文艺能够担负改造人们思想感情的重任。伟大的文艺，可以使人

❶ 叶圣陶：《诗的泉源》，载叶绍钧、俞平伯合著《剑鞘》，1924年11月上海朴社发行。

❷ 叶圣陶：《文艺谈・六》，1921年3月17日《晨报》副刊。

❸ 叶圣陶：《文艺谈・二十六》，1921年5月12日《晨报》副刊。

们“忽然跃起，觉旧境之不可一日居；或者认识到真实的痛苦，而奋力求所以解免之方，期达于心安愿慰之路；或者改正人生观念之鹄的，从此而得到新的生命”[1]。人们读文艺作品，“实际却在认识人生，感受作者的精神，和振起自己的精神入于向上进取之途”[2]。伟大的文艺还可以切实而显明地表现民族的优秀特性，“立刻可以使这个特性普遍于全体，特著于世界”[3]。总之，“激起”和“提高”群众，表现和发扬民族精神，“团众心而为大心”，从而使群众团结一致地改造旧境，走上新途，这就是叶圣陶鼓吹的文艺能够使“群众兴起，民性显扬”的社会作用。

叶圣陶基本上正确地认识到文艺的认识和教育作用，认识到文艺对改造旧人生、实现新社会的积极作用，因此他批评当时文艺脱离人民的不良倾向，希望文艺与“群众接近起来”。为此，他一方面希望文艺批评家，“介绍真的文艺品于群众，逐渐导他们于嗜好文艺”，要求作家创作大众化的讲唱文学，供给“乡村的大茶馆里”、“劳工的工作场中”演唱，使得群众“视文艺为生活上必须的需求品”；一方面“竭力攻击供应人众消遣的作家，使之逐渐就减少而终达于零”[1]。叶圣陶还大声呼吁：“我更希望今后创作家多多为儿童创作些新的适合于儿童的文学”，“导他们于艺术之路”。为了“要全民族的人生活动，进化，丰富，高尚，愉快”，应当使中华民族“成为爱好文学的民族”[2]。但是，“理想所至，固然是惬心快意。反顾人世实况，乃殊相悬隔，至不可以数量计。我因此推想文艺普遍于人们的日子，当在至远之将来。”[3]这些看法不能不说具有远见卓识。

第三、文学必须表现和批评人生。

文艺为什么具有巨大的社会作用呢？

> 因为伟大的文艺，他必能汇集一时代的精神现象而活跃地表现出来。那些作者观察时世，有感于心，本其一己之精神，传状一切之微奥，他不仅以如实写记为满足，单单给人家看一个实况，他于

[1] 叶圣陶：《文艺谈·二十八》，1921年5月14日《晨报》副刊。

[2] 叶圣陶：《文艺谈·六》，1921年3月17日《晨报》副刊。

[3] 叶圣陶：《文艺谈·二十六》，1921年5月12日《晨报》副刊。

示人实况之外，还要指出一条路径，那是超于实况的，引人家去访问，——然而又不是教训。一般人感受了他的思想情感，不知不觉地，如火炉添了煤，自然会烘烘地发出高热来。如此，不是文艺于消极方面也能团众心而为大心，使群众齐趋于向上进取之途么？❶

文艺家“观察时世，有感于心”，于是写出饱蘸自己思想感情的文艺作品。在文艺作品中，文艺家不仅给读者看时世的“实况”，而且还要指出“超于实况”的“一条路径”——就是理想的路径。在评论当时新文学的创作倾向时，叶圣陶说：

现时创作家的作品，差不多有一个同一的倾向，就是对于黑暗势力的反抗，反面就是希求光明。最多见的是写家庭的惨史，社会的污浊，和兵乱的苦难，而表示深恶痛恨的意思，愿其尽归泯灭。这决计是未来的光明的第一闪，创作家的趋向真不错。❷

叶圣陶赞成、提倡文学表现人们对黑暗势力的反抗，对光明前途的希求，表现种种人生画面。正因为“文学是人生的表现和批评”，表现了现世的“实况”和“超于实况”的“路径”，表现了人们对黑暗势力的反抗和对光明前途的希求，所以文学能够“兴起”和“提高”群众，发挥其社会作用。

叶圣陶不仅从理论上提倡文学表现人生，而且在他自己的创作实践中冷静地观察人生，客观地描写下层社会里被侮辱被损害的人们的不幸遭遇，描写小市民的灰色的卑琐的人生。他描写“灰色的人生”。目的是为了创造“光明的人生”，造就“美好的国民性”。他研究近代的俄国和日本的文学，发现俄国文学中有“以‘爱’为精魂的人道主义”，日本文学中有“含着深浓的爱和清丽的美”❸。这种“爱”和“美”，也正是叶圣陶的人生理想。茅盾在1935年正确地评论说：“他以为‘美’

---

❶ 叶圣陶：《文艺谈·二十八》，1921年5月14日《晨报》副刊。

❷ 叶圣陶：《文艺谈·四十》，1921年6月25日《晨报》副刊。

❸ 叶圣陶：《文艺谈·十》，1921年3月26日《晨报》副刊。

（自然）和‘爱’（心和心相印的了解）是人生的最大的意义，而且是‘灰色’的人生转化为‘光明’的必要条件。‘美’和‘爱’就是他的对于生活的理想。这是唯心的地去看人生时必然会达到的结论”。[1]

五四时期，叶圣陶与文学研究会诸作家一起鼓吹为人生而艺术，反对文学成为假古董和消遣品，提倡文学表现社会生活和社会理想，使得文学直接为反帝反封建的革命斗争服务。因此，周恩来同志在谈到文学研究会时，“肯定这个文艺团体为人生而艺术的主张。肯定它也起了好的作用，进步的作用。”[2]

第四、加强文艺家主观世界的修养。

五四时期，文艺界有“为人生而艺术”和“为艺术而艺术”之争。叶圣陶认为“艺术苟有反人生的倾向，无论何人必不能对之而起慰悦陶醉的感觉，复何得为艺术？复次，艺术的内容固切合人生……则其自身已含有艺术的性质，虽欲强避，亦何可得”，因此，“真的文艺必兼包人生的与艺术的”[3]。能否创作人生与艺术相结合的文学作品，主要取决于作家的世界观和人生观。作品平淡无味，“只在作者没有独特的精神；换言之，就是作者的世界观和人生观还没有立定根基。”如果作者有腐朽的人生观，“玩世不恭，物质迷心，不流于空虚，便堕于禽兽，以言人生，实属不甚确当。以此而入于文艺，岂不遭其沾污？”[4]所以，“文艺家不应有旁的顾虑和鹄的，只有磨炼自己的思想，涵养自己的情感，总之，就是自己修养，是他唯一的份内的事。”[5]

如何加强作家主观世界的修养呢？

（一）必须树立正确的人生观和文艺观。作家要“了解人生真义”，为实现理想的人生而奋斗，要使自己的“人生观须是在水平线以上”。“应以全部生命浸渍在文艺里”，“以浓厚的感情倾于文艺所欲表现的人生”，热爱和研究文艺，热爱和研究人生，从而锤炼出“真诚”的态度。“作者持真诚的态度，他必深信文艺的效用在唤起人们的同情，增进人们

---

❶ 茅盾：《中国新文学大系·小说一集序》，写于 1935 年 3 月 10 日。

❷ 转引自何其芳《回忆周恩来同志》，1978 年第 1 期《文学评论》。

❸ 叶圣陶：《文艺谈·十一》，1921 年 3 月 28 日《晨报》副刊。

❹ 叶圣陶：《文艺谈·二十三》，1921 年 5 月 9 日《晨报》副刊。

❺ 叶圣陶：《文艺谈·三十一》，1921 年 5 月 25 日《晨报》副刊。

的了解，安慰和喜悦；又必对于他的时代，他的境地，有种种很浓厚的感情……他所表现的因为他一本真诚，绝无故意的造作，确是此时此境里人们的情思，怎不教人低回感动呢？”❶有了正确的人生观和文艺观，作家才能忠实地表现社会生活，表现“确是此时此境里人们的情思”。

（二）要提高观察和认识客观世界的能力。作家要表现客观世界，必须学会观察和认识客观世界。“文艺家的眼光，心灵的眼光，常是烛照万有，光芒四射。这个不但和望远镜一样地辽远，显微镜一样地精微，他还要深入一切的内心——内的生命”。如何来“深入一切的内心”，认识客观事物呢？

> 这个观察须以心、以灵感来观察。无论什么，我都视为一个有活力的生命，在永远发展的路上的。我要观察他们的生命，生命的发展，皮相是没有用的，分析是越弄越支离的，只有我潜入他们的内心，体会他们的经历，默契他们的呼吸，我和他们是一是二，几无分别，我就是叶，是花，是鸡，是小孩子，是乡下老头儿，才可以对于他们知道一些。借柏格森语名之，便是‘直觉’，柏格森以为惟直觉可以认知生命之真际。我以为惟直觉方是文艺家观察一切的法子。❷

文艺家必须潜入事物的内部去认识事物，使认识主体与认识客体合二为一，“我就是叶，是花，是鸡，是小孩子，是乡下老头儿”。“所以真的文艺家一定抱与造物同游的襟怀，他的心就是宇宙的心”，❸“他不为物质所限制，机械所牵掣，常常超然遨游于自由之天。”

法国唯心主义哲学家柏格森是个直觉主义者。他否认人们能够通过感觉、理性和实践活动去认识世界，而宣称直觉是认识的唯一泉源。他认为直觉是人的主观世界的一种特殊能力、灵感，凭着这种特殊能力和灵感就能认识真理，无需理性分析的帮助。柏格森把直觉解释成为一种特殊的神秘的“下意识”的能力，一种排斥分析、不可言传的

---

❶ 叶圣陶：《文艺谈·四》，1921年3月11日《晨报》副刊。

❷❸ 叶圣陶：《文艺谈·九》，1921年3月25日《晨报》副刊。

内心体验，认为凭着直觉就可以认识客观世界，显然这是一种唯心主义的认识论。叶圣陶认为文艺家的心灵应“与万有同体”，文艺家的“心就是宇宙的心”，因此文艺家可以“超然遨游于自由之天”，他的思想“不受物质所限制”。但是，文艺家的主观之心如果就是宇宙的客观之心，那么不就成了“吾心即宇宙”的唯心主义了吗？用“以心以灵感”来观察客观世界，而且排斥理性分析（因为“分析是越弄越支离的”），把“直觉，情感，想象”看作文艺家的“生命的泉源”，用直觉作为“文艺家观察一切的法子”，显然受了柏格森的直觉主义的影响，在认识论方面表现了神秘的唯心的色彩。

（三）要研究艺术性，注重独创性。叶圣陶肯定地说：

> 实质和形式往往是互相关系的，而文学尤其如此。文学的精神寓于其本身全形式之中，一样的实质，若是形式改换了，精神也就随之而异。所以文学的实质须出于独创，这是绝对的当然，而其形式之不宜依人门户，必求新创自铸，也是非常重要。❶

文学的形式对内容有能动作用，因而在形式方面必须注重独创性。文学家学习中外古今的优秀作品，吸收其艺术营养，“但要慎防其无意中成为我们的前定的方式”，“而限制自己的创作能力，或者竟将自己的隐藏起一旁，很勤劳的创作，只不过复制了现成的货品。”❷所以，叶圣陶特意批评了当时“言爱，言侦探，言妇女和劳动界的痛苦小说”的公式化倾向。

那么，何谓“独创性”呢？叶圣陶提出：“必须是人家不曾有过而我所独具的想象情思，我以真诚的态度用最适切的文字语句把他表现出来”，“不论质料，不论方式，总须是我们自己的”。用自己的最适切的方式来表现独具的想象情思，这就是独创性。为了获得这种独创性，作家不仅要以真诚的态度和心灵的眼光观察生活，而且要从中得到“独具的想象情思”，得到“精微的灵感”、“深切的印象”、新鲜的意境以

❶ 叶圣陶：《文艺谈·三十四》，1921年6月7日《晨报》副刊。

❷ 叶圣陶：《文艺谈·三十六》，1921年6月9日《晨报》副刊。

及有生命力的语言，从而创作出“质和形都是饱满的，和谐的，自由的”艺术作品来。“艺术世界最是自由，变动，新鲜，无穷”。文艺家可以在自由的艺术世界里表现自己的独创性，表现自己的艺术风格和艺术个性，使自己的作品“具有永久和普遍的价值。”❶

叶圣陶一方面要求文艺家加强自我修养，树立正确的世界观和人生观，抱着真诚的态度从事创造性的文艺事业，“托命于文艺”，一方面无情地批判那些在错误的人生观指导下，抱着不真诚的态度，创作供人消遣游戏的作品的文学家。那些文学家只为了戏弄、消遣、赚钱，他们的作品或者“竟是堕落的兽性的表白”，或者是“袭取他人已成之作，改易面目”，“前者，‘反乎人生’，后者为‘没有个性’”。这种作品只能使人“玩物丧志”，误入歧途。1921 年 3 月，鸳鸯蝴蝶派在上海复刊了《礼拜六》杂志，叫嚷创作的目的是“给看官们时时把玩”，“排闷消愁”，鼓吹游戏消遣的文学观。他们在上海报纸上登广告，开头就无耻地说“宁可不娶小老婆，不可不看《礼拜六》”，招徕读者。对此，叶圣陶愤怒地说：“这实在是一种侮辱，普遍的侮辱，他们侮辱自己，侮辱文学，更侮辱他人！我从不肯诅咒他们；但我不得不诅咒他们的举动——这一举动。”❷并且进一步指出，他们的作品“造成世人的堕落心理”，他们这些人“可说是天下最枯寂最淫荡的人了”！叶圣陶对鸳鸯蝴蝶派的斗争，正说明他提倡的为人生的文学观具有战斗性和进步性。

第五、提倡现实主义的创作方法。

叶圣陶说自己没有生活的启示，不想写小说，受了生活的启示，才把“事事物物和人们之心中”的事理感情以及生活实况“如实写录出来”。不仅要如实反映生活实况，而且还要表现“超于实况”的“一条路径”，也就是一方面要揭露黑暗社会的罪恶，一方面也要表现人们的反抗和对光明社会的向往。叶圣陶五四时期大多数的文学作品，正象茅盾所说的“是在‘灰色’上点缀着一两点‘光明’的理想的作品。”❸可见，叶圣陶的现实主义是一种现实与理想相结合的现实主义。这种现实主义，因

---

❶ 叶圣陶：《文艺谈·三十四》，1921 年 6 月 7 日《晨报》副刊。

❷ 叶圣陶：《文艺谈·三十七》，1921 年 6 月 12 日《晨报》副刊。

❸ 茅盾：《中国新文学大系·小说一集序》。

为有社会主义色彩的理想的照耀，不同于十九世纪三十年代兴起的欧洲的批判现实主义，而与革命现实主义一脉相通。

叶圣陶提倡的现实主义，不追求事物的“外在真实”，不追求象照相机那样实录非本质的琐碎细节，而要进行“艺术的制炼”，反映事物“内在的实际”，创作出形与质兼美的作品来。他说，文艺家“应将他所得的材料加以剪裁，增损，修饰，种种工夫——所谓艺术的制炼——使那些里面含有自己的灵魂，一面却仍不失原来的精神。”[1]文艺家不是“忠仆，书记官”，“随意地记些所见所闻的事”，而应当“显出创造的艺术手腕”，舍去一切不必要的人物、景色和枝叶，去掉“一切不美的素质”，“摄取其要点，加以想化”，“只将浑然的美表现于他的作品”。如果文艺家仅仅“如实记录”，仅仅“复制和模仿”，那末只能产生“玩物的作品”。为了说明这一点，叶圣陶根据当时创作中出现的问题，进一步具体说明：1，不要“连篇累牍地写个不休”，而要“采取其中最扼要最精辟的一件一个”，“取材务必精当”；2，不要“单描事物的外部而不能表现出内在的实际”，不能象照相那样只照“外面的形象，一些不漏，都为留下个死板板的痕迹”，而要“将最能传神的部分充分描写，其外不重要的部分竟可弃去不写”，以便“攫住一切的里面”；3，不要“有材料不足之感”，而要有适度的材料，并且使用“最适切于表现这个材料的一个方式”[2]；4，不要“常是关在书斋里，执笔构思”，以致“文艺的泉源已壅塞了一部分”，而要热爱人生，深入人生，因为“往往有许多妙美的思想言语出于愚夫愚妇或孺子之口”，文艺家要善于观察，善于积累，“而蓄积既富，需用时自有‘俯拾即是’之乐”[3]。那时，叶圣陶当然并不知道现实主义要遵循塑造典型环境中的典型性格的原则，也不知典型化这一文艺术语（那时还没有出现），不过从创作实践中他也领会到典型化的实质，他一再解释“艺术的制炼”、“想化”的内涵，一再强调艺术的取舍与集中，正好说明了这一点。因而，他把自己的现实主义与当时有些人鼓吹的左拉的自然主义划清了界线。

[1] 叶圣陶：《文艺谈·五》，1921年3月15日《晨报》副刊。
[2] 叶圣陶：《文艺谈·四十》，1921年6月25日《晨报》副刊。
[3] 叶圣陶：《文艺谈·五》，1921年3月15日《晨报》副刊。

小　结

五四时期，叶圣陶是一个小资产阶级革命民主主义者。他积极投身以初步的共产主义知识分子领导的革命文化统一战线，揭露和批判半封建半殖民地社会的罪恶，反对旧道德、旧文学，提倡新道德、新文学，设想和追求人人劳动、人人互助、人人幸福的理想社会，表现了深厚的爱国主义精神和不妥协的革命精神，成为我国新文学史上杰出的文学家和先驱者之一。他是一个革命民主主义和空想社会主义者。他的空想社会主义和历史进化论虽然有历史的局限性，但是在反帝反封建的革命斗争中起了积极作用。他鼓吹文学为人生，要文学为革命斗争服务，无疑是进步的。他提倡现实主义，并贯彻于自己的艺术实践中，力求用现实与理想相结合的原则来反映社会生活，力求用典型化的手法来塑造形象，因而使得自己的现实主义既不同于批判现实主义，又区别于自然主义，而包含着革命现实主义的因素。在文艺与生活、文艺的社会作用、文艺与人民、作家修养和创作方法等问题上提出了基本正确的观点。他一边发表文学作品，一边宣传自己的文艺主张，理论联系实际，对当时的文学创作起了一定的积极作用。同时，当他在解释社会问题和提出改造社会的方法时，表现出唯心主义和改良主义的倾向，在论述作家认识客观世界的方法时，表现出柏格森的直觉主义的色彩。他还不能用阶级和阶级斗争观点分析社会，分析文艺。他的为人生文学观带有超阶级的倾向，要求文学表现全人类的思想感情。他还不能正确认识现实主义创作方法对作家的创作实践具有能动作用，因而他一方面提倡现实主义的创作方法，一方面又认为作家不需要学习、掌握任何一种创作方法，以防“一切都堕入于型式，文艺的生命就断绝了”。可见，五四时期叶圣陶头脑中正确的思想和错误的思想，在革命实践中矛盾着，斗争着。1925年的“五卅”反帝爱国运动，使叶圣陶从“爱”和“美”的人生美梦中清醒过来，认识到他的空想社会主义的理想社会蓝图已被阶级斗争撕得粉碎。他参加群众反帝集会，奋笔撰写战斗檄文。他号召人们，“认清敌人”，“纠结同伴”，团结一心，“与敌人开战”，“早致敌人的死命”。叶圣陶受了在中国共产党领导下的“五卅”反帝爱国运动的战斗洗礼，以新的革命姿态投身于无产阶级革命文学运动，在革命斗争中逐渐成长为无产阶级知识分子。

1980年10月

（选自1981年11月《新文学论丛》第3期）

《叶圣陶论创作》序

丁　玲

最近我有机会阅读了叶圣陶老先生的《论创作》一书的样稿。它的写作年限是从1922年到1981年。第一辑主要是谈有关文艺创作的诸问题，第二辑是对某一篇作品或某些作品所作的具体分析和品评。我现在就我所读过的第一辑写点我阅读的心得和体会。

我年轻时，不是一个很好的读书人，我最早读过叶老的《倪焕之》、《稻草人》等作品，我很喜欢这些小说和童话，认为叶老的文章，正如他的为人一样：严谨，仔细，温和，含蓄，蕴藉，才情不外露，不随风使舵，不贪图小便宜，经得起历史的考验。他的作品和他的为人都令人敬重和怀念。但他的论文，我却很少注意。自然，这其中也有客观条件的限制，因为我一生的大半时间都远离城市，处在农村和战争环境，能看到的书籍甚少，而我又忙于一些别的事务工作。但也还有另一个原因，就是我不大喜欢读理论文章。为什么不喜欢呢？一是读不懂，搞不清，有些文艺理论太理论了。什么这个主义，那个主义，这个道路，那个道路……这些文章，我以为是专写给研究理论的人读的，我不感兴趣，读起来觉得麻烦。二是有些文章内容重复，好象是抄袭的，你抄我的，我抄你的，究竟是谁抄谁的，我也搞不清楚。三是把文艺说得深奥神秘，令人莫测高深，这个派那个派的。觉得这门学问除了天才神童等人之外，普通人是很难问津的。至于批评文章呢，好的自然也有一些，但一般的似乎有其一定之规，先是复述被评论的文章的内容，然后说几点好处，说几点坏处，为批评而批评。或者是不讲道理，棍棒齐下，把文章打入冷宫；或者是推崇备至，捧得肉麻。这样的批评文章常常说不到点子上，起码没有说到我的心坎上，没有触到作家的心灵。我以为理论批评文章都应该触到创作者的心灵。说好时叫人从心里微笑；说坏时也要叫人心悦诚服，就因为这些，我成了一个不大读理论批评文章的人，不好读书的人。但是这次，我读到叶老谈文艺创作问题的论文，我是用喜悦的心情来读的。这些文章使我喜悦，使我越读越喜欢，而且使我发现我过去的读书态度不免有所偏颇，我把这类文章都划了一个等号，都圈在一个类型里边了。我这次读叶老的文艺论文，的确有些感受，现在我把这些写下来，以就正于作者本人，和将要读到这本书的更广大的读者。

叶老在二十年代初期所提出的文学问题和所作的解答，对六十年后的今天，特别是经过"四人帮"的大破坏，文艺思想亟待清理整顿的今天，仍有深刻的现实意义。比如文学与生活的问题，叶老就认为生活是诗的源泉，如果没有生活，就没有诗，如果对生活无所感受，则没有诗，在许多地方，叶老说得很深刻。

"不事工作，也不涉烦闷，不欣外物，也不动内情，一切只是淡漠和疏远，统可加上一个消极的'不'字。好的生活，坏的生活都是积极的，惟有这一切'不'的生活是异样地空虚。但是我们确有时过这一种生活，或者绵延下去，至于终身。反过来说，别一种生活就是'不一切不'的。有工作则不绝地工作，倦于工作则深切地烦闷，强烈地颓废；对美善则热烈地欣赏赞美，对丑恶则悲悯地诅咒怜念；情感有所倾注，思虑有所系属，总之，一切都深浓和亲密。无论是好的生活，足以欣喜恋慕的；或是坏的生活，足以悲伤厌弃的，但本身内观的当儿总觉得这生活的丰富和繁茂。明白地说，就是觉得里面包含着许多东西，好象一个饱满的袋子，这就是所谓充实的生活。"

叶老没有把生活当作死的，当作孤立的物，当作与自己无关的，当作只是我们须要去采访的，物是物，我是我。叶老认为那只是记者的事。而文艺创作者是要去生活，要用心灵去阅历生活，要使自己的心灵与广阔的生活，与生活中的各种人物同忧患，共欢乐，要融于一体。我以为这个见解是非常深刻的，是道出了文学创作的最重要的一环，而正是许多人寻求的文学创作的秘诀。

叶老认为只要有了充实的生活，写出来的东西就没有不充实不恳切不感动人的。因为这样就不会有虚伪浮浅的弊病。“丰盈澄澈的源泉自然流出清泉……抒发烦闷，就成为切至的悲声；赞美则满含春意；诅咒则力显沉痛；情感是深浓的；思虑是周博正确的。”否则，“汲无源之水，未免徒劳；效西子的含颦，益显丑陋。”

叶老主张创作者到生活里去，到广阔的世界里去，还不只是因为生活中有创作的素材，那里有感兴，有诗，可以进行创作。他更认为只有在广阔的天地里，与人民共同生活，共同奋斗，才能提高创作者对人生的理解，树立正确的人生观，消化一切从书本中得到的政治概念。只有这样，才能锤炼出创作者与人民融为一体的一颗红心。这就把对生活的认识提高了，把对文学创作的基本一环，灵感和心灵的冲动是从哪里来的问题讲得非常清楚了。

叶老还说：“便是穷乡僻壤，山村水集，也须印有创作家的足迹，各个社会、各种生活都该镂入创作家的脑海。……不仅是旅行，文艺家还当居于乡僻之区，贫民之窟，愚昧和贫苦一样是不幸的事，我们的伴侣陷于其中，当然最先要帮助他们一跃而起，……他们非常需要文艺家……和他们一起居住，自己的心同他们的心共同呼吸，顺应他们的要求，指导他们的路径，创作很好的歌给他们唱，使他们的叫喊化为乐律，哭泣转成笑声，这是何等有意义的事业。创作家呀！你们不一定要住在都会里。”

这正是邓小平同志 1979 年在第四次文代会上的祝辞中所指出的：“……一切进步文艺工作者的文艺生命，就在于他们与人民之间的血肉联系……自觉地在人民生活中汲取素材、主题、情节、语言、诗情和画意，用人民创造历史的奋发精神来哺育自己……”

其次，叶老讲到文艺与政治的关系，他的见解也是非常精辟的。现在有些人一提到“政治”两个字，就感到头痛，好象政治是妨碍文学发展的祸害，把政治当成棍子。这种看法自然是林彪、“四人帮”等的淫威造成的。他们就是把政治当成棍子，伤害过许多作家、艺术家、知识分子，因此弄到现在就有人谈虎色变。但其实，一个作家、一篇作品都是无法离开政治的。叶老当年是文学研究会的成员。文学研究会就主张文学是为人生的。他们反对文学是为艺术而艺术，更反对把文学作为茶余酒后遣兴消闲的工具。什么叫为人生？就是文学的使命是要“使群众从迷梦中跳将出来，急欲求索人之所以为人。一民族里具有很好的特性，但隐而不显，偏而不普，即无以见特性的效力。一部很好的文艺作品，把它表现得切实而明显，立刻可以使这个特性普遍于全体，特著于世界。”这就是说文学是以具体、生动的人和事，经过作家的劳动化而为作品，作品能给读者以安慰、喜悦、鼓舞，并能使读者根据作品中所反映的问题，作进一步的想象。读者在原来的苦闷生活中，会因为读了作家的一篇作品忽然开朗，看见苦闷的生活从何而来，而且感觉到无论如何不能长此下去，要改变这种现象，在这里他获得新的人生观，新的生命，他将跃起，变沉闷、无所作为为活跃而有所作为。因为文艺不只给读者看到生活，看到一些动人故事中的人和事，还应指出或暗示出一条道路，指引人们去深究生活的根源。它不是教训，不是宣传，而是使人们在不知不觉中有所感受，有所不安，有所行动，正如叶老所说：“不觉的为火炉添了煤，自自然然会发出高热来。”

叶老强调指出具有正确的人生观的作品是水平线以上的，否则都属于水平线以下。还说如果作者有正确的人生观，他的作品虽然艺术性差一点，还是有供一读的价值，还是可以提高的。但是对那些只是供人消遣的适合低级趣味的作品，就应该予以严肃的批评。

但叶老却又反复强调，作家在创作时，应该把一切条条框框都忘掉；说记住这些理论和概念只会把作品写坏。这是为什么呢？原来作家写作的动机是生活，是生活给他启发，是作家以他自已的心灵拥抱了宇宙，从千千万万变化的复杂的事物中得到的感兴和情思，是最可贵的，在动笔为文的时候是不容许让一些条条框框去限制他的发挥的。

“作者应该抓紧这一环，舍去曲径纡道，无所恋恋，奋勇努力。”“因为创作的时候，那唯一的动机便是一种浓厚的感情。文艺家从事观察，入于事事物物的内心，体认他们生命的力，不知不觉间自有不得不表现而出之之势。由于何种欲望，何种原因，是自已所不知道的，也是无暇推求的。这所谓冲动是单纯的，一瞬间的。这时候最要紧的就是顺着心情之自然，教那枝笔将他的张弛强弱很迅速地写出来……所以是这种浓厚的情感的全体表现，而不是连缀文辞的微末技巧。若其时兼有一点顾虑，“我这所作必须是人生的”，或“我这所作必须是艺术的”，则这单纯的一瞬间的情感必然由强烈而转为薄弱，由浑凝而化为碎屑，……顾虑把创作的唯一动机赶走了，还能创作些什么？”“有一分牵强，当初感受思想情绪之精微的方面便改换一分，牵强顾虑越多，改换的也越多，到末了那深深地感受于最初的，全然换了面目，所余的只是形式的复制品了。……象‘为圣人立言’，‘文以载道’，‘语必有本’……不是使历代的文艺家受他们的暗示，埋没了自己创作的冲动，专在摹拟形式上用功夫，上了一辈子的当吗？”……文艺家如“受他们的拘束，一切都堕入形式，文艺的生命就断绝了。”

叶老认为主要的是作家和宇宙，和人，和事，和物的关系，作家必须把自己置身于宇宙。说文艺家一定要有与造物同游的襟怀，以心，以灵感来观察，要潜入一切的内心，相与融和，是一是二，几无分别。叶老的这种要求超乎政治与文艺之上，是把作家、政治、文艺融为一体的。只有这样才能产生动人的、有价值的、伟大的作品。叶老不把文艺当成宣传品，当成雕虫小技，而把文艺创作当成教育人、感化人的神圣工作，要求作品能够引导人们走向发展的途径，超过眼前一切，永远前进。叶老把作家看作人类灵魂的工程师。

因此叶老在论著中反复着重说到作家的修养问题。一个人类灵魂的工程师首先得把自己的灵魂净化。要写出好的作品，作家本人就得随时随地注意自己的灵魂，也就是要不断地改造自己。既然政治不是外在的，不是勉强粘合的，就应该把政治，把正确的人生观、世界观融入自己的一切行动当中。要达到这种境界，作家就要多读书，明事理。不只读有文字的书，更要读没有文字的书。古往今来，万象森列，立身处事，物理人情，这些是实地的面对面的一本社会的大书，“人生”的大书，透切地理会它，消化它，根据自己之所见所体会出发，执笔为文，对作品所要求的思想性和艺术性就都能迎刃而解了。

创作者的阅历要广要深，要有积累，要融会贯通，要把此时此地联系到彼时彼地。一篇作品决不限于一时一地的经历。尽管引起创作动机的只是一时，甚至只是一瞬间，但作者要把一生的经历都凝聚于心，取其一点，用来抒发，这才不伤其为一个整体，而且更见其深刻。我们从鲁迅的文章中就看得出来，一位阅世极深艺术手法老练的人，总能轻而易举地把许多看来纷繁矛盾的事物揉成一个自然的有机的整体。

这本书涉及的问题很全面，很广泛。如对于写光明还是写黑暗，叶老的意见认为黑暗应该写，不过同时应该指出一条理想的通往光明的途径，应该含有究原指归的意义。

叶老对摹仿、对生编故事，对取媚群众（有如现在的只讲票房价值），都表示深恶痛绝，认为那是邪门歪道，是有损于文艺事业的。

对文艺批评，叶老也讲得很深透。他认为批评是很重要的，作家应该虚心听取批评。但作家也可以不管别人怎样说。作家应该有自己的见地，根据自己的认识走自己的道路。

叶老根据他自己的经验，具体地告诉我们如何观察生活、积蓄素材，锤炼语言，乃至文章如何开头，如何结尾……叶老的文字，向来被大家称为严谨亲切，陈述清楚，镂刻深细，是有些作家所不能及的，更是我应该学习的。叶老的这些见解，今天看来仍是正确的。我们这些从事文学工作的人，早就应该从旧书中把这些珍宝发掘出来，作为新一代文艺工作者和作家们的参考和借鉴。我这次有机会读这份样稿，至为愉快，欣喜之余，愿意向读者推荐。

特别使我欣慰使我奇怪的，是我回顾自己常常讲到的一些文学上的意见，大都好象和叶老书中论述的相吻合。我今天的所见，一点也没有超过叶老在五六十年间写出的。我好象是遵循着他的足迹走过来的。这也就是说，我几十年的一点经验，我在文学创作上的一些体会和总结，叶老在几十年前就体会到了。我非常后悔，如果我早点仔细读他的这些旧作，岂不是省去许多事了吗？从这里也可以看到，凡是真正从事文学创作的人，他们总会走在一条道路上。一个真正从事文学创作的人，他总能在同一类人的感受中得到同感。这一点非常使我感到愉快。我想到很多作家——我的同行们也会从这本书中得到愉快，我情不自禁地从心中发出微笑。

1981 年 7月 11 日于北京

（选自《叶圣陶论创作》，1982 年 1 月上海文艺出版社）

打开文艺宝库的钥匙

——代编后

欧阳文彬

一篇一篇又一篇，我搜集着叶老论创作的文章，眼看超过了一百篇，一百五十篇……

从 1921 年在《晨报》副刊连载的四十篇《文艺谈》，到写于 1981 年 3 月的《“我钦新凤霞”》，数量不下两百篇，时间跨越六十年。这些文章散见于上海、杭州、汉口、桂林、成都、重庆、北京等地的报刊。其中谈阅读的约占三分之一，谈写作的约占三分之二。大半个世纪里，有多少爱好文艺的青年从这些文章受到教益！我只是其中之一。

我复诵着，辨认着：这一篇似曾相识——我少年时期在文学道路上蹒跚学步的时候，它曾给我指过路；那一篇素昧平生——原来它问世的时候我也刚刚出生。然而不管哪一篇，都那么平易近人，深入浅出，绝不摆架子，发空论。

这次编辑《叶圣陶论创作》的过程，好比重温旧课，又获新知。回顾自己学步的脚印，清晰可辨。

从“第一口的蜜”说起

我从小喜欢看书。那自然谈不上什么钻研学问，不过是凭兴趣看个热闹罢了。所以一度迷上了武侠小说。老师训斥、家长责骂都无济于事。是《新少年》杂志上的一篇文章唤醒了我。那就是叶老写的《要认真阅读》。他没有责备，没有训诫，只建议少年读者们在读这种小说时动一动脑子：书中的侠客入山访仙，修炼剑术，专意取仇家首级，其人的性格何等暴戾？深山里住着神仙，客店里失去头颅，这样的人世何等荒唐？然后指出："这中间没有真切的人生经验，没有高超的思想、情感。意志作为骨子，认为一派胡言也不算过份。"我读到这里不觉吃了一惊，果然不再觉得这类东西有什么趣味。为什么纸面上一篇文章的力量超过了朝夕共处、当面施教的老师和家长？原因在于叶老对少年读者平等相待，认认真真，诚心诚意地摆事实，讲道理，启发思考。所以能打开我幼稚蒙昧的头脑，使我明白：阅读任何东西不可马虎，必须认真。如果不抓住它的"骨子"和主旨，那就等于白读，甚至还会上当。

叶老把阅读和欣赏比作采矿，比作取蜜。他认为："只要动手去采，随时会发现晶莹的宝石。""要象蜂嘴深入花心，才能尝到第一口的蜜"。

我尝到的第一口蜜来自朱自清的《背影》。这篇文章收进了中学国文课本，我早就读过了，并且自以为理解了。因为父母爱惜子女，原是少年们共有的人生经验。文中描写父亲给儿子送行，为了买桔子艰难地爬上那边月台和分手后混入来往人群的背影，曾经促我下泪。这难道还不算抓住了作品的"骨子"和主旨吗？可是叶老在《文章例话》中的讲解为我开拓了一个新的境界。他讲到这篇文章记载父亲的话只有四处，都非常简单，却都是深情的流露，接着一句一句加以介绍，说明里头含着多少怜惜、体贴、依依不舍的意思；讲到文章叙述父亲去买桔子，从走过铁路去，到回到车上来，动作不少，都是实写，唯有加在"扑扑衣上的泥土"下面的"心里很轻松似的"一语是虚写，还特别点出：这一语很有关系，把上面的动作衬托得非常生动，而且把父亲情愿去做这一番艰难工作的心情完全点明白了。经过叶老的解说，文中父亲爱惜子女的深情，就更为突出，格外感人了。这样细致入微的分析，逐字逐句的揣摩，确实象蜂嘴深入花心，探测到作品的底蕴。我原来的读法好比囫囵吞枣，尽管也受到感动，程度就浅得多了。我这才进一步领悟了叶老所讲的阅读方法：当然要抓住主旨，但主旨是靠全篇各个部分烘托出来的，所以对各个部分都不能轻轻放过。尤其是好文章，没有多余的话，没有多余的字眼，更要逐字逐句认真揣摩，才能尝到花心深处的蜜。

这第一口的蜜是甘甜而隽永的。如同叶老所说：“一次的尝到往往引起难舍的迷恋，因而更益去寻觅，更益去吸取。”我正是由此开始了不倦地探求：向花心取蜜，向矿山觅宝。通过阅读认识世界，体会人生，品尝艺术的醇美。

在这个过程中，叶老的评论文章继续帮助我开阔眼界，增进理解。他以明白易懂的解说，揭示了鲁迅笔下广阔的社会相和深刻的寓意，阐明了曹禺剧作中通过形象表达的诗意。让我们看到，伟大的作品总具有深刻的社会意义和意在言外的启示。少年读者往往容易忽略，这就好比入了宝山不见珍宝。叶老把这些珍宝指给我们看的时候，从来不用干巴、空泛的说教，他善于把奇妙的艺术境界讲得可以触摸，善于在谈阅读时兼谈创作，把作品分析和经验之谈熔于一炉。谈《孔乙己》中的一句话，可以写成一篇条分缕析的专著。因为评论者能领会作者的意图，察知作者在小说中插入这一句话的前因后果，来龙去脉。谈《小石潭记》里的几句话，可以写成一篇情文并茂的散文。因为评论者有善于观察的眼力，对于作者笔下的景物成竹在胸。对一部长篇小说的评论，可以起到普及文学知识的作用。因为评论者能洞悉作者创作进程的各个环节。他的《读〈虹〉》就曾经给我上了一堂文学基础知识的大课。

《虹》是波兰女作家瓦希列夫斯卡的代表作，写的是苏联卫国战争中乌克兰一个村子被德军占领一月后由红军克复的经过。这中间村民们历经了人世最残酷的遭遇。小说的译本出版于 1944 年，正值抗日战争后期，我国的大片土地还处于法西斯侵略者的铁蹄之下。书中一系列栩栩如生的人物形象，一个个感人至深的细节描写，给了我巨大的感染。例如小说开头，写老妇人费多霞去看她儿子的尸体。他儿子是战死的，尸体躺在山谷雪地里一个月了，德国人不让埋葬。她只能时时溜过去看一会儿，摸摸死者的肩，望着死者的面容，抖擞一下死者黑发上的积雪，却不敢去动那一缕落在额颅上的黑发，因为它贴到伤口上，长到伤口上，被血粘到那儿。读到这儿，我的心已经被抓住了，可是作者的笔没有停留，还在朝深处挖掘。她写费多霞每次都想把这一缕头发揭开去，可是不敢，好象这可以令死者发痛，可以刺激他的伤痕似的。简简单单的两行字，平平淡淡的两句话，勾勒出一幅活生生的画面；没用一个形容词，没有一个感叹号，却是那样地感人肺腑，撼人心魄。读过一遍，就会深深地印入脑海。每一想到，眼前就会浮现这位乌克兰母亲忧伤的形象。如今事隔三四十年，我还能记诵这两行文字，还忘不了它留下的画面。这只是一个例子。类似的精彩描写，书中还有一些。我认为这样的细节描写算得上艺术珍品。可是当时我对于这种艺术魅力的来源并不那么了解。是叶老的评论给我打开了思路。

他指出，这部长篇“写的只是几天里的事情，却把村子被占领以来一个月间的种种情形织在里头，把许多妇孺老弱各个不同而同样热爱着祖国的心也织在里头，方面很广，而头绪并不枝蔓，作者确是结构故事的能手”。我由此想到，小说以费多霞去看儿子尸体开头，是经过匠心设计的。这时候，村子沦陷已经一个月了。战死山谷，露尸雪地的人不在少数。费多霞母子的遭遇不是什么个人的悲剧，而是村民们共同的遭遇，甚至也是中国沦陷区人民的共同遭遇，一切被侵略民族的共同遭遇。正因为如此，这个细节才这样感人。小说一开头，就抓住了一根“骨子”，所以能编织多种人物的命运而不令人感到枝蔓。

叶老又指出，作者写村中人历经残酷的遭遇，却都不感颓丧，而能从远处大处着眼，知道悲惨境界必有改变过来的一天。“这样的信念，不是从什么宣传文字上看来的，而是从实际生活中领悟出来的”。

叶老并不认识作者，他怎么能作出这样的判断？自然是由于作者塑造的人物有血有肉，使人确信：无所根据而专凭想象，虽不是不可能，但不容易这么深切，这么多方面；作者要写这部小说，而且能写得这样好，正因为苏联民间确有这样心性的人物。

这些道理，我读小说时也有所感受，但没有往深里想，经叶老一提，就觉得他说出了我心里的话。我相信费多霞是个活人，小说中其他的人物也是活人，她们仿佛就生活在我的身边。用叶老的话说：这部书“虽是小说（小说照例是虚构的），却比一般的实录还要真实，这是超于形迹的真实”。用作者瓦希列夫斯卡的话说：“在我描写这些女英雄的时候，我不借助于任何想象，差不多每一个人物，都是从真实生活中描绘出来的。”

但是真实生活人人皆有，要描写得如此真实动人却很不容易。叶老在这儿替作者总结了经验：“作者说描写，说描绘，好象她的能事只在手法上。其实不然。描写描绘之前还有鉴识，鉴识又决定于生活体验跟思想途径等等，概括的说，就是作者的哲学。”叶老说的这个“哲学”也不是什么玄秘的名词，而是作者在生活中自然形成的人生观、世界观。叶老说：“凭着作者的哲学，把真实生活中种种材料加以提炼，取其精英，这是鉴识的功夫。又把这精英构成意境，塑造人物，这是表现的功夫。”叶老仿佛比作者自己更了解作品的创作过程。这其实并不奇怪。因为创作有其共同的规律，叶老掌握了这个规律，所以能从作品表现的形象出发，探索作者的创作历程。他不是说“出色的作品大致是这样来的”吗？换句话说，要写出出色的作品，就得学会这两种功夫。

叶老还谈到写作小说的两种必要手段：构成意境和塑造人物。指出意境不仅指一种深善的情旨，同时还要配合一个活生生的场面，使那情旨化为可以感觉的；塑造人物则要求恰如其分，立体，生动。做不到这两层，虽然名为小说，实际只是“记叙体的论说文”。按照叶老这两项要求，回过来看费多霞去看儿子尸体的场面，确实是把情旨融合在意境和人物描写里，透彻而圆足了，决不是“记叙体的论说文”，而是真正的艺术品。所以叶老也把那段描写列为“富有诗趣的文字”之一。事实上，精采的细节描写，往往胜过千言万语的说教；每个精采的细节都不会是孤立的，只有把它放在广阔的社会背景上，和作者所要表现的人生境界联系起来考察，才能发现它那艺术魅力的来源。

叶老把这种阅读方法叫做“综合”，就是在分析作品之后，进一步领会它的全貌，和作者的精神息息相通。他说：“分析的读法可以得到理解，是‘知’的方面的事；综合的读法可以引起感应，是‘情’和‘意’的方面的事。”他认为阅读文艺作品，不可忽略前者，更需要着重后者。这就必须有生活经验作底子。叶老的评论文章，有分析有综合，写得深入浅出，少年们喜欢读，读了能有所得；成年人也喜欢读，读了能有新的收获，就是因为其中饱含着深切的人生经验和丰富的创作经验。随着我们自己经验的增长，读起来体会也更多。把叶老评论过的作品和他的评论文章对照着读，总会看到一些原来看不到的东西，以后再读其他的作品，也会觉得眼光明亮了一些。我把这种做法当作一种学习，一种享受。

叶老是一个文学家，又是一个教育家。他一贯主张把学习的方法教给学生，启发学生的能动性，在指导阅读的时候也是如此。他一再鼓励我们开动脑筋，自己动手，具体的方法就是“自己提出些问题来自己解答”。不仅看作者写了些什么，还要看他怎么写，为什么这样写。他在《揣摩》一文中，以《孔乙己》为例，提了十几个问题来启发我们，例如：鲁迅为什么要假托酒店小伙计，让他说孔乙己的故事？幼年当过酒店小伙计的人，忽然说起二十多年前的故事来，是不是有点不自然？这篇小说简直是用“笑”贯串着的，取义何在？……一连串问题，把这篇短短的小说从头到尾里里外外揣摩得十分透彻。还说：“诸如此类的问题，还可以提许多。”而且，“几个人读同一篇作品，各自提出些问题，决不会个个相同，但是可能个个都有价值，足以增进理解。”他告诉我们：“多问几个为什么，这就是认真的表现。”如果说阅读欣赏也有窍门，这就是叶老的窍门。他的许多评论文章都是从具体问题出发的，所以篇篇言之有物，绝不空泛。我学写评论，也是由此起步的。当我被一些优秀作品所吸引，所感染，往往要运用叶老传授的窍门，问一问它为什么这样感人，最感动我的是什么。然后从这一点追问下去，努力探索作者艺术创造的奥秘。这种探索正是促使我写作评论的动力之一。当然，由于经验和水平的限制，我在写作当中或完篇之后，常常感到所见不深，所谈不透。但叶老传授的窍门确是屡试不爽、行之有效的好方法。只要认真地付之实践，确实可以受用无穷。

攻读“人生”这部大书

说起来，好象有点奇怪。我虽然写了些评论文章，要讲兴趣却是偏于创作。象一个站在岸上看人游泳的孩子，看得兴起，自己也想跳下水去试试。我早就从一个热心的读者跨上了习作的道路。还曾经徒劳无益地在“小说作法”一类书籍中寻找“秘诀”。后来看到叶老的文章：《作一个文艺作者》。文中说道：文艺作者不是一种特殊的人，他要认真过活，努力做事，都和其他的人一般无二；在认真过活和努力做事当中心有所会，意有所见，用形象化的方法传达给别人，就是创作了文艺；所以作文艺作者，没有专门学术可以修习，“他的功课是广泛的人生”。我在这句话下边用红笔划了线，还把叶老对这门功课的解释抄录在笔记本上：

> 万象森列是一部书，古往今来是一部书，立身处世是一部书，物理人情是一部书，也说不尽许多：这些书集合拢来，戴一个共同的标题，就是“人生”。

这段摘录标志着我放弃徒劳无益的追求，转向这门必修的功课。但是对于怎样攻读“人生”这部大书，却是心中无数，不知如何下手。

记得抗日战争爆发后，我的家毁于炮火，身不由己地卷入失学的洪流，辗转流亡，尝到了人生的滋味，自以为生活经验增多了，曾经提起笔来反映战时人民的苦难，譬如说敌机轰炸后方城市的悲惨景象。这确是我亲身经历，亲眼所见。不料写出来一看，就象《日寇暴行录》里的一张照片，而且还比不上照片那么触目惊心。跟《虹》里面的一些描写相比，更是优劣立见。这是什么道理呢，可真叫人纳闷。

读了叶老的《写作漫谈》，才知道亲眼所见不等于作者的“己之所见”，亲身经历也不等于生活经验。它们都需要有一个提炼、升华的过程。叶老说，作者这种“己之所见”的来源是非常复杂的，也许在他小时候就已经萌发，组织，逐渐成长，也许更受到家长、师友、环境的影响。“一个人的作品，常常是这些的总反映”。例如鲁迅，他经历了辛亥革命，兴奋地看到革命势力把清廷推翻；又失望在革命的不彻底和军阀的内哄，于是用医学者的素养剖析我国的国民性，发现了种种弱点，据此创作了阿Q的形象，让人觉得这样的人物随处可见。这便是鲁迅创造的成功。

我由此悟到：万象森列，摆在所有的人面前，但不是每一个人都能有“己之所见”；立身处世作为一种课题，作者又不能置身事外，持旁观态度。读“人生”这部大书决非易事。如果浅尝辄止，只看到别人同样能看到的东西，那不过是“人所共见”，有什么必要通过文艺传达给别人呢？要想看到别人所看不到的东西，就得练出一副好眼力，看深一点，看广一点，作出正确的判断，这才叫做鉴识的功夫。《虹》的作者从苏联民间体会出人民心性上的特点，让这些特点象血脉似地贯通在全书里，让读者感到这确是真实的东西，自然会更加强敌忾精神和爱国思想；鲁迅根据他对我国国民性的剖析，在阿Q身上表现出当时社会上实有的种种弱点，使读者懂得去批判它。这都不是偶然的事情。

明白了这个道理，并不等于自己就能照办。正如叶老所说：这些都传授不来，都得从各人的生活出发，人家帮不了忙。研究前人的经验，固然可以得到启示，但我们的生活能不能充实起来，还得靠我们自己。说到底，“人生”这门功课，只能靠自己认真钻研，独力潜修。

然而，要在这门功课上多得一分，竟象是抓住自己的头发想把自己的身体提高一点那样困难。叶老是深知其中甘苦的。他针对这种情况谈了他的看法：一时间要超过当前水平，谁也办不到；努力做到不低于当前水平，谁都办得到。普普通通两句话，包含着多么朴实的哲理！我们知道，运动员的每一次冲击都需要使出全身力气，才能在巩固原有成绩的基础上创出新纪录。一秒半秒的突破都那么来之不易。创作同样如此，只能一步一个脚印地自然求得提高。

叶老打过一个生动的比喻：孩子熟识了人的眨眼，又看见星的闪耀，便高兴地喊道：“星在向我眨眼了。”这就是孩子运用自己的观察力、想象力自然倾吐出来的一句话，恰好表达了他的想象与欢喜。叶老说：“大文学家写出他的每一篇名作，也无非是这样的情形。”这个赞美星星的孩子给了我有益的启示，让我懂得：生活到某种程度，自然能作某种程度的观察与体验，并不是什么神秘的事情；想象也不是什么虚无飘渺的东西，它只能从自己的人生境界中生发出来。我常常提醒自己，要象那个孩子一样，在生活中随时观察，随时发挥；不断吸收，不断成长，一页一页地攻读“人生”这部大书。

叶老就是这样，用他平易近人的讲解，深入浅出的说理，把爱好文学的青年领入艺术的宝库，引向文学的源头。他授与我们的是一把金钥匙。只有身体力行的作家，能指出这样切实可行的途径；只有诲人不倦的老师，能起到这样循循善诱的作用。除此以外，叶老还是一位语言艺术家。但他从不孤立地谈论语言。他把语言的追求叫做“生命的追求”：有怎样的生活经验，才说得出怎样的话，写得出怎样的文字。他说文艺写作该是这么回事：就经历过、体验过、想象过的生活着着实实地想，把它想清楚，让语言把想清楚的东西固定下来。因此，语言还是从生活这个“源头”流出来的溪水。

可见着着实实地想，是文艺写作最基本的事。这个想清楚的过程就是“表现”的过程。要掌握这个表现的功夫，办法还是多问几个为什么。随时随地对生活现象问一个为什么如此，动笔之前问一个为什么要写，写的时候随时自问这样写是为了什么，完篇以后还要代读者问一问能得到什么……反正是打破沙锅纹（问）到底。这样做了，看人看事会比原先清楚一些，写起来也会比较顺畅，写出来还可望其不低于当前水平。话是这么说，做起来却是一件没底的事。即使把毕生精力投上去，也没个够。

当我从《中学生》的读者变成它的作者，后来还一度参加了这个刊物的编辑工作，有机会受到叶老的直接熏陶，又从他身上看到一个可敬的编辑的形象。我亲眼目睹他怎样认真地审读投稿，热诚地培养青年，爱护来自生活的幼苗，不惜为此付出辛勤的劳动。我终于明白：为什么当代好几位大作家如茅盾、巴金、丁玲的最初的作品都在叶老手里发表；凡是在叶老编的刊物上发过作品的人都忘不了他的帮助。他的言教身教使我认识到编辑这一行的神圣使命。屈指算来，我在这个岗位上也已经干了三四十年。我常把叶老教给我的东西转授给青年作者们。当我看到这些东西在更多的青年作者身上发生作用的时候，简直比自己有所长进还要高兴。因此早有编集叶老文论的愿望。

近两年来，我因工作需要常住北京，又成了叶家的常客。亲眼看到年逾八五高龄的叶老，戴上老花境，再加放大镜，坚持阅读书报杂志。看长篇费劲，就让孙儿、曾孙辈为他朗读。一部长篇要分多少次才能读完哪！他听完以后还要写出自己的感受。《我听了〈第一个回合〉》就是这样写成的。写字吃力了，就用嘴讲，发表了《跟〈人民文学〉编辑谈短篇小说》。今年春节前夕，他刚听人朗读《新凤霞回忆录》，对我赞美这本书写得朴实生动，富有生活气息。三月份我回上海不久，就收到他写的《“我钦新凤霞”》，正好赶上即将发排的《论创作》书稿，为这部文集添上了新的篇章。捧读叶老新作，感触很多：新凤霞虽是造诣很深的评剧演员，在写作上却是个新兵，叶老对她表示钦佩，显然是出于对这一股从生活“源头”流出的清泉的喜悦。叶老一直热爱生活，从不忽视这个“源头”，这正是他“宝刀不老”的原因。

叶老论创作的文章，集子里没有全收。为了避免重复，有过较大影响的《文心》（叶老与夏丏尊先生合著，收入将由浙江人民出版社出版的《夏丏尊文集》）与《作文论》、《和教师谈写作》等（见人民教育出版社出版的《叶圣陶语文教育论集》），本书均未收入。这里收入的一百三十五篇文章，分为谈写作、谈阅读两辑。用叶老的话说，学习文艺，无非是阅读和写作两个方面。他的文章常常把对作品的欣赏和创作上的道理结合在一起讲，内容翔实，包罗极广。以上只是我个人学习中的点滴体会，远远不足以概括这本集子的全貌，所说的也不一定正确，但愿读者们由此引起兴趣，直接去读叶老这本文集。相信大家得到的收获一定比我大，体会一定比我深。伟大的时代，提供着丰富的泉源。可以预期，将有成批成批的新秀，奔向生活的“源头”，汲取清甘的泉水，在社会主义文学园地播种耕耘，催发出茂盛的繁花。

写于1981年4月

（选自《叶圣陶论创作》，1982年1月上海文艺出版社）

叶圣陶对语言的修改

朱泳燚

文章不厌百回改。古今中外，许多杰出的作家，都很重视修改工作。他们精益求精地琢磨加工自己的作品时所留下的材料，对学习写作的人来说，是极为珍贵的教材。

鲁迅先生说过："凡是已有定评的大作家，他的作品，全部就说明着'应该怎样写'。只是读者很不容易看出，也就不能领悟。因为在学习者一方面，是必须知道了'不应该那么写'，这才会明白原来'应该这么写'的。"

在我国老一辈作家中，叶圣陶先生是以讲究语言、修辞严谨著称的。对照着阅读和揣摩叶先生那一处处改笔，我们不仅可以学到"应该这么写"，同时还可以学到"不应该那么写"。文中所选有关材料，均出自宁夏人民出版社新近出版的《叶圣陶的语言修改艺术》。

同义词的精选替换

极为丰富的汉语词汇，为写作者提供了大量的意义相似或相近的词——同义词。但是在具体场合、特定环境中，只能选择其中某一个词，才能准确地反映客观事物和表达思想感情。近几十年来，现代汉语越来越趋向于丰富、精密，有些词在"五四"时期可以那样用而并不感到欠妥，由于词义的变迁，用词习惯的变化等原因，在今天看来，就使人感到不那么准确了。在修改旧作时，叶先生在同义词中精心选择作了必要的替换。例如：

1. 那么怎样答复他呢？这真是个艰难的问题。（艰难改为困难。《校长》）

2. 这一课轮到上历史了，学生们满怀着好奇的心思，坐在课室里期待。（期待改为等待；好奇的心思改为好奇心；课室改为课堂。《风潮》）

3. 最先是母亲觉察，怎么身子有点摇动，桌上的花瓶也摆动了！（有点摇动改为有点儿摇动；摆动了改为晃动了。《地动》）

4. 陆仲芳又白又肥的上体，厚团团地没有一些棱角，（肥改为胖。《城中》）

5. 在我的右面是一个营垒，约略可以看见雉堞式的围墙。营里早已没有兵卒住了。（住改为驻扎。《寒晓的琴歌》）

6. 我就问了，“你们医生不是专给人家诊治疾病的么？……”（诊治改为治；疾病改为病；么改为吗。《含羞草》）

7. 中间一个充当县视学的陆仲芳看见了高先生，中止了吸水烟，略作起立的姿势，……（中止改为停止；“停止”前加“便”。《城中》）

8. 手里的扇子轻轻摇动，驱逐那些飞来的小雀，……（驱逐改为赶走。《稻草人》）

炼　词

炼词，比一般的选择同义词，要求来得高。在表意准确的基础上，还要讲究鲜明、生动。叶圣陶先生在旧作的编订过程中，也留下了不少炼词的佳例。如：

1. 另一位先生听得厌烦，把嘴里的香烟屁股掷到街心，睁大了眼睛说：……（掷改为扔。《多收了三五斗》）

2. 听说，若是将他种在泥里，就能够透出碧玉一般的芽来。（透出改为钻出；若是将他种在泥里改为要是把它种在土里。《一

粒种子》）

3. 庭中的西墙上已涂着半截炎炎的阳光，……（涂着改为抹上；西墙上改为西墙。《搭班子》）

例1，把“掷”改为“扔”。“掷”的东西一般较大较重，“扔”的东西可大可小，可重可轻，而且往往是被丢弃的。这一句中，同“香烟屁股”相配，用“扔”更为妥帖，自然。

例2，用“钻出”代替“透出”，更加形象地描绘出了种子发芽时那种顶土而出、生机勃勃的神态。

例3，把“涂上”改为“抹上”，传神地画出了早晨的太阳光刚照到墙上时的情状。

句式的选择换用

文艺作品的语言一般以句子短、口语化为宜。叶先生认为：应该少说太繁复的句子。觉得某一句句子头绪纷繁的时候，不妨把它拆成几句来说。从叶先生修改自己旧作的一部分实例中，我们可以学到选择妥帖、恰当的句式的一些宝贵经验。例如：

1. **原句**：另一个孩子含着离愁的眼光说。（《抗争》）

改句：另一个孩子说，眼光中含着离愁。

2. **原句**：说这话的是一本没有封面并且前后面脱落了好些页的破书，纸色已转成灰黑，字迹是若有若无的了；……（《书的夜话》）

改句：说这话的是一本破书，没有封面，前后都脱落了好些页，纸色转成灰黑，字迹若有若无。

3. **原句**：她闭了闭眼咽了口唾沫凄然说，……（《抗争》）

改句：她闭了闭眼，咽了口唾沫，凄然说：……

4. **原句**：营里有点异样：两个三个弟兄聚集在一起，不很高声地在那里讲些什么；……（《金耳环》）

改句：营里有点异样：两个三个弟兄聚集在一起，轻轻地在那里讲些什么；……

删削简缩，使文字洗练

我国历代作家都十分重视表达简洁，文字洗练。叶圣陶先生在这方面也有许多论述。他曾经很精辟地说："咱们写个作品，在语言的使用上也该遵守节约的原则。"要"把文章的'水分'挤掉一点"。他自己就是身体力行的。例如：

1. **原句**：卖点心和杂食的小贩，歇着担子，提起喉咙，或者敲起小铜锣，招揽主顾去买他们的东西。(《马铃瓜》)

改句：卖点心和杂食的小贩，歇着担子，提高喉咙，或者敲起小铜锣，招揽主顾。

2. **原句**：有一个恶神在地面游行，他的意思要使地面没有一个快乐的人，……(《快乐的人》)

改句：有一个恶神在地面游行，要使地面没有一个快乐的人，……

3. **原句**：当他走出纺纱厂时，一大群的人迎了上来，……(《快乐的人》)

改句：他走出纺纱厂，一大群人迎了上来，……

4. **原句**：学务委员……不知为什么，总觉吴先生不适于自己的眼光。(《饭》)

改句：学务委员……不知为什么，总觉得吴先生不顺眼。

5. **原句**："我从小就种田，米麦菜豆都种过，都会。"他的语音含有诚恳的意思，……

改句："我从小就种田，米麦菜豆都种过，都会。"他的语音很诚恳，……

改用口语，使文句顺畅

叶先生认为："最好尽量用通行的说法。通行的说法是大多数人用来传达意思的，是大多数人说惯听惯了的，咱们拿来用，就一丝儿不隔，……”由于受历史条件的限制，受当时文风的影响，叶先生早期的作品，口语化的程度并不高；越到后来，他越是注意在作品中多运用一些口语。到五十年代编订《叶圣陶文集》和《〈稻草人〉和其他童话》时，他更是注意尽量用口语去代替旧作中的某些语句。例如：

1. **原句**：愤怒就象火一般的炽盛起来了。(《稻草人》)

改句：愤怒就象火一般地烧起来了。

2. **原句**：军阀最恨的是激烈派。你若不走，十分九会吃到些冤枉苦。(《城中》)

改句：军阀最恨的是激烈派。你若不走，十有九成会吃些冤枉苦。

3. **原句**：这些虽说是小说里的人物，然而确已生存在人们的心里，……(《古代英雄的石像》)

改句：这些虽说是小说里的人物，可是也在人的心里扎了根，……

4. **原句**：“租房子要钱的，我没有钱呀！”男子显示他的两张空手掌。(《含羞草》)

改句：“租房子得钱，我没钱哪！”男子说着，把两只手一摊。

5. **原句**：“哈哈，看不穿衣服的皇帝！”

“嘻嘻，他莫非发了痴！”

“他的身体多瘦多难看！”

“吓吓，臂膀大腿都象鸡骨头！”

(《皇帝的新衣》)

改句：“哈哈，看不穿衣服的皇帝！”

“嘻嘻，简直疯了，真不害臊！”

“瘦猴！真难看！”

“吓，看他的胳膊和大腿，象退毛的鸡！”

（选自 1982 年 7 月 27、29 日《中国青年报》）

中国新文学史稿（节录）

王　瑶

……

1921年1月，作为文学研究会的机关刊物的《小说月报》也革新了，由沈雁冰主编，特设创作一栏，作者有叶绍钧、落华生、冰心、王统照诸人。正象文学研究会宣言所说的“将文艺当作高兴时的游戏或失意时的消遣的时候，现在已经过去了”，当时这些作家的创作态度是一般地以为“文学应该反映社会的现象，表现并且讨论一些有关人生一般的问题”（茅盾:《中国新文学大系·小说一集导言》），这态度从他们的作品中是可以看出来的。而且，经过了“五四”，觉醒了的青年追求“人生观”的热情是普遍反映在文学中的；苦闷彷徨的探索人生意义，成了青年们的一般倾向，这就是被称为人生派的作家们写作主题的社会意义。在这当中，以客观的写实的手法，反映了小市民知识分子的灰色生活的，是叶绍钧。他的小说集有《隔膜》、《火灾》、《线下》、《城中》和《未厌集》，都是短篇。还有一册童话集《稻草人》，是中国有新的健康的儿童读物的开始。丁玲说“这种作品的确会使人看过要去思索一些问题，而不仅当着故事看得热闹或兴奋而已的”（《五四杂谈》）。以后又写过童话集《古代英雄的石像》。因了生活经验的深切和冷静观察的周密，他小说中的“人物”写得很逼真。除了最多的小城镇的灰色人物外，他也写了被压迫与摧残的妇女和儿童；理想者受到现实的阻碍，而且还要继续抗争（如《城中》和《抗争》）；《金耳环》的写士兵，《夜》的写白色恐怖，《夏夜》写工人生活，《某城纪事》

暴露黑暗政治；比较别的作家，他的题材算是广阔的。但最成功的自然还是小市民知识分子的描写，如茅盾先生极称赞的《潘先生在难中》。钱杏邨曾就他到1927年为止的六十八篇小说题材加以统计，写教育界的就有二十篇，足见重心的所在。他的笔下并不“常带情感”，是客观的写实的手法。文字修整朴素，没有做作，也没有太洋化的句子和古文，用的是知识分子日常用的口语；结构也显然用过一番心，结尾尤求波俏。茅盾分析他的思想说：

> 然而在最初期，叶绍钧对于人生是抱着一个“理想”的，——他不是那么“客观”的。他在那时期，虽然也写了“灰色的人生”，例如《一个朋友》，可是最多的却是在“灰色”上点缀着一两点“光明”的理想的作品。他以为“美”（自然）和“爱”（心和心相印的了解）是人生的最大的意义，而且是“灰色”的人生转化为“光明”的必要条件。“美”和“爱”就是他的对于生活的理想。这是唯心地去看人生时必然会达到的结论（《中国新文学大系·小说一集导言》）。

这说明了五四时期作者的“热情”；后来摆脱了这点“理想”的点缀，只是客观的和如实的写，不只在作品上可以看出作者观察的深沉，热情的潜伏，也正说明了时代和作者的人生观都有了变动。

（选自《中国新文学史稿》，1951年9月开明书店）

中国现代文学史略（节录）

丁　易

叶绍钧（圣陶）是文学研究会作家里面成绩最大的一个。文学研究会作家们写作的基本态度是认为“文学应该反映社会的倾向，表现并且讨论一些有关人生的一般问题”（茅盾:《中国新文学大系·小说一集导言》）。叶绍钧写作态度也正是如此。

叶绍钧在 1926 年以前，曾写有短篇小说集《隔膜》、《火灾》、《线下》、《城中》等，1926 年以后写有长篇《倪焕之》和其他一些短篇。此外还写了一些童话和散文。

关于叶绍钧的初期创作，茅盾曾这样批评过：“冷静地谛视人生，客观地，写实地，描写着灰色的卑琐人生的，是叶绍钧。他的初期的作品（小说集《隔膜》）大都有点问题小说的倾向，例如《一个朋友》、《苦菜》和《隔膜》。可是当他的技巧更加圆熟了时，他那客观的写实的色彩便更加浓厚。短篇集《线下》和《城中》（1923 到 1926 年上半年的作品）是这一方面的代表。要是有人问道：第一个‘十年’中反映着小市民知识分子的灰色生活的，是哪一位作家的作品呢？我的回答是叶绍钧”（同上）。这一段批评是很恰当的，作者曾做过多年的教师，又从事过很长时期的书店编辑工作，经常接触这些小市民层的知识分子，对于这群人的灰色生活了解得很深入，所以人物写得比较成功，特别是小城镇里的一些醉生梦死的灰色的人物。

冷静，客观，写实，确是叶绍钧小说的特点，例如他的《潘先生在难中》一篇小说，写一个乡村教师在军阀混战中张皇失措的逃难情况，以及其苟安侥幸的心情，刻画小市民卑琐生活极为细致。但只是侧重于生活现象的描绘，对这种卑琐思想却批判得不够。又如《稻草人》也是如此，稻草人看见虫吃禾苗，它只是干着急没有办法，看见投水的女人，也是干着急没有办法，它的办法只是把手中的破扇拍打几下，结果是它自己倒在田旁了。作者很客观地写出了稻草人，但对稻草人这种“没有办法”却不能深入批判，因而就显得比较客观冷淡，热情不高。

当然，这也并不是说作者对现实就完全没有愤懑，作者仍是不满于现实的，特别是对教育方面，他更感到当时教育的黑暗。他指出那时的教育对于儿童不仅无益，而且有害。指出那时从事教育的人都是以换饭吃为目的。他认为在那时经济制度下的教育是没有希望改善的。不过在怎样的经济制度下的教育才能改善呢？作者那时却不知道，所以仍然“没有办法”。

不了解应当在怎样的经济制度下才能改善教育，所以作者当然也就不了解人与人之间的真正关系——阶级关系。因此，作者对人生的看法也就不能从这个理解出发；同时由于作者的客观态度，又使得他不能勇猛地冲毁现实，于是他只好把“美”（自然）和“爱”（心和心相印的了解）当作是人生的最大意义，而且是灰色的人生转化为光明的必要条件，“美”和“爱”是他对于生活的理想。很显然，这理想和现实社会一接触，自然是要碰壁的，光明的前途终于看不到，所以作者有时就不免有些悲观失望起来。因此，他在《绿衣》中便写出了如下的话：“我觉得我和世界隔绝了，那种心的孤寂，失望，怅惘，几乎使我不信我和世界是真实的……我好象飘流在无人的孤岛上。”

不过作者这种心情并没有继续多久，五卅运动以后，作者便有了进一步的发展，对现实有了深刻的批判，标志着这一发展的是他的第一个长篇小说《倪焕之》的出现。

《倪焕之》据作者手记，动手写作时是在 1928 年 1 月，先在《教育杂志》上连载，1930 年出版。这部小说是描写一个小资产阶级知识分子怎样受了“五四”影响，又怎样经过了“五卅”而到第一次国内革命战争的一串人生变化思想变化的过程。

《倪焕之》的出现，是当时文艺界的一个很大的收获。首先，把一篇小说的时代安放在近十年的历史过程中的，这是第一部。其次有意地表现一个小资产阶级知识分子，怎样受了时代的潮流激荡，从埋头教育到群众运动，从自由主义到集团主义，这也不能不说是第一部。

书中主人公倪焕之可以说是当时一部分小资产阶级知识分子的典型。时代推动他前进，使他有了新的觉悟。但小资产阶级知识分子的软弱动摇的根性，又使得他不能坚强地追随时代，推动时代。他对于那时在中国共产党领导之下的革命的发展，以及如何让它发展得更迅速，他都没有明确地认识，所以他在革命局面极紧张的时期，会有时过虑地感到一些幻灭，而在革命局面突变以后，反动派大肆屠杀革命者的时候，他就回复到十几年前独自上酒店痛饮的现象了。他根本没有看到革命的主要动力——工农大众，当然他更没有看见中国革命的长期性，曲折性和复杂性。革命一时遭受了挫折，他就彷徨无主，所以他在临终的昏迷状态中所看见的是工人终于“被压在乱石底下，象一堆烧残枯炭”，而把革命希望寄托在他的太太和儿子身上，他至死都没有看见革命的主要力量——群众的力量。

这确是当时一部分小资产阶级的典型，第一次国内革命战争失败后，象这样人物是不少的。作者如实地生动有力地刻画了这一具有历史性的典型人物，从这一意义来看，这部作品在中国现代文学史上是有着一定价值的，茅盾称之为“扛鼎”之作，并非过誉。

但这只是一部分小资产阶级的典型，但在当时还有一部分小资产阶级勇往直前地走进了无产阶级阵营中，革命遭受挫折后，随着革命主力转入农村，转入地下，不屈不挠地坚持革命工作，这种人也不在少数。但是可惜得很，《倪焕之》中没有这样的人物。

这说明了什么呢?

这就说明了当时作者对中国无产阶级领导的革命认识还不够深入，只是看到了革命遭受挫折的暂时现象，而没有看到革命在工农大众中的深厚力量。作者在本书中对革命者王乐山的描写，便可以证明这点。王乐山是比倪焕之更了解革命意义的，但作者却没有表现出他做了怎样推进革命的工作，读者只能隐约推求他的活动，而不能得到正面的更深切的印象。另外，二十二章中的倪焕之，似乎已经加入了一个政治集团，但以后倪焕之的行动都不曾明显地反映出集团的背景，仍是个人活动。而倪焕之参加革命后就写得有些概念平面，没有凸出。这些怕都是由于作者对当时中国共产党怎样领导革命知道得不大清楚的缘故。

不过这一些却也无损于这部作品的历史价值。就人物形象方面说，它塑造了革命阵营中一些软弱的小资产阶级知识分子的典型；就结构方面说，可以称得上谨严完整；就语言方面说，字斟句酌，十分精炼。更重要的是这部作品确能部分的反映了时代的真实，所以它仍不失为一部优秀的现实主义作品。

当然，在结构和人物描写方面也还是有些缺点的，例如前半部全是描写乡镇教育，有些头重脚轻。后半部的倪焕之写得有些空泛。倪焕之死后，他的夫人金佩璋的思想突然转变也嫌勉强。但这些对整个小说来说，并不是主要的了。

叶绍钧也是一个散文作家，他写散文和他写小说一样，严肃而认真，初期作品，表现了一种士大夫式的宁静淡泊的风趣，但随着作者思想的进展，这种宁静淡泊，有时也会被自己突破，象在《五月卅一日急雨中》散文里，对帝国主义和黑暗势力愤激的感情终于冲开宁静的轻纱，喷薄而出。

1930 年以后，作者对语文教育有了更大的兴趣，虽然也有创作，仍保持了原有的现实主义的风格，但在数量上却不多了。

（选自《中国现代文学史略》，1955 年 7 月作家出版社）

中国新文学史（节录）

（台湾）周　锦

叶绍钧，在这一时期（本资料集编者按：指新文学第二期，自1928至1937年）的作品不多，但是在这一时期给予青年学生的影响却很大，那是因为他的短篇被选作学校教材的很多。短篇小说集只在民国18年出版《未厌集》，比起前一期来，在分量上是少得多了。

民国十九年，他出版了长篇创作《倪焕之》，写出了中国新文学初期十年间知识分子的生活变化。同时，这也是他由一个平实的作家，转向"无产阶级革命文学"的邀功作品，所以很得当时左翼文人的捧场。他虽然有心向左靠，但还没有办法完全使自己的作品，符合所谓"革命文学"要求的，左派御用文人茅盾曾加以解释，在《读〈倪焕之〉》的一篇文章中说："在目前许多作者还是仅仅根据了一点耳食的社会科学常识或是辩证法，便自负不凡地写他们所谓富有革命情绪的即兴小说的时候，象《倪焕之》那样的扛鼎的工作，即使有许多缺点，该也是值得赞美的吧！"其实，《倪焕之》有它应得的成就，那是在艺术方面。试看男主角在农场上接见女主角的一段记述——

斜阳把人影映得更长了。焕之忽然省觉自己的影子同她的重叠在一起，几乎成为一个了；一种微妙的感觉主宰着他，使他张着近乎迷醉的眼，重又向她端详。一撮新挑的头发仿佛晴天闲逸地停在远处的青云；两颗眼瞳竟是小仙人的洞窟，璀璨地闪着珍宝的光；那淡红的双颊上，停着甜蜜的明慧的浅笑，假若谁把脸儿贴上去，那是何等幸福何等艳丽的梦呵！而一双苗条的手指弄着白夏布衫子的下沿，丝缎鞋的脚跟着地，两个脚尖慢慢地向左又向右移转，这中间表白她心头流荡着无限的柔情。

他从来不曾见她有今天这样的美，也从来不曾有这样强烈的感觉，只想把整个的自己向她粘贴过去。

这样的心理刻画是非常深刻的，不过如此着力地作“美”的描摹，根本不是所谓“革命文学”的风格。这一个长篇，竟能在左翼阵营中得到很高的评价，那完全是政治的理由。何况，整部《倪焕之》的后三分之一，乃是草率的急就章，与前三分之二相对照，显然头重脚轻。对于一个成功的作家，实在是不应该有的毛病。

（选自《中国新文学史》，1976年台北长歌出版社）

中国现代文学史（节录）

唐弢等　主编

文学研究会诸作家的创作中，最能代表其现实主义特色的，是叶绍钧（圣陶）的作品。

还在文学革命以前几年，叶绍钧就写过一些短篇（叶绍钧在1914、1915年间写的小说，有《穷愁》、《博徒之儿》、《姑恶》、《终南捷径》、《飞絮沾泥录》等。今《叶圣陶文集》第三卷中收有《穷愁》一篇）。据他自己所说，这是较多地接触外国文学，特别是受了华盛顿·欧文《见闻录》影响的结果。这些小说，形式全用文言，题旨比较浅露；但它们以朴实严肃的态度，“多写平凡的人生故事”（《未厌居习作·过去随谈》），揭露黑暗现实而同情下层人民，已经显示出为他后来的作品更加充分地发展了的一些特点。步入新文学界以前就能在生活经验和文字修养等方面有了一些准备，这是叶绍钧不同于“五四”时期一般作家的地方。

叶绍钧写白话小说开始于1919年，正是作者进一步受了新思潮洗礼之后。《隔膜》、《火灾》、《线下》这几个最初的短篇集中的作品，就都表现出鲜明的民主主义倾向。一部分作品直接描写了下层社会里被侮辱被损害的人们的不幸遭遇：有终生过着牛马生活的妇女（《一生》），有遭受沉重租税剥削的农民（《苦菜》、《晓行》），也有家境贫困无力读书的儿童（《小铜匠》）。作者在写到他们时，虽然用的是朴素、平实的笔墨，却流露着对被压迫者的真挚同情。在《一个朋友》、《隔膜》、《外国旗》以及较后写成的《遗腹子》等另一部分作品中，作者集中了人们习以为常的一些陈腐可笑、或至令人窒息的社会现象，尖锐讽刺半封建半殖民地制度下小市民的灰色生活以及他们的庸俗、苟安、自私、冷漠、作伪、取巧、守旧等劣根性。作者后来曾经说过："不幸得很，用了我的尺度，去看小学教育界（其实也是看待他当时接触到的社会生活——引者），满意的事情实在太少了。我又没有什么力量把那些不满意的事情改过来，……于是自然而然走到用文字来讽它一下的路上去"（《未厌居习作·随便谈谈我的写小说》）。正是这种对旧社会制度及其形形色色的分泌物采取"讽它一下"的态度，形成了叶绍钧作品那种冷隽的色调。但叶绍钧早年作品中也有一些并非冷隽地描写客观现实而是热烈地表现主观理想的。他把自己对于丑恶现象的不满而又无能为力的心情，寄托在"爱"和"美"的空想上，这就使作品（如《春游》、《潜隐的爱》等）蒙上了一层虚幻的色彩，无论在思想上还是艺术上都显露了较多的弱点。随着作者对生活的理解逐渐加深，这种情况稍后就有了改变。

由于叶绍钧早年曾经长期从事小学和中学教育工作，对当时教育界的情况以及人们的生活和精神面貌都非常熟悉，因此，他写得最多也最成功的，还是取材于这一方面的作品。《饭》、《校长》、《潘先生在难中》便是其中有代表性的三篇。它们的主人公虽然都有忍让妥协、苟且偷安的弱点，仍有各自不同的鲜明个性。《饭》描写了一个在流氓手中讨生活的小学教员，他已经落到经常挨受饥饿威胁的境地。作者对这个屈辱地挣扎着活下去的"小人物"，除批评他的怯弱外，也寄予了很大的同情。《校长》描写了一个空有理想而又顾虑重重、不敢和旧势力作正面斗争的知识分子，真实地表现出了这个人物虽然知道前进方向却缺乏实践勇气的矛盾心理。在短篇的结尾处，作者只用了淡淡几笔就恰到好处地点出了人物性格的根本特征。《潘先生在难中》是为人熟知的优秀短篇，它生动地刻画了处于军阀混战期间一个卑怯自私、随遇而安的知识分子的形象。潘先生为了躲避战争的灾难和失业的危险，千方百计适应着多变化的环境。稍遇危难，立即张皇失措；一旦有了暂时的安宁，马上又忘其所以地高兴起来，甚至为统治者写起"功高岳牧，威镇东南"的大匾。他永远在庸俗猥琐的生活中打滚，求那"差堪自慰"的满足，除了保存自己，别无原则。这种人是旧中国黑暗腐朽的社会制度的产物。作者的笔一直挖到了人物又酸又臭的灵魂深处，饶有深度地揭示出了形象的典型特征。这个短篇的成就，表明了作者对旧中国混乱倾轧局面下一般知识分子朝不保夕的生活遭际和卑琐自私的苟安心理，有着深刻的了解。

“五卅”革命高潮推动着叶绍钧，使他的作品在思想面貌上有了新的变化。《城中》、《未厌集》两集里的一些短篇，说明作者已开始关注现实斗争，并努力写出若干新的人物。不同于《饭》、《校长》等早期作品中软弱、妥协的知识分子形象，《抗争》里的小学教员郭先生，已经初步具有了集体斗争的意识。他所鼓动的联合索薪之举，虽然因反动当局的压迫和知识分子本身的散漫动摇而归于失败，但他终于从劳动者身上照见了新的希望。《城中》里回乡创办中学的丁雨生，也是一个受过新思潮洗礼、敢于跟旧势力斗争、性格比较坚强的人物。《在民间》写了一些受革命潮流影响的小资产阶级知识分子“到民间去”的情形，为当时的时代风貌和知识分子动向摄下了几个侧影。在1927年冬所写的短篇《夜》里，作者通过一个女儿女婿都被杀害了的老妇人的感受，揭露了反动派屠杀革命人民的血腥罪行。到作品结尾时，面对烈士遗孤，“她已决定勇敢地再担负一回母亲的责任”，正暗示出普通人民革命意识的新觉醒。如果说，叶绍钧早期作品主要是暴露批判了小市民和知识分子的灰色生活，那么，1925年以后他的作品不仅在批判方面更为深透有力（如《一包东西》），而且已经接触到新的历史现实，有意识地摄取与时代斗争有关的重大题材，刻画出斗争性较强的新人形象。这里的进步是显然的。

正是在作者思想认识有了进一步提高，生活和艺术的经验有了较多的积累的情况下，1928 年，叶绍钧写了长篇小说《倪焕之》，连载于当时的教育杂志上。

《倪焕之》真实地反映了从辛亥革命到第一次国内革命战争时期一部分小资产阶级知识分子的生活历程和精神面貌，反映了“五四”、“五卅”这些规模壮阔的革命运动曾经给予当时知识青年的巨大影响。主人公倪焕之，是个热切追求新事物的青年。同辛亥革命失败后不少进步知识分子一样，他最初把救国的“一切的希望悬于教育”，真诚地期待着用自己的“理想教育”来洗涤尽社会的黑暗污浊。他还憧憬着一种建立在共同事业基础上的互助互爱的婚姻关系，爱慕和追求一个思想志趣和自己相似的女子金佩璋。然而，严酷的现实生活，破灭了倪焕之的许多不切实际的空想。不但在教育事业上多次碰壁，而且家庭生活也远违初衷。婚后的金佩璋，沉没在琐细的家庭事务中，对于前途、理想、教育、书本都不再有兴趣（作者在这里实际上写出了长期封建社会遗留下的习惯力量给予妇女以多么深重的影响），这使倪焕之深深感到“有了一个妻子，但失去了一个恋人、一个同志”的寂寞和痛苦。五四运动到来，大批倪焕之式的知识青年被卷入革命浪潮里。在革命者王乐山的影响下，作品主人公开始把视线从一个学校解脱出来，放眼“看社会大众”，投身于社会改造活动。“五卅”和大革命高潮期间，倪焕之更进而参加了紧张的革命工作。由最初改良主义性质的“教育救国”到后来转向革命，倪焕之所经历的这一道路在当时进步青年中具有很大的代表性。然而人物的这种转变毕竟只是初步的。他被时代浪潮推涌着前进，却还没有使自己化为浪潮中的一滴水，一旦革命形势逆转，也便容易干涸。在“四一二”反革命大屠杀后，倪焕之并未象王乐山那样坚持英勇斗争，却是脆弱地感到“太变幻了”，竟至悲观失望，纵酒痛哭，怀着“什么时候会见到光明”的疑问和希望死去。主人公的这种结局，实际上正是对一切不能与群众真正结合的小资产阶级知识分子的鞭打。

作者生活经验的限制和思想认识上的弱点，自不免对作品发生影响。倪焕之转向革命之后，反而缺少正面具体的描写；革命者王乐山的形象，也相当模糊；这些都使长篇到第二十章以后显得疏落无力，不如前半部针脚绵密。此外，作者在估计当时革命形势方面所存在的某些疑虑，也妨碍了他对倪焕之临终前的悲观情绪作出更为有力的批判。尽管如此，长篇《倪焕之》仍不失为一部较好的作品。金佩璋这样一个负荷着“传统性格”的女性。能够在丈夫死后“萌生着长征战士整装待发的勇气”，要“为自己，为社会”做一点事，虽然她的这种思想转变过程未被细致描写，却也清楚地显示了作者本身对生活和革命前途的积极态度。其他一些次要人物，无论是进步而带有较多自由主义色彩的教育家蒋冰如，或者贪婪阴险的土豪劣绅蒋老虎，也都写得面目清晰可辨。叶绍钧曾在长篇初版本《自记》中说：“每一个人物，我都用严正的态度如实地写，不敢存着玩弄心思。"《倪焕之》所以能成为中国现代文学史上较早出现的重要长篇，正是跟作者这种严肃认真的创作态度分不开的。

此后，叶绍钧还写过一些短篇，收在《四三集》中。它们从各种角度反映了第二次国内革命战争时期国民党统治区域内极度黑暗混乱的社会现实。这里有丰收成灾（《多收了三五斗》），爱国有罪（《一篇宣言》），存款犹如押宝（《逃难》），毕业即是失业（《"感同身受"》），学校成了"学店"（《投资》），留学生摇身一变而为巫师（《招魂》）；真是形形色色，无所不备。半封建半殖民地制度下各种光怪陆离的社会相，在这些作品里得到了生动的再现。题材较前广阔，讽刺更为辛辣。虽然有时只是速写，却都保持了一定的艺术水平。

叶绍钧的小说，具有朴素、冷隽、自然的风格。它们并没有去刻意追求曲折情节或新奇形式，却致力于再现生活本身，揭示出人物的内心世界、精神面貌。描写细致真切，很少主观感兴。作者自己的见解往往"寄托在不著文字的处所"（《叶圣陶选集·自序》）。短篇的结构大多谨严，讲究点题、布局，因而能收到结尾洁俏、余意萦绕的效果。语言纯净洗练，没有华丽的词藻，也没有随便使用方言土语，却都确切而富于表现力，同当时一些"怎么说就怎么写"的作品相比，显出了较高的成就。

作者的散文，大多辑入《未厌居习作》集。《没有秋虫的地方》、《藕与莼菜》诸篇，在乡思离情的抒写里，多少透露了"五四"以后一部分知识分子彷徨而又切实追求着的错落的心境。《牵牛花》里那种无时不回旋向上的"生之力"的意想，给人以清新健美的感觉。《五月卅一日急雨中》则控诉了中外反动派的血腥罪行。洁净的语言表现着朴实的感情，构成了叶绍钧散文的主要特点。作者早年也写过一些新诗（见《雪朝》），大多过于平实。《浏河战场》实写军阀混战给人民带来的苦难，虽然颇有散文分行之嫌，但却是长诗创作方面的较早尝试。

叶绍钧还是现代文学史上最早写童话的作家。早期童话集《稻草人》中，部分作品（如《小白船》、《芳儿的梦》等）曾为儿童描绘了一片超现实的"天真的乐园"，但更多的作品则是严肃地反映了社会现实。如《画眉鸟》中可以看到阶级社会的鲜明图画；《富翁》启示读者不可脱离体力劳动；《稻草人》一篇则描写了旧中国农村人民的痛苦生活，为他们的悲惨境遇申诉。它们有助于启发儿童思考各种社会现象，同情下层人民，但有时气氛过于低沉。后期童话集《古代英雄的石像》则显然不同，集体主义和乐观进取精神已贯穿在一些作品中。续安徒生童话而写的《皇帝的新衣》，讽刺了统治者的残暴和愚蠢。《蚕儿和蚂蚁》提出了为谁劳动的问题。《古代英雄的石像》一篇，以隐喻手法揭示了轻视群众的"英雄"的可悲下场以及人生所应采取的切实态度。《四三集》中的《鸟言兽语》、《火车头的经历》曲折地反映了当时的群众政治斗争。叶绍钧前后期童话主题、题材方面的这些变化，正是作者随着人民革命的发展而逐渐进步的结果。

（选自《中国现代文学史》，1979年6月人民文学出版社）

叶圣陶和他的作品

（苏联）β·Φ·索罗金 著
理 然 译

中国现代文学还相当年轻：它诞生在1919年五四运动那风急雨骤的日子里，不久前才刚满四十年。它的创始者中，有许多人今天还在中国精神生活的各个领域继续从事卓有成效的劳动，为人民中国的文化建设事业作着宝贵的贡献。著名老一代作家和进步社会活动家叶圣陶就是其中的一位。

叶圣陶（叶绍钧）出生、成长在富饶美丽、人口稠密的华东平原上的苏州城。那里气候温和，土地肥沃，雨量充沛，年年五谷丰登。苏州地区地势平坦，河流纵横，河上悠悠的帆船，远远望去，就象在陆地上行走一样。城外密如蛛网的运河，把苏州装扮得同水城威尼斯一般。古老的宫殿和庙宇，附近太湖那别具一格的秀丽景色，使苏州居于中国最美的城市之列；民间手工艺人和许许多多的戏班杂耍更为它增添了光彩。所以俗语说“上有天堂，下有苏杭”。但在这个富庶的地方，旧中国的农民也象其他地区一样，因为没有土地，因为缴不起高额地租而受着种种熬煎。土地是地主的，他们通常住在城里，养着一批管家和帐房先生来为他们经营土地。叶圣陶的父亲就作过一家地主的帐房先生。

叶圣陶生于1894年。他刚满五岁就被送去上学，这是当时的风习。熟读经书的老先生要孩子们死记硬背那些他们不知所云的孔孟经典。以后，当学生们渐渐读懂一点圣贤书时，便从那书里出些不着边际的题目，让他们学做八股文。做这些功课的主要目的，是要孩子们将来参加科举考试，因为那是进身的阶梯，发家的途径。

读者可以在《马铃瓜》这一短篇里看到对科举考试的直观的描写。这篇小说显然是作者根据自己的亲身经历写成的。应该看到的是，小说写的是童生乡试，不分年龄、文化程度和社会地位，愿者都可以参加的，虽然穷人实际上不可能参加，因为没有钱去准备考试。

好在叶圣陶并没有读完那浩如烟海的繁难而无用的课程，因为随着1905年科举考试的废除，再也用不着那样读死书了。从那时起，中国城市里渐渐采用了欧洲的教育制度。苏州是最早使用新教材的城市之一，因为那里离上海只有两小时火车的路程，而上海又是中国最大的工商业中心，一些新的思潮都是从那里传入中国的。十二岁的叶圣陶进的便是一所新学校。这样，他相当早就接触了现代科学，而鲁迅直到十八岁对算术还不甚了了，因为旧学校里是不设精密科学的课程的。

叶圣陶正好在辛亥革命那年中学毕业。清政府被推翻后，建立了民国。叶圣陶那时正是壮志满怀，他想继续学习，以便更好地报效新生的祖国。但日渐衰老的父亲那点微薄的薪水难以让他如愿。于是他只好放弃进大学的打算而去寻找工作。不过寻找工作当时也并非易事，叶圣陶回忆说："偶然的机缘，我就当了初等小学的教员。"叶圣陶就这样开始了他的教育生涯，并为它付出了三十多年的光阴。

年轻的先生来到了一个笼罩着因循守旧气氛的环境。他的多数同事只把教书当做一种聊以维生的职业。只有少数人受过正规教育或读过几本教育学，其他人对教学法则是一窍不通，他们只要求学生机械地背诵课本。叶圣陶对这种死板的方法当然不能满意。他找到了几个象他一样血气方刚的志同道合的朋友，他们一起学习新教学法，努力把一切有价值的东西运用到教学中去。几年过后，积累了经验，加深了他对教书的兴趣，于是这偶然觅来的营生竟成了他终生的事业。

叶圣陶在小学里工作了近十年，先是在苏州，然后在上海，最后是在距苏州不远的角直镇。这一时期他饱看了他周围那些地方知识分子、小市民、小职员、印刷工人（他在上海就教过印刷工人的孩子）的生活，摸透了他们的心理。在乡村教书时，他第一次真正认识了农民的生活。叶圣陶很快就发现，辛亥革命后，中国并没有发生任何变革。他看到的依然是一片啼饥号寒的悲惨景象，是为了生计而奔忙，是权势者的胡作非为和精神的萎靡不振。于是他心中产生的对丑恶黑暗现实的反抗情绪便在他的作品中表现出来。

作家谈到他的初作时说："(民国)三年或四年……其时上海有一种小说杂志叫做《礼拜六》，销行很广，就作了小说去投稿；共有十几篇，每篇都被刊用。第一篇叫做《穷愁》，描写一个穷苦的卖饼孩子，有意摹仿华盛顿·欧文的笔趣；以后几篇也如此。"还应补充的一点是，他早期的作品用的都是文言。

把叶圣陶象他的许多同时代人一样卷进文学界的，是 1919 年五四运动的浪潮。除了反帝反封建的任务外，这场运动还担负着建设新民主主义文化的使命。彻底否定封建思想和儒家道德，努力把科学和艺术带给人民，是为十月革命所鼓舞的新文化战士的特点。"文学革命"的口号当时得到了广泛的响应，它的主要要求是采用接近口语的新文学语言白话。这场新文化运动的旗手是鲁迅，他的每一篇作品都在进步知识分子中激起热烈的反响。

1919 年，叶圣陶开始在北京大学学生办的当时最进步杂志之一的《新潮》上发表作品。这家杂志是最早使用白话的。作家当时常用的笔名叶绍钧遂引起了广泛的注意。不久，他应邀去教授国文，先是在中学，尔后又到过几所大学。他先后在北京、福州、上海等地教过书，同时还在"商务印书馆"和"开明书店"担任编辑，直到 1937 年抗战爆发，都不曾间断。

二十年代是叶圣陶文学活动最紧张繁忙的时期，这个时期在很大程度上又是与"文学研究会"有关系的。这个文学团体是由一批初露锋芒的作家于 1920 年冬—1921 年创立的。文研会的创始人，除了后来颇负盛名的中国文化界人士茅盾、王统照、许地山外，还有才华横溢的文学家、学者郑振铎及叶圣陶。文研会的会员们提倡现实主义，主张文学要民主化，要着重反映社会问题。文研会的宣言和它的领导人发表的许多言论都批判了封建社会那种把文学当游戏作消遣的文学观。他们的创作原则是：文学应该"担当唤醒民众而给他们力量的重大责任"，"文艺的对象，应该是被侮辱与被践踏者的血和泪"。"为人生而艺术，为改造人生而艺术"，也是文研会的座右铭。叶圣陶不久前发表的《略叙文学研究会》一文说，文研会宣言的一些观点受到了马克思主义思想的影响，这种思想当时正为越来越多的中国进步知识分子所接受。

叶圣陶的作品定期发表在茅盾和郑振铎编的文研会的主要刊物《小说月报》上，他一直是遵循着上述创作原则的。

《小说月报》和文研会出版的丛书，还系统地评介了外国经典作家的作品，刊登有关现代文学的评论和论文。当时也翻译了十九世纪和二十世纪初俄国作家的许多作品，后来还翻译过苏联作家的作品。由于年轻，缺乏经验，译者选择的作品并非个个都是佳作；除了托尔斯泰和高尔基外，还翻了阿尔志跋绥夫的作品。此外，对欧洲文学经验的借鉴，对包括叶圣陶在内的青年作家的思想艺术上的成长无疑也产生了良好的影响。摆脱早期那些模仿之作（其中保存下来的只有上面提到的《穷愁》）所带的感伤主义和空洞的人道主义之后，叶圣陶牢固地确立了批判现实主义的立场。

二十年代，叶圣陶接连出了五个短篇小说集：《隔膜》（1922）、《火灾》（1923）、《线下》（1925）、《城中》（1926）和《未厌集》（1928）。最后一个集子的名字是对一些批评家指责他悲观“厌世”的回答。二十年代他还写过两本童话：《稻草人》和《古代英雄的石像》；他的剧本《艺术的生活》是最早的话剧之一。这一时期作家还创作了他最大的一部作品——长篇小说《倪焕之》。深刻的人生意义，卓越的写作才华，再加上人道主义的处世态度，在国内为叶圣陶博得了盛名。如果说叶圣陶是二十年代继鲁迅之后中国最著名的一位小说家，也并不过份。

在总结“文学研究会”诸作家十年的工作时，茅盾说叶圣陶的作品表现了城市“小市民和知识分子的灰色生活”。叶圣陶自己对这句话作了简单明了的解释：“只有知识分子跟小市民比较熟悉。”叶圣陶在这些人中间度过了他的少年，他了解他们的需求、忧患和尽管有限但也难以实现的愿望。他最熟悉的要算是学校，所以他近百篇作品中有三分之一以上写的都是教师的生活和对青年的教育问题，这是丝毫都不奇怪的。

读者很快就发现，艺术家叶圣陶惯用的是灰和黑的色彩。但这并非过错，而是作家及其主人公的不幸。因为现实情况是，不断更迭的当权者总是没钱办教育，却有钱去养活各个派系的大批军队。菲薄的、而且常常拖欠的薪水，权势者的轻视，那些害怕一切新事物的庸人的不信任，这就是以教书为业的人面临的一切。所以，从事教育的或是一些满怀热忱的人，或者是找不到更好的出路的人，这也是不足为怪的。

短篇小说《饭》写的就是这样一位先生。这个唯唯诺诺的可怜虫托人说情，好不容易才在一所小学谋了个教书的位置。他本来在一个村里开饭馆，但不善处理钱财帐目（原文如此——译注）。去一所只有十几个穷学生的小小学校教书并不是一个美差，可他还怀着由此进身的希望。但是倒霉的事自天而降：有一天他去买菜时已经上课了，突如其来的学务委员发现他不在。吴先生当着学生的面挨了一顿训斥，最后被罚了薪水才算完事（罚金看来肯定要装入学务委员的腰包）。不过，吴先生对这种事已经习以为常了……贪污受贿者，欺上瞒下者，不学无术者，就是这样一些人在“培养”那些遭受涝灾的乡村的孩子们。

在一篇以凄楚的挖苦为题的小说《前途》里，主人公象梦想福境一样梦想着能在警察局谋个肥缺，以改变当教员这种贫穷的境遇（这当然也要求人说情的）。到那时他便可以尽情享用一番：吃顿三个菜的饭，喝杯久违的“陈绍”。然后呢？然后给妻子做件绸子衣服，他们结婚多年一件衣服也没给她添过。但是希望之光闪了一下就熄灭了，惠之又重新陷入那无望的绝境。

当时许多学校里因循守旧、形式主义之风非常盛行。教师们大都不愿去研究儿童的心理，不愿把课讲得津津有味去吸引孩子们（《一课》）。还有一些教师不愿费心思去钻研教学法，却想使用有效的手段——责打（《小铜匠》）。懒汉，赌徒，为清除竞争者而不惜去警察局告密的顽固分子，这种种人都在叶圣陶的学校题材小说里得到了表现。

虽然这些作品里批判因素也占着优势，但我们在里面看到的不仅仅是暴露和讽刺。作家在许多小说里表现出，在教师中间有不少正直的人，他们认识到自己的职业重要、高尚，尽力去改变现状。从叶圣陶的几本小说集可以看出，这样的人物一本比一本里多，他们的立场也越来越坚定。这是符合历史真实的，因为中国的革命形势在发展，越来越多的知识分子投身到反对旧制度的斗争中去。

诚然，远不是每个人都有勇气和决心始终不渝地维护自己的原则。

小说《校长》的主人公叔雅也象他的前任顾校长一样，在“社会舆论”的压力下退却了，终于放弃了改造学校的打算。崇高的理想在同现实的第一次交锋时便被碰得粉碎。

热心教育的青年丁雨生想在一座偏僻的小城里开办一所新型学校，结果遭到了一帮反动教师的激烈反对（《城中》）。他的男女同校、让学生参加社会活动的计划被人看作简直是要谋反。反对他的大胆创举的还有市当局、金钱和警察。但这位年轻人并不屈服。不管是他那早就放弃改造学校的打算的先生的劝告，还是镇守使的黑名单的威胁，都不能使他在既定的道路上回头。

叶圣陶还描写了由于政府当局对教师们发清欠薪的要求置之不理而引起的一些本来安分守己的人的抗争。谦和尽职的郭先生（《抗争》）并不想做出什么越轨举动，他只是要求给他和他的同事们发清欠薪。当其余教师在当局压力下妥协的时候，他离开了学校，因为不容人侮辱他的尊严。

叶圣陶的学校题材小说还有一个引人的特点，那就是他描写儿童内心世界时所怀的那种热忱。贫困的生活，枯燥的功课，都不能遏止孩子们对一切善美的追求，不能消减他们对周围世界求知的兴趣。愚笨的阿菊和倔强顽皮的义儿虽然性格和爱好并不相同，但却刻画得一样地天真可爱。叶圣陶在《一课》里描绘学生的那寥寥的传神之笔里又倾注了多少爱！作家那颗敏感善良的心在他每篇描写孩子的小说里都闪耀着光辉。

旧中国普通劳动者的命运也是叶圣陶许多作品的题材。这些作品叙述了野蛮风俗的牺牲品、年轻农妇的遭际（《一生》），描写了把交不起地租的农民逼得跳河自杀的地主的暴行（《晓行》），表现了只给农民带来伤心失望的无乐趣的劳动（《苦菜》）。从艺术上说，这些作品也许不如那些描写学校生活的作品，因为这些作品有些空泛，可以感觉到，作者对农民的心理不如对知识分子的思想了解得深。但是需要说明的是，叶圣陶是中国新文学中最早大声疾呼要关心农民悲惨命运的作家之一。

中国人民的真正灾难是连年不息的军阀混战。《金耳环》发出的就是对兵燹的抗议。这篇小说描写了一个因无以为生而当兵，结果在第一仗中便被炸死的农民的悲惨遭遇。然而因为忠于生活的真实，作家不能不写出中国还有许多人还不懂得同战祸进行集体斗争的重要性和必要性，而是单独地去寻找出路。《外国旗》写的是小市民们天真地相信印着他们也不认识是哪国标志的布条的效力，结果却出乎意外地因轻信而受到了惩罚。

不长的中篇小说《潘先生在难中》里的情形与上述两篇有点相象，这是叶圣陶的名作之一。小说的主人公是一个可笑又可怜的人物，他生性怯懦，不断奔忙，怕丢性命，怕丢职业；他那惜财如命、窝窝囊囊的妻子也不讨人喜欢。小说里每个细节都透出作者对这种人物的批判。但这批判里包含的毕竟不只是愤怒，而且还有同情，因为这些“小人物”首先是动乱世界的牺牲品，这个世界上谁也不会去关心他们的命运。

1924—1927 年的大革命对中国现代文学的整个发展进程产生了深刻的影响。许多作家以言论和行动响应了郭沫若“从文学革命到革命文学”的号召。抗争的情绪也在叶圣陶的作品里越来越明显地反映出来。这种情绪在记载 1925 年 5 月 30 日外国警察开枪屠杀上海和平游行群众的惨案《五月卅一日急雨中》一文里表现得尤为强烈，这篇义愤填膺的作品每一行都渗透着对杀人犯的蔑视和仇恨。

叶圣陶的作品里还开始出现为人民的解放而走上革命道路的人。比如短篇小说《在民间》描写的就是两个在工厂进行宣传的姑娘。这两个知识分子家庭出身的人并没有很快同工人找到共同语言，对这一点作家并没有掩饰。显然，这两个姑娘要成为真正的革命者，还要经过多年的锻炼。不过道路毕竟是找到了，而且已迈出了第一步。

短篇小说《夜》是对刽子手的控诉书，也是给为人民事业而牺牲的烈士谱写的一曲颂歌。它是在 1924—1927 年大革命暂时失败后不久，国民党的白色恐怖猖獗到极点时写下的。在那个时候，以歌颂两个革命志士的英勇牺牲为主题写小说，需要有何等的胆量啊！这对都是教员的夫妻在临刑前给亲人写道：“儿等今死，无所恨，请勿念。恳求善视大男，大男即儿等也。”那位老妇人——被害的女教师的母亲——看透了这短短几句话的意义，知道他们深信自己的事业是正义的而且必定胜利，她“懂得了向来不懂得的女儿女婿的心思。就仿佛有一股新的生活力周布全身，心中也觉充实了好些。”杀人犯在夜里杀人，夜象征着反革命势力的黑暗统治。但是，黑夜过去之后便是黎明。

在小说《某城纪事》里，作家揭露了被蒋介石份子吹捧为“孙中山革命理想的化身”（在《赤着的脚》里，作家怀着无限敬仰写过这个杰出的人物）的国民党政权的实质。国民党份子第一阵蛊惑人心的宣传浪潮平息之后，城里的生活实际上并没有发生丝毫变化。周仲篪这个曾经逃到上海去的土豪劣绅这时成了“辛亥革命的元老”，依旧主持着城里的事务。工人为争取自己的权利而进行的斗争照样遭到镇压。那些无耻无知的政客们很快就学会了用孙中山的遗产来进行投机。

收进二十年代最后两本集子的小说，说明叶圣陶在创作上已经成熟，他的题材范围已经扩大，他在政治思想上也前进了一大步。这些小说加在一起，描绘出了中国历史上一个重要时期的人民群众生活的真实图画。

叶圣陶的作品里很少有奔放的激情、意外的事件和尖锐的情节冲突。他对现实的不满很少化为愤怒，隐晦的挖苦几乎从没有变成公开的讽刺。他的小说里我们几乎看不到作者对时事的评价。这也成了一些批评家批评他袖手旁观、不分善恶的口实。当然，这些批评家是大错特错了的。

作家说起他那个时期的创作方针时，这样写道：“当时仿佛觉得对于不满意不顺眼的现象总得‘讽’它一下。讽了这一面，我期望的是在那一面，就可以不言而喻。”而且每篇小说冲突的选择，情节的发展，作者说话的语气，这本身就使读者对作家究竟同情哪一面一目了然。

对生活的熟悉，敏锐的观察，巧妙的心理描写，是叶圣陶小说的出色之处。他小说的情节一般都是缓缓发展的。然而在平静的外表和日常生活现象下面，作家看到的却是在普遍的麻木不仁和忘却精神利益的环境中窒息的人们的无声悲剧，是勇士们奋起同社会罪恶斗争的大胆的、往往暂时失败的尝试。“这种局面是不会长久的，变革是一定会发生的”。这就是善于思考的读者得出的结论。

这里不能不说及的一点是，叶圣陶也象二十年代的许多中国作家一样，没有塑造出他的时代的先进人物和革命斗争英雄的鲜明生动的形象。甚至连他政治性最强的小说《夜》，虽然也无情揭露了反革命的暴行，表达了对斗争最终胜利的信心，但对两位烈士的描写也仅寥寥数笔。当然，这里对书刊检查的考虑也起着一定的作用，但主要原因还是作家虽赞扬这些人物，却不熟悉他们的活动，不清楚革命斗争的具体方法和任务。

叶圣陶在思想上和艺术上最重要的一部作品《倪焕之》，似乎是对作家二十年代创作道路的一个总结。

这部长篇小说还在《教育杂志》上连载的时候，国内进步人士就认为它的出现是文学界的一件大事。茅盾非常正确地阐述了小说的思想内容及其对中国文学的创新意义："《倪焕之》是他的第一个长篇，也是第一次描写了广阔的世间。把一篇小说的时代安放在近十年的历史过程中的，不能不说这是第一部；而有意地要表示一个人——一个富有革命性的小资产阶级知识分子，怎样地受十年来时代的浪潮所激荡，怎样地从乡村到城市，从埋头教育到群众运动，从自由主义到集团主义，这《倪焕之》也不能不说是第一部。"

实际上，知识分子投入革命阵营，可以说是这部小说的主题。顺便说一下，它的主人公的生活道路很多情况象是作者本人的经历，这种道路在中国本世纪初是很典型的。倪焕之上学的那几年，也正是辛亥革命前社会激烈动荡的时候。早在学校的时候，这个少年就立志"要干事情总要干那于多数人有益处的"。但是，用毛泽东的话说，革命"流产"了，没有带来预期的结果。要干一番事业的理想没有实现，这位少年只好安心去作小学教员。

好在倪焕之并没有消沉颓废。他相信只有教育才能救国，于是全心投入了人民教育事业。见到校长蒋冰如后，他这个信念更加坚定了。蒋冰如与他周围那些地主豪绅截然不同，他有学问，有高尚的理想。在日本留学时，他接受了资产阶级启蒙主义思想，此时着手在他领导的学校里进行教育改革。他制订的教育计划非常不切实际，它受到希腊哲学、卢梭观点和当时正在流行的实用主义的影响。不过这个计划也有不少可取之处，如要求发挥学生的主观能动性，注意他们的个人爱好，特别是通过建立工场、农场和剧院来使学习和实践相结合。

现实很快就证明这样的计划是无法实现的。问题在于蒋冰如的实践与他自己的理论大相径庭。他口头上主张学习和实践结合，实际上却把学生同现实生活，同国内政治生活隔绝起来。他的同道倪焕之也有意回避一切与政治有关的事情，甚至连报纸也不看了。

不过叶圣陶表示，试验失败的主要原因在于“社会舆论”的反对，即几个有钱有势的人带着些愚昧无知的小市民来作对。同小市民的第一次冲突就充分表现了蒋冰如和倪焕之处境的孤立。他们甚至也得不到教员的支持。倪焕之的第一个幻梦，要实行理想的教育制度的幻梦，就这样破灭了。

主人公的私人生活也不如意。同一位师范毕业生恋爱结婚后，他本可以在一个不受封建礼教约束的家庭里得到幸福的。但很快就发现，金佩璋无力从传统势力的束缚下挣脱出来。她整日忙于家务，在精神上距倪焕之越来越远了。

五四运动唤醒了倪焕之，为他开辟了接近群众的道路。他发表演说，进行反帝宣传活动。但他思想上的真正转变是在遇到革命青年领导人王乐山之后才发生的。倪焕之认识到自己过去走的道路是错误的，抛弃了辛苦经营多年的教育事业，到上海去参加实际的革命工作。读者看到，1925 年许多次革命游行时，他都在游行者的行列里。他在群众之中，同工人和城市贫民在一起，他感到自己是人民的一分子。

中国革命胜利后出版的修订本就到此结束（1956 年的俄译本根据的就是这个版本）。不过不久前准备出版《叶圣陶文集》的时候，作者认为有必要恢复它的本来面目，又补上了删去的几章。这后几章里，故事是到 1927 年大革命失败时结束的。由于受惊，又加上疾病折磨，倪焕之死了。但是一批新战士接替了他，其中就有金佩璋，她这时积极参加了斗争。尽管屡屡失败，牺牲惨重，中国知识界的优秀分子依然忠于人民的事业，这就是小说结尾的意义。

作家以高度的艺术技巧塑造了主要人物的形象。叶圣陶成功地把他们放在发展过程中，放在同中国政治生活和精神生活中发生的变化的紧密联系中表现了出来。次要人物里也有不少鲜明生动、令人难忘的形象。作家的语言总是那样朴实准确，景物描写虽然着墨不多，但却秀丽引人。不过也必须承认，小说的前半部（到五四运动止）要比后半部成功。倪焕之的革命活动不少地方写得过于表面化；王乐山这个对于小说思想构思来说非常重要的形象刻画得十分公式化，使读者对这个人物的政治面目得不到一个清晰的轮廓。倪焕之的妻子变成一个有觉悟的战士，也没有令人信服的说明。指出这些不足之处的同时，也不要忘记这部小说是在反动统治年代写下的，作家不是所有的话都能直言的。

《倪焕之》在中国新文学史上的意义在于，它与茅盾也在差不多同时写下的三部曲《蚀》一样，是最早绘出的壮阔的画面，以广阔的社会为背景提出了使中国社会动乱不安的根本问题，塑造了那个时代人物的生动形象。小说出版三十年之后，大家对它的兴趣还不曾稍减，其原因也在于此。

叶圣陶的童话当年也是受到广泛欢迎的，更何况中国新文学里还没有儿童文学这种体裁。作家在他的童话里通过生动的富有诗意的形式抨击了人们的弱点，歌颂了普通人的智慧和诚实。其中许多篇还对旧中国的社会制度和道德进行了隐晦的批判。

童话作家叶圣陶描写了认识到工作快乐的蚕，为制造人间不平的人而羞愧的含羞草，描写了只有当它的歌儿使苦难的人们得到安慰时才感到真正快乐的画眉鸟。叶圣陶还嘲笑了那些借书沽名钓誉的假学者和死读书不求甚解的人（《书的夜话》），嘲笑了封建迷信（《毛贼》）和脱离群众、狂妄自大的人（《古代英雄的石像》）。《皇帝的新衣》构思相当新奇：这是安徒生同名童话的续篇，叶圣陶告诉我们，不管皇帝多么暴虐无道，却无法对人民掩盖他的愚蠢和软弱。尤为脍炙人口的是《稻草人》，这里的稻草人象征着那些本想同情人民，但不会也不愿给他们实际帮助的知识分子。

1936 年叶圣陶出版了一本新的短篇小说集《四三集》（作家那年四十三岁）。在这本集子里，叶圣陶一如既往地从爱国者和民主主义者的立场出发，暴露了蒋介石统治下的中国的社会制度，表现了救国图存思想越来越为广大群众所接受。作家描绘了不管丰年歉年都同样挨饿的农民的进一步贫困化（《多收了三五斗》），表现了爱国者同日寇入侵危险的斗争（《寒假的一天》），描写了人民群众认识到进行有组织斗争的必要性(《一桶水》)。叶圣陶对知识分子的命运仍旧是非常关心的，他描写了一个曾经“进步”，后来对黑暗势力妥协并信起佛来的教员的形象（《英文教授》），还有与英文教授恰成鲜明对照的响应学生爱国行动的王先生的形象（《一篇宣言》）。

抗战时候，叶圣陶携家移居四川。他在那里从事教学和编辑工作，同时还在省教育厅教育科学馆任职。这个时期为数不多的几篇小说主要写的是中国各阶层人民民族意识的觉醒和爱国主义精神。《我们的骄傲》和《邻舍吴老先生》刻画了两位老知识分子，他们耻与日寇及其帮凶为伍。一位人力车夫的日子尽管很艰难（《春联儿》），但还是让他的儿子彻底打败敌人再回来。既然全国人民就要奋起捍卫自己的独立，那么中国就是不可战胜的，这就是叶圣陶抗战时期作品的基调。

抗战胜利之后，叶圣陶回到上海，又在“开明书店”做起了编辑工作。1949年初，他应中共中央领导机关的邀请，经香港到了解放区。从此，他便完全投身于国家事务和社会活动。他先在出版总署任副署长，后又担任教育部副部长。他在这两个部门主持了中小学新教材的编辑出版工作。叶圣陶还是全国人民代表大会代表和中国文联委员。

中华人民共和国成立后，叶圣陶还写了一篇不长的中篇小说《友谊》（1954）。小说展现了人民中国一代小学生的风貌，描写了生病的女孩冯云在友爱的班集体的关怀下，不仅没有感到孤独，而且顺利地通过了考试。

叶圣陶也常在中国报刊上发表有关文学问题的文章。作为著名的语言学家，他还就普通话的推广和文字改革问题发表过不少意见。他还写过诗和政论文章，对同胞们关心的大事表示自己的态度。

目前，中国正在出版叶圣陶文集五卷本。这部文集收入了作家四十年文学活动的全部成果。这部文集的出版，再次说明中国人民的忠实儿子、语言大师、人民作家叶圣陶深受人民的热爱和尊敬。

（选自1960年莫斯科国家文艺出版社叶圣陶短篇小说集《一生》，本文系该书的序言）

叶绍钧和契诃夫

（捷克）雅罗斯拉夫·普实克　著
尹慧珉　译

当前，全世界正在经历着一场范围广阔的变化，这个变化也是一场巨大的革命，其深刻有力的程度和所包括的地域之广，是人类历史上前所未有的。在这情况下，每个研究工作者都深感力不胜任，深感过去老一套的方法不再能适应探讨新问题的要求。当然，以上所说的这几句话，早已是人们熟知的事实，我在这里并不是想再作无谓的重复，也不是想进行什么大而无当的论证，只是想由此说起，谈谈这个世界性变革中小小的一部分，即我们业已进行了若干研究的，和中国现代文学的兴起有关的一些问题。

第一次世界大战以后，中国兴起了崭新的现代文学。这无疑是当时革命热潮的反映。这个新文学哄动了全亚洲，也是世界大变革的一个部分。这个时期中国文学结构变化之迅速和彻底，使得它完全可以当之无愧地被称为“文学革命”。甚至可以说，它是整个世界文学史上最名副其实的一次“革命”。

迄今为止，关于中国新文学的研究似乎还只是满足于记录它的外部现象。人们研究的，往往只是这一时期影响文学的政治哲学思潮和社会经济生活，很少注意文学结构本身的变化，很少注意文学革命后的作品和以前的作品有何不同。同样，人们对产生这些文学结构的原因也研究得不够，没有弄清这变化究竟是来自影响了当时文学的现实生活，还是来自本国的文学传统或外国文学的影响。因此，我在这篇文章里，想从两方面来概括问题的症结。一方面，是文学结构内部各组成部分之间的矛盾所促成的变化；另方面，是民族斗争、阶级斗争、经济变化等外部原因造成的变化。

关于这个问题，我过去也做过一些研究，发表了一些研究成果，在此不拟重复。这里只想首先肯定一件公认的事实。就是说，如果没有一种从新的生活方式中产生的新的艺术感受性，如果没有从科学技术化的新文化中产生的新的精神气氛，那么，新文学是不会兴起的。新文学只能由禀赋着这种新感受性的艺术家来创造；只是在出现了这样的艺术家之后，新文学才会突然迸发，开花结果。当然，这里说的还只是一般的道理，还不能说明千差万别的各个作家各自创作的特殊性质和它们之间的差异。也不能说明鲁迅的作品为什么和茅盾、老舍的作品完全不同。这里除了一般原因之外，必然还有许多特殊原因。发现这些原因，也应是文学史家的任务。另方面，大家都知道，作品并不是从空中产生的，既不是孤立的作家个人的产品，也不能仅仅以作家个人的气质作为解释作品的依据。每个作家的作品都必然会显示出和当代其他作家以及本国过去的作品相似和相关的地方。因此，只有把作品看作某一特定社会历史背景中的一部分，看到作品和这一背景某方面的共同特色，我们才能充分理解它。我们所要做的，就是确定和描述这些具体作品的特色，解释产生这些特色的原因。

前不久我曾写过一篇文章，谈中国最伟大的新文学作家鲁迅的《怀旧》，其中也谈到中国“文学革命”中的变化。我曾说：鲁迅作品的特点，是“情节”的作用变得很弱，变得在作品中几乎已不再有什么意义，情节的地位已被对现实的某些片段的直接记录所代替。这也是新文学不同于旧文学的一个重要属性。在那篇文章里，我还指出在欧洲现代文学中也存在着这种减弱“情节”作用的现象。但这一现象究属什么问题，当时还没有深入探讨。

在研究鲁迅同时代人叶绍钧的作品时，这个当时未及深入探究的问题，却似乎清楚了。叶绍钧在欧洲尚不大为人所知，他的作品，译成欧洲文字的迄今还只有长篇小说《倪焕之》和几个短篇小说。但在中国，叶绍钧却是著名的新文学前驱之一，作品也得到很高的评价。他是 1921 年文学研究会的创始人之一，后来又是许多文学期刊的撰稿人，并曾参与商务、开明等重要书店的出版工作。他比鲁迅年岁略小，但同属为新文学的创作做出了首批贡献的作家，两人的作品也有许多相似之处。因此，研究叶绍钧的作品也如研究鲁迅的作品一样，对我们了解文学革命的意义，找出新文学的特点，是很有用的。

也如鲁迅用文言写了他的第一篇小说《怀旧》一样，叶绍钧的第一篇小说《穷愁》也是用文言写的。显然，以掌握文言为主要目的的旧教育对新一代作家的写作尝试是有影响的。就是后来叶绍钧用白话写的那些小说，从中也仍然能感觉到文言的痕迹，如爱用对偶，注意词句之间的平衡和节奏感等。

那么，应当怎样解释这种现象呢？是由于长期教育使得作家习惯成自然，还是旧文学传统（风格、体裁等）在新文学中仍在起一定的作用呢？我们知道，中国的“高等”文学本来都是用文言写的，在中国旧文人眼中，用白话文写作的民间文学和通俗文学，并不算“真正的文学”。文人写“高等”文学时，不但要用文言，同时还必须使用和这种文学相联系的成语、风格等各种因素。

叶绍钧作品中的旧文学痕迹，在1922年出版的第一个文集《隔膜》中表现得最明显。“隔膜”这个集名暗示着当时新作家常常充满的孤独感，但另方面，文集中的那些速写和生活小故事又表现出和旧文学很深的关系。有的篇章甚至在主题选择上也和旧文学相近。如《寒晓的琴歌》就令人想起白居易的《琵琶行》。不过，有趣的是，在这位现代作家的速写中已经不再有什么故事情节，留下的，只是第一人称叙述者在一天早晨的凄怆情绪。文中记录了叙述者偶然走过歌女们的住处，听到一个幼年歌女练唱的歌声。姑娘显然已又冷又倦，但仍然配合着悲哀的琴声在唱着。从这篇散文已经可以看到，现代作家的写作可以完全不借助于故事情节。他只从所观察到的现象中看出有些人的不幸命运，他所要做的就是去解释这种现象的社会意义。在此也可以看出，新文学捕捉现实的方法也完全不同于旧文学。不是通过记录事实，而是通过情绪的渲染。

这个集子里有些记录个人命运的散文，也有明显的旧文学的痕迹。传统文人文学中有许多以笔记、札记、杂录等形式出现的个人生活故事，叶绍钧用白话写作的散文《一生》便和这类作品相似。《一生》与鲁迅的《祝福》内容相似，但写作的时间略早，发表于1919年2月。在开始的一段用了许多对偶句，如“伊生在农家，没有享过‘呼婢唤女’‘傅粉施朱’的福气，也没有受过‘三从四德’‘自由平等’的教训”等等，令人很自然地想到古文。这篇关于一个挨打受气被卖的女子的悲剧故事，表现出叶绍钧有着很深的艺术造诣，不需苦心构思布置故事情节，就活画出一个可怜人的一生。作家按照传统的叙述体裁，仅止于报道出这个人的悲惨命运，而不作更多渲染。虽然似乎太简略，不象文学，倒象是警察局的记事报告。但正是这种简略，却使作家的描写给人以切实逼真之感。叶绍钧是严格求实的。他可能也如旧时的文人那样，把创作中的幻想看做是不可取的“虚”。

我们在研究鲁迅的作品时曾发现，虽然中国新作家极力反对旧文人文学，但在他们的作品中所表现出来的主要特色，却和旧文学中的“高等”文学有着比民间通俗文学更密切的关系。叶绍钧的作品，也同样证明了上述看法。此外，叶绍钧的早期作品中，除了对“被践踏和被压迫者”的同情（这无疑是文学研究会“为人生”主张的体现）以外，很少受欧洲文学影响的迹象。这一点也是值得注意的。

从以上所举《隔膜》集中的例子，可以概括出叶绍钧早期作品的特色：一方面，是出自传统文学的土壤；另一方面，已经渗入了一种新的精神。

但是，在叶绍钧的第二个文集《火灾》（1923）里，却出现了一些和旧文学性质完全不同的小说，令人自然联想到鲁迅的《怀旧》。和《怀旧》一样，叶绍钧的这几篇小说也是几乎完全没有情节，小说中的对话也几乎都是自发式的，只是某种气氛，某种环境，某种人与人之间的关系的表现形式，甚至也不为刻画人物服务。我们在海明威、乔伊斯、福克纳等西方现代作家的作品中就常见这样的对话。许多对话的片段不带直接描写地把人物带到读者面前，表现出别种方法表现不出来的人物之间的关系，透露出用直接描写方法透露不出来的人物的心思，人物的动摇，人物的种种难于下界说的感情上程度不同的色彩。

作家力求做到的是直接进入现实，并毫无修饰地把这现实表现出来，让读者感到这里记录下的是作家刚刚遇见的一件真事，或刚刚碰巧听见的一次偶然的谈话。《火灾》集中有三篇还算不上小说，仅仅是片段生活记录的短文，很能表现他的特点。其中最简短的一篇是写于1921 年的《晓行》。用的仍是传统的第一人称的笔记形式，描写作家在西湖边的一次漫步。这里，描写了西湖的景色，回忆了上次来游的情况，同时还在文中织进了漫步中和两个农民的谈话。作品的内容便沿着这谈话，由个人的愉快经历渐渐化为一幅幅农民生活的图景。叙述者写出了两个农民虽然在一起从事着同样的劳动，却谁也不理会谁，各自专注着自己的事情。叙述者又记下了关于去年虫灾的谈话，农民们承认如果大家合作来消灭虫害，灾害的后果就不会那么严重。叙述者又听到一件地主下乡的事，那人只顾收租，对被他逼迫而投水的农民却不屑一顾。就这样，通过对话中的片言只语，形成了作家笔下的点点滴滴，逐渐铺开，终于在读者眼前展现了一幅栩栩如生的、复杂的乡村生活的全景，使读者看到了中国旧社会的残酷的现实。

另一篇《悲哀的重载》展示了更广阔的图景。这一篇仍是笔记形式。当时他乘坐一只约可载四十左右乘客的拖轮，但是，这只船上“载着的人间的悲哀却比它的容量大，大到不知几多倍”。叙述者说到由于被两岸风景吸引，也由于喧乱的机器声的打扰，他无法读书，只得去观察周围的乘客并听听他们的谈话。首先看到的是一个“蕴蓄着人世的悲哀”的中年妇女。她正在回答另一位乘客的问讯，谈到自己的儿子怎样一个接一个的病死，现在又有一个儿子正躺在医院里，由他新婚不久的妻子看守着。接着，叙述者又看到一位乘客正为了三个铜子的热手巾费而大骂舟子。然后，又是一个从上海回乡的青年女佣，一面炫耀自己在那个每天打麻将的太太家里的生活，是那么有趣，又能多赚钱，另方面，又表示着瞧不起她丈夫家贫苦的农家生活。这些象电影似的一幕又一幕映出的取自现实生活的镜头，并不组成任何“情节”。不免令人想到苏联文学理论家斯克洛夫斯基（V·Sklovskil）的一句话。他指摘传统的有关“情节”的观点“玷污并歪曲了文学材料”，并建议用旅行笔记一类的形式来取代。他一定不曾想到，在他说这话以前，已经有一位中国作家成功地实践了他的想法。

叶绍钧的旅行笔记中最好的一篇是《旅路的伴侣》。背景仍是一条船，人物仍是一群乘客。但这次我们听到的不再是一串松散的、彼此无关的小故事，而是一幅精心布局的、关于一群怪人的图画。主要叙述者是两个妇女，其中一个老些的，带着充血的红眼。坐在她们中间的，是一个名叫珠儿的姑娘。两个妇女是把珠儿带到上海一家亲戚家去“帮忙”。从她俩的闲谈中，便叙述出这姑娘一家的故事。可以明显地听出，姑娘离家的事只告诉了母亲，却没有向父亲说。姑娘对父亲也毫不尊敬，因为那人是个不可救药的浪荡子，又抽鸦片又赌博，耗尽了包括房子和一条船在内的全部家财，使全家六口人只得靠珠儿的母亲缝纫度日。一天，那男人还躺在床上，一听见女人缝好了一件衣服，赶紧跑到请她做衣的人家，冒充是妻子打发来的把钱支了去。不过，这天晚上回家时他还是把钱给了珠儿，显然是在赌场上赢回了钱。这个人对儿女并不算坏，偶然赢钱还给他们带回些花生桔子，但却从不给老婆带什么。不过夫妇之间的感情显然不错，已经有了四个儿女，那女人倒又怀了孕。以上这些事都是从两个妇女零碎片段的谈话透露出来的，作家就这样把这群怪人的心理呈现在读者眼前。这种方法我们在中国的新文学和旧文学里都还不曾见过。

叶绍钧的这种表现方式之所以新，是在使读者如身历其境，如置身于所谈的人物之间，直接了解这些人物，而不感到是作家在那里描写或评论。这也是鲁迅常用的方法。不过鲁迅运用这种方法时往往有更确定的目的，或为记载乡村生活中某种带普遍性的情景，或为给各种类型的人，特别是遭受命运打击的受害者画像，或为揭示某些反常人物的内心世界和人物之间的相互关系。运用这种方法时，读者所知的种种一切，完全是由作品中其他人物的口中报道出来，作者并无一字评论。这样，就创造出一种绝对客观的感觉，使作者想使读者注意的那些现实线条分明地自然浮现出来。

鲁迅和叶绍钧采用的这种方法，和海明威等现代西方作家的方法非常相近。但叶绍钧的创作却在海明威等人之前，显然不能说是接受了后者的影响。那么，叶绍钧是否是自行创造了这种方法，全无前人的和西方作品的影响和推动呢？如果读一读叶绍钧 1924 年所作的一篇小说《一个青年》，也许会从中得到一些启发。这篇小说虽不一定是自传性的，但其中的青年主人公墙上挂着的三幅外国作家的画像，却可以设想为叶绍钧所景仰的，也可能受其影响。

画像之一是托尔斯泰。这位作家和叶绍钧似乎并没有什么关系，最多只能说两人都对宗教有兴趣（叶绍钧对佛教有兴趣）。画像之二是安徒生。这位作家对叶绍钧的影响却是明显的，他对叶绍钧创作的一个方面（童话）有着很深的影响，只从叶绍钧也写了一篇《皇帝的新衣》就可以证明。

那个青年墙上挂着的第三幅画像是契诃夫。这第三位作家对叶绍钧的影响如何，却是很值得探讨的。前面已经指出了叶绍钧作品中对话的重要性，这是他作品中引人注意的特色。作品中的人物在对话中自我介绍又相互介绍，说明彼此之间的关系，说明生活的环境，如此等等。我们可以再回想一下契诃夫著名的《在土其耳浴场》。这篇小说中的两个主要插曲也全是对话，作家直接叙述的只是少量眼前所见的情景。可以设想正是契诃夫的这种方法影响了叶绍钧（以及鲁迅）。这种设想还可以由其他一些例子来证实。

但是，两位作家也有根本不同的地方。契诃夫有一些把对话用作主要结构因素的短篇小说，非常接近于为当时幽默杂志所写的那些幽默小说，有时为了强调某些细节而损伤了其他方面，也降低了小说的价值。形象地说，这些小说倒有点象以嘲弄为目的漫画化的哈哈镜，而不是生活的正常的镜子。叶绍钧却不是这样。他有着中国“高等”文学严格的传统修养，首先要求准确而真实地表现某一现实。从这方面看，叶绍钧倒似乎与海明威更接近。他以坚定的手，毫不犹豫地刻画在周围环境中所选取的那一部分严酷的现实，作品比契诃夫的更加棱角分明。

两位作家有时选择的题材也完全一样。如契诃夫有一篇《太太们》，写一个校长不得已将一位嗓子坏了的教师解职，但答应另给他一个空缺，到某机构去当秘书。但这一谎言最后未能实现，因为太太们争着推荐另一个会拍马屁的青年。叶绍钧的《搭班子》一文题材也一样。写一位新被任命的校长正想把一些有识之士网罗来搭一个班子，但马上就从许多方面推荐来了各种人，使他计划终于落空。当然，这不一定是叶绍钧受契诃夫的影响，也可能只是巧合。因为旧中国教育方面的情况和沙俄时的情况非常相似，而叶绍钧本人又是小学教师。

两位作家最相似的，是都有“辛辣的幽默”。关于契诃夫的辛辣的幽默，这里不必再举例，因为这是任何文学课本都已承认了的事实。

这里只举叶绍钧作品中一些突出的例子。通过这些例子还可以看出，叶绍钧比契诃夫更具有悲剧的气质。

首先我想举出叶绍钧写于 1921 年的《饭》。这篇小说将讽刺的幽默和动人心魄的悲剧结合在一起，有极动人的尖锐性。故事发生在一个水灾区的小学校里。这时，田里的秧苗已经烂了，预示着饥荒的威胁。学务委员恰好来视察学校，发现教师不在校，去买吃食去了。在学务委员的责骂下，教师虽然怯懦地承认了擅离职守的错误，并保证不再犯，仍然被扣除了几乎是全部的薪金。这里，作家不但描写了教师濒于饥饿的困境，还写出了在旁听见学务委员呵斥教师的小学生的反映和互相对话。这些孩子们从教师将被"饿死"联想到自己也要"饿死"，因为他们也早从家长那里知道了"饿死"的恐怖了。孩子们无知的对话中充满了辛辣的幽默。从这个故事看，叶绍钧的幽默和契诃夫的相比，可说已深入到更悲剧，更摧残人性的那一领域。

这两位作家的共同点似乎还应当概括为以下两个方面：一是某种共同的生活态度，这种态度使他们往往收集同类题材，并以同样态度对待它们；二是他们所运用的特殊的、自由的形式，也就是前已提到的，和鲁迅相似的尽量减少和压缩"情节"的作用的形式。

在契诃夫的短篇小说《醋栗》里，曾有一段话，确切地说明了他所偏爱的题材和他的写作目的。他说："且看生活是怎样的吧：强者的卑鄙懒惰，弱者的无知蒙昧，处处都是苦难、艰难、堕落、酗酒、虚伪、说谎……难于尽述。但是，大街小巷，家家户户，全是一派和平气，安详宁静。全城住着五万人，没有一个人提抗议。我们看见的是：人们上市场去买东西，白天吃，晚上睡，谈些琐碎小事，结婚，衰老，尊敬地把死者送到坟地。但是，隐藏在这些场景后面的那些忍受着痛苦的人们和可怕的生活，我们却看不见也听不到。只有那在宁静平和遮盖下的一个无声的统计数字在抗议。它告诉我们：许多人是怎样怎样地丧失了理智，又怎样怎样地喝干了多少桶酒，许多孩子又怎样地由于营养不良而死去……这种状况当然也是必要的，因为：只有当不幸者在默默忍受时，幸福者才能感到幸福。没有这种默默忍受，也不可能有幸福。因此，在那一个个幸福而满足的人们的门后，应当有一个人立在那里，用槌子敲打着提醒他们：还有许多不幸的人；而且，就他们自己来说，尽管现在是那么幸福，生活却早晚会伸出爪子来，他也会遇到恶人，疾病、贫困、失败，到那时，正如他现时不看也不听别人一样，也不会有人再看他，听他……”

叶绍钧的六个短篇小说集的基调也都是这样，虽然其中也不乏比较明亮的篇章。举例来说：如上面已提到的极为现实的《一生》，又如也是写一个虚度了一生的女人的《潜隐的爱》，还有更令人心碎的《春光不是他的了》。最后这篇小说写一个女人被丈夫遗弃后努力求学而获得独立生活的能力，但最后却发现春光不再是自己的了。叶绍钧也如契诃夫一样，善于描写生活中那种无望的灰暗、悲惨、阴郁（这一点，在旧中国和旧俄的生活是一样的）。我们还可从叶绍钧的作品中举出更多这类的例子，其中有些例子甚至比契诃夫的作品尤甚。叶绍钧所创作的图画，完全可以在极度苦闷的存在主义者绝望，孤独现象的画廊中占有一席之地。他描写了人们怎样在阴冷黑暗中腐烂消失，《孤独》便是这样一篇越出了时空限制的小说。它描写一个老人逐渐失去一切与人世的接触，陷入无尽的黑暗与孤独。那天他到一个亲戚家寻求温暖，失败了；又想从房东的孩子求得一点感情，又失败了。那孩子抢走他特地买来的桔子，理也不理他，就走开了。房东太太又嫌他嗽喘，急急忙忙把他赶回那间积满灰尘和弥漫着煤油气味的黑洞似的房间里去。这又是一幅深刻透辟的画象，表现了人怎样被驱向极限，竟连一点点标志着人的“存在”的属性也消失了。这篇作品的形式也很完整，严谨而统一。老人在人生道路的最后阶段，回忆他怎样一步步地走向下坡，最后变成了几乎什么都不是的一片虚无。这些回忆，处理得有如电影到最后阶段时让原来的镜头一一重复闪现的手法。应当说，就连鲁迅也不曾象这样富有启示性地再现中国生活中的黑暗与绝望。

契诃夫的《食客》在情绪上和主题上都与《孤独》十分接近。写的也是一个孤独的老人，想去投靠素未谋面的一个外孙女，但不知她是否肯接纳自己。为了不致造成妨碍，老人在上路前让屠夫杀死了自己的狗和马，但这狗和马本是他在人世唯一尚有点感情牵连的生物。当狗和马倒下时，老人自己也象受到致命一击。小说以极高的艺术揭示了老人混乱的、悲惨的、但又是残暴的心情。但这一篇还比不上叶绍钧的那幅消失了人的“存在”的图画。很难说这两篇小说有什么影响的关系，甚至大概可以肯定是不相干的。但是，将两篇放在一起读，却总还是可以证明渗透在这两位作家的艺术中的，是同样的对待人生的态度。

契诃夫是以其形式的新奇震惊了他的同代人的。而且也可以说，他的短篇小说根本就不存在什么形式。俄国文学理论家斯柯夫斯基（Viktovskovskig）在《关于俄罗斯古典散文的笔记》一文中，曾引用批评家季米杰夫（Zinijev）的话说："《和狗的谈话》、《猎人》等短篇小说，与其说是稍有一点确切性的经过构思的故事，不如说是昏迷的梦话，或痴人为咕哝而咕哝的喃喃呓语。"这与我在前面所说的鲁迅、叶绍钧减弱了"情节"在小说中的意义，是同样的意思。

托尔斯泰也有一段极其确切的评论契诃夫的新颖特色的话。托尔斯泰本人是一位伟大的艺术家，准确地掌握了他的同时代人契诃夫作品的本质。他说："不能把契诃夫和较早时期的俄国作家如屠格涅夫、陀斯妥也夫斯基或我本人相比。契诃夫有如印象主义者，有他自己的形式。看，他似乎并不考虑来到手边的是什么样的颜色，就尽情涂抹起来。这些抹上去的一道一道的颜色，初初一看，相互似乎毫无关系，但是当你停下来，稍稍后退，再看一眼，立刻就会大吃一惊。在你面前显现的，竟是这样一幅闪光的、迷人的图画。"（捷译《俄国文学史》，布拉格，1948 年版）。

这里托尔斯泰表达的，是这样一件简单的事实：老艺术家所画的，是一件题材，一个故事、插曲或一段回忆，如《维纳斯的诞生》；而印象主义艺术家却拒绝画任何"故事"，只画自己之所见，只画按自己的方式去看时所见的现实的一部分。在契诃夫的作品中，我们发现的是与印象主义艺术家同样的态度。他只将现实的某一片段表现出来，但并不将它从属于任何事先设想好了的情节。翻开契诃夫任何一本短篇小说集，都可发现这种现实之片段的记录。如《牧师》，记录了彼得牧师一生的最后几天：他在教堂举行复活节的仪式，他拜访母亲，他的一些谈话、回忆、情绪等等。又如《在火车上》，写一个在城里谋生的女教师坐火车回乡的一段历程，也只是简单的事实记录。这些，和叶绍钧那些只有少量情节、甚至没有情节的小说都属一类。

叶绍钧的没有情节、或只有少量情节的小说，除已举的一些例子，特别是旅途见闻和描写妇女愁苦的一生的几篇外，还应补充两个例子。一是《阿凤》，写一个仆妇的童养媳怎样带着勇敢的幽默承受艰苦的命运。另一篇是《马铃瓜》，很有魅力地描写了作家自己儿时去应试时的情景。这些作品，大多与作家本人的经历有关。

有趣的是，不论是欧洲的研究者还是他本国的评论家，都只看到叶绍钧作品表面的特点，看不到上述他在创作方法上的创新。他们最多也只是指出叶绍钧与他那些模仿欧洲作品的同时代人的一套方法是有所不同的。其原因，我认为是与中国的文学传统有关。因为，中国传统文人文学中的散文作品，也是基本上没有情节的，而且往往把故事情节看做“空想”、“杜撰”而加以拒绝。传统的文人文学的散文作品也大多数采用带有抒情性的速写、笔记、摘录等形式。可以说，叶绍钧的作品既与契诃夫和其他西方现代作家有相似之处，也和中国传统的文人文学中的散文作品有相似之处。这些都不能视作直接影响的结果。叶绍钧、鲁迅等中国现代文学作品之所以看来比俄国的作品更加现代化，或许也可用他们本国传统文学特色来加以解释。

鲁迅和叶绍钧的作品的另一特色，是强调叙述者的作用。两位作家的大部分小说都是以第一人称陈述的形式出现，这就产生了某种亲切感。这一点，在契诃夫的小说中却是少有的，在海明威的作品中却很突出。两位作家具有这一特色的原因，仍然应从中国传统文学中去寻找。

最后，我还想提一提叶绍钧的《秋》和契诃夫的《樱桃园》。两篇作品是如此的相似，更足以证明两位作家的共同点。《秋》的背景已经换到中国，但基本的环境仍与《樱桃园》一样。女主人公是位有较高知识水平的助产士，虽已年过三十，尚未结婚，这一点似乎不合中国的常情。这篇小说和《樱桃园》的倾向并不相同，但是小说中所提到的女主人公回家乡后的产生纠纷，关于过去家庭兴盛时期全家上坟时迷人景象的描写，关于她和共处过多年的家庭决裂，准备回上海时的怅惘情绪，却都令人感到，似乎是存在着《樱桃园》的影响。

研究鲁迅、叶绍钧文学作品特色的来源，对于探索中国现代文学的来源，将会作出有意义的贡献。我的这篇文章，主要是想强调，尽管中国现代文学和欧洲文学有许多相似之处，看来是受着国外的影响，但实际上，影响中国现代文学更深的却仍是他们本国的文学传统，特别是其中的文人文学。中国新文学所需要的，只是将新的艺术感受性充实于旧传统之中，便可得到新创作的丰腴的土壤。

（选译自1980年美国印第安纳大学出版社
《抒情诗与史诗——近代中国文学论集》）

中国现代小说史（节录）

（美国）夏志清　著
刘绍铭等　译

在所有《小说月报》早期的短篇作家之中，叶绍钧（抗战以来自署叶圣陶，圣陶是他的字）是最经得起时间考验的一位。不错，他的作品没有一篇能象《狂人日记》或《阿Q正传》那样对当时的广大群众发生深厚的影响，在文学史上也不曾享有同样的地位。鲁迅小说家的地位，靠几个短篇小说就建立起来，但叶绍钧却能很稳健地在六个小说集子里维持了他同时代的作家鲜能匹敌的水准。除了稳健的技巧之外，他的作品还具有一份敦厚的感性，虽然孕育于当时流行的观念和态度中，却能不落俗套，不带陈腔。

叶绍钧生于1894年。中学毕业后他在故乡苏州当了十年的小学教师。在教书的同时他也致力研究文学，在他的中学同学史学家顾颉刚[1]的鼓励之下，他第一次在《新潮》上发表短篇小说。1921年叶绍钧成为文学研究会的创办人之一，同时移居上海。他一方面在若干中学和大学教国文，一方面兼任《妇女杂志》和《小说月报》的编辑。1930年初期，他加入开明书店，成为对青少年影响极大的《中学生》杂志的编辑之一。他又跟散文家夏丏尊和朱自清合作，编了几本国文教科

❶ 顾颉刚在北京大学时为胡适的学生，后来对中国古代史的研究贡献极大。他在1926年为《古史辨》第一册所写的长篇《自序》，对于文学革命后中国知识分子和学者的心灵有极具价值的见解。

书，同时又写了好几种很受中学生欢迎的文章作法之类的辅助读物。不过在1921至1937年这段时间他主要的作品仍然在小说方面：六本短篇小说集（《隔膜》、《火灾》、《线下》、《城中》、《未厌集》、《四三集》）和两本童话集（《稻草人》、《古代英雄的石像》）。抗日战争爆发后他随开明书店迁移到后方去，出了本散文集《西川集》，此外写作甚少。1949年以来，他在中共政府做一个不大不小的文化官员，写了些应景文章。

1951年在为自己的选集所写的序里，叶绍钧对自己的才能与成就做了极为谦虚的评价。可能是为了向今日的大陆读者说明他何以没有处理他那个时代富有革命性的题材，他这儿写道：

> 现在回头想一下，我似乎没有写什么自己不怎么清楚的事情。换句话说，空想的东西我写不来，倒不是硬要戒绝空想。我在城市里住，我在乡镇里住，看见一些事情，我就写那些。我当教师，接触一些教育界的情形，我就写那些。中国革命逐渐发展，我粗浅的见到一些，我就写那些。小说里的人物差不多全是知识分子跟小市民，因为我不了解工农大众，也不了解富商巨贾跟官僚，只有知识分子跟小市民比较熟悉。[1]

这段自我批评实际上倒象是叶绍钧暗中在指责今日的写作趋势，说了他不敢公开说的话：一个作家不应抛弃他自己的经验、背景，以及他对题材的选择，而千篇一律地描写农民和工人的生活。在这篇序里叶绍钧甚且为作家就其所长尽其所能这一不可侵犯的权利做了辩护。在共产党强调文学不具个性只重宣传之原则下，他敢于这样强调语言的重要性实在需要极大的勇气：

> 因此，听人家说文字不过是小节，重要的在乎内容，我不能够表示同意，虽然我没有写过什么文章表示反对。我并不是不同意内容的重要……可是，说文字是小节，不是等于说语言是小节吗？说语言是小节，不是等于说语言无妨马虎吗？马虎的语言倒

[1] 《叶圣陶选集》第8页

能够装纳讲究的内容，这个道理我无论如何想不通。按我的笨想法，讲究的内容惟有装纳在讲究的语言里头，才见得讲究，这儿所谓语言，少到一词一句，多到几千言几万言几十万言，一起包括在内。换句话说，讲究的语言就是讲究的内容的具体表现。脱离了语言的内容是什么，我不知道，总之不是文艺了。❶

这是个相当浅显的见解，但它对整个共产党的文学观却提供了极端重要的批评。叶绍钧显然不懂现代西方的文学批评（他学过日文和英文，但能力不足以阅读原文），而他竟能有如上的见解，这表示他颇具才慧，足以自己演创出与亨利·詹姆士一样的小说理论。从他的作品里我们可以看得出他体会到了他的理论所具有的含义，因为他最好的故事显示出内容与语言，思想与风格的恰切融合。

叶绍钧大部分的早期小说写的都是关于学生与老师的事。这些作品代表了一个献身教育者所热烈关切的事——传统上对儿童心理和儿童福利的冷淡，以及社会对于现代教育的漠视。在后一类的小说里，热心、富于理想的教育者经常遭遇到困难和挫折。《校长》里的主角想要解聘三个不负责的教师，但没有成功；《抗争》里发动加薪的教师则被解聘，因为他那些没骨气的同事没有坚决支持他；在另外一篇叫《城中》的小说里，一群热心的青年教育家想要建立一所合乎现代教育原理的学校，但却遭遇到学生家长和老一辈的教师坚强的反对。这些小说都道出了中国所面临的一个基本问题：革新派的热情和力量，无法与代表古老习俗、自私自利和愚昧无知的社会压力抗衡。

关于小学生的这类故事，无疑是更引人入胜、更优秀作品。在这类小说里，叶绍钧流露出对孩子的慈祥，对教学的严肃关切，以及对少年心理的惊人理解。由此他创造了一种丰富的小说类型。在《一课》这一篇显然很单纯的故事里，他很技巧的运用独白来表达课室里一个学生的幻想遐思。在《义儿》里，叶绍钧刻画出家庭和学校对一个性好绘画的十二岁孩子所产生的摧毁性影响。不过这故事中所隐含的指责，乃是以喜剧的方式表达出来的。义儿的长辈们对他的创造欲之不

❶《叶圣陶选集》第11页

了解，以及他们之使用威胁利诱的方法迫使他去做正常的学校功课，所暴露出的无疑是他们的盲目无知而非他们的残酷；那个忧心忡忡的妈妈，一个把全部希望都寄托在孩子身上的寡妇，更见得充满着爱，处处惦记着她孩子的福利。这个意志顽强的孩子和他善意的长辈们之间的对峙，产生了一出极精彩的带着悲剧意味的喜剧。

诙谐性的嘲讽在《饭》这篇故事里运用得更见老到。这篇小说讲的是一个穷教师和一个饥荒中的乡村的故事。这个教师负责教的是一群顽童；这群顽童野性未减，尚未感到饥荒的切身之灾。对他们来说，“死象睡眠一样，模糊且黑暗。被它蒙住的时候，饭是吃不成了，玩也玩不成了。并且不能动一动，大概被什么东西缚着，不知几时才解得开？”[1]但在高兴的片刻，他们甚至于连死亡这一个“模模糊糊”的影子也忘得一干二净，因为老师的苦恼叫他们乐不可支。这篇故事的意义在于这群孩子们最后终于了解到，死亡和饥荒威胁到的不仅仅是他们的老师，甚至也同样的威胁到他们的父母和他们自己。

孩子们吵吵闹闹的进入教室，吴老师照例迟到。他的习惯是一定要先买好当天的伙食后才去上课。但是今天督学来查课了。虽然这个督学是个教育骗子，每个月总要把这个教师低得可怜的薪水放一部分到自己口袋里，但他还是为吴老师的迟到装腔作势。他问学生们吴老师到哪儿去了，学生们知道就有好戏可看，便赶快回答他：

> 小孩们听了学务委员的问话，三四个发嘈杂的语音回答道：“他买东西去，买豆腐，买葱。”有几个在那里匿笑。
>
> “不成个样子，这时候还不回来。”学务委员喃喃地自语。停了一会，他又问道：“他天天这样的么？”
>
> “天天是这样，他要吃饭呢。”一个拖着大辫子的孩子说。
>
> 又一个孩子说：“我的妈妈有时同他带买点东西。”
>
> “不要信他，不过……”
>
> 一个耳戴银圈意气很粗的孩子还没有说完，吴先生已赶了进来。两手空着，他的东西大概已在锅灶旁边了。他看见学务委员

[1] 《叶圣陶选集》第47页

含怒的样子立在黑板之侧，简直不明白自己应当怎样才是，身体向左右摇了几摇，拱手俯首地招呼。

学务委员点了一点头，冷冷地说：“上课的时间早到了，你此刻才来！”

吴先生颇欲想出几句适宜的话回答，可是那里想得出，他的踽踽不宁的态度引得孩子吱吱地笑。遮饰是无望了，只得颤抖而含糊地说老实话，“我去买东西，不料回来得迟了。”

“买东西！”学务委员的语音很高，“时刻到了，学生都坐在那里了，却等你买东西！”

“以后不买就是了，”吴先生不自主地这么说。孩子们忽然大笑起来，指点着他互相低语道，“先生不吃东西了，先生不吃东西了。”❶

甚至从这一段上下文缺如的引文里，我们也不难看出学生们互相低语说出的这句话：“先生不吃东西了”所具的讽刺作用。当老师一面为他的迟到道歉，一方面胆怯的为讨取上月未发的一半薪水时，孩子们突然明白了饥饿的恐惧，知道他们也处于大家都面临的困境之中：

拖大辫的孩子牵着前坐的孩子的衣，低语道：“听见么？先生家里等着这个人给东西吃，不然，快要饿死了。”

戴银圈的孩子不赞成这个推测，斥他道，“先生比我们发财得多，我们的骨头烂了，他肚子还饱胀呢。你偏要乱说！”

“我们一定要饿死烂骨头么？”一个很小的孩子接着问，他有惊怖的眼光。

“你今天回去就没有饭吃，明天饿死，后天烂骨头，烂得象烂泥一样。”戴银圈的孩子非常得意的样子这么说。

很小的孩子不再问了，他已沉入了神秘恐悸的幻想。❷

---

❶《叶圣陶选集》第51—52页

❷《叶圣陶选集》第54页

叶绍钧对于教育问题的关注，终于使他在 1928 年写了一本多少带些自传意味的长篇小说《倪焕之》。这时候他已在上海教了好几年书，和大多数的作家一样对五卅运动极为关注，也为国共合作之失败感到失望。这本小说自然也就包括了作者对这些比较广泛的政治问题的反应。倪焕之中学毕业后到一所乡下小学任教，他不但获得了校长的信任，也得到一个女孩子的爱，终于跟她结婚。他热烈响应五四运动，在学校里发动了几次革新，但却遭遇到漠视与敌意；更糟的是，一向跟他抱着一样志气的太太，现在只心满意足的哺养孩子。他于是离开乡下，跑到上海去教书，同时从事社会工作。他积极参与五卅的游行示威，重新又获得希望。但是随着 1927 年 4 月 27 日对共产党员大屠杀的事件之后，他又陷入失望之中。倪焕之于是借酒浇愁感，最后染了伤寒症。临死的时候，他梦呓一般地自语道："唉，死吧！死吧！脆弱的能力，浮动的感情，不中用，完全不中用！一个个希望抓到手里，一个个失掉了；再活三十年，还不是一个样！"[1]

用那个时候的标准来衡量（较为成熟的长篇小说，正在这时候开始出现），《倪焕之》算是很不错的一本小说了，虽然不能说是成功的作品。这部书写得十分坦诚，但是作者和书中主角的关系过份密切，以致于无法产生象作者其他比较优秀的短篇小说所具有的那种带有讽刺意味的客观性。那迟缓的情节，形式化的语言，以及浓重的忧愁气氛，说来奇怪，令人不禁想起约翰逊（Johnson）的小说《罗塞拉丝》（Rasselas）。后来在一篇叫《英文教授》（1936 年）的故事中，叶绍钧把《倪焕之》里头悲剧含义的精华表现出来。故事中的主角董无垢是个好人，几乎可说是个圣人。他从哈佛大学回国后，在上海一所大学里尽心尽责地当了几年心理学教授。他是个很孝顺的儿子，每个周末都回到家乡去跟母亲在一起；不久他结了婚，便跟母亲与妻子快快乐乐的生活在一起，在他那个与外在世界隔绝的天地中享受着恬静的家

[1] 《叶圣陶文集》（北京 1958）卷 3 页 404。一直到《文集》出版为止，有好些年来在中国大陆能见到的《倪焕之》惟一的版本是个节本。这个 1953 年由人民文学出版社出版的节本，删掉了最后三分之一，以除去这部小说的悲观意味。细节见唐文炳（宋淇）写的《倪焕之，谁换之？》（《今日世界》第 44 期，香港 1954 年 1 月 1 日）。

庭乐趣，从事学术研究。然而五卅运动大大的惊醒了他，让他看到中国人的苦难。从那时候开始他不厌不倦的为革命而奋斗，直到1927年因屠杀共产党人事件而精神崩溃，转向佛教去寻求心灵的安慰。后来他母亲与妻子相继去世，他在越来越贫困的情况下过着苦修的生活。一个朋友知道了他的困境之后，帮助他找到一份在大学教书的差事。由于他不再对西方的心理学感到兴趣，只同意教一门大一英文。每天早上他都要在他房中，烧香礼佛，丝毫不受那些好奇的学生所干扰。当一些学生问他中国应否武装起来抵抗日本的侵略时，他明明确确地表示他的反战态度。

毫无疑问的，作者对董无垢的态度表示极强烈的敌视：

> 他蜷伏在大学的一个角落里象地板底下的老鼠，人只见地板，不知道底下躲着老鼠。[1]

这是相当轻蔑的画像，它的用意是要总括地指出主角的无能，以及他舍弃救国工作托身佛教的徒然无益。但是这个画像与故事中那种温和的讽刺和同情的笔调极不调和。从叶绍钧本人对佛教的深厚兴趣来看（他对弘一法师极为佩服，他的好友丰子恺便是弘一的弟子），我们有理由相信，《英文教授》就象《倪焕之》一样，是作者很痛心的自我批评。这篇小说给人的印象是，它的作者满心想加入左派与爱国作家的先锋队，但因1927年的政治事件使他早就失去勇气，再加上他天生就过不了行动派的生活，因此他只有自怨自艾的份儿。《英文教授》里讽刺与悲剧之间悬而未决的张力，不就是叶绍钧本人所面临的难题的征候吗？

由于那强烈的自我谴责的成分，《倪焕之》、《英文教授》，以及其他关于教育改革家的小说都不是叶绍钧最成功的作品。一旦他拿时兴的左派思想来衡量自己的失败，他的想象力便无法自由发展。只有当他在探讨那些跟他极不相象的人的命运时，他才是个有把握的小说家，象契诃夫一样地融合了同情与讽刺。描写小市民灰暗生活的故事，总

---

[1] 《英文教授》，见夏丏尊编《十年》，第316、333页。

是他最好的作品。

《孤独》(1923)描述的是一个孤寂的老人。年轻时他是个有名的酒徒，现在则衰老无助，赁居在一间陋室里。他现在吃饭时喝的是开水，每天早上总是好不容易才起得来。通常他总是在茶馆里消磨日子，偶而也买些水果给房东的小女儿，赚得她一声不太热心的招呼。有个冬日他难得的跑去看他侄女和他的丈夫，但是他们敷衍了事的接待使他感到非常难受。跟《孔乙己》调子相同，《寂寞》是一篇更具心思的心理研究小说，引起一种寂寥凄凉之感。

《秋》是另一篇处理寂寞的作品。女主角三十五岁，是个平平凡凡的产科医生。过清明节时，她从上海回到家乡去与家人团聚，祭扫祖坟。作为一个职业妇女，她要跟庸医和老式接生婆处于竞争地位，也因此受到他们狼藉的声名的牵累，可以说已注定要做一辈子老处女了。当她嫂子试探的问她愿不愿意嫁给一个五十开外的鳏夫时，她觉得受到很大的屈辱。第二天当她同家人一起坐船到坟地去的时候，她不禁回想起十多年前同样的旅程上的欢乐，那时她父母还健在，她自己则是快快乐乐，无忧无虑的。她觉得整个世界都塌下来了似的。

叶绍钧很准确的捕捉住女主角回乡时那份阴沉沉的心情。描写她进入她从前在家住的房间那短短的第一段，一开始就勾划出这篇小说的气氛：

> 开了锁，推开房门，一阵的霉蒸气。是阴沉的秋天的傍晚，那些疏润的几乎不相识的家具都显得非常朦胧。开了两扇窗，才看出什么东西都蒙上了一层灰尘。[1]

这个气氛便贯穿了整篇小说，只有她在船上去上祖坟那段回忆是例外：

> 比较十余年前，上坟的情况是冷落得多了。那时候全家各房同住在宅内，上坟那天的清晨，大家在大厅上齐集，就是一个十分欢快的场面。各房的奶奶小姐走出来齐穿起自出心裁的新装，

[1] 《叶圣陶文集》(上海 1948)第52页

这个的绣着蝴蝶，那个的绣着牡丹，各样的花边，各样的款式。脂粉气从每个脸庞上每条手臂上浮散开来，熏得人人都好象喝了一点酒，有说不出来的高兴。小孩子是跳出跳进地催着上船，这个拉着伯伯，那个牵着爸爸。所有的人齐集了，才出门上船。船一共有三艘，摇到河道宽阔处便并排着行。水果和茶食摆得满桌，箫笛声应和着，笑声在这船和那船间投来投去。简直是全家的快乐的郊游会。❶

这个景象不但烘托出女主角目前寂寞的心境，也让读者注意到她所经历的社会变迁：大家庭的解体，旧式生活乐趣的消逝，而随之而来的便是独身职业妇女所遭遇到的困境。叶绍钧在女主角的生活中探寻这些变迁，而且令人信服的是，他不搀杂自己的见解。

《多收了三五斗》(1933)是叶绍钧少数关于农民的短篇小说之一。在这篇小说里，他把中国农村的困苦生活和盘托出，当时同类作品绝少可与之相比。在处理这种题材时，大部分的作家都会从政治经济上去做文章。叶绍钧虽然也在小说的结尾处附上一段简短的说教文字，但这篇故事的主体却有着具体而动人的人性——那份内敛的同情与愤怒确实叫人感动。在这篇故事里，一群农民摇着船载着新收的稻米到城里去卖。稻米获得丰收，但是批发的价格也随着下降。虽然他们满怀着希望，以为能够卖到足够的钱来买些他们急需的东西，他们还是不得不忍痛把产品卖掉：

旧毡帽朋友今天上镇来，原来有很多的计划的。洋肥皂用完了，须得买十块八块回去。洋火也要带几匣。洋油向挑着担子到村里去的小贩买，十个铜板只有这么一小瓢，太吃亏了；如果几家人家合买一听分来用，就便宜得多。陈列在橱窗里的花花绿绿的洋布听说只消八分半一尺，女人早已眼红了许久。今天粜米就嚷着要一同出来，自己几尺，阿大几尺，阿二几尺，都有了预算。有些女人的预算里还有一面蛋圆的洋镜，一方雪白的毛巾，或者

❶《叶圣陶文集》 (上海 1948)第56—57页

一顶结得很好看的绒绳的小团帽。难得今年天照应，一亩田多收这么三五斗，把一向捏得紧紧的手稍微放宽一点，谁说不应该？缴租、还债、解会钱，大概能够对付过去吧；对付过去之外，大概还有得多余吧。在这样的心境之下，有些人甚至想买一个热水瓶。这东西实在怪，不用生火，热水冲下去，等一会倒出来照旧是烫的；比起稻柴做成的茶壶窠来，真是一个在天上，一个在地下。[1]

很少专门写农民生活的作家拿得出象这样的一段文章，这样的生动具体，这样的忠于农民的感性。叶绍钧透过他们的眼光，把必需品看成具有极大的美与实用价值的东西，因而赋他们的贫穷予尊严。随着又是好几页象这样亲切而正确的写实描述。到了农民们要回船的时候，他们只买了很少几样他们想买的东西。尽管如此，在回程的船上他们还是没有因此减低他们的乐趣：

“乡亲”还沽了一点酒，向熟肉店里买了一点肉，回到停泊在万盛米行船埠头的自家的船上，又从船梢头拿出咸菜和豆腐汤之类的碗碟来，便坐在船头开始喝酒，女人在船梢头烧饭，一会儿，这只船也冒烟，那只船也冒烟，个个人流着眼泪。小孩在敞口朝天的空舱里跌交打滚，又捞起浮在河面的脏东西来玩，惟有他们有说不出的快乐[2]

我们刚讨论过的这三篇小说，是中国现代小说传统中的上等之作，它们是精心创作的日常生活剪影，充满着温婉的同情。身为《小说月报》的编辑和经常的投稿者，叶绍钧一般被认为是为人生而艺术这一派的代表者。如果这句话只是拿来分辨文学研究会与其主要敌营——那主张为艺术而艺术的创造社——的话，那么这句话是没什么意义的。我们应该强调的是，叶绍钧和其他几个为《小说月报》写稿的短篇小说家，在努力表达他们个人所熟知的真实时，远比别的作家更具有艺

❶《叶圣陶文集》第 77 页

❷《叶圣陶文集》第 78 页

术的与职业的责任感。叶绍钧对中国社会丑恶面的憎恨，以及他对1927年以后的政治演变之悲观消沉，其实也是一般比较偏重教条的作家所共有的情感；但至少他能够控制住这些感情，对那包含着勇气与懦弱，善良与孤独的人性采取不偏不激的看法。

叶绍钧写的童话，常流于说教。他最有名的童话，如《稻草人》与《皇帝的新衣》，都是模仿安徒生的。他写散文时的文体，温和谦冲，与其小说文笔相仿，既不象那些追求“美文”作者的华丽，也不象那些模仿晚明散文家那样过份的洒脱。叶绍钧文笔的长处乃在于观察力。在《两法师》这一篇有名的文章里，叶绍钧写下了他对两位同样知名的人物的印象：印光法师与前面提过的弘一法师。在他的仔细观察之下，后者是个真正谦卑信佛的人，而前者则是个道学家，甚至是个欺世盗名之徒，不能超脱于傲慢与气焰之外。

（选自《中国现代小说史》，1979年7月香港友联出版有限公司）

著译年表和著作目录

叶圣陶著译年表

1911 年

儿童之观念（论文）

载 1911 年 9 月 2 日《妇女时报》第 3 号，署名叶陶。

论贵族妇女有革除妆饰奢侈之责（论文）

载 1911 年 11 月 12 日《妇女时报》第 4 号，署名圣匋。

大汉天声·祝辞（诗）

载 1911 年 11 月 11 日苏州《大汉报》，署叶圣陶颂，（以下凡署名叶圣陶者，不再列出）。

1913 年

游拙政园（诗）

1913 年 7 月 2 日作；

载 1922 年 3 月商务印书馆初版《隔膜》中顾颉刚作《〈隔膜〉序》；

初收 1960 年 8 月作家出版社《箧存集》。

1914 年

玻璃窗内之画像（文言小说）

载 1914 年 6 月 10 日《小说丛报》第 2 期，署名圣陶。

穷愁（文言小说）

载 1914 年 7 月 18 日《礼拜六》周刊第 7 期，署名叶匋；

初收《礼拜六百期汇刊》第 1 集。

贫女泪（文言小说）

载 1914 年 7 月 20 日《小说丛报》月刊第 3 期，署名圣陶。

博徒之儿（文言小说）

载 1914 年 8 月 22 日《礼拜六》周刊第 12 期，署名叶匋；

初收《礼拜六百期汇刊》第 2 集。

黑梅夫人（文言小说）

载1914年9月26日《礼拜六》周刊第17期，署名叶匋；
初收《礼拜六百期汇刊》第2集；
本篇系根据“应千”的译文“重撰”。

孤宵幻遇记（文言小说）
载1914年10月10日《礼拜六》周刊第19期，署名叶匋；
初收《礼拜六百期汇刊》第2集。

飞絮沾泥录（文言小说）
载1914年10月17日《礼拜六》周刊第20期，署名叶匋；
初收《礼拜六百期汇刊》第2集。

终南捷径（文言小说）
载1914年11月28日《礼拜六》周刊第26期，署名叶匋；
初收《礼拜六百期汇刊》第2集。

瓮牖新梦（文言小说）
载1914年12月5日《礼拜六》周刊第27期，署名叶匋；
初收《礼拜六百期汇刊》第3集。

1915年

痴心男子（文言小说）
载1915年4月17日《礼拜六》周刊第46期，署名允倩；
初收《礼拜六百期汇刊》第4集。

1916年

倚闾之思（文言小说）
载1916年1月1日《小说海》月刊第2卷第1号，署名叶允倩。

旅窗心影（文言小说）
载1916年4月1日《小说海》月刊第2卷第4号，署名叶允倩。

1918年

春宴琐谭（短篇小说）
载1918年2月5日《妇女杂志》月刊第4卷第2号，3月5日第4卷第3号续完。

1919年

对于小学作文教授之意见（论文）
载1919年1月1日《新潮》月刊第1卷第1号，署名叶绍钧、王钟麒；
初收1980年8月教育科学出版社《叶圣陶语文教育论集》。

春雨（诗）
1919年作；
载1919年2月1日《新潮》月刊第1卷第2号，署名叶绍钧；
初收1960年8月作家出版社《箧存集》。

女子人格问题（论文）
载1919年2月1日《新潮》月刊第1

卷第2号，署名叶绍钧。

这也是一个人！（短篇小说）
1919年2月14日作；
载1919年3月1日《新潮》月刊第1卷第3号，署名叶绍钧；
初收1922年3月商务印书馆《隔膜》，改题为《一生》。

今日中国的小学教育（论文）
1919年2月27日作；
载1919年4月1日《新潮》月刊第1卷第4号，署名叶绍钧。

春游（短篇小说）
1919年3月19日作；
载1919年5月1日《新潮》月刊第1卷第5号，署名叶绍钧；
初收1922年3月商务印书馆《隔膜》。

人的生活（论文）
载1919年7月30日上海《时事新报·学灯》。

敬告创办义务学校诸君（杂文）
载1919年8月6日上海《时事新报·学灯》。

新生活与新人生观（杂文）
载1919年8月11日上海《时事新报·学灯》。

我的伴侣！（诗）
1919年8月23日作；
载1919年9月5日上海《时事新报·学灯》，署名圣陶。又载1919年10月30日《新潮》月刊第2卷第1号，署名叶绍钧，注上述写作时间。

秋之夜（短篇小说）
载1919年9月5日《妇女杂志》月刊第5卷第9号，署名圣陶。

小学教育的改造（论文）
1919年11月4日作；
载1919年12月1日《新潮》月刊第2卷第2号，署名叶绍钧。

1920年

地主（诗）
载1920年3月1日上海《民国日报·觉悟》，署名圣陶。

职业与生计（论文）
载1920年4月1日《新潮》月刊第2卷第3号，署名叶绍钧。

两封回信（短篇小说）
1920年5月16日作；
载1920年5月1日《新潮》月刊第2卷第4号，署名叶绍钧。又载1920年7月16日《妇女评论》半月刊第1卷第6期，署名圣陶，改题为《“你的见解错了！"》。又载1920年7月30日上海《时事新报》，署名圣陶，标题同《妇女评论》；
初收1922年3月商务印书馆《隔膜》。

评女子参政运动（论文）
载1920年6月1日《妇女评论》半月刊第1卷第3期，署名圣陶。

欢迎（短篇小说）
1920年7月2日作；
载1921年4月7—8日北京《京报·青年之友》，署名叶绍钧；
初收1922年3月商务印书馆《隔膜》。

"不快之感"（短篇小说）
1920年7月21日作；
载1921年6月20日上海《时事新报·文学旬刊》第5期，署名叶绍钧；
初收1922年3月商务印书馆《隔膜》。

伊和他（短篇小说）
1920年8月12日作；
载1920年9月1日《新潮》月刊第2卷第5号，署名叶绍钧。又载1920年11月19日北京《晨报副刊》，署名圣陶；
初收1922年3月商务印书馆《隔膜》。

人力车夫（诗）
载1920年8月19日北京《晨报》，署名圣陶。

两行深深的树（诗）
载1920年10月1日《妇女评论》半月刊第2卷第2期，署名圣陶。

母（短篇小说）
1920年10月2日作；
载1920年11月21日北京《晨报》，署名圣陶。又载1921年1月10日《小说月报》第12卷第1号，署名叶绍钧；
初收1922年3月商务印书馆《隔膜》。

夜（诗）
1920年10月12日作；
初收1922年6月商务印书馆新诗合集《雪朝》。

梦（杂文）
载1920年10月28日上海《时事新报·学灯》，署名圣陶。

儿和影子（诗）
1920年11月7日作；
载1921年7月30日上海《时事新报·文学旬刊》第9期；
初收1922年6月商务印书馆新诗合集《雪朝》。

拜菩萨（诗）
1920年11月9日作；
载1921年7月30日上海《时事新报·文学旬刊》第9期；

初收1922年6月商务印书馆新诗合集《雪朝》。

一个朋友（短篇小说）
1920年12月14日作；
载1921年2月10日《小说月报》第12卷第2号，署名叶绍钧；
初收1922年3月商务印书馆《隔膜》。

低能儿（短篇小说）
1920年12月20日作；
载1921年2月10日《小说月报》第12卷第2号，署名叶绍钧；
初收1922年3月商务印书馆《隔膜》。

1921年

萌芽（短篇小说）
1921年1月8日作；
载1921年3月10日《小说月报》第12卷第3号，署名叶绍钧；
初收1922年3月商务印书馆《隔膜》。

民众文学的讨论·三（论文）
1921年1月15日作；
载1922年1月21日上海《时事新报·文学旬刊》第26期。

恐怖的夜（短篇小说）
1921年1月25日作；
载1921年3月10日《小说月报》第12卷第3号，署名叶绍钧；
初收1922年3月商务印书馆《隔膜》。

成功的喜悦（诗）
1921年1月作；
载1921年3月10日《小说月报》第12卷第3号；
初收1960年8月作家出版社《箧存集》。

苦菜（短篇小说）
1921年2月6日作；
载1921年3月22日至3月24日北京《晨报副刊》，署名圣陶；
初收1922年3月商务印书馆《隔膜》。

隔膜（短篇小说）
1921年2月27日作；
载1921年3月16日至3月19日北京《京报·青年之友》，署名圣陶；
初收1922年3月商务印书馆《隔膜》。

阿凤（短篇小说）
1921年3月1日作；
载1921年3月16日、17日北京《晨报副刊》，署名圣陶；
初收1922年3月商务印书馆《隔膜》。

文艺谈·一（论文）
载1921年3月5日北京《晨报副刊》，署名圣陶；
初收1982年1月上海文艺出版社《叶圣陶论创作》。

文艺谈·二（论文）

载1921年3月6日北京《晨报副刊》，署名圣陶；

初收1982年1月上海文艺出版社《叶圣陶论创作》。

感觉（诗）

载1921年3月10日《小说月报》月刊第12卷第3号；

初收1922年6月商务印书馆新诗合集《雪朝》。

锁闭的生活（诗）

载1921年3月10日《小说月报》第12卷第3号；

初收1922年6月商务印书馆新诗合集《雪朝》。

文艺谈·三（论文）

载1921年3月10日北京《晨报副刊》，署名圣陶；

初收1982年1月上海文艺出版社《叶圣陶论创作》。

绿衣（短篇小说）

1921年3月11日作；

载1921年3月19日、20日北京《晨报副刊》，署名圣陶；

初收1922年3月商务印书馆《隔膜》。

文艺谈·四（论文）

载1921年3月11日北京《晨报副刊》，署名圣陶；

初收1982年1月上海文艺出版社《叶圣陶论创作》。

文艺谈·五（论文）

载1921年3月15日北京《晨报副刊》，署名圣陶；

初收1982年1月上海文艺出版社《叶圣陶论创作》。

文艺谈·六（论文）

载1921年3月16日北京《晨报副刊》，署名圣陶；

初收1982年1月上海文艺出版社《叶圣陶论创作》。

文艺谈·七（论文）

载1921年3月20日北京《晨报副刊》，署名圣陶；

初收1982年1月上海文艺出版社《叶圣陶论创作》。

文艺谈·续七（论文）

载1921年3月21日北京《晨报副刊》，署名圣陶；

初收1982年1月上海文艺出版社《叶圣陶论创作》。

文艺谈·八（论文）

载1921年3年22日北京《晨报副刊》，

署名圣陶。
初收 1982 年 1 月上海文艺出版社《叶圣陶论创作》。

文艺谈·九（论文）
载 1921 年 3 月 25 日北京《晨报副刊》，署名圣陶；
初收 1982 年 1 月上海文艺出版社《叶圣陶论创作》。

文艺谈·十（论文）
载 1921 年 3 月 26 日北京《晨报副刊》，署名圣陶；
初收 1982 年 1 月上海文艺出版社《叶圣陶论创作》。

小病（短篇小说）
1921 年 3 月 26 日作；
载 1921 年 5 月 10 日上海《时事新报·文学旬刊》第 1 期，署名谌陶；
初收 1922 年 3 月商务印书馆《隔膜》。

文艺谈·十一（论文）
载 1921 年 3 月 30 日北京《晨报副刊》，署名圣陶；
初收 1982 年 1 月上海文艺出版社《叶圣陶论创作》。

文艺谈·十二（论文）
载 1921 年 3 月 31 日北京《晨报副刊》，署名圣陶；
初收 1982 年 1 月上海文艺出版社《叶圣陶论创作》。

寒晓的琴歌（短篇小说）
1921 年 3 月 31 日作；
载 1921 年 4 月 14 日北京《京报·青年之友》，署名叶绍钧；
初收 1922 年 3 月商务印书馆《隔膜》。

文艺谈·十三（论文）
载 1921 年 4 月 3 日北京《晨报副刊》，署名圣陶；
初收 1982 年 1 月上海文艺出版社《叶圣陶论创作》。

文艺谈·十四（论文）
载 1921 年 4 月 4 日北京《晨报副刊》，署名圣陶；
初收 1982 年 1 月上海文艺出版社《叶圣陶论创作》。

文艺谈·十五（论文）
载 1921 年 4 月 5 日北京《晨报副刊》，署名圣陶；
初收 1982 年 1 月上海文艺出版社《叶圣陶论创作》。

文艺谈·十六（论文）
载 1921 年 4 月 6 日北京《晨报副刊》，署名圣陶；
初收 1982 年 1 月上海文艺出版社《叶

圣陶论创作》。

疑（短篇小说）
载1921年4月16日、17日北京《京报·青年之友》，署名叶绍钧；
初收1922年3月商务印书馆《隔膜》。

文艺谈·十七（论文）
载1921年4月16日北京《晨报副刊》，署名圣陶；
初收1982年1月上海文艺出版社《叶圣陶论创作》。

文艺谈·十八（论文）
载1921年4月17日北京《晨报副刊》，署名圣陶；
初收1982年1月上海文艺出版社《叶圣陶论创作》。

文艺谈·十九（论文）
载1921年4月18日北京《晨报副刊》，署名圣陶；
初收1982年1月上海文艺出版社《叶圣陶论创作》。

文艺谈·二十（论文）
载1921年4月19日北京《晨报副刊》，署名圣陶；
初收1982年1月上海文艺出版社《叶圣陶论创作》。

潜隐的爱（短篇小说）
1921年4月19日作；
载1921年4月26日至4月30日北京《晨报副刊》，署名圣陶；
初收1922年3月商务印书馆《隔膜》。

一课（短篇小说）
1921年4月30日作；
载1921年5月17日至5月19日北京《晨报副刊》，署名圣陶；
初收1922年3月商务印书馆《隔膜》。

文艺谈·二十一（论文）
载1921年5月7日北京《晨报副刊》，署名圣陶；
初收1982年1月上海文艺出版社《叶圣陶论创作》。

文艺谈·二十二（论文）
载1921年5月8日北京《晨报副刊》，署名圣陶；
初收1982年1月上海文艺出版社《叶圣陶论创作》。

文艺谈·二十三（论文）
载1921年5月9日北京《晨报副刊》，署名圣陶；
初收1982年1月上海文艺出版社《叶圣陶论创作》。

文艺谈·二十四（论文）

载1921年5月10日北京《晨报副刊》，署名圣陶；初收1982年1月上海文艺出版社《叶圣陶论创作》。

文艺谈·二十五（论文）

载1921年5月11日北京《晨报副刊》，署名圣陶；初收1982年1月上海文艺出版社《叶圣陶论创作》。

文艺谈·二十六（论文）

载1921年5月12日北京《晨报副刊》，署名圣陶；初收1982年1月上海文艺出版社《叶圣陶论创作》。

文艺谈·二十七（论文）

载1921年5月13日北京《晨报副刊》，署名圣陶；初收1982年1月上海文艺出版社《叶圣陶论创作》。

文艺谈·二十八（论文）

载1921年5月14日北京《晨报副刊》，署名圣陶；初收1982年1月上海文艺出版社《叶圣陶论创作》。

文艺谈·二十九（论文）

载1921年5月15日北京《晨报副刊》，署名圣陶；初收1982年1月上海文艺出版社《叶圣陶论创作》。

文艺谈·三十（论文）

载1921年5月16日北京《晨报副刊》，署名圣陶；初收1982年1月上海文艺出版社《叶圣陶论创作》。

文艺谈·三十一（论文）

载1921年5月25日北京《晨报副刊》，署名圣陶；初收1982年1月上海文艺出版社《叶圣陶论创作》。

文艺谈·三十二（论文）

载1921年5月29日北京《晨报副刊》，署名圣陶；初收1982年1月上海文艺出版社《叶圣陶论创作》。

文艺谈·三十三（论文）

载1921年6月3日北京《晨报副刊》，署名圣陶；初收1982年1月上海文艺出版社《叶圣陶论创作》。

文艺谈·三十四（论文）

载1921年6月4日北京《晨报副刊》，

署名圣陶；
初收 1982 年 1 月上海文艺出版社《叶圣陶论创作》。

文艺谈·三十五（论文）
载 1921 年 6 月 7 日北京《晨报副刊》，署名圣陶；
初收 1982 年 1 月上海文艺出版社《叶圣陶论创作》。

创作的要素（论文）
1921 年 6 月 7 日夜作；
载 1921 年 7 月 10 日《小说月报》第 12 卷第 7 号，署名叶绍钧。

文艺谈·三十六（论文）
载 1921 年 6 月 9 日北京《晨报副刊》，署名圣陶；
初收 1982 年 1 月上海文艺出版社《叶圣陶论创作》。

晓行（短篇小说）
1921 年 6 月 11 日作；
载 1921 年 6 月 20 日至 6 月 23 日北京《晨报副刊》，署名圣陶；
初收 1923 年 11 月商务印书馆《火灾》。

文艺谈·三十七（论文）
载 1921 年 6 月 12 日北京《晨报副刊》，署名圣陶；
初收 1982 年 1 月上海文艺出版社《叶圣陶论创作》。

侮辱人们的人（杂文）
载 1921 年 6 月 20 日上海《时事新报·文学旬刊》第 5 期，署名圣陶。

文艺谈·三十八（论文）
载 1921 年 6 月 22 日北京《晨报副刊》，署名圣陶；
初收 1982 年 1 月上海文艺出版社《叶圣陶论创作》。

文艺谈·续三十八（论文）
载 1921 年 6 月 23 日北京《晨报副刊》，署名圣陶；
初收 1982 年 1 月上海文艺出版社《叶圣陶论创作》。

文艺谈·三十九（论文）
载 1921 年 6 月 24 日北京《晨报副刊》，署名圣陶；
初收 1982 年 1 月上海文艺出版社《叶圣陶论创作》。

文艺谈·四十（论文）
载 1921 年 6 月 25 日北京《晨报副刊》，署名圣陶；
初收 1982 年 1 月上海文艺出版社《叶圣陶论创作》。

悲哀的重载（短篇小说）

1921年6月26日作；
载1921年7月3日至7月8日北京《晨报副刊》，署名圣陶；
初收1923年11月商务印书馆《火灾》。

恳亲会（独幕剧）
载1921年7月10日《小说月报》第12卷第7号，署名叶绍钧；
1925年商务印书馆出版。

园丁集（24）（译诗，印度　泰戈尔著）
载1921年7月24日上海《时事新报·学灯》，署叶绍钧译。

先驱者（短篇小说）
1921年7月25日作；
载1921年8月1、2日上海《时事新报·学灯》，署名叶绍钧；
初收1923年11月商务印书馆《火灾》。

园丁集（61）（译诗，印度　泰戈尔著）
载1921年7月28日上海《时事新报·学灯》，署叶绍钧译。

脆弱的心（短篇小说）
1921年8月9日作；
载1921年8月15、16日上海《时事新报·学灯》，署名叶绍钧；
初收1923年11月商务印书馆《火灾》。

小虎刺（诗）
1921年8月10日作；
载1921年8月22日上海《时事新报·学灯》，原题为《杂诗（一）》，署名叶绍钧；
初收1922年6月商务印书馆新诗合集《雪朝》。

扁豆（诗）
1921年8月10日作；
载1921年8月22日上海《时事新报·学灯》，原题为《杂诗（二）》，署名叶绍钧；
初收1922年6月商务印书馆新诗合集《雪朝》。

小鱼（诗）
1921年8月31日作；
初收1922年6月商务印书馆新诗合集《雪朝》。

江滨（诗）
1921年8月31日作；
初收1922年6月商务印书馆新诗合集《雪朝》。

两个孩子（诗）
1921年9月7日作；
载1921年9月19日上海《时事新报·学灯》，署名叶绍钧；
初收1922年6月商务印书馆新诗合集《雪朝》。

损害（诗）
1921年9月8日作；
载1921年9月11日上海《时事新报·学灯》，署名斯提；
初收1922年6月商务印书馆新诗合集《雪朝》。

失望（诗）
1921年9月8日作；
载1921年9月20日上海《时事新报·文学旬刊》第14期，署名斯提。

诗
载1921年9月10日北京《晨报》。

杂诗
载1921年9月22日北京《晨报》，署名圣陶。

饭（短篇小说）
1921年9月24日作；
载1921年10月10日上海《时事新报·双十节增刊》；
初收1923年11月商务印书馆《火灾》。

路（诗）
1921年9月25日作；
载1922年1月15日上海《时事新报·学灯》，署名叶绍钧；
初收1922年6月商务印书馆新诗合集《雪朝》。

艺术的生活（三幕剧）
载1921年9月30日《戏剧》月刊第1卷第5号，署名叶绍钧。

中国公学中学部教员宣告这次风潮之因果始末（宣言）
载1921年10月21日上海《时事新报》，署名叶绍钧、常乃德、朱自清、刘建阳、陈兼善、吴有训、刘延陵、许敦谷。

义儿（短篇小说）
1921年10月29日作；
载1921年11月1日上海《时事新报·文学旬刊》第18期，署名叶绍钧；
初收1923年11月商务印书馆《火灾》。

就是这样了吗？（杂文）
载1921年11月1日上海《时事新报·文学旬刊》第18期，署名斯提。

盼望（杂文）
载1921年11月1日上海《时事新报·文学旬刊》第18期，署名斯提。

云翳（短篇小说）
1921年11月2日作；
载1921年12月10日《小说月报》第12卷第12号，署名叶绍钧；
初收1923年11月商务印书馆《火灾》。

时间经济（杂文）

载 1921 年 11 月 5 日上海《时事新报·学灯》，署名郢。

说话（杂文）

载 1921 年 11 月 9 日上海《时事新报·学灯》，署名郢。

骸骨之迷恋（杂文）

载 1921 年 11 月 12 日上海《时事新报·文学旬刊》第 19 期，署名斯提。

小白船（童话）

1921 年 11 月 15 日作；
载 1922 年 3 月 4 日《儿童世界》周刊第 1 卷第 9 期，署名叶绍钧；
初收 1923 年 11 月商务印书馆《稻草人》。

傻子（童话）

1921 年 11 月 16 日作；
载 1922 年 3 月 18 日《儿童世界》周刊第 1 卷第 11 期，署名叶绍钧；
初收 1923 年 11 月商务印书馆《稻草人》。

燕子（童话）

1921 年 11 月 17 日作；
载 1922 年 4 月 8 日《儿童世界》周刊第 2 卷第 1 期，署名叶绍钧；
初收 1923 年 11 月商务印书馆《稻草人》。

一粒种子（童话）

1921 年 11 月 20 日作；
载 1922 年 2 月 25 日《儿童世界》周刊第 1 卷第 8 期，署名叶绍钧；
初收 1923 年 11 月商务印书馆《稻草人》。

对于鹦鹉的箴言（杂文）

载 1921 年 11 月 21 日上海《时事新报·文学旬刊》第 20 期，署名斯提。

乐园（短篇小说）

1921 年 11 月 22 日作；
载 1922 年 1 月 10 日《小说月报》第 13 卷第 1 号，署名叶绍钧；
初收 1923 年 11 月商务印书馆《火灾》。

刊物（杂文）

载 1921 年 11 月 23 日上海《时事新报·学灯》，署名郢。

地动（短篇小说）

1921 年 12 月 9 日作；
载 1922 年 1 月 10 日《东方杂志》半月刊第 19 卷第 1 号，署名叶绍钧；
初收 1923 年 11 月商务印书馆《火灾》。

旅路的伴侣（短篇小说）

1921 年 12 月 19 日作；
载 1922 年 3 月 10 日《小说月报》第 13 卷第 3 号，署名叶绍钧；
初收 1923 年 11 月商务印书馆《火灾》。

风潮（短篇小说）
1921年12月21日作；
载1922年4月20日《教育杂志》月刊第14卷第4号，署名叶绍钧；
初收1923年11月商务印书馆《火灾》。

地球（童话）
1921年12月25日作；
载1922年3月25日《儿童世界》周刊第1卷第12期，署名叶绍钧；
初收1923年11月商务印书馆《稻草人》。

芳儿的梦（童话）
1921年12月26日作；
载1922年4月1日《儿童世界》周刊第1卷第13期，署名叶绍钧；
初收1923年11月商务印书馆《稻草人》。

新的表（童话）
1921年12月27日作；
载1922年4月22日《儿童世界》周刊第2卷第3期，署名叶绍钧；
初收1923年11月商务印书馆《稻草人》。

梧桐子（童话）
1921年12月28日作；
载1922年5月20日《儿童世界》周刊第2卷第7期，署名叶绍钧；
初收1923年11月商务印书馆《稻草人》。

大喉咙（童话）
1921年12月30日作；
载1922年4月15日《儿童世界》周刊第2卷第2期，署名叶绍钧；
初收1923年11月商务印书馆《稻草人》。

1922年

张开眼睛来（杂文）
载1922年1月3日上海《时事新报·学灯》，署名郢。

旅行家（童话）
1922年1月4日作；
载1922年5月6日《儿童世界》周刊第2卷第5期，署名叶绍钧；
初收1923年11月商务印书馆《稻草人》。

富翁（童话）
1922年1月9日作；
载1922年6月3日《儿童世界》周刊第2卷第9期，署名叶绍钧；
初收1923年11月商务印书馆《稻草人》。

蝴蝶歌（歌词）
载1922年1月14日《儿童世界》周刊第1卷第2期，署名叶绍钧。

鲤鱼的遇险（童话）
1922年1月14日作；
载1922年5月13日《儿童世界》周刊第2卷第6期，署名叶绍钧；

初收1923年11月商务印书馆《稻草人》。

小学国文教授的诸问题（论文）
载1922年1月20日《教育杂志》月刊第14卷第1号，署名叶绍钧。

不眠（诗）
1922年2月1日作；
载1922年2月15日《诗》月刊第1卷第2号，署名叶绍钧；
初收1922年6月商务印书馆新诗合集《雪朝》。

黑夜（诗）
1922年2月2日作；
载1922年2月15日《诗》月刊第1卷第2号，署名叶绍钧；
初收1922年6月商务印书馆新诗合集《雪朝》。

被忘却的（短篇小说）
1922年2月10日作；
初收1923年11月商务印书馆《火灾》。

想（诗）
1922年2月18日作；
载1922年2月27日北京《晨报副镌》。

津浦车中的晚上（诗二首）
1922年2月22日作；
载1922年2月27日北京《晨报副镌》。

致孙伏园（书信）
1922年2月24日作；
载1922年2月27日北京《晨报副镌》，原无标题，署名叶绍钧。

白（歌词）
载1922年3月11日《儿童世界》周刊第1卷第10期，署名叶绍钧。

醉后（短篇小说）
1922年3月14日作；
载1922年3月1日《民铎杂志》月刊第3卷第3号，署名叶绍钧；
初收1923年11月商务印书馆《火灾》。

早与晚（歌词）
载1922年3月18日《儿童世界》周刊第1卷第11期，署名叶绍钧。

眼泪（童话）
1922年3月19日作；
载1922年7月1日《儿童世界》周刊第2卷第13期，署名叶绍钧；
初收1923年11月商务印书馆《稻草人》。

画眉鸟（童话）
1922年3月24日作；
载1922年6月11日《儿童世界》周刊第2卷第11期，署名叶绍钧；
初收1923年11月商务印书馆《稻草人》。

玫瑰和金鱼（童话）

1922年3月26日作；

载1922年6月24日《儿童世界》周刊第2卷第12期，署名叶绍钧；

初收1923年11月商务印书馆《稻草人》。

花园之外（童话）

1922年3月27日作；

初收1923年11月商务印书馆《稻草人》。

祥哥的胡琴（童话）

1922年4月3日作；

载1922年7月22日《儿童世界》周刊第3卷第3期，署名叶绍钧；

初收1923年11月商务印书馆《稻草人》。

瞎子和聋子（童话）

1922年4月10日作；

载1922年7月8日《儿童世界》周刊第3卷第1期，署名叶绍钧；

初收1923年11月商务印书馆《稻草人》。

克宜的经历（童话）

1922年4月12日作；

载1922年8月26日《儿童世界》周刊第3卷第8期，署名叶绍钧；

初收1923年11月商务印书馆《稻草人》。

跛乞丐（童话）

1922年4月14日作；

载1922年9月2日《儿童世界》周刊第3卷第9期，署名叶绍钧；

初收1923年11月商务印书馆《稻草人》。

诗的泉源（论文）

1922年5月17日作；

载1922年4月15日《诗》月刊第1卷第4号，署名叶绍钧；

初收1924年11月霜枫社散文合集《剑鞘》。

祖母的心（短篇小说）

1922年5月15日作；

载1922年7月10日《小说月报》第13卷第7号，署名叶绍钧；

初收1923年11月商务印书馆《火灾》。

小蚬的回家（短篇小说）

1922年5月21日作；

载1922年5月25日《东方杂志》半月刊第19卷第10号，署名叶绍钧；

初收1923年11月商务印书馆《火灾》。

啼声（短篇小说）

1922年5月23日作；

载1922年5月10日《东方杂志》半月刊第19卷第9号，署名叶绍钧；

初收1923年11月商务印书馆《火灾》。

快乐的人（童话）

1922年5月24日作；

载1922年8月19日《儿童世界》周

刊第3卷第7期，署名叶绍钧；
初收1923年11月商务印书馆《稻草人》。

小黄猫的恋爱故事（童话）
1922年5月27日作；
初收1923年11月商务印书馆《稻草人》。

玉诺的诗（评论）
载1922年6月1日上海《时事新报·文学旬刊》第39期，署名圣陶；
初收1922年8月上海商务印书馆《将来之花园》（徐玉诺诗集）。

稻草人（童话）
1922年6月7日作；
载1923年1月6日《儿童世界》周刊第5卷第1期，署名叶绍钧；
初收1923年11月商务印书馆《稻草人》。

教师问题——希望于师范学校和师范生（论文）
1922年6月9日作；
载1922年7月20日《教育杂志》月刊第14卷第7号。

《东游杂志》后记
载1922年8月3日上海《时事新报·学灯》，原无标题，署叶圣陶记。

我的希望（杂文）
1922年9月1日作；
载1922年9月6日上海《时事新报·现代妇女》第1期，署名郢。

节育的本义（杂文）
1922年9月14日作；
载1922年9月16日上海《时事新报·现代妇女》第2期，署名郢。

父母的责任（杂文）
载1922年10月6日上海《时事新报·现代妇女》第4期，署名郢。

社评（一则）（评论）
载1922年10月26日上海《时事新报·现代妇女》第6期，署名郢。

火灾（短篇小说）
1922年12月2日作；
载1923年1月10日《小说月报》第14卷第1号，署名叶绍钧；
初收1923年11月商务印书馆《火灾》。

小铜匠（短篇小说）
1922年12月10日作；
载1923年4月10日《小说月报》第14卷第4号，署名叶绍钧；
初收1923年11月商务印书馆《火灾》。

两样（短篇小说）
1922年12月17日作；
载1923年2月10日《小说月报》第

14卷第2号，署名叶绍钧；
初收1923年11月商务印书馆《火灾》。

× × ×

*读者赐览（广告）
载1922年7月《诗》月刊第1卷第4号，未署名。

1923年

供献给做父母的（杂文）
1923年1月1日作；
载1923年1月6日上海《时事新报·现代妇女》第13期，署名郢。

卷头语
载1923年1月10日《小说月报》第14卷第1号，署名圣陶。

关于《小说世界》的话（评论）
1923年1月19日作；
载1923年1月21日上海《时事新报·文学旬刊》第62期，署名华秉丞；
初收1982年1月上海文艺出版社《叶圣陶论创作》。

归宿（短篇小说）
1923年1月24日作；
载1923年2月10日《小说月报》第14卷第2号，署名叶绍钧；
初收1923年11月商务印书馆《火灾》。

孤独（短篇小说）
1923年1月28日作；
载1923年3月10日《小说月报》第14卷第3号，署名叶绍钧；
初收1925年10月商务印书馆《线下》。

我们对于北京国立学校南迁的主张（声明）
1923年1月30日作；
载1923年2月5日北京《晨报副镌》第32号，署名王伯祥、郑振铎、叶圣陶、顾颉刚。

卷头语
载1923年2月10日《小说月报》第14卷第2号，署名圣陶。

卷头语
载1923年3月10日《小说月报》月刊第14卷第3号，署名圣陶。

对于编辑中学语文教科书的一点意见——答李石岑周予同（通讯）
1923年4月11日作；
载1923年4月20日《教育杂志》月刊第15卷第4号，署名叶绍钧。

平常的故事（短篇小说）

* 叶圣陶未署名及以“编者”、“出版社”等署名的文章，附列于每年之后。

1923年4月18日作；
载1923年5月10日《小说月报》第14卷第5号，署名叶绍钧；
初收1925年10月商务印书馆《线下》。

诗与对仗（论文）
载1923年5月10日《小说月报》第14卷第5号，署名圣陶；
初收1982年1月上海文艺出版社《叶圣陶论创作》。

亭居笔记（杂文）
载1923年5月22日上海《时事新报·文学旬刊》第74期，署名圣陶。

亭居笔记（杂文）
载1923年6月2日上海《时事新报·文学旬刊》第75期，署名圣陶。

病夫（短篇小说）
1923年6月26日作；
载1924年1月7日上海《时事新报·文学周刊》第104期，署名郢；
初收1926年7月开明书店《城中》。

错过了（散文）
1923年6月29日作；
载1923年7月22日《努力周报》第62期；
初收1924年11月霜枫社散文合集《剑鞘》。

游泳（短篇小说）
1923年7月18日作；
载1923年8月10日《小说月报》第14卷第8号，署名叶绍钧；
初收1925年10月商务印书馆《线下》。

如果我是个作者（散文）
1923年7月27日作；
载1923年7月30日上海《时事新报·文学周刊》第81期，署名圣陶。
又载1937年5月9日《大公报·文艺》第333期，改题为《我如果是一个作者》，作了补充修改；
初收1924年11月霜枫社散文合集《剑鞘》。

桥上（短篇小说）
1923年7月28日作；
载1923年9月10日《小说月报》第14卷第9号，署名叶绍钧；
初收1925年10月商务印书馆《线下》。

读者的话（散文）
1923年8月2日作；
载1923年8月6日上海《时事新报·文学周刊》第82期，署名圣陶；
初收1924年11月霜枫社散文合集《剑鞘》。

教师的修养（论文）
1923年8月6日作；

载1923年8月19日《努力周报》第66期。

第一口的蜜（散文）
1923年8月14日作；
载1923年8月20日上海《时事新报·文学周刊》第84期；
初收1924年11月霜枫社散文合集《剑鞘》。

校长（短篇小说）
1923年8月30日作；
载1923年10月10日《小说月报》第14卷第10号，署名叶绍钧；
初收1925年10月商务印书馆《线下》。

没有秋虫的地方（散文）
1923年8月31日作；
载1923年9月3日上海《时事新报·文学周刊》第86期，署名圣陶；
初收1924年11月霜枫社散文合集《剑鞘》。

编辑例言
载1923年8月商务印书馆《国语》第5册，署名顾颉刚、叶绍钧。

藕与莼菜（散文）
1923年9月7日作；
载1923年9月10日上海《时事新报·文学周刊》第87期，署名圣陶；
初收1924年11月霜枫社散文合集《剑鞘》。

将离（散文）
1923年9月7日始作，9月12日作完；
载1923年9月17日上海《时事新报·文学周刊》第88期，署名王钧；
初收1924年11月霜枫社散文合集《剑鞘》。

马铃瓜（短篇小说）
1923年9月11日作；
载1923年10月10日上海《时事新报·双十节增刊》，署名叶绍钧；
初收1925年10月商务印书馆《线下》。

阿秋的中秋夜（童话）
载1923年9月22日《儿童世界》周刊第7卷第12期，署名叶绍钧，未完亦未续刊。

客语（散文）
1923年10月1日作；
载1923年10月8日上海《时事新报·文学周刊》第91期，署名王钧；
初收1924年11月霜枫社散文合集《剑鞘》。

× × ×

《诗》二卷一号出版预告（广告）
载1923年4月2日上海《时事新报·文

学旬刊》第69期，未署名。

编辑余谈（杂文）
载1923年4月15日《诗》月刊第2卷第1号，未署名。

文艺杂志介绍：（一）《小说月报》；（二）《创造季刊》；（三）《虹纹季刊》；（四）《文学旬刊》；（五）《草堂》；（六）《弥洒》（广告）
载1923年4月15日《诗》月刊第2卷第1号，未署名。

《诗》二卷二号出版预告（广告）
载1923年5月20日上海《时事新报·文学旬刊》第74期，未署名。

1924年

诚实的自己的话（散文）
载1924年1月10日《小说月报》第15卷第1号；
初收1924年3月商务印书馆《作文论》。

牧羊儿（童话）
1924年1月11日作（发表时作者自注）；
载1924年1月10日《小说月报》第15卷第1号，署名叶绍钧。

一个青年（短篇小说）
1924年1月31日作；
载1924年2月10日《小说月报》第15卷第2号，署名叶绍钧；
初收1925年10月商务印书馆《线下》。

菁儿的故事（童话）
载1924年2月23日《儿童世界》周刊第9卷第8期，同卷第10期、第11期续完，署名叶绍钧。

《天方夜谭》序
1924年3月7日作；
载1924年6月商务印书馆《天方夜谭》（该书系新学制中学语文科补充读本，1924年6月出上册，同年8月出下册，署奚若译述，叶绍钧校注），署名叶绍钧。

牛奶（童话）
载1924年4月5日《儿童世界》周刊第10卷第1期，署名叶绍钧。

回过头来（散文）
1924年4月9日作；
载1924年8月商务印书馆《星海——为〈文学〉纪念》（上），署名叶绍钧；
初收1924年11月霜枫社散文合集《剑鞘》。

泪的徘徊（散文）
1924年4月19日作；
载1924年7月上海亚东图书馆《我们的七月》；
初收1924年11月霜枫社散文合集

《剑鞘》。

聪明的野牛（童话）

载1924年5月17日《儿童世界》周刊第10卷第7期，署名叶绍钧；

初收1956年5月中国少年儿童出版社《叶圣陶童话选》。

到吴淞（散文）

1924年5月17日作；

载1924年5月19日上海《时事新报·文学周刊》第122期，署名郢；

初收1924年11月霜枫社散文合集《剑鞘》。

《绮梦和幻象》的序诗

载1924年6月4日上海《时事新报·学灯》，署名叶绍钧。

关于初中国语教科书的陈述（论文）

载1924年6月5日《教育与人生》第29期，署名叶绍钧。

说话训练——产生与发表的总枢纽（论文）

载1924年6月20日《教育杂志》月刊第16卷第6号，署名叶绍钧。

“革命文学”（论文）

1924年7月5日作；

载1924年7月7日上海《时事新报·文学周刊》第129期，署名秉丞。

丛墓的人间（散文）

1924年7月19日作；

载1924年7月21、28日上海《时事新报·文学周刊》第131、132期，署名郢。

春光不是她的了（短篇小说）

1924年8月12日作（发表时作者自注）；

载1924年8月10日《东方杂志》半月刊第21卷第15号，署名叶绍钧；

初收1925年10月商务印书馆《线下》。

骨牌声（杂文）

1924年8月16日作；

载1924年8月18日上海《时事新报·文学周刊》第135期，署名郢。

卖白果（杂文）

1924年8月22日作；

载1924年8月25日上海《时事新报·文学周刊》第136期，署名郢。

深夜的食品（杂文）

1924年8月26日作；

载1924年9月1日上海《时事新报·文学周刊》第137期，署名郢。

苍蝇（杂文）

1924年8月29日作；

载1924年9月1日上海《时事新报·文学周刊》第137期，署名郢。

两串的人（杂文）
1924年9月4日作；
载1924年9月8日上海《时事新报·文学周刊》第138期，署名郢。

拾回来了（诗）
1924年9月20日作；
载1924年9月22日上海《时事新报·文学周刊》第140期，署名郢。

白旗（诗）
1924年10月11日作；
载1924年10月13日上海《时事新报·文学周刊》第143期，署名郢。

浏河战场（诗）
1924年11月1日作；
载1924年11月20日《小说月报》第15卷第11号，署名叶绍钧；
初收1960年8月作家出版社《箧存集》。

金耳环（短篇小说）
1924年11月12日作；
载1924年12月10日《小说月报》第15卷第12号，署名叶绍钧；
初收1925年10月商务印书馆《线下》。

《天鹅》序
1924年11月20日作；
载1924年12月1日上海《时事新报·文学（周刊）》第150期，署名叶绍钧（童话集《天鹅》，文学研究会丛书之一，郑振铎、高君箴译述，1925年3月商务印书馆初版发行）。

潘先生在难中（短篇小说）
1924年11月27日作；
载1925年1月10日《小说月报》第16卷第1号，署名叶绍钧；
初收1925年10月商务印书馆《线下》。

外国旗（短篇小说）
1924年12月6日作；
载1925年1月10日《东方杂志》半月刊第22卷第1号，署名叶绍钧；
初收1925年10月商务印书馆《线下》。

家（杂文）
1924年12月20日作；
载1924年12月22日上海《时事新报·文学周刊》第153期，署名郢。

浣溪沙·为严既澄题《初日楼少作》（词）
载1924年上海朴社《初日楼少作》，署名叶绍钧圣陶。

× × ×

浣溪沙·檃栝《灰色马》中依梨娜语（词）
载1924年7月上海亚东图书馆《我们

的七月》，未署名。

介绍《大风集》（评论）
1924年10月18日作；
载1924年10月20日上海《时事新报·文学周刊》第144期，未署名。

1925年

万方多难欲何之（杂文）
1925年1月2日作；
载1925年1月5日上海《时事新报·文学周刊》第155期，署名郢。

希望（杂文）
1925年1月23日作；
载1925年2月16日上海《时事新报·文学周刊》第160期，署名郢。

无谓的界限（杂文）
1925年2月19日作；
载1925年2月23日、3月2日上海《时事新报·文学周刊》第161、162期，署名郢。

读书（杂文）
1925年2月27日作；
载1925年3月2日上海《时事新报·文学（周刊）》第162期，署名郢；
初收1931年9月新中国书局《脚步集》。

前途（短篇小说）
1925年3月16日作（发表时作者自注）；
载1925年3月10日《小说月报》第16卷第3号，署名叶绍钧；
初收1926年7月开明书店《城中》。

双双的脚步（散文）
1925年3月19日作；
载1925年3月23日上海《时事新报·文学周刊》第165期，署名郢；
初收1931年9月新中国书局《脚步集》。

纯乎其纯（感想）（杂文）
1925年3月23日作；
载1925年3月30日上海《时事新报·文学周刊》第166期，署名郢。

暮（散文）
1925年4月18日作；
载1925年6月上海亚东图书馆《我们的六月》。

甜（童话）
载1925年5月9日《儿童世界》周刊第14卷第6期，署名叶绍钧。

一件破棉袄（散文）
载1925年5月10日《文学周报》第172期，署名郢生。

魔法（散文）
载1925年5月24日《文学周报》第

174期，署名圣陶。

演讲（短篇小说）
1925年5月29日作；
载1925年6月21日《文学周报》第178期，署名圣陶；
初收1926年7月开明书店《城中》。

五月卅一日急雨中（散文）
1925年5月31日作；
载1925年6月28日《文学周报》第179期，署名圣陶。

虞洽卿是“调人”（评论）
载1925年6月6日上海《公理日报》第4号，署名秉丞。

太平之歌（诗）
载1925年6月7日《文学周报》第176期，署名圣陶。

华队公会的供状（评论）
载1925年6月8日上海《公理日报》第6号，署名秉丞。

援助罢工工人（评论）
载1925年6月12日上海《公理日报》第10号，署名秉丞、左生。

怎样做到我们的办法（评论）
载1925年6月13日上海《公理日报》第11号，署名秉丞、左生。

日报公会不答复（评论）
载1925年6月13日上海《公理日报》第11号，署名秉丞。

五月三十日（诗）
载1925年6月14日《文学周报》第177期，署名圣陶。

再答报界与金融界（评论）
载1925年6月16日上海《公理日报》第14号，署名秉丞。

总商会的条件（评论）
载1925年6月18日上海《公理日报》第16号，署名秉丞。

无耻的总商会（评论）
载1925年6月20日上海《公理日报》第18号，署名秉丞。

认清敌人（杂文）
载1925年7月5日《文学周报》第180期，署名圣陶。

印度抒情小诗（译诗　印度女诗人Laurence Hope作）
载1925年7月19日《文学周报》第182期，署郢生、西谛、得一、东华译。

诸相（杂文）
载1925年7月26日《文学周报》第183期，署名郢生。

不平等条约（杂文）
载1925年9月19日《儿童世界》周刊第15卷第11期，署名叶绍钧。

与佩弦（散文）
1925年9月作；
载1925年9月27日《文学周报》第192期，署名圣陶；
初收1931年9月新中国书局《脚步集》。

士大夫与奴性（杂文）
载1925年10月25日北京《京报副刊》第289号，署名郢。

别人的话（杂文）
载1925年10月18日《文学周报》第195期，署名郢生，共两题：一、照旧，二、东西。

幸亏得——一个佣妇所说（杂文）
载1925年10月31日《文学周报》第197期，署名圣陶。

城中（短篇小说）
1925年11月1日作；
载1926年1月1日《民铎杂志》月刊第7卷第1号，署名叶绍钧；
初收1926年7月开明书店《城中》。

双影（短篇小说）
1925年11月12日作；
载1925年11月22日《文学周报》第200期，署名圣陶；
初收1926年7月开明书店《城中》。

在民间（短篇小说）
1925年11月29日作；
载1926年1月《新女性》月刊第1卷第1号，署名圣陶；
初收1926年7月开明书店《城中》。

《荀子》绪言
初收1925年11月商务印书馆《荀子》，叶绍钧选注。

“同胞”的枪弹（杂文）
1925年12月6日夜作；
载1925年12月13日《文学周报》第203期，署名圣陶。

× × ×

公祭郭君梦良（杂文）
载1925年12月6日《文学周报》第202期，未署名。

1926年

晨（短篇小说）
1926年2月1日作；

载 1926 年 2 月 10 日《小说月报》第 17 卷第 2 号，署名叶绍钧；
初收 1926 年 7 月开明书店《城中》。

微波（短篇小说）
1926 年 3 月 13 日作（发表时作者自注）；
载 1926 年 3 月 10 日《小说月报》第 17 卷第 3 号，署名叶绍钧；
初收 1926 年 7 月开明书店《城中》。

致死伤的同胞（杂文）
1926 年 3 月 19 日作；
载 1926 年 3 月 28 日《文学周报》第 218 期，署名圣陶。

搭班子（短篇小说）
1926 年 5 月 2 日作；
载 1926 年 5 月 20 日《教育杂志》月刊第 18 卷第 5 号，署名叶绍钧；
初收 1926 年 7 月开明书店《城中》。

五月（诗）
载 1926 年 5 月 9 日《文学周报》第 224 期，署名圣陶。

莫遗忘（杂文）
载 1926 年 6 月 5 日《光明》半月刊第 1 期，署名圣陶。

编辑余言（杂文）
载 1926 年 6 月 5 日《光明》半月刊第 1 期，署名郢生。

国故研究者（杂文）
1926 年 5 月作；
载 1926 年 6 月 6 日《文学周报》第 228 期，署名圣陶；
初收 1931 年 9 月新中国书局《脚步集》。

诗人（散文）
1926 年 6 月 10 日作；
载 1926 年 6 月 20 日《光明》半月刊第 2 期，署名圣陶；
初收 1935 年 12 月开明书店《未厌居习作》。

“我们忏悔来的”（诗）
载 1926 年 6 月 20 日《光明》半月刊第 2 期，署名郢生，诗前有序。

水患（散文）
1926 年 6 月 25 日作；
载 1926 年 7 月 5 日《光明》半月刊第 3 期，署名圣陶；
初收 1935 年 12 月开明书店《未厌居习作》。

编辑余言（杂文）
载 1926 年 7 月 5 日《光明》半月刊第 3 期，署名郢生。

遗腹子（短篇小说）

1926年7月28日作；
载1926年9月5日《一般》月刊第1卷诞生号，署名圣陶；
初收1928年12月商务印书馆《未厌集》。

《礼记》绪言
载1926年7月商务印书馆《礼记》(学生国学丛书)，叶绍钧选注。

编辑余言（杂文）
载1926年8月5日《光明》半月刊第5期，署名郢生。

夏夜（短篇小说）
1926年8月19日作；
载1926年9月10日《小说月报》第17卷第9号，署名叶绍钧；
初收1928年12月商务印书馆《未厌集》。

“怎么能……”（散文）
1926年9月1日作；
载1926年9月12日《文学周报》第241期《忘余录》题下，署名秉丞；
初收1931年9月新中国书局《脚步集》。

二等车（散文）
载1926年9月5日《文学周报》第240期《忘余录》题下，署名秉丞。

《温德米尔夫人的扇子》（评论）
载1926年9月5日《一般》月刊第1卷诞生号，署名郢生(《温德米尔夫人的扇子》，即《少奶奶的扇子》，王尔德原著，潘家洵译，北平朴社发行)。

同归（散文）
1926年9月7日作；
载1926年9月12日《文学周报》第240、241期《忘余录》题下，署名秉丞。

卷头语
载1926年9月10日《小说月报》第17卷第9号，署名圣陶。

纪念白采（散文）
载1926年10月5日《一般》月刊10月号，原无标题，署名圣陶。

《苏辛词》绪言
1926年10月8日作；
载1927年9月商务印书馆叶绍钧选注《苏辛词》；
初收1982年1月上海文艺出版社《叶圣陶论创作》。

苦辛（短篇小说）
1926年11月2日作毕；
载1926年12月5日《一般》月刊12月号，署名圣陶；
初收1928年12月商务印书馆《未厌集》。

《西行日记》（评论）
载1926年11月5日《一般》月刊11月号，署名郢生（《西行日记》，陈万里作，北平朴社出版）。

“心是分别不开的”（散文）
1926年11月7日作；
载1926年11月21日《文学周报》第251期，署名圣陶；
初收1931年9月新中国书局《脚步集》。

一包东西（短篇小说）
1926年11月30日作；
载1927年1月10日《小说月报》第18卷第1号，署名叶绍钧；
初收1928年12月商务印书馆《未厌集》。

抗争（短篇小说）
1926年12月6日作；
载1927年1月20日《教育杂志》月刊第19卷第1号，署名叶绍钧；
初收1928年12月商务印书馆《未厌集》。

江绍原君的工作（杂文）
载1926年12月5日《文学周报》第253期，署名秉丞。

× × ×

定阅本报诸君公鉴（广告）
1926年7月25日作；
载1926年7月25日《文学周报》第235期，未署名。

欲订本社丛书者公鉴（广告）
1926年7月25日作；
载1926年7月25日《文学周报》第235期，署文学周报社启。

本报新订优待长期读者办法（广告）
载1926年8月29日《文学周报》第239期，未署名。

涂炭日志
1926年8月作；
载1926年9月20日《光明》半月刊第6期，未署名。

救济国民党党员之复函
载1926年9月20日《光明》半月刊第6期，未署名。

1927年

“良辰入奇怀”（杂文）
载1927年1月30日《文学周报》第260期，署名秉丞。

《传习录》绪言
载1927年1月商务印书馆《传习录》，叶绍钧点注。

《周姜词》绪言
1927年1月作；

载1929年7月商务印书馆《周姜词》，叶绍钧选注。
初收1982年1月上海文艺出版社《叶圣陶论创作》。

小病（短篇小说）
1927年7月10日作（发表时未注写作日期，此系收入《未厌集》时补注）；
载1927年5月10日《小说月报》第18卷第5号，署名桂山；
初收1928年12月商务印书馆《未厌集》。

小妹妹（短篇小说）
1927年7月31日作（发表时未注写作日期，此系收入《未厌集》时补注）；
载1927年6月10日《小说月报》第18卷第6号，署名孟言；
初收1928年12月商务印书馆《未厌集》。

读《柚子》（评论）
载1927年7月10日《小说月报》第18卷第7号，署名秉丞（《柚子》，王鲁彦著短篇小说集，1926年10月北京北新书局初版）；
初收1982年1月上海文艺出版社《叶圣陶论创作》。

完成（杂文）
载1927年7月10日《小说月报》第18卷第7号，署名秉丞；
初收1982年1月上海文艺出版社《叶圣陶论创作》。

法度（杂文）
载1927年7月10日《小说月报》第18卷第7号，署名秉丞。

毫不（杂文）
载1927年7月10日《小说月报》第18卷第7号，署名秉丞。

忆（诗）
1927年9月26日完成；
载1927年11月《一般》月刊11月号（第3卷第3号），署名圣陶。

《中原的蛮族》序
1927年9月26日作；
载1927年12月开明书店《中原的蛮族》，署名叶绍钧（《中原的蛮族》，TK口述，郑飞卿记）。

两法师（散文）
1927年10月8日作毕；
载1927年9月1日《民铎杂志》月刊第9卷第1号，署名圣陶；
初收1931年9月新中国书局《脚步集》。

夜（短篇小说）
1927年11月4日作（发表时未注写作日期，收入《未厌集》时作者补注）；
载1927年10月10日《小说月报》第

18卷第10号，署名桂山；
初收1928年12月商务印书馆《未厌集》。

赤着的脚（短篇小说）
1927年11月9日作；
初收1928年12月商务印书馆《未厌集》。

× × ×

上海著作人公会缘起（宣言）
载1927年2月20日《文学周报》第262、263期合刊，署名上海著作人公会。

最后半页（补白）
载1927年6月10日《小说月报》第18卷第6号，未署名。

卷头语
载1927年7月10日《小说月报》第18卷第7号，署名记者。

最后一页（补白）
载1927年7月31日《小说月报》第18卷第8号，无署名。

给新读者（广告）
载1927年11月13日《文学周报》第290期，署名编者。

《小说月报》第十九卷一号要目预告（广告）
载1927年12月10日《小说月报》第18卷第12号，未署名。

1928年

某城纪事（短篇小说）
1928年7月6日作；
载1928年9月10日《小说月报》第19卷第9号，署名桂山；
初收1928年12月商务印书馆《未厌集》。

《未厌集》题记
1928年10月26日识；
载1928年12月商务印书馆《未厌集》，原无标题，署作者识。

倪焕之（长篇小说）
1928年11月15日作毕；
载1928年1月20日至12月20日《教育杂志》月刊第20卷第1号至同卷第12号，署名叶绍钧；
1929年8月开明书店初收。

冥世别（短篇小说）
1928年12月3日作毕；
载1928年12月15日《大江月刊》12月号，署名郢生；
初收 1936 年 8 月良友图书印刷公司《四三集》。

李太太的头发（短篇小说）
1928年12月9日作；
载1929年1月1日《红黑》月刊第1

期，署名桂山；
初收 1931 年 9 月新中国书局《脚步集》。

× × ×

介绍《贡献》旬刊（评论）
载 1928 年 1 月 10 日《小说月报》第 19 卷第 1 号，未署名。

介绍《太阳》月刊（评论）
载 1928 年 1 月 10 日《小说月报》第 19 卷第 1 号，未署名。

最后一页（补白）
载 1928 年 2 月 10 日《小说月报》第 19 卷第 2 号，署名记者。

本报第六号要目预告（广告）
载 1928 年 5 月 10 日《小说月报》第 19 卷第 5 号，未署名。

《小说月报》第二十卷内容预告（广告）
载 1928 年 12 月 10 日《小说月报》第 19 卷第 12 号，未署名。

1929 年

马利亚（翻译小说 捏维洛夫著）
载 1929 年 4 月 28 日《文学周报》第 364 至 368 期，署叶绍钧译。

《倪焕之》作者自记
1929 年 8 月 16 日作；
载 1929 年 8 月开明书店《倪焕之》。

某镇纪事
1929 年 8 月 25 日作毕；
载 1929 年 10 月 15 日《新文艺》月刊第 1 卷第 2 号；
初收 1931 年 9 月新中国书局《脚步集》。

追念陶先生（散文）
1929 年 8 月 26 日作；
载 1929 年 10 月 5 日《一般》月刊第 9 卷第 2 号，署名叶绍钧。

古代英雄的石像（童话）
1929 年 9 月 5 日作；
载 1930 年 1 月 20 日《中学生》月刊创刊号，署名叶绍钧；
初收 1931 年 6 月开明书店《古代英雄的石像》。

致施蛰存（书信）
1929 年 12 月 28 日作；
载 1936 年 9 月生活书店《现代作家书简》（孔另境编）。

毛贼（童话）
载 1929 年 12 月 22 日《文学周报》第 380 期，署名圣陶；
初收 1931 年 6 月开明书店《古代英雄的石像》。

× × ×

最后一页（补白）
载 1929 年 1 月 10 日《小说月报》第 20 卷第 1 号，署名记者。

最后一页（补白）
载 1929 年 3 月 10 日《小说月报》第 20 卷第 3 号，署名记者。

最后一页（补白）
载 1929 年 4 月 10 日《小说月报》第 20 卷第 4 号，署名记者。

最后一页（补白）
载 1929 年 5 月 10 日《小说月报》第 20 卷第 5 号，署名记者。

本号苏俄作者传略·捏维洛夫（传记）
载 1929 年 4 月 28 日《文学周报》第 364 至 368 期，署名编者甲。

1930 年

作自己要作的题目——写作杂话之一（论文）
载 1930 年 1 月 20 日《中学生》创刊号，署名郢生；
初收 1935 年 6 月开明书店《写作的健康与疾病》。

皇帝的新衣（童话）
载 1930 年 1 月 20 日《教育杂志》月刊第 22 卷第 1 期。
初收 1931 年 6 月开明书店《古代英雄的石像》。

“通”与“不通”——写作杂话之二（论文）
载 1930 年 2 月 1 日《中学生》月刊第 2 号，署名郢生；
初收 1935 年 6 月开明书店《写作的健康与疾病》。

书的夜话（童话）
载 1930 年 2 月 1 日《中学生》月刊第 2 号，署名叶绍钧；
初收 1931 年 6 月开明书店《古代英雄的石像》。

含羞草（童话）
载 1930 年 2 月 20 日《教育杂志》月刊第 22 卷第 2 期。
初收 1931 年 6 月开明书店《古代英雄的石像》。

“好”与“不好”——写作杂话之三（论文）
载 1930 年 3 月 1 日《中学生》月刊第 3 号，署名郢生；
初收 1935 年 6 月开明书店《写作的健康与疾病》。

假如我有一个弟弟（散文）
1930年6月作；
载1930年7月1日《中学生》月刊第6号，署名郢生；
初收1931年9月新中国书局《脚步集》。

伫望（译诗）
载1930年7月1日《妇女杂志》月刊第16卷第7号，署名孟言。

荷马之教（译诗）
载1930年7月1日《妇女杂志》月刊第16卷第7号，署名孟言。

风（译诗）
载1930年7月1日《妇女杂志》月刊第16卷第7号，署名孟言。

致赵景深（书信）
1930年10月24日作；
载1981年4月上海文艺出版社《中国现代文艺资料丛刊》第6辑，署名钧。

过去随谈（散文）
1930年10月29日作；
载1931年1月1日《中学生》月刊第11号，署名圣陶；
初收1931年9月新中国书局《脚步集》。

致赵景深（书信）
1930年11月1日作；
载1981年4月上海文艺出版社《中国现代文艺资料丛刊》第6辑，署名钧。

作了父亲（散文）
1930年11月作；
载1931年1月1日《妇女杂志》月刊第17卷第1号，署名郢生；
初收1931年9月新中国书局《脚步集》。

蚕儿和蚂蚁（童话）
1930年12月17日作；
载1931年3月1日《文学生活》月刊第1卷第1期；
初收1931年6月开明书店《古代英雄的石像》。

慈儿（童话）
1930年终作；
载1931年2月1日《新学生》月刊第1卷第2期，署名郢生；
初收1931年6月开明书店《古代英雄的石像》。

× × ×

本志十七卷五号征文《我的学校生活》、《我的配偶》（广告）
载1930年9月1日《妇女杂志》月刊第16卷第9号，未署名。

本志十七卷六号征文《出了中等学校》、《女工的情况》（广告）

载1930年10月1日《妇女杂志》月刊第16卷第10号，未署名。

妇女杂志新年特大号要目预告（第十七卷第一号）（广告）
载1930年11月1日《妇女杂志》月刊第16卷第11号，未署名。

本志十七卷七号征文《书我所认为新女子者》、《暑假的生活》（广告）
载1930年11月1日《妇女杂志》月刊第16卷第11号，未署名。

本志十七卷八号征文《关于投考学校》、《我所希望的生活》（广告）
载1930年12月1日《妇女杂志》月刊第16卷第12号，未署名。

1931年

叶圣陶启事
1931年1月31日作；
载1931年2月1日《妇女杂志》月刊第17卷第2号。

熊夫人幼稚园（童话）
载1931年2月1日《中学生》月刊第12号，署名郢生；
初收1931年6月开明书店《古代英雄的石像》。

一个中学生的父亲的自杀（杂文）
载1931年4月1日《中学生》月刊第14号，署名郢生。

绝了种的人（童话）
载1931年4月30日《青年界》月刊创刊号，署名郢生；
初收1931年6月开明书店《古代英雄的石像》。

《小姑娘》序
1931年9月5日作；
载1931年11月上海黑猫社《小姑娘》（诗集，葛又华作，黑猫社丛书第一种），署名叶绍钧。

速写（散文）
载1931年9月20日《北斗》月刊创刊号；
初收1935年12月开明书店《未厌居习作》。

牵牛花（散文）
载1931年9月20日《北斗》月刊创刊号；
初收1935年12月开明书店《未厌居习作》。

走这样的路是题中应有之义（杂文）
载1931年9月28日《文艺新闻》周刊第29号，署名叶绍钧。

将做些什么（童话）
载 1931 年 10 月 14 日《儿童世界》周刊第 28 卷第 17 期，署名叶绍钧。

× × ×

本志十七卷九号征文《秋令随笔》、《小家庭生活的经验》（广告）
载 1931 年 1 月 1 日《妇女杂志》月刊第 17 卷第 1 号，未署名。

本志《妇女与文学专号》征文（广告）
载 1931 年 1 月 1 日《妇女杂志》月刊第 17 卷第 1 号，署妇女杂志社启。

本志十七卷十一号征文《认识男朋友的益处》《旅行杂感》（广告）
载 1931 年 3 月 1 日《妇女杂志》月刊第 17 卷第 3 号，未署名。

《开明语体文选类编》编辑凡例
载 1931 年 6 月开明书店《开明语体文选类编》（开明书店编译所编辑），署编者识。

《开明古文选类编》编辑凡例
载 1931 年 7 月开明书店《开明古文选类编》（开明书店编译所编辑），署编者识。

闻警！（散文）
1931 年 9 月 1 日作；
载 1931 年 10 月 1 日《中学生》月刊第 18 号，未署名。

《中学各科学习法》序
1931 年 12 月作；
载 1931 年 12 月开明书店初版《中学各科学习法》（夏丏尊、林语堂、周予同、刘叔琴、王伯祥、刘熏宇、周建人、程祥荣、丰子恺、谢似颜等著，开明青年丛书），署名编者。

致中学教师书
1931 年 12 月作；
载 1931 年 12 月 1 日《中学生》月刊第 20 号，署中学生杂志社启。

1932 年

答《北斗》关于"创作不振之原因及其出路"的征询（论文）
载 1932 年 1 月 20 日《北斗》月刊第 2 卷第 1 期"创作不振之原因及其出路"征文栏内，原无标题。

通信
来书 3 月 2 日作，复书 3 月 11 日作；
载 1932 年 3 月 30 日《文学月刊》第 2 卷第 4 期，署名圣陶、平伯。

战时琐记（散文）
载 1932 年 7 月 10 日《文学月报》第 1 卷第 2 期；

初收 1935 年 12 月开明书店《未厌居习作》。

席间（短篇小说）
1932 年 8 月作；
载 1932 年 9 月 15 日《申报月刊》第 1 卷第 3 号，署名圣陶；
初收 1936 年 3 月商务印书馆《圣陶短篇小说集》。

投资（短篇小说）
1932 年作；
载 1932 年 9 月 1 日《中学生》月刊第 27 号，署名郢生；
初收 1936 年 8 月良友图书印刷公司《四三集》。

夏？（散文）
载 1932 年 9 月 15 日《现代》月刊第 1 卷第 5 期，署名圣陶。

《化学奇谈》序
1932 年 9 月 24 日作；
载 1932 年 10 月开明书店《化学奇谈》（法国法布尔著，顾均正译述），署名叶绍钧。

秋（短篇小说）
载 1932 年 11 月 1 日《现代》月刊第 2 卷第 1 期；
初收 1936 年 3 月商务印书馆《圣陶短篇小说集》。

今天天气好呵（杂文）
载 1932 年 12 月 1 日上海《申报·自由谈》。

文明利器（散文）
载 1932 年 12 月 23 日上海《申报·自由谈》；
初收 1935 年 12 月开明书店《未厌居习作》。

× × ×

从焚书到读书（杂文）
载 1932 年 1 月 1 日《中学生》月刊第 21 号，署名编者。

何所为而学习（杂文）
载 1932 年 1 月 1 日《中学生》月刊第 21 号，署名编者。

罢课？复课？（杂文）
载 1932 年 2 月 1 日《中学生》月刊第 22 号，署名编者。

文章病院·规约
载 1932 年 2 月 1 日《中学生》月刊第 22 号，未署名。

第一号病患者——辞源续编说明（评论）

载1932年2月1日《中学生》月刊第22号，未署名；
初收1980年8月教育科学出版社《叶圣陶语文教育论集》。

第二号病患者——中国国民党第四届第一次中央执行委员会全体会议宣言（评论）
载1932年2月1日《中学生》月刊第22号，未署名；
初收1980年8月教育科学出版社《叶圣陶语文教育论集》。

第三号病患者——江苏省立中等学校校长劝告全省中等学校学生复课书（评论）
载1932年2月1日《中学生》月刊第22号，未署名。

前途（杂文）
载1932年4月1日《中学生》月刊第23号，署名编者。

“失学”与“自学”（杂文）
载1932年4月1日《中学生》月刊第23号，署名编者。

小学初级学生用《开明国语课本》编辑要旨
载1932年6月开明书店《开明国语课本》（1949年改称《幼童国语读本》），叶绍钧编纂；
初收1980年8月教育科学出版社《叶圣陶语文教育论集》。

暑假期中（杂文）
载1932年7月1日《中学生》月刊第26号，署名编者。

“九一八”（杂文）
载1932年9月1日《中学生》月刊第27号，署名编者。

到农村去（杂文）
载1932年9月1日《中学生》月刊第27号，署名编者。

今年的“双十节”（杂文）
载1932年10月1日《中学生》月刊第28号，署名编者。

“学者”（杂文）
载1932年11月1日《中学生》月刊第29号，署名编者。

1933年

新年停止办公三天（杂文）
载1933年1月1日上海《申报·自由谈》。

关于“新年的梦想”（杂文）
载1933年1月1日《东方杂志》半月

刊第30卷第1号“新年的梦想”征文栏内，原无标题。

养蜂（散文）
载1933年1月1日《东方杂志》半月刊第30卷第1号；
初收1935年12月开明书店《未厌居习作》。

文心（读写的故事）（论文）
连载于1933年3月1日《中学生》月刊第31号至1934年8月1日同刊第46号，署名夏丏尊、叶圣陶；
初收1934年6月开明书店《文心》。

为横死之小林遗族募捐启（启事）
1933年4月13日共拟；
载1933年4月13日《中国论坛》第2卷第4期，署叶绍钧等。

抗议作家丁玲之被捕（声明）
载1933年5月29日《中国论坛》第2卷第6期，署叶圣陶等。

随便谈谈我的写小说（论文）
1933年4月5日作；
载1933年6月上海天马书店《创作的经验》；
初收1935年12月开明书店《未厌居习作》。

多收了三五斗（短篇小说）
载1933年7月1日《文学》月刊创刊号，署名圣陶；
初收1936年8月良友图书印刷公司《四三集》。

“不存私心的严正的批评”（杂文）
载1933年7月17日上海《申报·自由谈》。

我的答语——关于国语课本（杂文）
载1933年8月11日上海《申报·自由谈》。

看月（散文）
载1933年9月1日《中学生》月刊第37号，署名郢生；
初收1935年12月开明书店《未厌居习作》。

“读经”（散文）
载1933年9月1日《中学生》月刊第37号，署名丙丞。

中年人（散文）
载1933年9月15日《申报月刊》第2卷第9号，署名郢生；
初收1935年12月开明书店《未厌居习作》。

不甘寂寞（散文）

载1933年9月15日《申报月刊》第2卷第9号，署名郢生；
初收1935年12月开明书店《未厌居习作》。

"苏州光复"（散文）
载1933年10月1日《中学生》月刊第38号"辛亥革命（随笔）"栏内，署名郢生；
初收1935年12月开明书店《未厌居习作》。

读书（散文）
载1933年11月1日《中学生》月刊第39号，署名郢生；
初收1935年12月开明书店《未厌居习作》。

× × ×

第四号病患者——今后申报努力的工作（评论）
载1933年1月1日《中学生》月刊第31号，未署名。

《(1933年）中学生文艺》序
1933年11月作；
载1933年12月中学生杂志社《(1933年）中学生文艺》，署名编者。

1934年

马可尼来华（散文）
载1934年1月1日《中学生》月刊第41号，署名秉丞。

新年偶谈姜白石的元旦词（评论）
载1934年1月1日《中学生》月刊第41号，署名郢生。

预言（散文）
载1934年2月1日《中学生》月刊第42号，署名秉丞。

儿子的订婚（散文）
载1934年3月1日《中学生》月刊第43号，署名郢生；
初收1935年12月开明书店《未厌居习作》。

日用品工业（新工业参观记）（散文）
载1934年3月1日《中学生》月刊第43号，署名秉丞、微明。

《十三经索引》自序
1934年4月22日作；
载1934年8月开明书店《十三经索引》（叶绍钧编）。

杂谈读书作文和大众语文学（论文）
载1934年6月25日上海《申报·自由谈》。
初收1934年9月上海天马书店《语文论战的现阶段》（文逸编）。

拘执与理解（散文）

载 1934 年 9 月 1 日《中学生》月刊第 47 号，署名秉丞。

写不出什么（散文）

载 1934 年 9 月 20 日《太白》半月刊创刊号。

掮枪的生活（散文）

载 1934 年 10 月 1 日《中学生》月刊第 48 号，署名秉丞；

初收 1935 年 12 月开明书店《未厌居习作》。

“说书”（散文）

载 1934 年 10 月 5 日《太白》半月刊第 1 卷第 2 期，署名圣陶；

初收 1935 年 12 月开明书店《未厌居习作》。

“昆曲”（散文）

载 1934 年 10 月 20 日《太白》半月刊第 1 卷第 3 期，署名圣陶；

初收 1935 年 12 月开明书店《未厌居习作》。

三种船（散文）

载 1934 年 12 月 20 日《太白》半月刊第 1 卷第 7 期，署名圣陶；

初收 1935 年 12 月开明书店《未厌居习作》。

《清人绝句选》序

1934 年 12 月 15 日作；

载 1935 年 1 月开明书店《清人绝句选》（陈友琴编线装本），署名叶绍钧；

初收 1982 年 1 月上海文艺出版社《叶圣陶论创作》。

怎样写作（论文）

载 1934 年 12 月 25 日《读书生活》半月刊第 1 卷第 4 期，署名丙生；

初收 1938 年 5 月开明书店《阅读与写作》。

《圣陶短篇小说集》付印题记

1934 年 12 月 27 日作；

载 1936 年 3 月商务印书馆《圣陶短篇小说集》。

× × ×

“教育的目标”的问题（杂文）

载 1934 年 3 月 1 日《中学生》月刊第 43 号，署名编者。

唯一的教学方法——演讲（杂文）

载 1934 年 4 月 1 日《中学生》月刊第 44 号，署名编者。

简陋的学校设备（杂文）

载 1934 年 4 月 1 日《中学生》月刊第 44 号，署名编者。

卫生习惯（杂文）
载1934年4月1日《中学生》月刊第44号，署名编者。

“享受”（杂文）
载1934年5月1日《中学生》月刊第45号，署名编者。

专供考试用的书籍（杂文）
载1934年6月1日《中学生》月刊第46号，署名编者。

读经与读外国文（杂文）
载1934年6月1日《中学生》月刊第46号，署名编者。

“拆穿”（杂文）
载1934年6月1日《中学生》月刊第46号，署名编者。

“百日通”（杂文）
载1934年10月1日《中学生》月刊第48号，署名编者。

关于文字的改革（杂文）
载1934年11月1日《中学生》月刊第49号，署名编者。

《1934年中学生文艺》序
1934年11月作；
载1934年12月中学生杂志社《（1934年）中学生文艺》（上），署名编者。

小学高级学生用《开明国语课本》编辑要旨
载1934年开明书店小学高级学生用《开明国语课本》（1947年改名为《少年国语读本》，篇目有改动），叶圣陶编纂，丰子恺书画；
初收1980年8月教育科学出版社《叶圣陶语文教育论集》。

《开明国文讲义》编辑例言
载1934年开明书店《开明国文讲义》，叶圣陶、夏丏尊、宋云彬、陈望道合编；
初收1980年8月教育科学出版社《叶圣陶语文教育论集》。

1935年

天井内的种植（散文）
载1935年2月1日《中学生》月刊第52号，署名圣陶；
初收1935年12月开明书店《未厌居习作》。

近来得到的几种赠品（散文）
载1935年2月15日《新小说》月刊创刊号；
初收1935年12月开明书店《未厌居习作》，改题为《几种赠品》。

木炭习作跟短小文字（论文）

载1935年3月1日《中学生》月刊第53号，署名圣陶；
初收1980年8月教育科学出版社《叶圣陶语文教育论集》。

对于《中国新文学大系》出版的感想（杂文）
载1935年3月14日上海《大公报》。

关于小品文（论文）
载1935年3月上海生活书店初版《小品文与漫画》（陈望道主编，《太白》第1卷纪念特辑）；
初收1982年1月上海文艺出版社《叶圣陶论创作》。

过节（散文）
载1935年7月15日《创作》月刊第1卷第1期，署名圣陶；
初收1935年12月开明书店《未厌居习作》。

半年（短篇小说）
载1935年7月15日《新小说》月刊第2卷第1期七月革新号；
初收1936年8月良友图书印刷出版公司《四三集》。

逃难（短篇小说）
载1935年7月15日《申报月刊》第4卷第7号；
初收1936年8月良友图书印刷出版公司《四三集》。

所谓文艺的"永久性"是什么？（论文）
载1935年7月生活书店《文学百题》，郑振铎、傅东华编；
初收1982年1月上海文艺出版社《叶圣陶论创作》。

不惜令随焦土焦（诗）
1935年7月作；
载1938年8月9日上海《文汇报·世纪风》（诗后注"自渝城寄沪"）。

"感同身受"（短篇小说）
载1935年9月1日《中学生》月刊第57号，署名圣陶；
初收1936年8月良友图书印刷出版公司《四三集》。

关于《国文百八课》（评论）
载1935年9月1日上海《申报》，署名叶绍钧、夏丏尊；
初收1938年5月开明书店《阅读与写作》。

得失（短篇小说）
载1935年9月9日《国闻周报》第12卷第35期，署名圣陶；
初收1936年8月良友图书印刷出版公司《四三集》。

开头和结尾（论文）
载 1935 年 10 月 1 日《中学生》月刊第 58 号，署名圣陶；
初收 1938 年 4 月开明书店《文章讲话》。

《给年少者》序
1935 年 9 月作；
载 1935 年 9 月生活书店初版《给年少者》（沙风著），署名叶绍钧。

一个小浪花（短篇小说）
载 1935 年 11 月 16 日《大众生活》周刊创刊号，署名圣陶；
初收 1936 年 8 月良友图书印刷出版公司《四三集》。

写作什么（论文）
载 1935 年 12 月 29 日上海《申报》，署名叶绍钧；
初收 1938 年 5 月开明书店《阅读与写作》。

《未厌居习作》自序
1935 年 12 月作；
载 1935 年 12 月开明书店《未厌居习作》。

薪工（散文）
载 1935 年 12 月开明书店《未厌居习作》。

没有日记（散文）
载 1935 年 12 月开明书店《未厌居习作》。

× × ×

受教育跟处理生活（杂文）
载 1935 年 3 月 1 日《中学生》月刊第 53 号，署名编者。

《中学生文艺季刊春季号》卷头语
1935 年 3 月作；
载 1935 年 3 月《中学生文艺季刊春季号》，署名编者。

送全国高中一年级男同学入营（杂文）
载 1935 年 4 月 1 日《中学生》月刊第 54 号，署名编者。

毕业会考跟学生健康问题（杂文）
载 1935 年 4 月 1 日《中学生》月刊第 54 号，署名编者。

关于“手头字”（杂文）
载 1935 年 4 月 1 日《中学生》月刊第 54 号，署名编者。

读书的态度（杂文）
载 1935 年 5 月 1 日《中学生》月刊第 55 号，署名编者。

告愿意献身于文学的青年（杂文）
载 1935 年 6 月 1 日《中学生》月刊第 56 号，署名编者。

小说跟事实的记录（杂文）

载1935年6月1日《中学生》月刊第56号，署名编者。

读教育杂志“读经问题专号”（杂文）

载1935年6月1日《中学生》月刊第56号，署名编者。

《中学生文艺季刊秋季号》卷头语

1935年9月作；

载1935年9月《中学生文艺季刊秋季号》，署名编者。

不相应的“因”与“果”（杂文）

载1935年10月1日《中学生》月刊第58号，署名编者。

读了《武训》（杂文）

载1935年12月1日《中学生》月刊第60号，署名编者。

《中学生文艺季刊冬季号》卷头语

1935年12月作；

载1935年12月31日《中学生文艺季刊冬季号》，署名编者。

初中国文科教学自修用《国文百八课》编辑大意

载1935年开明书店初中国文科教学自修用《国文百八课》，叶圣陶、夏丏尊合编；

初收1980年8月教育科学出版社《叶圣陶语文教育论集》。

1936年

一桶水（短篇小说）

载1936年1月1日《中学生》月刊第61号，署名圣陶；

初收1936年8月良友图书印刷出版公司《四三集》。

路（散文）

载1936年1月1日《文学》月刊第6卷第1号，署名圣陶。

“鸟言兽语”（童话）

载1936年1月10日《新少年》半月刊创刊号，署名圣陶；

初收1936年8月良友图书印刷公司《四三集》。

朱自清的《背影》（评论）

载1936年1月10日《新少年》半月刊创刊号，署名圣陶；

初收1937年2月开明书店《文章例话》。

夏丏尊的《整理好了的箱子》（评论）

载1936年1月25日《新少年》半月刊第1卷第2号，署名圣陶；

初收1937年2月开明书店《文章例话》。

茅盾的《浴池速写》（评论）

载1936年2月10日《新少年》半月刊第1卷第3号，署名圣陶；
初收1937年2月开明书店《文章例话》。

火车头的经历（童话）
载1936年2月25日《新少年》半月刊第1卷第4期，署名圣陶；
初收1936年8月良友图书印刷公司《四三集》。

俞庆棠女士写给上海学生请愿团的一封公开信（评论）
载1936年2月25日《新少年》半月刊第1卷第4期，署名圣陶；
初收1937年2月开明书店《文章例话》。

丁祭（短篇小说）
载1936年3月7日《永生》周刊创刊号，署名圣陶；
初收1936年8月良友图书印刷公司《四三集》。

邻居（短篇小说）
载1936年3月10日《新少年》半月刊第1卷第5期，署名圣陶；
初收1936年8月良友图书印刷公司《四三集》。

巴金的《朋友》（评论）
载1936年3月10日《新少年》半月刊第1卷第5期，署名圣陶；
初收1937年2月开明书店《文章例话》。

鲁迅的《看戏》（评论）
载1936年3月25日《新少年》半月刊第1卷第6期，署名圣陶；
初收1937年2月开明书店《文章例话》。

儿童节（短篇小说）
载1936年4月4日《永生》周刊第1卷第5期，署名圣陶；
初收1936年8月良友图书印刷公司《四三集》。

徐志摩的《我所知道的康桥》（评论）
载1936年4月10日《新少年》半月刊第1卷第7期，署名圣陶；
初收1937年2月开明书店《文章例话》。

一篇宣言（短篇小说）
载1936年4月15日上海《大公报·文艺》，署名圣陶；
初收1936年8月良友图书印刷公司《四三集》。

刘延陵的《水手》（评论）
载1936年4月25日《新少年》半月刊第1卷第8期，署名圣陶；
初收1937年2月开明书店《文章例话》。

四月献辞
载1936年4月生活书店重编《文艺

日记》。

周作人的《小河》（评论）
载 1936 年 5 月 10 日《新少年》半月刊第 1 卷第 9 期，署名圣陶；
初收 1937 年 2 月开明书店《文章例话》。

记游洞庭西山（散文）
载 1936 年 5 月 15 日《越风》半月刊第 13 期。

丰子恺的《现代建筑的形式美》（评论）
载 1936 年 5 月 25 日《新少年》半月刊第 1 卷第 10 期，署名圣陶；
初收 1937 年 2 月开明书店《文章例话》。

苏雪林的《收获》（评论）
载 1936 年 6 月 10 日《新少年》半月刊第 1 卷第 11 期，署名圣陶；
初收 1937 年 2 月开明书店《文章例话》。

赵元任的《科学名词跟科学概念》（评论）
载 1936 年 6 月 25 日《新少年》半月刊第 1 卷第 12 期，署名圣陶；
初收 1937 年 2 月开明书店《文章例话》。

一个练习生（短篇小说）
1936 年作；
载 1936 年 7 月 1 日《文学》月刊第 7 卷第 1 号，署名圣陶；
初收 1936 年 8 月良友图书印刷公司《四三集》。

寒假的一天（短篇小说）
载 1936 年 7 月 1 日《文季月刊》第 1 卷第 2 号，署名圣陶；
初收 1936 年 8 月良友图书印刷公司《四三集》。

胡适的《差不多先生传》（评论）
载 1936 年 7 月 10 日《新少年》第 2 卷第 1 期，署名圣陶；
初收 1937 年 2 月开明书店《文章例话》。

招魂（短篇小说）
载 1936 年 7 月 15 日《作家》月刊第 1 卷第 4 期；
初收 1936 年 8 月良友图书印刷公司《四三集》。

夏衍的《包身工》（评论）
载 1936 年 7 月 25 日《新少年》半月刊第 2 卷第 2 期，署名圣陶；
初收 1937 年 2 月开明书店《文章例话》。

老沈的儿子（短篇小说）
载 1936 年 7 月 25 日《光明》半月刊第 1 卷第 4 期，署名圣陶；
初收 1936 年 8 月良友图书印刷公司《四三集》。

英文教授（短篇小说）

载1936年7月开明书店初版《十年(开明书店创业十周年纪念)》,署名圣陶;
初收1936年8月良友图书印刷公司《四三集》。

郭沫若的《痈》(评论)
载1936年8月10日《新少年》半月刊第2卷第3期,署名圣陶;
初收1937年2月开明书店《文章例话》。

《假如我有一个弟弟》题记
载1936年8月24日《新少年》半月刊第2卷别册附录。

沈从文的《辰州途中》(评论)
载1936年8月25日《新少年》半月刊第2卷第4期,署名圣陶;
初收1937年2月开明书店《文章例话》。

《四三集》自序
1936年8月作;
载1936年8月良友图书印刷出版公司《四三集》。

运动明星与一般人的健康(杂文)
载1936年9月6日《生活星期刊》第1卷第14号,署名圣陶。

韬奋的《分头努力》(评论)
载1936年9月10日《新少年》半月刊第2卷第5期,署名圣陶;
初收1937年2月开明书店《文章例话》。

勒令转学(杂文)
载1936年9月20日《中流》半月刊第1卷第2期,署名圣陶。

丁西林的《压迫》(评论)
载1936年9月25日《新少年》半月刊第2卷第6期,署名圣陶;
初收1937年2月开明书店《文章例话》。

报销主义(杂文)
载1936年10月1日《文学》月刊第7卷第4号,署名圣陶。

闲谈标语文字(杂文)
载1936年10月3日、4日上海《立报·言林》。

萧乾的《邓山东》(评论)
载1936年10月10日《新少年》半月刊第2卷第7期,署名圣陶;
初收1937年2月开明书店《文章例话》。

时势教育着我们(杂文)
载1936年10月11日《生活星期刊》第1卷第19号,署名圣陶。

某商人的话(散文)
载1936年10月15日《作家》月刊第2卷第1号,署名圣陶。

假山（散文）
载1936年10月16日《宇宙风》半月刊第27期。

老舍的《北平的洋车夫》（评论）
载1936年10月25日《新少年》半月刊第2卷第8期，署名圣陶（《北平的洋车夫》选自《骆驼祥子》第1章，叶圣陶改为今题）；
初收1937年2月开明书店《文章例话》。

鲁迅先生的精神（散文）
载1936年11月1日《生活星期刊》第1卷第22号。

谈识字课本的编辑（论文）
载1936年11月1日上海《申报每周增刊》第1卷第43期，署名圣陶；
初收1980年8月教育科学出版社《叶圣陶语文教育论集》。

蔡元培的《杜威博士生日演说词》（评论）
载1936年11月10日《新少年》半月刊第2卷第9期，署名圣陶；
初收1937年2月开明书店《文章例话》。

挽鲁迅先生（诗）
载1936年11月15日《作家》月刊第2卷第2号；
初收1960年8月作家出版社《箧存集》。

徐盈的《从荥阳到汜水》（评论）
载1936年11月25日《新少年》半月刊第2卷第10期，署名圣陶；
初收1937年2月开明书店《文章例话》。

《文章例话》序
1936年12月2日作；
载1937年2月开明书店《文章例话》。

胡愈之的《青年的憧憬》（评论）
载1936年12月10日《新少年》半月刊第2卷第11期，署名圣陶；
初收1937年2月开明书店《文章例话》。

尤炳圻的《杨柳风序》（评论）
载1936年12月25日《新少年》半月刊第2卷第12期，署名圣陶；
初收1937年2月开明书店《文章例话》。

× × ×

“穷则变”（杂文）
载1936年1月1日《中学生》月刊第61号，署名编者。

“研究和体验”（杂文）
载1936年1月1日《中学生》月刊第61号，署名编者。

“一·二八”四周年（杂文）
载1936年2月1日《中学生》月刊第62号，署名编者。

课程标准又将修订（杂文）
载1936年3月1日《中学生》月刊第63号，署名编者。

春假（杂文）
载1936年4月1日《中学生》月刊第64号，署名编者。

一点感想（杂文）
载1936年6月1日《中学生》月刊第66号，署名编者。

又开学了（杂文）
载1936年9月1日《中学生》月刊第67号，署名编者。

读教科书不是最后目的（杂文）
载1936年10月1日《中学生》月刊第68号，署名编者。

1937年

开河（评论）
载1937年1月1日《中学生》月刊第71号。

“其实也是诗”（评论）
载1937年1月1日上海《大公报·文艺》第276期，署名圣陶；
初收1982年1月上海文艺出版社《叶圣陶论创作》。

二十五年我的爱读书（杂文）
载1937年1月1日《宇宙风》半月刊第32期新年特大号，原无标题。

要认真阅读（论文）
载1937年1月10日《新少年》半月刊第3卷第1期，署名圣陶；
初收1938年4月开明书店《阅读与写作》。

弘一法师的书法（评论）
载1937年1月17日厦门《星光日报》“弘一法师特刊”。

语体文要写得纯粹——写作指导（论文）
载1937年2月1日《语文》月刊第1卷第2期；
初收1938年4月开明书店《阅读与写作》。

驱遣我们的想象（论文）
载1937年2月10日《新少年》半月刊第3卷第3期，署名圣陶；
初收1938年4月开明书店《阅读与写作》。

读《号子里》（评论）
载1937年2月15日《写作与阅读》月刊第1卷第4期，署名圣陶。

娇娇的死（评论）

载1937年3月1日《中学生》月刊第73号，忆元作，叶圣陶修改。

训练语感（论文）

载1937年3月10日《新少年》半月刊第3卷第5期，署名圣陶；

初收1938年4月开明书店《阅读与写作》。

不妨听听别人的话（论文）

载1937年4月10日《新少年》半月刊第3卷第7期，署名圣陶；

初收1938年4月开明书店《阅读与写作》。

写作漫谈（论文）

载1937年4月17日《自修大学》双周刊第1卷第1辑第7号，署名圣陶；

初收1938年4月开明书店《阅读与写作》。

我如果是一个作者（论文）

载1937年5月9日上海《大公报·文艺》第333期，署名圣陶。

我们的态度（杂文）

载1937年6月15日《写作与阅读》月刊第2卷第2期，署名王伯祥、夏丏尊、叶圣陶。

骑马（散文）

载1937年6月25日《新少年》半月刊第3卷第12期，署名圣陶。

中学生课外读物的商讨（论文）

载1937年7月《播音教育月刊》7月号，署名叶绍钧；

初收1938年4月开明书店《阅读与写作》。

乡里善人（短篇小说）

1937年作；

载1937年7月1日《文学》月刊第9卷第1号，署名圣陶；

初收1958年10月人民文学出版社《叶圣陶文集》第3卷。

书桌（散文）

载1937年8月1日《文学》月刊第9卷第2号，署名圣陶。

木兰花（词）

载1937年9月19日《烽火》周刊第3期，署名圣陶。

感奋词抄（词）

载1937年11月10日《文学》月刊第9卷第4号，署名章雪村、叶圣陶，题目为《文学》编者所加。

重看《今日的苏联》（评论）

载1937年12月13日汉口《大公

报·战线》第73号。

× × ×

谈课外作业（杂文）

载1937年1月1日《中学生》月刊第71号，署名编者。

我们的集体批评（评论）

载1937年1月15日《月报》第1卷第1期，署名新少年社。

给与学生阅读的自由（杂文）

载1937年2月1日《中学生》月刊第72号，署名编者。

教育播音（杂文）

载1937年3月1日《中学生》月刊第73号，署名编者。

再谈取缔书报（杂文）

载1937年4月1日《中学生》月刊第74号，署名编者。

“临时抱佛脚”（杂文）

载1937年6月1日《中学生》月刊第76号，署名编者。

1938年

《阅读与写作》小序

1938年1月作；

初收1938年4月开明书店《阅读与写作》。

江行杂诗（三首）

1938年1月作；

载1938年1月27日重庆《新民报·血潮》第13号，署名圣陶；初收1960年8月作家出版社《箧存集》。

宜昌杂诗（四首）

1938年1月作；

载1938年1月27日重庆《新民报·血潮》第13号；

其中第一、二、三首收入1960年8月作家出版社《箧存集》。

向着简练方面努力（评论）

载1938年1月30日重庆《新民报·血潮》第16号。

教科书的缺乏（评论）

载1938年2月5日重庆《新民报·血潮》第20号。

“自己练习”和“给别人看”（评论）

载1938年2月7日重庆《新民报·血潮》第22号。

写那的确属于自己的东西（评论）

载1938年2月8日重庆《新民报·血潮》第23号。

动手写作以前（评论）
载1938年2月12日重庆《新民报·血潮》第27号。

求其“达”（评论）
载1938年2月14日重庆《新民报·血潮》第29号。

求其“达”续（评论）
载1938年2月15日重庆《新民报·血潮》第30号。

少年们的责任（杂文）
载1938年2月20日《少年先锋》半月刊创刊号；
初收1938年5月汉口大路书店《给战时少年》（叶圣陶、茅盾等著，少年先锋丛书之一）。

语言和文章（评论）
载1938年2月19日重庆《新民报·血潮》第34号。

生命和小皮箱（杂文）
载1938年2月26日重庆《新民报·血潮》第41号。

珍惜自己和锻炼自己（杂文）
载1938年3月5日《少年先锋》半月刊第2期；
初收1938年5月汉口大路书店《给战时少年》（叶圣陶、茅盾等著，少年先锋丛书）。

长亭怨慢·颂抗战将士言不尽怀（词）
载1938年3月15日《春云》月刊第3卷第3期《未厌居词》（三首）题下。

卜算子·伤兵难民（词）
载1938年3月15日《春云》月刊第3卷第3期《未厌居词》（三首）题下。

浣溪沙·战事初作苏州即事（词）
载1938年3月15日《春云》月刊第3卷第3期《未厌居词》（三首）题下。

组织起来，来做抗战的工作（杂文）
载1938年3月20日《少年先锋》半月刊第3期；
初收1938年5月汉口大路书店《给战时少年》（叶圣陶、茅盾等著，少年先锋丛书）。

今年的“儿童节”（杂文）
载1938年4月5日《少年先锋》半月刊第4期；
初收1938年5月汉口大路书店《给战时少年》（叶圣陶、茅盾等著，少年先锋丛书）。

从疏忽转到谨严（评论）
载1938年4月16日《文艺阵地》半

月刊创刊号。

抗战建国（杂文）
载1938年4月17日《民力》周刊第2期。

“中国儿童号”（杂文）
载1938年4月20日《少年先锋》半月刊第5期；
初收1938年5月汉口大路书店《给战时少年》（叶圣陶、茅盾等著，少年先锋丛书）。

少年先锋歌（歌词）
载1938年5月20日《少年先锋》半月刊第7期。

抗战周年随笔（杂文）
载1938年7月9日《抗战文艺》周刊第1卷第12期“保卫大武汉专号（下）”。

某村（短篇小说）
载1938年9月20日《翻译与评论》第1期。

识字与受教育——门外教育杂谈之二（杂文）
载1938年10月13日《国讯》旬刊第185期。

乐山通信（书信）
1938年11月4日作；
载1939年11月《文学集林》第1辑《山程》。

乐山通信（书信）
1938年11月29日作；
载1939年11月《文学集林》第1辑《山程》，署名圣陶。

题伯祥书巢（诗）
1938年作；
初收1960年8月作家出版社《箧存集》。

今见（诗）
1938年作；
手迹载1943年7月1日《万象》月刊第3年第1期，题为《叶绍钧的诗》；
初收1960年8月作家出版社《箧存集》，改题《今见》。

自北碚夜发至公园（诗）
1938年作；
初收1960年8月作家出版社《箧存集》。

策杖（诗）
1938年作；
初收1960年8月作家出版社《箧存集》。

鹧鸪天——初至乐山（词）
1938年作；
初收1960年8月作家出版社《箧存集》。

1939年

乐山通信（书信）
1939年1月20日作；
载1939年11月《文学集林》第1辑《山程》，署名圣陶。

乐山通信（书信）
1939年1月30日作；
载1939年11月《文学集林》第1辑。

叶绍钧先生讲话（讲演记录稿）
载1939年2月17日成都《华西日报·华西副刊》第1506号，为乐山县立女中学生讲，叶至美笔记。

乐山通信（书信）
1939年2月18日作；
载1939年11月《文学集林》第1辑《山程》，署名圣陶。

乐山通信（书信）
1939年3月20日作；
载1939年11月《文学集林》第1辑《山程》，署名圣陶。

国文随谈（一）“从国文课程标准谈起”（论文）
1939年4月1日作；
载1941年1月5日《中学生战时半月刊》第37期。

游乌尤山（诗）
1939年作；
初收1960年8月作家出版社《箧存集》。

至善满子结婚于乐山得丏翁寄诗四绝依韵和之（诗四首）
1939年6月作；
初收1960年8月作家出版社《箧存集》。

吴安贞毕业于武汉大学（诗）
1939年作；
初收1960年8月作家出版社《箧存集》。

寿王臻郊五十初度（诗）
1939年7月10日作；
载1941年10月1日《文史杂志》半月刊第1卷第9期，署名圣陶；
初收1960年8月作家出版社《箧存集》，改题为《伯祥五十初度》。

王献唐以所绘山水相赠题二绝依韵酬之（诗二首）
1939年8月2日作；
初收1960年8月作家出版社《箧存集》。

自成都之灌县口占（诗）
1939年8月12日作；
载1939年12月10日《中国青艺月刊》第1卷第2期《诗二章》题下，题为《自成都到灌县》，署名叶绍钧，又载1941年10月1日《文史杂志》半月刊

第1卷第9期，署名圣陶；
初收1960年8月作家出版社《箧存集》。

八一三入青城山口占（诗）
1939年8月13日作；
载1941年10月1日《文史杂志》半月刊第1卷第9期，署名圣陶；
初收1960年8月作家出版社《箧存集》。

乐山寓庐被炸移居城外野屋（诗四首）
1939年8月作；
载1939年12月10日《中国青艺月刊》第1卷第2期《诗二章》题下，题为《乐山寓庐被炸》，署名叶绍钧。又载1939年12月《文学集林》第2辑《望》，署名圣陶；
初收1960年8月作家出版社《箧存集》。

水龙吟（举头黯黯云山）（词）
1939年11月22日作；
载1941年10月1日《文史杂志》半月刊第1卷第9期，署名圣陶；
初收1960年8月作家出版社《箧存集》。

读《现代名人成功之分析》（评论）
载1939年10月20日《中学生战时半月刊》第10期，署名桂生。

浣溪沙（《曳杖铿然独往还》等四首）（词）
1939年12月26日作；
载1941年10月1日《文史杂志》半月刊第1卷第9期，署名圣陶；
初收1960年8月作家出版社《箧存集》。

付武汉大学迎新壁报（诗）
1939年12月作；
初收1960年8月作家出版社《箧存集》。

1940年

金缕曲——赠昌群（词）
1940年1月8日作；
载1941年8月1日《文史杂志》半月刊第1卷第9期，署名圣陶；
初收1960年8月作家出版社《箧存集》。

叶圣陶手札（书信）
载1940年1月14日新加坡《星岛日报·星座》第474号。

题百虎图（诗）
1940年作；
载1943年9月28日重庆《时事新报·青艺》，署名叶绍钧；
初收1960年8月作家出版社《箧存集》。

我们的骄傲（短篇小说）
载1940年3月23日《教育通讯》周刊第3卷第11期；
初收1945年1月重庆文光书店《西川集》。

乐山被炸（散文）

载1940年4月5日《中学生战时半月刊》第20期，署名圣陶。

读《黑奴成功者自传》（评论）
载1940年5月5日《中学生战时半月刊》第22期，署名桂生。

略叙（自传）
1940年9月7日写；
载1943年9月中国青年写作协会编辑重庆天地出版社《文艺写作经验谈》，署名叶绍钧。

对于国文教学的两种基本观念（论文）
载1940年9月30日《中学教育季刊》创刊号，署名叶绍钧；
初收1945年4月开明书店《国文教学》。

关于大学一年级国文（论文）
载1940年10月26日、11月2日《中学教育季刊》第3卷第41期、42期；
初收1945年4月开明书店《国文教学》。

六年一贯制中学国文课程标准（论文）
载1940年12月《中学教育季刊》第1卷第2期，署名叶绍钧。

× × ×

今后的本志（杂文）
载1940年12月5日《中学生战时半月刊》第36期，署名编者。

1941年

国文随谈（二）"谈谈实施情形"（论文）
载1941年2月5日《中学生战时半月刊》第39期。

论写作教学（论文）
载1941年2月16日《国文月刊》第1卷第6期，署名叶绍钧；
初收1945年4月开明书店《国文教学》。

变相的语文教学（论文）
载1941年2月16日《读书通讯》半月刊第20期；
初收1945年1月重庆文光书店《西川集》。

国文随谈（三）"求甚解"（论文）
载1941年3月5日《中学生战时半月刊》第41期。

和佩弦（诗）
1941年4月23日作；
初收1960年8月作家出版社《箧存集》。

采桑子——偕佩弦登望江楼（词）
1941年4月26日作；
初收1960年8月作家出版社《箧存集》。

仿古乐府书满子所闻车夫语（诗）
1941年5月1日作；

初收1960年8月作家出版社《箧存集》。

偶成（诗）

1941年5月9日作；

初收1960年8月作家出版社《箧存集》。

次韵答佩弦见赠之作（诗）

1941年5月23日作；

初收1960年8月作家出版社《箧存集》。

湘春夜月——忆家园榴花（诗）

1941年6月3日作；

初收1960年8月作家出版社《箧存集》。

如果我当教师（论文）

载1941年8月30日《教育通讯》周刊第4卷第32—33期合刊；

初收1945年1月重庆文光书店《西川集》。

送佩弦之昆明（诗）

1941年9月21日作；

初收1960年8月作家出版社《箧存集》。

半醒闻水碾声以为火车旋悟其非（诗）

1941年9月26日作；

初收1960年8月作家出版社《箧存集》。

二友（诗）

1941年10月4日作；

初收1960年8月作家出版社《箧存集》。

写作是极平常的事（论文）

载1941年11月5日《中学生战时半月刊》第50期；

本文1982年1月部分收入上海文艺出版社《叶圣陶论文艺》，改题为《学习写作的方法》。

爱好和修养（杂文）

载1941年11月20日《战时文艺》半月刊第1卷第1期。

1942年

略谈学习国文（论文）

载1942年1月1日成都《国文杂志》第1期；

初收1980年8月教育科学出版社《叶圣陶语文教育论集》。

国歌语释（杂文）

载1942年1月1日成都《国文杂志》第1期，署名翰先。

非不知而问的询问句（评论）

载1942年1月1日成都《国文杂志》第1期，署名秉丞。

“莫得”和“没有”（评论）

载1942年1月1日成都《国文杂志》第1期，署名朱逊。

短歌（诗）

载 1942 年 1 月 10 日重庆《中央日报》，署名桂生。

当前教育必须改进（杂文）

载 1942 年 1 月 15 日《文化杂志》月刊第 1 卷第 5 号。

人生观（杂文）

载 1942 年 1 月桂林文化供应社《中学精读文选》，叶圣陶、胡翰先合编。

心（杂文）

先载 1942 年 1 月桂林文化供应社《中学精读文选》（叶圣陶、胡翰先合编），署名叶圣陶。又载 1942 年 2 月 1 日《战时文艺》月刊第 1 卷第 3 期，署名圣陶。

《心》后记

载 1942 年 2 月 1 日《战时文艺》月刊第 1 卷第 3 期，附于杂文《心》后，署圣陶志。

论中学国文课程的改订（论文）

载 1942 年 1 月 25 日《中等教育季刊》第 2 卷第 1 期，署名叶绍钧；

初收 1945 年 4 月开明书店《国文教学》。

学生应该练习写什么文章（讲演记录稿）

载 1942 年 2 月 1 日《学生之友》月刊第 4 卷第 2 期，署叶绍钧讲，陈延祚记。

正确使用句读符号（评论）

载 1942 年 2 月 1 日成都《国文杂志》第 2 期，署名圣陶。

作用和“着”字相同的“到”字（杂文）

载 1942 年 2 月 1 日成都《国文杂志》第 2 期，署名圣陶。

文句检缪（评论）

载 1942 年 2 月 1 日成都《国文杂志》第 2 期，署名翰先。

文句检缪（评论）

载 1942 年 3 月 1 日成都《国文杂志》第 3 期，署名翰先。

“殊”字的误用（评论）

载 1942 年 3 月 1 日成都《国文杂志》第 3 期，署名朱逊。

致文艺青年（杂文）

载 1942 年 3 月 1 日成都《国文杂志》第 3 期，署名圣陶。

思想——语言——文学（评论）

载 1942 年 4 月 1 日成都《国文杂志》第 4 期，署名翰先。

改文一篇（评论）

载 1942 年 4 月 1 日成都《国文杂志》第 4 期，署名圣陶。

"名篇"选读——《叔孙通起朝仪》(评论)
载1942年5月1日成都《国文杂志》第5期，署名圣陶。

彬然来成都见访同登望江楼(诗)
1942年4月22日作；
初收1960年8月作家出版社《箧存集》。

改善生活方式(散文)
载1942年5月5日《中学生战时月刊》第55期，署名圣陶。

重庆不眠听雨声杜鹃声(诗)
1942年5月12日作；
初收1960年8月作家出版社《箧存集》。

自重庆之贵阳寄子恺遵义(诗)
1942年5月15日作；
载1980年10月《文教资料简报》第9、10期合刊(总第105、106期)。
初收1960年8月作家出版社《箧存集》，写作时间系据《箧存集》所注。

木兰花——偕彬然晓先宿贵阳花溪(词)
1942年5月24日作；
初收1960年8月作家出版社《箧存集》。

公路行旅(诗)
1942年5月27日作；
初收1960年8月作家出版社《箧存集》。

《我与文学及其他》序
1942年5月作；
载1943年10月开明书店《我与文学及其他》(朱光潜著，开明青年丛书)，署名叶绍钧。

桂林赠冼翁(诗)
1942年7月7日；
初收1960年8月作家出版社《箧存集》。

《孔乙已》中的一句话(评论)
载1942年8月1日桂林《国文杂志》月刊创刊号，署名圣陶；
初收1980年8月教育科学出版社《叶圣陶语文教育论集》。

略谈韩愈《答李翊书》(评论)
载1942年8月1日桂林《国文杂志》月刊创刊号，署名圣陶；
初收1980年8月教育科学出版社《叶圣陶语文教育论集》。

改文一篇——《斥消极》(评论)
载1942年8月1日桂林《国文杂志》月刊创刊号，署名翰先。

五足年了(杂文)
载1942年8月5日《中学生战时月刊》第57期，署名秉丞。

作一个文艺作者（杂文）

载 1942 年 8 月 5 日《中学生战时月刊》第 57 期，署名圣陶；

初收 1982 年 1 月上海文艺出版社《叶圣陶论创作》。

德目与实践（杂文）

载 1942 年 8 月 5 日《中学生战时月刊》第 57 期，署名圣陶。

责己重而责人轻（评论）

载 1942 年 9 月 15 日桂林《国文杂志》月刊第 1 卷第 2 期，署名圣陶；

初收 1980 年 8 月教育科学出版社《叶圣陶语文教育论集》。

国庆日贡言（杂文）

载 1942 年 10 月 5 日《中学生战时月刊》第 59 期，署名秉丞（目录作秉仁）。

《济南的冬天》（评论）

载 1942 年 10 月 15 日桂林《国文杂志》月刊第 1 卷第 3 期，署老舍作，翰先讲解。

文艺杂谈（谈话记录稿）

载 1942 年 11 月 15 日《青年文艺》月刊第 1 卷第 2 期，晓晴记。

× × ×

这个杂志（评论）

载 1942 年 1 月 1 日成都《国文杂志》月刊第 1 期，未署名。

中学生这么说（杂文）

载 1942 年 1 月 1 日成都《国文杂志》月刊第 1 期，未署名。

投稿诸君注意（启事）

载 1942 年 1 月 1 日成都《国文杂志》月刊第 1 期，未署名。

西南出版界中独树一帜（广告）

载 1942 年 1 月 1 日成都《国文杂志》月刊第 1 期，未署名。

文句检缪（评论）

载 1942 年 1 月 1 日成都《国文杂志》月刊第 1 期，未署名。

读些什么书？（评论）

载 1942 年 2 月 1 日成都《国文杂志》月刊第 2 期，未署名。

投稿诸君注意（启事）

载 1942 年 2 月 1 日成都《国文杂志》月刊第 2 期，未署名。

中学生这么说（杂文）

载 1942 年 2 月 1 日成都《国文杂志》月刊第 2 期，未署名。

一个新的学期开始了（杂文）
载1942年3月1日成都《国文杂志》月刊第3期，未署名。

《精读指导举隅》前言
载1942年3月重庆商务印书馆《精读指导举隅》，叶绍钧 朱自清著；
初收1980年8月教育科学出版社《叶圣陶语文教育论集》。

社谈（杂文）
载1942年4月1日成都《国文杂志》月刊第4期，未署名。

就来稿谈谈（评论）
载1942年4月1日成都《国文杂志》月刊第4期，未署名。

社谈（杂文）
载1942年5月1日成都《国文杂志》月刊第5期，未署名。

希望于诸者诸君的（杂文）
载1942年5月1日成都《国文杂志》月刊第5期，未署名。

发刊词
载1942年8月1日桂林《国文杂志》月刊创刊号，署名编者。

编者的话
载1942年8月1日桂林《国文杂志》月刊创刊号，署名编者。

编者的话
载1942年9月15日桂林《国文杂志》月刊第1卷第2期，未署名。

文句检缪（评论）
载1942年10月15日桂林《国文杂志》月刊第1卷第3期，未署名。

编者的话
载1942年10月15日桂林《国文杂志》月刊第1卷第3期，未署名。

1943年

题“张蘅兰先生父子遗作展览特刊”（诗）
载1943年2月5、6日成都《新中国日报》“张蘅兰先生父子遗作展览特刊”，原无标题，署名叶绍钧。

男士的《我的同班》（评论）
载1943年3月10日桂林《国文杂志》月刊第1卷第4、5期合刊，署名翰先；
初收1982年1月上海文艺出版社《叶圣陶论创作》。

介绍《学文示例》（上册）（评论）
载1943年3月10日桂林《国文杂志》月刊第1卷第4、5期合刊，署名朱逊。

语言与文字（论文）
载1943年3月10日桂林《国文杂志》月刊第1卷第4、5期合刊栏内，署名圣陶；
初收1980年8月教育科学出版社《叶圣陶语文教育论集》。

皮包（短篇小说）
1943年4月4日作；
载1943年5月1日《新中华》半月刊（复刊）第1卷第5期；
初收1948年10月中华书局《皮包》（新中华丛书文艺汇刊之一）。

成都文艺界为张天翼氏募集医药费为万迪鹤氏遗属募集赡养费启事
载1943年5月5日成都《华西晚报·文艺》第151期，署王冰洋、王余杞、李劼人、牧野、陶雄、陈翔鹤、叶圣陶、碧野、谢文炳、罗念生、苏子涵同启。

题沈君风雨一庐图（诗）
1943年5月11日作；
初收1960年8月作家出版社《箧存集》。

自居乐山与上海诸友通信重行编号今满百通（诗）
1943年5月31日作；
初收1960年8月作家出版社《箧存集》。

写作漫谈（论文）
1943年5月31日在成都文协分会讲；
载1944年3月《国文月刊》第26期，署叶绍钧讲，李军记；
初收1982年1月上海文艺出版社《叶圣陶论创作》。

《北望集》跋
1943年5月作；
载1943年8月开明书店《北望集》（开明文学新刊之一，诗集，马君玠著，叶圣陶题写书名），署名叶绍钧。

中华剧艺社将演夏衍新撰《第七号风球》（诗）
1943年7月12日作；
初收1960年8月作家出版社《箧存集》。

介绍闻一多先生的《楚辞校补》（评论）
载1943年7月15日桂林《国文杂志》月刊第2卷第1期，署名朱逊。

昌群作四十书怀即和其韵（诗）
1943年7月23日作；
初收1960年8月作家出版社《箧存集》。

抗战第七年（杂文）
载1943年7月《中学生》月刊复刊后第65期，署名圣陶。

读《石榴树》（评论）

载1943年7月《中学生》月刊复刊后第65期，署名圣陶；
初收1945年1月重庆文光书店《西川集》。

介绍《经典常谈》（评论）
载1943年8月15日桂林《国文杂志》月刊第2卷第2期，署名朱逊。

读《经典常谈》（评论）
载1943年8月《中学生》月刊复刊后第66期，署名圣陶；
初收1945年1月重庆文光书店《西川集》。

实践（杂文）
载1943年8月《中学生》月刊复刊第66期，署名圣陶。

杂谈我的写作（论文）
载1943年9月中国青年写作协会编辑重庆天地出版社《文艺写作经验谈》，署名叶绍钧；
初收1982年1月上海文艺出版社《叶圣陶论创作》。

夏丏尊羊毛婚倡和诗
载1943年9月1日《万象》月刊第3卷第3期。

"学习"不只是"记诵"（杂文）
载1943年9月《中学生》月刊复刊后第67期，署名圣陶。

彬然治圃桂林百岩山（诗）
1943年9月7日作；
初收1960年8月作家出版社《箧存集》。

读《蔡孑民先生传略》（评论）
载1943年10月《中学生》月刊复刊后第68期，署名圣陶。

充实的健全的人（杂文）
载1943年10月《中学生》月刊复刊后第68期，署名圣陶。

读罗陈两位先生的文字（评论）
载1943年11月15日桂林《国文杂志》月刊第2卷第5期；
初收1980年8月教育科学出版社《叶圣陶语文教育论集》。

谈语文教本——《笔记文选读》序
载1943年12月15日桂林《国文杂志》月刊第2卷第6期；
初收1945年4月开明书店《国文教学》，现编入1980年8月教育科学出版社《叶圣陶语文教育论集》。

答复朋友们（散文）
载1943年12月19日成都《华西日报·每周文艺》第3期；

初收 1945 年 1 月重庆文光书店《西川集》。

受指导与实践（杂文）
载 1943 年 12 月《中学生》月刊复刊后第 10 期，署名圣陶。

以画为喻（论文）
载 1943 年 12 月苏文编创作文艺社《遣愁集》；
初收 1945 年 1 月重庆文光书店《西川集》。

电话代公文（杂文）
载 1943 年 12 月 3 日成都《华西晚报·艺坛》。

× × ×

关于《战时青年生活》的几句话（杂文）
载 1943 年 1 月 5 日《中学生战时月刊》第 61 期，署名编者。

《略读指导举隅》前言
载 1943 年 1 月重庆商务印书馆《略读指导举隅》，叶绍钧　朱自清著；
初收 1980 年 8 月教育科学出版社《叶圣陶语文教育论集》。

编者的话
载 1943 年 3 月 10 日桂林《国文杂志》月刊第 1 卷第 4、5 期合刊，未署名。

编者的话
载 1943 年 5 月 20 日桂林《国文杂志》月刊第 1 卷第 6 期，未署名。

编辑者的话
载 1943 年 8 月 15 日桂林《国文杂志》月刊第 2 卷第 2 期，未署名。

编辑者的话
载 1943 年 9 月 15 日桂林《国文杂志》月刊第 2 卷第 3 期，未署名。

著作一览（书目）
载 1943 年 9 月中国青年写作协会编辑重庆天地出版社《文艺写作经验谈》。

编辑者的话
载 1943 年 10 月 15 日桂林《国文杂志》月刊第 2 卷第 4 期，未署名。

编辑者的话
载 1943 年 12 月 15 日桂林《国文杂志》月刊第 2 卷第 6 期，未署名。

1944 年

新年致辞（杂文）
载 1944 年 1 月《中学生》月刊复刊后第 71 期，署名圣陶。

能读的作品
载 1944 年 1 月 5 日成都《华西晚

报·艺坛》；
初收1945年1月重庆文光书店《西川集》。

题张大千临摹敦煌壁画展览（诗）
载1944年1月28日成都《新民报晚刊·出师表》，署名叶绍钧。

一二三〇事件（杂文）
载1944年2月《中学生》月刊复刊后第72期，署名圣陶。

读《虹》（评论）
载1944年2月《中学生》月刊复刊后第72期，署名圣陶；
初收1945年1月重庆文光书店《西川集》。

多么刺目的两个字呵——致教师书之一（论文）
载1944年2月21日成都《华西日报·华西副刊》新63号；
初收1945年1月重庆文光书店《西川集》。

几派的训育办法——致教师书之二（论文）
载1944年2月29日成都《华西日报·华西副刊》新70号；
初收1945年1月重庆文光书店《西川集》。

新的傻子——致教师书之三（论文）
载1944年3月11日成都《华西日报·华西副刊》第79号；
初收1945年1月重庆文光书店《西川集》。

关于禁止看小说——致教师书之四（论文）
载1944年3月20日成都《华西晚报·艺坛》；
初收1945年1月重庆文光书店《西川集》。

《上海——冒险家的乐园》序
载1944年4月1日桂林《国文杂志》月刊第3卷第1期，署朱逊选述。

略谈音乐与生活（杂文）
载1944年4月《中学生》月刊复刊后第74期，署名圣陶。

本志复刊五周年（杂文）
载1944年5月《中学生》月刊复刊后第75期，署名圣陶。

诗人节致辞（散文）
载1944年5月13日成都《华西晚报·艺坛》。

邻舍吴老先生（短篇小说）
载1944年5月15日昆明《中央日

报·星期增刊》革新号；

初收1945年1月重庆文光书店《西川集》。

朱自清先生的《论诚意》（范文选读）（评论）

载1944年5月15日桂林《国文杂志》月刊第3卷第2期，署名朱逊。

读《文言虚字》（评论）

载1944年6月《中学生》月刊复刊后第76期，署名圣陶；

初收1945年1月重庆文光书店《西川集》。

关于谈文学修养（论文）

载1944年6月20日《文学修养》不定期刊第2卷第4期；

初收1945年1月重庆文光书店《西川集》。

“七七”七周年随笔（散文）

1944年7月7日作；

载1944年7月7日成都《新民报晚刊》；

初收1945年1月重庆文光书店《西川集》。

春联儿（短篇小说）

载1944年7月9日昆明《中央日报·星期增刊》第23期；

初收1945年1月重庆文光书店《西川集》。

读《人和书》（评论）

载1944年8月6日成都《新民晚报·出师表》。

援助贫病作家（杂文）

载1944年8月6日成都《新民报晚刊》。

“八一三”随笔（散文）

载1944年8月13日成都《新民报晚刊·出师表》；

初收1945年1月重庆文光书店《西川集》。

革自己的命（杂文）

载1944年8月《中学生》月刊复刊后第78期，署名圣陶。

扩大白话文字的境域（论文）

载1944年9月1日重庆《大公晚报·小公园》；

初收1945年1月重庆文光书店《西川集》。

动动天君（杂文）

载1944年9月《中学生》月刊复刊后第79期，署名圣陶。

纪念辛亥革命（杂文）

载1944年10月《中学生》月刊复刊

后第80期，署名圣陶。

《西川集》自序

1944年11月作；

载1945年1月重庆文光书店《西川集》。

怎样读小说（讲演稿）

1944年11月3日讲；

载1944年11月11日成都《中央日报·中央副刊》第1345号，署叶绍钧讲，徐一尘记。

集成图书馆记

载1944年11月11日成都《中央日报》，署名叶绍钧。

冲破那寂静（杂文）

载1944年12月《中学生》月刊复刊后第81、82期合刊，署名朱逊。

知识分子（杂文）

载1944年12月《抗战文艺》不定期刊第9卷第5、6期合刊。

谈《求饶》的效果（杂文）

载1944年12月30日重庆《新民报晚刊·西方夜谈》。

× × ×

编辑者的话

载1944年4月1日桂林《国文杂志》月刊第3卷第1期，未署名。

关于夏章两先生被捕（通信）

载1944年6月《中学生》月刊复刊后第76期，署名编者。

1945年

我们的话（散文）

载1945年1月1日成都《华西晚报·艺坛》。

革除传统的教育精神（杂文）

载1945年1月《中学生》月刊复刊后第83期，署名圣陶。

刃锋的木刻与绘画（评论）

载1945年1月13日成都《新民报晚刊》。

双十节随笔（散文）

初收1945年1月重庆文光书店《西川集》。

据理论而言（论文）

初收1945年1月重庆文光书店初版《西川集》。

暴露（论文）

初收1945年1月重庆文光书店《西川集》。

谈大学的合并（论文）

初收 1945 年 1 月重庆文光书店《西川集》。

改文（评论）

初收 1945 年 1 月重庆文光书店《西川集》。

辞职（短篇小说）

初收 1945 年 1 月重庆文光书店《西川集》。

改变教育——与受教育的谈谈（一）（杂文）

载 1945 年 2 月 4 日成都《新民报晚刊·出师表》。

主人翁的教育——与受教育的谈谈（二）（杂文）

载 1945 年 2 月 5 日成都《新民报晚刊·出师表》。

四个“有所”（杂文）

载 1945 年 2 月《中学生》月刊复刊后第 84 期，署名朱逊。

踏莎行——题丁聪兄现象图（词）

1945 年 2 月 24 日作；
载 1945 年 3 月 22 日重庆《大公晚报·小公园》，题为《圣陶新词》；
初收 1960 年 8 月作家出版社《箧存集》。

受教育与改造教育（杂文）

载 1945 年 3 月《中学生》月刊复刊后第 85 期，署名圣陶。

书院和国学专修科之类（杂文）

载 1945 年 3 月《中学生》月刊复刊后第 85 期，署名朱逊。

欢迎我们的姊妹刊物——《进修月刊》（杂文）

载 1945 年 4 月《中学生》月刊复刊后第 86 期，署名圣陶。

悼念罗斯福总统（散文）

载 1945 年 4 月《中学生》月刊复刊后第 86 期。

独善和兼善（论文）

载 1945 年 4 月《中学生》月刊复刊后第 86 期，署名朱逊。

言论自由（为《华西晚报》四周年作）（诗）

1945 年 4 月 18 日作；
载 1945 年 4 月 21 日成都《华西晚报·艺坛》。

《戏剧春秋》后记

载 1945 年 4 月 20 日重庆《国文杂志》月刊第 3 卷第 3 期，署名朱逊。

论国文精读指导不只是逐句讲解（论文）
初收1945年4月开明书店《国文教学》。

认识国文教学（论文）
初收1945年4月开明书店《国文教学》。

中学国文教师（论文）
初收1945年4月开明书店《国文教学》。

五四文艺节（杂文）
载1945年5月《中学生》月刊复刊后第87期，署名圣陶。

管公众的事（杂文）
载1945年5月《中学生》月刊复刊后第87期，署名朱逊。

《国文教学》自序
载1945年5月《国文月刊》第35期，署名叶绍钧　朱自清；
初收1945年4月开明书店出版《国文教学》。

升学与就业（杂文）
载1945年6月《中学生》月刊复刊后第88期，署名朱逊。

青年们的心声（杂文）
载1945年6月《中学生》月刊复刊后第88期，署名圣陶。

中文系——致教师书之八（论文）
载1945年6月10日重庆《新华日报》；
初收1980年8月教育科学出版社《叶圣陶语文教育论集》。

略谈雁冰兄的文学工作（论文）
载1945年6月23日成都《华西晚报》。

我对于《读书》的反感（杂文）
载1945年6月22日《真报》周刊第1期。

作者还有写的事儿（杂文）
载1945年6月《新中华》半月刊复刊第3卷第6期。

文艺者的另种任务（杂文）
载1945年7月1日重庆《热力光》月刊第2、3期合刊。

胡愈之先生的长处（杂文）
载1945年7月《中学生》月刊复刊后第89期。

“七七”八周年（杂文）
载1945年7月《中学生》月刊复刊后第89期，署名朱逊。

手工艺对心理建设之贡献（杂文）
1945年7月14日作；
载《手工艺集谈会》专集。

无名英雄的铜像——纪念“七七”的艺术品（杂文）
载1945年7月16日《开明少年》月刊创刊号，署名圣陶。

读《游子吟》（评论）
载1945年7月16日《开明少年》月刊创刊号，署名朱逊。

“习惯成自然”（杂文）
载1945年7月16日《开明少年》月刊创刊号，署名翰先。

少年（歌曲）
载1945年7月16日《开明少年》月刊创刊号，署叶圣陶作歌，许可经谱曲。

受教育者与教师节（杂文）
载1945年8月《中学生》月刊复刊后第90期，署名朱逊。

蜀中书简
1945年8月16日上午作；
载1945年9月28日上海《文汇报·世纪风》，署名钧。

记者节谈发表的自由（杂文）
载1945年9月1日成都《新民报晚刊》。

胜利日说几句（杂文）
载1945年9月3日成都《新民报晚刊》。

送马思聪先生序
载1945年9月4日成都《新民报晚刊·出师表》。

胜利日随笔（散文）
载1945年9月23日重庆《新华日报·新华副刊》。

发表的自由（杂文）
载1945年10月《中学生》月刊复刊后第92期，署名圣陶。

我们永不要图书杂志审查制度（论文）
载1945年10月5日重庆《联合增刊》第2号。

胜利随笔（杂文）
载1945年10月10日上海《建国日报晚刊》“春风”第1期。

辛亥革命的着火点——川汉铁路保路事件（散文）
载1945年10月16日《开明少年》月刊第4期，署名翰先。

看报偶谈（杂文）
载1945年10月20日《民主星期刊》第4期。

十月十二日随笔（杂文）
载1945年10月12日重庆《联合增刊》

第3号。

青年界的复员（杂文）
载1945年11月《中学生》月刊复刊后第93期，署名朱逊。

国文试题（通信）
载1945年11月《中学生》月刊复刊后第93期，署名邓虎章、叶圣陶。

也算呼吁（杂文）
载1945年11月10日《民主》周刊第5期。

两种习惯养成不得（杂文）
载1945年11月16日《开明少年》月刊第5期，署名翰先。

暴露的效果（杂文）
载1945年11月17日重庆《自由导报》。

雁冰五十初度（诗）
1945年11月25日作；
初收1960年8月作家出版社《箧存集》。

与青年们共勉（杂文）
载1945年12月《中学生》月刊复刊后第94期，署名朱逊。

为声援昆明学生反内战争民主的要求致昆明各校学生函
1945年12月7日作；
载1945年12月15日《民主》周刊第10期，署名郭沫若、茅盾、巴金、曹靖华、叶圣陶等十人。

日记（1945年12月25日）
载1981年1月《大地》第1期；
初收1982年1月花城出版社《日记三抄》。

日记（1945年12月26日）
载1981年1月《大地》第1期；
初收1982年1月花城出版社《日记三抄》。

日记（1945年12月27日）
载1981年1月《大地》第1期；
初收1982年1月花城出版社《日记三抄》。

日记（1945年12月28日）
载1981年1月《大地》第1期；
初收1982年1月花城出版社《日记三抄》。

赠参加政治协商会议诸君
载1945年12月25日重庆《联合增刊》第6号。

谈鲈鱼（手迹）
1945年12月28日作；

载 1946 年 2 月 15 日《文艺春秋》月刊第 2 卷第 3 期，署名叶绍钧。

日记（1945 年 12 月 29 日）
载 1981 年 1 月《大地》第 1 期；
初收 1982 年 1 月花城出版社《日记三抄》。

日记（1945 年 12 月 30 日）
载 1981 年 1 月《大地》第 1 期；
初收 1982 年 1 月花城出版社《日记三抄》。

日记（1945 年 12 月 31 日）
载 1981 年 1 月《大地》第 1 期；
初收 1982 年 1 月花城出版社《日记三抄》。

× × ×

"通启"（启事）
载 1945 年 6 月 21 日重庆《新华日报》，未署名。

开明少年（评论）
载 1945 年 7 月 16 日《开明少年》月刊创刊号，署名编者。

日本投降了！（杂文）
载 1945 年 9 月《中学生》月刊复刊后第 91 期，署名本社。

三大原则与四大自由（杂文）
载 1945 年 10 月 16 日《开明少年》月刊第 4 期，署名编者。

"人民的世纪"（杂文）
载 1945 年 11 月 16 日《开明少年》月刊第 5 期，署名编者。

1946 年

教育改造的目标（杂文）
载 1946 年 1 月 1 日《中学生》1 月号（总第 171 期），署名朱逊。

对于收复区学生的措施（杂文）
载 1946 年 1 月 1 日《中学生》1 月号（总第 171 期），署名朱逊。

日记（1946 年 1 月 1 日）
载 1981 年 1 月《大地》第 1 期；
初收 1982 年 1 月花城出版社《日记三抄》。

日记（1946 年 1 月 2 日）
载 1981 年 1 月《大地》第 1 期；
初收 1982 年 1 月花城出版社《日记三抄》。

日记（1946 年 1 月 3 日）
载 1981 年 1 月《大地》第 1 期；
初收 1982 年 1 月花城出版社《日记三抄》。

日记（1946年1月4日）
载1981年3月《大地》第2期；
初收1982年1月花城出版社《日记三抄》。

日记（1946年1月5日）
载1981年3月《大地》第2期；
初收1982年1月花城出版社《日记三抄》。

日记（1946年1月6日）
载1981年3月《大地》第2期；
初收1982年1月花城出版社《日记三抄》。

日记（1946年1月7日）
载1981年3月《大地》第2期；
初收1982年1月花城出版社《日记三抄》。

日记（1946年1月8日）
载1981年3月《大地》第2期；
初收1982年1月花城出版社《日记三抄》。

日记（1946年1月9日）
载1981年3月《大地》第2期；
初收1982年1月花城出版社《日记三抄》。

日记（1946年1月10日）
载1981年3月《大地》第2期；
初收1982年1月花城出版社《日记三抄》。

日记（1946年1月11日）
载1981年3月《大地》第2期；
初收1982年1月花城出版社《日记三抄》。

日记（1946年1月12日）
载1981年3月《大地》第2期；
初收1982年1月花城出版社《日记三抄》。

日记（1946年1月13日）
载1981年3月《大地》第2期；
初收1982年1月花城出版社《日记三抄》。

日记（1946年1月14日）
载1981年3月《大地》第2期；
初收1982年1月花城出版社《日记三抄》。

日记（1946年1月15日）
载1981年3月《大地》第2期；
初收1982年1月花城出版社《日记三抄》。

盲诗人爱罗先珂的话（散文）
载1946年1月16日《开明少年》月

刊第 7 期，署名翰先。

日记（1946 年 1 月 16 日）
载 1981 年 3 月《大地》第 2 期；
初收 1982 年 1 月花城出版社《日记三抄》。

日记（1946 年 1 月 17 日）
载 1981 年 3 月《大地》第 2 期；
初收 1982 年 1 月花城出版社《日记三抄》。

日记（1946 年 1 月 18 日）
载 1981 年 3 月《大地》第 2 期；
初收 1982 年 1 月花城出版社《日记三抄》。

日记（1946 年 1 月 19 日）
载 1981 年 3 月《大地》第 2 期；
初收 1982 年 1 月花城出版社《日记三抄》。

日记（1946 年 1 月 20 日）
载 1981 年 3 月《大地》第 2 期；
初收 1982 年 1 月花城出版社《日记三抄》。

日记（1946 年 1 月 21 日）
载 1981 年 3 月《大地》第 2 期；
初收 1982 年 1 月花城出版社《日记三抄》。

日记（1946 年 1 月 22 日）
载 1981 年 3 月《大地》第 2 期；
初收 1982 年 1 月花城出版社《日记三抄》。

日记（1946 年 1 月 23 日）
载 1981 年 7 月《大地》第 3 期；
初收 1982 年 1 月花城出版社《日记三抄》。

日记（1946 年 1 月 24 日）
载 1981 年 7 月《大地》第 3 期；
初收 1982 年 1 月花城出版社《日记三抄》。

日记（1946 年 1 月 25 日）
载 1981 年 7 月《大地》第 3 期；
初收 1982 年 1 月花城出版社《日记三抄》。

日记（1946 年 1 月 26 日）
载 1981 年 7 月《大地》第 3 期；
初收 1982 年 1 月花城出版社《日记三抄》。

日记（1946 年 1 月 27 日）
载 1981 年 7 月《大地》第 3 期；
初收 1982 年 1 月花城出版社《日记三抄》。

日记（1946 年 1 月 28 日）

载1981年7月《大地》第3期；
初收1982年1月花城出版社《日记三抄》。

日记（1946年1月29日）
载1981年7月《大地》第3期；
初收1982年1月花城出版社《日记三抄》。

日记（1946年1月30日）
载1981年7月《大地》第3期；
初收1982年1月花城出版社《日记三抄》。

日记（1946年1月31日）
载1981年7月《大地》第3期；
初收1982年1月花城出版社《日记三抄》。

去私（杂文）
载1946年1月《〈中原〉〈文哨〉〈文艺杂志〉〈希望〉联合特刊》第1卷第1期。

契诃夫的《苦恼》（评论）
载1946年2月1日重庆《国文杂志》月刊第3卷第5、6期合刊，署名朱逊。

做好人与看书（杂文）
载1946年2月1日《中学生》月刊2月号（总第172期），署名朱逊。

日记（1946年2月1日）
载1981年7月《大地》第3期；
初收1982年1月花城出版社《日记三抄》。

日记（1946年2月2日）
载1981年7月《大地》第3期；
初收1982年1月花城出版社《日记三抄》。

日记（1946年2月3日）
载1981年7月《大地》第3期；
初收1982年1月花城出版社《日记三抄》。

日记（1946年2月4日）
载1981年7月《大地》第3期；
初收1982年1月花城出版社《日记三抄》。

日记（1946年2月5日）
载1981年7月《大地》第3期；
初收1982年1月花城出版社《日记三抄》。

日记（1946年2月6日）
载1981年7月《大地》第3期；
初收1982年1月花城出版社《日记三抄》。

日记（1946年2月7日）

载1981年7月《大地》第3期；
初收1982年1月花城出版社《日记三抄》。

日记（1946年2月8日）
载1981年7月《大地》第3期；
初收1982年1月花城出版社《日记三抄》。

日记（1946年2月9日）
载1981年7月《大地》第3期；
初收1982年1月花城出版社《日记三抄》。

助学运动（杂文）
载1946年3月1日《中学生》月刊3月号（总第173期），署名圣陶。

和平说（杂文）
载1946年4月1日广州《大光报》“文艺专页”。

慰问教师（杂文）
载1946年4月1日《中学生》月刊4月号（总第174期），署名圣陶。

“众人当中的一个”——怀念罗斯福总统（杂文）
载1946年4月1日《中学生》月刊4月号（总第174期），署名朱逊。

我坐了木船（散文）
载1946年4月7日《消息》半周刊第1期。

驾长（散文）
载1946年4月18日《消息》半周刊第4期。

答丏翁（散文）
1946年4月28日写；
载1946年5月4日《周报》第35期。

从此听不见他的声音——悼念夏丏尊先生（散文）
载1946年4月28日《消息》半周刊第7期。

文艺团体（杂文）
载1946年5月1日《文艺青年》半月刊第7期。

《张居正大传》（评论）
载1946年5月1日《文艺复兴》月刊第1卷第4期。

谈文字的修改（论文）
载1946年5月1日《中学生》月刊5月号（总第175期），署名圣陶；
初收1980年8月教育科学出版社《叶圣陶语文教育论集》，改题为《谈文章的修改》。

评《经典常谈》(评论)

载1946年5月1日《上海文化》月刊第4期。

革心(杂文)

载1946年5月4日《抗战文艺》不定期刊第10卷第6期。

题绍虞独立像(诗)

1946年5月18日作；

初收1960年8月作家出版社《箧存集》。

追悼夏丏尊募集夏先生纪念金资助中学国文教师(启事)

载1946年5月23日上海《文汇报》，署夏丏尊先生治丧委员会顾均正、夏衍、叶圣陶等。

桡夫子(散文)

1946年5月27日作；

载1946年7月4日上海《文汇报，世纪风》。

《集体习作实践记》序

1946年5月30日作；

载1946年7月上海永祥印书馆《集体习作实践记》(于在春设计编写)。

自学成功的夏丏尊先生(散文)

载1946年6月1日《上海文化》月刊第5期。

没有书，自己想办法(杂文)

载1946年6月1日《中学生》月刊6月号(总第176期)，署名朱逊。

“十五天后能和平吗?”(杂文)

载1946年6月15日《周报》第41期，原无标题。

书·读书(杂文)

载1946年6月16日《开明少年》月刊第12期，署名翰先。

我就是推选他们的一个(杂文)

载1946年6月26日上海《文汇报》。

谈叙事(论文)

载1946年7月1日《中学生》月刊7月号(总第177期)，署名圣陶；

初收1980年8月教育科学出版社《叶圣陶语文教育论集》。

“为己”——给青年同学(杂文)

1946年7月15日订正；

载1946年8月1日《上海文化》月刊第7期。

根本的改革(杂文)

载1946年7月15日《文艺春秋》月刊第3卷第1期。

叶圣陶先生函

1946年7月19日作；

载1946年7月25日上海《文汇报》“文化界的慰问”专版。

谈学习文艺（论文）

载1946年7月20日《文艺学习》第3期；

初收1982年1月上海文艺出版社《叶圣陶论创作》。

多说没有用，只说几句（杂文）

载1946年7月20日《民主》周刊第40期。

挽陶行知先生（诗）

1946年7月26日作；

初收1960年8月作家出版社《篋存集》。

开明书店二十周年（杂文）

载1946年8月1日《中学生》月刊8月号（总第178期），署名圣陶。

读报偶谈（杂文）

载1946年8月1日《文林》第5期。

有志青年何必一定要高攀学府的门墙（杂文）

载1946年8月4日上海《文汇报》“星期座谈”第31期（陈尚藩记录）。

也来一个比喻（杂文）

载1946年8月10日《新文化》半月刊第2卷第4期，署名圣陶。

《抗战八年木刻选集》序

载1946年8月12日上海《侨声报·星河》；

初收1946年10月中华全国木刻协会编辑开明书店《抗战八年木刻选集》。

善忘（杂文）

载1946年8月13日上海《大公报·大公园》。

“文字并不可靠，教本少用为妙”——在《文汇报》举办的“抢救在学青年！”座谈会上的讲话

载1946年8月18日上海《文汇报》“星期座谈”第33期。

诗话

载1946年8月19日香港《华商报》。

什么道理？（杂文）

载1946年8月24日《周报》第49、50期。

何必升学（杂文）

载1946年9月1日《新文化》半月刊第2卷第5期。

现实与理想（杂文）

载1946年10月1日《中学生》月刊10月号（总第180期），署名朱逊。

我们要求政府切实保障言论自由（论文）
载1946年10月10日《民主》周刊第2卷第1、2期合刊，署名叶圣陶等。

《开明书店二十周年纪念文集》序
1946年10月10日作；
载1947年3月开明书店《开明书店二十周年纪念文集》（叶圣陶编）。

又来挽《民主》（杂文）
载1946年10月31日《民主》周刊第53、54期合刊。

"生活教育"（杂文）
载1946年11月1日《中学生》月刊11月号（总第181期），署名圣陶，正文还有副标题《怀念陶行知先生》。

"相濡以沫"（散文）
载1946年11月7日《新文化》半月刊第2卷第8期。

忽略社会经济因素　变革改良都是空论（发言稿）
1946年11月16日谈；
载1946年11月24日上海《文汇报》"星期座谈"第47期。

教师应该怎样教课（讲话记录稿）
载1946年11月22日上海《文汇报》，灵石笔记。

名与实（杂文）
载1946年12月1日《中学生》月刊12月号（总第182期），署名圣陶。

牛（散文）
载1946年12月21日《新文化》半月刊第2卷第11、12期合刊。

×　×　×

我们的态度（声明）
载1946年2月《"争取人权，抗议陪都凶案"联合特刊》，署名中学生杂志社。

夏丏尊先生逝世（讣文）
载1946年5月1日《中学生》月刊5月号（总第175期），署名《中学生》同人。

《开明新编国文读本（甲种）》序
1946年7月作；
载1946年开明书店《开明新编国文读本（甲种）》（叶圣陶、郭绍虞、周予同、覃必陶编），署名编者；
初收1980年8月教育科学出版社《叶圣陶语文教育论集》。

文协祭文

载1946年10月6日上海《文汇报》，未署名。

题木刻画《春耕》（诗）

1946年12月16日作（发表时未注写作日期，收入《篋存集》时补注）；

载1947年1月16日《开明少年》月刊第19期，未署名；

初收1960年8月作家出版社《篋存集》。

写人物（评论）

载1946年12月16日《开明少年》月刊第18期，署名编者。

1947年

新年与希望（杂文）

载1947年1月1日《中学生》月刊1月号（总第183期），署名圣陶。

“为万世开太平”（杂文）

载1947年1月1日《中学生》月刊1月号（总第183期），署名圣陶。

读《五代史·伶官传叙》（评论）

载1947年1月1日《中学生》月刊1月号（总第183期），署名圣陶；

初收1980年8月教育科学出版社《叶圣陶语文教育论集》。

健吾兄《和平颂》上演为题一绝（诗）

1947年1月8日作；

载1947年1月11日上海《文汇报·笔会》第142期；

初收1960年8月作家出版社《篋存集》，改题为《健吾撰讽刺剧〈和平颂〉兼叙阳世与冥世》。

致范泉（书简）

1947年1月20日作；

载1947年3月15日《文艺春秋》月刊第4卷第3期。

谈“利用”（杂文）

载1947年2月1日《中学生》月刊2月号（总第184期），署名圣陶。

记教师的话（散文）

载1947年2月1日《中学生》月刊2月号（总第184期），署名圣陶。

“重新做人”（杂文）

载1947年3月1日《中学生》月刊3月号（总第185期），署名圣陶。

读《飞》（评论）

载1947年3月1日《中学生》月刊3月号（总第185期），署名圣陶；

初收1980年8月教育科学出版社《叶圣陶语文教育论集》。

如果教育工作者发表“精神独立宣言”（杂文）

载1947年3月7日上海《文汇报·新教育》第1期，署名圣陶。

田寿昌创作三十周年纪念（诗）
1947年3月13日作；
初收1960年8月作家出版社《箧存集》。

一篇象样的作品（论文）
载1947年3月15日《文艺春秋》月刊第4卷第3期；
初收1982年1月上海文艺出版社《叶圣陶论创作》。

文艺工作者和教育工作者一样（杂文）
载1947年3月31日上海《文汇报·新文艺》第5期。

关于本期的笔谈会（杂文）
载1947年4月1日《中学生》月刊4月号（总第186期），署名圣陶。

鹧鸪天——振铎五十初度（词）
1947年4月6日作；
初收1960年8月作家出版社《箧存集》。

《文学的标准和尺度》跋评（评论）
载1947年4月10日《国文月刊》第54期。

谈丏翁的《长闲》（评论）
载1947年4月15日《文艺知识连丛》月刊第1集；
初收1982年1月上海文艺出版社《叶圣陶论创作》。

丏翁周年祭（诗）
1947年4月21日作；
初收1960年8月作家出版社《箧存集》。

刃锋的木刻与绘画（评论）
载1947年4月开明书店《刃锋木刻集》，为该书附录之二，署名叶绍钧。

零星的谈些（杂文）
载1947年5月1日《文艺复兴》月刊第3卷第3期。

投稿之前可以请教老师（杂文）
载1947年5月1日《中学生》月刊5月号（总第187期），署名圣陶。

关于《读〈飞〉》（通信）
载1947年5月1日《中学生》月刊5月号（总第187期），署名刘永滔、叶圣陶；
初收1980年8月教育科学出版社《叶圣陶语文教育论集》。

学生家属看学潮——我们对于最近学生运动的意见（声明）
1947年5月28日写；
载1947年6月5日《朋友》半月刊第

2期，署名叶圣陶、傅彬然、杨卫玉、贾祖璋、孙起孟。

五四与文艺节（杂文）
载1947年5月美洲华侨青年文艺社主编郭沫若等著《呼喊》。

理应怎样与实际怎样（杂文）
载1947年6月1日《中学生》月刊6月号（总第188期），署名圣陶。

南京事件（杂文）
载1947年6月1日《中学生》月刊6月号（总第188期），署名圣陶。

读《史记·叔孙通传》（评论）
载1947年6月1日《中学生》月刊6月号（总第188期），署名圣陶。
初收1980年8月教育科学出版社《叶圣陶语文教育论集》。

《少年们的一天》序
1947年6月19日作；
载1947年7月开明少年社编开明书店《少年们的一天》（《开明少年》三周年纪念征文集）。

《我》序
1947年6月25日作；
载1948年7月开明少年社编开明书店《我》。

干什么以前的考虑（杂文）
载1947年7月1日《中学生》月刊7月号（总第189期），署名圣陶。

答编者问——关于散文写作（论文）
载1947年7月1日《文艺知识连丛》月刊第3集。

反问一句（杂文）
载1947年8月1日《中学生》月刊8月号（总第190期），署名圣陶；
初收1982年1月上海文艺出版社《叶圣陶论创作》，改题为《回问一句》。

读《风波》（评论）
载1947年9月1日《中学生》月刊9月号（总第191期），署名圣陶；
初收1980年8月教育科学出版社《叶圣陶语文教育论集》。

悼念六逸先生（诗）
载1947年9月15日《文讯月刊》第3卷第7号，署名叶绍钧。

谈弘一法师临终偈语（评论）
载1947年10月1日《觉有情》第8卷10月号。

国文常识试题（杂文）
载1947年10月1日《中学生》月刊10月号（总第192期），署名圣陶；

初收1980年8月教育科学出版社《叶圣陶语文教育论集》。

理想的白话文——以上口不上口做标准（论文）
载1947年10月2日《华北日报》“国语周刊”新第18期，署名朱自清、叶绍钧。

生活修养——给青年同学们（杂文）
载1947年10月19日《生活杂志》第3期。

工余随笔（散文）
载1947年10月30日“今文学丛刊”第1本《跨着东海》；
初收1982年1月上海文艺出版社《叶圣陶论创作》，改题为《“言志”和“载道”》。

工余随笔（散文）
载1947年11月1日《创世》第3期。

讲解（论文）
载1947年11月1日《中学生》月刊11月号（总第193期），署名圣陶；
初收1980年8月教育科学出版社《叶圣陶语文教育论集》。

工余随笔（散文）
载1947年11月15日《文讯月刊》第7卷第5号“文艺专号”。

《叶圣陶文集》序
1947年11月19日作；
载1948年1月上海春风书店《叶圣陶文集》。

“青春的旋律”（评论）
载1947年12月1日《中学生》月刊12月号（总第194期），署名圣陶。

从梦说起——工余随笔之一（散文）
载1947年12月13日成都《西方日报》；
初收1982年1月上海文艺出版社《叶圣陶论创作》，删去副题。

题子恺所作画（诗）
1947年12月24日作；
初收1960年1月8日作家出版社《箧存集》。

《忘不了的事》序
三十六年（1947年）岁尽日作；
载1948年1月开明少年社编开明书店《忘不了的事》。

× × ×

“努力事春耕”（杂文）
载1947年1月16日《开明少年》月刊第19期，署名编者。

爱好文艺是个好志向（杂文）

载1947年4月1日《中学生》4月号，署名编者。

享受艺术（评论）

载1947年8月16日《开明少年》月刊第26期，署名编者。

《开明新编国文读本（乙种）》序

1947年8月作；

载1947年开明书店《开明新编国文读本（乙种）》（叶圣陶、徐调孚、郭绍虞、覃必陶合编），署名编者；

初收1980年8月教育科学出版社《叶圣陶语文教育论集》。

谈谈本志的旨趣（杂文）

载1947年8月1日《中学生》月刊8月号（总第190期），署本志同人。

1948年

新年致辞（杂文）

载1948年1月1日《中学生》月刊1月号（总第195期），署名圣陶。

再谈讲解（论文）

载1948年1月1日《中学生》月刊1月号（总第195期），署名圣陶；

初收1980年8月教育科学出版社《叶圣陶语文教育论集》。

教育·文学（谈话记录稿）

载1948年1月1日《青年界》月刊新4卷第5号（姚吉记）。

现在（杂文）

载1948年1月1日上海《新民报晚刊·夜光杯》。

《挣扎》序

1948年1月20日作；

载1948年2月开明书店《挣扎》，中学生杂志社编。

杂谈小学教学（杂文）

载1948年1月《生活的狂想》。

修订中学课程标准（杂文）

载1948年2月1日《中学生》月刊2月号（总第196期），署名圣陶。

师生之谊（杂文）

载1948年2月1日《中学生》月刊2月号（总第196期）署名朱逊。

答来问——关于“学习国文该读些什么书”的问题（杂文）

载1948年3月1日《中学生》月刊3月号（总第197期），署名圣陶。

新精神（杂文）

载1948年4月1日《中学生》月刊4

月号（总第198期），署名圣陶。

屠格涅夫和他的《罗亭》（评论）
载1948年5月1日《青年界》月刊新5卷第4号，署名叶圣陶、赵景深。

夏丏尊先生（散文）
载1948年5月1日《创世》半月刊第15、16期合刊。

推荐《艳阳天》（评论）
载1948年5月26日上海《大公报》"文化界推荐文华新片《艳阳天》（曹禺编剧）"栏内，原无标题。

本志的宗旨与态度（宣言）
载1948年6月1日《中学生》月刊6月号（总第200期）"本志第二百期纪念特辑"，署名圣陶。

杂志界致书美大使（声明）
载1948年6月10日上海《大公报》，署名叶圣陶、杨卫玉、周予同、王伯祥、高祖文、冯保符等。

《中学时代》一周年（杂文）
载1948年6月30日《中学时代》第20期。

《开明文言读本》编辑例言
1948年7月作；
载1948年7月《开明》新6号，署名朱自清、吕叔湘、叶圣陶；
初收1980年8月教育科学出版社《叶圣陶语文教育论集》。

佩弦的死讯——悼朱自清先生（散文）
1948年8月13日午后作；
载1948年8月15日《文艺春秋》月刊第7卷第2期。

谈佩弦的一首诗（评论）
1948年8月18日作；
载1948年9月15日《文讯月刊》第9卷第3期；
初收1982年1月上海文艺出版社《叶圣陶论创作》。

认识与态度（论文）
载1948年8月25日上海华东书店《新教师的新认识》（现代教育丛刊第3辑，叶圣陶、蔡尚思、江向渔、周予同等著）。

朱自清先生悼词
1948年8月30日下午在文协与清华同学会联合举行的朱自清先生追悼会上宣读，原无标题；
载1948年10月1日《文潮月刊》第5卷第6期。

朱佩弦先生（散文）
载1948年9月1日《中学生》月刊9

月号（总第203期），署名圣陶。

念辛亥，看建国——纪念建国三十七周年（杂文）
载1948年10月1日《中国建设》月刊第7卷第1期，原无标题。

《少年航空兵——祖国梦游记》序
1948年10月26日作；
载1948年文化供应社《少年航空兵——祖国梦游记》，沙平著，署名翰先。

添辟《各科学习指导》栏（杂文）
载1948年12月1日《中学生》月刊12月号（总第206期），署名圣陶。

《熟悉的人》序
1948年12月31日作；
载1949年1月开明少年社编开明书店征文集《熟悉的人》。

× × ×

中华全国文艺协会征求作品公告
载1948年5月《中国作家》第3号，未署名。

中学各科学习法·国文
载1948年7月开明书店《中学生手册》（中学生杂志社编）；
初收1980年8月教育科学出版社《叶圣陶语文教育论集》，改题为《中学国文学习法》。

《开明新编高级国文读本》编辑例言
1948年7月作；
载1948年开明书店《开明新编高级国文读本》，（朱自清、吕淑湘、叶圣陶合编），署名编者；
初收1980年8月教育科学出版社《叶圣陶语文教育论集》。

悼念朱自清先生（散文）
载1948年9月10日《国文月刊》第71期，署名编者。

1949年

书后（杂文）
载1949年1月1日《中学生》月刊1月号（总第207期）。

日记（1949年1月7日）
载1981年7月20日《人民文学》第7期；
初收1982年1月花城出版社《日记三抄》。

日记（1949年1月8日）
载1981年7月20日《人民文学》第7期；
初收1982年1月花城出版社《日记三抄》。

日记（1949年1月9日）
载1981年7月20日《人民文学》第7期；
初收1982年1月花城出版社《日记三抄》。

日记（1949年1月10日）
载1981年7月20日《人民文学》第7期；
初收1982年1月花城出版社《日记三抄》。

日记（1949年1月11日）
载1981年7月20日《人民文学》第7期；
初收1982年1月花城出版社《日记三抄》。

日记（1949年1月12日）
载1981年7月20日《人民文学》第7期；
初收1982年1月花城出版社《日记三抄》。

日记（1949年1月13日）
载1981年7月20日《人民文学》第7期；
初收1982年1月花城出版社《日记三抄》。

日记（1949年1月14日）
载1981年7月20日《人民文学》第7期；
初收1982年1月花城出版社《日记三抄》。

作者·读者（杂文）
载1949年1月15日《文艺春秋》月刊第8卷第1期。

日记（1949年1月15日）
载1981年7月20日《人民文学》第7期；
初收1982年1月花城出版社《日记三抄》。

日记（1949年1月16日）
载1981年7月20日《人民文学》第7期；
初收1982年1月花城出版社《日记三抄》。

日记（1949年1月17日）
载1981年7月20日《人民文学》第7期；
初收1982年1月花城出版社《日记三抄》。

日记（1949年1月18日）
载1981年7月20日《人民文学》第7期；
初收1982年1月花城出版社《日记

三抄》。

日记（1949年1月19日）
载1981年7月20日《人民文学》第7期；
初收1982年1月花城出版社《日记三抄》。

日记（1949年1月20日）
载1981年7月20日《人民文学》第7期；
初收1982年1月花城出版社《日记三抄》。

日记（1949年1月21日）
载1981年7月20日《人民文学》第7期；
初收1982年1月花城出版社《日记三抄》。

日记（1949年1月22日）
载1981年7月20日《人民文学》第7期；
初收1982年1月花城出版社《日记三抄》。

日记（1949年1月23日）
载1981年7月20日《人民文学》第7期；
初收1982年1月花城出版社《日记三抄》。

日记（1949年1月24日）
载1981年7月20日《人民文学》第7期；
初收1982年1月花城出版社《日记三抄》。

日记（1949年1月25日）
载1981年7月20日《人民文学》第7期；
初收1982年1月花城出版社《日记三抄》。

日记（1949年1月26日）
载1981年7月20日《人民文学》第7期；
初收1982年1月花城出版社《日记三抄》。

日记（1949年1月27日）
载1981年7月20日《人民文学》第7期；
初收1982年1月花城出版社《日记三抄》。

香港赠刘湖深（诗）
1949年1月27日作；
初收1960年8月作家出版社《箧存集》。

日记（1949年1月28日）
载1981年7月20日《人民文学》第7期；

初收 1982 年 1 月花城出版社《日记三抄》。

日记（1949 年 1 月 29 日）
载 1981 年 7 月 20 日《人民文学》第 7 期；
初收 1982 年 1 月花城出版社《日记三抄》。

日记（1949 年 1 月 30 日）
载 1981 年 7 月 20 日《人民文学》第 7 期；
初收 1982 年 1 月花城出版社《日记三抄》。

日记（1949 年 1 月 31 日）
载 1981 年 7 月 20 日《人民文学》第 7 期；
初收 1982 年 1 月花城出版社《日记三抄》。

日记（1949 年 2 月 1 日）
载 1981 年 7 月 20 日《人民文学》第 7 期；
初收 1982 年 1 月花城出版社《日记三抄》。

日记（1949 年 2 月 2 日）
载 1981 年 7 月 20 日《人民文学》第 7 期；
初收 1982 年 1 月花城出版社《日记三抄》。

日记（1949 年 2 月 3 日）
载 1981 年 7 月 20 日《人民文学》第 7 期；
初收 1982 年 1 月花城出版社《日记三抄》。

日记（1949 年 2 月 4 日）
载 1981 年 7 月 20 日《人民文学》第 7 期；
初收 1982 年 1 月花城出版社《日记三抄》。

谈抽象词语（论文）
1949 年 2 月 4 日作；
载 1949 年 2 月 7 日香港《大公报》“思想与生活”第 2 期。

日记（1949 年 2 月 5 日）
载 1981 年 7 月 20 日《人民文学》第 7 期；
初收 1982 年 1 月花城出版社《日记三抄》。

日记（1949 年 2 月 6 日）
载 1981 年 7 月 20 日《人民文学》第 7 期；
初收 1982 年 1 月花城出版社《日记三抄》。

日记（1949年2月7日）
载1981年7月20日《人民文学》第7期；
初收1982年1月花城出版社《日记三抄》。

日记（1949年2月8日）
载1981年7月20日《人民文学》第7期；
初收1982年1月花城出版社《日记三抄》。

日记（1949年2月9日）
载1981年7月20日《人民文学》第7期；
初收1982年1月花城出版社《日记三抄》。

日记（1949年2月10日）
载1981年7月20日《人民文学》第7期；
初收1982年1月花城出版社《日记三抄》。

日记（1949年2月11日）
载1981年7月20日《人民文学》第7期；
初收1982年1月花城出版社《日记三抄》。

日记（1949年2月12日）
载1981年7月20日《人民文学》第7期；
初收1982年1月花城出版社《日记三抄》。

日记（1949年2月13日）
载1981年7月20日《人民文学》第7期；
初收1982年1月花城出版社《日记三抄》。

日记（1949年2月14日）
载1981年7月20日《人民文学》第7期；
初收1982年1月花城出版社《日记三抄》。

日记（1949年2月15日）
载1981年7月20日《人民文学》第7期；
初收1982年1月花城出版社《日记三抄》。

谈谈写口语（论文）
1949年2月15日作；
载1949年5月香港新民主出版社《方言文学》，中华全国文艺协会香港分会方言文学研究会编。

日记（1949年2月16日）
载1981年7月20日《人民文学》第

7期；
初收1982年1月花城出版社《日记三抄》。

日记（1949年2月17日）
载1981年7月20日《人民文学》第7期；
初收1982年1月花城出版社《日记三抄》。

日记（1949年2月18日）
载1981年7月20日《人民文学》第7期；
初收1982年1月花城出版社《日记三抄》。

往实际方面钻——介绍《思想与生活》（评论）
1949年2月18日作；
载1949年7月6日上海《文汇报》。

日记（1949年2月19日）
载1981年7月20日《人民文学》第7期；
初收1982年1月花城出版社《日记三抄》。

日记（1949年2月20日）
载1981年7月20日《人民文学》第7期；
初收1982年1月花城出版社《日记三抄》。

日记（1949年2月21日）
载1981年7月20日《人民文学》第7期；
初收1982年1月花城出版社《日记三抄》。

日记（1949年2月22日）
载1981年7月20日《人民文学》第7期；
初收1982年1月花城出版社《日记三抄》。

日记（1949年2月23日）
载1981年7月20日《人民文学》第7期；
初收1982年1月花城出版社《日记三抄》。

日记（1949年2月24日）
载1981年7月20日《人民文学》第7期；
初收1982年1月花城出版社《日记三抄》。

日记（1949年2月25日）
载1981年7月20日《人民文学》第7期；
初收1982年1月花城出版社《日记三抄》。

日记（1949 年 2 月 26 日）
载 1981 年 7 月 20 日《人民文学》第 7 期；
初收 1982 年 1 月花城出版社《日记三抄》。

日记（1949 年 2 月 27 日）
载 1981 年 7 月 20 日《人民文学》第 7 期；
初收 1982 年 1 月花城出版社《日记三抄》。

日记（1949 年 2 月 28 日）
载 1981 年 7 月 20 日《人民文学》第 7 期；
初收 1982 年 1 月花城出版社《日记三抄》。

读了《煤》想到的（评论）
载 1949 年 3 月 1 日《小说》月刊第 2 卷第 3 期；
初收 1982 年 1 月上海文艺出版社《叶圣陶论创作》。

自香港北上呈同舟诸公（诗）
1949 年 3 月 1 日作；
初收 1960 年 8 月作家出版社《箧存集》。

日记（1949 年 3 月 1 日）
载 1981 年 7 月 20 日《人民文学》第 7 期；
初收 1982 年 1 月花城出版社《日记三抄》。

日记（1949 年 3 月 2 日）
载 1981 年 7 月 20 日《人民文学》第 7 期；
初收 1982 年 1 月花城出版社《日记三抄》。

日记（1949 年 3 月 3 日）
载 1981 年 7 月 20 日《人民文学》第 7 期；
初收 1982 年 1 月花城出版社《日记三抄》。

日记（1949 年 3 月 4 日）
载 1981 年 7 月 20 日《人民文学》第 7 期；
初收 1982 年 1 月花城出版社《日记三抄》。

日记（1949 年 3 月 5 日）
载 1981 年 7 月 20 日《人民文学》第 7 期；
初收 1982 年 1 月花城出版社《日记三抄》。

日记（1949 年 3 月 6 日）
载 1981 年 7 月 20 日《人民文学》第 7 期；
初收 1982 年 1 月花城出版社《日记

三抄》。

日记（1949 年 3 月 7 日）
载 1981 年 7 月 20 日《人民文学》第 7 期；
初收 1982 年 1 月花城出版社《日记三抄》。

日记（1949 年 3 月 8 日）
载 1981 年 7 月 20 日《人民文学》第 7 期；
初收 1982 年 1 月花城出版社《日记三抄》。

日记（1949 年 3 月 9 日）
载 1981 年 7 月 20 日《人民文学》第 7 期；
初收 1982 年 1 月花城出版社《日记三抄》。

日记（1949 年 3 月 10 日）
载 1981 年 7 月 20 日《人民文学》第 7 期；
初收 1982 年 1 月花城出版社《日记三抄》。

日记（1949 年 3 月 11 日）
载 1981 年 7 月 20 日《人民文学》第 7 期；
初收 1982 年 1 月花城出版社《日记三抄》。

日记（1949 年 3 月 12 日）
载 1981 年 7 月 20 日《人民文学》第 7 期；
初收 1982 年 1 月花城出版社《日记三抄》。

日记（1949 年 3 月 13 日）
载 1981 年 7 月 20 日《人民文学》第 7 期；
初收 1982 年 1 月花城出版社《日记三抄》。

日记（1949 年 3 月 14 日）
载 1981 年 7 月 20 日《人民文学》第 7 期；
初收 1982 年 1 月花城出版社《日记三抄》。

日记（1949 年 3 月 15 日）
载 1981 年 7 月 20 日《人民文学》第 7 期；
初收 1982 年 1 月花城出版社《日记三抄》。

日记（1949 年 3 月 16 日）
载 1981 年 7 月 20 日《人民文学》第 7 期；
初收 1982 年 1 月花城出版社《日记三抄》。

日记（1949 年 3 月 17 日）

载 1981 年 7 月 20 日《人民文学》第 7 期；
初收 1982 年 1 月花城出版社《日记三抄》。

日记（1949 年 3 月 18 日）
载 1981 年 7 月 20 日《人民文学》第 7 期；
初收 1982 年 1 月花城出版社《日记三抄》。

日记（1949 年 3 月 19 日）
载 1981 年 7 月 20 日《人民文学》第 7 期；
初收 1982 年 1 月花城出版社《日记三抄》。

日记（1949 年 3 月 20 日）
载 1981 年 7 月 20 日《人民文学》第 7 期；
初收 1982 年 1 月花城出版社《日记三抄》。

日记（1949 年 3 月 21 日）
载 1981 年 7 月 20 日《人民文学》第 7 期；
初收 1982 年 1 月花城出版社《日记三抄》。

日记（1949 年 3 月 22 日）
载 1981 年 7 月 20 日《人民文学》第 7 期；
初收 1982 年 1 月花城出版社《日记三抄》。

日记（1949 年 3 月 23 日）
载 1981 年 7 月 20 日《人民文学》第 7 期；
初收 1982 年 1 月花城出版社《日记三抄》。

日记（1949 年 3 月 24 日）
载 1981 年 7 月 20 日《人民文学》第 7 期；
初收 1982 年 1 月花城出版社《日记三抄》。

日记（1949 年 3 月 25 日）
载 1981 年 7 月 20 日《人民文学》第 7 期；
初收 1982 年 1 月花城出版社《日记三抄》。

敬告在校青年（杂文）
载 1949 年 5 月 4 日《进步青年》月刊创刊号。

加紧学习，迎接“五四”!（杂文）
载 1949 年 5 月 4 日《进步青年》月刊创刊号，署名朱逊。

不断的进步（杂文）

载1949年5月4日《人民日报》。

回忆瞿秋白先生（散文）
载1949年6月28日上海《新民报晚刊》。

依靠口耳（论文）
载1949年7月1日《华北文艺》第6期；
初收1982年1月上海文艺出版社《叶圣陶论创作》。

祝文代大会
载1949年7月2日《光明日报》。

零星的感想（杂文）
载1949年7月4日《进步青年》月刊第3期，署名朱逊。

纪念杨贤江先生（散文）
载1949年8月9日《人民日报》。

中学语文科课程标准草稿
1949年8月拟；
载1980年6月20日《中学语文教学》月刊第6期；
初收1980年8月教育科学出版社《叶圣陶语文教育论集》。

《进步青年》与《中学生》合并（杂文）
载1949年9月1日《中学生》月刊9月号（总第215期）。

《大学国文（现代文之部）》序
1949年9月作；
载1949年10月新华书店《大学国文（现代文之部）》；
初收1980年8月教育科学出版社《叶圣陶语文教育论集》。

中国人站起来了（杂文）
载1949年11月1日《进步青年》月刊第217期，署名圣陶。

× × ×

《进步青年》发刊辞
载1949年5月4日《进步青年》月刊创刊号，未署名。

1950年

语文随笔（论文）
载1950年1月4日《人民日报》；
初收1980年8月教育科学出版社《叶圣陶语文教育论集》。

《大学国文（文言之部）》序
1950年4月作；
载1950年5月新华书店《大学国文（文言之部）》；
初收1980年8月教育科学出版社《叶圣陶语文教育论集》。

类乎“喝饭”的说法（评论）
载1950年5月24日《人民日报》。

拆开来说（评论）
载1950年6月7日《人民日报》副刊“新闻工作”双周刊第12期；
初收1980年8月教育科学出版社《叶圣陶语文教育论集》。

多说和少说（评论）
载1950年6月21日《人民日报》副刊“新闻工作”双周刊第13期；
初收1980年8月教育科学出版社《叶圣陶语文教育论集》。

谈挹用文言成分（评论）
载1950年7月5日《人民日报》副刊“新闻工作”双周刊第14期；
初收1980年8月教育科学出版社《叶圣陶语文教育论集》。

坚决起来保卫和平（杂文）
载1950年7月25日《文艺报》半月刊第2卷第9期“反对美国侵略台湾朝鲜”特辑。

有关教学文法的几个问题（通信）
载1950年10月1日《人民教育》月刊第1卷第6期，署饶瑞恩问，叶圣陶答。

在京文学工作者宣言
载1950年11月25日《文艺报》半月刊第3卷第3期，署名叶圣陶等145人。

1951年

写话（论文）
载1951年1月10日《新观察》半月刊第2卷第1期；
初收1980年8月教育科学出版社《叶圣陶语文教育论集》。

《叶圣陶选集》自序
1951年2月1日作；
初收1951年7月开明书店“新文学选集”之一《叶圣陶选集》。

题球赛优胜旗（诗）
1951年5月9日作；
初收1960年8月作家出版社《箧存集》。

拿起笔来之前（论文）
载1951年7月14日《中国青年》半月刊第70期；
初收1980年8月教育科学出版社《叶圣陶语文教育论集》。

1952年

读宋庆龄和平会议词（诗）
1952年10月3日作（发表时未注写作时间，收入《箧存集》时补注）；
载1952年10月6日《人民日报》；

初收 1960 年 8 月作家出版社《箧存集》，改题为《读宋庆龄亚洲及太平洋区域和平会议开幕辞》。

赠和平代表（诗）
1952 年 10 月 12 日作（发表时未注写作时间，收入《箧存集》时补注）；
载 1952 年 10 月 17 日《人民日报》。

鹧鸪天——二十一日平伯家为曲会，翌日平伯寄示新词，余依韵和之，顺次叙当日所闻诸曲（词）
1952 年 12 月 26 日作；
初收 1960 年 8 月作家出版社《箧存集》。

1953 年

一些简单的意见（论文）
载 1953 年 1 月 20 日《中国语文》月刊 1 月号；
初收 1980 年 8 月教育科学出版社《叶圣陶语文教育论集》。

太阳跟空气（散文）
1953 年 3 月 8 日作；
载 1953 年 3 月 15 日《文艺报》半月刊第 5 号。

咱们熟悉他（散文）
载 1953 年 4 月 1 日《新观察》半月刊第 7 期。

语言跟语言教育（论文）
载 1953 年 10 月 11 日《光明日报》，系作者在中国文学艺术工作者第二次代表大会上的发言；
初收 1980 年 8 月教育科学出版社《叶圣陶语文教育论集》。

“干杯”——赠国际友人（诗）
1953 年 10 月 12 日作；
初收 1960 年 8 月作家出版社《箧存集》。

赠邓宝珊（诗）
1953 年 11 月 6 日作；
初收 1960 年 8 月作家出版社《箧存集》。

菩萨蛮——寄题邓园（词）
1953 年 12 月 20 日作；
初收 1960 年 8 月作家出版社《箧存集》。

从西安到兰州（散文）
1953 年作；
载 1953 年 12 月 25 日《人民日报》；
初收 1958 年 8 月百花文艺出版社《小记十篇》。

游临潼（散文）
1953 年作（发表时未注写作时间，收入《小记十篇》时补注）；
载 1954 年 1 月 16 日《新观察》半月刊第 2 期；
初收 1958 年 8 月百花文艺出版社《小

记十篇》。

坐羊皮筏到雁滩（散文）
1953 年作（发表时未注写作时间，收入《小记十篇》时补注）；
载 1954 年 2 月 1 日《新观察》半月刊第 3 期；
初收 1958 年 8 月百花文艺出版社《小记十篇》。

在西安看的戏（散文）
1953 年作（发表时未注写作时间，收入《小记十篇》时补注）；
载 1954 年 2 月 20 日《戏剧报》月刊 2 月号；
初收 1958 年 8 月百花文艺出版社《小记十篇》。

1954 年

友谊（短篇小说）
1954 年 4 月 12 日作；
载 1954 年 6 月 1 日《中国青年》半月刊第 11 期；
初收 1958 年 10 月人民文学出版社《叶圣陶文集》第 3 卷。

荣宝斋的彩色木刻画（散文）
1954 年作（发表时未注写作时间，收入《小记十篇》时补注）；
载 1954 年 5 月 16 日《新观察》半月刊第 10 期；
初收 1958 年 8 月百花文艺出版社《小记十篇》。

讨论为的实行（杂文）
载 1954 年 6 月 30 日《文艺报》半月刊第 12 号。

应当写入世界史的伟大事件（杂文）
载 1954 年 7 月 8 日《人民日报》。

文艺写作必须依靠语言（论文）
载 1954 年 7 月 27 日《文艺学习》月刊第 4 期；
初收 1980 年 8 月教育科学出版社《叶圣陶语文教育论集》。

唯有努力（杂文）
载 1954 年 9 月 16 日《新观察》半月刊第 18 期。

融和起来了（杂文）
载 1954 年 9 月 30 日《文艺报》半月刊第 18 号。

文叔六十初度（诗）
1954 年 12 月 29 日作；
初收 1960 年 8 月作家出版社《箧存集》。

董宇六十初度（诗）
1954 年 12 月 29 日作；
初收 1960 年 8 月作家出版社《箧存集》。

1955 年

习惯可以改变（杂文）
载 1955 年 1 月 5 日《光明日报》。

从《语法修辞讲话》谈起（论文）
载 1955 年 1 月 15 日《人民日报》；
初收 1980 年 8 月教育科学出版社《叶圣陶语文教育论集》。

小小的船（儿歌）
1955 年 5 月 9 日作；
初收 1960 年 8 月作家出版社《篋存集》。

看了五月十三日《人民日报》关于胡风的材料（杂文）
1955 年 5 月 15 日作；
载 1955 年 5 月 30 日《文艺报》半月刊第 9、10 号合刊。

广播工作跟语言规范化（论文）
1955 年 6 月 5 日作；
载 1955 年 7 月 1 日《广播爱好者》月刊 7 月号（总第 1 期）；
初收 1980 年 8 月教育科学出版社《叶圣陶语文教育论集》，改题为《广播工作和语言规范化》。

在第一届全国人民代表大会第二次全体会议上的发言
载 1955 年 7 月 23 日《人民日报》。

观开发黄河规划欣然有作（诗）
1955 年 7 月 25 日作；
初收 1960 年 8 月作家出版社《篋存集》。

文字改革和语言规范化（论文）
载 1955 年 7 月 30 日《文艺报》半月刊第 14 号；
初收 1980 年 8 月教育科学出版社《叶圣陶语文教育论集》。

关于语言文学分科的问题（论文）
载 1955 年 8 月 9 日《人民教育》月刊 8 月号。

青年们——庆祝“全国青年社会主义建设积极分子大会”（散文诗）
载 1955 年 9 月 17 日《光明日报》。

就整体着想（杂文）
载 1955 年 10 月 8 日《文艺学习》月刊第 10 期。

大家拿起笔来（杂文）
载 1955 年 10 月 24 日《读书月报》第 4 期。

什么叫汉语规范化（论文）
载 1955 年 10 月 28 日《人民日报》；
初收 1980 年 8 月教育科学出版社《叶圣陶语文教育论集》。

响应号召（杂文）
载1955年11月8日《人民文学》月刊11月号。

1956年

文艺工作者怎样看汉语规范化问题（论文）
载1956年3月5日《文艺月报》3月号；
初收1982年1月上海文艺出版社《叶圣陶论创作》。

关于使用语言（论文）
载1956年3月8日《人民文学》月刊3月号；
初收1980年8月教育科学出版社《叶圣陶语文教育论集》。

《叶圣陶童话选》后记
1956年4月10日作；
初收1956年5月中国少年儿童出版社《叶圣陶童话选》。

优秀的青年演员张辉同志（散文）
载1956年5月12日《光明日报》。

日记（1956年5月13日）
载1956年10月1日《新观察》半月刊第19期。

日记（1956年5月15日）
载1956年10月1日《新观察》半月刊第19期。

日记（1956年5月27日）
载1956年10月1日《新观察》半月刊第19期。

增产酒精的能手——记苏国进同志用黑霉菌制曲（散文）
载1956年6月8日《人民日报》。

日记（1956年6月9日）
载1956年10月1日《新观察》半月刊第19期。

利用广播发表作品（杂文）
载1956年9月1日《广播爱好者》月刊9月号（总第15期）。

寿张菊老九十（诗）
1956年9月16日作；
初收1960年8月作家出版社《箧存集》。

谈《小石潭记》里的几句话（评论）
载1956年10月8日《人民文学》月刊10月号；
初收1982年1月上海文艺出版社《叶圣陶论创作》。

一定要回答这个挑战（杂文）
1956年11月2日灯下写；
载1956年11月15日《文艺报》半月

刊第 21 号。

诗的材料（散文）
载 1956 年 11 月 22 日《旅行家》月刊第 11 期；
收入 1957 年 8 月人民文学出版社《一九五六年儿童文学选》。

三棵老银杏（散文）
载 1956 年 11 月 22 日《旅行家》月刊第 11 期；
收入 1957 年 8 月人民文学出版社《一九五六年儿童文学选》。

“以文会友”——记亚洲作家会议（散文）
1956 年 12 月 26 日作于新德里；
载 1956 年 12 月 30 日《人民日报》。

1957 年

檗栝墨病时语（诗）
1957 年 2 月 20 日作；
初收 1960 年 8 月作家出版社《箧存集》。

《胡墨林墓碑》跋语
1957 年 3 月作；
载 1960 年 8 月作家出版社《箧存集》内《檗栝墨病革时语》一诗注。

墨亡（诗）
1957 年 3 月 3 日作；
初收 1960 年 8 月作家出版社《箧存集》。

扬州慢——略叙偕墨同游踪迹，伤怀曷已（词）
1957 年 3 月 3 日作；
初收 1960 年 8 月作家出版社《箧存集》。

鹧鸪天（暝色无端侵小斋）（词）
1957 年 3 月 18 日作；
初收 1960 年 8 月作家出版社《箧存集》。

谈谈语法修辞（论文）
载 1957 年 3 月 31 日《新闻与出版》第 12 期；
初收 1980 年 8 月教育科学出版社《叶圣陶语文教育论集》。

水调歌头——从化温泉（词）
1957 年 4 月 7 日作；
初收 1960 年 8 月作家出版社《箧存集》。

挽包达三（诗）
1957 年 4 月 8 日作；
初收 1960 年 8 月作家出版社《箧存集》。

雁荡赠乡支书郑定枝（诗）
1957 年 4 月 25 日作；
初收 1960 年 8 月作家出版社《箧存集》。

临摹和写生（论文）
1957 年 4 月 29 日写；
载 1957 年 6 月《东海》月刊 6 月号；
初收 1982 年 1 月上海文艺出版社《叶

圣陶论创作》。

"瓶子观点"（杂文）

载 1957 年 6 月 3 日上海《文汇报·笔会》。

踏莎行——北方昆曲剧院成立（词）

1957 年 6 月 4 日作；

初收 1960 年 8 月作家出版社《箧存集》。

"领导"这个词儿·个人自己的哲学（杂文）

载 1957 年 6 月 9 日《文艺报》半月刊第 10 号。

右派分子与人民为敌（杂文）

载 1957 年 8 月 8 日《人民文学》月刊 8 月号。

公文写得含糊草率的现象应当改变（论文）

载 1957 年 8 月 10 日《新华半月刊》第 15 号。

谈文字改革（论文）

载 1957 年 8 月 15 日《文字改革》月刊 8 月号。

介绍《斯巴达克思》（评论）

载 1957 年 9 月 12 日《读书月报》第 9 期；

初收 1982 年 1 月上海文艺出版社《叶圣陶论创作》。

解放前后的出版自由（杂文）

载 1957 年 9 月 16 日《新观察》半月刊第 18 期。

今年的国庆节（散文）

1957 年 9 月作于北京；

载 1957 年 10 月 1 日上海《文汇报·笔会》。

《叶圣陶文集》第一卷前记

1957 年 10 月 1 日写；

初收 1958 年 4 月人民文学出版社《叶圣陶文集》第 1 卷。

国际主义——祝苏联十月社会主义革命四十周年（诗）

1957 年 10 月 4 日作发表时未注写作时间，收入《箧存集》时补注；

载 1957 年 10 月 20 日《人民日报》；

初收 1960 年 8 月作家出版社《箧存集》。

人造卫星（诗）

1957 年 10 月 24 日作；

初收 1960 年 8 月作家出版社《箧存集》。

苏联的教育影片《天职》（评论）

载 1957 年 11 月 4 日《大公报》。

题薛佛影像玉雕刻摄影（诗）
1957年11月20日作；
初收1960年8月作家出版社《篋存集》。

记金华的两个岩洞（散文）
1957年作（发表时未注写作时间，收入《小记十篇》时补注）；
载1957年11月22日《旅行家》月刊第11期；
初收1958年8月百花文艺出版社《小记十篇》。

《叶圣陶文集》第2卷前记
1957年11月23日作；
初收1958年5月人民文学出版社《叶圣陶文集》第2卷。

整风和绍虞韵（诗）
1957年12月4日作；
初收1960年8月作家出版社《篋存集》。

悼剑三（王统照先生）（散文）
载1957年12月5日《人民日报》。

悼王剑三（统照）先生二十四韵（诗）
1957年12月7日作（发表时未注写作时间，收入《篋存集》时补注）；
载1958年1月8日《人民文学》月刊1月号；
初收1960年8月作家出版社《篋存集》，改题《悼剑三》。

1958年

题杜甫草堂（诗）
1958年1月16日作；
载1958年8月1日《星星》月刊8月号。

送下乡诸同志（诗）
1958年1月28日作（发表时未注写作时间，收入《篋存集》时补注）；
载1958年2月12日《人民日报》；
初收1960年8月作家出版社《篋存集》，改题为《赠下乡劳动锻炼诸同志》。

大家都来做文字改革的促进派——在第一届全国人民代表大会第五次会议上的联合发言
载1958年2月7日《人民日报》。

赠还乡生产诸同志（诗）
1958年2月10日作；
初收1960年8月作家出版社《篋存集》。

赠下放基层诸同志（诗）
1958年2月10日作；
初收1960年8月作家出版社《篋存集》。

在“文风座谈会”上的发言
1958年2月15日发言；
载1958年2月24日《文艺报》半月刊第4期，原无标题；
初收1982年1月上海文艺出版社《叶圣陶论创作》，题为《形成新文风》。

新春诗为《教师报》作（诗）
1958年2月15日作；
初收1960年8月作家出版社《箧存集》。

不仅此也（论文）
载1958年3月11日《人民日报》；
初收1982年1月上海文艺出版社《叶圣陶论创作》。

可写可不写，不写（论文）
载1958年3月15日《人民日报》；
初收1982年1月上海文艺出版社《叶圣陶论创作》。

把心交给党（诗）
1958年3月15日作；
载1958年3月24日《人民日报》；
初收1960年8月作家出版社《箧存集》。

从语言教育的角度看（论文）
载1958年3月《新闻战线》月刊第3期；
初收1980年8月教育科学出版社《叶圣陶语文教育论集》。

愚公移山小论（杂文）
载1958年4月5日《文艺月报》4月号。

写短文，写短短篇（杂文）
载1958年4月8日《人民文学》月刊4月号。

先想清楚然后写（论文）
载1958年4月11日《教师报》副刊；
初收1980年8月教育科学出版社《叶圣陶语文教育论集》。

谈谈翻译（论文）
载1958年4月11日《人民日报》；
初收1980年8月教育科学出版社《叶圣陶语文教育论集》。

算术似的组织要不得（评论）
载1958年4月15日《新闻业务》月刊第4期；
初收1980年8月教育科学出版社《叶圣陶语文教育论集》。

和平（诗）
1958年4月17日作；
初收1960年8月作家出版社《箧存集》。

"我们也来修水库！"（诗）
1958年4月17日作；
初收1960年8月作家出版社《箧存集》。

拾粪（诗）
1958年4月18日作；
载1958年6月1日《新港》月刊6月号；
初收1960年8月作家出版社《箧存集》，列于《茶淀青年农场记闻》题下。

种桃树（诗）

1958年4月18日作；
载1958年6月1日《新港》月刊6月号；
初收1960年8月作家出版社《箧存集》，列于《茶淀青年农场记闻》题下。

修改是怎么一回事？（论文）
载1958年4月18日《教师报》副刊；
初收1980年8月教育科学出版社《叶圣陶语文教育论集》。

青年农场即事（诗）
1958年4月19日作（发表时未注写作时间，收入《箧存集》时补注）；
载1958年5月16日《人民教育》月刊第6期；
初收1960年8月作家出版社《箧存集》。

文风问题在哪儿？（论文）
载1958年4月19日《语文学习》月刊4月号；
初收1980年8月教育科学出版社《叶圣陶语文教育论集》。

怎么样改进文风？（论文）
载1958年4月19日《语文学习》月刊4月号；
初收1980年8月教育科学出版社《叶圣陶语文教育论集》。

改进文风（论文）
载1958年4月22日《中国语文》月刊4月号；
初收1980年8月教育科学出版社《叶圣陶语文教育论集》。

把稿子念几遍（杂文）
载1958年4月25日《教师报》副刊；
初收1980年8月教育科学出版社《叶圣陶语文教育论集》。

劳动节歌劳动（诗）
1958年4月26日作（发表时未注写作时间，收入《箧存集》时补注）；
载1958年4月30日《文汇报》；
初收1960年8月作家出版社《箧存集》，改题为《劳动节》。

蚂蚁（儿歌）
1958年4月作；
载1958年5月25日《诗刊》月刊5月号。

夹竹桃（儿歌）
1958年4月作（发表时未注写作时间，收入《箧存集》时补注）；
载1958年5月25日《诗刊》月刊5月号；
初收1960年8月作家出版社《箧存集》。

几种树（儿歌）
1958年4月作；
初收1960年8月作家出版社《箧存集》。

燕子（儿歌）

1958年4月作；

初收1960年8月作家出版社《箧存集》。

鸽子（儿歌）

1958年4月作；

初收1960年8月作家出版社《箧存集》。

金鱼（儿歌）

1958年4月作；

初收1960年8月作家出版社《箧存集》。

青蛙（儿歌）

1958年4月作；

初收1960年8月作家出版社《箧存集》。

平时的积累（论文）

载1958年5月2日《教师报》副刊；

初收1980年8月教育科学出版社《叶圣陶语文教育论集》。

写东西有所为（论文）

载1958年5月9日《教师报》副刊；

初收1980年8月教育科学出版社《叶圣陶语文教育论集》。

培养青少年的创造精神（杂文）

载1958年5月12日《读书》第6期。

马卡连柯的《父母必读》（评论）

载1958年5月12日《读书》第6期。

为什么要学语法（论文）

载1958年5月16日《中国青年》半月刊第10期。

再从有所为谈起（论文）

载1958年5月16日《教师报》副刊；

初收1980年8月教育科学出版社《叶圣陶语文教育论集》，改题为《准确、鲜明、生动》。

十三陵水库（诗）

1958年5月21日作；

初收1960年8月作家出版社《箧存集》。

《叶圣陶文集》第3卷前记

1958年5月22日作；

初收1958年10月人民文学出版社《叶圣陶文集》第3卷。

送给孩子们的礼物——教育部副部长叶圣陶向孩子们祝贺儿童节

载1958年5月24日《学前教育》第2期。

赠四个姑娘（诗）

1958年5月26日作；

初收1960年8月作家出版社《箧存集》。

《赠四个姑娘》附记

初收1960年8月作家出版社《箧存集》，排于《赠四个姑娘》诗后，原无标题。

题花园乡街头（诗）

1958年5月27日作；

初收1960年8月作家出版社《篋存集》。

劈山大渠四首（诗）

1958年5月31日作；

载1958年6月23日《文汇报》；

初收1960年8月作家出版社《篋存集》，改题为《涿鹿劈山大渠》。

题张家口市《大跃进民歌选》第2辑（诗）

1958年6月3日作；

初收1960年8月作家出版社《篋存集》。

黑石坝大渠（诗）

1958年6月4日作；

载1958年6月25日《诗刊》月刊6月号；

初收1960年8月作家出版社《篋存集》，改题为《张家口黑石坝大渠》。

题康保县农民报（诗）

1958年6月4日作；

初收1960年8月作家出版社《篋存集》。

最适于写儿童文学的人（评论）

载1958年6月5日《延河》月刊6月号。

坝上车中口占（诗）

1958年6月5日作；

初收1960年8月作家出版社《篋存集》。

登赐儿山望口内外群山（诗）

1958年6月5日作；

载1958年6月25日《诗刊》月刊6月号；

初收1960年8月作家出版社《篋存集》，改题为《登赐儿山》。

心中激出口头歌（诗）

载1958年6月25日《诗刊》月刊6月号。

高塔耸蓝天（诗）

载1958年6月25日《诗刊》月刊6月号。

人人心上开红花（诗）

载1958年6月25日《诗刊》月刊6月号。

写什么（论文）

载1958年6月27日《教师报》副刊；

初收1980年8月教育科学出版社《叶圣陶语文教育论集》。

挑能写的题目写（论文）

载1958年7月4日《教师报》副刊；

初收1960年8月教育科学出版社《叶圣陶语文教育论集》。

人人都来推广普通话（论文）
1958年7月27日作；
载1958年7月31日《文汇报》。

巨人的声音（诗）
1958年8月7日作（发表时未注写作时间，收入《箧存集》时补注）；
载1958年8月10日《光明日报》；
初收1960年8月作家出版社《箧存集》。

全国普通话教学成绩观摩会（诗）
1958年8月19日作（发表时未注写作时间，收入《箧存集》时补注）；
载1958年9月15日《文字改革》第10期；
初收1960年8月作家出版社《箧存集》。

水调歌头——读周总理关于台湾海峡地区之声明（词）
1958年9月7日作（发表时未注写作时间，收入《箧存集》时补注）；
载1958年9月8日《人民日报》；
初收1960年8月作家出版社《箧存集》。

给艾森豪威尔——读赫鲁晓夫致艾书（诗）
1958年9月9日作（发表时未注写作时间，收入《箧存集》时补注）；
载1958年9月11日《光明日报》；
初收1960年8月作家出版社《箧存集》。

新农村的新面貌——读《喜鹊登枝》（评论）
载1958年9月12日《读书》第14期；
初收1982年1月上海文艺出版社《叶圣陶论创作》。

大寺各庄棉花（诗）
1958年9月19日作；
初收1960年8月作家出版社《箧存集》。

基干民兵（诗）
1958年9月19日作；
初收1960年8月作家出版社《箧存集》。

妇女真解放（诗）
1958年9月19日作（发表时未注写作时间，收入《箧存集》时补注）；
载1958年11月2日《人民日报》；
初收1960年8月作家出版社《箧存集》，改题为《真解放》。

坝上一天（散文）
载1958年9月22日《旅行家》月刊第9期；
初收1959年11月人民文学出版社《叶圣陶选集》。

沁园春——庆祝一九五八年国庆节（词）
1958年9月23日作；
载1958年10月1日《文汇报》；

初收1960年8月作家出版社《箧存集》，改题为《沁园春——国庆》。

题赠涿鹿公社（诗）
载1958年10月15日《文汇报》。

桑干今朝上了山（诗）
载1958年10月15日《文汇报》。

题九里堡果树农场（诗）
载1958年10月15日《文汇报》。

悼振铎先生（诗）
1958年10月20日作；
载1958年10月26日《文艺报》半月刊第20期；
初收1960年8月作家出版社《箧存集》，改题为《悼振铎》。

惊闻振铎先生噩耗伤悼殊甚作一律悼之意未尽次日复有此作（诗）
1958年10月21日作（发表时未注写作时间，收入《箧存集》时补注）；
载1958年11月8日《人民文学》月刊11月号；
初收1960年8月作家出版社《箧存集》，改题为《前诗意未尽再作一首》。

《普通劳动者》是一篇好小说（评论）
载1958年11月8日《人民文学》月刊11月号；
初收1982年1月上海文艺出版社《叶圣陶论创作》。

鹧鸪天——欢迎志愿军文工团（诗）
1958年11月14日作；
初收1960年8月作家出版社《箧存集》。

1959年

题教育部南口绿化区模型（诗）
1959年1月3日作；
初收1960年8月作家出版社《箧存集》。

读《草原烽火》（评论）
载1959年1月8日《人民文学》月刊1月号。

踏莎行——苏联火箭（词）
1959年1月13日作；
初收1960年8月作家出版社《箧存集》。

踏莎行——刚果与古巴（词）
1959年1月13日作；
初收1960年8月作家出版社《箧存集》。

读《野火春风斗古城》（评论）
载1959年1月27日《读书》第2期；
初收1982年1月上海文艺出版社《叶圣陶论创作》。

最后的彻底的胜利属于古巴和刚果的人民（杂文）

1959年1月31日作；
载1959年2月1日《世界文学》月刊2月号。

菩萨蛮——全国农业展览会（词）
1959年2月3日作；
初收1960年8月作家出版社《箧存集》。

菩萨蛮——第二届全国摄影艺术展览（词）
1959年2月4日作；
初收1960年8月作家出版社《箧存集》。

读《伍嫂子》（评论）
载1959年3月1日《解放军文艺》月刊3月号；
初收1982年1月上海文艺出版社《叶圣陶论创作》。

三八妇女节（诗）
1959年3月4日作；
初收1960年8月作家出版社《箧存集》。

作品里涉及工程技术的部分（论文）
载1959年3月5日《文艺月报》3月号；
初收1982年1月上海文艺出版社《叶圣陶论创作》。

南京五七新村（诗）
1959年3月20日作（发表时未注写作时间，收入《箧存集》时补注）；
载1959年4月17日《人民日报》；
初收1960年8月作家出版社《箧存集》，改题为《题南京五老新村》。

扬州制花工艺厂（诗）
1959年3月22日作（发表时未注写作时间，收入《箧存集》时补注）；
载1959年4月17日《人民日报》；
初收1960年8月作家出版社《箧存集》，改题为《题扬州制花工艺厂》。

南通红旗公社南园食堂（诗）
1959年4月2日作（发表时未注写作时间，收入《箧存集》时补注）；
载1959年4月17日《人民日报》；
初收1960年8月作家出版社《箧存集》，改题为《题南通红旗人民公社南园食堂》。

南通博物馆（诗）
1959年4月4日作（发表时未注写作时间，收入《箧存集》时补注）；
载1959年4月17日《人民日报》；
初收1960年8月作家出版社《箧存集》，改题为《题南通博物馆》。

狼山历史文物展览馆（诗）
1959年4月5日作（发表时未注写作时间，收入《箧存集》时补注）；
载1959年4月17日《人民日报》；
初收1960年8月作家出版社《箧存集》，

改题为《题狼山历史文物展览馆》。

参观和题赠（散文）
载1959年4月17日《人民日报》。

扬州工业专科学校（诗）
载1959年4月17日《人民日报》。

听周总理的政府工作报告（诗）
1959年4月23日作（发表时未注写作时间，收入《箧存集》时补注）；
载1959年4月23日《光明日报》；
初收1960年8月作家出版社《箧存集》。

略叙文学研究会（论文）
载1959年4月25日《文学评论》双月刊第2期。

鹧鸪天——上海解放十周年（词）
1959年5月23日作；
初收1960年8月作家出版社《箧存集》。

浣溪沙——赠亦秀（词）
1959年6月22日作；
初收1960年8月作家出版社《箧存集》。

党的生日（诗）
1959年6月26日作；
初收1960年8月作家出版社《箧存集》。

亦秀招游龙潭湖（诗）
1959年7月22日作；
初收1960年8月作家出版社《箧存集》。

大炼钢铁（诗）
1959年8月12日至9月17日作；
载1959年9月23日《光明日报·东风》；
初收1960年8月作家出版社《箧存集》。

公社万岁（诗）
1959年8月12日至9月17日作；
载1959年9月23日《光明日报·东风》；
初收1960年8月作家出版社《箧存集》。

千斯仓兮万斯箱（诗）
1959年8月12日至9月17日作；
初收1960年8月作家出版社《箧存集》。

尽水利（诗）
1959年8月12日至9月17日作；
初收1960年8月作家出版社《箧存集》。

水陆空（诗）
1959年8月12日至9月17日作；
初收1960年8月作家出版社《箧存集》。

教育革命（诗）
1959年8月12日至9月17日作；
初收1960年8月作家出版社《箧存集》。

说部丰获（诗）
1959年8月12日至9月17日作（发

表时未注写作时间，收入《箧存集》时补注）；
载1959年10月8日《人民文学》月刊10月号；
初收1960年8月作家出版社《箧存集》。

百花齐放（诗）
1959年8月12日至9月17日作（发表时未注写作时间，收入《箧存集》时补注）；
载1959年10月8日《人民文学》月刊10月号；
初收1960年8月作家出版社《箧存集》。

画会开（诗）
1959年8月12日至9月17日作（发表时未注写作时间，收入《箧存集》时补注）；
载1959年10月8日《人民文学》月刊10月号；
初收1960年8月作家出版社《箧存集》。

良工绝艺（诗）
1959年8月12日至9月17日作（发表时未注写作时间，收入《箧存集》时补注）；
载1959年10月1日《新观察》半月刊第19期；
初收1960年8月作家出版社《箧存集》；改题为《美术工艺》。

真平等（诗）
1959年8月12日至9月17日作（发表时未注写作时间，收入《箧存集》时补注）；
载1959年10月1日《新观察》半月刊第19期；
初收1960年8月作家出版社《箧存集》。

精神面貌（诗）
1959年8月12日至9月17日作；
初收1960年8月作家出版社《箧存集》。

天安门（诗）
1959年8月12日至9月17日作；
初收1960年8月作家出版社《箧存集》。

登景山（诗）
1959年8月12日至9月17日作；
初收1960年8月作家出版社《箧存集》。

语文教学二十韵（诗）
1959年8月26日作（此系收入《箧存集》时所注，《叶圣陶语文教育论集》注为1962年作）；
载1962年6月《人民教育》月刊6月号；
初收1960年8月作家出版社第1版《箧存集》，现作为《代序》编入1980年8月教育科学出版社《叶圣陶语文教育论集》。

读《老木将雕又逢春》（诗三首）

1959年9月作（《箧存集》注为9月21日作）；
载1959年10月16日《新观察》半月刊第20期；
初收1960年8月作家出版社《箧存集》，改题为《赠萧长华老先生》。

水龙吟——祝建国十周年（词）
1959年9月25日作；
初收1960年8月作家出版社《箧存集》。

读《我们播种爱情》（评论）
1959年10月作；
载1960年2月6日《光明日报》（系为许怀中著长篇小说《我们播种爱情》写的新版序言）；
初收1982年1月上海文艺出版社《叶圣陶论创作》。

浣溪沙——天安门前观礼（词）
1959年10月1日作；
初收1960年8月作家出版社《箧存集》。

振铎周年祭（诗）
1959年10月15日作；
初收1960年8月作家出版社《箧存集》。

普通话的宣传工作还得多做（杂文）
载1959年12月30日《文字改革》半月刊第23期。

1960年

要写得便于听（论文）
载1960年1月9日《新闻业务》第1期；
初收1980年8月教育科学出版社《叶圣陶语文教育论集》。

崭新的县志——读《红色的南江》（评论）
载1960年1月11日《文艺报》半月刊第1期。

揣摩（论文）
载1960年1月19日《语文学习》月刊1月号；
初收1980年8月教育科学出版社《叶圣陶语文教育论集》。

“上口”和“入耳”（论文）
载1960年3月15日《文字改革》半月刊第5期；
初收1980年8月教育科学出版社《叶圣陶语文教育论集》。

适应大跃进的形势，中小学教科书必须改革（论文）
载1960年4月11日《人民教育》月刊4月号。

“老牛筋”的新生（评论）

载1960年5月11日《光明日报》。

赠群英会代表（诗）

载1960年6月1日《光明日报》。

心心相通（散文）

载1960年6月2日《人民日报》。

致宋德增（书信）

1960年8月7日晨作；

载1960年8月30日《山东教育》半月刊第16、17期合刊，原题为《叶老看了作文以后给宋德增的信》。

英灵永垂不朽（诗）

载1960年9月《长城文艺》月刊9月号。

会后随笔（杂文）

载1960年9月22日《光明日报》。

鹧鸪天（词）

载1960年10月《长城文艺》月刊10月号。

《严重的时刻》印象谈（评论）

载1960年10月8日《人民文学》月刊10月号。

教育革命的源泉（论文）

载1960年10月11日《文艺报》半月刊第19期。

1961年

湜冰的三篇小说（评论）

载1961年3月17日《大公报·群众文艺》；

初收1982年1月上海文艺出版社《叶圣陶论创作》。

天气（诗）

载1961年6月6日《人民日报》。

青羊宫花会（诗三首）

载1961年6月17日《光明日报·东风》，原无标题。

望江楼怀亡友朱佩弦自清（诗）

载1961年6月17日《光明日报·东风》，原无标题。

听第七中学白敦仁同志讲授政论文（诗）

载1961年6月17日《光明日报·东风》，原无标题。

东城区第一中心小学养兔甚多（诗）

载1961年6月17日《光明日报·东风》，原无标题。

观川剧（诗二首）

载1961年6月17日《光明日报·东风》，原无标题。

改变“字风”（论文）
载1961年6月17日《光明日报》；
初收1980年8月教育科学出版社《叶圣陶语文教育论集》。

樱花精神（评论）
载1961年6月26日《文艺报》月刊第6期；
初收1982年1月上海文艺出版社《叶圣陶论创作》。

水龙吟（词）
载1961年7月1日《雨花》月刊第7期。

重庆南温泉（诗）
载1961年7月4日《光明日报·东风》，诗后附跋语一则。

出峡（诗）
载1961年7月4日《光明日报·东风》。

庐山植物园（诗）
载1961年7月4日《光明日报·东风》，诗后附跋语一则。

水龙吟——武昌东湖（词）
1961年作；
载1961年7月13日《文汇报·笔会》。

水龙吟——庐山雾（词）
1961年作；
载1961年7月13日《文汇报·笔会》。

蝶恋花——云锦杜鹃（词）
1961年作；
载1961年7月13日《文汇报·笔会》。

水龙吟（喜闻旧曲新传）（词）
载1961年7月13日《文汇报·笔会》，词前有小序一则。

说话训练决不该疏忽（论文）
载1961年7月20日《文字改革》月刊第7期。

刺绣和缂丝（散文）
载1961年7月20日《人民文学》月刊7、8月号合刊。

绚烂的文锦——读《没有织完的筒裙》（评论）
载1961年7月21日《文艺报》月刊第7期；
初收1982年1月上海文艺出版社《叶圣陶论创作》。

“教师下水”（论文）
载1961年7月22日《文汇报》；
初收1980年8月教育科学出版社《叶圣陶语文教育论集》。

日记（1961年7月29日）

载1981年11月25日《收获》双月刊第6期；
初收1982年1月花城出版社《日记三抄》。

日记（1961年7月30日）
载1981年11月25日《收获》双月刊第6期；
初收1982年1月花城出版社《日记三抄》。

日记（1961年7月31日）
载1981年11月25日《收获》双月刊第6期；
初收1982年1月花城出版社《日记三抄》。

日记（1961年8月1日）
载1981年11月25日《收获》双月刊第6期；
初收1982年1月花城出版社《日记三抄》。

日记（1961年8月2日）
载1981年11月25日《收获》双月刊第6期；
初收1982年1月花城出版社《日记三抄》。

同编辑记者同志谈心（杂文）
载1961年8月3日《新闻业务》月刊第8期。

访陈巴尔虎牧区（组诗之一、四）
1961年8月3日作（据当日日记）；
载1961年8月31日《光明日报·东风》。

日记（1961年8月3日）
载1981年11月25日《收获》双月刊第6期；
初收1982年1月花城出版社《日记三抄》。

日记（1961年8月4日）
载1981年11月25日《收获》双月刊第6期；
初收1982年1月花城出版社《日记三抄》。

日记（1961年8月5日）
载1981年11月25日《收获》双月刊第6期；
初收1982年1月花城出版社《日记三抄》。

日记（1961年8月6日）
载1981年11月25日《收获》双月刊第6期；
初收1982年1月花城出版社《日记三抄》。

日记（1961年8月7日）

载1981年11月25日《收获》双月刊第6期；
初收1982年1月花城出版社《日记三抄》。

日记（1961年8月8日）
载1981年11月25日《收获》双月刊第6期；
初收1982年1月花城出版社《日记三抄》。

日记（1961年8月9日）
载1981年11月25日《收获》双月刊第6期；
初收1982年1月花城出版社《日记三抄》。

自牙克石至甘河林区（组诗之一、四）
1961年8月9日作（据当日日记）；
载1961年8月31日《光明日报·东风》。

自牙克石至甘河林区（组诗之二、三）
1961年8月10日作（据当日日记）；
载1961年8月31日《光明日报·东风》。

日记（1961年8月10日）
载1981年11月25日《收获》双月刊第6期；
初收1982年1月花城出版社《日记三抄》。

日记（1961年8月11日）
载1981年11月25日《收获》双月刊第6期；
初收1982年1月花城出版社《日记三抄》。

日记（1961年8月12日）
载1981年11月25日《收获》双月刊第6期；
初收1982年1月花城出版社《日记三抄》。

访陈巴尔虎牧区（组诗之三）
1961年8月12日作（据当日日记）；
载1961年8月31日《光明日报·东风》。

日记（1961年8月13日）
载1981年11月25日《收获》双月刊第6期；
初收1982年1月花城出版社《日记三抄》。

日记（1961年8月14日）
载1981年11月25日《收获》双月刊第6期；
初收1982年1月花城出版社《日记三抄》。

日记（1961年8月15日）
载1981年11月25日《收获》双月刊第6期；

初收 1982 年 1 月花城出版社《日记三抄》。

访陈巴尔虎牧区（组诗之二）
1961 年 8 月 15 日作（据当日日记）；
载 1961 年 8 月 31 日《光明日报·东风》。

日记（1961 年 8 月 16 日）
载 1981 年 11 月 25 日《收获》双月刊第 6 期；
初收 1982 年 1 月花城出版社《日记三抄》。

采桑子——札兰屯即景（词二首）
1961 年 8 月 16 日作（据当日日记）；
载 1961 年 8 月 31 日《光明日报·东风》。

日记（1961 年 8 月 17 日）
载 1981 年 11 月 25 日《收获》双月刊第 6 期；
初收 1982 年 1 月花城出版社《日记三抄》。

日记（1961 年 8 月 18 日）
载 1981 年 11 月 25 日《收获》双月刊第 6 期；
初收 1982 年 1 月花城出版社《日记三抄》。

日记（1961 年 8 月 19 日）
载 1981 年 11 月 25 日《收获》双月刊第 6 期；
初收 1982 年 1 月花城出版社《日记三抄》。

日记（1961 年 8 月 20 日）
载 1981 年 11 月 25 日《收获》双月刊第 6 期；
初收 1982 年 1 月花城出版社《日记三抄》。

玉楼春——呼伦池（组词之一）
1961 年 8 月 20 日作（据当日日记）；
载 1961 年 8 月 31 日《光明日报·东风》

题哲盟展览馆（诗）
1961 年 8 月 20 日作（据当日日记）；
原无标题，亦未见发表，存当日日记中。

玉楼春——呼伦池（组词之二）
1961 年 8 月 21 日作（据当日日记）；
载 1961 年 8 月 31 日《光明日报·东风》。

日记（1961 年 8 月 21 日）
载 1981 年 11 月 25 日《收获》双月刊第 6 期；
初收 1982 年 1 月花城出版社《日记三抄》。

日记（1961 年 8 月 22 日）
载 1981 年 11 月 25 日《收获》双月刊第 6 期；

初收 1982 年 1 月花城出版社《日记三抄》。

日记（1961 年 8 月 23 日）
载 1981 年 11 月 25 日《收获》双月刊第 6 期；
初收 1982 年 1 月花城出版社《日记三抄》。

通辽莫力庙沙坝水库（诗）
1961 年 8 月 23 日作（据当日日记）；
载 1961 年 11 月 16 日《民族团结》月刊第 10、11 期合刊。

日记（1961 年 8 月 24 日）
载 1981 年 11 月 25 日《收获》双月刊第 6 期；
初收 1982 年 1 月花城出版社《日记三抄》。

日记（1961 年 8 月 25 日）
载 1981 年 11 月 25 日《收获》双月刊第 6 期；
初收 1982 年 1 月花城出版社《日记三抄》。

日记（1961 年 8 月 26 日）
载 1981 年 11 月 25 日《收获》双月刊第 6 期；
初收 1982 年 1 月花城出版社《日记三抄》。

浣溪沙——安代舞（组词之一）
1961 年 8 月 27 日作（据当日日记）；
载 1961 年 9 月 17 日《内蒙古日报》。

日记（1961 年 8 月 27 日）
载 1981 年 11 月 25 日《收获》双月刊第 6 期；
初收 1982 年 1 月花城出版社《日记三抄》。

浣溪沙——安代舞（组词之二）
1961 年 8 月 28 日作（据当日日记）；
载 1961 年 9 月 17 日《内蒙古日报》。

通辽大林公社保安屯（诗）
1961 年 8 月 28 日作（据当日日记）；
载 1961 年 9 月 17 日《内蒙古日报》。

日记（1961 年 8 月 28 日）
载 1981 年 11 月 25 日《收获》双月刊第 6 期；
初收 1982 年 1 月花城出版社《日记三抄》。

咏红山水库（诗四首）
1961 年 8 月 29 日作（据当日日记）；
原无标题，亦未见发表，存当日日记中。

日记（1961 年 8 月 29 日）
载 1981 年 11 月 25 日《收获》双月刊第 6 期；

初收 1982 年 1 月花城出版社《日记三抄》。

日记（1961 年 8 月 30 日）
载 1981 年 11 月 25 日《收获》双月刊第 6 期；
初收 1982 年 1 月花城出版社《日记三抄》。

题赠昭盟宾馆（诗二首）
1961 年 8 月 31 日作（据当日日记）；
载 1961 年 9 月 17 日《内蒙古日报》。

红山记事（诗一首）
1961 年 8 月 31 日作（据当日日记）；
原无标题，亦未见发表，存当日日记中。

日记（1961 年 8 月 31 日）
载 1981 年 11 月 25 日《收获》双月刊第 6 期；
初收 1982 年 1 月花城出版社《日记三抄》。

日记（1961 年 9 月 1 日）
载 1981 年 11 月 25 日《收获》双月刊第 6 期；
初收 1982 年 1 月花城出版社《日记三抄》。

日记（1961 年 9 月 2 日）
载 1981 年 11 月 25 日《收获》双月刊第 6 期；
初收 1982 年 1 月花城出版社《日记三抄》。

日记（1961 年 9 月 5 日）
载 1981 年 11 月 25 日《收获》双月刊第 6 期；
初收 1982 年 1 月花城出版社《日记三抄》。

日记（1961 年 9 月 6 日）
载 1981 年 11 月 25 日《收获》双月刊第 6 期；
初收 1982 年 1 月花城出版社《日记三抄》。

鲁迅先生逝世二十五周年祭（诗）
1961 年 9 月 6 日作（据当日日记）；
载 1961 年 10 月 5 日《上海文学》月刊 10 月号。

日记（1961 年 9 月 7 日）
载 1981 年 11 月 25 日《收获》双月刊第 6 期；
初收 1982 年 1 月花城出版社《日记三抄》。

日记（1961 年 9 月 8 日）
载 1981 年 11 月 25 日《收获》双月刊第 6 期；
初收 1982 年 1 月花城出版社《日记

三抄》。

日记（1961年9月9日）

载1981年11月25日《收获》双月刊第6期；

初收1982年1月花城出版社《日记三抄》。

日记（1961年9月10日）

载1981年11月25日《收获》双月刊第6期；

初收1982年1月花城出版社《日记三抄》。

日记（1961年9月11日）

载1981年11月25日《收获》双月刊第6期；

初收1982年1月花城出版社《日记三抄》。

日记（1961年9月12日）

载1981年11月25日《收获》双月刊第6期；

初收1982年1月花城出版社《日记三抄》。

日记（1961年9月13日）

载1981年11月25日《收获》双月刊第6期；

初收1982年1月花城出版社《日记三抄》。

日记（1961年9月14日）

载1981年11月25日《收获》双月刊第6期；

初收1982年1月花城出版社《日记三抄》。

菩萨蛮——毛织厂观织地毯（词）

1961年9月15日作（据当日日记）；

载1961年11月16日《民族团结》月刊第10、11期合刊。

日记（1961年9月15日）

载1981年11月25日《收获》双月刊第6期；

初收1982年1月花城出版社《日记三抄》。

忆秦娥——包头印象（词）

1961年9月16日作（据当日日记）；

载1961年11月16日《民族团结》月刊第10、11期合刊。

日记（1961年9月16日）

载1981年11月25日《收获》双月刊第6期；

初收1982年1月花城出版社《日记三抄》。

日记（1961年9月17日）

载1981年11月25日《收获》双月刊第6期；

初收 1982 年 1 月花城出版社《日记三抄》。

三姝媚——访包钢（词）

1961 年 9 月 17—18 日作（据当日日记）；载 1961 年 11 月 16 日《民族团结》月刊第 10、11 期合刊。

日记（1961 年 9 月 18 日）

载 1981 年 11 月 25 日《收获》双月刊第 6 期；
初收 1982 年 1 月花城出版社《日记三抄》。

日记（1961 年 9 月 19 日）

载 1981 年 11 月 25 日《收获》双月刊第 6 期；
初收 1982 年 1 月花城出版社《日记三抄》。

日记（1961 年 9 月 20 日）

载 1981 年 11 月 25 日《收获》双月刊第 6 期；
初收 1982 年 1 月花城出版社《日记三抄》。

日记（1961 年 9 月 21 日）

载 1981 年 11 月 25 日《收获》双月刊第 6 期；
初收 1982 年 1 月花城出版社《日记三抄》。

日记（1961 年 9 月 22 日）

载 1981 年 11 月 25 日《收获》双月刊第 6 期；
初收 1982 年 1 月花城出版社《日记三抄》。

日记（1961 年 9 月 23 日）

载 1981 年 11 月 25 日《收获》双月刊第 6 期；
初收 1982 年 1 月花城出版社《日记三抄》。

林区二日记（散文）

载 1961 年 11 月 11 日《人民日报》。

听蒙古族歌手哈札布歌唱（散文）

载 1961 年 12 月 4 日《民间文学》月刊 12 月号。

闽人赠红豆二颗嘱咏之（诗）

1961 年作；
载 1979 年 10 月《芒种》月刊第 1 期。

水龙吟——赠苏昆剧团所闻诸曲悉纳其中（词）

1961 年作；
载 1980 年 1 月《艺术世界》第 1 辑。

1962 年

《塔里木行》——一篇情文并茂的游记（评论）

载1962年1月1日《解放军文艺》月刊1月号；
初收1982年1月上海文艺出版社《叶圣陶论创作》。

观剧二题（诗）
载1962年3月5日《上海文学》月刊3月号。

阅读是写作的基础（论文）
载1962年4月10日《文汇报》；
初收1980年8月教育科学出版社《叶圣陶语文教育论集》。

猗与内蒙古（诗）
载1962年5月2日《内蒙古日报》。

艺苑炳日星——《在延安文艺座谈会上的讲话》发表二十周年纪念（诗）
载1962年5月23日《文艺报》月刊第5、6期合刊。

书简
1962年6月19日作；
载1979年10月《教育研究》双月刊第4期；
初收1980年8月教育科学出版社《叶圣陶语文教育论集》。

书简
1962年7月6日作；
载1979年10月《教育研究》双月刊第4期；
初收1980年8月教育科学出版社《叶圣陶语文教育论集》。

书简
1962年7月12日作；
载1979年10月《教育研究》双月刊第4期；
初收1980年8月教育科学出版社《叶圣陶语文教育论集》。

书简
1962年7月23日作；
载1979年8月《教育研究》双月刊第3期；
初收1980年8月教育科学出版社《叶圣陶语文教育论集》。

谈一篇作文的批改（评论）
载1962年7月《人民教育》月刊7月号，署名叶圣陶、张志公。

怎样通过写作关（论文）
载1962年9月1日《中国青年》半月刊第17期。

书简
1962年9月1日作；
载1979年8月《教育研究》双月刊第3期；

初收1980年8月教育科学出版社《叶圣陶语文教育论集》。

谈谈《小布头奇遇记》（评论）
载1962年9月11日《文艺报》月刊第9期；
初收1982年1月上海文艺出版社《叶圣陶论创作》。

认真学习语文（论文）
载1962年10月《语文学习讲座》第1辑，修改后又载1963年10月5日上海《文汇报》；
初收1980年8月教育科学出版社《叶圣陶语文教育论集》。

书简
1962年11月7日作；
载1979年8月《教育研究》双月刊第3期；
初收1980年8月教育科学出版社《叶圣陶语文教育论集》。

话剧《关汉卿》插曲《蝶双飞》欣赏（评论）
载1962年北京出版社《阅读与欣赏》第2集；
初收1982年1月上海文艺出版社《叶圣陶论创作》。

顾文霞惠赠所绣猫蝶图报以诗（诗）
1962年作；
载1979年10月《芒种》月刊第1期。

1963年

书简
1963年1月3日作；
载1979年8月《教育研究》双月刊第3期；
初收1980年8月教育科学出版社《叶圣陶语文教育论集》。

书简
1963年1月15日作；
载1979年8月《教育研究》双月刊第3期；
初收1980年8月教育科学出版社《叶圣陶语文教育论集》。

书简
1963年1月22日作；
载1979年8月《教育研究》双月刊第3期；
初收1980年8月教育科学出版社《叶圣陶语文教育论集》。

书简
1963年2月13日作；
载1979年12月《教育研究》双月刊第5期；

评改《当我在工作中碰到困难的时候》

（评论）
载1963年2月《语文学习讲座》第4辑；
初收1980年8月教育科学出版社《叶圣陶语文教育论集》。

书简
1963年3月29日作；
载1979年8月《教育研究》双月刊第3期；
初收1980年8月教育科学出版社《叶圣陶语文教育论集》。

书简
1963年5月8日作；
载1979年8月《教育研究》双月刊第3期；
初收1980年8月教育科学出版社《叶圣陶语文教育论集》

评改《最近半年工作情况汇报》（评论）
载1963年6月《语文学习讲座》第8辑；
初收1980年8月教育科学出版社《叶圣陶语文教育论集》。

书简
1963年5月8日作；
载1979年8月《教育研究》双月刊第3期；
初收1980年8月教育科学出版社《叶圣陶语文教育论集》。

书简
1963年7月24日作；
载1979年8月《教育研究》双月刊第3期；
初收1980年8月教育科学出版社《叶圣陶语文教育论集》。

书简
1963年7月27日作；
载1979年8月《教育研究》双月刊第3期；
初收1980年8月教育科学出版社《叶圣陶语文教育论集》。

书简
1963年8月8日作；
载1979年8月《教育研究》双月刊第3期；
初收1980年8月教育科学出版社《叶圣陶语文教育论集》。

书简
1963年10月7日作；
载1979年8月《教育研究》双月刊第3期；
初收1980年8月教育科学出版社《叶圣陶语文教育论集》。

闽南秋兴（诗）
1963年作；
载1964年9月15日《民进》第9期。

1964 年

书简
1964 年 1 月 2 日作；
载 1979 年 8 月《教育研究》双月刊第 3 期；
初收 1980 年 8 月教育科学出版社《叶圣陶语文教育论集》

书简
1964 年 1 月 4 日作；
载 1979 年 10 月《教育研究》双月刊第 4 期；
初收 1980 年 8 月教育科学出版社《叶圣陶语文教育论集》。

继续促进文字改革工作（发言）
载 1964 年 1 月 12 日《文字改革》月刊 1 月号，署名叶圣陶等。

七绝一首——嘉兴南湖革命纪念馆属题（诗）
1964 年 1 月作；
载 1979 年 7 月 10 日《东海》月刊 7 月号。

书简
1964 年 2 月 1 日作；
载 1979 年 10 月《教育研究》双月刊第 4 期；
初收 1980 年 8 月教育科学出版社《叶圣陶语文教育论集》。

书简
1964 年 3 月 11 日作；
载 1979 年 10 月《教育研究》双月刊第 4 期；
初收 1980 年 8 月教育科学出版社《叶圣陶语文教育论集》。

书简
1964 年 3 月 20 日作；
载 1979 年 10 月《教育研究》双月刊第 4 期；
初收 1980 年 8 月教育科学出版社《叶圣陶语文教育论集》。

书简
1964 年 5 月 3 日作；
1979 年 10 月《教育研究》双月刊第 4 期；
初收 1980 年 8 月教育科学出版社《叶圣陶语文教育论集》。

书简
1964 年 5 月 6 日作；
载 1979 年 10 月《教育研究》双月刊第 4 期；
初收 1980 年 8 月教育科学出版社《叶圣陶语文教育论集》。

书简
1964 年 6 月 6 日作；

载1979年10月《教育研究》双月刊第4期；
初收1980年8月教育科学出版社《叶圣陶语文教育论集》。

水龙吟——连夕观京剧现代戏观摩演出，喜赋二阕（词）
载1964年6月13日《人民日报》。

书简
1964年7月15日作；
载1979年10月《教育研究》双月刊第4期；
初收1980年8月教育科学出版社《叶圣陶语文教育论集》。

书简
1964年9月5日作；
载1979年12月《教育研究》双月刊第5期；
初收1980年8月教育科学出版社《叶圣陶语文教育论集》。

地宫——大庆油田图表标本模型之陈列馆也（诗）
1974年作；
载1964年9月15日《民进》第9期。

观话剧《千万不要忘记》（诗）
载1964年9月15日《民进》第9期。

书简
1964年9月29日作；
载1979年12月《教育研究》双月刊第5期；
初收1980年8月教育科学出版社《叶圣陶语文教育论集》。

评《读和写》，兼论读和写的关系（论文）
载1964年10月《语文学习讲座》第20辑；
初收1980年8月教育科学出版社《叶圣陶语文教育论集》。

评改一篇作文（评论）
载1964年11月《语文学习讲座》第21辑；
初收1980年8月教育科学出版社《叶圣陶语文教育论集》。

1965年

《文章评改》序
载1965年1月《语文学习讲座》第22辑；
初收1980年8月教育科学出版社《叶圣陶语文教育论集》。

菩萨蛮——遵义会议会址（词）
1965年作；
载1966年2月10日《民进》第1期，又载1980年1月《艺术世界》第1辑，改题为《菩萨蛮——遵义会议纪念馆》。

书简
1965年7月17日作；
初收1980年8月教育科学出版社《叶圣陶语文教育论集》。

致上海县上海小学陈益堂信
1965年7月23日作；
载1980年5月《上海教育》月刊第5期。

书简
1965年9月23日作；
载1979年12月《教育研究》双月刊第5期；
初收1980年8月教育科学出版社《叶圣陶语文教育论集》。

1966年

书简
1966年1月26日作；
载1979年12月《教育研究》双月刊第5期；

菩萨蛮——中美合作所集中营（词）
载1966年2月10日《民进》第1期。

1971年

蝶恋花（无限时空中看我）（词）
1971年作；
载1980年1月《艺术世界》第1辑。

醉太平——永和之相片四帧其三帧永和皆隐身菊科野花丛中其名为紫苑又一帧则隐身雪树丛中（词）
1971年作；
载1980年1月《艺术世界》第1辑。

杭州（诗）
1971年作；
载1979年10月《芒种》月刊第1期。

六月二日偕三午兀真携阿牛并三午之友三人同游香山（诗）
1971年作；
载1979年10月《芒种》月刊第1期。

抄书（诗）
1971年作；
载1979年10月《芒种》月刊第1期。

偶成（诗）
1971年作；
载1979年8月10日《诗刊》月刊8月号。

论诗绝句（诗）
1971年作；
载1979年8月10日《诗刊》月刊8月号。

1972年

浣溪沙——孙玄常绘吴中园林长卷见赠（词）

1972年作；
载1980年1月《艺术世界》第1辑。

西江月——海棠谢后作（词）
1972年作；
载1980年1月《艺术世界》第1辑。

1973年

书简
1973年8月20日作；
载1979年12月《教育研究》双月刊第5期；
初收1980年8月教育科学出版社《叶圣陶语文教育论集》。

百字令——题伯祥手钞顾铁卿《清嘉录》（词）
载1980年1月《艺术世界》第1辑。

江都水利枢纽站登眺（诗）
1973年作；
载1979年10月《芒种》月刊第1期。

1974年

书简
1974年1月6日作；
载1979年12月《教育研究》双月刊第5期；
初收1980年8月教育科学出版社《叶圣陶语文教育论集》。

减字木兰花——祖璋自闽南平和寄赠水仙（词）
1964年作；
载1980年1月《艺术世界》第1辑。

高阳台——以近影寄雪垠承题一律并还赠半身近影（词）
1974年作；
载1980年1月《艺术世界》第1辑。

踏莎行——题伯祥《遣兴丛钞》（词）
1974年作；
载1980年1月《艺术世界》第1辑。

洞仙歌——一九五六年同济大学出版陈从周之《苏州园林》图册余函购而时时展玩之近岁识从周时承贶以手绘画幅偕游苏州则来书中语也（词）
1974年作；
载1980年1月《艺术世界》第1辑。

1975年

追念子恺老友（诗）
1975年10月作；
载1980年10月《文教资料简报》第9、10期合刊（总第105、106期）。

复姚雪垠（书简）
1975年12月14日作；
载1980年1月20日《文汇增刊》第1辑。

水调歌头——雪垠惠访留饮（词）
1975年12月下旬作；
载1980年1月《艺术世界》第1辑。

1976年

题《鲁迅十记》
1976年3月作；
载1981年9月19日《人民日报》。

在“学习毛主席《词二首》座谈会”上的发言
载1976年3月20日《人民文学》月刊第2期，原无标题。

自题《印存》（诗）
1976年3月26日作；
载1979年5月《战地》增刊第3期，原题写于王伯祥先生家属订《叶圣陶印存》。

致人民文学出版社鲁迅著作编辑室的信
1976年7月14日下午作；
载1982年11月10日《读书》月刊第11期。

满江红——十月廿四日天安门庆祝大会（词）
载1976年11月20日《人民文学》月刊第8期。

鹧鸪天——平伯书与其夫人唱和之词惠贶调为《望江南》忆苏州旧游曾以“苏州好”发端《鹧鸪天》则叙近岁居豫南时情怀一词而各续其后半如燕尾之双叉余酬以此作（词）
1976年作；
载1980年1月《艺术世界》第1辑。

访得故友朱佩弦（自清）《犹贤博奕斋诗抄》缮录毕题二绝句（诗）
1976年12月21日作；
载1976年8月10日《诗刊》月刊8月号。

1977年

七绝——金猴诛白骨（诗）
载1977年3月20日《文汇报》。

《毛泽东选集》第五卷出版欣然有作（诗）
载1977年5月20日《人民文学》月刊第5期。

赠叶菁——寄深先生好治盆景老而益笃填浣溪沙奉赠并希正之（词）
1977年初夏作；
载1979年7月《文化与生活》丛刊第3期。

自力二十二韵——《人民教育》编辑部来书约稿，爰作此诗以求教于广大教育工作者（诗）

1977年8月下旬作；
载1977年10月9日《人民教育》月刊第1期，注明1977年9月作；
手迹收入1980年8月教育科学出版社《叶圣陶语文教育论集》，注为1977年8月下旬作。

颂党的十一大（诗）
载1977年8月23日《文汇报》。

满庭芳——毛主席逝世一周年纪念（词）
载1977年9月20日《人民文学》月刊第9期。

对办好语文教学刊物的一点意见（写给山西师范学院中文系《语文教学通讯》编辑部）
1977年11月30日作；
载1978年1月山西师范学院《语文教学通讯》第1期。

为武汉师范学院《中学语文》题词
1977年12月27日作；
载1978年2月武汉师范学院《中学语文》第1期。

致《中学语文》编辑部（书信）
1977年12月27日作；
载1978年2月武汉师范学院《中学语文》第1期。

浣溪沙——陈从周属题任心叔诗词遗稿为长卷子蒋云从精钞余与心叔仅一晤二十年前到杭州云彬招饮并邀心叔其诗词为初见甚可钦佩（词）
1977年作；
载1980年1月《艺术世界》第1辑。

1978年

批判"四人帮"摧残出版界编辑队伍的罪行（杂文）
载1978年2月4日《人民日报》。

清平乐——春节应《体育报》之嘱作（词）
载1978年2月6日《体育报》。

邓尉四古柏（诗）
载1978年3月20日《江苏文艺》月刊第3期。

题赠吴县保圣寺文物陈列室（诗）
载1978年3月20日《江苏文艺》月刊第3期。

重到角直（诗）
载1978年3月20日《江苏文艺》月刊第3期。

大力研究语文教学　尽快改进语文教学（论文）
1978年3月在社会科学院语言研究所

召开的北京地区语言学科规划座谈会上的发言；
载 1978 年 7 月 10 日《中国语文》第 2 期；
初收 1980 年 8 月教育科学出版社《叶圣陶语文教育论集》。

端正文风——在新华社国内记者业务训练班的讲话
1978 年 4 月 20 日讲；
全文载 1979 年 8 月 20 日《中学语文教学》第 2 期；
初收 1980 年 8 月教育科学出版社《叶圣陶语文教育论集》。

要做杂家（《端正文风》一文的节选）
1978 年 4 月 20 日讲；
载 1979 年《群众》月刊第 2 期，修改稿载 1979 年 3 月 14 日《人民日报》；
初收 1982 年 1 月上海文艺出版社《叶圣陶论创作》。

动笔之前和完篇之后（杂文）
载 1978 年 5 月 1 日《少年文艺》月刊 5 月号；
初收 1980 年 8 月教育科学出版社《叶圣陶语文教育论集》。

我听了《第一个回合》（评论）
1978 年 5 月作；
载 1978 年 9 月 15 日《文艺报》月刊第 3 期；
初收 1982 年 1 月上海文艺出版社《叶圣陶论创作》。

大家一起来努力（杂文）
载 1978 年 6 月 1 日《人民日报》。

《文言读本》前言
1978 年 6 月 1 日作；
载 1980 年 12 月商务印书馆《文言读本》（朱自清、叶圣陶、吕叔湘合编），署名叶圣陶、吕叔湘。

《丹心谱》的台词好（评论）
载 1978 年 6 月 18 日《人民戏剧》月刊第 6 期；
初收 1982 年 1 月上海文艺出版社《叶圣陶论创作》。

说“之所以”（评论）
载 1978 年 8 月《人民日报·战地增刊》第 1 辑；
初收 1980 年 8 月教育科学出版社《叶圣陶语文教育论集》。

一定要慎重其事地出好孩子们的书（论文）
1978 年 10 月 1 日作；
载 1979 年 8 月少年儿童出版社《儿童文学研究》第 2 辑。

1979年

书简
1979年1月22日作;
载1979年12月《教育研究》双月刊第5期;
初收1980年8月教育科学出版社《叶圣陶语文教育论集》。

书简
1979年2月3日作;
载1979年12月《教育研究》双月刊第5期;
初收1980年8月教育科学出版社《叶圣陶语文教育论集》。

追怀黎邵西先生(诗)
载1979年2月《文教资料简报》2月号(总第86期)。

书简
1979年2月3日作;
载1979年12月《教育研究》双月刊第5期;
初收1980年8月教育科学出版社《叶圣陶语文教育论集》。

去年高考的语文试题(评论)
1979年3月16日作;
载1979年8月20日《中学语文教学》第2期;
初收1980年8月教育科学出版社《叶圣陶语文教育论集》。

书简
1979年3月29日作;
初收1980年8月教育科学出版社《叶圣陶语文教育论集》。

关于《多收了三五斗》给华蓓蓓的信
1979年4月6日作;
载1980年3月20日《语文学习》月刊第3期。

怀念子恺(诗)
载1979年4月11日《文汇报》。

关于“耳朵听字”的新闻报道(评论)
1979年5月15日作;
载1979年5月18日《人民日报》。

六幺令——丁玲同志见访,喜极,作此赠之(词)
1979年5月27日夜作;
载1979年6月6日《人民日报》。

悼词·祭文(杂文)
1979年6月4日写完;
载1979年8月《读书》月刊第5期。

祝第四届全运会开幕(诗)
载1979年9月人民体育出版社《春满

体坛》。

“拙政诸园寄深眷”——谈苏州园林（散文）
载 1979 年 9 月 15 日《百科知识》第 4 辑。

临江仙——建国三十周年致祝（词）
载 1979 年 10 月 1 日《人民日报》。

齐天乐——建国三十周年致祝（词）
载 1979 年 10 月 1 日《文汇报》。

《兰陵王》小序
载 1979 年 10 月 5 日《雨花》月刊第 10 期，原无标题。

兰陵王（猛悲切）（词）
载 1979 年 10 月 5 日《雨花》月刊第 10 期。

跟《人民文学》编辑谈短篇小说（谈话记录）
1979 年 10 月中旬谈；
载 1979 年 11 月 20 日《人民文学》月刊第 11 期；
初收 1982 年 1 月上海文艺出版社《叶圣陶论创作》。

当前教育中的几个问题（杂文）
载 1979 年 10 月《教育研究》双月刊第 4 期。

踏莎行——第四次文代会致祝（词二首）
载 1979 年 11 月 4 日《光明日报》。

写给方之同志的悼词
载 1979 年 12 月 5 日《雨花》月刊第 12 期，原无标题。

《晴窗随笔》小引
1979 年 12 月作；
载 1980 年 1 月 3 日《文汇报》。

德智体三育——《晴窗随笔》之一（杂文）
1979 年 12 月作；
载 1980 年 1 月 3 日《文汇报》。

学生守则——《晴窗随笔》之二（杂文）
1979 年 12 月作；
载 1980 年 1 月 16 日《文汇报》。

敬祝中学语文教学研究会成立（书信）
1979 年 12 月 25 日作；
载 1980 年 1 月 20 日《语文学习》月刊第 1 期。

1980 年

书此二语以迎新岁（为《解放日报》一九八〇年元旦题辞）
载 1980 年 1 月 1 日《解放日报》；
手迹收入 1982 年 1 月上海文艺出版社

《叶圣陶论创作》。

祝《中学生》复刊（杂文）
载1980年1月22日《中学生》第1期。

再谈考试——《晴窗随笔》之六（杂文）
1980年1月17日作；
载1980年2月20日《文汇报》。

考试——《晴窗随笔》之五（杂文）
1980年1月24日作；
载1980年2月13日《文汇报》。

响应号召之外——《晴窗随笔》之七（杂文）
1980年2月24日作；
载1980年3月12日《文汇报》。

学习五中全会公报（谈其中的一项）——《晴窗随笔》之八（杂文）
1980年3月6日作；
载1980年3月19日《文汇报》。

读《关于党内政治生活的若干准则》——《晴窗随笔》之九（杂文）
1980年3月17日作；
载1980年3月26日《文汇报》。

听了一个好倡议——《晴窗随笔》之十（杂文）
1980年3月23日作；
载1980年4月9日《文汇报》。

非重点——《晴窗随笔》之十一（杂文）
1980年4月2日作；
载1980年4月15日《文汇报》。

尊师爱生是大家的事——《晴窗随笔》之十二（杂文）
1980年4月6日作；
载1980年5月7日《文汇报》。

对《青铜器浅谈》一文的修改意见（评论）
1980年4月8日上午写完；
载1981年1月《文史知识》第1期。
重印《经典常谈》序
1980年4月9日作；
载1980年7月10日《读书》月刊第7期；
初收1980年8月教育科学出版社《叶圣陶语文教育论集》。

体育·品德·美——《晴窗随笔》之十三（杂文）
1980年4月25日作；
载1980年5月15日《文汇报》。

满庭芳——题《倾盖集》（词）
1980年4月作；
载1980年4月《随笔》丛刊第19辑，署名叶圣陶。

听、说、读、写都重要（论文）
1980年6月9日作；
载1980年7月20日上海《语文学习》月刊第7期。

大力开展语文教学研究——本刊编辑部召开语文教学座谈会发言摘要
载1980年6月《教育研究》双月刊第3期，署名叶圣陶等。

菩萨蛮——新凤霞同志每有新作刊布诵之辄叹赏因填菩萨蛮一阕藉致倾慕之意幸笑存之（词）
1980年秋作；
载1981年3月《大地》第3期。

叶圣陶关于教育目的的谈话（谈话记录稿）
载1980年8月5日《人民日报》。

望江南（词）
载1980年8月11日《成都日报》。

认真学习语文（讲话记录稿）
载1980年8月22日《中学生》月刊第8期。

《丰子恺漫画选》序
载1980年9月北京知识出版社《丰子恺漫画选》。

致《人民日报》（书信）
1980年9月2日作；
载1980年9月4日《人民日报》，署叶圣陶等八位人大代表。

提倡平等讨论（杂文）
载1980年10月12日《文艺报》月刊第10期。

题词——《人物》杂志属题
1980年10月作；
载1981年1月8日《人物》月刊第1期。

为《长寿》题词
1980年秋作；
载1980年12月天津《长寿》第1辑，原无标题。

诚于中而形于外（杂文）
载1980年11月4日《中国青年报》。

《东归江行日记》序
1980年12月作；
载1981年1月《大地》第1期；
初收1982年1月花城出版社《日记三抄》。

为《写作》题词
1980年12月作；
载1981年7月10日《写作》双月刊

第1期，原无标题。

1981年

二绝句题赠淑范老师（诗）
1981年3月作；
载1982年3月《人物》第2期，原无标题。

我钦新凤霞（散文）
1981年3月作；
载1981年3月《大地》第3期；
初收1982年1月上海文艺出版社《叶圣陶论创作》。

说的都是真话（杂文）
载1981年3月17日《中国青年报》。

赋别四绝挽雁冰兄（诗）
载1981年3月31日《人民日报》。

关于《礼貌和礼貌语言手册》的编写问题给北京市语言学会的一封信
载1981年4月18日《中学语文教学》第4期。

在全国小学语文教学研究会上的发言
载1981年4月20日《小学语文教师》第1期。

我的说明（序言）
1981年5月作；
载1982年1月上海文艺出版社《叶圣陶论创作》。

《北上日记》序
1981年5月31日记；
载1981年7月20日《人民文学》月刊第7期，原无标题；
初收1982年1月花城出版社《日记三抄》，写作时间改署“1981年5月记”。

《西谛书话》序
1981年6月9日作；
载1981年12月10日《文汇月刊》第12期。

追怀调孚（散文）
1981年6月13日作；
载1981年7月7日《文艺报》半月刊第13期。

伫看尔辈作中坚（诗）
载1981年6月《八小时以外》第3期。

《内蒙日记》序
1981年6月作；
载1981年11月25日《收获》双月刊第6期，原无标题；
初收1982年1月花城出版社《日记三抄》。

重读鲁迅先生的《作文秘诀》（评论）

1981年8月13日作；
载1981年9月20日《文艺报》半月刊第18期。

叶圣陶谈用词及标点符号
载1981年8月18日《语文教学通讯》第8期。

杨贤江同志逝世五十周年纪念（讲话稿）
载1981年9月《教育研究》月刊第9期。

作文要道——同《写作》杂志编辑人员的谈话
载1981年9月10日《写作》第2期。

致王国华（书信）
1981年9月12日作；
载1981年10月15日《山东新书》第13期，原无标题。

有了真切的感受才写（书面发言）
1981年11月作，系为1981年11月13日北京“散文创作座谈会”而写的书面发言；
载1982年1月7日《文艺报》月刊第1期。

我呼吁（杂文）
载1981年11月26日《人民日报》。

1982年

敬向老师们祝贺新年（诗）
载1982年1月1日《光明日报》。

“这个世如何能厌？”（杂文）
1982年2月作；
载1982年4月1日《文汇报·笔会》。

给少年儿童写东西——《东方少年》代发刊词
载1982年3月7日《人民日报》。

《夏丏尊文集》序
1982年3月18日作；
载1982年4月23日《人民日报》。

田汉兄的《母亲的话》（散文）
1982年4月9日作；
载1982年6月20日《人民文学》月刊第6期。

不要光捧着两本课本，死读书（评论）
载1982年4月18日《语文教学通讯》第4期。

《吴伯箫散文选》序
1982年5月13日作；
载1982年6月10日《人民日报》。

说几句心里话（杂文）

1982年5月19日作；
载1982年8月上海文艺出版社上海文化出版社编《文艺新书》第3期。

叶圣陶谈科学童话创作
载1982年6月15日《文汇报》。

言论自由（诗）
载1982年7月《十月》第4期。

及时佳作　中日共鉴（评论）
1982年8月7日作；
载1982年9月7日《文艺报》月刊第9期。

“常惜深谈易歇”（跋文）
1982年8月25日作；
载1982年11月29日《人民日报》。

在“外空探索”作文比赛发奖大会上的讲话
1982年9月14日讲；
载1982年10月18日《中学语文教学》月刊第10期。

叶圣陶著作目录

隔膜（短篇小说集）（叶绍钧著）
上海商务印书馆 1922 年 3 月初版。
内收《一生》、《两封回信》、《欢迎》、《伊和他》、《母》、《一个朋友》、《阿菊》、《萌芽》、《恐怖的夜》、《苦菜》、《隔膜》、《阿凤》、《绿衣》、《小病》、《寒晓的琴歌》、《疑》、《潜隐的爱》、《一课》、《春游》、《不快之感》。

雪朝（新诗合集）（周作人、朱自清、俞平伯、刘延陵、郑振铎、郭绍虞、徐玉诺、叶绍钧著）
上海商务印书馆 1922 年 6 月初版。
本书第 6 集为叶绍钧作，内收《悲语》、《夜》、《儿和影子》、《感觉》、《拜菩萨》、《锁闭的生活》、《小虎刺》、《扁豆》、《小鱼》、《江滨》、《两个孩子》、《损害》、《路》、《不眠》、《黑夜》。

火灾（短篇小说集）（叶绍钧著）
上海商务印书馆 1923 年 11 月初版。
内收顾颉刚《序》及《晓行》、《悲哀的重载》、《饭》、《义儿》、《云翳》、《乐园》、《地动》、《旅路的伴侣》、《风潮》、《被忘却的》、《醉后》、《祖母的心》、《小蚬的回家》、《啼声》、《小铜匠》、《两样》、《归宿》、《先驱者》、《脆弱的心》、《火灾》。

稻草人（童话集）（叶绍钧著）
上海商务印书馆 1923 年 11 月初版。
内收郑振铎《序》及《小白船》、《傻子》、《燕子》、《一粒种子》、《地球》、《芳儿的梦》、《新的表》、《梧桐子》、《大喉咙》、《旅行家》、《富翁》、《鲤鱼的遇险》、《眼泪》、《画眉鸟》、《玫瑰和金鱼》、《花园之外》、《祥哥的胡琴》、《瞎子和聋子》、《克宜的经历》、《跛乞丐》、《快乐的人》、《小黄猫的恋爱故事》、《稻草人》。

作文论（论文集）（叶绍钧著）

上海商务印书馆 1924 年 3 月初版。

共分十章，即《引言》、《诚实的自己的话》、《源头》、《组织》、《文体与写作上的区分》、《叙述》、《议论》、《抒情》、《描写》、《修辞》。

剑鞘（散文合集）（叶绍钧　俞平伯著）

霜枫社 1924 年 11 月初版。

书前有俞平伯《序》；第一部分为叶绍钧作，内收《诗的泉源》、《错过了》、《如其我是个作者》、《读者的话》、《第一口的蜜》、《没有秋虫的地方》、《藕与莼菜》、《将离》、《客语》、《回过头来》、《泪的徘徊》、《到吴淞》。

线下（短篇小说集）（叶绍钧著）

上海商务印书馆 1925 年 10 月初版。

内收《孤独》、《平常的故事》、《游泳》、《桥上》、《校长》、《马铃瓜》、《一个青年》、《春光不是她的了》、《金耳环》、《潘先生在难中》、《外国旗》。

荀子（叶绍钧选注）

上海商务印书馆 1925 年 11 月初版。

内收选注者的《绪言》；选注篇目有《劝学》、《非相》、《非十二子》、《儒效》、《富国》、《天论》、《正论》、《礼论》、《乐论》、《解蔽》、《正名》、《性恶》。

城中（短篇小说集）（叶绍钧著）

上海开明书店 1926 年 7 月初版。

内收《病夫》、《前途》、《演讲》、《城中》、《双影》、《在民间》、《晨》、《微波》、《搭班子》。

礼记（叶绍钧选注）

上海商务印书馆 1926 年 7 月初版。

内收选注者《绪言》；选注篇目有《王制》、《礼运》、《礼器》、《学记》、《乐记》、《祭义》、《经解》、《哀公问》、《仲尼燕居》、《孔子闲居》、《坊记》、《中庸》、《表记》、《缁衣》、《大学》。

传习录（叶绍钧点注）

上海商务印书馆 1927 年 1 月初版。

内收点注者《绪言》；点注篇目有《传习录》、《王守仁》、《王学》、《王学大概》、《余语》。

苏辛词（叶绍钧选注）

上海商务印书馆 1927 年 9 月初版。

内收选注者《绪言》；选注苏东坡词 49 题 60 首，辛弃疾词 45 题 79 首。

风浪（儿童歌剧）（叶圣陶　何明斋编纂）

上海商务印书馆 1928 年 5 月初版。

内容为：本剧的人物、本剧的歌曲提要、本剧的歌曲、本剧的表演法、本剧布景用品的说明及制法、本剧化装用品的说明及制法。

倪焕之（长篇小说）（叶绍钧著）

上海开明书店1929年8月初版，共30章，收有夏丏尊《关于〈倪焕之〉》、茅盾《读〈倪焕之〉》（节录）和《作者自记》；人民文学出版社1953年9月出版，删去8章及3篇附录文章；外文出版社1958年8月出版，巴恩斯译；

人民文学出版社1958年10月收入《叶圣陶文集》第3卷，恢复30章，删去3篇附录文章。1962年11月再版，作者作了重要校订。1978年12月重印，附作者新作《后记》。

未厌集（短篇小说集）（叶绍钧著）

上海商务印书馆1928年12月初版。

内收作者《题记》及《遗腹子》、《苦辛》、《一包东西》、《抗争》、《小病》、《小妹妹》、《夜》、《赤着的脚》、《某城记事》、《夏夜》。

周姜词（叶绍钧选注）

上海商务印书馆1929年7月初版。

内收作者《绪言》；选注周邦彦、姜夔词共75首。

古代英雄的石像（童话集）（叶绍钧著）

上海开明书店1931年6月初版。

内收丰子恺《读后感》及《古代英雄的石像》、《书的夜话》、《皇帝的新衣》、《含羞草》、《毛贼》、《蚕儿和蚂蚁》、《绝了种的人》、《熊夫人幼稚园》、《慈儿》。

脚步集（散文小说集）（叶绍钧著）

上海新中国书局1931年9月初版。

内收《作者自记》及《读书》、《“双双的脚步”》、《与佩弦》、《国故研究者》、《“怎么能……”》、《“心是分别不开的”》、《两法师》、《假如我有一个弟弟》、《过去随谈》、《作了父亲》（以上为散文）；《李太太的头发》、《某镇纪事》（以上为小说）。

文心（读写的故事）（文艺论集）（夏丏尊 叶圣陶著）

上海开明书店1934年6月初版。

内收陈望道《序》、朱自清《序》及《“忽然做了大人与古人了”》、《方块字》、《题目与内容》、《一封信》、《小小的书柜》、《知与情意》、《日记》、《诗》、《“文章病院”》、《印象》、《辞的认识》、《戏剧》、《触发》、《书声》、《读古书的小风波》、《现代的习字》、《语汇与语感》、《左右逢源》、《“还想读不用文字写的书”》、《小说与叙事文》、《语调》、《两首菩萨蛮》、《新体诗》、《推敲》、《读书笔记》、《修辞一席话》、《“文章的组织”》、《关于文学史》、《习作创作与应用》、《鉴赏座谈会》、《风格的研究》、《最后一课》。

《十三经》索引（叶绍钧编）

上海开明书店1934年8月初版。
内收编者《自序》;
中华书局1957年11月重印，删去《自序》。

作文概说（文艺论集）（叶绍钧著）
上海亚细亚书局1935年9月10日初版;上海中国文化服务社1936年4月10日出版。
共9章，即:《作文即是生活》、《写出自己的话》、《写作的源泉》、《如何写出》、《记述文》、《叙述文（上）》、《叙述文（下）》、《解说文》、《议论文》。（注：本书是著者的朋友征得著者同意借用叶绍钧的名义出版的）

未厌居习作（散文集）（叶绍钧著）
上海开明书店1935年12月初版。
内收《自序》及《没有秋虫的地方》、《藕与莼菜》、《看月》、《牵牛花》、《天井里的种植》、《速写》、《"苏州光复"》、《"说书"》、《"昆曲"》、《几种赠品》、《三种船》、《读书》、《养蜂》、《薪工》、《文明利器》、《"怎么能……"》、《"双双的脚步"》、《假如我有一个弟弟》、《做了父亲》、《中年人》、《儿子的订婚》、《过去随谈》、《将离》、《客语》、《回过头来》、《掮枪的生活》、《随便谈谈我的写小说》、《战时琐记》、《没有日记》、《"心是分别不开的"》、《与佩弦》、《两法师》、《不甘寂寞》、《过节》、《诗人》、《水患》。

圣陶短篇小说集
上海商务印书馆1936年3月初版。
内收作者《付印题记》及《一生》、《母》、《一个朋友》、《一课》、《饭》、《义儿》、《云翳》、《风潮》、《小铜匠》、《孤独》、《平常的故事》、《病夫》、《潘先生在难中》、《外国旗》、《前途》、《城中》、《晨》、《搭班子》、《遗腹子》、《苦辛》、《一包东西》、《小病》、《夜》、《某城纪事》、《李太太的头发》、《某镇纪事》、《席间》、《秋》。

四三集（短篇小说及童话集）（叶圣陶著）
上海良友复兴图书印刷公司1936年8月初版。
内收作者《自序》及《半年》、《投资》、《"感同身受"》、《一个练习生》、《得失》、《寒假的一天》、《一篇宣言》、《邻居》、《逃难》、《一个小浪花》、《丁祭》、《儿童节》、《老沈的儿子》、《多收了三五斗》、《一桶水》、《冥世别》、《招魂》、《英文教授》（以上为小说）;《火车头的经历》、《鸟言兽语》（以上为童话）。

文章例话（文艺论集）（叶圣陶著）
上海开明书店1937年2月初版，1949年3月第11版。
内收著者《序》。目次：朱自清《背影》、茅盾《浴池速写》、徐志摩《我所知道的康桥》、苏雪林《收获》、郭沫若《痈》、夏丏尊《整理好了的箱子》、巴金《朋友》、丰子恺《现代建筑的形式美》、赵元任《科学名词跟科学概念》、韬奋《分头努力》、胡愈之《青年的憧憬》、胡适《差不多先生传》、老舍《北平的洋车夫》、夏衍《包身工》、俞庆棠《给上海学生请愿团的一封公开信》、尤炳圻《杨柳风序》、蔡元培《杜威博士生日演说词》、沈从文《辰州途中》、徐盈《从荥阳到汜水》、鲁迅《看戏》、萧乾《邓山东》、刘延陵《水手》、周作人《小河》、丁西林《压迫》。

文章讲话（文艺论集）（夏丏尊　叶绍钧合著）

开明书店 1938 年 4 月初版；

桂林中华书局 1941 年 4 月出版。

内收陈望道《序》、夏丏尊《序》。共十章：《句读和段落》、《开头和结尾》（本章注明为叶绍钧作）、《句子的安排》、《文章的省略》、《文章中的会话》、《文章的静境》、《文章的动态》、《所谓文气》、《意念的表出》、《感慨及其发抒的法式》。

阅读与写作（文艺论集）（夏丏尊　叶绍钧合著）

上海开明书店 1938 年 4 月初版。

内收著者《小序》。共十讲：《阅读什么》、《怎样阅读》、《写作什么》、《怎样写作》、《学习国文的着眼点》、《中学生课外读物的商讨》、《文艺作品的鉴赏》、《语体文要写得纯粹》、《写作漫谈》、《关于国文百八课》。

其中第 3、4、7、8、9 讲标明为叶绍钧作，第 10 讲为二人合作。

精读指导举隅（文艺论集）（叶绍钧　朱自清著）

重庆商务印书馆 1942 年 3 月初版。

内收郭有守《序》及《例言》6 条。目次：欧阳修《泷冈阡表》、鲁迅《药》、徐志摩《我所知道的康桥》、胡适《谈新诗》（节录）、柳宗元《封建论》、蒋中正《第二期抗战开端告全国国民书》。

略读指导举隅（文艺论集）（叶绍钧　朱自清著）

重庆商务印书馆 1943 年 1 月初版；

上海商务印书馆 1946 年 11 月出版。

内收郭有守《国文教学丛刊序》及《例言》、《前言》。目次：《孟子》指导大概、《史记菁华录》指导大概、《唐诗三百首》指导大概、《蔡孑民先生言行录》指导大概、《胡适文选》指导大概、《呐喊》指导大概、《爱的教育》指导大概。

西川集（杂文小说集）（叶绍钧著）

重庆文光书店 1945 年 1 月初版，1945 年 10 月再版。

内收著者《自序》及《答复朋友们》、《三十三年纪念短文》(包括《“七七”七周年随笔》、《“八一三”随笔》、《双十节随笔》)、《据理论而言》、《暴露》、《关于谈文学修养》、《以画为喻》、《能读的作品》、《扩大白话文字的地盘》、《读〈虹〉》、《读〈石榴树〉》、《读〈经典常谈〉》、《读〈文言虚字〉》、《如果我当教师》、《谈大学的合并》、《变相的语文教学》、《致教师书》(包括:《多刺目的两个字啊》、《几派的训育办法》、《新的傻子》、《关于禁止看小说》、《改文》)、《我们的骄傲》、《邻舍吴老先生》、《辞职》、《春联儿》。

国文教学(文艺论集)(叶绍钧　朱自清合著)

上海开明书店 1945 年 4 月初版。

内收合著者《自序》,浦江清《论中学国文》。上卷为叶绍钧著,上卷收:《对于国文教学的两个基本观念》、《论国文精读指导不只是逐句讲解》、《论写作教学》、《谈语文教本》、《论中学国文课程的改订》、《认识国文教学》、《中学国文教师》、《关于大学一年级国文》。

叶圣陶文集

上海春风书店 1948 年 1 月初版。

内收中华全国文艺协会《关于刊行现代作家文丛》及编选者《序》。目次:

第一辑:《一个朋友》、《义儿》、《潘先生在难中》、《遗腹子》、《某城纪事》、《秋》、《“感同身受”》、《一篇宣言》、《多收了三五斗》、《一个小浪花》、《英文教授》。

第二辑:《牵牛花》、《几种赠品》、《“苏州光复”》、《“心是分别不开的”》、《两法师》、《答复朋友们》、《邻舍吴老先生》、《春联儿》。

第三辑:《一粒种子》、《梧桐子》、《瞎子和聋子》、《稻草人》、《古代英雄的石像》、《皇帝的新衣》、《熊夫人幼稚园》。

叶圣陶选集(茅盾主编　新文学选集编辑委员会编辑)

上海开明书店 1951 年 7 月初版。

内收新文学选集编辑委员会的《编辑凡例》及叶圣陶《自序》。

短篇小说:《一生》、《苦菜》、《隔膜》、《阿凤》、《一课》、《晓行》、《饭》、《义儿》、《小铜匠》、《校长》、《马铃瓜》、《金耳环》、《潘先生在难中》、《外国旗》、《前途》、《城中》、《在民间》、《搭班子》、《多收了三五斗》、《一个练习生》、《寒假的一天》、《一篇宣言》、《抗争》、《夜》、《赤着的脚》、《某城纪事》、《我们的骄傲》、《春联儿》。

童话:《一粒种子》、《画眉鸟》、《快乐的人》、《稻草人》、《古代英雄的石像》、《皇帝的新衣》、《含羞草》、《蚕和蚂蚁》、《绝了种的人》。

附录：《过去随谈》、《随便谈谈我的写小说》。

寒假的一天（短篇小说）（叶圣陶著）
人民文学出版社 1953 年 12 月初版。

叶圣陶短篇小说集
人民文学出版社 1954 年 12 月初版。
内收《一生》、《隔膜》、《阿凤》、《一课》、《晓行》、《饭》、《义儿》、《小铜匠》、《校长》、《金耳环》、《潘先生在难中》、《外国旗》、《前途》、《城中》、《搭班子》、《抗争》、《夜》、《多收了三五斗》、《一个练习生》、《寒假的一天》、《一篇宣言》、《我们的骄傲》、《春联儿》。

一个练习生（短篇小说）（叶圣陶著）
通俗读物出版社 1955 年 5 月初版。

叶圣陶童话选
中国少年儿童出版社 1956 年 5 月初版。
内收作者《后记》及《一粒种子》、《画眉鸟》、《稻草人》、《聪明的野牛》、《古代英雄的石像》、《皇帝的新衣》、《含羞草》、《蚕和蚂蚁》、《"鸟言兽语"》、《火车头的经历》。

抗争（短篇小说集）（叶圣陶著）
人民文学出版社 1958 年 4 月初版。
内收《一生》、《饭》、《金耳环》、《潘先生在难中》、《抗争》、《夜》、《一个练习生》、《多收了三五斗》。

叶圣陶文集（第一卷）
人民文学出版社 1958 年 4 月初版。
内收作者《前记》，编入《隔膜》、《火灾》、《线下》三个短篇小说集。目次：
《隔膜》：《一生》、《两封回信》、《欢迎》、《伊和他》、《母》、《一个朋友》、《阿菊》、《萌芽》、《恐怖的夜》、《苦菜》、《隔膜》、《阿凤》、《绿衣》、《小病》、《寒晓的琴歌》、《疑》、《潜隐的爱》、《一课》。
《火灾》：《晓行》、《悲哀的重载》、《饭》、《义儿》、《云翳》、《乐园》、《地动》、《旅路的伴侣》、《风潮》、《被忘却的》、《醉后》、《祖母的心》、《小蚬的回家》、《啼声》、《小铜匠》、《两样》、《归宿》。
《线下》：《孤独》、《平常的故事》、《游泳》、《桥上》、《校长》、《马铃瓜》、《一个青年》、《青光不是她的了》、《金耳环》、《潘先生在难中》、《外国旗》。
所收各篇均经作者在语言上作了修改。

叶圣陶文集（第二卷）
人民文学出版社 1958 年 5 月初版。
内收作者《前记》，编入《城中》、《未厌集》、《四三集》三个短篇小说集。
目次：
《城中》：《病夫》、《前途》、《演讲》、《城中》、《双影》、《在民间》、《晨》、《微波》、《搭班子》。
《未厌集》：《遗腹子》、《苦辛》、《一包东西》、《抗争》、《小病》、《小妹妹》、《夜》、《赤着的脚》、《某城纪事》。
《四三集》:《自序》、《半年》、《投资》、《"感同身受"》、《一个练习生》、《得失》、《寒假的一天》、《一篇宣言》、《邻居》、《逃难》、《一个小浪花》、《丁祭》、《儿童节》、《老沈的儿子》、《多收了三五斗》、《一桶水》、《冥世别》、《招魂》、《英文教授》。
所收各篇均经作者在语言上作了修改。

小记十篇(散文集)(叶圣陶著)
天津百花文艺出版社1958年8月初版。
内收《登雁塔》、《游临潼》、《在西安看的戏》、《从西安到兰州》、《坐羊皮筏到雁滩》、《游了三个湖》、《黄山三天》、《记金华的两个岩洞》、《荣宝斋的彩色木刻画》、《景泰蓝的制作》。

叶圣陶文集(第三卷)
人民文学出版社1958年10月初版。
内收作者《前记》及《李太太的头发》、《某镇纪事》、《席间》、《秋》、《乡里善人》、《皮包》、《我们的骄傲》、《邻舍吴老先生》、《春联儿》、《友谊》、《穷愁》、《倪焕之》(30章本)。
所收各篇均经作者在文字上作了修改。

叶圣陶选集
人民文学出版社1959年11月初版。
内收《人生》、《一个朋友》、《苦菜》、《隔膜》、《阿凤》、《一课》、《晓行》、《饭》、《义儿》、《祖母的心》、《小蚬的回家》、《小铜匠》、《校长》、《金耳环》、《潘先生在难中》、《外国旗》、《前途》、《城中》、《在民间》、《搭班子》、《一包东西》、《抗争》、《夜》、《某城纪事》、《李太太的头发》、《"感同身受"》、《一个练习生》、《寒假的一天》、《一篇宣言》、《邻居》、《逃难》、《多收了三五斗》、《冥世别》、《皮包》、《我们的骄傲》、《春联儿》、《友谊》(以上小说)。《登雁塔》、《游临潼》、《从西安到兰州》、《坐羊皮筏到雁滩》、《游了三个湖》、《黄山三天》、《记金华的两个岩洞》、《登赐儿山》、《涿鹿的劈山大渠》、《坝上一天》(以上散文、诗歌)。

箧存集(诗集)(叶圣陶著)
北京作家出版社1960年8月初版。
目次:
第一辑:《游拙政园》、《春雨》、《夜》、《儿和影子》、《拜菩萨》、《成功的喜悦》、《小虎刺》、《藕豆》、《小鱼》、《江滨》、《两个孩子》、《损害》、《路》、《浏河战场》、《挽鲁迅先生》。
第二辑:《宜昌杂诗三首》、《江行杂诗三首》、《题伯祥书巢》、《今见》、《自北碚夜发至公园》、《策杖》、《鹧鸪天——初至乐山》、《游乌尤山》、《至善满子结婚于乐山得丏翁寄诗四绝依韵和之》、《吴安贞毕业于武汉大学》、《伯祥五十初度》、《王献唐以所绘山水相赠题二绝依韵酬之》、《自成都之灌县口占》、《游青城口占》、《乐山寓庐被炸移居城外野屋四首》、《水龙吟》、《付武汉大学迎新壁报》、《浣溪沙四首》、《金缕曲——赠昌群》、《题百虎图》、《和佩弦》、《采桑子——偕佩弦登望江楼》、《仿古乐府书满子所闻车夫语》、《偶成》、《次韵答佩弦见赠之作》、《湘春夜月——忆家园榴花》、《送佩弦之昆明二首》、《半夜闻水碾声以为火车旋悟其非》、《二友》、《彬然来成都见访同登望江楼》、《重庆不眠听雨声杜鹃声》、《自重庆之贵阳寄子恺遵义》、《木兰花——偕彬然晓先宿贵阳花溪》、《公路行旅》、《桂林赠冼翁》、《题沈君风雨一庐图》、《自居乐山与上海诸友通信重行编号今满百通矣》、《中华剧艺社将演夏衍所撰〈第七号风球〉三首》、《昌群作四十书怀即和其韵》、《彬然治圃桂林百岩山》、《踏莎行——题丁君所绘“现象图”》、《雁冰五十初度》、《题绍虞独立像》、《挽陶行知先生》、《题木刻画〈春耕〉》、《健吾撰讽刺剧〈和平颂〉兼叙阳世与冥世》、《田寿昌创作三十年纪念二首》、《鹧鸪天——振铎五十初度》、《丏翁周年祭》、《题子恺所作画》。

第三辑：《香港赠刘湖深》、《自香港北上呈同舟诸公》、《题球赛优胜旗》、《读宋庆龄亚洲及太平洋区域和平会议开幕辞》、《赠和平代表》，《鹧鸪天——二十一日平伯家为曲会，翌日平伯寄示新词，余依韵和之，顺次叙当日所闻诸曲》、《“干杯”——赠国际友人》、《赠邓宝珊》、《苦萨蛮——寄题邓园》、《文叔六十初度》、《薰宇六十初度》、《小小的船——儿歌》、《观开发黄河规划欣然有作》、《寿张菊老九十》、《臬梏墨病革时语》、《墨亡》、《扬州慢——略叙偕墨同游踪迹，伤怀曷已》、《鹧鸪天》、《水调歌头——从化温泉》、《挽包达三》、《雁荡赠乡支书郑定枝》、《踏莎行——北方昆曲剧院成立》、《国际主义——祝苏联十月社会主义革命四十周年》、《人造卫星》、《题薛佛影象玉雕刻摄影》、《整风和绍虞韵》、《悼剑三》、《赠下乡劳动锻炼诸同志》、《赠还乡生产诸同志》、《赠下放基层诸同志》、《新春诗为〈教师报〉作》、《把心交给党》、《和平》、《“我们也来修水库！”》、《茶淀青年农场记闻二首（拾粪、种桃树）》、《青年农场即事》、《儿歌六首（几种树、夹竹桃、燕子、鸽子、金鱼、青蛙）》、《劳动节》、《十三陵水库》、《赠四个姑娘》、《题花园乡街头二首》、《涿鹿劈山大渠四首》、《题张家口市〈大跃进民歌选〉第二辑》、《张家口黑石坝大渠》、《题康保县农民报》、《坝上车中口占》、《登赐儿山》、《巨人的声音》、《全国普通话教学成绩观摩会》、《水调歌头——读周总理关于台湾海峡地区之声明》、《给艾森豪威尔——读赫鲁晓夫致艾书》、《徐水杂咏三首（大寺各庄棉花、基干民兵、真解放）》、《沁园春——国庆》、《悼振铎》、《前诗意未尽再作一首》、《鹧鸪天——欢迎志愿军文工团》、《题教育部南口绿化区模型》、《踏莎行二首——苏联火箭》、《踏莎行——刚果与古巴》、《菩萨蛮二首——全国农业展览会》、《菩萨蛮二首——第二届全国摄影艺术展览》、《三八妇女节》、《题南京五老新村》、《题扬州制花工艺厂》、《题南通红旗人民公社南园食堂》、《题南通博物馆》、《题狼山历史文物博物馆》、《听周总理的政府工作报告》、《鹧鸪天——上海解放十周年》、《浣溪沙——赠亦秀》、《党的生日》、《亦秀招游龙潭湖二首》、《建国十年咏十四首》（大炼钢铁、公社万岁、千斯仓兮万斯箱、尽水利、水陆空、教育革命、说部丰获、百花齐放、画会开、美术工艺、真平等、精神面貌、天安门、登景山）、《语文教学二十韵》、《观李可染画展》、《赠萧长华老先生三首》、《水龙吟——祝建国十周年》、《浣溪沙四首——天安门前观礼》、《振铎周年祭》。

评改两篇作文（评论）（叶圣陶著）

北京出版社 1964 年 3 月初版。

评改两篇报道（评论）（叶圣陶著）

北京出版社 1965 年 3 月初版。

《稻草人》和其他童话（童话集）（叶圣陶著）

中国少年儿童出版社 1979 年 8 月初版。

内收作者《后记》及《一粒种子》、《画眉鸟》、《稻草人》、《聪明的野牛》、《古代英雄的石像》、《皇帝的新衣》、《含羞草》、《蚕儿和蚂蚁》、《“鸟言兽语”》、《火车头的经历》、《玫瑰和金鱼》、《跛乞丐》、《快乐的人》、《书的夜话》、《熊夫人的幼稚园》。

叶圣陶语文教育论集（上、下）（中央教育科学研究所教育史研究室、教学法研究室蒋仲仁、杜草甬编）

教育科学出版社 1980 年 8 月初版。

内收吕叔湘《序》，叶圣陶的《语文教学二十韵（代自序）。目次：

一、《略谈学习国文》、《〈精读指导举隅〉前言》、《〈略读指导举隅〉前言》、《读罗陈两位先生的文章》、《读〈经典常谈〉》、《〈国文教学〉序》、《国文教学的两个基本观念》、《论国文精读指导不只是逐句讲解》、《论中学国文课程的改订》、《认识国文教学》、《中学国文教师》、《大学一年级国文》、《中文系——致教师书之八》、《国文常识试题》、《讲解》、《再谈讲解》、《中学国文学习法》、《改变字风》、《认真学习语文》、《大力研究语文教学尽快改进语文教学》、《去年高考的语文试题》、《重印〈经典常谈〉序》。

二、《小学初级学生用〈开明国语课本〉编辑要旨》、《小学高级学生用〈开明国语课本〉编辑要旨》、《〈开明国文讲义〉编辑例言》、《初中国文科教学自修用〈国文百八课〉编辑大意》、《谈识字课本的编辑》、《关于〈国文百八课〉》、《谈语文教本——〈笔记文选读〉序》、《〈开明新编国文读本〔甲种〕〉序》、《〈开明新编国文读本〔乙种〕〉序》、《〈开明新编高级国文读本〉编辑例言》、《〈开明文言读本〉编辑例言》、《中学语文科课程标准》、《〈大学国文〔现代文之部〕〉序》、《〈大学国文〔文言之部〕〉序》。

三、《〈文章例话〉序》、《文章例话》〔选录:《背影》(朱自清)、《浴池速写》(茅盾)、《现代建筑的形式美》(丰子恺)、《分头努力》(韬奋)、《北平的洋车夫》(老舍)、《包身工》(夏衍)、《看戏》(鲁迅)〕、《文艺作品的鉴赏》、《未厌居文谈》(《〈孔乙己〉中的一句话》、《略谈韩愈〈答李翊书〉》)、《责己重而责人轻》(范文选读)、《读〈五代史·伶官传叙〉》、《读〈飞〉》、《关于读〈飞〉的一封来信和答复》、《读〈史记·叔孙通传〉》、《读〈风波〉》、《揣摩》。

四、《对于小学作文教授之意见》、《作文论》、《木炭习作跟短小文字》、《作自己要作的题目》、《"通"与"不通"》、《"好"与"不好"》、《写作什么》、《怎样写作》、《语体文要写得纯粹》、《开头和结尾》、《论写作教学》、《以画为喻》、《谈文章的修改》、《谈叙事》、《写话》、《拿起笔来之前》、《和教师谈写作》(先想清楚然后写、修改是怎么一回事、把稿子念几遍、平时的积累、写东西有所为、准确、鲜明、生动、写什么、挑能写的题目写)、《要写得便于听》、《"上口"与"入耳"》、《"教师下水"》、《阅读是写作的基础》、《评改〈当我在工作中碰到困难的时候〉》、《评改〈最近半年工作情况汇报〉》、《评〈读和写〉,兼论读和写的关系》、《评改一篇作文》、《〈文章评改〉序》、《端正文风——在新华社国内记者业务训练班的讲话》。

五、《文章病院》、《杂谈读书作文和大众语文学》、《语言与文字》、《读〈文言虚字〉》、《语文随笔》、《拆开来说》、《多说和少说》、《谈搀用文言成分》、《一些简单的意见》、《语言和语言教育》、《文艺写作必须依靠语言》、《从〈语法修辞讲话〉谈起》、《广播工作和语言规范化》、《文字改革和语言规范化》、《什么叫汉语规范化》、《关于使用语言》、《谈语法修辞》、《从语言教育的角度看》、《谈谈翻译》、《算式似的组织要不得》、《文风问题在哪儿》、《怎样改进文风》、《改进文风》、《说"之所以"》。

六、《语文教育书简》。

叶圣陶论创作（欧阳文彬编选）

上海文艺出版社1982年1月初版。内收叶圣陶为《解放日报》1980年元旦题辞手迹，《我的说明》，丁玲《序》，欧阳文彬《打开文艺宝库的钥匙——代编后》。目次：

第一辑：《文艺谈》（四十则）、《诗的泉源》、《诗与对仗》、《读者的话》、《我如果是一个作者》、《第一口的蜜》、《诚实的自己的话》、《完成》、《〈倪焕之〉作者自记》、《怎样写作》、《木炭习作跟短小文字》、《开头和结尾》、《所谓文学的"永久性"是什么？》、《关于小品文》、《随便谈谈我的写小说》、《写作漫谈》、《文艺作品的鉴赏》（一、要认真阅读，二、驱遣我们的想象，三、训练语感，四、不妨听听别人的话）、《学习写作的方法》、《作一个文艺作者》、《杂谈我的写作》、《写作漫谈》、《关于谈文学修养》、《以画为喻》、《暴露》、《谈叙事》、《谈学习文艺》、《一篇象样的作品》、《回问一句》、《"言志"和"载道"》、《从梦说起》、《依靠口耳》、《〈叶圣陶选集〉自序》、《拿起笔来之前》、《文艺写作必须依靠语言》、《关于使用语言》、《文艺作者怎样看现代汉语规范化问题》、《临摹和写生》、《形成新文风》、《不仅此也》、《可写可不写，不写》、《作品里涉及工程技术的部分》、《揣摩》、《动笔之前和完篇之后》、《要做杂家》、《跟〈人民文学〉编辑谈短篇小说》。

第二辑：《关于〈小说世界〉的话》、《读〈柚子〉》、《〈文章例话〉序》、《文章例话》〔选录：《背影》（朱自清）、《浴池速写》（茅盾）、《我所知道的康桥》（徐志摩）、《收获》（苏雪林）、《痈》（郭沫若）、《整理好了的箱子》（夏丏尊）、《朋友》（巴金）、《差不多先生传》（胡适）、《北平的洋车夫》（老舍）、《包身工》（夏衍）、《〈杨柳风〉序》（尢炳圻）、《辰州途中》（沈从文）、《从荥阳到汜水》（徐盈）、《看戏》（鲁迅）、《邓山东》（萧乾）、《水手》（刘延陵）、《给建筑飞机场的工人》（卞之琳）、《压迫》（丁西林）〕、《其实也是诗》、《〈孔乙己〉中的一句话》、《男士的〈我的同班〉》《读〈飞〉》（附录：关于《读〈飞〉》的一封来信和答复）、《谈丏翁的〈长闲〉》、《读〈风波〉》、《谈佩弦的一首诗》、《读了〈煤〉想到的》、《新农村的新面貌——读〈喜鹊登枝〉》、《〈普通劳动者〉是一篇很好的小说》、《读〈野火春风斗古城〉》、《读〈伍嫂子〉》、《读〈我们播种爱情〉》、《樱花精神》、《绚烂的文锦——读〈没有织完的筒裙〉》、《〈塔里木行〉——一篇情文并茂的游记》、《湜冰的三篇小说》、《谈谈〈小布头奇遇记〉》、《话剧〈关汉卿〉插曲〈蝶双飞〉欣赏》、《〈丹心谱〉的台词好》、《我听了〈第一个回合〉》、《"我钦新风霞"》、《〈苏辛词〉绪言》、

《〈周姜词〉绪言》、《〈清人绝句选〉序》、《谈〈小石潭记〉里的几句话》、《读〈石榴树〉》、《读〈虹〉》、《介绍〈斯巴达克思〉》。

日记三抄（日记选）（叶圣陶）
花城出版社 1982 年 1 月初版。
内收：《东归江行日记并序》（1945 年 12 月 25 日—1946 年 2 月 9 日）、《北上日记并序》（1949 年 1 月 7 日—3 月 25 日）、《内蒙日记并序》（1961 年 7 月 29 日—9 月 2 日，9 月 5 日—9 月 23 日）。

× × ×

开明初小国语课本（共 8 册）（叶绍钧编纂）
上海开明书店 1933 年 6 月出版。

开明高小国语课本（共 4 册）（叶绍钧编纂）
上海开明书店 1934 年 6 月出版。

开明国文讲义（共 3 册）（夏丏尊　叶圣陶　宋云彬　陈望道　合编）
开明函授学校 1934 年 11 月出版，上海开明书店印行。

国文百八课（共 6 册）（夏丏尊　叶圣陶编）
上海开明书店 1935 年 6 月陆续出版。

初中国文教本（共 6 册）（夏丏尊　叶绍钧合编）
上海开明书店 1937 年 6 月出版。

中学精读文选（叶圣陶、胡翰先编）
桂林文化供应社 1942 年 1 月出版。

开明新编国文读本〔甲种〕（共 6 册）（叶圣陶、郭绍虞、周予同、贾必陶合编）
上海开明书店 1946 年 7 月出版。

少年国语读本（共 4 册）（叶圣陶撰）
上海开明书店 1947 年 7 月出版。

开明新编国文读本〔乙种〕（共 3 册）（叶圣陶、徐调孚、郭绍虞、覃必陶合编）
上海开明书店 1947 年 8 月出版。

开明新编高级国文读本（共 6 册）（朱自清、吕叔湘、叶圣陶合编）
上海开明书店 1948 年 7 月出版。

开明文言读本（共 3 册）（朱自清　吕叔湘　叶圣陶合编）
上海开明书店 1948 年 7 月出版。

儿童国语读本（共 4 册）（叶圣陶撰）
上海开明书店 1948 年 8 月出版。

幼童国语读本（共 4 册）（叶圣陶撰）
上海开明书店 1949 年 1 月出版。

文言读本（朱自清、叶圣陶、吕叔湘合编）上海商务印书馆1980年12月出版。

〔附录〕叶圣陶名、字、笔名录

叶绍钧，名。1894年10月28日生。1919年1月1日在《新潮》第1卷第1号与王钟麒（伯祥）联名发表论文《对于小学作文教授之意见》时首次使用。

叶秉臣，字。1906年春考入苏州第一公立小学，请该校教师章元善为取立志爱国强国的字。章先生乃从"绍钧"之名和"秉国之钧"的诗句，取字秉臣。

泥醉，别名。1907年考入苏州第一中学堂（即草桥中学）后，与同学王伯祥、顾颉刚、吴宾若等组织诗社，取名"放社"，被公推为盟主。社中时小饮联诗，因喜欢饮酒，自号"泥醉"。

叶圣陶，字。1911年辛亥革命，10月15日，苏州光复。10月16日，认为清廷已倒，不能再称"臣"了，于是请先生改字。先生乃从"圣人陶钧万物"的诗句中取"圣陶"以为字。1911年11月11日在苏州《大汉报》发表《大汉天声·祝辞》时首次使用。

叶陶，笔名。1911年9月2日在《妇女时报》第3号发表论文《儿童之观念》时首次使用。

圣匋，笔名。1911年11月12日在《妇女时报》第4号，发表论文《论贵族妇女有革除妆饰奢侈之责》时首次使用。

圣陶，字。1914年6月10日在《小说丛报》第2期，发表文言短篇小说《玻璃窗内之画像》时首次使用。

叶匋，笔名。1914年7月18日在《礼拜六》第7期，发表文言短篇小说《穷愁》时首次使用。

允倩，笔名。1915年4月17日在《礼拜六》第46期，发表文言短篇小说《痴心男子》时首次使用。

叶允倩，笔名。1916年1月1日在《小说海》第2卷第1号，发表文言短篇小说《倚闾之思》时首次使用。

谌陶，笔名。1921年3月26日在上海《时事新报·文学旬刊》第1期，发表短篇小说《小病》时首次使用。

斯提，笔名。1921年9月11日在上海《时事新报·学灯》，发表新诗《损害》时首次使用。

郢，笔名。1921年11月5日在上海《时事新报·学灯》，发表杂文《时间经济》

时首次使用。

华秉丞，笔名。1923 年 1 月 21 日在上海《时事新报·文学旬刊》第 62 期，发表评论《关于〈小说世界〉的话》时首次使用。

王钧，笔名。1923 年 9 月 17 日在上海《时事新报·文学〈周刊〉》第 88 期，发表散文《将离》时首次使用。

秉丞，笔名。1924 年 7 月 7 日在上海《时事新报·文学〈周刊〉》第 129 期，发表论文《“革命文学”》时首次使用。

郢生，笔名。1925 年 5 月 10 日在《文学周报》第 172 期，发表新诗《一件破棉袄》时首次使用。

桂山，笔名。1927 年 5 月 10 日在《小说月报》第 18 卷第 5 号。发表短篇小说《小病》时首次使用。

孟言，笔名。1927 年 6 月 10 日在《小说月报》第 18 卷第 6 号，发表短篇小说《小妹妹》时首次使用。

钧，名的简化。1930 年 10 月 24 日致赵景深信首次使用。

丙丞，笔名。1933 年 9 月 1 日在《中学生》第 37 号，发表散文《“读经”》时首次使用。

丙生，笔名。1934 年 12 月 25 日在《读书生活》第 1 卷第 4 期，发表论文《怎样写作》时首次使用。

翰先，笔名。1942 年 1 月 1 日在成都《国文杂志》第 1 期，发表杂文《国歌语释》时首次使用。

朱逊，笔名。1942 年 1 月 1 日在成都《国文杂志》第 1 期，发表评论《“莫得”和“没有”》时首次使用。

研究资料目录索引

研究资料目录索引

一、生平及文学活动

《隔膜》序（顾颉刚）
载1922年3月商务印书馆《隔膜》

叶绍钧（凌梅）
载1930年11月《读书》月刊第1卷第2期

叶绍钧访问记（贺玉波）
载1931年6月《读书》月刊第2卷第3期

叶绍钧（顾凤城）
载1932年11月《中外文学家辞典》

叶绍钧（阿英）
载1935年3月良友图书印刷公司《夜航集》

叶绍钧（杨严雄等）
载1935年7月北新活页文选《作者小传》

我所见的叶圣陶（朱自清）
载1936年3月商务印书馆《你我》

文话叶绍钧（端木艳）
载1936年4月1日《中央日报》

叶圣陶（（日）桥木时雄）
载1940年10月《中国文化界人物总鉴目录》

介绍《笔阵》
载1942年11月7日《中央日报·中央副刊》（成都）第927号

祝圣陶五十寿（茅盾）
载1943年11月5日《华西晚报·每周文艺》（成都）第1号

寿叶圣陶先生——并记与圣陶先生的交往（潘子农）
载1943年11月14日《新华日报》（重庆）

感激与祝贺——献给叶圣陶先生（胡绳）
载1943年11月14日《新华日报》（重庆）

记叶绍钧（希平）
载1944年1月1日中华日报社《文坛史料》（杨之华编）

记卅年前与叶圣陶交谊（顾颉刚）
载1945年1月1日《新民报》元旦特刊（成都）

叶圣陶了无胖意
载1945年6月2日《大公报》（重庆）

叶圣陶（余立）
载1945年10月1日四维出版社《作家笔会》第1集

叶圣陶（一卒）
载1945年10月17日《建国日报》

叶绍钧（赵景深）
载1946年2月北新书局《文人剪影》

叶圣陶论（赵景深）
载1946年8月1日《上海文化》第7期

叶绍钧的印象（史岩）
载1946年11月10日《幸福》第1卷4期

叶圣陶（T L）
载1946年12月31日《大公报》（上海）

叶圣陶先生（顾南）
载1947年2月11日《时代日报》

对于叶绍钧的一次考察（讲演要旨）（（日）大芝孝）
载1947年6月《中国语学》第4期

默默工作的老人（白炯）
载1947年7月26日《大公报》（天津）

教育作家叶绍钧论（（日）大芝孝）
载1947年12月《外事论丛》第4卷第3期

叶圣陶（赵景深）
载1948年4月北新书局《文坛忆旧》

叶圣陶与开明书店（刘岚山）
载1948年6月10日《新民晚报刊》（上海）

关于叶绍钧（（日）出泽万纪人）

载1949年2月《中国语学》第24期

“五四”的知识人像——叶绍钧（（日）大芝孝）

载1954年12月《神户文学》第9期

叶圣陶

载 1957 年 5 月新华书店上海发行所《作家与作品》

叶圣陶

载1957年8月12日《读书月报》第8期

叶圣陶小传（山东师院中文系）

载1961年5月《中国现代作家小传》

开明旧事——我所知道的开明书店（宋云彬）

载 1962 年 10 月《文史资料选集》第31辑

见到了叶圣陶先生（（港）夏尚早）

载1966年6月25日香港《文艺伴侣》总第3期

教育家叶绍钧（（港）李立明）

载1974年9月1日香港《良友之声》月刊第78期

郑振铎、叶绍钧与文学研究会（（台）龙云灿）

载 1977 年 5 月台湾金兰文化出版社《三十年代文坛人物史话》

叶圣陶（（苏）M·蒂尔洛夫）

载1977年莫斯科大学出版社《东方现代文学》

叶圣陶（周义敢）

载1978年8月5日《内蒙古教育》第8期

重逢——访叶圣陶（田稼）

载1978年10月8日《重庆日报》

关于鲁迅致叶圣陶的一封信（李江）

载1979年3月1日《山东师院学报》第2期

叶绍钧（（港）李元明）

载1979年4月香港波文书店《现代中国作家评传》第1集

忆“五四”，访叶老（吴泰昌）

载1979年5月12日《文艺报》第5期

叶圣陶同志希望编辑同志都来做改进文风的促进派

载 1979 年 7 月 25 日《出版工作》第10期

一代师表——访叶圣陶（立羽）
载1979年11月7日《文汇报》

叶圣陶访问记（子冈）
载1979年11月13日《大公报》

叶圣陶（北京语言学院）
载1979年12月四川人民出版社《中国文学家辞典》现代第1册

也谈“精讲多练”（孙越舫）
——回忆叶圣陶老师的两堂课
载1980年2月20日《语文学习》（上海）第2期

在叶老的关怀和指导下备课（金华罗店中学语文教研组）
载1980年1月《教学与研究》（浙江师院）第1期

从郑振铎、叶圣陶没有参加左联谈起（吴泰昌）
载1980年3月1日《人民日报》

满庭芳——叶老词题《倾盖集》随记（吕剑）
载1980年4月《随笔》丛刊第19期

叶绍钧（(台)舒兰）
载1980年5月20日台湾成文出版社《五四时代的新诗作家和作品》

叶绍钧（(台)陈敬之）
载1980年5月20日台湾成文出版社《文学研究会与创造社》

笔耕逾半个世纪的叶圣陶（(港)彦火）
载1980年5月香港昭明出版社有限公司《当代中国作家风貌》

叶圣陶及其贡献（冯光廉　刘增人）
载1980年6月5日《语文教学》（烟台师专）第3期

红孩子饲养场办得好，老教育家叶圣陶致词鼓励（龙必锟）
载1980年6月5日《成都日报》

叶圣陶、巴金和曹禺的启迪（凯洪）
载1980年《书评》（南京图书馆）第3期

高洁的青松——访叶圣陶同志（胡善美）
载1980年7月15日《福建文学》第7期

叶俞合著（晦庵）
载1980年9月三联书店《晦庵书话》

圣陶先生印象记（吕剑）
载1980年11月《战地》第6期

师门往事（郑逸梅）
载1981年1月21日《文汇报》

访叶圣陶的第二故乡——甪直（商金林）
载1981年2月15日《钟山》第1期

叶圣陶年谱（一）（商金林）
载1981年2月22日《新文学史料》第1辑

创作生涯的开始（茅盾）
载1981年2月22日《新文学史料》第1辑

在叶圣陶家里（吕剑）
载1981年2月22日《新文学史料》第1辑

作家介绍：叶圣陶（李英敏）
载1981年《文学少年》第1期

俞平伯致叶圣陶的信·跋（叶至善）
载1981年3月7日《文艺报》第5期

八年抗战中的叶圣陶（陈辽）
——《叶圣陶评传》中的一章
载1981年3月《中国现代文学研究丛刊》第1辑

叶圣陶年谱（二）（商金林）
载1981年5月22日《新文学史料》第2辑

五卅运动与商务印书馆罢工（茅盾）
载1981年5月22日《新文学史料》第2辑

爷爷赠的诗（叶小沫）
载1980年6月《八小时以外》第3期

叶圣陶年谱（三）（商金林）
载1981年8月22日《新文学史料》第3辑

编父亲的散文集（叶至善）
载1981年10月29日《文汇报》

叶圣陶评传（陈辽）
1981年10月百花文艺出版社出版

叶圣陶年谱（四）（商金林）
载1981年11月22日《新文学史料》第4辑

水光山色足彷徉（张香还）
——叶圣陶和朱自清在浙江第一师范
载1981年《西湖》第12期

叶圣陶在甪直的教育生涯（柔刚）
载1982年1月7日《文汇报》

《我们的七月》和《我们的六月》（姜德明）
载1982年1月浙江人民出版社《书边草》

从《未厌居习作》谈起（姜德明）
载1982年1月浙江人民出版社《书边草》

胡愈之的《少年航空兵》（姜德明）
载1982年1月浙江人民出版社《书边草》

打开文艺宝库的钥匙——代编后（欧阳文彬）
载1982年1月上海文艺出版社《叶圣陶论创作》

毓德良师　树人宏业（王力）
——祝贺叶圣陶先生从事教育工作七十周年
载1982年2月6日《光明日报》

叶圣陶年谱（五）（商金林）
载1982年2月22日《新文学史料》第1辑

叶老长寿（曹辛之）
载1982年2月25日《新观察》第4期

遥念叶圣陶先生（戴镏玲）
载1982年3月6日《羊城晚报》

劫后余生　鞠躬尽瘁（陈辽）
——《叶圣陶评传》最后一章
载1982年3月15日《徐州师院学报》第1期

寻访叶圣陶苏州故居散记（郁乃亮）
载1982年3月22日《文学知识》第2期

叶圣陶谈观摩教学
载1982年4月1日《语文教学通讯》（山西师院）第4期

文心不衰扶新绿（张寿康）
——访叶圣陶先生
载1982年4月8日《文学报》

春日访叶老（张寿康）
——日记一则（1981年4月6日）
载1982年4月18日《中学语文教学》第4期

叶圣陶先生话语文教学（罗世杰）
——春节访叶老
载1982年4月18日《语文教学通讯》（山西师院）第4期

冒名二则（叶至诚）
载1982年4月19日《人民日报》

叶老对文言文教学改革的意见（孙耕民）
载1982年5月18日《语文教学通讯》（山西师院）第5期

甪直行（鲁兵）

载1982年6月10日《文学报》

镌刻新花（欧阳文彬）
载1982年6月30日《文汇报》

再访叶圣老（谷苇）
载1982年7月10日《钟山》第4期

叶圣陶郭绍虞的两则声明（草絮）
载1982年8月7日《北京晚报》

《抗战八年木刻选集》的诞生（叶至善）
载1982年8月22日《新文学史料》第3辑

叶圣陶语文教育活动七十年（顾黄初）
载1982年10月《扬州师院学报》第3、4期合刊

二、创作评论

《隔膜》集书后（俞平伯）
载1922年4月21日《时事新报·文学旬刊》第35期

最近的生产——隔膜（化鲁）
载1922年5月21日《时事新报·文学旬刊》第38期

评叶绍钧的《祖母的心》（赵常）
载1922年11月10日《小说月报》第13卷第11号

读《火灾》（徐调孚）
载1923年3月10日《小说月报》第14卷第3号

叶绍钧君的《火灾》（周仿溪）
载1923年3月10日《小说月报》第14卷第3号

叶绍钧君的《归宿》（顾均正）
载1923年4月10日《小说月报》第14卷第4号

叶绍钧君的《两样》（潘家洵）
载1923年5月10日《小说月报》第14卷第5号

叶绍钧君的《平常的故事》（余虞适）
载1923年8月10日《小说月报》第14卷第8号

《归宿》（洪振周）
载1923年8月10日《小说月报》第14卷第8号

《稻草人》序（郑振铎）
载1923年11月商务印书馆《稻草人》

《火灾》序（顾颉刚）
载1923年11月商务印书馆《火灾》

叶绍钧君的《桥上》（赵睿）

载1923年11月10日《小说月报》第14卷第11号

叶绍钧君的《游泳》(迅波)
载1923年12月10日《小说月报》第14卷第12号

《火灾》的漫论(云)
载1924年1月5日《晨报·文学旬刊》第22号

关于《倪焕之》(夏丏尊)
载1929年8月商务印书馆《倪焕之》

读《倪焕之》(茅盾)
载1929年8月商务印书馆《倪焕之》

关于《倪焕之》(钱杏邨)
载1930年3月15日神州国光社《文艺批评集》

叶绍钧的创作考察(钱杏邨)
载1930年3月泰东图书馆《现代中国文学作家》第2卷

《古代英雄的石像》读后感(丰子恺)
载1931年6月开明书店《古代英雄的石像》

读《古代英雄的石像》(汤匡瀛)
载1931年11月1日《开明》第37期

叶绍钧的写实主义(贺凯)
1931年12月文化学社《中国文学史纲要》第3编第2章

叶绍钧的《未厌集》(赵景深)
载1932年10月20日光明书局《现代文学杂论》

介绍《文心》(王旬)
载1933年3月5日《众志》月刊第11卷第6期

《文心》序(陈望道)
载1934年6月开明书店《文心》

《文心》序(朱自清)
载1934年6月开明书店《文心》

中国新文学大系·小说一集导言(茅盾)
1935年8月良友图书印刷公司《中国新文学大系》小说一集

中国新文学大系·散文二集导言(郁达夫)
1935年8月良友图书印刷公司《中国新文学大系》散文二集

记叶绍钧(赵景深)
载1935年10月3日《立报·言林》(上海)

叶绍钧小品序（阿英）

载 1935 年 10 月上海光明书店《现代十六家小品》

叶圣陶的短篇小说（朱自清）

载 1936 年 3 月商务印书馆《你我》

叶圣陶短篇小说集（常风）

载 1936 年 6 月 1 日《国闻周报》第 13 卷第 21 期

我新交的几位朋友——读《文心》后（者风）

载 1936 年 12 月 16 日《申报·俱乐部》

读《乡里善人》（流火）

载 1937 年 7 月 3 日《立报》（上海）

叶绍钧的童话（贺玉波）

载 1936 年 7 月上海大光书局《现代中国作家论》

《文章讲话》序（陈望道）

载 1938 年 4 月开明书店《文章讲话》

《文章讲话》序（夏丏尊）

载 1938 年 4 月开明书店《文章讲话》

文章讲话：阅读与写作（器重）

载 1938 年 6 月 5 日《文汇报·世纪风》

介绍《精读指导举隅》（冠英）

载 1941 年 9 月 16 日《国文》月刊第 1 卷第 10 期

《西川集》（刘西渭）

载 1946 年 4 月 1 日《文艺复兴》第 1 卷第 3 期

《蚕儿和蚂蚁》（君实）

载 1946 年 4 月 16 日《开明少年》第 10 期

读完《文心》以后（施传贤）

载 1947 年 11 月 6 日《开明少年》第 19 期

我读《倪焕之》（刘果生）

载 1948 年 2 月 1 日《中学生》第 196 期

叶绍钧的童话（(日) 大芝孝）

载 1949 年 3 月《外事论丛》第 3 期

五四杂谈（丁玲）

载 1951 年 7 月人民文学出版社《跨到新的时代来》

《一篇宣言》教学参考（梁有文）

载 1951 年 3 月 15 日《语文教学》（天津）第 8 期

叶绍钧：夜（苏南星）

载1954年2月21日《语文学习》（北京）第2期

五四时代一个知识分子的面影（向锦江）
——读叶圣陶的长篇小说《倪焕之》
载1954年5月1日《光明日报》

从空想走向现实（方白）
——谈叶圣陶著《倪焕之》中的倪焕之
载1954年6月9日《大公报》

《一篇宣言》（吴奔星）
载1954年6月东方书店《文学作品研究》

对叶圣陶创作道路的一些理解（吴奔星）
载1954年6月东方书店《文学作品研究》

读叶圣陶的《倪焕之》（方白）
载1954年8月15日《文艺报》第15期

读叶圣陶的短篇小说（胡冰）
载1955年9月8日《文艺学习》第9期

叶圣陶（（苏）Г·雅罗斯拉夫采夫）
1955年莫斯科国家文艺出版社《叶圣陶短篇小说和童话集》

读《潘先生在难中》（周绍曾）
载1956年7月5日《文艺月报》7月号

《多收了三五斗》（王碧岭　马春亭）
载1956年7月河南人民出版社《初中语文教学研究》

《古代英雄的石像》（王碧岭　马春亭）
载1956年7月河南人民出版社《初中语文教学研究》

《〈倪焕之〉及其他短篇小说》序言（（苏）В·Ф·索罗金）
载1956年莫斯科国家文艺出版社《〈倪焕之〉及其他短篇小说》

叶圣陶的《夜》（公兰谷）
载1957年1月8日《文艺学习》第1期

叶圣陶的《倪焕之》（公兰谷）
载1957年4月中国青年出版社《现代作品论集》

关于《多收了三五斗》（何家槐）
载1957年4月中国青年出版社《“故事新编”及其他》

谈《多收了三五斗》（刘衍文）
载1957年12月6日《语文教学》（华东师大）12月号

《一篇宣言》里的校长先生（张毕来）
载1958年2月19日《语文学习》（北京）第2期

重读《一篇宣言》（魏金枝）
载1958年3月5日《文艺月报》3月号

论叶圣陶的《倪焕之》（陈尚哲）
载1958年4月新文艺出版社《跃进文学丛刊》第1辑

叶圣陶的《抗争》（姚虹）
载1958年5月19日《语文学习》（北京）第5期

读《叶圣陶童话选》（臧克家）
载1958年6月8日《人民文学》6月号

张毕来《〈一篇宣言〉里的校长先生》的错误分析（伍心）
载1958年8月19日《语文学习》（北京）第8期

叶圣陶：抗争（北京大学中文系56级4班）
载1959年4月中国青年出版社《五四小说选讲》

叶圣陶：五月卅一日急雨中（北京大学中文系56级4班）
载1959年4月中国青年出版社《五四散文选讲》

读《蚕和蚂蚁》（陈伯吹）
载1959年4月长江文艺出版社《儿童文学简论》

试论叶圣陶的童话创作（蒋风）
载1959年《杭州大学学报》第3期

叶绍钧的《城中》和《抗争》（杨草）
1959年《文学书籍评论丛刊》第4期

谈谈《倪焕之》（姚虹）
载1959年《文学书籍评论丛刊》第5期

叶圣陶的《五月卅一日急雨中》（柏枫）
载1960年3月15日《语言文学》第2期

用毛主席的阶级分析观点分析课文（李义琳）
——备《五月卅一日急雨中》的一点体会
载1960年5月5日《青海教育》（汉文版）第9期

旧中国农民苦难生活的缩影（陆云翔 唐锡治）
——《多收了三五斗》剖析
载1960年9月15日《语言文学》第5、6期合刊

谈《五月卅一日急雨中》（李效广）
载1960年9月25日《语文》第8、9期合刊

叶圣陶和他的作品（(苏)B·Φ·索罗金）
载1960年莫斯科国家文艺出版社《一生》

叶圣陶的处女作（胡从经）
载1962年4月7日《天津晚报》

从中国现代教育史的角度看《倪焕之》（潘懋元）
载1963年《厦门大学学报》第1期

叶圣陶的童话在我国儿童文学史上的地位（蒋风）
载1963年《浙江师院学报》第1期

重读叶圣陶的短篇小说（孙中田）
载1965年《函授教学》（吉林师大）第6期

中国新文学大系续编小说一集导言（常君实）
1966年香港文学研究社《中国新文学大系·小说一集》

中国新文学大系续编散文一集导言（君实）
1966年香港文学研究社《中国新文学大系》散文一集

《古代英雄的石像》分析（(港)李炎群　汪炯华）
载1977年9月香港时代图书有限公司《优秀作品选读（一）》

叶绍钧的童话集《稻草人》（(日)牧户和宏）
载1977年《野草》第20期

叶圣陶的《多收了三五斗》（顾黄初）
载1978年2月25日《语文战线》第1期

叶圣陶的《多收了三五斗》（秦亢宗）
1978年《语文战线》第1期

叶圣陶的《倪焕之》（(港)于蕾）
载1978年3月香港万源图书公司《中国现代文学名著评析》

叶圣陶的短篇小说（柳尚彭）
载1978年8月扬州师院南通分院《现代作家和作品》（上）

《没有秋虫的地方》分析（(港)李炎群　汪炯华）
载1978年10月香港时代图书有限公司《优秀作品选读（二）》

丰收成灾的真实记录
——谈《多收了三五斗》的思想与艺术（海发）

载1979年1月10日《破与立》第1期

《倪焕之》初版年月订正（海发）
载1979年1月16日《南开大学学报》第1期

叶圣陶和他的《潘先生在难中》（丁尔纲）
载1979年3月20日《语文教学通讯》（山西师院）第2期

谈《记金华的两个岩洞》的艺术构思（张大文）
载1979年3月20日《语文学习》（上海）第3期

“催逼”和“修炼”（张振声）
——读叶圣陶《四三集·自序》有感
载1979年3月25日《大众日报》

叶圣陶和他的《多收了三五斗》（薛海）
载1979年3月《辽宁师院学报》第2期

沉痛中带来的小说创作（（港）于蕾）
1979年4月香港万源图书公司《中国新文学思潮》

《六么令》书后（叶至善）
载1979年6月6日《人民日报》

“五四”前后小资产阶级知识分子思想历程的真实写照
——读叶圣陶的长篇小说《倪焕之》（金梅）
载1979年6月25日《文史哲》第3期

立意·线索·状物（杨志明等）
——漫谈《记金华的两个岩洞》
载1979年6月《教学与研究》（南通师专）第3期

端庄挺秀（王湜华）
——叶圣陶先生的书法
载1979年7月《书法》第4期

叶圣陶和儿童文学（张香还）
载1979年8月《儿童文学研究》第2辑

略谈《多收了三五斗》和人物对话（周溶泉　徐应佩）
载1979年9月25日《语文教学研究》第4期

读《倪焕之》（孙光萱）
载1979年11月上海文艺出版社《文艺论丛》第8辑

叶圣陶和他的童话（孙玉蓉）
载1979年11月《革命接班人》第11期

叶圣陶的文学生涯（（美）弗兰克·B.凯利）
载1979年《中国现代文学通讯》（美

国）第5卷1、2期合刊

略论叶圣陶的文学道路（万嵩）
载1980年1月10日《甘肃师大学报》第1期

《倪焕之》与侯绍裘（吴泰昌）
载1980年2月3日《解放日报》

“以使学生得到实在的益处”（华蓓蓓）
——谈谈《多收了三五斗》的分段
载1980年3月20日《语文学习》（上海）第3期

叶绍钧的散文（林非）
载1980年3月百花文艺出版社《现代散文六十家札记》

叶圣陶短篇小说述评之一（金梅）
载1980年《现代文艺论丛》第1辑

《晴窗随笔》的启示（金葵）
载1980年4月25日《人民日报》

希望·破灭·反抗（林建华　卢相贤）
——浅析《多收了三五斗》
载1980年《语文教学研究》（广西函授大学）第2期

一篇有特色的作品（金钦俊）
——谈叶圣陶的《多收了三五斗》
载1980年《湛江教学通讯》第2期

平直见委婉　质朴见瑰丽（广信）
——谈《记金华的两个岩洞》的结构与语言
载1980年6月15日《语言文学》第3期

叶绍钧与《倪焕之》（（台）尹雪曼）
1980年6月15日台湾成文出版社《鼎盛时期的新小说》

叶圣陶小说的艺术特色（曹惠民）
载1980年6月25日《上海师大学报》第3期

叶圣陶与语文教学（《中国语言学家》编写组）
载1980年7月20日《语文学习》（上海）第7期

学习《多收了三五斗》的语言修改（朱永燚）
载1980年7月20日《语文学习》（上海）第7期

《记金华的两个岩洞》简析（编者）
载1980年8月山东人民出版社《中学现代散文分析》

风格独具的花簇（编者）
——介绍《小记十篇》

载1980年8月山东人民出版社《中学现代散文分析》

新潮之群（钱光培　向远）
——现代诗人及流派琐谈
载1980年8月《新文学论丛》第2辑

美育、品德与艺术（汤麟）
——读叶圣陶先生《体育·品德·美》一文后的看法及其他
载1980年《艺术教育》（湖北）第4期

《记金华的两个岩洞》的教学设想（李西渠）
载1980年9月18日《语文教学通讯》（山西师院）第9期

《记金华的两个岩洞》讲解（张寿康）
载1980年9月20日《中学语文教学》第9期

对旧生活的批判和对新生活的歌颂（金梅）
——关于叶圣陶的散文创作
载1980年9月20日《辽宁师院学报》第5期

“引导学生练习看书作文的本领”（石俊升）
——叶圣陶语文教育思想学习随笔之一
载1980年9月25日《上海教育》第9期

论叶圣陶短篇小说的艺术特色（杨义）
载1980年9月《中国现代文学研究丛刊》第2辑

叶圣陶的早期文言小说（陈辽）
载1980年10月10日《江苏师院学报》第4期

叶圣陶的散文（余时）
载1980年11月18日《羊城晚报》

读叶圣陶《小记十篇》随感（金梅）
载1980年11月20日《语文学习》（上海）第11期

“阅读是写作的基础”（石俊升）
——叶圣陶语文教育思想学习随笔之二
载1980年11月25日《上海教育》第11期

含蕴丰富　寓意深长（冯光廉）
——《倪焕之》最后一章蠡测
载1980年11月25日《山东师院学报》第6期

生动逼真　如临其境（叶楠）
——读叶圣陶《记金华的两个岩洞》
载1980年11月28日《语文教学》（临沂师专）第5期

论叶圣陶的小说创作（陈明华）

载1980年11月30日《函授学习》(黑龙江函授广播学院中文教研室)第5期

论叶圣陶小说中知识分子形象的塑造(裘汉康 郑明标)
载1980年《中山大学学报》第4期

"把古来的传统变一变"(刘宏)
——学习叶圣陶语文教育思想一得
载1980年12月30日《衡阳师专学报》第1期

叶圣陶童话创作的思想轨迹及其艺术特色(金梅)
1980年12月吉林人民出版社《现代文学论集》

从《隔膜》到《倪焕之》(任广田)
——论叶绍钧二十年代的创作思想
载1980年12月《中国现代文学研究丛刊》第4辑

试论叶圣陶的语文教育思想(顾黄初)
载1981年1月1日《教学通讯》第1期

《记金华的两个岩洞》分析(质飞 陈正宽)
载1981年1月1日陕西人民出版社《现代散文分析》

《叶圣陶语文教育论集》序(吕叔湘)
载1981年1月20日《语文学习》(上海)第1期

谈教学的着眼点——从叶圣陶同志的一封信谈起(江一多)
载1981年1月20日《人民教育》第1期

漫谈《苏州园林》的写作特色(秦兆基 浦伯良)
载1981年1月《教研资料》(金华师专)第1期

《蚕和蚂蚁》浅析(张明玉)
载1981年1月《教学与研究》(南通师专)第1期

《苏州园林》浅析(周文成)
载1981年1月《教学与研究》(南通师专)第1期

《苏州园林》简析(张大畏)
载1981年1月《教学与研究》(南通师专)第1期

《没有秋虫的地方》赏析(鲍霁)
载1981年1月天津人民出版社《现代散文百篇赏析》

《藕与莼菜》赏析(鲍霁)
载1981年1月天津人民出版社《现代散文百篇赏析》

《五月卅一日急雨中》赏析（鲍霁）
载1981年1月天津人民出版社《现代散文百篇赏析》

《黄山之天》赏析（鲍霁）
载1981年1月天津人民出版社《现代散文百篇赏析》

读叶圣陶的童话《蚕和蚂蚁》（李峰）
载1981年1月《语文教学》（临沂师专）1月号

情趣兼备　匠心独运（秦兆基　浦伯良）
——读《苏州园林》
载1981年2月10日《语文教学》（江西师院）

《苏州园林》教学要点（刘宗德）
载1981年2月18日《中学语文教学》第2期

《苏州园林》的说明特色（李年）
载1981年《语文教学》（烟台师专）第1期

简谈叶圣陶先生的语文教育思想（张寿康）
——读《语文教育书简》
载1981年《语文教学》（烟台师专）第1期

叶圣陶小说的艺术特色（项文家）
载1981年《嘉兴师专学报》第1期

《苏州园林》备课拾遗（冬胥隆）
载1981年《语文学刊》（内蒙师院）第1期

《苏州园林》——寄情于漫谈的美学小品（洱泠）
载1981年3月20日《语文学习》（上海）第3期

相似的故事　不同的风格（张铁荣）
——浅谈叶绍钧的《这也是一个人》与鲁迅的《祝福》
载1981年3月《文科教学》（乌盟师专）第1期

一个旧社会卑怯自私的知识分子典型（俞越龙）
——读《潘先生在难中》
载1981年《语文学刊》（内蒙师院）第2期

《多收了三五斗》……单元教学设计（詹安钦等）
载1981年4月18日《语文教学通讯》（山西师院）第4期

学习《叶圣陶语文教育论集》（向锦江）
载1981年4月《教育研究》第4期

先进者的足迹（刘思谦）
——试谈叶绍钧前期的小说创作
载1981年《中州学刊》第2期

角度·思路·结构（浦伯良）
——学习《苏州园林》点滴
载1981年《教学与进修》（镇江师专）第2期

读《倪焕之》（蒋近荣）
载1981年5月2日《东北师大学报》第3期

怎样教《多收了三五斗》（杨炳辉）
载1981年5月《教研资料》（金华师专）第3期

《记金华的两个岩洞》（张寿康）
载1981年5月北京出版社《文章选讲》

《记金华的两个岩洞》分析（卜仲康）
载1981年6月广西人民出版社《中国当代文学作品选讲》续编

读《多收了三五斗》（薛绥之）
载1981年6月《中国现代文学研究丛刊》第2辑

叶绍钧论（曾华鹏　范伯群）
载1981年7月人民文学出版社《现代四作家论》

论叶圣陶的小说创作（裘汉康　郑明标）
载1981年7月《新文学论丛》第1期

提倡读点整本的书（顾黄初）
——叶圣陶语文教学思想研究
载1981年8月20日《语文学习》（上海）第8期

叶圣陶（张大明）
载1981年8月天津人民出版社《踏青归来》

《多收了三五斗》的艺术特色（张厚明）
载1981年9月10日《写作》第2期

试评叶圣陶“第一个十年”的创作在中国新文学史上的重要地位（万嵩）
载1981年9月25日《甘肃师大学报》第3期

叶圣陶在五四时期的新诗（陈辽）
载1981年《诗探索》第3期

关于《蚕和蚂蚁》主题思想的商榷（韦园昌）
载1981年《教研资料》（广西河池）第5期

叶圣陶的文言小说（乐齐）
载1981年11月15日《北京师范大学学报》第6期

试论叶圣陶在五四时期的文学观（庄文中）
载1981年11月《新文学论丛》第3期

试论《倪焕之》（禹长海）
载1981年12月1日《昌潍师专学报》第2期

五四时期叶圣陶小说的思想和艺术（张永江）
载1981年12月5日《函授通讯》（河南师大）第6期

关于《蚕和蚂蚁》主题思想的争议（黄首翔）
载1981年12月5日《函授通讯》（河南师大）第6期

从头学起（丁玲）
——序《叶圣陶论创作》
载1981年12月9日《人民日报》

《多收了三五斗》教学三题（方伯荣）
载1981年12月天津人民出版社《中学语文教学手册》

《苏州园林》教法设计（菡华）
载1982年1月18日《语文教学通讯》（山西师院）第1期

叶圣陶的散文（姜德明）
载1982年1月浙江人民出版社《书边草》

叶绍钧小说中的知识分子形象（韩立群）
载1982年2月1日《聊城师院学报》第1期

粗线条勾勒的速写画（余澄清　于凤瑞）
——《五月卅一日急雨中》简析
载1982年2月河北人民出版社《现代散文名篇选读》

我教《多收了三五斗》（陆继椿）
载1982年2月9日《语文战线》第4期

试论《倪焕之》的思想意义（任天石）
载1982年2月20日《南京大学学报》第1期

叶圣陶的散文特色（陈辽）
载1982年2月2日《文艺论丛》第14辑

论文学研究会的“问题小说”（李惠贞）
载1982年2月20日《文学研究》第2期

话说《文心》（唐弢）
——献给圣老
载1982年3月11日《人民日报》

《苏州园林》词语例说（吴汀）
载1982年3月15日《语文教学与研

究》(华中师院)第3期

逆流中的现实主义创作(金梅)
——谈叶圣陶早期的文言小说
载1981年《中国现代文学研究丛刊》第4辑

《苏州园林》三题(王尔龄)
载1982年4月《语言文学》第2期

说话训练是个总枢纽(顾黄初)
——叶圣陶语文教育思想研究
载1982年4月18日《中学语文教学》第4期

一条培养语文能力的途径(宛土奇)
——学习叶圣陶同志语文教育思想的体会
载1982年4月《中学语文教学》第4期

语文教学应让学生多“上口”(孙耕民)
——学习《叶圣陶语文教育论集》
载1982年4月《语文教学通讯》(山西师院)第4期

叶老的第一篇教育论文(商金林)
——《儿童之观念》
载1982年5月27日《人民日报》

叶圣陶的儿童文学创作(《儿童文学概论》编写组)
1982年5月四川少儿出版社

叶圣陶的第一首诗《大汉天声·祝辞》(商金林)
载1982年6月20日《北京大学学报》第3期

叶老公公的《稻草人》(魏信)
载1982年7月16日《儿童时代》第14期

叶圣陶对语言的修改
载1982年7月22、29日《中国青年报》

叶圣陶的童话创作(傅世伦)
载1982年7月《青海湖》第7期

中国新文学史稿(第1编第3章、第2编第8章)(王瑶)
1951年9月开明书店

中国现代文学史略(第7章第2节)(丁易)
1955年7月作家出版社

中国新文学史初稿(上卷)(第2编第4章、第3编第7章)(刘绶松)
1957年作家出版社

中国新文学二十年((港)林莽)
1957年香港世界知识出版社

中国现代文学史（第5章第1节）（吉林大学中文系）

1959年10月吉林人民出版社

中国新文学史（第3章8、9、10、第4章7）（（台）周锦）

1976年版台北长歌出版社

中国现代文学史（第4章第3节）（唐弢主编）

1979年6月人民文学出版社

中国现代文学史（第2章第3节、第6章第2节）（田仲济　孙昌熙主编）

1979年6月山东人民出版社

中国现代小说史（第1编第3章）（（美）夏志清）

1979年7月香港友联出版社有限公司

中国现代文学史（第4章第1节）（北京大学等九院校）

1979年8月江苏人民出版社

中国现代文学史（第5章第1节）（林志浩主编）

1979年9月中国人民大学出版社

中国现代文学史（第1编第6章第1节）（中南七院校）

1979年10月长江文艺出版社

中国现代文学史（第1编第6章第1节）（七省（区）十七院校）

1980年7月内蒙古教育出版社

中国现代文学史（第1编第5章第1节）（十四院校编写组）

1981年6月云南人民出版社

编 后 记

一、本书所收资料截止 1982 年 10 月。

二、本书收入的文章，分类后均按发表、出版先后排列。

三、本书所收录的资料中个别地方有讹误。我们对这些问题的考察成果和看法，均反映在所撰写的传略、生平著译年表研究资料目录索引里，故不再一一注明。

四、本书在编写过程中，得到了叶老和叶至善同志的热情指导和帮助，谨致衷心的感谢！

此外，还得到常君实、徐廼翔、金梅、曾华鹏、陈子善、袁良骏、徐恭时等同志及北京图书馆、中国青年出版社资料室、北京大学、清华大学、北京师大、华东师大、四川大学等校图书馆以及上海、南京、四川、重庆、苏州、云南、广东、广西、山东等省、市（自治区）图书馆等单位的大力支持和帮助，这里一并致谢。

五、我们在撰写生平年表及著作目录时参阅吸收了现有若干研究成果。特别是商金林同志的《叶圣陶年谱》、陈辽同志的《叶圣陶评传》，给我们很大启发和帮助。这里特作说明并深表谢忱。

六、由于水平、时间、条件有限，本书一定存有许多缺点，恳请专家与读者批评指正。

编者

1983 年元旦于山东

《中国文学史资料全编·现代卷》总目

28 林纾研究资料　　薛绥之　张俊才　编
29 赵树理研究资料　　黄修己　编
30 叶紫研究资料　　叶雪芬　编
31 冯文炳研究资料　　陈振国　编
32 叶圣陶研究资料　　刘增人　冯光廉　编
33 臧克家研究资料　　冯光廉　刘增人　编
34 李广田研究资料　　李岫　编
35 钱钟书 杨绛研究资料集　　田蕙兰　马光裕　陈珂玉　编
36 郭沫若研究资料　　王训诏　等编
37 俞平伯研究资料　　孙玉蓉　编
38 六十年来鲁迅研究论文选　　李宗英　张梦阳　编
39 茅盾研究资料　　孙中田　查国华　编
40 王礼锡研究资料　　潘颂德　编
41 周立波研究资料　　李华盛　胡光凡　编
42 胡适研究资料　　陈金淦　编
43 张天翼研究资料　　沈承宽　黄侯兴　吴福辉　编
44 巴金研究资料　　李存光　编
45 阳翰笙研究资料　　潘光武　编
46 “两个口号”论争资料选编　　中国社会科学院文学研究所现代文学研究室　编
47 “革命文学”论争资料选编　　中国社会科学院文学研究所现代文学研究室　编
48 创造社资料　　饶鸿競　等编
49 文学研究会资料　　苏兴良　等编
50 鸳鸯蝴蝶派文学资料　　芮和师　等编
51 左联回忆录　　中国社会科学院文学研究所《左联回忆录》编辑组编
52 中国现代文学总书目·散文卷　　俞元桂　等编
53 中国现代文学总书目·诗歌卷　　刘福春　徐丽松　编
54 中国现代文学总书目·小说卷　　甘振虎　等编
55 中国现代文学总书目·戏剧卷　　萧凌　邵华　编

56 中国现代文学总书目·翻译文学卷 贾植芳 等编
57 中国现代文学期刊目录汇编 唐沅 等编
58 抗日战争时期延安及各抗日民主根据地文学运动资料 刘增杰 等编
59 老舍研究资料 曾广灿 吴怀斌 编
60 文学的“民族形式”讨论资料 徐迺翔 编
61 陈大悲研究资料 韩日新 编
62 刘半农研究资料 鲍晶 编
63 曹禺研究资料 田本相 胡叔和 编
64 成仿吾研究资料 史若平 编
65 戴平万研究 饶芃子 黄仲文 编
66 丁玲研究资料 袁良骏 编
67 冯乃超研究资料 李伟江 编
68 柯仲平研究资料 刘锦满 王琳 编
69 李辉英研究资料 马蹄疾 编
70 梁山丁研究资料 陈隄 等编
71 马烽 西戎研究资料 高捷 等编
72 邵子南研究资料 陈厚诚 编
73 沈从文研究资料 邵华强 编
74 司马文森研究资料 杨益群 司马小莘 陈乃刚 编
75 闻一多研究资料 许毓峰 等编
76 萧乾研究资料 鲍霁 等编
77 徐志摩研究资料 邵华强 编
78 袁水拍研究资料 韩丽梅 编
79 周瘦鹃研究资料 王智毅 编
80 苏区文艺运动资料 汪木兰 邓家琪 编
81 文艺大众化问题讨论资料 文振庭 编